U0858344

帝凰之途

｜上｜

佩璃・著

相濡以沫，相忘江湖

中国華僑出版社
北京

图书在版编目（CIP）数据

帝业凰途 / 姵璃著. — 北京：中国华侨出版社，
2017.10
ISBN 978-7-5113-7055-6

Ⅰ. ①帝… Ⅱ. ①姵… Ⅲ. ①长篇小说－中国－当代
Ⅳ. ①I247.5

中国版本图书馆CIP数据核字（2017）第226094号

帝业凰途

著　　者：姵　璃
出 版 人：刘凤珍
责任编辑：安　可
封面设计：46设计
封面题字：零雨其蒙蒙
经　　销：新华书店
开　　本：700mm × 980mm　1/16　印张：58　字数：1039千字
印　　刷：北京嘉业印刷厂
版　　次：2018年3月第1版　2018年3月第1次印刷
书　　号：ISBN 978-7-5113-7055-6
定　　价：99.00元（全三册）

中国华侨出版社 北京市朝阳区静安里 26 号通成达大厦 3 层　邮编：100028
法律顾问：陈鹰律师事务所
发 行 部：（010）82068999 传真：（010）82069000
网　　址：www.oveaschin.com
E-mail：oveaschin@sina.com

如发现图书质量问题，可联系调换。质量投诉电话：010-82069336

目录 | CONTENTS

第一章

和亲公主，重返故土

初夏时节气候闷热，方才还烈日高悬的天空，顷刻间已是阴云密布，黑雾迷城。暴雨骤降，燕、楚两国接壤的边境，迎来了今夏的第一场雨，仿佛是在哀悼一国之殇。

一辆车辇冒雨驶向燕国驿馆，马匹的嘶鸣声惊破雨幕，也惊醒了大雨之中等待的人。

聂星痕一袭暗紫服色，卓然立于驿馆之外。雨水溅在他衣袍的螭纹之上，而他恍若未觉，只盯着不远处的车辇。

“殿下，公主的鸾驾到了！”侍卫站在他身后，高声禀道。

这一句话刚出口，瞬间被淹没在了风雨之中。聂星痕削薄的唇紧紧抿着，幽深的双瞳映着肆虐的天气，也映出了他翻覆如潮的心事。

三年前，是他亲自送她去楚国和亲；三年后，又是他亲手灭了楚国，迎她重返故土。

世事苦长，宿命之手翻云覆雨，唯有“情”之一字难舍难弃，能够予他救赎。

所以，她必须回来！

旧日时光在脑海中快速流淌，随着那渐行渐近的车辇，一切似乎从未远离。车帘早已被雨水打湿，薄纱之后，依稀可见一名白衣女子端坐车内，安静得如同一株植物，不见一丝一毫的狼狈。

终于，车辇艰难地驶进驿馆，停在了他的面前。驾车的侍卫跳下马车，向他跪地行礼：“参见敬侯殿下。”

敬侯聂星痕，燕王次子，此次灭楚之战居首功。

聂星痕略一点头，目光再次看向车辇。侍卫立即会意，转身撩起车帘，低声禀道："公主，敬侯殿下来接您了。"

白衣女子没有回话，任由侍女搀扶下了车辇。一把偌大的罗伞将她与凄风苦雨隔绝，她身形一顿，抬眸望见了聂星痕，那个久违的男人。

双方目光交汇的一刹那，天边凌空划过一道闪电，猎猎银光之中，照见了彼此陌生而熟悉的俊颜。

唇畔勾起一抹讽刺的笑，白衣女子冷淡地向聂星痕行礼："见过敬侯殿下。"她抬手撩起耳畔垂发，鬓边的一朵白色簪花尤为刺目，那是未亡人的象征，她在为她的夫君楚国太子戴孝。

看见这一幕，年轻的敬侯身形微动，黑瞳中掠过某种情愫，又瞬息归于寂灭。

白衣女子也未再多言，面无表情地从他身边走过，走进驿馆。侍女在后头撑着伞，疾步跟上。

又是一道闪电裂空，像史书上的寥寥一笔，为这燕楚之战画上句点，诉说着天下兴替——

《燕史》：隆武十七年三月初三，敬侯率军破楚，楚太子璃阵亡。五月，楚太子妃、燕王次女青城公主归国。

夏季的暴雨来得快去得也快，前后不到半个时辰，电闪雷鸣已尽数散去，雨声由急入缓。此刻，雨水只是顺着屋檐淅淅沥沥地滴落。

简陋的边城驿馆为了迎接王室宗亲，上个月已重新翻修，里里外外焕然一新。其中最舒适的一间屋子，官员们本是留给敬侯的，却被他让给了青城公主。

侍女们提着热水进进出出，为公主沐浴更衣，洗去一路风尘。狭窄的走廊里尽是悄悄的脚步声，谁也不敢惊动一墙之隔的敬侯殿下。

青城在浴桶中小憩了片刻，直至水温渐凉，才裹了衣裳起身出来，坐在铜镜前擦着头发。

外头忽然传来一阵嘈杂之声，夹杂着马鸣、人语、车辇的辘辘声，听着令人心头烦躁。青城从镜台前起身，推窗看去。只见院落里多了好几辆车辇，一群身穿丧服的男男女女正陆续从车上走下来，数量有六七十人。

而距离她最近的一辆车辇里，分明还坐着一个人。夏风轻轻吹起窗幔，露出他一片白色衣袖。可奇怪的是，那个人丝毫没有下车的意思，只是伸出一只骨节分明、指节修长的左手微微撩起车帘一角，好似自车内向外窥视着什么。

青城可以肯定，那人是个男子。因为他露在车帘外的左手拇指上，戴着一枚白玉扳指，在暮色下隐隐流转着光华。

青城的目光不自觉地落在那枚扳指之上，不知为何，她突然生出一种感觉，那车里的男子是在窥视她。

这种感觉很怪异，也很莫名。她正好奇那男子的身份，忽然一声清晰的咒骂传入她耳中："妖女！祸水！"

她心头一凝，循声看去，骂声来自那群身穿丧服的人。此时此刻，他们都已经发现了她，便齐齐站在原地盯着她，表情愤恨、咬牙切齿。

青城眼神黯了黯，什么都没说，缓缓抬手将窗户关上，隔绝了外头的咒骂。

院落里的那群人，都是楚国宗亲。他们骂她，她无力还口。毕竟，她是来自燕国的和亲公主，而燕国刚刚灭了楚国。燕王特意下令将楚国的宗亲们尽数送往燕国王都，声称要妥善安置。其实众人心知肚明，燕王是怕他们在老巢另有后路，日后东山再起罢了。

就在方才，青城看见了几个熟悉的人，其中包括楚国最后一任国君。

想到楚王已年过半百，却接连遭受丧子之痛、夺位之恨、亡国之殇，如今还要远离故土来燕国终老，她便自觉无颜面对这位老人。

青城靠在窗边，平复着心头的痛苦与思念。院子里的咒骂声越来越大，一些不堪的话语充斥耳中，可她已经麻木了。

许是院子里闹得太厉害，灭楚的元凶终于现了身。也不知聂星痕用了什么法子，喧闹很快平息。楚国的宗亲们都沉默地进了驿馆，准备歇脚。

未几，厨子将晚饭送到青城屋内，她随意地吃了两口便推说饱腹。夏季昼长夜短，直至饭后，夜色才终于铺天盖地蔓延开来，余热散去，凉风习习。

侍女见屋内越发黯淡，便欲往灯台里添油点灯，被青城阻止："不必了，我乏了。"

话音刚落，外头就传来了敲门声："公主，敬侯殿下前来探望您。"

青城抬眸看向屋门，走廊下灯火阑珊，透过镂空的门棂射进来的幽光，依稀可见一个修长挺拔的身影站在门外。

青城对侍女摇了摇头，侍女会意，朝着门外轻声回道："请您转告殿下，公主舟车劳顿，已经歇下了。"

屋外的人没再说什么，转身离开，侍女也在青城的示意下告退。

夜色渐沉，唯剩青城一人在黑暗中枯坐良久，可她却不知自己在想些什么。直至一把青丝彻彻底底地干透，走廊里脚步声渐消，她才感觉到一丝倦意，躺下和衣而眠。

梦境中，场景几度变换，一时是与楚璃初见的晴夜，一时是与聂星痕重逢的大雨，宫廷、战火、痴情、背弃……种种回忆交织而来，真实却又纷乱。

“楚璃……”青城在梦中努力寻觅着，终于又看到了那个刻骨铭心的场景——是楚璃临去战场的那一天，身披铠甲与她诀别。

熹微的晨光之中，银甲的寒芒刺痛了她的眼眸，而他坚定地握着她的手，予她以郑重承诺：“结发为夫妻，恩爱两不疑。生当复来归，死当长相思！”①

生当复来归，死当长相思……一刹那，厮杀骤起，血光弥漫！梦境霎时变得一片殷红，令人痛彻心扉！

“楚璃！”青城猛地从榻上坐起来，低呼出声。

睁开双眸的那一瞬，不知怎的，她竟觉得自己榻旁站着一个人。可侧头望去，并无人影。她意识有些恍惚，背上早已被汗水湿透，梦中的余悸令她心神不定，平复良久，才记起惨痛的现实。

难道是太过思念楚璃，以致出现了幻觉？

青城长长叹出一口气，觉得自己嗓中干渴，见隔间里没有动静，她也不想吵醒侍女，遂摸黑起身，想去倒一杯冷茶。然而刚走到桌案边，她就觉屋内气氛不对劲儿，好似自己正被一道目光注视着。

难道不是幻觉？青城感到背脊生寒，心头一紧。可却又有一种异样的情绪鼓动着她，怂恿她看过去。于是，借着窗外微薄的月光，她大着胆子环顾屋内，猛然发现东南方的角落里，竟似站着个黑衣人！

“谁？”她警醒地低问。

黑衣人没有回话，甚至再没了任何存在感。

青城下意识地往东南方向走了两步，终于适应了夜色的黯淡。可定睛细看，哪里还有那个黑衣人？根本就没有任何人。

屋内一切都显得寻常无奇，唯独窗外一缕月光流泻进来，掺着院落中的灯火，似梦似幻。

难道是他离开了？还是从没有人出现过？青城不禁怀疑起自己的判断。正想着，门外的走廊里忽然响起些微动静，有什么光影一闪而过。

青城不假思索地飞奔至门前，以最快的速度取下门闩打开门：“谁？”

---

①“结发为夫妻，恩爱两不疑……生当复来归，死当长相思”出自汉代苏武《留别妻》，后世考据为东汉无名氏假托苏武之名所作。

屋门打开的那一刻，她未出口的疑问被堵了回去，哑然在聂星痕的注视当中。

青城立刻垂下双眸，抿唇不语。

“睡醒了？”他率先开口。

青城保持沉默。

聂星痕目力极佳，即便是在黑暗中，也能借着一星半点儿的光亮，看到她的不妥之处。她白色的衣裙有些褶皱，一头青丝凌乱地披散着，额上略微溢着香汗，一副谨慎而又防备的神色。

她这种神色，令他觉得刺目。

“这么晚了，殿下来所为何事？”青城终于抬眸看去，神态疏离。

“你唤我什么？”他的质问低沉而犀利。

“王兄。”她从谏如流地改了口。

聂星痕下颌收紧，俊颜隐在晦暗的夜色里，依稀可见眉峰微蹙，显然是心有不悦，而青城也未再多说一句。

黑暗之中，两人相对而立，相顾无言。廊下氛围一时沉闷，又有些莫名的躁动。

终于，聂星痕开口打破了这僵持的局面：“我有话对你说。”他边说边跨进青城的屋子，反手上紧门闩，强势而直接，不给青城任何拒绝的机会。

青城猝不及防被他闪进门内，心头懊丧难当，再想起那个可疑的黑影，更觉焦虑，不禁拒绝道：“今夜实在太晚了，若有何事，王兄明日再说不迟！”

聂星痕没答话，径直走到桌案前，掏出火折子点亮灯台。

橘色的灯火忽而亮起，令这夜色多了几分慰藉。青城却是恼了，站在原地没动，朝他冷言冷语地斥道：“殿下与我虽是兄妹，也该顾忌男女之防。”

“男女之防？”聂星痕嗤笑一声，转过身借着幽幽灯火望向她，试图寻找记忆中的思慕与渴望。

其实他很难形容青城的样貌、气质到底如何，这世上似也找不到什么贴切的辞藻。不同于寻常闺秀的我见犹怜，她是英气逼人的，仿若晨曦冲破雾霭，冰雪击破云霄，与俗世保持着一点淡漠疏离，令人可望而不可即。

他看了她很久，直至眼前的女子与记忆中的影子完美重叠，方才开口回道：“眼下只有你我在场，你还要端着兄妹的架子？”

幽蓝的烛火，柔和的光色，勉强照到了这房间的每一处角落。青城不动声色地环视一周，摒除杂念，冷淡地开口：“不然呢？若不将您当作兄长，难道还要当成杀夫仇人？”

聂星痕神色一沉：“据我所知，你与楚璃并没有夫妻之实。”

青城冷笑讽刺：“敬侯殿下真是好手段，连楚太子身边都有眼线，难怪大获全胜。”

“两军对垒难免死伤，误杀楚璃之事，非我所愿。”聂星痕低声解释，“这三年里他待你不错，抛开身份立场，我很感谢他。”

“你有什么立场感谢他？”青城继续冷笑，“三年前是谁举荐我去和亲的？又是谁杀了他？如今再来说这番话，我敬爱的王兄，你不觉得恶心吗？”

“三年前……我有苦衷。”聂星痕如是回道。

“够了！”听到这里，青城终于敛起笑意，撕破伪装，面上浮出几分恨色，“不必解释，多说无益。”

她的左手按在桌子上，指甲几乎要嵌进木案中，语声转凄：“我只问你一句，楚璃他怎么走的？”问出口的一瞬间，她的泪已盈满双眸，长长的睫毛上闪动着泪水，泫然欲滴。

聂星痕知道她在强忍着情绪，却还是残忍回道：“他是一箭穿心，坠马而亡。”

“一箭穿心……”青城根本不相信，睁大双眸看向聂星痕，“他没有穿铠甲吗？怎么可能一箭穿心？”

聂星痕没有回答这个问题，沉默片刻：“我并不知他会亲上战场，见他阵前英武，还以为是一员猛将，才向他开了弓。”

该是多么大的力气和准头，才能让箭镞穿透铠甲，穿心而过！可恨她都没能见到楚璃最后一面！他被收殓的骸骨、他的棺椁，楚王都不允许她去看一眼！“生当复来归，死当长相思！”他留给她的最后一句话，一语成谶！

泪水终于潸然坠落，渐渐模糊了视线，青城无声痛哭。聂星痕情不自禁地抬手轻抚她的发丝，想要给她以抚慰。

“聂星痕！”青城挡开他的手，沿着桌案后退一步，一字一句咬牙说道，“三年离苦，杀夫之仇，我一定会让你付出代价！”

带着强烈的恨意，这凄厉的誓言像是预见了什么宿命，惊破彼此的层层回忆，划过寂静夜色。

“好！”聂星痕一口应承，像是为这个回答已经等待了很久，“只要你肯回来，我不惜一切！”

“记住你的话！”青城仰头望他，眸色凄迷而锐利，神色凛然而决绝。

聂星痕也在看着她，一时竟有些怅然若失，正欲开口说句什么，却听“嗖”

的一声，冷光乍起！

聂星痕下意识地推开青城，未及闪身，一道剑芒已从暗处破光冲出，直逼他的面门！

是他！那个黑衣人！青城盯着忽然出现的蒙面刺客，险些惊呼出声。再看聂星痕，因手上没有兵器，此时便处于被动之中，只得不断躲闪那充满杀气的利剑。

两名男子在狭小的房间里招招惊心，身形起落之间带来阵阵袖风，屋内烛火明明灭灭。这一次，青城闻到了一丝若有似无的陌生气息，来自那个冷峻的刺客，他身上好像散发着一股淡淡的药香，可青城不懂医，辨不出是什么药味。

只是这失神的工夫，两个男子已过了数招。聂星痕徒手对抗持剑的刺客，渐感不妙，觑着空当对青城喝道："去找侍卫！"

青城这才想起来，今夜聂星痕是密探她，为此还特意撤走了周围的守卫。她应了一声，小心翼翼地摸到门边，正欲打开房门，脑海里忽然划过一个疯狂的念头！

她转过头，看着打斗胶着的两人，摸上门闩的手迟疑了一下，继而缓慢垂落。

聂星痕于打斗中看了她一眼，见她怔怔地站在原地不动，便迅速重复："快去！"

青城将双手死死攥紧成拳，转而看向案上摇曳的烛火，仍旧不语不动。

一瞬间，聂星痕似明白了什么，心头陡然一痛。一种孤绝的狠戾猛然发出，令他毫无顾忌地放手一搏！他见对方一招剑式刺向自己，便假意闪躲虚晃一招，身体后倾的同时，突然伸手捏住剑身！

锋刃割破他的掌心，他死死捏住不放，一双俊目盯着刺客发力的手腕。刺客反应灵敏，想要立刻收手，他便看准时机翻动手腕，连剑带人，硬是将刺客逼到了桌案旁边的墙角处。

然而，这代价也极为惨痛。汩汩的鲜血顺着剑身流淌，他右手掌心已被生生嵌入那剑刃之上。眼见青城一直没有反应，他也自知撑不了多久，便飞起一脚将案上的灯台踢到了青城的床榻上。

灯油从灯台里泼洒出来，火苗顺势蹿起，顷刻已将帷帐烧着。

青城立刻明白了聂星痕的意思。即便侍卫在他授意之下对屋内的打斗不闻不问，可他们迟早会看到这火光与浓烟。届时他们便会知道屋内有变，恐怕不止侍卫，整个驿馆的人都会跑来救火。

青城猛然醒悟过来，再看榻上，火势已经蔓延开来，根本来不及扑灭了！

鬼使神差地，青城按上腰间那包裹着她纤细腰身的一条腰带，其实那是举世无双的软剑剑囊，囊中是举世无双的惊鸿软剑，那是楚璃赠予她的。也许，她带走这把剑，就是为了这一刻！

以楚璃之剑，为楚璃报仇，再圆满不过！

刹那间，墙面上光影闪破，似有银波淋漓，惊鸿掠过，这绝世名剑突然映着烈烈火光刺了过去。

“微浓！”聂星痕分身乏术，震惊的喝止声划破屋内，他终于喊出了她的名字。

谁？是谁在喊她？是谁喊出了这个名字？

电光石火之间，微浓猝然恢复神志！心魔、梦魇统统如云烟般散去，唯有一句话语萦绕在她耳边，似一声佛号，给她当头棒喝——微浓，不要怨恨。

这是楚璃告诉她的话。

可是已经太迟了，她听到自己名字的同时，执剑的右手已无法控制地刺了出去。“哧”的一声，剑刺透聂星痕单薄的夏衫，刺破他皮肤柔韧的肌理。

只一瞬，鲜血浸染了那暗紫色衣袍，愈烧愈旺的火光中，聂星痕的胸口已是一片殷红。

下一刻，黑衣刺客已闪身逃脱了聂星痕的钳制，脚底生风几个起落，眨眼已经奔至窗边，“砰”的一声破窗而出。

与此同时，走廊里传来救火的呼喊声、脚步声，还有剑戟摩擦之声。聂星痕却仿佛忘记了一切，只是难以置信地看着微浓。

她竟然如此恨他！恨不得他死！

剑尖深埋在他的胸膛里，剑柄还握在她的素手中，两人隔着一把惊鸿剑的距离遥遥对视，一个惊痛，一个惊醒。火势与浓烟弥散在他们之间，渐渐阻隔了彼此的面容，似也一并模糊了往日的情分。

就在众人破门进来的那一瞬，聂星痕突然觉醒，抬起受伤的右手一把将微浓推开。他尚且来不及说些什么，胸口的鲜血已奔涌而出。

微浓向后踉跄了几步，纤瘦的身躯跌倒在地，侍卫们此时恰好冲进门内，手执兵器四顾看去。

“殿下！您受伤了！”有人一眼发现聂星痕的伤势，不禁惊呼出声。

聂星痕捂着胸口，压抑着心头撕裂般的疼痛，低声说道：“传令封锁全城，捉拿刺客！”

“是！”几个侍卫连忙扶过聂星痕，张罗着传唤大夫；另有几个侍卫见窗户大敞，便一跃而出追击刺客去了；其余的人则忙着救火，越来越多的人涌了进来……

终于，有人发现白衣的青城公主跌坐在地，鬓发缭乱，皓腕与衣袖上殷红点点，肩头还有一个血红的手印，整个人狼狈万分。此刻她正抬眸看向聂星痕，一双美目里尽是难以言说的复杂神色，夹带着几分凄楚与悲戚，泪痕未干。

而她右手边不远处，静静躺着一把造型奇异的软剑，剑尖尚有鲜血残留。

众人还未及细想什么，便听见聂星痕的命令再次传来："把凶器收好。"他声音虚弱，却不怒自威，顿了顿又特意补充，"今日之事，不许声张。"

"是。"众人齐声领命，纷纷担起各自的差事，将混乱的场面控制下来。

见诸事趋于安定，聂星痕也终于耗尽了精力，任由侍卫扶着往屋外走。地上的惊鸿剑寒芒闪烁，心头鲜血不断涌出，然而他已根本分不清楚，那切肤的疼痛究竟是来自伤口还是源于心底。

胸腔内似有很多情绪堆积，促使他很想对她说些什么，爱或恨、情或伤，然而此时此刻，他却无法说出一个字来。喉头有腥甜之血凶猛上涌，唇畔随即溢出一丝血迹，他唯恐这一开口，会有鲜血喷出来。

临踏出屋门的那一刻，他忍不住再次顿足回首，只见那白衣女子依旧怔怔地坐在地上，失魂落魄地流着泪，一如三年前他送她去楚国和亲时的样子。

可分明又有什么不一样了。

第二章

有心避世，无心重逢

燕国人人崇道，道教为国教，不仅寻常人家向道，更曾有两任燕国国君为此弃了王位，或入道清修，或寻访仙山。

燕王宫里也多有太后、太妃修道，这百年间，甚至一些地位高的妃嫔还会在自己宫中设下静室以供奉神像。因此，许多王子、公主从小便受此熏陶，慕仙学道，王室对道教的推崇为道教在燕国的发展奠定了基石。

燕国最闻名遐迩的道观有两处，一是两代燕王出家修道的三清宫，是王室宫观，寻常百姓不得入内；而另一座，则是当今燕王为胞妹真玉公主所修建的璇玑宫。

自两年前真玉公主云游仙逝之后，璇玑宫便再无主人，唯有真玉公主的师父和一众女弟子在此修道。不过，因为真玉公主生前慷慨大方、广布善法，这里一直香火鼎盛，与她生前无异。

而如今，这座无主已久的璇玑宫，终于迎来了她的第二位主人——青城公主。

这是微浓向燕王请求的结果。她当然知道，如今她的身份已不适合留在燕王宫，尴尬不说，她也无法面对这些间接杀害了楚璃的凶手。尤其，不想再与聂星痕有任何瓜葛。上一次她冲动之下行刺未果，便知自己不会再有第二次机会了。

回京这一路上，燕国百姓都在谈论燕楚之战，谈论着敬侯聂星痕的阵前风姿，谈论他如何攻打楚军、如何势如破竹。尤其是他与楚国太子的两军对垒，甚至还被编成了戏文，开始在燕国境内流传。

燕国百姓口中的聂星痕，不是侵略者，而是英武不凡、算无遗策的燕国战神。他们谈论起他时，话语中满是仰慕、崇敬、骄傲、自豪，而非她眼中那个满身戾气的杀戮之人。

也许立场不同、经历不同、情感上的归属不同，注定了她与燕王宫格格不入。既然如此，她不如出家向道。至少，远离宫廷纷争，也会让聂星痕的打算永远落空。

在这件事上，燕王没有为难她，她是感谢的。虽然，这感谢不足以消除她的悲痛。楚璃死后她已决定终身不嫁，如今避居璇玑宫修道，也算是一种变相的明志吧。

隆武十七年八月二十，微浓正式入主璇玑宫为女冠。燕王特许她继续享有青城公主的食邑，还加持了璇玑宫每年香油钱的三成，名曰“供奉三清”。

她每日听高人讲道，偶尔与到访的得道高人、文人名士集会清谈，闲暇时会去附近的山上走走，感受天地山水的开阔与灵气。这样的日子，令她心境渐渐开阔。

转眼间，她在璇玑宫已入道近两月了，而她未曾想过，前尘往事里第一位来探访她的故人，竟会是与她素无交情的燕太子，聂星痕同父异母的兄长——聂星逸。

秋末冬初落叶纷纷，所幸燕国位居南方，倒不觉得寒冷。聂星逸一袭绯衣临风而立，为这凋零的冬季添了一抹暖意，璇玑宫外人来人往，香火袅袅，微浓在人群中一眼便看到他的出众身姿。

而他只是微微笑着，那笑意看似温和，却又掩藏了疏离在之后，令人生不出亲近之感。也许这才是一国太子该有的做派，礼而不近，近而不亲；远而不疏，疏而不漏。

所以，就连她这个已经远离宫廷的假公主，他名义上的妹妹，他都要过来看看，尽到他身为兄长的责任。

微浓见他是微服出宫，身边只带了三五个侍从，但也不敢怠慢，迎着他往殿后待客的院落里去。

“我前阵子事情太多，一直不得空来看你，拖到如今才过来，你不会怪罪我吧？”聂星逸负手而立，站在院落的桐树下吟吟笑问。

“殿下客气了，如今我已是方外之人，不值得您费心专程来一趟。”微浓神色淡淡的，倒似学会了他那一套，礼而不近，远而不疏。

聂星逸听说她是自请修道，便猜到她是放不下灭楚之事。身为燕国太子，他自问没有立场安慰她，只得远目望向大殿上香烟弥漫之处，幽幽叹道：“其实当初你去和亲，我知你不愿。但楚国求娶的是太子妃，若不是父王的亲生女儿，漫说父王不放心，楚国也不会乐意。”

聂星逸又叹了口气：“原本是该让金城远嫁的，只可惜母后她……”

聂星逸没有说完，但余下的话他也难以启齿了。当时楚国提出联姻，言明是求娶太子妃，如无意外，就是未来的一国之后。父王心知事关重大，便打算让嫡出的金城公主前往和亲。

岂知王后赫连氏——他和金城的母后，舍不得这唯一的女儿远嫁，硬是横插了一脚，赶在风声刚起时抢了先机，把金城许给了当朝宰相之子。

父王为此大发雷霆，可又不好悔婚。就在这时，二弟聂星痕恰巧找回了父王遗落民间的私生女儿微浓，便献计举荐她去和亲。父王舍不得楚太子妃的位置旁落他国，遂采纳了这个建议，让刚刚认祖归宗仅两月的微浓做了和亲公主。

聂星逸其实对微浓了解不多，只听说她从前是在镖局长大，一双峨眉刺使得精妙绝伦，是个活泼而飒爽的性子。

他直觉上对这个妹妹并不反感，甚至对她从前的生活很感兴趣，想看一看她使峨眉刺的英姿。可他知道，母后不喜欢她。

想想也是，有哪个妻子会喜欢丈夫在外头的私生女呢？于是，虽明知母后处处刁难微浓，他还是刻意选择视而不见。只是他很好奇，这个王妹为何与他听说的不大一样？竟是如此沉默寡言，全不见那种英姿风采？

他以为，她是因为生活忽然被打乱，遭遇了如此巨大的改变，一时还不适应宫廷生活和新的身份；又或者，她是不愿离开故土前往楚国和亲，才会如此郁郁寡欢。

后来，微浓便去往楚国和亲了，还是二弟聂星痕亲自送亲。细算起来，她在燕王宫前后才住了不到半年时间，与他也只见过四五次而已。

他本以为微浓远嫁楚国，是该安享太平了，日后会成为一个尽职尽责的太子妃，再顺理成章做一个维系燕楚交谊的王后。可谁知世事难料，她再次被命运颠覆了现世的安稳，她嫁过去才一年，燕、楚两国突然产生龃龉，频频交恶。

父王担心楚国会与他国联盟，让燕国陷入腹背受敌的状态，一直迟疑着是否要对楚国开战，却又顾念着微浓。

就在此时，跟随父王多年的贴身侍卫因救主而伤重不治，临终前袒露了微浓的身世，父王这才知晓，原来微浓并非王室血脉。

此事发生之后，二弟聂星痕立刻表态主战，主动请缨前往攻楚。这两件事促使父王最终下定决心对楚国开战，撕裂了蒙在世人眼前的最后一丝伪装。

可叹微浓与楚太子才成婚不久，便成了燕、楚交战的牺牲品，在楚王宫里步履维艰，备受冷眼。

雪上加霜的是，聂星痕挂帅攻楚期间，于阵前杀了楚太子，使得微浓年轻守寡，还被楚王室所怨愤。后来楚国的归降更令她处境堪忧，在楚国再也没有了立足之地，只能奉命归国。

从民间少女到和亲公主再到楚太子妃，她曾拥有过女孩子梦寐以求的一切；从亡国太子妃到假公主再到一个寡妇，她又经历了女孩子难以想象的坎坷。仅仅三年多的时间，她的生活已经天翻地覆，从云端跌落谷底。

岁月对她真是既优待，又残忍。

想到微浓这些年的经历，聂星逸心里很不是滋味，更忍不住打量起对方。她今日穿着一袭素白绢纱，脑后高高绾着一个发髻，只用一根朴实的玉簪固定，绑缚着一条淡青色丝带，余下的长发直垂腰际，遮住了原本纤细的腰身，身无繁饰。

可这样朴素的装扮非但不显她老气横秋，反而是一种鲜明的对比，透露出她的风华正茂。只是，那眸色淡如冰霜，神色冷如寒江，即便笑着也是清淡至极，有一种不问世事的彻悟。

唯有眉目间的英气似曾相识，与三年前初见时无异，应是她与生俱来的气质。

这样的微浓，像是瑶池宫阙上的冷月，又似琼台楼阁上的寒星，看似触手可摘，实则遥不可及。这令他几乎要忘记了，微浓其实只有十九岁，经历虽跌宕，年纪却尚轻。

她一定是对人生失望透顶了，才会决心出家向道，不给自己一丝一毫流连红尘的机会。

想到此处，怜惜止不住地从聂星逸胸口涌了出来。他今日前来探视她，本是基于母后的某种安排。但此刻，他忽然觉得这种安排也不错。

“去城里走走？”聂星逸下意识地问。

“走走？”微浓面上有了一丝迟疑。

“是啊！你还没逛过京州城吧？碰巧我今日无事，一同走走？”聂星逸神色自然地相邀。

微浓垂眸考虑片刻，回绝之言尚未出口，又听他说道：“我也是好不容易才出宫一趟，你权当陪我散散心吧。”

太子纡尊降贵地来探望她这个假公主，又将话说到这个地步，她若再拒绝便显得不近人情了。想到此处，微浓只好淡淡应允：“我是个无趣之人，殿下不嫌我扫兴就好。”

燕王都京州城内街道纵横交错，将城池分为九九八十一坊。百姓三教九流，以坊集居，久而久之，逐渐形成了各坊之间的不同风貌。

譬如城东永业坊，因靠近燕王宫，故而权臣官邸云集；东北方向的胜嘉坊则是宗室府邸，出入尽皆王室宗亲；城北崇安坊多为武将宅邸，偶有位高权重的阉人在此置府；城南康曲坊是声色之地，赌场、妓院，游侠会聚此地，夜里比白天要热闹得多；城西和里坊乃士庶集居，虽不及城东城北繁华，倒是别有一番烟火滋味。

总而言之，九九八十一坊，处处有意象。

而京州城众多坊间，又数永乐坊最为繁华。坊内商贾云集，以春、夏、秋、冬四条路最为驰名。春路乃百货集市，夏路为美食之街，秋路是衣帛丝绸之路，冬路尽私邸小苑。四条路纵横交错，形成一个“井”字，团团锦簇在永乐坊之中。

微浓换下道服，改穿一件极为普通的窄袖口衣裙，虽是朴素至极的淡青色，但衣饰简洁，更衬得她英气逼人，有一种符合她年纪的朝气。

聂星逸做主选定夏路上一家闻名的酒楼，两人一并用了午饭，便在永乐坊内慢悠悠地闲逛。

“方才那道‘八仙过海’真是不错，没想到素菜也能做出这个味道。”聂星逸回味着酒楼里的菜式，忍不住赞道。

“您在宫里吃多了山珍海味，偶尔换一换口味才会觉得新鲜。”微浓浅笑而回。

聂星逸面上也是笑着，心里却觉得疼惜，方才两人一道在酒楼用饭，他才知道，微浓茹素了。原本以为她出宫修道只是权宜之计，没想到她竟真的严守戒律滴酒不沾，也不吃荤腥了。

他没有多问她茹素的原因，心里猜测她应是在为楚太子服丧。无论她当时嫁得是否自愿、夫妻是否鹣鲽情深，至少如今她仍在尽一个妻子的本分，或许这其中还有愧疚之情吧！

如此想着，聂星逸对微浓也有些刮目相看起来。为她的坚强、隐忍、忠贞，以及他未曾见过的，她擅使峨眉刺的风采。

聂星逸再回神时，两人已经快走到了夏路的尽头。微浓四顾街道两旁的酒楼、商贩，好像并没有在意他的出神。聂星逸在心里酝酿着情绪，正打算再说些什么调节一下气氛，却见微浓忽然间顿住了脚步。

“怎么？”他顺势问道。

微浓像是没听见他的问话，神情忽然变得很怅然，有恍惚，有悲伤，双眸盯着不远处的一个地方，默默无语。

聂星逸顺着她的目光看去，发现是一座门面不大的当铺，坐落在夏路与秋路的交会处，看起来并没有什么奇特之处。

他仍旧没有询问缘由，只是抬目看着当铺门前的旗幡，故作兴致盎然的样子：“荣昌当铺，可要进去看看？”

微浓默然，似是犹豫了一瞬，到底还是点了点头。两人便一道往当铺里走去，侍卫们也跟了进去。

当铺店面确实不大，屋内陈设老旧，看起来应是有些年头了。柜台里面，一个年约半百的管事探头出来，热情地招呼着：“几位贵人，是来当东西还是赎东西啊？”

聂星逸没答话，只看着微浓。后者抬眸环顾一周，似在回忆什么，半晌，开口问道：“三年前，我曾在这里典当过一对峨眉刺，不知掌柜您是否还记得？”

她就站在柜台前，右手轻轻抵着柜面，一切如同三年前的场景。窗外的日光穿过门帘照射进来，洒落在她身上，掌柜眯起眼睛看她，只一瞬，已是笑道：“原来是你啊姑娘！”

微浓微微颔首而笑，没再说话。

“小店开了十多年，唯有姑娘一个人来当过峨眉刺，还是那么好的东西，怎么可能不记得！”掌柜笑眯眯地看着微浓，唯恐她要赎回旧物，忙补充道，“您当时典的是死当！死当可不能赎回的啊！”

“这我知道。”微浓颇有些复杂难言的心思，也不知自己为何还要踏进此处，想了想，唯有轻声问道，“那双峨眉刺如今还在您这儿吗？”

“嘿嘿，姑娘来得又凑巧，又不凑巧。”掌柜卖了个关子。

“掌柜这话是何意？”微浓有些不解。

“您稍等哈！”掌柜撂下这话便进了里间，须臾，捧了一方锦盒出来，笑回，“当时姑娘把峨眉刺签了死当，后来有了合适的买家，小店便转手卖了。不过一年前，有位公子突然到处打听它的下落，知道是从小店当出去的，便发话要高价买下来。”

掌柜边说边叹气道：“原本已经卖了，小店也不好再赎回了。而且买家是化名，小店也不知是哪位贵客。谁知今年五月，买家手头拮据，又把峨眉刺拿回来押了活当。小店趁机劝说一番，按原价将它给买了回来，正打算转手卖给那位公子呢！”

听了掌柜这一番话，微浓已猜到寻找峨眉刺的公子是谁，便回道：“无妨，我今日只是路过此地看看，既然峨眉刺已有了买家，那就不耽误您做生意了。”

“多谢姑娘体谅小店的难处呢！”掌柜显然松了口气，又笑，“凑巧得很，那位公子今早刚差人来传了话，说是晌午过后就来取货。”

晌午过后？不就是眼下这个时辰。微浓不想撞见他，便开口告辞：“既然如此，不耽误您做生意了。"

"微浓，你若想赎回这对峨眉刺，或许……我可以想想办法。"聂星逸原本一直未曾开口，此刻却忽然如是说道。他在旁看得很清楚，虽然微浓并无赎回那对峨眉刺的意思，但她神情之中、言语之间，无不流露出惦记之意。

倘若这真是她的旧物，他认为应该赎回来。况且这于他而言，并不算什么难事。

可显然微浓不这么想，连忙婉拒："多谢您，不过我当初既然押了死当，便没有再赎回的心思了，今日真的是碰巧路过而已。"

聂星逸从没见过她使峨眉刺，不禁遥想着她的飒爽英姿，笑说："你从前不是惯用峨眉刺吗？难道以后不用了？赎回来留个纪念也好。"

"还是别让掌柜为难了。"微浓执意拒绝。

聂星逸见她态度坚定，也不好再多说什么，遂决定私下运作此事。

微浓再向他道谢，斟酌片刻，转而对掌柜嘱咐："请您今日权当我们未曾来过，也不要对那位公子提起……"

话还没说完，门口的珠帘忽然传来一声脆响，紧接着，一个锦衣男子已迈步走了进来，是聂星痕。

狭小的店面立刻显得逼仄起来。

聂星痕今日轻车简从，连个侍卫都没带。他显然没想到会在此碰到太子和微浓，眸色一凝："大哥，这么巧。"而后又看向微浓，神情淡淡，颔首致意。

微浓仿佛没瞧见他似的，毫无反应。

聂星逸更是意外，余光先瞟了一眼微浓，见她面色如常，才转而笑问："二弟，你不会就是那峨眉刺的买家吧？"

"是。"聂星痕口中答毕，又侧首去看柜台里的掌柜。

后者立刻赔笑道："哎哟！原来几位贵客是一家子啊！难怪都这么……这么器宇轩昂，风姿不凡啊！"

这句话明显冷了场，店内几人都没有应和。太子是在忖度着聂星痕为何要买峨眉刺，而聂星痕本人是神色隐晦，令人捉摸不透。

今日他们兄弟两个，一人穿深绯颜色，一人着暗紫锦衣，皆是浓郁而又黯淡的色彩，就连屋内明灿的阳光都压制不住这沉沉的气氛。两人站在一处，无论如何也看不出亲厚之情。

反而更像一种无声的对峙。

再加上微浓也面无表情，便使得店内的气氛更加沉抑。掌柜见状，忙对聂星痕笑道："哎哟哟，公子，您要当场验验货吗？恰好这位姑娘就是卖家，可以做证峨眉刺的真伪。"

"好。"聂星痕看了微浓一眼。

掌柜呵呵笑着，忙不迭地打开锦盒，献宝似的展现给众人观摩。

聂星逸也难掩好奇之意，不自觉地上前一步，垂目看去。

但见锦盒之内，光华幽幽，两根一尺长的峨眉刺躺在其中。每根都是细长的锥形，中间粗两头细，尖头带刺呈菱形，尺寸比他想象中要小巧，一看便是女子所用。两根峨眉刺中间手握之处绘着不同的图案，一个是青色的鸟儿腾云展翅，一个是红色的鸟儿吐火翱翔，正是上古传说中的王母坐骑——青鸾与火凤。

两只鸟儿羽翼华丽丰满，尾翼飘然逶迤，头戴金冠，口衔珠铃，于两根峨眉刺的手柄处遥遥相望，遨游于碧海云天之间，翻腾浮浪。

原本这两只鸟儿已是画得曲婉灵动、栩栩如生、臻化入境了，可最令聂星逸赞叹的是，这两根峨眉刺的尖刃处，竟也分别散发着绿光与红光，与手柄上的青鸾、火凤色泽一致，遥相呼应。也不知用的是什么材料、工艺，全不似一般兵刃银光闪烁。

这双峨眉刺的造型简单别致、小巧玲珑，通体没有一丁点儿奢华的装饰，却因为手柄处的图案以及兵刃上的光华，令人见之心醉。

聂星逸很难想象，这么精致冷冽的兵器，微浓竟舍得当掉。就连他这个见惯了世间珍宝的燕国太子，若能得到此物，想必都会悉心珍藏吧。

想到此处，聂星逸又忽然意识到另外一件事——方才微浓说，这兵器是她三年前当掉的，即她初入京州之时。她之所以到京州来，自然是知道了自己的身世，要来燕王宫认祖归宗。

那么她从前只是一介民间少女，镖局的千金小姐而已，手中怎会有如此珍贵的兵器？既得了此物，她又为何要当掉？自然不会是因为手头拮据。

而最令人疑惑的是，这双峨眉刺的下落竟被二弟聂星痕知晓了。三年半前，聂星痕从封邑房州寻获微浓；紧接着，他举荐微浓去楚国和亲；半年前，他杀了微浓的夫君；今天，他又高价买回微浓用过的峨眉刺。

关于微浓的一切，仿佛都和聂星痕有关。这会是巧合吗？

聂星逸脑海中闪过几个念头，总觉得此事不大简单，再看微浓那冷若冰霜的模样，他越发感觉到气氛尴尬，想了想，便对聂星痕笑道："二弟，你可知这双峨眉刺曾是微浓所有？"

"哦？"聂星痕挑眉，故作讶然。

聂星逸看了微浓一眼，又笑：“倒也巧了，二弟不若给我个面子，将这对峨眉刺转卖给我吧！也让我做个顺水人情还给微浓。”

“不必了。”未等聂星痕回答，微浓突然冷冷插话，已是有些不悦之意，“不耽误您兄弟相叙，我先告辞了。”她说着已是敛衽行礼，竟真的打算离开了。

聂星逸没想到她连场面功夫都不肯做了，正想打个圆场，却见微浓已经疾步走到门前，撩起珠帘，头也不回地出了当铺。

聂星逸见状很是讶异，忙对侍卫使了个眼色，便有一人尾随微浓离开。

聂星痕则望着门口的珠帘，神色未变，唯独双目中流露出几分隐晦的深意。他垂目看了看锦盒中的峨眉刺，语气莫辨：“大哥是几时与她交好的？”

“不过是代父亲分忧而已。”聂星逸回得隐晦，又状若随意地转移话题，“对了，听说你受伤了，伤势如何？”

“已无大碍。”

“刺客找到了吗？”

“尚未。”

聂星逸故作皱眉，拍了拍聂星痕的肩膀：“出门多带些侍卫，养好伤再回封邑吧。”

“多谢大哥关心，”聂星痕道，“我这个月就回去了。”

“路上注意些。”聂星逸叮嘱完便匆匆离开当铺，显然是追赶微浓去了，侍卫们也一窝蜂地跟上。

方才还逼仄狭窄的店面，突然之间空了下来，只剩下聂星痕一人。他一直目送聂星逸离开，才缓缓眯起一双俊目，薄唇紧抿，沉了神色。

第三章

君恩无常，王恩浩荡

翌日，燕王即传召微浓进宫。

微浓犹记上一次来这里是三年半之前，她被燕王下旨去和亲，在此聆听垂训领旨谢恩。而今重新踏入此处，沧海桑田，世事早已变了面目，她也已经换了身份。

一别三载，圣书房一切如旧，窗明几净、陈设简洁。黑漆描金的御案上挂着一排排朱笔，可以轻易定下一个人的生死，盘云龙柱后的一列列书柜，整齐摆放着燕王这些年御笔批注的本本奏章。

也许正是这其中的某一页、某一行朱批红字，决定了楚国的命运，为楚璃画下了一道催命符。

此时此刻，年过半百的燕王正端坐在御案之后，看着微浓缓步走近，那一双锐利的凤目隐带深意，令人猜不透、看不清。

年轻时，燕王也曾俊美无双，惹得一众大家闺秀倾心不已。如今，这登顶王位近二十年的男人早已在朝堂的云谲波诡中渐渐苍老，华发丛生。岁月在他的眼角雕琢出一道道皱纹，每一道都是他精于算计的见证，是他身为君王的恩威，令人又敬又畏。

“民女见过王上。”微浓站定在玉阶之下，行了跪拜大礼，声音毫无起伏、波澜不惊。

燕王闻言叹气：“还是习惯听你唤‘父王’。”

“民女不敢。”微浓低着头，淡淡回道。在这个人面前，她再也不必伪装什么了。

燕王也的确不在意这些，却也不让她起身。微浓没多问，只是安安静静地跪着，也不知跪了多久。

殿内气氛正压抑之时，燕王突然直入正题："孤今日宣召你，是有两件事。一件好事，一件坏事，你想先听哪一件？"

微浓平静地答："坏事。"

燕王便也直截了当："坏事是，你必须死。"

果然如此。微浓早已料到这个结局，心中没有一丝惧怕，甚至有些期待——期待着能与楚璃早日团聚。

"民女谢主隆恩。"微浓叩首，真心回道。

"别急，还有一桩好事，"燕王意味深长地笑了，"你会死而复生。"

死而复生？微浓抬起头来："民女不明白。"

"昨日王后已代子求娶，请求孤册立你为太子妃。"

"太子妃？！"微浓震惊之下霍然抬头，失态地惊呼出声。

而燕王还是那副淡笑模样，似是对她的抗拒视若无睹，只蔼声笑问："这难道不是好事？孤打算准了。"

好事？原来这就是燕王口中的"好事"！微浓难以置信："王上！民女惶恐。"

"怎么？难道太子配不上你？"燕王面色如常。

微浓亟亟回道："是民女配不上太子殿下，也未有改嫁之意！"

"哦？你打算一辈子守寡？"燕王反问一句，语气倒还算是平静。

微浓此刻已是慌乱不堪，只好委婉答道："民女已决意入道修行，一生供奉天尊，不再过问红尘俗世了！"

"你要抗旨？"燕王不动声色地驳了回来。

"不！"微浓不敢硬碰，仍在寻找借口，"民女……民女名义上还是青城公主，恐怕……这会落下世人话柄。"

"所以你要先死后生。"燕王轻描淡写，"孤会为你安排一个新的身份。"

"民女曾嫁过人，早已不是完璧之身了……"

"我大燕民风开放，对此并不苛求。"燕王看似语态真挚，"再者言，太子娶的是正妃，求贤、求慧、求淑，其他的都不重要。"

一连几个借口，都被燕王驳斥回来，微浓的睫毛不住地颤抖，泄露了她的抗拒。

她不明白，王后为何要代太子求娶自己？三年半前，她以燕王私生女身份入宫之时，王后明明对她诸多刁难，排斥之意显而易见。还有燕王，这三年多的时间里，对身在楚国的她不闻不问，哪里谈得上有多么喜爱？

偏偏是在这个时候，册立她为太子妃。

这位置是多么重要！若无意外，日后便是一国之后！就连赫连王后的甥女、当朝明相的嫡长女，嫁给太子也不过只是个良娣！而她一个守了寡的假公主，出身不高、经历不堪，何德何能去当太子正妃？

微浓感到自己陷入了一个不为人知的阴谋，她不想了解，不想参与，更不想被人摆布其中。

“民女是不祥之人，嫁予楚太子之后，他便……求王上恕罪，民女不敢将这煞气再带给太子殿下。”

“楚太子福薄而已，这怎能怪你？再者你年轻守寡，也是孤的过错啊！”燕王长叹一声，似极有耐心地劝道，“青城啊，当时知道你并非孤的血脉，孤还以为咱们这段父女缘分到尽头了。如今你也给孤一个补偿的机会好不好？何况王后也看中了你，这岂不是皆大欢喜？”

听到此处，微浓终于明白，三日前太子聂星逸为何会突然登门示好。

可为什么？她感到既无措又疑惑，跪在地砖上的双膝已逐渐发麻，险些支撑不住她的身躯。

“只要孤认可，太子喜欢，一切都不是问题。”燕王一锤定音。

对方将话说到这个地步，微浓知道抗拒已没有任何意义了，无论她找到多少个借口，燕王都会一一驳回。绝望之下，她只好重重叩首，将额头贴近冰冷的地面：“王上！民女着实厌恶宫廷生活，求您另觅人选吧！”

入宫、和亲、守寡，她已被燕王主宰过三次人生，难道还要再来第四次？不！绝不！

“厌恶宫廷生活？”燕王锐目微眯，寒光射在了微浓面上，也撕下了他最后的伪装，“那可如何是好？无论你愿或不愿，你都必须嫁给孤的儿子。”

“为何？”微浓实在费解。

燕王看着她，看着这个十九岁女孩的种种表情，震惊、惶恐、抗拒、厌倦、疑惑……他就像是看到了燕国的未来，看到了他两个儿子的前程。

“因为你天生皇后命格，注定入主中天。”

皇后命格？微浓万分讶异。须知九州已割据近三百年，四国并立，没有哪一国的君王敢称“帝”，自然也就没有“皇后”一说了。算上已灭亡的楚国在内，四国的君主之妻，都只是“王后”而已。

皇后一称，何其之高，何其遥远！

燕王亦是语带深意：“九州已经快三百年无人称帝了。”

是啊，快三百年无人称帝了，而她竟然是皇后命格。

原来，这就是燕王册立她为太子妃的用意！

原来，这就是赫连王后代子求娶的内情！

原来，这就是聂星痕对她纠缠不休的原因！

原来，她这十九年的人生，竟是个笑话！

再想想燕王的野心，想想燕、楚从交好到交恶的全过程，想想楚国被灭的结局……他们这些王室贵胄，竟然将一统天下的希望，寄托在她的皇后命格上！何其可笑，何其悲哀！

而更可笑的是，她竟比他们还要悲哀！

这一刻，那些积郁已久的愤怒、屈辱、憎恨、痛楚……陡然汹涌，像是即将决堤的洪水激荡在她的喉头，她挡不住、拦不下，只能听之任之，脱口而出："我若真有皇后命格，楚太子怎么会死？楚国怎么会亡？这分明是最大的笑话，您竟会相信？"

"宁可信其有，不可信其无。"燕王态度坚决。

听闻此言，微浓笑了，嘲笑这该死的命运！嘲笑这可悲的世事！嘲笑这世人的愚昧！

"这就是您攻打楚国的原因？"她颤抖着质问。

"原因之一。"燕王坦然作答，"另一个，是痕儿。"

原来他全都知道了！她和聂星痕的一切过往！微浓看向燕王："您既然知道一切，为何还要让我嫁给太子？您难道不怕他们兄弟反目？"

"他们早就反目了，也不多你一个理由。"燕王面上隐隐泛起算计，好似乐于看到聂星逸和聂星痕兄弟相争。

微浓唯恐自己是看错了、听错了，连被赐婚的抗拒都暂且忘记了，只是心惊肉跳地问："您究竟什么意思？"

燕王的面容明明是清晰的，却像是隐藏在了逆光之中，晦暗不清。他忽然将身子些微前倾，探首看向微浓，低声笑问："你想知道吗？"

此刻的燕王，就好似一条人形的巨蟒，从御案之后探出头来。他在对她吐着蛇芯子，还有惑人的毒雾，那是一种危险与诱惑，令微浓毛骨悚然。

她想要从地上站起来，想要不顾一切地逃离此处。奈何双腿跪得太久，早已酸痛麻木，她似被定了身一般，怔怔地跪坐在地上，半分也动弹不得。然而心却提到了嗓子里。

"王上的家事，我不想听。"微浓心里清楚，一旦自己知道了燕王的心思，她就彻底跑不掉了，只能任由燕王摆布。

燕王却忽然低笑出声，很满意地点了点头："孤果然没有看错人，你很聪明，这就够了。"

微浓死命地摇头，勉强用双臂支撑起上半身，再次磕头："还请您为太子另择佳偶。"

"另择佳偶？孤到哪儿再去找一个有皇后命格的人呢？"燕王低声一叹，"好像非你不可呢！"

"您若不收回成命，民女唯有以死明志！"微浓缓缓闭上双眸，泪水已难以抑制地蜿蜒而下，滴滴坠落在这冰冷的玉石地砖上，溅出晶莹剔透的水光。

这样也好，更合她的心意，原本留下自己这条命，也无非是想为楚璃报仇，想替他看看楚地百姓的将来。如今，以死明志，她就能提前与他相会了。

在那条寂寂黄泉路上，她会踩着殷红的彼岸花瓣与楚璃重逢，对他诉说思念与衷肠。

燕王遗憾的叹息声低低传来，打断了她的思绪："如此倔强，倒有几分痕儿的风格。"

微浓已然视死如归，等待着燕王下令处置。

燕王也终于从御座上站起来，款步走下丹墀，站定在她面前："这可如何是好，你若死了，楚王必定伤心欲绝。"

楚王？楚璃的父亲？燕王言下之意是……

微浓不敢细想下去，只能努力仰起脖颈看向他，明眸怒睁："您到底想做什么？"

"不想做什么。"燕王看着圣书房东侧的窗户，似笑非笑，"你宁愿做他的儿媳，也不愿做孤的儿媳。他的儿子死了，你还矢志不渝宁死守贞，这让孤的颜面往哪儿搁？"

话到此处，燕王像是唯恐她没听懂，又慢慢地加上两句："如今他是孤的臣子，这岂不是犯了大忌？青城，你说是不是？"

这摆明是威胁了！霎时，微浓一颗心如坠寒潭深渊，冰冷彻骨。她是真的被逼急了，不管不顾地说道："王上！楚宗室已尽皆归降，离家弃国来此终老，如今他们恪守本分，未有一丝异动，您怎么能……"

"未有一丝异动？"微浓的话还没说完，已被燕王冷冷打断，"倘若楚宗室没有异动，痕儿怎会在驿站遇刺？用的还是惊鸿剑？倘若孤没记错，惊鸿剑一直是在楚人手里吧？"

他停顿片刻，强调："或者，是在楚宗室手里？"

"王上！"微浓张口欲辩，想要说出聂星痕遇刺的实情，却被燕王摆手阻止。她抬眸死死盯着对方，看到他的双目之中闪着异样的精光，那意思分明是在告诉她：欲加之罪，何患无辞！

是的！所有的一切，都在燕王掌控之中！她的解释、她的抗拒还有什么意义？毕竟燕王是君，楚宗室已为臣属——君让臣死，臣不得不死！

十九年来，微浓从没像此刻这般感觉强烈，在君威之下，在王命面前，人就渺小得如同一只蝼蚁！

在楚国灭亡之后，她一直不敢去探望楚王。可即便是刻意疏远，即便是暗中关注，燕王还是知道了她的心思，捏住了她的软肋！

她是否要用楚宗室的性命，来成全她自私的忠贞？如若她执意违抗燕王之命，九泉之下，她是否还有颜面去见楚璃？

可是，若她真的改嫁给聂星逸，做了燕太子妃，她依然没有颜面去见楚璃！

无论如何选择，都是背弃！微浓的意志前所未有地动摇起来。

就在这一刻，燕王又给了她最后一记迎头痛击："为了楚王室一门，你当真不再考虑考虑？"

微浓的面前，是燕王的一双绣金蟠龙夔纹靴，那靴头的金龙栩栩如生，此刻却像是张着血盆大口的巨兽，要将她一口吞噬。

还需要考虑什么？她还有什么资格去考虑？

这就是王命难违。

微浓沉默片刻，慢慢抹去颊上的泪水。她对着那双靴子重重叩首，就似她无法抵抗命运的洪流，被迫屈从于扭曲的君威之下，偏偏还得笑着谢恩："蒙王上恩典，民女……不胜荣宠。"

"很好。"燕王轻轻点头，重新走回御案前落座。

微浓神情恍惚至极，似已到了承受的极限。

燕王也知事关重大，需要让她慢慢接受。何况今日软硬兼施，能说动她改嫁已算不易，便也不再多说："你先回去吧，余后再议。"

"是。"微浓挣扎着从地上站起来，忘记了双腿的麻木与僵硬，似失了魂魄一般吃力地往外走，踉踉跄跄地冲出门去。

燕王望着她的背影，突然就想起钦天监监正曾说过的话——

"虽然公主命主中天，是皇后命格，但其周围却有紫微星、天府星、七杀星、天相星四星围绕，恐其命途坎坷，后位艰辛。”

“那太子和敬侯是什么星？又是什么命？”

“公主的星芒太强，暂时遮盖了其余四星的命相。微臣只能看出太子与敬侯皆在其列，至于归位哪颗星、是什么命格，微臣能力有限，无法勘破天机。”

“她一个女子，竟有如此之强的命格，这是好事？”

“好坏参半。从命相上看，与公主过从甚密的男子，都会身处高位，但也逃脱不了四个字——颠、沛、流、离。”

入夜。

璇玑宫又结束了香火鼎盛的一天，月上梢头，人声渐消。千霞山上，暮霭沉沉，家家户户闭门歇息，炊烟袅袅。

微浓拖着疲惫的身躯回到璇玑宫，神情麻木。

“公主，方才有位男施主送来这锦盒给您，刚走没多久。”小道姑见微浓回来，忙抱着一方锦盒，前来回禀。

微浓只看了一眼，便知那锦盒内是什么东西——峨眉刺的光华淬闪逼人，即便不点灯，也能照得屋子内一片幽亮。这是四年前聂星痕赠予她的定情之物，也曾是她最为钟爱的一样东西，几乎从不离身。

当时，她还只是一个在镖局长大的，由姨父、姨母抚养着的女孩子，十岁跟着镖局走镖，十二岁与土匪们喝酒，十五岁敢上擂台打擂。这样无忧无虑的生活，从遇见聂星痕的那一刻起，变得面目全非。

微浓缓慢地伸出双手，将峨眉刺从锦盒中取出来。触手生温，偏又有寒意围绕，那种精巧锋利之感，与她记忆中无异。可记忆中的欢欣之感却再也没有了，从前她对这对峨眉刺有多爱不释手，眼下便有多心痛难忍。

时光无情，碾碎了她一颗热血沸腾的鲜活的心。如今，她的心早已化作死灰。

有多久没用过峨眉刺了？她自己都快要忘记了。在得知自己是燕王私生女之后，她入京的第一件事，便是将这对峨眉刺当掉，将换得的银钱寄给了姨父、姨母，以感谢他们的养育之恩。

没想到时隔三年半光景，这对峨眉刺又经由那个人送回到了她手中，可当初赠她峨眉刺的人，早已与她渐行渐远了。

即便答应燕王改嫁，微浓也不想再留下这东西了。留着它，无疑是对楚璃的背叛。虽然，她已经背叛了。

微浓考虑良久，抱起装有峨眉刺的锦盒，往璇玑宫大殿方向走去。

长明灯照亮大殿深处，元始天尊、灵宝天尊、道德天尊三座神像庄严肃穆，象征着天地万物由混沌初开到太极两仪的衍生过程，天道无为、道法自然。

可她终究还是鸿蒙未开，根本无法参透这万物的玄妙，无法听任世事自然而然地发展。于是，也只能借着入道的名义，躲在这里安身立命、逃避世事，独自思念着、慰藉着，想要抓住渺茫的过往，还有过往里值得挽留的人们。

而如今，她又要重新踏入这罪恶的红尘了。

微浓对着三清神像，将面前的锦盒缓缓打开。氤氲的烛火之下，一红、一绿两道幽光蓦然生出，摇曳出动人的光影，冷艳而逼人。青鸾与火凤相对交颈于云海之上，羽翼绽放，更衬得她寂寞彷徨，独自沦落这冷暖人间。

明知时辰已经很晚了，她却还是执意燃了三炷香，伏地叩拜虔诚发愿："弟子微浓，有幸入道，却为身外之事所缚，未曾勘破世事。今日暂将峨眉刺寄于座下，愿能真正了却红尘俗事，清心修道。他日心愿若得实现，再来向三位天尊还愿，毕生供奉。"

微浓的声音平静而低沉，早已没了白日里在燕王宫的抗拒和惊恐，算是真的接受了改嫁的事实。如是许愿罢，她便将三炷香敬入神像座下的香炉之中，又将装有峨眉刺的锦盒置于香炉之后。

她知道，这里是璇玑宫大殿，又有燕国王室背景，即便每日香客千万矣，也无人敢动三清神像座下的供奉之物。

若万一真是有人偷了去……那她也不必再费心处置了，就此散落天涯也未尝不是一件好事吧。

暮色渐渐染成黛紫，殿外寂寂风过，微浓的影子独自凝在巨大的地砖之上，又被摇曳的烛火吹得支离破碎。夜风吹过大殿，响起刻骨铭心的回声，似有人在她耳畔重复着那句话语，一遍一遍，经久不息——结发为夫妻，恩爱两不疑。生当复来归，死当长相思。

命运虽一次又一次地捉弄了她，但总算对她恩赐了一回，让她曾经遇到楚璃，让他抚慰她受伤的心灵。相聚的时光虽只有短短三年，却是她最弥足珍贵的记忆，足够她追忆一生，回味恒久。

此后，就算她被迫改嫁给任何人，在她心中，她也只嫁过他一人。

泪意在刹那间夺眶而出，不给她机会忍住。微浓不知自己在地上跪了多久，哭了多久，才终于抽噎着擦干眼泪，想要离开了。

然而，面前洁白的地砖之上，除了她形单影只的身影之外，不知何时，已悄然多了一个人的影子。

这让微浓想起在驿站的那一晚，那个暗中注视她的人。这一次，她学精明了，唯恐反应过大惊跑了他，便决定按兵不动。她默默盯着地上的影子，佯作抽噎拭泪，半晌，猛地转身看过去："谁？"

黑衣人没想到她会忽然转身，二话不说便往殿外跑。微浓只觉眼前银光一闪，她下意识地闭了闭双眸，再睁眼时，黑衣人已经奔出了殿外。

微浓闻到空气中飘来的熟悉的药香，正是在驿站那晚闻到的气味。她脑中一热，不假思索地追踪而去，可黑衣人腿脚太快，殿外早已没了人影儿。

微浓竭力让自己镇定下来，轻轻嗅着残留的药香，循着那味道缓慢而行。只可惜夜风飘忽，很快便将这气息冲淡了，再也无迹可寻。

她不禁抬眸环顾四周，见三层高的主殿楼阁上似有人影一闪而过，朝着北面的鼓楼方向跃去。她轻功不佳，只好目不转睛地盯着那黑影，一路提着道袍匆匆追寻。

终于，那黑影在屋檐上几个起纵，从鼓楼到钟楼再到元君殿，最后一跃而入紫霞苑中，再也不见了踪影。而紫霞苑，正是她的住处。

微浓缓缓定了神，迈进紫霞苑中，这苑内到处都是参天古木，每一处都足够让黑衣人藏身歇脚，让她无处寻找。不过经历两次偶遇，微浓可以肯定，这黑衣人对她并无歹意，如此一来，她便也壮了胆，站在苑中默默不动。

药香之味又隐约飘了过来，微浓吸了吸鼻子，下意识地继续追寻气味的来源，终于脚步停在了自己的屋子前。

"阁下既两次夜探，为何不肯现身？"她对着虚空之处率先问道。

夜风飒飒，树影婆娑，无人答话。

微浓拢了拢衣襟，缓缓推开自己的屋门，落座于案几前。她不知黑衣人到底藏身在何处，只是空中的药香令她笃定，他就在附近，而且正看着她，听她说话。

微浓没有点灯，双手抵在案几上，抿唇想了片刻，终于轻声说出自己的揣测："你是楚璃的胞弟楚珩吗？"

话音出口，屋内一直没有回应。微浓却也不再问了，安静地坐在夜色中，等待对方承认或否认。

良久，屋内忽而亮起一点橘色星火，一个身形高大的黑衣男子不知从何处走了出来，手执火折子行至案旁，将两盏油灯一一点亮。

微浓依然坐着，抬眸看他。银色的面具之后，那双眼眸似曾相识，正散发着深深浅浅的光芒，定定看着她。

"你如何得知？"他压低声音开口。

微浓以手支颐看向案上的灯火，寂寥地笑了：“大概是女人的直觉。”

楚珩沉默片刻，回道：“那晚多谢你解围。”

微浓摇了摇头：“我不是替你解围，我是真想杀了他。”

楚珩藏在面具后的脸庞表情莫辨，只有沙哑的声音萦绕左右：“你不该插手这件事。”

“我想为他做点什么。”微浓的心似被冷水浸过，清醒而坚定，随即又自嘲地笑了笑，“不过你放心，以后我不会再动手了。”

楚珩“嗯”了一声，未再多劝。

两人一个站着，一个坐着，默然相对。明明是第一次真正见面，却让微浓有一种莫名的熟悉感。

“为什么来看我？两次？”她将心底的疑惑问了出来。

楚珩没有作答，银色假面映着烛火，也映出了那个面带期许的她。

“是楚璃让你来的吗？”她紧追不舍。

“是……”楚珩迟疑片刻，“王兄临终前托我看顾你……既知道你平安……我以后不会再来了。”

许是方才在璇玑宫大殿哭得狠了，微浓此刻竟一滴泪水也没有。相反地，她感到一种凄惶的安慰。至少，楚璃临终前没有怨怪她，还嘱咐胞弟照顾她。

想起今天在燕王宫中所发生的一切，楚珩的突然出现便显得更加讽刺，却又是那么及时，至少能让她离开得无憾了。

她正想着，却听楚珩主动问道：“你方才在大殿里说的话是什么意思？”

“没什么意思。”微浓很快作答，她不打算告诉他改嫁之事。于楚珩现在的身份而言，知道得越少对他越安全。若是以后深宫内院里彼此偶然遇见了，他也就全明白了吧！

“你在敷衍。”楚珩出语评价。

微浓想了想，也觉得自己的回答太过敷衍，便又模棱两可地解释了一句：“我的意思是，我要离开这里了。”

“你要远游？”楚珩直接回问。

“嗯，算是吧……”微浓没有否认。道家之人皆爱云游，到处结识才学之士与同道中人，楚珩这么理解也没有错。

果然，楚珩相信了，沉默一瞬：“离开也好。”

“是啊。”微浓口中附和，人也从案前站了起来。她这才发现，楚珩身形高大，几乎与楚璃一样高。她抬眸看着他面上覆着的银光假面，人却越发恍惚，不知面前这人到底是谁。

她情不自禁地走近一步，喃喃地道："楚璃……"

楚珩立刻退后一步，避开她："时辰不早了，告辞。"

微浓猛然惊醒，自觉失态，只好转头望向窗外。那一轮圆月高悬，近乎圆满，然她的人生，却再也不会圆满了。

"我送你到山门吧。"她淡淡说道。

"不必，恐被外人看见。"楚珩再次拒绝。

微浓没再坚持，只将他送出紫霞苑。两人踩着苑内一地散碎的枯叶，于无声中听有声。

"几时启程？"临到苑门处，他突然停下脚步，低声问道。

微浓摇了摇头，到底是有些哽咽："还没定，也许明天，也许下个月。"

"保重。"他惜字如金，朝她颔首告辞，转身便施展了轻功，风雷一般纵身一跃，迅捷无影踪。

独独剩下一缕月光，照在他踩过的地面上，散落一地温暖与荒芜。

《燕史》：隆武十七年冬月初一，青城公主离京云游。次月，因病逝于房州，以道家之礼葬。

第四章

物竞天择，适者生存

京州城依山傍水，城池雄高，四季如春，气候湿润，是不可多得的风水宝地。

翠湖位于京州城外北麓地带，依傍着千霞山璇玑宫，中间被一条长长的白玉拱桥隔离成南、北两个小湖，面积加起来抵得过三座皇城。

南湖略靠近城内，人们熙攘往来，一年四季热闹非凡、游人如织；北湖更靠近城外，其上廊亭高檐、飞柱雄抱，两侧均以盘螭雕栏隔绝开来，乃是王亲贵族出入专用。

隆武十八年二月刚至，京州城已是春色宜人，暖风和煦。这一日夜幕初临，华灯初上，璀璨的灯火已在翠湖之上被次第点亮。风过水动，整个湖面波光粼粼，流光溢彩。

一艘华丽的云舟徐徐驶入翠湖之北，与另一艘小舟渐行渐近。直至两艘船只贴得近乎相撞时，一名白衣女子突然从小船中走了出来，欲换船登上那华丽云舟。

她一手提着裙裾，一手按在云舟的甲板边缘，也不让人搀扶接应。夜色里，只见她微踮脚尖轻身一纵，裙裾已在半空中划出了一个弧形扇面，随即她优雅轻盈地跃上了云舟。

白纱裙角逶迤摇曳，紧裹着她曼妙的身姿，素色丝带束着她丰盈的秀发，夜风一吹，衬得她整个人衣袂飘飘，恰如九天仙子。

她正是燕王已下令为其治丧的青城公主——微浓。

自去年十月答应改嫁太子之后，她便在燕王的授意下“云游病逝”。燕王将她安置在了长公主聂持盈府中，恰好长公主去年三月夭折了一个女儿，她便顺势顶了那身份。虽然，长公主的女儿夭折时还不满十五，而她今年已经二十岁了。

可谁会在意这些细枝末节呢？有个合适的家世背景就够了。至少，要比明相嫡女的身份尊贵，否则也越不过太子良娣的头衔去。

只是微浓万没有想到，自己“病逝”的消息方才传回京州城，燕王便迫不及待地约了她出来，商议定亲之事。为此，还特意微服出宫，摆宴翠湖，倒也算是煞费苦心了。

微浓边想边踏入云舟上层，顺着通廊步入内舱正殿，拨开长垂的珠帘纱幕，便见燕王站在一扇舷窗旁边，正负手看着湖上夜景。

他今日穿了件极为普通的墨绿色刻丝锦袍，颀长的身形飒飒临风，看起来比在宫中更年轻些。若忽略他发间的满头霜雪，单看这背影，倒像是个而立之人。

可即便再不服老，岁月也瞒不住痕迹了。

微浓在心里兀自感慨，正打算出声行礼，燕王已察觉到了舱内动静，转过身来看她：“今日在外，礼数从简，入座吧。”此言甫罢，他已走到黑漆彭牙四方桌前入了席。

微浓也俯身称是，行至桌前，款款落座。

舱内除了他二人，唯有宝公公在侧服侍，此时正为两人斟酒布菜。一桌子精致的凉菜，独他二人享用，然而微浓无甚胃口。

“在长公主府中，可还住得习惯？”燕王率先发问。

“嗯。”微浓简要回道，“公主与定义侯对民女十分照顾，府中下人也一应知道分寸，不曾多问一句。”

说起长公主与驸马定义侯，这其中还有一段众人皆知的故事。长公主聂持盈，小字“婵娟”，是先王长女，也是先王最钟爱的女儿。她的驸马暮皓出身寒门，两人在京州城的上元灯节一见钟情，从而结为连理。

按祖制，驸马是不能封侯的，干政也极为有限，领的多是虚职。但燕王聂旸当年龙潜时，便与长公主聂持盈交好，虽非一母同胞，感情却更胜同胞姐弟。

后来燕王也是在长公主的支持下做了太子。燕王继承王位之后，不忘旧时恩情，又因长公主已封无可封，便破格册封驸马暮皓为定义侯。

若说燕国煊赫之家，第一当数长公主府。

“长公主和定义侯足以信任。”燕王也不避讳宝公公在场，直白地说道，“况且你如今是长公主的女儿，一旦做了太子妃，对她有益无害，她岂敢对你不照顾？”

微浓看了一眼宝公公，未再多言。

宝公公此刻正专心致志地布菜，表情如常，仍旧是在宫里那副笑眯眯的模样，看来早已练就了非礼勿视、非礼勿听的本领。

燕王像是看出了微浓的顾虑，便主动笑道："你想说什么，不必顾忌他。"

微浓迟疑片刻，才将心底的疑虑问了出来："关于太子和敬侯……"

她还未说完，燕王已了然她话中之意，反问："你担心他们兄弟阋于墙？"

一直以来，燕王于女色上都较为节制，再加上有个强势的王后，故而后宫子嗣异常单薄，膝下唯有二子一女——太子聂星逸、敬侯聂星痕、金城公主聂星彩。

这兄妹三人之中，太子与公主皆为王后亲生，独有聂星痕一个庶出子嗣，在这王宫里艰难地活到成年。王后的手段，由此可见一斑。

在这种情况下，王后代太子求娶她为太子正妃，就显得很有深意。而燕王明知她与聂星痕有些过往，竟然还同意了，这更让微浓感到不解。

难道皇后命格这四个字，比他两个儿子相亲相睦还要重要？

"民女不明白，您既然知道敬侯他会……"

"孤就是要他心怀怨愤，忍无可忍。"燕王没等微浓说完，即接下了她的话茬儿，"痕儿太能忍了。王后明目张胆欺辱他，太子有意无意压制他，孤赐他封邑远离王都，他都能忍。"

燕王神情微妙，低声评价："韬光养晦是好事，但若是忍过了头，得不偿失。"

这言下之意是……微浓蓦然心惊，不自觉地抬手捂上心口，为燕王这番直白相告，也为这其中毫无隐瞒的惊天秘密！

燕王竟然属意聂星痕！那自己嫁给太子，到底是为了帮谁？

微浓一时还难以消化其中奥义，忍不住问道："您让我嫁给太子，是为了激怒敬侯，逼他出手？"

她一时激动，连自称都换成了"我"，御前失仪也恍然未觉。

燕王也没多计较，看着她回道："痕儿一直隐忍不发，藏得太深了。孤需要知道他的帮手是谁，才能确定他是否适合这个位置。"

这一番话，已算是变相回答了微浓的问题。

"这么多年来，他只在一件事上冲动过，便是知道你的身世之后。一夜之间，他改变主意，不仅主战，还主动请缨挂帅。"燕王笑意渐起。

湖上夜风轻轻吹过舷窗，撩起微浓几缕发丝，而她却觉得周身泛冷，冷如数九寒冰。

“这样一个为了女人而亡一国的人，您竟然属意他继承王位？”微浓诧异反问。

“可是他也赢了军心和前所未有的声望。”燕王终于握住夜光酒杯，将杯中美酒一饮而尽，续道，“你看，痕儿懂得平衡，他能做出最两全其美的选择。或者说是一举两得。”

微浓冷笑一声，也将杯中之酒一饮而尽。

“孤只属意强者。”燕王幽幽解释，“太子有王后一族相帮，位置坐得太容易了。王位自然是强者登之。”

燕王点到即止，但微浓觉得自己好像听懂了。也许一定程度上的竞争，是能激发太子与聂星痕的潜能，锻炼他们的心志，锻炼出最适合王位的储君。这是生于王室所不可避免的磨砺，若不能坦然面对，则终将不能自保，白白牺牲在这宫廷与权术之中。

身为一国之君，燕王自是为了国祚着想。至少如今，还有他这个父王看顾着，儿子们再敌对、再不济，总不至于丢了性命。

“痕儿有优势，也有劣势。一则庶出，再则他血统不纯。”燕王索性对微浓和盘托出，“其实痕儿的生母是宁国人。二十三年前，孤为太子之时，宁国太子出使燕国，将一个美人送给了孤。后来，孤让她入籍赫连氏，做了王后的族妹，才光明正大生下了痕儿。”

早在四年前，聂星痕就对微浓提及过这段身世。她以为，燕王为此也算煞费苦心了，让聂星痕的生母入籍赫连氏，赫连王后必定顾忌家族利益，不会轻易对聂星痕下手。

再看长远些，若聂星痕当真做了储君，取太子之位而代之，至少从名义上看，太子还是出自赫连氏，这也能将换储的风险降到最低。

燕王看见微浓对此无甚反应，便猜到她早已知晓此事，又笑：“看来痕儿是真的喜欢你，连身世都说与你听了。”

微浓不想再继续这个话题，执箸吃了口菜，回道：“您是想他们兄弟竞争，您从旁观望，选定最后的继承人？”

“生逢乱世，这有错吗？”燕王反问道。

微浓无话可说了，此刻，她也深深体会到了燕王的苦处，体会到了他身为君王、身为父亲的双重苦心。

“你可知道太子的表字是什么？”见她长久不说话，燕王突然如此问道。

太子的表字？微浓一愣，随即摇了摇头。

“那痕儿的呢？”燕王再问。

微浓沉吟片刻，低声答道：“竞存。”

物竞天择，适者生存。

“放眼九州四国，任何地方都适用这个道理，不是吗？”燕王笑问微浓。这一刻，他仿佛只是一位循循善诱的长者，正用最好的耐心教导后辈，话中道理浅显而深刻。

微浓无法否认。

燕王这才满意，示意宝公公斟上美酒，朝她举杯道：“好孩子，利用好你的优势，不要让孤失望。”

不过一句话而已，他又从循循善诱的长者，变回了心机深沉的君王。

微浓也举起酒杯，却并未与之对饮，盈盈素手把玩着杯身，轻轻说道：“您难道不怕我与太子联手？您知道的，我恨透了聂星痕。”

燕王闻言大笑起来，索性再次放下酒杯：“你可别忘了，你上头还有一个王后。她能容你操控太子吗？只要有王后在，你对痕儿还不算威胁。”

“您看得真透彻。”微浓自嘲地笑笑。

是啊！她一个毫无势力的孤女，王后不可能看着她起势而不管不问，她以后要处处受燕王和王后的钳制，又怎么可能对聂星痕构成威胁？

她的作用只是搅乱争储的浑水，给聂星痕一个理由起势而已。唯一值得庆幸的是，她还有一个皇后命格的头衔可以自保，至少不会有性命之忧。

明知自己是被利用，却无法逃避拒绝，可她偏偏不想服输：“王上，既然您给了我这个机会，就别怪我泄私愤。我会向您证明，聂星痕不是合适的人选。”

“他有多少能耐，孤心里清楚，”燕王忽然心情舒畅地笑了起来，“你只管对付他。”

两人都坦诚至此，话题算是暂时揭过去了，宝公公适时命人上了热菜。

纵然微浓心里有千万种恨、千万种不愿，可面对这个胁迫她改嫁的君王，她还是勉强与之对饮了几杯。

两个人心照不宣地吃完了一顿饭，落在外人眼中，就好似真正的父慈女孝，席间气氛融融。唯有扒开潜藏在深处的真相之时，才会发现，人与人之间竟会有如此之多的相处方式，纯粹与复杂、真挚与虚伪。

如此虚与委蛇一番，一顿饭也临近了尾声。微浓虽已微醺，心里却还清醒着，不忘借着酒劲提醒燕王：“但望您不要忘了，善待楚国王室。”

“你喝醉了。”燕王笑回，“京州城里已经没有楚王室，只有永安侯一门。”

微浓立刻一个激灵，被湖上夜风吹得清醒了。是啊，早在一个月前，楚王已经被册封为燕国永安侯了。

燕王又用筷子敲了敲面前的酒杯，刻意对微浓强调："只要你安分守己，孤保他们平安终老。"

微浓握杯的右手抖了一抖，终是无声。

燕王沉吟片刻，再道："还有一件事，望你务必答应。"

"王上但有所命，民女岂敢拒绝？"微浓唇畔浅笑，略略讽道。

燕王只作未闻，眉宇之间竟是前所未有的郑重之色："待孤百年之后，无论他们兄弟谁登上王位，败的那个，请你保他活着。"

堂堂燕国君王，对她用了一个"请"字。

至此，微浓的酒彻底醒了，随着湖上渐渐冷去的夜风，脱口而出："您太看得起我了，我没有这个能力。"

"你有。"燕王虽一直看着她，目光却变得杳然幽寂，"别忘了，你是皇后命格。"

"皇后命格……"微浓咬牙切齿地重复了一遍，未再往下接话。

燕王也不催促，只是无声地等着。

"您为敬侯考虑得真多！这才是您的目的吧？让我做太子妃，以期我能在太子面前保下他一命？"微浓一语中的。

鎏金云舟在翠湖上缓慢行驶，两侧舷窗大开。酒气随之散了出去，换来一室乍冷夜风，冷得比人心更加深沉。

世事多么可笑！燕王胁迫着她，也有求于她；她受制于燕王，还要解燕王之困。

然而她却根本没有拒绝的机会，楚璃的父亲、永安侯一门，性命皆系于她。

"我答应您。"终于，微浓抬眸看向燕王，"倘若敬侯败了，我会拼尽全力保他不死。"

微浓虽只说了聂星痕，燕王却已放心了。因为他知道，以微浓的心肠，根本不可能看着太子丧命，唯有次子聂星痕，他怕她心怀怨愤，坐视不理。

如今得了这个承诺，燕王也落下了最后一块心中大石，诚恳叹道："无论你是顾念旧情，还是迫于孤的压力，孤都感谢你。"

"不用谢我。"微浓转眸看向舱外，冷冷道，"他一旦失去所有，便已生不如死，保他一命也没什么。"

微浓不知燕王听见这话会是什么表情，便也刻意不去看他，双眸仍旧望着舱外，瞳仁里映出流光夜景：“夜深了，请您下命回航吧！”

她的这种表情、这种语气，有一种说不出的淡漠，这令燕王感到无比熟悉——酷似她的母亲。

往事在这一刻随风袭来，燕王想起了那段模糊的旧情，还有微浓的身世。

当时，他还是燕国太子，痕儿的母亲产后不久抑郁而终，他厌恶正妻赫连氏的雷霆手段，便借口治理水患出宫散心。在房州，他遇上了微浓的母亲，当地有名的捕蛇女——叶阑珊。

其实他心里清楚，最开始的时候，阑珊喜欢的是他的侍卫良夜。可是，他却被阑珊独特的性格所吸引，再者当时又痛失爱妾，他便急于找一个女子抚慰他内心的孤寂。于是，在他有意无意的暗示下，良夜退出了，他乘虚而入，与阑珊定情。

后来，房州的水患治好了，他的父王却突染恶疾。他赶着回宫查探情况，唯恐自己失了先机，无法顺利继位；又恐自己与民间女子有私，会给反对他的朝臣落下话柄。于是，他向阑珊许诺，等他坐稳王位，再迎她入宫。

谁想这一耽搁，就是整整一年半。父王的病症时好时坏，宫中又是血雨腥风，他为此殚精竭虑，几乎将阑珊抛诸脑后。好不容易坐稳了那个位置，他才遣了良夜去房州找她。良夜一走半年，回来却说，阑珊已嫁人生女，迁居别处了。

不知为何，当听到这个消息时，他长长出了一口气。也许，他私心里并没有打算接阑珊入宫，他不想看她独特的性情被磨灭在这深宫之中，换她红颜早逝吧。

知道阑珊嫁了人，再加上他又是初登王位，政务上千头万绪，很快地，他便从中走了出来，渐渐忘怀了。

可谁知事情过去两年之后，房州刺史却突然上了道密折，说是有一民间妇人因病身故，其夫闹到刺史府衙，称替燕王养女三载。折子上还附带了孩子的生辰八字。

他当年去房州治理水患之事，时任房州刺史是知道的，倘若不是查证属实，谁也不敢轻易上这道密折。

他细算时日，也对此事半信半疑，又隐约觉得，阑珊的确不像攀附权贵之人，也做得出默默生养的事。于是，他立刻派了良夜去查证。然而良夜刚走到半路，房州又有消息传来，说孩子失踪了！

这一下子，阑珊的孩子成了他的心病。他唯恐是当年对不起阑珊，害她未婚先孕，万不得已嫁为人妇。他多方派人寻找孩子，十年来却始终未有所获，直至痕儿十五岁封侯出宫，他还特意嘱咐他留心此事。

原本他已经不抱希望了，可谁知两年后，痕儿突然从房州送来消息，说是寻到了一个在镖局长大的女孩子，身负王室信物，疑为阑珊的女儿。

而开镖局的那对夫妇也承认了，这个孩子并非他们亲生的，但却死活不肯说是谁送给他们的。只说孩子送来的时候已经三四岁了，脖子上挂着她的生辰八字和名字。

这对夫妇不知孩子的身世，又恐孩子已经记事，也不敢自称是她的父母，便假称是她的姨父、姨母，替她去世的父母代为照顾她。

也许是对阑珊的这份愧疚心理，促使他认下了这个私生女。也因为微浓与阑珊的确长得极为相似，连胎记的位置都一模一样。

往事回忆至此，燕王忽然感到有些无力。或许是因为他老了，已不愿再一遍遍回想过去的背叛，可那种被捉弄的难堪又是如此强烈，令他忍不住去想，去回忆。

就在微浓认祖归宗两月之后，楚国突然提出想要联姻，王后赫连氏不舍爱女金城远嫁，痕儿遂提出让微浓去和亲。如此，微浓便顺理成章地做了楚太子妃，又被算出身负皇后命格。

事情到此原本就该结束了，可就在微浓和亲楚国一年之后，燕、楚逐渐交恶，他被疑为楚国细作的刺客刺伤，侍卫良夜也为救他而身受重伤。

良夜伤重不治，临死前，才终于说了实话——阑珊的孩子不是他的。当年，就在他要回宫的头一晚，良夜去与阑珊道别，两人情难自禁发生了肌肤之亲。一年半之后，良夜奉命再回房州找她时，发现她已有了孩子，也已经嫁了人，良夜便将这欺君之事瞒了下来。

再后来阑珊死了，她的夫家还是误会了，以为这孩子是王室血脉。良夜眼见事情败露，唯恐牵连甚广，只好托付自己的师弟趁夜把孩子抱走，养在别处。恰好良夜的师弟从前救过一对镖局夫妇，知道他们膝下无儿无女，便将三岁大的微浓给了他们。

这些年来，良夜的师弟受托，时不时会去看看微浓，还传授她使得一手峨眉刺，勉强替良夜尽了父亲的责任。

至此，他才知道，阑珊自始至终绝口不提这个孩子，不是因为赌气，不是怨他负心薄幸，而是因为，孩子根本不是他的！她怕良夜因此获罪，才千方百计地隐瞒此事，谁想人算不如天算，还是让他阴差阳错地误认了微浓。

但他没有怪罪良夜。那是跟了他几十年的侍卫，又因救他而死，况且，当初本就是他夺人所爱。

可微浓的命数却因此而改变了，既不是他的女儿，又是皇后命格，他怎能允许她留在楚国？再有痕儿积极主战，他便借着攻楚之势，命痕儿把她接了回来。

也是那时，他发现了痕儿与微浓有些暧昧的过往。

回忆似乎飘得太远了，燕王及时将思绪拽了回来。而此时，云舟也已回航，泊船的码头隐隐在望了。

再看微浓，也是一副心事重重的样子，好似也陷入了某段回忆之中。

这就是男人与女人的区别。男人总能适时遗忘，而女人却总是不能自拔。

唯独痕儿是个例外。

如此想着，燕王竟不知不觉地笑了，却又不知自己为何而笑。

“孤打算将婚期定在今年秋。”他挑拣重要的信息告诉她。

微浓也终于回过神来，想了想，未有异议。

燕王看着眼前这张熟悉的容颜，目光穿透了她，恍惚越回到二十年前。一刹那，感慨顿生，他开口问道：“你从前叫什么？”

“夜微浓。”她答。

“夜微浓……”他想起来了，刚与她父女相认时，他曾问过她的名字。不过那时，他以为她是“叶微浓”，从母姓，如今才知，是“良夜”的夜。

夜色微浓，恰如此刻。

燕王收回目光，转而望向流光溢彩的翠湖湖面，刻意忽略心底那一丝旧伤，缓缓说道：“你母亲很会取名字。”

兹闻长公主三女暮氏，恪恭久效于闺闱，秉性淑敏，持躬持谨，端而不恃，乃闺中典范。值太子婚娶之时，当择贤女与配，适暮氏已及笄，特赐名微浓，配予太子，择良辰完婚。盼承以此好，永结同心，琴瑟在御，福祚绵延。

布告天下，咸使闻之。

钦此。

隆武十八年三月，上巳节刚过，燕王便以一道御旨将这桩婚事定了下来，也让微浓有了名正言顺的新身份。

都说做戏做全套，燕王显然比任何人都懂得这个道理。赐婚之余，他还命人修建了一座青城公主陵，就选址在千霞山璇玑宫后二十里处的公主峰。

当公主陵建好之时，京州城已入了夏。夜微浓，不，是暮微浓，也在长公主府住了半年有余。

这半年多里，她重新学习了王宫礼仪、宫制宫规，熟读了《女诫》《女训》等典籍，为入主东宫而做准备。此外，宫里还时不时会送来赶制的婚服、头面首饰，请她试穿、试戴，拿主意。

虽是燕王赐婚，可该走的礼数一样都没少，甚至更加隆重。纳采、问名、纳吉、纳征、请期等礼数一一走过，最后算了黄道吉日，燕王亲自将婚期定在了九月初七。

可太子妃的妆奁清单却一直在增删修改，眼看婚期越发临近，筹办处上上下下忙作一团。王后也多次下令，要举全国之力为太子妃筹办妆奁。

众人闻风都道太子妃集万千恩宠一身，未过门已得王后欢心。唯独当事人自己知道，王后恩宠的不是她这个儿媳，而是皇后命格这四个字。

一整个夏季，微浓没出过长公主府半步。好容易办妥了首饰、试妥了婚服，宫里又派人来教授她婚典仪制，微浓对此不胜其烦。

如此一直忙到八月，王后选定吉日将妆奁抬到了长公主府，她才得以稍稍喘了口气。即便如此，筹办处还一直在诚惶诚恐地告罪，道是妆奁置办得太过仓促，未免有所遗憾。

仿佛人人都在为太子大婚而忙碌不已，唯独她这个准太子妃，漠不关心。

八月十五，距离太子大婚仅剩二十余日了。时值中秋佳节，长公主阖府家宴，众人均为府中出了一位太子妃而欢欣不已，却对微浓的真实来历绝口不提。席间心照不宣地推杯换盏，微浓借口不胜酒力，早早回了闺房歇息。

到了后半夜，阖府人皆入眠，她才换了身衣裳从后门离开，她想去千霞山看看她的坟陵。

长公主和定义侯表面上不肯答应，可到底不想得罪她这位准太子妃，私底下还是让门房放了水，为她备了马匹和出坊文牒。

京州城九九八十一坊，除了声色之地以外，其他里坊均会在亥时之前闭坊，出入须凭文牒。长公主府位于宗亲聚集的胜嘉坊，管制更为严格，而长公主之所以放心微浓深夜外出，自然是因为她身边有人保护，或者说是监视。

微浓夜中纵马奔驰，也不管身后是否有人跟着，肆意驭马往城北而去，想要借此放纵一回，抒发心底积郁。

千霞山公主峰上，青城公主陵简约而大气，三座高大的汉白玉牌坊做了陵门，其内是一间巨大的碑亭。内设御赐石碑一块，镌刻着燕王的亲笔悼文。碑亭之后是陵墓正门，东西各立有十块石表，围绕着二十间石室，从地下微微凸起拱形室顶，这才是真正的墓穴。

青城公主的棺椁，就停放在这墓穴的正殿之中。微浓抚摸着石碑上的悼文，燕王寥寥几句，已书写了青城公主短暂的一生。她读着这些字句，就好似在读另一个人的一生。显然，短短大半年的时光，她已适应了新的身份。

如今她是持盈长公主的幺女、燕王的甥女、太子的表妹和未婚妻子，暮微浓。

“你终于来了。”一道熟悉的声音乍起，令微浓抚碑的动作突然一凝。

不远处，一袭紫衣的聂星痕正神色复杂地看着她，恨意中带着疼痛，怒意中带着悲怆，惊破了这无边无际的夜色，像是被揉碎了的一个酣梦，残忍而孤清，冷冽而伤情。

微浓眸光转向虚空之中，刻意不看聂星痕，问道：“敬侯殿下怎么不在封邑？无诏入京，可是大罪。”

聂星痕只冷冷地看着她，不发一语。

微浓一声淡笑：“哦，对了，您是来参加我与太子大婚的。”

“你在刺激我。”聂星痕眸色一凛，“微浓，你太狠了。”

她的确是在故意刺激他，便也不否认什么，幽幽再道：“殿下可要注意称谓，应该称我‘王嫂’了。”

她不欲再谈，边说边往公主陵外走。待走到聂星痕身旁时，霍然感到一阵冷冽之气朝她猛地逼近，像是即将黑云压城，兵临城下。

微浓立即后退闪躲，口中冷冷提醒：“我带了侍卫，殿下自重。”

她话音刚落，右臂骤然被聂星痕抓住。与此同时，黑暗中“嗖嗖”地跃出四名侍卫，齐齐跪地请罪：“敬侯殿下恕罪，我等奉命保护太子妃。”

“太子妃？”聂星痕唇畔勾起一抹讥嘲，“你们是哪一卫的？”

“北衙禁军，神武卫。”其中一个侍卫回道。

“神武卫……是父王亲信呀！”聂星痕语中讥诮之意更盛，“今日本侯与太子妃所言，你们尽可禀明父王，不必隐瞒。”

他重重咬下“太子妃”三个字，右手依旧握着微浓的右臂，对神武卫们命道：“退下吧。”

几个侍卫单膝跪地，纹丝不动。

“退下！”聂星痕面色骤变，厉声呵斥。

侍卫们面面相觑，仍不敢起身。

最终，还是微浓开口说道：“敬侯与我叙旧而已，你们暗中看着便是。”

四名侍卫这才出声领命，重新隐于暗处。

聂星痕见她说得如此云淡风轻，俊颜则变得更加阴沉，戾气也更浓：“为了楚王室，你竟答应嫁给太子？”

“你都知道了，何必再问？”微浓淡淡笑回。

聂星痕双目盯着她，毫不顾忌暗处的侍卫，脱口便道：“楚王室我替你保，不要嫁。”

不要嫁？他有什么资格不让她嫁？又哪来的权力替她保下楚王室？他甚至连太子都不是，他根本斗不过他的父王。可这些话，微浓没有说出口，燕王也绝不会允许她出尔反尔。

真是可笑！从夜微浓变成暮微浓，不过是换了个姓氏。而这简简单单的一个字，却已改变了她的家世门楣，再次改写了她的人生。

人与人之间的不公就在于此。有些人倾其一生想要改变的一切，某些人一句话即可成全；有些人拼尽全力想要守护的一切，某些人一句话便可践踏毁灭。

不过还好，至少她让聂星痕难受了。看到他难受，她很痛快。

微浓回看聂星痕，朱唇轻启，言语如刀：“不全是为了楚王室，也是为了报复你。在驿站我便说过了，会让你为楚璃的死付出代价。”

冷香微微袭来，她的话语就在耳畔，一如五年前彼此相恋时的耳鬓厮磨。可是，她轻描淡写说出的话，轻易堵住了他未出口的剖白与质问，一瞬间令他心头痛楚，无话可说。

他有些失神，眼前的女人便趁机逃脱了他的钳制，向后退开几步。她连笑意都懒怠继续敷衍，容颜渐渐浮上了疏离与憎恶。

如同她归国时的那场暴雨，淹没了他满腔的热切。

自去年她入道修行时起，他一直顾虑着她，也唯恐父王对她不利，忍着不去见她。唯一的一次不期而遇，她身边还有太子聂星逸，不曾对他假以辞色。

当时他虽心生不悦，却也知道，她根本看不上聂星逸。而且，“皇后命格”摆在那里，父王也不会轻易让她改嫁。

正是这份笃定，让他强迫自己隐忍克制，伤势未愈便返回封邑。可是他没想到，自己离开京州城才短短两个月而已，赫连王后便动手了！父王也变卦了！而她，竟同意改嫁！

从去年到今年，密报一封封传回封邑房州，有军机大事、有宫闱动向，但更多的是关于她的事。他眼睁睁地看着她假装云游、假装病逝，顶替了别人的身份，光明正大地去做太子妃。

他筹谋了那么久，请缨攻楚，就是为了找回她；留下楚王室，也是想给彼此一个转圜的余地。岂料一念之差，自食其果！

如今，看她为楚璃的家国而忧，为楚璃的亲人而虑，为楚璃的死而视他如敌，甚至不惜断送自己的终身……他快要嫉妒得发狂了。

早知如此……

“我把你接回来，不是让你做太子妃的！”他愤愤不甘。

微浓闻言沉默一瞬，忽而又眸光闪烁，回报他冷若冰霜的一笑：“你喜欢的女人，全都嫁给了太子，你早该习惯了的。”

一句话，惹得聂星痕勃然大怒，却又不得不克制：“王室联姻太过复杂，利益才是首要。我与她不是你想的那样。”

“是与不是，与我无关。”微浓转眸看向别处，出语讥嘲，“而且，我又焉知你不是看中了我的皇后命格？”

她总是知道该如何惹怒他！聂星痕双手紧握成拳，心绪平复良久，终还是手腕翻转，露出藏在袖中的一对兵器。

红、绿幽芒突然绽放，刹那间晃了微浓的双眼，她惊怒交织：“你动了我的供奉！”

“我在璇玑宫等了你三个晚上。”聂星痕自嘲地笑笑，“你可以杀了我，但不能折磨你自己。”

他边说边取出峨眉刺递予微浓，目光带着近乎执拗的痴狂，紧紧盯在她面上，逼她做出一个选择：“倘若这是你要的，今天我们可以彼此成全。”

微浓诧异地看向他，两人的目光胶着在一起，都从对方眼中看到了陌生的自己，寒凉而脆弱的，承受不住这一夜的沉黯。

微浓躲开他的视线，没有伸手去接峨眉刺，一种万劫不复的绝望漫至她心底深处，终至全身。她一字一字地告诉他：“我不杀你，我要让你一无所有。”

聂星痕变得面无表情，连那双星眸中也看不出半分异样，没有伤情，没有愤怒，没有失望，没有一切。

夜微浓，这个女人就如同一朵娇艳的花儿，令他想要采摘，却又把握不住那些深藏的、细密的刺。于是，他只好看她在春夏秋冬里肆意生长，让那些花刺越发地尖锐，也让她越发地香气诱人。

终至今日，变成了他无法靠近的毒。

“我再问最后一次，你是非嫁不可？”聂星痕的声音近乎喑哑。

“是！”微浓不假思索地作答，“看着你败在太子手里、看着你一无所有，楚璃地下有知，一定痛快至极！”

楚璃……又是楚璃！

聂星痕心头一窒，双手狠狠攥紧峨眉刺，任由那锋利的刀刃割裂他的掌心。许是太久没有尝过血的滋味，那双峨眉刺竟在鲜血的染裹中寒芒大作，红、绿幽光更胜从前！

手柄处的青鸾与火凤，就像是一直蛰伏着，等着这一刻接受鲜血的洗礼，然后张牙舞爪地飞出去，去逆天改命，去扭转乾坤！

“微浓，你听着！”聂星痕平静而克制地道，“杀母之仇、欺压之辱、夺爱之恨，我必要聂星逸百倍偿还！”

“还”字出口，巨响骤起，是聂星痕一拳砸在了青城公主的墓碑之上。裂声随即传来，碑身浮现出一丝裂纹，深而长，疼而伤，夹杂着斑斑血迹，触目惊心。

他终于走了，带着他狠戾的誓言，带着那双峨眉刺。夜风吹过，微浓只觉得周身很冷很冷，似难以抵挡那即将到来的、严酷的宫廷生涯。

第五章

明珠蒙尘，宝剑出鞘

隆武十八年，九月初七，太子聂星逸大婚，迎娶长公主和定义侯之女暮微浓。

婚仪盛况空前，举国同庆。

凤冠霞帔，钗钿礼衣，叠压的连裳花钗礼服足有九层之多，层层颜色不同，从里至外呈现出渐变的红、橙之色，再辅以青绿色的广袖罗锦翟衣，便是太子妃的大婚礼服。

即便微浓先前已试穿过数次，此刻也仍旧被压得透不过气，遑论还有繁复的金翠花钿簪满了发髻。

冗长的婚仪持续了数个时辰，待到礼成，已近深夜。东宫含紫殿内红闱低垂，衬得夜色也像是蒙上了一层红纱，旖旎而暖艳。

沉稳的脚步声从殿外传了进来，惊动了蒙着盖头的微浓，一路上宫婢们的恭喜声此起彼伏，无不暗示了来者是谁。微浓交叠的双手紧了一紧，流露出无声的抗拒。

推开含紫殿的门，一袭婚袍的太子踏入其内，穿过正堂，转过帘幕，绕过屏风，终于缓慢行至婚床前。

“啪嗒”一声，他将带来的锦盒搁在紫檀桌上。

“你们退下。”他低声开口，将屋内下人屏退。

“殿下，这……礼数还没行完呢！”嬷嬷忙道。

太子向来为人温和，此刻也不例外，一抹笑意挂在嘴边，轻声道：“余下的礼数，本宫自会与太子妃行罢。怎么，嬷嬷怕本宫不懂？”

“老奴不敢。”嬷嬷在宫中见多识广，一看这情形便知有异，立即带着一众宫婢退下。

殿内仅剩他二人时，太子聂星逸才用金挑子挑起新娘盖头，看着眼前这张盛妆容颜——清淡冷静，没有不甘，也没有甘愿。

聂星逸嗤笑出声，将带来的锦盒打开，看向微浓："这是二弟的贺礼。"

微浓不看也知是何物。那日在荣昌当铺，太子是亲眼看到聂星痕赎回了峨眉刺的，今日他又光明正大地送来当作她与太子的大婚贺礼。个中用意，不言而喻。只是她未曾想到，聂星痕竟做得如此直接，毫不遮掩。

"今日见了这峨眉刺，我才知道，二弟对你的心意不一般啊！"聂星逸冷冷一笑，"他是在向我示威，还是暗示？"

微浓没有接话。是啊！燕王算无遗策，向来隐忍克制的敬侯，终于要出手还击了。微浓蓦地想起中秋那夜，在千霞山上发生的一切，鲜血遍染的峨眉刺、聂星痕愤怒的誓言，还有他的再三挽留。

"殿下怎知他不是和您一样，看中了我的皇后命格？"微浓淡淡道，"一对峨眉刺并不能代表什么。"

"若是为了皇后命格，他大可暗中筹谋，何必明面上刺激我？"聂星逸左手按在那双峨眉刺上，凤眼微眯，"想不到二弟也会'冲冠一怒为红颜'。"

"这不正合你意？"微浓反问。

聂星逸猛地看向她，见她仍旧端坐在婚榻旁，仍旧是那副淡然之姿。

她与他想象中不一样。当母后命他娶她为正妻时，他虽诧异，倒也不排斥，毕竟，她有皇后命格，又是一介女流，不过任人摆布而已。可他险些忘了，她曾嫁过一国太子，而那个太子，死在了他二弟聂星痕手上。

而如今，她又轻而易举地挑起了他们兄弟的争端，让从前藏在暗处的倾轧摆到了明面上。也许这并非巧合，也许这正是她的手段。

聂星逸越想越觉心惊，却听微浓又道："您若嫌弃我、鄙夷我，大可悔婚，我求之不得。"

聂星逸回过神来，狠狠蹙眉："这是父王选定的婚事……"

"不必拿王上做借口，恐怕是您自己舍不得皇后命格。"微浓目光澄净，言语冷漠，"既然如此，您计较这些做什么？彼此心生嫌隙，对您有什么益处？"

聂星逸一时哑然，竟无话可说。

"不要把我看作一个妻子。"微浓言语冷淡，声色却厉。

"你是说……"

"你要聂星痕出局，我也要为楚璃报仇，你若看得上我，就把我当作盟友。”微浓直截了当撂下了话。她要聂星逸知道，这段婚姻，只是审时度势下的利益置换，仅此而已。

室内一下子变得安静了，聂星逸能听到自己沉而缓的呼吸声，他正面临人生当中的重大抉择。若是将微浓当作妻子，想起她和聂星痕的关系，他会很难受、很恶心；但若推开微浓，他又不想将皇后命格拱手让出去……

良久，他到底是敌不过皇后命格的诱惑，终于点了头：“好。我们只做盟友，不谈其他。”

“如此甚好，我会恪守本分，与您相敬如宾；也请您……自重。”微浓说到最后两个字时，垂下了双眸。

聂星逸显然明白她话中之意，嗤笑道：“你放心，东宫有一位良娣、三位良媛、四位承徽……我还不至于。”

微浓口上不言，心里却因此放松了些：“那就好，今夜劳您委屈一晚。往后，您可自便。”

聂星逸会意：“人前我会给你足够的尊敬，也希望你能说到做到。”

他说完这句，又似想起了什么：“对了，我如今有一子两女，你是否需要……”

“不需要。”微浓直接回绝，“我对养育别人的孩子没兴趣。”

堵得聂星逸无话可说。

微浓深知适可而止的道理，便也不再多说，径直走到梳妆台前，一一卸下头上发簪花钿。戴了几个时辰，她的脖子早就累酸了，如今诸事已定，她也不需谨守这些繁文缛节了。

聂星逸看着她卸簪解钗、对镜梳发，知道她这是赶人的意思，便识趣地说：“我去偏殿凑合一宿，明早再过来。”

微浓起身做了做样子：“恭送殿下。”

聂星逸笑出声来，又深深地看了她一眼，正要转身往偏殿而去，却忽听外头传来隐隐的呼喊声，而且，听起来不止一个人。

难道是聂星痕使了什么动作？微浓与聂星逸对看一眼，彼此的第一反应均是如此。两人齐齐往殿外走，微浓正要打开殿门，却被聂星逸一手挡住，朝她指了指窗户的位置。

微浓立刻会意，将窗户推开一条缝隙，这才发现，含紫殿正西方向的流云殿，隐见火光。

而流云殿里住的人是……太子良娣、明氏嫡女，也是聂星痕曾经的恋人——明丹姝。

与此同时，聂星逸也有些惊疑，便上前将窗户稍稍推开了些，想要探探流云殿的火势。

这可就奇了，好端端的，流云殿怎会突然失火？是意外，还是有人故意为之？或者，是良娣明丹姝的争宠手段？可她会这么傻，在今日落人话柄？

“您不去看看？”微浓望着窗外起火的方向，主动问道。

聂星逸转头看她，见她无甚表情。他不知她是否听说过明丹姝与聂星痕的事，也猜不透她的想法，便在心中兀自斟酌：

今夜是自己大婚，若此刻抛下新婚妻子，去探望一个得势的妾，是否符合礼数？尤其，这个妾还和自己不一心。

“会不会是什么圈套？”他小声喃喃。

“她可是您的表妹。”微浓点到为止。

聂星逸恍然大悟。是了！虽然今夜是他大婚，可明丹姝是他母后的甥女，当朝宰相的嫡女，也是他的表妹。他不去探视，绝对不合适。

他若不去，才更显得明丹姝是蓄意放火，公然争宠。若传了出去，且不说他东宫威望扫地，母后和明氏脸面上也绝不好看。

相反，这场走水若是天大的圈套，至少他也可以归结为“争宠”，借口是小儿女之间的争风吃醋，大事化小。

“你若不觉得难堪，我便过去瞧瞧。”聂星逸表态。

微浓一笑回之。

聂星逸知她不在乎，便也不再多说，径直推开了含紫殿殿门，故作质问：“怎么回事？外头如此喧闹？”

“回……回殿下，良娣的流云殿起火了。”

“带路！”

聂星逸放下话，匆匆赶去流云殿，才知是值守的宫婢打翻了烛火，顺着帘幕烧了起来。宫婢亟亟跑出去找人救火，再回来时，火势已旺。所幸起火的是偏殿，夜色又深，无人受伤。

“良娣如何？”聂星逸直接问道。

他话音刚落，只见一个身姿窈窕的宫装女子已从他身后跑了出来，惊魂未定地敛衽行礼：“殿下！妾身一切安好。”

聂星逸连忙握住她一双玉手，将她扶起。

起身仰首之间，这宫装女子的面容被宫灯映照了出来。长眉连娟、星眸皓齿、粉腮朱唇、丰姿冶丽，眉心天生一颗淡淡的朱砂红痣，端庄之中为她平添了一丝妩媚。

这就是明丹姝，着一袭流彩暗花云锦缎裙，发髻上簪着一整套赤金点翠如意步摇，步摇随着她的身形盈盈晃动，更衬得她娇艳欲滴。

的确是极美。放眼整个燕国，无论样貌、才学，还是出身，样样堪为女子中的翘楚。这样的女子，本可以做太子妃的，却因为燕王一番心思，最后只做了太子良娣。

她的出身，是她的助益，也是她的阻碍。

明丹姝今日特意妆点过一番，穿得比以往都讲究一些。众人都道是因为太子大婚，她才重妆以示东宫之喜。实则，她并不是为了太子聂星逸。

“殿下，这可是您大婚之夜啊！您……您怎能出来？”明丹姝瞟了一眼微浓所在含紫殿的方向，又看了看聂星逸身上的婚服，自责之情溢于言表。

聂星逸拍了拍她的手背以示安慰，笑道：“你的安危要紧，也是太子妃让本宫出来看你的。”

说到“太子妃”三个字时，聂星逸感到明丹姝身子一僵，他却只作不知，将关切之情表现得更重了一些：“宫婢怎么如此不小心？幸好你没伤着。”

明丹姝似是感动的模样，盈盈欲泣：“多谢殿下挂怀，您快回去陪伴太子妃吧！妾身不要紧。”

聂星逸既然来了，自然要将戏演得更像一些。他探首看了看殿内，继续关切：“这乌烟瘴气的，流云殿今晚是住不成了，不如你先歇在本宫殿里？”

“不，不！”明丹姝受宠若惊地道，“这于礼数不合，殿下千万别这么做！妾身去魏良媛屋里歇一宿即可。”

魏良媛娴静温婉，是太子聂星逸纳的第一个妾室，也是跟在他身边最久的一个，曾经生过一个儿子，但后来夭折了，再无生养。所以聂星逸对她格外爱怜一些，日常用度都照顾有加，她住的宜暖殿也和明丹姝的寝殿同等规制。

明丹姝素来与魏良媛交好，聂星逸见她要去宜暖殿住，便也没再多说，执意送她过去。两人相携去了宜暖殿，魏良媛也出来迎接，聂星逸又叮嘱了几句才离开。

明丹姝与魏良媛站在宜暖殿门口，目送聂星逸重回含紫殿，才施施然进殿，一叙姐妹之情。

“我与良娣要说些体己话，你们先退下吧！”魏良媛如是命道。

明良娣与魏良媛时常单独说话，宫婢们早已习以为常，便领命退出殿外。见下人们都散了，两人才一并往内殿而去，明丹姝边走边问，语带急切：“他人呢？”

"在偏殿隔间。"魏良媛给她指了指位置。

明丹姝面色一喜，又突然顿下脚步，有些忐忑地问道："我这样子……可有不妥？"

魏良媛浅笑："您今夜甚是明艳动人。"

饶是对方如此说，明丹姝还是抬手扶了扶发髻上的步摇，这才重新抬步往偏殿走去。

魏良媛适时停下，止步于偏殿门口。唯明丹姝一人撩起帘幕，独自走进黑黢黢的隔间。

外头的烛火隐隐流泻进来，依稀照见一个人影站在案几前，背对她而立，身姿笔挺，身材高大。

明丹姝眼眶一热，立刻从背后环住他，哽咽呼唤："你终于来了……"

来人慢慢转身，将她双臂拂掉，后退一步问道："你找我来，有事？"

那声音低沉而富有磁性，起伏急缓错落有致，险些令明丹姝哭出声来。

是聂星痕。

今夜太子大婚，聂星痕借口不胜酒力，宿在燕王宫中。其实，他是为了赴明丹姝之约。就在方才，明丹姝的流云殿起火，众人忙碌救火之时，他在魏良媛的掩护下进了宜暖殿。

不过明丹姝那把火，却不是为掩护他而放。相反，是他授意明丹姝，为转移聂星逸的视线而放。

他要太子的新婚之夜，就此作废。

明丹姝似是没听见聂星痕的问话，泪意蒙眬地抬起右手，轻轻抚上他的薄唇与下颌。浅浅的胡楂儿擦着她的掌心，她的纤纤玉指流连其上，反复摩挲。

聂星痕再次拂掉她的手，语气冷淡："魏良媛可信得过？"

明丹姝回过神来，"嗯"了一声："她是父亲安排的人，不会出卖我。"

聂星痕在黑暗之中紧蹙眉峰："你放火的内情，她也知道？"

"不，我没告诉她。"明丹姝语气隐含失落，"她大约以为，这是我为了见你而耍的把戏。"

聂星痕沉默下来，没再说话。

明丹姝张了张口，想要说些什么，又觉得鼻尖酸楚："你很久没和我联络过了……"

"如今你是太子良娣，我该和你频繁联络？"聂星痕低声讥嘲。

明丹姝见他如此冷漠，终于低泣出声："别这样……你知道的，我当初并不情愿……"

"是吗？"聂星痕收起嘲讽，转而平静地说道，"我还以为是王后许你太子妃之位，你心动了。"

"可我并没有当上太子妃。"明丹姝流泪辩解。

"所以你后悔了。"聂星痕替她说了出来。

明丹姝没往下接话，因为对方说的是事实。曾几何时，她爱慕着那个沉默寡言、刚毅隐忍的王子，每次母亲带她进宫拜见姨母赫连王后，或是参加宫宴，她都是雀跃的，因为可以时常见到他。

她知道，他也对她有意，他们彼此心照不宣。所以，在他封侯出宫之时，她私下接受了他的鸾佩，那是王子诸侯下聘正妻的信物。

其实她心里隐隐清楚，赫连王后想要撮合她与太子表哥，但她情窦初开，一心想着那个远在房州的英俊男子，等待他的求娶。她以为，只要自己坚持，以父亲对自己的宠爱，一定不会反对。

后来，聂星痕真的去提亲了，却被父亲拒绝了。姨母赫连王后也召她入宫，狠狠斥责了她一番，还要她想清楚，这辈子是想做太子妃、做王后？还是蜗居房州，做一个时刻担心守寡的敬侯夫人。

她回去想了一整夜，考虑了方方面面，到底是觉得自己从前太过天真。不可否认，她确实为太子妃的位置动摇了，她也想和姨母一样，有朝一日能入主凤朝宫，立于女子的巅峰。

于是，她让父亲退还了聂星痕的鸾佩，也拒绝再看他寄来的书信。

她以太子妃的准则来要求自己，等待姨母和父亲斡旋，给她一个世间女子最美好的前程。可人算不如天算，宫里头不知出了什么变故，当燕王旨意下来时，她只是太子良娣。

良娣，地位仅次于太子正妃，正三品，但却是不折不扣的妾。

为了一个妾的名分，她背叛了她喜欢的人。她后悔了，旨意下来那天，她给聂星痕写了信，想让他去求燕王收回成命，但他没有回复。

再后来，聂星痕寻回了燕王的私生女青城公主，奉命去楚国送嫁了。这之后，他们再也没有联络过。直到去年他攻下了楚国，威望大增，她再次设法给他送了一封信，信中没说别的，只有恭贺之语。

信送出去，一直未见回复，她等了大半年，快要死心了，却在今年三月有了回信。

当时燕王刚下旨册立了太子妃，她对自己的未来已经绝望，见他肯回信，还以为他愿意来解救她。可他信上客客气气，通篇是礼节问候，只在末尾提了一小句，请她帮一个忙。

她一口答应——他要她在太子的新婚之夜放火。

虽然不知聂星痕是何用意，但她隐隐察觉到，他开始有所行动了，他想取太子之位而代之！

若是从前，她根本不信他。但如今，他灭了楚国，威望大增，手中又有兵权，也许他真的会成功！

她愿意帮他！为了错失的爱情，也为了她的前程。她不愿做个妾，一辈子屈居人下。

燕国民风开放，常有儿子娶庶母、父亲纳儿媳的事情发生，虽然登不上台面，但久而久之，大家都默默接受了。况且，她只是太子的妾，弟娶兄嫂都可以，她为何不行？

思及此处，明丹姝连忙拭掉泪水，仰首看向聂星痕，啜泣问道："你还在怪我？若你不能释怀，为何要回我的信？为何要我帮你？"

这次轮到聂星痕沉默了，而这种沉默在明丹姝看来，是一种极好的回应。她顿时提起精神，反手握住对方的手掌，破涕为笑："我知你一时半刻难以释怀，但求你再给我次机会，我愿意帮你。"

她说话的同时，冰凉的玉指在聂星痕掌中挠了一下，后者立刻收到暗示，凝目看她："你愿意帮我什么？"

"任何你想要的。"她声音婉转低絮，带着些微诱惑，一个"要"字说得轻悄而饱含深意，一语双关。

聂星痕的表情隐于晦暗的屋内，深沉模糊，他拂掉了她一双玉手："不怕我利用你？"

明丹姝看不清他的表情，却从他话中听出了几分动摇，忙道："本就是我有错在先，我不介意。"

她心中有些忐忑，急促地喘了口气，亟亟补充："但求你能看在我们从前的情分上原谅我。"

说出最后三个字时，她的双手已拽住了聂星痕左臂的衣袖。这次她学聪明了，不去碰触他身体的任何部位，以此来显示她的诚意与卑微。

果然，聂星痕未再抗拒她的触碰："作为回报，你想要什么？说得实际些，我反而容易接受。"

明丹姝闻言先是一喜，又是一悲。喜的是，他变相给了她承诺；悲的是，他到底还是没有原谅她，只是与她谈了一笔交易。

不过，他不松口原谅，必然是对旧事耿耿于怀。她有自信，只要聂星痕对她念有旧情，哪怕一丝一毫，她迟早都会重新占据他的心。

她决定以柔克刚，给他留个好印象："我没什么所求，只希望以后能留在你身边。"

"你愿意放弃现有的一切？"聂星痕直白相询。

"你还是不信我……"明丹姝又开始哽咽了，"我为何要冒这么大的风险？我若只是贪图一个位置，我大可以去对付太子妃，总比帮你容易得多！"

"你敢！"聂星痕骤然开口。

明丹姝闻声一惊，不看他表情也知他怒意。她很是疑惑，聂星痕为何对太子妃如此关切？一个体弱多病、刚及笄的长公主幺女，还比他小七八岁，按道理，他们不应有什么关系。

而且，长公主的驸马定义侯一直与太子过从甚密，长公主一家更不可能与聂星痕有什么交情。

那么，聂星痕为何会反应这么大？又为何要她纵火扰乱太子新婚之夜？他究竟是在针对谁？他的计划又是什么？

明丹姝迫切地想要知道一切，又怕急功近利，惹他厌弃，只好再道："我说说而已，你不必当真，我如今也想不到要什么，可以先欠着吗？"

黑暗的隔间里，聂星痕踱了两步，回说："你愿意帮我，我很感激。但你若执意不说，我不会接受。"

"今夜我已经帮过你一次了，你不是也接受了？"

"今夜是桩小事，对你没有风险。这个人情，来日我会加倍感谢。"

听到此处，明丹姝终于有些恼了："你非要和我算这么清楚？那好，我要你重新喜欢我！"

话一说出口，她便后悔了，毫不意外，她听到聂星痕的拒绝："抱歉，丹姝。"

"那你能给我什么？"明丹姝以手抵着桌案，她忽然觉得有些累。

沉默之中，聂星痕似在斟酌措辞，半晌才回："你一人帮我，我许你荣华富贵；你父亲帮我，我许你满门荣耀。"

荣华富贵、满门荣耀，这些她已经有了，明氏也不缺了。明丹姝露出讽刺一笑，正要反驳，却听聂星痕又补充道："会比如今更好。"

比如今更好？明氏如今已是燕国数一数二的门阀氏族，她是太子良娣，她父亲是当朝宰相，她母亲是王后的胞妹，她哥哥是驸马……

比如今更好，那只有一个可能——当朝后族。

想到此处，明丹姝压抑下激动之情，紧张询问："你方才承诺了什么，你明白吗？"

"我自然明白。你是否明白？"聂星痕声色低沉。

明丹姝抵在桌案上的手紧了一紧。他话中之意很明确，如若她想当王后，明氏想当后族，就必须要得到她父亲的支持。

可这太难了！父亲娶了王后的妹妹，大哥又娶了王后的独女……他们明氏，早已和王后、和太子产生了千丝万缕的关系。要想让父亲改为支持聂星痕，可能吗？

这真是一个天大的难题！偏偏又如此诱人！

"好，我会尽全力。"明丹姝一口应承。

夜色里，她看到聂星痕似是笑了笑，可她把握不住这笑的深意。总之，她又回到他身边了，这种感觉令她稍感安慰。

"往后我如何联络你？"当务之急，她需要知道这个途径。

"你设法带话给你二哥。"聂星痕回道。

明丹姝迟疑片刻，正欲说明她和二哥关系不睦，却听聂星痕忽然问了个莫名其妙的问题："你见过青城公主吗？"

青城公主？那个落魄回国的和亲公主？聂星痕问她做什么？明丹姝有些摸不着头脑，但还是如实回道："她受封和亲时，我刚嫁入东宫，不大认识。"

她虽是太子良娣，但从前太子未娶正妃，她又是赫连王后的甥女，所以好些场合都是她陪伴太子参加。印象中，她曾在宴席上见过青城公主一两次。不过，她对这种出身不高的私生女从来没什么好印象，又知青城公主即将远嫁，故而没有交情。

"她不是入道了吗？听说去年底病逝了。"明丹姝顺口又道。

聂星痕却没有再往下交谈的意思了，他将墙壁上挂着的斗篷取下来，穿戴在身："时辰不早，我得回去了。"

明丹姝走过去想替他系颈带，被他躲过，这时她才发现，聂星痕身上穿的是禁卫军的戎服。可宫中禁军分为南北六衙，共十二卫，派系又多，她分不清这戎服是属于哪一卫的。

但总归，聂星痕的势力已经渗透到宫中了。也许，他比她想象中动作更快，走得更远。

如此想着，明丹姝心中更坚定了几分，领着聂星痕走出偏殿隔间。今夜太子大婚，东宫的一切视线，都盯着太子妃的含紫殿。而且流云殿刚刚又走水，余下的人手都在帮忙救火洒扫，无人注意这里。

明丹姝打开殿门，看了看，眼见四下无人，忙道：“你快走吧！”

聂星痕未再多言，迈下台阶，脚步却又顿了顿，朝太子妃的寝殿方向望了一眼。

廊下灯火阑珊，映着聂星痕棱角分明的俊逸面庞，明丹姝分明看到了他的表情，那是一种她不曾见过的怅然。

女人的直觉告诉她，这不是她敏感。可尚且来不及细想，聂星痕已收回了视线，快步离开。

明丹姝望着他在夜色下渐行渐远，直至他的背影消失不见，她才转回目光，也看向太子妃寝殿的方向，口中低声说出三个字来：“暮微浓。”

三日后，太子陪同微浓归宁，两人回了长公主府。

当日，明丹姝的母亲、当朝宰相的夫人赫连氏便特意进宫，先前往凤朝宫拜见王后，再去东宫探女。

由于太子大婚那夜走水的缘故，流云殿正赶着修缮，明丹姝这几日都是挤在魏良媛的宜暖殿。赫连夫人便借着魏良媛的地方，与爱女一叙家常。

人前是一番母女情深，相顾关切，待殿内只剩下她母女二人时，赫连夫人立刻沉了脸色，怒声质问：“太子大婚那夜，你私下见了谁？”

有魏良媛在，明丹姝早知此事瞒不过父母，便跪下来如实回道：“见了敬侯。”

赫连夫人气得双手发抖，颤巍巍地指着明丹姝，竭力压低声音：“你找死是不是？你还以为跟家里一样，给敬侯写几封信，你父亲能睁一只眼闭一只眼？”

明丹姝跪在地上，一言不发。

赫连夫人脸色涨红，今日又穿了繁重的外命妇朝服，越发觉得胸闷气短。明丹姝服侍她喝了茶压惊，倒也教她平息了怒意。赫连夫人改为垂泪：“丹姝，母亲知道你有怨气。可你不该……你可知道秽乱宫廷，那是什么罪责？咱们明氏可都要受到牵连！”

赫连夫人一想到王后会为此大发雷霆，便吓得浑身发颤，越想越是心惊：“你快和母亲说，你跟敬侯他到哪一步了？”

明丹姝面色平静，只摇了摇头：“母亲别多想，敬侯只是通过女儿，给父亲传个话。”

“给你父亲传话？”赫连夫人很是诧异，“他若想传话，找你二哥就行了，何故冒这么大的风险来东宫找你？”

众所周知，聂星痕虽与明家不睦，却与明相庶子、明家二公子相交甚笃。

明丹姝咬唇想了想，到底是隐瞒了聂星痕与太子妃之间若有似无的牵扯，随口说道：“您又不是不知，二哥与父亲关系不好，与咱们也不亲近。再者言，他一个庶子的分量，哪里比得上女儿？”

赫连夫人半信半疑：“那敬侯也可以去找你大哥！他堂堂驸马爷，难道不比找你更合适？”

“大哥是王后娘娘的女婿、太子的妹婿，敬侯找大哥有用吗？第二天便会被大哥告发。”明丹姝跪在地上，握住赫连夫人的双手，低声说道，“敬侯自然是想着，与女儿故人一场，如今女儿不得志，他才会走女儿这条路。”

赫连夫人听到此处，冷笑一声：“看来敬侯是找对人了？他要让你传什么话？”

明丹姝沉吟片刻，径直站起来，附在赫连夫人耳畔说了几句。

赫连夫人霎时脸色大变，也不顾面上残痕，低声呵斥：“胡闹！这种事情你也敢传话？我本以为你二人是旧情难忘，原来他是……他是……”

赫连夫人狠狠拽住明丹姝的手，眼珠子似要在女儿脸上剜出一个洞来：“你想让咱们全家都跟着你陪葬？为了你这点可笑的妄想？你可别忘了，你哥哥是金城公主的驸马，你是太子良娣！咱们满门荣耀，可都拴在王后与太子身上呢！”

“难道您一点儿都不担心太子之位会易主？如今敬侯军威甚高，太子唯王后之命是从，这样的男人，能是君王之才？”明丹姝哽咽一瞬，“您忍心看着女儿跟在太子身边做一辈子妾？”

然而赫连夫人毫不动摇，态度仍是坚决：“你若想做太子妃，就去把暮微浓拉下来！你这是在帮敬侯造反！趁早打消这个念头！”

说到“造反”二字，赫连夫人甚至没敢说出声来，只是重重做了个口型。

“您以为暮微浓是好对付的吗？她身后有长公主呢！她若有个三长两短，女儿第一个就会被怀疑！”明丹姝抽噎一声，“母亲，此事你我都做不得主，还是要看父亲的意思。您将我的话带回去，父亲若不愿，女儿也就死心了。”

明丹姝见赫连夫人还欲张口说些什么，唯恐她出言回绝，忙又劝说：“您可曾想过，咱们与王后走得近，是福也是祸。王上为何不许女儿做太子妃，不就是为了压制王后。他们夫妻不睦，举朝皆知，您就能保证将来王上不会废后？还有，万一敬侯最终胜出，咱们还能有活路吗？”

明丹姝说到“活路”二字时，赫连夫人莫名打了个冷战，气焰一下子弱了。

许是方才没想得这么细，此刻听爱女一说，竟有些后怕。

明丹姝乘胜追击：“女儿这也是为家里铺后路！您和王后是姐妹，大哥又是太子的妹婿，咱们与太子的关系是坚不可摧了。倘若能再与敬侯联系上，则无论两位王子谁胜出，咱们都有自保的能力啊！”

“敬侯无权无势，他能赢得了王后和太子？”赫连夫人根本不相信。

“未雨绸缪不会有错，”明丹姝又附到赫连夫人耳畔，低声说道，“太子即位，女儿至多是个贵妃，父亲已经做到宰相，也难再晋一层；可敬侯即位，女儿却是王后，父亲便是国丈。您若是父亲，您怎么选？”

话虽如此，赫连夫人还是有所顾虑：“可是你哥哥……”

赫连夫人口中指的是她唯一的儿子，金城公主的驸马，明丹姝的同胞兄长明重远。

“母亲，您怎么这么傻！”明丹姝急道，“金城公主是王上唯一的女儿，就算以后太子换了人，公主还是公主，哥哥还是驸马。难道敬侯还能不认公主这个妹妹？他还能废了驸马不成？”

明丹姝这一席话，终于打消了赫连夫人的一切顾虑。她此生最担心的，便是这一双子女。但她也知道，儿子做到驸马，前程已经到头了；可若是女儿能做王后……这份荣耀可是举国第一！

当年姐姐赫连璧月做了太子妃，后来又做了王后，父亲、母亲是何等风光！可惜父亲无福，没过几年便去世了。姐姐在族内挑了一圈，始终找不到合适的太子妃人选，只好将目光放到她女儿明丹姝身上，想借明氏来再续辉煌。

可谁知女儿没能当上太子妃，只做了太子良娣。如今，东宫有了身家强势的太子妃，她也自知女儿无望了。

也许，敬侯真是另一条路子？想到此处，赫连夫人终于咬了咬牙：“好！我回去对你父亲说。”

第六章

木秀于林，风必摧之

又过了三日，微浓归宁回宫。燕王立即宣召其面圣，没有太子，独她一人。

从东宫去往圣书房的路上，必要经过御花园。如今虽已是秋冬季节，但燕国四季如春，此时尚有不少花花草草争相斗艳，娇艳多姿，一如东宫里各色花枝招展的美人，教人眼花缭乱。

而那灿烂花丛之中，突然有一人的侧影生生撞进了微浓的视线。那人颀长身形、负手而立，下午淡金色的日光浅浅地落在他身上，描摹出一个玉树挺拔的影子。

清风徐来，吹动他暗紫色的衣袍下摆，花移树摇之间，那浓郁的紫夹在一片缤纷颜色中，独有一个锐利而起伏平缓的轮廓，更显出挑与厚重，便似辽阔旷野上高耸入云的一座孤峰，可以吸引人的全部注意。

聂星痕似在等待什么人，又似在欣赏眼前的名花，站在那里一动不动，如同一幅浓墨淡彩的画，偏巧，堵在微浓去圣书房的那条小径上。

千霞山夜会之后，这是他们第一次相见。微浓原想对他视若无睹，可四周宫人、侍卫围了一群，她不想落人话柄，只好若无其事地走过去。

聂星痕率先转身看她，目光专注而深沉，待她走近，才薄唇微勾，颔首礼道："见过太子妃。"

他没唤她"王嫂"，微浓也只好敛衽而回："敬侯殿下。"

"太子妃是去圣书房吗？"他从容地问。

"正是。"她淡然地答。

聂星痕的笑容渐渐变得很微妙："我刚从圣书房出来。"

微浓不知他此话何意，也不想搭腔，便道："为免王上久候，我先告辞了。"

聂星痕闻言，笑道："怎么？太子妃不称'父王'？"

一句话，使得两人之间暗潮涌动，剑拔弩张，似棋盘博弈。

微浓瞥了他一眼，隐约见他俊颜上浮现一丝嘲意，可转瞬又消失不见。她索性笑回："确实还不习惯这个称呼。"言罢，也没给聂星痕再开口的机会，随即敛衽颔首，"告辞。"

聂星痕倒也没阻拦，后退两步让出路来，负手目送她擦肩而过，渐渐远去。

就在这时，微浓心中突然生出一个怪异的想法——生如聂星痕这般，一看便是太子的威胁，赫连王后竟能容他活到现在？究竟是赫连王后对太子太过自信，还是聂星痕太过谨慎顽强，又或是燕王将他保护得太好？

一路上，这个念头在微浓的脑海中盘旋不去，直至走到圣书房，她还在想着这件事。

迈上圣书房的台阶时，微浓终于克制了自己的念头，任由公公引领入内："微浓见过王上。"四下无人时，她坚持这般称呼。

燕王像上次一样端坐在御座之上，轻声笑道："起来吧。"

微浓起身落座。她本还以为，燕王会问问她在东宫的情况，岂料，他开门见山地撂给她一个问题："楚地发生暴乱，太子与敬侯，谁去平乱合适？"

楚地发生暴乱了？一瞬间，微浓的心被提了起来。楚地，曲州，那个她曾生活过三年的地方，是楚璃的故国。

此时此刻，微浓的第一反应并不是回答燕王的问题，而是担心这件事是否与楚宗室有关、是否会牵连到楚王。

心思提起又放下，她到底没敢细问详情，想起燕王的问话，唯有回道："楚地暴乱之事，微浓无权置喙，也不敢置喙。"

"怎么？当了太子妃之后，胆子变小了？难道是被王后震慑住了？"燕王依稀带了点讽刺，却不知是在讽刺微浓还是在讽刺王后。

微浓便只好细细问了暴乱发生的时间、内情，最终表示："太子平乱较为合适。"

"哦？为何？"燕王饶有兴味地问道。

"其一，敬侯因攻楚一事，在楚地已是人人唾弃，以他的血腥手段，去平乱只会激起民愤；其二，敬侯攻楚之后，在军中威望大增，太子这两年一直被压着风头，若此次再让敬侯去，对太子不公平。"微浓毫不隐瞒，将自己的真实想法说了出来。

"你就这么笃定，敬侯若去了必然能平乱？而且还是血腥手段？"燕王追问。

微浓不语。她想起了聂星痕在破楚期间的攻城略地，想起了他于阵前射杀楚璃，只这两样，她便能笃定，聂星痕绝不是心怀慈悲之人。而且，他连整个楚国都能攻下，一次暴乱又怎会平息不了？

燕王见她一直不答话，便笑道："你方才说的理由，一是为了楚地百姓，二是为了压制敬侯。好像都不是为了太子考虑。"

微浓一怔，下意识地否认："压制敬侯，不就是为太子考虑？"

燕王再次轻笑："你有问过太子的意思吗？你举荐他，他未必领情。"

"难道太子不愿？"

"至少他没说愿意。他今日一直在王后宫里，必然还在犹豫此事。"燕王叹了口气。

微浓立刻想起方才碰到聂星痕的事，忙问："那敬侯呢？他愿意去？"

燕王似笑非笑："当初他请缨攻楚，多半是为了你；如今你已嫁了太子，他心里怨孤还来不及，怎会想去？"

是了，谁都乐意安享富贵，谁都不想去讨这种辛苦差事。尤其聂星痕已有灭楚的军功在身，楚地暴乱这等事，他根本不屑再管了，他不需要再添这笔小小的军功。

"不过方才孤也问过他，他倒是说了，若朝中没有合适的人选，他愿领命。"燕王神色莫辨。

这的确是聂星痕在委婉回绝了，言下之意，非要朝内无人可用，他才会去。

"非派太子或敬侯去不可吗？难道朝中真的无人可用？"微浓根本不信。

燕王垂目看了她一眼，又是一叹："你到底还是太单纯了。楚民暴动，必是对我大燕心怀愤恨。这等情况下，一旦平乱的将领生有异心，立刻便能在楚地拥兵自重。"

"原来如此。"微浓恍然大悟，转瞬又更加担心楚宗室的安危。燕王是否会为此迁怒楚宗室，或是借机发难？

若是楚宗室有人主动要求平乱以表忠心，会是什么后果？燕王会允准吗？

微浓正暗自想着，燕王却像是洞穿了她内心的一切："放虎归山，孤还没那么糊涂。"

翌日，敬侯聂星痕奉燕王之名，率军两万赶赴楚地平乱。

从京州城到楚地曲州，至少需要一个月，尤其聂星痕还带着两万人，路上疾行、安营，均是耗时颇久。可就在他离开京州城仅仅两个月后，消息传来，暴乱已初步得到遏制，楚民共伤亡六千，燕军伤两千，死五百。

燕王龙心大悦，举朝皆为敬侯领军之高效而交口称赞。

然而，就在燕王下令命其班师回朝之际，楚地再次传来消息——聂星痕遇刺重伤。

此时，隆武十八年刚刚进入最后一个月。寒意突然来袭，一夜之间西风冷洌，万物凋敝，燕国迎来了近五十年里最寒冷的一个冬季，天寒地冻，滴水成冰，路有冻死骨。

像是上苍在为燕国战神的重伤而迁怒，刻意惩罚人心的罪恶。

这无疑让燕王都如今的氛围雪上加霜，直至临近年关，整个京州城都毫无喜气，一片萧瑟。百姓闭门不出，唯恐祸从天降。

腊月二十七，聂星痕被送回京州城。在楚地遇刺之后，他一直昏昏沉沉，时昏时醒，到如今，已彻底陷入昏迷。

燕王震怒，倾举国之力寻找医中圣手，赶往楚地为聂星痕医治。一路上且行且治，大夫们却都束手无策，只能勉强维系着他的性命。

眼看年仅二十二岁的敬侯即将英年早逝，有人欢喜，有人忧愁。

龙乾宫里，燕王私下传召随行侍卫，才知聂星痕在楚地曾遭遇过两次袭击。第一次伤势虽重，倒无性命之忧；但第二次，刺客在兵器上淬了毒，而这种毒极为罕见，极有可能出自姜国。

姜国独处于蟾州，教化落后，国内密林遍布，瘴气深重。国人肤色奇白，瞳仁色浅，擅使蛊毒，对外敌意甚深。因此，姜国历来为九州其余三国所排斥与不齿，唯独与楚国有点复杂的关联。

楚璃的长姐楚瑶，是姜国王后。但这位大公主楚瑶，却不是因为两国邦交而和亲，她是与楚王脱离了父女关系，独自远嫁姜国。

正因如此，燕楚之战时，楚王宁可归降，也不向姜国求助；姜国也自始至终没有出兵相助，一直对燕楚之争坐视不理。这其中内情深远，又时隔多年，就连楚宗室都未必全部知情。

如今聂星痕所中之毒，被疑是出自蟾州姜国，燕王对刺客身份的第一反应，便是归降的楚王。尤其，聂星痕还是在楚地遇刺，楚王又有行刺的动机。但他也明白，也许这正是刺客使的障眼法，想要借此嫁祸他人，逃脱罪责。

燕国内外局势复杂，此事的幕后主使指向三种可能：一是太子聂星逸借机剪除异己；二是楚王趁机报灭国之仇；三是宁国伺机挑起燕楚争端。

凤朝宫中，赫连王后也得知了此消息，对太子聂星逸笑道：“只可惜没有一击即毙。”

王后赫连璧月，赫连氏最才貌双全的一个女儿，当年曾艳绝天下，被先王钦点为太子妃。可惜时光并没有厚待她，从太子妃到一国王后，宫闱中的种种争斗、与燕王的貌合神离……三十年的风雨，让她逐渐凋谢，失去了颜色。

然越是衰老，她越发注重装扮。今日特意穿了件绛色鸾鸟朝凤绣纹袆衣，满身都是用金丝线绣的鸾鸟朝凤图；面额上贴了花钿，虽未戴凤冠，发髻上却插着赤金环珠九转玲珑簪；成套的金镯子、金戒指戴了一手，珠光宝气、雍容华贵。

可再华贵又有什么用呢？她极力保持的身材到底是有了微凸的肚腩，领口包裹着的脖颈上头，顶着一张历经风霜的脸，却又依稀可见当年风采。衣装越是锦绣，越衬得她面容衰老。

这世上最悲凉的事不外乎两件：英雄末路，美人迟暮。赫连璧月，很好地诠释了后一种。

此时，她便与聂星逸说起了遇刺之事，连连感叹："那贱种真是命大。"

聂星逸回道："听御医们说，他如今昏迷不醒，至多再活一个月。"

"夜长梦多，恐生后患。"赫连王后走到窗前，望着胜嘉坊的方向，而敬侯府就在坊内。

"让驸马盯紧点。"王后淡淡发话。

"是。"聂星逸正打算差人去吩咐此事，却见王后身边的姑姑忽然慌慌张张地跑了进来，连行礼都顾不上，直接附在王后耳边说了几句话。

赫连王后脸上慢慢浮现惊疑的神色，还有几分困惑与算计。

聂星逸见状颇为不解："母后，您怎么了？"

赫连王后沉默一瞬，回道："驸马方才传话过来，说他只派人行刺了一次，没刺中要害，也没下毒。"

"没下毒？"聂星逸很诧异，"那……谁会将时机算得这么准，在他平乱之后下毒？一没耽误军政，二没让他返程？"

赫连王后与聂星逸对看一眼，母子二人皆从对方眼中看到了疑惑与惊悚。

是夜，微浓做了一个梦，是今日燕王召见她的场景重现。

丹墀上的燕王面色憔悴，一只手撑在御座的靠背上，沉稳地问她："你猜幕后主使是谁？"

"微浓不知。"她垂着眸，双手在袖中狠狠攥紧。

"不要去问太子。"燕王沉声道。

微浓自嘲："您太看得起我了，即便此事是太子做的，他也不会对我说。"

燕王重重叹了口气，一字一顿道："痕儿必须得活。"

他这话说得无力，像是一种自我说服，可事到如今，微浓依然无法相信，聂星痕居然危在旦夕！

那个在战场上所向披靡的、无往而不利的燕国战神，他的抱负才刚要展开，信誓旦旦地要让王后与太子血债血偿，怎么可能如此轻易地死去？这一定是聂星痕的障眼法！

然而燕王在此刻所流露出的无力情绪，根本不像是伪装。就在十个月以前，他还曾逼她做出保证，无论太子与聂星痕谁输了，她必须保他们活着。

没想到这一刻竟来得如此之快，让人如此无力，猝不及防。

"无论下毒之人是谁，这个毒出自姜国，必定有法可解。"燕王一刹那目光骤利，瞥向微浓，"孤已派人去姜国寻找解药，倘若姜王后见死不救，孤会让楚宗室为痕儿陪葬。"

姜国王后楚瑶与楚宗室之间的恩恩怨怨，微浓从前在楚国也略有耳闻。她知道，姜王后与楚宗室积怨很深，就连燕楚之战时也未曾施以援手。

那么如今，如何指望她为了楚宗室，来救聂星痕？

"陪葬！"微浓猛地喊出声来，"此事未必就是楚宗室所为！"

"但痕儿是为了去楚地平乱！他是在楚地遇刺的！你能说完全无关吗？"燕王突然重重一掌拍在御案上，终于濒临愤怒的边缘，"孤的儿子若是死了，谁都别想活！"

"王上！"微浓心中似也燃起了一把火，烧灼着她的心，令她不顾一切说道，"您这是迁怒！根本不是明君所为！"

"那就让他们想出解毒的法子！"燕王嘶声喝道。

梦中的场景，止于燕王的这句伤心与愤恨的怒吼。然而微浓昏昏沉沉，始终无法从梦境中清醒过来。仿佛是有什么复杂的念头钩住了她，让她继续沉溺于梦境之中，在现实与虚幻之间来回往复。

十五岁时，恋上聂星痕的悸动；十六岁时，得知身世的打击；十九岁时，失去楚璃的悲痛；二十岁时，改嫁太子的怨愤……

蓦然间，梦中电闪雷鸣，大雨倾盆。有个人在她耳畔愤怒地呼喊："什么皇后命格？明明是煞星命格！和你有关的男人，注定颠沛流离！"

微浓猝然惊醒。

梦中最后这个场景，她根本不曾经历过，为何会突然梦见？是谁说出如此犀利的诅咒？

微浓陡然觉得浑身泛冷，那种寒意从四周向她聚拢，一瞬间侵入她的心扉，只因为那四个字：颠、沛、流、离。

也许，她是该去看看聂星痕了。

翌日一早，微浓打扮成寻常信女的模样，坐上车辇去往璇玑宫。今日是青城公主一周年祭，璇玑宫会举行盛大的道会，她借口捐些功德出宫散心，王后与太子都准了。

腊月二十八，街上终于热闹起来了，诸多百姓冒着严寒外出采办年货，只是，各坊均未挂上红绸灯笼，人人都知敬侯性命垂危。

微浓的车辇沿着街道一路向北行驶，中途不小心与另一辆车辇撞了一下，并无大碍。因她是微服出行，不欲与人发生争执，便命车夫继续赶路。两辆相撞的车辇看似如常，其实不然。

方才那一撞，是燕王刻意安排的，为了摆脱东宫的眼线。就在撞车的一瞬间，一个与微浓穿着相同的女子已经与她调换了车辇，代替她坐上了属于东宫的马车。

天气寒冷，微浓裹着披风，几乎将大半张脸遮在了狐裘当中，不经意看去，一切如常。再有几个人接应，眼线们根本无法立刻察觉太子妃已被偷梁换柱。

可饶是如此，微浓的时间也很紧迫，几乎是坐上新车辇的同时，马车已经飞奔起来，往胜嘉坊敬侯府驶去。

她的一颗心也跟着揪了起来。

如此行驶了小半个时辰，马车终于渐行渐缓，停在敬侯府后门。明家二公子——明尘远早已在此相迎，见微浓下车，连句话都来不及多说，引着她便往聂星痕的寝殿里走。

明二公子在明家是个异数。举朝皆知，明家是王后与太子的势力，明大人乃当朝宰相，其夫人是王后的胞妹，嫡子是公主的驸马，嫡女是太子的良娣。

唯独这个庶子明尘远不与太子一党亲近，却与敬侯聂星痕交情甚笃。他们两人同龄，自小相伴十余载，读书、习武、骑射、狩猎，几乎形影不离。即便六年前聂星痕封侯出宫，去了封邑，两人也没有断过联系。

去年攻楚之时，也正是因为聂星痕的竭力举荐，明尘远才能擢升得如此之快，在军中一跃而起，风头一时无两。

在外人看来，明尘远是聂星痕的亲信部下，但事实上，他们亲如兄弟，无话不谈。聂星痕所有的心思，无论是抱负还是感情之事，他都一清二楚。自然，他也清楚聂星痕与微浓的爱恨情仇。

明尘远一路沉默，表情黯然，将微浓引至聂星痕的寝殿。

浓重的药味扑鼻而来，还未走近，微浓已被呛了一下。明尘远二话不说，打开房门，这时才低声说道：“殿下他……很不好。”

闻言，微浓深深吸了一口气，推门而入。地龙蒸得满屋子热气沸腾，似为这寝殿蒙上了一层雾，低垂的帷帐之下，是一张朦胧的面庞。微浓狠狠眨了眨眼，才发觉不是这屋子蒙了雾，而是自己流泪了，她平复片刻，再睁开眼时，才看清了聂星痕的模样。

消瘦苍白，唇色泛青，紧闭的双眼，紧蹙的眉峰，长长的睫毛下深陷的眼窝，无不昭示了他昏迷中的痛苦。

从前那张棱角分明的俊逸面庞不在，往昔之神采不在。所有玉树临风的姿态都被这伤痛带走，只剩下一张皮囊附着于骨血之上，勉强可以看出来，他还是聂星痕。

却已不是她十五岁时所爱上的那个风采卓然的男子了。

微浓的视线缓慢向下，她想要掀起被褥，去看看他伤在何处。然抬起的右手一直在颤抖，攥着被褥的一角，却无力掀开。

明尘远见状，便上前给了一把助力，将被褥掀至聂星痕的胸膛处。裸露的肌肤肌理起伏鲜明，依然可以看出他从前健硕的底子。绷带层层包裹着他的心房，药物已将伤口周围的皮肤浸成了青黑色，有一种即将腐烂的恐怖感。

还有，一道已然痊愈的疤痕从绷带下方露了出来，紧贴在心房靠右一点的位置，伤口细而锐利，一看便是旧伤。

微浓情不自禁地去触碰那道伤口，即便时隔一年多，这伤口依然触目惊心，全是拜她所赐，拜惊鸿剑所赐。她似乎还能忆起那个夜晚，那种冲动，那种刚刚失去楚璃的悲痛，促使她不顾一切地刺了过去，想要报仇。可惜，未中要害。

聂星痕，我还没有找你报仇，你怎么能死?

微浓轻轻将被褥替他盖好，缓缓站起身来。眼泪将落而未落，凝结成一颗颗明珠，缀满她的长睫。

“如今殿下这个样子，您还恨得起来吗？”明尘远在旁边低声问道。

“恨。”微浓扯动唇角，不知是微笑还是哽咽，“王上说，倘若他死了，整个楚宗室都要陪葬。”

明尘远蹙眉：“您是为了楚宗室才来？”

微浓却不答话，只道：“我要去找救他的法子，你去不去？”

一个时辰后，璇玑宫待客苑。

微浓差人添了一笔可观的香油钱，换来这么一座清幽的园子，明尘远在外头与东宫的眼线相周旋，试图为她多争取一点时间。

微浓坐在案几前，将两只茶杯相对摆放，静待来人。她竭力说服自己，今日之举并不单纯是为了聂星痕，更多地，是为了楚宗室。

脚步声慢慢临近，微浓紧张地盯着房门。可当来人推门而入时，她吃了一惊。

来人似是更加吃惊，站在门槛处，再也不往里迈入一步。

微浓起身张了张口，还是无力地唤了一句："父王。"

楚王胤，不，如今应当是永安侯楚胤，早已没了从前在楚国时的清朗矫健。他瘦了，也苍老了，亡国之君的滋味不好受，遑论他还痛失爱子，寄人篱下。

微浓眼眶一热，正待开口问候，便见楚王惊讶之余已冷笑起来："原来你真的没死。"

微浓低下头，强力遏制住心虚之意："臣媳有苦衷。"

楚王毫无知悉的兴趣，勉强跨入门槛内，却不落座，隔着很远的距离看她："你以'故人'身份相邀珩儿，是什么目的？"

微浓犹疑一瞬，回道："是有些私事……想请他帮忙。"

"哼，"楚王的脸色极为难看，"我还真是小瞧你了！竟能与珩儿联络上。怎么，你害死我一个儿子还不够？"

微浓死死地抿着唇，无声地承受楚王的冷对。

"你……以前见过珩儿？"楚王斜目再问。

微浓如实点头："见过两次，均是深夜偶遇，未有机会深谈。"

楚王这才脸色稍霁，又上下打量她一番，见她穿的不是道袍，还盘了发髻，终究忍不住问道："你假死一场，如今在做什么？"

微浓沉吟起来，挣扎着不愿告诉楚王实情，唯恐他愤怒失望，更恐他知道得太多，为燕王所忌。她只得模棱两可地回道："臣媳……改嫁了。"

此话一出，楚王脸色果然不好，比方才还要阴沉三分。但微浓想象中的讽刺却没有袭来，他只是平静地说道："改吧，改嫁了，就同我们楚氏再无关系了。好得很，好得很！"

这句话似一盆冰冷的水，轻易湮灭了微浓祈求原谅的奢望。心中虽痛，时间却紧迫，她自知此刻不是难过的时候，便低声问道："今日臣媳是想见二王子一面，他……"

"珩儿因天气之故旧伤复发，不宜出门。"

楚珩旧伤复发？微浓关切问道："严重吗？是否需要……"

“不需你关心。”楚王将双手并拢于氅下，不欲多谈的样子，“幸好他没来！早知是你，我也不会来！”

微浓闻言只得沉默。

“你到底要说什么？若再不说，我可就走了。”楚王渐起不耐。

微浓连忙回神，踌躇片刻，到底还是说出了口：“敬侯在楚地遇刺之事，您听说了吗？”

楚王猛地看她，目光锐利：“怎么？你怀疑我？”

“不，”微浓忙否认，“臣媳知道，此事与楚宗室无关。”

“楚地暴乱却与我有关。”楚王冰冷地笑道，“是聂旸要给我们定罪了？”

聂旸，正是当今燕王的名字。

“不是。”微浓顿了顿，低声回说，“臣媳此次约见，与燕王无关。只是想知道，敬侯所中之毒，楚宗室是否能解？或者，能否找到姜国王后……”

“不能！”楚王听到此处突然打断，愤怒质问，“你找珩儿，就是为了这个？”

“扑通”一声，微浓突然跪地，咬了咬牙：“臣媳知道，您定然恨透了敬侯。但他是在楚地遇刺，此事牵连甚广，燕王已发了话，倘若此毒无解，便要楚宗室陪葬！”

“陪葬就陪葬！”楚王咬牙切齿地看向微浓，“楚国归降那日，宗室就该以身殉国了！活着也是受辱！死有何惧！”

楚王此刻已气得面目扭曲，颤巍巍地伸手指着微浓：“国破之日，璃儿战死，我已准备火烧楚宫。燕王也下令屠宫了！偏就是聂星痕装那伪善之人，非要把我们带回燕国！害我被百姓唾骂，被燕民耻笑！你竟还让我救他？”

此话一出，微浓大为吃惊：“是燕王下令屠宫，不是聂星痕？”

楚王却气得顾不上回她，愤愤续道：“亡国之君，还有什么脸苟活于世！亡国宗室，怎能受嗟来之食！死便死吧！”

“那楚珩呢？楚环、楚琮呢？您这两子一女风华正茂，难道也要为聂星痕陪葬？”微浓立刻反问。

楚王沉默片刻，似有不忍之色：“他们是楚国的王子、公主，楚国既亡，还活着做什么？苟活了这一年多已是偷来的性命，若能换聂星痕一死，也该瞑目！”

听闻此言，微浓强忍着不让眼泪流下，跪地仰头看向楚王：“您不能这么想。即便为了楚璃……也不值得。”

“既然改嫁，就别再提起璃儿，也别再喊什么‘父王’！”楚王不再看微浓一眼，双手负在背后，面露憎恶之色。

他这一席话，真正伤了微浓的心，可她已痛无所痛，只是执拗地跪地恳求：“求您……聂星痕还不能死。”

“他死有余辜！”楚王越说越是激愤铿锵，到最后已然憋得脸色涨红，“楚国上下皆拥戴璃儿，如今害他的刽子手死了，不知道国人有多欢喜！我怎么可能救他？我只恨他死得太晚！”

“至于姜国，与楚国历来没有交情！”楚王言罢，抬步便往门外走。

微浓眼睁睁看他离去，却无力挽留，也没有任何颜面挽留。如若今日来的是楚珩，也许还有一线希望……可惜天意弄人，是楚王代子赴约。

“还有，”在即将跨出门槛的那一刻，楚王突然又转过头来，看向微浓，“你活着的事情，不必让珩儿知道了，既已改嫁，我们楚宗室是生是死，不劳你费心！”

微浓闻言双唇已开始打战，可到底还是尊重了楚王的意愿，点了点头。

楚王这才拂袖而去。

微浓跌坐在地上，脑子里是一片空白。很久，她才缓慢地站起来。这一起身，余光便瞥见一个年轻挺拔的身影，是明尘远，他已不知在门口站了多久。

微浓朝他摇了摇头：“让你失望了。”

明尘远从她的神情上已看出了结果，便有心安慰：“你尽力了，我没想到你竟会约见楚王。”

微浓也无心再做解释：“为今之计，只能看燕王与姜国的交涉了。”

明尘远有些迟疑：“你难道真的没想过，可能是太子所为？”

微浓不答，只道：“今日辛苦你了，我也累了，散了吧。”

明尘远很无奈，对她的逃避有些负气，便道：“好。您这一次，可以光明正大地从璇玑宫出去了。”

微浓懒于再说，正要敛衽告辞，却见明尘远身边一个小厮慌慌张张跑了进来，禀道：“二公子，太子妃的马车被撞了。”

明尘远蹙眉：“谁这么不小心？”

“是……驸马爷。”

放眼燕国，真正意义上的驸马爷，只有一位——赫连王后爱女、金城公主的驸马，明相的嫡长子，也是明尘远的兄长，明重远。

“大哥来璇玑宫做什么？”明尘远立刻询问小厮。

小厮摇了摇头：“驸马爷没说，只说是来为公主上香。”

难道金城公主出了什么事？微浓看向明尘远，问道：“你是否要见见他？”

明尘远沉吟片刻，拒绝道：“不了。”

微浓明白他的意思。明重远是金城公主的驸马、王后的女婿，自然是太子党；而他明尘远是敬侯党，两人必定不会交好。

再者，明尘远是庶子，生母早逝，在明相府中并不受宠。直到去年燕楚之战，聂星痕极力举荐他任先锋，大胜而归之后，这个明家庶子才真正被世人高看一眼。想必，他从前在家之时，没少受他这位哥哥的冷眼吧。

"你留在此处避一避，我去见见驸马。"微浓道。

明尘远点头，面上却有迟疑之色："您若方便，烦请问一问金城公主如何。"

这句话看似平淡，却让微浓察觉出几分不同的滋味。忽然间，她想起了明丹姝错嫁太子之事，心中不禁猜疑，难道金城公主也是这般?

那聂星痕与明尘远，倒还真是同病相怜了。

不过微浓没再追问，她也不是多话之人，只点头答应："好。"言罢便抬步往外走。

"公主，"明尘远在她即将跨出门槛之际，突然又喊住她，提醒道，"您要提防，也许是太子起了疑心，才让我大哥来撞您的马车，好趁机看您在不在璇玑宫。"

"多谢，我知道分寸了。"微浓朝明尘远颔首，拢紧狐裘跨门而出。

日渐正午，璇玑宫中善男信女越发多了，熙攘往来之中，微浓发现，青城公主一周年祭的法事十分盛大，比她想象中更加隆重三分。

她一直走到山门处，远远便瞧见两辆相撞的马车停在了路旁。乔装的东宫侍卫们团团围着一个男人，不知在说些什么，看样子氛围还不错。待微浓走近，众人也不敢行什么大礼，只朝她拱手作揖。

微浓的目光在这群男人中间搜寻，一眼便看到一个眉清目秀的年轻男人，正噙笑朝她看来。

这个人必定是明重远。他长得与明丹姝真像，也算一表人才。只是微浓万万没想到，堂堂金城公主的驸马，竟是个文弱书生的模样，与明尘远的气质相去甚远。

"见过太子妃。"尚未等她开口见礼，明重远已先行礼道。

论礼而言，太子妃之位仅次于燕王、王后、太子三人，金城公主的驸马朝她行礼，她也受得。于是，微浓没多做矫情，款款回礼："驸马爷好。"

这是两人头一次见面，明重远不知微浓过去的身份，只在心底疑惑，太子妃为何不像十五六岁？但他毕竟在仕途浸淫多年，早已修得沉稳心态，面上也看不出一丝异样，只是略带歉意地解释："也不知这马匹突然发了什么癫，瞧见您的车辇，便疯了似的撞上来。幸好您不在车里，不然我这罪过可就大了。"

微浓摆手表示无妨，顺势看向自己那辆马车，只见车尾被撞出了一个大窟窿，飕飕地往里灌着风。而公主府的马车也好不到哪儿去，车头塌了一小半，车板也被撞得不知去向。

受惊的马匹想必都被牵走了，徒留两辆车辇歪歪扭扭地杵在这儿，看样子都废了。

“我已派人回公主府取车了，请您稍候。”明重远又是一阵道歉，看似极为愧疚。

微浓是个直性子，想起临走前明尘远的提醒和所求，便直白相询：“驸马爷今日为何来璇玑宫呢？”

这一问，倒让明重远止不住地面露喜色：“我是来为公主祈福的。”

“哦？公主可是……”微浓原本想问金城是否“身体抱恙”，可看到明重远这笑意，恍然明白过来，金城公主想必是有喜了！所以明重远才独自来璇玑宫祈福。

“恭喜公主，恭喜驸马。”微浓笑言，“既然如此，驸马爷还不赶紧去上香？”

“总得等车马来了。”明重远再次致歉，执意在此等候。

微浓无法，只好冒着寒风与他闲聊，问起金城公主的近况。幸好公主府的下人手脚够快，两人还没说几句，马车便来了。

这一来，就来了两辆。

微浓倒是没多想什么，可明重远瞧见两辆马车的规制，显然有所不满，也不顾及微浓在场，径直质问下人：“怎么是这两辆车？如此寒酸，让太子妃怎么回宫？”

那下人低着头，诚惶诚恐回道：“驸马爷恕罪，公主今早进宫，府里两辆宝盖金鼎马车都伴随鸾驾去了。您来璇玑宫乘了这一辆，又叮嘱咱们不要招摇，奴才们在府里挑来挑去，唯独这两辆合适。”

明重远显然对这个解释极为不满，张口欲斥，被微浓拦下：“驸马爷息怒，我今日本就微服出宫，不宜招摇，这两辆马车正好。”

“撞坏了您的马车，还要委屈您一路回程，改日必定得去东宫向太子赔罪。”

“驸马爷不必在意。天色不早了，您也快去祈福吧。”微浓随口敷衍他几句。

明重远便没再挽留。他从两辆马车里挑拣了较为宽敞的一辆给了微浓，目送她坐上车辇启程回宫，自己才带人上了千霞山，往璇玑宫行去。

微浓坐上公主府的马车，颠颠簸簸往燕王宫返程。她今日着实是累了，此刻松懈下来，便想往车壁上靠。

哪知同车的宫婢惊呼一声：“太子妃小心。”

“怎么？”微浓立刻直起身子，警惕地问道。

但见宫婢用袖子擦了擦她身后的车壁，回道："奴婢是看这马车不够干净，怕您身上沾了灰尘。"

宫婢不说，微浓还没察觉到，这马车的确不够干净，至少打扫得不够仔细。想来公主府上马车数辆，金城公主与驸马主要乘坐的是宝盖金鼎马车，而余下的长年累月停放着，下人们打扫便松懈了。

今日事发突然，下人们回去取车，估摸也来不及重新打扫，抑或是有人偷懒，胡乱收拾了一番。微浓宽容地笑了笑，没多计较，她并不是个过分讲究的人。从前在房州跟随镖局出镖，也曾历经千难万险、重重艰辛。相比当时，如今这马车已足够舒适了。

想到此处，微浓将身子往后靠了靠，开始在马车里闭目养神。宫婢也在旁打着盹儿，时辰便过得极快。

待马车回到东宫，宫婢服侍微浓下了车，忽然又是"哎哟"一声。

微浓对她的大惊小怪已经习以为常，忍不住笑问："这次又是哪儿脏了？"

宫婢指了指她的狐裘下摆靠近左脚的位置，撇嘴道："公主府的马车也太不干净了吧！您这好端端的狐裘，蹭的是什么呀？可别是马粪！"

微浓顺着她所指的位置定睛一看，果然是有一些非黑非紫的东西蹭到了自己的狐裘之上。但没有她说得那么夸张，只不过是一丁点儿，让原本纯白的狐裘下摆，染上了星星点点的污渍。

微浓十岁起跟着镖局走镖，虽不敢自称马术超群，但也对马匹极为熟悉。她仔细瞧了瞧这些污渍，绝不像宫婢所说是马粪。可在公主府的马车里，又会沾染上什么灰尘呢?

她近来头痛于聂星痕遇刺之事，今日又被楚王冷言相待，此刻也无心探究，回到含紫殿便脱下狐裘，交给宫婢打理。

那随侍的宫婢名叫晓馨，算是个可靠之人。平日微浓在东宫的一切事务，多是交给她打理，今日出门微浓在半路上"移花接木"，也多亏她做内应。虽说不上忠心耿耿，但也算深谙宫廷处事之道，什么该问，什么不该问，她很懂得分寸。

晓馨哪里都好，就是为人太挑剔，此刻一直念叨着公主府的马车不干净："好端端的狐裘，染上这一片污渍，也不知是什么东西，黑紫黑紫的一片。"

黑紫黑紫？微浓本已走进内殿，闻言又立刻走了出来："狐裘呢？让我瞧瞧。"

晓馨将狐裘递了过去，口中嘟囔着，不忘提醒微浓："您当心，可别脏了手。"

微浓似没听见一般，只将狐裘拿到窗户旁的敞亮处，用手抹了抹那点污渍。指尖传来粗粝干燥的触感，微浓对着那紫色的细小颗粒，陷入了沉思。

第七章

生死疑云，拨云见日

当日下午，驸马明重远进宫来接金城公主，微浓才将金城有孕之事真正坐实了。赫连王后因此笑得合不拢嘴，重赏六宫；燕王却对此事反应冷淡，他正为了聂星痕的伤势而一筹莫展。

金城公主有孕，楚地成功平乱，敬侯遇刺重伤，气候严寒异常……时日便在这喜忧参半中惶惶度过，一转眼，隆武十八年已然逝去。

正月的爆竹声中，聂星痕依旧人事不知，生死未卜。

初五，明丹姝得准回了一趟明府，探望病中的母亲。赫连夫人是从前坐月子时疏忽大意，落下了腰疼的毛病，每逢刮风下雨便疼得厉害。今冬严寒，她更是难以行走，只得卧榻养病。

自从去年九月赫连夫人进了一次宫，她们母女两个便再也没有见过面，少不得要说些体己话。今日接财神，明相去祠堂主持仪式，不在府中；赫连夫人又有午憩的习惯，饭后明丹姝便安顿母亲歇下，随即去找明尘远。

即便她这位二哥与家里闹得再僵，过年还是会回来的。好不容易见着他一面，她迫切地想要知道聂星痕的伤势。

来找明尘远时，他的屋门是敞着的，但明丹姝还是抬手敲了敲门。

明尘远正在翻医书，屋里皆是摊开的书籍，三三两两散落各处。午后日暖，他手执一本医书站在窗畔，沐浴于金色的日光之中，那俊逸而认真的样子有一种亦文亦武的气质。

明丹姝觉得，明尘远比大哥长得更像父亲，性子也更加敢爱敢恨。也许正因如此，他才会被母亲深深厌憎。这份厌憎之中，多少有那么一点的担心，担心他将来的成就会超过大哥吧。

这般想着，明丹姝也有些感慨，迈步走进屋内："二哥，是我。"

明尘远只是抬目看了她一眼，并没有搭腔，继续埋头翻书。

明丹姝知道他是为聂星痕的伤势着急，便先开了口："你又不是医者，翻这些书能顶什么用？有这闲工夫，不妨去找找幕后凶手。"

明尘远也不与她客气，反问："大小姐如今是站在哪一边？"

明丹姝神色一凝，再是一黯："你说呢？"

明尘远知道太子大婚那日她与聂星痕相约之事，也知道聂星痕承诺过她什么，遂道："那你应该猜得到，幕后凶手是谁。"

明丹姝低声轻回："他是可疑，但我还不能确信。"

"那我给你出个主意。"明尘远合上手中医书，"你今日回去东宫，假作知情的样子给太子透个底，就说殿下的伤情有转机。"

"转机？什么转机？"明丹姝双眸一亮，连忙问道。

明尘远隐晦地道："知道得越多，被套出的话就会越多，反而显得刻意了。你只这一句便已足够，后头的事情，我来安排。"

明丹姝有些疑惑，但还是点了点头："听二哥这话的意思，他……保得住性命？"

"多方努力，但愿能有个好结果。"明尘远叹了口气，"如你所言，医治上我帮不了忙，还是操心凶手吧。"

"那你方才还翻什么医书？"明丹姝更加疑惑。

"翻给父亲和大哥看的。"

明丹姝顿时沉默下来，她觉得这个场景异常讽刺。须知她与明重远一母同胞，都是嫡出，从小兄妹感情深厚；而明尘远是庶出，行为又离经叛道，她向来对他嗤之以鼻。

然而今日，她竟背弃了父亲和同胞大哥明重远，选择与明尘远站在同一战线，还要算计自己的夫君和姨母。

可见人与人之间，哪怕是再亲近的关系，都并不如想象中牢靠。

突如其来的惶恐与担忧淹没了明丹姝："二哥，倘若此事真的牵连到明氏，你会坐视不理吗？"

明尘远不置可否。

明丹姝又道："一荣俱荣，一损俱损，倘若此次牵连到明氏，对你我也没什么好处。"

“大小姐若有所顾虑，就不要选择殿下，回去继续做你的太子良娣，既安稳又风光。”明尘远做出逐客的样子，坐下来继续翻看医书，“不送。”

明丹姝见他一直是爱答不理，终于恼了：“明尘远，我也将丑话说在前头，我帮的是他，不是你。若此次他能活，最好；若是他……死了，你也活不长！”

她一口气说了这么多，可明尘远连头也未抬一下，双目仍旧落在医书上，勾唇嘲笑。

明丹姝冷哼一声，转身欲走，却听明尘远忽在她身后道：“日后你若传递消息，可将字条放在流云殿前头的花圃里，第二或第三盆槌柱兰中。”

明丹姝脚步一顿，转身看他。

“还有，”明尘远终于抬起头来，与她对视，“东宫魏良媛已被收为己用。”

听过明尘远的话，明丹姝便知道，聂星痕早有所筹谋。可她没想到来得如此之快，如此之惨烈。

从明府探母回来的第三日，金城公主的驸马、她的同胞哥哥明重远下狱了。理由是：谋逆之罪。再深究一步：谋害敬侯。

燕王为此震怒不已，下令清查同党，这个要求让大理寺颇为为难。众所周知，明重远是明府嫡长子，又是金城公主的驸马，那么他的余党不用清查，傻子也能想到——王后、太子、明相。

而且，这三人也有谋害敬侯的动机。毕竟如今敬侯军功甚高，在崇尚武风的燕国百姓中人人称颂。反观太子，在行伍之中无甚建树。

关于这案子，明丹姝其实知道得不多，只听说是前日夜里，有个刺客混入敬侯府中意图行刺。当日明尘远恰好留下照看聂星痕，第一时间发现了刺客，打斗中将其制伏。岂料，这刺客被捕后立即咬舌自尽了。

可明尘远还是发现了蛛丝马迹，通过刺客留下的线索找出了幕后主使——竟是他的亲哥哥明重远。一夜煎熬，他决定大义灭亲，亲自去大理寺告发此事。

这才有了明重远被捕，燕王震怒，东宫与明府乱作一团。

风朝宫内，赫连王后气急败坏地质问聂星逸：“是不是你不放心，派了人去敬侯府？”

聂星逸立刻否认：“没有您的主意，儿臣岂会贸然行动？”他边说边看了殿外一眼，低声说出猜测，“初五丹姝回明府探母之时，还曾说起明尘远心情不错。连丹姝一介女子都发现了，驸马必定也发现了。他不放心，派人夜探敬侯府，也不无可能。”

如今明重远人在大狱，谁都不知真实情况如何，他也只能如此揣测。

赫连王后原本还疑心是聂星痕的连环计，可若是连环计，陷害的是明府，明尘远怎么可能坐视不理？须知一旦谋害王子的罪名扣下来，那就是等同谋逆！是要满门抄斩的！明尘远也会受到牵连。而且，聂星痕的确是重伤昏迷，离死不远了！

赫连王后前思后想，心里也认定了聂星逸的说法：“驸马真是沉不住气！为今之计，只好让他死咬住不认，他若是松一丁点儿口风，咱们就都完了！”

“明明毒不是咱们下的，却要咱们来承担后果。”聂星逸也是语带愤恨。

“是谁下的毒不重要，重要的是，咱们让他抓着了。”赫连王后恨恨地道。

聂星逸也是焦虑不已，此刻全没了章法：“母后，如今怎么办？父王认准了驸马的罪行，咱们得提早想法子啊！”

赫连王后却是摸着手上的扳指，逐渐冷静下来：“你父王不是傻子，事发至今，何以没找你兴师问罪？”

聂星逸一知半解：“儿臣不知……”

王后冷笑一声：“那贱种半死不活，谁知道还能不能醒过来，若是你因此受了牵连，他再死了，到时谁来继承王位？”

赫连王后越说越笃定自己的猜测：“如今看来，你父王是想尽快了结此案，不牵扯你。”

聂星逸听了这一席话，心里终于踏实了些，附和道：“是啊！手心手背都是肉，父王只有我们两个儿子，哪个死了，他都会伤心。”

赫连王后点了点头：“既然如此，咱们就顺水推舟吧！”她心里也是难受，面露几分不忍之色，“这一次，要委屈驸马了。”

翌日一早，明相去大理寺狱中探望明重远。如今罪名还没定，关押的是当朝驸马，探监的是当朝宰相，大理寺也不好强势阻拦，便睁一只眼闭一只眼，放了明相进去探视。

为了避免父子二人串供，大理寺还派了人进去守着。岂料明相只是宽慰了明重远几句，叮嘱他安心配合查案，其他的一个字没提。

三日后，此案开审，一切证据直指明重远是刺杀聂星痕的幕后主使者。可出人意料的是，明重远连一句辩解都无，面对种种罪证，当庭痛快地认了罪。

大理寺询问他行刺的动机，他只说是与敬侯有私怨，一时记恨在心，便看准敬侯去楚地平乱的时机，派人行刺。

他说了几桩与聂星痕的私怨，桩桩件件似真似假，令人半信半疑。如今聂星痕昏迷不醒，谁都无法考证他话中真伪，大理寺只好将审案过程记录下来，连带罪状及供词一并呈给了燕王。

燕王看过之后，只说了三重意思：

一、明重远毕竟是当朝驸马，要给个体面。命其与金城公主和离，赐鸩酒自尽；

二、明相操劳半生，对朝廷有功，如今功过相抵，不再追究九族之罪。但教子无方，令其自行告老辞官；

三、明尘远护主不利致敬侯遇刺，取消其所有官职头衔，容后处置。

三句话，结束了一个家族光辉的前程。

消息传来当晚，赫连夫人大受刺激，伤心之下竟昏迷不醒。五日后，明重远在狱中饮鸩酒自尽的当晚，赫连夫人也病逝了。

短短几天之内，从审案到结案，一切都快得不可思议。这好似是最好的一个结局，水落石出、真凶归案。只是明府，曾经的簪缨之家、公卿氏族，就此败落。

因是获罪，明府甚至没敢为明重远筹办丧事，只为赫连夫人置了灵堂。

明丹姝被特许回府奔丧，送母亲最后一程。素白衣裳，鬓边簪花，她梨花带雨地跨入灵堂，然而迎接她的，是父亲的一个巴掌。

“啪”的一声扇在她左颊之上，几乎将明丹姝扇倒在地。她踉跄着背靠屋门站稳，捂着热辣辣的脸颊，不敢发出一点声响。她怎么都想不明白，明府为何会落得如此下场？她怎么都不敢相信，王后与太子竟如此狠心，推出她哥哥当替罪羊。

而她一个软弱的女子，在这其中，究竟起了什么作用？究竟充当了谁的助力？她已经完全迷惑了。

唯有明相愤怒地指着她：“都是因为你！我们都被敬侯给骗了！”

明丹姝心里虽难受自责，却不知明相此话何意，忍不住回道：“如今敬侯生死未卜，您怎能怪他？怪只怪咱们太贪心了。”

“是啊，咱们是太贪心了。”明相抹了一把老泪，“太子大婚之后，你对你母亲说了什么？”

明丹姝一愣，未料到父亲突然提起此事，心里更是惶惑：“您这话是什么意思？”

明相摇了摇头，看向灵堂之上赫连夫人的牌位：“你母亲回来告诉我，敬侯想让咱们助他一臂之力。不可否认，当时我听了敬侯的许诺，是有些动心。本想约他密谈，谁料他奉命去了楚地平乱，王后又让你大哥安排行刺。”

明相说到此处，转而看向明丹姝，身子已是摇摇欲坠：“在局势未明了之前，我也不想得罪敬侯，便让你大哥假意行刺，趁机再与他谈谈。”

“您是说，”明丹姝有些明白了，“第一次行刺未果，是大哥手下留情？”

“没错，我只让他动过那一次手。”明相回忆种种前情，后悔万分，“我当时想着，敬侯这两年异军突起，又提拔了你二哥，倘若他真有天子之命，能许明氏满门荣耀，我为何不帮？为赫连璧月和太子卖命这么多年，我也憋屈够了！”

听到此处，明丹姝疑问陡生：“那敬侯为何还会二次遇袭？又是谁给他下毒？”

“也许是他自己演的戏，也许是楚民伺机报复。”明相无力地摆了摆手。

“既然如此，大哥怎么可能派人再去敬侯府行刺？明尘远又怎么查出来刺客是大哥的人？”明丹姝下意识地反问，可一问出口，她已猛然醒悟到了什么，不敢相信地睁大双眸，看着明相无声询问。

望着女儿惊恐的面容，明相冷笑：“你大哥他根本没派人去过敬侯府。”

“那大哥为何不辩解？”明丹姝仍旧不肯置信，“他为何要认罪？”

“他能不认罪吗？若是不认罪，大理寺追查下去，必然会查出咱们与敬侯私下有过接触。”明相越说越是面如死灰，“女儿啊，以赫连璧月的心胸，她还能容得下明家吗？到时候，咱们只会死得更惨！”

此时此刻，明丹姝脑子里是一片混乱，有什么念头从她心里一闪而过：“那明尘远呢？他就眼睁睁看着大哥下狱？”

此话也正戳中了明相的痛处，他终是凄然地笑了出来：“我真是教子无方，你二哥宁愿帮着外人！”

“你想想，但凡你二哥有一丝顾虑，为免满门抄斩，他都一定会掩护你大哥。”明相一边笑一边流泪，“可如今，他不仅不掩护，还准备了种种证据指认你大哥！这说明什么？说明他有恃无恐！说明有人替他撑腰，能保他不死！”

“不，不！不会的！”明丹姝死命摇头，连鬓边的簪花掉落都浑然不知，“敬侯他……他答应过我的，只要咱们帮他，他就许我后位！”

“事到如今你还敢妄想吗？”明相右脚重重地跺在地砖上，狠狠啐了一口，“聂星痕根本没想让咱们帮他，也没想立你为后！他自始至终就是要除掉咱们！除掉太子的左膀右臂！”

“不会的，不，你骗我！”明丹姝大声吼着，双腿一软跪了下来，靠着墙壁掩面哭泣，“不会的，他不会的……”

口中虽如此说，明丹姝心里却清楚，父亲说的就是事实。

倘若父亲曾和聂星痕商量过合作之事，曾在行刺时给聂星痕放水，那聂星痕必然会知道，下毒的不是明氏。他又怎会让明尘远反咬大哥一口？聂星痕，他是算准了父亲不敢向王后袒露行刺的内情，他是算准了父亲会吃了这个苦头，背下这个黑锅！

所以，聂星痕他自始至终，都没想过要明氏襄助！也自始至终，没想过要立她为后！一切的一切，都只是他的离间计、连环局！

她就这么傻傻地帮了他一把，甚至间接害死了自己的大哥、自己的母亲！明丹姝终于撕心裂肺地喊了出来，伏在地上失声痛哭："不会的，你骗我！他不会这么对我的！"

明相见女儿如此伤心，也是老泪纵横："如今说什么都晚了，只怪我太贪心，妄想当国丈。"他缓缓望向灵堂四周，悲凉地笑着，"想不到我明某人一生风光，竟然晚节不保。官位丢了，夫人死了，嫡子获罪，庶子离心。这个家，真是散了啊！我怎就落到如此地步！"

燕王宫。

聂星痕遇刺之事虽已水落石出，但他的伤势却并未有任何好转。按祖制，过了正月十五上元节便该上朝了，可燕王爱子心切，竟至罢朝三日。也许，这里头还有对太子、对明氏的寒心。

眼看月末越来越近，聂星痕的生命也在慢慢流逝，整个燕王宫都笼罩在一片阴影之中，夹裹着严冬的寒霾。

直至正月二十，姜国终于有了回应，派了使者和蛊医前来探望聂星痕的伤势。

当夜，燕王在圣书房召见了太子和微浓。

其实这几日里，微浓一直深居简出，除了每日去向王后请安，几乎从未出过含紫殿。而太子聂星逸近日都在暗中注意明重远的案子，也并未与她打过照面。

东宫说大不大、说小不小，细算来，这竟是他们夫妻两人数日里头一次碰面。

去圣书房的路上，宫婢们在前头打着宫灯，聂星逸在后头低声问微浓："你近来可是身子有恙？都没见你出过含紫殿。"

微浓望着前方的连珠羊角宫灯，语气淡得近乎冷漠："天气冷，不想动。"

聂星逸感到她的情绪不善，只好回道："冷了就烧地龙，开春便好了。"

微浓"嗯"了一声，未再多言。

夜风中似有暗香浮动，原来是路过了御花园，微浓不可避免地想起了聂星痕。去年九月，她还曾在此与他偶遇，当时他从容不迫的姿态犹在眼前，转眼他却已踏入了鬼门关。

即便她再恨他，也是希望看到他光明正大地死去，死在战场上，而不是死于见不得光的下毒刺杀。

倘若没有明尘远大义灭亲地检举揭发，也许，她也会去燕王面前告发明重远——腊月二十八那日，她坐明重远的车辇回宫，那披风下摆沾的东西是一些紫色的土壤。

放眼九州四国，宁国的土壤是黑土与黄土，燕国和姜国境内多红土，紫色土壤唯独曲州才有，而曲州正是楚国所在地。

这即表明，明重远的那辆车辇去过楚国，而且是近日才回来的。下人们打扫时有所疏漏，让鞋底的泥土残留在车内的某个角落，才会沾染在了她的披风之上！

她曾在楚国生活过三年，对于这种紫色土壤，绝不会看错！试想聂星痕前脚去楚地平乱，明重远后脚便去了，如此敏感的时刻，他一个驸马跑去做什么？又是为了谁而去？

答案呼之欲出！

这就是她近日足不出殿的原因。她不想看到赫连王后与太子的嘴脸，不想看到他们道貌岸然的背后，藏着如此丑陋的心思！她觉得恶心！

去圣书房的路因此显得异常煎熬，太子与太子妃互不言语，宫人们也不敢多问。夜色已深，宫中宵禁，除了东宫的宫婢和值守的侍卫，四面八方不见一个人影。幽幽的宫灯伴随着轻散的脚步声，显出一种难耐的寂静。及至到了圣书房，微浓与聂星逸才缓了缓心神，神色如常地进内拜见。

燕王见了两人，开门见山便道：“姜国派了蛊医前来，说是痕儿的伤势可以治愈。”

听闻此言，微浓说不清心里是个什么滋味。

聂星逸却显得很激动：“父王，这……这是好事啊！快让蛊医给二弟医治啊！”

燕王与微浓同时瞥了他一眼，随即又对看一眼，心照不宣。

燕王“嗯”了一声：“但姜国有个条件，孤召你二人前来，正是打算商议此事。”

“什么条件？”这次轮到微浓发问。

“姜国要求以楚珩作为交换。”

楚珩？楚璃二弟、楚王次子。

是了，姜国王后虽与楚王室脱离关系，但毕竟是楚珩的长姐，也许从前与他亲近也未可知；又或许她只是担心楚宗室难逃亡族，想要保下一点血脉。

无论出于哪一种目的，这个要求在常理之中。而且，姜国能对灭楚的元凶施以援手，也足见王后是个以大局为重的女人。

可是，楚珩若当真离开燕国，是否会借助姜国的力量复国？燕王是否会妥协放楚珩离开？

若放了，后患无穷；若不放，聂星痕命悬一线。一面是家国大业，一面是父子亲情，就看燕王如何选择了。思及此处，微浓竟有些忐忑，又有些激动。

“你们怎么看？”果然，燕王将这个难题撂了出来，确切地说，是撂给了太子。

微浓眼风扫过去，见他正蹙着眉目，一副慎重思索的模样。

微浓与燕王均未再接话，等着他做出一个回答。微浓突然觉得，燕王似乎已经做出了决定，今日一举只是在警告太子，也是在试探他。

圣书房内一片寂静，而聂星逸也并没有思考多久，便看似诚恳地回道：“父王，儿臣以为，当以二弟的性命为重。至于楚珩……他一个人想必闹不出什么风浪。”

燕王点了点头：“既如此，余下的事务，你与姜国交接吧。不要再耽搁了。”

这等情形下，将聂星痕的生死交托在聂星逸手上，燕王的用意不言而喻。聂星逸自然也不敢再有任何动作，连忙领命：“父王放心，儿臣定当全力以赴。”

“你们手足相亲，孤也就安心了。”燕王长长地叹了口气，朝他二人摆了摆手，“退下吧！”

“是。”

半月之后。

楚珩随姜国使者离开燕国，蛊医连阔留了下来，为聂星痕医治。

二月，草长莺飞，经历了严冬的重重考验，燕国终于气候回暖，万物复苏。而聂星痕，也在沉睡了一冬之后，随万物醒来。

燕王终于平息了怒意，开始册封去楚地平乱的功臣们，后来索性又扩大范围，犒赏三军。

“托殿下的福，我虽被剥去官职，俸禄倒是涨了。”明尘远将药碗递给病榻上的聂星痕，调侃道，“军中上下都在感激敬侯殿下，您以一己之身为我们谋福祉。”

聂星痕靠在榻上，身形消瘦且面色苍白，唯独唇色开始泛红，有了康复的迹象。他接过药碗一饮而尽，才虚弱地笑回：“我情绪不宜激动，你不要来招惹我。”

“除了公主以外，谁能让您情绪激动啊！”明尘远不依不饶，他口中的“公主”，指的是微浓。

聂星痕立刻敛去笑容，将药碗还给他，问道："晓馨那边怎么说？"

"晓馨说，那天公主原本没在意披风上的污渍，是她在旁抱怨了几句，公主才仔细看了看，但没说什么。"

"这就够了，她必然开始怀疑太子了。"聂星痕很是笃定。

"单凭那一丁点儿紫土，公主就能猜到？"

"她若猜不到，就不是我喜欢的女人了。"聂星痕唇畔勾起一抹笑意，似夜中清辉，令人心旷神怡。

"倒是便宜了姜国，黄雀在后。"明尘远有些愤愤，"那个姜王后还挺有手段，先派人来行刺您，又假装援手，再顺势提条件带走楚珩。"

"楚珩是她弟弟，她想救他无可厚非。"聂星痕表情如常，"咱们不也利用了此事，反将了太子一军？"

"那您又如何得知，姜国一定会来救您？万一姜国坐视不理，您岂不是要搭上性命？"明尘远一想到这次的连环苦肉计，便觉得心有余悸。

"姜国没对我狠下杀手，便有谈判的余地。"聂星痕胜券在握地道，"既然如此，我不如帮他一把，再利用他帮我一把，互惠互利。"

"殿下胆子真大，敢拿性命赌这一局。"明尘远再次感叹，不得不佩服聂星痕算无遗策、有勇有谋。

这件事的真正内情是：去年十月底，聂星痕刚将暴乱压制住，驸马明重远便潜入楚地意图行刺，但又在关键时刻放了水。聂星痕受了轻伤，得知是明氏有意拉拢，便对此事上了心。

然而没过多久，他们即将拔营返程之时，又遇见另一拨人前来行刺。原本以为是太子一计不成再生一计，哪知刺客却是来自姜国，意图威胁他交出楚珩。

聂星痕知道，如若自己中毒，姜国必定会千方百计与燕国交涉，以救人为条件，提出交换楚珩。于是，他将计就计，制造出了蛛丝马迹，将第二次行刺之事嫁祸给明氏。他自信赫连王后为求自保，必定会让明氏俯首认罪。

与此同时，他也启用了隐藏在东宫的眼线——晓馨。他让明尘远弄了点紫土交给晓馨，紫土是楚国特有的土壤。晓馨很聪明，瞅准机会将紫土抹在了微浓的披风上，从而坐实了明重远潜入楚地的罪行，也成功离间了微浓与太子的感情。

他不指望微浓立刻将感情的天平倾向他，他只要她看清太子的真面目。他知道，以微浓爱憎分明的性格，一旦发现太子的手段见不得光，即便她不说出来也绝对不可能再对太子青眼相看了。

这比他在战场上射杀楚璃更令微浓憎恶，毕竟他是光明正大，太子是暗地作祟。

而姜国也如愿遣使交涉，为他医治。燕王如他意料之中，同意了交换条件。

这一次，他虽受了皮肉之苦，却成功揭露了太子的伪善面目，剪除了明氏一族，让微浓对太子心生嫌隙，并与姜国取得了联系，一举四得。

就连苍天都像是在帮着他，给了燕国一个寒冬。想到此处，聂星痕缓缓笑了。

明尘远看见他这种笑容，故意装作毛骨悚然的样子，戏谑道：“您这个表情，活脱脱一只狐狸。”

聂星痕叹了口气：“这都是被逼的。但凡王后与太子给我留条活路，我也不是非要这个王位不可。”

明尘远双目微眯，不知想起了什么，眼神一黯。

聂星痕见状迟疑片刻，问他：“这次我扳倒你爹，你真的不怨我？”

“他早就跟我没什么关系了。”明尘远目露一丝伤感，“我娘被赫连氏活活折磨死，他都不闻不问，这样薄情之人，我认他做什么？还有明重远……”

话到此处，明尘远却住了口，无力地摆手：“算了，如今这个结局挺好，他告老还乡，远离仕途，也许还能多活几年。”

“想不到你们父子之间积怨这么深。”聂星痕不禁慨叹。

“所以殿下您已足够幸运，虽然兄弟阋于墙，但王上待您不错。不像我，父子离心，手足相残。”明尘远说出这番话时，面上已无任何表情，无爱亦无恨。

聂星痕安慰似的拍了拍他的手臂，笑着看他：“以后我就是你的手足，我们想要的一切，都会得到。”

“我怎敢称殿下的兄弟？”明尘远很是动容，“蒙殿下看得起，士为知己者死。”

“你若死了，金城怎么办？”聂星痕话说得太快，到底还是虚弱，咳嗽了两声。但他又记挂着微浓，便再行叮嘱，“让晓馨注意微浓的动向，她的一举一动，都要告诉我。”

明尘远点了点头，又问：“楚珩就这么走了，您真的一点儿也不担心？”

“楚氏一族皆在燕国，一时半刻，楚珩不敢轻举妄动。”聂星痕眸色幽幽，沉如深潭，黑如曜石，“他走了也好，我若再动楚王室，微浓会和我拼命。”

“那您往后打算怎么办？”

“借口养伤，留在京州。”

“不怕羊入虎口？”

“置之死地方能后生。”聂星痕从容一笑，“谁是羊谁是虎，尚未可知。”

第八章

胜负博弈，初现迷局

聂星痕说到做到。在燕王前来敬侯府探望他时，他顺势提出留在京州养伤，燕王允准了这个要求。

为防燕王多虑，聂星痕趁机辞去一切军中职务，越发摆出恭谨的姿态。太子也去探望过他几次，但微浓始终没有去过。

聂星痕在府中养伤度日，一转眼，隆武十九年由春入夏。

临近五月，京州城里最大的一桩喜事，便是长公主聂持盈的寿辰。燕王原意是在宫中大摆筵席，但被长公主拒绝了，说是一切从简，在府中摆席即可。

其实长公主并不是要求从简，而是她从开春起便已经着手筹备寿宴，若是挪去宫中摆席，前头花的心思便都白费了。

而微浓作为名义上的幺女，少不得要去长公主府祝寿。临近寿宴还有三天，她提前回来张罗。

长公主聂持盈虽是半百之人，但保养得宜，看上去比燕王还要年轻许多。她素来喜爱雍容华贵的穿着，平日在府内也是重装华服，与微浓的素淡形成了鲜明对比。

毕竟是冠着母女名分，长公主见微浓肯回来帮忙，也觉得面上有光，便亲自到了外院迎接。母女相见，长公主热络地拉着她的手，问道："东宫诸事繁忙，你还回来做什么？太子也肯放人？"

"无妨，王后和太子特意交代过，您这里若是人手不足，可以从凤朝宫和东宫调派。"微浓礼数周到。

长公主大为开怀："走，去看看我亲自布置的宴客厅。"言罢不由分说，便拉着微浓往宴客厅里走。

微浓不好扫她的兴致，笑着应了。待走到宴客厅前，长公主抬手指着门上匾额，笑问："这是侯爷新题的字，如何？"

微浓抬眸念道："悦客门。笔势豪纵，意态跌宕，名字好，字更好。"

长公主听了这话更是自得，揽袖掩面而笑。

一道金光迎着艳阳，正正晃了微浓的双眸。她定睛一看，原来是长公主腕上的一个金色掐丝镂空玲珑镯。

这镯子微浓很是眼熟。因为，明丹姝也有个一模一样的款式，但不是金的，而是银的。

这两人毫无交集，怎么会有相同款式的镯子？微浓有些疑惑，不禁脱口问道："这镯子是……"

长公主低眉看了看自己的左腕，笑着反问："怎样？别致吗？"

微浓点点头。这镯子是赤金的，镂空掐丝，纹样是群星抱月，以一条长长的银河弯成一圈做了镯环。宫廷内首饰多以花草、瑞兽为主，这种星月纹样很是少见，否则她也不会记得明丹姝戴过。

"这镯子是司珍房做的？"微浓顺口问道。

长公主掩面咯咯地笑了起来，话中颇有些自得之意："侯爷出生寒门，祖上曾做过金匠。这个镯子，便是他画的纹样。"

长公主口中的"侯爷"，指的是她的驸马定义侯。二人成婚数十年，鹣鲽情深举案齐眉，膝下两子三女皆是嫡出。不得不说，这在宗亲里极为难得。

"原本侯爷还将纹样藏着，想在寿宴上给我个惊喜，被我眼尖发现了。"长公主说着，面上已泛起喜悦的光芒。

微浓看着长公主略带炫耀的喜色，便知她对这镯子有多喜欢。可明丹姝怎会有个一模一样的镯子？

微浓犹自不解，便听长公主又道："我瞧这镯子的纹样实在别致，便让侯爷绘了一整套头面首饰，命人打了成品，打算寿宴当日戴出来。"

"喏，"长公主边说边亮出手腕，"你还真是眼尖！"

原来如此。微浓猜测，必定是定义侯绘的图稿外泄，被宫里的司珍房辗转获得，才打了一只相同的镯子送给明丹姝。恐怕司珍房也不晓得这图稿的来历，否则哪里敢抄？

若将此事揭露，依着长公主的脾气，定会大发雷霆。微浓思忖片刻，顾虑她寿宴在即，决定暂且不提此事，以免惹她生气。

长公主根本没发现微浓走神，还在兴致勃勃地介绍："侯爷给这套首饰起了个名字，叫'飞星逐月'。除了镯子，还有步摇、耳珰……对了，有一支鎏金簇珠鸾钗，真是美得不得了……"

"启禀公主、太子妃，敬侯殿下来访。"管家突如其来的禀报打断了长公主的话。

微浓身形一滞，长公主立即察觉到了。她是知道微浓真实身份的，更知道聂星痕攻楚期间杀了楚太子璃，顾虑微浓的感受，她面上有片刻迟疑，斟酌着是否要与聂星痕见面。

微浓知她心中所想，反而主动说道："您不必顾虑我。"

长公主这才长舒一口气，劝道："那就好。你如今嫁给了太子，过去的事便过去了。再者，此次敬侯'大病'一场，该受的罪也受够了。"

微浓一笑而过，未再多言，母女两人便一并前往外院。

微浓还未迈入迎客厅，远远地便看见聂星痕负手站在厅外。仍是诸侯服色，仍是暗紫锦袍，修长身形挺拔落拓，却比从前清瘦很多。唯独举止间的从容姿态一如往昔，甚至更胜往昔。她本以为自己能淡然自若，可实际上，在聂星痕毫不掩饰的目光之中，她感到自己无所遁形，比想象中要更加难受。

聂星痕察觉到了她的情绪，即便她在笑，他也能体会到那笑容下的清冷与憎恶。聂星痕适时收回目光，看向长公主，含笑行礼："侄儿见过姑母。"

话音落下的同时，长公主与微浓已站定在他面前。他便转看微浓，补充道："见过太子妃。"

微浓敛衽回礼："见过敬侯。"

短短两句问候，看似一切如常，奈何长公主阅历太深，已敏感地察觉到什么，立刻笑问："好孩子，你身子可大好了？怎么也不提前说一声就过来了？"

聂星痕薄唇噙笑，回道："三日后是您的寿辰，侄儿提前来孝敬您。"他边说边将手中礼单奉上，"恭祝您福寿绵延。"

长公主朝迎客厅里瞥了一眼，瞧见大大小小的箱笼摆了一排，便知聂星痕是花了大心思准备寿礼，于是她笑着调侃："这么客气？是不是有求于姑母啊？难道你看中了哪家小姐，想请姑母说媒？"

闻言，聂星痕扫了一眼微浓，笑着回道："姑母说笑了，侄儿岂敢麻烦您出面？已自行解决了。"

"哦？快说说，是谁家小姐？姑母可曾见过？"长公主边说边往迎客厅里走。

聂星痕故意慢她一步，与微浓并肩跟上，笑回：“如今时机未到，且让侄儿卖个关子。”

长公主一听这话，立刻转头啐他一口：“呸！还敢瞒着！你父王若不同意，我可不给你说情去！”

聂星痕闻言笑意更深，却没再接话，长公主也没再追问。

说话间，三人已在迎客厅内落了座，长公主接着笑道：“其实你早该成婚了。从前你人在房州，你父王管不住你，这次趁着养伤，一并将婚事办了多好！”

“还是那句话——时机未到。”聂星痕迂回一番，没再给长公主说话的机会，直接转移话题，“姑母思女心切了吧？这么早就将太子妃接回来？”

微浓抬眸看过去，正巧看见聂星痕浅笑。她不欲接话，长公主便笑着打圆场：“怎么？怕姑母插手你的婚事，又来消遣我们娘儿俩？”

“侄儿不敢。”

“你有什么不敢的？你自小就胆子大！”

微浓看着他们姑侄二人你一言我一语，忽然发现，长公主对聂星痕很不错。她与聂星痕对话时，那种时而无奈、时而戏谑、时而宠溺的表情，是真正发自内心。

只这走神的工夫，长公主与聂星痕又说了好些话，也不知后者说了什么，便见长公主抬手指了指他：“你啊你！病了一场，嘴皮子更利索了！”

微浓见状勉强笑着，也插不上什么话，此时忽听聂星痕说了一句：“咦？姑母这镯子有些眼熟。”

微浓猛地抬头看他。

聂星痕感受到她的目光，却没看懂她的意思，便以眼神相询。岂料微浓又垂下了双眸，唇角隐隐挂起一抹淡笑。这笑容聂星痕再熟悉不过，是一种不折不扣的嘲讽，他不由得心思一沉，忽然再没了说笑的兴致。

长公主却只顾着自己的镯子，又作势啐他：“呸！我这镯子才打好没几天，你在哪里见过？”

“恐怕是敬侯殿下看错了。”微浓冷冷接话。

从长公主府出来，聂星痕越发觉得蹊跷。自他提起那只镯子开始，微浓的反应显而易见：不悦、讽刺……到最后又是遮掩。其实去长公主府前，他便做好了不欢而散的准备，可因为一只镯子，这也太莫名其妙了！

聂星痕乘车返回敬侯府，径直步入书房，头一件事便是摊开宣纸，凭借记忆画出镯子的图案，又急招明尘远过府一叙。

"你去造办处或司珍房查查这只镯子。"聂星痕将图样递给明尘远。

后者接过宣纸看了看："殿下居然还会画镯子？"

聂星痕没心思与他玩笑："我凭记忆画的，大约是这个纹样，倘若司珍房有类似的图稿，你想法子弄个副稿出来。"

"是。"

三日后，明尘远查出了一些线索。彼时聂星痕正准备去长公主府赴寿宴，人还未走出内院，便被他拦了下来。

"殿下，镯子的出处查到了！"明尘远难掩兴奋之意。

"怎么说？"聂星痕立刻屏退左右。

"镯子应该是两只，一金一银……"

同一时间，长公主府，宴客厅。

燕王与长公主在偏殿密谈。

"王上提前两个时辰来此，可有要事？"长公主吟吟笑问。

"怎么？孤不能提前过来瞧瞧？"燕王故作一问。

"得了吧，"长公主显然不信，"您这么早过来，是不是为了您那两个宝贝儿子？"

"什么都瞒不过你。"燕王径直笑回。

长公主叹了口气："三日前痕儿来过一趟，我瞧着精神尚可，就是瘦了很多。至于太子……年后未再见过。"

两个侄儿，一个重伤初愈，还知道来探望她这个姑母；一个无病无痛，又是她名义上的女婿，却总是借口政务繁忙。

长公主心如明镜，这话却没说出来，只道："其实我打心里喜欢痕儿……不过，您既然让我做了青城的母亲，又将青城许给太子，我只好重新站队了。"

"站什么队？"燕王明知故问。

长公主瞥了他一眼，不答反问："您到底是怎么想的？还不让痕儿回封邑去？他留在京城，岂不是让赫连璧月捏在手心里？"

"就是要让他在孤的眼皮子底下。孤要看看，王后还敢不敢动手。"燕王冷笑一声。

"您拿自己的儿子做饵？看两个儿子斗来斗去？"长公主不明白燕王的用意。

“不是孤狠心，”燕王隐晦地道，“孤是在等着给痕儿一把助力。”

他见长公主似懂非懂，便又笑着暗示：“你也别急，究竟谁才是你的女婿，眼下还是未知之数。”

长公主明白了，不再多言。

此事说来话长。许多年前，燕王聂旸龙潜之时，为了争取长公主聂持盈的支持，曾向她承诺过，一旦自己坐上王位，必定许她的驸马侯爵之位，许她的女儿成为太子妃。所以，长公主利用了自己的势力和父母的宠爱，帮助聂旸登上了王位。

多年以来，双方都记着这桩姻亲之诺。长公主与驸马暮皓感情甚笃，接连生下两子三女，岂料燕王却香火单薄，晚有子嗣。

于是，长公主的三个女儿中，前两个女儿都因年龄过大，先后嫁了人；唯独她三十三岁怀上的幺女，天资聪颖、年纪方好，堪与燕王的两个儿子匹配。可惜天意弄人，这孩子没活过十五岁。

长公主不愿驸马纳妾，自己又年纪渐大，生育艰难。她原本以为，当年的诺言是无望兑现了，可燕王却承诺，日后还她一个女儿。正因如此，她没有大肆声张幺女之死，还一直留着幺女的户籍，以备他日之用。

直到前年底楚国被灭，青城公主归国之后先入道，后“病逝”，被送到了长公主府。当时她便知道，这是燕王还给她的女儿了。她没有多问内情，只知道青城身份有误，并非王室血脉。

其实她不喜欢赫连璧月，连带着对太子也不待见，原本还想帮帮聂星痕，可燕王一道旨意，将青城嫁给了太子。而她作为青城名义上的母亲，自然要偏帮自家女婿。于是，她只得重新审视太子，放弃聂星痕。

可眼下听燕王这意思……是决意重立储君了。那青城呢？难道还要再一次改嫁？

长公主疑惑重重，不禁想起聂星痕来探望她时的种种言行，再联想起他的攻楚之举，她突然间想通了前因后果，连忙向燕王求证：“痕儿他早就盯上青城了？”

“嗯。”燕王言简意赅。

长公主怔怔片刻，旋即拊掌笑道：“好！好！我对痕儿更加高看一眼了。有胆色，有胆色！”

“你可别在他面前乱说话，坏了孤的大事。”燕王提醒她，“王后一族不可小觑，孤还在想法子。”

"那有什么！痕儿的生母，您不也让她入籍赫连氏了？立谁为太子，不都是赫连氏的外孙？"长公主越说越是兴奋，"这么多年，朝堂上平静无波，我可都闲得发慌了！"

燕王无奈地摇了摇头："你闲得发慌，就来摆弄孤的儿子？"

"随口一说罢了，我还是先顾着今日的寿宴吧！"长公主作势起身，心情大好，"要不先让侯爷陪您杀两局？我可要去换装了。"

燕王上下打量她："已经是华服盛装了，还要换装？"

长公主咯咯地笑起来："侯爷为我打了一套头面首饰，我就等着今日戴出来呢！"

两个时辰后，夜幕降临，长公主府宾客盈门。

王后与太子的仪仗停在了府门前。长公主聂持盈、敬侯聂星痕等宗亲齐齐站在门口相迎。

赫连王后在微浓的搀扶中走下凤辇，太子聂星逸则从另一驾金顶马车上走了下来。府门前立刻窸窸窣窣跪倒一片，问候声、请安声络绎不绝。

赫连王后带了一车价值不菲的贺礼，照例与长公主拉扯着说笑。原本气氛其乐融融，一行人正要跨进门内，谁知赫连王后突然顿了顿脚步。

长公主感到左手吃痛，忙低头一看，只见王后的五指蔻丹在暮色下异常鲜艳，正紧紧抓着她的手腕。

长公主不解询问："王后怎么了？可是哪里不舒服？"

赫连王后的神情很怪异，像是掠过一丝阴霾，随即已松开了手，笑着扶额："无妨，许是坐了太久的车辇，有些头晕。"

一阵关切之声随即响起，王后打发掉众人的问候，再次抬步往里走，边走边问："王上呢？"

"正与侯爷下棋呢！两人杀得可起劲儿了。"长公主笑起来，眼角细纹深浅不一，在宫灯下攒成一朵朵枯萎的花儿。

王后也笑了，气氛看似又恢复了热闹，众人簇拥着王后和长公主两个人，一同往宴客厅走去。

华灯耀彩，璀璨闪烁，新铺的白玉地砖反射着灯影，偌大的宴客厅内恍如白昼。楠木牙桌从大厅深处朝外排开，左右各五十张，可坐数百人。每张桌案上都摆放着一套梅花粉彩茶具，以如意六角盘托着，也算奢侈到了极致。

众人再环顾左右，才发现整座大厅的墙壁上，镶嵌的是一排排仙鹤腾云蟠花烛台，每个烛台上的仙鹤姿态各异，竟没有一个重样的。如此观摩一番，无人不赞叹这座宴客厅的华丽装潢，更加感叹长公主深受王恩。

一时间，宴客厅内啧啧声起。长公主看在眼里、听在耳中，更觉欢喜。

燕王来得最迟，在定义侯陪同之下入场，众人跪地恭迎，燕王与王后相偕坐于上席。今夜邀请的俱是宗亲，见王、后二人入座，便也依次入席。

酉时三刻，寿宴准时开席，乐声顺势而起，舞姬鱼贯而入。歌台暖响，一片春光融融；舞殿暖袖，满目夏彩灼灼。

在这一片歌舞声中，长公主缓缓起身，执杯走上丹墀，对燕王与王后礼道："王上与王后纡尊而来，屏城不胜感激。"

屏城是长公主的汤沐邑，故而外人也称其为"屏城长公主"。无论在外人面前多么风光，私底下又与燕王多么深交，长公主在这等场合下一直礼数周全，称谓上从不乱了分寸。

长公主来敬酒，燕王与赫连王后也顺势起了身。燕王方才与定义侯对弈连胜几局，此刻正是心情大好，便执起酒杯，笑道："长公主于社稷有恩，孤岂能不来？"

言罢他举杯一饮而尽，赫连王后亦随之饮尽。

长公主见二人如此痛快，也笑着饮尽杯中之酒。饮罢，她还将酒杯朝下晃了晃，向燕王示意。

一切都发生在顷刻之间。燕王原是笑着的，不知为何却乍然变了脸色，一把抓住长公主的左腕。

此时唯燕王、王后与长公主三人站在丹墀之上，众人隔得远，都没看清楚发生了什么。不过须臾，燕王的视线已从长公主的左腕上移开，看向大厅之中。

他的目光掠向聂星逸与聂星痕，又掠过淡然的微浓，再掠过定义侯暮皓，像是要寻找什么人。最终，他看向了身旁的王后赫连璧月，目中划过一丝了然。

王后关切地询问："王上？"

长公主也迷惑极了，顾不得左腕还被燕王抓着，连忙问道："王上，您这是怎么了？"

这一句话，似惊醒了燕王。他的手狠狠一紧，目光重新看向长公主，沉黑的瞳仁中漫出某种情绪，像难以置信，又像急于诉说。

只可惜，他什么话都没来得及说出口，便直直地仰面倒下。

"王上！"长公主与赫连王后同时惊呼出声。

大厅内的众人也迅速反应过来，纷纷起身跑上丹墀。只见赫连王后跪坐在地，而燕王就昏倒在她怀中，眉目紧蹙，面色苍白。

“快传太医！传太医！”太子聂星逸亟亟喊道。

赫连王后猛然意识到了什么，立刻朝聂星逸喝道：“你亲自去找太医！快去！”

聂星逸恍然反应过来，一把抓住微浓的手，急切叮嘱：“照看好这里。”撂下这五个字，他便闪电一般冲出了宴客厅。

长公主看着聂星逸飞奔出去，也大叫起来：“我府中有大夫！快！快让他过来！”

斟酒的婢女慌张不已，连酒壶都顾不得放下，立即领命跑了出去。

不多时，长公主府的大夫提着药箱匆匆赶来，为燕王诊脉。宗亲们纷纷让路，又都关切着燕王的病情，围在四周等着结果。

“启禀王后娘娘，启禀公主、侯爷，王上似中风之症。至于是否中毒，眼下还不敢断言。”大夫低着头，惶恐回道。

“到底是中风还是中毒？”长公主急切质问。

她历来挑剔，对下人又威严，大夫也被问得瑟瑟发抖起来：“草民医术浅薄，实在不敢断言……要等宫中太医前来确诊……”

这大夫虽在长公主府当差，却是负责为长公主保养容颜、调和阴阳，偶尔也医治些头疼脑热。他专擅于驻颜之道，故不敢断言燕王到底是什么病症。

长公主心里清楚，却不愿在人前丢了面子，忍不住呵斥他：“留你何用！滚下去！”

大夫连滚带爬地跑出宴客厅。

赫连王后也对这个诊断有所不满，冷冷说道：“王上历来身体康健，太医们请脉皆是无恙，怎会突然中风？”

真会泼脏水呢！长公主瞬间明白过来，王后这是要将事情往中毒上引了。中风是燕王自己的原因，而中毒……自己作为寿宴的主人，难逃罪责。

长公主正想着应对之法，此时忽见聂星痕从人群中出列，朝她禀道：“姑母，请您下令关闭府门，禁止任何人出入。”

长公主乍然警醒，于惶惶人群中看了聂星痕一眼，目露赞许。

聂星痕看懂了她的意思，接着说道：“无论父王是中风还是中毒，眼下约束众人才是关键。万一是中毒，也不能让下毒之人逃脱。”

这是在为她解围了！长公主当机立断：“敬侯说得不错！”

此言甫毕，她已高声吩咐了几句，众人便听到宴客厅外响起了沉沉的脚步声，乱中有序，显然是公主府的侍卫们正在包围府邸各处。

见此情形，在场的宗亲们皆慌张不已，纷纷猜疑燕王的情况。眼见太子聂星逸去找御医，众人没了主心骨，也只得唯聂星痕之命是从。

可就在此时，却听赫连王后突然开口否决："不行。"

她还跪坐在地，怀中抱着燕王的上半身，目色凌厉地看向长公主："方才本宫看得一清二楚，王上是喝了你敬的酒才会脸色大变，随即昏厥。莫怪本宫无情，实在是长公主你嫌疑太重！你府中侍卫，不得靠近宴客厅！"

"你是说我加害王上？"长公主陡然变色。

赫连王后没接话，转而再看聂星痕："敬侯，本宫命你立刻拿下长公主！待太子调兵前来，再移交他审理。"

"赫连璧月！"长公主听到此处终于恼了，抬手指了指门外，"你是傻子吗？我会在自己的寿宴上下毒？我会毒杀王上？你若不把事情说清楚，今日休要踏出我府门半步！"

话到此处，她已"啪"地摔碎手中酒杯："来人！请王后移步偏厅！"

两列侍卫立即跳进门内，欲领命捉拿赫连王后。

"谁敢？"王后怒而质问，"你们当禁卫军是死人吗？"

众人这才想起，今日赫连王后驾临之时，仪仗队中有不少禁军相随保护。

仿佛是为了印证她所说的话，宴客厅外忽然响起一阵抽刀之声，显然是公主府的侍卫和禁卫军对上了。

厅外两军对峙，厅内也无人敢再说一个字。一时之间，气氛剑拔弩张，宫廷危机一触即发。

然而王后赫连璧月与长公主聂持盈，两个女人对周围的一切都充耳不闻，依旧怒目对视，互不相让。最终，还是定义侯暮皓站了出来，和言劝阻道："如今最重要的是救治王上。"

赫连王后瞥了定义侯一眼，没有作声。

长公主也冷哼一声，算是妥协，又看向聂星痕，直言命道："敬侯，你带上五百侍卫去找太子，务必确保御医的安全。"

这话中之意，令人听得心惊。

"慢着！"王后没等聂星痕表态，已抢先出言阻止，"今日厅内众人都有嫌疑，即刻起，谁都不许离开！直到太子回来！"

听闻此言，长公主的怒意更加上涌，正待反驳两句，却有人比她先一步说道："母后所言极是，还请母亲大人息怒。"

正是太子妃微浓。

当年青城认祖归宗之后一直深居简出，偶尔宫宴上露面也是惊鸿一现，没过多久又远嫁楚国，所以宗亲中认得她的人不多。时隔数年，又听说青城公主已修道仙逝，如今即便觉得太子妃眼熟，甚至有几分青城公主的影子，宗亲们也不敢多问，只是暗自猜疑。

这位太子妃，自嫁入东宫便沉默寡言，待人接物虽礼数周到，却一直有种疏离感夹在其中，仿佛不愿与人亲近。就连平日的打扮都是素淡至极，与她那个喜欢华服盛装的长公主母亲大相径庭。

从燕王昏厥到如今，她始终在旁一言不发，以致众人险些忘记这位太子妃的存在。可就是她这平淡无奇的一句话，清清冷冷的语调，却令在场众人忽然意识到一件事——

长公主是太子妃的母亲，与赫连王后是姻亲关系，按道理而言，这两个女人休戚相关，应是站在同一立场，何以方才会冷言相对？

赫连王后为何将矛头对准长公主？难道宫廷有变？太子妃的话又是什么意思？

唯独聂星痕听明白了，微浓这番话是在护着长公主。毕竟燕王是在长公主的寿宴上昏厥，于情于理，长公主都难辞其咎。此刻她若再与赫连王后发生冲突，难保不会激化矛盾，被王后趁机处置。而且，长公主话中之意，处处都在提防太子，向着他。

聂星痕看向微浓，便瞧见她的双手藏于袖中自然下垂，悄悄拉着长公主一角衣袖，劝阻之意显而易见。

倒是很识时务啊！聂星痕这般想着，耳中又听有人唤他，是赫连王后重申了命令：“敬侯，请长公主和定义侯移步偏厅，其他人一概不许离开宴客厅，待太子回来再行处置！”

赫连王后看着聂星痕，眸色比方才更加凌厉三分：“还有，立刻调遣禁卫军接管长公主府，谁敢反抗，格杀勿论！”

不知为何，王后这种临危不乱的冷静与威慑，竟让聂星痕生出一种感觉，就好似她已为这个场景演练过千百遍了。他看到微浓淡淡地瞥了过来，那目光澄然清澈，却又隐藏着别样的深意，如同晶莹的琥珀里凝结了一颗不具名的宝石，令他想猜而猜不透。

他沉吟片刻，终究是对赫连王后回道：“儿臣领命。”言罢转向长公主和定义侯，伸手相请，“姑母、姑丈，侄儿得罪了。”

长公主知他是在保护自己，但还是没给他好脸色，拂袖往偏厅走去，定义侯随即跟上。

这边厢刚安置好众人，那边厢太子也带着御医和大批禁卫军返回。禁军们迅速将长公主府团团围住，等待太子进一步示下。

宴客厅内鸦雀无声，宗亲们连大气都不敢喘，纷纷盯着为燕王诊脉的几个御医。

未几，便听御医们回道：“公主府的大夫诊断有误，王上不是中风，也并非中毒，而是心悸之症。老毛病了，安养几日即可，并无大碍。”

并无大碍？聂星痕疑惑之意浮上心头。

宗亲们却都松了一口气，既然是老毛病，那就与今日的寿宴无关。

赫连王后也很满意这个结果，说道：“既然如此，本宫与太子先送王上回宫静养。敬侯留下，可别忘了安抚长公主。”

太子聂星逸也补上一句：“近日诸位勿要出城，父王醒来之后，也许会随时传召。”

众人纷纷称是，看着宫人们将王上抬出宴客厅，又目送王后、太子、太子妃三人离去。外头随之响起一阵阵脚步声，是禁卫军在有序撤离，如此折腾了半个时辰，宫中的大批人马才终于走得干干净净。

经历一场虚惊，宗亲们都想尽快离开，又碍于长公主夫妇的面子，劝慰了她几句才一一告辞。唯独聂星痕留下来收拾残局——此时正厅里早已一片狼藉，歪七斜八的桌椅、满目的残羹冷炙、白玉地砖上还有深深浅浅的脚印……

长公主站在自己悉心布置过的宴客厅里，抬手剥下左腕上的镯子，对着灯火仔细看去。这飞星逐月镯流光溢彩，金芒闪耀，内环上是定义侯亲手刻上去的小篆“盈”字，也是她的名字。

一切并无不妥。

“姑母，今日太晚了，您先歇着吧。”聂星痕适时劝道，“此事大有蹊跷，并非一时三刻能查清楚的，来日方长。”

长公主恨恨地回眸看他：“真是世态炎凉。两个时辰前，我这里还高朋满座；两个时辰后，却都避之不及，唯独你肯留下。”

“姑侄情分，自然更亲近些。”聂星痕委婉解释。

“要说亲近，赫连璧月是我亲家，太子是我女婿，难道不够亲近？”长公主犀利反问。

聂星痕默不作声。

“你方才也看见了，赫连璧月突然针对我，直指我谋害王上。你不觉得奇怪？”

这大约是在场众人都感到奇怪的地方。原本赫连王后来赴宴时，还带了一车的贺礼，入府时也与长公主热络非常。可为何在寿宴上，她突然翻脸了？即便担心燕王有个三长两短，她也不该直接针对长公主，毕竟是她的亲家，而且事情还没弄清楚。

聂星痕没有附和长公主的疑惑，平静地转移了话题：“如今最紧要的是父王的病情。侄儿总觉得，父王不像老毛病。”

长公主回忆方才的一幕幕，也逐渐平复了心情，将镯子重新戴回腕上：“没错。王上昏厥之时并没有捂着心口，根本不像心悸之症。”

她自问见过大风大浪，也算从容之人，可今日这一出，她委实无法镇定下来，总觉得自己卷入了什么不为人知的阴谋，有些后怕，有些担忧。

“公主，既是虚惊一场，便不要多想了，身子要紧。”定义侯暮皓原本一直沉默着，直到此刻才开口宽慰。

“姑丈说得对。阴谋诡计自有露出马脚的一天，谁也不能瞒天过海一辈子。”聂星痕淡然劝道。

定义侯闻言看了他一眼。只见年轻的敬侯缓带轻裘，声音波澜不惊，瞳仁犹如深不见底的潭水，令人猜不透个中之意。

长公主也被他这种沉稳笃定的气质吸引了目光，想起几个时辰前燕王与自己的倾谈，忍不住叹了口气。倘若燕王能康复还好，若是一病不起，那聂星痕的储位岂不是泡汤了？

“可惜啊……”长公主本欲说些什么，又怕徒生风波，只好按下心中念头。

聂星痕见状也没多问，亲自护送他们夫妇回屋就寝，才离开了长公主府。

当夜，龙乾宫灯火一夜未熄。赫连王后陪在燕王身边，等待御医进一步诊治。

东宫之中，聂星逸匆匆回来换了身衣裳，又带上几样重要的印鉴，准备去往龙乾宫。

微浓适时拦住他：“王上的病情如何？究竟是中风，还是心悸之症？”

聂星逸有些不耐：“自然是心悸之症。快别拦着我，我得去龙乾宫看看。”

微浓站着没动，目光扫过他手上的锦盒，又问：“既是探病，您带着印鉴做什么？”

聂星逸被她问住了，眉峰紧蹙，抿唇不语，那被夜色笼罩着的俊颜之上，有一抹说不清的抗拒。

他在抗拒告诉她实情。两人对视片刻，到底还是聂星逸主动缓了神色，却答非所问："父王是老毛病了，躺几日就好。你歇下吧，无须担心。"言罢，他转身欲走。

微浓再次挡住他的去路："我怎么从没听说王上有心悸之症？"

聂星逸的目光骤然变得犀利，警惕地看着她："你瞎想什么？快让开！"

"我也去。"微浓寸步不让，"作为太子妃，我理当在御前尽孝，侍奉汤药。"

她这句话终于惹恼了聂星逸，后者一把推开她，对东宫的侍卫下令："看好太子妃！不许她走出含紫殿一步！"

言罢，聂星逸加快步子离开，他感受到背后有一双灼灼的眼睛盯着他，令他如芒在背。直至走出东宫，他才深深吸了一口气，整了整衣襟，疾步赶路。

龙乾宫正殿里，宫人们进进出出，面色惶恐，唯独赫连王后异常冷静地杵在寝殿外头，似在等着谁。

"母后！"聂星逸连忙走近，问道，"父王他究竟……"

"是中风。"赫连王后没等他说完已坦言相告，神色凝重，却又焕发着几分神采，"你父王恐怕是废了，这是千载难逢的好机会！"

"好机会？"聂星逸不解。

赫连王后做了个噤声的手势，拉着他走到角落里："我已命人去圣书房找国玺了。这几日你就在御前侍疾，过个三五日，顺理成章'奉旨监国'。"

"奉旨监国……"聂星逸低喃一遍，心中一惊，"母后！我是太子，监国名正言顺，何须伪造圣旨？"

"没有圣旨，聂星痕会甘心吗？"赫连王后远目看向殿门口。

"如今最要紧的，是隐瞒你父王的病情。你派人看紧敬侯府，不许聂星痕进宫探病，也不能让他逃回封邑。"她做了个斩杀的手势，语气狠戾，"待你监国之事尘埃落定，便永绝后患！"

第九章

人心各异，扑朔迷离

翌日，天色刚明，聂星逸便已抵达了金城公主府。如今正值紧张时刻，赫连王后担心女儿在宫外会被聂星痕挟持利用，便嘱咐聂星逸亲自去接一趟。

金城的身孕已近六个月，腹部隆起明显，走路也不复从前的轻盈婀娜。聂星逸知道她是打定主意生下这个孩子了。

两人坐上同一辆车辇，金城忍不住询问道：“王兄，父王为何突然昏厥？真是心悸之症？”

聂星逸沉吟片刻，敷衍道：“自然是心悸之症，你别担心，这次是母后传召你进宫。”

金城立刻护上小腹，面容浮现防备之色。

聂星逸心头烦闷，便随口安慰了她几句，靠在车辇上闭目养神。

兄妹两人一路无话。回到燕王宫，聂星逸便径直去了龙乾宫侍疾，金城在宫人的陪伴下独自前往凤朝宫。

她一跨入殿门，赫连王后便长长松了一口气，目光随即落在她的腹部，面色恼怒：“若不是你以死相逼，这个孩子，我绝不会让你留下！”

“母后！”金城连忙跪地请罪，“女儿知道您是为了女儿好，可这孩子是无辜的！”

赫连王后正为了燕王病情和夺宫之事费神，见爱女这般执迷不悟，脸色愈沉：“你想生下来也可以，但不许再与明尘远来往，也不许再与明家有任何牵扯！”

闻言，金城尚未开口已是梨花带雨：“当初女儿与尘郎情投意合，是您执意将女儿许给驸马。如今您又一手将驸马置于死地，您有为女儿考虑过吗？”

金城这番话，正正戳中了赫连王后的愧疚之处，也戳得她无话可说。事有轻重缓急，她决定先将此事拖上一阵子："近日我没有精力去管这些事，你先留在宫里安胎吧，其余的容后再议！"

"是……"金城也怕惹恼赫连王后，不敢多言，转移话题又问，"女儿能去探望父王吗？"

赫连王后神情颇有些古怪："不必了，你父王如今不适宜见人。"

金城将信将疑，没敢再问，默默退下。

赫连王后便起身前去龙乾宫，路上不知怎的想起了微浓，再想到金城这失败的婚事，心里头更觉得添堵。待她到了龙乾宫，见几位御医正守在燕王榻前诊治，而太子聂星逸则坐在不远处的桌案旁，定定出神。

见王后前来，几位御医连忙行礼，赫连王后顺势问了燕王的病情，便将聂星逸唤到偏殿里单独说话。

"我瞧你精神不济，可是劳累过度？"王后关切问道。

聂星逸前思后想，顾虑颇多："儿臣是在想，父王的病情到底能瞒得了多久。"

"能瞒多久是多久。"王后心里早已有了主意，"你回东宫和太子妃说一声，让她过来侍疾。我想过了，她若一直不来，会惹人怀疑。"

是啊！燕王抱恙，微浓作为太子妃，的确应该前来侍疾。可是……聂星逸面上浮出忧虑之色。

赫连王后看在眼中，立刻问道："怎么？她有二心？"

"不……不是。"聂星逸不知该如何形容微浓的性子，"儿臣会与她好生商量。"

"还有什么可商量的？"赫连王后轻哼一声，"她是太子妃，不帮你难道要帮聂星痕吗？"

聂星逸面色骤变。虽说他知道微浓痛恨聂星痕，但毕竟两人有过旧情，而女人的心最难以捉摸。

赫连王后并不知晓这段内情，只觉得聂星痕斩杀了楚太子，微浓必定对他恨之入骨，遂道："你也不必与她商量，她若不愿，只管让她来找我！"

聂星逸点头称是，转念又想起另一件事来："您既然如此想，昨夜寿宴上又为何要针对持盈姑母呢？她毕竟是微浓名义上的母亲。"

他说完这番话，便看到赫连王后面色不豫，像是愤恨，又像反感，总之一副不想深谈的模样，讳莫如深。

聂星逸也不晓得长公主哪里得罪了母后，只得识相地道："儿臣这就回东宫。"

“去吧！”赫连王后朝他摆了摆手。

聂星逸就此退下，返回东宫的路上，他一直在斟酌如何措辞，才能让微浓配合他演戏。其实他一直自认是个怜香惜玉之人，但遗憾得很，他属意的妻子人选都不需要他的怜惜。

从明丹姝到微浓，他总在毫不知情的情况下娶到她们，事后又得知她们心属之人是聂星痕，这着实令他难以释怀。

如此边想边返回东宫，聂星逸才想起昨夜去龙乾宫之前，已下令禁足微浓。站在含紫殿门前好一会儿，他才迈步踏入，四处搜寻微浓的身影。

她正坐在窗前出神。

日光照进屋子里，她卷曲的、长长的睫毛之上，仿佛镀了一层金色。仍旧是一贯的素面朝天，衣装朴素，淡青色的竹叶长裙无甚点缀，唯独腰间垂着碧玉丝绦。

的确是个美人，虽然清冷，却也出尘脱俗。

聂星逸不忍打破这画一般的场景，便站在门口没动。微浓的余光却已瞥见了他，便慢慢地站起身来，随意行了一礼，并未说话。

聂星逸只得走进来，径直坐在她对面的紫檀扶手椅上，道：“你昨夜不是问我，父王的病情如何？我现下可以告诉你，是中风。”

微浓这才真正抬眸看向他，却仍旧不说话。

“之所以对外称是心悸之症，是因这病症可大可小，谁都不知父王病情如何，不敢轻举妄动。”聂星逸看似诚恳地解释道，“身为储君，自当以朝堂安稳为重，我若说了实话，也许会‘有人’心怀不轨趁机夺权。”

他重重咬下“有人”二字，微浓好似也认可了这个解释，点了点头。

聂星逸感到一丝安慰，又道：“昨日情势危急，我不便与你过多解释。今早与母后商量了一番，还是觉得不该瞒你。”他顿了顿，“毕竟夫妻连心。”

听到“夫妻”这个字眼，微浓秀眉微蹙看向他，声音依旧清冷：“您想说什么？我应该保守这个秘密，每日若无其事地去龙乾宫侍疾？然后看着太医们将心悸之症的药材灌入王上口中？”

一语中的，一针见血。

聂星逸想了想，委婉地道：“微浓，父王已然中风了，你该知道，中风是什么样子。既然……”

他话还没说完，含紫殿外突然响起一阵脚步声，有个小太监匆匆在门外禀道：“启禀太子殿下，启禀太子妃，龙乾宫差人传话，说是王上醒了。”

醒了？聂星逸猛然从椅子上站起来，心头突地一跳。随即他意识到自己的失态，忙对外头命道：“知道了，下去吧！”

小太监未再多言，又匆匆而去。

聂星逸不知燕王病情如何，心里正是忐忑，便听微浓已软下声音，对他道：“是我误会了，我以为你想趁机夺权。”

聂星逸暗自庆幸方才的话没说完，勉强笑了笑。

微浓抿唇想了片刻，又道：“你说得对，王上中风之事若流传出去，必定引起朝堂恐慌，暂时秘而不宣是对的。”

“所以我需要你的帮助。”聂星逸诚恳地看向微浓，“我想让你去御前侍疾。无论谁问起来，你都说父王在安心静养，折子一律在龙乾宫批阅。”

微浓面有迟疑，没有立即答应。

聂星逸忙又补充：“包括长公主在内，也不能说实话。”

“那金城公主与敬侯呢？”微浓立即问道。

聂星逸摇了摇头。

“身为子女，他们有权知道王上的病情。”微浓如是说道。

聂星逸默然一瞬，才回：“金城与明尘远亲近，明尘远又是二弟的人，你知道二弟有野心，我不希望他知道。”

聂星逸想过了，以微浓的性子，与其瞒着、哄着，不如坦诚相告，“宫廷之中，从来不乏阴谋手段。你想让我与二弟公平竞争，根本不可能。我做不到，他也做不到。”

微浓并未反驳，不置可否：“你接着说。”

聂星逸便叹了口气：“成婚之夜，我记得你曾对我说过，你是愿意帮我的。如今国事安稳，无论父王能否康复，我都是名正言顺的储君，可以名正言顺地继位。你难道忍心看二弟为了一己私欲，掀起一场波澜？”

听闻此言，微浓渐渐面露挣扎之色，显然快被说动了。

聂星逸见状乘胜追击：“为大局着想。我若坐以待毙，二弟必有所动。届时一场流血政变在所难免，不是他死，便是我亡。”

聂星逸话到此处刻意停了下来，等着微浓表态，只见后者凝眸蹙眉，似在思索什么。

聂星逸继续温言解释：“如今此种做法，既能维持表面上的和睦，也能让储君之位平稳过渡，这难道不好吗？我只是想将伤害降到最低。”

“而且，”他突然肃了神色，“我若继位，可以向你保证，二弟能活。他若继位，你认为我还能活吗？”

是啊！若聂星痕最终胜出，聂星逸还能活吗？蓦然间，微浓想起了一年多前燕王曾对她说过的话——“待孤百年之后，无论他们兄弟谁登上王位，败的那个，请你保他活着。”

“你若继位，真能保聂星痕活着？”微浓忍不住问道，她需要一个万分确切的答案。

“我可以向你起誓。”聂星逸话语郑重，又藏着一丝黯然。

微浓见他神色，便知他是误会自己对聂星痕旧情难忘，但想起燕王当初的嘱托，也无从解释。就在这时，一个万分紧要的问题闪现在了她脑海之中：“既然你能容聂星痕活着，当初他又怎会在楚地遇刺？”

聂星逸蹙眉，模棱两可地答：“不管你信与不信，他的伤势并非我造成的。你想想明氏的下场，谁最得利？”

“什么？”微浓失声惊呼，神情尽是难以置信。

聂星逸故作坦荡地与她对视，一副问心无愧的模样。

微浓心头纷乱如麻，只觉得此事疑点重重，一时也理不清，唯有按捺下思绪说道：“但望你不要忘了今日之诺，留他一命。”

聂星逸看了她半晌，没有说话。

“让他痛失一切，才是最好的报复。”微浓再次转眸看向窗外，“倘若今日你们易位而处，我也会保你。”

听见这一句，聂星逸才终于流露出几分动容之色：“但愿这一天永不会到来。”

自那日之后，微浓每日都去龙乾宫侍奉汤药。燕王的确是醒了，但却半身不遂、眼歪口斜，每日只能躺在龙榻上“咿咿呀呀”地喊着，形同废人。

后妃们在赫连王后的强力威慑下，都不敢踏足龙乾宫探病。除了燕王身边亲近的宫人之外，唯独王后、太子和她三人能近身侍奉燕王，御医们也是守口如瓶，故而外人都不晓得燕王的病情究竟如何。

折子流水般地递进龙乾宫，又流水般地送出来，朱砂红笔批阅的字迹的的确确出自燕王笔迹。众臣领了折子虽然狐疑，却也不敢多问。微浓却知道，那是聂星逸仿的字。

整座燕王宫笼罩在异常诡异的气氛当中，仿佛暴风雨前的宁静，人人都绷紧了心弦，唯恐有什么变故一触即发。

而这其中最令人难以捉摸的，要数敬侯聂星痕。从燕王在长公主府昏厥开始，他只进宫探过一次病，毫无疑问被赫连王后拦了下来。此后他便不再提起此事，只隔三岔五地送些药材、补品进宫，转交太医署。

在这等情况下，有些亲近聂星痕的朝臣已开始为他担忧，暗自劝他返回封邑。但聂星痕本人却不疾不缓的，仿佛毫不担心，每日习武、练剑，甚少出门，只在胜嘉坊一带活动。

所有人都看似镇定如常，唯独金城公主沉不住气了。她怀的是遗腹子，又被迫与明尘远暂时断了联系，在燕王宫住了一个多月，身边都没人替她分析局势。她最亲近的母后与王兄也事事瞒着她，以"病气会传给腹中胎儿"为由，不让她去龙乾宫探病。

这一个多月里，她只见过赫连王后两面，每次都是匆匆一晤；太子更是没个人影，只让明丹姝时不时来陪她说话。不过金城腹中是明氏嫡传，因此明丹姝照顾得还算上心。

可饶是有人悉心陪护，金城还是越发坐卧不宁。这种心慌意乱之感终于在五月的最后一天爆发出来，她挺着肚子去了一趟东宫。

不找聂星逸，而是去找微浓。

彼时微浓正在龙乾宫侍奉汤药。经过一个多月的秘密诊治，燕王的神志渐渐清醒，但眼歪口斜的症状没有得到丝毫改善，仍旧无法说话，瘫痪在床。

赫连王后与聂星逸在旁时，燕王总是不予理睬。唯独聂星逸念折子时，他会眨眼表示一下赞同或否决，支吾不清地说出一个"准"字。

但是，当微浓独自侍疾时，燕王便不是这副模样了。他总是看着微浓，口中"咿咿呀呀"迫切想要说些什么，目光中散发着急切与担忧。

微浓以为他是担心朝中局势和聂星痕的安危，便隔三岔五对他说说聂星痕的近况，再三保证会践行当日之诺，保聂星痕平安无恙。

每每听到微浓如是承诺，燕王目中都稍稍有些安慰之色。但他余下想要表达什么，微浓就看不懂了。

这一日微浓午后回东宫小憩，碰上了忧虑重重的金城，后者一直在含紫殿外来回踱步。微浓不敢怠慢，连忙扶她走进殿内："天气越发热了，公主身子重，何必跑这一趟。有事我过去就成了。"

金城抹了抹额上的汗："不打紧，我只当出来走动走动。"

微浓这些日子忙于在龙乾宫侍疾，的确没与金城走动。再者彼此从前也谈不上交好，对于金城的突然到访，她是有些猜不透。

两人在含紫殿内坐定，金城连句客套话也没说，直言来意："王嫂，我有两件事想求您。”

微浓见她表情慎重，也提起精神：“什么事？”

“我想去看看父王。还有，我想见尘郎一面。”金城恳切请求。

这两个要求，微浓自问凭一己之力都无法办到，便如实回绝：“公主，您也知道我从前的身份。我这个太子妃看似尊荣，实则人单力薄，毫无倚仗。您倒不如去问问明良娣，也许会比我管用。”

“明良娣素来循规蹈矩，根本不可能为我安排。”金城咬了咬下唇，又道，“况且，您能去龙乾宫侍疾，明良娣没资格。”

微浓闻言沉吟起来，想起燕王的病情攸关国运，她也不敢轻易透露，便委婉回道：“王后与殿下不对您提起，是怕您担心。”

“可不知怎的，我总是心慌。”金城一手捂着心口，一手撑着腰身，“王嫂，您说我与尘郎……父王能同意吗？”

听见这两句，微浓才明白过来。原来金城最担心的并非燕王的病情，而是担心她与明尘远的将来。微浓觉得有些好笑，也没心思考虑她与明尘远的事，随口回道：“如若明将军真是一片痴心，自然能感动王上与王后。”

金城又咬了咬唇：“承王嫂吉言吧。”

微浓是真的倦了，御前侍疾辛苦，她原本就是强撑着与金城说话。听明白对方的来意之后，她顷刻没了任何精神，起身道：“公主安胎要紧，我差人送您回去。”

“不必了。”金城也慢慢撑着扶手站起来，“我是乘辇来的。”

从东宫到金城住的灵犀宫，路程不算短。出于礼数，微浓还是招呼了贴身宫婢晓馨，命她道：“你去瞧瞧明良娣和魏良媛谁在，请她们代我送公主回灵犀宫。”

明丹姝对金城上心自不用提，但微浓更倚重魏良媛。魏良媛闺名连翩，顾名思义是舞姬出身，她能在东宫站稳脚跟，博得太子聂星逸数年宠爱，自然是性子沉稳而有分寸之人。东宫十数名姬妾，微浓观察多时，对魏良媛最有好感。

晓馨得了微浓的吩咐，立即领命而去，不多时回来禀报说：“奴婢没找见明良娣，怕公主等得着急，便请了魏良媛过来。”

晓馨办事向来让微浓放心，金城闻言也笑：“王嫂身边这个女官，真是伶俐。”

晓馨连忙谢过金城夸奖，扶着对方走出含紫殿，微浓也出来送行。

魏良媛此时已站在阶下相候，自然而然地从晓馨手中搀过金城，对微浓笑道："您放心，妾身一定护送公主平安回到灵犀宫。"

金城也适时礼道："王嫂留步吧！今日给您添麻烦了。"

微浓便没再坚持相送，在含紫殿阶下止住步子。魏良媛扶着金城，后头跟着灵犀宫的宫婢，七八人齐齐朝东宫外走去。

金城公主的车辇就停在东宫外头，眼见宫门在望，魏良媛忽然不动声色地将一个纸条塞给了金城。金城脚步一顿，诧异地看了魏良媛一眼，见她正嫣然笑着，便紧了紧手心，没再说什么。

许是手中塞了这个纸条的缘故，又许是孕中火气太大，金城额上不停冒汗，竟顺着额头往下淌。宫婢见状欲为她拭汗，她担心手中的纸条被人瞧见，赶忙拒绝了。

魏良媛只好用自己的绢帕替她拭汗，不忘提醒道："公主注意脚下门槛。"

金城点了点头，汗珠更如水似的淌落，滴在了地砖之上。魏良媛叹了口气，再次抬手打算替她拭汗，被她摆手拒绝："不，不用了。"

说话的同时，金城一只脚恰好踏出门槛，但不知为何，她竟"唰"的一下脚底打滑，整个人猛然向后仰倒。

此时魏良媛正将绢帕放入袖中，没能及时拉住金城。后头几个宫婢连忙伸手相扶，却是人挤人争抢不已。眼看金城即将滑倒，魏良媛终于拉住她一片衣袖！

"嘶啦"一声，衣袖被扯开一条缝隙，金城公主身子太重，终是不可避免地摔在了地上！

"公主！"宫婢们惊慌失措。

"我……我的肚子……"金城疼出了眼泪，额上霎时大汗淋漓。

"快传御医！传御医！"魏良媛慌忙命道，还不忘将手悄悄伸入金城的袖中，将那张纸条悄无声息地拿了回来。

两个时辰后，金城公主落了胎，是个六月大的男婴，她因伤心过度，昏了过去。

魏良媛脱簪跪在东宫含紫殿门外，等待微浓处置。

但此刻，太子聂星逸和微浓已被宣召去了凤朝宫。

"这孩子没的也真是时候，不是你派魏良媛做的吧？"王后看向聂星逸。

聂星逸摇头否认："岂会？儿臣原本还以为，金城这一胎必是平稳无恙了，这应该是个意外。"

"你别急着替魏良媛脱罪。"赫连王后又看向微浓，"太子妃怎么看？"

“魏良媛贤淑温婉，不会故意为之。再者，公主落了孩子，对她一点好处也没。”微浓看了聂星逸一眼，也道，“应是意外。”

“嗯。”赫连王后这才点了点头，“魏良媛侍奉太子多年，一直无甚差错。这一次又是众目睽睽之下，本宫也觉得她不会这么傻，故意害金城落胎。”

一锤定音。

聂星逸紧绷的面色终于放松下来：“魏良媛一直为此事自责不已，此刻正脱簪跪在含紫殿外，请求发落。”

魏连翩身为太子良媛，是没有资格前来凤朝宫请罪的，只能请太子妃定罪。聂星逸这番话看似寻常无奇，实则疼惜之意不言而喻。

赫连王后见爱子如此儿女情长，有些不满，但还是给了他面子：“金城腹中这个孩子，我本也不愿留下，如今落了正好。魏良媛歪打正着！”

“儿臣谢母后体恤！”聂星逸面上立时浮上喜色。

“你别高兴得太早。”赫连王后又叹了口气，“金城如今还昏迷着，虽无性命之忧，到底也伤了身子。于公于私，魏良媛死罪可免，活罪难逃！”

“是，是。”聂星逸忙道，“但凭母后处置。”

赫连王后轻哼一声，却是对微浓道：“既然是东宫的人，你看着办吧！”

聂星逸又立刻看向微浓，目光隐带希冀和祈求之色，似在请她手下留情。

他对魏良媛应该很有情分吧！微浓沉吟片刻，回道：“念在魏良媛是无心之过，又是初犯，便杖责三十，罚俸两年可好？”

这惩罚真是太轻了！尤其是“杖责三十”，重责或轻责，大有文章可做。赫连王后蹙了蹙眉，但转念又想，微浓能顾念聂星逸的心思，正是他们夫妻和睦的象征。于是便也没再多说，朝二人摆了摆手：“成了，我要去看看金城，你们也去龙乾宫侍疾吧！”

聂星逸与微浓称是，一并离开凤朝宫。聂星逸还特意命贴身太监回了东宫一趟，照看魏良媛受刑之事。

待到这夜晚间，魏良媛已受完三十杖。无论杖责的力度如何，样子还是要做一做的。魏良媛趴在寝殿的榻上歇息，正有些昏昏沉沉的睡意，却被外头的吵嚷声惊醒了。

“魏连翩！”明丹姝不顾侍卫的阻拦，怒闯了进来，指着她的鼻子喝骂，“你是故意的是不是？”

魏良媛瞧着跟进来的宫女和太监，冲他们摆了摆手，随即也抹了泪，挣扎着从榻上站起来：“是我对不住老爷和大公子……”

明丹姝的脸色被怒意染得通红："你是明尘远的人，此事必定是他指使你干的！他想让我大哥无后，是不是？"

魏良媛连忙否认："不，二公子很久不与我联络了，这真的是场意外！"

明丹姝哪里肯信，竟然失态地俯首痛哭，一张娇颜霎时梨花带雨："是我对不住大哥，我让他无后了。"

魏良媛也强忍着伤痛下跪，默默流泪赔罪。

明丹姝于泪意蒙眬之中瞥了她一眼，咬牙切齿地道："我要拆穿你！我要将你的事告诉太子！你这个恶毒的女人，你去黄泉路上给我大哥赔罪吧！"

"不！大小姐，您不能这么做！"魏良媛一听之下是真的急了，也顾不得身上伤势轻重，拽住明丹姝的衣裙下摆，哀求着，"大小姐，真的不关二公子的事！您不能……他也是您的哥哥啊！"

"他是什么出身，也配我叫一声哥？"明丹姝一脚踢开魏良媛，转身便往外走。

"大小姐！"魏良媛心口挨了她一脚，一时竟没能从地上爬起来，又怕她真的撕下脸面去告发明尘远，不禁心急如焚。

明丹姝一边抹泪一边往宜暖殿外走，视线被泪水模糊着，不提防迎面撞上了一个人，致使她向后趔趄两步。

"丹姝？"聂星逸正要跨进殿门，被她这么一撞，身形也晃了晃方才站稳。他见明丹姝这副模样，便知她是来寻魏良媛的晦气了。

而此时，魏良媛也从内殿追了出来，见聂星逸与明丹姝站在殿门口，脸色"唰"的一下白透了。

聂星逸先看了看魏良媛，又故意转向明丹姝，询问："这是怎么了？为金城的事情难受？"

"殿下，"魏良媛立刻抢在明丹姝前头出了声，轻轻说道，"明良娣心里难受，来找妾身说说话。"

"刚领了罚，你逞什么强？快回内殿歇着！"聂星逸有心宽慰她，"此事并非你的过错，你已经够尽心了。"

魏良媛神色焦虑，站在原地没动。明丹姝回眸看了她一眼，咬了咬牙："殿下！妾身有事向您禀报。"

她说出这句话的同时，魏良媛也在说话，不仅说了，还跪下了："殿下，妾身愧对公主，愧对明良娣，愧对您与太子妃的信任。"

明丹姝隐隐觉得，魏良媛说到"信任"二字时，好似特意强调了一番，像是在暗示她什么。她猛然醒悟到，明尘远与魏良媛的事情尚不能说。

如若说了，便等同于承认魏良媛从前是明府的人。而自己曾与魏良媛如此交好，更是摊上了大罪，即便聂星逸既往不咎，自己也难逃“知情不报”的罪责。再让赫连王后知晓了此事，难保不会给明氏扣上一顶“图谋不轨”的帽子。

想到此处，明丹姝终于明白过来，为何明尘远会对她毫无防备，将魏良媛的事告知了她。他分明算好了，自己没法子揭发此事，一旦拆穿，根本不会有好果子吃！

明丹姝悚然意识到，自己根本没法子回头了。那种绝望的、走投无路的情绪像潮水一样汹涌袭来，她终于再次失声痛哭，伏在聂星逸身上涕泪交织。

聂星逸无奈地低哄几句，又朝魏良媛使了个眼色。魏良媛见明丹姝一直痛哭而不言语，猜测她已分析出了利弊，也唯恐自己说多了会适得其反，只得退回寝殿。

一场风波就此消弭于无形。

落胎的当天夜里，金城终于悠悠转醒，望见守在自己身旁的王后，只是冷淡地问了一句：“魏良媛是母后的人吗？”

赫连王后本来正握着金城的手，听见这话立刻将手松开，沉声反问：“你怀疑母后害你堕胎？”

金城双眸无神地看向帐顶，算是默认。

赫连王后觉得心寒，却还是耐着性子解释：“此事的确是个意外，魏良媛虽是你王兄的人，但不曾与母后亲近。”

金城公主仍旧不接话，也不哭不闹。

赫连王后最了解爱女的性子，见她如此沉默，更怕她做出什么傻事来，忙道：“金城啊，你有什么话可以对母后说出来。母后见你这个样子，心里头也难受。”

金城听闻此言，睫毛微微颤了一颤，继而开口说道：“女儿想见尘郎。”

赫连王后脸色一沉，拒绝的话已到了口边，谁知金城又道：“若是见不到尘郎，女儿也不想活了。”

这算是威胁了。赫连王后眉目深蹙，考虑了半晌，终是拗不过她的性子，只得点头：“好吧，母后许他来看你一次。”

无人知晓明尘远何时进的宫，又对金城说了什么，总之没过多久，金城的身子便渐渐好了起来，情绪也稳定了。

微浓偶尔会在御花园里碰见她，她也不再提出宫的事，有时还会与微浓说笑一阵，看似与从前无甚变化。

这一场风浪仿佛悄无声息地过去了。一晃两月，燕王的病情依旧没有半分起色。

六月十五，聂星逸终于代替燕王颁下旨意，宣布“太子监国”这一消息。许是燕王卧榻养病太久的缘故，此事并没有在朝内引起多少反对之声，众臣都平静地接受了这一事实，就连聂星痕也没有一丝反驳之意。

他依旧无法离开京州、无法进宫探病，聂星逸对他的变相软禁，也并未引起他的激烈反抗。听说他拜了一位高人学画，每日在府内潜心作画，或习武练剑，一副不问朝政的样子。有人便道敬侯大势已去，是要对太子俯首称臣了，但微浓却知，他必定是在酝酿一场更大的风暴。

太子聂星逸监国之后政务繁忙，再无精力踏足龙乾宫侍疾。不过他一直谨守礼数，没有动用过圣书房，一切奏折都是在东宫批阅，还做出礼贤下士的姿态。与此同时，也在笼络一批武将。

夏季烈日灼灼，京州城湿热难耐，微浓每次从东宫去龙乾宫，都是满额的香汗。幸而燕王的寝殿里一直凉爽，宫人还为她准备了酸梅汤解暑止渴。

不过令她意外的是，这日她才刚去偏殿喝了碗酸梅汤，回来便发现金城已到了燕王的寝殿。细问之下，她才知聂星逸监国之后，局势渐趋稳定，赫连王后因此放松了对金城的管制，已将燕王的病情如实相告，准许她每日去龙乾宫侍疾。

金城数月里头一次见到燕王，看着龙榻上的垂垂老者，她简直难以置信，未语而先落泪。

微浓也不知该如何宽慰她，站在一旁不言语。想来任谁看到自己威严矫健的父亲突然中风卧榻、眼歪口斜、失声瘫痪，恐怕都会伤心难过。

“父王可是戎马出身，从前是多么雷厉风行的一个人……”金城哭得太厉害，实在没法再继续说下去。

微浓仍旧抿唇不语，只默默递给她一条绢帕。

金城接过绢帕拭了泪，上前跪于榻旁，双手握住燕王的右臂，低声啜泣：“父王……女儿来看您了……”

燕王眼珠子转了转，看她一眼，没有什么太大的反应。

金城见状哭得更加伤心，转头对微浓问道：“父王这是怎么了？不认得我了吗？”

“王上近来一直如此，王后与殿下前来，他也没有反应。”微浓如实回道。

金城闻言，将头埋在榻前的被褥之上呜咽半晌。良久，她才再次用绢帕擦了擦眼泪。

可就在此时，燕王倏然有了剧烈的回应。他双目大睁盯着金城，口中不停地“咿咿呀呀”，更甚者，肩部以上开始来回颤抖，好似迫切地想要起身，想要对金城说话。

微浓连忙上前查探，又不知燕王到底想要说些什么，只得对一旁侍奉的晓馨命道：“看看哪位御医在，快请进来！还有宝公公……”

话刚说到此处，她眼风忽然扫见一道银光，来自金城纤细的皓腕。

是那只镯子！与长公主样式相同的镯子！不，确切地说，是与明丹姝一样的镯子！银色的！

微浓立刻上前捉住金城的右腕细细端详，这一举动吓了后者一跳：“王嫂……”

微浓抬眸看向金城，电光石火之间，脑海中忽然闪过一个奇异的念头，如此匪夷所思，就连微浓自己都觉得是种妄想。但她隐隐觉得，燕王这突如其来的反应，与那只镯子有关。

她将视线转向龙榻之上，如她所料，燕王确实正盯着金城腕上的镯子，浑身止不住地颤抖，一张脸已憋得通红。

这样子不妙，微浓正想张口说句话，突然闻见一股淡淡的臊味。她侍疾多日，自然明白那是什么，便欲拉开金城。

正在此时，御医们已匆匆赶了进来，围到龙榻前。微浓顺势拉着金城后退几步，给御医让路。宫婢们大约也闻到了难闻的气味，随即上前为燕王擦拭身体，更换被褥。

一代铁血君王，落得如此下场，微浓也不忍再看，对金城道：“咱们去偏殿吧，不要耽搁御医诊治。”

金城点了点头，两人谁也不戳破，一并往外走。

然而燕王却十分激动地“啊啊”大叫，拼力抬手像是要阻止金城远离，使得她二人又停下了脚步。

一位御医甚是尴尬地回头看向金城，解释道：“应是王上太过思念公主，才会有如此激烈的反应。”

金城似信了这个说辞，颔首道：“俗礼免了吧，快给父王诊病！”

几位御医便也不再多礼，立刻诊脉施针。燕王便渐渐安静下来，唯独一双涣散多日的鹰目恢复了几分光彩，跃过御医们的身影，直直看向微浓与金城。

不知怎的，微浓总觉得燕王是在看自己，似乎有话要说。她想起方才脑海中闪过的念头，一时间心乱如麻，根本没察觉自己还握着金城的手腕，更没察觉自己的手劲越来越大。

终于，金城觉得右腕吃痛，挣扎了一下，看向微浓：“王嫂？”

微浓这才意识到自己的失神，缓缓松开了手。她想起长公主寿宴那日金城并未到场，便存了些侥幸之心，指着那镯子，故作惊艳地赞叹：“这镯子可真美！”

金城的目光也落在自己右腕之上，笑道：“是啊，我也觉得好看。”

微浓故意笑问：“这不是司珍房的手艺吧？我都没见过。”

金城点了点头：“是明良娣送的，我也不知她打哪儿寻来的。”

原来是明丹姝送的，可好端端的，她为何要送给金城一只镯子？而且偏偏是这只？微浓觉得奇怪，斟酌着是否该出言询问，又恐这是赫连王后布下的一个圈套，专程让金城来试探自己。

微浓心中飞快地转着念头，终究是怕打草惊蛇，便随意地道：“这镯子做工精致、花样新奇，明良娣真是好眼光。”

岂料金城闻言略显黯然，反倒主动说了出来：“这只镯子，原本是明良娣送给我安胎的……只可惜，孩子没保住。”

微浓明白了，难怪明丹姝会送这只镯子给金城，原来是为了她肚子里那个孩子。确实可惜，孩子掉了。微浓也不好再提她的伤心事，便随意地敷衍了几句。

两人一并望着寝殿方向，等待御医们的诊治与回禀。想想从前燕王逼迫自己的种种手段，再看他如今竟会失禁于龙榻之上，微浓便觉得无限感慨，从前那些恩恩怨怨，蓦然间好像散去了。

她不知金城心里是何滋味，此刻她的心神仍在那只镯子上。等候良久，御医出来禀报说“燕王无碍”，微浓想了想，也未再返回寝殿，随意找了个借口离开龙乾宫，留下金城在此照应。

当晚，她特意挑了几件上等玉饰摔碎，翌日，以此为借口去了一趟司珍房。刘司珍见太子妃亲自驾临，受宠若惊，连忙捧着摔坏的玉饰去找工匠修补。

微浓是头一次来此，才发现司珍房独占了一座大院子。司珍、掌珍、工匠、选料、采割、库房等分工鲜明，每个人都忙碌不已。

微浓见这里各司其职，本以为该是井然有序的情景，可看了一会儿便发现，这里比她想象中热闹，或者说是混乱。因为时不时有人来司珍房翻找图样，空手而来，又空手而归。

微浓冷眼看了半晌，才等到刘司珍回来，后者毕恭毕敬地对她道：“让太子妃您久候了。这几样玉饰皆可修补，奴婢已交由工匠赶工，后日定当送往东宫。”

微浓假作满意地点了点头，随口说道：“本宫近日想置办几对镯子，却无喜好的样式。劳烦刘司珍将图本拿来，好让本宫选一选。”

“这……”刘司珍迟疑片刻，颇有些为难，“您有所不知，前日司珍房库房走水，恰好烧了几本镯子的图样。奴婢已将此事禀报过王后娘娘，娘娘说如今王上抱恙，为了祈福暂不追究奴婢渎职之罪，只命奴婢快些将图样补齐。”

刘司珍话到此处，已是十分惶恐的样子：“奴婢这几日正借了造办处出库的记录补样，要不过两日补齐了，再送去东宫给您呈选？”

这么巧？偏偏是司珍房走水了？微浓觉得此事大有可疑，面上却淡淡问道：“单凭出库记录，刘司珍便能补齐图样？不去各宫看看实物吗？”

刘司珍万分苦恼地回道：“如今都是凭借掌珍们与工匠们的记忆在补样，若当真补不出来，奴婢只好再去打扰各位娘娘了。”

微浓见她话语不似作伪，也知道这场大火之后，自己是无法追查到任何线索了，便有些负气。演戏演到底，她只得借机斥了刘司珍几句，故作不悦地离开司珍房，临踏出门槛时，又冷冷命道：“日后得留个抄本，可别嫌麻烦偷懒了。”

第十章

天不予我，我自取之

从司珍房回来后，微浓一连几天不能安眠，想着那几只款式相同的镯子，越发后怕于自己的猜测。之后每日去龙乾宫侍奉汤药，她都想向燕王求证此事。奈何寝殿里宫人不断，燕王又失语严重，根本无法与她交流。

渐渐地，微浓的心思都在这镯子上，打算找个时机夜探明丹姝的流云殿，或者回一趟长公主府，以期能找到一些线索。

然而她还未及有所动作，便听见东宫的宫婢们私下谈论一件事，一件令她万分悲痛、万分愤怒之事——楚王的幺女楚环自尽了！

楚王膝下有三子三女，长女楚瑶最大，早早与楚国脱离干系，远嫁姜国；长子楚璃是太子，已在燕楚之战中阵亡沙场；次子楚珩与楚璃相差不到两岁，如今已去了姜国；次女楚琳一直体弱多病，听闻楚国连连退败便一病不起，未等亡国已病逝于楚宫；幼子楚琮今年十七，刚刚继承了永安侯世子之位。

幺女楚环年纪最小，刚过及笄，而她自尽的起因，是她的婚事。

朝中有位武将名叫丁久彻，身兼京畿将军与御林军北衙统领两个要职。京畿将军丁久彻负责拱卫王都，一直不待见聂星痕。尤其在燕楚之战时，丁久彻本想举荐长子给聂星痕充当先锋，聂星痕却选了明尘远，从此他二人便结下了梁子。

聂星逸监国之后，发现丁久彻与聂星痕不睦，便有心拉拢他来充实太子党的力量。奈何这位丁将军是个硬骨头，除了燕王之外谁的面子都不卖。聂星逸派人去接近了几次，均无功而返。

恰好，今年春上丁久彻偶然见过楚环一面，颇为倾心，便有意纳楚环为妾。

聂星逸意外得知此事，总算窥见了拉拢他的门道，便与楚王商量，欲将楚环许给丁久彻为妾。

楚王直言拒绝，聂星逸因此大为不满，铁了心要定下这门亲事，话语中没有丝毫松口的意思。楚环年纪虽轻，却也分得清轻重。如今楚宗室仰人鼻息，她唯恐全族因她获罪，只得含泪同意了这门亲事。

可丁久彻并不顾及楚王和楚环的颜面，连个像样的过门礼都没办，一顶轿子便将堂堂楚国公主接进了府中，还轻蔑地道“亡国之人如丧家之犬，不做俘虏已是优待”。

翌日，丁久彻照常上朝，朝臣们听说他不声不响娶走了楚王的小女儿，皆是讶异，戏谑他艳福不浅。可谁知就在当日，楚环在新房用一条白绫结果了自己。

事后丁久彻欲将楚环匆匆下葬，这一举动终于激起了楚宗室的愤怒。楚王找来仵作验尸，才发现楚环死前遭受了严重的侵犯，身上青一块紫一块，下体伤痕累累。

丁久彻承认是自己分寸失当，折磨了楚环。岂料三日后，楚环的陪嫁丫鬟冒死从丁府逃了出来，哭着对楚王说出了实情——楚环嫁过去当晚，遭到了丁久彻与其子的轮番玩弄，以致其大受刺激，寻了短见。

楚王气得当场昏厥，要求丁久彻一命赔一命。丁久彻眼见丑事败露，愣是反咬一口，污蔑楚环不守妇道，趁他上朝去勾引嗣子，被人发现后羞愤难当自尽而亡。

此事闹得沸沸扬扬，聂星逸一直没有表态，乃至燕王宫中都开始议论此事。微浓本就不过问朝政，又一直在龙乾宫侍疾，精力有所分散，便疏于关心楚宗室近况。

而当她得知此事时，悲剧已然发生了。她气得难以自抑，当即冲进了聂星逸的书房，欲为楚环之死讨个说法。

“聂星逸！”她头一次直呼其名，不顾任何宫廷礼仪，没有任何理智可言。她感到胸中燃起了一团怒火，炽热难受，比这三伏天的烈日更加灼烫，满腔愤怒！

聂星逸正在批阅奏章，见她这副模样，便知她为何而来。他缓缓放下朱笔，先发制人：“怎么如此失态？有话好好说。”

微浓气得浑身发抖，双手死死紧握成拳，竭力克制怒意问道：“楚环的事，你为何不对我说？”

“这桩婚事你情我愿，为何要告诉你？”聂星逸如是反问。

"你情我愿？嗬！"微浓单刀直入，"你打算怎么处置丁家父子？"

"我会与永安侯商量，给他一个交代。"聂星逸面色不改。

"交代……"微浓怒极反笑，"什么交代？她可是一国公主！"

"你冷静一下，此事我自有主张。"

"除非以命偿命！"

面对微浓一再相逼，聂星逸终于眯起凤目："你逾越了，这不是你该过问的事！"

"只要和楚王室有关，我就必须过问！"话到此处，微浓已气得双目通红，泪水瞬间盈满眼眶，"楚王一把年纪，亡国弃家，六个子女死的死，走的走，全是拜燕国所赐，你们还想怎样？非要逼他血溅燕王宫？！"

"你们？"聂星逸也冷笑起来，"'你们'指谁？你不要把怨气撒在我身上。"

"你还狡辩！"微浓上前一步，与聂星逸隔案对视，厉声怒斥，"为了拉拢丁久彻，你牺牲一个公主，犯下这等龌龊事，还想替丁家遮丑！聂星逸，你还是个男人吗？！"

最后这句质问，彻底激怒了聂星逸，他重重拍案，暴跳如雷："对！我不是男人！我根本不是男人，所以我没碰过你一根头发！我不是男人，才容你如此放肆，容你指着我的鼻子骂！"

"只要和楚璃有关，你就像个疯妇一样不可理喻！"聂星逸话到此处，心中怒火也是无处发泄，拾起桌上砚台摔了出去。墨汁在空中划出一道弧线，随着"咣当"一声洒落在地，一滴滴一团团乌黑黝深，犹如肮脏龌龊的人心。

"不要以为你是皇后命格，我就得宠着你惯着你！朝堂之事，还容不得你置喙！丁家如何处置，更不是你说了算！"

听闻此言，微浓心如死灰，那对聂星逸仅有的一点尊重，也在此刻烧得干干净净。她看着他，冷冷说道："你不就是因为这命格才娶我？否则你这骄傲的燕国太子，焉能看得上我的出身？"

聂星逸被说得哑口无言。微浓这才发现，他竟是如此面目可憎，令她多看一眼都觉得恶心，她转过脸去，切切笑言："我与你，只是互相利用的两个人，那些举案齐眉、相敬如宾的戏码，演给外人看看也就罢了，你还真把自己当皇帝了？"

微浓此话如同最锋利的针，戳破了聂星逸的伪装，他一贯维持的涵养被彻底打翻，有一种被揭穿、被羞辱的难堪。他伸手去抓微浓的下颌，想要狠狠给她一个教训。可惜两人中间隔着桌案，微浓又会武，敏捷地向后一跃，轻轻松松跳出了他的钳制。

她满目杀意地看向他，眉宇间从淡然、愤怒最终转向凌厉："五日内，给楚宗室一个交代。否则，我要丁家好看！"

微浓撂下这番话，转身便走。浅蓝色的裙裾在地上摇曳出一尾疏影，本是夏季里最沁人心脾的颜色，却似寒芒利刃，刺痛了聂星逸的双目。

从书房出来，微浓连含紫殿都没回，径直出宫去了长公主府。聂星逸见她连东宫颜面都不顾了，更是恼怒不已，对宫人放下狠话："随她去！谁都不许去接她！"

一夜之间，燕王宫人人皆知，太子与太子妃不知因何事生了龃龉，太子妃一怒之下返回娘家。

微浓自然知晓这一走后果严重，但她实在不想看见聂星逸，就连留在东宫都觉得作呕。她孑然一身，在宫外也没有地方可去，思前想后，唯独与长公主担了母女名分，便去了长公主府，顺带查一查镯子的事情。

长公主见到微浓，问清个中内情，也对聂星逸颇有微词："太子这人没有主见，不重罚丁家父子，定是赫连王后的意思。"

微浓也没抱什么希望，沉默半晌，对长公主道："我有件事想求您。"

长公主叹了口气："怎么如此见外？你说吧。"

"我想要一身夜行衣，一双称手的峨眉刺。"

夜行衣、峨眉刺……长公主立即反应过来，一把拉住微浓："好孩子，你可不能这么想！"

微浓此刻显得异常冷静："天不予我，我自取之。"

长公主莫名觉得心头一颤，连忙低声劝道："这种事情值得你去硬拼吗？丁久彻行伍出身，你能打得过他？能打过他府中护院？"

微浓态度坚决，抿唇不语。

"真是个执拗性子！"长公主再叹，"不过却对我的脾气！也是咱们母女的缘分。"

她如此说着，却是笑了，掩面续道："你若硬闯，不仅理亏，也未必杀得了他。我倒有个法子，不费吹灰之力，就怕你不肯。"

"只要不违背道义，不伤及无辜。"微浓立即表态。

长公主便放低了声音，附耳将法子说了出来。微浓初时面露迟疑之色，越往后听越觉得可行，待长公主说完，她已下定决心照做。

长公主见她赞同这法子，又道："不着急，且让他再逍遥三五天。"

五日后，一个消息震惊了整座京州城！

太子妃微服出宫，前往璇玑宫为燕王祈福，路遇登徒子调戏。尤其这登徒子并不是什么地痞无赖，而是丁久彻将军之子——丁有光。

太子妃羞愤不已，就近去了长公主府。丁久彻知晓此事大为惶恐，立刻带着长子前去请罪，希望能通过长公主和定义侯代为说项。长公主对此事不置可否，太子妃不堪其扰，愤而回宫。

消息以不可估量的态势传播开来，迅而疾，快而猛。丁久彻尚来不及阻止，此事已闹得尽人皆知。先是楚王幺女楚环，再是太子妃暮微浓，丁家父子的口碑一落千丈，一夜之间，人人避之不及。

微浓回宫当天，连东宫的门都没有进，直奔凤朝宫而去，欲请赫连王后为自己做主。她没有哭，恐显得太假，只是将前前后后复述了一遍，陈请赫连王后予以处置。

赫连王后心里头明白，这是微浓使的一个计策。可此事攸关王室体面，绝不能像对楚环那般敷衍对待，否则太子的尊严、燕王宫的威严将荡然无存。

不得已，赫连王后只好传话给聂星逸，命他先将丁有光下狱收押，再以教子无方之罪让丁久彻思过反省，近日不要上朝露面。

聂星逸得知此事后大发雷霆，恼恨微浓毁了他的心血，更恼微浓不爱惜名誉，一怒之下给了她一巴掌。

这一巴掌，微浓硬生生受下，这恰好给了她充足的情由不回东宫。她借口此次争执之事，再次去了凤朝宫，请求留宿在此，任谁劝说都不肯让步。

赫连王后一面要留意燕王的病情，一面要关切朝中局势，还要为聂星逸继位铺路，更要提防金城与明尘远暗通款曲，已是分身乏术、头痛不已。劝阻未果，她便只得由微浓在凤朝宫住下，暂时缓解他们夫妻之间的怨气。

可太子与太子妃关系僵化的，消息根本瞒不住。聂星逸每日上朝都沉着脸，微浓则对一切风言风语充耳不闻，一直留在凤朝宫中——她要找机会再查查镯子的事情。

她这一住，又是五日。终于，赫连王后也看不过去了，挑了个空闲的时候召来她，和言劝道："你与太子向来和睦，此次生出些误会，实不至于闹到如此地步，赶紧回东宫向太子认个错吧。"

微浓神色黯然而倔强，捂着左颊回道：“丁有光尚未论罪，臣媳如何能回去？”

“母后知道你想替永安侯之女讨回公道，可你要想好了，你早已不是楚太子妃，而是燕太子妃。你难道要一直活在过去？”赫连王后的耐性终于耗尽，神色渐厉，“你从前是假公主，如今是真太子妃，难道你拎不清孰重孰轻？”

微浓默默听着这话，仍不表态。

赫连王后见状又劝：“好孩子，母后知道你重情重义，可你仔细想想，女人这辈子为了什么？太子好不容易拉拢了丁久彻，你非得将他逼上绝路吗？这对你有什么好处？你是未来的王后，必须以大局为重！”

大局？不过就是一己私欲！微浓心里嘲讽着赫连璧月，正打算找个借口再拖延几天，忽听殿外响起一声禀报：“启禀王后娘娘，司珍房刘司珍求见。”

刘司珍？微浓心头一凛，预感刘司珍前来必有要事，即刻提起了精神。

赫连王后却看了她一眼，淡淡命道：“你先进去吧！方才母后说的话，你仔细想想。”

微浓无法，只得起身告退，撩起珠帘走进内殿。她慢悠悠地往里走，悄悄竖耳听着外头的动静，隐隐约约地，好似听见刘司珍对赫连王后禀道：“王后娘娘，奴婢已按照您的要求，重新打了一支金鸾衔珠钗……”

微浓悄悄听着刘司珍说话，忽然灵机一动，往王后的寝殿里走。她向来素面朝天不施粉黛，此次来凤朝宫住了几日，也没带一盒胭脂水粉。她借机使劲揉了揉双眸，感到眼眶已开始酸胀涩痛，才径直走进赫连王后的梳妆间里，对侍奉的宫婢命道：“去给本宫找几样胭脂、水粉来。”

凤朝宫的宫人们都晓得这场东宫风波，眼见微浓此刻双眸红肿，还以为她在王后面前哭过，也不敢多问，连忙引着她往妆台走去。

微浓顺势坐到赫连王后的妆台前，瞧见各色妆奁整整齐齐地摆放其上。她往放镯子的妆奁里看去，扫了一圈，什么线索都没找到。

宫婢不知她的心思，仍在仔细地为她梳妆。微浓也不好到处翻找，眼见毫无所获，便摆了摆手，故作哀怨地一叹：“罢了，收拾得再好有什么用？太子都不来看一眼。”

宫婢一听这话，忙安慰道：“您可千万别这么说，太子殿下对您的好，咱们都看在眼里呢！”

微浓没有接话，再次叹了口气，又作势对镜看了看妆容，起身离开梳妆间。

外头刘司珍也并未久留，没说几句便告退了。微浓从内殿走出来，恰好瞧见一只锦盒打开着，就放在赫连王后手边的桌案上。她看了看那只鸾钗，的确精美，正想着该如何开口询问这鸾钗的来历，没想到赫连王后却会错了意。

王后见微浓重新梳妆过，还以为她是想通了，又见她一直盯着手边的鸾钗看，便笑道："妆不错，就是发饰太素。这支鸾钗你拿去戴吧！母后老了，戴不出去了。"

若在平时，微浓绝不会收下这支钗，但想起方才隐约听到刘司珍的话，便没再推辞，收下了鸾钗。

这日晚间，刚用过晚膳，东宫突然来人，说是接微浓回去。原来，她下午在赫连王后梳妆间里说的话被宫婢传了出去，传回了东宫。聂星逸虽疑惑这话不是微浓的风格，但想起彼此龃龉之事已闹得风风雨雨，实在让他面子上挂不住，故而，当太监替微浓说话时，他没有表态作声。这在外人看来，无疑是言和的意思！

于是，东宫立刻派人去接微浓回来。

微浓在凤朝宫行动受限，又没找到什么线索，见东宫来了人，便没再抵触。赫连王后自然乐见其成，又赏赐了好些首饰给微浓，以示安抚。

一切看似雨过天晴，丁有光仍旧收押在狱，东宫也恢复了风平浪静。唯独微浓在默默酝酿着一些事情，对着赫连王后给的那支鸾钗，陷入了难以拆解的迷局中。

"娘娘，您怎么还不睡呢？"晓馨今晚在偏殿当值，瞧见微浓寝殿里一直亮着烛火，便披衣起身。

微浓定定地看着眼前的鸾钗，敷衍道："这就睡了，你去歇着吧。"

"哦。"晓馨打了个呵欠，紧接着又"哎哟"一声，"什么东西，这么晃眼！"

微浓朝她伸手示意："今日王后娘娘赏了一支鸾钗。"

晓馨好奇地走到微浓身边，仔细看去："咦？这支鸾钗做工华丽精美，真是好看！可是……王后娘娘为何要赏给您呢？"

微浓不知她这话何意，敷衍答道："大约她不喜欢吧！"

"您误会奴婢的意思了。奴婢是说，这钗不是赤金打造，按规矩不该给您的。"

"什么意思？"微浓没听明白。

"宫里头有宫规，王后娘娘和您用的首饰应该用赤金打造。"

"什么是赤金？"微浓连忙追问。

"赤金就是纯金啊，这钗不是纯金的。"晓馨从微浓手中接过鸾钗，端起烛台仔细打量，看了半晌，笃定道，"这是熔金后重新打造的，是混色金。"

“混色金又是什么意思？”

“就是金子不纯，里头含有银啊、铜啊之类的。”晓馨将鸾钗放在掌心中，掂量了一下，“这支鸾钗个头儿大，重量明显不够，不是赤金打造。想来是司珍房的人偷工减料中饱私囊，欺瞒王后娘娘不懂这个！”

“王后娘娘不懂，你怎么会懂？”微浓疑惑再起。

晓馨将鸾钗送回微浓手中，笑了起来：“您还不知道吧，奴婢从前是司珍房的掌珍，做的首饰被王后娘娘相中，她见奴婢尚算伶俐，便将奴婢赐给了明良娣。后来听说您要入主东宫，太子殿下特意将奴婢从明良娣身边调出来，拨来含紫殿服侍您。”

原来如此。想必是明丹姝刚进宫时，身边没有可意的宫女，赫连王后有心关怀，才将晓馨拨给了她。

“原来你如此受器重，我从前竟不晓得。”微浓笑了起来。

晓馨低着头，略作羞赧：“您别这么说，奴婢能跟着您，是奴婢的福气呢！您不知道，司珍房的活计可重了……”

晓馨如此抱怨了几句，微浓皆耐心听着，又问：“你方才说，这钗是混色金打造？那你方才说的‘熔金’又是什么？”

“哦，奴婢是说……”晓馨斟酌措辞，“这支钗要比同样大小的混色金重，但比赤金的钗要轻，极有可能是将赤金和其他金属熔在一起，重新打的钗。说穿了，就是金、铜混合。”

晓馨话到此处，顿了顿：“金、铜混合，不予后妃做首饰。太子殿下书房里的飞蝠擎灯，便是金、铜混合，鎏金工艺。听说是殿下加冠之礼时，定义侯送的。”

定义侯送的？鎏金工艺？微浓猛然想起长公主那只镯子。当时她便觉得那金色不纯，细想起来，确实与聂星逸书房里那只飞蝠擎灯的色泽更为接近。

而且，长公主寿宴前夕，向她炫耀定义侯打造的那套头面首饰时，好像也说过是鎏金工艺……再细想今日刘司珍说的那句话……

“那长公主呢？她的首饰能用赤金吗？”微浓再问。

“不能。”晓馨如实道，“只能用混色金。”

微浓立刻捕捉到了什么念头，对晓馨问道：“要查这支鸾钗的来历，可否不惊动凤朝宫和司珍房？”

晓馨闻言颇有些为难之意，微浓也不想勉强她，便道：“算了，我随口说说而已，你去歇着吧！”

“奴婢能办到！”晓馨突然接了话，“这是您头一次交代奴婢办事，奴婢必不辱命！”

“此事我很着急，你务必尽快。”微浓看向手中的金鸾衔珠钗，幽幽叹道，“也许……我很快就会被禁足了。”

微浓只给了晓馨三天时间，晓馨也很争气，两天便查出了这支鸾钗的来历。巧合的是，就在同一天，赫连王后丢了一件心爱的首饰，她因此大发雷霆，杖毙了一个梳头宫女。

听到这个消息后，微浓便早早歇下了。

翌日寅时刚过，窗外仍旧黑黢黢的一片，晓馨便被微浓唤醒了，她睡眼惺忪地起身：“这才寅时，您怎么起这么早？”

微浓看向窗外，只问：“太子殿下呢？此刻是否起了？”

晓馨在心里盘算着时辰，迷迷糊糊回道：“殿下如今要赶着上朝，应是起了。”

微浓便没再多问，径自坐到梳妆台前：“不要惊动任何人，你来替我更衣梳妆，须得朴素而隆重。”

朴素而隆重，这个要求可真不简单！晓馨踌躇起来：“奴婢负责侍奉起居，可不曾为您梳妆过，怕是没这个手艺啊！”

微浓浑不在意地笑了笑：“无妨，你连首饰都会打，区区一个发髻也难不倒你。”

主子如此发话，晓馨只得硬着头皮给微浓更衣梳妆，待一切就绪已近卯时。

夏季昼长夜短，此刻虽已天色微明，可东宫各处仍旧亮着灯火。微浓缓缓抬眸看向窗外，半晌，忽然意味不明地道：“晓馨，对不住了。”

话音刚落，晓馨忽觉后颈猛地生疼，随即眼前一黑，晕了过去。

燕王宫，宣政殿。

转眼间，太子监国已近一月光景。每日卯时，他都要在此处会见朝臣，商议国是。

龙椅高高在上，是王权威严的象征；两侧高耸的蟠龙金柱，仿佛能支起整个燕国的威仪，令人心生敬畏。朝臣分列于大殿左右两侧，按照文武品阶俯首而立。

聂星逸很享受这种感觉，看着所有人对自己称臣下跪，这种俯览人事的畅快无可比拟，会令他恍惚生出挥斥方遒、指点江山的错觉。

“有事启奏，无事退朝。”宝公公站在龙椅一侧，高声喊道。

朝臣们今日皆是默然，他们隐约感觉到暴风雨将至，却又说不出这风雨来自何处、为谁而来。

大约是丁久彻父子的作为太过分，聂星逸也感到了朝臣们的静默。而这种静默于他而言，更像是一种嘲讽，嘲讽他的正妻被人调戏，他却迟迟不表态。

这对于一国太子而言，简直是莫大的耻辱。而可笑的是，他竟不觉得丁有光有什么错，他知道这是微浓的陷阱，他不能让她如愿。

想到此处，他按捺下难堪与愤怒，很自然地拿起一本奏折：“昨日，户部上折子说……”

“殿下！”一道清脆的女声划过，打断聂星逸的话。

朝臣们诧异地看向殿门处，但见一身着素色宫装的女子已经踏入殿内，神色凛然不可侵犯。

“太子妃，您不能进去！”外头的禁卫军在急切呼喊。

微浓对一切视若无睹，疾步走到大殿中央，肃色说道：“臣妾暮氏，见过殿下。”

聂星逸眉头立刻蹙起，右手紧紧抓着奏折：“太子妃何故闯入宣政殿？来人，将太子妃请出去！”

“是！”禁卫军得了令，终于敢近微浓的身。

然而后者却猛然跪地，将一支珠钗置于咽喉之处，不疾不徐地禀道：“殿下恕罪，殿下今日若不为臣妾正名，臣妾便血溅宣政殿！”

她望着那把高高在上的龙椅，不等聂星逸反应，凄切地说道：“自王上抱恙至今，已整整七十七日。臣妾身为太子妃，日日在龙乾宫侍疾，不敢有一丝懈怠。据臣妾所知，殿下您为求王上康健，已从六月起下令阖宫茹素，您更是言行表率事事当先，不知臣妾说得可对？”

“太子妃孝悌为先，禀性淑敏，侍疾有功，东宫上下皆看在眼中。”聂星逸不提自己茹素之事，对微浓先是褒扬，而后话锋一转，斥道，“可你不该自恃有功，踏足宣政殿。大燕自古有训，勿使妇人干政！”

“臣妾并未干政，而是来为王上、为您，也为臣妾自己讨个说法！”微浓亟亟续道，“臣妾此来宣政殿，是想问清楚两件事。其一，王上抱病，宫中茹素，王后娘娘与臣妾日夜祈福。此等情况，身为臣子，是否更该恪守言行，戒声色淫乐？”

聂星逸心头“咯噔”一下，却寻不到微浓这话的半分错处，只得咬牙回道：“这是自然。”

“既然如此，京畿将军兼御林军北衙统领丁久彻，在此期间纳妾行乐，言行是否失当？其嗣子丁有光任职检校，自本月始，七次出入烟花柳巷，夜宿三宿，是否有悖您一片孝心？两位丁大人身为重臣，在王上抱病期间公然行乐，是否罔顾王上重托，枉费殿下信任，枉为国之砥柱？”

三个“是否”，三句质问，字字铿锵，掷地有声，落在这宣政殿内，引起飘忽而又激昂的回响。

聂星逸一直晓得，微浓生就了一颗七巧玲珑心，否则当初聂星痕也不会瞧得上她。只是他大意了，他被微浓如今的沉默寡言所蒙蔽，逐渐忘记了她原本的性子。

那个镖局里活泼俏丽的少女，曾使得一手峨眉刺，见义勇为、打抱不平，怎能忍受如此委屈？而今，她也终于学会以牙还牙、以眼还眼，用宫廷里的那一套来对付人了！

聂星逸强迫自己直视她，却不知该如何应对她的三句质问，只得斥道：“当庭以命相胁，这是太子妃该有的言行？快将金钗放下！”

“是臣妾失仪，迫不得已出此下策。”微浓终于将抵在咽喉上的金钗松开。

她感到大殿侧前方，有一道熟悉的目光正灼热地盯着她，促使她继续说道：“也请殿下勿要徇私，此事过后，臣妾甘愿领罪。”

“太子妃方才所言，未免过重。”聂星逸模棱两可地表态。

“什么是‘过重’？是指丁将军父子并非大逆不道吗？臣妾请问殿下一句，丁有光当街‘冲撞’臣妾，这是否大逆不道，是否德行有亏，是否有辱王室尊严，是否该姑息纵容？”

微浓言罢，重重叩首在地，语调近乎哽咽：“臣妾微服出宫，欲往璇玑宫为王上祈福，路遇丁有光无礼冲撞，以致未能赶上祈福的吉时。丁有光折辱臣妾事小，耽误王上龙体康健事大。这等罪责，臣妾以为该当重罚，以正国体！”

有理、有据、有情、有屈，殿内大臣听闻这番话，皆在心中赞叹太子妃聪慧绝伦。她占尽了天时地利，占尽了所有人的同情与赞许，同情她无辜被辱及名声，赞许她为自己讨还一个公道。

她不提丁有光“调戏”，只说他“无礼冲撞”；不提他“折辱太子妃”，只说他“耽误王上龙体”。原是一桩有辱清白的丑事，被她硬生生扭转了乾坤。偏巧谁也找不出半句假话，没法子说她诽谤朝臣。

聂星逸更是惊讶于她的言辞，自己竟然毫无招架之力。这已不是绿云罩顶那么简单了，若是自己继续维护丁家父子，会让朝臣质疑他的一片孝心，质疑他的赏罚分明。

自始至终，她绝口不提楚宗室一句，却用这样的连环计，为楚宗室讨了一个说法，还了一个公道。

自己辛苦争取到了丁久彻，难道要就此放弃?

聂星逸乍然感到，自己根本降不住她，也许还会被她反咬一口。这个念头让他前所未有地惶恐，恨不能立刻杀了她！

但理智告诉他，不行！眼下正值他即位的关键时刻，他不能没有太子妃，不能毁了名声，更不能给聂星痕留下任何把柄。

聂星逸正犹疑不定，忽听宝公公悄声说道："殿下，丁久彻已暂时革职了，不若趁此机会治了他的罪，再找个心腹之人接替他的职位，岂不两全其美?"

聂星逸豁然开朗！是啊，他怎么没想到！从前只一心争取丁久彻，出了这样的丑事，他也只是让丁久彻留家思过，暂时避风头。他明明可以顺理成章收回丁久彻的兵权！太子党又不止他一人能掌管京畿！

思及此处，聂星逸长舒一口气，几乎是迫不及待地命道："太子妃所言极是。丁久彻父子罔顾父王的信任，做出种种大逆不道之事，本宫决不姑息！

"传本宫口谕：丁久彻忤逆圣意，公然纳妾淫乐，着革去一切官职，举家流放西南；其子丁有光冲撞太子妃鸾驾，乃至耽搁王上病情，证据确凿罪无可赦，三日后交由刑部问斩。"

聂星逸一鼓作气，斩钉截铁。言罢，他看了看大殿前排的某人，才缓下语速再道："至于太子妃，无视宫规踏足宣政殿，逾越祖制议论朝臣，有违德行。念其初犯，勒令禁足东宫百日。"

"殿下圣明，臣妾甘愿领罚！"这一次，微浓真心实意地重重磕头。

"退下吧！"聂星逸未再多言。

微浓这才从大殿之中沉稳起身，深深吸了一口气，转身走向殿外。此刻朝臣们的目光皆汇聚在她身上，她则穿过那一道道目光，挺直背脊走出宣政殿。从始至终，她没看聂星痕一眼。

她知道，她并不是独自在战斗，楚璃一定在天上看着她、支持着她，给她无限勇气去守护他的家人。虽然，她还是迟了。

第十一章

明修栈道，暗度陈仓

微浓平静地返回东宫，禁足的旨意也随之而来，被她打昏的晓馨还没有彻底清醒，也随着她一并禁足了。

日子十分煎熬，虽然衣食不缺，但隔绝了与外界的一切联系。燕王是否还活着？聂星痕近况如何？她一无所知。

与世隔绝。

饶是如此，微浓还是嗅到了风雨将来的气息。东宫虽平静，但她知道，朝堂上必定暗潮汹涌，赫连王后与聂星逸一定在钳制着聂星痕，加紧登基的步伐。

如此的日子过了十多天，聂星逸终于差人送进来一个消息——她禁足期间，太子妃的宫印暂由良娣明丹姝保管。

这是要让明丹姝代她主持东宫庶务了。

晓馨听闻此事，叹了口气："殿下真是不近人情。"

微浓倒是很坦然："理所应当。"

晓馨仍是气不过，哭丧着脸道："奴婢从前侍奉过明良娣，很知道她的性子。在王后娘娘和太子殿下面前，她倒是娇柔温婉，可一转脸就……"晓馨摇了摇头，愤愤不平地道，"如今您禁了足，必定是她趁机讨了殿下的欢心。"

微浓向来对明丹姝没什么好感，便沉默起来。

可她没想到，明丹姝比晓馨说的还要嚣张。交出太子妃宫印的第三天，这个女人的笑声便能从流云殿传到她耳朵里。初听到时，微浓还以为明丹姝恰好在含紫殿附近；后来一连三日，她总能听到隐约的轻笑声，这才明白，明丹姝是故意的。

然而微浓无心于此。她的全副心思都在东宫之外，她开始整宿地失眠，或是半夜惊醒，梦见燕王与聂星痕下场惨烈。

临近中秋，聂星逸始终没有出现，反而是魏良媛有心，悄悄来了一趟含紫殿，带了些亲手做的糕点。

“这些日子殿下异常忙碌，甚少回东宫歇息，白日处理完奏章，夜里便去龙乾宫侍疾。漫说您了，妾身也久未见过殿下。”魏良媛边说着话，边将点心从红木食盒里一一取出。

微浓立刻从中听出一些线索来，至少燕王还没死。于是她连忙让侍奉的宫人们回避，委婉试探：“有劳魏良媛来看我了，只怕殿下会怪罪你。”

魏良媛明眸微眨，好似无心说道：“殿下哪有闲工夫来怪罪妾身呢！这几日王上病情越发重了，长公主也突发头风，敬侯府里一个奴婢与人私通，敬侯也气得旧疾复发，闭门不出……”

“殿下忙完了国事，还要忙家事，分身乏术。”魏良媛拨弄着食盒上的雕花，轻叹，“还真是个多事之秋！”

听到此处，任谁都已听出了魏良媛的来意。微浓不知她为何要对自己透露消息，有些半信半疑：“良媛的消息真是灵通，你告诉我这些，是何意呢？”

许是猜到微浓会有此一问，魏良媛神色如常地笑道：“妾身是看您在含紫殿闷得慌，久不通外事，便挑拣几件大事给您解解闷而已。”

她又端起案上一盘糕点递给微浓，盈盈莞尔：“毕竟您身为太子妃，少不得要掌握宫闱动向，是吧？”

微浓见魏良媛目光虽澄澈，却似藏着一种不可名状的秘密，显然对方是不欲深谈，更不欲交心。微浓见状默然良久，才伸手接过那盘糕点，淡淡回道：“那便多谢了。”

魏良媛顺势再笑：“娘娘不必客气，上次金城公主落胎之事，全仰仗您说情。妾身并非忘恩负义之人。”

“我只是个敲边鼓的，是殿下肯信你。”微浓不愿无故居功。

魏良媛闻言表情不变，正待张口回句话，此刻忽听外头响起了明丹姝的声音，像是被侍卫拦了下来。她便摇头苦笑：“还真让妾身说中了，多事之秋。”

微浓望着窗外隐隐的风动树摇，想起这几日明丹姝刻意的示威，也是一叹：“她是冲着我来的。”

微浓说着便欲从座上起身，却被魏良媛抬手拦下：“您说错了，明良娣是冲着妾身来的。自从金城公主落了胎，我俩的梁子就结下了。如今她主持庶务，又抓着妾身来看您，自然要做一番文章。”

“那我更要去看看。”微浓执意起身。

魏良媛无所谓地笑了笑：“这等小事，何须麻烦您呢？妾身自能摆平。”

闻言，微浓没再接话。她一直知道魏良媛不是寻常的东宫姬妾，能成为聂星逸第一个给名分的女人，又让他顾念多年，必定是有过人之处。

明丹姝与魏良媛从前甚是亲睦，也许彼此都有秘密在对方手里捏着，所以才能相互制衡吧。微浓看着魏良媛有恃无恐的模样，终于还是点了点头：“也好，我若露面，大约会将矛盾激化。你若为难，就差人唤我一声。”

魏良媛道了声谢，不疾不徐地整理衣裙，又指着方才递给微浓的小碟子：“这是妾身亲手做的中秋糕点，您趁热尝尝。”

言罢，她向微浓敛衽行礼，款款而去。

殿外很快传来两个女人的争执声，直到此时，微浓才忽地醒悟过来某件事，连忙将魏良媛给的那盘糕点挨个儿掰开。第一块、第二块都是桂花红糖馅儿，她怕错过什么，小心地放入口中咀嚼起来。

毫无所获！

第三块依旧如此，直到掰开第四块糕点，一张小字条才终于显露出来！微浓四顾一番，确定殿内无人，忙抽出字条细看。字迹娟秀，笔力匀称，一看便是女子的笔迹。

她将字条上的内容　扫而过，却说不出自己到底是惊讶还是庆幸，抑或是被玩弄于股掌之中的难堪？

微浓迅速倒了杯热茶，将字条放入茶杯之中，直至确信它已化成纸浆，才将整杯茶倒入盆栽中，又特意翻了翻土，把纸浆掩埋在了泥土之下。

然后，微浓仔细地涤了双手。而此时，殿外明丹姝与魏良媛的争执正进行得如火如荼。

微浓深吸一口气，缓慢走到含紫殿正门口，毫不意外地被守卫拦下：“请太子妃恕罪，您不能踏出含紫殿。”

微浓神色一沉，故意指着不远处争执不休的两个女人，呵斥守卫：“你们看着明良娣和魏良媛在殿外争执，难道不知劝阻吗？”

守卫们见太子妃亲自出来问罪，纷纷下跪行礼，连称恕罪。

微浓顺势再斥：“还戳在这儿做什么？看本宫的热闹？”

守卫们只得领命，步下台阶去劝阻明丹姝与魏良媛。不劝还好，明丹姝一见是含紫殿的守卫，更加恼火，直指魏良媛请了微浓来当帮手。

场面更加混乱，微浓冷哼一声，索性关上殿门任她们去吵。谁也没有看到，就在方才守卫去劝架的时候，含紫殿里偷偷溜进来了一个守卫模样的男子。不过仔细一看便会发现，这男子身形有些佝偻，根本不像练武之人。

“老奴给太子妃请安。”男子摘下绒帽，朝微浓行礼。

“宝公公快起来。”微浓赶忙扶起他，关切询问，“王上病况如何……”

话还没问完，不知从何处飘来一阵香气，微浓手脚一软，踉跄着倒下。

这和字条上的计划不一样——失去意识前，这是她最后一个念头。

一股发霉的气味冲入鼻息之中，微浓悠悠醒转。眼前一片漆黑，她分不清自己身在何处，回想半晌，才忆起发生过什么。

当时魏良媛送来的字条里写道：速拨开守卫，宝公公密访将至。

可自己明明见到了宝公公，为何会突然间不省人事？将她扔在此处的人是谁？这中间到底出了什么变故？

还有，既然宝公公要进含紫殿，而晓馨也在禁足期间，则他二人不可避免会碰见。这足以证明魏良媛和晓馨都是宝公公安插在东宫的人，或者说是燕王安插在东宫的人。

微浓明白，当务之急是弄清楚眼下的处境。她揉了揉眉心，努力适应黑暗，慢慢地站起来。

可人还没站直，额头已触到了房顶。微浓抬手四处摸索着，猜测这里大概是一条密道，高度不够，需弯腰前行。

从前行走江湖的经验告诉她，这密道应是修建于地下。空中发霉的湿味暗示着她，这里久不通人，但又隐隐掺杂着类似于桂花的香味。微浓自认为嗅觉灵敏，便循着那香味四处寻找，终于摸到了一个半打开的食盒，里头是三层糕点，还有水。

微浓大着胆子掰开一块糕点闻了闻。是桂花红糖馅儿！魏良媛送给她的糕点，也是这个馅儿！她连忙又去摸索食盒，也是雕了牡丹花，酷似魏良媛送去含紫殿的那一个！

此事与魏良媛有什么关联？燕王中风、聂星逸夺权、宝公公密访，还有那只镯子。

微浓正想着这些线索，忽然间，头顶上似有了什么动静。微浓连忙收敛心神倾耳细听，是隐隐的说话声。那声音是赫连王后的！

“太子妃已失踪四个时辰了，他还是不肯说吗？”赫连王后冷冷地问。

“不肯，嘴硬得很。晓馨也一并失踪了。”是太子聂星逸的声音。

“哼！王上还真是好手段！”赫连王后冷哼一声，忽又柔下声音，咯咯地笑起来，“王上，您怎么不肯喝药呢？不是太子妃和宝公公喂药，您就不肯喝了？”

一个苍老的声音“咿咿呀呀”叫了几声，似在回应赫连王后的问话。

听到此处，微浓随即明白过来，这里是龙乾宫的密道！确切地说，是燕王寝殿的正下方。建造者不知在哪里设置了一个通声口，能让密道里的人听见寝殿里的对话。

隐约之间，微浓猜到是谁在幕后安排了这一切。

此刻但听赫连王后又道：“您中风这几个月里，臣妾同太子齐心协力，总算稳定了朝纲，安抚了朝臣。如今大势已定，您可以放心去了。”

再后来，赫连王后又压低声音说了句什么，微浓努力想要听清楚，奈何对方声音太低。她只知道，王后这句话必定是刺激到了燕王，后者更是“咿咿呀呀”地叫喊起来，声音中满是愤怒与急切。

赫连王后与聂星逸均没再说话，燕王喊了半晌，大约也自知回天无力，声音终于低了下去。赫连王后这才叹了口气：“臣妾知道，您心里头惦记敬侯，您放心，臣妾必定好好照顾他。

燕王“啊啊啊”地再次叫起来，这一次，仿佛连床榻都有些翻腾的动静。

只听王后猛地开口呵斥：“没用的东西，出去！”想必是聂星逸听不下去了，说了些什么。

“母后……”聂星逸艰涩地开口，“您这个样子，儿臣都快不认识您了。”

话音落下，聂星逸又闷哼一声，明显是挨了巴掌。之后，微浓头顶上响起一阵趔趔趄趄的脚步声——聂星逸离开了。

“您耽误了臣妾一辈子，可临终之际，只有臣妾在您榻前送终，还真是讽刺呢！”赫连王后终于毫无顾忌地大笑起来，那笑声中的凄切之意穿透了层层地砖，撞入微浓耳中，令她打了个寒战。

这个女人是多恨她的枕边人，才能笑得如此猖狂、如此凄厉！

微浓动了动僵直的脖颈，换了个姿势坐到地上，耐心等待赫连王后发泄完情绪。她很清楚，龙乾宫除了这条密道之外，必定都已在这个女人的掌控之中了。换言之，赫连王后不会让燕王活过今晚，也许明早，聂星逸便会在群臣的“拥戴”之下即位了。

也不知她究竟笑了多久，终于，微浓听见她再次说道：“至于太子妃，您就更不必操心了。她是皇后命格，臣妾怎么舍得杀她呢？即便是看在长公主和定义侯的面子上，臣妾也得留着她不是？

“不过可惜啊，您却不给臣妾机会，也不知宝公公将她藏到了何处，臣妾怎么找都找不到。”赫连王后“啧啧”两声，“有如此忠仆相伴，您在黄泉路上也不会寂寞。”

此言甫罢，她已沉声命道：“来人，将宝公公带上来！”

微浓听到一阵急促的脚步声，还有铁链子摩擦地砖的声音，可想而知，宝公公必定被用了刑。

“赫连璧月！你这个贱妇！”宝公公嘶声大骂道。微浓听出来他已经气衰力竭，时日无多了。

“公公何出此言？本宫自问待你不薄，可你偏偏在这节骨眼上与本宫作对，还将太子妃藏了起来。”赫连王后轻描淡写地质问。

宝公公“呵呵”地笑了，无比讽刺：“贱妇不必多言，脏了咱家的耳朵！”

赫连王后冷声质问：“本宫再问你一次，太子妃究竟在哪儿？”

“死了。”微浓听见宝公公如是答道。

“不可能！她是皇后命格！”赫连王后不知在做什么，半晌没有动静，微浓一颗心已是紧张到无以复加，才听她又问，“她都知道了什么？晓馨呢？”

“赫连璧月，你做出这样天诛地灭的事，你一定不得好……”

宝公公的声音戛然而止，最后那个“死”字到底没能说出口。随即，有什么东西重重倒在了地砖上，带着铁链摩擦的声响，无比刺耳。

“王上，臣妾已成全了宝公公的忠心，送他先走一步。黄泉路上，您不必担心没人侍奉您了。”赫连王后平静地笑道。

榻上的燕王想必是绝望了，没有半分回应。但微浓知道，他还活着。

“您的遗旨臣妾已代为拟好，也盖上了玉玺。”赫连王后随即念了一遍“遗旨”的内容，殿内又窸窸窣窣响了一阵，应是她在强迫燕王按上手泥。

微浓断断续续地听到那遗旨的内容，除却传位于聂星逸之外，还剥夺了聂星痕的兵权，册封了几位顾命大臣，将一些重臣尤其是武将架空的架空，清算的清算，改任的改任，打压得七零八落。

即便微浓不通政事，也晓得那几位顾命大臣是太子党，而那些被打压的武将，必定是向着聂星痕的。这旨意看似没什么，可微浓觉得赫连王后太傻了，一旦这旨意公之于世，天下人都会猜到它是伪造的。

“臣妾恭送王上。”这突如其来的一句话，令微浓乍然惊醒。赫连王后要动手了！

微浓下意识地捂住口鼻，泪水已在眼眶里打转。可她却不知道，自己到底是在为燕王而哭，还是在为这宫廷的险恶而流泪。

“母后！”聂星逸的声音又猛然响起，还有随之而来的脚步声，像是在阻止赫连王后动手。紧接着，他惊讶地反问，“您捂死了父王？”

赫连王后没答话，将旨意甩给他：“你瞧瞧有何不妥。”那声音平静沉稳，根本不像亲手杀死夫君的毒妇。

聂星逸也迅速冷静下来，扫了一眼遗旨，提出异议：“这遗旨不行，一看便知是伪造的。”

“怎么？”

“这倾向太明显了！聂星痕被剥夺了兵权，敬侯党全军覆没……”

赫连王后没等他说完，便已打断：“既然你父王属意你，自然要替你铲平内患，我并不觉得有何不妥。”

“可他毕竟是父王的儿子，虎毒不食子！”聂星逸沉吟片刻，又道，“您就听我一次，聂星痕的兵权不能剥夺。儿臣新即位，他是儿臣唯一的王弟，按常理应该重用才对。”

“你疯了吗？”赫连王后重重反问。

“母后别着急，儿臣加封他一官半职，他就得留在京州任职，不能再回封邑了。”聂星逸幽幽说道，“这样他一旦有外逃之心，儿臣就能名正言顺地拿下他。”

显然，赫连王后被他的这番话说动了，轻声笑言：“你若早些长进，咱们也能少走许多弯路。”

聂星逸没接话，迟疑着道：“儿臣这就去重新拟旨，父王这里……还有微浓……”

“不打紧，造了这么久的势，宫里、宫外都心知肚明。当务之急是找到太子妃，派人看好那个贱种。”赫连王后说道。

“敬侯府到处都是儿臣的眼线，无妨。可微浓……”聂星逸停顿片刻，才道，“不如不找了吧！”

赫连王后闻言很诧异：“怎么？你要杀她？”

聂星逸嗤笑一声，没有接话。

微浓也忍不住在心底冷笑。她早就知道，自从她设计了丁久彻父子过后，聂星逸已对她起了杀心。若非登基在即，恐怕他早就动手了。

“是因为丁家父子那件事？”赫连王后道，“她想替楚王室出头，你成全她不就行了？一个丁久彻，也不是非要不可。”

“您不明白，”聂星逸显得有些疲倦，“她跟儿臣不一心，儿臣也把控不了她。”

“是你夫纲不振。”赫连王后一语中的，“她有皇后命格，暂时动不得。而且你登基在即，突然没了王后，岂不惹人非议？”

“也不是要杀她……”聂星逸没将话说完，又隐晦地反问，“您不让儿臣动她，真是因为她的皇后命格吗？”

“你说话别拐弯抹角的。我难道不是为你好？”赫连王后答得更隐晦。

聂星逸重重地跺了跺脚，颇有些咬牙切齿的意味：“我真佩服父王，如今想动她也动不了！”

“只要她是王后，你想纳谁做妃子，母后都不管你。”赫连王后突然软下声音，近乎慈蔼地说道，“别再耽搁了，这火烧眉毛的两件事，你赶紧去办妥了。”

“好。”聂星逸立即应下，“儿臣这就去办，您让儿臣再看父王一眼。”

“看什么看？他连王位都不给你！”赫连王后再次沉声，“留着你的眼泪，等国丧之时再去哭吧。”

聂星逸知道时间紧迫，也没再多说，匆匆离开。

寝殿里又安静了下来，半晌微浓才听赫连王后又道：“聂旸，你耽误我一生，从此咱们两清了。”

至此，赫连王后终于哽咽，像是幽咽的箫管呜呜低吟，个中哀怨与悲戚毫不掩藏。

然而微浓无心感受，她已被眼前这纷繁复杂的局势所烦扰，为她即将面对的局面而忐忑。二十一年来，这是她最迷茫的时刻，比当初得知身世时更加茫然无措。

再后来，赫连王后应是离开了，燕王寝殿里只余下细碎的脚步声，再无一人说话。于是微浓也定下神来，开始在地上胡乱摸索着，试图找出密道的出入口。

过了这么久，她早已适应了黑暗的环境，双眼勉强可以视物。腹中适时传来饥饿之感，她想起那个食盒与清水，打算果腹。可还没走几步，她隐约看到食盒旁边多了一片暗沉的影子，又或许那影子原本就存在。

“娘娘终于发现奴婢了。”那影子幽幽低叹。

是晓馨的声音！微浓大吃一惊，连忙弯腰走近，拽住她低问：“你为何不早出声？”

“我若早出声，难保不会弄出动静，被王后与太子发现。”晓馨悄声附在她耳畔，说道，“您别急，再有半个时辰，等上头风声松了，奴婢便会放您出去。”

“你是王上的人？”微浓追问。

晓馨迟疑一瞬："也算是吧！您放心，奴婢是奉命保护您的，从没对您起过加害之心。"

此刻微浓正是思绪如麻，有太多的问题想要询问，却又不知该从何说起，一时竟然语塞。

"奴婢求您什么都别问，待奴婢重见天日之时，您一切都会明白的。"晓馨先发制人，动之以情，"外头已经安排好了一具投井的女尸，等您出去之后，指认是奴婢便成了。"

微浓明白了晓馨的意思，她是要让赫连王后以为，自己的失踪是宝公公与她里应外合造成的。如今宝公公已死，只要晓馨也"死"了，此事便会断了线索，全推在宝公公头上，而赫连王后与聂星逸忙于登基之事，必定无暇追查。

既然外头有人替晓馨安排一切，那便足以证明，这个局都在某人掌握之中。魏良媛一个女流之辈，绝不可能有这么大的能耐，作为太子良媛，她也不该有这份异心。

因此，这个隐藏在幕后的人是谁，显而易见。

微浓没觉得惊讶，也许她心里早已猜到了，竟还觉得有一丝庆幸。她长舒一口气，轻声道："我只有一个问题。"

晓馨很是为难："求您别问了……奴婢不能说。"

"你多虑了，"微浓淡笑，"我是想问，你留在此处，会有人给你送水、送饭吗？"

晓馨一愣，点了点头，又怕微浓看不见，轻轻"嗯"了一声。

"很好，聂星逸登基之后，必定会移居龙乾宫。你留在此处假死避难，记录他每日的起居动向，再借由送饭之人传递给你的主子，对不对？"微浓平静反问。

晓馨没想到会被她套出话来，嗫嚅了半晌，到底转移了话题："时辰差不多了，奴婢送您出去吧！到了外头，您只管推到奴婢头上即可。"

微浓再笑："也好。"

"请您恕罪，这条密道不能泄露出去。"晓馨又道。

"我明白……"微浓刚说出这三个字来，便觉得后颈猝然一疼，她已重重倒在了晓馨怀中。

微浓再醒来时，人已躺在了东宫含紫殿的鸾榻上。她想起当初为了设计丁久彻父子，自己打昏过晓馨，没想到风水轮流转，前后不过一个月，自己也挨了晓馨的手刀。

她在榻上假寐良久，因不知该如何面对眼前的境况，直至思绪平稳了些，确定不会露出破绽，她才悠悠睁开双眸，故作迷惘地坐起身子。

窗外，曙色微明。

“娘娘，您终于醒了！”一个宫婢惊喜地唤道，“殿下吩咐了，您若醒来，立即向他禀报。”

微浓也想见聂星逸一面，便无力地摆了摆手：“你去吧。”

宫婢应了一声，一路小跑出去，其他人赶忙侍奉微浓起身。

不多时，聂星逸火急火燎地走了进来，一脸疲惫之色。他没等宫人们行礼便摆手屏退他们，径直走到微浓榻旁：“你身子未愈，不必行礼了。”

微浓敷衍他：“谢殿下体恤。”

聂星逸搬了把梨木镌花椅放到榻前，撩起衣袍下摆落了座，面无表情地说道：“昨日明良娣与魏良媛在你殿前起了争执，有人趁机下了迷药，将你掳走。”

微浓想起晓馨的话，顺势揉了揉额头，假装问道：“是谁做的？”

“还能有谁？”聂星逸冷笑，“你可是个香饽饽。”

微浓见他答得模棱两可，像是故意要往聂星痕身上引，可她偏不上当，反问：“您是在哪儿找到我的？”

“御膳房后院仓库。”聂星逸神色一凝，“禁卫军找到你时，你身上的药性未散，昏迷不醒，手臂上有些擦伤。”

他不说微浓还没察觉，自己左臂上的确有一条长长的口子，已被仔细包扎过，不疼应是伤得不重。

她再问：“为何要将我藏到御膳房？”

“我怎么知道！”聂星逸有些不耐烦，从椅子上站起来，“找到你时，禁卫军刚从水井里打捞出一具女尸，看样子是晓馨。”

微浓没有作声。

聂星逸仔细观察，见她神态自然，便清了清嗓子：“此事揭过不提，我是来告诉你，父王怕是熬不过中秋了，你做好准备吧！”

熬不过中秋？秋老虎暑气犹盛，也不知燕王的尸体放到中秋会不会腐掉？微浓心中如是想着，口中却问：“我该怎么做？再去侍疾？”

聂星逸凤目微眯，终于正色看向她：“你不要装傻充愣！我没有时间与你废话，好自为之吧！”聂星逸冷着脸色撂下这句话，转身便欲离开。

“聂星逸，”微浓适时喊住他，“你废了我吧！”

“废了？”聂星逸似是听到了什么笑话，“废了你，让你去找聂星痕？”

微浓抬眸，靠在榻上与他对视：“大婚之夜，我以为我说得够清楚了。”

“你是说得很清楚。”聂星逸蓦地神色狰狞，“你说你痛恨聂星痕，你要帮我，但你帮了吗？堂堂太子妃被人调戏，甚至闹上宣政殿，历数我朝，你还真是第一人！”

“成婚之日我便说过，楚王室是我的底线。”

“那你就乖乖听话，不要再生风波！”聂星逸恨恨地道，“否则，楚环死了，还有楚琮；楚琮死了，还有他老子。我会让他们一个个都死在你面前！”

“卑鄙！”微浓霎时气血上涌，怒目而视。

聂星逸见她如此恼怒，心情反而舒畅起来，拊掌大笑：“好啊！用楚王室来要挟你，果然百试不厌。”

微浓气得浑身发抖，险些要将密道里听见的话抖搂出来。幸好，她尚残留最后一丝理智，勉强将这冲动压了回去。这个男人，连养育他的父亲都能下得去手，她还能指望他善待楚王室吗？

“可笑我从前还以为你是个君子。”微浓凝声讽刺。

“宫廷之中，何来君子？”话到此处，聂星逸已无心逗留，理了理袖口，冷冷警告，“五日之内我会登基，你若再敢挡我的路，就等着替楚王室收尸吧！”

言罢，不等微浓反应，他已仰面大笑，推门离开。

微浓望着他的背影，眸中头一次流露出阴鸷之色：“聂星逸，你会后悔的。”

第十二章

峰回路转，节外生枝

隆武十九年八月十六，燕王聂旸因患心疾久治不愈，午时三刻驾崩于龙乾宫，上谥号“文武大圣大广皇帝”，庙号“高宗”。监国太子聂星逸宣读先王遗旨，授封三位顾命大臣，因宣诏时不胜悲痛，以致罢朝三日。

八月十八至二十，群臣三次奏请太子复朝登基，谓曰：国不可一日无君。

八月二十一，太子聂星逸应奏复朝，正式即位，建元“天德”，大赦天下。尊母赫连璧月为太后；册封太子妃暮氏为王后；加封敬侯聂星痕为天策上将，建邸天策府，命其长驻京州。

八月二十三，高宗梓宫在太极殿停满七日，新王聂星逸亲自扶灵送入王陵下葬。丧葬典仪持续三日，举国志哀。

此后一月，新王以雷霆手段整饬朝纲，调动了一批朝臣，有擢升，有启用，有外派，有发落。因发生在聂星逸即位之初，天德元年，燕史称之为“天德朝案”。

转眼已是十月底，微浓的封后仪式也在平稳中进行完毕，毫无疏漏之处。聂星逸见她顺从地接受了王后之位，还以为是自己的威胁起了作用，也并未多想，更无暇多想。两人依旧不甚和睦，聂星逸即位以来，只在册封大典前见过微浓几次。之后一个入主龙乾宫，一个移居凤朝宫，两座宫殿离得又不近，二人便各自忙碌，互不相见了。

微浓觉得，当初建造这座燕王宫时，时任燕王与王后必定感情不和，又或许是夫妻做得久了，积攒了一些不欲为枕边人所探究的隐秘，才会将夫妻两人的寝宫修建得遥遥相望。

不过，这正合了她之意。

宫人们对此议论纷纷，都疑惑于新王对王后的态度。若说王后不得宠，可国丈定义侯却得到了重用，得以时常出入王宫，与新王商议朝政；可若说王后得宠，新王即位以来从未踏足凤朝宫，每每有宫人提起王后，新王也总是沉了脸色。

与王后的失宠形成鲜明对比，明丹姝与魏连翩恩宠日盛。明丹姝从太子良娣一跃成为明淑妃，魏连翩则突然有了身孕，擢升为九嫔之首的昭仪。微浓心里清楚，作为聂星逸登基以来的头一胎，魏连翩无论生男生女，封妃都不过是早晚之事。聂星逸必定会将这个孩子视为福星，宠爱至极。

如此不咸不淡地过着日子，燕王宫看似又恢复了平静，除了明丹姝偶尔的挑衅之外，一切尚算安闲，只是一直未见聂星痕有什么动静。

唯有遍地枯黄的落叶诉说着季节的变换，还有人心的凋敝。

冬月初，一个消息打破了这种难耐的平静——金城公主再次有了身孕。

自从驸马明重远被赐死之后，金城公主一直住在燕王宫里。从养胎到落胎，从燕王病重到新王即位，她好似越发懂事起来，对一切风波都不闻不问，每日除了去燕王榻前侍疾，便是安安分分地待在灵犀宫度日。

怎么突然就有了身孕？！她明明今年六月初一才落了胎！前后算起来刚满五个月而已，又重新怀上了？！

是明尘远频繁出入了燕王宫，还是金城偷偷溜了出去？微浓猜想无论是哪一种，金城珠胎暗结之事，都足以让赫连太后与聂星逸大发雷霆。

显然金城自己也做此想，她根本没敢将有孕之事告诉母亲与胞兄，她第一个便想到了微浓。经过上次在东宫含紫殿小产之事，她也学聪明了，这次没有亲自过去，而是差人去了一趟凤朝宫，请微浓过来。

微浓听到消息后，立即赶往灵犀宫，由宫人引着进了偏殿，便瞧见金城斜斜倚在一张鎏金乌木榻上，衣装朴素，长发披垂，满是娇弱无力的模样。可让她未曾料到的是，聂星痕居然也在。

前一次正式相见，还是在长公主的寿宴之上，后来她怒闯宣政殿时，明知他也在殿上，却没看他一眼。世事难料，这半年里彼此都经历了太多变故，从前的恩怨情仇仿佛都已消磨殆尽，唯独那种陌生而又熟悉的疏离感，始终存在。

她忍不住打量对方，他又瘦了，比从前还要清朗嶙峋，也更加显得他一张俊颜棱角分明。眉如墨画，鼻梁挺直，似将山川河流、锦绣巍峨都融在了这一张脸上，气质沉着，姿态沉稳，却是夺人心魄。

尤其是他望着她的目光，令她无所遁形。

当着宫人们的面，微浓也不好表露什么，只得与聂星痕略微客气了几句。

金城也是极有眼色，当众自责：“我身子不适，还要劳烦王嫂凤驾，实在是过意不去。”

“无妨，总不能让你病中来回折腾。”微浓语气有些僵硬。

“下个月便是王兄的生辰了，我这做妹妹的备了件礼物，也不知能不能拿得出手。恰好王嫂与二哥今日都在，能帮着参谋参谋吗？”金城口中如是说，目中已流露出企盼之意，眸光闪烁地看着微浓。

微浓抿唇沉默，聂星痕便低声调侃金城：“难为你一片苦心，做哥哥的怎能不帮你？”

金城瞥了一眼微浓，见她仍旧不表态，便只当她是默认了。于是，金城屏退了殿内所有宫婢，连同微浓带来的人也一并赶了出去。

眼见殿内四下无人，金城才哭丧着脸，表露出几分怯懦：“王嫂，二哥，你们快替我想想法子啊！这孩子……该怎么办？”

“还能怎么办？生下来。”聂星痕面色不改，“我会尽快去向母后请旨赐婚。”

“母后会打死我的！”金城急得险些落泪，又将目光转向微浓，“王嫂，我该怎么办呀？”

“实话实说。”撇开对赫连璧月与聂星逸的厌恶，微浓对金城尚算关照，也不想将她母、兄的作为算在她头上。她知道，聂星痕也是这么想的。

“你同明将军彼此倾慕，如今又有了孩子，以王后对你的疼爱，再加上驸马一案的愧疚，她即便再生气，也不会拆散你们的。”微浓如是分析。

“可是……”金城抬眸看了看聂星痕，欲言又止。

聂星痕是何等聪明，自然晓得她的意思，承诺道：“只要母后同意这门婚事，我会立刻将仲泽调离，短期内不再见他。你不必担心母后因我而恼他，毕竟，他还是明氏子孙。”

聂星痕口中的“仲泽”，正是明尘远的表字。

这寥寥数语，打消了金城公主最大的顾虑，她不禁面露感激之色：“二哥，做妹妹的在此谢谢您了。这个人情，日后我与尘郎必定加倍偿还！”

“不必日后再还。”聂星痕笑着摆了摆手，“你若想谢我，现下就借我个地方，让我与王后娘娘单独说两句话，如何？”

金城沉吟片刻，想起聂星痕和微浓之间的仇恨，一时有些踌躇。但转念想起自己方才承了聂星痕这么大一个人情，她也不好再回绝，只得抬手一指宫婢夜间值守的小屋，道：“我在这里替你们望风，不要太久。”

于是聂星痕转看微浓，无言地伸手相请。

微浓迟疑片刻，到底是走入小屋内。聂星痕走在后头，顺势关上屋门，却久久没有开口说话，只是看着她，目光既热烈又思慕，既深沉又灼热。

微浓难以忍受他这种目光，撇过头看向虚空之处，淡淡问道：“你找我做什么？”

“我要你一句准话。”聂星痕开门见山。

“什么准话？”

“袖手旁观。”

微浓闻言沉默了，许久才道：“袖手旁观就是帮你。”

“的确，”聂星痕神色沉敛，“但我知道你会同意。”

“为何？”

“因为楚王室，”聂星痕笃定地道，“聂星逸根本不在乎他们。”

“嗬，”微浓冷笑，“楚王室落到如此地步，罪魁祸首是谁？”

“我承认我有私心，”聂星痕叹了口气，“但你也知道，两国交战并非我个人意志。”

“如今说什么都晚了，”微浓冷冷道，“要我帮你可以，但答应我一个条件。”

“你说。”

“事成之后，放我离开。”

微浓话音落下，聂星痕露出了失望的表情，久久没有接话。

微浓垂下双眸，只道：“你若不同意，一切免谈。”

“非走不可？”聂星痕沉沉抬眸看她，目光炽热而伤痛。

微浓却不看他，语气寒凉：“当日将我送入龙乾宫密道的人，必定是你。我明白你的用意，你想让我亲耳听一听他们母子的用心。”

微浓顿了顿，深蹙蛾眉：“但我实在无法想象，你既然掌握了龙乾宫的动向，又知道那条密道，怎能忍着不救你父王，眼睁睁看他被赫连璧月折磨死？”

“你总是把我想得这么十恶不赦。”聂星痕只得耐着性子解释，“那个密道，我是今年八月初才听宝公公说的。赫连璧月盯得严，宝公公一直苦无联络我的机会，直到金城进入龙乾宫侍疾，他诱骗金城给仲泽捎了两句话，我这才知道，原来父王一直属意我继承王位。”

话到此处，他又自嘲地笑笑：“宝公公将父王的安排都说与我听了，你一直知道父王的心思，是不是？”

“是。”微浓没有否认。

“你竟瞒着我？”聂星痕终于有些恼了，“你若早点说出来，我们也不至于闹到如此地步。也许我们……”

“没有也许。”微浓干脆利落地打断他，“除非时光倒流，楚璃死而复生，否则你我注定成仇。”

聂星痕无话可接。

“如今再谈论这些没有任何意义了，”微浓态度坚决，“无论你是成是败，我都要离开燕王宫。你若赢了，我少费点周章；你若输了，我也能逼着聂星逸放我走。”

“他会放了你吗？”聂星痕冷笑，似在嗤笑她的天真，“即便聂星逸肯，定义侯肯吗？他才刚当上国丈，怎么可能轻易放你离开？”

微浓索性合上双眸，不再答话。

“还有，”聂星痕咄咄相逼，“如今你已接近了真相，却一走了之，你难道不觉得有愧？你良心上能过得去？”

两句质问，使微浓的身形猛然一颤，她睁开双眸，终于正视他：“你也猜到了？”

聂星痕又笑了，不答反问：“长公主寿宴之前，你我曾见过一面。当时我说她的镯子很眼熟，你的表情是吃醋吗？”

微浓闻言轻嗤：“你若这么想，我也无话可说。”

“其实你误会了。”聂星痕看着她，正色解释，“那只镯子，我不是见明丹姝戴过。”

微浓眸色一凝，看了看屋门的方向：“我们说的是同一个人吗？”

聂星痕也看向屋门处：“应该是。”

两个人，四道目光，交会之处仿佛有闪电乍起，穿透屋门，照到外头的女子身上。

正想着金城公主，她的声音便恰好传了进来，隐隐带着几分急切：“王兄！您怎么来了？”

是聂星逸！

燕国对嫡庶向来看得很重，金城是嫡出的公主，聂星逸也是嫡出，而聂星痕是庶出。因此，金城唤前者是“王兄”，称呼后者是“二哥”。

“王兄！王兄……”屋外响起一阵急匆匆的脚步声，像是聂星逸在到处翻找，金城慌忙地阻止他，“您在找什么？我正病着……”

“让开！吃里爬外的东西！”聂星逸声音冰冷彻骨，似蕴藏着巨大的怒意。话音落下，小屋的门已被他一脚踹开。

微浓与聂星痕相对而立，齐齐转首看向他，俱是无话。

聂星逸目光骤冷，在他两人之间徘徊一阵，瞧着他们“并肩而立”的情景，只觉得异常刺目。他克制住怒意，脸上缓缓浮上莫名的笑意：“我当是谁，原来是二弟在此。”

微浓听着这话更觉刺耳：“王上这话是何意呢？”

“见过王兄。”聂星痕也不疾不缓地回笑，“金城身子抱恙，臣弟从圣书房出来，顺路来瞧她。”

“那是王后来得凑巧了。”聂星逸出言讽刺。

微浓双手收于广袖之中，语气清淡，直言不讳地道：“人心龌龊，看人皆是龌龊；人心坦荡，看人则坦坦荡荡。”

如此反将一军，聂星逸也不恼怒，冷冷笑问：“王后所言极是。敢问王后，你与二弟‘坦坦荡荡’地说完了吗？”

微浓回忆片刻，在聂星逸突然闯入之前，她与聂星痕正说到她的去留问题。而这一时半刻怕也说不出个结果，她便回话：“臣妾与敬侯不过是闲话家常，怕吵着公主而已。”

聂星痕也适时附和：“都是些琐事，臣弟先告退了。”

“这段日子你身子不好，不必事事亲力亲为。组建天策府之事，孤会找人帮你。”聂星逸似笑非笑地看向聂星痕，“是不是少了一位正妻照顾，才总是病痛缠身？”

“臣弟这身子骨，不敢拖累哪家小姐。”聂星痕看似恭谨地笑回，“王兄方才登基，百废待兴，臣弟不敢劳您费心。”

微浓闻言只觉得好笑，聂星痕这句话分明可以换个意思说——你还是看好你的王位吧。

聂星逸见她这表情，越发沉下脸色：“你去吧！既已受封天策上将，便要把握分寸，以后无诏不得入宫。”

聂星痕听后无甚反应，只是再次重复：“臣弟告退。”言罢退出门外。

目送他走远，聂星逸立刻抓住微浓的手臂，凤目阴鸷，面色阴沉：“我说过的话，你都当成了耳旁风？”

微浓试着挣脱他的钳制，奈何他手抓得太紧，她只好敷衍：“臣妾不敢。臣妾与敬侯一直恪守礼节。”

“恪守礼节？”聂星逸咬牙恨道，“堂堂大燕国王后，光天化日与小叔子独处一室，这是恪守礼节？你身为王后，他是臣，两个人并肩而立，这是恪守礼节？”

“看来臣妾又让您蒙羞了。”微浓冷淡地道。

聂星逸方才是在气头上，一则痛恨微浓“不守妇道”；二则怕她与聂星痕旧情复燃，联手对付自己。可转念一想，金城是自己的亲妹子，即便和明尘远有什么瓜葛，也绝对不会帮着聂星痕。

微浓也不会这么傻，在金城的宫里与聂星痕商议要事，外头宫人这么多，根本避不开龙乾宫的眼线。

如此一想，聂星逸心情平静了些，冷哼一声：“你方才和他说了什么？”

“没什么。”微浓看向屋门外的金城，“有金城公主在，臣妾还能说什么？总不会是造反大计。”她一语戳穿他的心思。

后者原本已经平复了心境，闻言又暴怒起来：“贱人！是不是我太过仁慈让你不知分寸了？”

“你想做什么？”微浓立时警醒，猝然看他，眸光锐利如锋，“我已经按照你的意思受封王后，迁居凤朝宫，凤印也交给了明丹姝掌管。你不能出尔反尔！”

“孤偏要出尔反尔，怎样？”聂星逸狂妄大笑，“定义侯已被我收拢，长公主也老了，谁会帮你这个野种？既然没底气，就不要来忤逆我！”

微浓对他一切的嘲讽恍若未闻，只是直直盯着他，固执地追问：“你到底要做什么？”

这一问让聂星逸更加生气：“你果然只记着楚王室，我要做什么？你拭目以待吧！”

言罢他狠狠甩开微浓的手臂，转身即走。金城就远远站在偏殿门口，见他拂袖出来，连忙怯怯地请罪：“王兄，我……”

她迟疑地拦下聂星逸，低声说出了有孕的事实，以此来为微浓与聂星痕开脱：“您误会了，王嫂与二哥……只是在商量，要如何解决我有孕之事……”

“有孕？”聂星逸恨得直咬牙，也不知是痛恨金城未婚先孕，还是痛恨微浓执拗顶撞，愤而怒斥，“你知不知羞耻？这种事也做得出来？！”

金城深深埋头，轻声啜泣：“当初我与尘郎两情相悦，是母后强行拆散，将我嫁给驸马。后来又是母后一手主导，将驸马置于死地。王兄，求您去跟母后说说，成全我与尘郎吧！”

她旧事重提，也勾起了聂星逸的愧疚之情。想起明重远被推出去当替死鬼的事，他对聂星痕更加痛恨：“你可别忘了，驸马是谁揭发的！就是你那个尘郎害你守寡！”

“我虽不通政事，但也知道驸马与尘郎都是牺牲品罢了。”金城摇了摇头，任由眼泪滑落，“我知道您与二哥不睦，但二哥对我向来没话说。他方才已经和王嫂商量了，只要您与母后点头，他便放弃尘郎，绝不让我夹在中间左右为难。”

“他会这么好心？”聂星逸根本不信，“该不会是把明尘远派到你身边做探子吧？”

“这不可能！我什么都不懂。”金城忙道，“再说，二哥还不屑于用这种手段！”

“这种手段怎么了？”聂星逸脸色一沉，“自古美人计就屡试不爽，你焉知他不是用了美男计？”

无论聂星逸怎么劝，金城都是打定主意要嫁给明尘远。聂星逸也没其他法子，只得采用了“拖字诀”：“此事我会再与母后商量，你私底下不要再见他们了！”

金城连连点头道谢，不忘提醒：“王兄，我这肚子眼看是等不得了！”

聂星逸“嗯”了一声，又转身去看微浓所在的那间屋子。他与金城两个人在外头说话半晌，这女人都没有露面，显然是不想看见他。如此想着，聂星逸莫名火起，再想起方才微浓与聂星痕独处一室，更觉是奇耻大辱。

金城见他一直望着那间屋子，忍不住试探地询问：“王兄，您别生王嫂的气了。此事……此事都是我的错。”

聂星逸自有心思，冷哼一声，嗤道：“她既如此不知好歹，我必定要让她尝尝苦头！”

“什……什么苦头？”金城不自觉地紧张起来。

聂星逸的目光浮现出一丝狠戾：“我要她跪着来求我！”

他说出这话后的第三日，宫外传来消息，曾经的楚王、如今的永安侯楚胤坠马，以致颅内出血，拖了两日不治身亡。

毕竟曾是一国之君，聂星逸下令为其隆重治丧，还亲自前往吊唁，彰显新君的仁德。消息传到微浓耳中，她执意要去祭拜，不顾侍卫阻挠强行闯出燕王宫，径自前往永安侯府。

聂星逸甚至撂出狠话，只要她敢去，便将她永远幽禁于冷宫之中，而这也未能改变她的决定。

已是永安侯故去的第五日，前来祭悼的人渐渐少了。尤其楚王生前刚因幺女自尽之事与聂星逸闹翻，故而朝中更无人敢再来祭拜，都忙着与永安侯府划清界限。

门楣上挂着素白挽幔，满目皆是丧葬之色，微浓一身白衣步入清冷的永安侯府，并未受到任何阻挠。管家听说她是前来祭拜永安侯的，立刻引着她往灵堂而去。

自从楚珩去了姜国，永安侯世子之位便由楚王的幼子楚琮继承，此刻他正披麻戴孝，独自一人站在灵堂内迎客。微浓嫁去楚国时，楚琮年纪尚幼，一直住在楚王宫中，并未开府受封。因此她与楚琮早已见过多次，也自知此次前来，必定会暴露自己未死的事实。

想到此处，微浓的步子顿了顿，在灵堂前停了下来。

楚琮仍旧站在门口，神色沉敛，遥遥望着她前来的方向。不得不说，楚王的子女都继承了父母的好样貌，三个儿子个个器宇轩昂，女儿们则千娇百媚，散发着独属于楚地的玲珑剔透。

从前楚王的三子三女相亲相爱其乐融融，再看如今唯独剩下这一个儿子守着灵堂，微浓心里便觉得难受。转眼间，楚国已覆亡近三年了，当初那个满面稚气的小王子，也终于成长为参天大树，如今独立于灵堂之前，显得如此伟岸挺拔，已是这府里的顶梁柱了。

微浓边想边踏入门内，还未开口，楚琮已递过来三炷香，垂眸礼道："楚琮多谢夫人前来祭悼，敢问夫人如何称呼？"

微浓伸手接过三炷香，轻声说："待我给永安侯焚香祭拜后再与世子详谈吧！"

原本楚琮见来者是位女眷，心里虽诧异，但出于礼数也没有多看。然而此刻他听了这话、这声音，竟觉得有些耳熟，终究忍不住抬眸打量起来人。

一看之下，大惊失色："你！你！你是……"

微浓抬手制止他："勿扰逝者，待我上完这炷香。"言罢她虔诚地走至灵台前，恭恭敬敬地跪地磕了三个头，上香志哀。

楚琮今年刚满十七岁，从前有兄姊照顾，向来是个冲动莽撞的性子。但楚王室接连遭受大变，他到底还是稳重了许多，一直按捺到微浓上完香，才招呼管家来看守灵堂，引着微浓去往内堂密谈。

"你是王嫂？"楚琮话一出口便知失言，忙又改口，"不不，是青城公主？"

微浓并未否认，只道："回燕国之后，我换了身份改嫁了。"

"改嫁了……"楚琮神色复杂地看了微浓一眼，迟疑着问，"父王他知道吗？"

微浓点点头："他知道。但他不知我嫁给了谁。"

"那王兄呢？"楚琮急切地问，"我是说二王兄楚珩。"

"他不知道。"微浓想起自己在楚王面前发的毒誓，略略遗憾地道，"我曾向你父王发过誓，会永远瞒着他，让他以为青城公主真的死了。"

楚琮这才松了口气，脸上渐渐浮上愤恨之色，强忍着道："你既然已经换了身份改嫁，便同楚王室无关了。我知道有些事不能怪你，但我忍不住……"

他眼眶微红，额上依稀可见青筋暴露，忍了半晌才续道："我大姐就不说了，大王兄战死沙场，二王兄远走姜国，二姐原就体弱，燕楚之战中惊惧过度而亡，王妹楚环也被逼自尽。倘若不是王兄从前交代过，你知道我多想杀了你？”

“我知道！”微浓鼻尖酸涩，“都是我不好，我没能保护好你们。”

楚琮转头不再看微浓，深深吸了几口气：“你走吧！我不想再看见你了。以后，你也不必再来。”

微浓站着没动，忍住泪意询问：“为何只有你一个人守灵？”

楚琮目光飘忽，望着门外，低低自嘲：“我何苦拖着族人？这摆明是要得罪聂星逸。楚国已经亡了，我总得给他们留条活路。”

微浓被堵得无话可说，拭了拭泪，才问道：“我今日来，是想求证一件事。”

楚琮立刻回看她，面上浮起一丝莫名之色，像警惕又像紧张：“你要问什么？”

微浓见他如此防备，心底刺痛，但还是问出了口：“我想知道，你父王的死是不是意外？”

楚琮闻言蹙眉，方才的警惕之色终于卸去，随口讽刺：“你为何这么问？倘若我父王是被蓄意谋害，你难道还能替我们报仇不成？”

“能。”楚琮没想到，微浓竟一口应承，“我要知道事情的来龙去脉。据我所知，你父王因你妹妹的死，已经称病不上朝了，五日前他为何突然会去上朝？早朝后又怎会从马车上摔下来？”

楚琮惊讶地看着微浓，未曾料到她真的会探究此事。沉吟片刻，他才重新整肃神色，回道：“父王的确多日不上朝了，但自从丁久彻父子被严惩之后，他其实心里好受多了。前些时日，父王欲将王妹的尸骸送回故土安葬，他寻思着风头已过，又值聂星逸登基大赦天下，便挑了日子去上朝，想找机会向聂星逸提一提此事。”

楚琮说到此处，神色又是悲愤不已：“散朝过后，父王单独求见，可聂星逸却不许将王妹送回故土，反而痛斥父王，说他有谋反复国之嫌！父王气愤难当，便没坐马车，一怒之下驰马而回，才会不慎坠马酿成惨剧。”

又是聂星逸！

微浓听到此处，更是愤怒得不可自抑：“逝者为大，他竟连这点要求都不肯满足？！”

“他就是个冷血的畜生！”楚琮亦是忍得双目猩红，“他还建元‘天德’，真是讽刺！”

是啊，真是讽刺！微浓勉强克制住胸腔里的怒火，狠狠合上双眸，攥紧双手：“我明白了。”

是的，她都明白了！聂星逸是为了报复她！她为楚环的死出头，她逼他处置了丁久彻父子，她在金城的寝宫里与聂星痕密谈……这桩桩件件，都触及了他的逆鳞！

因为她不屑于向他认错，她学不来明丹姝那一套，他便把对她的不满，对她的一腔怒火，尽数迁怒在了楚王身上！

那她此时此刻的一腔怒火，又要对谁发泄？！

"还有，父王坠马之后，马夫才发现，父王骑的那匹马有一个马蹄松动了。"楚琮见微浓一直闭着双眸，还以为她是不忍再听，愤愤又道，"马夫是从楚国跟来的，绝不会生出不轨之心。当天夜里，他因自责触柱而亡。"

微浓猛然睁开双眸："什么意思？"

"我没什么意思。"楚琮没有妄加揣测，而是如实说出自己的考量，"聂星逸才刚即位，不应该大开杀戒，即便要开，也不应拿我父王开刀。因此我不敢断定这是意外还是人为，我只是说出事实罢了。"

事实？事实就是马蹄松动了！微浓恨得浑身颤抖起来，双眸中蕴藏着滔天的杀意，唯有强行克制才不至于在楚琮面前失态。

聂星逸！你这个龌龊的、可憎的、心胸狭隘的人渣！

"你放心，此事我定给你一个交代！"她郑重地、一字一顿地给出承诺。

楚琮见她神色凛然，满目赤红，反而担忧起来："你要怎么给我一个交代？你……"

他踟蹰片刻，语无伦次地劝道："王兄，呃……我是说他临终前，千叮咛万嘱咐，不让你为他寻仇，也不想和你再有什么牵扯。他说希望你远离宫廷。"

但此时此刻，微浓根本听不进去楚琮的任何话语，只死死盯着门外那一片白色挽幔。

楚琮见状有些不安："你……王兄既然这么说了，你便不要过问了。既然都改嫁了，你……你……"

他明明是惊怒交织，但毕竟年纪尚浅，无论如何都表达不出心里的意思。最后索性一跺脚，亟亟道："你已不再是我们楚氏的媳妇了，以后我们楚宗室是死是活，你都没资格再管了！"

微浓悲切地笑了出来："楚璃事事为我考虑，临终也不忘我的安危，我怎能负他？"

听闻此言，楚琮再次流露出那种难以言说的复杂神色，欲言又止。

微浓的泪珠已沾染在了长睫之上，明眸隐隐泛着水光，而她偏偏笑意不改："楚琮，好好活着，不要让你父王失望。而我也绝不再让你们失望！"

微浓神色如常地返回凤朝宫，她知道聂星逸必定要拿她问罪。果不其然，凤朝宫外的侍卫们在看见她后齐齐迎了上去，跪地请道："启禀王后娘娘，王上宣您去龙乾宫。"

"正好，本宫也有事找王上。"微浓平静地说，"待本宫换件衣裳。"

几个侍卫见她一身白色丧服，也觉得晦气，便道："卑职等人在此恭候。"

微浓没再多言，径直迈入寝殿。她将一头丰盈漆黑的长发绑紧成一个发髻，看着寝殿里一套套繁复华丽的宫装，无言冷嘲。满目的袆衣、鞠衣各式各样，将她塑造成了一个"衣冠楚楚"的燕国王后，但她知道，她内心并不认同这个称号。

换了一身紧袖紧腿的大红色马术服，她取出了那个尘封已久的锦盒，峨眉刺的璀璨光华冲入眼眸，竟略微显得刺目。但幸好，她对它们并不生疏。微浓将峨眉刺握在手中掂量了几下，那种熟悉、默契的感觉又回来了，她知道这才是她最称手的兵器，更甚于惊鸿剑。

她就握着这双峨眉刺走出了寝殿，对侍卫们道："走吧！"

侍卫们见她换了身马术服，又拿着一双峨眉刺，心下迟疑着没有多问。直至一行人走到龙乾宫门外，其中一人才礼道："王后娘娘，面圣不得携带兵器。"

"这是兵器吗？"微浓面无表情地道，"这是本宫与王上成婚那日，敬侯殿下送来的贺礼。前几日，王上一直念叨着要找出来，今日本宫特意送来供王上把玩。怎么，不可以？"

这番话听起来毫无疏漏之处，微浓气势又足，看似十分可信。然而他们毕竟是聂星逸的贴身侍卫，也没有那么容易糊弄，领头的侍卫便道："王后娘娘恕罪，卑职须得去向王上禀报。"

微浓淡淡一笑："去吧！"她相信聂星逸必定会让她将峨眉刺带进去的。

不出她所料，那侍卫出来之后立刻转变了态度，连连朝她赔罪，又道："娘娘，王上有请。"

微浓没再多言，抬步入内。

魏连翩居然也在。

细算时日，她的身孕也该有五个月了，从前那纤细的身段终于丰盈圆润起来，腹部高高隆起，唯独那张巴掌大的瓜子脸一如从前，令人又怜又爱。

"臣妾见过王后娘娘。"魏连翩率先行礼。

"魏昭仪有孕在身，这些虚礼能免则免吧！"微浓与她客套了一句，这才慢悠悠地看向聂星逸，"见过王上。"

聂星逸从她踏入龙乾宫开始，俊颜便是微沉，目光落在她的装束和一双峨眉刺上，更是冷如寒冰，反而笑问："王后方才就是这身打扮去祭奠永安侯的？"

"不是。"微浓转了转手中的峨眉刺，"臣妾这身装扮，是专程为了王上而穿的。"

"哦？"聂星逸凤目微眯。

"您不是一直想看臣妾使一次峨眉刺吗？不知您今日可有兴致？"微浓似笑非笑。

聂星逸目中疑惑更浓："你想与孤切磋？"

"正是。"微浓继续笑言，"倘若臣妾赢了王上，还望您不要追究臣妾擅自出宫之罪。"

"你也知道自己犯了罪？"聂星逸冷哼一声，抬手揽住魏连翩的腰肢，唇畔随即勾起一丝戏谑，"既然知道错了，不如你来段峨眉刺舞，若是魏昭仪喜欢看，孤就不追究你的罪责了，如何？"

这真是莫大的侮辱！魏连翩听了这话，都觉得聂星逸实在太过分了！御前献舞，这是教坊舞姬该做的事，怎能让堂堂王后来做！

退一万步而言，若是夫妻两人的闺房之趣也就罢了，偏偏还让她这个昭仪在旁观赏，这岂不是故意让王后难堪？魏连翩猜测微浓必定会恼羞成怒，便也做好了安抚劝和的准备。

岂料，微浓只是随意地一笑，浑不在意地道了句："好。"

这下子聂星逸反倒不高兴了。他原本是想要激怒微浓，但对方却没有丝毫难堪之意，反而欣然接受他的折辱，令他余下的话也说不出口了。

这边厢微浓仿佛浑然未觉，施施然走到殿中央，还不忘整了整袖口。然后她轻飘飘地扫了魏连翩一眼，看似随意，却又像是警告。

不知为何，魏连翩总觉得这一眼之中，似含有千言万语，令她忍不住心惊胆战。出于女人的直觉，也出于对微浓的了解，她红着脸挣脱开聂星逸的怀抱，故作羞涩地表示抗拒，往聂星逸旁边站了一站。

聂星逸心情愉悦地笑了笑，看向微浓："王后还等什么，开始吧？"

话音刚落，一道红光竟以迅雷不及掩耳之势朝他飞来。聂星逸躲避不及，只听"叮"的一声，伴随着头顶刺痛和一缕断发，他的金冠已被峨眉刺打了下来。

"贱人！"聂星逸大喊出声，挟裹着难以置信的惊愕与愤怒。

然而下一刻，一道绿光再次朝着他的面门飞来，他向右一躲，有人从背后推了他一下。这一推，使他成功躲开了致命一击，左颊却被擦破，是那支青鸾与他擦面而过，钉在了他身后的朱色殿墙之上。

聂星逸异常惊怒，拾起桌上的砚台便往微浓身上砸去。奈何对方早有准备，轻盈地一跃而起，轻轻松松躲过一劫。

聂星逸披头散发地瞪着微浓，一句“来人”已到口边，却被魏连翩抢先一步按住手臂：“王上！不可！”

聂星逸本欲狠狠甩开她，劲头用到一半，突然想起她是有孕之人，忙又卸下力道。可饶是如此，魏连翩还是被推得趔趄两步，重重地坐在了椅子上。

“王上！不能唤人！”魏连翩不顾自己的身子，急切劝道，“一旦被太后知晓，这就是死罪啊！”

聂星逸哪里还顾得上这许多，拍着桌案大喝：“来人！来人！”

侍卫们立刻破门而入，瞧见聂星逸披头散发地站在丹墀下，面颊带伤，长发被削，金冠滚落，神色狼狈。他身后的墙上还钉着一支绿色的峨眉刺，而另一支红色的正落在他脚边。

王后暮微浓则面无表情地站在不远处，额上沁出的香汗与混乱的呼吸，无不昭示着方才她做了什么。更何况，所有的侍卫都亲眼看到，她带着那双峨眉刺进了龙乾宫。

谋杀王上可不是小罪，尤其凶犯还是王后！侍卫们大惊之下，竟无一人敢上前抓住微浓。

微浓面上还带着未散的杀意。聂星逸与她对视，怒而喝问：“你发什么疯？！”

微浓却不应他，转而看向魏连翩，面上带着无声的斥责。

众目睽睽之下，魏连翩也不敢给她使眼色，只能哀求地看向聂星逸：“王上！王后代您去祭悼永安侯，难道是被什么不干净的东西上了身？您知道的，宫里头……以前有过……”

聂星逸明白魏连翩话中的意思，盯着微浓看了半晌，才终于冷静下来，一字一句咬牙说道：“孤做寿在即，宁国会派贺使前来，待此事了结，再与你清算！”

言罢，他缓缓合上双眸，沉声命道：“王后被巫蛊附身乃至精神失常，暂于凤朝宫内将养。着大理寺彻查此案，三日内必须查出施蛊之人！”

“是！”侍卫们不敢耽搁，连忙钳制住微浓，欲将她带出龙乾宫。微浓则一直盯着魏连翩，那目光像是在问她：为什么要阻止我？为什么要救聂星逸？

魏连翩不敢回看过去，一直垂眸装作瑟瑟发抖的模样，直至微浓被带走，她才用绢帕去擦拭聂星逸面颊上的伤口：“王上，您流血了，臣妾命人去传御医。”

聂星逸余怒未消，摆手阻止她，暴躁地拂落一桌子笔墨纸砚，对进来服侍的宫人呵斥：“都滚出去！滚出去！”

“王上，”魏连翩盈盈垂泪，“您别这样，王后她定有苦衷。”

“有什么苦衷？”聂星逸一下子瘫坐在龙椅之上，胸前不断起伏。半晌，他才抬手为魏连翩拭去泪痕，“方才是你推了孤一把，孤才能逃过一劫。”

魏连翩抽噎着道：“臣妾本想以身相救，又顾念着腹中孩儿，情急之下只得出此下策，还望王上莫要怪罪。”

“怎会？你做得很好。”聂星逸目中浮起怜爱之意，抚摩着她的脸颊，苦笑着摇头，“我早该杀了她！翩翩，你说我如今该怎么做？”

“王上，”魏连翩连忙劝道，“王后娘娘心结未解，又是个执拗的性子，很容易便走入死胡同。您若不嫌臣妾嘴笨，臣妾愿去劝劝王后，为您分忧。”

“还有什么好劝的？”聂星逸指着地上的峨眉刺，哈哈大笑起来，“我的妻子，我的王后，她竟然要杀我！”

“王后娘娘是对您的误解太深。臣妾自问与她处得不错，您就让臣妾去试试吧！也许，臣妾能解开她的心结呢！”

“我怕她会伤了你和孩子。”聂星逸执意不肯。

魏连翩连连摇头：“不会的！王后娘娘不是那种人。再说，有腹中孩儿保佑臣妾，臣妾定会安然无恙。”

见魏连翩坚持，聂星逸也没再拒绝，抬手抚摩着她圆润的小腹，无比感叹：“翩翩，你真是我的福星！若是有朝一日，你也像王后这般待我，我一定无法接受。”

魏连翩勉强笑了笑：“王上多虑了……快传御医吧！”

两个时辰后，魏连翩来到凤朝宫。宫内、宫外布满了禁卫军，就连她前来探视，也得过了重重关卡才能入内。

殿里只有微浓一人，外头却围得像铁桶一样，真正是个华丽的囚笼。而微浓连衣裳都没换，就靠在偏殿的榻上，见魏连翩进来，她只淡淡道了句：“抱歉，扰了你和孩子。”

魏连翩顺势抚摩自己的小腹，垂眸叹道：“这孩子来得不是时候。”

“你到底是谁的人？”微浓疑惑地问。

魏连翩轻轻合上双眸，往事渐渐浮现在她眼前：“我本是明府家奴，十二岁以前，一直在二公子身边当差。后来我被相爷选中，送去教坊学艺，因缘际会之下，我被太子带回了东宫。”

“我去教坊用的是新户籍，因此他一直不知我出身明氏。后来明良娣进了东宫，我便与她互相照应。”魏连翩跳过了细枝末节，直接说道，“直至明氏落败，明良娣与我有了龃龉，我才改投二公子的。”

“既然是明尘远的人，你为何要救聂星逸？”微浓面色沉冷。

“我不是救他，而是救您。一旦您刺中王上要害，无论他是生是死，赫连璧月都不会放过您的。”魏连翩分析利弊。

“我愿以命抵命。”微浓冷硬地回绝了她的好意。

魏连翩只好解释道：“您愿意，但敬侯殿下不会愿意。殿下及二公子万事以您的安全为上，倘若方才您刺中王上，想必殿下还没得到消息，您就已经被赫连璧月发落了。”

她见微浓没有回应，忙又低声说道：“这种事情，自有男人们代劳，您何苦搭上自己？好在事情已经压了下来，不出三日，大理寺便会结案，您以后……莫要冲动为之了。”

“不是冲动。”微浓面上流露出视死如归之意，“我想了很久，我早就该死了，活着不过是想守护一些人。既然守护不了，我索性杀了那刽子手，同归于尽也是好的。”

“那您是否想过，您这样做会给别人带来更多麻烦！您想守护的人，或许会被迁怒了呢？”魏连翩耐心劝解。

微浓笑了：“如今楚王子嗣只剩下楚琮一人，聂星逸若是赶尽杀绝，他会留下什么名声？楚地百姓岂能善罢甘休？”她顿了顿，敛去笑意，“再者言，不是还有聂星痕吗？我若死了，他必定会践行诺言保护他们。这罪孽本就因他而起，是他欠我的。”

魏连翩原本不想说太多，可见微浓如此执拗，只好走上前去，对她泄露天机：“其实殿下已经开始筹备了，您既然说了要袖手旁观，便不要再过问此事了。这个仇，殿下会替您报的。”

微浓心中一动，张口欲问，瞧见魏连翩摇了摇头，才终于忍住，只问她：“你真舍得？我看聂星逸待你不错。”

“不到最后一刻，谁都说不准呢。”魏连翩笑了笑，“也许，我真会为了腹中胎儿倒戈也未可知。”

微浓自嘲地摊了摊手：“如今说再多也没用了，你临盆在即，我也不知何年何月才能出去。”

“所以妾身才说，您是有福之人。”魏连翩握住她的手，“宁国使者即将抵达京州城，一则恭贺王上即位，二则为王上做寿。这等涉及两国邦交的重要场合，您身为王后岂能不露面呢？”

第十三章

宫闱秘密，动魄惊心

十日后，燕王宫含元殿，新王寿宴。

含元殿，燕王宫第一正殿，乃是举行重要朝贺或接待异国使臣之处，平日绝不轻易启用。

主殿面阔十一间，进深四间，坐落于三层白玉镶金的高台之上。殿前分峙翔鸾、栖凤二阁，两侧为麒麟、鸿宁二楼，殿、阁、楼之间以兰台高廊相连，辅以龙尾道盘旋而上，形成一个宏大的“凹”字形，轮廓起伏，气势伟丽，乃是九州驰名的宫殿。当年宁国太子出使燕国时，曾提笔赞其气魄“如日之升，如在霄汉”。

有生以来，聂星逸头一次在含元殿做寿。直至踏足此处，他才真正觉得自己是一国君王了，那种俯览万物的开阔之感，令他顿觉一切尽在掌握之中。

宁国的使臣三日前便已抵达京州城，今日名为新王寿宴，也是聂星逸登基之后头一次接待异国使臣。于公于私，王后都应出席，否则便是伤及国体了。

故而，当微浓出现在含元殿时，聂星逸着实松了一口气。

“孤还以为你不来了。”两人落座时，聂星逸低声讽道。

微浓冷然地笑：“既然给我下了药，又何必惺惺作态？”

“下药？”聂星逸诧异地看向她，“什么药？”

“臣妾不慎‘中蛊’，太后娘娘亲赐‘解蛊奇药’，怎么？您难道不知情？”

微浓口中这“臣妾”二字，令聂星逸觉得刺耳，他不禁蹙眉：“这不是我的意思。”顿了顿，又道，“能让你消停几天也好。”

微浓笑了笑，仿佛浑不在意。

聂星逸的火气立刻蹿了上来，欲开口再言，便见含元殿外已传来了太监的通禀声。随后就见敬侯聂星痕引着一众宁国使臣进入殿内。

这一次燕国之行，宁国并未派出王室宗亲。究其原因，乃是宁国太子病重，朝内人心惶惶。太子的两个兄弟都虎视眈眈地盯着储君之位，谁也不愿在此节骨眼上离开。但碍着邦交礼节，燕国新王即位又是非来不可的，也要趁机探探新王的实力与态度。于是，宁王派了紫金光禄大夫——沈觉作为贺使，出使燕国。

十日前，聂星逸被微浓划伤左颊，所以这些日子他并没有私下宣召朝臣，只在早朝时远远坐在丹墀之上，以遮掩脸上的伤痕。

这一次，他见宁国来的并非王室宗亲，恰好聂星痕这个天策上将的权职被架空，他便将这不咸不淡的差事交了出去。就连前天晚上的洗尘宴，也是由聂星痕出面款待。

须知两国邦交，历来有个不成文的约定，归纳起来是四个字——地位互等。二十几年前宁国太子访燕之时，他父王聂旸也是燕太子，太子出面接待太子，身份对等。

而这一次，宁国来使并无宗亲，均是朝臣，按礼而言燕国只派重臣款待即可。可他偏偏要让聂星痕这个敬侯出面，贬低之意不言而喻。但谁敢说不妥呢？反而会觉得他新君登基，更加重视两国邦交，即便有什么揣测，也无人敢置喙。

这一番羞辱，聂星痕不得不受下，令他感到极其痛快。

想到此处，聂星逸忍不住窃笑起来。眼看宁国一行十数人已进了含元殿，他下意识地抬手抚了抚左脸，再次确认伤痕已经落了痂，才摆出几分体面的笑意，望着渐行渐近的宁国使臣。

“臣弟见过王上、王后娘娘。”聂星痕率先行礼，指着旁边的宁国使臣，介绍道，“宁国紫金光禄大夫沈觉沈大人，携使团前来为王上祝寿。”

“沈觉见过王上，见过王后娘娘。”使臣之中，一个不惑之年的男子青衫长立，不卑不亢地行礼拜见。

聂星逸笑着客套：“沈大人及众位使臣一路辛苦了，舟车劳顿，实在让孤过意不去啊！”

沈觉顺势回礼，手执一张烫金的大红礼单：“这是敝上一番心意，愿王上洪福齐天，万寿无疆；愿两国睦邻友好，源远流长。”

此言甫罢，某太监已眼疾手快地接过礼单，毕恭毕敬地奉至聂星逸面前。

聂星逸飞快地扫了一眼，笑道：“多谢宁王厚谊，几位大人快请入席。”

聂星痕也伸手相请，使臣们便各自入席，依次坐开。聂星逸说了几句祝酒词，无非是与宁国修好云云，众人便举杯一饮而尽。

这边厢方才饮罢一杯，那边厢歌姬舞姬已鱼贯而入，伴随着朗朗莺声翩跹起舞。珠缨炫转，翠钿霓裳，殿内皆是红袖素手盈盈回绕。

正值聂星逸二十五岁寿宴，除却宁国一行人之外，燕国的王室宗亲连同各部重臣均在席上。当然，这些“重臣”都是聂星逸的人了。

而宗亲座上，自是以长公主聂持盈、定义侯暮皓为首；金城公主因有孕在身缺席，对外则谎称身子抱恙；此外，只剩下敬侯兼天策上将聂星痕在座。自从先王生前处置了几个手足兄弟之后，燕王室便越发人丁稀落了。

聂星逸看着寥落的宗室成员，蓦然想起了楚王，以及微浓的愤而行刺。他忽然有些感同身受了，想当年枝繁叶茂的楚王室，一夜之间死的死，散的散，大约任谁都是难以承受吧！

想到此处，聂星逸忍不住看向右侧的微浓，却发现她正盯着席间某一人细看。聂星逸顺着她的目光看去，视线落在了宁国使臣的席间——她在看沈觉。

聂星逸有些不解，便低声询问微浓：“你认识沈觉？”

微浓闻言一怔，头也不回地否认：“不认识。”她从沈觉身上收回目光，却又扫了一眼聂星痕。

碰巧，聂星痕也在看她，目无波澜，却似深藏了某种情感。而这种情感毫无顾忌，毫不遮掩。

这一幕自然落入了聂星逸眼中，他不禁大为恼怒，又碍着寿宴的场面不好多言，只得低声警告微浓：“你到底在看谁？”

微浓转而望向殿上歌舞，不再说话。

聂星逸觉得她有些心不在焉。难道是因为中毒之事？他正思索着，耳畔再次响起微浓的声音：“我去殿外透透气。”言罢不等聂星逸回应，便起身行礼走下丹墀，从含元殿后门离开。

殿内，歌舞正兴，酒意正浓，沈觉作为宁国使臣之首，少不得被灌了数杯，连说不胜酒力，半晌才从席间脱身出来。含元殿后的小花园夜风习习，带着冬月里的丝丝凉意，吹得他头脑清醒了些，也吹散了一身酒气。

前方华服翟衣的女子背对他而立，像是在刻意等着他，又像是在缅怀往事。沈觉默然片刻，走上前去，向微浓礼道：“公主，许久不见了。”

微浓缓缓转身，望着落拓的沈觉，满目伤感之色：“楚国国破之后，我一直以为您殉国了。却没想到，您换了身份改投宁国。”

“是沈某愧对王上，愧对太子殿下。”沈觉长叹一声，并不对自己的际遇多做半分解释。

微浓也没多问，语带追忆：“一转眼五年半了，就连聂星逸都没认出您来。”

五年半前，宁国的紫金光禄大夫沈觉，还是另一个身份——楚国太子太傅，也是楚国的求亲使，曾来燕国为太子楚璃求娶正妃。

当年沈觉前来求娶的过往历历在目，然而真正娶她的那个人，却已不在了。一时之间，两人都沉浸在了回忆之中，无限感伤。

“聂星痕认出您了吗？”微浓再问。

“认出了，”沈觉直白回道，“但敬侯没多问一句。”

“他当然不会多问，”微浓淡淡讽笑，“他恨不得您忘得一干二净。”

沈觉眉峰一蹙：“沈某如今是宁国使臣，自然以宁国的利益为重。在其位谋其政，任何挑起宁燕纷争的事，沈某都不会做的。”

沈觉这一番话，令微浓不得不重新审视他。

自古以来，世人皆赞赏忠心耿耿的勇士，无论成败，“忠义”总是衡量一个男人的头等条件。眼前这个男人，曾是楚王与楚璃最倚仗的重臣，学识渊博，两袖清风，在楚国处处受到尊敬和爱戴。在世人眼中，这样的人应是忠心的国士，楚国国破，以身殉国仿佛才是他的出路，又或者从此辞官归隐。

可他竟然更名换姓改投他国，还光明正大地再次来到燕国，以另一种身份，代表另一国的利益。

真正有才华的人，绝不会被一时的落魄所压制，无论到了何处，都有东山再起之时。显然，沈觉很好地印证了这一点。

微浓细细观察他，除了眉目间有些许沧桑之外，他并没有什么变化，仍是一派清流名士的磊落之色，令人想要鄙夷都难。微浓忽然发现，自己根本没有任何立场去鄙夷沈觉，因为她也改嫁了，与沈觉的背弃并没有任何不同。

正想着改嫁之事，沈觉便主动提起来了，语带惊疑：“公主，您不是高宗之女吗？怎会改嫁给……”

高宗，是先王聂旸的庙号。

“我并非高宗之女，当年是一场错认。”微浓言简意赅。

沈觉对此事也没有深究，沉默须臾，只叹道：“这么说来，高宗对您真是不错。”

微浓似已麻木，也懒得多做解释。

沈觉为官二十余年，阅人无数，见微浓这副模样，便知她嫁得不情愿。于是，他好意提醒道：“公主，咱们故人一场，有句话，沈某不知当讲不当讲。”

“愿闻其详。”

沈觉便转头望着含元殿，声音几不可闻：“这个位置……聂星逸坐不久了。您不若早做打算。”

沈觉才来几天，难道看出了端倪？微浓心头一紧，却不愿泄露心思，故意问道：“此话怎讲？”

沈觉叹了口气，双目微微眯起，目光如炬：“哥哥道行太浅，弟弟心思太深，二人迟早一战。”

“您何出此言？”微浓追问。

“聂星逸差敬侯接访宁国来使，是个蠢钝至极的决定。试想，倘若敬侯与宁国趁机达成合作，他怎能敌得过？”沈觉直白言道。

微浓立刻会意。

沈觉再次叹道：“单凭这一点，便知聂星逸眼界太窄，心思太浅。若是敬侯做了燕王，他绝不会让竞争对手有机会接触他国，寻求帮手。”

由此可见，聂星痕已经开始行动了。微浓越想越觉心惊，只得适时打住思绪，对沈觉回道：“多谢您提醒，我会留意的。”

“无论如何，请公主珍重，否则殿下在天之灵也不能安息。”沈觉语带哀伤。

冬月的夜风到底是起了一丝凉意，和着四周淡淡的花香扑面而来，是一种华丽的悲凉，令人顿觉世事倥偬，人生浮哀。这一刻，再辉煌崇高的地位都敌不过心头的悲伤，那个叫楚璃的男人，再也回不来了。

喉头的哽咽与鼻尖的酸涩令微浓忍不住颤抖，她深吸一口气，确信眼泪没有流出来，才轻声回道：“若非当初燕王错认，我也不会和亲楚国、认识楚璃。无论如何，我都感谢这段阴差阳错的际遇。”

“阴差阳错？”沈觉蹙眉，随即醒悟过来，“原来您还不知道……”

“知道什么？”微浓没有明白。

沈觉欲言又止，斟酌良久，才开口相告：“您和亲楚国，根本不是阴差阳错。您原本就是殿下选定之人。”

“我是楚璃选定之人？”一瞬间，微浓听到了自己心跳加快的声音，有疑惑，有焦灼，但更多的是迟来的悸动，“这话什么意思？”

沈觉缓缓长叹，也不知是在替她遗憾还是在为楚璃难过。他转而望向含元殿的西南方，仿佛这般望着，便能眺望至故土，流转回过往。

“楚燕和亲，是殿下主动提议的。沈某临去燕国之前，殿下给了我一张画像，命我转交燕王。殿下交代，画中女子是太子妃的第一人选，希望燕王能找到此女，收为义女和亲楚国。”

听闻此言，微浓猛然想起，楚璃书房中的确藏着一张女子画像，而画上的女子不是别人，正是她自己！当时楚璃说，画像是求亲使带回来的，她相信了！因为自古以来，许多未婚夫妻在成婚之前没见过面，男方都是先看到女方的画像，这并不稀奇。

“您说的画像，是不是我穿着一身红衣，牵着一匹白马？”微浓连忙问道。

“没错。”沈觉予以确认，“当初沈某带着画像抵达燕国，听说金城公主已许了人家，便知燕王不愿嫡女远嫁。这恰好是个机会，我正欲借机提出画像之事，但敬侯先提起了您。”

话到此处，沈觉表情复杂，似在感叹宿命的神奇：“见到您的第一眼，我大为吃惊，您跟画像一模一样！后来听说您是燕王沦落民间的女儿，我立刻打听了您的身世，修书禀告殿下。殿下回信说，只要您是房州人，擅使峨眉刺，就是他要找的人。”

沈觉望着微浓越发吃惊的表情，最后说道：“我见事情如此巧合，便也没再节外生枝，直接定下您做了和亲公主。”

微浓不知自己是如何走回含元殿的，方才沈觉的一席话实在太过震撼，令她久久无法平静。

她确信，在和亲楚国之前，她从未见过楚璃。那么，楚璃怎会事先选中她做太子妃？事后又为何不对她提起？聂星痕举荐她和亲，是否与此事有关？

只可惜，斯人已逝，这些内情永远成谜了。

也许，该问问聂星痕？微浓不自觉地将目光转向席间，见他一派从容闲定，正与宁国使者推杯换盏，心无旁骛。不知怎的，她蓦然间想起了那些久远的时光。

回忆似一盏烈酒灌入愁肠，醇美辛辣后劲十足，轻易勾出她从前的懵懂与疯狂，还有那点无知的快乐。待到酒醒，才意识到自己的失态，是悔恨不迭，是伤痛欲绝。

她这副失魂落魄的模样落入聂星逸眼中：“怎么？与沈大人叙够了？”

微浓收回视线，转而看他：“你想起来了？”

聂星逸冷哼一声，感到自己像个被人戏耍的猴子。时隔五年之久，沈觉又换了姓名，他早已忘记对方的长相。但显然，微浓与聂星痕都认出来了，却无一人向他提起，若非侍卫对沈觉有些印象，他险些就被瞒过去了。

想起微浓的刻意隐瞒，还与沈觉先后离席，他断定两人是去叙旧了。如此一来，燕王室错认公主的秘密便会流传出去，自己娶了亡国太子妃的事也会被世人知晓。

聂星逸忽然觉得很难堪，几乎恶狠狠地道："你最好给我安分点！"

微浓浑不在意，神色更显疏离，她漫无目的地看向席间，像是在欣赏歌舞，又像在思索什么。

聂星痕似也察觉到了她的心思，转眸望向丹墀之上。两人的目光再次相接，他仿佛想要说些什么，可微浓看不透，此刻也无心揣摩。

就在此时，沈觉也重回宴席之上。聂星逸几乎是按捺不住讽刺之意，立即举杯笑问："沈大人出去这么久，可是酒量不济？"

沈觉毫不示弱，笑回："王上的酒虽烈，沈某倒还承受得住。"言罢，他举杯朝聂星逸遥遥回敬，一饮而尽。

气氛看似友睦，实则不然。聂星逸心里颇不痛快，隐隐觉得沈觉没有把他放在眼里，正是气恼之际，不想变故突至！

偌大的含元殿，竟无人看清那两道银光是从何而来。酒兴正酣、歌舞热闹之际，众人眼前忽被冷光闪过，一名黑衣刺客已骤然跳落在含元殿丹墀之上。

行动灵巧，落地无声，位置精准，直冲王座上的聂星逸袭来。

乐师们还在吹奏乐器，舞姬们尚在载歌载舞，坐于下首的人们还不知发生了什么，便见大殿尽头，新任燕王骤然失色，猛地从王座上站了起来。

"捉刺客"三个字瞬间淹没在了乐声之中，仅仅是侍立于君王两侧的禁军反应过来，立刻抽刀相向。前排的舞姬们这才发现生了变故，纷纷惊叫，挤成一团往殿外逃窜。

一时之间，殿内皆是女人的尖叫声，掺杂着酒杯碎裂的声音，惶惶乱作一团，场面不可控制。歌姬、乐师们忙着往大殿外逃，殿外的禁军忙着往里进，双方挤在大殿门口，耽搁了救驾的工夫。

唯独四个侧门的禁军反应迅速，闯了进来，却无一人能近刺客的身。

这刺客面覆黑巾，身手敏捷，一双子午钺使得灵巧如风，在大殿内划过一道道银光。他时而将子午钺扔向空中回旋一圈，直取禁卫军项上首级，配合着神出鬼没的袖箭，以一敌百轻松自如，招式变换令人眼花缭乱，顷刻间已让鲜血染遍丹墀。

这毕竟是守卫森严的燕王宫，行刺并不如想象中容易。不消片刻，禁卫军已将丹墀团团围住，聂星逸与微浓被围在人墙之中。微浓眼看着禁卫军一排排地倒下去，而那黑衣刺客却似不知疲倦一般，下手更加雷厉如风。

万盏长明灯似被风声所慑，竟也开始摇摇曳曳，照得那双子午钺光影变幻，泛着嗜血的光芒。聂星逸反应还算灵敏，连忙高声喊道：“保护使臣！保护使臣！”

这一句话提醒了微浓。她极力想要寻找沈觉和聂星痕的身影，奈何她被人墙挡得严严实实，只能勉强看到刺客周围的情况。

丹墀之下血流如河，越来越多的侍卫不敌，眼看着刺客一步步杀上丹墀，微浓终于感到危险近在眼前。她原本以为，此刻黑衣人必定杀红了眼，可当她真正对上面具之后的双目时，她还是觉得出乎意料。

那是一双曜石般的沉黑眸子，如鹰隼般犀利，如虎豹般威慑，却没有她想象中的疯狂与猩红，反而很是镇静，仿佛眼前这一切杀戮都与他无关。

这绝对不单单是一名死士，这是一名训练有素、杀人如麻的顶尖杀手，虽然他看起来很年轻。

不知怎的，微浓竟觉得他如此眼熟，她想到了一个人，却又不敢妄加揣测，也无暇揣测。所幸这杀手的注意力也不在她身上——他正朝聂星逸步步逼近。

猝然间，一弯寒光凌空划过，温柔而锐利，直逼聂星逸刺来。微浓下意识地躲闪一步，却猛地被人拽住手臂。她反应不及，向前一个趔趄，眼看便要撞到子午钺的利刃之上。

聂星痕见状大惊失色，风驰电掣般朝她奔来。然而他根本来不及救援，他离丹墀太远。

就连微浓自己都没抱任何希望，撞向利刃的同时，她狠狠闭上双眸。周围的杀戮在这一刻尽数退散，只余一个声音在她心头萦绕：楚璃，我来找你了！

她做好了全副准备迎接死亡，但想象中的疼痛感并没有袭来，她径直摔下了丹墀。她惊讶于自己安然无恙，不禁抬起双眸，却看到黑衣刺客的一双瞳仁中蕴藏着巨大的疑惑与震惊，正死死地盯着她。

微浓茫然地与他对视，那种熟悉之感再次涌现。可情势根本不容她多想，聂星痕已单臂将她从地上抱起，一句关切随即传来：“没事吧？”

微浓顷刻回神，连忙挣脱他的怀抱，拢过散乱的鬓发：“没事。”

话音刚落，一声“哧”的闷响传入她耳中，是黑衣刺客中刀了。某个侍卫见刺客一直盯着微浓，便趁机从背后偷袭，一刀砍在了他背上。

微浓与聂星痕立刻回神，后者索性上前一步，与刺客纠斗起来。那边厢聂星逸见刺客中刀，拔腿便往后门奔去。

微浓心里正恼着他，便迅速追了过去。聂星逸在前头跑着，根本不知微浓在他身后，只觉有人拽了自己一下。他反应极快，旋即转身，微浓恰好飞起一脚，狠狠踹在他的腰上。

“扑通”一声，聂星逸滚落丹墀，重重地摔在大殿上。

刺客与聂星痕正纠缠得难解难分，眼见聂星逸跌落丹墀，前者一把子午钺脱手而出，旋转着飞了出去。

“哧”的一声，利刃刺中了聂星逸，鲜血飞溅。刹那间，惊恐弥漫了整间大殿，所有禁卫军呆立当场，齐声惊道：“王上！”

聂星逸只觉浑身剧痛，低头一看，一把子午钺死死地嵌在了他的胸腹之间，利刃割破血肉，闪耀着殷红的光芒。他难以置信地睁大双眼，似承受不住这锐利的锋刃，踉跄着向后倒去，重重摔在了累如山高的尸体之上。

这一记正中要害，刺客见状也无心恋战，身形起落迅捷如豹，转眼已杀出重围，奔向侧门之外。

“抓刺客”与“传御医”的吼声随即响起，场面早已失控。聂星痕捂着左肩的伤口，用急切担忧的声音喊道：“王兄！”他边喊边奔向丹墀，高声命道，“都站着做什么？快将王上移去偏殿！”

这一喊，众人算是找到了主心骨，连忙照办。定义侯却不知从哪个角落跑了出来，余惊未定地看向聂星痕，道：“王上伤势颇重，在御医没来诊断之前，最好不要随意移动。”

聂星痕头也没抬，十分焦急的样子：“姑丈说得有理。”

微浓冷眼看着这一切，又转眸望向大殿之上。长公主靠在西北角的侧门旁边，呕吐不止；沈觉则眉目紧锁地望着她，似十分担忧她的安危；其他几个宁国使臣均显得震惊无比，但表现尚算冷静，围成一团不知商讨着什么。

反观燕国的几个重臣，有人躲在案几下面，此刻正狼狈地往外爬；也有人装起了忠义之臣，指点着禁卫军清理现场，催促御医；还有人围在聂星逸旁边，一副担忧的模样……

微浓冷笑一声，抬步欲离开这满是杀戮的含元殿，却被一名禁卫军统领唤住：“王后娘娘留步，卑职怀疑您与刺客是同伙。”

“哦？”微浓面无表情。

那统领一副大义凛然的模样：“方才卑职看到了，您分明已经跌下丹墀，那刺客却没杀您；还有，王上原本能离开大殿，是您踹了他一脚，刺客才有机会偷袭。”

微浓闻言笑了："真是难为你了，方才场面如此混乱，你一直注意着王上，却没机会救他。"

她也不顾自己满身的狼狈，慢慢走近那名禁卫军统领，冷冷笑道："本宫前些日子中蛊了，吃了太后娘娘赐的药才致狂性大发，误将王上推下丹墀。你说，始作俑者是谁呢？"

此话落定，微浓没再看他一眼，也不关心聂星逸的生死，抬步继续往外走。

"王后娘娘且慢！"这一次，是聂星痕拦下了她，"方才众目睽睽，都看见您将王上推下了丹墀。"

微浓眯着双眸看他，见他一副毫不徇私的表情，持剑拦在自己面前。她沉默片刻，没再反抗，任由几名禁卫军将自己"请"了出去。

几乎是同一时间，赫连璧月也带着御医抵达含元殿。她当即命人护送宁国使臣回驿馆，并严加"保护"；随后，她下令搜宫，封锁城门，传命京畿卫全力搜捕刺客。

与此同时，御医们也对聂星逸有了初步的诊断，用了药、施了针，惶恐地禀道："回太后娘娘，王上虽伤及要害，但伤口不深，当务之急，是先将兵器取出来。"

赫连璧月闻言长松一口气，便听聂星痕朝她禀道："王兄的伤势不能再耽搁了，得找个地方抓紧医治。"

赫连璧月张了张口，一句"回龙乾宫"就此卡在嗓子眼里。她狐疑地看了一眼聂星痕，担心龙乾宫已被他布下埋伏，想了想，东宫才是聂星逸的地盘，便恨恨地命道："东宫离此处更近，先将王上移去东宫！"

"是。"一群死里逃生的禁卫军在御医们的指点下，抬着聂星逸出了含元殿后门，浩浩荡荡地往东宫而去。

赫连璧月又在殿内搜寻一圈，道："哀家想了解今晚发生的一切，不知长公主与定义侯可愿告知一二？"

长公主方才呕吐不止，此刻刚刚缓过来，定义侯正给她顺气。听到赫连璧月此言，他面露迟疑之色，显得很为难。

长公主脸色虽苍白，却不愿在赫连璧月面前露怯，当即应道："好。我正有事要问你。"

几名太监连忙上前扶过长公主，跟随着聂星逸的队伍离开。

直到此刻，遇刺之事才算告一段落，忽略掉眼前数百人的尸体，赫连璧月尚能忍受这满殿的疮痍。她站在丹墀之上，望着聂星痕，沉声再问："王后呢？"

“王后娘娘受到刺激，蛊毒发作，欲对王兄不利。儿臣做主将她暂时关押了。”聂星痕慢慢收起急切的神色，表情淡淡地续道，“待王兄伤势稳定，儿臣自会将她交出来。”

赫连璧月心头一震，呵呵冷笑：“好孩子，你可知你封侯之时，先王为何给你取了一个‘敬’字？”

聂星痕不答反问：“您又是否知道，父王纳我母妃之时，为何让她入籍赫连氏？”

这话似戳中了赫连璧月的痛处，她旋即脸色大变：“此次王上若有任何闪失，哀家一定不会放过你！”

聂星痕“咦”了一声：“此言从何说起？儿臣方才忠心护驾，还与刺客恶斗一场，以致受了点伤，在场众人有目共睹。”

“当然了，您贵为太后，大可治儿臣一个‘护驾不利’之罪。”聂星痕理了理衣袖，自若地道，“左右王兄已育有子嗣，您不必担心大燕后继无人。”

“畜生！”赫连璧月未曾想到，聂星痕竟能公开说出这等话来，她气得浑身发抖，高声喝道，“来人！来人！将敬侯押下去！即刻处死！处死！”

四周的禁卫军听到命令，均不敢贸然动手。

聂星痕则神态从容，毫不在意地笑道：“王兄生死未卜，您眼下就处死儿臣，未免太早了些。”

“你什么意思？”赫连璧月骤然拔高声调。

聂星痕却已转身，踩着一地尸体往殿外走去，边走边道：“儿臣就在敬侯府，随时恭候您的传召。”

不过一个时辰，聂星痕的话便得到了佐证。

东宫之中，数名御医齐齐跪在聂星逸榻前，对赫连璧月禀道：“太后娘娘，王上的伤口不深，臣等一致认为，可以将兵器取出来。可是……”

“可是什么？”赫连璧月担心爱子伤势，语气暴躁，“快说！哀家没时间跟你废话！”

御医忙道：“太后娘娘恕罪，兵器取出来之后，王上的病情急速恶化，臣等看到伤口之中……呃，钻出了几条小虫……”

赫连璧月尚未反应过来：“你是说，王上的伤口长蛆了？”

御医们面面相觑，终于有个胆大之人回道：“不是长蛆，臣等怀疑，王上中了蛊毒。”

“蛊毒？！”赫连璧月惊呼出声。

刚赶至东宫的明丹姝恰好在门外听见这句话，捂着心口一副惊恐之色。

赫连璧月看了她一眼，又质问御医们：“你们是想说，敬侯府上有个姜国来的蛊医，想让他给王上医治？”

几个御医都不敢接话，唯独方才答话之人回道：“今年年初敬侯殿下遇刺，举国束手无策，是姜国的蛊医治好了殿下。毕竟蛊毒这东西，姜国从不外传，臣等不敢贸然医治，请太后娘娘恕罪。”

赫连璧月目色冷凝，额上青筋暴起，似在极力忍耐着什么。

“姨母别担心，燕国又不止他一个蛊医，”明丹姝走入殿内，低声道，“咱们先派人找找。”

“不必找了。”赫连璧月冷笑一声，“哀家总算明白，方才聂星痕的意思了。”她深深吸了一口气，克制着怒意对明丹姝问道，“你怎么才来？宫里情形如何？”

明丹姝禀道：“您放心，公主的灵犀宫、魏昭仪的长宁宫，还有几位小王子、小公主的寝宫，甥女都派了可靠之人去传话。禁卫军也在严加保护，不会有任何闪失。”

赫连璧月没再多言，也无心再管，转而望向窗外，沉声再问：“长公主与定义侯呢？”

“暂时在含紫殿歇着。”

“敬侯图谋不轨，哀家依律处置，你去请他们过来做个见证。”赫连璧月指向身边的太监，再道，“去，让敬侯带着那蛊医来东宫！立刻！”

深宫冷夜，月黑风高。东宫的桐树随风摇晃，在宫墙上映出支离破碎的树影，像是不可捉摸的人心，晦暗变幻。

聂星痕与蛊医连阔走在东宫的宫道上，脚步匆匆。待临近聂星逸的寝殿之时，前者突然停下脚步，抬首望了望天空：“今夜真是黑得死寂。”

他身旁的禁卫军名为随护，实为押送，听闻此言不免蹙眉：“敬侯殿下，王上有伤在身，说‘死’字可不吉利。”

聂星痕在黑暗中笑了笑，没有回应，转而对身边的连阔说：“连卿蛊术超群，务必尽心医治王上。”

连阔三十出头，身材高大，肤色奇白，一双幽绿的瞳仁在夜色里闪着微光，既蛊惑又骇人。他说话带着些姜国口音，故而总是沉默寡言，只简短回道：“是。”

聂星痕没再耽搁，又抬步匆匆赶路，与连阔一齐到了东宫。

刚跨过门槛，聂星痕环顾四周，便笑了："太后娘娘这是何意？儿臣与连阔才两个人，值得您如此兴师动众？"

殿内，赫连璧月、明丹姝、长公主、定义侯，以及先王"遗旨"授命的几位顾命大臣都在场。还有不下百人的禁卫军，一步一人严阵侍立，直将殿内堵得密不透风。

所有人皆是面无表情，连该做的礼数都省了，唯独长公主面带忧色，忍不住嘱咐他："敬侯，好生为王上医治！"

聂星痕十分沉稳，噙笑回道："姑母放心，侄儿定当竭尽所能。即便让侄儿一命换一命也在所不惜。"

他此时此刻的姿态，与在含元殿时大不相同。方才刺客突袭时，他还曾替聂星逸解过围，语带关切做做样子。而眼下他孤身一人身陷重围，为何如此从容闲适？竟连半分戏都不肯演了。

长公主心头疑惑，更加担心聂星痕的处境。想起新王即位以来，夫君定义侯连番受到重用，一跃成为国丈，而她自己也审时度势，没有再为聂星痕说过半句话。午夜梦回，也曾对先王的信任感到愧疚，可她人微言轻，岁数又大了，独自一人根本翻不起什么风浪，也恐连累了整个长公主府。

想到此处，长公主叹了口气，心中的愧疚之意更浓，却不好再多说什么。

聂星痕仿佛没看到她的忧虑之色，转头吩咐连阔："连卿快进去看看，再迟恐怕王上就等不及了。"

这话说得太过大逆不道，赫连璧月心头震怒，又恐他还有后招，只得不言。眼见连阔进了寝殿，又听聂星痕说道："太后娘娘不进去看看？您不怕连阔使什么手脚？"

"疑人不用，用人不疑。"赫连璧月握住座椅扶手，不肯输了阵势，"况且当着哀家的面，谁敢使花招呢？"

"您说得极是。"聂星痕仍旧卓然而立，微微颔首。

"先坐吧！"赫连璧月假作漫不经心，"王上遇刺，王后怎能不来侍疾？"

聂星痕落座于长公主下首："这种场合，还是别让她看见了。"

在场所有人，都从中听出了几分暧昧之意，却无一人敢接话。赫连璧月瞥了明丹姝一眼，见后者也是面无表情，遂一声冷笑。

众人无声地等着，昏暗的灯火下，所有侍卫都如同没有生命的雕像，神情默然，纹丝不动，仔细看去，才能发现他们如临大敌的紧张。

也不知过了多久，连阔随着几名御医走出内殿，跪于阶前回道："禀太后娘娘，王上所中之蛊已得到控制，只是失血过多。"

最后四个字口音太重，赫连璧月倾耳听了半晌才明白过来："那就补血啊！人参、鹿茸……能补血的药材都用上！"

连阔没再说话，倒是一旁的御医磕磕巴巴地说道："太后娘娘，以药补血见效太慢，恐怕王上等不了了。"

"那要怎么补？"赫连璧月急切地打断。

"以人补血。"御医再道。

"用什么人？是男是女，是老是少？"

"您误会了。"连阔终于开口解释，"这补血之法，并非人人可用。须得以我姜国独有的血蛊之术，用至亲之血将蛊虫养大，再由蛊虫将血输入王上体内。"

"至亲之血？"赫连璧月隐隐有种不祥之感，"什么至亲？"

"父母手足，三代之内的血亲。"连阔面色郑重，"即便是至亲，也未必能养得了血蛊，须得先验血，与王上血质相符才可。"

听到此处，赫连璧月狐疑渐起，看向她信任的御医们："难道没有别的法子？哀家觉得，此法过于凶险。"

"血蛊之法，臣等早有耳闻，姜人用了数百年，倒也不至于凶险。"为首的御医顿了顿，低叹，"方才臣等商讨过，为今之计，血蛊见效最快。若是再拖下去，恐怕王上性命凶险。"

听闻此言，赫连璧月蹙眉不知在想些什么。殿内众人又惊疑，又忐忑，唯独长公主开口附和："既然如此，太后快些下令吧！咱们这些三代血亲，每人一碗血，难道还救不活王上？"

她此言一出，赫连璧月浑身一震，口中只道："容哀家想想。"

"性命攸关，怎能迟疑？"聂星痕适时接话，"多耽误一刻，王兄便多一分凶险，您说是吗？"

他话语悠悠，不见一丝急切。赫连璧月蓦地醒悟过来，目中杀意毕现："你是故意的？"

聂星痕只做未闻："身为至亲手足，儿臣必是补血的第一人选。只要能搭救王兄性命，儿臣愿一命抵一命，绝无怨言。"

御医们一听此言，提着的心都落了下去。如今烦恼之事无非是缺乏血源，王上的血亲皆是宗亲，谁的血都金贵万分，不是说取便能取的。若是敬侯乐意喂养血蛊……

一个御医忙上前禀道："太后娘娘，这验血之法，臣也略懂皮毛，必定不会伤及敬侯殿下的性命。"

"那还磨蹭什么？还不快来采血？"聂星痕看向御医们，沉声命道。

几人看向首座的赫连璧月，这位临危不乱的太后娘娘，此刻却是神色阴冷，双目紧紧盯着聂星痕，没有作声。

御医们也不敢耽搁，连忙端了一排银器、银针，又将药水滴于一个器皿当中，对聂星痕伸手请道："烦请殿下扎破食指，在这银碗之中滴上两滴血。"

聂星痕二话不说，将左手食指扎破。这碗里有一种特制的药水，可保鲜血不会稀释于水中，聂星痕垂目看着两滴鲜血凝结在水面之上，不言不语。

御医连忙拿起一枚沾了鲜血的银针，置于碗内搅动，半晌，不解地道："咦？敬侯殿下的血与王上的血不相溶。"

"不相溶是什么意思？"聂星痕顺势问道。

"呃，就是您没法为王上喂养血蛊。"

连阔也上前看了看银碗内的情况："按道理而言，您与王上是同父异母的兄弟，血是能相溶的，这可怪了。"

聂星痕故作遗憾之色："这等情况很少见？"

"少见，但也不是没有。"连阔如实回道。

聂星痕点了点头，再次看向赫连璧月："太后娘娘年事已高，身份又尊贵，不到万不得已，您还是不要验血了。既然儿臣的血不行，不如让金城一试？"

赫连璧月双目阴鸷地看向他，仍旧没有表态。

聂星痕便自己做了主，吩咐禁卫军："去一趟灵犀宫，请金城公主过来。"

禁卫军没有接令，望向首座的赫连璧月。

"去吧。"她神情阴沉，如乌云蔽月，风雨欲来。

御医这时才递过来一条白色巾帕，示意聂星痕按压伤口。后者接过巾帕却没有用，只坐回到椅子上，自言自语地道："奇了，这血怎会不溶呢？"

这句话像是给了赫连璧月迎头一击，她终于喝道："来人！敬侯意图谋害王上，即刻拿下！"

"慢着！"聂星痕也终于敛色正容，俊目散发着潋潋明光，毫无惧色，"方才殿内有目共睹，儿臣率先为王上验血养蛊。怎么？儿臣的血用不了，您就不留情面了？"

"混账！"赫连璧月猛地起身，端起案上的茶盏砸了过去。聂星痕岿然不动，那茶盏便正好砸在他的肩头，"咣当"一声滚落在地。

茶水和着茶叶，顷刻便浸透了他的狻猊朝服，他却恍若未觉，淡淡问道：“怎么？太后娘娘心虚了？”

一句话，殿内风声鹤唳。

聂星痕却没再说下去，掸了掸衣袍上的水渍，径自坐回椅子上。

众人对殿内的情形都是惊疑不定，不知太后与敬侯到底怎么回事，长公主更是一头雾水。不过她毕竟身份尊荣，又经过风浪，此刻便道：“试试我的血吧，王上也是我的侄儿兼女婿。”

她说完这句话，特意瞥了一眼聂星痕，见他一副乐见其成的模样。反倒是首座的赫连璧月，目带敌意地看向她，那种神情她万分熟悉——今年四月她寿宴之时，赫连璧月也曾当众流露过这种目光。

长公主有些恼了：“太后娘娘，你在防我吗？我可是在救你儿子！”

赫连璧月此刻正是思绪如麻，未有任何反应。

聂星痕出言调解：“姑母，太后娘娘救子心切，您就体谅一二吧！”

长公主冷哼一声，招来御医为自己验血，冷不防听到夫君定义侯冒出一句：“敬侯今夜话可真多。”

“姑丈今夜倒是寡言。”聂星痕反应极快。

长公主侧头看着他二人，心头也渐生疑惑，正待说句什么，左手食指突然一疼，两滴血已经滴入了银碗之内。

而此时，殿外也恰好响起了禀报声：“金城公主到！”

夜深露重，又是冬月时节，金城披着一件宽大的斗篷，在一众禁卫军的护卫之下踏入殿内。她神色闪躲，脸色苍白，额上沁着冷汗，显然是被惊吓到了。

这个节骨眼上，谁都不在意什么礼节了，金城急切地问起聂星逸的情形，还未等到回答，便听御医开口，遗憾地道：“长公主的血质也与王上不符，无法喂养血蛊。”

“长公主与王上是亲姑侄，难道也不行？”聂星痕立刻追问。

御医蹙眉，欲言又止：“这确实是个棘手之事。符合血质的人越多，每人取的血便越少，都不会有性命之忧；若是符合血质的人少，则必须从一人身上抽取大量的血来养蛊，也许……最后王上的性命救活了，喂养血蛊之人却会……”

御医此言一出，许多人都明白过来，当年先王聂旸登基之时，将手足兄弟赐死的赐死，流放的流放，后代们也都不在京州城，眼下是远水解不了近渴。

而敬侯和长公主的血质又不符，如此一来，便只剩下太后赫连璧月和金城公主了。可方才御医的话很明确，即便她二人都与聂星逸的血质相符，每个人也要抽取大量的血来养蛊，最后极有可能因失血过多而丧命。

此时金城已经明白了前因后果，深知自己此次前来是要喂养血蛊的，她摸了摸小腹，怯怯地看向赫连璧月：“母后，女儿不能喂养血蛊。”

“为何？”赫连璧月蹙眉，“你先去验了血再说！”

金城咬了咬下唇，看向这一屋子的大臣和禁军，用细弱蚊蝇的声音回道：“女儿……有了身孕。”

“你说什么？”赫连璧月难以置信，一把捏过爱女的手腕，“你再说一遍？”

金城“扑通”一声跪倒在地，流泪低泣：“此事王兄也知道。”

“是明尘远的？”赫连璧月只问了这一句。

金城低头不语。

赫连璧月恍然大悟，恶狠狠地剜了一眼聂星痕：“聂星痕！你好手段！”

聂星痕有些茫然：“您为何要迁怒儿臣？”

金城也在一旁解释：“母后，此事与二哥无关。是……是女儿没能把持住……”

“啪”的一声，赫连璧月一巴掌扇在金城脸上：“不知廉耻！”

众人都不知道发生了什么，只瞧见她母女二人在丹墀上窃窃耳语，眼见这一情形，均是吓了一跳。长公主见状不禁怒斥：“赫连璧月！金城是燕国公主，你在大庭广众之下责打她，让王室的脸面往哪儿搁？”

赫连璧月已是气得浑身发抖，说不出一个字来，目光逐一扫过殿内的顾命大臣和禁卫军统领，半晌，咬牙命道：“哀家与公主要测验血质，除宗亲之外，其余人全部退出殿外！”

“是……”一众外人窸窸窣窣地告退。明丹姝左右看了看，不知自己该走该留，正踌躇之际，但听赫连璧月又道：“丹姝，你也退下。”

“是。甥女在外头张罗。”明丹姝也匆匆离开。

直至殿上仅剩下聂星痕、长公主夫妇及一众太医、蛊医，赫连璧月才从座椅上站起来，看着跪地的金城：“几个月了？”

金城护住小腹，身子已开始瑟瑟发抖：“不到三个月……”

众人一听此言，才明白过来是怎么回事。可金城公主丧夫已快一年了，这孩子是……

“打了。”赫连璧月没等众人胡乱猜测，已斩钉截铁地道，“打了孩子，替你王兄养血蛊。”

“不！不！母后！”金城护住小腹，使劲摇头恳求，“御医说了，女儿身子骨弱，前一胎又落得凶险。若是打了这一胎，以后就再也怀不上了！”

“那就不怀！哀家把你生下来，不是让你行这苟且之事的！”赫连璧月终于失控了，恶狠狠地拽起金城，近乎威胁，“哀家这就赐死明尘远！”

“不！不！母后！”金城刹那间涕泪交织，抱住赫连璧月的一条腿，跪在地上苦苦哀求，“母后，母后……女儿求求您……求您……”

“太后娘娘！”聂星痕在旁冷眼旁观着，“您是说，金城有辱王室清誉？”

他话只说了一半，便没了下文。赫连璧月却听出来了，发了疯似的跑下丹墀，一把抓住他的衣襟：“聂星痕，你这个贱人生的贱种！哀家要你陪葬！陪葬！”

若是以往，聂星痕听了这话必要勃然大怒。但此刻，他却笑了，笑得如此风流倜傥，动人心魄，与眼下紧张的情势格格不入。

他轻轻拂掉赫连璧月的手，冷冷笑言：“不做亏心事，不怕对人言。您可想清楚了，再闹下去，时辰不等人。”

自金城公主出现之后，连阔一直没机会插嘴，此刻才找着空当，说道：“公主有孕，不能喂养血蛊，精血都被孩子吸走了，没用。”

御医也颤巍巍禀道：“有孕之人体质会发生改变，血质是否能与王上相溶，也是未知之数。”

赫连璧月听了这些说辞，似遭受了沉重的打击，一个踉跄险些摔倒。她再次看向聂星痕，面如死灰地问：“这个局，你布置了多久？”

“儿臣听不懂您在说什么。”聂星痕故作不解。

赫连璧月缓缓合上双目，一手搭在额头之上：“倘若哀家亲自喂养血蛊，你能保证王上活下来？”

聂星痕无辜地摊手：“儿臣不懂医术，不敢做此保证。但有个两全其美之法，既能保证王上平安无恙，也能保您毫发无伤。”

赫连璧月嗤笑一声：“我知道你想说什么，不必了。”

然而聂星痕没给她反驳的机会，转身看向殿上一直沉默的男人，从容请道：“姑丈，烦请您来验血。”

第十四章

庶子谋权，美人夺宫

“验血”二字一出，长公主倏然失声：“你说什么？！”

聂星痕不再言语。

长公主当即转身看向定义侯，难以置信地唤道：“侯爷！”

定义侯似已猜到了这个结局，竟无一丝惊慌失措，缓缓从座上站起来，询问聂星痕：“你怎么猜到的？”

“镯子。”

不可否认，定义侯暮皓是个风采卓然的男人，即便年逾五十，那种儒雅的气质也未减分毫，反而越发沉淀出一种沉稳的气度。这个出身寒门的男人，在因缘际会之下，得到了长公主聂持盈的青睐，一跃成为驸马。数十年来，夫妻恩爱有加，早已成为燕国宗室的一段佳话。

而今日，佳话终被无情打破。

定义侯闭了闭眼，岁月在他眼尾划出的几道痕迹，好似都与旁人的不同。没有衰老，没有沧桑，只有令人着迷的成熟。显然，这种风采一直深深吸引着赫连璧月，直到如今。

“先验血吧。”他缓慢地伸出左手。

但被长公主拦下：“暮皓，你给我说清楚！”

定义侯望着妻子惊怒交织的面庞，湿润了眼角：“公主，是我对不住你……”

“不是他的错！是我！”赫连璧月突然出声。她抬手抚摸鬓发，看向长公主笑了起来，“从我还是太子妃时，我就嫉妒你。你是太宗最疼爱的女儿，聂旸最敬重的姐姐，还有一个对你宠爱有加的夫君，你甚至开了公主的先例，有了自己的汤沐邑……”

“所以，你就来招惹我的驸马？”长公主厉声喝问，险些冲上去与赫连璧月动手，被聂星痕一把拦住。

赫连璧月叹了口气：“我只是觉得暮皓很好，仅此而已。”

“当时我嫁入东宫多年，一直没有身孕，积郁过重。有一次，我与聂旸大吵一架，愤而回了娘家。”赫连璧月停顿片刻，“都说寒香观的签很灵验，我便入观求子，在那里碰到了暮皓。”

话到此处，赫连璧月露出了罕见的柔和表情，语气也温和起来：“暮皓当日心情欠佳，我二人相对倾谈，各诉苦衷，有些事便水到渠成……”

“道门清净之地，你们竟然……”长公主强忍怒意，“真叫我恶心！”

赫连璧月倒显得十分坦然：“你身为妻子难道不想知道，当时暮皓为何心情欠佳，独自跑去道观散心？”

“太后娘娘！”定义侯即刻出言阻止，“几十年前的旧事，我早都忘了。”

“可我没忘！”赫连璧月面色一凝，仿佛是在刻意刺激长公主，“暮皓他出身寒门，又娶了你这个飞扬跋扈的公主，在同僚面前根本抬不起头！他当时便对我说，你……”

“够了！”定义侯怒喝一声，“自始至终错都在我，你不要牵扯公主。”

“让她说！”长公主看都没看定义侯，咬牙道。

“你恼了？我反倒不想说了。”赫连璧月咯咯地笑起来，“总之，暮皓很着恼你，很迷恋我。”

“他迷恋你什么？迷恋你这个淫妇？燕王室的脸，都被你丢尽了！”长公主表情愤恨，倚着聂星痕才能勉强站稳，自行想象着后来的事，“你们狼狈为奸，妄图玷污我王室血脉？”

“是我逼他的。”赫连璧月将所有罪孽揽在了自己头上，“从寒香观回来不久，我便有了身孕。当时我正与聂旸闹得不可开交，是这个孩子保下了我的位置，让我得以重回东宫。谢天谢地，我的逸儿顺理成章被立为太子。”

“暮皓得知真相后十分担忧，是我以死相逼，他才选择了沉默。”赫连璧月看向定义侯，目光邈远地回忆着。

“母后……”听到此处，金城公主根本不敢相信，“那我呢？我是谁的孩子？”

看到爱女面上满是惊恐之色，赫连璧月再次叹道：“你也不是聂旸的女儿。”

“不！不！”金城双腿一软，跌坐在地上，再也顾不得身怀有孕，失声痛哭起来，“我不相信，我不信！”

可她口中虽如此说，心里却明白，赫连璧月没有说谎。从小到大她的生辰，长公主府的寿礼都比旁人送得重；在每年屈指可数的宴席上，定义侯也总会多看她几眼，目露慈爱之色。她本以为是姑母、姑丈格外疼爱她，原来……

“啪”的一声拉回了众人思绪，是长公主挣脱了聂星痕，重重给了定义侯一巴掌。这个尊贵的、铁血的公主，至此终于流下了眼泪，颤抖着伸手：“暮皓！你忘恩负义，恬不知耻！”

那只金灿灿的飞星逐月镯从她腕上露了出来，她一把捋下镯子，狠狠地扔在地上：“我聂持盈，曾开过无数公主先例，今日我要再开一个！我要休夫！”

“公主，”定义侯将镯子从地上捡起，颇为爱惜地擦了擦，“我知道你是不会原谅我了。这二十几年来，我寝食难安，怕你伤心，更怕孩子们对我失望……”

长公主凄然地笑着，怒意未平：“孩子们都大了，各自成家。有你这样的父亲，是他们的耻辱！”

定义侯羞愧地低下头去，顷刻间似老了十岁，再也没有往昔的风采。

金城公主伏在地上哭了半晌，不甘心地追问：“这么多年来，竟无人发现？父王英明果决，竟没有半分怀疑？”

无人答话。

赫连璧月看了看爱女，又去看定义侯暮皓：“你不说句话吗？”她轻声问他。

“你让我说什么？”定义侯微微合上双目，“你我相识之初，我曾对你说过，长公主太过强势，而我想有个善解人意的妻子……”

他言语有些无措，更是难以启齿：“难道你没有发现，这些年来长公主不理外物，性子渐渐淡了；反而是你，自从有了逸儿之后，越发强势、不择手段。”

“你甚至害了烟岚！”说到最后这一句，定义侯语中突然迸发出强烈的悔恨与愤怒，人也变得激动起来。

“烟岚？！”长公主的反应更加激动，看向定义侯，亟亟质问，“烟岚怎么了？你给我说清楚！”

定义侯满目悲戚之色，险些站立不稳：“是我对不住烟岚，对不住我们的孩子。”

烟岚，正是长公主夭折的小女儿的乳名，红颜早逝，被微浓顶替了身份。

“烟岚她的死……她是……”定义侯摇了摇头，哽咽着无法再说下去。

“是我做的。”赫连璧月索性认下，“聂旸一心要遵守当年之约，立烟岚为太子妃。可她与逸儿是异母兄妹，我岂能看着他们兄妹乱伦？”

“我本意是扶持甥女明丹姝，让聂旸改变主意，谁想他固执得紧。能用的法子我都用了，逼不得已，我只得对她动了手。”赫连璧月毫无愧色。

“你杀了她？”长公主不知哪儿来的力气，挣脱了聂星痕，疯了似的跑到赫连璧月面前，死死地掐住她的咽喉，“你这个贱人！你这个毒妇！你还我女儿！还我女儿！”

这位经历过无数朝堂风浪的长公主，至此终于打破了她最后的理智，脸色狰狞目露杀意。聂星痕与金城在旁拉了她半晌，甚至让御医施了针，她才勉强冷静下来。

她瘫倒在海棠木座椅当中，垂着泪喃喃自语。赫连璧月也捂着脖颈，咳嗽了半晌才缓过来：“我本意没想害死她，只派人调了两味药材，想教她一直病下去。是她自己身子弱，就这么死了！”

听闻此言，金城也突然醒了神，想起对自己疼爱有加的父王，忙问：“那父王呢？他是怎么死的？”

“他吗？”赫连璧月眯起双眼，又咳嗽了两声，“他发现暮烟岚的死有蹊跷，与我大吵了一架。”

赫连璧月顿了顿，看向定义侯手中的镯子：“飞星逐月镯，我也有一只。你父王瞧见聂持盈有只一模一样的，疑心我与暮皓有私，便猜到了你王兄不是他的血脉，也猜到了我杀暮烟岚的真正原因。”

她边说边揉了揉脖子：“他早有中风先兆，却一直当是心悸……”

“赫连璧月，”聂星痕突然出口打断，“金城是问你，父王是怎么死的，不是问他为何中风。”

赫连璧月索性住口不言。

定义侯却难以置信地看向她：“你不是告诉我，先王是中风不治吗？难道是你杀了他？”

赫连璧月沉默一瞬才道：“我不想让你觉得我如此恶毒……”

定义侯踉跄一步，似是不能承受她弑君的真相：“你变了，你以前不是这样的。”

赫连璧月张了张口，欲为自己辩解，却什么也说不出来。

聂星痕趁机开口：“真相水落石出，你与聂星逸混淆王室血脉，又杀害父王，罪无可赦。”

赫连璧月一怔，随即掩面轻笑，一瞬间又恢复成高高在上的王太后：“只可惜啊！外头都是哀家的人，你的话没人相信。只要哀家杀光这屋子里的知情之人，哀家还是一国太后。”

"那就让聂星逸去黄泉路上向父王赔罪吧。"

赫连璧月轻哼一声："那又怎样？哀家还有孙儿。只要你死了，哀家损失个儿子也没什么！照样能辅佐孙儿坐上王位！"

"是吗？"聂星痕神态自若。

"吱呀"一声，寝殿侧门随之开启，明丹姝立于门槛处。而她身后，几个嬷嬷正抱着聂星逸的孩子们，面露惊恐，瑟瑟发抖。

赫连璧月倏地起身，目光狰狞地看向明丹姝，后者垂下眸子，主动回道："姨母放心，几位小殿下吃了药，睡着了而已。"

"明丹姝！你个吃里爬外的贱人！"赫连璧月厉声呵责。

"赫连璧月，认输吧！牺牲你一个，成全大家如何？"事到如今，聂星痕再也没有耐性与她周旋下去了，敲了敲案几，不疾不徐地道，"你去做那养蛊之人，换聂星逸一条命。我向你保证，他不会死；定义侯也可无罪；而金城，依然是燕王室的公主。"

"你会让逸儿活着？"赫连璧月根本不信。

聂星痕自负地笑："他若真是父王的血脉，我必定容不下他；既然他不是，我有什么可担忧的？"

聂星痕又看向金城，微微叹息："至于金城，我一直将她当作妹妹，明尘远与我情同手足，他们又两情相悦，我自然会成人之美。"

"说到底，你不过是想让我死。"赫连璧月的目光重新落在聂星痕身上。

"你害死我母妃，怂恿你儿子抢走我心爱的女人，你难道不该死？"聂星痕面容虽平静，语气却满含愤怒。

一旁的明丹姝闻言，面色变了几变，垂眸不语。

聂星痕似未所觉，面色越发得沉："赫连璧月，外头那些人效命于你，只因你是王太后。若真相公之于世，他们还会听命于你吗？连带你的家族也会陷入万劫不复的境地。你别忘了，赫连氏如今的族长，你的叔父，是个耿直之人。"

此时此刻，赫连璧月已是面如死灰，她看了看聂星逸所在的寝殿，再看看一言不发的定义侯和金城公主，忽然崩溃大喊："不会的，我不会输！不会输！"

聂星痕无奈地摇头，似在感叹赫连璧月的不识时务。他转而看向在场的一名御医，淡淡问道："方才你说，太后娘娘神志不清了？"

那人愣了一愣，随即连连点头："是……太后娘娘担忧王上病体，以致邪风入侵，疯了。"

"不！我没疯！我没疯！"赫连璧月号叫着，看向定义侯，最后问道，"你难道不帮我？你不帮帮逸儿？”

“弑君之罪，怎么帮？”定义侯无力地质问。

赫连璧月仍不死心：“只要你杀了聂持盈……”

“不可能！”定义侯立即斥道，“烟岚死后，我就打算与你断了。”

“断了？”赫连璧月无法相信，目光灼灼地看着他，“你若想断，怎么不早说？你还亲手打了镯子给我！”

“那镯子不是给你的！”定义侯彻底拉下颜面，说出内情，“那镯子，我原本是打算送给公主的。群星抱月的图样，也是因为公主小字‘婵娟’。是你自己误会了。我若说实话，又怕你嫉恨公主，只好赠给了你。”

“姑丈又做了个一模一样的送给姑母？”聂星痕语带讥嘲。

“不，我本想将图样扔掉，但被公主发现了。我看她如此欢喜，索性就打了一整套头面首饰给她。”定义侯显然不欲多言这段复杂的内情，只顾着悔恨与悲伤，“王上待我不薄，我却如此对不起他，对不起公主……”

“你要选择聂持盈？”赫连璧月一针见血，“你忘了我们的约定？我已经在为你铺路了！过不了多久，你就会成为逸儿的‘亚父’，权倾朝野！”

“亚父吗？”定义侯苦笑，“多年以来我寝食难安，这个‘国丈’的头衔，我已是诚惶诚恐，怎么可能再去做亚父？你根本没问过我的主意，我并无此意。”

“抱歉了。”定义侯隐泛泪光，羞愧地垂目，“我有自己的妻儿，那才是我的家。”

一个“家”字，彻底击垮了赫连璧月。她有些失神，像是失去了支撑，重重地跌坐在了椅子上。那股怨愤、憧憬、狠辣统统消失了，独剩一地凄凉的烛火，照着一个凄凉的女人。

“我还以为，你是真的厌憎她。”赫连璧月强忍着，不让眼中的泪水留下来。

定义侯不再看她，只望着长公主：“夫妻之间总有不和睦，谁会记恨一辈子呢？总是要相扶到老的。”

“相扶到老……”赫连璧月终是没再说下去，静默片刻，抬目再看聂星痕，“你真的会放过逸儿和金城？”

“我答应的事，不会反悔。”聂星痕再次承诺。

“好，好。”赫连璧月点了点头，整了容色缓缓起身，“我还有最后一个要求。”

她抬起双手展开双臂，将最后的尊严示于人前：“我要以太后之礼风光大葬。”

“可以。”聂星痕痛快应下。

赫连璧月笑了，任由泪痕干在脸上，深吸一口气，转而对连阔道："以我的血养蛊吧！"

聂星痕朝连阔颔首示意，后者便与赫连璧月一道迈入寝殿。屋内余下的几个人，金城、长公主、定义侯、明丹姝，均是神色复杂地看着聂星痕这个罪魁祸首。

聂星痕仍旧镇定从容，先对长公主道："今日侄儿自作主张，还望姑母不要怪罪。"

事到如今，长公主只得讽笑："我的好侄儿，真是聪明绝顶。我是不是还得感谢你，让我得知烟岚的死因？"

聂星痕面色不改："聂星逸监国之后，侄儿一直在等着您，您若肯帮衬侄儿一把，侄儿必定如数相告。只可惜……侄儿孤立无援，手头只有这一个把柄，迫不得已唯有得罪您了。"

长公主心头凄然，勉强回道："是啊，我有什么资格怨怪你？是我自己贪恋富贵安逸，才违背了先王的遗愿。如今这个结果，是我自作自受，怪不得任何人。"

"公主……"定义侯想要开口解释什么，却自觉没有颜面。长公主无力地朝他摆手，连一句羞辱的话都说不出口了，语气凄苦如同严冬的风雪："我们夫妻缘尽了！你走吧。"

她没有再给定义侯开口说话的机会，转头询问聂星痕："我要回府了，可以吗？"她是真的累了，无论最后谁胜谁负，她已无力再过问。

"侄儿这就派人送您回去。"聂星痕招来一个亲信，低声嘱咐了几句，那亲信便护送长公主出了东宫。

聂星痕这才又看向金城，也没再说什么煽情的话，只道："金城，我希望你还能当我是哥哥。"

金城没有颜面再说什么，唯有抬手抹泪："二哥，母后她……非死不可吗？"

"混淆王室血脉，你知道是什么罪行。"聂星痕流露出几分柔和的神色，低声解释，"我毕竟是父王的儿子，有自己的立场。"

金城也知再无转圜的余地，一时竟不敢面对真相，抽噎着自嘲："如今想想，我从前那些公主脾气还真是可笑。"

聂星痕伸手拍了拍她的肩膀："不要多想，好好安胎。"

金城抚摸着自己的小腹，簌簌垂泪："以我现在的身份，尘郎还会要我吗？"

"你永远是金城公主。"聂星痕转而看向明丹姝，"淑妃，你送公主回灵犀宫。"

明丹姝行礼称是，将聂星逸的几个孩子交给一旁的侍卫，扶着金城慢慢走出殿内。

“敬侯好手段！一个晚上就能扭转乾坤。”定义侯颓然地从椅子上站起来，语中是佩服，亦是感慨，“我早就知道，逸儿不是你的对手。”

聂星痕望着殿内幽幽烛火：“委屈姑丈了，若不是赫连璧月欺人太甚，我也不想拿您开刀。”

定义侯笑了笑，失魂落魄地往殿外走，被聂星痕唤住：“您难道不见她最后一面？”

“不见了。”定义侯一丝迟疑也无，头也不回地出了门。

徒留聂星痕独自坐在殿内，等着心腹们一一回禀各宫的情形。如此殚精竭虑了一整夜，直至窗外天色微明，连阔才双目赤红地走了出来，不掩疲倦之色：“补血之术业已完成，太后娘娘要见您一面。”

聂星痕揉了揉眉心，起身步入寝殿，御医们跪成一排，无一人敢发声说话。而赫连璧月就卧在贵妃榻上，望着床上昏迷不醒的聂星逸。

此刻的赫连璧月，令御医们不忍去看。脸色泛青，唇色发白，宽大衣袖遮掩住的两条手臂上，满是蛊虫吸血留下的伤痕。她以一人之力喂饱了所有蛊虫，再让那些小东西将血输送给聂星逸。

一夜过去，烛火都已烧到了尽头，便似她油尽灯枯的生命。二十余年来，聂星痕早已见惯了各种生死离别的场景，却是头一次见到这样的女人，对儿子爱得无私，却也极端自私，眷恋着权势和欲望给予的一切，终至害人害己。

未等聂星痕先开口，赫连璧月已幽幽问道：“你对青城有心思，是因为她有皇后命格？”

“不是。”聂星痕回得很坦诚。

“可她恨你呢。”赫连璧月有些幸灾乐祸。

“与你无关。”聂星痕面无表情。

“是与我无关，”赫连璧月轻轻咳嗽一声，近乎气若游丝，“今晚上……你将她藏起来，我便知你喜欢她……你怕连累她。”

聂星痕算是默认。

“我送你一份大礼如何？”赫连璧月最后扯出一个诡异的笑容。

这笑容令聂星痕感到异常危险：“什么大礼？”

赫连璧月却没应。

聂星痕立刻探上她的鼻息——断气了！可她面上还残留着那诡异的、危险的笑容，仿佛是在告诉他，她还留有后招。

想到此处，聂星痕眉目一蹙，转头看向榻上的聂星逸。这个王位还没坐稳的男人此刻正昏睡不醒，因为用了血蛊，脸色变得红润了些。

这样也好，一觉醒来已天翻地覆，不知不觉，无痛无忧。聂星痕负手离开这间寝殿，淡淡撂下三个字：“厚葬吧。”

东宫之外，晨光熹微，一轮旭日迎着朝霞东升，映照着巍峨耸立的燕王宫。而新的一天，已经到来。

风云变幻于一夕之间，人人皆知新王在寿宴上遇刺，人人都怀疑刺客是受敬侯指使，但无一人敢开口置喙。以聂星痕的性子，根本不在乎一纸名正言顺的诏书，他毫不隐瞒赫连璧月之死，还亲自为她上了谥号，对外宣称新王遇刺受伤，卧居龙乾宫将养。

他顺理成章地接过朝政大权，但并没有为自己正名，仍担着敬侯的名号监国，手段却铁血至极，迅速清理了一批朝臣。

赫连璧月过了头七之后，宁国使团启程回国。聂星痕放下朝中诸事，亲自款待送行，一直将使团送至京州城外的十里长亭，双方几番客套，就此别过。

宁国使团浩浩荡荡地远去，驿道上一片尘土飞扬，聂星痕望着那渐行渐远的车马，眯着俊目不知在想些什么。

明尘远打马靠近他的车辇，隔着车帘笑问：“殿下，坐车岂不闷得慌？”

聂星痕回过神来，含笑回道：“是闷得慌，给我牵匹马来。”

不多时，主仆两人皆骑了马，并肩回程。后头跟着一堆送行的大臣，望着他二人的背影，无不感叹明将军恩宠之盛，得势之快。

明尘远则对此毫不在意，低声询问聂星痕：“殿下在想什么？”

“在想那个杀手。”

“祁湛？他怎么了？”

“他是墨门第一杀手，我对他耳闻已久。”聂星痕驭马而行，“听说他不愿暴露‘撒手锏’，所以每次行刺都用不同的兵器。这种人向来视王室如洪水猛兽，怎会与宁王扯上关系？”

“您可别忘了，墨门总舵就在宁国，他多少要卖宁王些面子吧！”明尘远回道。这一次刺杀聂星逸，多亏了宁王相助，而这个杀手祁湛，也是宁王推荐来的，开价不菲。

“我一直想不明白，宁王为何会出手帮您？他难道不怕您坐稳了燕王之位，会对宁国造成威胁？”明尘远又问。

“无论谁做燕王，都是宁国的威胁。”聂星痕也摸不透宁王的心思，“也许他是真的想与我交好；也许他是想搅浑燕国的水，趁机牟利；又或许，他是看在我母妃的面子上。”

聂星痕目视前方：“你知道的，我母妃实际是宁国人。无论如何，我有一半宁国血统。倘若我是宁王，也会选个血统亲近的。”

“您说得有理。”明尘远细想一番，好像确实如此。

“咱们只看结果，不讲过程。”直到此时此刻，聂星痕语中终于带了一丝愉悦，那是一种发自内心的情绪，没有半分掩藏，“今晚我会去一趟大理寺。”

大理寺，正是“关押”微浓的地方。

聂星逸寿宴当晚，微浓的行为实在太过出格，当众将聂星逸踢下丹墀，显然是有共犯的嫌疑。聂星痕怕她卷入后续事件当中，更怕稍有疏忽不能护她周全，便借口她图谋不轨，将她暂时关在了大理寺严加保护。

这一关，便是十日之久。他遣了晓馨去贴身照料微浓，还命人每日回报情况。直至宫里一切都尘埃落定，宁国使团也送走了，他才真正安了心。

这十日里，他忙于夺权之事，前朝后宫千头万绪，纵然处心积虑已久，仍需桩桩件件予以安排。眼下诸事趋于安定，他终是忍不住这难挨的相思，想要光明正大地接微浓出来。

可明尘远想起微浓的态度，已能预料到聂星痕此行不会太过顺利。不过诚如聂星痕自己所言，他是个“只看结果，不讲过程”的人，所以只要结果美满便已足够。

两人正想着微浓，关于她的消息便接踵而来。刚入了京州城门，先是一个大理寺的官员赶来禀报，道王后娘娘在大理寺突感不适，已请了御医前往诊治。

聂星痕本就挂念微浓，听闻这消息当即改了主意，立刻掉转马头前往大理寺。岂料还没走两步，又一名心腹匆匆而来，神色焦急：“殿下！王后娘娘吐血了！”

聂星痕心头猛地一颤，策马飞奔而去。大理寺卿早已在门外，君臣略略行礼，便去了一处尚算幽静的院落。聂星痕这才知晓，三日前微浓已从狱中移了出来，被暂时安置在此处。

正欲往微浓的屋子里进，迎面见几个御医出来，两厢在廊下碰了面，聂星痕抓着他们问起微浓的病情。

“禀殿下，王后娘娘脉象虚浮，左腕上有一条紫色的线，臣等怀疑……她是中了毒。”御医直言道。

“中毒？”聂星痕立刻看向一旁的大理寺卿，质问之意显而易见。

大理寺卿连忙上前回道："殿下恕罪，王后娘娘名为关押，可大理寺上下无一人敢怠慢。除了您派的宫婢之外，拙荆也时常来陪娘娘说话，一日三餐无不悉心准备，都是按照娘娘的口味换着花样来做。每日送餐之前，也由专人试毒，绝不会有任何闪失！"

聂星痕没弄清楚整件事，又急着去探视微浓，便没多做斥责，再问御医："她眼下如何了？"

"暂时给娘娘服用了压制毒性的药物……"御医支吾道，"臣等这就回去研制方子，务求尽快为娘娘解毒。"

聂星痕朝他们摆了摆手，又对大理寺卿道："你在此等着。"言罢疾步迈入屋内。

淡淡的药味弥散四周，好似能安抚他的焦虑与担忧。他站在门内缓了缓脚步，心头滋味颇为复杂，迫切地想要见到微浓，又不敢唐突。

恰好，晓馨端着药碗绕过屏风，见他站在门内，连忙行礼。

聂星痕摆手屏退晓馨，一句没有多问，终是抬脚走了进去。

屏风后的紫檀荷花纹床上，微浓静静地躺着，半点不似中毒的模样，反而脸色红润，睡姿宁谧。漆黑柔滑的青丝铺散于枕畔，像是一块黑色的缎面，更衬得她肌肤莹白剔透。

从彼此初相识开始，她总能轻易吸引他全副的心神，无论是从前的楚楚娇俏，还是如今的淡墨轻烟。

"恭喜。"榻上的人忽然淡淡开口，吐出这两个字来，睁开了双眸。

聂星痕心头漾起一泓流波，低声道："我以为你睡下了。"

"方才喝了药，没这么快睡着。"微浓慢慢坐起来，收拢青丝靠在榻上，垂眸问道，"什么时候即位？"

"不急，"他抬手抚弄她的青丝，"你怎会中毒？"

微浓稍稍偏过头，躲避他的触碰，神色平淡地伸出左手，露出腕间触目惊心的紫线："是赫连璧月。"

"我送你一份大礼如何？"某人临死前的这句话，猝然出现在了聂星痕的脑海之中。原来，这就是赫连璧月所指的大礼！给微浓下毒！

聂星痕死死地握紧双手，面上却故作云淡风轻，笑着安抚她："赫连璧月下的毒，无非出自宫廷，你不必担心。"

"我并不担心，"微浓也是云淡风轻，转问道，"你怎么处置聂星逸？"

聂星痕没答，深眸定定地看着她："宝公公说，父王曾嘱托过你，保下败的那个。”

“但有个前提条件，他得是先王的儿子。”微浓神色平静，“聂星逸混淆王室血脉，又涉嫌谋害先王，我不认为他应该活着。”

“你是在泄私愤。”聂星痕出语评价，已然察觉到心头的酸意。

微浓垂眸默认：“你不想杀了他？”

“如今不想了，”聂星痕索性坐上榻沿，与她对视，“他若真是我的手足，非死不可；但他不是，我倒想留他一命。”

“成全你仁慈的名声？看他苟延残喘地活着，再也无法翻身？”微浓淡笑讽刺。

这一次，轮到聂星痕默认了。

微浓转头看着别处，明眸流露出隐晦的感慨：“我本想与他联手扳倒你，但没想到，最后我却倒戈了。”

世事真是奇妙又无稽。

“自作孽，不可活。”聂星痕因微浓的一席话而痛快了些，“也是你我缘分未尽。”

微浓轻笑一声，像是否认，又像懒得否认。

聂星痕到底还是担心她的身子，不禁关切道：“我听御医说你吐血了，觉得哪里不舒服吗？”

“没有，”微浓如实回道，“我很好，吐血的时候毫无感觉。”

聂星痕闻言蹙眉，总觉得这毒颇为蹊跷，便道：“搬回宫里住吧，我也好照顾你。”

“不必了，这里挺好。”微浓仍旧冷淡回绝。

“你要如何待我，我都可以忍受……但你不能苛待自己。”聂星痕试图劝她。

微浓没再表态，可那神情分明是在告诉他，她主意已定。

“你是在折磨谁？”聂星痕心上漫漶着不可言说的痛。他看着眼前这令他爱恨不得的女子，终于决定撕开表面的一切，强迫她正视他的心意，“微浓，再信我一次，就这么难吗？”

微浓抿唇不语，神情逐渐冷凝，她任由他握住双手，感受着附着于肌肤上的温暖，冷冷反问：“我还敢吗？”

聂星痕心头一窒，痛楚越发深刻：“你还在怪我。”

“是。”微浓绝情回道。

“但你并不爱他！”聂星痕戳穿她，“你对楚璃直呼其名，没有一个女人会如此称呼自己的情郎。当年你是怎么唤我的，你……”

“我忘了。”微浓迅速打断他，“人是会变的。无论我们感情如何，他没负我，我也不会负他。”

“所以，你还要照顾他的家人，不惜舍弃性命？”聂星痕痛声质问，毫不掩饰他的愤怒，“微浓，你太单纯了！你以为楚王是清白的？你以为燕楚为何而战？是他先派人来行刺父王的！宫廷中哪有良善之辈？”

“别说了！”微浓没有丝毫动摇之色。

聂星痕闭上双目，压抑着深深的负面情绪：“你要怎样才肯原谅我？”

“其实无所谓原谅了。”微浓心里有些凄惶，“你们都觉得，是我在护着楚王室，其实是楚王室在支撑着我。倘若没有这个信念，我不知道自己活着还有什么意思。”

是谁曾说过，对注定失去的总不肯放手，这抓紧不放无疑是对爱的扼杀。所以她决定放手了，放开对聂星痕的怨恨，也放开对楚璃的执念。

微浓轻轻抬手想要拭泪，却发现自己无泪可流，眼底只有一片干涩的荒芜，如同她此刻的处境：“聂星痕，我收回我的恨意。也请你放过我吧。”

毫无疑问，两人不欢而散。但翌日，微浓还是被请回了燕王宫，不是回凤朝宫，而是去了未央宫。

微浓听晓馨说，这曾是聂星痕母妃赫连澈月的寝宫，自澈月夫人病逝之后，这里便一直空置着。而“巫蛊附身”的王后重回宫中，却被安置在了未央宫，怎么看都是大有文章，惹人议论纷纷。

不过还有一个女人更应被议论——明丹姝。十日之内，燕王宫换了新的主人，大批的将领、宫人遭到清洗，唯独她明淑妃依旧站在后宫的巅峰，继续执掌凤印。

宫人们口中虽不敢说什么，但微浓几乎能够想象，流言会有多么不堪。诸如她和明丹姝“弃暗投明”，聂星痕从此“娥皇女英”此类。

御医们日日进出未央宫，替微浓用药解毒，可她腕上的紫线一再变长，待进入腊月，已经越过了手腕一路向上延伸。虽然在药物的压制下没再吐血，但她也能感到自己的身子越来越差了——她开始畏寒了。

聂星痕按照惯例每日前来探视，两人倒也未再起过什么冲突。因为每当微浓表露出去意时，聂星痕都会强硬地转移话题，忽略她的意思，这多少有些自欺欺人，微浓也对此感到很无奈。

腊月十五，是长公主真正的幺女暮烟岚的生辰。去年是因为聂星痕在楚地遇刺，燕王聂旸大怒，东宫察言观色便没有操办；今年则是赶上赫连太后“病逝”，依旧没法子大操大办。

微浓自己是不在意的，但毕竟顶替着这个身份，不得不考虑长公主的感受。腊月初，明丹姝便为着此事专程来了一趟未央宫。

细算起来，两人有一段时日未曾见面了，微浓越发憔悴，而明丹姝则越发艳丽动人。

“王后娘娘，”明丹姝一袭暗红宫装进了殿门，笑意吟吟，“您的寿辰在即，敬侯殿下特意嘱咐，要在未央宫置办一台小宴为您祝寿。臣妾蒙恩执掌凤印，唯恐出了纰漏，特来问问您的主意。”

微浓深知她是来示威的，便也置之不理，神情淡淡：“明淑妃做主吧，我身子不爽，没有心思想这些。”

明丹姝倒也未曾客气几句，径直回看于微浓，叹道：“娘娘怎么瘦了？”

“你倒是丰腴了。”微浓再回。

明丹姝也不见生气，笑意未改落了座：“娘娘看错了，臣妾可是瘦了。如今王上卧榻养伤，敬侯殿下监国理政，诸事繁忙，后宫的事情全压在臣妾一个人身上。从前有您和太后娘娘担待着，臣妾尚不觉得辛苦。如今独自执掌凤印，又没个人指点商量，才真是劳心劳力。”

明丹姝说完这番话，眼见微浓无甚反应，便又加了一句：“就连敬侯殿下都觉得臣妾憔悴了。”

此话一出，微浓冷若冰霜的脸上终于有了些表情，渐渐浮起一丝不耐。

明丹姝仍旧维持着明艳的笑容，又道：“娘娘可要好生将养身子，早些康复，免得敬侯殿下担心。”

俨然一副女主人，替男主人待客的口吻。

微浓听到此处，瞟了她一眼，从座上起身，直白问道：“你是何时归附聂星痕的？”

明丹姝但笑不语。

“金城那只镯子，真是你送的？”微浓再问。

“是殿下授意的。”明丹姝这次倒是坦率得很，“殿下说了，他需要确认一些事情。只要金城戴上那镯子去龙乾宫侍疾，先王必定有所反应。”

微浓笑了：“原来你早就知道一切真相了？你知道聂星逸并非王室血脉，所以选择了投靠聂星痕？”

“臣妾是个愚昧之人，只懂得随心而动。”明丹姝盈盈笑着，“殿下最开始也没发现，是后来先王中了风，他才留意到的。”

先王是在长公主寿宴上中风的，也就是说，在此之前，聂星痕与明丹姝已经在一起了。微浓没再多问，直接向明丹姝下了逐客令：“我累了，淑妃自便吧！”

明丹姝却不肯离开：“臣妾的话还没说完，王后娘娘不必急着赶我走。”

微浓转过头打量她，一语戳穿：“你不必在我面前示威，我无意与你相争。”

明丹姝表情一凝，不愿承认的难堪涌上心头，她切切地笑了一笑，到底还是撕破了脸面：“可是你一直在争，你夺走了属于我的一切！”

太子妃的位置，王后的位置，聂星痕心上的位置……她明丹姝想要的一切，都被眼前这个女人轻而易举地得到了。一个野种，一个假公主，一个出身下贱的寡妇！她怎能甘心！

“你看看你，怎么配得上敬侯殿下？你何苦占着这位置不放？”明丹姝依稀带着恨意，贴近微浓的耳畔，“趁早有多远滚多远，别在这宫里碍眼！”

微浓的确想走，但不是被明丹姝逼着走，她听了这话，眸色渐渐冷厉：“你说够了没有？我是去是留，还轮不到你做主！”

“嗬！狐狸尾巴终于露出来了！”明丹姝冷笑，“我就知道你是假装清高，对殿下欲拒还迎。你好不知羞！”

“彼此彼此。”微浓脸色阴沉，毫不客气，“明丹姝，明人不说暗话。我虽中了毒，但拿剑的力气还是有的，你想试试？”

明丹姝是知道微浓有武艺的，尤其是她对聂星逸下过两次手，都被宫人们传得绘声绘色。明丹姝也怕她真的说到做到，便冷哼一声：“我劝你识趣一些，殿下雄才伟略，成事不拘小节，你们从来都不是一路人。你若想走，我也可以助你一臂之力！”

这一次，微浓懒怠再说一句，索性住口不语。

明丹姝也不在意，欲拂袖而去，一句告辞的话正待出口，脸色却突地一变，连忙扶上身旁的梅花朱漆案几。

微浓意识到了她的不对劲儿，又怕她耍什么花招，只是冷眼旁观：“又怎么了？”

“我……”明丹姝刚说出来一个字，便立刻捂住了口鼻，坐在案几旁干呕起来。她呕了几下，却什么都没呕出来，抬头再问微浓，“这屋子里是什么味道？”

“药味。”微浓言简意赅。

明丹姝拍着胸口顺了顺气，更加不愿久留了，用帕子擦拭了唇角，撑起身子道："这怪味儿熏得我直想吐，先走了。"

"别装了。"微浓冷笑，"你今日前来，不就是为了告诉我这个消息吗？恭喜。"

"什……什么？！"明丹姝身子一震，再次用帕子遮住半张脸，一双眸子眼波流转，闪着隐晦的光芒。一缕发丝适时从她额上垂落，遮住了她的眉眼，仿佛也掩住了某种情绪。

微浓早已厌倦了她这种把戏，蹙起蛾眉："奉劝你一句，适可而止！再演下去就过了！"

明丹姝闻言，这才缓缓放下手中的巾帕，像是终于反应过来，撩起额上发丝，漾起一丝笑意："被您瞧出来了，看来我的功力还有待加强啊！"

她故意环视殿内，又作势叹了口气："我原本想着，未央宫必定有御医侍奉，若是顺带给我诊出喜脉，正好可以向殿下报喜，不知如何开这个口，也免去我的烦恼。"

微浓见她说个没完，便自行起身，缓缓朝她走了两步。

明丹姝心头一震，下意识地捂着小腹，脚步不停地往后退。

微浓在离她五步远的地方站定，直勾勾地盯着她看："方才我说的话，你没听见？既然怀了身子，就得知道积福！"

说到此处，微浓突然觉得自己像个恶人，正在用最恶毒的口气威胁一个孕妇。她刻意强调最后两个字，顺便看了一眼明丹姝的小腹，然后绽出一个明媚的笑容。

明丹姝面上闪过一丝慌乱，不知是不是被这番话吓住了，脸色瞬间变得惨白。微浓却不想再多看她一眼，连逐客令都没下，转身便往寝殿里走。

刚撩起珠帘，又听明丹姝在身后唤住她："孩子的事，我还没想好如何对殿下说，毕竟如今我这个身份颇为尴尬。请你暂且保守秘密，我自己的喜事，不想让他从别人口中听说。"

微浓右手攥着珠帘，来回拨弄着碎珠子，连头都没回，冷淡道："你多虑了。"

明丹姝见状长舒一口气，正欲开口告辞，忽听殿外响起一声禀报："敬侯殿下到！"

太监的话音刚落，聂星痕已负手踏入殿内，身姿挺拔映丽，步履匆匆，面上还有一丝不悦之色，或者是……紧张？

微浓瞥了他一眼，走回座椅旁重新坐下。

明丹姝则整了整衣装，稍显慌乱："臣妾见过殿下。"

聂星痕"嗯"了一声，径直走到微浓身边落了座，浅笑问道："在聊什么？"

"没什么。"微浓语气敷衍。

明丹姝立刻接话，语气急切："王后娘娘寿辰在即，您不是吩咐下来，要在未央宫置办小宴吗？臣妾特来请示娘娘的喜好。"

聂星痕闻言蹙眉，只道："丹姝，你去外头等着。"

明丹姝看了微浓一眼，有些踌躇。

微浓回看了她一眼，神色锐利。

明丹姝莫名打了个冷战，朝微浓做了个"封口"的手势，这才强作镇静地退出殿外。

聂星痕见明丹姝走远，才问微浓："她方才对你说了什么？"

"没什么。"微浓望着殿外那个窈窕身姿，"诚如你所闻，商量寿宴之事。"

聂星痕心里还是有些不踏实："我和她……不是你想的那样。后宫的琐事我分身乏术，总得找人暂时管着。"

"为何是她呢？"微浓似笑非笑地问，"怎么不让你府中姬妾接手？"

"你非得与我这么说话？"聂星痕蹙眉，"我府中姬妾身份不高，自然没有明丹姝合适。"

"是因为合适？还是因为她与你一心？"微浓一语戳穿。

聂星痕没有否认，话语带着探究之意："你在吃醋？"

微浓闻言神情微滞，抬手看了看自己的左腕，抚上那条紫色的线："一个将死之人，还有心思吃醋吗？"

一提起此事，聂星痕也有些恼怒，御医署的那帮庸才，只能找到暂时压制毒性的药方，却没办法彻底解了微浓的毒。连阔倒是提出了一个可行之法，但不到万不得已，他不想考虑。

正有些分神，便听微浓又问："你敢说你无意于她？半分也没有？"

怎么又说起明丹姝来了？

"没有。"聂星痕不假思索地应道，"你不能因我曾求娶过她，便将我判了死刑，这不公平。"

"那你对明丹姝公平吗？"微浓立时反驳，"既然你对她无意，又为何招惹她？这不是彻头彻尾的利用？"

这一次，聂星痕无话可说了。

微浓又露出了一贯的讽笑："聂星痕，利用女人成事，可真是令人不齿。"

"这件事不会对你造成任何困扰。"聂星痕坦诚道，"等一切步入正轨，我自会妥善安置她。”

“用完即弃？”微浓更加犀利。

聂星痕决定保持缄默。

微浓缓缓起身，目视前方：“倘若没有这场阴差阳错的误会，也许我的下场，还不如明丹姝。”

她没再给聂星痕开口的机会：“先王是在寿宴上中风，聂星逸也是在寿宴上遇刺，这‘寿宴’二字已成了我的心病，就不必铺张了。我会请长公主进宫来说说话，敬侯请回。”

她淡淡地看了聂星痕一眼，将他的沉痛、怒意、欲言又止都收入眼中，转身进了寝殿。

只余空中浮散着一缕若有似无的药香，提醒着某人，伊人已去，决绝无情。

聂星痕闻着这缕药香，独自在未央宫坐了一会儿，直至这香味淡去，他才起身迈步走出去。

殿外，明丹姝仍旧等着他，看不出丝毫不耐烦。两人一起默默走着，聂星痕突然开口道：“往后你不要再来未央宫了。”

“是。”明丹姝脚步一顿，委屈地道，“王后娘娘有皇后命格，又是长公主的女儿，臣妾从不敢怠慢。”

“你知道就好。”聂星痕隐晦地警告，“不要去招惹她。”

“招惹？”明丹姝闻言更加委屈，“臣妾对您说过了，这王后之位，臣妾不会与她争的。”

“丹姝，”这次轮到聂星痕顿住脚步，“你嫁了人，我死心了；她嫁了人，我没死心。你还不明白？”

片刻死寂之后，明丹姝恍然一笑，神色凄然：“明白了。”

微浓说到做到，腊月十五这一天，她真的只在未央宫设了一台小宴，独请长公主一人，酒具、菜色都只备两人份。

定义侯与赫连璧月私通之事，对长公主的打击实在太大，前后一月未见，她与从前已经判若两人。曾经乌黑的青丝半隐霜雪，精心保养的肌肤也呈现出枯槁之色，一直以来的傲然姿态被萎靡所取代，就连繁复华丽的妆饰也舍去了，穿着越发朴素。

席间，思及这一年多里所发生的事，微浓也是感慨万分，忍不住问长公主：“您真得打算休夫吗？”

“我们已经和离了。”长公主凄然笑道，“三十几年的夫妻，我竟像个傻子一样，难道还能原谅他？”

微浓不语，只因相同的事情她也无法忍受。爱情之于她而言，要么两不辜负，要么再不回头，她从不愿将就。

“从前我最爱面子，什么事都要强，临老了，倒是栽了一跟头。”长公主自嘲一叹，“若不是顾及朝堂平稳，我真想将事情全部抖出来！让天下人都知道，聂星逸是哪来的贱种！”

微浓无话可说，唯有默默地为长公主斟酒。她知道，长公主必定想一醉方休。

烈酒一杯杯往腹中灌，灌得多了，长公主便开始诉说她与定义侯相识相知的故事，以及两人婚后的种种美满。微浓一直听着，偶尔插上一两句话，为她纾解心结。

如此过了一个多时辰，长公主不但没醉，反而略略冷静了些，按捺下心头的愤怒，失意地问道：“你是何时知道聂星逸的身世的？”

微浓回忆片刻，答道：“大约是今年十月底。”

长公主放下一直握在手中的夜光杯，神色渐渐清明起来：“你告诉我，你是怎么发现的？”

微浓捋了捋思绪，从头说起：“您寿宴的三日前，曾向我展示过那只镯子。当时我没对您提起，其实明丹姝也有一只款式相同的，是银制的。”

“我原本还以为是定义侯的图样被宫里抄了去，便没将此事告诉您。但您寿辰当晚，王上，不，先王突然昏倒，我才对此事上了心。”

“你可知先王为何会突然中风？”长公主想起自己得知的内情，心痛难当，悲怆又起，“我的女儿烟岚，是被赫连璧月害死的！她怕烟岚会做太子妃，与聂星逸那个野种乱伦，便在她日常用药里做了手脚！”

“寿宴那晚，先王看到我戴的镯子他知道赫连璧月也有一只，因而猜到暮皓与她有私情，更推断出了烟岚的真正死因，才会大受刺激。”

微浓是头一次听到这段内情，很是震惊，想要开口安慰长公主，又不知该说些什么。

“我已经不需要人安慰了。”长公主哀莫大于心死，朝她摆了摆手，“你继续说吧，我想听听你是如何发现真相的。”

微浓便继续说起来：“原本我对此事毫无头绪，当时先王中风，我日日前去侍疾，险些便将这镯子的事抛诸脑后了。直到聂星逸监国之后，金城公主来龙乾宫探病，戴了明丹姝那只镯子。先王看到后反应很大，一直盯着镯子想要说话。”

“等等，我听得糊涂了，”长公主不解地问，“你不是见明丹姝戴着镯子吗？怎么又变成金城了？”

“是明丹姝送给她的。”微浓再行解释，“后来我才晓得，此事是聂星痕授意的。他在龙乾宫有眼线，想看先王见到镯子的反应，好坐实他的猜测。”

“痕儿真不简单，比他父王心思还深。”长公主慨叹一句。

“这是他的可取之处，也是可憎之处。”微浓出口评价。

长公主没在这上头多做纠缠：“你继续说。”

微浓如实续道：“我见先王对这只镯子反应强烈，便去了一趟司珍房，想要找些线索。但我迟了一步，司珍房走了水，所有镯子的图样都被烧了。”

“如此一来，线索又中断了。没过多久，楚王幺女被辱自尽，我与聂星逸闹得不可开交，便去凤朝宫住了几日。机缘巧合下遇见刘司珍来给赫连璧月送首饰，是一支金鸾衔珠钗。赫连璧月见我多瞧了几眼，便将那支钗赏给了我。”

微浓用手比画了一下鸾钗的模样，道：“我身边有个宫女，从前在司珍房做过掌珍，见了这支钗，断定是用混色金打造。我这才知道，原来宫里只有王后和太子妃能用纯金打造的首饰，其余人一概只能用混色金。既然如此，刘司珍特意来送一只混色金做的钗，就说不通了。”

“宫里件件首饰都是登记在册的，镯子的图样虽被烧没了，但出库、入库的记录还能查得到，我派人去查，终于发现了一些蛛丝马迹。而几乎是同时，凤朝宫也传出消息，说赫连王后丢了一件心爱的首饰，还因此杖毙了一个宫女。很奇怪，她丢的是一只纯金打造的镯子，但给我的那支钗，是熔金重炼之物。”

话到此处，微浓自顾自倒了杯酒一饮而尽，一股脑儿地继续道：“至此，我有了一个大胆的猜测——我猜定义侯当初打造了两只一模一样的镯子，一只给了您，一只给了赫连璧月。只怪这镯子太美，凭空出现在凤朝宫，免不得惹人猜疑。于是赫连王后便找刘司珍伪造记录，想将这只镯子安上来历，假装是司珍房打造的。”

“但刘司珍发现镯子不是纯金的，她担心伪造了镯子的来历之后，会有人说她偷工减料，用混色金欺瞒王后。所以她想了一个折中之法——重新打造了一只纯金的镯子，呈给赫连璧月。如此一来，镯子的来历有了真凭实据，图样、出库记录都不必凭空捏造，万一出了什么事，她也不用担责任。”

“赫连璧月这只镯子，无意间被明丹姝看上了，是不是？”长公主已能想象出后头的故事，“明丹姝喜欢这只镯子，向赫连璧月索求未果，便去找刘司珍做了一个款式相同的。刘司珍知道赫连璧月拥有两个镯子，一个纯金、一个混色金，她怕冒犯赫连璧月，所以只给明丹姝做了个银质的？”

微浓点了点头："也有可能是赫连璧月怕刘司珍看出端倪，刻意命她多打了一个银镯子，赐给明丹姝以掩人耳目。"

至此，一切细节都对上了。长公主恍然大悟，往年她寿宴时，赫连璧月甚少出席，大多时候是聂星逸代母送礼。今年是因为微浓的缘故，两家结成了亲家，赫连璧月才突然决定出席。而当时定义侯正与燕王下棋，根本无暇去府门前迎接凤驾，便也没机会劝她捋下镯子，这才导致她的镯子被赫连璧月看见了。

"难怪寿宴时先王意外昏倒，赫连璧月竟一反常态，往我身上泼脏水，原来是醋意大发。"长公主恨恨地笑，又问，"这跟那支鸾钗又有什么关系？"

微浓沉吟片刻："应该是先王发现王后不忠，大受刺激，中风昏厥。赫连璧月猜到是镯子间接泄了密，便对外推说镯子被宫女偷走了。而实际上，她是让刘司珍将两只镯子熔了，那支金鸾衔珠钗，应是熔金之后重新打造的。"

如此一来，也就解释了为何鸾钗是用混色金所铸。因为定义侯送给赫连璧月的飞星逐月镯是用混色金打造的，而刘司珍仿做的是纯金镯子。

长公主听完这一番分析，没再多说一个字，兀自盯着桌案上早已凉透的美酒佳肴，吃吃地笑起来。那笑意中端的是寒凉，还有自嘲。

微浓看着长公主如此颓然失意，终是不忍，试图安慰道："其实我私心里猜测，定义侯并不想将镯子送给赫连王后。那镯子是按照公主的规制打造，用的是混色金。倘若定义侯真心实意想将镯子送给她，必定会用纯金打造。"微浓刻意强调。

"如今说什么都没用了。"长公主丝毫没有动摇，再笑，"聂星逸即位之后，暮皓受到重用，频频出入王宫。我一直以为是沾了你的光，却没想到真相如此龌龊。"

"是我沾光才对。"微浓如实道，"其实我早已惹恼了聂星逸，但他一直没有杀我。他怕定义侯没了国丈的身份，无法名正言顺地受他重用。"

自古驸马仕途有限，但国丈不同。显然，赫连璧月与聂星逸深谙此道。

"那你应当感谢先王。"长公主幽幽叹道，"是他给了你这个身份，间接保下了你的性命。"

"是啊。"微浓点了点头，不禁慨叹宿命的巧合与绝妙。高宗聂旸能在不知情的情况下，给她安排了这样一个身份，从而帮她躲过一劫。

这也解释了赫连璧月为何会对她另眼相看、一再包容——皇后命格固然是一个重要的原因，但更重要的是，她成了定义侯的女儿，这能让定义侯名正言顺地成为国丈。

“一切都是命啊。”长公主说着已是缓缓起身，连句告辞的话都无力再说，步履蹒跚地离开了未央宫。

望着她渐渐远去的背影，一股悲凉与凄楚涌上微浓心头。从前，长公主是多么神采焕然的一个人，举手投足贵气满身；而这一刻，端看她这个背影，已经如同垂暮老妪了。

“情”之一字，真是伤人至深。

今晚名为小宴，不过是一场倾谈而已。这一桌子的佳肴几乎没人动过，倒是酒喝得一滴不剩了。微浓自己也没什么胃口吃菜，便起身唤了晓馨进来，道：“都收拾了吧，我想更衣歇下了。”

晓馨有些踟蹰：“敬侯殿下已在外头等您一个时辰了。”

微浓沉吟片刻，迟疑之色一闪而过：“请他进来吧。”

晓馨连忙领命，跑出去传话，须臾又跑了回来，命人收拾桌上的冷饭、冷菜。这边厢宫女们正端着盘子往外走，那边厢聂星痕已经迈步进来，瞧见宫女们手中的菜肴几乎未动，不禁深深蹙眉。

微浓也没有起身见礼的意思，坐在原处抬眸看他：“有事？”仍旧是那般疏离的语气。

聂星痕对此早已习惯了，径直在微浓对面落了座，他嗅了嗅空气中残留的纯酿味道，笑言：“菜没动，酒喝了不少？”

微浓扯了扯唇角：“不行？”

“你毕竟中毒在身。”聂星痕顺势接话。

微浓也没反驳辩解，又不知当说些什么，只得吩咐晓馨：“给殿下上些酒菜吧。”

晓馨早已吩咐下去了，但还是做个样子，识趣地退下。

满殿的烛火照着晦暗的夜色，如同给两人之间铺了一层轻纱。这似有若无的隔阂复杂难言，又仿佛染着一丝暧昧，一戳即破。

“有事吗？”微浓再次询问。

“有些问题想问你。”

微浓轻笑：“巧了，你先问吧！”

聂星痕便径直问出心中猜疑：“那天的刺客，你认识？”

聂星逸寿宴当日，盛名天下第一的杀手祁湛前来行刺。据他所知，祁湛杀人是毫不留情的。当时微浓被聂星逸推了一把，眼看便要撞上刀刃，可祁湛却生生撤了力道，甚至不惜露出身法破绽。还有，他在暗中观察得细，祁湛当时看向微浓的眼神，分明写满震惊——他们两个从前认识。

然微浓并未回复他，只问：“那个刺客是你找来的？”

“算是吧！”聂星痕坦然承认。

“他叫什么？”

“祁湛，墨门第一杀手。”

“杀手？”微浓有些疑惑，“年纪呢？”

聂星痕摇了摇头：“我只知道他少年成名，久经江湖。具体年岁不清楚，但看他的身手，不会超过四十岁。”

微浓听了这些信息，良久才道：“我不认识什么杀手，或许是从前走镖时见过。”

聂星痕也没再追问，也许微浓真的不认识祁湛，又或许她有意隐瞒，而他愿意尊重她。他转而关心起她的身体：“这几日又吐血了吗？”

“没有，只是越发怕冷了。”微浓方才喝了些酒，此刻一张容颜酡红微醺，比平日的清冷多了几分烟火气，更显得娇艳欲滴。

她这种神色才是聂星痕最熟悉的，他们在房州初相识时，她就是这个样子。只是后来，他把她弄丢了。

“明日连阔会来给你诊治。”聂星痕适时收起了思绪，说起这最重要的一件事。

“多谢了。”微浓没什么精神，仿佛并不在意生死。

聂星痕正要开口接话，外头忽然响起晓馨的声音，是酒菜准备好了。晓馨领着几个宫婢入内，逐一摆上八冷八热十六道菜，还有两壶好酒，又施施然领着人告退。

原本桌子上空荡荡的，显得两人距离很远，而如今一上酒菜，彼此倒是拉近了，气氛好像也不太尴尬了。聂星痕主动撤掉一壶酒，道：“你今晚已喝了很多，现在不如就看我喝吧。”

微浓已经不太习惯与他同桌吃饭了，觉得有些别扭：“聂星痕，我想离开京州。”她挑拣了一个最不适当的时候提起这件事。

聂星痕似未听见，神色不变，兀自饮了一杯酒，问道：“你不是有问题要问吗？”

微浓只得叹了口气，想着心头盘旋已久的种种疑问，开口问道：“明重远之死，是不是你嫁祸的？”

“是。”聂星痕浅笑，又饮了一杯，“我还当你要问什么。”

“那你在楚地遇刺之事，也是你自己一手主导的？”

“不是。明氏的确派人来行刺过我，是赫连璧月指使的，但没伤中要害。”聂星痕如实坦陈，“我的伤是姜国人干的，他们意在楚珩。”

“然后你将错就错，借机扳倒明氏？”微浓明白过来。

聂星痕点了点头：“他们死有余辜。”

“明丹姝知道真相吗？”

“她应该猜到了。”

微浓觉得简直不可思议：“那她居然还肯帮你？”

“这是她的可取之处，也是可憎之处。”聂星痕如此评价。

微浓一怔，想起两个时辰前，她才刚刚说过同样一句话，一字不差，而她评价的对象此刻就坐在她眼前。

微浓与他坦然相对，她知道，他今晚不会骗她。于是，微浓想到那梗在心头的一件事，便迫切地脱口问出：“聂星逸寿宴上，我与沈觉说了几句话，知道了一些事情。当年你为什么送我去和亲？”

聂星痕执杯的手一滞，继而松开酒杯，抬眸看向她：“你听沈觉说了什么？”

“没什么。”微浓避开他的视线，垂眸轻道，“我想听实话。”

“我以为你永远不会问。”聂星痕再笑，不知是自嘲还是怎的。

他定了定神，俊日泛起涟漪波澜。那些曾经酝酿了许久的解释，曾迫不及待等着她质问。可真正到了这一刻，他又不知该如何说出口了。

“为什么送你去和亲……”聂星痕语气绵远，“知道你是父王的女儿，我也很痛苦。我本以为，你我可以避而不见，但后来我发现不行。我每年都会回宫，我们不可避免会碰面。”

“而且，我发现你在宫里过得并不好。短短两个月，你瘦了很多。”聂星痕回忆一次便疼痛一次，“赫连璧月欺辱你，我很心疼。”

“所以你举荐我和亲，是为了帮我脱离苦海？”微浓插了句话。

“不，不全是。”聂星痕措辞片刻，“一则，我们隔得远一些，可以彼此忘怀；二则，我也希望能给你一个好归宿。”

“三则，你怕这段不伦之恋被人发现，影响你的前途对吗？”微浓毫不留情地戳穿他，“你最怕被赫连璧月发现。怕她拿着这把柄大做文章，坏你的名声，让你在朝臣、在你父王面前抬不起头？这才是你最大的顾虑，对不对？”

聂星痕沉默一瞬，没有否认：“其实你该明白，倘若此事被揭穿，你受的伤害远比我大得多。我可以一走了之，回封邑，而你呢？你的名声怎么办？日后还怎么嫁人？”

听到此处，微浓真是又难过又失落。原本她还以为，也许是聂星痕发现了楚璃的心思，才顺水推舟送她和亲。可听了这番解释，她便知道，他根本不晓得楚璃的意思。

这一切，只是个巧合。楚璃为何会求娶她，真的永远成了谜！

“那你就可以自作主张，把我送走？你有想过我的感受吗？”微浓语气虽平静，情绪却并不如此，“我成了私生女，心上人成了我的兄长。我来到陌生的环境，与燕王宫格格不入，而你却不与我商量一句便举荐我和亲……”

从此远嫁异国，背井离乡，举目无亲，孤独度日！抚养她的姨母、姨丈相继病逝，镖队被迫解散，都没有人告诉她一声！她会在陌生的国度里过一辈子，再也无法回来了！

而造成这一切的罪魁祸首，是她想爱而不能爱的异母兄长！

此时此刻，聂星痕仿若也陷入某段回忆之中，语气黯然：“我本以为你走了，我会好受很多。回房州之后，我过了一段很放纵的日子。但不行，我越来越难受。”

“所以，当知道你的身世有误时，我欣喜若狂。我想了一夜，决定不顾一切要你回来。”每每想起得知真相的那一夜，聂星痕的心头都会一阵激荡，他无比庆幸上苍再一次给了他机会，让他这个将死之人看到了生还之望。

“然后你再一次不顾我的意志，杀了楚璃，灭了楚国。”微浓嗤笑一声，“聂星痕，当初是你先来招惹我的；后来，你又说我是你沦落民间的妹妹，主张我远嫁和亲；三年后你又杀了我的夫君……我这一生活得可真窝囊，从认识你开始，便一直被你操控着。”

“那就给我一次弥补的机会。”聂星痕目露希冀之色，近乎卑微地祈求，“我会给你最好的一切。”

“最好的一切？”微浓像是听到了一个笑话，想笑，但眼眶灼热，“除非让楚璃死而复生。”

聂星痕闻言眼眸一黯：“他真的这么好？好到让你忘了我？还是你的愧疚心理在作祟？”

“不是愧疚。”微浓转眸望着壁台上的幽幽烛火，希冀那点光热能逼退她的泪意，可惜适得其反，“楚璃的好，你根本想象不到。”

“我不信。”聂星痕心有不甘，“楚璃在宫廷浸淫多年，稳坐太子之位，绝不会是纯良之辈。倘若你评定善恶的标准是对你如何，难道我对你还不够好？”

“你不要侮辱楚璃！他与手足兄弟和睦相亲，根本无须要什么手段！”微浓至此终于愤然。烛火映着她的泪意，使她的视线渐渐模糊，可楚璃的天人之姿却在眼前一再闪现，从未如此清晰，“他是谦谦君子，温润如玉，体贴入微，分寸得宜。他从不会自作主张，但凡与我相关的事，无不征询我的意见。”

他教她用惊鸿剑，教她读史，教她如何洗去稚气。他抚慰她独在异乡的孤独，倾听她最沉痛的心事，耐心等着她走出创痛，默默打开她的心扉。

聂星痕是烈酒，爱也浓、恨也浓，绞痛她的柔肠，让她不能自已的酩酊大醉；而楚璃是清茶，情也淡、意也淡，润物细无声地占据了她心底的一席之地，令她逐渐上瘾，令她忘却前尘。

她曾一醉方休，而今宿醉已醒。手头那杯解酒的清茶已不可再得，但她纵然再痴再傻，面前的酒她也不会再尝了。不想，也不敢。

“倘若没有燕楚之战，我早已经不恨你了。”微浓簌簌落下冰凉的泪水，一如她此刻的心境，“三年了，我终于适应了楚国……”

恍惚中她站了起来，双手抵在桌案上，任由眼泪滴落在面前空无一物的碗碟里，似乎还能听见清脆的碰撞声。终于，她失声痛哭。

深夜里的劲风穿窗而过，像铺天盖地的思念，无孔不入。

聂星痕情不自禁地站起来，沿着桌案走近她，从身后环住她颤抖不已的身躯，想要予她慰藉，予己温暖：“抱歉，但我不后悔。”

微浓僵直身子，一根一根掰开他修长的手指，从他怀中挣脱出来。她神色决绝，无爱亦无恨，只剩下一片凄清的空寂与怆然，化作无力的言语：“如今你是燕国唯一的正统，我不会再杀你，但也不可能再爱你了。放我走吧！”

聂星痕扳过她的身子与她对视，目光隐含热烈与痛楚，却不肯开口。

微浓似已料到这个结果，目光轻轻地落在他用过的夜光杯上，垂眸表态：“既然如此，我也拒绝再解毒。”

聂星痕终究还是妥协了，不再强留微浓，让连阔来为她诊治。

这是两人头一次正式见面，微浓略略与连阔客套了两句，便将左腕伸出来，抚过那条快要延伸到肘处的紫线，问道：“大人能治吗？”

“连某一介蛊医，不敢当您这一句称呼。”连阔很是谦虚，又看了看她皓腕上深紫色的线，答道，“能治。”

“怎么治？”

“我们姜国有一位德高望重的蛊医，即我的师父，他能治。”连阔顿了顿，又道，“其实，宫里的御医们已经研制出了克制毒性的药方，只要您每日按时服药，也能慢慢清除余毒，保住性命，只不过……”

话到此处，连阔明显迟疑了。

“不过什么？”微浓平静地追问。

见微浓心态平和，连阔便也不再隐瞒：“根据御医们研制的药方，我粗略地估计了下，清除您体内的余毒需要三十年之久，在这期间，您无法受孕。”

“三十年啊！”微浓深深呢喃一句，笑着感慨，“我能否再活三十年还是未知之数呢。”

连阔没再往下接话，倒是晓馨在一旁安慰道：“娘娘快别这么说，您同殿下都是长命百岁。”

微浓笑了笑，没有反驳。连阔则是斟酌片刻，再道：“连某已经待在燕国足足一年了，敝上交代的任务也已完成。过了这个年，连某打算返回姜国。”

“那先祝您一路顺风。”微浓客气道。

连阔倒是有些担忧：“连某若是走了，您的毒……”他没把话说完，话锋一转，有意透露，“其实殿下正在考虑，想让连某带您回姜国解毒。”

微浓一怔，明白过来：“我知道了，多谢您。”

连阔点点头，欲告退而去，然而刚走了两步，又忽然顿住脚步，回头：“有件事，连某不想瞒着娘娘。”

“什么事？”

“我们王后娘娘的胞弟，一直宿疾缠身，从燕国到姜国时，因水土不服病情加重，已然去世了。”

“哗啦啦”一阵脆响，微浓不慎将手边茶盏打翻，震惊地看着连阔：“你说谁去世了？”

连阔神色凝重：“敝国王后娘娘的胞弟，楚珩。”

第十五章

旧梦浮沉，故梦重温

当晚，微浓就毒发了，昏倒在床榻之上。意识沉沉之中，她梦到了楚璃。

十六岁的她，被聂星痕亲自送到楚国，忍受着背井离乡、远走异国的孤独，忍受着恋人变成亲兄长的痛苦，独自在异国自生自灭，无人问津。若不是楚璃及时出现拯救了她，也许她早已成了一具行尸走肉。

六年前，她是怎样与楚璃相识的？微浓在昏沉的梦境里努力地回忆着，而事实上，她从未忘记。

那是燕国隆武十四年八月，在她抵达楚国王都两月之后。按照楚王的意思，是希望两国能够尽快联姻，因为楚王后凤体违和，急于看到爱子成婚。于是，她与楚璃的大婚，在定下这门亲事时便开始筹备了，婚期就定在八月二十。

一切都按部就班地进行着，她被安置在楚王宫的毓秀宫，每日跟随教习嬷嬷学习宫中礼仪，熟悉宗室典籍和婚仪流程。日子过得如同一潭死水，她的心也如同一片死灰。

可就在八月初，楚王后到底还是没能挨过去，这便打乱了太子的大婚计划。按照楚国风俗，如遇高堂去世，男子须丁忧三年，其间不得行婚嫁之事，不得参加吉庆之典，任官者必须离职；而对于宗室成员，则可适当缩短丁忧期限，民间三年，宗室三月。

如此一来，太子楚璃须得服丧三月，这婚事自然而然便推迟了，微浓也因此暂时松了一口气。

自来到楚国之后，她一直严格遵守楚国的风俗习性——婚前不与男方相见。因此，她一直不知楚璃长什么模样，只听身边的宫婢说，太子殿下是一位面若冠玉的谦谦君子。但这个形容实在太过模糊不清，她也想象不出什么。

原本这般两厢无事，她已经做好了要在大婚之日才能见到楚璃的准备。可临近冬月之时，一桩意外事件却打破了这固有的风俗，令她提前见到了他。

那是楚王后薨逝的第八十一天，宫中为王后举行了隆重的祭悼仪式。由于她尚未与楚璃成婚，便没有资格参与祭悼，仍旧埋头在毓秀宫的纸堆中，强迫自己熟记那些枯燥的宗室典籍。

如此过了一整天，眼见黄昏将至，天色渐暗，宫婢便来请她用晚膳。谁知刚吃到一半，忽听外头响起嘈杂的脚步声，紧接着，毓秀宫的主事嬷嬷慌慌张张地跑了进来，对她道："公主，您可千万别出去，宫里出事了！"

"出什么事了？"她忙问。

嬷嬷只是摇头："老奴也不清楚，只听说王后的祭悼之礼都险些被打断了。"

难道是来了刺客？微浓心下疑惑，忍不住偷偷跑出膳厅，打开毓秀宫的宫门，果然瞧见比以往多了不止一倍的禁卫军，好似是在四处搜寻着什么，就连毓秀宫门口，也站着满满的人。

她毕竟年纪小，从前又时常跟随镖局走镖，看到这种情况非但不害怕，反而很好奇。主事嬷嬷见她探头向外看，连忙一把将她拽回来，亟亟道："我的公主殿下！您是太子妃，可不能随意抛头露面，教那些男人瞧了去。"

经过几个月的相处，微浓早知嬷嬷的迂腐，也不辩解，恹恹地道："是，嬷嬷，我下次注意。"言罢还故意打了个哈欠，"嗯，我有些倦了，回去歇着了。"

嬷嬷蹙了蹙眉，显然对她的礼数感到不满，却又碍于身份，不好多说什么，只道："公主别睡那么早，夜里容易睡不着。"

微浓胡乱应了一声，便往寝殿里走去。刚一踏入殿门，空气中一股扑鼻而来陌生的味道。很淡，淡若无痕，偏生她鼻子太灵敏，还是嗅了出来。

她连忙环顾殿内、殿外，果然瞧见几个生面孔的太监，于是招来贴身婢女元宵，指了指那几人："他们是谁？"

"是楚王新派来的侍卫，说是护卫您的安全。"元宵磕磕巴巴道，"毕竟您是和亲公主，不太方便见旁的'男人'。"

微浓明白了，便走到那几名太监面前，听他们自报家门。她敷衍着说了几句客气话，深深一嗅，除了汗味，什么都没有。至少，不是她方才闻见的味道。

她有些疑惑，再联想起外头乱糟糟的场面，便直白问道："几位受王上调遣，来这毓秀宫保护本宫，能不能也知会一声，宫里到底出了什么事？"

领头太监沉吟片刻，答得很是隐晦："禀公主，宫里遭窃了。如今侍卫们正四处捉拿窃贼，太子殿下恐外人冲撞了您，派奴才等前来保护。”

“有劳了。”微浓笑着点了点头，未再多问，转身返回寝殿之内。她环顾一周，宫婢们各个神色自若，不见丝毫异样。她想了想，徐徐走到梳妆台前，拿了一面小镜放在眼前，佯作照镜子，透过镜子四下看了看。

仍无异常。

恰在此时，元宵在殿外禀道：“公主，该沐浴了。”

沐浴？微浓愣了一愣：“呃，沐浴之事暂缓，你去将我今日读的典籍拿来。”言罢又加了句，“还有那本《女训》。”

“公主，日头都落山了，您还要读书？”元宵迟疑地探进脑袋。

微浓急切地朝她摆了摆手：“快去！”

元宵没法子，只得去取了书册过来。微浓便将一众宫婢都召集到跟前，笑道：“这几日，教习嬷嬷正教到《女训》，本宫习罢深有感触，便读与你们听听，想来会对你们大有裨益。”

宫婢们面面相觑，都不明白这位青城公主缘何要教她们读书。自住进毓秀宫以来，她一直是冷冷淡淡的，仿佛对什么都提不起精神，成日里也不见说一句话，今晚此举，倒是反常得很。

宫婢们心中虽如是想，却无一人敢提出来，唯独从燕国来的婢女元宵，与微浓最为亲近，忍不住问道：“公主，您这是怎么了？”

微浓似没听见她的话一般，摊开一本《女训》，便开始絮絮地读起来。一众宫婢围成一圈，皆神情茫然地“洗耳恭听”。

这般读了小半个时辰，天色越发暗了，元宵听得直瞌睡，只得大着胆子打断微浓，委婉地道：“公主，天色太晚了，您读书怪费眼睛的。不如明早再读吧？”

“哦？是吗？经你一说，好像是挺费眼的。”微浓清了清嗓子，“元宵，再多拿几盏油灯进来。”

元宵闻言颇为无奈，又不敢忤逆主子之意，只得照办。

微浓仿佛全无疲倦之意，又坐着读了半个时辰。其间不停有太监探头进来瞧，大约都在疑惑她的反常，又不敢说些什么。

终于，一个宫婢支持不住了，困得踉跄了两步，一头栽在微浓身旁的紫檀木案几上。众人七手八脚地将她扶起，那宫婢自知失仪，连忙下跪请罪，神色惶惶，忐忑不安。

微浓却只是挑了挑眉：“元宵，你扶她出去。其余人，继续听我读《女训》。”言罢，她自己反倒打了个哈欠。

元宵终是忍不住了："公主，您今日是怎么了？也忒反常了！"

"啊？有吗？"微浓边说边瞟了一眼门外，转而又瞪了元宵一眼，命道，"快将这打瞌睡的丫头带出去！"

元宵一脸莫名其妙的表情，不情愿地领了命，扶着那个打瞌睡的宫婢往外走，边走边嘟囔着："公主今日是怎么了？"

微浓目送她二人走出殿门，又笑吟吟地对另外几个宫婢道："我们继续，方才我读到哪儿了？"

宫婢们都不接话，事实上，也没人知道她读到哪儿了。

微浓便自问自答，随意指着书中一个段落，笑道："嗯，好似是读到这里了。"

于是，她又埋头读了起来，读几句便会瞄一眼门外，眼见一直没什么动静，心下也越发焦急。正打算再想个什么法子，却忽然感到周身一阵冷飕飕，原来是夜风透门而过，幽幽吹入了寝殿之中。

风吹得烛火齐齐摇曳，扰得殿内忽明忽暗，晃得微浓再也无法看清书上的字。她紧紧抓着手中的《女训》，刚想说句什么，眼前却忽地一黑，殿内烛火在一刹那尽数被风吹灭了。

微浓心头一紧，宫婢们反而都长舒一口气，各个欢快地道："奴婢去点灯……奴婢去找蜡烛……"纷纷作鸟兽散。

微浓心底叹了口气，等了片刻，才见到宫婢们捧着烛台重新进来。殿内亮起的一瞬间，她眼底隐约扫见一片红色，低头一看，自己手中那本《女训》的书页里，不知何时多了一片白色布料，上头写着一个血淋淋的大字：散。

微浓乍然一惊，猛地将《女训》合上，颤巍巍地站起身来，脸色已是煞白。然而时值深夜，殿内烛火又暗，宫婢们竟无一人发现她的异样，都在思忖要如何逃离青城公主的"魔音"。

便在此时，一个宫婢大着胆子说道："公主，夜深了，要不您就寝吧？"

微浓被这话唤回了神，忙道："呃……好吧！你们也散了吧！还有，告诉元宵，不必来伺候盥洗了，我乏了。"

素来喜洁、寡言的青城公主，今日怎的如此反常？众宫婢都在心里纳罕，却无一人敢多说什么，陆续告退而出，离开寝殿。

微浓的心从未跳得如此之快，她垂下眸，再次翻开《女训》，其中那鲜红的血字触目惊心，并不是她的臆想。殿内仍旧没有丝毫动静，也不见什么歹人在飞檐走壁，她甚至能听到自己的呼吸声，细微、急促、警惕。

“你倒是不笨。”一道散漫的嗓音在此时突然响起，低沉、缓慢、富有磁性。

微浓循声转身，便瞧见一个身着黑衣、面覆银色假面的男人倚靠在她床榻之上，姿势随意慵懒，却又不失挺拔，一只手还枕在脑后，仿佛他才是这床榻的主人。

若单听这声音，再看这姿态，微浓定会以为他是哪家的地痞无赖，偷偷溜进了楚王宫。

可他的眼睛出卖了他。

那是一双敏锐凌厉的黑眸，如刀锋般杀气凛然，如利剑般直穿人心，仿佛能割肌削骨，噬髓剥筋。他面上那片假面在暗夜中散着银色的光华，更显他的双眸冷峭幽寒。

微浓只与他对视了一眼，便觉得双目剧痛，这痛进而蔓延至全身，令她忍不住打了个寒战。

黑衣男子见状笑了。即便他整张脸都覆在假面之后，微浓也能察觉到他的笑意。

“小姑娘倒是挺有胆色。”他目露几分赞许。

微浓咬了咬下唇，悄悄向后退了几步：“你是那个盗贼？”

“盗贼？”黑衣男子笑意更深，锋利的黑眸终于缓和了几分，“算是吧。”

言罢他又上下打量了微浓一番：“方才你读书半晌，是怕就寝之后我会杀你？”

“不是。”微浓再次后退了几步，如实回道，“我是在吸引宫人的注意，暗示你赶紧离开。”

“啧啧，胆子真够大的。”黑衣男子戏谑她一句。

微浓警惕地看着他，抿唇不语。

“差点忘了，你以前走过镖。”黑衣男子似恍然大悟。

显然，关于她这个青城公主的身世，已经传遍九州了。微浓神色有一瞬的黯然，又立刻壮起胆子：“你再不走，我可喊人了。”

话音甫落，微浓突然感到脖颈一阵冰凉。她身子一僵，竟不知黑衣男子如何到了自己身边，只觉得烛火一暗，眼前一晃，一阵轻风拂面而过，一把匕首已横在她咽喉之处。她不敢低头，唯恐那锋利的刀刃会嵌入肌骨之中。多年走镖的经验告诉她，这男人不会怜香惜玉的。

但直觉又告诉她，只要她不声张，只要她愿意合作，他不会轻易杀她。

心中虽清醒，头脑虽冷静，可她到底只是个十六岁的少女，是对方口中的“小姑娘”。她不怕光明正大的打斗，不怕江湖上的明刀暗箭，却从未遇到过这种情况。

微浓的身子止不住地颤抖起来，脑后也有了一丝凉意。那黑衣男子就站在她身畔，可除了一把匕首紧贴她之外，两人之间几乎没有一丁点儿的碰触，就连衣角也不曾触及。

唯有低沉磁性的声音并着温热的呼吸，自她耳边袭来：“楚王宫戒严，我暂借毓秀宫住几天，可以吗？”

微浓恨得牙痒痒，却无法开口回绝。一旦她开口，那匕首便会刺入她的咽喉。

“你若不出声，便是同意了，嗯？”他又低声笑道。

一缕幽沉的尾音掠过耳畔时，微浓已感到那冰凉的匕首缓慢地撤离了她的肌肤。可尚未等她缓口气，男人炽热的手掌忽又扼住了她的咽喉。她下意识地张开口，冷不防地吸入了一颗小药丸。

下一刻，她急剧地咳嗽起来，挥开他的手掌，俯身想要抠出咽喉里的东西：“咳咳……你给我吃了什么？”

“毒药，”黑衣男子双手抱臂，站在她身侧冷眼旁观，“入口即化。”

微浓心上一凉，险些惊呼出声，却被他的下一句话堵了回去：“待我离开就给你解药。”

微浓面色苍白，一下子瘫坐在地上，深知自己是逃不掉了。她只得用她那清澈透亮的双眸，恶狠狠地瞪着他，想怒而不敢怒，霎时，也将自己逼出了泪。

见此情状，银色假面后的黝黑瞳仁略略闪过一丝涟漪，锋刃刹那退去，声音却是带着笑：“真像个小豹子。”

微浓默默地从地上站起来，咬牙切齿地道：“你要说话算话！”

闻言，黑衣男子笑得更加不能自已：“我还以为你要喊救命呢。”

“你以为我不想喊吗？”微浓冷哼一声。

黑衣男子倒是来了兴致，主动问道：“我自认身法不错，藏得也够隐蔽。你是怎么发现我的？”

微浓揉了揉鼻子：“我闻到了你的气味。”

“气味？”黑衣男子在自己身上闻了闻，“我有什么气味？”

“陌生男人的气味。”微浓不知该如何形容，也是有意讽刺一股偷鸡摸狗的味道。”

“有点儿意思。”黑衣男子仍旧笑着，也不见生气。

微浓见刺激不到他，自己反倒又气又急，只得瞪着他恨恨地问：“说吧！你到底要我做什么？”

黑衣男子也不客气：“弄两瓶金疮药进来。还有，每日给我送一顿饭。”

金疮药？微浓这才想起来，方才他扔在《女训》上的血字，好像是写在绷带上的。

原来他受伤了。微浓掐了掐自己的手心，暗自思忖外头的护卫是否能打得过他。直觉告诉她，不能。此人武功高强，来无影去无踪。况且，她还吃了他的毒药。

只是这迟疑分毫的工夫，但听黑衣男子警告她：“我知你跑过江湖，有些鬼点子。但是相信我，你的水平还不够。”

微浓也知道是不自量力，挣扎片刻，自认保命要紧，只得被迫应下：“我答应你，但你不能留在我的寝殿。”

眼前这黑衣男子，身形高大挺拔，肌理柔韧起伏，举手投足间无不展现出他紧实的身体轮廓。夜行衣根本遮不住他劲瘦的身材，更掩不去他雄性的气味，这是个不折不扣的年轻男人，敏捷、迅猛、有力。

微浓恋过聂星痕，和亲之前燕王宫的嬷嬷也教习过她男女之别，绝非少不更事。正因如此，她知道，让这样一个陌生男人藏在她的寝殿里是危险的，她不放心。

可显然，黑衣男子并不这么认为。他四下看了看，又恢复成懒散的样子，重新坐回微浓的床榻之上：“毓秀宫里，就数你这寝殿最舒服，也最安全。”

微浓急得一跺脚，又恐外头的侍卫听见，只得勉强压低声音：“那怎么行！”

黑衣男子故作正经地审视了她几眼，嗤笑：“我是盗贼，又不是采花贼。放心，我对你这种小姑娘没兴趣。”

微浓只觉得自己被他羞辱了一番，气得怒火中烧，又不知该如何还口，也不敢还口。她三步并作两步走到榻前，抬腿就往黑衣男子的裤裆上踹去。后者敏捷地跃起，让她踢了个空。

“这么狠？”他站在她对面笑道。

微浓也冷笑一声：“如今你还觉得我是小姑娘吗？”

“怎么不是？”他笑意更浓，“你若经事，方才便不是用脚踢了……”

他话未说完，微浓已明白过来，更是羞恼不已。眼下她受人掣肘，也无力反抗，深知讨不到便宜，只得暂时认命。她索性不再看他，径直拉开被褥和衣躺下：“我要睡了。你若明天想吃饭、想用药，就别再刺激我！”

“怎么像个怨妇似的。”黑衣男子低声抱怨了一句，一跃跳上房梁，自上而下看她，“放心，白天我绝对不会出现，每日夜里你给我送饭送药即可。”

微浓用被褥将头蒙住，故意不听他说话。

他便低声叹了口气：“小姑娘，只要你肯听话，我们彼此都很安全。”言罢他弹指一挥，只听“嗞”的一声，殿内最后一盏烛火也熄灭了。

微浓提着精神，根本睡不着，岂料刚翻了个身，便听殿外忽然传来隐隐的说话声："殿下，这于礼不合。"

微浓"噌"的一下坐了起来，紧张地抬头看向房梁。

显然黑衣男子也听见了，立刻从房梁上探头，命道："你去看看。"

微浓只得起身，整了整衣装，又将半散的长发随意绾起，绕过屏风，撩起珠帘。她正欲推开寝殿的门，哪知外头的人抢先出了声，是毓秀宫的主事嬷嬷："公主，今日宫里闹贼，太子殿下担心您的安危，特来探望。"

是楚太子璃！微浓心头一紧，于黑暗中看了房梁一眼，连忙回道："请嬷嬷转告一声，我已歇下了，多谢殿下一番好意。"

"老奴见您方才还亮着灯……"主事嬷嬷顿了顿，没再往下说。

微浓有些急了："不是说成婚之前不能相见吗？嬷嬷快请殿下回去吧！"

"公主，"嬷嬷言语间有些尴尬，"殿下此刻就在老奴身旁。"

楚太子就在外头？微浓"嗡"的一下头大了，呼吸一凝，心里更加紧张起来，一时竟不知该如何接话："这……这……"

房梁上的黑衣男子也深蹙眉峰，目光冷冽地看着她。

不用灯火，不必抬头，微浓也知对方是在警告她，不要妄想寻求救援。

微浓下意识地捂住心口，感到有些胸闷气短，脑子里已是一片空白。寝殿里静得死寂，她还能听到自己急促的呼吸声，如此仓皇，如此不安。

许是她太久没有回应，殿外那人便主动开了口："公主，我是楚璃。"

六个字，抑扬顿挫，和缓沉静，富有磁性而不失清透。他的声音仿如潺泉击石，仿如环佩玉鸣，仿如陶埙箫乐，仿如美酒醇酿，瞬间就让微浓那颗极度紧张的心，平静了下来。

耳后升起一丝惬意的抚触，像是春风拂面，渴极逢霖。但还不够，远远不够。这一丝惬意又灵活地掠过她的脖颈，拂过她的灵台，进而，令她四肢百骸都舒畅起来。

微浓从不知道，一个男人的声音能够好听至此。她更无法想象，他短短数语竟能安抚人心，像是带她来到了清幽的山谷，又像携她登上了摘云的高峰。她沉浸在这声音勾勒出的境界之中，刹那失神。

也不知过了多久，又或许只是一瞬间，微浓突然感到额上吃痛，是房梁上的黑衣男子用一粒药丸弹中了她。她打了个激灵，立刻回神。

"呃……"她极力想要得体应对，奈何此时就像失语了一般，根本就是语无伦次，"殿下，多谢探望，我很好，夜深了，您快回去歇着吧！"

"天禄阁遭窃，贼人依旧藏身宫中，公主还好吗？"楚璃的声音再次响起。

微浓急忙回道：“我很好，没事。”

殿外之人沉默须臾，续道：“我还是不放心，冒昧请公主打开殿门，与我一见。”

“这……”微浓已是六神无主，慌忙再拒，“别，这不合礼数。”

“这关乎公主安危，涉及楚燕邦交，还望见谅。”楚璃的语气虽平静无波，却带着不容抗拒的力量，至少微浓不懂如何拒绝。这声音、这身份，她也拒绝不了。

一个“好”字已到了唇边，她猛然意识到房梁上还藏着个人。这下子，她应也不是，不应又怕楚璃怀疑。

她忍不住抬头去看房梁。廊下灯火阑珊，透过窗户映照着她的娇颜，也照出了她的担忧之色。

显然那黑衣男子也意识到了楚太子的坚决，便对微浓打了个手势示意，然后隐于阴影之中，瞬间不见踪迹。

微浓睁大双眸环视一周，确定他已藏得隐蔽，这才定了定神，对门外回道：“既然如此，青城谢过殿下关心。”

她说出这句话的同时，双手已轻轻拉开寝殿之门。月光与灯火倾泻而入，洒下一地柔软的清辉。随后，一片白色的衣角飘入了她的眼底。

微浓顺着那衣角抬眸望去，夜色朦胧如纱，灯火次第摇曳，眼前的人逆着光影，正踏破月色步入殿内。恍然间，幽暗的寝殿似染了珠光，他本人更似笼着一层淡淡的幽华，清雅绝俗以至出尘。

尤其是他那双眸子，仿佛是从寒潭攫取的两缕星光，迷离而清朗，潋滟而清透，如梦似幻，幻影似真。那目光虽清淡，却仿佛有着洞彻人心的能力，似将她的前世今生都看透了，令她无所遁形，令她低入尘埃。

芝兰玉树，风姿如仙，举止从容，宛若天人！微浓顷刻陷溺在他一双星眸当中，魂为之予，魄为之夺。

而楚璃竟毫无反应，就这般负手而立，坦然地接受她的打量。良久，他才再次开口，语意平缓：“深夜唐突，望公主海涵。”

微浓终于被这句话唤醒了神志，几近羞愧地垂眸，轻声回道：“殿下言重了。”她不敢大声，好似只要稍微提高声音，便会惊扰眼前这人，打碎这梦幻一般的初见。

门外的嬷嬷倒是知情识趣，将手中宫灯递给微浓，悄悄退了下去。微浓就这般提着宫灯，无措地站在门口，关门也不是，不关门也不是。

楚璃则径自往里走了两步，缓慢地抬头四顾，像是在寻找什么。

微浓很是心虚，生怕这宫灯会不小心照到黑衣男子的身影，忙支吾问道：“殿下是在找人？”

“没有，”楚璃浅笑，澄澈的目光再次落在她面容之上，“公主来楚国近五月，这还是咱们初次见面，是我照顾不周了。”

微浓不明白话题为何突然转移至此，反应片刻，才接话道：“王后的事，请您节哀。”

时隔近三月，这哀痛想必也渐渐淡去了，楚璃没有表露出哀伤的神色，只道：“多谢公主体谅。”

体谅什么？是体谅他今晚破例前来，还是体谅他们的婚事推迟了？微浓忽然发现，楚璃虽是谦谦君子，话语也清淡有礼，但他出口的每一句话，都让自己不知该如何回应。

在他面前，她唯有窘迫。

两人这般静静地站着，谁都没再说一句话。微浓垂着眸，却能感觉到楚璃正在注视着她。也对，素未谋面的未婚妻，他当然是要看清楚的。可自己这样平凡无奇的女子，没有高贵的出身，没有渊博的学识，没有倾城倾国的容貌，只有过一段难以启齿的不伦之恋，她怎能配得上他？他一定是失望至极了吧！

“毓秀宫住得惯吗？”耳畔再次传来一声问话，仍是那般清润悦耳，令微浓暂时忘却了不堪的前尘。

她连忙抬眸回道：“住得惯，宫人们都很好。”说完这一句，她又不知该说什么了。在对方清浅而深邃的目光之中，她再次垂下了头。

于是她便没有看到楚璃举目望屋顶的动作，随后，楚璃淡然地说：“天禄阁遭窃，宫里守卫森严，窃贼一时片刻逃不出去。毓秀宫地处清幽，他极有可能会藏身于此，公主千万小心。”

是要小心。微浓缓过神来，再次想起了眼下堪忧的处境，不由自主地点头：“哦，好的，我会留心。”

楚璃仍旧含笑：“若是遇到窃贼，一定要及时告知守卫。贼人虽诡计多端，但不到万不得已，不会伤及公主性命的。”

话到此处，他缓缓敛去笑意，像是在刻意强调给谁听：“毕竟公主身份特殊，若有分毫闪失，楚燕两国绝不会善罢甘休。天涯海角，必定让他生不如死，追悔莫及。”

最后八个字，楚璃说得很慢很慢，话语也很平和，听不出丝毫异样的情绪。可微浓还是打了个寒战，竟暗暗替那黑衣男子担忧起来。

更替自己担忧。

“多谢殿下关心，我都记住了。”她低声回应。

楚璃微微颔首，没再多言，却也没有要走的意思，站在原地不知在想什么，又或是在等她说句什么。

微浓只想尽早送走楚璃，于是她一手攥着宫灯，另一手掩住丹唇，作势打了个哈欠。明知此举有失礼数，但她实在想不出别的法子了。

正待再添一句“夜深了”，却被楚璃抢了先：“今夜扰了公主清梦，是我的错。”

“不，不，”微浓轻咳一声，正好顺势接道，“是我该谢您才对。夜深了，您快回去歇着吧！”

楚璃便朝她点头回礼，没再多言，负手走出微浓的寝殿。微浓提着宫灯一路相送，两人先后在廊下停步，楚璃这才伸手礼道：“公主留步。”

微浓未有客套，施施然敛衽行礼：“殿下慢走。”

楚璃笑着转身而去。然刚走了两步，他又似想起来什么，顿步回身，笑问微浓：“明日有位高人来天府城讲学，公主可有兴趣与我同行？”

天府城正是楚国王都，也是楚王宫的所在地。微浓其实对讲学无甚兴趣，但若能出宫一趟，散散心也好。可她一个未成婚的和亲公主，能出宫吗？会不会招人话柄？微浓有些迟疑了。

楚璃进而再邀，一句话戳中她心里所想：“我还以为，你在宫里必定闷坏了。”

的确是闷坏了。微浓挣扎片刻，想要出宫的念头到底是压过了行止礼数，但她还是问道：“这符合礼制吗？”

楚璃再次笑了。这一次没有门廊的遮掩，月华与星光便点映在他的瞳眸之中，漆黑而皎洁，仿佛能创造出另一番宁谧的夜色。庭中恰有桂香浮来，微浓这才忆起，她方才在楚璃身畔闻见的正是这个味道，淡而幽，幽而沁人心脾。

这视觉与嗅觉的双重冲击，令微浓一时恍惚，好似记不得自己身在何处。她只能被动地听着楚璃笑回：“今夜最不合礼制的事都做了，还怕别的吗？”

微浓闻言，竟不受控制地随他一并漾起笑意。这笑好似是一种默许，至少楚璃是这么认为的，他便最后说道：“明日辰时，我来接公主。”言罢，他再次告辞，意态从容而去。

微浓提着宫灯站在廊下，目送他离开。直至那一片白衣渐渐消失在视野之中，她还久久伫立在原地，不能回神。

这就是楚太子璃，一袭白衣胜雪，是在为他病逝的母后服丧守孝。可这素简的白衣却难掩他的绝世风采，反而更衬得他不食人间烟火，卓然出尘。

太子的衣服到底该是什么样式颜色？微浓不知。她只知道这一袭白衣已深深镌刻在她心头，只知道这一晚初见令她无比惊艳，只知道这样的天人之姿，无人堪与之匹配，至少让她觉得自惭形秽。

“公主！太子殿下与您相约了呢！”毓秀宫的主事嬷嬷一直在庭中候着，自然也听到了楚璃的邀约，显露出无比惊喜的神色。

“什么？”微浓迷茫地问，旋即反应过来——楚璃他竟然当众约她，公然藐视宫规！

微浓四下一看，发现宫婢们都已从偏殿里悄悄伸出了头；廊下的侍卫们看似表情如常，然仔细观察，仍能发现他们或尴尬，或忍笑，或故作正经，总之神情微妙。

微浓“啊”的一声喊了出来，后知后觉地反问嬷嬷：“我答应了吗？”

主事嬷嬷连连点头：“您答应了啊！明日辰时，殿下说要亲自来接您呢！恰好王后娘娘百日期间，殿下也不必上朝。”

微浓听着嬷嬷兴奋的话语，竟有些反应不及：“嬷嬷这是要斥责我吗？我……违背礼制了。”

“岂会！”主事嬷嬷神色越发盎然，连语调都变得激动起来，“这可是殿下主动邀约啊！以殿下的性情，就算是几位公主相邀，他都未必肯应约呢！”

微浓闻言倒没什么欢喜之意，反而自嘲地道：“殿下并非对我另眼相看，他是对燕国的公主另眼相看，为了邦交而已。”

“老奴觉得不是。”嬷嬷笃定地道，“宫中失窃，殿下来毓秀宫关心您，本也是常理之中。但他与您倾谈良久，还主动邀您出宫，这便不寻常了。”

微浓无心与她争辩，只叹了口气，道：“今晚辛苦嬷嬷了，您也去休息吧！”言罢又瞪了一眼探头在外的元宵，反问，“你还没看够？”

元宵“咯咯”一笑，立刻将头缩了回去。主事嬷嬷也笑着向微浓行礼：“公主快回去歇着吧，可别误了明日的正事。”

微浓胡乱地点了点头，转身走回寝殿。她刚推门而入，那淡淡的、陌生的气味就又出现了，这一次还夹杂着些许桂香，是楚璃身上残留下的味道。

微浓猛然回神，想起这屋子里还有个人！思绪刚一掠过，梁上那人已悄无声息地落了地，身形如风，吹起她一缕发丝。不待她开口，黑衣男子已瞄了一眼殿外，戏谑道：“谈情说爱完了？”

微浓懒得与他解释，只道：“你也看到了，楚太子都怀疑你会藏身毓秀宫，我看你还是换个地方吧！省得被人逮住。”

黑衣男子无所谓地耸了耸肩，双手抱臂靠在殿墙上，一副赖定微浓的模样：“我身上有伤，不想折腾。”

微浓也知他是讹上自己了，只得自认倒霉：“我要就寝了。”

“的确是该就寝了，毕竟你明日有约。”黑衣男子锐利的目光稍稍掩去，转而被调侃所取代，有些玩味地看向微浓，“啧啧，楚太子风姿不凡，我瞧你方才那个模样，是看上他了？”

微浓给了他一记眼刀：“你不是窃贼吗？难道靠嘴吃饭？”

“啧啧，这么敢说，也不怕我不给你解药？”他虽如此说，倒也不见一丝生气的意思。

微浓自然是冷哼一声：“你不给我解药，我就喊楚太子来捉你，大不了同归于尽！”

说到最后四个字，她神色黯了黯，声音也渐渐小了。

她不知这黑衣窃贼是否听见了，总之他没再调侃她，只是嘱咐道：“谈不谈情没关系，你别忘了我交代你的事。”

“你也别忘了给我解药！”微浓又指了指房梁，“你回去，我要睡了。”

黑衣男子见状没再说话，身形一跃，重新跳回房梁上歇下。

微浓和衣躺在榻上，想着今夜与楚璃的初见，却是无论如何也睡不着了。

来楚国之前，她本以为楚太子是个普通人，再出众也至多是聂星痕、聂星逸那样子，人中之龙，风流倜傥，早已妻室成群。她想着如此甚好，他身旁有解语花，她也有难以纾解的心结。他们可以担着夫妻之名，彼此不用交付太多感情，只为两国情谊而各自相安。

后来到了楚国，毓秀宫的主事嬷嬷告诉她，楚太子是个洁身自好之人，并无意于男女情事，宫内也没有亲近的仆婢。她觉得这样也好，太子既然是个不好女色的人，他们也就不会有太多的相处，相敬如宾，一辈子也就这么过去了。

千算万算，反复想象，她还是犯了大错。她将楚璃想象得太平庸了，以至于这意外的初见，实在令她太过讶异。她低估了他，这样的男子，值得更好的姑娘：出身名门的闺秀、沉鱼落雁的美人、善解人意的红颜、才貌双全的佳丽……总之，绝不是自己这种打打杀杀、粗陋无比，还有过一段为世人所不容的肮脏感情的乡野女子。

这般玉树之人，她高攀不起，也无意摧折。

如此辗转反侧了一整夜，快到天明微浓才浅浅睡去。她觉得自己才刚睡下，就又被人给折腾醒了。黑衣男子站在她床榻旁边，弹手在她额上打了个爆栗，笑道："你不是和楚太子有约吗？该起了啊！别忘了给我找吃的。"

微浓迷迷糊糊地睁开眼，瞧见窗外天色微明，她猛地坐起身，正待张口斥责对方，门外却适时响起了敲门声，是元宵："公主，奴婢服侍您盥洗。"

"进来吧！"微浓无意识地命道，眼睛一眨，面前已没了黑衣男子的踪影。她只得起身，硬着头皮盥洗梳妆，由元宵陪着走出寝殿。

本是该往膳厅里用早饭，可还没走到地方，便听主事嬷嬷前来禀报，说是楚璃的车辇已到了殿外。

来得这么早？辰时还没到呢！微浓迟疑片刻，询问主事嬷嬷："若是请太子殿下共用早膳，合适吗？"

主事嬷嬷一愣，笑回："是有些于礼不合。不过既然您二人已经见过面了，还相约一同出宫，那也没什么不合适了。王上若得知，兴许还会欣慰呢。"

听嬷嬷这般一说，微浓也打消了顾虑，道："那便有劳嬷嬷走一趟，去请太子殿下进来用膳吧。"

"是。"嬷嬷应道。

她话音刚落，却瞧见一个眼生的太监快步走到她二人跟前，是楚璃差了身边人来传话："启禀公主，殿下预备了些本地风味，都是御膳房里没有的，特意命奴才来禀报您一声，让您不必在毓秀宫用早饭了。"

微浓就这般毫无意识地应下了，待反应过来时，人已上了楚璃的车辇。原本贴身服侍她的婢女元宵，被差去上了后一辆马车。

刚一踩上车辕，微浓已为这车辇里的布置所惊叹。长长垂下的流苏车帘之内，是钉死的四把楠木座椅和一张小案。座椅上铺着夔龙纹样的深紫色锦垫，扶手上雕着镂空花纹，花样繁复，微浓叫不出来名字。那同样雕纹的小案上，整齐地摆着三个红木雕花食盒，还有一套餐具和一套茶具，俱是芙蓉白玉材质。

而楚太子璃，便坐在正对车门的那张椅子上。他今日仍旧身穿一袭白衣，却与昨日略有不同——腰间多了些装饰，一条石青色螭纹腰带环着劲瘦的腰身，丝绦上缀着琅环碧玉，素简而不失地位和身份。

见微浓掀开垂帘，他缓缓地站起身来，礼道："公主。"

他身边有个宫婢，看样子是负责端茶送水的，见到微浓，也是温婉行礼："奴婢见过公主。"

楚璃与宫婢一站起来，微浓才发现，这车辇从外头看算不上大，可里头竟然别有洞天。粗略估算这车辇中可坐十人有余，就连楚璃这般身形高大的男子也能挺拔而立，毫不委屈。不仅如此，车里还铺着厚厚的暗红色绒毯，车壁四周皆以各色牡丹为饰，好不精致敞阔。

微浓毕竟是个“半路”公主，从前在房州何曾见过如此排场，即便到了燕王宫也是深居简出。再者燕国崇武，衣食住行绝不如楚国考究，燕人也不如楚人风雅。微浓打量着这豪华的车辇，竟有一种如置宫殿的感觉，险些要赞叹出声。

楚璃见她一直站在车辕之上，双眸乱转也不上车，便朝她走近几步，伸出右手，想要拉她一把。

那是一只骨节匀称而修长的手，微微曲成平滑的弧线，掌心里没有丝毫涩感，揭示着主人的养尊处优。这样一只手，与聂星痕习武之人覆满薄茧的手掌完全不同，却与之同样温热有力，同样宽阔厚重。

至少在这一刻，这双手令微浓感到无比安心。她任由楚璃将她拉上车辇，在他旁边的位置落了座。宫婢立刻将食盒打开，取出各式点心，一一摆开在案几上，又将两人面前的芙蓉白玉杯斟满清茶。

一瞬间，茶香满室。

楚璃用右手轻轻握住白玉杯，对微浓笑道：“吃我们楚国的风味，必须配上峨眉竹叶青，公主可以试试。”

听到“峨眉”二字，微浓神色有片刻黯然，但很快便恢复了过来，端起白玉杯啜饮一口，品鉴道：“这茶果然是味醇回甘、清香沁脾。”

楚璃便又一一介绍了点心的名字、来历、用材、做法，讲得声情并茂，如数家珍。微浓感到很诧异，他堂堂一国太子，竟对吃食如此了解，可以想象他必定是个讲究情趣之人。

微浓也不客气，楚璃每介绍一样，她便品尝一种，最后竟将三大食盒里的点心都吃了个遍。这般消磨着时光，车辇已渐行渐缓，最终在一处佛寺前停了下来，正是楚璃口中所谓的“高人”讲学之处。

楚璃带着她与几个侍卫从佛寺后门进入，熟门熟路地走着，在一处专供王公贵族休憩的小室里落了座。说是小室，倒也不算，其与讲学的大厅只隔了一道卷帘而已。但就是这道再普通不过的卷帘，象征了某种身份，将王室与寻常百姓划分开来，无人敢越雷池一步。

微浓自是对讲学没什么兴趣，楚璃倒是听得认真，见她百无聊赖，也没有勉强她旁听，命侍卫和宫婢陪着她在寺里走走。微浓简直感激万分，连忙逃离了那枯燥乏味的地方，在佛寺里随意游逛。

逛到晌午，讲学才结束。她与楚璃在佛寺里用了斋饭，下午又去了集市上闲逛。而楚璃则留在寺里继续听佛法。直到傍晚，两人才又重新会合，在天府城最大的酒楼里用了晚膳，打道回宫。

微浓自从得知身世之后，便一直被束缚在燕王宫中。后又和亲楚国，就像一只供人豢养的雀鸟，从一个牢笼换到另一个牢笼，毫无自由可言。所以，对她而言，这短短的、平淡的一日更显弥足珍贵。

经此一事，微浓陡然觉得与楚璃亲近了些。但实际上，今日他们一直各忙各的，根本不曾说过几句话。直至马车临近毓秀宫，她才记起向楚璃道谢："今日多谢殿下款待，青城很感激。"

楚璃面上丝毫不见倦色，只道："前些日子母后薨逝，宫里气氛沉抑，我也忙于丧葬，怠慢了公主。今日权且算是赔罪，还望公主接纳。"

他这一番话，着实令微浓受宠若惊，忙道："殿下怎会这么想？真是折杀青城了！"

楚璃的表情却很认真："公主不怨怪我怠慢之罪，该是我向公主道谢才对。"

怎么反过来了？微浓自问说不过他，又记挂着寝殿里那个等着吃饭的窃贼，便主动行礼："殿下言重了，您早日回去歇息吧，青城告退。"

"不忙，"楚璃却并未松口放人，反而再次邀约，"听闻公主曾在民间生活十五载，足迹遍布九州，我倒还真有一事想请公主帮忙，不知可否？"

"当然可以！"微浓一口应下，"但凡我力所能及，殿下尽管吩咐。"

闻言，楚璃面上浮现出一丝浅笑："今日天色太晚，公主若是方便，明日我请公主往天禄阁一叙如何？"

明日？这么急？还是去天禄阁？那不正是失窃的地方吗？微浓依稀记得，天禄阁是楚王宫的藏书阁，各种珍贵典籍、名家字画皆藏于此处。

"明日……"微浓沉吟片刻，到底是没有拒绝，"明日何时？"

"依旧辰时，我来毓秀宫接公主。"

"不不，不必了。"微浓也不知自己在担心什么，只是万万不愿在毓秀宫见到他，连忙回道，"既然约好是在天禄阁见面，殿下便无须跑这一趟了，我自己过去即可。"

楚璃倒也未再坚持："辰时二刻，我在天禄阁敬候。"

微浓点头告辞，正打算下车，又见他将一个小巧的食盒递了过来，解释道："这是今晚在酒楼点的一道点心，因上得太晚，我便命人带了回来。公主可以尝尝，是道名菜。"

这盒点心来得真是时候！微浓不禁暗喜。她今日一整天都不在毓秀宫，此刻正为那黑衣男子的吃食发愁呢！她如此想着，连忙接过食盒再次道谢，施施然下车而去。元宵也从另一辆马车上下来。

一踏入毓秀宫门，微浓便将食盒递给元宵，命道："你将这盒点心热一热，送到我的寝殿里来。"

元宵不禁有些担心："公主，您今日可吃了不少哇！"

"殿下说是不可不尝的美食，我想试试，不行吗？"微浓故意反问。

元宵撇了撇嘴，提着食盒领命而去，微浓便径自回了寝殿。

"你还知道回来？"她刚迈入寝殿，便听到头顶上传来一声质问。这一次可不是玩笑，也不是戏谑，是实实在在的恼意。

微浓觉得自己应该理直气壮起来，便抬起头，对着黑黢黢的屋顶反唇相讥："你不是来无影去无踪吗？连楚王宫的东西都敢偷，区区一点吃食又算什么？御膳房有的是！"

"呼"的一阵风起，黑衣男子跃下房梁，落定在微浓面前。在烛火的映照之下，他目色阴沉："怎么？有了楚太子撑腰，胆子大了？不要命了？"

微浓吃瘪，只得狠狠剜了他一眼，冷哼一声："你的吃食拿去热了，再等等吧！"

"伤药呢？"黑衣男子又伸出手来。

"啊！我给忘了！"微浓失声道。她今日是真的忘了，只惦记着不能教这窃贼饿死，倒是忽略了他还有伤在身。

"不过你究竟是伤在哪里啊？我瞧你很是生龙活虎，一丁点儿不像受伤的人。"微浓说着还凑近他身畔闻了闻，"而且，你身上也没有什么血腥味儿。"

黑衣男子不由自主地后退一步，像是嫌弃微浓的靠近，目中掠过恼怒之色，道："明日不能再忘了。"

微浓敷衍着应了一声。

不多时，元宵热好了吃食，敲门送了进来。微浓故意装作垂涎欲滴的样子，当着她的面吃了一个小点心，才将她打发了出去。

"喏，你的吃食，这么大一盒，应该够你吃了。"微浓将食盒往桌案上一搁，冷冷说道。

黑衣男子也不客气，坐到案前捏起一块点心，刚吃了一口，眉目一蹙，进而笑叹起来："楚璃啊楚璃，有意思！"

"怎么？"微浓不解地问。

"你可知这是用什么做的？"黑衣男子指了指食盒中的点心，"这是刺梨，可以入药，专治消化不良饮食积滞。”

微浓没听明白，难道是楚璃怕她今日吃得太多，才送了这盒刺梨给她消解积食？

“楚太子果然名不虚传！”黑衣男子看着手上的点心，感叹道，“刺梨，即‘赐离’。”

“这盒点心是给我的，他在警告我离你远一点。”黑衣男子笑着摇了摇头，“难怪他昨夜总是话里有话。”

“一盒点心而已，哪有这么多文章？”微浓将信将疑，“也许这只是个巧合？”

“真是个单纯的小姑娘。”黑衣男子轻嗤道，“你若不信，我教你个法子，立刻便能验证。”

他下颌微抬，朝着门外看了一眼：“教你的婢女去一趟太医署，什么都不必说，只说是拿伤药。若我没猜错，楚璃必定吩咐过了，御医决计不会多问一个字。”

“楚璃知道你藏在毓秀宫倒也不稀奇，毕竟我都察觉到了。可他怎会知道你胁迫我去找伤药？”微浓仍旧不信。

“他岂会不知道？”黑衣男子无奈地哼了一声，似是不服输一般，“我这伤就是拜他所赐！”

“他会武？”微浓更觉惊讶。此事倒还真没听说过，燕王所打听到的消息，也只说楚太子是位风雅之士，从没提过他有武艺傍身。

“来楚王宫之前，我也不知道他会武。但他的确是个练家子，身法敏捷，出手极快，而且擅用左手。”黑衣男子缓缓沉了声音，又指了指自己的右肩，“我若反应慢一些，这条右臂当时就废了。”

“我的天！”微浓忍不住低呼。这与她印象中的楚璃实在太不一样了！那样一个优雅从容的人，应该是个精通诗文、精于字画的雅士才对，他居然也会舞刀弄剑？而且听起来，还是个左撇子高手？

微浓猛然想起今天在车辇之上，他曾伸出右手拉过她一把。难怪他的右手柔软平滑，毫无习武之人的特征，原来他是擅用左手……

“别想了，快去拿药！”想是等不及了，黑衣男子催促她道。

微浓却犹豫着不肯应承，又问：“他既然知道你在毓秀宫，为何不对我提及呢？而且，他必定猜到是我在包庇你，我若去帮你找伤药，岂不是承认做了你的同伙？”

“他今日有对你发过脾气吗？”黑衣男子问道。

微浓摇了摇头。

“那他今日待你如何？”他接着问。

“谦和有礼，分寸得宜。”微浓想了想，又补上一句，“他只字未提失窃之事。”

“嘿！他还真是怜香惜玉呢！”黑衣男子揉了揉右肩，不知是赞赏还是嘲弄，“他把你带出去一天，必定是怕你留在毓秀宫，我会加害于你。”

“那他为何不趁着今日我不在毓秀宫，命人来抓捕你呢？”微浓仍旧疑惑。

黑衣男子戏谑地笑笑：“所以我才说，他怜香惜玉啊。试想，我若从毓秀宫里被搜了出来，你还有什么清誉可言？一个未过门的和亲公主，和盗贼共处一室，此事倘若处置不当，还会伤害两国友谊。”

微浓听罢沉默了。不可否认，这黑衣男子说的句句在理。想起昨夜楚璃的突然到访，今日一整天的相约，还有那一盒早有准备的刺梨点心……那点心若是被黑衣男子吃了，就是“赐离”；若只她一人吃了，便仅仅是一道消解积食的药膳而已，楚璃就连选择暗语也是如此体贴入微！

她早该想到的，若非事出突然，像他那样的人，又岂会轻易破坏礼数，与未婚妻相见？想来明日的天禄阁之约，也不过是个借口罢了。也许他约在天禄阁，正是想要暗示自己，他知道了一切！

微浓的心突然狠狠地揪了起来，直感到无地自容，羞愧难当。楚璃处处给她留了脸面，她却包庇他的敌人！若楚璃是个心胸狭隘的男人，早就骂她不守妇道了！

这般想着，微浓连额头都隐隐作痛起来，一股恼火蓦然蹿出，她呵斥那黑衣男子：“都是你害的！都是你！”

“嘘！你小声点！”黑衣男子连忙捂着她的嘴，再次说道，“反正事情也被拆穿了，我一旦踏出毓秀宫，必定会被万箭穿心。你也吃了我的毒药，不帮也得帮，是不是？”

微浓听见“毒药”二字，越发恼怒不堪，见他大手几乎捂住自己半张脸，恨不能生啖其肉解恨！这般想着，她竟也下意识地做了，猛地张口咬上他的手指。

黑衣男子手抖了一抖，不由自主地“呲”了一声。他放开微浓，目光闪过一丝锐色，旋即又笑了起来，阴恻恻地道：“小姑娘还真是‘牙尖嘴利’！你咬也咬了，去不去太医署？”

“不去！”微浓脾气上来，倔强地道。

这下子，黑衣男子是真的生气了，微眯着锐目盯着她：“我原以为你是个识时务的姑娘……”

他话没说完，袖中突然露出一枚短箭，但听“刺啦”一声响，微浓的左臂已被他划破，短箭刺入肌肤之中，鲜血随即冒了出来。微浓吃痛，低头一看，自己的衣袖已被染红一小片。

她难以置信地看着黑衣男子，后者则慢悠悠地收起袖箭，冷笑道：“敬酒不吃吃罚酒。”

只说了这句话的工夫，微浓整只袖子都变红了，伤口处的鲜血宛如奔涌的河流，不知疲倦地汩汩淌着。

“放心，死不了人。”黑衣男子双手抱臂靠在案几旁，等着她喊人来包扎伤口。

微浓死死咬牙强忍，可手臂上的伤口实在疼痛难当，她与他对视半晌，终究还是忍不住了，故意摔了个茶杯，高声唤道：“元宵！去请御医！”

半个时辰后。

微浓的伤口已被包扎完毕。御医临走前特意留了几瓶伤药，道是明日再来为她复诊。这下子好了，伤口不能沾水，让她有了不沐浴的借口，免于在寝殿里更衣解带。

外人一走，伤药便被黑衣男子拿去敷用。他像是一刻也等不及，径直在微浓面前脱了上衣，自行用药。当黑衣层层解开、露出他光裸的臂膀之时，微浓才发现，他的肩伤很重，伤口已高高肿起，还有发炎的迹象。而原来绑在伤口上的绷带，早已被血色浸透，暗红发乌。

微浓暗暗咒骂：“活该！”

怎奈对方耳朵太灵，听见了这话，立刻朝她招手道：“过来搭把手。”

微浓受制于他，又吃了臂伤的苦头，只得不甘不愿地上前帮忙。她到底是走过江湖的姑娘，也不害羞，接过绷带便将他的伤口狠狠包扎起来，下手颇重。

这一次，黑衣男子没再说什么，只默默将衣裳穿好，又去吃了几个刺梨做的点心。

“怎么不毒死你！”微浓再次暗骂。

“下毒怎么符合楚太子的行事风格？”他捏起一颗点心端详着，接话道，“再者，万一你也吃了这点心，岂不是要白白赔上性命？”

微浓本就随口一说，也知楚璃是有所顾虑，想起自己的所作所为已被戳穿，又是焦灼忐忑，生怕明日去天禄阁时，会被楚璃当众问罪。

如此想着，她更是苦恼万分。岂料随之而来的一个消息，适时地解决了她的苦恼，是楚璃派了贴身宫婢前来慰问。

真要说楚太子是清心寡欲之人，微浓实在不信，只因他身边的宫婢个个貌美。今日在车辇上服侍的那位已是娇婉可人，眼下来的这位有过之而无不及。

只见那宫婢怀抱一摞书册，步履轻盈地迈入殿内，桃花笑靥，冰肌玉骨，粉白黛绿，婀娜小蛮，宛若出水芙蓉。主子淡雅，连身边的奴婢也是如此仙气袅袅，微浓实在难以想象，如此美人竟只是个宫婢。抑或楚璃身边美人太多，他早已习以为常了。

微浓一时出了神，便听那宫婢礼道："禀公主，太子殿下听闻您不慎受伤，特命奴婢前来转告，明日天禄阁之约改期，让您安心养伤。"

楚璃竟这么快就得到消息了？微浓颇有些不是滋味，她若是不知内情也就罢了，如今知晓楚璃的通透，她着实心虚得很。

"还有，殿下让奴婢带来几本书册，说是供您养伤时解闷。"宫婢言罢，将怀中的一摞书册放到案几上。

送书来给她解闷？微浓霎时哭笑不得。每日教习嬷嬷的课程已足够乏味无趣了，她连宗室典籍都没读完，哪里还有工夫去读这些书册？楚璃当每个人都像他一样好读书吗？

心中虽抗拒，微浓面上还是装出愉悦的模样，谢过楚璃赠书。

那名宫婢也并未久留，与微浓客套了两句，便回去复命了。

她前脚一走，黑衣男子便从屏风后头走了出来，直白问道："你明日还和楚璃有约？怎么没对我提起？"

微浓仍旧怨愤他出手伤了自己，冷冷回道："这与你有关吗？"

黑衣男子亦是冷笑："哦？倘若不是我方才伤了你，你明日一早岂不是又去赴约了，然后再空着双手回来？看来我还得感谢楚太子，若不是他惦着，恐怕今日你连吃食都没给我准备吧？"

"明明是你入宫行窃，用了卑劣手段要挟我。怎么，你还有脸来质问我？"微浓抚了抚手臂，不想与他多做解释。

黑衣男子也自知理亏，挑了挑眉，索性转移话题："楚太子送了什么书？"

微浓回过神来，拿起案几上的书册，逐一念叨："《孙子兵法》《亡国录》《子夜吴歌》《南宫旧事》，这都是什么书啊！"

有兵书，有史书，有诗词，还有话本子，楚璃的品位还真是宽泛！

"最后一本书是什么？"黑衣男子突然出声问道。

"《南宫旧事》啊！是坊间流传甚广的一个话本子，"微浓拿起这本书略略一翻，"我从前在酒楼里听说书的讲过。"

她话音甫落，眼前黑影一闪，手中书册已被黑衣男子抢了去。后者看了看书皮，又翻了翻其余三本书，恍然大悟一般笑道："原来如此！原来如此！"

他见微浓迷茫地看着自己，便也不吝解释："小姑娘，你马上就要脱离苦海了，今晚子时我便撤了。"

他挨个儿指过《子夜吴歌》《南宫旧事》这两本书，在桌案上写道：“‘子夜无戈，南宫就势’，他这是在告诉我，今晚子时不见兵戈，让我从南宫门离开。”

“这是暗语？你居然能看懂？”微浓简直佩服得五体投地，万没想到楚璃继“刺梨”之后又来这一招，而且这次暗示的内容更具有难度。

“那《孙子兵法》和《亡国录》又是什么意思？”微浓追问。

“哦，这两本书啊……”黑衣男子按了按右肩的伤口，“他应是在警告我，若再逗留便要‘兵’戎相见，让我‘亡’在楚国。”

“我的天！”微浓叹为观止，忍不住赞道，“他对你还真有信心，万一你读不懂暗示呢？”

“这也正是我疑惑之处。”黑衣男子说着又是蹙眉，“那个刺梨糕点，还有这暗语，是我们墨……偷鸡摸狗之人才晓得的江湖行话，他是如何知道的？”

是啊！一个楚王宫的太子，怎会了解盗贼行当的暗语？微浓亦是不解，然只一瞬，这不解又被景仰所取代：“只能说楚璃实在太厉害了！我从前走镖多年，都没听说过这种行话。”

“的确是个厉害角色。”许是得了楚璃的暗示，此刻黑衣男子也心情大好，伸了个懒腰对微浓道，“离子时还有一个时辰，我得开始准备了。”

言罢，他便将身上的器具逐一卸下，摆在案上重新装备。

袖箭、匕首、绳索、伤药、绷带……他还从腰间取下了一柄软剑。那软剑造型奇特，剑身并非直上直下，而是形如飞鸿的翅膀，材质又薄如蝉翼，在烛火下还隐隐透光。微浓好奇之下拿起细看，发现那剑身近乎透明，将手放在其下，还依稀能看到掌心的纹路。

再掂量一下，剑身很轻，也很软，根本不像一把兵器，更像是供人把玩的工艺品。微浓忍不住用手去触摸那透明的剑身，却听耳畔突来一声提醒：“当心！”

可惜太迟了，黑衣男子说话的同时，她已经触上了剑身，食指立刻被割破一个口子，鲜血如注。所幸伤药就在眼前的案上，她赶忙敷药，这才勉强止住了血。

“这么利的剑，你竟然敢围在腰上！”微浓忍不住抱怨一句。

“你没瞧见剑囊吗？”黑衣男子斥她一声，指了指案几上一条腰带似的剑囊，道，“这软剑材质罕见，锋利无匹，须得放在剑囊里才敢戴在身上。”

微浓便将软剑放回剑囊之中，果然这剑变得服服帖帖，不再显露锋芒。须知软剑不同于其他兵器，它剑身柔软如绢，不易掌握运用，习练时又须精、气、神高度集中，因而在剑器中属于高难度剑术，是与硬剑完全不同的兵刃。在微浓的印象之中，会用软剑之人寥寥无几，大多数人都是用它来强身健体的。

"你竟然还会用软剑？"她有些意外。

黑衣男子却笑道："我可不会使软剑。"他边说边将软剑从微浓手中夺了回来，重新放回案几上。

微浓刹那间明白过来，这就是黑衣男子从天禄阁盗走的东西。

"你可真识货！"她忍不住赞叹，"这等剑器，我从来没见过！"

"我也是好奇这把剑才来的。"黑衣男子笑言，"惊鸿剑，果然名不虚传。"

"为了一把剑，竟敢独闯一国王宫，你真是……"微浓肃然高看他一眼。

"这是夸奖？"黑衣男子笑问。

微浓点了点头。承认也无妨，反正他该走了，他们即将后会无期。

黑衣男子也没再说什么，清点了一遍装备，将它们重新装在身上，最后又将那把惊鸿剑缠于腰身之上。

微浓冷眼旁观，看到最后这一幕，不禁有些鄙夷："怎么？太子殿下放你一马，你还要带走这把剑？"

"他又没向我讨要，楚王宫珍宝众多，也许他并不在意。"黑衣男子无所谓地耸了耸肩，又看向窗外天色。此时，楚王宫里华灯已上，明月高悬，透过窗棂洒下一地清辉，正是一个舒朗晴夜。

"时辰快到了，小姑娘，有缘再会。"黑衣男子拍了拍微浓的肩膀，作势要从屏风后的窗户跳出去。

"等等！解药！"微浓急切喊道。

黑衣男子身形一顿，像是刚刚想起来此事："哦，解药啊！"他自怀中摸索出一个油纸包，从中拈出一粒小药丸，递给微浓。

微浓接过，狐疑地看向他："你不会再害我一次吧？"

"再害你一次，楚太子能放过我吗？"

微浓还是不放心，没敢直接服用，捏在手里道："晚一天服用也不碍事吧？"

黑衣男子目中笑意一闪而过："嗯，不碍事。不过你还是尽早服用为好，否则你会七孔流血、肠穿肚烂而死。别怪我没提醒你。"

微浓朝他翻了个白眼，正待回击他一句，却听"唰"的一声响，是他将一直戴在脸上的银光面具取了下来，扔到了她怀里。

这两日间，面具已成为他们心照不宣的一道底线，他不想露面，微浓更怕看到他的真容。戴上面具，他于她而言只是个陌生人，以后纵然再碰面，也是相见不相识，彼此都没有后顾之忧。因此，他突然取下面具，微浓感到紧张万分。

她低头看着怀里的面具，猛然转身背对着他，亟亟问道："你做什么？"

“送给你留个纪念。”他在她背后扔下一句话。

微浓捏紧面具，只道：“你还是快走吧！”

她背对着黑衣男子，便没瞧见他面上的作弄之意就在他即将夺窗而去时，他突然身形一滞，回头看她：“我改变主意了。”

“什……什么？”微浓一手捏着药丸，一手捏着他的面具，生怕又出什么变故。

黑衣男子解下了腰间的惊鸿剑，轻轻搁到窗台上，笑道：“替我把剑还给楚太子。”

“那你岂不是白来一趟？”微浓仍旧背对他。

“岂会？见识了楚太子的风采，还认识了你这个太子妃，简直不虚此行啊！”黑衣男子说着已低笑起来，最后留下一声“走了”，便飞身跃出窗外。

微浓等了半晌，直至身后再也没了任何动静，她才徐徐转身，小心翼翼地睁开眼眸。眼前是一片空荡，夜晚的风随着各宫的灯火，从敞开的窗户外面吹了进来。纱帘飘忽轻舞，那陌生的气味终于散去，独剩惊鸿剑静静地躺在窗台之上，提醒着她所发生的一切。

这突然而至的一场“横祸”终于结束了！微浓看着手中的药丸，左思右想，始终不敢服用。再看那柄遗留下的惊鸿软剑，她到底还是一咬牙，做了个决定——她要去向楚璃负荆请罪！

既已下了决心，微浓便再也坐不住了。毓秀宫没有合适的锦盒存放惊鸿剑，她便命人找了一匹丝绸，仔细把剑裹好，再带上那粒解毒的药丸，匆匆去了太子寝宫——云台宫。

彼时楚璃正在夜读，微浓便没让宫人通传，在外头等了片刻。待到楚璃从书房里出来，她才将他拦下：“殿下，青城特意前来负荆请罪。”

楚璃的目光落在她的面上，而后看了一眼她怀中的东西，才含笑问道：“公主这么晚来找我，怎么没差人说一声？”

话虽如此，可他那表情分明是早就预料到了。对于她的前来，他并无丝毫意外之色。

微浓看了看跟在他身后的宫婢和太监，欲言又止地问：“殿下，可否借一步说话？”

楚璃仍旧浅笑，颔首问道：“夜游御花园，公主有兴致吗？”

夜游御花园？微浓更加摸不透楚璃的心思了，他明明知道自己是来找他请罪的，还去什么御花园啊？

可她的确是有些怵他，尤其是她还做错了事，心虚得很。于是她便点了点头，应承了下来。

楚璃又看了一眼她怀中之物："此物送给公主了。"

"送给我？"微浓看着怀中用丝绸裹着的惊鸿剑，"不不，这太贵重了！"

"不如边走边说？"楚璃提议。

微浓只得抱着惊鸿剑，与他一并往御花园走去。前头一名太监提灯，后头远远地跟着一众宫人，两人信步而行。她不知楚璃作何感想，总之她自己是又拘束又忐忑。

十月底的夜风带着丝丝凉意，但并不让人觉得寒冷。空气中夹杂着不知名的花香，却都抵不过身旁这人身上浅淡的桂香。夜色斑驳，月影缭绕，宫道上投射出他们的影子，若即若离。

微浓悄悄看了楚璃一眼，又一眼。玉冠乌发，白衣飒飒，他清俊出尘的面容之上浅笑流动，她却难以捉摸他心中的真实想法。微浓咬了咬牙，决定将前因后果如实相告。

可还是被楚璃先一步起了话题："公主的臂伤如何了？"

"不碍事了。"微浓有些羞愧，"让您费心了。"

"以后千万小心，不要再被瓷片划到了。"楚璃淡淡说道，侧首看她。

微浓点了点头。她这臂伤的由来，对外都说是不慎跌跤带摔了茶盏，手臂磕在了碎瓷片上。这理由自然骗不过楚璃，故而她觉得，他是话中有话，似在提醒她什么。

"以后我不会再大意了，这样的教训，吃一次就够了。"她低声回道。

楚璃轻"嗯"一声，仍旧浅笑："其实公主很有胆色，若是往后再遇上这种事，希望公主还能如此镇定，凡事以安危为上。至于其他的，都不重要。"

听闻此言，微浓脚步一顿，鼻尖蓦地酸涩起来。在异国他乡听到一句关切的话，尤其是出自这个仅有三面之缘的未婚夫口中，这让她感到一股暖意。

微浓略略垂下头，看着怀中的惊鸿剑："青城也不敢居功，这剑是他自己留下的，说是见识了您的风采，此行足矣。"

"是公主分寸得当，才令他知难而退。"楚璃笑言。

"不不不，"微浓岂敢受下这夸奖，"明明是殿下您算无遗策。"

"哦？我做过什么？"楚璃脚步不停，笑意更深。那负手而立的挺拔身姿，却像是揽尽了万丈红尘里的所有风华，缥缈绝尘。

他的笑意宁谧而温润，似能安抚人心；他的眸光干净而透彻，似能洞穿一切。她像是受到了他目光的鼓舞，终于将那点残留的担忧说出了口："殿下，您能让御医看看这药吗？”她取出一方丝帕，将包裹着的药丸递给他。

楚璃在月色下端详须臾，又将药丸置于鼻间闻了闻，蹙眉问道：“这是他给你的解药？”

“您怎么知道我中了毒？”微浓讶然，转念又想，楚璃的心思如此剔透，能猜到黑衣男子的手段也不稀奇。

“这药……能解毒吗？”她忐忑地问。

“不能。这是活血化瘀的丹参丸，并无解毒之效。”楚璃话语凝重。

微浓心头一紧，脸色骤然变得苍白如纸，也不知是愤恨还是害怕，恼了半晌，憋出几个字来：“他……他真是卑鄙！”

“是卑鄙。”楚璃叹了口气。

“那怎么办啊！”微浓有些急了，“不是‘子夜无戈，南宫就势’吗？他应该还没离开吧？不行！我得去找他拿解药！”

“不必，”楚璃打量着手中的药丸，“他根本拿不出解药。”

“啊？”微浓更加心凉，凄楚之色渐渐浮现。

楚璃看她这副模样，终于再次浅笑，将绢帕递还给她：“我猜你根本没有中毒，他是作弄你的。”

微浓这才反应过来，难以置信地看向楚璃：“你是说我这两天被他骗了？我被他耍得团团转？”

楚璃默认。

“那你方才也是作弄我？”微浓更加难以置信。

楚璃但笑不语。

微浓想要哀嚎一声，又碍于诸多宫人在场，只得忍了下来，颇有一种啼笑皆非之感：“我真想给他两刀。”

“他若真给你了下毒，今晚就不止挨两刀了。”楚璃淡淡接道。

很久以后，久到微浓与楚璃已经很熟识了，她才听他提起那黑衣男子的事情。原来当晚他准备了两套计划：倘若黑衣男子真的带走了惊鸿剑，他便会布下天罗地网，在南宫门将其截杀；但黑衣男子留下了惊鸿剑，又没给她下毒，他才决定撤掉埋伏，放对方一马。

不过这些都是后话了，在那个微风沉醉的夜晚，她对事态发展是一无所知的。她只记得两人在夜色中漫步，只记得四周有草木清香萦绕，只记得他双手负在身后，走得很慢，像是在刻意迁就她。

她只记得这件事就像一纸书页，被他轻描淡写地翻过。

第十六章

前尘往事，就此尘封

在楚王宫生活的三年里，微浓无比快乐。楚璃倾听她的心事，慰藉她的失意，教她使用惊鸿剑，与她切磋武艺……她与楚璃虽无夫妻之实，却是相携陪伴，互相温暖。她甚至觉得，她就快要忘记聂星痕了！

然而聂星痕却带兵主战，再一次破坏了她的美梦。燕军攻破京畿的那一日，楚璃亲自挂帅迎战，她永远也忘不了那一日，忘不了他身披铠甲的英姿，仿佛自古以来他便伫立在此，任岁月流逝山河变迁，风姿不改，身姿岿然。

更忘不了他临去前的诀别话语：“结发为夫妻，恩爱两不疑。生当复来归，死当长相思。”

直至那一刻，她才明白他的心思，才明白这三年的陪伴与等待，是他切切的真心。

可是太迟了，她醒悟得太迟了！当她终于敞开心扉，迎接她的，却只有他的一缕孤魂和一把惊鸿剑。

滂沱的大雨，元宵的枉死，她的仓皇出逃……国破那夜的电闪雷鸣，成为了她心中永恒的噩梦，再也挥之不去。

往事如潮水般涌来，可记忆中的人却已纷纷离去。楚璃的死，断送了楚王最后一丝希望，成为了压垮楚国的最后一根稻草。楚王终于决定无条件投降，臣服在燕军的铁蹄之下，做了聂星痕的手下败将。

而最可笑的是，聂星痕竟以一万军俘为交换条件，要求楚王“将青城公主毫发无伤地送到燕军大营”。她想这样也好，无论回国之后下场如何，至少她还救了一万人的性命。至少她还能为楚璃做最后一点事，来报答他三年的爱护之情。

谁料她一回国，又被迫卷入到另一场宫廷风波之中，改了名，换了身份，做了三年的暮微浓。

梦里是三年，梦外又是三年。六年里所发生的一切，也如同这场突如其来的毒发，气势汹汹地袭来，又一一散却。然而记忆中的快乐与伤痛早已深入骨髓，无法根除。

再次醒来时，微浓睁眼便看到了那片浓郁的紫，还有那人担忧的面庞。聂星痕双目泛红隐带血丝，分明是彻夜未眠后的疲倦之色。

可越是回忆过往，越是无法原谅，微浓轻轻合上双眸："我梦见楚璃了。"

聂星痕有一种不祥之感，抬手拭去她面颊上的泪水："你想说什么？"

"没什么。"微浓自嘲地笑笑，"听连阔说，我这毒要解三十年。"

聂星痕神色一黯："不会的，我正在想法子。"

"让我去姜国吧。"微浓径直道。

聂星痕垂目捡起她散落在榻上的几根青丝，握在手里，低声问："还会回来吗？"

微浓看着他，没有答话。她很少在聂星痕的脸上看到这种神色，比伤痛要轻，比忧郁要浓，有不舍、有挣扎，还有看透一切的清醒与冷静。

"是不是不会回来了？"他再次开口，明知答案，却偏要问她。

不知为何，昨夜一场毒发，微浓好似更清醒了。很多事情想通了，也不想计较了。他们之间总是横亘着伤害与伤痛，而她已无力再恨下去了，宁愿快刀斩乱麻，从此两清。

"是，我不想回来了。对你我而言，这是最好的结局。"微浓的话语沉静而空寂，如同波澜不惊的古井，万物不生的深谷。

聂星痕的掌心中还留着她的断发，无力地握紧："我以为，我们能重新开始。"

"重新？"微浓看着他沉抑的样子，心里却很平静，"你确定你能忍受得了说你强娶王嫂的流言蜚语？你确定我们之间的关系不会被人利用，造成对彼此更大的伤害？你确定你能对我完全放心，毫无防备？"

"我确定！"聂星痕不等她话音落下，已迅速接了话，"只要你愿意。"

微浓摇头："我不是明丹姝，不是聂星逸的一个妾。我是王后、是长公主的假女儿，死而复生的青城公主。任何一个身份被人揭穿出来，我都是死罪。若有朝一日，有人拿这个把柄要挟你，甚至将我的身份公之于众，届时群臣请奏要求处置我，你能保得住我吗？"

"你能不顾世人争议，不顾王室颜面，让我继续站在你身边吗？你甚至都不能保证我在燕王宫里是安全的。也许此刻某个角落，赫连璧月的余党正盯着我。你转身一走，就会有人来杀我。”微浓认真地、犀利地分析，“所以，还是放了我吧。你保得住王位，我也得以解脱，我们都不必为难自己。”

“我知道了。”聂星痕缓缓站直身体，不再多说一个字，慢慢地往殿外走去。

他的话语是如此无奈，他的背影是如此寂寥，像是竭力想要掬下一缕风，挽住一片云，但注定都是徒劳无功。

微浓看着他远去的背影，不由自主地伸出手掌。这年关的喜气弥漫了整座燕王宫，唯独她的掌心里空空荡荡，比荒原还荒芜。

一整个正月，聂星痕没再来过未央宫。以他的骄傲，微浓觉得那日他必定伤透了，再死缠烂打下去，也不是他的行事风格。这一点，她一直是了解他的。

只是她未曾料到，聂星痕的动作比她想象中要更快。刚出正月，废后的旨意便到了未央宫——

王后暮氏，天命有失、御前失德，实不堪承宗庙之祀、母仪之功。着贬为庶人，赐离京州，无敕不得返京。屏城长公主护驾有功，着加封食邑一千户，良田一千顷。

短短数十字，用的还是聂星逸的年号，直接给她定了罪。毕竟聂星逸遇刺那晚，她公然将一国之君踢下丹墀以致刺客得手，这是不争的事实。而这道圣旨说得虽含糊，朝臣们必定能联想到个中一二。

如此甚好，废后的理由很充足，给她留了面子，又对长公主予以安慰，无可挑剔。

拿到废后旨意的第二天，微浓出宫去了一趟永安侯府。毕竟这一走，不知还会不会再回来，她始终想与楚璃的亲人正式道一声别。

楚王死后，原本幼子楚琮该名正言顺继承爵位了。只可惜流年不利，去年底接连发生聂星逸遇刺、赫连璧月驾崩、聂星痕掌权等宫变事件，这袭爵的事便一再推迟。到如今，楚琮依然是永安侯世子。

微浓的来访并未受到任何阻挠，递上帖子后，她很快便与楚琮见了面。后者瞧见她裹着厚厚的狐裘，一张瓜子脸苍白消瘦，似是吓了一跳：“你……病了？”

微浓没否认：“我这一次是特意向世子辞行的。过几日，我便会离开京州，前往姜国。”

“去姜国？”楚琮脸色隐晦难辨，“你去姜国做什么？”

“治病。”微浓说得很模糊。

可楚琮不是三岁孩童，立刻明白过来：“去姜国都是解毒、解蛊的啊！你这样子是中毒了？”

微浓没答话，只道：“若无意外，我以后不会再回京州城。也许，今日是我最后一次与世子相见了。”

听闻此言，楚琮表情突然变得复杂起来，像欲言又止，又像迂回试探：“不回京州？那你解了毒之后打算怎么办？难道要长住姜国？”

微浓不答，反而道：“我听说楚珩病逝了。”

楚琮刹那间神色黯淡下来：“三两年间，楚王室衰微至此，可见上苍无情。”

他深深吸了口气，刻意转换话题：“以后你打算去哪里？”

“不知道，天下之大，总有落脚之处。”微浓沉吟片刻，一言略过，“我是被贬出京，无赦不得回来。”

楚琮何其敏感，旋即联想到一件事，忙问：“你与废后暮氏认识吗？”

微浓也没想再瞒着他，终于如实回道：“我就是暮微浓。”

楚琮大为吃惊：“可是你……你……”

“我并非王室血脉，当年是误认。回燕国之后，被迫嫁给了聂星逸。”微浓语中无奈之意不可掩饰。

“难怪……”楚琮恍然大悟，“难怪环妹死后，父王说太子妃暮氏怒闯宣政殿，逼着聂星逸处置了丁久彻父子。我还道只是个巧合。”

他说到此处，显然有些动容，犹豫半晌，还是开口道了句谢。

微浓不敢受下，愧疚之色越发明显。

楚琮张了张口，又问：“朝中都在风传，说是废后之举与聂星逸遇刺有关。难道你真的行刺了他？”

“是啊！”微浓随意地笑了。

楚琮见她表情如常，毫无失落，便知此事遂了她的意愿，只道：“也好。聂星逸根本配不上你，这肮脏龌龊的燕王宫，不待也罢。”

微浓再笑：“谢谢，我很开心。”

楚琮有些别扭地轻咳一声，又回到方才的话题：“你去姜国，会见到……见到王姐吗？”

微浓见他一直关切此事，便道：“你若有书信需要转交，我乐意至极。”

“多谢好意，”楚琮蹙眉长叹一声，“王姐离开楚国时我年纪尚幼。这么些年，父王又禁止谈论她。直到如今，我也不晓得当初究竟发生了什么。也许，她早已不记得我了。”

“岂会？”微浓有心安慰，“她若不记得你们，也不会要求换走楚珩了。”

“不一样。我那两位哥哥，是王姐看着长大的……”楚琮适时打住，没再往下说，转而主动提起，“对了，年前我已上了折子，请求送我父王与环妹回故土安葬，聂星痕同意了。”

“于公于私、于情于理，他都该允准。”微浓评价。

“算他还有点良心，”楚琮顿了顿，强调，“我会亲自扶灵归国。”

这一句让微浓有些讶然：“他肯放你回去？”

“是啊！我也没想到。而且，还是他主动提出来的。”楚琮自嘲地一笑，“也许他根本没将我放在眼里，觉得我闹不出什么风浪。”

微浓担心他真的存了复国之意，斟酌片刻，原想劝上一句，岂料楚琮已自行笑言：“你放心，这点自知之明我还是有的。再者，我的几个叔伯姑姑还在燕国，我也不敢轻举妄动。”

他边说边举起右手，看了看自己的掌纹，道：“我刚出生之时，有位高人替我算过命，说我命中带煞，会有杀戮之灾。我以前一直觉得不准，后来楚国败了，我又以为这是要我担起复国之志。不过最近我才明白，原来都不是。”

微浓听得迷惑了，不懂他此话何意。

楚琮却是渐渐面露狠戾之色：“丁久彻一家流放西南，我扶灵回国的路上，正好解决他。”

微浓心中一惊，忙劝：“你可不要轻举妄动。”

楚琮笑了笑：“你放心，此事自然是聂星痕默许的，他还给我配了五百禁卫军，路上既能监视我，也能帮我的忙。”

“真没想到，丁久彻为人这么失败。他都如此潦倒了，聂星痕还不肯放过他。我还听说，他那个儿子问斩之前，也被人阉……”“割”字正要说出口，楚琮忽然反应过来此语不雅，遂道，“总之，真是报应！”

微浓自然听清楚了，两人相对默然片刻，皆各怀心事。最终，还是微浓重起了话头：“自此一别，不知今生还有没有机会再见了。无论如何，请世子多保重。”

楚琮点了点头，也不知是伤感还是怎的，心情突然低落了些：“这日子是越来越难过了。”

“人生在世，总有不如意之处。而我们所能做的，便是将日子尽量过得如意。”微浓淡淡说道。

“共勉吧！”楚琮最后轻叹一声，“你也多保重。”

时光如贼，窃日而度，转眼已经是三月下旬。未央宫中的药味像是挥不散的阴霾，给这春日增添了一笔瑕疵，使微浓越发觉得，自己与这里格格不入。

后续的日子微浓过得平淡宁静，聂星痕没再出现过，明丹姝也没再掀起什么风波。微浓听晓馨说，明丹姝这些日子身子不适，几乎不踏出寝宫一步，后宫的事也不怎么管了，连凤印都暂时交给了魏连翩。

微浓听见这话，只一笑而过。

三月底，发生了一件令微浓惊讶的事——明尘远认了魏连翩做义妹，正式让她入籍明氏。

一个女人背叛了丈夫，背弃了旧主，为明尘远奉献了一切，这到底是怎样一种感情，微浓不想猜。但她没有想到，明尘远如此绝情，魏连翩如此不悔。

也许感情的表达方式有很多种，有人习惯默默付出，有人喜欢热烈追慕，有人假装毫不知情，也有人选择放手成全。不在其中，不能评判对错；身在其中，更加迷失自我。

所以，微浓才想要离开，这是她能为楚璃保留的，最后的忠贞。

时日如同壮丽的长河，昼夜流逝，冲刷着过往的一切。微浓感到自己就像河底的石子，被冲击着、摧毁着身心，破碎而身不由己。

终于，熬到了离开的日子。四月初三，聂星痕再次踏足未央宫。他由殿门缓缓行近，紫袍映着身后的日光，流泻出紫金之气，更衬得他挺拔卓然，宛如神祇。

聂星痕清减了——这是微浓的第一印象。还有他那双星眸也是猩红无比，散发着浓重的疲倦之色。微浓只做不觉，安静地低着头，等待着与他的最后一别。

他渐行渐近，在离她三步之遥的地方停下了脚步，二人相视无言。阳光从殿外铺进来，勾勒出一道明媚的光影，恰好落在两人之间的地砖上，像是砌了一道深邃的沟壑，谁都无法跨越。

原本二人都积蓄了满腔的临别之语，可真正到了这一刻，彼此又不知该说些什么了。

聂星痕只得先开口问她：“行装收拾好了吗？”

微浓“嗯”了一声，微微点头。她本想仔细收拾行囊，临到昨晚才发现这里一分一毫都不属于她，她带不走任何东西。

“晓馨会随行照顾你。”聂星痕低哑着声音再道。

微浓下意识地出口拒绝："不必了，晓馨值得有更好的前程，没必要为我耗费精力。"

"什么算是更好的前程？"聂星痕勉强一笑，"照顾好你，就是她最好的前程。"

微浓蹙了蹙眉："但是……"

"没有但是，"他截断她的话，"你是去治病解毒，卧榻之时需要有人侍奉汤药，晓馨不在，你打算怎么办？"

微浓被问得哑口无言。也许是他很久不曾流露过这种强硬的态度，令她险些忘了他的本性。而他方才的这番话很好地提醒了她，也让她知道，他决定的事情不容置喙。

"待我康复之后，我会让晓馨回来的。"她只得退了一步。

聂星痕神情有些恍惚，似是没留意她说了什么，自顾自继续道："连阔已到了宫门外，仲泽……我是说明尘远，他会送你们出城。"

他忍不住走近她，抬手捻起她肩上的一根碎发，语气涩然："我政事缠身，就不送你了，照顾好自己。"

最后这五个字，终于逼出了微浓的泪意。她知道，此去一别，将是后会无期。从今以后，前尘里那些爱与恨、痛与伤，所有美好与罪恶的过往，都再也回不去了。

她与他终究还是走到了这一步，海角天涯，从此离散。

微浓有许多情绪积郁在胸口，想要诉说，又难以诉说。眼眸中的灼烫与喉头的哽咽像是一扇虚掩的门，挡住了她所有强烈的伤感，而她无力推开。

"没有话要对我说吗？"聂星痕再次开口，语中带着某种祈盼。

微浓闻言笑了，这才缓缓说道："我知你必定会事事顺遂，子嗣绵延，勤政爱民，名垂青史……"她语无伦次地说着。

聂星痕眼中是难以阐述的感情，仿佛蕴藏了千言万语。往事浮光掠影般划过心头，他慢慢握住她的手，却再也说不出一句话来。

他的手宽阔温热，她的则细腻冰凉，两种极端的触感，像是预示了这个无言的结局，终于只能相背而行。

微浓缓慢地抽出自己的柔荑，任由冰凉的泪水滴落在他的手背之上。片刻，她又突然破涕为笑，强迫自己望向窗外："天色不早了，别让连阔等急了。"

聂星痕眼底纷纭变幻，双手缓缓负在身后，紧握成拳："去吧！"

这两个字，微浓已经期待了太久，可真正实现之际，却没有感到想象中的轻松。但她还是抿唇浅笑，朝对面这个男人敛衽行礼，在他的注视下缓缓转身，一步一步离他远去。

就在即将跨出门槛之时，他终究还是唤住了她：“微浓……”

她身形一滞，不敢回身。

“若是累了，就回来吧。我在京州给你置一座园子，我可以不去打扰你，我甚至可以不看你一眼……”他赤红的双目里是不可言说的伤痛，静静地望着她，像绝望，又像渴望，“只要你肯回来，我们可以再不往来。”

再不往来吗？微浓沉默片刻，理智终究占了上风：“不了，我还想四处看看。”

“你不能连家都不要了。”他试图挽留。

“你不会明白的。”

你不会明白，有的原则不能违背；你不会理解，有的感情不可背叛；你不会想要知道，有的错误永远不能得到原谅。

有的人或事，重逾一切！

错了就是错了，当一切都不可挽回的时候，我们唯有各自前行，去接受上苍的惩罚。

微浓终是垂下双目，再次拒道：“我得走了。”

聂星痕像是早已料到了这个回答，没有再做任何纠缠，只是无力地点了点头：“晓馨。”他没再给微浓回绝的机会，沉声唤道。

“是，殿下。”晓馨的身影应声出现在殿门外。聂星痕未出口的叮嘱，她心里都明白，她看着微浓缓慢朝门外走来，伸手相扶。

微浓朝她笑了一笑，未再多言。

主仆两人先后走下殿前的玉阶，微浓转身看了一眼那高悬的门匾：未央宫。

这宫里的故事未央，可她和聂星痕的故事，至此已经全都结束了。

彼此爱恋，彼此伤害，彼此误会，彼此成全——世间感情莫过于此！她与他，竟都尝过了一遍！

春日的微风吹起微浓的衣袂，放眼望去，远方白云绵延，苍穹辽阔，天际日光流转变幻，铺就一条通向未知的道路。

前尘往事，就此尘封。

第十七章

江湖儿女，刀光剑影

半年后。

时序递嬗，落叶飞花，秋季的微风拂过，数辆马车辘辘驶进蟾州。微浓的素手撩起车帘，她忍不住深深地吸了一口气，只觉迎面而来的是清新自然的水汽，湿润而舒畅。

放眼望去，满目皆是高低起伏的山脉丘陵，重峦叠峰，绵延纵横，茂林翠树，山高谷深，犹如一条条巨龙盘踞于天地之间，自有一派开阔旷远的景象。不同于燕、楚两国的风貌，这里几乎没有任何人为改造过的痕迹，一切都是造物者的鬼斧神工，令她神往不已。

这就是传说中姜国的天然屏障——十万大山。因为这绵延的山脉，姜国有了最坚固的守护神，外敌难攻；但也因为这天然的屏障，姜国独居一隅，与世隔绝，教化落后，族人多不识字，成日与蛊物为伍。

不过对于微浓而言，这里俨然是她的世外桃源，让她逃离了宫廷的纷繁险恶，也逃离了人心的复杂难测。经过数月诊治，她的余毒已尽数清除，要与连阔及其师父连庸在此分道扬镳了。

与微浓最初的想象不同，连庸并不是一位仙风道骨的老者，而是五十出头，身形佝偻，衣着也朴素至极。他穿着一件洗到发白的蓝布衫，看起来其貌不扬，毫无高明之处。

正是这样一个人，却深受姜王室倚重和百姓崇敬，是九州四国最负盛名的蛊医。他名字里虽有个“庸”字，人却并不平庸。除了擅毒、擅蛊、擅医之外，他还擅长占卜之术，在姜国备受推崇，德高望重。而连阔，便是其最疼爱的关门弟子，尽得其衣钵真传。

这一次微浓能够成功解毒，全赖他师徒二人相助。数月朝夕相处，又是再生之恩，微浓十分舍不得他们。然而天下无不散之筵席，他们要返回姜国王都苍榆城，她则要继续北行，游览宁国风光。于是，双方在十万大山脚下作别。

"往后您有什么打算？"临别之前，连阔询问微浓。

微浓想了想，回道："我想去拜访一下姜王后，不知方不方便？"

连阔沉吟片刻，摇了摇头："可能不大方便。如今王上缠绵病榻，王后娘娘主政，她正在推行'易帜'之事，无暇他顾。"

"易帜？"微浓有些不解。

"您这几个月里一直在解毒养病，没听说也很正常。我们姜国要开始实行易帜了。"连阔话到此处，面上也焕发出了一丝光彩，可见这个所谓易帜的举措很得人心。

"什么是易帜？"微浓好奇地问。

"此事说来话长。"连阔解释道，"您也知道，我们姜国人地位低下，数百年来一直为其他三国所不齿。王后娘娘的新政，旨在提高姜国人的地位，让我们得到更加公平的对待。"

连阔说到此处，神色有些忧心忡忡："如今楚国灭亡已有三年，燕、宁两国各据四州，实力势均力敌。王后娘娘分析着，短则五年内，长则二十年内，燕、宁两国一定会发生战事。而姜国夹在两国之间，无论是燕国北上，还是宁国南下，都要经过我们的十万大山。倘若我们不改变现状，迟早会被两国瓜分吞并。"

"你们王后娘娘是对的。"微浓听了这番话，更加佩服姜王后楚瑶了。别人不说，聂星痕她是最了解不过的。这个男人雄心勃勃，坐稳了燕国之后，必定会继续扩张版图。何况他本就是戎马出身，对战事最为在行。

"是啊！我们都知道危机近在眼前。姜国弹丸之地，除了擅蛊之外，国人几乎没有自保之力。而下蛊也需要时间，若当真遇到战事，坚持三五个月是没问题，可长久下去，我们根本不是燕、宁两国的对手，还极有可能腹背受敌。"连阔叹了口气，"所以王后娘娘选择支持宁国。"

"支持宁国？"微浓乍听之下感到惊讶，但转念一想也能理解。单看燕国是怎么对付楚国的，恐怕姜王后都是记在心上的。她到底是楚璃的亲姊，楚国的大公主，自然不会倾向燕国。

再者微浓也曾有所耳闻，宁国太子病重难治，国内储君之争愈演愈烈。正是因为这个原因，去年聂星逸登基之时，宁国连个宗亲都派不出来，还是让楚璃的老师——如今已化名“沈觉”的紫金光禄大夫前来朝贺的。

宁国现任国君已经六十七岁了，再如何励精图治勤政爱民，也是半截身子入了土的人。而聂星痕还很年轻，若是宁国没有一个强有力的继承人，是根本斗不过聂星痕的。在这种情况下，姜国主动靠上来，于公于私，宁王都不可能拒绝。

“那你们实行易帜，是打算和宁国结盟？”微浓进一步问道。

“不，结盟太没有保障了。燕、楚从前也结过盟，后来不照样翻脸了？”连阔并不隐瞒，坦诚道，“我们是将军队编入宁军之中，平日保持自治，军政上结为一体。宁国也颁布律令，消除对我们的歧视，允许我们到宁国做官、经商，废除对姜国人的奴役。”

微浓听明白了，姜王后这算是变相地归附了宁国。只不过她保留了自治，对外仍旧称王，姜国看似还是独立一国，但军权已经拱手让给了宁王。

而一个国家没了军权，还能剩下什么？腰杆还能挺得直吗？

不过换一种说法，姜王后也为姜国百姓争取到了机会。至少从今以后，有五个州不再歧视姜国人，解除了对他们的奴役和买卖，他们不再低人一等，也能够与宁国人同朝为官了。

不得不说，这个条件真的很诱人。姜国教化落后，为官前程不大，但去了宁国就不同了。宁国有四个州，风土文化经过千百年的积累，已沉淀出历史的厚重。在宁国为官，眼界、前程都会大有不同。

而宁国也借此控制了蟾州，更可以把姜国的人才收拢到自己朝内，日后在史书上，也留下废除歧视的仁慈一笔。对于宁国而言，远看近看，这都是一笔不能再划算的买卖了。

微浓突然开始替燕国感到担忧。宁、姜两国联手，姜王后又有如此头脑，聂星痕可能敌得过？尤其燕、楚一战消耗了不少国力，短期内燕国必须休养生息。

万一宁、姜两国乘虚而入……微浓不敢再想下去了，忍不住问道：“连先生将如此重要的事告诉我，难道不怕我偷偷将消息传回燕国？”

连阔哈哈大笑起来：“您养病期间不闻外事，有所不知，我们姜国易帜的消息，两个月前就已经公诸天下了！”

原来如此！那聂星痕必定早有准备了。微浓不禁送了口气，感叹道：“先不说此举对姜国是好是坏，姜王后有这般破釜沉舟的勇气，真是令人敬佩。”

“这个计策也不是王后娘娘一人想出来的。”连阔如实言道，“是我们姜国的国士——云辰，云大人的主意。此次能与宁国达成易帜，也是由他一力促成。”

“国士啊！”微浓由衷赞叹，“那这位云大人还是真有胆色，敢从宁王口中要肉吃。”

连阔也笑了起来：“正是因为云大人厉害，连宁王都相中他了。此次与宁国谈判，宁王便提出条件，要请云大人入朝为官。为了易帜能成功，王后娘娘唯有忍痛割爱了。”

“贵国竟有这么厉害的人物？怎么从前没听说过？”微浓对那位云大人的能力将信将疑。

“哦，云大人本是世外高人，去年底才出仕的。”连阔说着说着，面上流露出一丝敬意，“还是王后娘娘一月之内三次登门，才将他请了出来。”

“如此人才送给宁王，岂不可惜？”微浓笑着调侃。

连阔亦是笑叹：“可惜，但也不可惜。云大人在宁国为官，必定能为姜国争取到更多利益，也是一桩好事。”

微浓点头认同：“的确如此。”

二人说了一大圈，连阔才又转回到最初的话题：“您呢？今后打算怎么办？”

“走一步看一步吧！”微浓显得很豁达，“在宫廷里憋了这么久，我想四处走走看看，顺便寻找我师父的下落。”

微浓的师父冀凤致，素有“天下第一游侠”之称，也是他教会微浓使用峨眉刺的。自楚国国破之后，微浓就彻底失去了他的消息，如今正想借此机会，寻访他的踪迹。

眼见时辰不早，连氏师徒该启程了，微浓适时道别：“两位连先生的再造之恩，微浓谨记于心，日后但有所命，必定义不容辞。”

自始至终，连庸一直未发一言，此时才笑道：“您不必客气，我们有缘再见。”

连阔将几瓶药丸递给她：“这是我姜国秘制的伤药，送给您防身。”

微浓没有客气，道谢收下，目送连氏师徒上了马车，就此别过。

送走了连氏师徒，微浓也要与晓馨道别了。在这与世隔绝的半年里，燕国发生了许多事——长公主聂持盈执意与定义侯和离，并且将子女全部改了母姓。也就是说，她以后就不是“暮微浓”，而是“聂微浓”了。

此外，金城公主与明尘远已经完婚，并且一举得男。魏连翩也成为继她之后，聂星逸的第二任王后。唯独聂星痕仍旧没什么动静，没将聂星逸从王座上踹下来，也没有迎娶正妃。这一切消息，都是从晓馨口中得知，微浓却觉得离自己很远很远了。

这半年里，承晓馨照顾，微浓的身子恢复得很好，彼此感情也越发深厚。她心里明白，只要自己一句话，晓馨定会跟着她走下去，天南海北不离不弃。但她也知道，这样一个有胆识、有魄力、有心机的姑娘，若是继续留在燕王宫，可以预见前途无量，她不想耽误她。

所以，她让晓馨回燕王宫向聂星痕复命。

“您真的要让我回去？”直到临行的前一刻，晓馨仍旧追问。

微浓笑道：“你的人生在燕王宫。放心，聂星痕不会怪你，他只会嘉奖你。”

微浓知道，晓馨私心里也是想回去的，自己只不过说出了她的想法，也恰好给了她离去的借口。

“快回去吧，我也要进山了。”微浓朝她挥手。

晓馨没再多说什么，默然片刻，从马车上取下一样东西，交给微浓：“殿下说，您若赶奴婢回去，就把它交给您。”

是惊鸿剑。

微浓不否认，当自己接过这把剑时，万般滋味涌上心头。这是楚璃留给她的唯一遗物，当初她在返回燕国的驿站之中行刺聂星痕失败，自此惊鸿剑便被没收，她再也没有见过。如今失而复得，还是聂星痕主动还给她的，她心中不免有些难以言说的情绪。

从今以后，聂星痕这个人，就真的从她生命里彻底剥离了！

微浓接过惊鸿剑，素手抚摸片刻，问道：“他还说了什么？”

“殿下还给您预备了两样东西，”晓馨嗓音有些哽咽，“一匹好马，一沓银票。”

她边说边从怀中取出一沓“大通票号”的银票，道：“好马助您周游九州，银票让您衣食无忧。殿下说，您若累了，就回去歇歇脚。”

微浓看似没什么表情，接过银票：“我收下了，代我谢谢他。”

晓馨再也说不出什么，转身走到马车旁，将那匹最好的马解下来，交给微浓。

微浓接过缰绳，把包袱挂在马鞍上，再次朝晓馨和一众侍卫挥手。然后她飞身上马，疾驰而去，奔向她的新生活。

临近冬月，姜国境内已渐渐转凉。微浓自解毒之后，畏寒之症已然痊愈，故而这种气候她并不觉得难受，反而觉得凉爽宜人。

十万大山是姜国的天然屏障，亦是九州最瑰丽的风景之一。这里有层峦叠嶂的崇山峻岭，有四季常绿的密林茂树，有深邃隐秘的山谷洞穴，还有数不清的蛊虫毒物。

这些都为十万大山披上了一层神秘的面纱，令世人对它又敬又畏。而微浓给自己定下的第一个目标，便是穿越十万大山。

临近冬季，万物冬眠，毒物们也不会随意出没了。因此，每到冬季，姜国的异邦人士便会骤然增多，十有八九都是来游览十万大山的。而且姜国人生性淳朴，从不屑于偷盗、讹诈之流，只要不招惹他们，他们也绝不会随意施蛊。

微浓策马而行一个时辰，终于到了进山前的最后一个落脚地，勉强可以称之为一座小城——姜王后刚刚赐名“落叶城”。这里尚有客栈、酒楼、集市，但穿过这座小城之后，就是地地道道的山间风貌了。于是，微浓决定在此歇脚几日，置办进山所需之物。

抵达落叶城的第一件事，就是找客栈。可她一连问了几处都是客满，如此找了一个晌午，竟没能找到落脚处，只好先用午饭。微浓特意找了一家生意最红火的酒楼，打算尝尝当地的美味佳肴。

“姑娘，一楼客满了，二楼坐吧？”跑堂小二笑吟吟地招呼，竟不是姜人长相，还操着燕国口音。

微浓随口问了一句，对方果然是燕国人，而且还是房州同乡。她立刻好感大增，便将坐骑交给他，特意吩咐：“一定要用最好的草料！”

“姑娘放心！”小二接过缰绳，乐呵呵地喂马去了。

微浓独自走上二楼大堂，寻了个靠窗的位置坐下，点了几道招牌菜，又要了一壶酒，大快朵颐起来。不多时，酒足饭饱，她正打算招呼小二结账，却发现堂内起了争执。微浓本不欲插手，然定睛一看，竟是有人在欺负那个跑堂小二——她的同乡！

“你走路不长眼呢？踩了老子的脚，想溜？”一个五大三粗的壮汉拦着小二斥问。

小二连连道歉：“客官，实在对不住，小的方才没看见。”他边说边躬下身子，用袖口为壮汉擦鞋子。

“去去去，滚开！”壮汉一脚踹在小二肩头，骂道，“你不嫌脏，老子还嫌脏呢！”

这时酒楼掌柜也跑了上来，他自然希望息事宁人，免不得赔着笑脸，说尽好话。

奈何那壮汉得理不饶人，越发狂妄，指着自己被踩过的左脚，骂咧咧道：“想要老子不追究，可以！把鞋给老子舔干净！”

“客官！您这不是侮辱人吗？”掌柜有些恼了。

周围的客人都在看热闹，可那壮汉依旧张狂：“老子掏钱来吃饭，老子就是客！你们不把客人伺候好了，还开什么饭馆子？”

他边说边抓住小二的后脑勺，一把摁在地上：“舔！快舔！”

说时迟，那时快，他话音刚落，众人只见两枚物件“嗖”地飞过，同时砸中了壮汉的手。继而接连“啪嗒”两声，两枚物件先后落地。

那壮汉吃痛，“哎哟”一声大叫起来，再低头一看，竟是一支筷子和一锭银子！

“谁？谁暗算老子？”壮汉恼羞成怒，视线转移到大堂上来。

所有客人都不作声。

壮汉胡乱瞟了一圈，视线最终落在微浓桌上，一拍大腿，破口大骂道：“你活得不耐烦了？”

微浓慢悠悠地喝完杯中之酒，故作无辜地反问：“啊？什么？”

壮汉大步跑到微浓桌前，指着她手边的筷子质问：“还敢给老子装蒜？你的筷子呢？怎么少一支？”

微浓心中哀叹一声，知道自己有欠考虑。她方才实在看不下去了，便随手拿起一支筷子掷了过去。可她看得清清楚楚，就在筷子击中壮汉的瞬间，有一锭银子也同时飞至！而且力道更大，准头更稳！

只可惜她根本没看见是何人所为，如今也无法否认，见那壮汉一副兴师问罪的模样，只得笑回：“对不住了，我方才手滑。”

“手滑？”壮汉忽然不生气了，猥琐地笑道，“小姑娘，既然知道错了，就给哥哥我道个歉如何？”

微浓悠闲地坐着，仰头看他：“哦？怎么道歉？”

壮汉哈哈一笑，招了招手，将他的同伙都喊了过来，六七个人围着微浓的桌子，贼兮兮地看着她。

微浓面上依旧保持着笑意，余光瞥了一眼身旁的窗户。

“这样吧，小姑娘。我们一共兄弟七人，你一人亲一口，哥哥我就不计较了，如何？”壮汉笑得更加猥琐。

微浓没答话，“啪嗒”放下一锭银子，这才笑着站起来：“没问题，不过你先把本姑娘的鞋子舔干净！”

壮汉闻言立刻恼了：“你要老子呢？”

“要你如何？”微浓话刚出口，却见那壮汉“哎哟”一声，已经捂着后脑跳脚转身，“谁？谁又暗算老子？”

话音还没落，其余六人也相继被砸中后脑，齐齐抽刀转身：“谁？”

微浓被七人围着，也看不见是谁出手救了她，只见地上连续滚落七锭银子，“咣当”之声不绝于耳。

真是豪气！微浓暗自赞叹。

“还不走？”远远地，从大堂东南角传来一声提醒，像是个年轻的男人，声音慵懒，气定神闲。

微浓来不及多想，立刻跃上桌面，撑着窗台跳了出去，轻盈地落在了一楼门外，随即吹了声口哨，坐骑便跳出马厩直奔她身边。微浓迅速翻身上马，朝着二楼高声笑道：“多谢英雄！后会有期！”言罢扬鞭策马，疾驰而去！

这才是江湖！这才是江湖儿女！她终于又回来了！这熟悉而肆意的感觉！

摆脱了无理取闹的壮汉，微浓酒足饭饱，心情大好，又开始继续找客栈。但令她失望的是，竟然都是客满！

眼见着日已西斜，暮色已沉，自己还没找到落脚地，微浓也渐渐着急起来，只好寄希望于落叶城的最后一家客栈，也是最贵的一家。

“掌柜的，还有客房吗？”微浓进了客栈，开门见山地问。

“姑娘，实在抱歉，我们客满了。”掌柜干笑回道。

又是客满！微浓想了想，又道：“我要求不高，只要能栖身便可。”

掌柜摇了摇头，一副爱莫能助的表情。

微浓长长叹了口气，不禁抱怨起来：“落叶城九家客栈，怎么都是客满！生意也忒好了些！”

“呃，只能说您来得不凑巧。”掌柜低声解释道，“小店日前来了一位客人，将所有客房都包了，而且包了十天。”

“这么豪气？”微浓很是疑惑，“那其他客栈呢？也全被他包了？”

掌柜干笑一声：“这就不晓得了，不过斜对面的同福客栈和小店是一样的。”

闻言，微浓隐隐感到不对劲儿。

掌柜见她是个年轻姑娘，孤身一人无处可住，也是生了怜惜之意，便悄悄对她说道：“不瞒您说，所有客房都是空的，包下了，但没人住。”

“没人住？”微浓更加觉得蹊跷。

“姑娘若能找到那位客人，兴许还能打个商量，让给您一间房。只可惜，这十日里他只来过小店一次，待了半个时辰就走了。”

微浓一听这话，当即有了个“守株待兔”的主意，决定守在这间客栈碰碰运气，兴许能遇上那位豪客善心大发，让给她一间客房。

于是，她便问掌柜要了两碟小菜，坐在一楼大堂里慢慢打发时间。这一坐就是数个时辰，直至客栈即将打烊，也不见人来。

微浓只得又跑去柜台上："掌柜的，既然那位客人一直没来，不如您就发发善心，先拨给我一间客房住着。我出双倍银子，如何？"

掌柜甚是为难地摇了摇头："姑娘，不是我不肯帮你。可做生意要讲规矩，小店收了客人的银钱，不管人家住不住，我们可不能一房二租啊！"

微浓仍不气馁，继续劝道："我不让您为难，一旦那客人来了，我将责任全揽在自己头上，就说是我逼你的，行吗？"

掌柜神色决然地拒绝。

微浓思索片刻，又道："那我就说，我是偷溜进来的，行吗？"

掌柜连连摆手："姑娘，我们客栈信誉良好，从未有过鸡鸣狗盗之事。若是叫人知道你偷溜了进来，还在客房里睡了一宿，小店的声誉可就不保了啊！"

微浓继续恳求："我会很小心的。"

"姑娘，小店快要打烊了。您与其在这里磨蹭，不如去找找别家，兴许眼下有空房了呢？"

微浓见掌柜不为所动，也不愿强人所难，只得垂头丧气地叹道："好吧，多谢您了！"

"呵呵"，此时一声轻笑忽然传来，显得异常突兀。微浓何其敏感，一听便知是嘲笑之意，忍不住转头看去。

但见一个身着黑衣的年轻男子，正双手抱臂靠着客栈的门框，戏谑地看向微浓。他薄唇轻勾，有棱有角的面庞之上，带着些许落拓与不羁。显然，方才两人的对话已尽数落入他耳中。

微浓一整天寻找客栈无果，心中正憋着火气，脱口呵斥："你……"

"你"字刚出口，掌柜已偷偷拉住她的衣袖，小声道："姑娘，就是他。"

就是他？包下所有房间的豪客？微浓忍不住打量对方，二十七八岁的年纪，身形高大劲瘦，削薄的唇，棱角分明的俊脸，面上挂着一抹似笑非笑的表情，乍一看竟有三分像聂星痕！

微浓站在原地，盘算着该如何开口才能要来一间客房。正犹疑之际，倒是那黑衣男子先开了口，一抬下巴对掌柜吩咐道："天字一号房，让给她吧。"

"唉，唉！"掌柜忙不迭地点头称是。

微浓心中大喜，立即道谢："多谢公子了，敢问您怎么称呼？"

她这话一出口，不知怎的，原本挑着笑意的黑衣男子，陡然垮下脸来。不过只一瞬，他又扬唇再笑：“举手之劳，不必客气。”言罢，他目不斜视地从她面前走过，带起一阵肃杀之风，径直上了二楼。

这种气质分明写着“生人勿近”，微浓也识趣，转头对掌柜笑道：“多谢您帮忙了，房费我双倍照付。”

掌柜朝她指了指二楼：“您与那位客官商量吧，房费他已经给过了。”

微浓不想占人便宜，住进天字一号房之后，便打算找到那位黑衣豪客，先将房费结清了。她不知他到底住在哪间，便只得一间间敲门询问，如此折腾一番，二三楼都走遍了，也没找到人。

微浓只得又下了楼，将三日的房费算个大概，掏出双倍银子交给掌柜，请他转交给那位豪客。如此才算真正安了心，回到屋里歇下了。

许是一整日太过疲劳，微浓这一宿睡得极好，翌日醒来神清气爽，竟无一丝乏力之感。用过早饭，她将进山所需之物列了张单子，便直奔集市一一采办。

微浓先去买了几身男装。其实女扮男装这等事根本瞒不住人，但凡有点阅历的，都能一眼看出来，只不过江湖上有规矩，看破不说破而已。

穿上男装牵上马，她慢悠悠地在集市闲逛，才一个上午，便将所需物品买齐了。正欲找个地方用午饭，忽听面前一声招呼：“姑娘，咱们又见面了。”

是那位黑衣豪客。微浓抬头看他，笑吟吟道：“昨日多谢公子割爱。”

黑衣男子抱着佩剑，双手环于胸前，笑道：“割爱谈不上，一个姑娘家沦落街头，我也于心不忍。”

微浓心中感激，再道：“房费我已付了双倍，请掌柜代为转交了。”

“姑娘不必这么客气。”黑衣男子摆了摆手，目光落在她的坐骑之上，其上挂着几个包袱，都是她采买的进山物品。

“姑娘要进山？”他直白问道。

微浓点点头：“是啊！”

“孤身一人，倒是挺有胆色。”

话到此处，双方似乎无话可谈了，微浓便客套着说：“不耽误公子办事了，我先告辞。”

“嗯，我的确有事要办，想请姑娘帮个小忙。”黑衣男子毫不客气地拦下她。

“公子言重了，尽管吩咐。”

黑衣男子眼中的笑意一闪而过：“正巧我也要进山，我看姑娘像是个行家，不如你指点指点我，该准备些什么？”

这么简单的事，微浓遂从袖中掏出那张单子：“这是我列的单子，要买的东西都在上头，您拿去用吧。”

她边说边将单子递给黑衣男子，岂料后者只瞟了一眼：“哦，我不识字。”

不识字？微浓有些吃惊。她看对方的举止气度、衣装佩剑，无不透露着非凡之色，再者又出手阔绰，包下那么多客栈，怎会不识字？

“怎么，姑娘不信我？”黑衣男子坦荡地任她打量。

“哪里，您多虑了。”微浓不欲打听他的私事，便将马匹上的包裹解下来，递给他，“这样好了，我已经置备得差不多了，公子若不嫌弃，就拿去用吧。”

黑衣男子闻言，故作苦恼之色：“我一连帮了姑娘两次，难道姑娘就不愿帮我这一次？”

“两次？”微浓一愣，“昨日中午在酒楼？”

对方点了点头。

微浓恍然大悟：“我早该想到的，能用银子当暗器，公子真是侠义心肠，豪爽大气！”

“彼此彼此。”黑衣男子笑回。

“昨日中午您没受伤吧？”

“我身手还行，姑娘不必担心。”

岂止是“身手还行”，简直是手风极劲，弹无虚发！微浓忆起昨日的场景，那银子快得如同闪电，她根本看不清是何人出手，只能从撞击的声音判断，发暗器的人是个行家。

对方两次帮她，又是江湖高手，微浓自然乐意结交，遂道：“既然恩公要采办，那还等什么？这就走吧。”

“不急，”黑衣男子指着远处一家酒楼，“时辰不早了，先用饭吧。”

言罢抬步就走，微浓牵马跟上。

两人一道用了午饭，微浓执意结账，黑衣男子由她去了。饭后，两人去集市采买，如此逛到日落，又一起用了晚饭才回到客栈。破天荒地，黑衣男子今晚留宿在此。

二楼拐角处就是天字一号房，微浓站在房门口，正欲开口告别，才发现迄今为止还不知对方的姓名。而且，他也没问过她的，彼此居然愉快地相处了几个时辰。

微浓忍不住笑起来：“瞧我，还未请教公子尊姓大名呢。”

“我姓祁，家在幽州。”他这般闲闲回道，言简意赅。

幽州是宁国重镇，更与姜国、燕国接壤，水、旱两路四通八达，自古乃是兵家必争之地，而且人杰地灵，出了很多文武名士。

“好地方，”微浓顺势赞叹一声，随手比画着，“是‘齐家治国’的‘齐’？”

“‘春日迟迟，采蘩祁祁’的‘祁’。”黑衣公子表情不变。

姓祁？微浓心中有什么念头一掠而过。但掠得太快，她尚未及抓住，便被另一个念头所取代，遂脱口而出：“你不是不识字吗？怎么会《诗经》？”

祁公子像是被戳穿了伪装，默默垂下头，不再说话。

微浓不予深究，正有心安慰，却听他艰难地回道：“不瞒姑娘，我只会这一句。”

微浓自然不信，但也不再追问，只道：“祁公子快去歇着吧，时辰不早了。”

祁姓公子站着没动，靠在门边抱臂笑问：“那你呢？姓什么、叫什么？家在何处？”

“我姓夜，家在曲州。”微浓淡淡笑回。

曲州，正是楚国故地。

祁姓公子面上闪过一丝难以言喻的复杂神色，缓缓站直身子：“夜姑娘，早些休息。”

他没头没尾地撂下一句，抱着佩剑径直上楼。

翌日清晨，微浓强打着精神起身。昨日只顾着帮祁姓公子采办物品，倒误了给她的坐骑——“祥瑞”配置物件。刚下了楼，冷不防听见掌柜唤她：“姑娘，昨夜睡得可安稳？”

“托您的福，”微浓与掌柜客套两句，才问，“您知道哪里能给马蹄打铁吗？还有卖马鞍、马鞭的地方？”

“城北有个马场，一应俱全。”掌柜笑眯眯地指了路。

微浓便在客栈里用过早饭，径直去了。然而才刚走了两个街口，突然听到身后有人喊她“夜姑娘”。

不想也知，是那位祁姓公子。如果说，前日酒楼相救、出让客房是巧合，昨日街上偶遇也是巧合，那么今日，绝对不是巧合了。微浓这般想着，还是转身打了招呼：“这么巧，祁公子打算去哪儿？”

“哦，我要去城北的马场买马。夜姑娘呢？”

微浓顿时无语。

两人只好一并前去马场，一路上微浓都提不起精神，祁公子倒显得兴致高昂，全无昨晚喜怒无常的样子。待到了马场，微浓借故去挑马鞍，祁公子则去马厩挑马，两人各忙各的。

约莫一个时辰后，微浓给坐骑配好了新鞍，打好了马蹄铁，全部装备齐全了，便去马厩找祁公子会合。然而远远地，却见他靠在马厩的柱子上，正在翻看一本书册，很悠闲，像是在刻意等着自己。

微浓早就猜到他是假装不识字，也不戳穿，又默默地离开，等了半炷香才折返回来。此时祁公子手边已经没了书册，正在喂马，微浓看他双手空空，疑道：“公子买的马呢？”

“让他们送回客栈了。”

微浓“哦”了一声：“回去吧。”

“天色不早，一起用个午饭？”

“不了，我还有事。”微浓随口拒绝。

祁公子何等聪明，见状也不纠缠。两人默默地走回客栈门前，他才低声道：“今晚我有事要办，就不住这儿了，姑娘自便。”

微浓点头：“公子慢走。”

祁公子颔首致意，告辞离开。

微浓目送他走远，容颜霎时一沉，转身走入客栈之中。这位祁公子行事诡异，武功高强，如此深藏不露的一个人，却三番五次接近自己，到底是为了什么？

微浓心里慢慢浮现几个猜测，越想越觉蹊跷。诚然，或许是她多虑了，但以她曾经的身份，如今又落单在外，她不得不小心。若当真错怪了那位祁公子，左右他也没什么损失，自己就当一回小人吧！

微浓当即决定离开。

当日下午，微浓养精蓄锐睡了一觉，临到傍晚吃了饭，便将行囊收拾一番，假意让跑堂的掂来几桶热水，造成自己沐浴的假象。然后她偷偷换上男装，牵着坐骑从后门溜走，策马直奔十万大山。

这一次上山，她买了足够的火折子，又买了弓箭打野味，本来还想买一对称手的峨眉刺，奈何翻遍整座落叶城也没找到，只好买了一双鸳鸯剑暂且用着。好在她一路上没遇到什么险境，顺顺利利地进入了密林之中。微浓确定摆脱了祁公子，这才下马休息。

她找了一处泥土松软、落叶厚实的地方，铺开被褥，席地而卧。夜色微凉，风声拂过耳畔，落叶沙沙作响，别有一番情致。这一觉，她竟睡得十分踏实。

翌日，在朝阳的映射下醒来，微浓才发现不远处多了几个帐篷，看来也是打算穿越十万大山的同道中人。她起身收拾好行囊，又在附近的泉涧梳洗一番，便再次上路。

一连三日，微浓驭马而行，饿了便吃些干粮、野味，渴了便痛饮山涧泉水，傍晚再找个僻静之处沐浴梳洗，幕天席地睡卧山间……如此享受着天地万物的灵气，返璞归真，好不快哉。

直至第四日晚间，这短暂的恣意终于被打破。

当时已是傍晚时分，暮霭沉沉。夕阳渐渐隐于十万大山的密林之后，唯有惊鸿一瞥的霞光残留天际，在高低起伏的翠树上散落着余光，俯仰之间若明若暗。

微浓牵着坐骑行走在幽径上，正在寻觅今夜的栖身之处，忽听得一阵刀剑鸣戟之声。她上前几步，就着暮色远远望去，但见一个身穿黑衣的男子正被六个人围攻。这七人打得不可开交，而被围攻的那个黑衣人功夫最高，以一敌六也没落下风，勉强与六人打了个平手。

天色太暗，隔得又太远，微浓根本看不清几人的长相。单看武艺，她很佩服被围攻的那个人，也知道打得越久，对他越不利。可她终究不像从前一样喜欢多管闲事，也不知这几人孰善孰恶，于是打定主意独善其身。

她转身便去招呼马匹，想要离开这是非之地。可她刚走了几步，忽听身后遥遥传来一句话："祁湛，束手就擒吧！"

祁湛？这名字好耳熟！是去年聂星逸寿宴之上的那个刺客！

回忆突然袭来，微浓不受控制地停下脚步。她想起自己被聂星逸推作挡箭牌时，祁湛曾对她手下留情，还有他当时看她的眼神……

想到此处，微浓便无法坐视不理了。她从包袱里取出鸳鸯剑，迅速奔至事发之地，打算趁机偷袭。只是那六个人的功夫实在太高，牢牢将祁湛围在正中心，毫无破绽。

于是，她只得藏身树后，瞄准其中一人的身法，猛地掷出一把鸳鸯剑。

"哧"的一声，刺中某人后腰，对方身形一顿，猛地回头看她。

高手过招最忌分心，不过这等工夫，祁湛已从袖中发出三枚暗器。"嗖嗖嗖"三声开路，他打开了一个破绽，跳出了包围。他持剑倒行，边打边退，最终一跃而起，堪堪落在微浓身边。

"夜姑娘，多谢了。"祁湛喘着气，声音却很稳。

熟悉的声音传来，微浓乍然一惊："祁公子！原来是你！"

祁湛蹙了蹙眉："怎么？才认出我？"

微浓抿着唇，没再作声。她早该想到了，祁公子家住幽州。幽州，正是墨门总舵所在之地。而祁湛，正是墨门第一杀手。

但眼前这人，她根本无法与神出鬼没的第一杀手联系起来。尤其是他行刺聂星逸时，那双鹰隼般犀利的眸子实在令她印象深刻，与她刚刚认识的祁公子大相径庭。

祁湛见她一直盯着自己，忍不住提醒："打赢了再看。"

微浓立即回神，想起眼下的处境，一阵后怕："怎么打？"

祁湛但笑不语。

而对面的几个杀手竟然真的不再动手，各个持剑站在原地，谨慎地看着微浓。

微浓感到很奇怪："我有这么厉害？"

祁湛没接话，反而对杀手们斥道："还不快滚？"

杀手们竟是面面相觑，为首一人冷冷道："我们不会善罢甘休的！"

祁湛"哈"的一笑："随时恭候。"

真真是杀手出身，连逃跑的速度都令人目瞪口呆，几道黑影划过月色，眼前已是空空如也。微浓讶然问道："结束了？"

"嗯。"祁湛的薄唇勾起一丝浅笑，"多亏夜姑娘出手相助。"

微浓更加觉得疑惑："我也没做什么啊？"

祁湛看了看她手中的鸳鸯剑，淡淡解释："哦，原本我已经打了平手，你一来，他们发现必定没胜算了。"

"是吗？"微浓将信将疑地收起鸳鸯剑。

"只要给我一个破绽，我就能赢，而你做到了，"祁湛笑着看她，"这算是救命之恩。"

微浓瞥了他一眼，刻意后退几步，警惕地道："既然是救命之恩，那我问你几件事，你如实答来。"

祁湛站在原地没动，反手收起佩剑："你问吧。"

微浓想了想："咱们从前见过吗？"

"四天前不是刚见过？"

"别装傻，"微浓上下打量他，"你是不是认出我了？"

"认出你什么？"

"去年这个时候，你曾去燕王宫行刺聂星逸，当时你看我的眼神，分明是认识我。"

"我每年进出四国王宫好几趟，杀的人也不计其数，早就记不住了。"祁湛轻描淡写地回。

微浓盯着他："不可能！你若真不记得我，在落叶城为何故意接近我？"

祁湛故作惊讶："我想夜姑娘误会了，我到落叶城只是为了躲避追杀——就是今晚这批人。我不想泄露行踪，不得已才包下几间客栈，方便我随时藏身。"

微浓听了这解释，气不打一处来："你既然被人追杀，为何还要缠着我？你想把我牵扯进去？"

"不是。"祁湛终于收敛起笑意，正色解释，"我没你想得那么恶毒。"

"那你为何接近我？"微浓再次质问。

祁湛只得模棱两可地回："我与你是无意中遇上的。"

"无意相遇，有意接近？"微浓犀利点破。

见她穷追不舍，祁湛只得如实回道："我承认，是在燕王宫见过你。当时你坐在王后的位置上。"

"只在燕王宫见过？"微浓继续追问。

祁湛却是沉默一瞬："对，只在燕王宫见过。"

"当时你为何对我手下留情？还有你看我的眼神，"微浓万分笃定，"在那之前，你一定还见过我！"

"没有。"祁湛立刻垂目否认，"当时我手下留情，是因为我不杀女人。而且，你长得像我姑姑，仅此而已。"

"像你姑姑？"微浓不知是哭还是笑，"祁湛，我真不敢信你的话。"

"我是个杀手，只在杀人的场合出现，难道你以前被我追杀过？"祁湛一语定音。

微浓见他如此肯定，自己也有些拿不准了。祁湛身为杀手，会接偷盗的生意吗？难道六年前在楚王宫盗取惊鸿剑之人，真的不是他？

微浓不自觉地走近祁湛，想要嗅一嗅他的味道。可惜时间太久远，都过去六年了，她早就忘了那个盗剑之人的气味。如今回想起来，只记得那人懒懒的样子，一时放浪一时狠戾的手段，还有对她的戏弄。

到底是不是他呢？微浓想得入神，一时竟忘了男女之防，贴在祁湛身边闻了起来。

"你们在做什么！"便在此时，一道凌厉的女声突然传了过来，带着浓浓的醋意。

微浓循声转身，但见密林深处，一个身穿黑色夜行衣的年轻女子正狠狠地盯着自己。那双眼眸即便在黑暗之中，也是削骨的锋利。

"你们在做什么？"那女子又问了一遍，几个轻盈跳跃，眨眼已奔至微浓面前，动作如猎豹般敏捷迅猛。

不怪她误会，微浓此刻几乎将下巴都搁在了祁湛肩上，而祁湛也站着没动，远远看去，两人像是抱在了一起。

微浓立刻后退两步，听到祁湛问她："你怎么又跟来了？"他显然与这姑娘很是熟稔，言语间满是斥责之意。

那女子则一副委屈之色，伸手一指微浓："你不是说她已经离开落叶城了吗？你们怎么还在一起？"

"璎珞！"祁湛想要开口阻止，可惜晚了一步。

微浓看明白了，这名唤"璎珞"的姑娘爱慕祁湛。她就着月色悄悄打量，见对方与自己差不多年纪，身穿黑衣，身材高挑，眉间浮着一股傲然的戾气，仿如一株蔷薇绽放在陡峭的悬崖之上。

只不过这株蔷薇带刺，眼下正指着自己，欲杀之而后快。微浓这才发现，璎珞的右手之中，竟拿着一对儿小巧的峨眉刺。这个发现令她好感大增，便主动解释道："姑娘别误会，我和他不熟。"

"不熟还抱在一起？"璎珞狠狠剜了她一眼。

"别胡闹！"祁湛低声斥责，"你赶紧回去！"

"你都离开了，我回去还有什么意思？"璎珞倔强地表态，"我要跟你走！"

"门主不会答应的。"祁湛一副担忧之色，"你现在回去，我还能替你说情。"

这下微浓听出来了，祁湛对璎珞的斥责之中，分明包含着几分关切。她忍不住问道："天下第一杀手，不给我介绍一下她？"

祁湛蹙眉指着璎珞："我师妹。"

师妹？微浓不可思议地看着璎珞："女杀手吗？真看不出来。"

"你看不出来的事情多了！瞎子都比你灵光。"

"住口！"祁湛一把拽住璎珞，阻止她继续说下去，"你跟我过来！"

"等等！"微浓听到此处，心里却是起了疑，"你这话什么意思？"

璎珞亦是一把甩开祁湛，叉腰笑道："没什么意思！你后头跟着七八个人，你却一直没发现，不是瞎了是什么？"

"别说了！"

"你说什么？"祁湛与微浓同时开口，一个阻止，一个追问。

璎珞索性不看祁湛的脸色，对微浓笑道："你的身边一直有人暗中保护，祁湛是为了躲避追杀，才主动接近你的。"

"有人暗中保护我？"微浓抓住了重点。

“没错！”璎珞又白了她一眼，“祁湛借你的侍卫挡一阵罢了，你可不要自作多情！”

原来如此，微浓看向祁湛，哂笑一声：“难怪杀手看见我就跑了，原来我身边有高人保护！”

祁湛被戳穿了动机，也不辩解，只道：“抱歉。”

微浓见状，怒而大笑，转身四处眺望。然她搜寻半晌，除了寂寂夜色和数不清的茂树之外，她根本看不到一个人影，一个人也没有。

“那些侍卫呢？在哪儿？”她的声音不自觉地颤抖起来。

璎珞冷哼一声，努了努嘴：“你想见他们？也很容易。让我在你脖子上划一道。”

“好！”微浓一把抓住璎珞的右手，便欲往自己咽喉上刺。

“喂喂！你疯了！”璎珞吓了一跳，连忙后退，“别连累我和祁湛！”

微浓却似没听见一般，仰首看着四周参天的树影，大声喊道：“你们是谁？出来！”

林中无人应答。

微浓果断举起鸳鸯剑，顶在自己心口，冷然喝道：“我数到三！”

林中仍旧没有任何动静。

微浓兀自大喊：“一、二……”

“三”字还未出口，只见不远处的五棵大树上，迅速滑下七个身影，落地无声，齐齐跪在微浓面前。

打头一人微浓认识，三十岁上下，是聂星痕的心腹，这半年里一直陪她在姜国解毒，原本五日前应该和晓馨一同返回燕国的暗卫——简风。此时他正眉目紧蹙望着微浓：“卑职简风，向您请罪。”

微浓缓缓垂下手中的鸳鸯剑。眼前此情此景，她感受莫名，是被骗的不可思议，还是被跟踪的愤怒？还有一丝说不清道不明的悸动，酸甜苦辣，一并涌上心头。

她本想斥责他们，却知这风餐露宿的差事并非他们的本意，她唯有责怪那个人，凉凉地道：“他食言了。”

简风低下头：“娘娘言重，殿下是担心您。”

微浓别过脸去，不想再听。

简风唯有恳切道：“您难道不奇怪，您孤身上路这么多天，为何没碰上一个歹人？”

微浓闻言心头一跳。可惜她掩饰得太好，夜色又深，简风根本没有看见，他指着祁湛和璎珞，自顾自说道："不说别人，就说这一对男女，自落叶城开始便利用您打掩护。若不是殿下有言交代，非到万不得已不能现身，属下早就想提醒您了！"

微浓突然很想放声大哭，可却笑了出来，笑自己的无知。原来在她看不见的背后，竟有这么多心思！而她却还傻傻的，以为自己能过快意恩仇的江湖生活！

微浓无声地笑着，询问简风："这些日子，你们都藏在哪儿？我竟从没发现过。"

简风低着头，没有回话。

微浓知道自己的一言一行，乃至沐浴都必定入了他们眼中，也不再去问那些矫情的问题了，默然片刻，只道："无论如何，我都感谢你们。但到此为止吧！"

"娘娘！"简风急了，"殿下没有强迫您回去，只是让我们保护您！"

微浓摇了摇头，神色坚定。

简风知道她脾气倔，对聂星痕的偏见又大，遂恳求："您让我们走也可以，至少等您出了姜国，这里毒虫蛊物太多，卑职实在不能放心。"

微浓抿着唇，仍旧不肯松口。

简风只得去戳她的软肋："娘娘开恩，万一您有个三长两短，卑职无法向殿下交代，即便回去了，也是个死。"

微浓果然犹疑了，沉吟须臾："出了姜国地界，你们真的会走？"

简风点点头："卑职会让其他人回去。"

"那你呢？"微浓又问。

简风唯有沉默不语。倒是他身后有个侍卫胆子大，接了话："简老大会自裁，向殿下谢罪，好保住我们兄弟几个。"

"自裁……"微浓踉跄一步，扶着树干切切地笑，"他是在逼我吗？他要逼死我吗？"

这一次，所有侍卫都沉默了。

人最大的痛苦，就是妄想抓住流逝的东西。聂星痕想抓住微浓，而微浓想抓住楚璃，他们的执着何其相似，她亦能感受他的痛苦。

微浓靠着树干半晌，渐渐恢复了平静，她抬眸望着漫天星辰，最后对简风说道："等出了这十万大山，只许你一人跟着。"

简风答应了微浓的条件。暗卫们都很尽责，又重新隐于树上，不留一丝痕迹。祁湛在旁听了半晌，亦能感受到微浓沉重的心事，便低声道：“我有些话想对你说。”

微浓看他：“你说吧。”

祁湛又对璎珞道：“你先回避。”

璎珞自然不肯，瞪着他：“你们有什么话我不能听？”

祁湛猛地沉了脸色。

璎珞像是怕极了他，气得一跺脚，到底还是不甘不愿地回避了。

她走后，祁湛默然片刻，对微浓道：“我向你道歉，我动机不纯。”

微浓心情低落，没有接话。

祁湛抬头看一眼简风栖身的树干，确定他听不见了，再低声道：“你不想避开他们吗？我有个法子？”

“什么法子？”

“你随我到宁国。一旦进入幽州地界，我的人能挡住他们。”

微浓立即反应过来：“在此之前，我得一直跟你同路？你想让他们保护你？”

祁湛没否认：“总之我有法子让你摆脱他们，而且保证聂星痕不会怪罪。”

“什么法子？”微浓有些不信。祁湛毕竟只是个杀手，即便墨门势力再大，也不可能跟聂星痕抗衡。

“等到了宁国，我再告诉你。”祁湛试图说服她，“你我同行一举三得，你能助我摆脱追杀；到了宁国我能助你摆脱聂星痕；而且，我想让璎珞死心。”

微浓没有立即答应：“你要去哪儿？”

“宁国王城，黎都。”

去黎都？不得不说，微浓有些心动了。原本她的计划便是游历天下，而穿过这十万大山，走过姜国蟾州，就是宁国境内，若能去宁国王城看看，倒是正合她心意。

“璎珞姑娘很不错，你确定要赶走她？”这是微浓最后一个问题。

“我要做的事情，不适合她。”

“如果你是为了她的安危，”微浓审视祁湛，“我答应你。”

“喂！你们有完没完啊？还要说多久？”此时璎珞终于等急了，远远指着微浓警告，“你男人是个醋坛子，你可别害了祁湛！”

“哦？你知道我男人是谁？”微浓有意试探。

“还能是谁，燕国摄政王呗！”璎珞不屑地道。

微浓觉得，璎珞这姑娘也是深藏不露。自己与简风方才的对话，从头至尾没提过燕国，更没提过聂星痕，璎珞却知道人是谁派来的，还知道聂星痕是个“醋坛子”。显然，祁湛不会告诉她这些。

微浓发现，璎珞看似冲动，实则心如明镜，洞察力极强。想想也是，墨门的女杀手总会有过人之处，这样敢爱敢恨、敢说敢杀的姑娘，微浓不信她看不出来自己和祁湛的关系，便朝她招手道：“璎珞姑娘，我也有些话想单独与你说。”

璎珞轻哼一声：“你不怕我杀了你？”

祁湛也问道：“你和她有什么话说？”

微浓笑了笑：“祁公子，你这是在关心你师妹呢，还是在关心我？”

璎珞一听这话，唯恐祁湛真的说出什么话来，立刻跳到微浓身边：“当然是关心我了！你有话就快说！我追了他三天，困都困死了。”

微浓便引着她，往一棵隐蔽的树后走去。璎珞神色颇有些不耐烦。

微浓站定，问她：“其实你根本不吃醋，对吗？”

璎珞一愣：“你是在夸我？”

“你怕祁湛有危险，才以吃醋为借口，尾随他而来？”微浓看得通透。

璎珞眼珠子转了几转，矢口否认：“我是真的看不惯你。”

“既然你知道他为何接近我，又知道保护我的人是谁，你怎么可能会吃醋？”微浓反问。

璎珞果然跺了跺脚，恨恨地道：“我若不假装吃醋，怎么可能缠得住他？就方才那一会儿，我都跟丢了！”

“他是怕你有危险，”微浓道，“他在关心你。”

“那我更不能走了！”璎珞亟亟表态，“我得留下帮他！死也要和他死在一起！”

微浓着实佩服璎珞的勇气，能爱得如此浓烈而又毫无顾忌，她望了望不远处的祁湛，斟酌片刻，又道：“你若信我，就去宁国黎都等他。”

“他要去黎都？”璎珞微感讶异。

微浓点了点头：“我还有一个问题，祁湛的姑姑是谁？”

“姑姑？”璎珞翻了个白眼，“他连爹都没有，哪来的姑姑？舅舅倒是有一个。”

“我明白了，咱们黎都见。”

第十八章

落花时节，忽又逢君

两个月后，微浓与祁湛抵达了宁国王都，黎都城。

这一路因有祁湛同行，微浓得了许多便利，事事都不必操心。十万大山哪里风景最好，去宁国哪条路最便捷，姜国的风俗是什么，宁国的美食有什么，祁湛都了如指掌。

微浓本以为杀手的日子必定是刀口舔血、惊心动魄，却不料祁湛还有这种兴致，竟是个游玩高手。听他自己说，他已经脱离墨门，金盆洗手了。

然而即便他退出了江湖，也没有摆脱江湖恩怨——这一路上，他们遇到过两次追杀。幸而有简风等人保护，祁湛沾了微浓的光，轻轻松松得以脱身。

简风也遵守约定，一到宁国幽州地界，便将其余人马撤回燕国，只留他自己继续保护微浓，也不再神出鬼没，大大方方地随行。

总的来说，这两个月里，微浓自认过得不错。尤其是进入宁国之后，她见识了另一种风貌，一种不同于燕国的，更加开明而强盛的风貌。

从前，“四国并立，宁国第一”是不争的事实。可自从灭楚之后，燕国百姓信心大增，遂开始自诩“燕宁两国，旗鼓相当”。

刚进入幽州地界时，微浓尚可自欺欺人地想“宁国也不过如此”。但随着一路北上，越发临近宁国王城，微浓开始觉得心虚了。待走到王城黎都，她终于肯承认自己是坐井观天。

宁国国主原清政七岁登基，迄今在位已整整六十年。他任内从无大战发生，而且文治武功，举贤任能，将从前世人眼中的“夷蛮之地”治理成了礼仪之邦。经过这六十年的稳定发展，宁国如今兵强马壮，国力强盛。

也许是因为曾经的身份，微浓开始不自觉地留意一国政绩，譬如百姓的喜乐，譬如宁王正在施行的新政——劝农、举文。

劝农，即将农田分成永业田、口分田两种，前者为百姓所有，后者为官田，租赁给百姓使用。宁王颁下《新田律》，对分田、卖田、占田、盗耕田等行为明确严惩；对拥有口分田的百姓，一年减免赋税三两银子；并将修渠建堤写入州吏的职责之中，不修堤者按律重罚。

举文，即在民间兴办书塾，各州至少要办一间官塾，州吏可从官塾中适当选拔；笔商、墨商、纸商、书商，但凡是与做学问沾边的生意，适当减税；对于私印、传阅禁书者，以造反罪论处；允许姜国人参加宁国科举，入朝为官。

此外，新政还对大商贾、小商贩的生意进行了限制，规定盐、铁、茶、酒、醋等关乎国计民生的产业只能官营，禁止私下买卖，以防有人大量囤积，从而哄抬物价。

微浓用自己浅薄的阅历去评价，也觉得宁王此举深得民心，百姓受益无穷。看来宁、姜两国结盟之后，对燕国的威胁确实很大，不知聂星痕有什么应对之策。微浓不禁担忧起来。

"在想什么？"祁湛见她久不作声，问道。

"没什么。"微浓回过神，看了看街道四周，"时值正月，又是新政施行，怎么黎都不见一丁点儿的喜庆？"

"因为宁太子病重难治。"

去年沈觉出使燕国时，微浓便已听说宁太子病重的消息，没想到一整年过去了，他还强撑着，想必饱受病痛折磨，煎熬至极。

微浓正想感慨一句，却见祁湛已停下了脚步，指着街边的酒楼："饿了，先填饱肚子。"

"还是先找客栈吧。"微浓提议。落叶城的经历实在让她记忆犹新，从那之后，她每到一地都会先找好落脚之处。

这一路上，祁湛和简风早就习惯了她这个毛病，前者忍不住嗤笑她："你放心，别的地方不敢保证，到了黎都绝不会短你吃住的。"

微浓见他信心满满，便也没再多问，随他进入酒楼用饭，简风跟上。

小二看三人仪表不凡，立刻笑嘻嘻地将他们往二楼雅座引。微浓不想被高价讹诈，便犹疑着不肯上去。

祁湛则抱臂靠在楼梯旁，朝她笑道："上来，既到了黎都，吃住都交给我吧！"

"在幽州你怎么不说这话？"微浓记得祁湛是幽州人，墨门的总舵也在那里。

祁湛倒没解释，只一味笑问："肯不肯赏脸？"

"当然！"微浓自然不与他客气，立刻往二楼上去，简风和祁湛随后跟上。微浓一边上着楼梯，不忘转身笑道，"简大哥，等会儿放开了吃，他有的是银子……"

话还没说完，微浓突然和人撞了个满怀，所幸简风伸手相扶，她没有摔倒。但撞她的人却没能站稳，摔在了楼梯上，发出"哎哟"一声。

"姑娘，你没事吧？"微浓连忙将她扶起。

摔倒的是个年轻的姑娘，十七八岁的样子，着一袭火红色裙装，长得也是明媚娇艳。她就着微浓的手站起来，抬头之际，面容竟是一怔，瞬间又惊恐地垂下头去，神色闪躲："多……多谢。"

微浓低头看了看自己的衣裳，是件极其普通的裙装，再看那摔倒的红衣姑娘，穿的是一件织金连烟锦裙，价值不下百金。两厢一对比，微浓心下了然，遂道歉："唐突姑娘了，抱歉。"

"没……没事。"红衣姑娘脸色苍白，但情绪算是稳定了，又向后躲了两步。

就在这时，一个丫鬟打扮的女子匆匆跑来，急切地问道："小姐可有摔伤？"

"不碍事。"红衣姑娘再看了微浓一眼，脸色越发难看。

丫鬟立刻明白过来，指着微浓斥道："喂！你竟敢冲撞我家小姐，不要命啦？"

"实在抱歉，我方才没看见。"微浓好脾气地解释。

谁知丫鬟不依不饶："道歉就管用啦？我家小姐千金之躯，若是撞伤了，有你好看！"

"这么大的架子？"简风在一旁看得恼了。

"简大哥，"微浓赶忙制止他，"别说了，毕竟是我理亏在先。"

"这还像是句人话。"丫鬟扶着红衣姑娘，冷哼一声，"我们小姐人美心善，不与你们计较。还不让开？好狗不挡路！"

"你说什么？"简风再次怒问。

此时已有不少客人围过来看热闹。微浓初来乍到，只想息事宁人，便向简风打了个眼色，两人往楼梯旁边站了站，将路让开。

唯独祁湛还站在楼梯正中央，冷冷地看着眼前的主仆二人，没有半分让路之意。直至微浓拽了他的袖子，他才非常缓慢地挪到一边，不屑地一笑。

丫鬟只当作没看见，将手上的披风抖开，披在红衣姑娘身上："小姐走吧，莫教侯爷等急了。"

"嗯。"红衣姑娘一个字也没多说，目不斜视地走下楼梯，走出了酒楼。

众人目送他们走远，简风才冷笑一下："这是哪家的小姐？排场真大！"

酒楼掌柜一直站在楼梯旁，此时才敢发声，惊魂未定地答："三位有所不知，方才那是离侯的亲妹子，咱们都惹不起啊。"

"离侯是谁？"微浓顺口一问。

"姑娘不是宁国人吧？"掌柜笑回，"如今在宁国，离侯可是无人不知，无人不晓。"

"哦？"微浓起了好奇之意。

然而那掌柜却不肯往下说了，大约是顾忌周围看热闹的客人。

其实微浓对离侯并无太大兴趣，便没再追问。如今身在宁国王都，街上随意撞见个人，都极有可能是宗亲显贵，她早已见怪不怪了，也不想惹上什么是非。

反倒是祁湛冷不防答了话："离侯本是姜国国士，三月前，宁王破例邀他入朝为官，以万户侯之礼相待。因其表字'子离'，故被尊称'离侯'，实则并无爵位在身。"

姜国国士？离侯？难道就是连阔口中那位高人，姜国易帜的主导者——云辰？

"原来是他！"微浓笑问，"传言姜王后三顾茅庐才请出山的无双国士，后被宁王'横刀夺爱'的云辰？"

"是。"祁湛态度冷淡，似是对此人并无好感。

"怎么，你认识他？"

"不认识，但很快就会认识了。"祁湛回得干脆，边上楼边道，"你不是一直称赞宁王的新政？就是他上的折子。"

"啊？"微浓很是讶异，"劝农、举文，都是他想出来的？"

"《新田律》也是他草拟的。"

微浓对云辰肃然起敬，连连感叹："难怪姜王后执意请他出山，果真是仙风道骨的高人。"

"嗬，"祁湛冷笑，"什么仙风道骨？不过是沽名钓誉的俗人罢了。"

说话间，三人已经走到雅间落了座，微浓见祁湛有所不满，不禁追问："你为何这么说？难道云辰徒有虚名？"

"才华倒有几分，"祁湛给微浓和简风倒茶，"但他管得太宽了。"

"什么意思？"微浓没听懂。

"宁太子还没死，他就向宁王进言，请求另立王嗣。"祁湛又给自己倒了杯茶，"而且，他与魏侯走得极近。"

"魏侯是谁？"

“宁太子排行老二，魏侯行三。”

“这也没什么稀奇的，”微浓叹了口气，“我听说宁太子无嗣，弟承兄业，无可厚非。”

祁湛冷冷一笑，没往下接话。

微浓见他不悦，便顺着他的话评价：“不过，你说得很对。他来宁国没多久，就与诸侯走得近，可见不是什么清心寡欲之人。”

祁湛这才脸色稍霁。

“不提他了，”微浓刻意转开话题，“坐下这么久，还没点菜呢！方才是谁说要做东来着？”

祁湛与简风这才各自收起心思，召唤店小二点菜，三人大快朵颐。

待到酒足饭饱，微浓又惦记着找客栈。祁湛便径直将他们领到一间名为“盈门”的客栈门前，嘱咐道：“你们直接进去，就说是‘祁公子的朋友’，店家会仔细安排的。”

“那你呢？不住这里？”微浓问道。

“我今晚有事，明日过来。”

“好。”微浓也没多问，与简风一并进了客栈。

祁湛的面子的确够大，微浓报上他的名号，便得了两间最好的上房，掌柜还不收银子。微浓休整了半日，又和简风外出逛了逛，这一日算是不咸不淡地过去了。

翌日一早，祁湛便来找微浓，拿出一封信给她：“你不是想摆脱简风吗？将这封信交给他，让他带回燕国去，他不但不会死，反而救驾有功。”

微浓疑惑地接过信件，打开一看，赫然是墨门的刺杀计划。墨门要杀聂星痕！微浓大吃一惊：“这消息哪儿来的？”

祁湛挑眉：“你忘了我曾是墨门中人。”

微浓沉吟片刻：“你这是在卖给他人情？”

“不是，我是在还你的人情。”祁湛顿了片刻，又道，“不过你也可以提提我的名字，也许有朝一日，我真会让他还这个人情也说不定。”

微浓没再接话，手中捏着这字条，心里便如同火烧一般焦灼着。究竟是谁雇用墨门行凶？可聂星痕的仇家实在太多了！真要细算起来，聂星逸、明氏、赫连氏，还有楚王室……更别提朝中那些他得罪过的大臣了。

不可否认，祁湛这个计划甚好。简风带着这字条回去，必会得到嘉奖，聂星痕能逃过一劫，她也能从此摆脱监视，一举三得。

想到此处，微浓当机立断："好，我这就去告诉简风。"

不多时，微浓折返回来，说是简风已经启程。

"动作这么快！"祁湛玩笑道，"他就不担心，你我孤男寡女……"

"谁说是孤男寡女？"微浓笑了。

"明明是孤男二女！"一个脆生生的女音接话道。

紧接着，只见璎珞从微浓身后闪了出来，朝祁湛眨眨眼："因为有我在，简大哥就放心走了。"

祁湛看见来人，霎时沉下脸色："简大哥？"

"刚改口的。"璎珞有些怕他，往微浓身后躲了躲。

祁湛薄唇紧抿，恼色显而易见。他双目微眯生气的模样，竟让微浓再次想起了聂星痕。

难道是担心他遇刺的缘故？微浓忙挥去思绪，对祁湛干笑一声："别怪璎珞，是我让她来的。"

祁湛面色更恼，呵斥微浓："多事！"他说完，竟真的拾起佩剑起身，作势出门而去。

微浓和璎珞齐齐拦住他，后者亟亟道："你想要我死心，也得给出个令我信服的理由吧？我好歹也是个女杀手，什么场面没见过？你到底来黎都办什么事，为何不让我跟着？"

"你还是不知道为好。"祁湛讳莫如深。

这个交代实在太过含糊，漫说璎珞不满意，微浓也感到他在敷衍，不禁疑惑："难道你是来杀人的？"

"不是，"祁湛否认，"若是杀人的勾当，我就让她跟着了。"

"我不管！我就要跟着你！"璎珞要上了脾气。

祁湛索性不再理她，转对微浓道："你惹来的，你替我打发。"

微浓没料到他如此决绝，正想再劝一句，却听"咣当"一声，屋门猛地被人推开，一个器宇轩昂的中年男子急匆匆地跨进来，附在祁湛耳边低声说了句什么。

祁湛脸色骤变，连句招呼都来不及打，立即翻身从二楼窗户跳了出去，闪电一般消失在街道之上。中年男子扫了微浓一眼，也跟着跳出窗外。

这番变故来得太过突然，微浓望着璎珞，一头雾水。

璎珞却只是望着窗外，低声道："那人方才说'殿下薨'。"

殿下是谁？

两个时辰后，微浓得知了答案——宁太子病重不治，未时三刻在宁王宫驾鹤西去。她不知祁湛来黎都的目的与此事有何关联，但她隐隐有种感觉，祁湛暂时不会出现了。

许是宁太子的病拖了太久，黎都上下早已做好了准备，消息传来时，城里并无太大异动。宁王下令举国治丧，全城立即挂起了缟素。微浓所在的客栈更是隆重，掌柜甚至恸哭一场，直言宁国国祚后继无人了。

掌柜的话不无道理。如今的宁王原清政七岁登基，在位励精图治六十年，堪称一代明君。而他唯一的痛处，便是他的儿子，刚刚魂归西天的宁太子——原真。

早在四十年前，原真已受封宁国太子。上一任燕王，即高宗聂旸被立为太子之时，他还曾造访过燕国，并送来一个美人——聂星痕的亲生母亲。

眨眼间沧海桑田，如今燕高宗聂旸宾天，聂星逸都已做了两年空心燕王，可原真还在太子之位上熬着，一熬就是四十年，直至油尽灯枯。

最糟糕的是，原真这几年荒淫无度，后宫也是纷争频起，膝下子嗣要么病夭，要么被害，竟无一人能活到成年。而他自己早已被酒色掏空了身子，后来又身染重疾，以至于绝了嗣。

听说早些年的时候，原真也曾雄心勃勃，想做个明君。可后来，他发现亲爹宁王实在太厉害了，身体康健精神矍铄，政事上一直亲力亲为，不给他施展抱负的机会。这令他屡受打击，自暴自弃渐渐颓靡。

而宁王则因对爱子有愧，便也任由他胡作非为荒淫无度，偏生不提移交政事，也不提退位，抓着大权不肯放手。原真等着，盼着，终因积郁多年，又纵欲过度，死在了宁王前头。

去年聂星逸刚刚登基时，微浓就听说宁王另两个儿子已虎视眈眈地盯着太子之位。前几日又听祁湛说起离侯与宁国三殿下走得极近，可见宁国朝内即将有一场大变。

微浓突然后悔自己来黎都了。天子脚下，稍有不慎就会受到夺储之争的牵连，她又孤身在外，还是小心为妙。这般一想，她决定尽早离开黎都。

反观璎珞，除了祁湛好似什么都不在乎。自从祁湛跳窗离去之后，她每天都在四处寻找，连在黎都的同门师兄弟都惊动了，却无一人得知祁湛的消息。

一连四天，璎珞都是早出晚归，每每都是垂头丧气地回来：“你说，他是不是故意躲着我？”她蔫蔫地问。

微浓凭借直觉否认：“我猜想，他的失踪和宁太子的死有关。”

“他能和宁太子有什么关系？”璎珞黯然神伤。

微浓见不得痴心人伤心，唯有宽慰：“这样吧，明日我陪你上街找找。”

待到翌日，两个姑娘便一道出门了。微浓有意开解璎珞，便带着她四处游逛。如此过了一个晌午，两人随意用了午饭，不知不觉走到了一家布庄门口。

因着宁太子的死，黎都好多生意都暂时关了门，唯独布庄的生意依旧红火——家家户户都来买缟素白绢。

微浓见璎珞数日不变一身黑衣，便灵机一动：“走，咱们进去做几身衣裳。”

璎珞无精打采地拒绝：“没兴趣。”

微浓叹了口气：“女为悦己者容，你天天一身黑衣，怎么能让祁湛喜欢？”

“他又不看脸。”璎珞立刻反驳。

微浓失笑，拉着她往布庄里走：“进去看看吧！等他回来，也好让他眼前一亮。”

听闻此言，璎珞也不再抗拒了，任由微浓拉着她走进布庄。时值宁太子薨逝，布庄里也不卖艳丽的颜色，好在璎珞气色红润，最衬素色的缎子。

微浓替她挑了一匹浅绿、一匹鹅黄的缎子，两人正打算上二楼量尺寸，却见一个年轻女子被拥簇着下了楼来，掌柜还在一旁赔笑：“云小姐放心，等缎子一到货，小人立即送到府上。”

那年轻女子轻慢地“嗯”了一声，惜字如金。

微浓觉得对方很眼熟，想了片刻才记起，正是她前几日不小心撞到的姑娘，离侯云辰的亲妹子，闺名好像叫作云潇。

这么巧！微浓有种不祥之感。

此时云潇已下了楼，不经意瞥了微浓一眼。显然，她也认出了微浓，却与那日闪躲的态度不同，故意指着微浓手中的两匹绸缎：“掌柜的，这两匹缎子我都要了。”

掌柜有些为难：“这……”

“喂！这缎子是我们先看中的！”璎珞立刻表态。

微浓只当没听见，对璎珞道：“咱们去量尺寸吧。”言罢拉过璎珞的手臂，与她一道上二楼。

然而走过云潇身边时，却听对方冷冷地问：“我的话你没听见？”

“喂！你什么意思？”璎珞指着云潇，上前质问。

微浓倒是冷静，对云潇行礼，道：“云小姐，咱们之间有些误会。当日我并非有意冲撞，还请您见谅。”

岂料云潇睨她一眼，樱唇轻启：“我瞧你碍眼，你开个价吧！拿了钱滚出黎都。”

微浓没想到她如此无理取闹：“云小姐，你我素无恩怨，如若是为了酒楼的事……”

“只怪你长得像一个人，”云潇打断微浓，“一个我非常讨厌的女人！”

“我看你是成心找揍！”璎珞已是忍耐到了极限，挥起拳头冲了上去。

微浓死死拦住她，哭笑不得地回道：“云小姐，这个理由太过牵强，恕我不能从命。”

云潇面色一沉，正要发作，店外忽然跑进来一个车夫模样的男子，对她恭恭敬敬地道：“小姐，大人的车辇到了。”

云潇立刻变得喜上眉梢，也不再与微浓多话，转而对掌柜命道：“此事你看着办，日落之前，我要见到这两匹缎子。”

言罢她转身就往外走，面上掩不住急切之色。

“唰”的一声，璎珞从袖中甩出峨眉刺，冷冷横在了她面前。

云潇见状霎时变色，抿着唇不敢说话。她的丫鬟却依旧嚣张：“你们想做什么？知道我家小姐是谁吗？”

“她就算是仙女下凡，姑奶奶也不怕！”璎珞眯着美眸，怒意已起。

眼见气氛剑拔弩张，微浓大感无奈，如今是在宁国的地盘，离侯的车辇就在外头，璎珞这么做只会把局面弄得更难堪。她唯有低声劝阻：“你把峨眉刺收起来。”

璎珞却直直盯着云潇：“她不道歉，休想我收手。”

云潇也是个硬骨头，哪怕脸色已经骇得煞白，却仍旧不肯服软。倒是丫鬟颤颤巍巍地警告：“我们侯爷就在外头，你……”

“我管她是猴爷狗爷猪爷，惹了姑奶奶休想好过！”璎珞撂出狠话。

“好了璎珞，适可而……”

“潇潇，怎么还不出来？”一个温润的男声突然响起，打断了微浓的劝话。

这一声，八个字，却如天际一道雷霆乍响，似能摧毁所有的铜墙铁壁。微浓浑身一震，不可思议地转身望去，只一眼，几近窒息！

门口处，那个一袭白衣的男子，清润的面容，清朗的双眸，清逸的身姿，清雅的气度，即便隔着滔滔思念，隔着千军万马亡国之殇，隔着生死难逾的天涯海角，她依然铭记在生命的最深处。

那是一道不可磨灭的伤痕，正如她永不可能割舍的肌骨！她清楚地看到他的白衣、他的浅笑，看到他腰间的琅环碧玉。他专注而柔和的神情，在门外日光的映射下，就像是披着流转的时光，来赴这一场刻骨铭心之约！

"公主，我是楚璃。"

刹那间，七年前的初遇铺天盖地地奔涌而来，白衣胜雪的楚太子璃踏破月色，一步一步朝她走来……近了！更近了！直至与眼前的人合二为一！

结发为夫妻，恩爱两不疑。生当复来归，死当长相思。他回来了！他真的回来了！

这一刻，微浓就像死去般伤痛，又像死而复生般喜悦！

她缓缓移动脚步，想要靠近他，却又怕是一场镜花水月，是她自欺欺人的幻想。她听到自己紧张、起伏的心跳声，轻微地、空旷地在耳畔回响，唯恐呼吸得太过急促，便会惊跑眼前的人。

直至一步一步走到他面前，直至闻到久违的桂香，她才缓缓勾起一抹笑，从唇齿间溢出一个字："楚……"

而那个"璃"字，竟是哽在了喉头，无论如何也说不出口。

她唯有抹去眼中泪水，仰望眼前的这个男人。四目相遇，像有宿命的牵引无处安放，她看到他的目光平静如深海，又仿如蕴藏着无尽波澜，那般深沉，那般难测，令她猜不到，看不透。

"是你吗？楚璃？"她翕动着双唇，发出颤抖的、连她自己都听不清的一问。

白衣男子却只是看着她，像是看着一个陌生人："姑娘认错人了。"

"哥！快来救我！"一道清脆的女声，乍然打破了这梦幻般的场景，就像舒缓琴音中的一根断弦，刺耳难听。

微浓恍然清醒过来，于泪意中不可置信地唤着："你是……云辰。"

云辰没再应她，转头去看云潇，严厉地质问："怎么回事？"

只见云潇一脸的焦急与委屈，身前还横着璎珞的峨眉刺。

而璎珞姿势不变，目光却看向微浓，关切地问："你没事吧？"

此刻微浓脑子里是一片空白，她的心头充满疑惑、激荡、喜悦，以至于什么话都说不出来。幸好她还残留着最后一丝理智，那理智告诉她，这并不是一个探究身份的场合。于是她压抑下万般情绪，摇了摇头。

璎珞被她这个模样吓坏了，立刻将峨眉刺改指云辰，大声喝问："你欺负她了？"

云辰清朗的眉目稍稍蹙起："恐怕是有些误会。"

璎珞冷哼一声："我们好端端地进来买布，先碰上你那个无理取闹的妹子，又碰上你这个气势汹汹的大哥，真不愧是一家人！蛇鼠一窝！"

璎珞噼里啪啦地骂了一顿，微浓却始终盯着云辰，面上没有一丝反应。

云辰则听出了异样，转身责问云潇，连名带姓地呵斥她："云潇！你又胡闹！"

云潇委屈地流下眼泪，"哇"的一声哭了出来。

想必云辰不是头一次碰见这种情况了，冠玉般的面容上浮现几分怒色，克制着对璎珞赔礼："舍妹自小被宠坏了，脾气有些骄纵，若得罪了两位姑娘，在下替她赔个不是。"

璎珞自然不买账，看向微浓，冷冷回道："你找我姐姐赔礼去！"

云辰很是无奈，只得又看向微浓："是在下管教无方，今日姑娘的损失，云府一力承担，还望姑娘宽宥。"

微浓仍旧神色恍惚，只盯着他看，也不回话。

云辰任她打量，温言关怀："看姑娘脸色苍白，可是身体不适？"

这一句关切之语，终于使微浓回了神，她轻轻抚着额头，语无伦次地回道："我……没事，方才……失礼了。"

云辰这才放心，缓缓再笑："姑娘言重，都是舍妹的错。"

他的笑是如此柔和，如此令人惬意，可言语中的疏离、眼眸中的陌生藏也藏不住，这个认知深深地刺伤了微浓。

难道是她初遇楚璃的情景太过记忆犹新，对那袭白衣太难以放下？而云辰今日恰好穿了白衣，才致使她认错了人？可他们连声音都那么像，就连熏香都是一模一样的。

世间之大无奇不有，人有相似并不稀奇。但理智告诉微浓，眼前的一切绝对不是巧合！因为云辰来自姜国，是姜王后亲自请出山的，而姜王后正是楚璃的亲姐姐。

她忍不住再次打量云辰。太像了！实在太像了！一瞬间，微浓想到了许多可能——

难道楚璃有什么奇遇，死而复生了？

他会是楚珩吗？假死逃脱，改头换面易容成楚璃？

还是姜王后别有居心，找了一个与楚璃容貌相似的陌生人，混淆视听？

一时半刻，根本无法查出什么蛛丝马迹，微浓只得强迫自己冷静再冷静，从长计议。她抬起双眸，最后看了云辰一眼，勉强将视线抽离，强忍情绪："方才是我失礼了，只因离侯长得像我一位故人，还请您不要见怪。"

"哼！这个借口侯爷早就听腻了，不知有多少女人说过！"云潇的丫鬟突然开口。

"住口！"云辰立即阻止她，却没再斥责，可见那丫鬟说的是事实，而云辰也的确是这么想的。将她想成轻浮的女人，微浓心里有些刺痛。

气氛渐趋尴尬，突然，云潇楚楚可怜地唤道："哥，我脚痛！"

云辰瞄了她一眼，再次向微浓请罪："在下还有要事在身，烦请姑娘告知府上地址，改日定当登门赔罪。"

微浓斟酌片刻，回道："不必了，误会一场，我姐妹二人也有失礼之处。"

云辰闻言也没再勉强，只笑："多谢姑娘，今日二位的花销记在云府账上，权当在下一点心意，还望姑娘不要推辞。"

微浓心里揣了事，无心纠结于此："您的好意我们心领了，若无其他吩咐，就此告辞。"

最后两个字，微浓说得万分艰难，言罢快步如飞地离开，像是逃跑一般，生怕自己走得慢些，会忍不住失声痛哭。璎珞在后头匆匆地跟着，根本喊不住她，只得一路尾随，气喘吁吁地回到客栈。

"你怎么了？"璎珞一边喘着气，一边问她。

"我想静一静。"微浓说完，便失魂落魄地回到自己房内，关上房门。

璎珞有些不放心，在她门外问了几句，见她没回应，便只得回了自己房间。两人其实就住隔壁，璎珞时不时地贴墙听一听，见她一直没什么动静，心里很是不安。

也不知过了多久，隔壁的门才"吱呀"一声开了，璎珞立刻跳起来，跑去拦住微浓："你没事吧？"

"没事，"微浓看似已恢复了正常，"我正打算找你，进屋说吧。"

璎珞"哦"了一声，跟着微浓回到房里。她并不是个善于关心他人的姑娘，也不知该如何询问对方心事。

倒是微浓主动问道："方才见到离侯时，我很失态对吗？"

璎珞点了点头："挺不正常，你一直盯着他看，然后开始流泪，也听不清你说了什么。"

微浓抿了抿唇，又问："那你注意离侯了吗？他见到我是什么反应？"

璎珞摇了摇头："我只顾生气了，哪里顾得上看他！只记得他很英俊、很年轻，好像挺有涵养，和他那个妹妹不一样。"

微浓眼眸里有一瞬的失落，沉默许久："我有件事想请你帮忙。"

"你说。"

"我想请你联系墨门，帮我查查离侯云辰。"微浓郑重其事地道，"查得越详细越好，付多少银子都可以。"

璎珞有些为难："不是我不帮你……这次我偷偷跑出来找祁湛，门主已经很生气了，我若接了你这单生意，回去就是自投罗网啊！"

微浓并不惯于勉强他人，放在平时也就罢了，但这一次她很执着，恳求道："请你想想法子，这件事真的对我很重要！"

璎珞依旧犹疑着："你为何要查他？你认识他？"

楚璃的生死事关重大，微浓并不想泄露太多，唯有含糊地道："他长得很像我一位朋友，非常要好的朋友。但我这位朋友已经过世几年了，我怀疑他们有关系。"

"会是兄弟吗？"璎珞顺势问道。

微浓摇头："如今还不知道，所以想查一查。"

璎珞叹了口气："看你方才的表情，便知这位朋友对你很重要了。"

"他对我有再造之恩。"微浓哽咽道。

这么大的恩情，璎珞也能体会一二，挣扎片刻，终究咬了咬牙："好吧！我走走其他门路。"

璎珞的动作很快，不过七八日，便将云辰的资料带了回来。摆在微浓面前的是一摞厚厚的纸张，记载了云辰二十六年的人生——

云辰的父亲出自宁国官宦世家，而母亲是姜国人，在其父府上为婢。由于姜人地位低下，云辰的母亲并未得到族里认可，接连生下一儿一女之后，被心爱的男人无情抛弃。云母很有骨气，不哭不闹，偷偷带走了一双儿女，回到姜国隐居在十万大山之中。

母子三人在山中平静地生活，直至云辰十五岁那年，一位神秘老者被毒物咬伤，昏倒在了十万大山中，偶然为云辰母子所救。但这位神秘老者中毒太深，为免绝学失传，便将毕生所学倾囊传授给了云辰。

老者临终前，为其取表字"子离"，出自《孟子》"离娄之明，公输子之巧，不以规矩，不能成方圆"，并嘱咐他"不遇明君不可仕也"。

云辰一直牢记此言，与弱母、幼妹隐居山林，潜心修习师父的绝学。直至某一日天降异兆，十万大山发生地动之象，姜国钦天监测算出"天府星救世而来"。但讽刺的是，云辰的母亲就死于这场地动之中。

而与此同时，十万大山流言四起，说云辰的师父正是从前的宁国国师，算出天府星将在此降世，才不远千里跋涉而来。这两件事传到了姜王后的耳朵里，王后宁可信其有，便派人进山寻访，但云辰始终不肯露面。姜王后并不气馁，亲自进山相邀，接连三次，终于说动他出山入仕。

然后他提出了宁、姜结盟，让姜国易帜。

在与宁国协商易帜的过程中，宁王听说了云辰此人，便邀他来宁国出仕。可他推辞了各种官职与封赏，只肯以“闲士”自居，宁王便破例以国士之礼相待，赐他食邑万户，位同侯爵，不再额外加封官职。

据传，宁王对云辰十分信任，事事必问其意。朝内大臣认为“云大人”这个称呼太过随意，便取其表字子离、食邑万户侯之封，尊称他一声离侯。

而云辰也不负众望，来宁国出仕仅仅两月，便拿出了“劝农、举文”两条新政，还亲自编写了《新田律》。目前，他正在编纂新的行商条文，即将规范商贾之业。

璎珞给的资料很详细，有云辰的生辰八字、父母身份，就连他出生在何处、几岁回到姜国，都有翔实的记载。除了这些众所周知、玄乎其玄的事情之外，资料上还写了一桩小事——云辰来到宁国当月，宰相淳于叶曾登门认孙，被云辰拒之门外。为了表明不认父族的决心，云辰还修书给姜王后，请求将其母埋骨之地更名为落叶城，以报复当年淳于叶赶走其母的行径。

而姜王后竟也欣然应允，真的将十万大山脚下的小城改名为落叶城。宁王也对宰相和云辰的关系假作不知，不予表态。

原来这就是落叶城的来历，他在讽刺他的祖父淳于叶。微浓抚着最后一页纸，感慨万分。

倘若这些资料所述是真，则云辰确与楚王室毫无关联了。别的不提，只说宁国宰相淳于叶这条线索——即便是姜王后，也不可能使唤宁国宰相伪造出一个孙子来。

难道这一切只是巧合？微浓攥着手中的资料，恍惚半晌，才问璎珞：“这些资料你是从哪找来的？短短七八日就能查到这么多事。”

璎珞像是听了个笑话：“你想得也太简单了！这些东西，墨门足足查了半年多！是你走运，先前有人打听过云辰，这些资料已经交给雇主了，我托人誊抄了一份。”

有人向墨门打听过云辰？这也难怪，如此人物横空出世，影响了宁、姜两国的关系，暗地里不知有多少人在关注他、忌惮他，或是想要拉拢他，花钱查他的底细，再正常不过了。

“墨门注重信誉，雇主的要求从不外泄，你却为了我泄露出来……”微浓不知该如何表达感激。

璎珞倒是浑不在意：“算了，云辰太受关注，这些根本瞒不住。听说今年之内，已经有三个人向墨门打听他了，就算我不告诉你，这些也都不是秘密了。”

微浓怔怔地看着纸上满目的“云辰”二字，心里既失望又奢望。

璎珞见状便问：“这些对你有帮助吗？他和你的旧友有关系吗？”

“从你给的资料上看，没有。”微浓合上双眸，回忆着数日前的相见，回忆着云辰的声线、神态，还有他用的熏香，始终不肯相信这只是个巧合。

微浓忽然站了起来，在屋内来回踱步，开始回想楚璃的特点与习惯。楚璃好美酒，爱吃辣，对美食极其讲究。还有，楚璃擅用左手，会使软剑。

这些特点和习惯，她必须一一求证。一个人即便伪装，也不可能毫无破绽。倘若云辰真是楚璃，她不相信他能瞒得过她。

所以，如何接近云辰才是当务之急。

微浓突然想起了一个人——楚国太子太傅，如今的宁国紫金光禄大夫沈觉。去年聂星逸的寿宴，正是他率众前来礼贺的。他在宁国身居要职，而云辰又是朝中新贵，他们必定见过。凭他对楚璃的了解，他一定能分辨出云辰是谁。

这念头一起，微浓再也坐不住了，撂下一句“我去去就回”，推门跑了出去。

微浓在黎都策马而行，一连问了三人，才打听到沈觉的住处。只可惜紫金光禄大夫的府邸门禁森严，她被挡在了门外，一直等了两个多时辰，才见沈觉乘车回府。微浓拦在马前，自报了身份。

沈觉见她在此，大为诧异，连忙引她进了书房密谈。

微浓先是见礼：“沈大人，一年多未见，恕我冒昧叨扰。”

沈觉仍处于惊讶之中：“您竟然在黎都？”

“说来话长，我如今是废后。”微浓长话短说。

沈觉早已听说此事，欲言又止道：“我以为，废后只是个借口，聂星痕会把您留在宫里。”

“原来您都知道了。”微浓自嘲地笑笑，“后来发生了许多事，他才肯放我离开。”

沈觉闻言，面上浮起几分隐晦之色，像是在担忧什么。他沉吟一瞬，道：“不瞒您说，宁国即将面临一场大变，为免您卷入其中，还是尽早返回燕国吧。”

“我知道，宁太子薨了。”

“不止这么简单。”沈觉一言略过，“您若有难处，我可以派人送您离开。”

“我尚未表明来意，您就急着送我走？”

沈觉蹙眉，没再说话。

“我是来向您打听一个人，”微浓径直开口，“云辰。”

听到这个名字，沈觉的面色更加复杂："您见过他了？"

微浓点点头："见过了，想必您也明白我的来意。"

沈觉没有即刻表态，又问："他看到您了吗？"

"嗯。"微浓再次点头。

"我知道您想问什么，倘若您信得过我这双老眼，就别再惦记此事了。"沈觉叹道，"云辰既不是太子殿下，也不是二殿下，他与楚王室没有半分干系。"

"可是他的相貌，还有气质神韵，实在与楚璃太像了！"微浓忙问，"您为何笃定他不是楚璃或楚珩？"

"我自有法子辨认。"沈觉如实说道，"初见他时，我也十分震惊。但相处日久，他的谈吐气质、喜好习性，都与两位殿下相去甚远。"

"譬如？"微浓执着追问。

"譬如他好女色，性狷狂……"沈觉点到即止，"还有，您也晓得太子殿下惯用左手，但云辰与常人无异。"

"当真？"微浓半信半疑，她想起那日在布庄与云辰相见，他明明十分谦逊，根本不像"好女色，性狷狂"的人。真要说起来，顶多是对妹子有些娇惯，对下人有些放纵罢了。

"您只与他见过一次，自然不晓得他的真面目。此人虚伪至极，睚眦必报，来宁国短短几月，便将王上哄得言听计从，迫害了不少大臣。"沈觉断言，"您不要被他的外表骗了，此人与太子殿下的品性，有云泥之别。"

微浓听了这话，沉吟半晌，显然没被说服。

沈觉唯有再道："还有，他的身世有据可循，是当朝宰相淳于叶的亲孙儿，这个身份无法伪造，我已查探过了。"

微浓最大的疑惑也在此事上，眼见沈觉说得有理有据，她的眼眸一下子黯淡，却仍不肯死心："此事会与姜王后有关吗？云辰和楚璃长得如此相像，我不信她能无动于衷！"

沈觉默然片刻："也许这正是姜王后信任他的缘由。满腹才华，胸有乾坤，再配上一张酷似殿下的脸，无往而不利。"

"您是说，他在利用这张脸？"

"没错。"沈觉说出了自己的猜疑，"我甚至怀疑他见过太子殿下，才故意易容成这个模样，利用姜王后的手足之情来打通仕途。"

"他会是这种人？"微浓觉得不可思议。

沈觉反问："您以为云辰真是淡泊名利的雅士？"

"政举是政举，品行是品行，才华与人品不能等同而论。"沈觉说着又面露一丝鄙夷，"自古以来，佞臣都有真才实学，否则岂能取信于君王？"

他这番话，简直和祁湛对云辰的态度一模一样。难道云辰真的意图不轨？微浓越想越觉混乱，不知是该相信沈觉，还是该相信自己的直觉。

沈觉见她面露动摇之色，再行劝说："您还是尽快回燕国去吧！至少聂星痕大权在握，国内情势安稳。而宁国……"

这个问题，微浓便接不上话了，她知道沈觉是为她着想："我明白了，多谢您指点。"

沈觉立即重申："我可以派人护送您回去。"

"您的好意我心领了，"微浓颔首致意，"沈大人，无论如何，我都是感激您的。"她说完这一句，便敛衽行礼告辞而去。

"娘娘，"直至她即将迈出书房，沈觉才又唤了她一声，"人死不能复生，您放下吧！"

微浓颤了颤身子，没有回头，径直离去。

两日后的子夜，微浓在睡梦中被唤醒。来者是祁湛。

"你终于来了！"微浓顾不得披头散发，指着隔壁道，"璎珞她……"

"她中了我的迷香。"祁湛打断她。

"这些日子你去哪儿了？"

"你还是不知道为好。"

"会有性命之忧吗？"

"我很好，放心。"祁湛注视着微浓，"你去见过沈觉了？"

这话泄露了太多的信息，一瞬间将微浓拉回从前，她回视于他："刚到黎都时，你曾说过，你很快就会认识云辰。那你现在认识了吗？"

"认识了。"祁湛挺峻的面庞上浮现出几丝黯然。

微浓当即恳求："我想见他一次，你有办法对吗？"

祁湛蹙眉，不答话。

"去年在燕王宫，你真的是第一次见我？"微浓犀利反问。

祁湛垂下双目："不是。"

"那你一定知道，我为何要见云辰。"微浓轻声叹息，"七年了，我们好久不见。"

祁湛唯有沉默。

微浓笑叹："我们都变了很多。"

她的眸子在夜色里浅浅闪烁，一如当年的楚太子妃。祁湛从中看到了七年的流转时光，她和他的，一样天翻地覆，一样历尽坎坷，一样再世为人。

是啊！怎能不变呢？七年的距离，早已物是人非了。七年前他夜闯楚王宫，盗取惊鸿剑，都已成为过去，成为年少轻狂的回忆。

祁湛转头看向窗外的夜色，夜风吹动乌云飘来，让那明月时隐时现，就像茫茫未知的前程，更像这前程未卜的人生。

"你真的想见云辰？"他听到自己如是说。

"是。"她毫无迟疑。

"好，"他终是一口答应，"夜微浓，我们还是朋友吗？"

"当然。"

"但愿你见到云辰时，还会这么说。"祁湛几不可闻地叹息。

三日后，微浓瞒着璎珞，按照祁湛给的地址，来到一处名为"鹿苑"的地方。鹿苑位于黎都城郊的半山腰上，占地广阔，围山十里有余，修建得很是气派。正门外是狻猊和貔貅坐镇，雕梁画栋，景致开阔，园内凿了一处碧湖，长波远岸飞桥环抱，非一般财力、人力可为。

微浓笃定，这里是王室园林。她不知祁湛为何让她来此，但还是大大方方地递上腰牌，阔步走了进去。迎接她的，是一个毕恭毕敬的中年男人，没有蓄须，嗓音极细。他给了微浓一套宫装，嘱咐她不要随意走动，在原地静待祁湛。

微浓换了衣裳，便在屋子里闲坐着，等了一个时辰，才终于等到祁湛。

宁太子病逝那晚，她曾猜测过，祁湛与宁国王室有所关联，但今日见他本人，她仍旧吃惊不已——他不再是那身简洁利落的黑衣，取而代之是一袭玄色锦袍，袖口、袍角皆用金丝绣着巨蛟，在云海之上傲然而立。

蛟，龙属。只不过龙有两对爪子、五趾，而蛟只有一对、四趾，尾巴像蛇。即便如此，这种图腾也非人人可穿，唯有……

微浓震惊地看着祁湛："你是宁国王室中人？"

祁湛显得很平静："是。"

微浓难以置信："那你怎会去做杀手？难道墨门是为宁王效力？"

"说来话长，以后再告诉你吧。"祁湛望着门外，"宴席快开始了，走吧！"

微浓只得收拢心神，跟着他往外走，边走边听他交代："今晚你负责替我斟酒，无论听到什么、看到什么，记得保持冷静。"

“我明白。”微浓应道。

祁湛没再多言，故作悠闲地踱着步子，往宴会厅走去。微浓跟在他身后，心中越发紧张起来。直至两人即将迈入宴会厅前，祁湛又突然停下脚步，转问微浓：“你真的还把我当朋友吗？”

微浓点了点头：“家国之争，不影响私交。”

祁湛苦笑一声，这才迈步踏入宴会厅。当殿门打开的一刹那，但听一个太监高声喊道：“王孙殿下驾到！”

王孙殿下……微浓脚步一顿，原来祁湛是宁国已故太子留下的子嗣！

她随着祁湛慢慢走入厅内，看着他走上丹墀坐上主位，看到他的两侧依次排开，坐着沈觉、云辰，还有许多她不认识的人物。他们各个垂首而立、肃然恭谨，必定都是朝内重臣。

“今日是私宴，诸位大人不必客气，坐吧。”祁湛说得很随意，也很慵懒，但微浓知道，他和从前截然不同了。七年前，他是真的放浪恣意，而如今只是一种伪装。

微浓就站在他身后，举目望向大厅之上。此时此刻，她心里有千百疑问想找祁湛求证，但都敌不过那个最最重要的人——云辰。

远远地，她看到那个白衣身影翩然入座，宁静的面容上噙着一丝浅笑，似与这虚伪的、觥筹交错的氛围格格不入。他依旧如此沉稳安然，这般遥遥看去，竟与楚璃别无二致，一样的身形轮廓，一样令她心悸和心痛。她怎么都无法相信，他不是楚璃。

而显然，云辰此时也看见了她，面上掠过一丝疑惑，旋即又转开了视线。

微浓有一种被勘破心事的感觉，忙去看沈觉，恰好与其目光相撞。沈觉的面色更加难堪，似在斥责她的不死心，还有她的自作主张。

是啊！她和宁国王孙做朋友，又执着追寻云辰的身份，都注定她将陷入宁国政局的泥潭之中，这违背了她远离宫廷的初衷。沈觉是为了她好，可惜她没有领情。

这般出神半晌，微浓根本没听见祁湛说了什么，只看到他突然起身，端起酒杯朝丹墀下走去。她恍然想起自己的职责——侍酒！于是连忙端起酒盅，亦步亦趋地跟在他身后，也因此认识了几位宁国要员。

最讽刺的是，首座之人乃当朝宰相——云辰的祖父淳于叶。微浓努力想从他脸上看到几分血缘之相，如此便可说服自己这一切只是巧合。但她失望了，淳于叶已过耳顺之年，鹤发鸡皮的面容之上，与云辰毫无相似之处。

她又跟着祁湛敬了几杯酒，终于走到云辰的案前。她偷偷瞄去，见云辰从容地举杯起身，淡笑谦谦。

“前日在圣书房，离侯一番言谈让湛受益匪浅，王祖父也多次提过您的才学。”祁湛彬彬有礼地道。

“殿下抬举了，微臣愧不敢当。”云辰谦虚地回。

“日后湛少不得要请离侯指教，这一杯先干为敬。”祁湛笑着言罢，一饮而尽。

“殿下折杀微臣了。日后若能有效劳之处，微臣定当竭力。”云辰不紧不慢地说完，也是一饮而尽。微浓注意到，他是右手执杯，而左手自始至终垂在身侧，毫无动作。这并不是一个恭敬的姿势，至少在王孙面前，双手执杯才是周全的礼数。难道云辰的左手有问题？

微浓正想着，但听祁湛已经有意无意地笑回：“既有离侯这番话，湛可就放心了，否则真怕魏侯叔叔不高兴。”

云辰面色不变，拱手还礼，没再多言。

听到此处，微浓明白过来，这两人已经敌对了。她不知他们之间发生过什么，但想想祁湛横空出现，必定是储君之位的有力竞争者；而听祁湛所言，云辰是支持魏侯的。

那沈觉呢？他又站在哪一边？今夜这台“私宴”，祁湛到底打的什么主意？是示威，是试探，还是拉拢人心？

微浓的目光，在祁湛和云辰之间来回打量。祁湛玄色锦袍，锐气凌人；云辰白衣出尘，谦谦如玉。这两个人，风神各异，轩轾难分，是今晚席间最年轻的人物，也是影响宁国未来国运的人物。

猝然间，微浓醒悟到一件事——倘若云辰就是楚璃或楚珩，则他这般掩藏身份，必定有什么目的。自己若执意探究他的生死，岂不是要暴露他的身份，坏了他的大事？

七年前在楚王宫，祁湛盗取惊鸿剑时曾与楚璃交手，也必定记得楚璃的容貌。如若云辰真是楚璃，祁湛又会怎么对待他？一个故意掩饰身份的亡国宗亲，来宁国会是什么目的？寻求合作？意图复国？如今祁湛身为宁国王孙，会容得下他吗？

由此衍生出来的无数问题，每一个都云谲波诡，微浓被这些问题骇到了，之后便开始魂不守舍。她强迫自己不去看云辰，却又无法放弃探究他的身份，内心矛盾至极。直至宴席结束，众人毕恭毕敬地送走祁湛，她才回过神来。

两人来到鹿苑的碧波桥上，任由夜风拂面，微浓见他没有主动问起云辰，便也暂时不提，只问："不是说宁太子无嗣吗？好端端的，你怎么会去做了杀手？"

祁湛良久才道："我也是去年才知道我的身份。在落叶城暗杀我的人，就是魏侯派来的，他不想让我认祖归宗。"

"宁王一直知道我的存在，唯独我和我父亲不知道。"祁湛哂笑着，"我娘是墨门的女杀手，二十八年前入宫行刺宁国太子，失败被捕，又被凌辱。后来，我舅舅把我娘救了出来，但她已经怀有三个月的身孕了。"

微浓从前虽知道宁国太子荒淫，却没想到他竟到了如此地步，连女杀手都不放过！

"真是匪夷所思！"她不禁感叹。

祁湛也没有继续说下去，兀自沉默起来。

微浓也只好跟着沉默。依祁湛所言，宁王早就知道他的存在，难以想象，宁王竟眼看着亲孙子去做杀手，去过刀口舔血的日子！旁的不提，单就前年刺杀聂星逸那一回，含元殿上血流成河，祁湛自己也受了伤，差点就死在燕王宫了！

这样一个王者，心思难以揣测，又为何宠信云辰？这其中会不会也有不可告人的图谋？

"这些事情，先瞒着璎珞。"祁湛一句话，唤回了她的思绪。

"好。"微浓至此终于理解，祁湛为何不让璎珞跟着。黎都的局势、他的身份，都复杂至极。

"你喜欢她吗？"微浓轻声地问。

"一个出色的杀手，没有七情六欲。"祁湛如是回道。

"但你很关心她。"微浓戳穿。

"我是亲眼看着璎珞出生的。"祁湛略有忧伤之色，说起往事，"我七岁那年，一位师叔擅自在外娶妻，被门人告发。墨门的门规很严格，一入墨门，想要离开会很难。那位师叔没熬得过刑罚，死在了刑狱堂，他即将临盆的妻子独闯墨门，剖腹产子诅咒舅舅。"

"当时我就在现场，看着璎珞血淋淋地掉出来……"祁湛深蹙眉峰，慢慢叙说着，"后来舅舅收养了她，但没告诉她父母的死因。墨门的女杀手不多，自从我母亲出事之后，舅舅一直很慎重，便将她拨去服侍我母亲。"

祁湛说到此处，唇畔忽地勾起一抹笑意，眼眸柔和些许："我每个月都去探望母亲，因此和璎珞熟识。她见我是个杀手，也要学做杀手，舅舅只好重新培养她。她第一次执行任务时，回来哭了半晌。每次我受伤，也都是她照顾我。"

祁湛说着，面色又渐渐迷惘起来："这算是喜欢吗？从小到大的感情罢了，毕竟出生入死十几年。”

微浓也说不清这种感情，只得再问：“你往后打算怎么办？夺储吗？”

“舅舅养我多年，历尽修罗沙场，我自然不会任人宰割。”祁湛话语平静，似已做好了准备。

微浓感同身受，替他担忧。

“不说我了，你今晚有什么收获？”祁湛突然转移话题，一扫阴霾之色。

微浓忙提起精神：“没有，什么都没看出来。”她顿了顿，又问，“你呢？你也见过楚璃的。”

“以沈大人的眼力都看不出破绽，我自然更看不出。”

是啊！云辰的身份来历、师承何人，都有明确的出处，除非楚璃能将宁国的国师、宰相统统收为己用，否则绝不可能伪造出活生生的云辰。这些道理微浓都明白，可她就是无法死心。

想是她沉默了太久，祁湛等不及了，又问：“你要继续追查下去吗？”

“我必须亲自验证他的身份。”

“你还真是执着。”

“祁湛，”微浓的心事翻了几番，突然郑重地问他，“若他真是楚璃呢？你会怎么办？”

祁湛像是被问住了，思索良久，才郑重地回答：“七年前楚太子放我一马，我会尽力回报。”

微浓答应祁湛，将他的身份瞒着璎珞，但能瞒多久，她并没有把握。她只说祁湛在黎都有急事要办，怕璎珞不相信，还带回了祁湛的亲笔书信。

这好歹是个交代，璎珞总算消停了几日。两人从盈门客栈搬了出来，住进了祁湛安排的宅子里。

微浓曾想过，祁湛绝不会委屈她俩，却没想到，这宅子大得如此夸张！用璎珞的话就是：“我从前门走到后门，走了一个时辰！数了数园子里的花草，又用了一个时辰！将所有屋子逛了一遍，还得一个时辰！”

可想而知，这宅子之宽敞繁复。而且这宅子地段甚好，坐落于建章坊的中心，整条街上都是宗亲显宦的私邸园林，尤其四周空置，极其清静。

祁湛原本拨了几个仆从侍婢过来，但被微浓谢绝，她和璎珞都不喜欢呼三喝四。两个人也不生火开灶，每日都在酒楼用饭，只需自己洗洗衣裳、洒扫庭院。

一切都很好，唯独有一点令微浓头痛——这宅子离云辰的府邸太远！连偶遇都困难！她只好每日一早就出门，在云府附近徘徊，勘察云辰的行踪。

这般早出晚归了十几日，她总算摸清了云辰的日常行踪，知道他几时出门上朝，几时回府用饭，平日又有哪些去处。最令她吃惊的是，云辰时常流连如意坊的秦楼楚馆，对一家名为晚香楼的妓院青睐有加，每次到如意坊，不管去哪儿应酬消遣，都必定要拐去晚香楼一趟。不过，他从不在外过夜。

这般观察了半个月，转眼就到了三月底，其间祁湛来过一次，想要赶走璎珞，但收效甚微。

四月初的时候，微浓后知后觉地生病了，食欲不振、头昏眼花，有些水土不服的迹象。她猜测是自己解毒之后身子还没有完全恢复，又到处奔波，致使积劳成疾，便决定将养几日，想想下一步该怎么做。

这一养，便是四五日不出门，她恰好错过了一桩大事——四月初四，德兴街突然走水，一连烧了四处宅院，而云府恰在其中。

微浓听到这个消息已是两日后，说是云府被烧了六七成，但不幸中之大幸是，云辰并不在黎都，云潇也没有受伤。照此情况，云府必定会搬到别处，微浓着急打探新址，初七一早便牵了马，打算出门。

尚未走到大门前，便听到璎珞的吆喝声，像是在与谁争吵。

微浓连忙跑过去劝架，却发现云潇在此。她正指着璎珞破口大骂：“你们将宅子买到隔壁来，到底是何居心？”

璎珞靠在门前，抱臂冷笑：“真是奇了，我们先住进来，你们后搬进来，是你居心不良才对吧？”

原来云府搬到隔壁了，真是得来全不费工夫！微浓大喜，立刻拉住璎珞，劝道：“好了，以后都是邻居，和睦相处吧。”

璎珞冷哼一声，显然不买账。

云潇也是不屑：“就你们两个这寒酸样，能买得起这栋宅子？”

微浓倒也沉稳，抚着马儿的鬃毛，淡淡道：“云小姐，光天化日当街争吵，影响不好吧？我们升斗小民倒无所谓，只怕会影响离侯的声望。”

她此话一出，云潇的气焰立刻弱了，懊恼地道：“怎么到哪儿都能碰见你？冤家路窄！”

微浓却心情大好，偏要扯出一丝笑意：“既然云小姐不喜欢我们，以后就井水不犯河水吧！何必动怒？”

云潇怒气冲冲地跺脚：“等我哥从幽州回来，我们立刻搬走！”

第十九章

柳暗花明，疑是故人

黄昏时分，暮霭沉沉，不同于微浓园子里的清冷黯淡，隔壁的云府华灯初上，亮起一片光影。转眼间，云潇已搬到建章坊半个月了，但云辰仍无音信。他不在，微浓也仿佛失去了动力，对什么事都提不起精神。

“我说，自从云府搬到隔壁，你很久没出过门了啊！”璎珞摸了摸鼻子，笑着调侃，“我以为我对祁湛足够执着了，没想到你对云辰更执着！”

面对调侃，微浓没什么反应，依旧无精打采。

璎珞亦是长吁短叹一阵，又开始抱怨祁湛神出鬼没、冷血无情云云。抱怨了半晌，她不知怎的来了精神，拉着微浓道：“对了，这几日城内有荷花灯会，这个时辰正好去看灯！”

微浓见她兴致高昂，也不忍拂了她的意：“好吧！咱们都去散散心。”

黎都城内有条河，名曰相思河，每到夏季夜间，便有无数河灯漂散其上，成就了不少美满姻缘，也见证了许多痴男怨女。

微浓和璎珞刚走到相思河畔，便被河中的一盏盏荷花灯迷住了眼，不禁赞叹这道缱绻风景。

河岸上卖灯的小贩见是两位年轻姑娘，很会说话：“姑娘，来买两盏灯吧！写上心上人的名字，顺着河水送出去，就能有情人终成眷属！”

“若是没有心上人呢？”璎珞来了兴趣。

小贩嘿嘿地笑起来：“可以买许愿灯，让老天爷保佑您找到一位如意郎君。”

其实卖灯的商贩有许多，可眼前这人嘴巴最甜，璎珞有些动摇了，掏出银子道：“给我两盏灯。”

小贩欢天喜地接过银子，挑了两盏最大的荷花灯递给璎珞。璎珞又分给微浓一盏，笑道："许个愿吧。"

"我不信这个。"微浓笑着推拒。

"姑娘，宁可信其有，不可信其无啊！"小贩尽职尽责地劝道，"这是黎都的传统，一到夏季便放河灯，从古至今不知成全了多少有情人，很灵验的！"

璎珞也在一旁怂恿："写吧写吧！"

微浓终是被劝动了，接过荷花灯，提笔写下一个"璃"字。璎珞也在旁执笔写下"祁湛"二字。

两人一同走到河边，先后将灯放入水中，看着它们顺流直下，融入那成百上千的河灯里，再也分不清彼此。

放完了灯，赏完了夜景，微浓与璎珞打马而回，路上又吃了夜宵，一不留神便耽搁了时辰，待回到建章坊时，亥时已过。坊内开始宵禁，两人被堵在坊外，接受官兵的盘查和训斥。

恰在此时，一辆朴素的马车经过，也被官兵拦了下来。车夫立即递上文牒，道："我家大人奉命出城办事，今夜方才回城，速请放行。"

领头官兵接过文牒看了一眼，立刻赔笑道："原来是离侯大人回来了，卑职得罪。"

"无妨。"修长的手指掀开车帘，云辰清俊的面容显露出来。月色柔辉，灯火阑珊，都映在他的侧脸之上，氤氲出他芝兰玉树的天人之姿。

微浓握住缰绳的手猛地一紧，呆立在原地。

此时云辰也看到了她和璎珞，猜到两人是误了宵禁的时辰，便对官兵道："她们是我府上的人，放行吧！"

"是！"官兵们赔着笑脸，示意两人通行。

云辰出城半月，轻车简从，随从的侍卫也是寥寥。微浓、璎珞只得跟在他的马车之后假装下人，一路尾随到云府门前。

马车停下，车夫和侍卫忙着搬行李，云辰独自走下车辇。想是长途跋涉，他的脸上有些劳倦之色，对微浓和璎珞道："方才委屈两位姑娘了，你们也住在建章坊吗？"

璎珞抢先回道："我们住你隔壁，三月份就搬进来了。"

"这么巧。"云辰有些讶然，"二位是王孙殿下的……"

"什么王孙殿下？"微浓立刻打断，唯恐他把鹿苑那日的事说出来，让璎珞发现祁湛的身份。

云辰也是反应极快，当即改口："是我认错人了，姑娘莫怪。"

他说话时，浅浅的桂香随风袭来，令微浓一阵恍惚。她想起了楚璃的云台宫遍植桂树，每年中秋时节，她都会在庭中采摘香桂，为楚璃熏衣。

微浓越想越是失神，不知该说些什么，云辰见她如此，又笑："既是邻居，以后就请两位姑娘多关照了。"

言罢，他朝微浓拱手行礼："时辰不早了，就此别过。"

今夜到底是承了他的情，微浓斟酌着想要道声谢，正待开口，却见马车里又伸出一只玉手，在月色辉映下，广袖翩翩，皓腕葱白。再看云辰，他已经伸出右手，面目温柔地将车中美人扶了下来。

云府门前灯影缭绕，清清楚楚地照见那个美人手中，拈着一只硕大的荷花灯。

微浓心头霎时一沉，酸楚之意翻涌上来。明明知道他不是楚璃，她却还是迷失了自我。

云辰似也感应到了她的视线，目光回望过来，颔首浅笑。那意思像是在说"举手之劳，不必言谢"。继而，他揽过美人的纤腰，径直走入云府大门，没再多看微浓一眼。

夜风袭来，空气中残留着一丝桂香，牵动了微浓的种种回忆。她望着云府廊檐下的灯火，心头翻涌，滋味苦涩。

璎珞见她如此伤痛，终是不忍，叹了口气："别看了。你想做什么？我陪你就是了。"

当天晚上，那美人夜宿在云辰房中，直到翌日清晨才离去。璎珞偷偷翻墙去打探消息，听说云潇大闹了一场，还嚷嚷着要搬回原来的地方住。

云辰同意了。

被烧毁的云府以不可估量的速度开始修缮，不过一个月，已奇迹般地修缮完毕。云潇张罗着下人收拾行囊，计划六月初一搬离建章坊，搬回原址居住。

而这一切，微浓充耳不闻，她正在闭关练习，打算夜探云府。这一个月里，璎珞将夜行的技巧倾囊传授，如何藏身、如何避开守卫、如何攀上房梁……就连墨门的独家兵器——翻墙所用的飞虎爪，她也破例教给了微浓。

其间，璎珞数次夜入云府，熟悉了地形，摸清了护卫换班的时间。眼看六月初一云辰即将搬离，两人再也无法耽搁，决定行动起来。

五月三十，夜色已沉，微浓和璎珞来到云府后门，换装、蒙面，一气呵成。璎珞袖中藏着武器峨眉刺，微浓腰上则缠着惊鸿剑。

因着搬迁之故，云府上下乱糟糟的，园子里随处可见大大小小的包裹、摆设、盆栽。两人在后园里观察片刻，趁着护院换班的时机，直奔书房而去。

这是微浓的主意，她记得从前在云台宫，楚璃就惯于在书房处置公务。倘若云辰真是楚璃，必定会保留这个习惯，也许她能在书房里查到蛛丝马迹。

按理而言，这个时辰，书房里必定无人了。可出乎微浓的意料，当她们摸到书房时，屋内却依然灯火通明。微浓戳破一层窗户纸，隐在暗处偷偷望去，见云辰正对着桌案兀自出神。

他的表情很难言，似哀伤又似庆幸。良久，那清澈的目光中忽然泛起一丝涟漪，像是下了什么决心。他从桌案上拿起一幅卷轴，迎着烛火展开，只可惜微浓看不到卷轴正面，不晓得卷轴上是什么内容，不过她有一种感觉，那幅卷轴对云辰很重要。

然而他的下一个动作，却令她大吃一惊——他将卷轴卷起来，放在烛台上烧了！火舌缓缓舔舐着卷轴，像往事一般烧成灰烬，纸灰渐起，散落一室伤感的情绪。

云辰看着满满一桌纸灰，勾起一抹晦暗的笑，随即熄灭烛火，离开了书房。璎珞见他走远，才附耳对微浓道："他应该是去睡觉了。"

微浓在心里盘算着，道："你跟上他，不要打草惊蛇；我去书房看看，一会儿去找你。"

璎珞点了点头，将一枚追踪用的吹笛给了她："你当心。"

璎珞出身墨门，见识过许多特殊用途的器具，好比追踪粉。只要在身上撒了这种粉末，无论走到何处，都会留下痕迹，用吹笛在地上轻轻一吹，便能看到夜光色的痕迹。但若是不用吹笛，追踪粉便会混在尘土之中，毫不起眼。

来云府之前，两人都在身上涂了这种粉末，一则防止彼此走失；二是若出了意外，祁湛也能及时追踪到线索。正因如此，两人可以放心地分头行动，不怕遗失行踪。

璎珞跟随云辰走后，微浓摸进了书房，所幸廊下点着一排灯笼，借着余光能够清晰视物。微浓摸到书案上，看到一堆纸灰，粗略一翻，发现卷轴的一角纸片没有被烧毁，纸张依稀泛黄，想是年代久远。

微浓端详纸片半晌，并未看出什么玄机，又翻了翻云辰写过的奏疏、书信，仍旧看不出什么异常。云辰的字迹与楚璃的不同，喜好也不同，书柜上一排排书籍，多是奇门玄学，也没有任何机关。

微浓懊丧地一跺脚，正要离开书房时，突然迟疑一瞬，向桌案上的文房四宝摸去。这一摸，还真有所收获！她在镇纸下摸到了两张小字条。

微浓连忙就着月色看去，赫然发现这两张字条她很眼熟，正是放灯那日，她和璎珞放在荷花灯里的。一张字条上工工整整写着“璃”字，另一张写着“祁湛”二字。

微浓回想那晚的情景，她与璎珞赏完河灯，回到建章坊时正赶上宵禁，而云辰恰好携美而归，美人手里还拿着一只荷花灯。

这是否证明，云辰对她早有关注？他那晚跟踪了她们？他和那美人只是逢场作戏？想到此处，微浓心中滋味难辨，转念又想起时间紧迫，便将字条放回原位，悄悄地离开书房，用吹笛追踪璎珞去了。

诚如璎珞所料，云辰方才是回房就寝，微浓追踪而来，与璎珞在内舍院落会合。后者立即用手比画着，无声地问：“书房有何发现？”

微浓摇了摇头。

璎珞又指了指门内，悄悄道：“刚熄了灯。”随即她掏出一截迷香，窃笑起来。

微浓看到那截只剩一半的迷香，立刻会意，朝她竖起大拇指。

两人又在门外等了半晌，推算迷香应该起效了，璎珞便打了个手势：“你进去，我在这儿给你把风。”

微浓点头，放轻脚步推门而入。为防意外，她先摸到了云辰榻前，确定他已陷入沉睡，才敢在屋子里继续摸索。

可她刚走到屏风旁边，一个低沉的声音骤然响起，冷冷窜入她耳中：“阁下不请自来，云某久候多时。”

微浓足下一顿，立刻回首，只见云辰不知何时已从榻上坐了起来，单腿蜷起，左手置于膝盖之上，就如同一只窥伺猎物的猛兽，眸光犀利地盯着她看，唇畔还挂着一抹冷笑。

微浓忍不住打了个寒战，当即躲入屏风后。她今夜穿着一袭夜行衣，又是蒙面，身影隐匿在暗处，云辰一时无从辨别她是男是女。趁着他还没认出自己，微浓在心里飞快地打着主意：

是立即撤退，还是束手就擒，或者试试他的武功套路？

今日既已打草惊蛇，往后再探可就困难了。电光石火间，微浓伸手出招，直奔云辰的左臂而去。

云辰霎时从榻上跃起，身形一闪，出手接招。微浓用两只手，他则只用右手，饶是如此，微浓也无法攻破他的防线，甚至触碰不到他的衣角。

越是如此，微浓越是着急，总想逼着他用左手还击。然而无论她如何奇袭，云辰的左手一直负在身后，分毫不露。这般拆了百余招，微浓明显处于下风，而就在此时，屋外也传来刀戟鸣响。

是璎珞遇袭了！一刹那，微浓心头大乱，唯恐璎珞失手被杀，又恐她是杀手本能地伤及无辜，自断了后路。

想到此处，微浓不再恋战，翻身欲冲出窗外与璎珞会合。可惜云辰根本不给她机会，既不痛下杀手，也不手下留情，招招式式控制严密，令她无从脱身。他更像是在玩一场追逐游戏，气定神闲地戏弄着猎物，想看对方自乱阵脚，自行认输。

微浓被他挡了两道，再也支撑不住，灵机一动抽出腰间惊鸿剑，作势便往云辰的左臂上刺去。

霎时，银辉闪烁，凌空而过，恍如流星划破夜色，室内乍然耀眼。

云辰脸色骤变，猛地收手。微浓没想到他会停止攻击，可自己已经来不及收势，只得眼看着惊鸿剑柔韧弯折，生生刺向了他的左臂。

“刺啦”一声，云辰单薄的寝衣被划开，左臂顷刻多了一道猩红的伤痕。他却站在原地不语不动，方才戏谑的、闲适的姿态消失无踪，只余两道难解的、复杂的目光，深深地盯着微浓。

此情此景，微浓是止不住地欢喜，热泪已然湿润了眼眶。她很想对他说句什么，却不防他身形再动，幻影般掠过她面前，恍如一道白色闪电。

下一刻，微浓只觉右手一麻，手中的惊鸿剑已被他生生夺去，悄无声息，迅猛无形。微浓惊讶地望着他，不知他为何突然夺走她的剑。

就在此时，屋外“啊”的一声呻吟传来，像是璎珞受了伤。微浓当即回神，顾不上多想，踩上桌案纵身一跃，破窗而出。

只见璎珞正与十余名护院纠斗，以一敌十，早已体力不支，背上也多了两道伤痕。微浓立刻跳入打斗圈中，护住璎珞，当机立断：“你先走！”

“不行。”璎珞断然拒绝。

“我心里有谱！”微浓推她一把。

璎珞迟疑一刻：“好。”顺手丢给微浓一根峨眉刺。

微浓手头有了兵器，便也无所畏惧了，她为璎珞打着掩护，两人且战且退，眼看璎珞即将跳出重围，此时忽听一声喝止：“住手！”

云辰披着一件白袍，从阴影中走了出来，脸色阴霾之极。

微浓看着他，难忍心头激荡，她全然忘记此刻的危险，忘记自己正身陷重围之中。

云辰也一直在看她，眸光渐渐冷冽，似蕴藏着巨大的怒意无处发泄，额上青筋显露。

微浓见状很是心虚，想要扯开面巾自报身份。然而她的右手刚刚摸上面颊，云辰已抢先发话道："异国细作潜入黎都，即刻捉拿此二人，交由大理寺审理！"

等等！什么异国细作？微浓蒙了，看向璎珞，后者也是一脸迷茫。两人对看一眼，面面相觑。

一个时辰后，两人被关进了大理寺监牢。璎珞的背伤并不严重，她也随身带了伤药，微浓为她上过药后，血已经止住。她奋战一场，体力不支，此刻已经睡下。

而微浓自己，则陷入狂喜、忐忑、迷惑、慌张等情绪当中，混乱无比。

荷花灯里的字条，还有云辰看到惊鸿剑的态度，无不说明了他的身份。可是，即便他有苦难言，即便无法与她相认，他为何要把小事化大呢？他将她们当成细作送往大理寺，究竟是为什么？

微浓正苦苦冥想，忽听监牢里传来了脚步声，在这寂静的夜里像是一道催命符，令人毛骨悚然。

"微浓？"那人站定在牢门前，亟亟喊了一声。

是祁湛！微浓立刻站了起来。

"吱呀"一声牢门开启，祁湛从侍卫手中接过烛台，独自迈入牢房之中。他先是查探了璎珞的伤势，才顾得上询问今夜之事："你们到底做了什么？"

微浓却没回答，反问："你怎么知道我们被捕了？云辰告诉你的？"

"他没直说，只派人送话过来，让我到大理寺提审要犯。"

听闻此言，微浓心头又燃起一丝希望，云辰是在救她！

祁湛见她一直不回话，连忙追问："你为何夜探云府？查出什么了？"

微浓想起云辰的反应，谨慎地摇了摇头。

"你竟如此冲动！"祁湛大为着急，"你知不知道，云辰一口咬定你是细作，明日一早要禀报王上！"

微浓仍不接话，看向睡在角落的璎珞，道："有些事不能让璎珞听见，你先把她放了吧！"

"此事太过严重，我也无权放人。"祁湛解释完，径直走到璎珞身边，点了她的睡穴。

"说吧！"祁湛催促她，"告诉我前因后果，我才能救你们！"

微浓望着他的焦急神色，语气淡淡："祁湛，你曾两次问过我，是否把你当成朋友，你还记得吗？"

祁湛眉头微蹙，没有接话。

“如今我终于明白你的意思了。”微浓幽幽地笑，明眸里映着摇曳的烛火，似两颗晶莹的宝石，无比透彻。

“自从在落叶城遇见你，我就像迈进了一个局。”微浓看着他，叙述近日的经历，“你故意接近我，邀我来宁国，替我赶走简风，让我遇见了云辰。

“告诉我。为何让我来黎都？”微浓眼神通透，带着执着与质问，让祁湛无地自容。

“我想让你来验证云辰的身份。”祁湛面露一丝愧色。

果然如此！微浓哂笑：“所以来黎都那天，你是故意在我面前提起云辰的？即便我和他没有偶遇，你也会制造机会让我见到他，对吗？你赶走简风，也是怕他破坏你的计划？”

祁湛垂着双目，算是默认。

“你早就见过云辰了，对不对？你在落叶城说过，杀手是魏侯派来的，而魏侯和云辰走得极近。”微浓犀利地戳破他，“七年前，你曾在楚王宫盗剑，也和楚璃交过手。你比任何人都怀疑云辰的身份，又碰巧遇上我，便将计就计把我骗来宁国，一则利用我逃避追杀，二则利用我查证云辰是谁。”

祁湛仍旧抿唇不语，冷峻的面容在烛火下显得异常深沉。

“所以，云府失火搬到我们隔壁，也是你一手操纵的？”微浓已然笃定。

“是，一切都是我安排的。”祁湛痛快认下。

“祁湛啊祁湛，”微浓长叹一声，难掩失望之色，“看来你从没把我当成朋友。”

翌日早朝之上，云辰当众叙说了昨夜发生之事，将微浓如何夜探云府，如何在书房内搜查，最终如何被捕的细节，一一向宁王禀报。他一副公事公办的口吻，好似笃定了微浓和璎珞就是细作，潜伏黎都图谋不轨。

宁王询问他该如何处置，他只说了两个字：“严惩。”

祁湛的身份尚未昭告天下，故而没有资格上早朝，但他的存在已是公开的秘密，也已搬进宁太子生前居住的东宫。早朝散后，他硬着头皮去谒见宁王，想要替微浓和璎珞说情。

每日早朝过后，宁王都会约见三五个大臣议事，今日却一连见了七人，议的事也尤其多。待众人散去，已是午膳时分，祁湛恐耽误宁王用饭，惹他不快，只好又等了下去。这一等，索性连午憩也过了，直至未时末才见到圣驾。

“昨夜那两个女细作，你认识？”宁王不等他开口，径直问道。

“认识。”祁湛半真半假地解释，“她两人与离侯有些误会，才挑了昨夜寻个晦气，绝对不是什么细作。”

“哦？”宁王鹤发松姿，精神矍铄，一脸的精明之相。他并没有深究事实真相，反而问道，“建章坊的宅子，是你安排的？”

祁湛心里“咯噔”一声，暗道不妙。

果不其然，但听宁王叹道：“怎么就这么巧，云辰住到了隔壁？”

祁湛刚说过，两个姑娘与云辰有些嫌隙，若是眼下承认宅子是自己置办的，就说明微浓和璎珞是他派去的，怎么听都像是他在故意挑衅云辰。

难道这就是云辰的意图？污蔑微浓和璎珞是细作，借故闹到宁王面前，让宁王发现自己是幕后黑手？

祁湛心头忧虑，唯有否认到底：“这只是个巧合，孙儿安排宅子时，离侯府上并未失火，孙儿也不知离侯会搬到她们隔壁。”

宁王闻言没再追问，负手笑着，在丹墀上慢慢踱步：“她们两人是你的红颜知己？”

“不是。”祁湛否认，“她们都是孙儿的朋友，对孙儿有恩。”

“是朋友啊！”宁王意味深长地慨叹一声，“单凭你一面之词，孤不好妄下判断。若将人放了，未免有徇私之嫌，难以堵住悠悠之口！”

“孙儿并非徇私，只不过不想让两个姑娘平白沾上污名，若是误判，更有损您的威名！”祁湛亟亟回道。

“威名？”宁王隐晦一笑，又在丹墀上踱了几步，才叹，“咱们祖孙缘分太浅，二十多年才得相认，孤亏欠你太多，今日看在你的面子上……”

听到此处，祁湛大喜过望，正要开口谢恩，却听宁王徐徐接道：“今日看在你的面子上，特赦一人，你想救谁？”

只能救一个人！祁湛猛然心慌：“王祖父……”

“不必再劝，”宁王斩钉截铁地打断他，“特赦一人已是孤的底线。”

祁湛虽与宁王相认不久，却也知道他的性子，更知道他是言出必行。如今微浓和璎珞两条性命皆悬于他手上，祁湛也不敢造次，唯恐多言一句，会把两个姑娘都给害了。

为今之计，只好先救出一个再做计较。应该先救谁呢？微浓还是璎珞？一个是他亏欠良多的女子，一个是他青梅竹马的师妹。

祁湛陷入无比煎熬之中。

宁王见他无法抉择，便摆了摆手：“不必着急，你回去想想。”

“不用想了，”祁湛当即脱口而出，“先救孙儿的师妹，璎珞。”

话语出口，他已下定决心。微浓名义上是燕国废后，背后又有聂星痕撑腰，一时半刻不会出事；而璎珞只是个毫无背景的女杀手，墨门根本不会出面救她。

况且今日一早，他已悄悄向燕国飞鸽传书，料想不出三天，聂星痕定会出面营救微浓。一旦涉及两国邦交，即便微浓背上细作的罪名，也绝不会有性命之忧。虽然这是下下之策，可也是他能想到的最好办法了。

宁王似乎也对他的选择很满意，转身坐回龙椅之上，笑道：“幸好你还不算糊涂，没选那个燕国废后。”

宁王一席话，让祁湛无比庆幸。他唯有“扑通”一声跪在地上，重重磕头请罪：“孙儿并非有意隐瞒，还望王祖父恕罪！但孙儿以性命担保，微浓绝不是燕国的细作！”

“她是不是细作，并不重要。”宁王目露精光，“利用她从燕国得到利益，才是紧要。”

祁湛心头一凛：“孙儿受教。”

“传话下去，孤要见见废后暮氏。”

一个时辰后，微浓入宫面圣。

宁王宫金台碧瓦、简洁明朗，庄重威严之中，又显得大气恢宏，与楚王宫的精致、燕王宫的奢华皆不一样。

窥一处而能知全貌，通过宁王宫的样子可见宁王为人。

随着太监的通禀，微浓缓缓步入永寿宫大殿。她虽不是宁国人，但出于礼数，还是敛衽行礼：“民女夜微浓，见过宁王陛下。”

“王后娘娘客气了。”宁王锐利而低沉的声音从尽头响起，根本不像六十七岁的垂垂老者，反而中气十足，如同壮年。

“来人，给王后娘娘赐座。”宁王命道。

微浓依言入座：“谢王上。”

“王后娘娘不远千里来到黎都，湛儿竟一直瞒着孤，实在不该。”宁王故作斥责。

“王上言重了。”微浓得体一笑，“民女被废之后，一直四处游逛，此次来黎都只是一时兴起，不敢惊动您。”

“湛儿可有怠慢？”

“王孙殿下极为周到，民女不胜感激。”

宁王听闻此言，倒是没再提祁湛一个字，径直再问："昨夜让王后娘娘受惊了，不知您何故夜探云府？"

微浓没想隐瞒，也知瞒不过去，索性坦诚道："不瞒您说，离侯与民女的一位故人长得极像，民女牵挂故人，才会夜探云府，想要查探离侯的身份。"

"哦？这么巧？"宁王故意笑问，"娘娘的故人是谁？"

"已故的楚太子璃。"微浓十分坦白。

"云卿竟与楚太子长得相似？真是奇闻！"宁王口中虽如此说，面上却无一丝惊讶之色，更像是一种光明正大的试探。

微浓便配合着他演戏，神色郑重地点了点头。

宁王又十分关切地追问："那您查出什么线索了吗？云卿和楚太子是什么关系？"

"云辰就是楚太子！"微浓下了定论。

她此话一出，宁王的目光瞬间变得犀利，如同两道锋利的箭矢直直射在她身上。这一刻微浓发现，宁王和祁湛极像，他们都有一双鹰隼般锐利的眸子，能够震慑人心。

此时宁王的锐目渐渐蹙起，起身在丹墀上来回踱步，良久才道："事关重大，王后娘娘可有证据？"

"没有，"微浓坦言，"民女只凭直觉。"

宁王没有再追问下去，似乎相信了，又似乎不信。

微浓知道，这就是宁王要见她的原因。他和祁湛一样，需要确认云辰的身份。

那么，她就来助他一臂之力。

殿内气氛沉闷，宁王一直思索着，未再说话。也不知过了多久，才听他不置可否地道："此事到此为止，三日后，还请娘娘返回燕国。"

"但凭王上安排。"微浓没有拒绝，表情淡然，"民女有一个请求，望能在离开之前再见离侯一面，请您恩准。"

"您可自便。"

"多谢王上。"微浓特意起身，盈盈行礼。

她的去意很明显，宁王也认为她很识时务："昨夜怠慢娘娘了，这几日请您暂住驿馆，孤会派人送您返程。"

微浓再次言谢，在宫人的带领下前往驿馆。

目送她离开永寿宫，宁王立刻沉下脸色，道："出来吧。"

殿内响起悄悄的脚步声，一个年轻男子从偏殿里缓缓走出，面带思索，沉默不语。他正是宁王唯一的嫡孙，祁湛。

“都听见了？”宁王不紧不慢地问。

“是。”

“如何？此女可比你想象中要聪明？”宁王闲闲负手。

祁湛心头的确疑惑重重，他想不明白，微浓为何要承认云辰就是楚璃？倘若云辰是楚璃，依照微浓对他的感情，她应当替他遮掩才对；倘若云辰不是楚璃，微浓又为何要这么说？这对她有什么好处？

“她指认云辰之事，你怎么看？”宁王问出他心中疑惑。

“孙儿想不明白。”祁湛如实回答。

“所以我才说她聪明，”宁王微眯着双目，看向殿外，“你降不住她，以后不要再跟她联络了。”

祁湛只得苦笑：“是，但孙儿愚昧，想不通她为何要指认云辰？”

“她想让孤杀了云辰。”

宁王走回御座之上，分析道：“按照她与楚太子的旧谊，倘若云辰真是楚太子，她必会想法子隐瞒下去。孤追问她时，她也大可不回答，让孤自行猜测。”

“但她没有。”这正是祁湛的疑惑之处。

“因为云辰不是楚太子，却在用这个身份谋取便利，她心有不忿。”宁王看向祁湛，笑道，“她指认云辰，但凡孤多一分疑心，云辰将性命不保。”

是啊！试想亡国太子死而复生，改头换面潜藏宁国，这难道不是别有居心？保险起见，自然是杀之以绝后患。

“种种迹象表明，云辰的确与楚王室无关，否则淳于宰相也不会如此执着。但他这张脸，总是不能让孙儿安心。”祁湛说出心中所想。

“怕什么，他既然敢顶着那张脸，必定有所图谋，孤拭目以待。”

“难道您不怕他……”

“不怕他有所图，就怕他无所图。”

微浓见过宁王之后，便被安置到了驿馆。此后一连两天，她去云府都没有见到云辰。云府又搬回了原址，奴仆们均是埋头拾掇行装，噤声不言，就连云潇也对她避而不见。

微浓等了两天，接连吃了闭门羹，直至第三日晚，她才找到云辰的去处，还是祁湛给的消息。

原来是因为搬迁之故，云府里乱糟糟的，云辰懒得回去，便一直窝在妓院晚香楼里，过着温香软玉的日子。

微浓明日即将离开，也晓得今晚是最后的机会，当即便换了男装，直奔晚香楼而去。因她出手阔绰，还言明是找云辰，老鸨便也没敢怠慢，问过云辰之意后，将她引进一间香闺之中。

微浓推开屋门的一刹那，便见云辰一袭白衣斜斜卧在靠榻上，而一名风尘女子酥胸半裸地躺在他腿上，正往他口中喂食葡萄。云辰吃得不亦乐乎，面上还带着风流的笑意，看似好不快活。

微浓只是平静地道："云大人，我想与你谈谈。"

云辰懒懒地抬眸看了她一眼，清润的面庞似笑非笑："谈什么？"言罢一挥手，那风尘女子便退出门外。

云辰也不再说话，右臂支着额头，静静地望着她。

彼此目光交会的一刹那，那种熟悉的感觉又回来了！微浓知道，他一直拒绝与她相认，必定是有不得已的苦衷，而她知道他安好无恙，便已足够欣慰了。

她慢慢走了过去，温声道："你难道不想知道，我这几年的经历？"

云辰揉了揉眉心："自我认识姑娘开始，你便一直说些莫名其妙的话，做些莫名其妙的事。"

他还是不肯承认。微浓心中黯然，立即问道："你若不认识我，又为何要夺走我的剑？"

云辰轻笑："你持剑袭击我，若不夺剑，难道我要束手就擒？"

他就这般笑着看向微浓，那笑中有戏谑，有嘲讽，还有一丝莫名的深沉，微浓看不明白。

她想了想，故作愤怒地问："云辰，你到底有什么目的？"

话音落下，她忽然伸手抓住他的左臂。

云辰不防她口中一套，手上一套，一时未及反应，竟真的被她捉住了左手。

微浓根本没给他反抗的机会，迅速撸起他的衣袖。在浅浅的灯光下，但见他手腕内侧赫然有一抹深刻的疤痕，隐隐呈现一个圆形，根本不像刀剑所伤，反而像是蛇虫咬噬！

难怪他不再使用左手，原来他受伤了！

微浓霎时泪盈于睫，也不知是演戏还是真情流露，只牢牢地拉着云辰的手，哽咽道："你到底在想什么？你到底想干什么？"

面对她的泪水，云辰的目光有些迷离，他的左手僵了片刻，反而将她拉近身侧，附耳问道："你真的惦记楚璃？"

他温热的呼吸拂过她的耳畔，仿如情人间的絮语，带着一丝淡淡的酒气，令人迷醉。微浓刹那间乱了心神，双手捧上他的脸，喃喃地问："告诉我，你是谁？你到底是谁？"

"你说我是谁，我就是谁。"他的声音低沉缠绵，还带着几分戏谑。

不，他不是楚璃，楚璃不会这样待她！微浓像坠入了冰冷的深渊，一颗心猛然摔得粉碎。可那泪水却再也忍不回去了，唯有任它们流淌出来，顺着她的脸颊，滑过她的下颌，滴在云辰的衣襟上。

他们离得这样近，又那样远。

她握住他的右手，喑哑泣道："告诉我，你到底想干什么？"

云辰唇畔噙着一缕莫名的笑，没有答话。

微浓又仓皇地去摸他的左手，可触到的掌心竟是光滑的。楚璃惯于用左手拈弓搭箭，可云辰的左手竟丝毫没有薄茧的痕迹。是的，云辰不是楚璃，楚璃分明擅用左手。即便他受了伤，但那手指的触感骗不过她。

微浓的心很乱，一时认定他就是楚璃，一时又觉得他在伪装，一滴滴泪水从脸颊滑过，是她完全无法掩盖的真心。

许是察觉到了她情绪的波动，云辰抬起完好的右手，慢慢抚上她的脸颊，轻轻地，很怜惜。然后那手滑至她的脖颈，一把卡住她的咽喉。

"不要再回来。"云辰突然说了狠话。

他的语气明明是狠戾的，她也快要窒息了，可透过依稀的泪光，她好像看到了他目中的痛楚。只一瞬，又消失无踪。

她唯有睁大双眸，盯着他的面庞垂泪，不反抗，也不说话。

云辰的双眸眯起，杀意已现。须臾，他又渐渐松了手劲，改为抚触。他摩挲着她的脖颈，久久不肯离去，那双潋滟的眸子逐渐变得深寒，变得沉敛，最后变得涣散。

突然间，"咣当"一声响起，屋门猛地被人踹开。两名训练有素的侍卫跑了进来，对云辰阻止道："离侯，她是王上的贵客，您不可动手。"

云辰倏然放开微浓，蹙眉反问："你们在偷听？"

两名侍卫面面相觑，颇为尴尬地回道："这位姑娘明日即将返回燕国，王上怕她出了意外，才……"

原来有人在门外偷听！云辰是不是早就发现了，才不肯与她相认？微浓好像终于找到了发泄之处，狠狠地指向他们，失态大喊："滚！滚出去！"

两名侍卫没想到她的情绪突然崩溃，一时竟都站在原地，不知该如何是好。

微浓不管不顾，一把抓过手边的茶盏，朝着两人头上砸去：“滚！滚！”

她这副模样终是震慑了两人，云辰则慢慢站起来，朝着两人挥手：“下去吧，我知道了。”

两名侍卫这才退出门外。

云辰又缓缓坐回绣榻之上，意味不明地笑道：“你若知情识趣，就不要再来宁国了。”

他口中虽如此说，右手却迅速蘸了酒水，在桌案上写下三个字：去姜国。

微浓赶紧擦干眼泪去看，可惜那字迹不过一瞬，便被云辰擦掉了。她微微瞥了一眼，倒像是眼前生出幻觉一般，分不清真假。

再想问什么，云辰竟已摆出一副送客的样子，看情形是不会再开口了。微浓深知他有苦衷，也不再强求，默默下定决心去姜国一探究竟。

她什么都没再说，转身往门外走。打开屋门的时候，她终是忍不住顿足回首，不舍地望了他一眼。

而他，也正在定定地望着她，像是望了很久，还要继续望下去，仿似一种沧海桑田的誓言，要将自己伫立成永恒。

那种熟悉的感觉又回来了！微浓狠狠地闭上双眸，迈步而出。“吱呀”的关门声传来，低沉又刺耳，似是年华在呜咽控诉，这物是人非的无情。

翌日一早，微浓无奈启程返回燕国。宁王说是“派人护送”，实则也是押送之意，拨了数十名护卫与两名侍女随行，声称“路上供她差遣”。

祁湛来送行了，璎珞则被瞒着，没有前来。

祁湛默默地将她送到十里长亭外，数次欲言又止。事情闹到这个地步，彼此的关系已经回不到从前，祁湛心里不大好受。

两人各自沉默，终究是微浓先起了头：“在大理寺监牢里，是我说话不中听，你别见怪。”

这话听起来生分，但好歹是消气了，祁湛总算好受一些：“微浓，我真的当你是朋友。”

“我知道。”微浓笑着点头。

其实祁湛很想开口问问，她对云辰究竟是什么态度，可想起彼此如今的关系，又恐她再怀疑自己别有居心。于是他按捺下心头疑惑，艰涩地道：“我实在亏欠你太多，日后你但有驱使，我祁湛必定赴汤蹈火。”

闻言，微浓想起昨晚云辰写下的三个字，忽然有了一个想法，便直白开口：

“我在找我师父，你若有他的消息，便请他去燕国京州的千霞山找我，就是我曾经修道的地方。”

祁湛一听此言，立刻应道：“这事好办。你师父是谁？我替你打听。”

“他老人家名声很大，号称江湖第一游侠，”微浓说道，“冀凤致，你听说过吗？”

“你师父是冀凤致？”祁湛吃了一惊。

微浓自嘲地笑笑：“怎么？他认了我做弟子，你不敢相信？”

“冀凤致是我的师叔！”祁湛惊叹一声，又道，“不过我舅舅做了门主之后，冀师叔与他理念相悖，已脱离墨门了。”

师父竟出自墨门？！微浓很是震惊，转念又想起一件事来，便迟疑地问：“墨门有没有一个名叫良夜的人？”

“没听说过。”祁湛边回忆边道，“舅舅师兄弟四人，他最大，二师叔名为夜凉晨，冀师叔行三，璎珞的师父最小。早在二十几年前，二师叔和三师叔就离开墨门了。”

夜凉晨，良夜……应该就是他了，自己的亲生父亲。原来他们是师兄弟！难怪师父如此盛名，当年会挑中自己做徒弟，想来是受了她亲生父亲良夜的嘱托。

“你那两位师叔，为何脱离墨门？”微浓忍不住问道。

“此事说来话长，”祁湛表情隐晦，“总而言之，是二位师叔看不惯我舅舅的处世之道。”

也是，祁湛的舅舅何等冷酷，能逼迫自己怀孕的妹子生下祁湛，藏在墨门二十余年。这等心机，师父定然是看不惯的，微浓大约能猜到父亲和师父脱离墨门的缘由了。

“原来我们竟是同门。”她感叹不已。

祁湛心中亦是滋味难辨，想要说些什么，最终却咽了下去，只道：“你放心吧，我如今是宁国王孙，行事便利，一旦有冀师叔的消息，我立刻想法子告诉你。”

“记得把消息送去京州千霞山的璇玑宫。”微浓客气一笑，抬眸望了望天色，“我该走了，你保重。”

“保重。”

微浓踩上车辕，朝祁湛颔首微笑，慢慢坐入车辇之中。离开燕国一年多，她又要回去了，如此之快，如此之仓促，令她猝不及防。

车辇行驶起来，向着燕国的方向，一切好似命中注定一般。聚散离合，兜兜转转，因果循环，周而复始，她又将回到宿命的起点。

第二十章

破镜难圆，覆水难收

夏风炎炎，烈日灼灼。时隔九月，微浓再次来到姜国地界，不过这一次，她身边多了不少“护送”之人。

一路上，微浓对云辰留下的“去姜国”三个字念念不忘，在临近姜国王都时，她曾试图逃进城内。只可惜宁王派来的眼线太多，两个侍女在她身边寸步不离，她根本没有逃跑的机会。眼看着他们一行人即将穿过十万大山，进入燕国地界，微浓也渐渐死心了。

“王后娘娘，敝上昨日传来消息，一旦过了十万大山，贵国摄政王即会派人接应。”为首的宁国侍卫转告微浓。

“知道了。”微浓想起即将见到聂星痕，心里滋味难言。

一路上，侍卫们早已习惯了她惜字如金的态度，也晓得她只是废后，便没将她放在心上。有人见她神色冷淡，甚至低声抱怨：“真把自己当根葱了。”

微浓只当作没听见：“我去前头喂马。”这一路她虽乘坐车辇，但坐骑祥瑞是一直跟着的，微浓时时不忘照顾它。

两个侍女立刻跟上，尾随她而去。

微浓牵马走进草丛，放任它去吃草，然后独自走到一处遮蔽视野的山隘，静静坐下出了会儿神。

两名侍女等了她半晌，见她一直没有回去的意思，不禁催促道：“娘娘，时辰不早了，咱们该……”

那侍女话没说完，不远处忽然响起祥瑞的嘶鸣声。紧接着，几匹马儿似受了惊，同时狂嘶不止。微浓背脊一冷，迅速反应过来，对两名侍女命道：“趴下！”

激烈的打斗声猝然传来。两名侍女均有武艺在身，立刻俯身趴在茂密的草丛里。微浓拨开草叶向外看去，只见一群江湖人士不知从何处跳了出来，正与护送她的侍卫们纠缠打斗，下手狠戾，毫不留情。

而她的坐骑祥瑞竟是分外机灵，独自扬蹄跑了，但并不是来找她。那伙杀手只顾着打斗，无暇顾及一匹马，于是祥瑞瞬间便跑得无影无踪。

微浓自然也顾不上马儿，一心都放在那伙杀手身上。一个侍女惊疑不定地问："难道是打劫？"

微浓毕竟走过几年镖，对江湖上的路数也很清楚，观察片刻，否定道："不像打劫。"

她意识到这群杀手是冲她而来，心里不禁打起鼓：在宁国境内一直平安无事，怎么到了姜国就遇上了截杀？会是谁想杀她？是明丹姝接到了消息，想阻止她回燕王宫，还是宁王当面一套背后一套，或者是她从前结了怨而不自知？

显然，那两名侍女也猜到了杀手的目的，其中一人对微浓道："娘娘千万不可露面。"

另一侍女则犹豫着："我身上有烟幕弹，可一旦发出求救信号，必定会被他们发现。这可如何是好？"

微浓沉吟一瞬，当机立断："你跑远一点再放，快去！"

侍女愣了一下："那您呢？"

"我要看看是谁想杀我。"微浓盯着不远处正在打斗的众人，目不转睛。

侍女闻言忙劝："娘娘，性命要紧！"

但微浓就是如此固执，思索片刻，对两名侍女道："趁他们还没发现，你们快走。一个下山找援兵，一个躲起来放烟幕弹。"

"可是，您……"侍女们有些迟疑。

微浓心知肚明，这群杀手功夫路子虽是异数，但没有一个人蒙面。这表明他们根本不怕被发现，是抱着必杀的决心而来的。一旦她被捕，大约是没有活路可言的。

"不要再浪费时间了，"微浓冷静劝道，"这是最好的办法，照我说的做。"

侍女们当然也想保命，见正主已发话，均不再迟疑，立即分头行动，各自跑开。可毕竟是两个大活人从草丛里钻出来，再如何谨慎，还是会被杀手瞧见。眼看着有两个杀手已朝这边看来，那个手持烟幕弹的侍女脚下一顿，当即改变了主意。

她突然将烟幕弹扔给微浓，口中喊着："娘娘，得罪了！"

微浓大吃一惊，没想到这侍女竟会如此害她，可眼下已经来不及了，只见那烟幕弹快速朝她飞来，落入她身边的草丛里。与此同时，一道浓烟高高飘起，伴随着一声悠远的鸣响，直冲天际。

几个杀手见此情状，再不恋战，当即跑到草丛之中来捉微浓。微浓的惊鸿剑被云辰夺走了，手边没有兵器，根本打不过这些人，她唯有拖延时间，期望那两个侍女没有彻底泯灭良心，还能找到救兵。虽然，这个希望微乎其微。

如此想着，她只好慢慢从草丛里起身，拨了拨身上的草屑，故作淡定："你们是来捉我的？"

杀手们都不说话，径直将她绑了起来。那边厢，打斗也已接近尾声，宁国的侍卫全军覆没，地上横尸一片。

杀手头领是一位蓝衣男子，拿着血淋淋的刀剑走到微浓面前。他至多二十来岁，神色冷峻，五官端正，乍一看并没什么特别之处，不过微浓却觉得他很眼熟，一时想不起在哪里见过。

蓝衣人倒也坦然地任由微浓打量，冷笑道："我们又见面了。"

微浓蹙眉："你是谁？"

蓝衣人没有回话，围着微浓走了一圈，视线落在绑缚她的绳子上，突然笑了一笑。"嚓"的一声，他将她身上的绳子划开。

微浓活动了一下手腕："多谢。"

蓝衣人阴恻恻地笑回："你多虑了，我替你解开绳子，是怕耽误我下刀。"

话音未落，他的目光突然变得狠戾无比，手起刀落，重重砍向微浓的面门。微浓大惊之下翻身躲避，那一刀便砍在了她的背脊之上。

"哧"的一声响，刀锋砍中肌骨的声音传来，微浓惨烈地呻吟，重重跌在了地上。刀刃深深嵌入她后背之中，撕心裂肺般的疼痛让她感觉就像快死去一般，她开始变得呼吸困难，浑身抽搐。

蓝衣人缓缓蹲下身子，看着趴在草丛中的微浓，满目皆是杀意："别怪我，要怪就怪你自己！"

"唰"的一声，他将刀从微浓背后拔了出来。一瞬间，鲜血飞溅，溅在他的脸上，溅在他的蓝衣上，溅在了高高的草丛之上。

附近的毒虫们嗅到鲜血的气息，立即从四面八方的角落里爬出来，朝着微浓的身躯行进。这一刻，她已是它们眼中最鲜美的食物了。

蓝衣人冷眼旁观着一切，甚至特意撕裂她背上的衣衫，让毒虫们更轻松地找到她的伤口。他看着微浓抽搐、翻滚、痛苦地惨叫，神色却是漠然，然后变成一种残忍的快感。

微浓感到背脊上的毒虫越来越多，它们在吸她的血，在吃她的肉，她的鼻中、口中不知吸进了多少泥土、草屑，呛得她喘不过气来，渐渐窒息。

她痛不欲生，可依旧强撑着一丝神志，执着地追问："为什么……"

蓝衣人看着她迅速失血萎靡的面容，无情地冷笑："这是你的报应！"

此言甫罢，他再次扬起佩刀，指向微浓的脸颊："我要将你的脸划花，让你死得面目全非，尸体被毒虫分食！你会化为这十万大山的尘土，消失得无影无踪！"

此时此刻，微浓浑身已被痛楚占据，根本听不清他在说些什么。她只是抽搐着、煎熬着、感受着濒临死亡的痛苦，扬起脸庞狠狠地盯着他。意识消失的那一刻，她隐约听到马匹的悲鸣，那声音像极了她的坐骑祥瑞。

恍惚中，微浓感到胸闷气短，可背上却有些许凉意，带着惬意的微痒。她努力想要恢复神志，挣扎良久才从混沌中清醒。她发现自己正赤裸着上半身，趴在一张舒适无比的软榻上，而这张榻，就在一辆辘辘行进的车辇内。

她想要翻身，但被人阻止了，确切地说，是一只手掌按在了她光裸的背脊上。显然，方才背上传来的痒意，来自那个人微凉的手指。

微浓竭力想要看清对方是谁，怎奈她趴着，而那人坐着。从她的位置看过去，触目是一片暗色的袍角，质地轻薄而熨帖，提醒着她如今依旧是夏天。虽然，这车辇里凉爽无比。

你是谁？微浓想开口问话，然嗓子里发不出一丁点儿声音，整个人就像是干涸的泉眼，极度需要水的滋养。

那人还是不说话，只用微凉的手指一再摩挲她的后背，轻柔流连，似疼惜又似爱怜。

微浓定下神来，回想自己昏迷前所发生的一切，大约也猜到了对方是谁，索性合上双眸不再理会。

聂星痕看到她的神情，才缓缓开口："你昏迷了一个月，目前还不能饮水，再忍忍吧。"

微浓的长睫轻轻闪动，仿佛受惊的蝴蝶颤动着双翅。在她的记忆里，受伤的那一幕太过血腥，她以为自己必死无疑。是他救了她吗？还是……

"我知你心中有很多疑问，我都告诉你。"聂星痕的手指从她背脊上离开，转而握住她一只手，"我送你的那匹马，是受过训练的良驹，一旦你在十万大山出了事，它会自行跑到据点报信。"

原来她竟是托了祥瑞的福！可又何尝不是托了聂星痕的福？微浓努力勾起一抹哂笑，自嘲之意溢于言表。

聂星痕摩挲着她修长而消瘦的手指，叹道："你到姜国解毒时，连阔用了数十种毒虫做药引，寻常毒物根本无法伤害你。若非如此，你难逃这一劫。"

聂星痕说着，手指又触摸上她的背脊："但这一身疤痕，恐怕难以消除了。"

他说到此处，几乎不忍再看微浓的后背。如今微浓的身体极度瘦弱，肩胛骨高高凸起，两侧肋骨深深凹陷，已是皮包骨头。整条脊椎之上，有一道刀痕蜿蜒而下，深可见骨，遑论那些被毒虫啃噬过的地方，疤痕散乱密布，肌肤凹凸不平，惨不忍睹。

早在接获祁湛手书之时，他已决定亲自来接应微浓，可刚走到半路，又接到据点的飞鸽传书，得知微浓遇袭重伤的消息。他当即快马加鞭赶来，却不承想，看到的竟是如此触目惊心的伤痕！

不幸中之万幸，她伤的是后背，而不是心口或咽喉……如此狠手，若是从面门一刀劈下去，微浓必定当场死亡。想到那一情景，聂星痕的双手不由自主地收紧，骤然泄露了他的心事。

微浓也能猜到，自己背上究竟有多么狰狞。那日她中刀之后，是眼睁睁看着草丛里的毒物爬上她的背脊的。那种剧痛、恐惧、毛骨悚然的感觉，她毕生难忘！

"究竟是谁要杀我？"她喑哑着嗓子问道。

聂星痕沉默片刻："等你伤势痊愈，我再告诉你。"

然而微浓并不罢休，坚持追问："是谁？"她强忍着深入骨髓的伤痛，慢慢地移动着枯瘦的左手，试图拉住聂星痕的下袍。只这简单的一个动作，她的后背已是撕裂般的疼痛。

聂星痕立刻按住她的手，面露担忧："你真想知道？"

微浓动了动手指，算是回应。

"杀手来自宁国云府。"聂星痕缓慢地、一字一句地说道。

"云府"二字一出口，微浓果然激动起来，双肩耸动想要起身。

聂星痕及时阻止了她："你冷静些！"

微浓被聂星痕牢牢按住，也知自己是徒劳，只是那眼泪却不听使唤地流了出来，顺着她的脸颊淌在软榻上。

她很想否认聂星痕的话，可当她听见"云府"二字时，她猛地想起一件事——杀手之中的蓝衣人，那个置她于死地的蓝衣人，是云辰身边的侍卫，好像名叫竹风。在她和云辰仅有的几次接触中，那个侍卫一直随护着，每次看到她时，都是一脸的淡漠之色。

还有，她返程之事极为隐蔽，除了宁王、祁湛之外，根本无人知晓。只有云辰！

再想起他悄然写下的“去姜国”三个字，微浓只觉得是一种讽刺。她知道自己不应该流泪，可心底弥漫的痛楚是何等汹涌，她根本无力阻止。

仍旧是那般微凉的手指，缓缓为她拭去泪水，聂星痕叹了口气：“你真的猜不到云辰是谁？不过是楚珩改头换面罢了。”

微浓依旧默默地流着泪，不愿开口分辩。

“如今的姜国，均以王后楚瑶马首是瞻，姜王早已成了摆设。姜人何等排外，竟对一个异族王后心悦诚服，此等手段，怕是天底下找不出第二个女人了。”

聂星痕轻叹一声，话中之意再通透不过：“姜王后把楚珩接回去，分明有所图，你冒冒失失揭穿他的假身份，岂不是自寻死路？”

是啊，一切都是她自找的。可微浓还有好多疑问没解开，譬如云辰的相貌，他的身份来历，他去宁国目的何在……只可惜，她没有力气再问了。

聂星痕知她所想，径自又道：“楚国被破之后，我曾见过楚珩一面，才知他早就破了相，整日以面具示人。楚王曾遍寻名医为他医治，听说收效甚微。自到了燕国之后，他一直深居简出，也是这个缘故。”

聂星痕边说边观察微浓的表情，顿了顿，话锋一转：“姜国的能人异士向来很多，有些不外传的秘术，看样子他是被治好了。但不知他们姐弟打的什么主意，难道是想借助宁王复国？”

听了聂星痕这一席话，微浓心头的积郁更无处发泄了。他虽坐镇千里之外，却对她的行踪、想法了如指掌，眼睁睁地看着她犯傻，看着她再一次被打回原形，他到底想要做什么？

微浓将脸埋进软榻里，不愿再想、再听。

然而聂星痕的话语就在她的耳畔，淳厚、低沉、极具诱惑力：“既然知道世事险恶……肯回来就好。”

因着微浓的伤势，一行人走得极慢，就连中秋佳节都耽搁在了路上。不过聂星痕一直不慌不忙，朝中奏报也由专人每日快马送来，供他审阅。

微浓心中明白，他敢放心离宫这么久，定是朝中局势已经稳定了。她感动之余，心情也更加复杂难言，不知该怎样面对他。

所幸这一路上，他们并没有机会过多交谈——夜里在驿馆，他会挑灯批阅奏章；白日在车辇上，他会看奏报，偶尔闭目养神。如此各自静默着，气氛显得既暧昧又生硬。

尤其，她伤在后背不能穿衣，每日侍女为她换药，他从不回避。

不过也有好事，他给的秘药效果奇佳，虽不能“起死人”，却实打实能“肉白骨”。她背上深可见骨的刀伤，因着这秘药也恢复得极快，待十月初抵达京州城时，她已能下地走路了。

聂星痕依旧将她安置在了未央宫，但宫人一律换成了新面孔。五日后，他又将晓馨调入未央宫服侍她，别的一概不提。

微浓这才知道，晓馨从姜国返回燕王宫之后，径直领了尚宫局司簿的差事，正六品女官。没过半年，时任尚宫年迈致仕，晓馨便顺势升任尚宫一职，如今已是正五品。就连聂星痕的姬妾们都知道晓馨的分量，不敢在她面前造次，唯独明淑妃偶尔会给她摆个脸色，全是王后明连翩替她解围。

从晓馨口中，微浓知道了很多事。譬如这宫里掌管凤印的，表面上是王后明连翩，实则还是淑妃明丹姝。两人之间名为姐妹，但彼此制衡，维持着宫内最微妙的平衡。

还有聂星痕的姬妾们，大部分已经在房州就地遣散，剩下几个乖顺温娴的封了品级进宫，却也是守活寡，无人理会。

而最令微浓惊讶的是，自己离开这一年多来，聂星痕竟然还没有子嗣！可她明明记得自己出宫之时，明丹姝已经有了身孕，还曾在她面前耀武扬威。难道那孩子是……

微浓对此颇有猜疑，但自她回宫之后，明丹姝一直不曾登门，更没有找过她的麻烦，故而她也没有深究。

待到十月中旬，聂星痕开始隔三岔五来找她用膳，有时是午膳，有时是晚膳。微浓阻止不了，便也由他去了。如此平静度日，她的伤渐渐好转，身子也丰腴了些。

进入冬月之后，她的伤基本痊愈，聂星痕也明显来得频繁了。他虽没说过什么，但宫人们全都注意到了，也都猜到了摄政王的心思，于是微浓的存在变得极为尴尬。

这一日午膳时候，聂星痕照例又来探望微浓，两人同桌用膳，各自沉默了好一阵子。最终，还是聂星痕先开了口：“今日钦天监合了你我的生辰八字。”

微浓执箸的右手猛然一顿，想起昨日晓馨说过的话：“您知道殿下为何迟迟不登基吗？因为不登基，就不会被进言立后，不会被催促子嗣。殿下是在等着您啊！”

微浓不禁握紧手中筷子，不知该如何回应。

聂星痕知她听懂了，便也不再拐弯抹角：“看如今形势，燕、宁两国迟早会有一战，为了你的安危着想，我希望你能留在燕王宫……”

他顿了顿，又刻意强调：“名正言顺地留下。”

微浓咬着下唇，仍旧没有答话。

聂星痕似已预料到她的反应，沉默须臾，又说：“宁、姜两国联手，燕国腹背受敌，乱世之局避无可避，你再四处游逛会很危险……”

“乱世之局是谁挑起的？”微浓终于打断他的话，“倘若楚国尚在，四国并立，根本不会是这个局面。”

聂星痕的眸子微微眯起，像失落，又像无可奈何：“既然身负皇后命格，你以为你能躲得过？”

微浓嗤笑一声，苍白的面容上流露出不屑与愤慨：“我从不信命，你信吗？”

“我也不信，”聂星痕语气泰然，“信命的都是凡夫俗子，不信的都是天纵王者。”

“你想乘人之危？”微浓神情一凛。

“不，我希望你心甘情愿地留下。”

微浓再次沉默，不予表态。

聂星痕看在眼里，目露几分痛楚之色：“微浓，我已二十有五，你也不小了，很多事情再拖下去，只怕会等不到。我们不是无情，又身负重担，为何不能携手开创一个太平盛世？难道你真要为了过去的事，怨我一辈子，也毁了你自己？”

听闻此言，微浓缓缓合上双眸：“我不知道我为何会是皇后命格，但这个枷锁太沉重了，我负担不起，只想当个普通人。抱歉。”

她说得恳切，也是真的痛苦与迷茫。知道她命格的人不多，有牵扯的只剩下聂星痕一个了。只要他肯放弃，也许她真的能解脱。

可聂星痕只一味地盯着她，似要将彼此缺失的时光尽数补偿回来：“你太小看你自己了，也太小看我了。”

他站起身来：“不相信命运，也是一种宿命。”

两日后，聂星痕带微浓来到钦天监。

钦天监掌天象、推算节气、制定历法，尤其在笃信星象的燕国，地位尤其崇高。监正一职相当于宁国的国师，备受百姓尊重，其推演之术秘不外传，多由子孙、徒弟继承，在外人眼中尤为神秘。

微浓在燕国数年，从没见过监正露面，即便是当王后那几年，聂星逸也将监正保护得很好。她原本以为，对方会是个仙风道骨、鹤发鸡皮的长者，却不曾料到，站在她面前的竟是个三十余岁的男子，斯文瘦小，毫不起眼。

“微臣见过摄政王殿下，见过娘娘。”监正拜倒相迎。他也算是个极有眼色之人，对微浓的称呼模棱两可，让聂星痕极为舒坦。

“连卿平身。”聂星痕语气温和，虚扶了监正一把。

微浓立刻听出端倪：“监正大人姓连？”

连监正恭恭敬敬地朝微浓行礼，回道：“微臣姓连，单字鸿，飞鸿照影之鸿。”

“连”姓乃是姜国独有的姓氏，连鸿又是钦天监监正，不得不令人多想。微浓还没问出口，聂星痕已知她的心思，主动解答：“连卿去年刚当上监正，他从前是连庸先生的徒弟，连阔的师兄。”

“可是，连庸先生不是姜国人吗？连监正却不像。”微浓疑惑不解。

连鸿径直回了话：“娘娘有所不知，我师父胸怀天下，收徒并不拘于姜人。不过他老人家擅蛊，这一门是姜国不外传的绝学，故而连阔师弟能学，微臣不能学，只学了推演占卜之术。”

连庸是姜国乃至九州都极负盛名的蛊医，微浓去年中的蛊毒，也是他和徒弟连阔联手解除的。听了连鸿这番话，微浓不禁佩服起连庸，他的几个弟子之中，连阔在姜王后身边效力，连鸿在聂星痕手下做官，估计宁国朝内也有他的人。如此一来，日后三国开战，无论哪一国胜出，他都有能力自保。

不得不说，这法子极妙，但也佐证了他教徒有方，能让几国君王都无视国别之分，对他的弟子委以重任。

微浓正分神想着，但听连鸿又道：“微臣曾多次听师父和师弟提起娘娘，说您性情坚韧、命格极贵，今日一见，果真如此。”

“您过奖了。”微浓自然知道这是客套话。她原本就对八字、斗数之类的推演不大相信，今日又见这监正油嘴滑舌，更是心有抵触。

聂星痕倒是一直噙着笑，此时才插了句玩笑：“连卿别看她嘴上不说，心里定是将你看成神棍了。”

微浓便坦白道：“不瞒连监正，我的确不信。”

连鸿只是微笑，并不辩驳，看样子竟是胸有成竹，不惧人言。在聂星痕的示意之下，他取过一张红色签纸，奉到微浓手中："娘娘请看。"

微浓接过签纸徐徐展开，竟是大吃一惊，只见其上写着——

男命贵，紫微之相；女命贵，母仪之相。然则命定相克，姻缘不能长久，轻则相离，重则丧命，恐无嗣。

看了这签文，微浓惊得说不出话来。单看字面，她和聂星痕各有各的贵重命格，但决计不能在一起！

于是她连忙追问："是谁克谁？谁会丧命？"

连鸿低头，面有难色。

聂星痕倒显得很平静："无妨，连卿直说吧！"

连鸿这才坦白相告："从命盘上看，初限是殿下克您，中限之后是您克殿下……"

"何为'初限'？何为'中限'？"微浓并不懂得这些术语。

"命盘之中，'限'乃一轮之大运，一轮十二年。'初限'共两轮，'中限'亦两轮，'末限'为最后两轮。"连鸿如实回道。

初限是前两轮，也就是前二十四年。按照连鸿话中之意，二十四岁之前，是聂星痕克她；二十四岁之后会反过来。

而聂星痕今年二十五，恰好进入中限。

饶是微浓再不信命，此刻也被这推演的结果震住了。她原本以为聂星痕急于娶她，必定是钦天监算出了什么好结果，却不承想如此糟糕！

"信命的都是凡夫俗子，不信的都是天纵王者。"

"不相信命运，也是一种宿命。"

这一刻，她终于明白了聂星痕这些话的意思，他正是因为不信命，才非要娶她不可！

"怎么？你怕了？"聂星痕看着她。

微浓只觉百千滋味涌上心头，唯有攥紧这张红色签纸，低声询问："你真的不信？"

"不信，"聂星痕断然否定，"有没有这张批语，我都要娶你。"

微浓低着头，又默念了一遍签纸上的内容，问道："倘若这批语是真的呢？"

"那就逆天改命。"他说得极轻、极慢，神情也并无任何变化，可那话中所透露的王者之气如此明晰，好似他真的能够逆天而行，让人无法自抑地想要相信他。

微浓看着他，他也看着微浓，四目相视，眸光皆是坦然澄澈，没有一丝污浊和算计。这样空灵干净的眼神，就像他们初相识一般，而感情仿佛本该如此。

只可惜时移世易，他们中间早就多了一个白衣身影。

微浓率先垂下双眸，嘴角缓缓勾笑："就凭一纸批语，便想定下我的后半生？我不服，也不信。"

"所以你该嫁，"聂星痕乘势说道，"就让上苍看看，我们是如何美满。"

会美满吗？微浓将签纸还给连鸿，继续笑道："为了你我的安危，还是不要涉险为好。"

聂星痕蹙眉："你……"

他刚说出一个字来，忽听门外响起一声禀报："禀殿下，镇国将军明尘远有要事求见！"

原来明尘远已升任镇国将军了。可到底是什么紧急之事，竟让他追到钦天监来？微浓有些不解。

"传他进来。"聂星痕倒不避讳什么。

须臾，只见明尘远身穿一袭铠甲，匆匆地跑进来。他如今是金城公主的驸马，却还能执掌兵权，也是开了外戚掌管兵权的先河。他那一脸的意气风发藏也藏不住，可见聂星痕待他不错。

想是真有紧急的军务，明尘远匆匆与聂星痕见礼之后，便从怀中掏出一份信报，附在他耳边私语了几句。

聂星痕眉峰一蹙，继而挥了挥手："知道了，你先回宫。"

"是。"明尘远恭敬地回道，这才顾得上向微浓行礼，临去前又深深地看了连鸿一眼。

微浓也顺着他的视线看去，只见连鸿正目不转睛地盯着门口，那里明尘远挺拔的背影一晃而过，消失在了门外连廊的拐角处。

微浓看得清清楚楚，明尘远临去前的一眼别有深意，但更有深意的是连鸿的眼神。

显然聂星痕也发现了端倪，却没多问，只将信报展开来看。看了半晌，又从中抽出两张纸递给微浓："此事你也该知晓。"

微浓大致浏览了一遍，才知宁王已昭告天下，道是从民间寻回了王孙原湛，特立为王储，赐婚当朝护国公之女。

此事在微浓的意料之中，她只是有些担心璎珞。但想想自己是个外人，也没什么立场过问，便将信报叠好，还给了聂星痕。

再看连鸿，他仍旧望着门口的连廊，面有难色。

聂星痕也看见了，遂无奈地笑叹：“好了连卿，我知道你的意思。”

连鸿回过神来，神色郑重地道：“微臣已向您进言过两次，为了这江山社稷，还望您对此事上心。”

聂星痕敷衍地一摆手：“嗯，知道了。”

微浓听得一头雾水，忍不住询问：“怎么？明将军有难？”

聂星痕笑了笑：“连卿对我说，仲泽脑后有反骨，恐会威胁我的大业。”他话语随意，显然没将此事放在心上。

仲泽是明尘远的表字，说他有反骨，漫说聂星痕不相信，微浓也不相信。他和聂星痕两人从小一起长大，同吃苦共患难，同病相怜心事互通，比亲兄弟的感情还深。聂星痕在这世上最信任的人，恐怕非明尘远莫属，而明尘远为了帮聂星痕上位，更不惜与父兄反目，与亲者断绝往来。

这样同生共死的交情，明尘远怎么可能会有反心？他至多恃宠而骄罢了。

如此想着，微浓也是一笑了之，心里却好受许多。倘若连鸿对明尘远看走了眼，别的事情也未必算得准吧。

连鸿见他二人俱是一脸的不相信，心中大感无奈，忍不住重申：“微臣与明将军没有私怨，所言句句属实，从面相上看，明将军真的会有二心。”

聂星痕没往下接话，不置可否。

连鸿见状摇头再劝：“殿下，他与您命中相克，迟早会毁掉您一手创下的基业！”

“哪有那么多相克之理？”聂星痕像听了个笑话，“我与微浓命中相克，与仲泽也相克，我身边统共就这么两个人，若都与我相克，我岂不是天煞孤星？”

“微臣并非此意。”连鸿自知失言，又见聂星痕不以为意，也没敢再多说什么。

“若是因为钦天监的一句话，我便随意处置心腹重臣，岂不要让朝野上下寒心？”聂星痕如此回应，也算是安慰连鸿。

微浓深以为然。钦天监的职责是观天象推历法，至于命数之事太过玄虚，若是君王过于笃信，以一言断定朝臣生死，那钦天监岂非权力过大？聂星痕也就是个昏君了。

“娘娘也是分毫不信吗？”连鸿攻不破聂星痕，转而攻向微浓。

“信什么？”

“微臣的推演。”

“荒唐无比，恕难相信。”微浓看着他手上的批语，其实心里是有些生气的。这个连鸿轻易判定了她的一生，还如此草率地给明尘远定了谋反大罪。

然而连鸿也并非示弱之人：“不如这样，娘娘在心中求问一事，微臣斗胆为您推算一次，您再断言信或不信，如何？”

“连监正可真是执着。”微浓失笑。

连鸿直白地道：“头一次您不信，也许是微臣措辞不当，惹您不快。但恕微臣斗胆，不能见您污蔑推演之术。”

他像是铁了心要让她相信，固执地走到命盘前面，伸手相请。

微浓第一反应是拒绝，但余光瞥见聂星痕，只见他似笑非笑，好似料定她会逃避一般。于是她改变主意走到命盘之前：“也好，有劳监正了。”

连鸿又问：“您是求人还是求事？”

“求人。”

连鸿指着命盘：“请您在心中默念此人姓名，同时推动命盘，待命盘停下之后，将所求之人的生辰八字告诉微臣。”

“好。”微浓依言而行，报出云辰的生辰八字。

连鸿默默推算片刻，又去翻了几本书，才道：“此人亲缘淡薄，有奇才，但英年早逝。”

微浓闻言微讶：“那他如今是生是死？”

“已不在人世。”

微浓心中大为疑惑。她报的是云辰的八字，而非楚璃的。从八字上看，云辰分明要比楚璃小一岁，且如今活得好好的。这个批语若说的是楚璃，自然奇准无比；但若是指云辰，那就不准了。

除非真正的云辰已死，如今的云辰是假的。这倒也符合聂星痕的推断，云辰是楚珩假扮。

想到此处，微浓又道：“我再求一事。”

连鸿朝她指了指命盘：“命盘是算人命的，问事亦可，但只有判语，没有命格批语。”

“好。”微浓一口应下，再次推动命盘。

这一次不用推算八字，连鸿给出的答案极快，是一首判语：

花非花，雾非雾，夜半来，天明去。

来如春梦几多时？去似朝云无觅处。

微浓看了一遍判语，又是一惊。她方才心中所问，是云辰和楚璃的关系，而这字面上的意思模棱两可，颇有玄虚。

“还请监正解批。”微浓神色沉敛，已不复方才的随意。

连鸿执起判语看了看，大致说道：“从字面上看，您若问旧事，已经‘无觅处’了；若问来日，或可一期，但‘花非花，雾非雾’，意即真假难辨。”

听到此处，微浓心中更加疑惑：“还有别的指教吗？”

连鸿又认真地读了一遍判语：“此诗隐喻青楼女子，您心中所问之事，去青楼或能解出一二。”

青楼？微浓突然想起云辰常去的晚香楼。难道那里会有什么线索？

“怎么？你又相信了？”聂星痕见她或追问不休，或疑惑不语，忍不住问道。

微浓想起连鸿给聂星痕的批语，心中猛地一酸，立即否认：“不，我还是不信。”

聂星痕笑了：“看你算了半晌，我也来了兴趣，不如我也问一事，让连卿批算？”

连鸿自信满满地指着命盘：“殿下请。”

聂星痕低头看了看命盘，突然一把拉过微浓的手，强迫她和自己一起推动命盘手柄。微浓猝不及防，再想收手，却被他牢牢握住不放，只得和他一起推动命盘。

“问事。”聂星痕像是故意刁难连鸿，闲闲地道，手却一直握着微浓的手不曾放开。

“这一局不算！”微浓立刻插话。

话音刚落，连鸿已开始在红色签纸上提笔写字，边写边回：“能算。”

连鸿写字极快，须臾，便将两张签纸分别递给聂星痕和微浓：“殿下乃阳，娘娘是阴，故一个命盘也有两种解法。这是您两位的判语。”

聂星痕接过一看，自己这偌大的签纸上是一首古诗：

帝者化八极，养万物，和阴阳。阴阳和，凤至河洛翔。

他默念了一遍，满意地笑了，再去看微浓的批语，不禁笑意更浓。微浓的签纸上写着：

植梧期凤至，望月待潮生。

聂星痕将两张签纸放在一起比对，发现有一个共同的字眼——凤至。

从钦天监出来，微浓一直沉默不语，反倒是聂星痕的心情不错。回宫的车辇上，他故意问她："你知道我所问何事吗？"

微浓脱口而出："不想知道。"

聂星痕笑而不语，也没再过问她的心事。

其实即便聂星痕不说，微浓也能猜到他问了什么。"阴阳和，凤至河洛翔"，这两句实在太明显了！

而自己的判语"植梧期凤至，望月待潮生"的意思是……

微浓不禁在心底叹息，她来时原本打算好了，无论钦天监推算出什么结果，她都一概不信。然而，这一遭到底还是来错了。

聂星痕见她一直闷闷不乐，笑问："怎么？还对连鸿的批语耿耿于怀呢？"

微浓眨了眨长睫，故作随意："并没有。这种怪力乱神之事，我从不相信。"

"其实你相信了，但你故意说不信，是怕我难受？"

微浓睁大眼睛："我怕你难受什么？"

"自然是连鸿合出的八字结果。"聂星痕眸底漾出一丝光芒，比这天际晚霞还要灿艳几分，带着不可言说的魅惑。

微浓挑着眉，状若无意地问："你真的一点也不信？你不怕我克你？"

聂星痕嗤笑："我刚出生时，钦天监曾说我'绝非正统'，还说聂星逸'自有后福'。你看如今怎样？"

"这么说来，确实不可信。"微浓勉强一笑，笑容渐渐僵在脸上。在聂星痕发现之前，她适时转头看向车窗外，轻声地道，"今日连监正说，初限是你克我，其实想想挺有道理的。"

聂星痕眉目一凛，神色骤然低落。

"你娶我真的与皇后命格无关？"她平复心情，再次看向他。

"无关。"他斩钉截铁地回。

微浓的脸上慢慢漾起一抹苦笑："可是我这一身的伤，怕是这辈子都无法生育子嗣了。"

“别乱想，”聂星痕的神色紧了一紧，“没有一个御医说过此话。”

“我若真的不能生育呢？”微浓追问

聂星痕认真思索片刻，回道：“我可以向你保证，绝不纳妾。”

“真是让我无法拒绝的回答。”微浓缓缓合上双眸，轻叹一声，“我想去璇玑宫养伤，等你遣散了所有姬妾，再接我回宫吧。”

冬至过后，聂星痕亲自送微浓去千霞山璇玑宫，随行的御医、宫人、侍卫足有百余人。

聂星痕原本要将晓馨也带上，但被微浓拒绝了，他也没再勉强。

“给我两个月的时间，正月过后，我风风光光地迎你回去。”聂星痕临走前道。

“你明日差人把峨眉刺送过来吧，我想练练手。”

“不行，你身子未愈。”

“正因身子不好，我才要强身健体。”微浓笑了，“再者我也没有防身之器了。”

“好。”聂星痕的神情万分柔和，并没有询问惊鸿剑的下落。

有些事，他们都在刻意回避。不是不想追问，而是这好不容易才愈合的感情需要他们小心翼翼地去对待。他们都不愿再让这感情平添伤痕，于是只好装作若无其事，装作无心探究。

一整个腊月，聂星痕来看过微浓两次，明连翩也来过一次。微浓听她说起，聂星痕已开始着手登基，并在朝中广布消息，说钦天监测算出废后暮氏乃皇后命格，有助王成大业。

不过他没有立刻提出迎娶废后，因此朝内虽有不满，倒也无人明说。微浓盘算着时日，推测聂星痕应该会在正月之后才表态。

而令她欣喜的是，自己的伤口愈合得极快，待到年关，她的伤口已经完全长好了。只是那满背的疤痕太过狰狞，怕是终生难去掉了。

在璇玑宫的日子看似平淡，却过得不慢，转眼除夕已至。这两年来，聂星逸名义上虽是燕王，实则已称病避居，百姓也并没有将这个毫无建树的燕王放在眼里。反而是聂星痕自大破楚国之后，成了燕国百姓心中的战神，威望与日俱增。

故而除夕夜当晚，聂星痕作为燕国实际的掌权者，登上了城楼与民同庆。只是他的一颗心早已飞去了璇玑宫，总怕微浓独自守岁太过寂寞，因而在南城楼上做了做样子，便快马飞驰去了千霞山。

一到璇玑宫，他便迫不及待地去找微浓。可令他难以置信的是，那烛火摇曳的屋内竟是空无一人，唯有一纸书信，寥寥数字：

心愿未偿，不敢言嫁，自此长别，生死各安。连鸿有异，批语莫信，前尘尽忘，天涯勿念。

微浓字

聂星痕捏起这张纸，一字一句地读了好几遍。他在璇玑宫里慢慢地走着，把所有屋子都看过一遍，才发现微浓什么都没带走，只带走了那双峨眉刺。

自此长别，生死各安。前尘尽忘，天涯勿念。他缓慢地将纸张叠起，放在烛火上燃烧，看着它一点一点被火舌吞没，最终化为一片灰烬。

就像他全然捧出的一颗真心，竭尽全力去呵护，却终究没能填补往事的裂痕，眼睁睁看它灰飞烟灭。

"殿下！"京畿将军突然在此时闯了进来，神色忐忑，气喘吁吁。

聂星痕望着那堆燃尽的纸灰，面无表情地吐出一个字："讲。"

"禀殿下，日落之前，有一男一女强行闯出北城门，说是有紧急军务。那女子身负禁卫军令牌，又有宫中文牒，守城侍卫不敢不放行。"

聂星痕就站在烛火的阴影里，表情晦暗难辨："人都放了，还说什么？"

京畿将军惶恐地低下头去："是微臣失职，方才也已查明那男子的身份，是民间游侠冀凤致。"

冀凤致。

凤至。原来批语是这个意思。

聂星痕沉默无语，在原地站了良久，突然一掌劈开面前的桌案，转身离开。

徒留京畿将军跪在地上瑟瑟发抖，身上蒙了一层纸灰。

除夕之夜暗得深沉，这璇玑宫仿如至深至寒的旋涡，似能将人卷入其中，摔得粉身碎骨。

一个时辰前。

微浓与冀凤致快马出了京州城，赶在日落时分投宿客栈。

"你真要去找姜王后？"冀凤致最后一遍确认爱徒的心意。

微浓坚定地点了点头。前段日子她伤势未愈，分不出心神考虑太多，但这段时日身子大好，她反复回忆那天遇袭的情形，心头疑虑越积越多。她相信聂星痕没有骗她，但有些内情，聂星痕也未必全都清楚。

犹记得她在璇玑宫修道时，曾与楚珩私下见过一次。当时楚珩明明白白地表过态，绝对不会伤害她。而这件事聂星痕并不知情，他理所应当地认为楚王室都恨她入骨，所以才认定是楚珩假扮云辰，对她下了毒手。

可倘若云辰真是楚珩，拒不认她也就罢了，又怎么可能再派人来杀她？既然不是云辰的意思，那么他写下“去姜国”三个字，就是在暗示自己去找姜王后。

会是姜王后自作主张布下杀招吗？可姜王后曾授意连阔为她解毒，又怎会不知她早已百毒不侵？她遇袭之时，那人分明是想让毒虫把她毒死，绝对是不知情的样子。

倘若不是姜王后的意思，也不是云辰的意思，那还有谁能使唤得动云辰身边的侍卫？如果真是一招嫁祸之计，又是谁非要杀她不可？

她有太多的疑问想要解答，有太多的执念需要解开，眼前越是迷雾重重，她越想知道其中的奥秘。

“云辰的身份不查清楚，我寝食难安。还有我这一身的伤，总不能不明不白地受下。”微浓握紧手中酒杯，轻笑一声，“今夜除夕，不提这些事了，我敬师父一杯，多谢您千里相救。”

冀凤致叹了口气，与微浓碰杯对饮。他最清楚爱徒与聂星痕的感情纠葛，不禁唏嘘地问：“你这一走，可就再也没有回头路了，真的不后悔？”

微浓望向客栈门外那喜庆的灯笼，轻“嗯”一声。

冀凤致想到她几易身份，又是缓缓摇头：“方才咱们蒙骗出城，士兵们必定印象深刻。一旦聂星痕下令追查，他们第一个便会怀疑咱们。你不怕被捉回去？”

“他不会的。”微浓定定地望着案上的酒杯，笃定地笑，“他不会再追来了。”

面对她如此决绝的欺骗，他身为男人的骄傲，身为君王的尊严，都不会允许他再追来。

这样也好，他可以离那句批语远一点。

微浓自斟一杯，仰首一饮而尽。

他的前二十四年，与她相恋，送她入宫，举荐她和亲，杀了她的夫君……自从与他相识，她的命途一直很坎坷。

而这二十四年里，他却从燕王庶子一跃成为掌权者，铲除了赫连璧月和明相一党，压制了聂星逸，成为燕国实实在在的摄政王，风光无限。

聂星痕的初限，的确是在处处克她。然则以后呢？他今年恰好二十五岁，步入中限，他们之间难道真要反过来？

她会怎么克他？让他情场失意？让他丢了王位？让他输了天下？或是害他没了性命？

微浓狠狠地闭上双眼，竟不敢再想下去。即便猜到连鸿或许受人指使，可她心结已生，从前那自傲的“不信命”，如今都成了如履薄冰。

还是算了吧！这本就是个错误，而他愿冒生命之险娶她，她会一直记得。

但也只是记得而已。

爱太沉重，恨太受伤。原本想要一生一世记住的爱恨，终究是要消失在这漫漫时光之中，化为一段无从述说的回忆，一句不能出口的叹息。

聂星痕，从你救我的那一刻起，我们两清了。

如此想着，微浓又给自己倒上一杯酒，正要饮尽，却被冀风致拦住：“你伤刚好，不要逞强。”

微浓摇了摇手边的酒壶，笑道：“想喝也没的喝了。”言罢还是饮了下去。

酒入愁肠，周身升起一阵暖意，多少也抵御了些腊月的寒凉。微浓用仅剩的几滴酒在案上写下“风至”二字，托腮笑道：“连先生的弟子真是各个身怀绝技。”

冀风致不知其中内情，一头雾水地问：“什么？”

“没什么。”微浓拂拭掉案上酒痕，再笑，“这个正月，看来咱们要在路上度过了。”

“当……当……”附近不知哪里传来阵阵钟声，打断了师徒两人的思绪。客栈里随即响起一片欢呼声，是除夕已过，新的一年终于来临。

微浓蓦然发现，自己二十四岁了。

（上册完）

帝凰途

| 中 |

婳璃·著

龙困浅滩，凤凰涅槃

中国華僑出版社
北京

目录 | CONTENTS

第二十一章

双生子诞，必有国难

当初春的微风拂面而过，微浓和冀凤致终于穿越了十万大山。这时正值冬季，万物蛰伏，冀凤致行走江湖经验丰富，微浓又是百毒不侵，因此师徒二人赶路有恃无恐。

冀凤致是个奇怪之人。行走江湖数十载，号称“江湖第一游侠”，年过不惑却是孑然一身，无妻无子。他生平自创的两套绝学也是相克的：先创了一套峨眉刺招式，因他名中有个“凤”字，便取名“与凤还巢”；后来又创了一套克制“与凤还巢”的剑法，名曰“游龙逐日”。

微浓还记得，十九年前师父途经房州，偶遇五岁的她，说她“骨骼清奇，筋骨极佳”，想收她为徒。姨丈、姨母自然欢喜不已，当即让她拜师学艺，师父问她想学哪一套招式，她想学更厉害的“游龙逐日”，但师父却又说她“资质不够”。

当时她就觉得奇怪，师父明明夸她“骨骼清奇，筋骨极佳”，怎么又说她“资质不够”？

这一次与师父重逢，她才终于解开了多年的疑惑——如她所料，她的亲生父亲良夜，原名夜凉晨，与师父冀凤致同出墨门。当年她意外出生，父亲无法前来相认，便请求师弟冀凤致代行父职，传授她武艺绝学。什么“骨骼清奇，筋骨极佳”，都是师父胡诌的，她不过是个资质平庸的小女孩罢了。

身世闹过一场乌龙，微浓原本怨恨父亲的怯懦，但随着拜师的真相浮出水面，那一点怨恨也消散无踪了。她已不想沉湎在过往里，如今她只想抓住眼前，抓住云辰写下的三个字——去姜国。

姜国境内林木繁茂，百姓对大自然又敬又畏，因此国内城池的名字一律与树木有关。譬如十万大山脚下的落叶城，还有他们即将抵达的姜国国都——苍榆城。

来时路上，师徒两个早已商量好，打算让连庸引荐他们去见姜王后。但只要想起他的弟子连鸿正在燕国为官，不知怎的，微浓心里又有些抗拒。

冀凤致猜到了她的心思，便宽慰道："连鸿是不是宁国细作尚待考证。他若真是祁湛安插的人，又何苦为了我暴露身份？也许他真的料事如神，算出我到了燕国呢？"

微浓正是考虑到这一点，才没对聂星痕说得那么明白，只告诉他"连鸿有异"，让他提高戒备。不过，她倒希望连鸿是宁国细作，如此一来，她便可以说服自己，那些批语全都是别有用心的。

在连庸的安排下，微浓和冀凤致只等了十天，便见到了姜王后。很久之前，微浓便听说她驻颜有术，可饶是如此，见到她本人时，微浓还是大吃一惊。

眼前这位王后娘娘闺名楚瑶，亦曾是楚国的大公主。毫无例外，她也继承了楚王室的好样貌和好气质，冰肌莹彻，端丽冠绝，举手投足间充满贵气。算起来，她将近四十岁了，可肌肤却如上了釉的白瓷一般细腻光洁，丝毫不见风霜之色，看起来至多二十出头。

若不是发髻上那顶蛇形后冠，还有腰间的蛇纹描金腰带，很难想象如此风姿的她竟会是一位铁腕王后。

许是习惯了众人赞叹的目光，面对微浓的打量，姜王后只是微微笑着，毫无骄奢之色。与此同时，她也在打量微浓。

"说来微浓姑娘也该是我的弟媳，只可惜造化弄人。"姜王后面上浮起一丝淡淡的哀伤，称呼上却与她划清了界限。

"能成为楚璃的妻子，是我一生最大的荣幸。"微浓亦是伤感。

姜王后闻言面露欣慰之色，缓缓点头："不枉他待你这么好，临终前还想着你。"

"临终"二字一出口，微浓心头顿时"咯噔"一声，不自觉地脱口而出："那云辰是……"

姜王后叹了口气："他是珩弟。"

虽然早已预料到了这个答案，但微浓还是不肯相信。这是何等机密之事，姜王后不该如此轻易就告诉自己！而且云辰那张脸，那气度，那举止……实在与楚璃太像了！

姜王后看她不愿相信，又是轻轻一叹："事到如今我也不瞒你了，个中内情要从四十年前说起。"

姜王后的目光忽然变得很悠远，引着微浓和冀凤致陷入一段沉沉往事之中："多年以来，楚国流传着一桩佳话——我父王与母后鹣鲽情深，我们姐弟六人一母同胞……

"其实不然，我并非母后亲生。"姜王后坦然相告，"我父王和母后鹣鲽情深是真，但我却是教养宫女所出。当时母后嫁入东宫四个月，而我亲生母亲已有三个月身孕。太子新婚期间传出丑闻，折辱王室的颜面，母后便顺水推舟假装有孕，主动认下我，又将我的亲生母亲秘密处死。"

所谓教养宫女，是宫中教导王子男女之事的宫女，往往是承过宠而无封之人。她们既受过王恩，出宫已是不可能了，其中性情好的女子便会被派去给王子们"启蒙"。说得难听些，就是同侍父子二人。

这样的宫女，往往都是赐过药的，不会再有身孕。而且在王子娶妻纳妃之后，她们也就失去了作用，运气好一些的，王子念个旧情，替她们谋个差事；运气差一些的，只好在宫里自生自灭了。虽然荒诞又残忍，但这已是流传了千百年的规矩，谁若坏了这规矩，便是有违礼制。

可楚璃的父亲——当时的楚太子既然已经娶了正妃，怎么还会与教养宫女继续厮混？即便太子妃有什么隐疾，可放眼整个东宫都是太子的人，他怎么就让教养宫女有了身孕？微浓愕然之余，实在难以将这荒唐事与楚王清峻的面孔联系起来。

姜王后看到微浓的表情，面上露出一抹讽刺："其实母后这么做无可厚非，一则她不想让父王的长子、长女落在别人头上，二则她也是为了遮掩这桩丑事。因为此事，王祖父对母后赞不绝口，我父王也对她百依百顺，从此令她椒房专宠。

"我幼年时，对这些事情一无所知，想着自己是父王和母后唯一的孩子，不知有多骄纵。后来我懂事了，才觉得奇怪。宫里既没有嬷嬷教我宫规，也没人教我读书、女红……"姜王后说到此处，颇为遗憾地叹了口气，"我当时毕竟年幼，根本想不到其中内情，便被生生耽误了。及至十岁，诗书、礼仪一样没学，性子也渐渐野了，外人还道是父王和母后宠溺我。

"说来倒也奇怪，这期间我母后曾有过两次身孕，均是小产。她便怀疑是我出身低微妨碍了她，要找个理由将我赶去别宫。我自然不肯，在宫里大闹了一场，将母后气晕了。她这一晕，却被御医再次诊出了身孕。"

姜王后看向微浓，忽然露出一抹奇异的笑："而且，她还怀了双生子。这一下子，我从灾星变成了福星。"

"双生子！"至此，微浓终于明白姜王后要说什么了。这可是天大的喜事，为何对外却说，楚璃和楚珩相差一岁半？微浓难掩疑惑之色，本欲插问一句，可想到姜王后此刻的心情，决定继续当个倾听者。

姜王后见她欲言又止，便幽幽续道："当时父王才刚登基，母后就怀了双生子，本是宫里一件喜事。父王怕母后再次小产，便在宫中大做法事。但没过多久，诊出母后怀有双生子的两名御医相继获罪，说是诊断有误，母后有孕是真，但并非双生子。万幸的是，母后一举得男，父王当即册立其为太子。这个孩子就是复熙。"

复熙，是楚璃的表字。寻常人家的男子一般都在弱冠之时由长辈赐字，但王室宗亲通常会早一些，十三四岁通了人事，或是定了亲，便会取表字。

姜王后沉浸在了回忆之中："宫里有了太子，所有人都围着他转。我还是以养病为由被送去别宫，这一走就是四年……直到我及笄之前重回宫中，才晓得母后又添了珩弟。我原本以为父王终于记起我了，谁知他是打算为我议亲。

"我当时心想，嫁出去也好，只要我将两个弟弟照顾好了，父王必定会为我说一门好亲事。于是我尽心尽力地照顾复熙，但我没见过珩弟，父王说他早产体弱，已将他送去长生观抚养，要到五岁之后才能回来。"

姜王后话到此处突然停顿，别具深意地看向微浓："你猜出来了吗？"

微浓沉默，事到如今还有什么好猜的，姜王后已经说得如此清楚了。当年楚后怀的必定是双生子，却不知为何要掩人耳目，改口称只怀了楚璃。世人都是信坏不信好的，所以宫人们必会相信是御医诊断有误。

楚后偷偷生下了双生子，随后将楚珩秘密送去长生观抚养，又怕年幼的楚瑶发现，便以养病为由将她送去别宫。直到一年多后，楚后又谎称再次怀孕生子，才给了楚珩光明正大的身份。

孩子年幼之时，相差一岁便甚是显眼，越大越不容易看出年纪。所以楚王将楚珩送去了道观抚养，直至他五岁之后才接了回来。其实他当时已经和楚璃一样六岁多了，但小孩子长得快很正常，对外宣称五岁也能瞒得过去。再者同父同母的兄弟两人，长相相似也不为过，谁也不会怀疑他们是双生子。

可令微浓不解的是，双生子明明是大吉大利之事，楚王和王后为何要瞒着，再给楚珩安插另一个身份？微浓如此想着，便将这疑问说了出来。

姜王后闻言叹道："这也是我离开楚国的根本缘由。"她转过身去，背对微浓，抚摩着手边的鎏金桌案，“珩弟刚回宫时，我因没见过这个弟弟，便偷偷跑去看他。当时他在午睡，我把他逗弄哭了，怕被嬷嬷发现，便躲在床榻下头。谁知母后竟亲自来哄珩弟，没过多久父王也来了，命人将珩弟抱出去，要和母后密谈。”

姜王后说到此处，竟又沉默许久：“他们说着话，我在床下偷听，才知六年前母后的确怀了双生子。但钦天监和几位高人同时测算出一个预言……

“双生子诞，必有国难。”姜王后重重地道出玄机。

“双生子诞，必有国难。”微浓不禁呢喃着，心头忽地一窒。

姜王后亦是苦笑：“当初父王害怕预言成真，便想让母后将孩子打掉。可母后先前已有过两次小产，这次又怀了双生子，一旦落胎极有可能终身不孕。两人商量着如何避开钦天监的预言，最终想出这个法子，让珩弟改了生辰。”

“这岂不是自欺欺人？”微浓终于忍不住评价。若非知道楚国的结局，她几乎要嘲笑这个荒唐的法子。

姜王后却能够体谅：“虎毒尚且不食子，有哪个父母愿意将自己的孩子杀掉？更何况还是为了一个渺茫未知的预言。这也算是折中之法吧！”

是啊！换成任何一对父母，大约都会如此吧！微浓追问：“然后呢？”

“然后？”姜王后又转过身来，目色平静，波澜不惊，“然后我知道了这段秘密，简直寝食难安，最终做出了一个决定——杀了珩弟。”

微浓大惊失色：“他是您的亲弟弟！”

“我知道，但我当时性子早就野了，根本不知伦常、礼仪为何物。”姜王后微微垂下双眸，“我只知道我是楚国的大公主，我不能让楚国蒙难。既然父王和母后下不了手，就让我来代劳。”

微浓突然想起聂星痕说过，楚珩的左脸早就破了相，她立刻问道：“那楚珩脸上的伤……”

“是我烧的。”姜王后坦然承认，“某个午后，我借口去看珩弟，踢飞了桌案上的油灯，我甚至假装自己被偷袭，晕倒在珩弟的屋子里。等侍卫发现之时，整张床榻已经烧着了，珩弟坐在床上大哭，我和嬷嬷都昏倒在他身边。”

踢飞油灯、火烧床榻……微浓觉得这个计策很熟悉。五年前，在燕、楚边境的驿站里，她第一次试图杀聂星痕的时候，他就是这样做的。

可那时聂星痕已过弱冠，手段自然不在话下。楚瑶当时才多大？一个十五六岁的少女，能想到如此手段，真是不容小觑！也难怪她一个异族女子能坐上王后之位，而且还是在如此排外的姜国。

后面的事不用说，微浓大约也能猜到了。必定是楚珩没死，东窗事发，楚后要为儿子报仇，楚王也要杀楚瑶灭口，掩盖双生子的事实。无奈之下，她只好逃离楚国，求得姜王庇护，最终当上了姜国王后。

这就是当年楚国大公主与楚王决裂的原因，牵涉到了这样一段宫闱秘事。难怪自己做了三年的楚太子妃，人人都对大公主楚瑶讳莫如深，而楚珩也早早封侯出宫，鲜少在宫中露面。

这些内情，楚璃当初知不知情？他若知道，心里又是怎么想的？

而到了此刻，姜王后平静的情绪也终于被打破，就如那白釉瓷面上突然裂开一道细痕，然后渐渐扩大，终致粉身碎骨："在父王派人追杀我时，我才晓得自己的身世。难道就因为我生母低贱，我就活该低人一等？那楚珩呢？他是王子，是王后所生，他就能遇难成祥？即便危及江山，父王也不愿意放弃他？"

被亲生父亲派兵追杀，从安享富贵的公主变成孤身逃亡的弃女，微浓能体会楚瑶当时的心情。

一桩宫闱秘史，牵涉到国祚根基，任谁是楚王，大约都会选择牺牲庶出的女儿，保住嫡出的儿子吧！这就是可笑的命运！

但显然姜王后一直不能释怀，又窃窃地笑了起来，美眸中闪过凌厉之色："你可知道，从离开楚国的那一刻起，我就发誓，我要摆脱这卑贱的出身，我要亲眼看到他们遭受报应，看那预言何时成真！"

是啊，那预言真的成真了！十余年后，太子楚璃已近弱冠之龄，提出要和燕国联姻。楚王想起那条预言，便同意了联姻之策，想给自己留条后路。于是，楚太子妃的宝座给了她这个燕国女子，即便她只是个私生女，即便她迟迟没和楚璃圆房，楚王也给予了她最大的宽容。

微浓如今已经知道，即便没有聂星痕的举荐，当年楚璃要娶的人也是她。可她若是没有嫁过来，是不是一切就会不一样？聂星痕就不会主动请缨？楚璃就不会死？楚国就不会亡？

可这恰好就是楚璃的选择，然后她嫁了，然后聂星痕攻来了……

双生子诞，必有国难。

冥冥之中，好像有一只看不见的手，将一切人和事牵连在了一起，做成了一个无解之局。环环相扣，生死相系。

"那云辰这个身份从何而来？"微浓从往事中惊醒，问出了最重要的事，"我曾看过他的来历，不像造假。"

"云辰确有其人，"姜王后淡淡叹道，"他是宁国宰相遗弃的孙子，师承高人，有经天纬地之才。不过，当我慕名去十万大山拜访他时，他已不久于人世了。”

“他病了？”

“是啊。”姜王后的语气颇为遗憾，“他一直以来的抱负，是让他母亲扬眉吐气。只可惜还没等到他出仕，云母就病逝了。他悲愤郁结，从前又是昼夜读书，早已将身子熬垮。当时珩弟在十万大山治疗脸伤，听说他的身世之后，便想顶替他的身份。他答应了，但提出一个条件，就是要珩弟在他死后照顾他的妹妹云潇。”

所以如今的云潇是真云潇，而云辰只是楚珩假扮，并不是楚璃死而复生。

这个事实令微浓难过、失望，但她还是存有疑惑，不愿死心：“王后娘娘可否告知，楚珩为何要顶替云辰去宁国？”

“若我说不知道，你信不信？”姜王后正色反问一句。

微浓没有接话，意思显而易见。

姜王后无奈一叹：“珩弟未曾与我交心。他到了姜国之后，只让我做了四件事——帮他恢复容貌，替他安排新身份，为他造势去宁国，借他一千万两银子。”

这四件事，以姜王后之力都不难办到。倘若楚珩真与她不甚亲近，他提出这四个条件也不算过分，至少姐弟一场，姜王后不会拒绝。微浓如此想着，也没再多问什么：“多谢王后娘娘相告，民女都记着了。”

姜王后自然听出她的敷衍之意，便也直白地道：“珩弟送信给我，是让我说清他的身份，好让你死心。”

言下之意，是让自己不要再去打扰云辰了。微浓抿着唇，没往下接话。

姜王后怜悯地看着她，软下口气：“你如此痴心执着，复熙他泉下有知，定也安慰了。但此事你最好不要再过问，珩弟自幼被压制，如今又遭遇国破家亡，身上戾气很重。”

戾气很重？微浓细细品味这四个字的意思。

姜王后看到她的反应，便知道她不会轻易死心，遂明示道：“你是个懂分寸的姑娘，为何总是要将自己置于险境？难道十万大山的教训还不够吗？”

“教训？”微浓猛然抬眸，眸中射出凛凛寒光。

姜王后被这目光震慑了一下，旋即面色恢复如常。

微浓见状，转而对冀凤致道：“师父，我有些话想单独对王后娘娘说，您先回客栈等我行吗？”

冀凤致眉目微蹙，似在斟酌。从见到姜王后以来，他未曾说过一句话，此刻也没有开口。

微浓见他不愿离去，遂故意笑道："王宫里守卫森严，师父不必担心。"

冀凤致看着她自信十足的笑容，终究是开了口，却意有所指："你在王后娘娘这里，为师自然不担心，怕就怕你在回客栈的路上，遭遇什么飞来横祸。"

"不会的。"微浓笃定地笑，又看了姜王后一眼，"王后娘娘定会派人保护我的。"

师徒两人一唱一和，自始至终，姜王后都毫无反应。

冀凤致却是点了点头，起身告辞。

他前脚刚一离开，微浓便直白地说道："杀我的人，是云辰身边的侍卫，竹风。我认得他。"

姜王后露出一丝隐晦的笑意："你想问什么？"

"很多，但恐怕娘娘不会再告诉我了。"微浓不卑不亢，抿了一口早已凉透的茶，直奔主题，"倘若民女没猜错，您不会让我们师徒再去宁国。"

"看来我方才一番口舌没有白费。"姜王后笑着承认。

"王后娘娘若想阻止，我们师徒也走不出苍榆城。"微浓早已认清事实。

姜王后笑意未改。

微浓从未像眼下这般清醒冷静过，也从未如这般忐忑不安过，今日她能不能走出姜王宫、能不能达到目的，就在这一刻了！

她用食指点了点手边的梅花小案，故作淡然地道："其实云辰去宁国的动机并不难猜。他一定是想借助宁国的力量，报仇复国。如今燕、宁两国已形成对峙的局面，只要他稍加挑唆，两国爆发战事，他就能借宁王之手铲除聂星痕。"

"这只是你的猜测而已，不是我说的。"姜王后不置可否。

事到如今，微浓实在不知道，这姐弟俩还有什么可隐瞒的。就连聂星痕都能猜到云辰是楚珩，难道别人还猜不到他改名换姓的目的？傻子都知道防范他了。

而至于宁王知道多少，微浓还真拿不准，可祁湛是见过楚璃真容的，想必也不会轻易打消疑虑。如此一分析，云辰目前虽无性命之忧，但前途未必明朗。

微浓便将自己的分析告知了姜王后。

可这个女人实在太难被说动，她仍旧不肯松口："即便珩弟情况堪忧，我又为何要相信你？你可别忘了，你是燕国人，我焉知你不会向聂星痕通风报信？"

微浓不能否认，自己被这句话问住了，这也是她如今最矛盾之处。她到底要站在哪一方？她到底该帮谁？但心底的这份犹豫，她并不打算让姜王后知晓。

"我不会参与他们的斗争，我只想救云辰一命。如今宁国王太孙原湛已经对他存有疑心，他没那么容易站住脚。”微浓顿了顿，劝说姜王后，“不瞒您说，我与原湛有些私交，我若说一句，也许他会信。”

私交？姜王后上下打量微浓一番，毫不掩饰讽刺之意：“看来复熙死后，你过得不错，有燕国摄政王撑腰，还与宁国王太孙相交。”

若是从前，微浓必定会迫不及待地辩解，声明自己对楚璃的忠贞。但眼下她不会了，反而会微妙地笑言：“那您也该明白，倘若我迟迟滞留姜国没有消息，这两位都不会袖手旁观。”

借力使力！姜王后忍不住要拊掌大赞，终于不敢再小看微浓。

微浓也再无顾忌：“只怪您太不高明，当初没让竹风一刀砍死我。”

“是你运气太好了。”姜王后亦是微笑，就像是在说着什么闺中之语，而不是在轻言定下一个人的生死。

“您不晓得我的性子，我是越挫越勇，不是知难而退。”微浓面色冷然，“既然您没有一击即中，我就不会再给您第二次机会。”

微浓此言一出，姜王后的笑意终于被打破，眼中渐渐显露出一丝杀意，异常刺眼。

微浓毫不怯懦：“我知道您能瞒过云辰，我也没打算告诉他这件事，毕竟您是为了保护他。”

姜王后美目微眯，在丹墀上看着微浓，微浓也在看着她。两个女人对视着，眼波隐动，恰如两片不可捉摸的大海，一个暗涛汹涌，一个波澜不惊，各不相让。

“你非去宁国不可？”

“是。”微浓态度坚定，“我知道，他不愿意让我去宁国，所以才让我来找您，想让您困住我。所以，我恳请您不要告诉他，让我悄悄地去。”

“你去了能做什么？”姜王后直白地问道，“倘若珩弟真要复仇，你帮不帮他？”

兜兜转转，还是这个问题，这个最棘手也最矛盾的问题。云辰的筹谋根本藏不住，迟早会有暴露的一天。真到那时候，他赢，则聂星痕死；聂星痕赢，则他死；或者他中途被宁王识破身份，那时宁王会放过他吗？

她该怎么做？云辰、聂星痕、祁湛，她该帮谁？

微浓想了很久，才敛容正色，缓缓答道：“我只能说，倘若他最终复仇失败，无论是落在宁国手里，还是落在燕国手里，我都会竭尽全力保他不死。”

说出这番话时，她突然想到了燕高宗聂旸。曾几何时，他逼着她嫁给聂星逸，也是做的这个打算——保输者不死。真要说那段经历带给她什么启迪，这就是最重要的一个。

聪明之人会在失败中汲取教训，化为前进的动力。还好，她醒悟得不算太晚。

此时此刻，微浓由衷地感谢燕王，开启了她人生中的第一次智慧之光。因为，她清楚地看到了姜王后面上的动摇之色。

一个时辰后，微浓返回客栈。冀凤致此时早已等急了，正计划着去打探消息，师徒两人便在客栈门口撞上了。眼见着正午已过，两人索性去街上下馆子。

“如何？姜王后没有为难你吧？”冀凤致边走边问。

微浓耸了耸肩：“您多心了。”

“方才她说的话，你信几分？”冀凤致又问。

“乍一听毫无破绽，但我不相信全是实话。”微浓说出自己的想法，“关于双生子的事，还有她出走的内情，大约都是实情。但其他的，我觉得蹊跷。”

“哪里蹊跷？”

“难道师父没发现，姜王后称楚璃为‘复熙’吗？”

冀凤致不大明白：“这有何不妥？楚太子的表字不是‘复熙’吗？”

“是‘复熙’没错，但楚璃是束发[1]之后才有了表字，而姜王后在他六岁那年就离开楚国了。”微浓蹙起蛾眉，“倘若姜王后与楚璃亲近，应该称他‘璃弟’才对，就像她叫楚珩为‘珩弟’。她怎么会叫楚璃的表字？”

冀凤致微一沉吟：“这倒也没什么，唤名字显亲昵，唤表字显尊敬。也许姜王后觉得自己已脱离楚王室，而楚璃又是一国太子，不方便再称呼他的名字了。”

这么想也对，微浓似被说服了，转而又道：“还有一个疑点，是关于惊鸿剑的。那把剑一直藏在楚王宫的天禄阁里，除了楚璃没人动过。后来因缘际会之下，楚璃将它赠给了我。按道理而言，这件事应该没人知道。但我去年夜探云府，曾与云辰交过手，当时我穿着夜行衣，云辰没认出我来，可我一亮出惊鸿剑，他立刻停了手。”

冀凤致明白了她的意思：“你是说，云辰知道惊鸿剑在你手里？他凭着这把剑认出了你？”

微浓连连点头，不禁回想起当时的情形，继续推断：“这不是很奇怪吗？倘若云辰是楚珩，他又怎知惊鸿剑在我手里？”

①束发：古代指男子十五岁。

“也许楚珩后来见过楚璃，是楚璃告诉他的？”冀凤致提出异议。

微浓摇了摇头：“不大可能。好端端的，他们兄弟为何要说起惊鸿剑？”

“你不能想得这么绝对。”冀凤致怕她钻进牛角尖，忙道，“也许是楚璃临终之前托付楚珩照顾你，便将惊鸿剑的事告诉他了。”

微浓直觉上感到不对劲，但又说不出哪里不对，蹙着眉头，没再多言。

冀凤致也知道自己打击了她，但又怕她堕入魔障。眼见爱徒的失望之意越来越浓，他只好转移开话题：“姜王后的话半真半假，你这一时半会儿能想出什么？还是先找个地方用饭吧。”

他刚一说完，两人便路过了一间饭馆，冀凤致遂指了指：“就这家吧！”

“好。”微浓心思不在这上头，随口应道。

冀凤致率先迈步入内，微浓随后跟上，但却心不在焉，与人撞了个满怀。而就是这一撞，似撞开了她的灵台，她脑中忽然闪现出一个异想天开的念头，失声喊道：“师父！”

冀凤致还以为她受了伤，连忙跑回来：“怎么了？”

微浓难以遏制面容上的异样光彩，紧紧抓着冀凤致的手，一把将他拉出门外：“有没有一种可能，当年死的是楚珩呢？他们是双生子，也许当年出过什么意外，楚珩代替楚璃上了战场，被聂星痕射杀了。楚王为了保住楚璃，便顺水推舟，对外宣称他死了？”

毕竟以聂星痕的做派，不杀了楚璃是不会善罢甘休的。既然楚国兵败在所难免，何不用计将楚璃保下来？只要这个儿子不死，楚国就还有机会！

微浓越想越觉得大有可能！

“这……”冀凤致看着她希冀的目光，忍不住提醒道，“你可别忘了，楚珩当时是破过相的。以聂星痕的谨慎，又怎会认错人？”

“万一楚珩戴着头盔呢？两军对垒，主帅们都离得很远，聂星痕极有可能会认错！”微浓抓着冀凤致的手指越发得紧，迫切地想要取得他的认同，“还有，会不会楚珩的脸早就治好了，但为了隐瞒双生子的身份，他才会一直假装破相？”

冀凤致觉得微浓的想法太无稽了，但一时竟找不到反驳的理由，只能问道：“你怎会这么想？”

“因为我在楚王宫生活了三年，只听说楚珩不爱露面，但从没听说他脸上有伤！”微浓大胆地说出自己的猜测，“连我都不知道楚璃和楚珩是双生子，燕国更不会有人知道！倘若楚珩脸上没有伤，他会不会替楚璃出战？”

这个猜测简直匪夷所思！可是大胆之中，竟又有那么一丝合情合理。冀凤致看着微浓兴奋的面容，幸而他还存有最后的理智，沉默片刻，道："你觉得楚璃会是这种人吗？眼睁睁地看着胞弟替他送死？"

一句质问，令微浓眸中的光彩霎时熄灭。

冀凤致继续泼她冷水："你的推测全凭想象。你若想知道云辰是谁，就该找到蛛丝马迹去佐证，而不是先断定他就是楚璃，再反过来找证据。眼下你根本不够理智！"

冀凤致话到此处，面露几分担忧："微浓，你若这样下去，我怕你会……"

"会变成一个疯子。"微浓接话，自我哂笑。

冀凤致拍了拍她，转身走回饭馆："先吃饭吧！"

微浓只得跟了进去。

因为方才的推断，微浓心里仍存有兴奋，而冀凤致则显得忧心忡忡。师徒两个相对无言吃完了饭，一时半刻也找不到什么话题，便决定返回客栈，从长计议。

然而还没走回客栈，冀凤致又突然想起来什么，转道去了一处赌坊，对微浓命道："你在外头等着，我进去问句话。"

微浓听着赌坊里高声的叫嚷，实在没有任何兴趣，百无聊赖地等在外头，思忖着师父是不是没钱了。

正想着，却见冀凤致又匆匆走了出来，微浓很是惊讶："这么快？"她说完这句话，才发现冀凤致的脸色极差，这一进一出之间，仿佛老了好几岁。

微浓大吃一惊："师父，您这是怎么了？"

冀凤致恍若未闻，抬头望着正北的方向，目光茫然而沧桑。

微浓是头一次见师父如此模样，不禁慌张起来："师父！您别吓我！"

冀凤致晃了晃身子，这才缓过神，幽幽地道："我得回一趟墨门，我师妹……去世了。"

师妹？墨门？微浓猛然想起一桩事来，祁湛的母亲就是墨门中人，是现任门主的亲妹妹，也是师父曾经的师妹。

"是祁湛的母亲去世了？"她忍不住问道。

"原来你都知道了。"冀凤致的目光仍旧茫然，面上渐渐溢出一丝悲戚。微浓清楚地看到，他的眼角泛出了泪光。

微浓想到祁湛母亲的遭遇：刺杀宁国太子失败，被宁国太子凌辱，被救出后意外有了身孕，被亲哥哥胁迫生下祁湛……而如今，祁湛又被送回宁王身边，成为了名正言顺的王位继承人。

这个女子的一生，从去刺杀的那一天开始，便走上了一条不归路。微浓能想象得到，她的日子是多么难熬，即便师父离开墨门了，可这份师兄妹的情谊还在，于情于理，师父的确是该回去看看。微浓有心安慰道："师父您……节哀。"

冀凤致合上双目，强忍着情绪，半晌才对微浓摆了摆手："你去找辆马车，送我回客栈。"

看来师父真是悲伤过度了！微浓不敢耽搁，连忙跑去雇了辆马车，护送冀凤致返回客栈。这一路上，冀凤致没再说一句话，一直闭着眼睛。

微浓心里猜想，师父一定是在回忆这个小师妹。她忍不住打量师父，忽然意识到他老人家已过了不惑之年，却依旧孑然一身。从前的浓眉染上了风霜之色，鬓角也隐隐有了白雪的痕迹，师父早已不是她记忆中的样子了。

自己将师父这个不问世事的游侠牵扯进来，真的对吗？自己是有了帮手，可他老人家呢？祁湛与他或多或少有些关联，面对几个晚辈的互相倾轧、国与国之间的风云筹谋，他的立场是什么？他能否受得住？

微浓感到很心酸，忍不住唾弃自己的自私："师父，要不我自己去宁国吧！"

冀凤致仍旧没睁眼，但声音已经平复许多："墨门也在宁国，你先陪我回去一趟。"

微浓犹豫一瞬："我这一去……就怕出不来了。"

"什么意思？"冀凤致睁开了双眼。

微浓踌躇着解释："我怕墨门门主已知道了我的身份，会阻止我去黎都……而且，云辰与祁湛不合，门主又是祁湛的舅舅，他定然是帮自家外甥的。"

祁湛的这位舅舅，就连亲妹妹都能胁迫，可见是个心狠手辣之人。自己的身份如此特殊，和燕、楚两国都有牵扯，万一他觉得自己奇货可居，将自己扣在墨门怎么办？微浓自认还没有那么傻，跑去自投罗网。

冀凤致想了想，也觉得微浓的顾虑不无道理，便道："那你先在幽州逛逛，等我办完了事，再和你一起去黎都。"

微浓却不想再把师父牵扯进去了："我还是自己去吧！当初我急着找您，是因为很久没有您的音信，也是想让您带我离开燕国。既然我如今已经成功脱身，余下的事情，我可以自行解决。"

冀凤致闻言默然片刻："我答应过你父亲要好好照顾你，这一趟危机重重，我怎能让你自己去？"

"可是，师父……"微浓还想再劝，但被冀凤致拦下了话头："我是一定要去黎都的，就算不为你，我也要去看看湛儿，把他母亲的遗物送过去。”

微浓听见这话，也只好住了口。

冀凤致又叹了口气：“倘若是湛儿当政，我一点也不担心你，可宁王还戳在那儿，你若有个万一，恐怕湛儿也保不住你。有我在，至少还能里应外合劫个狱，你说是不是？”

眼见师父能说玩笑话了，微浓这才稍稍放下心来：“咱们这一走，姜王后必定会给云辰修书。既然如此，咱们不如分开走，也能少引起他的注意。”

“你去黎都这事打算瞒着他？”

“不瞒着他，我还怎么查？”微浓干笑一声，“不仅要瞒着他，还得想法子瞒过宁王。否则，我又该被遣送回国了。”

微浓这话也有几分道理，况且冀凤致也不晓得这一趟去墨门自己要耽搁多久，于是便点头同意：“也好，你先去黎都等我，但在我去之前，你不能贸然行动。”

微浓连连点头：“吃一堑，长一智，我不会再那么冲动了。”

第二十二章

阴差阳错，身份更迭

师徒两人既已商量好，便立刻动身上路，待进了宁国幽州才分道扬镳。冀凤致转道去墨门，微浓则直奔宁国王都黎都城。

冀凤致怕微浓孤身上路会有意外，临别前给了她不少追踪粉，万一她在路上有个意外，他也能通过墨门施救。两人商量好，微浓会在黎都南城门外的福家客栈落脚，等待冀凤致前往会合。落脚在城门口有个好处——能及时发现城内动向，若有什么风吹草动也容易跑路。

三月底，微浓安然地穿过了幽州、闵州地界，抵达演州。越是靠近黎都，街市越是热闹繁华。演州的一大特色就是吃茶听曲，放眼望去，每条街上都遍布着大大小小的茶馆。

上一次去黎都时，微浓是和祁湛同路，祁湛虽是个杀手，却对吃喝玩乐甚是在行，微浓由他带着，也算见识了不少地方。但这一次微浓心里揣着事，故也没什么兴致四处游逛，便在上次祁湛推荐的客栈落了脚。

这家客栈的别致之处就在于，楼上两层是客房，楼下是饭馆子，菜色别致美味，还能听曲吃茶。最要紧的是，这里有专人照料马匹，她不必担心坐骑祥瑞饿肚子。

微浓安置好坐骑，又要了一间上房，眼看日将西落，便下了楼来吃晚饭。刚要了两个小菜，但听楼梯口传来“砰砰”几声响，有七八个人大摇大摆地下了楼，在她邻桌落了座。

微浓原本没在意他们，却无意间听到有个年轻人抱怨了一句：“这鬼地方连个雅间都没！破坏心情！”

然后有人低声请罪："公子爷恕罪，不然咱们换个地方？街尾有一家酒楼……"

"算了算了，老子快饿死了！没力气换地方！"

这人说话的声音明明很年轻，语气却如此跋扈……微浓循声看过去，恰好看见坐在她对面的一个少年垮着脸，正不耐烦地朝身边人摆手，方才出声抱怨的人就是他。

他只有十七八岁的年纪，明显是个大家公子，一张白净的脸庞十分俊秀，雌雄莫辨，浑身却散发着与他年纪不符的跋扈，引人注目。不过更令人瞩目的，是他的打扮——他穿着一件极其鲜亮的蓝色锦衣，上面绣满了孔雀翎纹，就连袍角都没有放过！他头上的束发冠是点翠而成，镶了满满一圈蓝宝石，在暮色的照映下泛着青蓝色的光芒，连额头都映得发青。而最滑稽的是，他腰间的锦带玉钩之上，同时坠着玉佩、香囊、荷包、扳指等精细物件，足有七八样，腰后还别了一把扇子。他打扮得如此花枝招展，乍一看，简直就像一只开屏的孔雀！

怎会有人穿成这个样子？真是可惜了他一副好皮囊。微浓如此想着，实在没有忍住，一下子笑出声来。

好在那只孔雀正在教训手下人，并没有注意到她的无礼。她再次偷偷看过去，见那只孔雀坐的是一张八仙桌，同桌的还有几个手下，衣饰都是朴素无华，越发衬得他鹤立鸡群。不，是孔雀立鸡群。

此刻他正在挨个数落人，一桌子的手下个个都低着头，有的不发一言，有的连连称是，有的赔笑赔礼，有的大感无奈。唯有一个侍卫面色如常，板着一张棺材脸，一副置身事外的模样。

微浓从没见过这么有趣的世家少年，免不了多看几眼，待回过神来，菜都快凉了。但不知为何，她突然觉得心情畅快了许多，这几日云辰的身份和祁湛母亲的死所造成的阴霾一扫而光。于是，她决定再给自己添一壶好酒。

再看隔壁那一桌，饭菜也上得七七八八了。孔雀公子原本一直阴沉着脸，吃了几口菜之后，脸色终于多云转晴，一言不发地埋头吃了起来。

微浓便也收了心，默默用起饭菜，刚喝了两杯酒，又见几个姜国人走了进来。这倒也没什么，自从姜国宣布易帜之后，姜国人能到宁国出仕、行商了，两国间的往来自然频繁了起来。可那几个姜国人显然是初来乍到，还以为宁国的民风和十万大山的一样淳朴，竟公然议论起朝堂之事了。而且，议论的内容和云辰有关。

微浓侧耳听着。初始，他们说了云辰的几条新政，后来却越说越离谱，兼之喝了些酒，便有些胡言乱语的意思。

“你们谁见过云子离？这等奇才，也不知究竟是个什么模样，真想结交一番啊！”

子离，正是云辰的表字。

“我曾无意中见过云子离一次，气质清贵、样貌俊雅，是难得一见的玉树之人。”

“玉树之人？能干出那种勾当吗？”其中一个姜国人嗤笑一声，不屑地道，“才华如何暂时不论，就是那上位的手段太教人不齿。也不知他给王后娘娘吃了什么迷魂药，竟让娘娘对他言听计从，花大力气把他捧到宁国来。你们难道没听说过？他曾是王后娘娘的男宠！”

微浓听到这里，心里明白了，如今已是春季，眼看宁国的春试在即，这几个姜国人必定是来参加科考的。都说文人相轻，微浓估摸他们是对云辰有所妒忌，才这般造谣生事。

她有些生气了，正盘算着该如何阻止这几个酸儒乱说话，却不想，竟有人比她先一步发飙。

“你们几个姜国人发什么酸？云大人也是你们能谤议的？妄议朝臣，你想死吗？”

微浓很惊讶，因为说话的不是别人，正是那只花花绿绿的孔雀！但见他一拍桌子站了起来，正气势汹汹地喝问着。

那几个姜人很尴尬，都不敢再作声，唯有方才污蔑云辰和姜王后有染的那人冷笑一声：“我们在说姜国的内务，关你们宁国人何事？”

“放屁！云大人现在宁国为官，你说关不关我们的事？”孔雀少年俊目一眯，狠狠啐了一口，“自从姜国易了帜，什么下九流的姜人都往这儿窜，真晦气！”

“你说什么？”那姜国人立刻变了脸色，“宁王刚刚颁下法令，鄙夷姜人论罪而处！”

孔雀少年“嘿嘿”一笑，颇为挑衅地勾了勾食指：“那你让宁王来抓我啊！来啊！”

几个姜人无不流露出气愤之色，其中一人上下打量他一番，冷哼一声：“看你穿得像只孔雀，我们不和畜生说话！”

原来不只自己看他像孔雀，微浓竟在这剑拔弩张的气氛里笑了出来。

可显然，当事人并不觉得好笑：“谁像只孔雀？你说谁呢？你议论云大人，还有脸骂老子？”

孔雀少年怒气冲冲地一拍大腿，指着他们骂道：“真是脏了我宁国的地方，滚回你们姜国科考去！”

微浓没想到这少年眼睛还挺毒，也看出这几人是来参加春试的。再看那几个姜国人，显然对宁国人的鄙视特别敏感，已经纷纷站起来，个个都是激愤不已。微浓旁观半晌，发现两国统治者虽有意交好，可惜两国人民并无此意。

微浓正走着神，两边已经吵得更加激烈了。那世家少年就像是被激起斗志的孔雀，浑身上下奓了毛，一屋子的人都在听他破口大骂：“你们姜人地位低下，好不容易出了个云辰，在宁国顺风顺水、受尽爱戴，你们不替他高兴，反而在这儿造谣生事，这是什么心胸？”

他说着还双手叉腰，冷冷笑道：“不是说姜人最团结吗？我看也不过如此！”

话虽难听，却有几分道理，微浓暗暗点头，又去看那几个姜国人的脸色。自然，他们的脸色都不大好看，但也没人再说什么。

事情发展到此，按理是应该散了，毕竟得饶人处且饶人。可那只孔雀显然还没有消气，又改为双手抱臂，阴恻恻地笑道：“妄议朝臣，你们当宁国的律法是摆设吗？”

言下之意，是要将这几个姜国人送官了。

事情闹大了！这是微浓的第一反应。

而那些姜国人则互相看看，也不知在想些什么。

孔雀少年见状笑得越发开怀，一口整齐的白牙像能反光似的，他先是抖了抖衣袍袖子，又清了清嗓子，然后示意身边的侍卫把住门口，再次开口命道：“来人……”

“来人！”

就在他出口的瞬间，有人也同时喊出了这两个字，随即便是“咣当”一声——一只盈盈素手把酒杯给摔了：“来人！掌柜的！小二！这是什么酒？也值五两银子一壶？坑人的吧？店大欺客？哎哟，我胃疼……怎么头也疼了！不行，这酒一定有问题！”

一个年轻女子边叫边捂住小腹，跌跌撞撞地往外跑，满面的痛苦之色。门口两个侍卫都是孔雀少年的人，见这情形，不自觉地让开了道。眼看那女子即将跑出客栈，忽然，一个壮汉从她的背后抓住了她的左肩。

年轻女子被迫止步，捂着肚子转过身来，便见一个掌柜模样的中年男子笑眯眯地对她说：“姑娘，小店的桃花酿乃祖传秘方，在演州已有百年历史，童叟无欺，怎么可能是假的呢？”

不等年轻女子开口回话，掌柜又和颜悦色地笑问：“姑娘，你是想吃霸王餐吧？”

“霸王餐？”年轻女子正要辩解，可眼尾一扫，见一个虎背熊腰的壮汉就站在掌柜身后，面色狰狞，目露凶光，一看就是店里养的打手。

年轻女子立刻直起腰身，讪讪一笑：“没事了，一场误会。”言罢转身走回座位上。

掌柜马上跟了过去，仍旧是那副笑眯眯的样子，笑问：“怎么？姑娘的身子好了？”

年轻女子看了看右前方空无一人的桌子，真心实意地笑回：“多谢掌柜关心，我突然之间都好了！”

她边说边将一锭银子掏了出来，“啪啦”一声搁在桌案上：“不好意思，失手打了您一个杯子。饭钱我加倍赔偿，您看这些够不够？”

掌柜原本以为她要赖账，不想她转头就掏出了银子，见状不由一愣。

年轻女子知道这锭银子只多不少，便朝掌柜摆了摆手：“不必找了，告辞。”说着她便再次起身，慢悠悠地往外走。

这一场突如其来的闹剧，把方才店内紧张的气氛全都搅和了。孔雀少年看得目瞪口呆，他的几个侍卫也是一头雾水，不晓得那年轻女子到底想干什么。

唯有一个侍卫还算清醒，绷着一张像是哭丧回来的棺材脸，冷冰冰地说道：“公子爷，那几个姜国人趁乱跑了。”

果然，对桌已经空空荡荡了！孔雀少年恍然大悟，指着那年轻女子的背影大喝：“站住！你给老子站住！”

微浓此时一只脚已跨出了门槛，闻言便顿了步子，转身问道：“公子在叫我？”

孔雀少年看着她淡然镇定的容颜，火气“噌”的一下蹿了上来：“来人，把这不知好歹的女人给我抓过来！”

微浓清冷的目光霎时结冰：“你说谁不知好歹？”

“就是你！你不知好歹！”孔雀少年等不及侍卫带她过来，径直走过去，恶狠狠地指着她，“你你你！你是那几个姜国人的同伙！”

微浓故意看了看四周，不咸不淡地道：“恕我眼拙，没瞧见什么姜国人。”

孔雀少年气不打一处来，恼羞成怒地喝道：“你！跪下！”

微浓闻言一怔，随即笑了起来：“公子可真有意思，不知您是什么官职？是这演州的父母官，还是黎都下来视察民情的御史？否则我为何要向你下跪？”

“你你……”孔雀少年气得够呛，“老子什么官职都没有，但老子能将你送官法办！”

“哦？不知我犯了什么罪？”

“姜国人诋毁朝臣，妄议朝政，按律当罚！你包庇他们，就是同党！”

微浓无辜地睁大双眸：“我哪里包庇了？”

“你……你哪里没包庇！”孔雀少年待要说话，却气得岔气，全无方才的伶牙俐齿。

他身后一个侍卫见状便徐徐接话，对微浓道：“你方才故作腹痛，撞开我们公子爷布在门口的侍卫，又引来掌柜与你争吵，调开了公子爷的视线。然后，那几个姜国人就趁机跑了。”

微浓循声望去，视线越过面前的孔雀少年，看向他身后说话的侍卫。原来是那张棺材脸，一个很冷的男人，表情冷，声音也冷，看起来与自己年纪相仿，长相并不出众。

微浓索性装起了无赖：“是又怎样？我是燕国人，不必遵守宁国的律法。”

“厚颜无耻！”孔雀少年骂骂咧咧道。

棺材脸侍卫依旧板着脸。

“公子若没别的指教，我就告辞了。”微浓说完转身便往外走，毫无意外，被人堵住了去路。

客栈里全是看热闹的人，大家饭都不吃了，酒也不喝了，都想看她如何逃脱“魔掌”。微浓看着这一张张不嫌事大的脸，忍不住腹诽一句：世风日下！

她一咬牙，转身走回孔雀少年的身边，笑着在他耳畔说道：“公子，您真没瞧出来吗？我方才是在帮您啊！”

孔雀少年一挑眉：“谁信？”

微浓无奈地摇了摇头：“难道你方才没发现，那几个姜国人打算对你用蛊毒吗？”

她话音刚落，只觉眼前蓝光一闪，孔雀少年已是气得跳脚：“他们哪儿来的胆子？你别忽悠老子。”

“是真的，公子要抓他们，他们岂会那么傻等着您抓？您一共才八个人，三两下就放倒了。”微浓煞有介事地说。

“你怎么知道他们要下蛊？”孔雀少年仍旧不信。

“姜国人人擅蛊，不随意出手罢了。”微浓试图说服他，“公子都要将他们法办了，难道他们会坐以待毙？”

“原来你是猜的。”孔雀少年冷笑一声。

微浓没想到他如此难缠，大感头痛：“不是猜的，我曾见过姜人施蛊。”

许是微浓的表情太过凝重，孔雀少年终于面露狐疑之色，扭头去问身后的棺材脸：“这女人说，那几个姜人想对我用蛊，你看见了吗？”

微浓也抬眸冷冷地看向那张棺材脸，希望他能看懂自己的暗示。也不知是暮色太暗还是怎的，微浓似乎看到棺材脸闪过一丝笑意，很淡，也很短，随即他又绷起面孔，继续不苟言笑。

他看向孔雀少年，回道：“属下未曾看见。”

微浓闻言，简直咬牙切齿。

岂料他又话锋一转：“但是，不排除这种可能。”

微浓立时松了口气，狠狠地瞪了他一眼。

棺材脸淡定地垂下双目。

幸好孔雀少年没瞧见两人之间的暗涌，他已经咧开了嘴，再次破口大骂起来：“杀千刀的姜国人！什么破玩意儿！老子一定要逮到他们！”

傍晚暮色渐退，夜色初上，他这副龇牙咧嘴的模样却并不难看，反而更显得他唇红齿白。

真是少年心性！也不知是什么显赫出身，竟将他养成如此飞扬跋扈的个性。不过，这与自己无关，微浓暗暗摇头，敷衍地笑道：“公子消消气，若没什么事，我先告辞了。”

“慢着！”显然这只孔雀并不打算放过她，虽然还生着气，但语气缓和许多，“你……你为何要多管闲事？”

多管闲事？自己明明是替他解了围好吗？微浓看到他别扭的神色，心里也明白几分，只觉好笑：“公子不必客气，我……路见不平而已。”

“如今还有这么好的人？”孔雀少年蹙眉，摸了摸下巴，“一般而言，给老子帮忙的，都是有所图。你图什么？”

他身后的棺材脸也趁机煽风点火：“公子，此女子动机可疑。”

动机可疑？微浓简直哭笑不得，连忙摆手解释：“绝没有的事！我连你们姓甚名谁都不知道！”

“你一个女子，孤身上路的确很可疑。”孔雀少年也意识到了什么，面上狐疑之色越来越重，看向微浓的目光也带上几分审视。

微浓大感头痛，忍不住抚额，正色回道：“好吧，实话告诉公子，我出手相救是因为……我十分仰慕云大人，见不得别人说他坏话。”

在孔雀少年愕然的目光中，微浓面无表情地离开了。

初到演州的第一晚，就在这场滑稽的闹剧之中落下帷幕。微浓其实并不害怕那只孔雀，反而对他很有好感，也许是因为他年纪尚小，也许是因为他曾帮云辰说话。

她忌惮的，是那个不苟言笑的棺材脸侍卫。虽只短短一面，她却能看出来，他是侍卫中的领头人，而且孔雀少年对他很是信任。微浓唯恐他再来找自己的麻烦，于是决定加快行程。尤其，在她发现棺材脸就住在自己楼上时，这个念头更加坚定！

翌日一大早，她便向客栈结了房资，牵上祥瑞再次上了路。此后一连几日赶路、住店，她每天都过得既乏味又平顺，日子无风无浪。直至半个月后，她出了演州地界，顺利地来到了富州境内。

说来也巧，微浓抵达的当日，正赶上富州一年一度的春灯会。说是春灯会，不过是在春意盎然的时候，借着赏灯之机给适龄男女制造一些私会的机会。

微浓吃过晚饭，寻思着出来凑个热闹，却发现自己低估了春灯会的喧闹程度，因为一整条街都是人潮涌动，摩肩接踵，被堵得水泄不通。她被迫挤在人潮之中，后悔莫及，好不容易脱了身，下意识地一摸腰间，又是大惊失色——荷包不见了！

那荷包里是她的全部家当！她去姜国解毒时，聂星痕给她的银票都在里头！微浓望了一眼人头攒动的春灯会，心已经凉了半截，深知想要追回银票无异于大海捞针。毫无疑问，那是一笔巨资，买宅、置地绰绰有余，足够寻常人家花上两三辈子，所有的银票都是大通钱庄所印，而这家钱庄遍布九州……

等等！遍布九州！就是在富州也能兑现了！

这么多的银票，想必窃贼也是意想不到，他会不会赶紧跑路？若是同伙作案，会不会立刻坐地分赃，跑去钱庄兑现了？把守住城门，也许就能搜到窃贼的踪迹！

还有，她隐约记得那些银票是连号的，其中有几张的制号她扫过一眼，大约还能背得出来。若能通知各地的大通钱庄，注意来兑银票的制号，是否也能找到蛛丝马迹？

报官！这个念头霎时出现在微浓的脑海之中。只要她能说动官兵守住城门，再通知富州各地的大通钱庄，也许就能及时抓获窃贼！可世风日下，自己又是孤身女子，即便报了官，州吏会及时处置吗？会大动干戈地调动兵马搜人吗？

只有一种可能能打动州吏——找回银票之后，她承诺拿出巨额的辛苦费。微浓默默在心中盘算着，最终一咬牙，决定拿出一半银票当辛苦费，这总比血本无归要好!

可这种事不能在报官时公开说出来，只能找到管事的官吏，先私下给出承诺，等谈好了条件，再走个报官的流程。这般一想，微浓便等不及了，眼看着春灯会还没宵禁，她决定立刻前往地方官的府邸，想办法见上对方一面。

既已决定便不再迟疑，微浓当即向路人问清了刺史府邸所在，摸黑赶了过去。幸好刺史府并不太远，她一路小跑到了地方，却远远瞧见府门前重兵把守，许多人站在门外的台阶上，正朝自己这个方向遥遥望过来。

刺史府门前灯火通明，微浓一眼就看到那台阶之上，为首的那个中年男人腆着肚子，身穿一袭宽大的官服。想来他正是富州最大的官吏，张刺史。

眼前这情形，应是刺史府上上下下都出来了，莫非是有什么贵客即将登门，他们站在此处迎接？若真如此，今晚刺史府必定有宴请，自己想要私下拜见岂不是更难了？

微浓不免有些垂头丧气，决定先回客栈。她刚走了没几步，便听到马车的辘辘声传来，而且越来越近。

应该是刺史府的贵客到了，微浓自觉地靠边站。不一会儿，几匹好马当先开路，一辆车辇随后驶了过来，从她面前经过。

微浓心里惦记着银票，便有些心不在焉，眼看车辇已经驶过去了，便重新迈开步子。然而她没想到，车辇后头还有几名侍卫殿后，个个都骑着高头大马。

眼看她就要和迎面而来的马匹相撞，千钧一发之际，马上之人死死拉住了缰绳，硬生生让马扬了蹄。可微浓离马实在太近了，眼看马蹄就要踹到她的胸口之上!

电光石火间，微浓下意识地后仰身子，敏捷地做了一个后空翻，稳稳落地避开了马蹄。她这个动作做得行云流水、姿态优美、落地无声，饶是那马上之人非常震怒，见了这番动作，也不禁暗道了一声好。再定睛一看微浓的面容，更觉意外：“是你？”

这声音有点耳熟。微浓循声抬头，迎着街上的灯火，她清楚地看到了马上之人——浓眉微蹙、面色紧绷，正是她七八日前见过的那张棺材脸!

微浓心中大喜：“原来是你？！”

棺材脸却是心生警惕：“你怎么在这里？”他说话的同时，其他几名侍卫已从马上一跃而下，纷纷抽刀对准微浓。

微浓见状大感无奈，只好将自己丢荷包的前因后果说了一遍，也隐晦地道明了来刺史府的目的。

棺材脸听后，面无表情地讽了一句："你倒是挺有主意。"

好汉不吃眼前亏，微浓默默地低下头去。

而棺材脸显然余怒未消，又对她斥道："你没长眼睛吗？竟往我这马上撞。"

"一时大意了。"微浓低声解释。

她话音刚落，前方忽然有人掉转马头疾驰过来，想必是发现后头出了事。来人尚未开口询问，棺材脸便将撞上微浓的事说了一遍，还特意交代道："是前几天咱们刚在演州遇见过的、自称仰慕离侯的那位姑娘，你去请公子爷拿个主意。"

来人看了微浓一眼，倒也没再说什么，又掉转马头回去，看样子是去向那只孔雀回禀了。

既然能让刺史亲自在门外迎接，想来孔雀少年的身份不低。微浓回想起在演州初遇孔雀时的情形，当时他言谈之间处处维护云辰，身边还有棺材脸这样的侍卫随护，可见是位出身高贵的世家子弟，也许还与云辰有过交往。

这样年纪的世家子弟太多，微浓不熟悉，根本猜不出对方是何方神圣。不过，这不妨碍自己有求于他。

于是，微浓立即询问棺材脸："阁下是去刺史府赴宴吗？能不能把我也带进去？让我见刺史一面？"

棺材脸已经知道了她的意图，一口回绝："不能。"

微浓早已预料到这个回答，但还是不死心："我毕竟救过贵上，不能通融下吗？"

棺材脸瞥了她一眼，冷冷回道："谁知你是不是别有用心？"

微浓不惯于纠缠他人，眼见对方拒绝得很彻底，又急着赴宴，她只好回道："既然阁下不方便，那我先告辞了。"

"慢着，"棺材脸却并没打算放她走，一只胳膊弯肘抵着马背，俯身看她，"公子爷没有示下，你暂时不能离开。"

微浓抿着唇没再说话，心里却是后悔不迭，渐感焦虑。

双方就这般对峙着，谁都没再说话。夜色里只有马蹄踢踏的声响，清脆而毫无规律，听得越发令人心焦。

不多时，前方的人再次传话："公子爷下令把人带过去。"

听闻此言，微浓大感不妙，忙解释道："这真是个巧合！我没有任何不轨之心！也不知道你们是谁！"

棺材脸充耳不闻，跳下马背，一把反剪住微浓的双手。

微浓吃痛大喊："你做什么？"

“得罪了。”棺材脸不再说话，亲自将微浓押送到孔雀少年的车辇旁。

一个陌生的侍卫撩起车帘，对微浓请道：“我们公子爷请姑娘上车。”

这又是哪一出？微浓警惕地看了一眼棺材脸。后者不屑地笑了笑：“我们公子若想杀你，方才我就动手了。”

这话虽难听，但好歹是一颗定心丸，微浓定了定神，正要迈步踏上车辕，又被棺材脸拦了下来：“先要搜身。”

微浓大感羞辱，心头无名火起：“你们不要欺人太甚！”

棺材脸像是没听见一般，右手反剪住她的双臂，左手在她身上搜了一遍，很轻松地将她藏于两只袖子中的峨眉刺搜了出来。

由于这对峨眉刺太过精致耀眼，为防贼人觊觎，微浓已事先用绛色棉帛把手柄缠住了。两只栩栩如生的青鸾、火凤被掩盖在了棉帛之下，只露出了两端的尖刺。

为了防止手掌出汗打滑，有些练峨眉刺的人，会把峨眉刺的手柄缠起来。因此，当看到这对被裹得严严实实的峨眉刺时，棺材脸倒没怀疑什么，只有些意外：“原来你还会这个。”

微浓干笑一声：“这算夸奖吗？”

棺材脸没回应，一抬下巴示意她：“上车吧。”

微浓便踏上车辕，掀开车帘坐了进去。

宽大舒适的车辇之内，孔雀少年大马金刀地斜坐着，朝她笑道：“姑娘，又见面了。”

托灯烛的福，微浓再次看到了他的穿着，比上次有过之无不及。他今天穿的是一件粉红色的长袍，上面绣满了金色的牡丹花……微浓不忍看下去，眼角抽了一抽。

孔雀少年嘿嘿一笑，开门见山道：“听说你遭了贼，家当全部丢了？”

明知故问！微浓装出苦楚之色：“所以才冒昧想请公子帮个忙，引见一下张刺史，好帮我找找家当。”

孔雀少年眉目一挑，笑道：“你太瞧得起自己了，就凭你几句话，张刺史就会大张旗鼓地帮你捉贼？”

微浓只得把自己的打算说了一遍。

孔雀少年听后哈哈大笑起来：“这主意是挺不错！不过你到底丢了多少钱，拿出一半就能打动张刺史？”

既然有求于他，微浓也不隐瞒，便将银票的数额说了个大概。

这次轮到孔雀少年抽了抽眼角，神情微惊："看不出你竟这么有钱？该不会是偷来的吧？"

微浓呵呵一笑："公子说笑了，银两若是我偷来的，我又怎么敢大张旗鼓地请刺史帮我找？"

"哦，那倒也是。"孔雀少年蹙眉，开始上下打量起微浓，时而审视，时而喃喃自语，良久也没再说过什么。

微浓不知他是何意，又想起张刺史一家已在门口等候许久，而眼前这少年竟不着急，可见他是个大人物。微浓暗自告诫自己千万不能得罪他。

"哎！算了算了，虽然你姿色不够，但好歹够伶俐。"孔雀少年突然蹦出来一句话。

微浓一头雾水，不明白他是什么意思。

孔雀少年眼珠子一转，对微浓笑道："不如咱们做个交易？你也不用去找张刺史了，只要你帮我做件事，我就帮你找到窃贼，如何？"

"什么事？"微浓面上浮现出谨慎之色。

孔雀少年倒是语气随意："其实也不是什么大事，我来一趟富州，张刺史邀我赴宴，我不能不去。但是吧，他肯定给我安排了美人……我不想要。"

孔雀少年边说边理了理袍袖，朝微浓眨了眨眼睛："你的任务就是等在车辇里，待到半个时辰后，去宴席上大闹一场，演一出吃醋的戏，将我解救出来。"

"这么简单？"微浓不相信。

孔雀少年冷哼一声："要不是见你有几分灵气，这么简单的活儿哪能轮得上你？"

事情倒是不难，但微浓还是不敢轻易答应："只要将你解救出来就行了？没别的事？"

孔雀少年翻了个白眼："不然呢？你还想做什么？"

微浓仍旧踌躇着。

孔雀少年趁机又劝："你就帮我演这一场戏，你的银子就能找回来，还不用分我一半。这么划算的生意，你还犹豫什么？"

"我只是觉得，这个事情很简单，公子为何不找别的女子，比如您的侍女什么的？如您所说，这生意您太不划算，还要耗费精力帮我找窃贼。"微浓说出疑惑之处。

"你废话怎么那么多！"孔雀少年刹那间沉了脸色，但不肯多解释一句。

微浓越想越觉得蹊跷："我对公子坦诚相待，公子若不说明真相，恕难从命。"

孔雀少年此时的脸色已经奇差无比，嘴角抽了半晌，才勉强回道："因为我讨厌女人，身边从来没有侍女……你满意了吧？"

"讨厌女人？"微浓对这个回答吃了一惊，但看孔雀少年的脸色，又不像是假话。她不禁回想起两次见到他的场景，好像他身边的确没有侍女。一般若是世家子弟，是绝不可能不带侍女随身伺候的。

微浓忽然想起听说过的一个人，而且还是听祁湛说的。那人在宁国是出了名的讨厌女人，好男风，而且出身显赫，年纪也近弱冠之龄。

难道眼前这只粉红色的孔雀，就是宁国鼎鼎大名的……

倘若当真是他，自己丢失的银子还真不用愁了！而且，也不必担心什么男女之防了！

"公子真能帮我找回银子？"微浓再次确认。

孔雀少年不耐烦地摆手："你问够了没有？我若找不回来，自掏腰包赔给你行不行？别啰唆了！"

"好！一言为定！"微浓下了决心。

孔雀少年这才缓和了脸色："那你见机行事吧！无论如何，你一定要把陪酒的女人都给我赶走！"他的脸上再次浮起嫌弃之色，"还有，张刺史要是把女儿啊，妹妹啊塞给我，你就狠狠地羞辱她们！往死里羞辱！明白了吗？"

微浓深感自己肩负重任，郑重其事地回道："明白。"

孔雀少年终于顺心了，撩开车帘喊道："王拓。"

"属下在。"车辇外传来棺材脸的声音。

孔雀少年指了指微浓："半个时辰后，把她带进刺史府。"

"是。"棺材脸回道。

"对了，还不知道你叫什么。"孔雀少年再次看向微浓。

微浓不知怎的脱口而出："璎珞……我叫璎珞。"

"哦，风尘味儿真重！"孔雀少年满意地点头，"真适合今晚这个场合！"他没再多说，径直下了车辇，赴宴去了。

半个时辰后。

张刺史满头大汗地将孔雀少年和微浓一行送了出来，连连谢罪："请您恕罪，今日让夫人受惊了。"

他并不知道微浓是什么人，只能模棱两可地如此称呼。

而孔雀少年的一张俊脸则阴沉至极，他二话不说上了车辇。

倒是微浓轻描淡写地瞥了张刺史一眼，才拂袖跟上。待坐入车辇内，她实在忍不住了，终于捂着朱唇笑出声来。

孔雀少年面沉如水地瞪着她："你还敢笑！"

"哈哈哈！"微浓不敢笑得太大声，因此憋得满脸通红。方才她怒气冲冲地杀进刺史府，想象着要如何教训一群女人，却没想到，张刺史献上的是男人！

有眉清目秀的、有浓眉大眼的、有高大威猛的……燕瘦环肥，各不相同。一想起自己方才与一群男人争风吃醋，微浓就忍不住想笑。

孔雀少年见她如此，表情越发沉敛，几乎是杀气腾腾地看着她。

微浓见状忙收敛神色，转移话题："公子，今晚我可是费了九牛二虎之力才将您救出来，您别忘了银票的事。"

"的确是费了九牛二虎之力，"孔雀少年阴郁地道，"我是不是还得感谢你撕烂了我的袍袖？扯开了我的衣襟？踩脏了我的鞋面？让我落了个'畏姬妾如虎'的美名？"

微浓看着他一身的狼狈之色，心中大笑不止，面上却做出无辜之色："不是您让我演得逼真点儿吗？今晚无论男女，我都是狠狠羞辱了一番的。"

孔雀少年哼笑："你是故意作弄老子的吧？"

"岂会？我的银票还捏在您手里呢！"

"你知道就好！"孔雀翻了个白眼。

微浓生怕他反悔："我不是怕演得太假嘛！这下多好，谁都不会怀疑您好男风了。"

她话虽如此，面上却看不出任何调侃之意，也不像是嫌弃，仿佛并不觉得这事如何惊世骇俗。孔雀少年观察她半晌，见她不像伪装，才恨恨地道："真不知你是真机灵还是假机灵！"

"那我的银票……"微浓干笑着再次提醒。

"三日之内，给你个话。"孔雀少年说完这一句，便烦躁地踹开车门，"去去去！给老子滚出去！有事找王拓说去！"

微浓立刻跳下车辇，向王拓要回了峨眉刺，后者执意送她返回客栈。这下好了，连住处也被摸清了，此后微浓哪儿也不敢再去，每日忐忑地等在客栈里，猜想着银票是否还能找得回来。

幸而对方还算守信，过了三天，王拓便寻上了门，手里拿着一个鼓鼓囊囊的荷包。微浓一眼便看出那荷包是自己的东西，立刻向王拓行礼道谢："多谢王侍卫！"说着便将手伸了过去。

王拓依旧面无表情："只找回了七成银票，另外三成已被他们花掉了。"

居然能找回七成！微浓大喜过望，忍不住连连道谢："多谢多谢，有劳王侍卫了。哦，对了，也代我感谢你家公子。"

"不客气。"王拓突然将荷包里的银票取出一半，递给她，"我家公子还有点事要找你，明日一早，你去城北悦来客栈见他。公子吩咐过，你若办得好，这一半银票再还给你。"

微浓睁大双眸，不可置信地道："不是说好的吗？你们怎么出尔反尔？"

然而王拓什么都没再说，将一半银票丢在桌子上，转身离开。

回程的路上，王拓马纵得急了些，两次险些撞了人。待回到客栈见了主子，他立刻将微浓的荷包奉上，言简意赅道："属下从刺史府出来，便径直去见了璎珞姑娘，已按照您的吩咐，还了她一半银票。"

"嗯。"前方传来一声懒洋洋的回应。以往穿得花枝招展的孔雀少年，今日竟然破天荒地朴素起来，只穿了一件极为寻常的青色长袍，双手枕在脑后，闲散地靠在一张绣榻上。

孔雀少年从王拓手中接过荷包，放在眼前看了看，又取出银票扫了一眼，笑道："这荷包绣工卓绝，刺有貔貅图样，一看便是宫廷之物。还有这么多的银票，全是大通钱庄所制，这可不是一般人能得到的。"

"属下也如此认为。"王拓附和。

"可有打草惊蛇？"朴素的孔雀懒洋洋地再问。

"并没有，她也没有任何怀疑。"

"那就好，"孔雀这才从绣榻上站起来，双手负后，"坐着回话吧！都查到了什么？"

"王太孙的确有个师妹叫璎珞，是墨门的女杀手，擅使一对峨眉刺。但她神出鬼没，甚少露面，上一次来黎都也被保护得很好，属下没查到她的长相，但据推断，年纪应该二十岁左右。"王拓将这三天里查到的线索据实禀报给他。

孔雀少年摸了摸下巴："听说那野种有意纳她入宫，但她拒绝了？"

"是，据悉是回了幽州墨门总舵。"王拓如实回道。

孔雀"啧啧"一声："当初听说这女子拒绝入宫，我还曾高看她一眼，没想到啊，原来是拿了银子才走的。"

他边说边将手中银票放回荷包里，随手撂给王拓。

"那她为何去而复返呢？难道是听说祁湛要大婚，又反悔了？"孔雀少年喃喃自语着，拈起一颗剥好的葡萄放入口中，含糊地道，"你派人看紧她。"

“属下怕弄巧成拙，故没有派人看着。”王拓低声回道，“不过她十分看重这一半银票，属下也说了您要再见她一次，她虽有些情绪，但并未拒绝。”

“有点儿意思。”孔雀无声地笑起来，“噗”的一声吐出两粒葡萄籽，“你说她看透我的身份了吗？”

“属下不敢揣测。”

“那她为何要接近我？”孔雀少年更像是自言自语，“难道是祁湛的计策？找个女人假装伤心人，趁机来查我的底？”

这一问，王拓更是无法回答。

孔雀少年斜睨了他一眼，俊秀的眉眼中散发出与他年纪不符的精光：“真是期待啊，不知明天她还能带给我什么惊喜。”

到了第二天，王拓却只带回了一封短信：

公子垂鉴：

家中忽有急事，不及向公子当面告辞，唯书信致意。近日多蒙照拂，盛情厚意，应接不遑，备荷关照，铭感五内。唯愿公子安康平顺，乐颜常开。

事出紧急，银票暂寄贵处，甚以为歉。

草率书此，祈恕不恭，来日再叙。

璎珞拜上

孔雀少年慢慢念完这一封书信，不禁冷笑：“好，好一个璎珞，真是让我惊喜啊！她竟敢跑了！”

一屋子的侍卫面面相觑，王拓跪在地上不发一言。

孔雀少年将书信攒成一个纸团，狠狠地砸在王拓脸上：“你瞧瞧她那文采，什么‘盛情厚意，应接不遑’，什么‘备荷关照，铭感五内’我还以为我是她的再生父母呢，都要感动哭了！”

王拓唯有垂头回道：“是属下太大意……已经派人去追了。”

“墨门的人从眼皮子底下溜走，你还追得上吗？”孔雀少年讥诮，竟又拊掌大赞起来，“真是有手段，连我都敢耍！不过她倒聪明，这封信既表了态，又留了余地，即便日后再相见，我也捉不到她一丁点儿错处！”

王拓回来的路上早已将信看过千百遍，自然也是怄得不行。

孔雀少年看着跪地不起的王拓，半晌没再说话，也不知过了多久，才嗤笑一声："输在一个姑娘手里，你也得长点儿记性。下不为例！"

"多谢世子宽宥。"王拓起身，面色肃然到了极点。

孔雀少年将手臂搭在他的肩膀上，轻轻抚摩着他的脖颈，笑容渐渐缓了下来："你说她留这封信是什么意思呢？欲擒故纵，还是真不想与我打交道？"

王拓沉吟片刻："属下觉得是后者。"

孔雀少年点了点头，手指却更加温柔地抚摩起来。一屋子的人早就见怪不怪了，大家都对此视若无睹，王拓本人更是连眼睛都没眨一下，感受着流连在自己脖颈上的麻痒触感，僵直了身体不敢乱动。

"我有一种预感，我和这个璎珞，很快就会再见面的。"孔雀公子似笑非笑。

此时此刻的微浓，根本不知道自己被人算计了。她离开的目的很简单——她怕再这么磨蹭下去，云辰就会接到消息，千方百计阻止她进黎都城了！

这也是她忽然想到的。既然姜王后会把她的行踪告诉云辰，而云辰又不想让她再掺和进来，那么他必然会提前防范。

可那只好男风的、花枝招展的孔雀一路慢悠悠不说，闲事还特别多。若再被他耽搁几天，恐怕连师父都会比她早到一步！

微浓如此想着，当即便收拾了行李，留了字条，赶在晌午之前出了城。她想好了，既然那只孔雀也要去黎都，他们迟早都会再碰面，剩下的银票到时再讨也不迟，想必他不会抵赖。

退一万步讲，她宁愿不要那剩下的一半银票，也不想再被那个大名鼎鼎的、以惊世骇俗著称的魏侯世子纠缠上了。

原澈，名字还真是与他本人大相径庭。

说来宁王膝下共有三子九孙，不，加上祁湛应该是十个孙子，均从"水"字辈。而除了太子原真的儿子可以被称为"王孙"之外，魏侯、岑侯的儿子都被称为"公爷"，唯有承袭爵位的嫡子可奏请封为"世子"。

而这个原澈年纪虽小，却是魏侯唯一的嫡子，是被捧在手心里长大的魏侯世子。从某个方面来讲，他比他父亲魏侯要出名得多，宁国上到八十老人，下到三岁小儿，无不听说过此人惊世骇俗的名言。

诸如，为了拒绝成亲，他曾说过这样几句话——

"你看哪家的母马生小马，要先找匹公马拜个堂的？所以人根本不需要成亲，会生孩子就行了。"

"我有人服侍，也不缺女人给我生孩子，那我为什么要成亲？说白了是我爹想找个盟友，要娶让他自己去娶！”

……

第一次听祁湛提起原澈此人时，微浓就曾想过，宁王之所以不立魏侯为储君，是不是因为他这个儿子拖了后腿？如今见了原澈本人，她更加坚信了自己的猜测。

再想起他那身花枝招展的打扮，还有言语间对云辰的维护，微浓更是打了个寒战，开始替云辰感到担忧。这般一寻思，她更加着急赶路了，几乎是日夜兼程地出了富州。好在富州已离王城黎都很近了，她只用了四天，黎都南城门便遥遥在望了。

四月十五，天气忽然变热，夏季就在这一夕之间翩然而至。为慎重起见，微浓没有直接进城，而是换了身男装，在城门附近观望了一阵。

然后，她便发现了蹊跷之处——以往进城者只要查看通关文牒，搜查包裹和货物即可。但今日进城者无论男女一律都要搜身，还不准携带兵器。

难道是云辰向京畿防卫司打了招呼，想借此阻止她进城？

微浓摸了摸袖子里的峨眉刺，心里犯了难。她一连在城门外徘徊了三日，眼看着天气越来越热，黎都城却没有取消兵器管制的苗头，反而对女子查得更为严苛。微浓绞尽脑汁想了各种法子，但人单力薄，无论如何都没有万全之策，只得每日看着人来人往的城门口，徒劳叹气。

直到第四日，事情才有了转机。这日一大早，微浓又牵马来到城门附近，却意外碰到了王拓。

王拓其实已经留意微浓一整天了。原本他是受命提前进城，替原澈打个前道，谁料还没走到城门口，一眼瞧见了男装的微浓在城门外徘徊。

他当即差人去向原澈禀报，但没有立刻得到指示，故也不能随意现身。直到昨夜才得了原澈的口信，让他今日一早截住微浓。

“璎珞姑娘，又见面了。”王拓竭力装出偶遇的样子。

微浓倒是十分惊喜，望着牵马而来的王拓：“王侍卫！”

王拓一愣，看她的笑容不似假装，有些摸不着头脑。她不是迫不及待要逃走吗？怎么见到自己，还能笑得如此开心？

微浓自然不知他的心思，笑道：“太好了！我需要你帮个忙。”

“什么忙？”王拓不动声色。

“呃……带我进城！”微浓踌躇片刻，开口拜托对方，“我看城门口一直在盘查，不让带兵器，还要搜身……我……”

“你怕搜身？”王拓显然不信。

“我是怕被缴了兵器。”微浓如实回道。

“哦，”王拓依旧平静，“缴了吧，我再送你一副新的。我们公子什么都不多，家中收藏的兵器还是挺多的。”

微浓顿时欲言又止。

王拓继续试探她：“怎么？璎珞姑娘不信？”

“不，不是。”微浓叹了口气，“不瞒您说，我那对峨眉刺是……师门所传，在我心里是无价之宝，万一被缴了……”

“这也好办。我们公子和京畿防卫司的人还算熟稔，你先缴了，我随后再帮你弄出来。”王拓仍旧淡淡地问，“如何？”

“这……”峨眉刺是一方面，微浓更怕进城时被云辰发现，被祁湛知道则更加糟糕。试想自己去而复返，傻子也能猜出她是为了云辰而来。届时她什么都不必做，祁湛就会更加怀疑云辰的身份！可这些话，她却不能和王拓说。

两害相较取其轻，微浓当机立断，决定拿峨眉刺冒一次险，遂道：“王侍卫你有所不知，我这峨眉刺……”

“咦？这不是璎珞姑娘吗？”微浓的话还没说完，只见不远处已辘辘行来一辆车辇，一只绿色的锦袖撩起车帘一角，从里面露出一张“绝代风华”的俊颜。

原澈依旧打扮得花枝招展，笑眯眯地看着微浓：“好久不见啊！璎珞姑娘这是要进城呢，还是出城呢？”

“进城。”微浓有些心虚。

“哦，你不告而别说有急事，我还以为你早就进城了呢。怎么脚程和我一样啊？”原澈温和无害地笑，“早知如此，你还不如跟我一起走呢，是不是？”

微浓很是尴尬：“我的确是有急事，但没想到黎都城戒严，否则早就进城了。”

原澈闻言，伸长脖子望了望城门：“咦？搜查是严格了些，难道你没带通关文牒？”

微浓求救似的看着王拓。

王拓遂回道：“公子，璎珞姑娘是怕师门传下的峨眉刺被缴了。”

“这事好办！”原澈和王拓说的话一模一样，“我在京畿防卫司还算说得上话，你先缴了，我随后帮你拿出来也是一样。”

微浓十分泄气：“公子，不知能否和您单独谈谈？”

“单独谈谈啊……”原澈俊俏的眉眼笑成了一条缝隙，“我为何要同言而无信的女人谈谈呢？你也知道，我并不喜欢女人。”

看来他真是怀恨在心了！小心眼！微浓干笑：“我正打算向您解释来着。”

“哦，那你上来吧。”孔雀少年放下了车帘。

微浓将峨眉刺拿在手上，径直上了车辇，抬头瞧了孔雀少年一眼，她脚步顿了顿。

原澈今日的穿着从头到脚全是绿的，翡翠做的束冠，翠绿色的锦袍，墨绿色的靴子，就连手上的扳指、腰间的挂坠都是碧玉所制。只有他手上的扇子不是绿色的。

幸好微浓对此见怪不怪了，她垂着眸子坐进来，二话不说就把缠在峨眉刺上的棉帛给拆了。青鸾与火凤的图案徐徐显露，原本已是流丹浮翠的车辇之内，渐渐萦绕了红、绿两种光芒。

饶是原澈再如何镇定，也顿时明白了微浓为何不想上缴兵器。

“您见多识广，想必是不稀罕此物的，但那些守城的士兵……我实在不能放心。”微浓诚心诚意地道，“您看，能不能帮我这个忙，让我不必接受盘查？”

原澈俊眼弯成一道新月，睇了她一眼：“你怎知我能让你躲开盘查？你知道我是谁？”

微浓也笑了：“您出手阔绰，谈吐高雅，演州刺史还赶着巴结您，是个人都晓得您身份高贵了。”

“哦？那你猜猜我是谁？你若猜中了，我就帮你，如何？”原澈“哗啦”一下扯开手中的扇子，自顾自地扇起风来。

要说实话吗？微浓飞快地思索着。

“其实你早就猜到了对不对？”原澈一把扇子扇得“虎虎生风”，要不是他这身装束太过滑稽，倒也能显露出几分风流倜傥的意味。

“毕竟像我这么惊世骇俗、不畏人言、玉树临风的世家子弟，在宁国可没有第二个。”原澈扬扬得意地笑道。

对方把话说到这份儿上，她再否认也就太虚伪了，微浓抿着唇没有接话。

原澈见状目露几分赞许，又问：“我就纳闷了，你一个平民女子，见到本世子怎么毫无畏惧呢？”

“我……”微浓自从当了青城公主以来，见过的君王、王后、太子、王侯十根指头都数不过来，在她心里，他们早已没什么贵贱之别了，她自然不会感到畏惧。

可原澈却想歪了，故作了然地问：“看来你是见过比本世子地位更高的男人？”

不等微浓作答，他又指了指她手中的峨眉刺："你这兵器也不是师门所传吧？是那个男人送给你的？"

他怎么知道是聂星痕送的？微浓很是意外，又怕被他诈出什么话来，只得继续保持沉默。

"难怪你会不告而别。"原澈哈哈大笑，暗中却松了口气，"让我再猜猜看，你应该是想早点进黎都城，可惜迟了一步，城内已经开始严查，你怕峨眉刺泄露你的身份，所以才不敢进城？"

听到此处，微浓的脸色霎时惨白："你怎么都知道？"

"这世上有什么事能逃过本世子的法眼？"原澈笑得人畜无害。

微浓看着他一张俊颜，心里却渐渐想明白了，云辰和魏侯关系甚密，原澈身为魏侯世子，知道云辰的事情也不稀奇。毕竟自己当时闹得挺大，甚至还夜闯了云府，被宁王遣返回国。

"不过我就奇怪了，你若喜欢他，当初为何要走呢？既然走了，又为何要回来？难道你后悔了？"原澈好奇地问。

"当初我走是被逼无奈，"微浓脸色渐渐黯然，"这次回来……是想和他做个了结。"

看来祁湛还是放弃了她。原澈见她真情流露，不似伪装，便安慰她道："唉！其实你们两个挺配的，可惜今时不同往日，圣意难违啊！"

什么圣意难违？微浓此刻脑子里是一团乱麻，对原澈的话语似懂非懂，也不知他究竟猜到了多少。但保险起见，她没有询问他是否知道云辰的真实身份。

不过好在云辰一直和魏侯交好，从目前来看，原澈应该不会拆云辰的台，反而会极力维护他。就像她和原澈初次见面那样。

"我不想让他知道我回来了。"微浓模棱两可地道，"只是有些心愿未了，不弄个明白我无法死心。"

听闻此言，原澈只当她和祁湛之间有些儿女私情未了，也没有追问下去，故作几分同情之色："唉！真不知道哪来这么多痴男怨女。那你打算怎么做？"

微浓摇了摇头："我还要等我师父过来。在此之前，我不会露面，也请你……在他面前保守秘密。"

"你放心，我对你们之间的纠葛不感兴趣。"原澈转了转眼珠，"既然咱们也算沾亲带故，我就帮你这一次吧！你装成我府上的女护卫，我带你进城。"

"多谢世子。"微浓没想到原澈看得如此透彻，不禁对他另眼相看。这个魏侯世子，比传言中要聪明得多，也嚣张得多。儿子都这般聪明，魏侯就更加不可小觑了，身边又有云辰帮衬，祁湛能赢得了他们吗？微浓不知不觉地陷入了沉思。

原澈看到她愣神，不禁暗笑她痴傻愚钝，心道：再怎么聪明，也不过是个江湖女子罢了。我摆明是要抢祁湛的位置，她却还敢接受我的帮助，难道不怕我挟持她要挟祁湛？

他索性更进一步："你要在哪儿落脚？你师父不是还没来吗，不如先住到我府上来？"

"住到你府上？"微浓眸中浮起一丝戒备。

原澈嘿嘿笑了起来："你也知道，许多人谣传我好男风，若是有个女护卫在身边，也能替我驱驱流言。再者，你不想被他的人发现，难道还有比我府上更安全的地方吗？"

这倒也是。以云辰如今在黎都的势力，即便自己安全进了城，恐怕也躲不过他的眼线。可是云辰和魏侯的关系到底能维持多久？自己这么做，会不会给云辰带来困扰？微浓迟疑了。

原澈像是看穿了她的顾虑："你放心，你可以随时离开魏侯府。"

"那您图什么？"微浓半信半疑。

"我不是说了吗，我就是想添个女护卫。你知道我的事，又能见机行事，再合适不过了。"原澈从容地扇着扇子，目露一丝狡黠，"而且，能给他添添堵，我心里就更痛快了。"

不可否认，这个提议让微浓很心动，也许她还能借机查到云辰为何要接近魏侯，从而找到更多蛛丝马迹！

"您真的允许我随时离开？"微浓再次确认。

原澈冷哼一声："本世子说的话，何曾反悔过？"

"那我有言在先，若是有朝一日你们撕破了脸，还望您不要拿我要挟他。"微浓始终有所顾虑。

原来她还不算太傻。原澈如此想着，笑着点头："拿女人来要挟人这种事，也太不男人了！本世子还不屑于做。"

"那就好。"微浓松了口气，"您和他在朝堂上的事，我不想过问。我和他之间，也请您不要打听。"

"情情爱爱有什么可打听的？"原澈再次翻了翻白眼，"魏侯府的女护卫，不知道有多少妙龄女子抢破头要做，本世子亲自请你，你还推三阻四！"

他"哗啦"一下合上扇子，轻蔑地吐出四个字来："不知好歹！"

微浓掩口而笑，心里却骤然轻松很多，竟也说起了玩笑话：“不知您的女护卫每月能拿多少俸银？”

原澈看着她，目中流露出一丝真正的笑意：“你那剩下的一半银票，应该够付了。”

微浓早把这事忘得一干二净，闻言懊丧起来：“说来说去，还是让我白做工！”

“管吃管住，差事轻松，自由出入，我这个主子还不过问，”原澈眯起俊目，“怎么？你还不满意？”

微浓与他对视片刻：“好，成交！”

“我还叫你璎珞？”

“呃……还叫这个吧，我暂时也没想到别的名字。”

“好。”

第二十三章

飞蛾扑火，打草惊蛇

魏侯的封邑在丰州，当地以刺绣驰名，且盛产胭脂，故又名“女儿州”。原澈长在女儿州，却实打实地好男风，不得不说是一种讽刺。

做了原澈的护卫之后，微浓才得知，他这次是回京参加王太孙祁湛大婚的。而至于他的父亲魏侯为何没来参加婚仪，坊间传言纷纷。其中流传最广的说法是，宁王近年来有意削藩，魏侯为表抗议负气称病，已有一年多没回过黎都了。所以这次王太孙大婚，只让世子原澈来做个表面功夫。

但微浓觉得，魏侯之所以不来黎都，实则是怕被软禁在此。这等情况下，原澈还一路招摇地跑过来，看似游山玩水般逍遥自在，其实也很考验胆量。

为了与丰州的魏侯府区分开来，黎都的这座魏侯府又称魏侯京邸。当世子原澈带回一名女护卫时，京邸的所有下人都惊呆了。原澈的乳娘更是泣涕涟涟地拉着他的手，直说“世子开窍了”，迫不及待要去寺庙还愿。

微浓没想到，原澈身边除了乳母，竟然真的没有一个女人侍奉！这么说来，他身边的那些男护卫……微浓看王拓的眼神有些微妙了，而每当她流露出这种神色时，王拓的脸色都沉得吓人。

当夏季的第一场暴雨降临时，微浓已在原澈身边当了整整十天差。这十天里，她跟着他赴了七场宴会，挡了十来拨儿送礼之人，拒绝了两个主动上门的姑娘和三个清秀的男子，还替他跑腿买了几匹鲜亮无比的绸缎，再被他狠狠地唾弃了采买的眼光。

唯有在原澈入宫觐见宁王时，还有云辰宴请的那一场酒席，她谎称抱恙没有跟去。除此之外，她自认是鞍前马后，鞠躬尽瘁。

说起来，她虽是魏侯世子的贴身女护卫，实则差事却并不“贴身”。服侍原澈饮食起居之事她没做过，都是经验丰富又经得起骂的奴才在做。而王拓身为侍卫副统领是负责外头事务的，微浓算是折中，跟在原澈身边跑腿而已。

所幸，随着原澈在黎都安顿下来，各方的宴请也渐渐少了，进入五月，她轻松许多。每天日暮之后交了差，她的时间都是自由的，出入随意，只要在落锁之前回府即可。

这天傍晚雨停之后，她去了一趟福家客栈，给师父冀凤致留下一封书信，道明自己如今身在何处，但署名是璎珞。如此一来，若师父到魏侯京邸找她，也不至于露出什么破绽。

送了信之后时日还早，她又去了一趟如意坊的晚香楼——云辰常去的那家青楼。她换了男装，出手又阔绰，青楼里的姑娘都愿意与她分享消息。于是，她查出了晚香楼有一个红牌姑娘叫作……

“流苏？”原澈蹙眉，好奇地问，“璎珞为何要去打听一个风尘女子？”

王拓摇了摇头：“属下不知。但看样子，她去青楼并非一时兴起。”

原澈便开始推测：“难道这个流苏也是墨门的人？在妓院里当探子？”

“属下不知。”王拓实话实说。

“或者流苏与她有什么渊源？是她失散多年的亲姐妹？”原澈充分发挥了想象力。

王拓早已习惯了主子的自言自语，没有接话。

原澈却越发相信这个推测，一拍大腿：“哎，你看，一个叫璎珞，一个叫流苏，说不定真是亲姐妹！”

王拓的眼角抽了一抽，适时开口：“是否要派人打听一下这个流苏？”

“那倒不必。”原澈摆了摆手，“难道她见了谁，我都要查一查？府里的探子又不是闲得没事做。”

“是。”王拓不再作声。

原澈又自言自语了半晌，再问：“除了晚香楼，她还去了哪里？”

“福家客栈。”王拓从怀中取出信件，“她寄存了一封书信，属下誊写了一份，这是原件，请您过目。”

原澈打开书信仔细地看了一遍，又摸了摸边角，照了照烛火，才断定道：“也就是封平安信，没什么特别的。”言罢他才看到信封上的名字，恍然一笑，“原来她师父是冀凤致，看来她真是墨门的人了。”

“属下不明白，冀凤致不是江湖游侠吗？”

"那你就有所不知了，冀凤致出身墨门，听说是争夺门主之位输了，才愤而退出。"原澈边说边起身走到烛台旁，将书信烧了个一干二净，"看来璎珞的身份确凿无误，不必再查了。"

"还要每日派人跟着她吗？"

"继续跟吧，"原澈拨弄着烛火，"她是一枚好棋，保护好她。"

王拓会意告退。

转眼三日后，到了祁湛大婚的日子。

微浓并不想让祁湛知道自己在黎都，也不打算在他的婚仪上露面。她计划好了，这一日，黎都城的达官显贵都要去观礼，青楼的生意必然很萧条，正好适合她去查探消息。她一直记得在燕国钦天监时，连鸿曾提供的线索。

一大早用过早膳，微浓便去向原澈告假，人还没走到他屋子里，便有侍卫来唤："世子让璎珞姑娘去一趟。"

微浓见到原澈，还没来得及张口，后者已十分体贴地问她："今日王太孙大婚，你定然不想参加吧？"

云辰必定会去参加婚仪，微浓自然不能去，便点了点头："我怕和他碰上面。倘若您准许，我想告个假。"

原澈流露出几分怜悯之意，朝她点头叹息："真是个痴人啊！你去吧！节哀。"

节哀？节什么哀？微浓听得迷茫，但她向来不会和自己的好运气作对，毕竟原澈不发脾气的时候很少，如此好说话更是难得一见。于是她立刻道了声谢，又提前报备："今夜我大约会晚些回来。"

听闻此言，原澈目中的怜悯之意更浓了，做出一副"我很懂你"的表情，回道："你去吧！我让门房给你留着后门。"

微浓没再多言，径直告退。

她在魏侯京邸用过午饭，便出门去采买需要的东西，又在如意坊附近的客栈要了间客房稍作休息。她给了掌柜一张五百两的银票，让他装成嫖客，自己则装成小厮。到了傍晚，两人晃到了晚香楼，要了一间雅间，点了流苏姑娘弹琵琶。

趁着掌柜把流苏拖住，微浓悄悄地从雅间退了出来，摸到了流苏的房间，想要搜出蛛丝马迹。随着夜幕降临，晚香楼的喧闹声也渐渐大了起来，她这才发现自己判断失误，祁湛的大婚并没让这家青楼生意惨淡，听声音还是一如既往地红火。

时间一点一滴流逝，微浓把流苏房间里的床榻、桌案、妆台、屏风、博古架……搜了个遍，但一无所获。她有些急了，环顾屋内，觉得没什么地方能发现线索了，只得整理好房间准备走人。

刚打算跳窗出去，却听门外响起一阵脚步声，紧接着传来老鸨的问话：“流苏，你怎么没去招呼客人？”

“方才客人打翻了酒盏，溅了我一身酒水，我回来换件衣裳。”流苏的话语很急，不等老鸨答话，已推开屋门跑了进来。

难道被流苏发现了？微浓心头一紧，立即踩着窗台一跃而起，攀住房梁，轻巧地翻了个身藏在梁上。

就在她藏好的一瞬间，流苏已经走进了屋内。她并没有着急换衣裳，而是在几个屋子里来回踱步，掀开窗户看了看外头，又蹲下身子看了看床底，显然是在找人。

微浓屏住呼吸，想看她接下来会做些什么，倘若这屋子里真藏有什么重要物件，流苏必然会去查看一番。

只可惜让微浓失望了，流苏什么都没做，径直走到屏风之后开始更衣，不多时便脱得干干净净。微浓藏在房梁上看得清楚，烛光下流苏的胸前波涛起伏，身段玲珑窈窕，肌肤盈白剔透……然后，她换了一件新的肚兜，将漆黑的长发拨到胸前，低头开始系颈带。

而就在她拨开披散的长发时，微浓赫然发现她的背后有一幅刺青。那刺青很大，很妖娆，布满了她的整个后背。

那个刺青竟然和自己峨眉刺上的青鸾图案一模一样！

微浓掩口按下惊呼，直觉告诉她这并不是个巧合。但接下来流苏的表现就十分平常了，她将湿掉的衣裳随手挂在屏风上，又到梳妆台前补了胭脂，便急匆匆地重新出门。

看流苏这个样子，又不像察觉屋内藏了人。难道方才不是个借口，她是真的被溅上了酒水，所以才匆忙跑回来换衣裳?

而她之所以要四处查看一番，是怕有人偷窥她背上的刺青?

微浓情不自禁地抚摩上左臂，她的峨眉刺就藏在这只袖子里，很隐蔽。冥冥之中似有个声音告诉她，流苏背上的刺青是一个重大的发现，与她、与云辰、与楚国都有莫大的关联。

微浓决定立刻返回魏侯京邸，从长计议。

因着计划有变，微浓提前回到了魏侯京邸，祁湛的大婚还没有结束，原澈和王拓都不见踪影。于是她回到自己屋内，拿出那对峨眉刺端详。

青鸾这种图腾，不算是传统意义上的瑞兽，并不像龙凤、狻猊、貔貅等式样流传甚广。当初聂星痕送她这对峨眉刺时，她固然是看中了它们的材质，也是惊叹于这别出心裁的图案。

峨眉刺是一对，青鸾与火凤也是成双的，而流苏背后只有青鸾的刺青，这是否说明，还有一人身上绘着火凤？

遗憾的是，这么多年来，她从没问过聂星痕这对峨眉刺的来历，更不知道这两个图样有什么玄机。

思绪扯得有些远了，微浓感到一阵头痛，深知一时半刻也想不出什么所以然来，她决定先睡一觉再说。

刚换了衣裳，吹熄烛火，门外突然传来王拓的声音："璎珞姑娘，世子回来了，你去看看吧。"

微浓躺下翻了个身："我已经睡了。"此刻她根本无心顾及原澈。

门外，王拓沉默片刻，道："今晚云大人要在府里歇息，咱们这儿没什么女眷，你去帮着打点打点。"

微浓"噌"的一下从床上坐起来，披上衣服跑去开门："你说什么？云辰来了？"

"你该叫云大人。"王拓开口纠正，见她面色有异，便问，"你怎么了？脸色这么差？"

"没事，"微浓踌躇着，"云大人怎么会过来？"

"他喝醉了，云府差人来接，他不肯回去，非要和世子一起回来。"王拓无奈地道，"你小心，他们两个在耍酒疯。"

微浓听罢站着没动，欲言又止地问："让我过去服侍，是世子的意思？"

"是我的意思，"王拓表情有些不悦，"你是世子的护卫，而我是侯府的侍卫副统领，难道我还使唤不动你？"

"我不是这个意思……"微浓不知该如何解释了，"我不方便见云大人，世子是知道的。"

王拓神色一动，眉目却更蹙："你真的不去？"

"我……"微浓看到他眼中满满的警告之色，"好吧！我去。"

太久没见到云辰了，微浓私心里也想见他一面。也许他喝得酩酊大醉，根本认不出自己呢。

这般一想，微浓心里总算镇定了些，跟在王拓身后埋头走路。走了一会儿，她向四周看了看，有些惊疑："不是说要去服侍云大人吗？可这是去内院的路啊！"

"云大人就在世子内院。"

"啊！"微浓惊呼一声，忽然想到原澈好男风，心中顿生焦急之意，连忙催促王拓，"你快点儿啊！"

王拓面无表情地跟上。

两人齐齐赶到内院，刚一进门，便瞧见云辰和原澈坐在庭院的石案前，把酒正欢。远远望去，两人好像都挺正常，但仔细一看，身形却都是摇摇晃晃的。

此时原澈正在解上衣，边解边高声喝道："你等着！老子光膀子和你斗酒！"

云辰还算镇定，抱着酒壶笑道："随时奉陪。"

大约是去参加婚仪的缘故，云辰今日没穿白衣，穿了一件墨色的绣金长袍，远远看去，便如从前楚璃的太子朝服一般，令微浓有些恍惚。

分明是一样的眉眼、一样的气质，就连握杯的神态都一模一样，他怎能不是楚璃？微浓缓缓扶上垂花拱门，将自己藏在阴影之中，默然地望着他。

而王拓一看原澈开始脱衣裳了，立刻奔过去阻止："世子，夜里容易着凉。"

"你别管！"原澈好像真的喝醉了，一把推开王拓，摇摇晃晃地道，"我我我……正在和子离斗酒！若是输了，我就得把……剑转赠给他。我我我……我不能输！"

什么剑？微浓没听清原澈许诺了什么。

"璎珞，你还戳着做什么？"王拓忽然朝她大喝一声。

微浓没敢接话，下意识地看向云辰，恰好看到他慢慢地转过头来，朝她的方向扫了一眼。他的目光是茫然无焦的，视线也没在她身上停留，就那么轻轻一扫，便笑着看向了别处。月光铺泻在他身上，镌刻出一个清秀的影子，棱角分明的脸庞被雕琢出起伏的轮廓，像是博大的旧时光缓缓来袭，令人无从抗拒。

她还是头一次见到他醉酒的样子，和那只孔雀相比，他一点儿也不失态。可她却好像失态了，似是闻到了夏风中的酒气，有一丝蒙胧的微醺。

微浓咬了咬舌头，强迫自己保持清醒，她拿不准云辰是否看见了她，不过他在明，自己在暗，又藏在这垂花拱门后头，他大约是看不真切的。

这般一分析，她稍稍松了口气，但也不敢再迈步上前，故作嗫嚅地道："奴婢……奴婢去喊人。"言罢一溜烟儿地跑了。

难道璎珞见过云辰？怕被他认出来？这是王拓的想法。

此时原澈是在装醉，见微浓刻意躲避云辰，便想起了彼此初遇时，她曾说过她仰慕云辰。

好像有哪里不对劲。但为了不输掉龙吟剑，原澈也没心思想太多，他正在集中精力斗酒。他刚提起劲头，打算猛灌上一口，却听“砰”的一声，云辰失手摔了酒壶。继而，云辰整个人从石凳上滑了下来，直直躺在地上，醉得不省人事。

云辰输了，龙吟剑保住了！原澈咧嘴笑了起来，拢了拢半敞的衣襟，对王拓命道：“好生照顾云大人，给他弄点儿醒酒汤。”

“是。”王拓走过去扶起云辰，想了想，对原澈道，“璎珞今晚有些不对劲。”

“我也发现了。”原澈眯起双眼，望着醉酒的云辰，陷入了沉思。

微浓自打逃跑之后，便再也没回世子内院，直到听说原澈和云辰相继歇下，她才长舒一口气。

果不其然，王拓来找她的麻烦了。

微浓打开门，故意打了个哈欠：“王侍卫有事？”

王拓开门见山：“你认识云辰？”

微浓不知原澈告诉了他多少，便含含糊糊地回道：“这是我的私事，不用向您报备。”

“但你今晚失职了。”王拓冷言冷语地警告，“我必须知道原因。”

微浓抱臂靠在门框上，再次打了个哈欠：“真是好笑，我不过是借住魏侯府，又不是签了卖身契，您是不是管得太宽了？”

显然，王拓不吃她这套：“你别打马虎眼。”

她和云辰的关系，原澈明明是知道的，可见是王拓自作主张来问罪了。微浓有些反感他狐假虎威：“你若想知道内情，明日让世子来盘问我吧！”言毕“啪”的一声关上了房门。

微浓根本没把王拓的质问当回事儿，她满脑子都在想云辰，还有流苏背后的刺青。她原本以为自己必定是睡不着的，可大约是今晚太累了，想着想着，她竟也迷迷糊糊地睡了过去。

半梦半醒之间，微浓感觉有人在抚摩自己的后背，很轻很柔，很酥很痒。她有点享受，又有点害怕，竭力想要看清那人是谁，可头脑沉得要命，无论如何也睁不开眼。

渐渐地，她的意识也有些混乱了。那抚摩她后背的人，一会儿是云辰，一会儿变成了聂星痕，一会儿又成了原澈……

微浓吓醒了。她睁开眼一看，窗外天色已经微亮，而自己穿戴整齐和衣而眠，除了满头是汗，周身没有丝毫异样。

原来是做了个梦。

这一日，不仅微浓起得早，原澈也起了个大早，他要去陪云辰用早膳。他来的时候，云辰刚洗漱完毕，正打算派人回府里取衣裳。

恰好，原澈就给他带了件衣裳。

看见云辰仅着中衣，原澈的俊目立刻放光，笑嘻嘻地道："子离，咱两个身形差不多，你来试试我这件？"

云辰瞥了一眼他手上的衣袍，淡蓝色还算清爽，只是绣满了各式各样的飞禽，老鹰、仙鹤、大雁，什么都有，令人不敢苟同他的审美。

看见云辰含蓄的表情，原澈委屈地撇了撇嘴："这可是我府里最朴素的一件了！我都没穿过！新的！"

云辰轻咳一声："不劳世子费心了，我还是派人回去取件衣裳吧。"

"你嫌弃我？"原澈更加委屈了。

"不是，"云辰又轻咳一声，"实在是我不惯于穿别人的衣裳。"

"哦！对了，你有洁癖。"原澈心里好受了些。

两人正说着话，门外响起竹风的声音："大人，小姐差人给您送了衣袍。"

"哈！潇潇妹子真体贴！"原澈也不顾什么礼节，主动打开房门，对云辰笑道，"那你先更衣，我在膳厅等你哈！"

言罢他一蹦一跳地跑了，身上的玉坠互相碰撞，一路留下"叮叮当当"的声响。

这边厢，云辰换上云潇送来的衣裳，竹风用左手替他理了理下摆，一言不发。

"用过早膳，你先回去。"云辰惜字如金。

竹风一怔："主子……"

"你右手不便，还是以休养为主。"云辰冷冷地道，"让竹青过来替你。"

竹风听在耳中，暗暗心惊。那件事情已经过去好久了，初始主子虽然震怒，又亲手折了他的右臂，但近来已不再提，待他也一如往常。怎么一夜之间，主子又冷了态度？

可这毕竟是在魏侯府，竹风也不好多问，只得恭恭敬敬称是。

主仆两个一道去往膳厅用饭，还没进门，就听见魏侯世子在对人传话："璎珞这几天心情不好，你去传个话，就说我准她三天假。"

璎珞？竹风觉得这名字有些耳熟，不过重名之人何其之多，他也没再多想。而云辰已经毫无反应地踏进了门内。

"哎！子离再不来，我就要饿死啦！"原澈立刻起身相迎。

云辰绽开一丝笑意："世子何必等我。"

"应该的，应该的。"原澈殷勤地为云辰拉开椅子，毫无世子的派头，大大咧咧地笑道，"昨天晚上你喝醉了，那咱们的赌约就不算数了啊！"

"什么赌约？"云辰淡淡地问。

"就是你向我讨要龙……呃，你不记得更好！"原澈一拍桌子，神清气爽地笑了出来。

云辰一个字都没再问，摇头叹道："真是老了，喝了几杯酒便什么都记不得了，昨夜多谢世子手下留情。"

"哈哈哈，子离客气了。"原澈又与云辰闲扯了几句，两人便开始用早膳。

王拓也适时对竹风请道："偏间给竹侍卫准备了早饭，请您移步。"

竹风想起云辰的吩咐，不敢耽搁，出言告辞："我家大人还有事差遣，我这就告辞了。一会儿竹青会来侍奉，还望王统领多关照他。"

"好说，我送您出门。"王拓应下。

竹风又看了云辰一眼，见他神色淡漠，只得随着王拓离开。

反而是原澈看出了端倪，见竹风走远，忍不住问道："子离啊，你这个侍卫办错事了？"

云辰执箸的手顿了一顿，轻轻"嗯"了一声。

"哎，甚少见你发这么大的脾气。"原澈不禁感叹。

"是吗？"云辰望向空荡荡的门口，继而岔开了话题。

此后一连三个月，原澈一直盘桓在黎都，没有返回封邑。这期间，云辰频繁地登门拜访，有时是与原澈密谈，有时两人切磋武艺。微浓每每避而不见，便也不知云辰目的何在，她猜总归离不开朝堂大事。

这一日下了早朝，云辰又来找原澈密谈，微浓被迫再次出门，直至午后才回来。而此时云辰早已离开，只剩下原澈和王拓在书房谈话。

原澈感到很好奇："最近云辰是怎么了？隔三岔五往我这儿跑，明明没什么事，闲聊一番又走了。"

王拓猜到了原因，只得沉默。

原澈也猜到了："他每次来，璎珞都借口不见。"

王拓仍旧不接话。

原澈遂自言自语起来："云辰一定认识她，她一定是怕泄露行踪，嗯。"

话音刚落，便听见微浓的脚步声传来，原澈适时闭上嘴，看向门口："野了一个上午，还知道回来？”

但见微浓端着一个托盘跨进门槛，边走边道：“世子，您的父亲派人送来香料，说是您四季常备，这一趟在黎都耽搁久了，他怕您不够用，特意遣人送来。”

原澈有些疑惑：“怎么是你送来？”

微浓也摸不着头脑：“我也不明白，门房指定要交给我，说是等了我一个上午。”

原澈看了看她手上的托盘，旋即明白过来，哼了一声。

王拓也明白了，魏侯送香料是假，看人是真——他听说原澈终于找了个女护卫，便寻个借口派人来相看。自然，此事不能让微浓知道。

被父亲魏侯这一闹，原澈烦躁不已，对王拓道：“我想打架，你把龙吟剑拿过来，陪我练练手。”

王拓面色没变，语气却有些不服：“世子，您拿龙吟剑与属下过招，属下必输无疑。”

原澈气得一跺脚：“老子就是想赢，不想赢我用龙吟剑干吗？论功夫我能比得过你？”

王拓不敢再说什么，只得跑去取剑。

微浓一直站着没走，原澈瞥了她一眼：“你还站着干吗？”

“呃，我想看您比试。”微浓毕竟出身江湖，对舞刀弄剑最感兴趣，况且此刻她也无事可做，百无聊赖。

“我身法潇洒、流云变幻、剑法卓绝、世上无双，你千万不要偷师！”原澈大言不惭。

微浓连连点头，顿时笑得不可自抑。

不多时，王拓捧着龙吟剑跑了回来，原澈立即摆开架势。他揭开黄色绸布，“嗖”的一声拔剑出鞘。微浓只觉眼前一晃，闪过一片金灿灿的光芒。

“接着！”原澈把剑鞘扔给了她，随即杀气腾腾地与王拓比试起来。

微浓接过剑鞘，只觉手中沉甸甸的似有千斤之重。她低头一看，剑鞘上雕着一条栩栩如生的金龙，凹凸起伏，面目狰狞，蜿蜒盘亘，身形灵动，像是正要从这剑鞘之上腾空而起，蓄势待发鏖战天际。

龙吟剑，单听这名字，便知不是凡物。那晚云辰与原澈斗酒打赌，是不是为了这把剑呢？

微浓的心思飞快地转动着，连耳边的打斗声、喝叫声都听不见了，待到回过神来时，原澈已经叫了她两次：“璎珞？璎珞！”

微浓对这个名字还是不大适应，连忙“哦”了一声，回道：“恭喜世子赢了。”

原澈阴恻恻地笑：“原来你还瞧见了？额头上长眼了吗？”

“只怪这把剑太耀眼，我看得痴了。”微浓找了个绝佳的理由。

这倒是事实，原澈也信了，便从她手中拿过剑鞘，“唰”的一下还剑入鞘。微浓的目光仍旧流连在那把龙吟剑之上，根本管不住自己。

原澈看在眼中，得意扬扬地问：“怎么？还想见识见识这把剑？”

微浓犹疑一瞬，点了点头。

原澈炫耀似的将剑身再次拔出，这次微浓听清楚了，剑身出鞘之时，会发出一声清脆的低吟，细长悠远回响耳畔。

她恍然大悟：“难怪叫作龙吟。”

然而原澈只将剑身在她眼前晃了一下，便立刻放回鞘中。但只这一瞬间的光景，她已觉得寒光扑面，冷冽淬炼之意侵袭而来。

“怎样？是不是绝世名剑？比着你那峨眉刺有过之而无不及吧？”原澈故意问道。

微浓由衷地赞叹，直白说出自己的疑惑：“不过，既然叫龙吟剑，为何会在世子手里？难道不该在……王宫里？”

原澈闻言脸色一沉。

微浓立刻解释：“毕竟此剑名为龙吟，是一种象征，对吧？”

“此剑是昭仁太子殿下所赠。”原澈像是想起了什么，面色失意。

昭仁，是已故宁太子原真的谥号，即祁湛的父亲。原澈不唤他“太子伯父”，反而如此敬称，可见他们伯侄之间的关系还是不错的。想想也是，倘若关系不好，宁太子又岂会将龙吟剑赠给原澈？

大约是被触及了往事，原澈的脸色越发沉敛，却又不像生气的意思。微浓不敢再多问，静静等着他示下。

就在此时，有侍卫跑来禀报：“启禀世子，姜国进贡了十匹良驹。王上赐了两匹给您，如今全公公已到了府门口。”

原澈一听这话，终于恢复了些精神，先看了微浓一眼，才问道：“知不知道王太孙得了几匹？”

“这……属下不知。”侍卫回道。

但原澈还是很高兴，立即要去前厅接待全公公。他接过汗巾擦汗，想了片刻，才把龙吟剑给了王拓：“你把剑放好。”又指了指微浓，“你随我去见全公公。”

微浓立刻抗拒：“我不能去！”她曾经去过宁王宫，而那位全公公就在宁王身边当差，肯定是见过她的。

原澈也醒悟过来，笑回："哦，差点忘了，你不能见宫里的人。"言罢自行去了前厅迎接。

王拓也没再多言，将龙吟剑擦好、裹好，打算去放剑。

微浓忙问他："我能跟着去吗？"

王拓神色有些古怪，看了她半晌，才道："跟来吧。"

两人走在路上，王拓刻意与她保持些距离。微浓见他一直无话，便主动打听起来："这把龙吟剑，好像很贵重？"

王拓故作惊讶地看着她："青鸾、火凤、龙吟、惊鸿，四大旷世神兵，你没听过吗？"

"你说什么？"微浓大为震惊，"四大旷世神兵叫什么？"

"就叫青鸾、火凤、龙吟、惊鸿，"王拓瞥了她一眼，"我还以为你知道。"

四大神兵……微浓的思绪一下子乱了。她忽然想起自己那对峨眉刺，绘的正是青鸾、火凤两个图案，传说中的上古神兽，王母的坐骑。而楚璃所赠给她的那把剑，恰好就叫惊鸿剑。

难道真的这么巧合？

微浓忍不住追问："这四大神兵，都在谁手中？"

王拓认真地回忆片刻，才道："听说青鸾、火凤在燕国，惊鸿剑在楚国，龙吟剑在这儿。"他指了指怀中的龙吟剑，又道，"不过都是传言罢了，尤其是惊鸿剑，楚国国破之后便失去下落，大约是到了燕王室手中。"

微浓闻言险些踉跄。她不自觉摸上右臂，那对峨眉刺就藏在袖中，她转而去摸腰间，才想起惊鸿剑早就被云辰拿走了。

按照王拓的说法，楚璃当年赠给她的惊鸿剑，无疑就是那四大神兵中的惊鸿。那聂星痕送她的峨眉刺呢？会是青鸾、火凤吗？

蓦然间，微浓想起了流苏背上的那幅刺青，与自己这峨眉刺的图案一模一样；而她夜探云府那晚，云辰又取走了她的惊鸿剑；还有云辰与原澈斗酒时，赌注好像正是龙吟剑。

青鸾、火凤、龙吟、惊鸿，难道这才是云辰的目的？他在找四大神兵？微浓的目光，流连在王拓怀中的龙吟剑上，她忍不住追问："既然是旷世神兵，昭仁太子怎么会把龙吟剑送给世子？"

王拓看了她一眼，才道："这把剑一直珍藏在东宫，世代为宁国储君的象征。这些年昭仁太子身体每况愈下，膝下也无子嗣，曾经想过要将世子过继到东宫，才把剑赠给了世子。”

把原澈过继到膝下？真亏宁太子想得出来。他即便要在兄弟中过继子嗣，也该选择庶子或者嫡幼子才对，哪能把承袭爵位的世子过继来？何况魏侯就这一个嫡子，自然不会愿意了。

王拓知道微浓所想，又主动解释道：“世子向来特立独行，思想与常人有异，就连侯爷都无法理解。倒是太子殿下对世子非常包容，所以纵然外界对太子殿下颇有异议，世子也是一力维护，无有不敬。”

说到此处，王拓又叹了口气：“太子殿下薨逝之时，也是世子与王太孙一起扶灵。”

难怪方才提起龙吟剑时，原澈的脸色如此难看，原来不是生气，而是伤心。似原澈这般的性子，飞扬跋扈又好男风，若不是有个魏侯世子的身份顶着，大约也是世所不容。就连亲生父亲都不能理解他，宁太子却对他关爱有加，这伯侄之间的感情可想而知。

微浓又想起方才宫里来赐马时，原澈特地问起祁湛得了几匹马。这种类似小孩子的争宠计较应是原澈的心声吧？恐怕他对祁湛的敌意不止于政见不合，也是亲情之争。

微浓正兀自想着，却听王拓叫了她一声：“我要去放置龙吟剑了，你回避一下。”

微浓心思一动：“这么神秘啊。”

王拓笑了笑，站在原地没动。

微浓友好地拍了拍他的肩膀：“那我先走了。”

她竭力保持着镇定的神色，往自己住的小院里走去。直至走得足够远了，她才低眉看了看自己的手掌，露出一丝狡黠的笑意。

这次北上，师父在临别前给了她不少追踪粉，终于能派上用场了！

原澈送走了全公公，便去马厩看了马，然后一整天都是喜滋滋的。之后一连几天，他每日都要去跑马一个多时辰，还亲自照料爱驹洗澡。

微浓顶着秋老虎的余威，陪着原澈熬日子。如此熬了四五日，原澈终于发现她很勉强，便让王拓过来接她的班。

微浓如蒙大赦，恨不得千恩万谢。但她没想到，在她背后，原澈正盘算着一些事情。

王拓来接班的当天，原澈没再跑马，而是带着他到府邸的马厩看了一圈。王拓对此不明所以。

“你在马厩看到了什么？”原澈径直问道。

除了马，还能有什么？但这话王拓没有说。

“我这几天看了璎珞的马，”原澈摸了摸下巴，“从前没留意，这一次我看了个仔细。”

王拓心里“咯噔”一声，预感到大事不妙。

“姜国的良驹举世闻名，易帜之后，老爷子特地在条款上加了一条，让姜国每两年进贡上等千里马一万匹。而燕王宫每年也向姜国买马，为了区分二者，姜国卖给燕国的马都会盖上一个‘燕’字。”原澈的神色渐渐变得很难看，“你说，璎珞的马屁股后头，怎么会有一个‘燕’字？”

王拓从来没有留意过微浓的坐骑，他想了想，先问：“那标志在哪儿？会不会是您看错了？”

“马屁股上，你自己瞧瞧。”原澈脸色铁青。

王拓连忙跑去祥瑞身后，看了半晌却没见到那个“燕”字，偏巧祥瑞认生，不停地扬着后蹄抗拒，尾巴还甩来甩去。王拓这才发现，那个“燕”字就藏在马尾之后，非常隐蔽。

王拓心中一沉，却想不出什么说辞替微浓解困，耳中但听原澈冷冷地道：“若是祁湛送她 匹好马，我 点也不奇怪。但是燕王宫的马，祁湛那家伙能弄来吗？”

王拓走回原澈身边，思索片刻才道：“璎珞姑娘是墨门杀手，从前必然执行过很多任务，也许因缘际会下得了一匹好马也未可知。”

他自顾自找着理由，一抬头，却见原澈狐疑地看着他：“王拓，你帮谁说话呢？”

王拓立即低下了头。

原澈冷笑起来：“别以为我没发现，你最近看似疏远璎珞，实则特别留意她，如今又帮她说话，你是不是看上她了？”

王拓立刻跪下，心里却长舒一口气：“请世子恕罪，属下……”

他正在考虑该不该认下，却猛然挨了一记窝心脚，是原澈狠狠踹在他的胸口，怒斥道：“混账！你不知道她是谁的女人吗？”

王拓只觉胸口痛得喘不过气来，喉头一甜，硬生生将那口血给吞了回去。他知道这一脚原澈留了情面，否则他早就昏过去了。

“属下……只是觉得璎珞姑娘可怜，”王拓强忍着胸口的痛意，故作诚恳地道，“属下不敢有非分之想。”

“那就好，”原澈脸色稍霁，“她身份复杂，你可别犯浑！”

“是。”王拓开始担忧起来。

原澈闭目缓了缓气息，才道：“她的事你不必再查了，我会另派人选。这几天你养伤吧！”

“属下告退。”

王拓捂着胸口离开马厩，径直去了城南的医馆疗伤。敷药包扎过后，他将一张字条递给医馆东家，叮嘱道：“立即派人传信至燕国驿站，就说娘娘的身份即将泄露，请摄政王示下。”

第二十四章

醉笑一场，酒醒断肠

当日，微浓再次向原澈告假。

她原本是想等师父冀凤致到黎都之后再行动的，可等了四个月，师父没有半分消息，她实在忍不住了。这一次她有了筹码，她要光明正大地去见流苏。

傍晚时分，微浓草草用过饭便换了男装出门，直奔如意坊的晚香楼，点了流苏作陪。

流苏也没多问，径直推了一桌客人，在雅间设宴款待微浓。当两个女人面对面坐下时，她们才意识到，这是彼此真正意义上的第一次照面。

微浓终于有机会认真地打量流苏，她想起四个字来——淡雅脱俗。她不是没见过比流苏更漂亮的女子，事实上明丹姝、姜王后乃至云潇，容貌上都要比流苏高出一筹。但她莫名觉得流苏气质绝佳，不像是青楼女子，也许这身份本就是一个幌子。

微浓强迫自己止住念头，含笑道："上次与姑娘见面，还是去年灯会时。"

流苏淡淡一笑："是啊，转眼一年半了。"

微浓笑问："荷花灯好看吗？"

流苏面色不改："好看。"

寥寥几句话，彼此都听出了对方的敌意。流苏笑着替微浓斟酒。

微浓望着渐渐盈满的酒杯，直言道："我既然来了，便是知道了姑娘的身份，还有您和楚璃的关系。"

"您误会了，流苏只为离侯效劳。"流苏斟酒的手十分沉稳。

微浓低头沉默一瞬："是我失言。"

流苏便率先举起酒杯："说正事之前，流苏先敬您一杯。"

微浓没多做矫情，与其碰杯一饮而尽。饮尽的一刹那，她看到流苏因喝酒而微微仰起的脖颈，白皙、修长、线条流畅、锁骨清晰，有一种诱人的优雅。

她忽然没了兴致再迂回曲折，搁下酒杯，道明来意："我想见云辰一面。"

流苏抿唇想了片刻："您去姜国了吗？还没打消念头？"

微浓听得好笑："你没资格对我说这句话。"

流苏面上终于变了色。

微浓这才觉得心里舒畅了些，又道："做人，最重要是摆正位置。我是你主子的故友，你僭越了。"

流苏很快恢复冷静："作为下属，我自然要为主子分忧。自从燕国灭楚之后，主子就不想再看到您了。"

微浓听罢默然须臾，才半真半假地道："我知道他来宁国的目的，我也有他想要的东西。请你转告他，让他见我一面。"

流苏仍旧端着架子，轻笑拒绝："既然您想见主子，为何不亲自寻上门去？您到晚香楼来，岂不是舍近求远？"

"我若直接找上门去，他不会见我的。"微浓出奇地清醒，"而且，他府上必有宁王的眼线，我不想让有心人看见。"

流苏抿唇再笑，打定了主意不接话。

微浓见状，慢慢从怀中取出一张图纸，"刺啦"一声撕掉一半，推到流苏面前："这是龙吟剑的藏剑之地和入门机关，你交给他，看他见不见我。"

流苏脸色骤变，猛地出手去夺微浓手中的另一半图纸。

然而微浓早有防备，转身掠过面前的酒壶，将那一半图纸塞了进去。满满一壶酒才喝了两杯，图纸遇上酒水，可想而知。

微浓晃了晃酒壶，笑着盖上盖子，这次换她给流苏倒酒。

"哗啦"一声，墨色的酒水流入琉璃杯中，空气里缓缓地弥散着浓重的墨香，遮住了美酒的原味。

微浓看着对方，轻轻一笑："我在此处敬候佳音。"

一个半时辰后，云辰姗姗来迟，他的白色衣袍上还沾染着些许酒意，应是从哪个酒局中途跑出来的。

而看见微浓，他一点也不意外。

整整十五个月了，这还是他们第一次正式碰面。微浓以为他至少会寒暄一句，但没有，他径直讽刺："去了一趟姜国，你还没死心？"

微浓瞥了一眼他身后的流苏，只道："我想单独与你谈谈。"

"不必，她是自己人。"云辰表情自若，转身招呼流苏，"重新上一桌酒菜，我与微浓姑娘喝几杯。"

流苏应声退下，临去前淡淡瞟了微浓一眼。

微浓就势垂下长睫，对云辰问道："我在姜国受伤的事，你知不知情？"

"知情。"

微浓猛然抬眸。

"若非我同意，没人能调得动竹风。"云辰神情坦然，"抱歉，我习惯先震慑后安抚。"

"先震慑后安抚？"微浓怅然一笑，"所以'去姜国'那三个字，是你的陷阱？"

云辰默认，又从袖中掏出那一半图纸，澄清的目光中闪现着不悦："既然王姐全都告诉你了，你还来做什么？"

"你知道我为何而来。"微浓锲而不舍，"楚璃，我知道是你。"

她的盈盈目光已近偏执，一动不动地望着对方，似要从他面上看出什么端倪。

云辰却倏然起身："你有完没完？你想害死我？"

"只要你告诉我实情，我立刻离开，绝不破坏你的大计。"微浓近乎乞求地望着他，"楚璃，我只要你一句话。"

"你想要什么话？"云辰怒极反笑，"是你心目中的天人尚苟活于世，还是他为了生还，让孪生兄弟去替他送死？"

微浓丝毫没被他的情绪所影响，执着地望着他。

"你把王兄当成什么人了？他宁愿去死也不会忍辱偷生！"云辰一把甩出手上的图纸，指着门口，"不管你想做什么，拿着你这鬼画符的东西滚出黎都！"

微浓静静地听他说完，自顾自地笑起来："我知道你想保护我。你赶我走，是怕我被人盯上，也怕你自己被人掣肘。"

云辰冷笑："你还真会想象。"

微浓就像没听见一般，兀自又道："如今想想，我可真是傻。当年楚琮扶灵回国，无论如何不让我看你一眼，我就不该相信你死了。后来知道你们是双生子，我……"

云辰像看疯子一样看着她，目中满是戒备。

微浓喉头哽咽，也没再往下说。

云辰又扫了一眼那半张图纸："你从何得来？"

"我在魏侯京邸做女护卫，偶然探知了龙吟剑的藏地。你上次与原澈酒后打赌，我猜你是想要龙吟剑。"微浓如实回道。

"我不需要。"云辰的态度坚决。

他话音甫落，流苏已端着酒菜走进来，一一摆上，又给两人斟了酒。这之后，她便没再出去。

微浓只得当着她的面道："可是我方才拿出藏剑图纸时，流苏姑娘出手抢夺，可见你很需要。"

"她会错意了。"云辰神情冷淡。

"那她后背的刺青是怎么回事？"微浓甩出袖中的峨眉刺，重重拍在桌案上，"我不介意当场比对一下，看看是谁在觊觎四大神兵！"

此言一出，流苏大惊失色，云辰也终于蹙起眉峰。

青鸾与火凤的光泽交相辉映，照得屋内既流彩又诡异。

微浓步步紧逼："怎么？被我猜中……"

她余下的话语淹没在了流苏的惊呼之中——是云辰突然发力，一把扼住她的脖子，将她按在了墙壁之上。

云辰面上浮起狠戾之色，澄澈的目光杀意凛凛："你知道得太多了。"

微浓感到呼吸困难，她下意识地想要挣扎，流苏却立即跑过来，扯下腰带捆住她的双腿，又将她的双手钳制住。

身后是冷冰冰的墙壁，身前是云辰风清月明的身姿，可他宽大温热的手掌正紧紧扼着她。微浓感受着咽喉处的窒息，瞪大双眸看向他，眼泪却不由自主地淌下来。

这一刻，她清楚地感受到，云辰想置她于死地。

"既然你想死，我可以告诉你全部实情。"云辰的手劲突然一松，面上戾气却重了三分，"你一直觉得王兄对你很好？别做梦了，一个燕王的野种，出身低微，姿色平庸，他为何厚待你？难道你没有想过？"

微浓身子一震，云辰已脱口而出："他是为了你的峨眉刺！"

楚璃是为了峨眉刺？！微浓不相信，拼命地摇着头，可心里有个声音却在怂恿着她：听下去！听下去！

"青鸾、火凤、龙吟、惊鸿，这四大神兵隐藏着一个巨大的秘密，只有我们楚王室知道。数十年前四大神兵散落各地，我们花了无数工夫，才查出青鸾、火凤流落到燕国聂星痕手里，而他却转赠给了你！"

云辰的面容渐渐浮现出巨大的讽刺："你以为你和他的丑事能瞒得过去？若不是为了你手上这对峨眉刺，王兄怎会让太傅去燕国提亲，钦点你做太子妃？你配吗？！"

是，她不配！微浓一直知道自己不配。那个宛如天人的男子，从见到他的第一眼，她就知道自己配不上他。微浓渐渐停止了挣扎，任由云辰扼着自己。

她死也要死个明白！

"不过苍天有眼，你成了燕王的私生女，这省了王兄不少工夫。"云辰的手劲又是一紧，仿佛有巨大的怒意无处发泄，"只可惜阴差阳错，联姻之后我们才得知，你把青鸾、火凤当掉了！王兄立刻出面买了回来，又发现聂星痕一直在寻找峨眉刺的下落。为防他怀疑，王兄便誊抄了图样，把峨眉刺重新卖给了那家当铺。"

云辰眸中的阴郁越来越浓，像是墨入清水，渐渐浑浊："青城公主，也不瞧瞧你残花败柳的样子！与亲兄长有染，还妄想得到王兄的爱护？真是异想天开！"

这一席话，让微浓如遭雷击。多年以来，她一直觉得疑惑，从见到楚璃的第一面开始，他就对她温柔体贴，他们是陌生人才对，这世上没有无缘无故的善待。

而今日云辰的一番话，就像是星星之火，燎起了她心中那片耿耿于怀的荒原。当年楚璃为何会有她的画像、为何会让沈觉携画求娶，原来这就是真相！是为了她的峨眉刺！

"还有，当年惊鸿剑从天禄阁被盗，王兄为何去看你？并不是担心你的安危，他是怀疑你盗了惊鸿剑！我们都在猜测，是不是燕国发现了这个秘密，特意让你在母后薨逝之时趁机盗剑！"

云辰抬起无力的左手，狠狠给了微浓一巴掌："而你做了什么？若不是为了燕、楚两国邦交，为了你的清誉，你早在八年前就被处死了！和亲公主还未过门就私藏钦犯，如此不知廉耻的事情，你怎么有脸做得出来？"

自己不知廉耻吗？微浓心中惶然，拼命地想要呐喊否认，奈何她咽喉上的手时紧时松，她浑身的血液仿佛凝固了一般，眼前只剩一片漆黑。

然而云辰却继续在她心口上捅着刀子："今日既然说开了，我索性全都告诉你。当年王兄把惊鸿剑转赠给你，也是一种试探，无非是想看看聂星痕的反应，看他是否知道这个秘密。"

云辰朗声大笑着，笑声却渐渐悲愤："楚国降了之后，我见过你两次，就是想取回惊鸿剑。可惜你太蠢，回国就行刺聂星痕，让他把剑拿走了！怎么？你真以为我是受王兄的嘱托照看你吗？真是可笑，他为何要念着你这个不忠不贞的荡妇！"

不忠不贞的荡妇……也许在楚国国破之时，微浓还能底气十足地反驳这句话。但如今，在她改嫁过聂星逸之后，她还能反驳吗？不！她再也没有资格了！

想到此处，微浓的眼泪更加汹涌，几乎要忘记脖颈上的疼痛。那些泪水一滴一滴落在云辰的手背上，像是灼烫了他的肌肤，他猛然松开手，任由微浓跌坐在地，大声咳嗽起来。

“不是的，你在骗我……你在骗我！”微浓喉头疼痛难忍，呼吸几乎凝滞，就连放声大哭也哭不出来。她一边咳嗽一边流泪，难以想象从前楚璃对她的种种美好，竟然都是处心积虑！

他明明如此体贴温存，明明对她万般呵护，明明到了交战的最后关头还在保护着她……她忽然不敢去想，到底什么是真，什么是假。为何同样一件事在她和云辰的眼中，动机竟是天壤之别！

那些支撑她到如今的信念、回忆，轰然崩塌！

微浓浑身就像是泄了力气，泪流不止，心底一片哀伤。

云辰就这般负手看着她，目中的恨意有增无减：“去年你夜闯我的府邸，我是看到惊鸿剑才认出你。按理而言，你是和亲公主，又是聂星痕的女人，我是杀你千百次也不能解恨。但看在你曾维护楚王室的份上……”

云辰缓缓合上双目：“我不知道王姐为何允许你再来，但这是最后一次，你若再敢坏我的事……”

“我会杀了你！”最后五个字，他说得如此咬牙切齿，如此令人胆寒。

而微浓只是捂着脖颈，跪坐在地上凄然哭喊：“不，我不相信，我不相信！你在骗我！”

“骗你？”云辰冷笑，突然一把抓住流苏，剥下她的纱衣，“你看看她的后背。”

流苏不见半分羞涩，当着微浓的面将上半身衣裳褪下，用手轻轻挽起背后青丝，露出大片光洁雪肤。

青鸾在云海之上振翅欲飞，这逼真的图案，正是微浓手中峨眉刺的放大版。云辰沉声说道：“这图案是王兄亲笔所画，一式两份，流苏背上一幅，我手上一幅。为防止有人偷天换日，王兄在右下角留了特殊记号，你若有心，理应看得出来。”

微浓依照提醒看过去，但见流苏的右后腰方位，画了一片丹桂的叶子，很轻、很淡，已和整幅画融为一体，不仔细看根本看不出来。那叶子的脉络很奇特，依稀像是一个“从”字，正是楚璃独特的笔法。

楚璃生前酷爱桂花，从前的云台宫就遍植名品桂树，他甚至还曾刻过一枚闲章，章子上就是这样一片丹桂叶子。

这图，的确是楚璃亲笔所画！楚璃，真的谋过她的峨眉刺！

微浓终于撕心裂肺地哭出声来。

云辰冷眼看着她痛哭不止，不再说话。屋内低回着伤心欲绝的哭泣声，和屋外隐隐传来的丝竹之乐夹杂在一起，刺耳得鲜明。

“死心了？”半晌，他凉凉道上一句。

微浓一手撑着地，一手撑着额头，唯恐自己会失去最后一丝尊严。她原本是鼓足了勇气来见云辰，也做好了准备再失望一次，她甚至能够接受楚璃已死去五年的事实。

只是她没想到，事实比想象中更加不堪。

“有些事我原本不想戳破。”云辰转而望向雅间里的琉璃灯盏，语气依旧冷冽，“今日之事让你吃个教训，往后你要有自知之明，不要让彼此落得难堪。”

是啊！她本可以拥有一段最美好的回忆，足以慰藉余生，可她偏要亲手去打破，让那个完美无缺的男人成了碎影，让她所怀念的一切都成了阴谋诡计！

她曾自认是天底下最幸运的女子，可一转眼，却成了天底下最愚蠢的女人！

微浓凄然地笑起来，捂住流泪不止的眼睛，强迫自己保留最后一丝尊严。然后，她慢慢地伸手入怀，掏出一张轻柔的绢帕，喑哑着道：“这是藏剑之地和入门机关。”

云辰看了一眼，直言拒绝：“你拿走吧。”

“主子！”流苏忍不住发声阻止。

微浓亦是抬眸看他：“你与魏侯交好，不就是为了这把剑吗？”

“任何人的好意我都乐于接受，唯独你的不行。”云辰冷淡地道，“我们楚王室不欠你的情，更不想与你再有牵扯。”

“就当是我为他做件事……”微浓攥着手中绢帕，“毕竟，这是他的遗愿。”

言罢，微浓踉踉跄跄地站起身来，将绢帕放在桌案上，没有再说一个字，默默地推门而去。

晚香楼的夜晚活色生香，上演着无数情情爱爱。微浓跨出门槛步下台阶，凄惶地转身望去，只见二楼临街的雅间里，云辰修长的身影正倚在窗边，不知在和流苏说着什么。

他究竟是楚璃，还是楚珩？已经不再重要了。

她曾美梦迷离地大醉过一场，酒醒之后却断了肝肠。

夜晚的风掠过空茫的心，头一次，微浓觉得自己无处可去。

第二十五章

龙困浅滩，凤凰涅槃

这一晚，微浓像个孤魂野鬼一样漫无目的地游荡，直至整座黎都城都已宵禁，她还没回到魏侯京邸。毫无意外，她被官兵拦下了。

好在原澈今夜一直派人跟着她，那人见她要闯祸，忙将她带了回来。

“这女人三更半夜要干吗？魏侯府的脸都被她丢尽了！”原澈还没见到人就开始大发雷霆，他怒气冲冲地赶到前厅，打算质问微浓。谁料对方竟是双眼红肿，形容狼狈，脖颈、手腕处都有明显的伤痕。

原澈见状，气不打一处来，指着她喝问：“这是谁干的？敢动魏侯府的人？谁不要命啦？”

微浓像是一个字也没听见，失魂落魄，流泪不止，原澈只好先找大夫替她疗伤。

跟踪微浓的人则悄悄回道：“世子，属下今晚一路跟着璎珞姑娘，但在晚香楼被人拦下了。只知道她见了一个名为流苏的妓女，等她出来时就成这样了。”

“以你的身手，还能被人拦下？”原澈有些狐疑。

手下人面有难色：“妓院里都养着打手，您又叮嘱不能打草惊蛇，属下只好在外等着。”

原澈一听这话，气更是不打一处来：“你不会装成嫖客吗？璎珞点妓女，你不会也点吗？你不会包下她隔壁吗？”

原澈抬手戳在那人额头上，毫不留情地道：“就你这水平，还想把王拓挤下来？你怎么不把我挤下来？”

手下人立即跪地请罪，心里却道原澈想得太过简单，以晚香楼刀枪不入的架势，根本不像是一般的妓院。可原澈正在气头上，他竟是一句都没敢再提，生怕原澈以为他在狡辩。

原澈自是越想越生气，又一脚踹在他膝盖上："滚滚滚，滚回娘胎去！"

手下人连连称是，捂着膝盖一瘸一拐就要退下。

"回来！"原澈又反悔了，"没眼色的东西！老子话还没问完呢！"

手下人心里叫苦，只得赔笑。

原澈气得手抖，连茶都端不起来，平复半晌，又道："再问你一句，你若还答不出来，老子把你调去洗茅厕！"

言罢，原澈"咣当"一声放下茶盏："你跟着我的日子不短了，也见过不少达官显贵，今晚有哪些人出入过晚香楼？"

手下人顿时无言以对，结结巴巴地道："太多了，属下……属下实在记不得……"

原澈怒其不争，顺手将一杯热茶泼在他身上："王太孙、云辰，这两人有没有露过面？"

"有……云大人好像进去过……"

原澈听到想要的答案，脸色总算好一些，俊目一眯，不耐烦地摆手："行了，去洗一个月茅厕吧！"

若不是今天他把王拓踹伤了，也不至于找了这么个笨蛋去跟踪璎珞！原澈回想着她脖颈上的累累伤痕，烦躁地在内院里来回踱步，直熬到快天明时，大夫才跑来回话："禀世子，姑娘颈上的勒痕严重，是人为的，小人已为她上了药。姑娘左手手腕脱臼，小人也为她接上了。除此之外，她的背上、膝盖都有些擦伤，并不严重。"

原澈听到"人为"这两个字眼，脸色阴沉得吓人。

大夫见状有些害怕，说话也磕磕巴巴："姑娘最近五天只能进……流食，最好不要……开口说话……"

"这几日就劳烦大夫在我府里歇息，以便随时诊治！"原澈没给对方拒绝的机会，直接转头走了。

思来想去，他还是打算去看看微浓，又想起男女有别，便站在她院门外敲了敲门："璎珞？"敲完门又想起她颈上有伤，大概说不出话来。

他只得推开院门往微浓屋子里走，这还是他头一次进侍卫的屋子，不由打量了一眼。屋子是一室一堂的格局，空间逼仄，但被人收拾得干净整洁，就是看不到什么私人物品。

原澈想了想，自璎珞住进来之后，除了当差就是往外跑。这屋子就是用来遮风挡雨睡个觉，的确没什么机会待着，自然会是冷清简洁。他边看边走到卧房门前，索性也没敲门，直接走了进去："璎珞？"

话音刚落，原澈已是吓了一跳。只见微浓直挺挺地躺在床榻上，脖子上缠着厚厚的纱布，左手露在被子外头，手腕已被两块板子固定住。这原本也不算什么重伤，但最重要的是她双目无神，呆滞地望着虚空之处，毫无生气。

乍一看，她就像死了一样。原澈自知此刻绝对问不出什么话来，只得关门离开。他让管家找了个侍女服侍微浓，然后倒头便睡，这一睡就到了晌午，待到午饭时分才起身，管家又来禀报说："世子，云府的侍卫竹风求见。"

原澈一听是云辰的人，立刻来了精神，却不立即宣见，直至慢条斯理地用完午膳，又回房换了一身更加鲜亮的衣袍，才道："把竹风带进来。"

等他"打扮"完毕来到前厅时，竹风已前前后后等了一个时辰。

"竹侍卫啊，真不好意思，我有点急事在身，让你久等了啊！"原澈若无其事地笑。

"世子折杀小人了。"

"哦，你家大人有事吗？"

竹风恭恭敬敬地行礼，故作愧色："禀世子，我家大人说，昨夜他与您府上的护卫生了些误会。他本想今日登门解释，但王上安排了紧急公务，需出城大半个月，只好等回来再向您请罪。"

竹风言罢，老老实实地送上一封云辰的亲笔书信："这是我家大人的书信，请您过目。"

原澈面上看不出一丝生气的样子，目光落在竹风的右臂上："竹侍卫的手伤还没好吗？"

竹风故作受宠若惊："陈年旧伤，这次复发得有些厉害，已经控制住了。多谢世子关心。"

原澈点了点头，状若无意地叹气："你要保重自己啊！你看，原来子离到哪儿都带着你，如今你手不方便，他都不带你出城办差了。"

竹风身子一震，勉强笑回："是小人没有福分。"

"唉！找个合心意的侍卫真不容易！"原澈又是一叹，"子离少了你，是缺了左膀右臂。我少了璎珞，又何尝不是？"

竹风听出些埋怨的意思，却装作没听懂，转移话题道："我家大人还命小人带了些药品和补品，不知是否方便……"

“方便！怎么不方便！”原澈大大咧咧地笑着，“你想当面交给璎珞是吧？我让管家带你过去。”

竹风立刻道谢，跟着管家去了后院。不多时，他又回来向原澈告辞：“东西已经送到，您若没别的吩咐，小人就此告退。”

“去吧！一场误会而已，让你家大人别放在心上。”原澈翻脸比翻书还快，方才的不满好像已经消失，竹风也摸不清他到底在想些什么，说了几句客套话便匆匆告辞。

他前脚一走，原澈便问管家：“情况如何？”

“竹风道了个歉，没说什么。”

“他怎么道歉的？”

“他说：‘我家大人出城办事，临行前特意吩咐，让我来探望姑娘，送上当归等药材给姑娘补身子。昨夜大人喝了些酒，略显冲动，还望姑娘不要放在心上。’”

喝了些酒略显冲动，就能把人搞成这个样子？原澈不大高兴：“这算哪门子的道歉？璎珞有什么反应？”

“呃，璎珞姑娘很冷漠，没什么反应。”管家如实回道。

“嘿！还算有点儿骨气！”原澈的面色总算好了一点。

管家又小心翼翼地问：“云府送来的补品、药材，您看怎么处置？”

“让璎珞自己看着办吧！”原澈不耐烦地回了一句，直接踱回内院，对着烛火展开了云辰的书信：

世子台鉴：

王上急诏，出城半月即回。贵府女护卫大有蹊跷，容后面议。

云辰拜笔

这的确是云辰的字迹不假，但字数寥寥，写得也很潦草，可见是匆忙写就。原澈读了这封信，心里总算舒服了些。无论如何，云辰还算知道分寸，到底是给了他一个交代。

不过看到那句“贵府女护卫大有蹊跷”，原澈心里又开始焦虑，生怕璎珞真是燕国派来的女探子，再从他手里窃走了什么重要消息。

还有，她怎么会和云辰扯上关系的？原澈越想越觉得不安，当即召来王拓：“你差人给璎珞画个像，送给咱们在燕国的探子瞧瞧。”

王拓心里一惊，却不敢不从："是。"

"微浓受伤了？"燕王宫里，聂星痕听到王拓的奏报，声音陡然一颤。

明尘远见他毫不掩饰关心之意，不由地叹了口气："您别急，公主的伤势并无大碍。"

聂星痕却等不及了，直接从他手中拿过奏报，越看脸色越沉。

明尘远连忙提醒："您少安毋躁，眼下当务之急是原澈已经怀疑了公主的身份，要找探子查证。咱们到底要不要放出消息？"

聂星痕攥着手中奏报，沉吟片刻才道："让王拓告诉原澈，就说微浓是废后暮氏，其他的都不要说。"

"可若是说出真相，原澈会不会觉得公主奇货可居，将她软禁？"明尘远有所顾忌。

"所以只能说她是废后，要让原澈认为，微浓是个可有可无的人。"

"那索性继续瞒下去好了。"

"不能再瞒了，"聂星痕合上奏报，"原澈已经起了疑心，不查出点什么绝不会善罢甘休。与其等他全盘查出，不如让王拓主动送上线索。"

"可是，公主一直在魏侯府也不是个办法，万一被人发现她和您的关系……"明尘远显得忧心忡忡，"要不咱们想想办法，将公主接回来好了。"

聂星痕寂寥一笑："接回来有什么用？她的心还在宁国。"

"那您真要等下去？"

"谁说我要等了？"聂星痕指腹掠过案上的奏报，面色暗沉，没再往下说。

明尘远根本不相信："难道您能看着公主置身险境？"

"不能。"聂星痕动作一顿，"不等她，不代表不管她。"

"怎么管？"明尘远关切地问。

聂星痕眸色微动，如同幽深寒潭浮起一丝涟漪："云辰连伤她两次，我绝不可能再坐视不理。"

明尘远立刻眼前一亮！

"宁王真是老糊涂了，咱们帮他一把吧！"聂星痕语气突然变得冷厉。

往后的半个月里，发生了很多事。

譬如微浓的伤势渐渐好转；譬如王拓"查出"了微浓就是燕国废后；譬如冀凤致终于抵达黎都；再譬如，原澈感到自己被骗得太惨，大发了一顿脾气，还没等到云辰回城，就去找微浓算账了。

“砰”的一声，他一脚踹开微浓的房门，王拓跟在他身后，拦都不敢拦。原澈怒气冲冲地站在门口，想象着微浓会诚惶诚恐地跑出来，然后他会揭露她的真实身份，指责她的欺骗与作弄。再然后她会泣涕涟涟地跪地解释，最后他会根据当时的心情和对利弊的分析来决定如何处置她。

他设想得很好，觉得微浓如若识时务，他可以考虑对她从轻处罚。

是以，当屋里没有任何反应时，原澈的恼怒可想而知。

他在门口等了半晌，难以置信微浓居然敢如此怠慢自己，气得咬牙切齿。王拓暗自担心微浓的安危，却深知此刻会越帮越乱，索性识趣地闭嘴。

院子里寂静得有些诡异，只能听到几只不知名的鸟儿在欢快地叫唤，越发令人心烦意乱。终于，原澈忍无可忍了，大步流星地闯进微浓的卧房。

此时微浓刚能说话，嗓子还有些哑，听到外头的动静，她没有出来看一眼的意思——敢在魏侯京邸发这么大的脾气，不作第二人想。

受伤的这几天，她除了喝药之外，几乎不怎么吃饭。魏侯京邸都是五大三粗的男人，也没人关心她每天吃了多少、喝了多少。故而这般养了半个月，她的伤势是好转了，人却消瘦了许多，就像一个弱不禁风的纸片人，了无生机。

眼见原澈闯了进来，她只是慢悠悠地起身，无精打采地行了个礼。然后摆开两只茶杯，对原澈道：“世子请坐，我去给您沏茶。”

“沏茶？沏个屁！”原澈“啪”的一声将信报拍在桌案上，怒发冲冠，“王后娘娘，你是把我这魏侯京邸当成避暑胜地啦？”

微浓扫了一眼桌案上的信报，便看到醒目的“废后暮氏”几个大字。其实她的年纪要比真正的暮烟岚大了五岁，不过以这只孔雀看女人的眼光而言，她认为他大约是看不出来的。

此时此刻，原澈只是感到意外，因为微浓竟无一丝慌张恐惧或被戳穿的心虚，只是面无表情地看着他，仿佛对周围的一切都没有认知。

原澈看在眼里，火气更大，连连讽刺：“我真是三生有幸，找了一位王后做女护卫，魏侯府简直蓬荜生辉啊！”

微浓仍旧毫无反应。

原澈有一种被彻底忽视的感觉，咬着牙再笑：“不知道我有没有招呼不周的地方，让王后娘娘受委屈了？若是影响了两国邦交，我可就是千古罪人了啊！”

他兀自说了半晌的话，微浓终于抬眸淡淡看过去，面上仍无笑容：“世子是来嘲笑我的吗？”

原澈愣了一愣：“当然不是！我是来找你算账的！”

微浓沉默片刻：“您也没问过我的真实身份。”

原澈心里一堵，颇为不忿：“我的身份都没瞒着你，你却瞒着我。这算什么？”

“您的身份，是我自己猜到的。”微浓纠正他。

原澈勃然大怒，抬手摔了案上的茶杯，大声斥责：“那你冒充女杀手做什么？还骗我说你喜欢祁湛！”

闻言，微浓的眸子里终于流露出一丝茫然，浅浅蹙起蛾眉：“我何时冒充杀手了？我又何时说过我喜欢祁湛？”

“你！你你你！”原澈没想到她会矢口否认，一时气得说不出话来，只得骂道，“你厚颜无耻！”

微浓面色平静：“我为云辰而来，和祁湛有什么关系？”

“云辰？”原澈俊目大睁，“你是为他才来黎都的？”

微浓“嗯”了一声，回想片刻，恍然大悟：“您把我当成了祁湛的师妹，璎珞？”

原澈的脸色顿时铁青。

微浓右手撑着桌案，饶是她这几天再难过，此刻也觉得啼笑皆非：“我随口说了个名字，倒让您误会了。”

“误会？”事情到了这个地步，不弄个清楚明白，原澈根本无法死心。

微浓自顾自坐了下来，也不管原澈和王拓如何，开口解释道：“咱们第一次见面时，您问我为何对您出手相助，我当时就明确表示过，是因为我仰慕云辰。您怎么还会弄错？”

原澈回想片刻，好像的确如此，而且自己自始至终也没有挑明祁湛的名字。他本以为这样会显得自己高深莫测，没想到弄出来一个大乌龙。

但他自然不会承认自己错了，反而尖刻地嘲笑：“你仰慕云辰就仰慕了一脖子的伤回来？”

他的一句话，又令微浓黯然神伤。

原澈见她不说话，心里这才舒坦了些，冷哼一声：“无论如何，你这样的身份瞒着我，还到我府里来当差，就是不怀好意！焉知你不是燕国的细作，来我这儿探取机密？”

“您有什么机密好让我探取的？”微浓淡淡反驳，“再者言，当初是您主动请我来的，可不是我求着您来的。”

其实这话说出来，原澈就已经后悔了。他以前之所以认定微浓是细作，是因为把她错认成了女杀手，又看到了她的马。如今既然知道她是废后，又是燕王室的外亲，那她肯定就不是细作了。

谁也不会这么傻，派一个身份高贵的外亲、举世皆知的废后来宁国当细作。而且，这细作不设法进宁王宫，却跑到他这个魏侯世子身边来。

这般一分析，原澈也为方才的脱口之言后悔不迭。他不禁挺直腰板，试图挽回自己英明睿智的形象：“我邀请你来做护卫，你可以拒绝啊！你不拒绝，那就是刻意隐瞒！还说你不是别有用心？”

这一次，微浓倒是没反驳，径直承认：“我的确别有用心，当时黎都城戒严，我怕云辰发现我进城，才想躲到您这里。而且，云辰和您走得近，我也想借机打听他的消息。”

原澈冷笑：“所以你一直在利用我？”

“您误会我喜欢祁湛，却还邀请我进府，不也是想利用我吗？”微浓反问。

原澈再也无话可说了。他向来自诩口齿伶俐，却不想被微浓三言两语挡了回去，心里更是不满：“这不用你管！”

微浓却不肯罢休：“既然您想拿我要挟祁湛，那咱们扯平了。”

“扯平？这话什么意思？”原澈没太明白。

微浓表情黯然：“我的意思是，我要走了。”

“走了？”原澈双手抱臂，“你把本世子耍得团团转，就想一走了之？”

“您想怎么样？”微浓毫无惧色地看着他。

想怎么样？原澈摸了摸下巴。杀，肯定是不能杀的，别说她身份特殊，就是他自己虽然生气，却也从没想过要杀掉她。他只是有些不甘心，非常不甘心！

他想刺激她、羞辱她，好似唯有如此，他心里的愤懑、屈辱、不甘、恼怒才能消解一些。

“原来在云辰心里，你连个妓女都不如啊！”他故作嘲笑。

微浓懒得回他。

原澈见状来劲了，但不知怎的，心里却又提不起精神，便只好指着微浓，装出一副看笑话的样子，捧腹不止。

微浓抚了抚左手上的夹板，伸手一点一点拆掉它，边拆边道：“嘲笑我若能让您感到痛快，那您随意。”

“怎么不痛快，我痛快极了！”原澈继续大笑着，故意抹了抹眼角的泪，“不得不说，云辰的眼光还不错，至少他没看上你！”

“啪”的一声，微浓将拆下的板子撂在桌案上，神情如常：“这些日子多谢您的照看，既是误会一场，我也不是您要找的人，那我就告辞了。”

“慢着！”原澈俊目微微眯起，“我们魏侯府虽比不上燕王宫，却也不是你说来就能来，说走就能走的！”

“你想怎样？”

“我……”原澈忽然发现，自己根本不知道能把微浓怎么样。从得知微浓的身份开始，他就一直在发火、骂人、摔东西，从没想过自己要做什么、怎么报这个仇。

对！一定是因为被一个女人玩弄在股掌之中太耻辱了！他原澈活了二十年，从没遇上过这种事！想到此处，原澈伸腿把房门蹬上，靠在门板上笑道：“听说你这个废后，无诏不得回京？”

“不劳您费心。”微浓依旧神色平静。

原澈最讨厌她这副宠辱不惊的样子，心里更觉恼火：“反正你不能走！什么时候老子气消了，你才能离开！”

微浓闻言，面色终于浮起一丝反感：“世子，虽然我们不算朋友，但我一直以为，我们不算敌人。”

原澈冷笑：“以前不算，以后就算了。”

微浓无奈：“您私藏燕国废后在府里，被人得知会是什么后果？被祁湛知道了呢？被燕国摄政王知道了呢？您难道要让他们亲自向您要人？”

“他们得有机会知道才行！”原澈也露出威胁的笑意，“王后娘娘，你可别逼我把你关起来，那种不见天日的地方……”

“啧啧，”他故意摇了摇头，“你不会喜欢的。”

微浓泰然一笑：“随你吧。”

她并不担心自己的处境，燕国废后的身份在此，原澈绝不可能为难她，更不可能一辈子囚禁她。再者，云辰已经知道她在魏侯京邸，出于保守秘密的目的，也不可能看着她落入原澈手里。

所以，她只需要等待，总会等到离开的机会。

想到此，微浓索性伸手相请：“我要休息了，世子请回吧。您若真生气，大可把我关起来。”

“你！”原澈气得够呛，正要发火，却听院门“吱呀”一声，王拓的声音随即传来：“禀世子，方才宫里传出消息，云大人在外办差期间被捕了，现已押送回城。”

云辰被捕了？原澈愕然，下意识地去看微浓。而后者只是一脸淡漠，什么表情都没有。

原澈轻咳一声，让王拓进来回话，问道："知道犯的什么事吗？"

"暂时还没消息。"

云辰到底犯了什么事？王拓竟都打听不出来？会不会牵连到魏侯府？原澈这才意识到了事情的严重性，再也没心思与微浓斗嘴，转身推门而出："快！我要给父侯写信！"

一日后，宫里偷偷传出消息，云辰犯了结党营私之罪。

原澈很纳闷，结党营私虽然是历代君王都痛恨之事，但在宁国早就见怪不怪了。不要说云辰结党营私，朝中还有几个人是独善其身的？大部分都分了派别站了队，祁湛不也在极力拉拢人吗？

为何偏偏治了云辰的罪？而且云辰没来宁国之前，就与他们魏侯府过从甚密，这些事老爷子都是知情的，为何会突然发难？

这是在通过云辰警告他和父侯吗，还是有别的什么内幕？原澈大为不解。尤其发落云辰的时机还很巧妙，就在云辰伤了微浓之后，而微浓又是燕国的废后。

诚如他所料，此事的确和微浓有关。内情还得从十六个月前说起。

去年六月，微浓夜闯云府被捕，因此闹到了宁王面前，被宁王遣返燕国。而璎珞则进宫了一段时间，但不知怎的与祁湛闹僵了，独自回了墨门。祁湛对她不放心，这一年里一直都派人注意着她的动向，时刻探听着她的消息。

原本这也没什么，不过是个关心之举，璎珞一直都不知情。偏巧今年祁湛母亲逝世，冀凤致回墨门奔丧，与微浓分别之后突然遇袭，他只得在墨门养伤数月。这段时间内，一直是璎珞在照顾他的伤势。祁湛本是盯着璎珞，却意外发现了冀凤致，得知他要来黎都。

去年微浓返回燕国时，曾托祁湛注意冀凤致的行踪，祁湛也促成了他们师徒二人在燕国会合。如今见冀凤致前来黎都，他猜测必定与微浓有关。果不其然，跟踪冀凤致之后，他发现了微浓在福家客栈留下的书信，从而确定了微浓的行踪。

祁湛不是傻子，知道宁国上下唯有云辰能让微浓记挂。他本就怀疑云辰是楚璃，又发现微浓去而复返，基于此，他一下子就猜到了云辰是谁。

亡国的宗室改名换姓潜入宁国，还身居高位，这动机真的很可疑！祁湛不敢隐瞒，当即禀报给了宁王。

这几乎是板上钉钉的事，宁王下旨彻查。而聂星痕也在此时火上浇油，授意王拓写了封密信告状，直指云辰拉拢宁国官员，扰乱朝纲。密信里不仅有云辰交好的官员名单，就连他何时何地与这些人私下约见，都有据可查。

说来也巧，这半个月里云辰恰好奉命出城办事，不在黎都。所有的一切都在暗中进行，他甚至连洞察的机会都没有，在办差途中一举被捕。

云辰当然矢口否认和楚王室的关系，一口咬定是有人陷害。眼见云辰不承认，宁王索性就当内政处理了，给他安了一个结党营私的罪名，对外也好有个交代。

而黎都城的另一端，魏侯府里，冀凤致前来与微浓会合，道明了自己因璎珞而暴露行踪，导致祁湛发现微浓，怀疑云辰这一连串的前因后果。微浓只是淡淡听着，并无反应。

"云辰的事，你会去找湛儿求情吗？"冀凤致问道。

"不会了，"微浓垂眸，"不管他是谁、不管我想不想救，这一次我都无能为力了。"

冀凤致看着她脖颈处的伤痕，深深叹息："看来云辰伤你至深。"

微浓自嘲地笑笑："这么多年，我一直想去保护楚王室，可惜从来没有成功过。其实回过头想想，也许当初我放手不管，他们还能活得更久一点。"

冀凤致闻言很是担忧："微浓……"

他最清楚这个徒弟的性格，从小她就有一股子冲劲儿，喜好打抱不平、乐于助人。即便后来被聂星痕所伤，嫁去了楚王室，她也不曾改变初心。可自从楚璃死后，她的性子便渐渐冷淡了，开始对世事漠不关心，唯独关心着楚王室。

近两年她好不容易走了出来，可遇上云辰之后又变得偏执。这一次云辰如此打击了她，也不知她何时才能再次解脱。想到此处，冀凤致忍不住劝慰她："微浓，为师行走江湖多年，看了太多世事。多少年轻人初出茅庐，想要兼济天下，但在江湖上走一遭，最后都只能独善其身。如今九州局势看似安稳，实则乱象丛生，你照顾好自己就行了，其他的不必再管。"

"我明白师父的意思。"微浓看起来很平静，"可是我如今被困在魏侯京邸，一时半会儿还脱不开身。"

这的确是件棘手的事情，冀凤致沉吟片刻，道："不如我……找湛儿帮忙？"

"师父，"微浓立刻打断他的话，"这件事您别插手。"

冀凤致蹙眉："为何？"

"原澈不会伤害我的，他还不至于拿一个女人下手。"微浓说出自己的猜测，"他若有心为难我，今天也不会放您来见我了。"

“可你一直被他困在这里，也不是个办法。”冀凤致没有答应。

“我的身份摆在这里，他早晚会放我离开。”微浓显得很冷静，“您不插手，我的顾虑会小一点，把握反而更大。”

其实冀凤致也知道自己帮不上忙，这些都是朝堂大事、人心之争，他一个江湖人士根本说不上话。尤其，他并不想和祁湛正面敌对，毕竟祁湛是他看重的晚辈，是他师妹唯一的儿子。

“我会去福家客栈落脚，若有什么风吹草动，我也能尽快出城搬救兵。”冀凤致有意提点她道，“你若真是陷入困境，千万记得拖延时间，我会尽快给聂星痕传递消息。”

微浓一怔，随即垂眸：“还是算了，我不想再让他为我操心。”

“别逞强。”冀凤致拍了拍她的肩，却也没再往下说。

师徒两个又说了几句闲话便散了。微浓担心原澈会为难冀凤致，决定送他出门。

谁料后者拒绝了：“不必，我有几句话要单独对魏侯世子说。”

微浓迟疑片刻：“那您当心，他并不如表面上那么简单。”

冀凤致随意地笑了笑，径自走出微浓的院落，去了前厅。

原澈今日听说冀凤致来访，原本是想阻拦的，但前思后想，又觉得自己并无立场。再者说，挡着不让他们师徒相见，搞得自己很小气，传出去也是个笑柄。

而且冀凤致在江湖上素有威名，又出身墨门，必定对墨门那些小把戏一清二楚。倘若能将他拉拢过来，自己以后对付祁湛，就不必忌惮墨门了。出于这些考虑，原澈不想得罪冀凤致，便让他去见了微浓。此刻再看见冀凤致心平气和地出来，他自觉这个决定没错。

“真是没想到，堂堂燕国王后竟然会武，而且师承冀先生。”原澈先发制人。

“因缘际会罢了。”冀凤致表情不变，“微浓身份特殊，如今在宁国也不安全，其实老朽倒希望她在您府上安身。但世子您早晚要回丰州，微浓也早晚要回燕国，凡事还望您能留个情面。”

“冀先生这话我不爱听了。我对令徒，可是以上宾之礼相待的！”原澈厚颜无耻地表功，“您看，她吃的、喝的，都是照我的标准做的。她受了伤，我立刻去请大夫，府里收藏的好药都拿出来用了。就是住的地方小了点儿，也是她自己不乐意搬……”

眼见原澈要展开长篇大论，冀凤致只好打断他道：“那就劳烦世子再费心一段时日，等到时机成熟，老朽再来带她离开。”

敢情她将这里当成躲风头的地方了！原澈闻言很不乐意，面上却笑：“冀先生客气了，要不您也留下小住几日？对了，我正有些问题要向您请教。”

冀凤致一听这话，自然知道是拉拢之意，便回道：“不了，老朽粗野之人，住在您府上只怕会坏了规矩，还是隔三岔五来看看徒弟就成了，望您届时能够通融。”

“当然当然，魏侯府随时欢迎冀先生登门。”原澈不想强人所难，也不屑于用微浓做要挟。强扭的瓜不甜，既然冀凤致不愿意替魏侯府效劳，他也没再往下劝说。

冀凤致便适时告辞，起身的瞬间，又说了几句话：“世子文韬武略，少年英雄。老朽行走江湖多年，看多了世间百态，也有几句话想赠予世子。”

“先生请讲。”原澈做出虚心受教之色。

冀凤致便道：“浅滩困不住蛟龙，星火也困不住凤凰。这座魏侯京邸如今还是浅滩，但望世子能三思而后动，不要波及外人。”

原澈装傻堵了回去：“冀先生真是高人，说的话都是高深莫测。虽然我没听懂，不过我会好好琢磨的。”

他笑意不变：“我送先生出门。”

冀凤致离开魏侯京邸的第二天，竹风找上门来。

彼时原澈正在练剑，练的还是龙吟剑。一堆侍卫服侍着，有的陪着练手，剩下的陪着叫好。原澈就在这一片叫好声中只赢不输、屡战屡胜，心情非常之爽快。

不过听到竹风来访，他练剑的兴致便有些败了，收拾一番去了前厅。沐浴、涤发、换衫，足足折腾了半个多时辰，等竹风见到他时，人已是焦虑至极。

竹风二话不说跪下磕头：“世子！求您一定要救救我家大人！”

原澈漫不经心地把玩着茶杯，只道：“竹侍卫先起来吧，坐着说话。”

竹风哪里肯坐，一脸焦急之色：“世子，魏侯殿下是如何说的？我家大人到底情况如何？”

原澈握着茶杯，看都没看他一眼：“父侯说了，此事他不管了。至于子离如何，王上瞒得严严实实，我也不知情。”

竹风闻言大惊：“世子！我家大人可是一心为侯爷和您着想的啊！”

“哦？是吗？”原澈依然漫不经心地笑，“从前我也以为子离是我们魏侯府的人，我父侯简直将他当作子侄来看待，我也对子离敬佩万分，待他如亲兄长一般。”

话到此处，原澈语气骤变，脸色突然冷厉起来：“可我也想知道，他怎么就成了楚王室的人？啊？我到现在连他是谁都没搞清楚！你家大人是拿我们魏侯府当猴耍吗？”

竹风唯有低下头去：“这件事我家大人真的很冤！他对魏侯府绝无二心！”

“绝无二心？”原澈皮笑肉不笑，“托你家大人的福，魏侯府也被牵连了，我们也自身难保，让他自求多福吧！”

竹风一听这话，心已凉了半截，忙劝道：“世子您要三思！我们大人在牢里，一心想着侯爷和您会去救他，倘若您一直不去，万一王上严刑拷问，大人他……他怎么受得住啊！”

这话表面上听起来，是担心云辰在严刑拷问之下性命不保，但略一深思，绝对不止如此。事实上，云辰还没正式来宁国出仕之前，便已和魏侯打上交道了。前年祁湛是王太孙的身份暴露之后，魏侯在姜国境内一路安排暗杀，全是由云辰在幕后操作。

自然，这两年来，魏侯与云辰背地里的交往不仅于此，还有更多关于朝政、官员的大事，其中许多都不能与外人道。竹风方才那番话就是在暗示，倘若魏侯府不实施营救，也许云辰会在拷问中把从前所谋之事全都供出来。

届时，魏侯府的情况会更加糟糕。

原澈何其聪明，一听便知竹风的意思，眼中闪过一丝冷厉：“竹侍卫这话，是让我杀了你家大人灭口吗？”

竹风闻言大惊失色，没想到魏侯父子竟有如此打算，连忙磕头请罪：“是小人失言，小人绝对没那个意思，请世子恕罪！”

原澈笑了：“没有这个意思最好。若是有，也没关系。”

竹风不知该如何往下说了，跪在原地踌躇不决，原澈却没闲工夫与他耗着，揉了揉额头，颇不耐地道：“没事了吧？你自便吧！”

他说着从座椅上起身，走下丹墀往内院里走。刚撩开水晶珠帘，便听身后传出一声艰难的请求：“小人……还想见见微浓姑娘。”

原澈动作一顿，转身再看竹风，对方面上的表情很怪异，像是后悔所言，像是挣扎犹豫，又像是破釜沉舟。

原澈明知他找的是谁，但还是故意问道：“微浓是谁啊？”

竹风深深低下头去：“就是您府上唯一的女侍卫。”

这些日子为了云辰的事，云府几乎翻了天，但谁都不敢立即给姜王后报信。一则是怕被人盯上，二则一旦让姜王后出马，就等同于承认了云辰是楚王室后裔。这事太冒风险，没人敢私下做这个决定。

虽然知道自家主子已和微浓闹翻，但竹风还是想来试试，毕竟在这危急关头，能救云辰的，也许只有她了。

原澈也一直好奇，到底云辰和微浓是什么关系，眼见竹风开了口，他也不拦着，笑道："你想见她啊？好说。"言罢踢了踢身边的侍卫，"去，把璎珞叫来。"

不多时，微浓挑了帘子进来，见到竹风在此，脚步一顿，想要避开。

竹风忙不迭地喊了一声："姑娘！"

微浓面无表情地看过去。

"小人有话想对姑娘说。"竹风看了原澈一眼，补充道，"单独说。"

微浓也看了原澈一眼，见他一副看戏的模样，没有丝毫回避的意思。她也没打算让他回避，便冷淡表态："有话当着世子的面说吧，两个客人说话，让主人回避不大好。"

竹风一听此言，便知微浓无心插手此事，急得再次下跪："姑娘，从前是我自作主张，多有得罪，还望您不要迁怒主子。"

"迁怒？"微浓神情冷漠，"我能活着离开十万大山，已是命大，不敢迁怒任何人。"

"姑娘，此事不能怪主子，全是我自作主张！"竹风将一切揽在自己身上，恳切道，"后来主子得知此事，震怒非常，亲自折了我的手臂！"

他边说边掀开衣袖，露出一整条右臂，只见从肩部到手肘处，整条大臂的骨骼在皮肤之下高高耸起，就像被人一节节折断又重新接好，已然畸形。

然而微浓根本没看一眼，望着因风而摆的珠帘，淡漠地说："你不必替他遮掩，一个月之前，我已知道了全部事实。"

她指的是九月初五那晚，在晚香楼发生的事。

竹风连忙摇头："不不，那不是事实！其实是……"

"你找错人了。"微浓打断他，"我一个燕国废后，爱莫能助。"

竹风是真的急了，眼见原澈在场，他满腹的话语也不知该如何出口，只得恳切道："不管您信不信，主子他从没想过害您！他所做的一切，只是想让您离开宁国这个是非之地！"

"可是你说的和他说的不一样，"微浓冷冰冰道，"他说截杀我是他的主意，他还说他习惯'先震慑后安抚'。"

"不是的，"竹风拼命否认，"这全是我的错！是我不希望主子记挂您！您来宁国之前，主子一直以为您死了！我们都瞒着他，瞒得好好的，可是您一来，他就变了……"

"你的意思是，云辰喜欢我？"微浓犀利地问出来。

尽管竹风不愿承认，此刻却不得不点头："是，主子很在意您。"

微浓的手抚上脖颈，也不知是在笑谁："我从没见过谁在意一个人，会将她打伤，会狠狠地羞辱她、打击她，恨不得让她去死。"

"不是的，他是在保护您，他只是想让您死心！"竹风只得一再否认。理智告诉他，不能再说了，否则就要露馅。但是情感告诉他，他不能不说，如果再不说出来，云辰就要死了！

原澈听到此处，已经隐隐明白了什么，忍不住朝微浓望去。而她却仍旧望着那珠帘，视线竟没有挪动过，没有眼泪，没有失望，没有欣喜，没有动容。

她像是已经麻木了，对周遭的一切都没了反应。

也不知过了多久，原澈才听到她再次开口："那么他的目的达到了，我已经死心了。你请回吧！"

"不！您不能见死不救！"竹风激动地爬起来，"主子他对您这么好……"

"你说他对我好？为何我从来没有感觉到？"微浓自嘲地道，"从我去年来宁国开始，我能用的法子都用遍了，我问过他，求过他，试探过他，胁迫过他……我不是没有哭过、闹过，可他呢？"

微浓眼眸里似乎有泪光闪过，只一瞬又消失无踪："你说他在意我，为我折了你的手臂，他怎么不告诉我实情？他甚至说这是他的主意。我追问得多苦，你不是没见过，但他从没给过我一丝希望。

"今天你跑来告诉我这些，你想让我做什么？就算我有能力救他，他需要吗？"微浓缓慢地合上眼眸。

她早该想到的，无论他是谁，楚璃或楚珩，他们都不会再有任何可能了。从楚国灭亡那一刻起，一切都已成了定局。而那一晚，当他把四大神兵的秘密血淋淋地摆在她面前时，已彻彻底底地将她杀死。

既然这是他想要的，她选择成全。

"我已经彻底死心了。"她说，"你不能指望一个死心的人，再去对他重燃希望。"

"你不能指望一个死心的人，再去对他重燃希望。"

竹风脑海里反复回响着这句话，整个人渐渐失去了力气。是的！主子终于做到了！终于让她死心了！可是他要付出生命做代价！

何其残忍！竹风怎能甘心！

"但愿您看了这幅画，还能如此狠心。"竹风颤巍巍地伸出左手，自怀中取出一张宣纸，那宣纸皱皱巴巴，被捏成了一个纸团。

微浓伸手接过，径直展开——画中是一个女子，穿着一袭红衣，牵着白马，笑得神采飞扬。正是十五岁的她，远在房州、不谙世事、刚与聂星痕相恋的她。

沈觉曾亲口承认，当年他前来燕国求娶楚太子妃，正是凭借这幅画才选定她的。在她还无知无觉的时候，楚璃已悄悄来过房州寻找峨眉刺，从而画下了这幅画。而她还曾天真地以为，这是燕王命人准备的画像，方便给楚王室相看。

回忆刹那间涌上心头，有心酸，有痛苦，也有欢愉，微浓的眼泪终于流了下来，耳中却听竹风再次说道："这画主子一直留着，直到您去年来宁国，主子才下定决心烧了。这一幅是他后来重画的，无数次扔掉，又无数次捡起来……"

是的，这幅画纸张很新、颜色鲜艳，也没有任何装裱。而那些密密麻麻的褶皱纵横交错，无不证实了竹风的话，它曾被人无数次丢弃，又被人无数次捡回来。

微浓抚摩着画中的自己，泪水渐渐模糊了视线。良久，她才重新开口，问了一句："沈觉怎么说？"

竹风双目赤红，答道："闭门不见。"

微浓擦掉眼泪，突然出手将画撕得粉碎，转头看向原澈："世子，我想与竹风单独谈谈。"

一日后，竹风在牢里见到了云辰。

即便已经入狱十天，经过了三次提审，云辰依旧姿态从容。在那简陋的牢狱之中，他神情镇定自若，独坐在小小的木桌之前，正在用食指轻敲桌案。除了衣袍染了些灰尘之外，他身上没有一丝狼狈。

见到主子安好，周身也没有受伤的痕迹，竹风总算放下一颗悬着的心，上前问候。

云辰毕竟是楚王室后裔，如今有些事情虽不明朗，但宁王还是特意下令关照，不让对他用刑。也正是拿捏住了这一点，云辰在狱中并没有方寸大乱。

"外头正在想尽一切法子救您，也没敢告诉大公主。"竹风言简意赅地道明情况，最后吞吞吐吐地道，"属下来之前……见过微浓姑娘了。"

云辰倏然起身："你对她说了什么？"

竹风低着头："属下求她救您。"

"求她救我？"云辰几乎可以想象出当时的场景，沉声质问，"你把我的话当成了耳旁风？"

“属下不敢！”竹风“扑通”一声跪了下来，“主子！属下是担心您的安危啊！这一次实在太危险了！”

云辰哂笑一声，单手紧握成拳：“你让她怎么看我？”

“这一切都是属下的主意，微浓姑娘是知道的！”竹风连忙再行解释。

事已至此，多问无益。云辰也没再浪费口舌，平复情绪重新落座，态度决绝：“我不需要她帮助，让她走吧。”

“主子，”竹风欲言又止，“微浓姑娘说，她不是帮您……她要和您做一笔交易。”

云辰似有些意外：“什么交易？”

“她说……只要您告诉她四大神兵的秘密，她就想法子救您出来。”竹风压低声音。

云辰大为震惊，根本不相信这话是从微浓口中说出来的。然而不可否认，在晚香楼那夜，的确是他亲口将这秘密告诉了她。

可他没想到，她居然懂得利用了！

云辰强迫自己安下心神，冷静地分析微浓的动机。半晌，他发出一丝安慰的叹息：“你告诉她，我不同意。”

竹风的头更加低了，支支吾吾地回：“微浓姑娘说了，如果您不告诉她这个秘密，她就自己去找四大神兵……”

云辰的目光终于收紧。

“她还说，她手里已经有青鸾、火凤，龙吟剑她也知道藏在何处……”竹风越说越心虚，“她说您如今自顾不暇，她有法子夺回惊鸿剑，届时她就带着四大神兵远走高飞，让您的筹谋全部……落空。”说到最后两个字时，竹风的声音已经低不可闻。

听了竹风一番转述，云辰终于意识到微浓的决心，也意识到了别的什么。这种滋味很难言，就像一株含苞待放的花儿，在不经意间已经怒放在了悬崖峭壁之上，而他却还以为她需要悉心呵护。

也许是他从没想过她会见招拆招，所以才敢毫无顾忌地将这秘密告诉了她。可事实证明，他错得太离谱！他终究还是低估了微浓，她比他想象中更顽强，也更透彻。

“依她所言，我最好识时务地合作？”云辰蹙眉反问。

竹风看出他的抗拒，忙劝道：“主子！如今这条件咱们可以先答应！大不了给她半真半假的消息，只要能救您出来，以后的事再计较也不迟！”

眼见云辰没任何反应，竹风想了片刻，又劝："其实……把秘密都说给微浓姑娘也没什么，以她对您的情义，咱们大可以再讨价还价！"

"混账！"云辰听到此处终于恼怒起来，不禁斥道，"你何时成了这个样子？学会暗下杀手、出尔反尔、坑蒙拐骗！她到底欠了你什么？"

面对质问，竹风"扑通"一声跪地请罪："只要能保住您的性命，属下任您处置！但求您先保重自己啊！"

云辰气得难以自制，却明白自己没有任何立场去斥责忠心耿耿的手下，他唯有微微合上双目："如今我还有拒绝的余地吗？"

终于，竹风几乎要喜极而泣："属下这就去告诉微浓姑娘！"

"等等，"既然已经做了决定，云辰瞬间化被动为主动，分析道，"四大神兵的秘密，我可以告诉微浓。但若要救我出去，她一个人的力量远远不够。"

竹风霎时紧张起来："您的意思是……"

"你让微浓告诉原澈，我愿以龙吟、惊鸿的秘密作为交换。至于青鸾、火凤，让她暂时先瞒着。"

第二十六章

斗智斗勇，力挽狂澜

翌日，原澈进宫面圣，等了一个晌午，才等到宁王接见。他哭丧着脸走进宁王寝殿，一见面就跪下请罪："王祖父，孙儿知错了。"

宁王上下打量原澈，发现他今日穿得很朴素，并不似从前那般穿红戴绿。不过这并不能消除一国之君的怒气，宁王仍旧沉着脸色："你若是来认错，孤接受。你可以走了。"

"王祖父，"原澈亟亟请道，"孙儿恳请您放云大人一条生路！"

"咚"的一声，一只玉如意朝原澈飞来，重重地砸在他的额头之上。霎时，原澈的额角红肿一片。

然而他犹自未觉，仍旧磕头不止："王祖父！云大人他真的没有二心！"

"你是傻子吗？"宁王沉声质问，"不分青红皂白替他求情？"

"孙儿当然知道内情，"原澈蔫蔫地道，"云大人是旧楚的二王子，誉侯楚珩。"

"那你还敢替他求情？"宁王怒气又高了一分，"他拉拢你们父子，私下与朝臣结交，他是要颠覆宁国王权！为他复国铺路！"

"不不！不是的！"原澈忙解释道，"他只是想借宁国之手铲除聂星痕，他从没想过要颠覆咱们啊！"

"你是他肚子里的蛔虫吗？"宁王大发雷霆，口不择言怒斥他，"别以为我不知道你打的什么主意！你那龌龊的心思还能瞒得过谁？恬不知耻的东西！"

宁王越想越生气，别人都是为了美色而迷失心智，可他这个孙儿却为了男色而是非不分，甚至罔顾家国大义！传出去都是他们宁王室的笑话！

"王祖父，孙儿因何好男风，难道您还不知情吗？"原澈像是想到了什么可怕之事，面容惊恐非常，又带着一点委屈之色。

宁王见状，心肠一下子就软了，也自悔方才说话太重，戳痛了原澈的心。他沉默片刻，叹气："当年的事就不提了，这么多年你不肯成婚、不肯当差，孤也任由你胡闹！但云辰这件事，你不许再插手！"

"王祖父圣明，孙儿绝无任何徇私！"原澈急得险些要哭出来，"云大人不是断袖，您就算给孙儿一百个胆子，孙儿也不敢亵渎国之重臣，令王室蒙羞。可这次的事，您真是冤枉云大人了！"

宁王闻言眯起双眼："你什么意思？"

原澈捂着被砸肿的额头，极力想要掩盖自己的失态："云大人的身份……孙儿早就知情，他私下与朝臣结交，也是受孙儿指使。"

"原澈！"宁王震怒非常，"你知道你在说什么吗？"

原澈点了点头："孙儿只是不甘心……不甘心……"

宁王脸色铁青地看着他，原本看似慈蔼的鹤发老人一瞬间变得杀气腾腾。

原澈终于垂下几滴眼泪，面容近乎扭曲："太子伯伯他……他明明是属意我的！为何您不选我？那个祁湛，一个半路冒出来的私生子！您宁愿相信他也不相信我！我不服！不服！我偏要和他争一争！"

说到最后，原澈几乎忘了长幼尊卑，直愣愣地从地上站起来，他一双俊目泛着泪光，既脆弱又倔强："我哪里比不上他？他除了比我大几岁，比我会杀人，他有我聪明吗？若不是他半路杀出来，我……我早该……"

"澈儿！"宁王痛心疾首，"世子之位难道不够吗？孤自问从没亏待过你们父子！而你太子伯伯连个子嗣都没有！幸亏苍天有眼留下湛儿，却在外沦落二十多年！孤只想补偿他，不行吗？"

"那谁来补偿我？！"原澈失声质问，这一刻他的心是如此之痛，竟已分不清自己是在做戏还是真心，"当年太子伯伯有意过继我到膝下，您明知外头还有个祁湛，却一直不肯点破，让太子伯伯抱憾而终，也让我像个傻子一样被哄了那么多年！为什么？同是您的孙儿，差别就这么大？"

面对质问，宁王无话可说，面上隐隐浮起一丝歉疚。

原澈转而笑了出来，几分讽人，几分自哂："我知道，您不考虑我，不就是因为我好男风吗？可我为何变得如此，您难道不是最知情的一个？！既然您嫌弃我，当年何不让我去死？何必再拿这个当借口堵着我，让我不上不下！"

原澈的声声控诉，在殿内犀利地回响，经久不息，令宁王再也无言以对。原澈为何会好男风，这件事他实在难辞其咎。

事情还要追溯到十二年前，当时魏侯死了一名宠爱的姬妾，很是放荡了一阵子，不知怎的就染上了花柳之病。因在儿子面前丢不起人，他便将年仅八岁的原澈送到了宁王宫“避暑小住”。原澈幼时冰雪聪明，长得粉雕玉琢，时常被宫女们误认为女孩。原澈对此大为不喜，又懒得解释，索性闷在宫里不露面，久而久之性子便沉闷起来。

宁太子原真得知后，给他弄了一身小太监的衣裳，带他出宫遛了几次马。小小年纪的原澈尝到滋味，颇为上瘾，却还分不清太监和普通男人到底有何区别。他只知道自己一旦穿上小太监的衣裳，那些宫女姐姐就再也不会误认他是女孩子，也没有人再对他管东管西，令他十分自在。

那时宁王一直忙于政事，于女色上十分节制，后来年纪越大，房事也越发力不从心。可男人都爱面子，为了凸显自己“宝刀未老”，他依旧广纳后宫，挑选了几个颇为年轻貌美的后妃。妃子们进了宫，又承受不到雨露恩泽，渐渐地就起了龌龊心思。

历朝历代，后宫里对男子的管制都很严格，但还是阻止不了后宫女子春情萌动。于是，她们开始和一些年轻太监私相授受，做一些抚摩亲吻的动作，慰藉难耐的饥渴之意。

由于宁王忙于政事，宁太子又耽于酒色，两人便都疏于管教原澈。可怜他小小年纪，对男女之事根本不懂，却因为一张漂亮的小脸和一身小太监的衣裳，被误会了身份。有个年轻的后妃无意中见了他，便引诱他与自己亲热，后来发现他并非小太监，还天真地以为是家人偷偷走了关系，替他留下了命根子。偏偏原澈自己也说不清楚，又对男女之事十分好奇。

于是，事情变得一发而不可收。

初始，那后妃只对他搂抱抚弄，原澈在洗澡时也时常被乳娘这样对待，故也见怪不怪。然而过了一个多月，那后妃越发变本加厉，竟唆使他用双手去帮她纾解。若不是后来原澈以魏侯世子的身份出席家宴，后妃见到他时花容失色，这件事还一直被蒙在鼓里无人知晓。

后妃的下场自不必说，宁王一怒之下将她做成了人彘，可原澈却因为那女人的死而留下了阴影。再后来，他渐渐长大，也渐渐懂得了男女之事，只要回想从前发生的一切，他便会不自觉地作呕，更因此排斥女人，也见不得有人穿太监服。

宁王为此专门下令更换宫装，将宫里所有太监、宫女的四季衣裳全部换了款式，却仍然掩盖不了他童年的阴影。到最后别说是太监服，就是朴素一点的蟒服他也不肯穿了，每日必要穿得花花绿绿才能舒坦。兼之了解到当年魏侯是染上花柳之症才送他进宫，原澈更是恶心不已，自此身边女人绝迹。

魏侯对爱子的行径十分不解，逼问过多次，原澈又岂肯说出来？宁王自也不会将这段丑事说与儿子听。所以魏侯至今仍不知原澈为何会变成这副样子，他对原澈打也打过，哄也哄过，可原澈就是改不了。

最后，还是宁王松口默许，魏侯才由着原澈胡闹去了。

多年以来，原澈对这段经历讳莫如深，宁王和魏侯也默契地不再提及。当年知情之人都被封了口，但天下没有不漏风的墙，此事渐渐被一些人知晓。随着原澈年岁渐长，大家都期望他这个毛病能不药而愈，却不承想一直到他弱冠之龄也没有任何起色。

今日，原澈不惜戳破自己的痛处，只为替云辰说情，这着实令宁王震惊不已，也愧疚不已。

原澈却还觉得不够，他又哽咽着道："孙儿觉得不公平，便将云大人收为己用，这难道也有错？他是楚王室又如何？反正楚国也亡了，若能借他之力与祁湛争一争，何乐而不为？"

原澈抬起泪眼，面露不甘之色："王祖父，您若要罚，就罚孙儿吧！"

"傻子！傻子！"宁王虽斥责着，语气却明显软了下去，"你既然知情，为何不早说？他这样的人才是最大的祸患！"

"楚国已亡，他独个儿能闹出什么风浪？至多是想为楚王室报仇而已。"原澈不死心地道，"既然他恨透了聂星痕，这难道不是一步好棋？您管他什么目的，只要他死心塌地地为宁国效忠，就是双赢。"

"你又怎知他对付了聂星痕之后，不会再来对付咱们？"宁王再次质问。

原澈抹了一把眼泪："您到时候已经统一九州了，还怕他区区一个楚国后裔吗？您若是念旧，就封他个侯爷，让他去替您管理楚地；您要是放心不下，就把他交给孙儿好了。"

"说到底，你还是对他……"宁王颇是恨铁不成钢。

原澈适时地低下头去，没再解释。只要能达到目的，他不介意宁王发挥想象。

果然，宁王话到此处口风渐缓，又叹了口气："云辰总算也有可取之处，至少关了他十多天，他只字都没提过你。"

原澈立即面露喜色："云大人是怕连累孙儿。"

宁王轻哼一声："此事你父侯知不知情？"

"他的身份父侯知情，至于……"原澈故作吞吞吐吐，"至于孙儿对云大人……父侯并不知情。”

“手心手背都是肉，你与湛儿争到如此地步，倘若孤应了你，就是对他不公平。”宁王似是累极，朝原澈摆了摆手，“你先回去吧！此事容孤再想想。”

“孙儿告退。”原澈捂着高高肿起的额头，什么都没再说便退下了。他乘坐肩舆出了宫，一路上故作失意之色，惹得宫人纷纷猜疑。直至出了宫，坐上自家车辇，他才摸了摸早已干了的眼角，冷冷一笑。

回到魏侯京邸，原澈第一时间冲进了微浓的院落，兴致勃勃地问她：“你猜猜我‘战果’如何？”

微浓正在翻看一本闲书，闻言头也不抬：“必定是得胜而归。”

原澈心情舒畅地笑：“你怎么知道？”

“若是铩羽而归，您不会主动来找我。”微浓合上书页。

原澈咳嗽一声，到底还知道保留三分：“也不能说得胜而归，有个六七分把握吧！”

微浓没接话。正午的日光从窗外铺洒进来，她点漆的眸子里漾起柔柔暖意，像是两簇摇曳的星火之光，好似一不留神，便能燃起燎原之势。

原澈从未见过这样的微浓，不知为何，蓦地想到冀凤致那句“浅滩困不住蛟龙，星火也困不住凤凰”。他胸腔中竟似也燃起了莫名的火焰，烧灼得他有些燥热。虽不知这感觉因何而来，不过他此刻正是得意之时，便也由着去了。

微浓一直没再说话，这令原澈破天荒地觉得尴尬，他本想抬腿就走，可目光又不自觉地落在她手边：“你哪里来的书？”

话音落下，他已看到封面上几个大字《子夜吴歌》，不禁奇怪地问道：“咦？我书房里也有一本。”

“正是您书房里的那一本。”微浓解释道，“王拓帮忙找的。”

原澈微哼一声：“今日本世子心情好，不与你计较。”

听到这话，微浓便顺势从书中抽出一张字条，递给他：“既然您今日心情好，我想请您帮我再找几本书，行不行？”

“装什么大家闺秀！”原澈口中虽如此说，到底还是接过字条展开来看。只见其上是四本书籍的名字，他都不陌生：《孙子兵法》《亡国录》《子夜吴歌》《南宫旧事》。

这些书从题材到内容都大相径庭，没有任何关联之处。原澈琢磨了半晌，自觉无迹可寻，便问道：“你的品位还挺奇怪的，要这些书做什么？”

“送给祁湛。”微浓说道，“八年前，他曾欠过我一个人情，这四本书就是暗语。他一看到这些书，就知道我是在向他讨债，这也许会对云辰的事有所帮助。”

闻言，原澈好奇地打量微浓：“你一个燕国废后，为何会喜欢上云辰，还认识从前的祁湛？”

事到如今，彼此的利益早已捆绑在一起，微浓也自知瞒不住了，便决定如实道来。

“要从何说起呢？”她渐渐陷入了回忆，从被错认成燕王私生女开始讲起，一直讲到自己如何阴差阳错成为聂星逸的王后。其间，她下意识地抹去了和聂星痕的纠葛，也没说自己身负皇后命格，更没提当年楚璃求娶她的动机，只说是王后赫连璧月不舍得金城公主远嫁，才推了她这个刚刚认祖归宗的青城公主去和亲。而那对峨眉刺，则是燕王送给她的嫁妆之一。

原澈和所有听说这段内情的人一样，误以为是楚国灭亡之后，燕王自觉对她有愧，才许诺了燕太子妃的位置，让她改名换姓做了长公主之女。

所以，原澈也是忍不住感叹：“燕高宗还算有良心，没有扔下你不管。”

微浓听后微微一笑，什么都没辩解。

谁知原澈又话锋一转：“不过燕高宗也太蠢了，一看你就不是做王后的料子，当年去做楚太子妃是没人可选了，怎么归国之后还让你再做一次太子妃？倒不如给你几座金山、银山来得实惠。”

明明是一段不愿提及的伤心事，被原澈这样一说，微浓竟然忍俊不禁。

原澈也明白了她对楚王室的执念，包括她当年为何与聂星逸反目成仇、为何闹得被废。虽然他并不赞同微浓这种“爱屋及乌”的性子，不过也能理解她。

“所以，云辰到底是谁？是楚璃还是楚珩？”原澈执着地追问。

微浓抚摩着手中书册，淡淡摇头：“我不知道，也不想知道，如今我只想知道龙吟、惊鸿的秘密。”

“龙吟、惊鸿有秘密，青鸾、火凤难道没有？毕竟都是四大神兵。”原澈到底是有心机，一下子便想到了其中奥秘。

微浓便按照云辰所言，半真半假地道：“青鸾、火凤就是我手中那对峨眉刺，没有秘密。”

原澈显然半信半疑。

微浓故意误导他：“您想想看，若是青鸾、火凤也有秘密，又岂会落到我手中？燕王室又怎会由着我将它们带出来？”

原澈微微挑眉："兴许燕王室不知道这个秘密呢？"

"云辰总归知道的。"微浓立即反驳，"如若青鸾、火凤有秘密，云辰接近我都来不及，又怎会将我往外推？"

这个理由很切实际，原澈相信了，上下打量微浓一番，出言警告："你记住，这次我肯帮云辰，全是因为这个秘密。一旦发现你们有所保留……你知道下场如何。"

"当然！"微浓毫无惧色与他对视，"现在，您可以帮我找书了吗？"

诚如微浓所料，书送到祁湛手里的第三天，云辰便从京畿大牢里出来了。他在云潇和竹风的陪同下亲自登门道谢，只可惜原澈不在府中。

当时原澈正在宁王宫，洗耳恭听他王祖父的教训："这一次的事就算了，湛儿也为你们说了情。但云辰是绝不能留在朝内了，孤看在他是楚王后裔的份上留个面子，你让他自行请辞吧！"

"是，多谢王祖父留情！"原澈故作欣喜之色。

宁王又语重心长地警告："不要以为云辰辞了官，你就可以为所欲为，你离他远点儿！"

"是是，"原澈忙不迭地应道，"只要云大人平安无恙，孙儿一定注意分寸！"

宁王"嗯"了一声，默然片刻，又意味深长地道："你府里那个女护卫，也不要再用了。"

原来一切都在老爷子的掌控之中。原澈一愣，垂头丧气地答了一句"是"。宁王遂让他退下了。

返回魏侯京邸的路上，原澈一直在想宁王最后那句话，这摆明了是要让他送走微浓了。可是他不甘心，藏着这么一个女人在府里，这么久居然都没派上用场！然而不放她走，又是忤逆圣意。

原澈一时没了主意，本想回府找微浓商量一下，岂料刚回到府里，就听说云辰亲自登门致谢来了，此刻正与微浓在后院里说话。原澈想起那有关龙吟剑、惊鸿剑的秘密，立刻打起精神冲了过去。

而此时云辰和微浓已经密谈很久了。云潇和竹风很自觉地守在门外，由王拓陪着，三人有一搭没一搭地聊着天，谁也不知屋内的两人到底说了些什么。

云辰先是开门见山地强调，不希望再与微浓扯上任何关系，希望这是最后一次。

微浓的态度则十分疏离："云大人别紧张，若不是为了那四大神兵的秘密，我是不会插手的。”

云辰霎时无言以对，半晌才道：“无论如何，这次多谢你了。”

微浓面色不改：“利益交换，你记得承诺就好。”

云辰似乎难以接受眼前的微浓，不禁感叹：“我从没想过你会提出这样的条件……我以为告诉你四大神兵的事，你就会死心。”

“人是会变的，”微浓显得很冷淡，“既然我注定要卷入这乱世，不如多握点筹码在手上，以防受人牵制。”

云辰勾起一抹意味不明的笑：“你说得没错。”

微浓将目光望向窗外：“还是托云大人的福，让我变聪明了。”

从前的微浓，就算面对敌人时也不会做出这样的姿态，说出这样冷硬刻薄的话。但今日她却说了出来，可以想象，晚香楼那夜对她的刺激有多大。

云辰有些自责，又有些欣慰，转移话题道：“趁着原澈还没回来，我想先告诉你四大神兵的秘密。”

微浓立即被吸引了注意：“你说。”

“青鸾、火凤、龙吟、惊鸿，实则是两对兵器。青鸾、火凤是一对峨眉刺，而龙吟、惊鸿是剑器，一硬一软。”云辰看向微浓，“青鸾、火凤两幅图案加起来，是一幅藏宝图，藏着前朝遗留的巨额财富，据说可敌两个楚国。”

饶是想到宝藏丰富，微浓也没想到数额竟如此巨大，须知楚国在九州四国当中，一直都以富庶闻名，吃穿用度无一不精。倘若能将这笔财富找到，楚国复国就不愁军饷开支了，招兵买马足够。

“那龙吟、惊鸿呢？”微浓忙问，她觉得这两把剑器中的秘密更为关键。

“龙吟、惊鸿合体也是一幅地图，”云辰顿了顿，刻意强调，“藏有《国策》十二卷，兵书七卷，奇门遁甲之术、推演之术、医书共三十卷。全部都是遗世孤本，无价之宝。”

《国策》十二卷，兵书七卷，奇门遁甲之术、推演之术、医书共三十卷……微浓虽不懂，却也隐隐明白，这其中大约有什么不为人知的诱人奥秘，否则楚璃不会早早就开始筹谋要找四大神兵。

“这些比宝藏的价值更高，也更珍贵。你为何不把青鸾、火凤的秘密告诉原澈？”微浓有所不解。

“因为宝藏太多，占了整整一座地下山洞，一旦为人所知就再也守不住了。但这些孤本不一样，只有七七四十九卷，若是闹出什么风波，大可一把火烧掉，谁也得不到。”云辰神色沉敛。

“原来你是存了这个心思。”微浓恍然大悟，“如今你全都告诉我了，不怕我带着青鸾、火凤去找宝藏？”

“你找不到的，”云辰很是笃定，“宝藏藏得很隐蔽，你看不懂图。”

“难道只有你们楚王室才能看懂？”微浓语带挑衅。

云辰不想与她发生冲突，便选择退让，再一次转移话题：“我遵守我的诺言，把秘密都告诉了你。现在，十二卷《国策》、七卷兵书、三十卷奇书，你先选一样。”

“你是要平摊成三份，咱们一人一份？”微浓明白过来。

“嗯，”云辰言简意赅，“这就是我的回报。你选吧。”

这一刻，微浓真正迟疑了。虽然她口口声声说想要知道四大神兵的秘密，也对这些孤本非常心动，可她真能要吗？要选哪一个才最有利？才能将筹码的作用发挥到最大？

云辰看出了微浓的心思，便又解释道：“《国策》涉及治国理政的方方面面，兵书全部是养兵之法、奇谋之术，剩下的都是各家至宝。”

微浓也晓得，能让前人处心积虑地锻造出两把绝世名剑，又将地图融合其中，所藏之物必定是旷世绝学，可这一时半刻，她实在想不出该选什么。

“你会选哪个？”微浓反问。

“我选……”

“选什么啊？”屋外原澈的声音突然响起，堵住了云辰即将出口的回答。随即，原澈大摇大摆地推门而入，笑问，“子离来啦？怎么也不差人去宫里叫我一声啊？让你白白等了这么久！”

原澈这般的语气神态，让微浓和云辰不约而同想到四个字——笑里藏刀。

云辰也没想瞒着，便将龙吟剑、惊鸿剑的秘密又重复了一遍，还把所有孤本“分摊三份、各取其一”的想法告诉了他。

听到这惊天秘密，原澈先是惊喜，后是思索，最后笑问：“子离为何要这么分？我比较乐意《国策》拿三卷，兵书拿三卷，奇门遁甲、推演之术再各拿三卷。医书嘛，我就不要啦。”

“世子真是贪得无厌。”微浓忍不住评价。

原澈朝她龇牙咧嘴地一笑：“本世子花了这么大力气把子离弄出来，可没那么容易打发。”

两个人四目相视，毫不掩饰彼此的调侃与讽刺，这情景落在云辰眼中，却令他沉默了一瞬。然后，他才出言解释：“虽然没见过那些《国策》、兵书，不过既然分了卷，大概是缺一不可。与其分得零散，倒不如各得一套完整的，如此各自得利最大。”

原澈闻言沉吟片刻，表示赞同：“子离说得没错，日后我若瞧上了你的书，直接向你讨要便是了，难道你还能不给吗？”

是啊！一旦公开“分了赃”，自己那份藏书赶紧誊写个副本就好，孤本给了也就给了，反正也是保不住的。微浓如此想着，也赞同道：“既然都没有异议，那就开始选吧。”

云辰到底还是向着她，便对原澈道：“微浓先选，世子次之，我最后。如何？”

原澈先看了看微浓，又看了看云辰，没有接话。

微浓以为原澈是默许了，正打算开口谦让一句，谁料他忽然反驳道：“不行！我先选！龙吟剑是我的，人也是我救的，去找这些东西还得靠我的人！我出力最多，凭什么让她先选？”

微浓大感无奈，遂主动退让：“您先选，云大人次之，我最后吧。”她摆出无所谓的样子，又笑，“反正无论哪一样落在我手里，我都看不懂。”

“哎哟，胸襟挺宽广啊！”原澈不忘挖苦她一句，毫不客气地道，“那我先选了啊，我选……兵书。”

他已经想好了，如今九州动荡，宁、燕两国迟早一战，那些《国策》啊，奇门遁甲啊，都是太平盛世才玩的东西，乱世中强兵才是关键。尤其他既不是宁王也不是王太孙，只是区区一个魏侯世子，若藏了那些《国策》，万一被人发现就是一顶“谋反”的帽子。

既然如此，他还不如选兵书，若日后宁、燕两国开战，他再适时献上良策。这正是赢得君心、收拢军心的不二法宝！当年聂星痕不就是靠军功翻身的吗？

如此一想，原澈决定亲自去找这些孤本，万一路上有个什么意外，兵书只有七卷，他抱着就能跑路。不像那些奇门遁甲足足三十卷，实在太沉、太累。

其实云辰早就料到原澈会选兵书，倒也无甚异议，看向微浓：“你呢？”

微浓态度依旧：“还是你先选吧。”

云辰也没再客气，径直道：“我选《国策》。”

他话音刚落，原澈就大笑起来：“那剩下三十卷书，她怎么驮得动啊！”言罢又转对微浓，笑得更欢，“看来你得把你的马牵上，叫什么来着，祥瑞是吧？让它替你分担。”

“不劳您费心。”微浓早已习惯他的嘲笑。

原澈见微浓没什么反应，也自觉无趣，又说起正事：“既然如此，咱们早些动身去找吧？”

这也正是最棘手的问题。云辰刚从狱中出来，宁王必定会派眼线盯着他，他根本无法出城；而原澈和微浓若要去找，也须得有个光明正大离开黎都的理由，尤其，这一走就是数月之久。

对于此事，云辰早已看得透彻：“为了减轻宁王的猜疑，我会辞官搬去别苑长住。近段时间，我恐怕无法脱身了。”

原澈“嘿嘿”地笑：“你不一定非要去啊，你派个心腹替你去嘛！把你弄出城是有点儿困难，但别人还是不成问题的，让你的人装成侍卫随我出城不就行了？”

云辰叹了口气：“也唯有如此了。不过，世子用什么借口出城？”

原澈的嘴角再次扯出一丝笑意，看向微浓：“今日我进宫，老爷子让我放你走。”

微浓听得似懂非懂：“你是说……”

“我是说，”原澈摊了摊手，“这次为了子离的事儿，我被老爷子训斥了好几顿，正愁没借口散心呢。既然你要回燕国，我就向老爷子请命护送，这理由如何？”

这法子可行。微浓立即反应过来，上一次宁王遣返自己回燕国时，因护送不力导致自己遇袭；这一次她再回燕国，宁王必定会更加小心护送。倘若原澈主动请命，既显得慎重，又显得对燕国礼数周全，宁王未必不会答应。

“我上一次回国时就遇袭了，”微浓瞟了云辰一眼，才续道，“这次你也可以安排一场袭击，咱们假装被掳走，然后转道。”

原澈伸出大拇指：“聪明！咱们想的一样。”

可是微浓转念又觉得，此事有难以操作的地方。宁王遣送她回燕国，聂星痕必定会提前得到消息。倘若自己突然在半路上“遇袭失踪”，聂星痕该有多着急？会不会因此破坏燕、宁两国之间的关系？

而原澈也有一个顾虑：“这法子是可行，但要怎么安排‘遇袭’？在哪里‘遇袭’？会不会走漏风声？都得从长计议。”

听到此时，久未说话的云辰终于再次开口：“这件事我可以帮忙，因为藏书之地在姜国。”

“嘿！真是天助我也！一切不都解决了嘛！”原澈忍不住拊掌大赞。可他毕竟不知道聂星痕和微浓的关系，只想着微浓是个可有可无的废后，万一真在路上“遇袭失踪”，也不会引起太大的风波。

但是云辰不一样，他深知聂星痕对微浓的感情，所以也顾虑到了这一点，不禁询问微浓：“你想好怎么对他说了吗？”

“正在想。”微浓隐晦回道。

云辰默然须臾：“我可以相信你吗？”

微浓容色微变：“你也可以选择不相信。”

“抱歉。”云辰只得说出这两个字来。

微浓是真的生气了，也因此想到了一个新的隐患，遂毫无顾忌地说了出来：“世子这个计策虽好，但只防君子，防不了小人。万一咱们之中有谁贪得无厌，找了帮手趁火打劫怎么办？”

“尤其藏书之地还在姜国，”微浓再次瞟了云辰一眼，强调，“我不信姜王后能忍得住。”

“这个好办，”原澈有意无意地笑，“子离不是要留在黎都吗？姜王后若是不想要这个弟弟，就让她动手好了。届时老爷子知道了真相，国仇家恨一起清算，不要说子离性命不保，整个姜国都要跟着遭殃。”

他边说边重重地拍了拍云辰的肩膀：“子离，你说是不是啊？”

“如世子所言，您若起了贪念，我也会向王上禀告，将龙吟、惊鸿的秘密公之于世。”云辰微笑回应。

这是在警告自己了，原澈听后继续笑着：“子离把我看成什么人了？咱们两个可是互相牵制的，谁也不用防着谁。”

言罢，他和云辰不约而同地看向微浓。

微浓也诚实地道：“我暂时见不到聂星痕，龙吟、惊鸿的秘密不可能告诉他，不过那三十卷奇书的事情我不能保证。”

原澈倒是不在意：“你告诉他也没什么，到时东西都分完了，难道他还能来硬抢不成？至于你那三十卷书，你想给就给吧。”

奇门遁甲、数术推演、医书什么的，奇人异士或许会感兴趣，对君王却没用处。就当给聂星痕玩玩儿吧！原澈如是想着。

云辰也没有出声反对，不知在出神想着什么。

原澈便做了个结尾，笑嘻嘻地道：“那就这么说定了啊！君子协议，违者天打雷劈！”

微浓说了半晌早就渴了，见事情终于商量出结果，便给自己倒了杯冷茶一饮而尽。

原澈也自觉地摆开两个茶杯，给云辰和自己各倒了一杯，低声笑道：“我还有件事，需要子离帮忙。”

“世子请讲。”云辰洗耳恭听。

“其实呢，我是怕老爷子不让我护送微浓，所以想让你助我一臂之力。”

“怎么助？”

“说来有些难以启齿，这一次在老爷子面前，我为了替你说情……我……你……”原澈指了指自己，又指了指云辰，没再继续往下说。

云辰却瞬间明白过来，主动回道：“其实，流苏已有了三个月身孕，我辞官之后，会纳她为妾。”

“这再好不过啦！”原澈灿烂大笑，“我就以吃醋为借口，自请离京护送微浓，老爷子一定会同意！”

微浓也轻轻搁下茶杯，淡淡一笑：“极好，恭喜。”

从那天起，三人都各自着手准备起来。

云辰一退到底，辞官后搬到了位于黎都城西的私宅别苑，然后短短十日之内，他便为流苏赎了身，自降身份纳其为妾。微浓也不避嫌，前来恭贺。

她面上没什么伤心之色，自然也没什么喜色，仿佛她还是魏侯世子的女护卫，只是来替主子办一件极其平常的差事。竹风和云潇都很欢迎她，与从前的态度天壤之别。

她来得巧，恰好赶上开宴。说是“宴”，不过就是云辰为了庆贺纳妾之喜而摆的酒席，根本没有外人捧场。

世态炎凉，锦上添花者众多，雪中送炭者太少，众人都知道云辰犯事险些获罪，如今都对他避之不及。短短两年不到，当初炙手可热的朝中新贵，就变成了无人问津的落魄百姓，当初的云府门庭若市，如今的别苑门可罗雀。

云辰见微浓前来，也说不清心里是什么滋味，屏退左右，单独与她饮了几杯。趁着醉意未浓，他问她：“都收拾好了吗？”

“差不多了，原澈今日已进宫请命。”微浓神色如常。

“以后……不要再回来了。”云辰低声嘱咐，声音艰涩。

微浓点了点头，自嘲一笑：“我也吃够教训了。”

云辰垂目不再说话。

屋内的气氛有些凝滞，两人仿佛都不知该说什么。微浓便放下酒杯，从袖中掏出一方红色锦盒，搁在云辰面前：“来了这么久，也忘记说一声恭喜，这是贺礼，不成敬意。”

云辰打开锦盒——是一对子母金锁，母锁上刻着“岁月静好”，子锁上刻着“长命百岁”，一看便知是送给流苏和她未出世的孩子。

从进门至今，微浓从没开口问过流苏有孕之事，也没问过那孩子是谁的。云辰唯有默默收起锦盒：“多谢。”

“你喜欢就好，时辰不早，我得走了。”

“我送你出门。”

微浓没拒绝，两人便从屋子里出来，一并往别苑大门外走。十月底的时节，北国之地已然渐凉，微浓穿得并不算厚，云辰不由自主地问：“你怎么过来的？”

“乘车。”

“我拿件披风给你。”

“不用了，车上有。”

两个人都惜字如金，似乎再也无话可说，就这般默默地走到大门外，云辰又问：“往后……你有什么打算？”

微浓摇了摇头：“不知道，走一步看一步吧。”

云辰立即蹙眉：“不回燕国？”

“我还有脸回去吗？”月光下，微浓的面上终于露出几分孤寂与迷茫。她像是无垠的江面上唯一一点渺然的灯火，鲜明得刺目，也孤独得飘忽，令人看得见捉不到，无从触碰。

云辰忽然发现，自己再也没有立场去干涉她的事了。从今往后，她是生是死，是嫁人还是孤独终老，都与他再无半分干系。

忽有一阵夜风无情地吹过，微浓蓦然觉得冷了，忍不住缩了缩脖颈：“你回去吧。”

云辰张口，只觉得嗓子发干：“你……保重。”

“多谢。”微浓什么都没再说，拢紧衣襟步下台阶，临踏上车辕之前，她突然顿足回首，淡淡叹了一句，“云辰，我是燕国人。”

一句话，似有倔强，似有伤心，似有遗憾，似有清醒，在风中百转千回，最终又散落风中。像是凋零的缘分，逝去无痕。

她没有等待云辰的回应，转身踏上车辇。当辘辘的车辙声响起时，她忽然发现，今日是十月二十八。

真巧！八年前的这个晚上，她在楚王宫送走了祁湛，头一次和楚璃在夜色中漫步。

当时的楚国那么暖，今日的宁国这么寒，寒得她都快要忘记当时的感觉，忘记那草木清香的萦绕，忘记那微风沉醉的夜晚。

从此，她与他，再不相干。

微浓走后，云辰又在别苑门外伫立良久，直至流苏拿着一件披风出来寻他，他才回过神。

“主子，夜深了，您回去吧！”流苏体贴地为他披上披风。

云辰盯着她看了好一会儿，才说：“你随我来。”

流苏称是，乖巧地跟着云辰走进方才那间屋内。桌案上，小小的红色锦盒仍静静地躺在那里，等待着被再一次开启。云辰抚摩着盒盖，终究没有再次打开，推给流苏：“这是微浓送的，你收着吧。”

流苏打开锦盒看了一眼，合上盖子：“这东西奴婢不能收。”

云辰没有勉强，目光又落在她依旧平滑的小腹上，默默叹气：“从今往后，你就安心养胎吧，其余的不要再过问。”

“主子，”流苏有些抗拒，“奴婢能行！”

“你总得为孩子考虑，”云辰语气强势了些，“我答应过竹风。”

流苏颇不情愿，亟亟再道：“每次您见过她，总要心软一阵子！但求您想想各地的臣民，他们都活在水深火热之中！还有咱们这五千死士，可是一心奔着复国去的，大家都等着您……”

“够了！”云辰忽地发怒，“你在说什么？！你想提醒我什么？！”

流苏立即下跪请罪：“主子，我是怕您……”

“你多虑了。”云辰打断她的话，“微浓即将返回燕国，不会再回来了。”

然而流苏哪里肯信：“上次您也这么说，可她还是……”

“退下！”云辰怒而呵斥。

流苏咬着下唇，跪在原地不肯走。

奈何云辰态度坚决，又命道：“退下，去把潇潇叫来。”

流苏强扭不过，只得领命告退。

不多时，云潇小喘着跑步而来。一进门，她就看到云辰在把玩一只红色锦盒，目光深沉若有所思，脸色绝对称不上好。

云潇不敢打扰，小心翼翼地唤道：“哥。”

云辰放下锦盒，抬目看她：“潇潇，我需要你去替我做件事。”

云潇什么都没问，一口应下：“好。”

云辰颇为安慰，便将自己获救的前因后果大致解释了一遍，又将难处告诉了她：“宁王到处布下眼线，我是绝不可能离开黎都城的，所以我想派你去寻书。”

“派我？”云潇微讶，“和原澈、微浓一起？”

“是，”云辰解释道，“我仔细想过，你是女孩子，路上能和微浓互相照应。而且此次去姜国，不知要在山里盘桓多久，你在十万大山长大，熟悉各种毒物，也可以保护他们。”

“说到底，你是想让我去照顾微浓。”云潇感到很失落。

“不是，”云辰断然否认，“我有更重要的事交给你去做。”

云潇根本不相信，随口问道：“什么事？”

“在藏书里找一样东西，”云辰一字一句慎重道，“九州山川河流布防图。”

“山川河流布防图？”云潇有些迷惑，“那是什么东西？”

“是九州四国所有山川、河流的布局图，每一座山该在哪里设伏，每一条河该在哪里用兵，何处地势险要，何处视野开阔，何处容易藏身……图上标得一清二楚。”云辰用手比画了一下，“是一幅羊皮卷轴，你要拿回来。”

饶是云潇再不通政事，也意识到这幅布防图的重要性，尤其云辰还以这般郑重的语气嘱咐她。她豁然反应过来：“有了这幅图，日后咱们用兵就不用愁了？”

“嗯。”云辰没再多说。

“天哪！画这幅图的人得花了多少年的心血啊！”云潇觉得不可思议。

“前人的智慧不容小觑。”

“这幅图，原澈和微浓都不知道？”

“不知道。”云辰将那只红色锦盒置于袖中，“这做法虽令人不齿，但防人之心不可无。”

从某种意义上讲，目前他对这幅图的需要，更胜于所有《国策》与兵书。他并不是要防着原澈和微浓——原澈道行太浅，微浓不懂兵法，这幅图若是落在他们两人手上，几乎发挥不出作用。他担心的是，布防图最终会通过两人之手，流传到宁王或者聂星痕手中，而为了断绝这种可能，他索性没有提及此事。

自然，云潇的压力随之而来：“哥，你是说，最后只有我们三人能够进山？我得防着他们两个，把这幅图弄出来？”

“你不要紧张，”云辰有意安抚，“布防图应该很复杂，他们两人根本看不懂。不过原澈很精明，他看不懂的东西必定会收起来，你提防一些就行了。”

说到此处，云辰刻意强调：“倘若你带不出来，就把图藏起来，回头我再派人去取。或者你……烧了它。”

这个简单，云潇长舒一口气：“哥哥放心，倘若我拿不到，也绝不会让他们拿到。”

“好，”云辰点了点头，“都听明白了？还有什么要问的？”

云潇抿唇，还是迟疑着问道：“倘若布防图和微浓同时遇险，我救哪个？”

“布防图。”云辰不假思索，“图是死的，人是活的，微浓一定能够随机应变。”

虽然这个回答不够绝情，但云潇听后还是舒服很多，至少在云辰心中，布防图重过微浓，于是她笑着答应：“我记下了。”

“另外，王姐安排了人去帮你，为防消息走漏，我目前也不确定人选是谁。”云辰在桌案上用茶水写下五个大字，指给云潇看，“到时你见机行事，这是接头暗号。”

云潇定睛一看，只见桌案上写着五个大字：

难于上青天。

第二十七章

金蝉脱壳，远走高飞

时值冬月，黎都的气候越发寒凉，而护送微浓的队伍一路南下，倒是越走越暖和。待一行人过了闵州，原澈已经脱下大氅，连说太热。

第二次遣返微浓，还是原澈护送，宁王为防再出意外，加派了大批人手随行。不过，为了迁就这位魏侯世子的怪癖，整个队伍中只有两名女子——除了微浓，就是假扮侍女的云潇。

临行前，云辰告知了他们拼合地图的方法。他本意是将龙吟剑、惊鸿剑的图样誊抄下来让他们三人带走，把剑留在黎都，但原澈坚持带剑随行。经过一番讨论，最终原澈带上了龙吟剑，云辰则把惊鸿剑交给了云潇。

腊月初九，当护送微浓的队伍即将抵达幽州境内时，冀凤致已经快马加鞭赶到了燕国王都京州城。而此时，距离聂星痕接获王拓的密信已过了快半个月。

王拓在信中说，原澈将在幽州境内假装遇袭，带着微浓死遁，此事微浓是同意的。但两人具体在谋划什么，王拓并不知情。聂星痕接获密信后想了很久，却始终想不明白，原澈要和微浓做什么？假装遇袭的目的何在？微浓为何愿意配合？她会不会有生命危险？

冀凤致的到来，解除了聂星痕的部分困惑。可他毕竟是一介草民，而聂星痕是位高权重的摄政王，一个进不去燕王宫，一个又不会轻易出宫，故而两人的见面还经历了一番波折。

冀凤致先在千霞山璇玑宫住了几天，打听了镇国将军明尘远的府邸后，便去登门求见。然而管家太过势利，见他穿着朴素、形容落魄，以为他是想来投靠的江湖人士，因此敷衍了好几天。

冀凤致老老实实地等了数日不见回应，眼看聂星痕要封印过年了，他才在上朝的最后一天当街拦下了明尘远的车辇。

明尘远当即便领着冀凤致进了宫，他这才和聂星痕见上面。聂星痕迫不及待地询问微浓的情况，冀凤致给出的答案却很模糊："微浓让老朽给您带了样东西，还说她同魏侯世子有事要办，让您听到她遇袭的消息不要担心。"

"她几时与原澈之间有秘密了？"聂星痕脱口便问。

冀凤致摇了摇头："她不肯说。"

"她要去哪儿？去多久？"

"少则半年，多则一年。"冀凤致叹道，"她没说要去哪儿，只说让您不要担心，更不要迁怒宁国。"

聂星痕听闻此言，担忧之色更深。

冀凤致遂劝道："老朽看微浓的样子，应是有了万全之策，殿下无须太过担心。"

他将随身背来的锦盒交给聂星痕："这是微浓给您的东西，说是让您替她收好。"

聂星痕接过锦盒一看，竟是他送给她的那对峨眉刺！如今兜兜转转，微浓竟然将它们还给了他！聂星痕大为失意："她什么意思？是要与我……一刀两断？"

"不是，"冀凤致回想片刻，笃定地道，"她的原话是让您'替她收好'，可见她日后还是要找您取回的。"

事到如今，聂星痕也深知多说无用，只得合上盖子，无奈地道："多谢冀先生提点。"

就在冀凤致见到聂星痕的三日后，幽州境内，原澈和微浓也遭遇了袭击。这一次袭击应该是原澈安排的，亲信们都知道他要趁机"失踪"，所以早就计划不全力抵抗，让宁王的护卫们先去送死，然后他们做做样子返回黎都求援，伪造出原澈、微浓被掳走的假象。

然而，当真正看见那群纵马驰来的杀手时，众人才发现情况有异。

光天化日，脚下这条官道远远传来马蹄声，听起来不下百余之众。当马蹄声渐行渐近时，侍卫们的眼底皆被浓重的黑色充斥了——黑色的马、黑色的夜行衣、黑色的蒙面巾，汇成了一片黑色的风暴，朝着他们呼啸而来。

魏侯府的侍卫头领见状，心中涌起不祥之感，他再也管不得亲疏之别，冲着所有侍卫高喊："保护世子！保护世子！"

所有人都不寒而栗，被眼前这一场景骇到了，纷纷抽刀围住两辆车辇，准备应敌。

眼见那群黑衣人渐渐逼近，侍卫头领正要开口喝问，眼前却猝然寒光一闪，一支锋利的箭镞从远方飞射而来，眨眼间已穿透了他的咽喉。

见此情形，所有人都害怕极了。再看那群黑衣人，他们竟一言不发地杀入队伍当中，见人就砍，见马就斩，一场厮杀迅速展开！霎时，刀枪鸣响、厮杀震天、兵器刺入肉体的声音不断传来，夹杂着马匹惊慌失措的嘶鸣。有些侍卫甚至来不及呼救便被一刀毙命。

眼看敌我力量越发悬殊，不知是谁大喊了一句："保护世子先走！"话音刚落，那人胸口已中了一剑，重重倒在了第一辆车辇的车辕之上。

就在此时，车辇内突然发出一声鸣响，求救的浓雾瞬间飘上天空。杀手们立刻反应过来，四把利刃同时砍向车辇之内。一刹那，车辇翻倒，门帘上出现一道殷红的血迹。

随即，身穿华服的原澈从车辇内滚了出来，额头和胸口各插着一把利刃，脸上和身上满是血迹。可他人还没断气，躺在地上不断抽搐着，艳丽的华服渐渐被鲜血染透。

腊月末的时节，家家户户都在准备过年，路上行人少得可怜。官道之上，唯有这两方人马在拼杀对抗。前后不过半个时辰，原澈的护卫队已全军覆没。

只剩下微浓的车辇完好无损，受惊的马匹拉着车辇奋力狂奔，冲出了重围。然而没过多久，杀手们便追了过去，一刀砍下马匹的头颅，独剩那辆孤零零的车辇停在路边，隐约能听见车里女子的惊呼声。

寒风如此凛冽，空气中弥漫着浓重的血腥气和飞扬的尘土。放眼望去，遍地都是宁国侍卫的尸体，而那些黑衣杀手死伤不过十余人，他们的坐骑也折损不到一半。

所有的杀手都围着微浓的车辇，其中一个领头之人翻身下马，对着那车辇说道："我等奉王后娘娘之命，前来护送姑娘返回燕国。"

车辇之中，无人回应，只有女子微微的低泣声。杀手头领立刻挑起车帘，只见一个素衣女子跌坐在车板上，正咬破手指，在车壁上写着一个"姜"字。

那头领黑眸一紧："你是谁？"

那女子吓得瑟瑟发抖："奴……奴是魏侯府的下人……"

话音到此骤然而止，那女子被头领一掌打昏。紧接着，他又返回原澈遇袭之地，从层层尸体中找到了满脸是血的魏侯世子。那是一张陌生的脸，即便脸伤纵横交错，他也能看出这绝不是俊美无双的原澈。

中计了！杀手头领愤怒地揭下蒙面黑巾，面色冷若冰霜，满是杀意。

“打草惊蛇了，我们要如何向门主交代？”有人询问对策。

“据实回答，”杀手头领眯着双眼，看着望不到尽头的官道，“看来他们已经到姜国了。”

而此时，被断言已经抵达姜国的原澈一行人，实则还慢悠悠地在闵州境内闲逛。为了不惹人注意，三人轻车简从，原澈破天荒地穿了一身极朴素的衣裳，又破天荒地亲自打马驾车。

微浓心中有所疑问，挑起车帘看向他的后脑勺儿：“你为何要提前调开车队？”

“为了躲避墨门的追杀啊！”原澈侧过半边脸，对身后的微浓回道，“两年前祁湛回来认祖归宗，父侯曾在姜国境内布下杀手，你觉得他能不记仇吗？”

原澈这般一提，微浓也想起来了，当初这事还是云辰经手的。而祁湛为了躲避追杀，甚至包下了落叶城所有的客栈，更死皮赖脸缠住了她。

“小心驶得万年船，我的考虑不会有错！”原澈欢愉地哼起了小调。

“那么多侍卫，”微浓听后有些担心，“岂不是白白牺牲？”

原澈冷哼一声，抽了马匹一鞭子：“你怎知道他们会牺牲？若是跟着咱们走，才是性命不保。如今没跟着咱们，兴许祁湛的人一心软，反而会放他们一条活路呢？”

微浓只得叹气：“但愿如你所言吧！”

原澈又笑：“往后你们两个都要穿男装，咱们轮流赶车，每人每天四个时辰。”他毫不客气地道，“这期间不打尖儿、不住店，除了买干粮和喂马，就不在城内逗留了。”

“这怎么能行？”云潇闻言也挑开帘子露出半个头，“你让我们在马车上睡觉？还和你一起？”

“有什么不可以？论美貌，你俩有我美吗？论出身，你俩有我高贵吗？我都同意了，你俩还有意见？”原澈头也不回地讽刺。

“当然有意见！男女有别！”云潇大声强调。

“放心，对我来说没有区别。”

微浓忍俊不禁。

“虽然论样貌、气质，你们俩差我很远，不过出门在外也不能太讲究了，我还是屈就一下，和你们装成亲兄弟吧！”原澈很勉强地道，“咱们全部改姓孔，车里有通关文牒。”

改姓孔？叫孔雀吗？微浓又笑了起来，伸手翻出原澈的包袱，果然发现了官府盖印的通关文牒。

打开一看三人的名字，微浓咋舌——孔武、孔有、孔力，合起来就是孔武有力。

“这名字还真是……别致。”微浓大感无奈。

“嘿！过奖了。”原澈边说话边赶车，笑嘻嘻地回道，“你最大，你是孔武；我是孔有；潇潇妹子是孔力。我是怕你们记不住，才找了这几个名字好吗？”

云潇讪笑一声：“我们的确记不住，哪有世子您的脑子好使。”

原澈没搭理她，径自又道：“我仔细想了一下，就算有通关文牒，咱们三个也不像亲兄弟。这样好了，我是嫡出，你们两个假装庶出，是不是就更可信了？”

微浓和云潇对看一眼，只得点头附和：“是是是。”

原澈哈哈一笑，大为舒畅：“你们两个抓紧休息吧，待到天黑换微浓出来驾车。”

其余两人遂不再说话，回到车内闭目将养起来。

因是昼夜赶路，三人脚程极快，尤其驾车的三匹马都是姜国盛产的良驹，其中一匹还是微浓的坐骑祥瑞。如此赶了两天的路，他们到了幽州地界，恰好赶上正月初一。可因为官道上那桩骇人听闻的惨案，整个幽州府并无过年的喜气，原本放假的官兵全被拉回了官府办差。毕竟失踪的是魏侯世子，死的是宁王亲卫，大家都提心吊胆，生怕龙颜大怒，祸从天降。

据说，百余侍卫无一生还；据说，唯一的女子被奸杀致死；据说，收敛尸体的官兵们忙活了一天一夜；据说，官道上血流成河，无法洗刷干净……幽州府更因此戒严，严查过往行客，人人恐慌到了极点。

微浓和云潇听了此事，都是沉默不语。原澈也专门打听了这些人的埋尸之处，打算过去看看。

云潇觉得他不可理喻：“世子要看什么？尸体吗？”

原澈没答，反而问道：“以墨门的作风，会奸杀姑娘吗？”

云潇嘟囔着：“我怎么知道？”

微浓则同意原澈的说法：“墨门是个极其守规矩的组织，不可能犯下奸杀这等事。”

原澈赞许地看了她一眼：“可以，跟着我之后越变越机灵了。那还等什么？今晚就去看看。”

微浓点头应下，云潇虽万般不情愿，可拗不过两人，只得跟着去了。

停尸的地方叫作鬼街，是一大片荒野，除了仵作和送尸官之外很少有人去。那里只有数不尽的坟茔和飘荡在树上的白色布条，在黑夜里煞是恐怖。

原澈打头走着，大摇大摆地提着灯笼，丝毫不怕被人发现，用他的话说“鬼才会大半夜跑过来”。饶是心里做好了万全的准备，可当三人看到眼前的情形时，还是抑制不住心底的愧疚与愤怒。

死去的侍卫全部都有官职在身，又是宁王亲自派的任务，所以幽州官府统一采办了棺材，给了他们一个体面。而此时，那些棺材就整齐地停放在鬼街最外头，等着死者家人前来认尸，无人认领的会过了正月再下葬。

荒野的风吹过，似乎还带着腐烂的气味，云潇忍不住抽了抽鼻子，有些后悔跟了过来：“这些人……都死了啊。”

原澈声音低沉：“是啊，都死了。侍卫的使命，就是为主而死。”

微浓鼻尖酸涩，没有说话。

“世……世子？”就在这时，不远处突然有说话声传来，在这伸手不见五指的鬼街，显出一种无比飘忽的鬼气。

云潇立刻吓得大叫。

原澈倒还镇定，立即提起灯笼大呼：“谁？谁在这儿装神弄鬼的？”

但见一个披头散发、衣衫破落的男子从一口棺材后慢慢露出头来：“世子！您不记得属下啦？”

“原来是人！”云潇松了口气。

原澈也眯着眼睛看向对方，朝他招了招手：“你谁啊？大半夜的怎么在这儿？”

那人便亟亟跑到原澈跟前，二话不说跪倒在地，“哇”的一声大哭出来：“世子！属下是府上二等侍卫余尚清啊！”

他边说边拨开额前的乱发，露出一张脏兮兮的脸，依稀能看出是个白面书生的样子，面容秀气。

这名为余尚清的侍卫抹了抹脸上的泪水，哽咽着道：“居然能把您给等到了，实在太不容易了！属下祖上一定是积德了！”

微浓看着眼前突然冒出来的人，总觉得很蹊跷，拉着云潇后退几步，口中不忘提醒原澈：“世子小心。”

原澈显得很镇定，微微弓着身子，提起灯笼仔细打量着那人的面容：“你是京邸的人，还是丰州府的人？”

"属下是丰州府里的。"余尚清老实回道。

原澈眼珠子转了转："既然是丰州魏侯府的二等侍卫，就是可以自由出入内院了？"

余尚清点头："属下在您那小客院当差，您不记得了？"

原澈又摸了摸下巴，直接开口："我那小客院的垂花拱门上，雕了什么图案？"

"蝙蝠、老鹰、仙鹤！"

"庭中的石桌有几张？各摆了几把石凳？"

"三张桌子，各摆了四把凳子，"余尚清一一回答，"都是上好的大理石。"

原澈沉吟片刻，接着再问："小客院最后一位客人是谁？"

"是您的幕僚张先生，如今他还在那儿住着呢！他每天早上要打太极拳，还拉着您一起打，被您痛骂了一顿。"

细节都对。原澈终于直起身子："起来吧！"

余尚清大为欢喜，连忙从地上站起来，不等原澈再开口，他已解释道："不瞒您说，属下在这儿藏了三天了！一直等着黎都来人收敛尸体，想跟着他们一起回去。"

原澈闻言不免疑惑："你怎么不去幽州官府？"

余尚清立刻低下了头，显得有些为难。

原澈故作嫌弃："行，你若不说，本世子可就走了！"

"我说，我都说。"余尚清着急了，一把拉住原澈的衣袖，忙道，"这趟跟着您出来时，侯爷已经交代过，说您要'半路失踪'，让我们遇袭时不要全力反抗……兄弟们也一直是这么想的。"

说到此处，他有些羞愧地低下头："属下听了侯爷的交代，心里害怕，总想着这是王上交代的差事，万一路上把您给丢了，就算活着回去也要被降罪。于是……属下在刚到幽州时，谎称拉肚子，专门掉了队……"

原澈听明白了，不禁冷笑："刘统领一定信以为真，放下你去看病，他领着队伍先走了？"

余尚清点了点头："刘统领说行程不能耽误，让属下病愈后再追上队伍。属下想着反正您不在队伍里，就……偷懒了，想把'遇袭'的风波给避过去。

"不过属下只歇了两天，就上了路，还没走二里，却看见了咱们魏侯府的求救烟雾……"余尚清话到此处，忍不住再次掉下泪来，"属下很担心，就乔装打扮赶了过去。

"谁知……谁知道……他们全都死了啊！"余尚清话到此处痛哭出来，"整条官道上全都是血，一百多个侍卫，全都死了啊！是谁下了这么狠的手啊！”

他痛哭不止，无力地瘫坐在地上，再也说不出话来。

微浓与云潇听后皆是沉默不语，微有哽咽。

原澈的脸色则冷得吓人：“然后呢？”

“然后……”余尚清边哭边道，“然后，官兵就来了，开始搜查活口，把兄弟们身上的财物都刮走了。当时假扮暮氏的姑娘根本没死，只是昏了过去，可那些官兵……那些官兵不是人啊！他们把她……糟蹋了啊！然后又灭了口……”

“你是说，奸杀那姑娘的人，是幽州府的官兵？”微浓难以置信。

“是！就是那一群畜生！”余尚清哭着控诉。

“那你呢？你当时在做什么？你就眼睁睁看着她被糟蹋？”原澈的声音很冷，冷得像能结出冰一般。

余尚清吓得浑身发起抖来：“属下……属下当时已经吓傻了，根本反应不过来，而且官兵太多，属下势单力薄……实在害怕，没看完就跑了……”

“混账！”原澈面色狠戾，一脚踢在余尚清身上，厉声斥责，“魏侯府没你这种贪生怕死的侍卫！”

余尚清被这一脚踢出去好远，又连忙跑回来，抱着原澈的大腿求饶：“世子饶命！世子饶命！属下再也不敢了！您不知道属下这两天……简直比死还难受啊！属下再也不做逃兵了！否则如何对得起死去的兄弟们啊！”

原澈气得再次踹开他。

云潇听到最后，也是气愤不已，忍不住道：“世子！这种人就该送去官府查办！狠狠地治他的罪！”

“潇潇，”微浓拦下她，“世子自有主张，咱们不要置喙。”

“我不会送他去官府的，”原澈慢慢转过身来，看着微浓和云潇，露出一丝值得玩味的表情，“咱们不还缺个车夫吗？”

翌日起，余尚清就包揽了车夫的活计。原澈原本定下的“不打尖儿、不住店”的原则也被打破了，一天赶路的时间从十二个时辰减少成八个时辰。究其原因，一则是头几天赶路太辛苦，三匹马都有些劳累，而微浓坚持不肯换马；二则是墨门已经偷袭过，杀手们肯定往姜国方向追赶去了，如今走得慢一些，反而有利于保命。

当微浓、原澈、云潇三人同时坐在车辇里时，空间便显得逼仄起来。微浓对余尚清的突然出现还是有些顾虑，便低声询问原澈：“他真是魏侯府的人？”

原澈打了个哈欠："看着是挺眼熟的，应该没错。"

"这样贪生怕死的东西，你也不怕他卖主求荣？"云潇冷哼一声。

"他也得有机会卖啊。"原澈毫不在意地笑，"我跟他说了，只要他这次好好办差，本世子既往不咎。"

"这可真是奇了，您对下属向来从严处罚，怎的对他如此宽待？"微浓不解。

云潇也是好奇："就因为缺个车夫？"

"当然不是，"原澈很坦然，"因为他长得俊嘛！"

原澈的话让其余两人忍俊不禁，也冲淡了遇袭事件所带来的哀伤。本以为原澈这话不过是个玩笑，然而渐渐地，微浓和云潇发现不对劲了——原澈对余尚清的态度有了变化。原本他对余尚清不假辞色，后来变得有说有笑，再后来称呼也变了，从"余尚清"变成了"小余"，最后变成了"尚清"。

待他们进入姜国地界，原澈看余尚清的眼神都有些暧昧了。想起原澈好男风的传闻，微浓和云潇只好假装自己什么也没看见，只盼着能早日见到姜王后安排的接头人。

早在出发之前，云辰便将龙吟剑和惊鸿剑摆在了一起，告知了他们查看地图的方法。惊鸿剑剑身上的图形，乍一看是一只薄如蝉翼的飞鸟翅膀，实则是姜国一条很隐蔽的河流——猫眼河。

在寻找龙吟剑之前，云辰曾用过一个笨方法——将猫眼河搜了一遍。他原本想着藏书必定与猫眼河有关，可是找了大半年，上游、下游、河底、河畔都毫无线索，他这才下定决心前往宁国寻找龙吟剑。

找到龙吟剑之后，将两把剑拼凑在了一起，云辰才晓得自己找错了方向。龙吟剑和惊鸿剑上的纹路毫无意外地拼出了一整幅图案，也清楚地显示出，猫眼河的发源地正是龙吟剑剑身的龙口之处。再仔细看，那龙口的形状分明像是一座山，龙眼才是藏书所在。而要进入那座山，唯一的方法便是从猫眼河逆流而上。

原澈本来还心存侥幸，计划到了姜国之后绕过接头人，自己去找。但因为要进山，所以他不得不倚仗姜王后的人马。

不知云辰是如何对姜王后提起的，总之姜王后只派了一个人来接头，这也令原澈等人的防备大大降低。那接头人名叫南天，是个地地道道的姜国人。双方就约在宁、姜两国边境的榕城见面，由南天带着微浓他们去距离猫眼河最近的一个渡口。

"我们王后娘娘听说贵客在路上遇袭，还担心贵客是否能如期赴约呢！"南天代替姜王后表达了对微浓他们的关心。

“王后娘娘多虑了，”原澈敷衍地笑道，“我们在路上遇到了几个山贼，这样也好，省得麻烦娘娘派人做戏了。”

南天闻言也没再多说什么，老老实实地将四人带到了渡口，又安排了一艘勉强可供四人乘坐的小船。

原澈一看这船就不乐意了：“这么简陋？”

南天解释道：“贵客不要误会，不是王后娘娘不给你们安排大船，而是猫眼河上游很窄、很深，两侧都是怪石，船太高、太大会被卡在石壁中间。”

原澈心生警惕：“你怎么知道得如此清楚？”

南天也没隐瞒：“小人曾跟随云大人游遍了整条猫眼河。”

原澈嗤笑一声，没再多问：“多谢南大人了，那我们就此告辞了。”

南天有些愕然：“您不需要小人送您进山？”

原澈指了指那只小船：“您也看到了，这船上只有四个人的位置。”

“可是王后娘娘交代过，您只有三个人进山，加上小人勉强够坐。”

“计划赶不上变化啊！”原澈无奈地耸了耸肩，“要不您再找一条大船来，咱们五个人一起进山？”

南天摇了摇头：“不行，猫眼河上游很窄，船再大就过不去了。”

原澈故作遗憾之色：“那可如何是好？”

南天下颌收紧，挠了挠头，想了半天才道：“贵客，还是让小人跟您一起去吧，否则小人不好向王后娘娘交代。”

原澈有些为难：“那我们就得扔下一个人。”

他话音刚落，余尚清已经吓得拽住他的衣袖：“世子，您可不能扔下我啊！这地方我人生地不熟的，听说到处都是蛊虫……我我我……我害怕！”

听闻此言，原澈依依不舍地看着余尚清，然后又看了看微浓，最后看了看云潇，显然很是犹疑。

云潇看不下去了，劝道：“世子，咱们是来办大事的，难道你还要带着这个可有可无的侍卫不成？还是让南大人一起去吧。”

“谁说我是可有可无的！”余尚清狠狠地瞪了云潇一眼，“我可以划船！”

微浓破天荒地跟原澈站到了一起，对云潇道：“既然世子舍不得余侍卫，咱们就带上吧，万一在山里有个意外，也好多一个人保护咱们。”

南天显然不服气了：“小人也能保护贵客。”

原澈和微浓默契地对看一眼，前者叹了口气：“王后娘娘帮到此处，我等已是感激不尽，岂敢再劳烦南大人？您直接向王后娘娘实话实说吧，相信娘娘不会怪罪的。”

南天脸上的表情很是精彩，沉默了半晌，没有再勉强。

原澈又从随身的包袱里取出一个锦盒，递给南天：“小小心意，感谢南大人对我们的帮助。”

南天连忙推拒：“不行不行，若让王后娘娘知道了，小人……”

“王后娘娘不会知道的，”原澈朝他挤眉弄眼了一番，“或者大人先打开看看？”

南天迟疑片刻，见那锦盒精美非常，终究没忍住好奇之心，打开看了一眼。然而只一眼，他的表情就变得怪异非常，像是惊，又像是喜，最终他没再说什么，径直朝原澈鞠躬致谢：“多谢贵客赏赐。”

原澈朝他摆了摆手：“南大人太客气了。”

南天遂指了指船后舱的位置，那里放着一个非常大的油纸包：“里头是三人份的干粮，够吃三个月，为了方便储存，只有馕。”

“王后娘娘想得还真是周到！”原澈笑回，“南大人，我们这就告辞了啊！”

南天点了点头，又看着几人随身携带的包袱，提醒道：“行囊太多，船里恐怕放不下。”

原澈一看这船只的情形，便知南天所言非虚。于是几人就地卸装，把能扔的东西都扔了，只把水囊、刀具、作料、锅碗瓢盆等必需品留了下来。原本他们准备了四顶帐篷，如今被迫扔了两顶，衣裳也少带了几件。

这般收拾一番，行囊少了不止一半，勉强能放到后舱里。原澈遂让余尚清先上船，等他把行囊安置好之后才跟上，找了个最舒服的地方坐下。微浓跟在原澈后头，云潇则是最后一个上船。

当她走过南天身边时，她突然望了望猫眼河的上游，长长叹了一声：“这猫眼河崎岖狭窄，我们又是逆流而行，可真是难于上青天啊！”

可惜南天并没有什么反应，只是诚挚无比地叮嘱她：“贵客一路小心。”

云潇心下诧异，但面上只是一笑，在他的搀扶下登上了船只。

余尚清很自觉地挪到船的最前头，支起船桨开始划船。原澈再朝南天拱手微笑：“南大人，谢了啊！后会有期！”

船只徐徐行驶起来，等南天的身影渐渐消失在了视野之中，微浓才好奇地询问原澈：“您送他的东西是什么？他竟然要了。”

“也没什么，不过是一只非常罕见的蛊虫而已。”原澈笑吟吟地道，“也不枉我从宁国一路将这东西带了来，总算把他给打发了。”

姜国人擅长养蛊，遇上好的蛊虫自然爱不释手。虽然原澈没有明说，但微浓也能猜到那是一只多么罕见的蛊虫。

“这个南天一看就是个练家子，若是让他进了山，保不准咱们几个都会没命。”原澈爱怜地摸了摸余尚清的手，“尚清啊，你说是不是？”

余尚清执桨的手一哆嗦，连忙回道：“世子英明。”

姜国境内多山多林，一年四季常绿常青，风景秀丽。猫眼河也不例外，它像是隐藏在姜国境内的一块瑰丽宝石，暂且不为外人所知。四人乘船上行，见识了一路的嶙峋怪石、奇异树木，都不禁啧啧赞叹，暂时忘却了旅途的忧愁和未知的险阻。

因是逆流而行，所以他们行进的速度很慢。幸好天公作美，姜国境内未到雨季，气候不冷不热，倒也舒爽。四人每晚都将船停在岸边，在丛林怪石之中扎营而眠，翌日再继续出发。

如此行了半月余，按照惊鸿剑所示的地图来看，他们已经行过了大半条猫眼河。云潇每日都在船上刻算着日子，这般数着，正月已然逝去。

“幸好姜国地方小，否则还不知要划到何时才是个头啊！”余尚清边划船边抱怨着。自驾车之后，他又包揽了每天的划船任务，若是累了，微浓和云潇都会替他一阵子。

自然，谁都不指望养尊处优的魏侯世子会动一动船桨。他每日的任务就是替大家擦擦汗、加加油，偶尔说几个不冷不热的笑话调解气氛。不过，收效甚微。

河畔的风景虽美，却依旧无法抚平云潇那颗躁动的心。和微浓的安之若素不同，她有时候会很急躁，总是不断地看着惊鸿剑，计算着进山的时间。

二月初五，四人终于来到了猫眼河最狭窄的地方。诚如南天所说，这艘船堪堪能穿越两侧林立的奇石。而越往上游走，水位越发浅，等到船只搁浅之时，他们恰好穿过猫眼河最狭窄的地方，来到了源头之处。

他们面前洞天石扉，豁然开朗。入眼的是山林环绕，云雾弥漫，飞鸟往来，泉河澄澈。入耳的是风过鸟鸣，林叶沙沙，水声倾泻，如人絮语。这幅景象恰似人间仙境。

刹那间，几人旅途中的劳累都被眼前这美景所消弭，人人都是叹为观止。这是不同于宫殿华宅的富丽堂皇，这是大自然的鬼斧神工，是造物者予以的恩赐。

就连原澈也是赞叹不已：“姜国到处都是蛇虫鼠蚁，不想还有这么一个好地方！”

云潇也跟着赞道："这里比十万大山更美！"

余尚清看得更是瞠目结舌，说不出话来。

微浓则发自肺腑地感叹："日后若能隐居于此，避开俗世，也是美事一桩啊！"

除了原澈之外，其余两人都不由自主地点头。唯独原澈笑道："以后可以在这儿建座宫殿，每年来避暑避寒。"

微浓白了他一眼："你还是不要破坏这里的天然景致了。"

当时初来乍到的他们都未曾想到，几句戏言竟然会有成真之时。若干年后，他们当中竟真的有人隐居到了这个地方，也真的有人在这里建了行宫。

后来的后来，每当微浓回想起前尘往事里的这一刻，她的脸上都会浮现出一丝微笑，感慨着造化弄人。

"这座山有名字吗？"微浓也不知是在问谁。

"管它有没有名字，咱们现给它起一个！"原澈兴致大发。

"那该起个什么名字好呢？龙吟山？"云潇指了指原澈手中的剑。

"这名字太招摇了，不好。"原澈率先提出反对。

微浓则随口说道："那就叫孔雀山好了。"

她承认是存了几分调侃之意，云潇也立刻会意大笑，唯独余尚清不明所以。微浓本以为原澈是要生气的，可没想到他竟然一口应道："好！龙吟出鞘，孔雀来鸣！好兆头！就叫这个名字！"

一锤定音！

原澈当即拔出龙吟剑，在山口的一块巨石上提剑刻下"孔雀山"三个大字，又在末端写下"孔武、孔有、孔力到此一游，特此题记"。

"三个姓孔之人起了'孔雀山'这名字，也算合情合理。"原澈看着自己龙飞凤舞的题字，越看越是满意，"本世子这一生吧，给仆人起过名字，给畜生起过名字，还没给山山水水起过名字呢！哈哈哈哈哈！"

云潇看着他这副得意的表情，忍不住提醒他道："世子，这名字可不是你起的。"

原澈的笑容随即僵在脸上，讪讪地看了微浓一眼。

后者忍不住提醒他："别再耽搁了，还不赶紧看看怎么进山。"

原澈"哦"了一声，这才慢悠悠地把龙吟剑摆在几人面前，比对着脚下的路研究起来。

余尚清显得万分积极，唯恐会被原澈抛弃似的，围在他身边假装琢磨。云潇实在看不下去了，不禁问道："世子，你还要带着他进山吗？"

“当然！”原澈靠在石头上，用龙吟剑指着云潇，“吃了一个月的馕，你还没吃腻吗？不带他进山，难道你来打野味？”

孔雀山上没有路，四处都是密布的丛林。数百年前藏书之人走过的路，如今早已长出了繁盛的草木，他们几人根本没有下脚之处。

龙吟剑便从指路的地图变成了砍树的刀。原澈没敢把龙吟剑给余尚清，故而只能身先士卒亲自带路，走一步砍几下，硬是将好端端的花草树木砍得乱七八糟。

按照地图砍了一天，几个人回头一看，发现才走了七八里路，他们还能清晰地看到山口处题记的巨石。原澈因此大为泄气，直接瘫在了地上，支着龙吟剑对余尚清命道：“你……你想办法去打些野味来！”

余尚清闻言哭丧着脸：“世子，现在是冬天，哪里能打得到野味啊？再说我也没有任何兵器，怎么打？”

云潇摸了摸腰间的惊鸿剑，踌躇着道：“要不然我跟你去吧，我在山里长大，知道冬天该怎么找野味。”

余尚清很是为难：“可是我不会用软剑啊！要不云小姐自个儿去？”

“那我也不去了，我一个人害怕。”云潇随口拒绝。

她这话听起来实在太假，余尚清不知道，可微浓和原澈都知道她的底细。她自幼跟随母兄生活在十万大山，那里除了数不尽的蛇虫鼠蚁，还有形形色色各怀鬼胎的登山客。她从小见多识广，又怎么可能会害怕？

不过微浓还是给了她个面子：“我陪你去吧。”

云潇想了想，点了点头。

“等等，”原澈还在大口喘气，一把抹掉额头上的汗，“尚清，你陪潇潇妹子去吧！微浓得留下来搭帐篷。”

“可是我不会用软剑啊！”余尚清再次提出抗议。

“你不会用，还不会学啊？”原澈终于来了脾气，“给你个机会见识惊鸿剑，你还推三阻四，真窝囊！”

余尚清被骂得低下了头，不敢再说一句话。

原澈冲他和云潇摆了摆手：“去去去，别再耽误了，走了一天的路饿都饿死了。”

云潇还是有些顾虑，但终究没说什么，跟着余尚清去打野味了。她从腰间抽出了薄如蝉翼的惊鸿剑，双手握住剑柄，学着原澈开路的样子，走一步砍几下，慢慢地也砍出了一条路来。惊鸿剑在她手中时起时落，于暮色下隐隐闪着光泽，就像是茂盛丛林里的一抹萤火，幽光流溢。

原澈看着他两人越走越远，不禁朝微浓笑道："嘿！云潇的身手也不错嘛！我看那惊鸿剑也挺好使，明天让她开路好了。"

微浓的心思却不在此，有些担心地问："你真要一直带着余尚清吗？"

"当然啦！"原澈看向微浓，毫不担心地笑，"不带着他，那三十卷藏书你背得下来吗？这不是给你找个苦力嘛！"

"世子，你正经一点！"微浓大感无奈。

"我很正经啊！"原澈朝她眨眼，"你放心吧，他的确是我们魏侯府的侍卫，忠心着呢！"

微浓忍不住提醒："你可不要被美色冲昏了头脑。"

第二十八章

风起云涌，山雨欲来

云潇和余尚清回来得很晚，均是形容狼狈，云潇的衣裳被刮破好几个洞，余尚清也是灰头土脸的。好在两人收获不小，带回了两只兔子、一只野鸡，还抓了一只不知名的鸟儿。

原澈的脸色总算正常了些，笑着对微浓道："今晚你来掌厨吧？我和尚清再去割些草，晚上好搭帐篷。"

余尚清却是气喘吁吁地道："世子，容属下歇歇吧！属下……属下真的割不动草了啊！"

云潇也是一副筋疲力尽的模样，无精打采地整理着衣裳。

微浓见此情形，只得说道："不如这样，潇潇和余侍卫烤野味，我和世子去割草。"

余尚清立刻点头："好的好的，属下的厨艺挺好的。"

原澈倒也没说什么，带着微浓割草去了。

两人走后，云潇才发现余尚清是真的精于厨艺，从拔毛、挖内脏、清洗，再到串肉、生火、搭烤架，无一不精。而剔下来的鸡骨头他也没浪费，让云潇去打了些清水，做了一锅野鸡骨头汤。来时带的许多美味作料，此刻都派上了用场，飘出的饭香令两人直咽口水。

原澈和微浓是闻着香味回来的。而此时，所有野味都已经烤得皮焦肉嫩、滋滋冒油了。烤架下的一锅鸡骨汤也"咕嘟咕嘟"冒着泡，吸收了上头野味烤出来的油汁，光是看着便让人食欲大增。

原澈看了看这些烤野味的卖相，不由得夸奖余尚清："看不出来嘛，干得不错！”

余尚清谦虚地笑：“是世子的作料好，不然出不了味儿！”

原澈盯着烤野味双眼放光：“别谦虚了，能开吃了吗？”

余尚清便将烤好的野兔从架子上取下，撕了一条兔子后腿递给他：“都说‘兔子靠腿’，这烤野兔最好吃的地方就是兔子腿了，您来尝尝？”

原澈不客气地接过兔子腿，用手撕了一块肉，却被烫了手：“哎哟，真烫！”

微浓和云潇不给面子地大笑起来。

余尚清又把另一条兔子后腿撕下来递给微浓，他自己和云潇则分了两条前腿。自然，前腿的肉没有后腿多，味道也没有后腿来得好。

眼见余尚清把兔子分得差不多了，原澈才笑眯眯地道：“尚清啊，今日你是功臣，你先吃一口我看看？”

这是怕下毒了，余尚清很自然地吃了一口，面色不变。

原澈又看向云潇：“潇潇妹子，你也来一口？”

云潇冷笑一声：“世子不愿意吃，我可不等你了。”言罢也低头大口咬了起来。

微浓根本就没等他，已经径自开始埋头吃肉。原澈见三人都毫无顾忌地吃了，这才肯动口。

一行人在猫眼河上漂了一个多月，没沾一口荤腥，早就馋得够呛了。今日进山又忙活了一天，他们更是饥肠辘辘，此刻都是埋头苦吃，连话都顾不上说。

余尚清吃得很快，又开始分食另外两只野味和一锅鸡骨汤。原澈每次都依法炮制，让余尚清先吃，自己则要等到最后。如此饱餐一顿，原澈终于心满意足地长叹一声：“尚清啊，以后你就去侯府的厨房当差吧？”

余尚清一听此言，便知道原澈不会再追究他从前的罪行了，忙不迭地回道：“世子让属下往东，属下绝不敢往西！”

这马屁拍得正当时，原澈满意地笑了。

四人水足饭饱之后，便搭起帐篷准备歇息。两顶帐篷，原澈和余尚清一顶，微浓和云潇一顶，来时路上一直如此。因为今日实在太过劳累，大家便都早早入睡，一夜好眠。

此后一连几天，原澈将四人的任务如是分配：每日辰时到巳时，他负责用龙吟剑打前路；午时休息；未时到申时，换成云潇用惊鸿剑打前路；酉时，余尚清、云潇负责打野味、做饭，他则与微浓去搭帐篷；戌时，四人一起用饭、研究地图；亥时休息。

因为原澈的龙吟剑不能离手，云潇的惊鸿剑也不能离手，故而他们两个需要开路，最为辛苦。微浓则是最轻松的，每日只要跟着行路和搭帐篷即可。眼看着另外三人一日比一日疲累，她也觉得很愧疚，便主动包揽了洗衣的活计。有时她还会去采摘野果、野菜，给四人改善伙食。而每日晚间用饭，原澈仍旧坚持最后一个下口。

如此一连走了十日，四人配合得越来越默契，脚程也快了些。但只要提起龙吟、惊鸿，原澈和云潇的防备之意便很明显。微浓只当作什么都不知道，每日做好分内之事，有时夜里睡不着，也会猜测山外的情况如何。

宁王得知原澈失踪后会是什么反应？师父是否已经到了燕国？聂星痕是否知道她没有失踪？姜王后会不会趁火打劫？余尚清可不可信？这些问题时常困扰着微浓，可她却不知该对何人诉说。她只能将这些烦恼一直藏在心里，闲暇时默默地想。

与微浓的担忧有所不同，云潇也很担忧，但确切地说她是焦虑。刚入山的几天，她以为胜利在望了，然而一眨眼十余日过去，藏书之地连个影子都没见到，不知还要走多久。眼看着即将开春，山里的蛇虫鼠蚁也该重新出没了，她自保是没什么问题，但要保护其余几人，实在是难。

一连数日，云潇都因此事积郁在心，越发没了力气干活。下午开路还好，待到晚上和余尚清去打野味，她则是提不起半分力气，但又不能把惊鸿剑转交给他人。

微浓见她情绪不佳，便主动提出自己和余尚清去打猎，让她和原澈割草搭帐篷，两人算是交换了差事。

微浓是头一次在孔雀山打猎，自然没有余尚清在行，一切皆是听他指挥。不过她一对峨眉刺使得出神入化，虽不是百发百中，但十有八九也能刺中目标。再加上春季来临，万物复苏，山中的动物结束了冬眠，猎物自然要比前些日子更好找。

不多时，两人就收获颇丰地回来了。余尚清两手提着满满的野味，兴奋地回到营地烧烤。微浓在旁打下手，把他烤野味的流程看了一遍，还认真地问了几个问题。

待到原澈和云潇搭完帐篷回来，看到比往日多了一倍的野味搁在烤架上，不禁拊掌大赞。余尚清一边翻着烤肉，一边说道："我真没想到，王后娘娘的峨眉刺使得那么好！哇！那叫一个精准！那叫一个眼花缭乱！那叫一个百发百中！那叫一个百步穿杨！那叫一个英姿飒爽！"

他一直夸到词穷才住了口，几人都笑了，均盯着烧烤架上的野味，盼望着今晚能大快朵颐。

当余尚清将烤好的野味分给大家时，微浓有意地说起玩笑话："今晚我偷师成功了，余侍卫这拿手的绝学，我可学会了。"

原澈似是无意地笑回："真能吃到你的手艺？"

微浓像煞有介事地点头："至少吃不死人。"

云潇却淡淡地说了句扫兴的话："会吃死人的，你们小心。"

眼见三人想歪了，云潇顿了顿，又道："我的意思是，春季已到，山里各种各样的毒物都会重新出没。万一咱们打到有毒的猎物，或是哪只兔子被毒蛇咬过一口，您还敢吃吗？"

原澈恍然大悟："这么说来是该小心些，这方面你是行家，以后还是你负责找猎物吧。"

"的确，这样更保险。"余尚清也赞同。

几人说话间，野味已经全部烤好了，余尚清按例分给大家，原澈依旧等着众人先吃。

然而，微浓今晚却打破了惯例，主动提出要求："每天都让余侍卫先吃，我心里过意不去。今日这些野味都是我打的，按潇潇的说法，极有可能会有毒，还是我先吃吧。"

余尚清闻言忙道："别，我没事。"

微浓朝他笑了笑，径自撕下一块鸡肉塞进口中。

她又面不改色地一连吃了好几块肉，三人见状都放了心。云潇便开心地招呼众人："来来来，可以吃了。"

可这话音还没落，微浓的身子突然开始抽搐，她难以置信地睁大双眸，一手捂住小腹，一手用力地抠着喉咙想要呕吐。

云潇立刻扶起她，原澈狠狠地拍着她的后背："快吐出来！你快吐出来！"

可惜一切都是徒劳，微浓倒地抽搐了几下，便再也没了动静。原澈立即探了探她的鼻息，又去按压她的脉搏，最终无力地摇了摇头："没气了。"

云潇似是不能相信，正要伸手探她的鼻息，却被原澈一手抓住："潇潇，你快想法子救她！你不是擅蛊吗？你会不会解毒啊？"

言罢他又想起了什么，猛地抱住龙吟剑大叫："不对！你们之中有人下毒！是谁？是谁？"

余尚清似乎才回过神来，连忙摆手道："不是我，不是我。"

云潇也是余惊未定："这怎么可能？世子别血口喷人！"

原澈却是勃然大怒，一脚踢散了烧烤架。那锅熬得正浓的鸡汤和所有烤好的野味，一下子被他踢翻在地，溅了云潇一身汤水。

"世子，您别冲动，"余尚清立即撇清干系，"您想想看，谁都不知道王后娘娘会主动提出试吃啊！"

云潇也试图安抚他："世子冷静，也许微浓恰好打到了有毒的猎物！这山里本就不安全！"

"真的？"原澈抱着龙吟剑后退一步，半信半疑地看着她。

"真的，"云潇焦急地道，"都别着急，我这就想法子救她。"

云潇蹲下身子，打算查探微浓的情况，却被原澈再次喝止："我有个法子能测试有没有人下毒，若是查清了与你无关，你再救她！"

"什么法子？"余尚清和云潇异口同声。

原澈转身拨开身后的草丛，小心翼翼地取出一个草编的小笼，其中关着一只小白鼠。原澈将小白鼠取出来，面无表情地道："方才搭帐篷时我顺手抓的，正好一用。"

"搭帐篷时抓的？我怎么没看到？"云潇惊疑。

原澈把小白鼠托在手心里，终于恢复了两分笑意："什么都让你看见，我还混什么？再说了，你下毒不也没让我看见？"

"你胡说什么！"云潇气得脸色涨红。

"我是不是胡说，一试便知。"原澈将小白鼠放到汤锅的旁边，让它去舔舐洒在地上的汤汁。只见它不过舔了几口，便开始嚎叫不止，渐渐地虚弱直至死亡。

见此情形，原澈抱臂冷笑："难道微浓打的所有猎物都有毒？就连鸡骨头也有毒？嗯？"

听闻此言，云潇也不再伪装了，慢慢卸下焦急之色，沉了一张娇颜。

余尚清亦是大怒地看着她："你居然要把我们都杀了！"

原澈顺势看了他一眼："尚清，还不去杀了她！"

"是！"余尚清二话不说，施展擒拿手奔向云潇。

后者见状惊呼一声，立刻从腰间抽出惊鸿剑。原澈忙道："尚清小心！"

然而他话音刚落，却见云潇突然把剑扔给余尚清，大喝道："机不可失，快杀了原澈！"

眨眼间，局势反转，余尚清一把接住惊鸿剑，转身刺向原澈。

原澈早有防备，拔出龙吟剑抵挡。龙吟、惊鸿两剑相撞，发出清脆的鸣响，这一硬一软的两把剑正面交锋，纠缠起来。打斗中，原澈发现，余尚清软剑用得很熟练，像是真的有一只飞鸿从剑上飞出，招招都缠着自己的龙吟剑，令他只能招架，无从攻击。

云潇冷眼旁观半晌，眼见原澈渐渐落了下风，才冷笑道："蠢货！我哥的东西凭什么给你？"她低头看了一眼躺在地上的微浓，面上闪过一丝狠戾之色，怜悯地笑道，"别怪我，要怪就怪你自己！"

云潇蹲下身子去摸微浓的双臂，一下子就摸到了藏在袖中的峨眉刺。她连忙取出来，却是大惊失色："这不是青鸾、火凤！"

"让你失望了。"就在这时，被"毒死"的微浓突然睁开眼，一手扼住云潇的脖颈，另一只手以迅雷不及掩耳之势夺回峨眉刺，转而指向她的咽喉。

云潇不可思议地看着她："你竟然没中毒？"

微浓唇畔勾笑，有意刺激她："怎么，云辰没告诉你，我早已百毒不侵了吗？"

"百毒不侵？！"云潇失声喊了出来。

微浓美目一冷，将她踢翻在地，又把峨眉刺往她咽喉里刺了一分："余侍卫，住手吧！"

余尚清与原澈仍在打斗中，分神看了她一眼："你果然没中毒！"

微浓遂挪出一只手，将另一支闲置的峨眉刺掷了出去，不偏不倚恰好刺中他的左腿。

余尚清吃痛，脚下动作一个趔趄，立刻被原澈踢倒在地。后者一脚踢飞他手中的惊鸿剑，狠狠踩住他的后背，反败为胜。

"敢耍老子？"原澈朝他吐了一口唾沫。

余尚清别过脸去，愤愤地斥责云潇："我早就说过不让你下毒！"

云潇却像是怔住了一般，只喃喃地问："她百毒不侵，你知不知道？"

余尚清蹙眉："我不知道。但主子吩咐过，千万不能对她下毒！"

云潇忍住喉头的疼痛，神色恍惚："所以说，我哥知道她百毒不侵，却没告诉我？"

她不知是想笑还是想哭，声音沙哑地大喊："他明知我什么都不会，只会用毒，为何还要瞒着我？为什么！"

微浓在她身后冷笑解惑："三年前我中过毒，是姜王后亲自派人给我解的，我百毒不侵之事云辰早就知道了。他为何不告诉你，你想不明白吗？"

云潇闻言"啊"地大叫，挣扎起来："他是让我来送死的！"就在这挣扎之时，峨眉刺又顶进她咽喉一分，她却浑然未觉，只放声大哭，口中不住地问，

“为什么……”

原澈在旁火上浇油：“说白了，云辰就是怕你对微浓不利，才故意不告诉你。可见在他心中，微浓比你重要多了。”

听了这话，云潇挣扎得更加凶猛，微浓险些制不住她。原澈看得着急，又不敢对余尚清掉以轻心，遂在旁对微浓大喊：“你还等什么？快杀了她！”

微浓犹豫片刻，在云潇后颈砍了两记手刀，将她打昏，又连忙扯下她的腰带，将她双手双脚紧紧捆住。然后，微浓转身看向余尚清，冷然质问：“你是云辰的人，还是姜王后的人？”

事已至此，隐瞒无益，余尚清如实回道：“我是二殿下的人。”

霎时，微浓的双眸染上浓重的失望之色。

原澈煽风点火地讽刺：“看到没有？这就是你眼中的正人君子，你费心营救的云辰！”

微浓心中渐渐茫然，一时竟无言以对。

余尚清趴在地上，也是无比失望：“殿下他……太窝囊！为了你这女人，竟折断竹风的手臂！实在让忠心之士心寒！”

“忠心之士？”微浓回过神来，愤愤嗤嘲，“你所谓的忠心，就是违背他的意思自作主张？明知他不愿杀我，还要伙同云潇对我下毒？若不是他有所保留，没对你们说出实情，你打算怎么对付我？”

余尚清“呵呵”地笑着：“我从没想过要毒死你，也一再提醒云潇不要对你下手。”

“可惜啊，她根本没听你的话，甚至打算连你一起毒死。”原澈犀利地戳穿。

余尚清闭上眼睛：“但我不恨她，她也是为了殿下的大业。”

“呵！云辰这都养的什么人啊！”原澈听后感慨，“一个个只会拉他的后腿，何谈复国？”

微浓恍若未闻，看着余尚清笃定地道：“即便云潇不对我下毒，你也不会放过我，找到藏书之后，你一定会杀了我。即便……即便这不是他的本意。”

说到最后一句时，微浓的嗓音已是隐隐颤抖。而余尚清也没有否认：“是！我和云潇原本商量过，等找到藏书之后再动手。可惜她太着急了！”

余尚清的脸贴着地面，说话有些含糊不清：“我知道她一心想要青鸾、火凤，今晚打猎时，我已经知道你没把青鸾、火凤带在身上。方才我有意提醒她，可她根本没听懂我的暗示！”

原澈翻了个白眼：“别说她没听懂，我也没听懂。”

微浓回想方才余尚清夸自己的一番话，这才明白过来。一般初次见到青鸾、火凤的人，必定会对这对峨眉刺赞叹不已。可余尚清一直夸她武艺高强、百发百中，只字没提峨眉刺如何惊艳，已是在暗示云潇了。

不过这个暗示实在太隐晦，想必云潇根本没听懂。至此，微浓的疑惑全部得到了解答，便看向原澈："该你问了。"

原澈早就等得心急，不禁加重脚上力道，笑着询问："云辰不让你杀微浓，没说不让你杀我吧？他怎么跟你交代的？"

余尚清自然不会吐露山川河流布防图一事，只道："殿下没说要杀你，只说让我拿走兵书。"

"你不必替他开脱，"原澈看得透彻，"他让你拿走兵书，不就是让你杀了我？否则以我的智慧和你的能力，你能从我手里偷走兵书吗？"

"魏侯世子果然名不虚传！"余尚清竟还有心思嘲笑原澈。

"可惜啊，我原本还挺看重你的，打算回去之后提拔你。"原澈遗憾地叹，"余尚清，你太让我失望了！"

"你能让我活着回去？"余尚清冷笑，"船上只能坐四个人，根本没地方放书。等找到藏书之后，你一定会杀了我。"

"谁说的？"原澈故作痛心之色，"我已经计划扔下云潇，带你回去，是你辜负了本世子的一番心意！"

余尚清面露鄙夷："像你这种龌龊的断袖，我宁死也不屈！"

"谁说我是断袖？你也不照照镜子！"原澈忍不住仰面大笑。

他这话一出口，就连微浓也是大为惊讶。

"你不是断袖？"余尚清更是意外。

"我虽不喜欢女人，但我也不喜欢男人啊。"原澈假装无奈地摇头轻叹，"唉！世人以讹传讹，你们这些肤浅的人居然相信了。"

"世子好心计！蒙骗了所有人。"余尚清心有不甘，"我还有最后一问，你何时发现我和云潇认识的？"

"就在方才啊，她把惊鸿剑扔给你的时候。"原澈实话实说。

余尚清显然没想到："你们怎知云潇下了毒？"

"你只能问一个问题。"原澈的耐性终于耗尽，面上杀意骤现。

余尚清也没再继续问下去，他那张沾满泥土的脸上毫无惧色，与这些天那个胆小如鼠的人判若两人。

"死在龙吟剑下，是你的荣幸。"原澈言罢，双臂骤然发力，但听"哧"的一声，龙吟剑已从余尚清的背脊刺进去，穿透了他的胸膛。

微浓还没来得及阻止，但见原澈又拔出龙吟剑，朝他后颈狠狠地补了一剑。刹那间，余尚清尸首分离，鲜血溅满原澈的衣袍。

微浓不忍再看，下意识地闭上双眼，耳畔传来原澈的提醒："你别忘了云潇那贱人！"

微浓睁开眼，看到云潇还被自己牢牢地绑着，昏迷不醒。

"放了她吧！"微浓不忍再下杀手。

原澈诧异地看着她："你是活菩萨吗？"

微浓垂目："两个都杀了，只会更加激怒云辰。你不想活着下山了？"

"想啊！怎么不想！"原澈蹲下身子，把余尚清的衣袍撕下一角，擦拭着龙吟剑上的血迹，"本世子聪明得很，岂会被云辰困住？"

微浓蹙眉："你什么意思？"

"告诉你也不怕。"原澈淡定地擦着剑，又淡定地笑，"你知不知道，楚瑶一个异族女子做了姜王后这些年，其实一直有人反对她？"

"我不知道，但能想象得到。"

原澈没再卖关子："这个人就是姜王的二弟姜鹤。如今云辰受制于宁国，就算有什么花招，也是通过姜王后才能实施。万一姜王后也受制了呢？你说她还有精力找咱们算账吗？如果她为这事找我们的麻烦，岂不是会把这个秘密搞得天下皆知？"

听闻此言，微浓震惊非常："你把姜王的二弟收为己用了？"

"我哪有这么大能耐，只是煽风点火罢了，"原澈耸了耸肩，不怀好意地笑，"毕竟姜王病重多年，他若想争王位，难道不该除掉姜王后？"

原澈居然想出这个法子来钳制姜王后，微浓对他刮目相看。

原澈则慢悠悠地擦完剑，又慢悠悠地收剑入鞘，继续笑道："若我没猜错，此时姜鹤应该成功了。姜王一死，王后可就有好果子吃了。"

他言下之意，是要将云辰姐弟斩草除根。微浓倒吸一口凉气，瞬间明白过来："你在动身前就布置好了？即便余尚清和云潇没动手，你也不会放过云辰对吗？"

"我没打算让他死，"原澈坦诚相告，"只不过要彻底搞垮他的后台，让他在宁国举步维艰，从此只能依靠魏侯府。"

是啊！云辰目前已经得罪了宁王、得罪了祁湛，若是姜王后再垮台，他就只能依附魏侯父子了！

这一刻，微浓恨不得插上翅膀飞回宁国，立即告诉云辰这个消息！然而根本不可能，原澈绝不会让她轻易从他眼皮子底下逃走。而且到了这一步，若是放弃，就等于将所有藏书拱手送给原澈。想到此处，微浓立刻冷静下来："你把惊鸿剑给我。"

原澈疑惑地看着她："你要惊鸿剑做什么？"

"防身。"微浓半真半假地道，"我怎知你不会突然对付我？"

原澈大为光火："你是傻子吗？我要对付你，还用等到现在？"

微浓没回应，只向后退了一步，又低头看了云潇一眼。

原澈见状，心口像是憋了一团熊熊烈火："你把方才的话再说一遍？"

微浓张了张口，越发警惕地看着他，只是重复道："你把惊鸿剑给我。"

原澈一手拿着龙吟剑，一手提着惊鸿剑，忽然又笑了："行，给你就给你。"言罢，他做出一个抛剑的姿势，微浓下意识地伸手去接，不料他竟是虚晃一招，根本没把剑扔过来。

"但我有个条件，"原澈这才笑道，"想要惊鸿剑也行，你杀了云潇。"

微浓瞪着他，没有任何反应。

原澈不禁讽刺："你对云辰还真是情深义重啊！怎么？指望他跪着感谢你？对你感恩戴德、痛哭流涕？"

"这与云辰无关。"微浓如是回道。

原澈见她如此倔强，便又提议："不如这样吧，我也不要云潇的命，我只要她一双手或一双脚就行了。如何？"

"原澈！"微浓忍不住斥他。

这一下，原澈彻底被激怒了，当即甩掉龙吟剑的剑鞘，剑锋直指她："你还敢叫我？暮微浓，你真不知好歹！"他把惊鸿剑扔到她面前，"滚吧！带着惊鸿剑和云潇滚出去！那些书全是我的！全部都是！"

面对原澈的愤怒，微浓显得很镇定："你生什么气？我只是不想杀云潇，并没有说不找藏书，更没有说要下山。"

微浓望着云潇紧闭的双眸，看着她因大哭而晕开的泪痕，几乎能感受到她方才的心痛。她一心为云辰着想，甚至嫉妒到要杀死自己这个情敌，可云辰明知她擅用蛊毒，却没告诉她自己已经百毒不侵。这种被背弃的感觉，微浓曾深深体会过，所以，也能体谅。

微浓幽幽再叹："她一个人闹不出什么风浪，世子放了她吧。"

"这就是你的处世之道？"原澈显然是在嘲笑。

微浓见他怒气似乎有所消解，才劝道："余尚清你已经杀了，还是留条后路吧。省得日后云辰追究起来，你脸上也不好看。"

她这话说得其实很委婉，余尚清在魏侯府潜伏数年，管的又是客院，必定对魏侯父子结交了哪些人一清二楚。若是原澈杀了云潇，激怒云辰，也许后者一状告到宁王面前，魏侯府未必能逃过一劫。

原澈自然听明白了，渐渐冷静下来，重新斟酌起云潇的生死。

"既然姜国已经大乱，你放她下山也没什么。她能不能找到姜王后，姜王后还能不能帮她，都是未知之数。"微浓见他有所迟疑，趁机再劝。

至此，原澈面上终于有了一丝动摇之色："放她下山也行，云辰的《国策》我全都要了！"

"一人一半。"微浓讨价还价。

她这种落于下风时也毫不示弱、不会被人威胁的性子，简直让原澈恨得牙根痒痒，但又欣赏得牙根痒痒。最终，他所有的心痒都变成了烦闷："行！就这么定了！往后的路上，谁也别算计谁，否则活着下山都难说！"

"只要您别算计我。"微浓立刻表态。

原澈眼珠子一转，总算笑了："行！那我不拦着她下山，不过你得让我泄泄火。"

"怎么泄？"微浓的表情有些异样。

原澈笑而不语，走到她面前伸出右手："把你的峨眉刺借我用用。"

微浓为谨慎起见，只给了他一根。

原澈蹲下身子，以迅雷不及掩耳之势在云潇脸颊上划了三道血痕，速度之快，令人无从阻拦。

云潇一下子就被疼醒了，微浓立即伸手阻止他："你够了！"

原澈也没再继续，将峨眉刺还给微浓："把咱们的船给她，也算仁至义尽了！"

"把船给她？"微浓却迟疑了，"那你我如何下山？"

原澈笑得更加肆意："你猜？"

微浓不想猜了。原澈这个人，既然能留一手对付姜王后，他再干出什么来，她都不觉得惊讶了。也许他早就把这个地方透露给了魏侯，也许他的人马早就把这里围了起来。

微浓正想再问一句，便见原澈打了个哈欠："剩下的事你处理吧！我有言在先，日后云潇若报复你，我可不会救你。"

此言甫毕，他竟真的留下这一地狼藉和手足无措的微浓，径自去往营地。

而此时的云潇，先是被峨眉刺伤及了咽喉，又被划伤了脸颊，她想要呻吟呼痛，却只能发出刺耳的喊叫，说不出一句话来。

微浓没有为她松绑，只问她："你身上有伤药吗？"

云潇点头，看向自己的靴子。

微浓脱下她的靴子，果然在靴筒之中找到两个小小的药瓶："用哪个？"

云潇看着左边一瓶。微浓便将伤药敷在了她的脖颈、脸颊之上，又给她双脚松了绑。

云潇随即扬起一脚，重重踢向微浓。幸亏微浓早有提防，闪身避过："我是想放你走的，既然你不肯走，也可以把双脚留下。"

云潇闻言，不可思议地看着微浓，似难相信她会放了自己。

微浓面无表情，又道："我知道你懂医会毒，这点皮外伤难不倒你。别再要什么花招，除非你觉得，你能胜过我和原澈联手。"

云潇狐疑地看着她，四周只有篝火的噼啪声，以及不知名的小虫子的嗡嗡声。微浓也不着急，等了半晌，才见云潇点了点头。

微浓怕她不死心，遂又补上一句："别想找我俩报仇，赶紧回去给云辰报信。你若再耽搁下去，就算出得了孔雀山，也未必回得了宁国。"

这话的威慑力极强，云潇霎时明白过来，使劲点头。微浓这才挑断捆在她手上的腰带，直起身子："峨眉刺留给你，你自己想法子下山吧，那艘船也归你了。"

所幸云潇自幼长于十万大山，熟悉各种野物，生存能力极强。她默默从地上爬起来，又默默地抹掉脸上的血迹，伸手接过峨眉刺。她迟疑着，终究还是比画着问道："你怎么知道我下了毒？"

微浓沉默一瞬，告诉她实情："我虽百毒不侵，但吃到有毒的东西，从前的伤口就会发作，不停地往外排毒。来之前我和原澈商量过，试毒由我来，一旦吃到不干净的东西，我就会假装中毒倒地。"

云潇终于解了惑，也没再追问什么，转头往山下跑去。微浓一直看着她，直至她娇小的身躯消失在夜色之中，微浓才将地上的狼藉略微收拾一番，回到营地休息。

两顶帐篷，原本是四人共用，可这一转眼，一死一逃。微浓钻进她和云潇的那顶帐篷里，忽然觉得心里空荡荡的，比这帐篷还要空。

"处理完了？"原澈慵懒不清的声音从隔壁传来。

"嗯。"微浓低低应了一声，伸手撩开左臂衣袖。从前她中赫连璧月的蛊毒时，手臂上曾有一条黑紫色的线，后来连庸师徒为她解毒，在她手臂上开了个口子。如今那伤口已经裂开了，有近乎黑色的血迹不断从中流出，是她的身体在排出毒素。

微浓胡乱地擦拭伤口，随口问道："明早什么安排？"

"休息一天吃点好的！今晚我只啃了一个馕！"原澈颇为不满。

微浓心情低落，翻了个身："知道了。"

屡次被微浓忽略，原澈更加不满，噌地在帐篷里坐起来："喂！你就这么不把我当回事？"

隔壁，微浓把惊鸿剑放在枕边，合上双目没有说话。

原澈"喂"了半晌，见她始终没有回应，又开始生起闷气。一会儿气微浓不识好歹，一会儿气她铁石心肠，一会儿气她不知退让，一会儿气她胳膊肘往外拐……气了半晌，最后才发现是自己太过仁慈！

于是，原澈暗下决心，从明天开始要对微浓甩脸色！他这般想着，竟又转为兴奋起来，说什么都不困了。

隔壁的帐篷里传来微浓渐渐平缓的呼吸声，掺着小虫的叫声，还有风过树摇的沙沙声，四野俱寂。数日以来头一次，原澈得以放下全部的心神，去聆听这静静的夜色。

从前狩猎时也曾住在野外，但那种前呼后拥的场面令他厌烦，他只能感受到被簇拥、被逢迎的得意。相比之下，没有侍卫和仆从，没有算计与提防，只有两个人幕天席地，是如此惬意！这般一放松，原澈想入非非了。

他想到自己伪装断袖多年，忽然觉得很委屈。然而再想到隔壁的女人大他四五岁，又嫁过好几次人，他不免又败了兴致，忍不住嘟囔："我真犯贱！"

"你说什么？"微浓的声音冷冷地从隔壁传了过来。

原澈吓了一跳，索性起身拨开帐篷的门帘："你不是睡着了吗？"

"被你吵醒了。"微浓也起身拨开门帘，不肯罢休地问，"你方才说谁犯贱？"

"我说你犯……"原澈突然说不下去了，因为他看到微浓解开了发髻，一头秀发丝丝缕缕散在胸前，有一种漆黑的光泽。而她那张清冷的容颜却很清晰，在月色下几乎白得反光。

他像是被眼前的画面深深刺中了双眼，竟然一时语塞，可脑海里却反复回响着四个字"孤男寡女，孤男寡女……"似乎他不做出点什么事，就对不住他背负多年的断袖之冤。于是，他不由自主地上前一步。

微浓唰地亮出惊鸿剑："世子想做什么？"

原澈大窘，连忙拂掉那些心思，大吼大叫起来："我想做什么？我就是饿得睡不着，想让你去弄点儿吃的！"

然后他又挥了挥手臂，故作凶狠："算了！看见你这张脸，什么胃口都没了！"

其实微浓根本没想那么多，她只是看原澈突然起身拨开帐篷的门帘，还以为他想趁机取走惊鸿剑。她想了想，将惊鸿剑置入剑囊之中，重新缠在了腰上。

原澈见她如此，转身回到帐篷里，郁闷地躺下，心里默默宽慰自己：这不是我的错！这是男人的本性！是环境所造就的冲动！对！我还没到这么饥不择食的地步！如此想着，他终于平复了那股异样的躁动，合眼睡下。

翌日，他是被正午阳光给晒醒的。等他彻底清醒，抓起龙吟剑走出帐篷时，才发现微浓不见了，她的包裹、帐篷也都不见了。

原澈不敢相信眼前的一切，他说不清心里是什么滋味儿，好像自己养了一匹乖顺的小马，对自己百依百顺地好，结果养着养着，小马变成了一匹狼，咬了他一口又弃他而去！

原澈紧紧地握住龙吟剑，发泄似的在地上乱砍一通："混蛋！畜生！白眼狼！臭女人！"

不多时，一片草地已被他砍得狼藉不堪。他索性坐下来，拄着龙吟剑继续破口大骂，但这次刚骂了两句，耳畔便响起了脚步声。

"你在做什么？"微浓缓步走近，看着眼前凌乱的草丛，不解地问。

这声音就像天籁一般穿透了原澈的四肢百骸，令他全身都舒爽起来。他忙不迭地起身："你去哪儿了？"

刚说完，他便看到微浓湿漉漉的头发，还有她身上干净的衣袍，他恍然大悟："哦，你去沐浴了啊！"

微浓淡淡地瞟了他一眼："早起打猎弄脏了衣裳。"

"哦。"原澈不知该说什么才好。

微浓又瞟了他一眼："我要开始烤肉了。"

"哦。"他还是那个字。

微浓没再说话，转身就走。原澈跟在她身后，才发现她已经劈好了柴，在离昨晚生火处不远的地方重新点燃了篝火。不仅如此，余尚清的尸首也不见了。昨晚那地方除了有些血腥气和一堆烧废的柴火之外，没有任何异样，就连血迹都被吸收到了土壤之中，毫无痕迹。

而且微浓还打了两只鸟，已经拔毛洗干净了，正打算串肉。原澈见帮不上忙，只得没话找话：“你的帐篷呢？”

“搭在泉边晾衣裳了。”微浓随口回道，动作不停。

这次轮到原澈愕然：“一个早上，你到底干了多少事？”

“我昨夜没睡。”微浓言简意赅。

原澈蹙眉：“那还怎么赶路？”

“你不是说休整一天吗？”

这好像的确是自己昨天说过的。原澈挠了挠头。

微浓也没再搭理他，专心致志地烤野味。两人埋头苦吃一顿，原澈大呼微浓手艺不错，后者心安理得地接受夸奖，又去泉边收衣裳。

原澈死皮赖脸地跟了过去，远远看到一条潺潺的活泉旁边搭着微浓的帐篷，四周的钩子上挂满了衣裳，其中还有贴身衣物。

微浓面不改色地将衣裳收起，边收边道：“今日阳光好，又有风，你不洗吗？”

“我……”原澈总不能说自己不会洗衣裳。以前四个人的时候，微浓的分工最少，她才自告奋勇为大家洗衣裳。但原澈不会天真地认为，以后她还会替他洗。

“我再凑合几天吧！”他唯有如此说道。

微浓也没说什么，径直把帐篷收了，把没干的衣裳挂在树枝上。

原澈又开始没话找话：“什么时辰了？怎么还这么热？下午有什么安排啊？不赶路也挺无趣的。”

微浓逐一回复他：“看天色还不到申时；春季回暖会越来越热；不赶路是挺无趣的，所以我本打算下午给你洗衣裳，可惜你拒绝了。”

原澈被噎得说不出话来，不知该哭还是该笑：“你！你你你你你！”

“我还没说完，”微浓朝他伸出一根手指，“洗一次衣裳，一卷《国策》。”

两人原本说好了，云辰的十二卷《国策》平分，各拿六卷，微浓摆明是要替云辰出头了。原澈一下子恼火起来：“你趁火打劫！”

“我可没强迫你，这是你情我愿的买卖。”

原澈气得一脚踢在树干上：“老子就算光着身子，也不会让你如愿！”

微浓学他耸了耸肩，面上却难掩倦色：“那您请便。”

这一整个下午，原澈在气闷中度过。微浓则东忙一阵西忙一阵，到了傍晚早早将帐篷扎好，躺下补眠。

原澈咬了咬牙，决定自己去洗衣裳。他抱着一堆脏衣裳往微浓沐浴的泉边走去，暮色之下，粼粼泉水泛着橙金色的波光，像是一尾尾诱人的锦鲤，诱惑着他下水。

原澈素来爱干净，一心动便脱下衣袍跳进了泉里。二月末的山泉仍有些凉意，他不禁打了个激灵，原本想爬出来，转念想起微浓都敢跳进来洗，他也不想被她看扁。

他忍住凉意，在泉水里痛痛快快地洗了个澡，越洗越觉得舒爽。半晌，他赤身裸体地上了岸，把那唯一一件干净的衣袍换上，便开始动手洗衣裳。

堂堂魏侯世子何等尊贵，面对这一堆衣裳，根本不知该从何下手。他站在泉边思考了片刻，索性将衣裳统统丢到泉水之中，打算随意搓两下。

然而那泉水流动的速度太快，立刻就把他的衣袍冲走了。原澈见状拔腿就追，边追边喊："喂喂！站住！"

可惜水流太快，流向了未开辟的丛林深处，他实在是无处下脚。如此追了半晌，连身上的衣袍都打湿了，最终只捞回了一件衣裳和一条亵裤，而且还没腰带。

原澈看着湿淋淋的自己，只觉得此生从未如此狼狈过！这样的丑态，他根本不想让微浓看见，只得闷不作声地返回营地，脱得精光钻进了被子里。那几件湿衣服他也不想管了，胡乱扔在帐篷一角。

于是，后半夜他便受了风寒，开始双目赤热、咽喉肿痛、头脑昏沉。

微浓因这两天太累，所以睡得十分香沉。其间虽听到原澈有些动静，但她实在懒得起身，如此一觉睡到天明。翌日一大早，她去泉边盥洗完毕，正准备收拾帐篷继续赶路，便听见隔壁帐篷里时不时传来咳嗽声。

她以为是原澈又要了什么花招，便站在外头没动。原澈立即嘶哑地喊道："你进来！"

微浓一听声音知道不对劲了，连忙跑进去："你怎么了？"

原澈强撑着坐起来，露出劲瘦光裸的上半身，一副无精打采的模样："昨晚沐浴着凉了。"

微浓立刻转身背对他："你先把衣裳穿好。"

原澈有气无力地咳嗽着："都湿了，没法穿。"

"沐浴怎么会把衣裳都弄湿了？"微浓顿了顿，仍旧没转身，"还有，你怎么会在晚上沐浴？"

原澈一挑眉："沐浴还分时辰？我向来是想什么时候沐浴就什么时候沐浴。"

微浓无奈地笑道："那是在魏侯府，在野外可不行。正午日光充足，泉水升温，沐浴才不会着凉。哪有晚上去沐浴的，你不觉得冷吗？"

原澈顿时哑口无言。

微浓努力忍住笑意，又问："敢问世子殿下，您今日还能赶路吗？"

"你能转过身说话吗？"原澈打了个喷嚏，他将被子往上提了提，齐胸盖好。

微浓依言转过身来，便瞧见原澈的肩膀还在外头露着。她正要发脾气，原澈已耸了耸肩："我尽力了，再往上提，下半身又该走光了。"

他说的是事实，当初为了能坐船，他把该扔的都扔了，只带了一条最不占地方的被子，也是最小、最薄的一条。他平日睡觉都是齐腰盖着，如今拉到胸前，小腿以下就盖不住了。

自然，相比下半身走光，微浓宁愿他上半身走光，如此便也没再计较，大大方方地问："余尚清不还留下一条被子吗？"

原澈露出嫌恶的眼神："我扔了。"

宁愿受凉也不愿用别人剩下的，倒像是原澈的风格。微浓无奈："严重吗？"

原澈无力地摆了摆手："再休整一日。不不，两日！算了，还是三日吧！"

微浓看他这病恹恹的样子，遂道："我去烧点热水来。"

原澈蹙眉："这时候你不该去找药吗？"

微浓"呵呵"地笑："你懂医吗？左右我是不懂。"

原澈轻咳一声："看来你那三十卷奇书也不是没用，医书还是有点用嘛！"

"如今这话说得太早。"微浓又堵了他一下。

原澈再也无话可说了，只得重新躺下："行了，你去烧水吧！"

"一卷《国策》。"微浓趁火打劫。

原澈"噌"的一下重新坐起来，俊目大睁："你说什么？"

随着这一躺一起，他又走光了。微浓见状有些尴尬，便远远地站到角落里，盈盈笑道："和找书有关的事务，当然是共同分担，譬如开路、做饭，都是我分内之事，我绝不推托。但分外之事……咱们得重新算算。"

原澈抽了抽嘴角，肺都快要气炸了："也就是说，我感染风寒这几天，你每烧一次水，我就得给你一卷《国策》；你喂我吃两口饭，我还得给一卷；你替我盖被子，我得再给你一卷，是不是？"

说到此处，他气得一拍大腿，也不顾声音的嘶哑，哼笑讽刺："你可真会算计，我总共就六卷《国策》，就这样全都被你抢走了？"

"那算了，你自生自灭吧！"微浓仍旧笑着，作势要往帐篷外走。

"暮微浓！"原澈气得指名道姓，"你再说一遍试试？"

微浓做出惧怕的表情："世子，这已经是二月末了，再耽搁下去，蛇虫鼠蚁、狼狮虎豹可都要出来觅食了！我留下照顾您，可是冒着生命危险的，用区区一卷书来换难道不值得？还是说，您的性命不值一卷书？"

原澈从小到大何曾受过这种待遇，偏偏他又娇生惯养，根本无法照顾自己。但想想能使唤微浓几天，他又很心动，如此前思后想一番，终究还是一咬牙："行！你照顾我三天，我给你一卷《国策》！"

"一天一卷！"微浓立即加价。

"两卷！"原澈阴沉着脸伸出两根手指，"就两卷，而且你得负责给我洗衣、擦身、端汤、喂药，一直到我痊愈！"

微浓也深知不能得寸进尺，遂妥协点头："一言为定！"

原澈这才再次躺下。

微浓也懒得再搭理他，掀开帐帘："我去烧水了。"

"顺便将衣裳也洗了。"原澈指了指角落。

就在微浓为了两卷《国策》尽心照顾原澈的时候，云潇也日夜赶路下了山。这几日她风餐露宿过得万分辛苦，幸而微浓给她留下了一对峨眉刺，勉强能用来打些野味，她又熟知草药的药性，也能自行疗伤。

可饶是如此，待她走到孔雀山脚下时，还是污浊得像个乞丐，再也不复以往的清丽容颜。猫眼河的源头河水倾泻，那块被刻了字的巨石依旧矗立在山口处，巨石上的字诉说着半月前的轻松氛围——孔武、孔有、孔力到此一游，特此题记。

云潇抚上自己的左脸，目中恨意一闪而过。她抬起峨眉刺便往那巨石上剐去，硬生生将"孔武、孔有、孔力"六个字剐得模糊不清。如此她心里才好受一些。她在山脚下盘桓两日，用树藤编织了两个大篮子，摘了足够一个月食用的野果又采了许多草药，这才下山找到当初停靠船只的地方。

源头之水清可见底，光亮如镜，云潇蹲下身子洗了把脸，就在水面上看到了自己的倒影。狼狈不说，那左半边脸颊上的三道伤痕无比刺目，彻底毁了她的美貌。

她难以置信地大叫起来，不停地用手拍击水面，诅咒道："原澈！我要你不得好死！不得好死！"

这几日为了生存，她的双手早已被树枝刮破，被树藤磨烂，右手小指的指甲也没了，掌心血肉模糊，方才一沾水，伤口更是蜇得刺痛。可想起心底的复仇之念，她又来了动力，便将所有野果、草药搬到船上，解开缆绳准备开船。

然而，就当她伸手抓到缆绳时，一枚袖刀不知从何处飞射出来，正正扎在了她的手背之上。云潇吃痛松手，心中大骇——这里有外人！

这个念头刚一升起，一个轻装打扮的男子已从奇石后走了出来，不苟言笑的脸上居然流露出一丝笑意："云小姐，好久不见。"

这声音……云潇睁大眼睛看向来人："是你？王拓！"

王拓一手负在身后，一手把玩着手中飞刀，缓缓敛去笑意："世子和微浓姑娘还没下山，你怎么下来了？还如此狼狈？"

云潇定了定神，勉强回道："我……我吃不了苦，先下来了。"

"是吗？"王拓眯起眼睛，"我还以为世子和微浓姑娘遇险了。"

"怎么会，"云潇脑后升起一丝凉意，"是我身子不适才提前下山。世子说了，我哥那份东西，他会差人送回国的。"

那份东西？王拓蹙眉，他并不知道原澈上山来做什么，不仅他不知道，魏侯也不知道。原澈临行之前留下的家书模棱两可，只说他会故意遇袭失踪，若是到了五月底他还没有消息，就请魏侯派人到猫眼河上游寻找。

魏侯原本是同意的，可没过几日传来消息：护送队伍在幽州境内遇袭，战况惨烈、全军覆没，魏侯世子和废后暮氏也失踪了。魏侯听到这个消息，终究放心不下爱子，便提前派人顺着猫眼河秘密寻来。

王拓假装担心主子的安危，自告奋勇地做了开路人，趁着姜王遇刺、国内政变之时悄悄溜进姜国境内，沿着猫眼河逆行而上。功夫不负有心人，在猫眼河上漂了一个月，他终于在源头之处看到了这艘船。

原本他并不确定这艘船是谁的，也一直在斟酌该不该进山。他在此等了一天，碰巧遇上云潇下来，在河边诅咒原澈。

被他如此一诈，竟然还诈出些内情！原澈和微浓来这座人迹罕至的山里，竟然是来找东西的！而且云辰也参与了！这个消息实在太重要了，他认为该立刻禀报给聂星痕。

想到此处，他将手中的飞刀收回袖中，对云潇回道："云小姐真是对不住，我这人手比脑子快，看到有人偷船就扔出了飞刀，还望你恕罪。"

云潇捂着右手，没敢接话，正寻思着该如何逃离此地，眼前猝然寒光一闪，一枚飞刀正中她的咽喉。

"扑通"一声，她面色扭曲地倒进猫眼河中，抽搐了半晌再也没了动静。王拓上前探了探她的鼻息，直至确定她已经断气，才把她咽喉和手背上的飞刀逐一拔下，顺着河流的方向重重踹了她一脚。云潇的尸身便顺着流水往下游漂走了。

河水冲刷着她身上的血迹和泥淖，将她杂乱的头发冲刷开来，从前那张明艳的脸庞瞬间变得狰狞无比，似被嫉妒和恨意所覆盖，只能依稀辨认出是个女人，仅此而已。

王拓望着她死不瞑目的模样，自言自语道："留着你终究是个祸害。"

他看着云潇的尸体在河上慢慢漂流。直至再也看不到那尸体了，他才把地上的血迹清理干净。确认一切还原之后，他从奇石后拖出自己的小船，将云潇采摘的野果和草药全都转移到船上，然后离开。

再过几日就是姜国的雨季，云潇的尸身会被泡得面目全非，不知腐烂在何处。这个地方，就当他从没来过。

第二十九章

明珠溢彩，龙吟惊鸿

二十日后，当王拓回到陆地时，姜国已经乱成一潭浑水。诚如原澈所说，姜王后楚瑶之所以能得到姜国百姓爱戴，皆因她有个宽厚包容的丈夫，而这个丈夫体弱多病，甘愿将大权交给她。

可她毕竟是个异族人，又是个女子，国内多多少少会有排挤她的势力，其中态度最鲜明的就是姜王的二弟姜鹤。他先是散播流言，说云辰是姜王后的男宠，如今又宣称，姜王后欲借姜国之力助楚国复国。

第一个谣言在姜国没有引起太大的风浪，但第二个流言的威力则不可小觑了。世人未必相信真话，也未必会轻易相信假话，但是流言的可怕之处就在于：半真半假，令人半信半疑。

流言传开，姜国国内一片哗然。

而就在此时，魏侯与姜鹤合谋行刺了姜王，后者因此受了重伤，已在弥留之际。姜鹤顺势掀起反对姜王后的浪潮，集结了所有被她压制过、迫害过、论罪过的朝臣，共同签署了檄文，声称要“清君侧，还君权”。

没有人知道，为何短短数月之内，一向太平的姜国突然间爆发出如此激烈的矛盾，或许这些矛盾早已存在了，只是魏侯给了它一个出口。

眼下，姜王后就处于被动之中，只能守在姜王榻边亲自侍奉汤药，借此来缓和紧张的政局。她已自顾不暇，更没精力再去顾及龙吟、惊鸿的事。她深深地明白，一旦她把过多精力放在猫眼河的源头之上，就会彻底暴露藏书的秘密，这不是在帮云辰，而是在害他。

在此情形之下，她唯有最后一步棋可走——找宁王求助。三年前，是她顶着巨大的压力一手促成姜国易帜，而今她遇上险境，只能向宁王求援。

王拓身处的姜国，正处于这样一团乱麻之中。不过乱了更好，他立刻把魏侯与姜鹤勾结之事、姜国目前的局势写成书信传递给聂星痕，还不忘禀报原澈和微浓的行踪，并暗示聂星痕不要打草惊蛇，微浓目前应该还算安全。

当聂星痕再次接获王拓的密信时，已是三月下旬。这期间姜国的内乱已经闹得天下皆知，宁王也一直没有表态。姜王后因此怒骂宁王，宁王便派了使臣传话："宁、姜两国联盟，联的是姜国，不是你姜王后。联盟是为了共同抗燕，不是为了解决你们的内政纠纷。"

燕、宁两国各怀心思；姜国境内，姜鹤与姜王后斗得如火如荼；旧楚势力，正在趁机搅乱局势……乱世烽烟隐隐吹过九州上空，三国混战一触即发。

而孔雀山就像这世上唯一的世外桃源，静谧安然，身在此处的微浓和原澈也丝毫不受外界干扰。自打原澈风寒痊愈之后，两人便开始继续赶路，并重新分工：原澈每日负责开路，微浓负责扎营、打猎、做饭、洗衣，两人的脚程竟比从前四个人时还快了许多。

又经过一个月的艰难跋涉，途中战胜了两只老虎、一条毒蛇，他们终于找到了龙吟剑的龙眼之处，也即藏书之地。

与料想中的一样，因为数百年中人迹罕至，藏书的山洞外早已长满爬藤与草木，根本看不出入口在哪里。幸好龙吟剑上的图案画得惟妙惟肖，把起伏的山峦都融进了龙头之中，这才令他们最终确定了洞口的位置。

"既然确定了入口，我们就动手吧！"原澈自受了一场风寒之后，精力竟比从前旺盛许多，兼之看到胜利在望，他更是前所未有的兴奋。

微浓看了他一眼："你打算怎么动手？"

"老规矩，拿剑砍啊！"原澈举起金芒闪烁的龙吟剑，欲往爬藤上砍去。

微浓看向一眼望不到头的爬藤，有一种深深的无力感："这么砍，累死也砍不完，这些树木不知长了几百年，更不知里头有没有藏着毒虫、飞鸟。"

"你有好主意？"原澈持着龙吟剑看她。

微浓半晌没接话，只是伸手触碰那些藤蔓，似乎在研究着什么。

原澈也破天荒地极有耐心，静静等着她。

"用火攻如何？"终于，微浓提议。

"火攻？"原澈眼前一亮，"这主意不错，省时省力！管它什么毒虫、飞鸟，一把火全都烧死。"

微浓点了点头："不过咱们得躲得远一些。"

“行，这点小事你就不必亲自动手了，我来吧！”原澈拍着胸脯保证，“你看躲在哪儿比较安全，去把帐篷搭好，我看这火要烧个一两天才行。”

“就怕烧坏了里头的藏书。”微浓又有些顾虑了。

原澈哈哈大笑：“你放心好了，藏书的人又不是傻子，难道会将书齐齐整整摆在山洞里？那样书早就化成灰了！”

“说得也是，尽人事听天命吧。”微浓做好了最坏的打算。

两人又研究了一阵地形，最终确定了一个较远的位置，周围有水源，安全而方便。微浓迅速过去扎营，原澈则绕着被藤蔓布满的山洞，点燃了火折子。

时值正午，天气炎热而干燥，那火苗便顺着藤蔓渐渐燃烧起来。原澈在旁看了一会儿，见火势已成，才跑去找微浓。两人一起搭好帐篷，站在泉边远望，但见山洞方向已是火光弥漫，仿佛在与烈日争辉。

不多时，一阵鸟鸣声从其间传出，紧接着，两人看到成群的黑色鸟儿从山洞方向飞了出来，慌乱地飞向四方。

原澈顶着日晒望过去：“那是乌鸦吗？”

“是蝙蝠。”微浓笑了。

原澈立即露出受惊的表情：“幸好我跑得快啊！我不喜欢蝙蝠！”

话音落下没多久，山洞外的火势已经越烧越旺，隐隐有冲天之势。原澈见状又开始担心：“这火不会把整座山都烧了吧？”

微浓还以为他是担心两人的安全，正要安抚一句，却又听到他说：“哎！不会把我在山口题的字也烧了吧？我还想流芳百世呢！”

微浓顿时懒得理他。

幸而原澈没犯傻太久，随即醒悟过来：“哦，这山里到处都是水，烧不起来，就算烧到山口，也有猫眼河呢是吧？”

“行了世子殿下，”微浓失笑，“姜国的雨季就要到了，你有工夫想这些乱七八糟的，不如想想如何进山洞找书，咱们也好避过雨季尽早下山。”

“雨季要到了吗？”原澈蹙眉，“如今什么时候了？”

微浓摇了摇头：“确切的日子不知道，不过昨夜看月亮，应是三月末了。”

也就是说，他们在山上至少待了五十天了。原澈想起自己给父亲魏侯写的信，信中说他若是五月末还没下山，就让魏侯派人来猫眼河上游守着。如今还有两个月，时间够用吗？

不过他心中虽有顾虑，却不愿让微浓知道，反而胸有成竹地笑：“这有何难？上山慢是因为要开路，下山原路返回不就行了，十来天足够了。”

微浓却是隐隐担忧："也不知外头的情形如何了，咱们失踪几个月，宁王会不会……"

"你是担心咱们？还是在担心云辰？"原澈突然打断她，声音骤然变冷。

他很久没有这般出言讽刺了，微浓莫名其妙地看着他："你想说什么？"

原澈的面容更加冷峻："我在说什么，你会不知道？"

微浓不想与他做无谓之争，决定保持沉默。而这种沉默在原澈看来，更像是一种默认，也令他更加恼怒，不禁斥道："水性杨花！我都替你害臊！"

微浓觉得他不可理喻，遂反唇相讥："彼此彼此。"

"你什么意思？"原澈勃然大怒，"我都说了，我不是断袖！我跟你不一样！"

微浓一脸的冷淡："世子说够了吗？"

这话说得十分硬气，原澈一下子难堪起来，不由自主地大叫："没说够！嘴巴长在我身上，我想说就说！怎么，你做得出来还怕别人说？"

"我做什么了？"微浓的声音又冷了三分，像是冬季里结了冰的琥珀，冷得透彻，寒得刺骨。她根本没等原澈回话，便径自钻进了帐篷里。

原澈气得像发疯一般，抬腿就往泉边跑，洗了把脸才冷静下来。他看着哗哗流淌的泉水，只觉心里纷乱如麻，可又说不清到底是在气什么，只想着旁边若有个奴才，他定是一脚踹过去才能解气。

这一晚直至夜深，微浓也没从帐篷里出来，更别提用饭了。从前的孔雀山夜里万籁俱寂，今夜因为山洞外那团熠熠的烈火，惹得隐匿在山间的飞禽走兽俱是躁动不安，恰如原澈此刻的心情。

他坐在帐篷外的草丛里，郁闷地啃着一块馕，时不时地望一眼微浓的帐篷，再望一眼直冲天际的火光，然后继续低头啃馕。

直至啃完一整块馕，又喝完一整壶泉水，他才终于鼓起勇气走到微浓的帐篷外，小心翼翼地问上一句："喂！你饿不饿？"

帐篷里无人回应。

原澈更加不安："生气也要吃饭啊，不然明天没力气找书。"

依然无人应答。

原澈决定硬气起来："你可别不知好歹啊！"

三句话，一直得不到回应，原澈有些着急，便装模作样地拿着馕和水壶，掀开帐篷走了进去。而微浓就侧身躺在帐篷里睡觉，呼吸舒缓平稳，丝毫没有被他打扰。

原澈顿时气不打一处来，伸手就把她拉起来：“老子生了一天的闷气，你却在这儿睡觉？”

微浓其实早就醒了，只不过身子太懒，不想理他而已。此刻被他拉住手臂，她也只得钻出被子，拨了拨挡在额前的青丝：“世子有何贵干？”

一听这称呼，原澈就知道她还在生气，忍不住嘀咕：“小心眼儿。”

微浓假装没听见，瞟了一眼他手中的食物，直接回道：“多谢世子关心，我不饿。”

原澈承认，自己再一次被惹怒了：“怎么？怕我下毒？你别敬酒不吃吃罚酒啊！”

微浓朝他摆了摆手：“我的确不饿，只是有些累。”

原澈气得把馕推向她唇边，逼问道：“你吃不吃？”

微浓不想再与他争执下去，遂将脸转到一边，伸手接过了馕：“多谢。”

原澈看她这不情愿的表情，便觉得自己实在犯贱，一把将水壶甩在她身上：“别以为老子给你几分颜色，你就能开染坊！真不知好……”

“歹”字还未出口，他已经愣住了——水洒在微浓身上，湿透了她单薄的寝衣。然后他看到了她起伏的胸部，像是连绵的山峦，比这孔雀山还要幽深隐秘，还要引人入胜。

原澈只觉得体内那股燥热又蹿了出来，从头顶蔓延到胸口，继而一路往下直至小腹。

正当他手足无措时，微浓已经用袖子擦拭了身上的水，沉声呵斥：“出去！”

原澈慌乱地应了一声，连忙跑了出去。他跑回自己的帐篷里和衣躺下，只觉得胸口发闷，身体的某处却非常火热，蓄势待发。从前也不是没遇到过这种情形，确切地说，他在八岁那年已经不是童子之身了，正因为那段可怕的经历，令他一度对女人很是抗拒。

但这一刻躺在帐篷里，他觉得自己的毛病痊愈了。正当他万般难耐之时，隔壁帐篷里突然响起一阵轻微的动静。拜远处的火光所赐，他看到了映在他帐篷上的那个影子。

即便那个影子穿着男装，即便只是一个轮廓，他也看得出那是微浓玲珑的身影。然后，他看到她走向自己的帐篷，手里还拿着什么东西。原澈悄无声息地翻了个身，按捺住身体里的激荡和燥热。可是，他屏住呼吸所等来的结果，竟是微浓轻飘飘地从他帐篷前走过，脚步都没停一下！

原澈顿时泄了气，就连方才的冲动也有所缓解。他犹豫片刻，悄悄把帐篷撩开一个缝隙，就看到微浓似乎换了件寝衣，一头青丝披散至腰间，手上不知拿着什么东西往远处去了。

是跟上，还是不跟？挣扎过后，原澈竟然做出了一个反常之举——跑去微浓的帐篷。他看到她的包袱还放在原处，给她的馕也一口没动，被打湿的被褥平整地展开，上头还有几根长长的青丝。

他在帐篷里找了一圈，确定微浓除了惊鸿剑、一把梳子和一套衣裳之外，什么都没带走。他这才感到放心一些，至少确定她不是要离开。

这黑灯瞎火的时候，她会去做什么？原澈正想着，鼻息间似乎飘入一阵淡淡的香气，那香气来自微浓的被褥。这个味道他每天都能在微浓身上闻到，有一点皂角的香，但也不全是。他又开始想入非非了，深吸一口气，却闻到被褥上除了香气之外，还有一丝淡淡的腥气。原澈大惊，立刻掀开被子，赫然发现一团血迹。

他转身跑出了帐篷。

褥子上怎么会有血迹？难怪她今晚没什么胃口，又早早睡下，原来是受了伤！原澈越想越是惊慌兼自责，脚下生风一般向微浓离去的方向跑去，唯恐微浓出了什么意外。他边跑边大喊："微浓！微浓！"

可惜无人应答，唯有潺潺泉水在回应着他。

微浓的确没听见，耳畔的流水哗哗作响，干扰了她的听觉——她在沐浴。昨日她来了癸水，今天一直觉得不适，还不慎弄到了被褥上。好不容易等到原澈折腾完，她才悄悄地出来，想清洗一番。

于是，当原澈找到微浓的时候，就看到这样一幅情景——微浓侧对着他，青丝松松绾起，上半身只穿了件亵衣，玉臂、香肩皆裸露在外。更香艳的是，她下半身什么都没穿，就亭亭地站在泉水之中，正躬身清洗她修长的双腿。

在远处火光的映照下，他清楚地看到了她莹白的肌肤、玲珑的曲线，还有她几乎全裸的身段。潺潺泉水之间，她那张清淡的侧脸散发出无与伦比的魅力，举手投足就像山间幻化的精灵，展现着漫不经心的魅惑。

原澈立即捂上嘴巴，唯恐下一刻自己会大叫出声。他知道该做一个君子，要么闭上眼睛，要么转身就走，然而此刻他根本无法自制，双眼直勾勾地看着，双脚似乎也被绑住了，就像是被下了定身咒，只能呆呆地站在原地。

偏生微浓一直低着头清洗双腿，一副专心致志的模样。夜里的泉水虽然转凉，不过三月末的气候已经回暖，她承受得住。上一次来癸水时云潇还在，两个女子能互相帮衬，可这一次……她觉得太不方便了！

微浓叹了口气，迅速将下半身清洗干净，然后抬起修长的双腿就往岸边走去。原澈见状吓了一跳，不由自主地后退几步，藏身树后继续偷看。

只见微浓从岸边拿起一条白色绢帕，仔仔细细地擦拭双腿。然后，她又拿出一条更长的绢帕，从腰际开始绑住了下半身。最后，她穿上了外裤，转身去拿外袍。

当她转身时，原澈看到了她背上狰狞的伤疤。即便隔得很远，可借着火光和月色，借着漫天繁星，他还是看得清清楚楚。她后背的肌肤，不像她双腿那般平滑细腻，不像她手臂那般白得反光，而是纵横交错着一条条伤痕，像是一块碎裂的美玉。

原澈看得心疼而愤怒，也看得目瞪口呆。再然后，微浓已经罩上了寝衣。明明这个时候，他应该转身回去了，可他全然忘了会被发现的危险，只是目不转睛地看着微浓，生怕错过任何一个细节。他的心头涌起前所未有的探知欲，这隐秘的好奇促使他一再偷窥，欲罢不能。

直至微浓穿好衣裳转过身子，他才回过神来，终于明白那一摊血迹是微浓的癸水。从前他只觉得癸水污秽不堪，在魏侯府中，若是哪位侍女来了癸水，那几日就不能出现在魏侯夫妇和世子、公爷们面前，否则就是“冲撞主子”，要治大罪。但方才他所见到的画面，并未让他觉得污秽，反而令他……

原澈连忙打住念头，悄然后退，不动声色地离开。他一口气跑回营地，二话不说钻进帐篷里，用被子牢牢蒙住全身，想要赶走体内不断流窜的燥热。

这一夜，他失眠了，脑海里全是那些画面，半露半掩、欲遮还休的微浓，还有她莹白的肌肤、玲珑的曲线……甚至是她枕上的青丝，都不停萦绕在他脑海中。

然后，他又开始自责，开始唾弃自己。如此循环往复了一个晚上，导致他翌日头昏脑涨，精神不济。

更令他难受的是，孔雀山清晨下起了细雨，使得帐篷里渐渐进水，让他没法子补眠！而藏书山洞的火在烧了一天一夜之后，也终于在这场越来越大的春雨中熄灭殆尽。

微浓显得很开心：“这雨来得恰到好处。”她转头对原澈问道，“要去山洞里看看吗？”

原澈是真的不想去，他此刻只想埋头睡觉，可又不想被微浓看扁了，只得点头道：“哦，好啊。”

微浓便催促他收拾包裹，见他毛手毛脚，又忍不住帮他收拾。以往原澈自然求之不得，但今日他拒绝了，磕磕巴巴地道：“别别别，我自己来就行了……你找个地方躲雨吧。”

微浓诧异地看着他，终也没说什么，起身走到一棵茂密的树下。

原澈窝在渐渐湿润的帐篷里，越发觉得紧张。他知道微浓在树下等他，倘若自己毛手毛脚收拾不好，岂不是要被她小看？原澈一面在心中感叹，一面草草地将东西塞好，钻出帐篷。远远地，他见微浓靠着粗大的树干，抬头不知在看着什么。

反正不是看他。

原澈低着头走过去：“帐篷不用收拾吗？”

“已经淋了雨，收起来也是湿的，不如等它晾干。”微浓转而望向藏书的山洞，又叮嘱道，“火势刚灭，到处都是黑烟，你小心呛着。”

言罢，她径直迈开步子，冒雨前行。原澈跟上，意识却恍恍惚惚，唯有一双眼珠子直勾勾地盯着她的后背。

昨日他们已经辟好了路，故而两人步速极快，不多时就走到藏书的山洞。黑烟袅袅之间，那些长了几百年的老藤全部化为枯藤，无精打采地挂在山壁上，有的已经烧焦，有的早已化为灰烬。

两人绕山洞转了一周，总算看到了洞口的位置，其上还有一层烧焦的藤蔓，顽强地遮蔽着洞口。微浓二话不说挥剑砍断藤蔓，拉着原澈就要钻进去。后者身子一僵，立即装作若无其事的样子。可两人刚一进洞，便被浓烟呛了出来。

微浓咳嗽几声，无奈地道：“看样子还得等两天。”

原澈倒是不着急，可是今天下雨了，两人总不能在外头过夜吧！若是找个山洞，费工夫不说，谁也不能保证那不是豺狼虎豹的洞穴。

他是真的困了，忍不住打了个哈欠：“那怎么办？就淋着雨？”

微浓沉吟片刻，道：“先到树下躲雨吧。”

于是，两人又原路跑回营地，找了两棵茂密的参天大树避雨。幸而这山上都是百年树木，枝叶繁盛，犹如伞盖，两人躲在树下，几乎感觉不到雨水滴落。

饶是如此，原澈还是哀叹道：“本世子从小到大，可没遭过这种罪！”

微浓十年前走镖时，也曾风餐露宿过，倒还从容一些。她看着淋在雨中的两顶帐篷，对原澈道：“不如我们把帐篷挪过来吧，看看夜里会不会晾干。”

两人说干就干，冒雨将帐篷挪到树下，又各自换了干爽的衣裳。原澈想起微浓的特殊情况，欲言又止地问：“你……还好吧？”

微浓没听明白：“什么还好？”

“哦，我是说……你……”他酝酿半晌，到底还是难以启齿，只得回道，“我是说你一个姑娘家，淋了雨可千万别生病。”

微浓笑了：“世子放心，我比你的身子骨要好。”

这是在讽刺他前些日子感染风寒之事了，原澈不愿在她面前示弱，便硬着嘴巴道：“我活了二十年，就受过这一次风寒！”

微浓显然不相信，抱臂靠在树干上看他。

原澈又心虚地道：“风水轮流转，你要是生病了，可别指望我照顾你！”

“自然不指望你。”微浓低头笑起来。

原澈又开始郁闷了，两人斗嘴斗了一会儿，他发现自己明明占了上风，心里却更加憋屈，索性住嘴不言。可是一旦不说话，彻夜未眠的困倦又侵袭而来，他靠在树干上止不住地点头打盹。

微浓见状，便将云潇留下的几件干衣裳铺在地上，对他招手：“你躺下会舒服一点。”

原澈见她关心自己，心里很高兴，但那矫情的毛病又犯了：“这么简陋，我怎么睡？”

微浓无奈：“你不睡，我睡。”

原澈闻言咬了咬牙，还是走过去躺下。微浓来了癸水，自然不敢躺在地上睡，只得靠坐在树干上打盹。两人都是困顿至极，没多久便睡着了。

微浓一觉醒来时，天色已然半明，山里的雨也停了。她看原澈睡得正香，便蹑手蹑脚地起身，想去找些食物。可她刚一站起来，便听到对方嘴里嘟囔着：“坏女人……”

微浓一怔，发现他在说梦话，而且越说越来劲：“坏女人，老女人，我要把你……就地正法……”

听到第一个词时，微浓还不确定原澈说的是谁，但听到“老女人”三个字时，她彻底明白了。尤其是“就地正法”那四个字，令她心中一紧，更提高了几分警惕——原澈对她起了杀心！

想来也是，此时藏书的山洞已经找到，她再无利用价值，原澈若想杀她灭口，眼下是最好的时机。

如此一分析，微浓下意识地摸上腰间，慢慢抽出惊鸿剑，想要先下手为强。她悄悄走近熟睡的原澈，用剑指着他的咽喉，思忖着该如何让他一剑毙命。可不知为何，那执剑的右手却是微微颤抖。

严格说起来，他们不算朋友，也没有共同立场。可过去的一年里，她确实受了他不少恩惠与照顾。虽说他是存了利用之心，但自始至终，他并没有真正伤害过她。

可是，这个才刚刚弱冠之龄的男人太可怕了，能不动声色布下后招，置云辰姐弟于死地。还有，既然他肯把船送给云潇，这也足以证明，他不怕下不了山。是不是他的人就守在山口？万一自己杀了他，是否会惹上更大的麻烦？

像是只过了一瞬，又像是过了很久，出于种种考虑，微浓最终没有下手。然而她才刚把剑收回腰间，原澈的眼睛就睁开了，有些惺忪，有些迷惑，一副半梦半醒的样子。他见微浓正盯着他瞧，不禁问道："你看着我做什么？"

"我……"微浓飞快地转着心思，"你说梦话，扰了我休息。"

原澈似乎吓了一跳，忙问："我说梦话了？我都说什么了？"

"没听清。"

"是吗？"原澈目中的慌张之色瞬间退去，松了口气。

而在微浓眼中，这无疑是他心虚的表现，她后退一步，淡淡说道："你去找些干柴，我去打野味。"

"哦哦，好……"

两人说话间，日光破云而出，洒满了整座孔雀山。原澈这才反应过来，挠了挠脑袋："我睡了这么久？"

微浓想了想："昨天下午到现在，我也刚醒不久。"

原澈惊讶地张着嘴，最后只得解释："呃，我们都太累了。"

"我去打猎。"微浓没再多说，转身就走。

昨日刚下过雨，猎物都不知躲到了哪里，微浓狩猎半晌，只猎到了一只雄鹿。

原澈看到猎物，双眼不住放光："太好了！鹿茸、鹿血都是好东西！"他立刻把汤锅拿了出来，兴高采烈地嘱咐微浓，"快！把鹿血放出来！大补！"

微浓只得配合着他，把雄鹿的血给放了。她本以为是原澈自己要喝，岂料他竟把鹿血推到她面前："快快！你把它喝了。"

"我喝？"微浓很意外，"你是让我试毒？"

"当然不是，"原澈脱口而出，"鹿血不是补血吗？你刚好需要吧。"

微浓"唰"的一下脸红了，尴尬半晌才问他："你怎么知道？"

原澈有些紧张，故意数落她："你看你这几天，脸色苍白，精神不济，浑身无力，动作迟缓……我又不是傻子，难道还看不出来？"

微浓竟然无法反驳。的确，她这几天是不大舒服，难道就这么明显？她只得若无其事地说："这么多鹿血，我喝不完。"

"今天喝不完，明天再喝。"原澈装得很镇定。

微浓沉浸在他突如其来的好意之中，感觉有些莫名其妙，他不是要杀自己吗？怎么又变了态度？

“你不喝吗？”她顺口问道。

“我不稀罕。”原澈边说边指了指鹿角，“而且，这不还有鹿茸嘛！滋补壮阳，生精益血……呃，我比较适合这个。”

“原来你是看上鹿茸了。”微浓无奈地笑，“你把鹿头割下吧，我去烤肉。”

“好。”原澈一剑将鹿头割下，还不忘对着那只鲜血淋漓的鹿头说，“鹿啊鹿，本世子亲自动手割你的脑袋，也算你的造化，来世记得投个好胎。”

微浓闻言忍住笑意，拖着鹿身欲往河边走，原澈连忙又补上一句：“鹿皮也留着啊！有用！”

两人算是饱餐了一顿，微浓又在原澈的逼迫下喝了半锅鹿血，喝得她直作呕。原澈则动手把鹿茸和鹿皮晾干，乐不可支地塞进包袱里。

待到吃完饭收拾完行囊，已过正午时分，微浓不禁催促道：“趁着阳光充足，咱们赶快进洞看看吧！”

这一次原澈应得很痛快：“走！”不过刚迈出几步，他又折回来，把那半锅鹿血也带上了。

微浓别扭地看着他：“你什么意思？”

原澈嘿嘿地笑：“我怕鹿血放坏了。”

“我们晚上还要回来的，就放在这儿吧。”

“我不！”原澈拒绝，“万一……我是说万一我体力不支，可以用鹿血补一补。”

微浓不想再进行这个话题，只得随他去了。只见原澈左手提着龙吟剑，右手端着那半锅鹿血，劲头十足地上了山，微浓则跟在他身后。不多时，两人赶到山洞口，这一次没有呛人的黑烟，终于可以顺利进洞了。

微浓擦亮一个火折子，先一步走进去。这洞口虽窄小，里面却别有洞天，地上有不少蛇虫、鸟类的尸体，还有不少鸟巢筑在四周岩壁之上。看样子，这山洞是许多动物的巢穴。

而令两人感到惊喜的是，有一汪泉水就嵌在山洞的正中央，四周长满青苔，湿滑无比。可见再大的火势，都没有烧进洞里来，更不可能烧及藏书。于是两人就地分工，开始寻找藏书。可忙活了半晌，他们把整个山洞都找遍了也毫无线索。

原澈不禁有些着急：“书会藏在哪儿啊！”

微浓也是疑惑：“难道咱们找错地方了？”

原澈立即把龙吟剑拿出来比对，研究半晌，依然坚持自己的观点：“不可能！看龙口的形状，分明是这座山头没错！一定就是这里！”

微浓直觉上也认同原澈的观点，她环顾四周，决定再找一遍：“地上我们都找了，这次把重点放在洞顶和石壁上，也许书在哪里悬挂着呢。”

“有道理。”两人立刻分头重新搜寻，但这一次还是毫无线索。

原澈又开始烦躁起来：“咱们不会被云辰骗了吧？”

“不可能。”微浓立即否定，“骗咱们有什么好处？尤其是会惹怒你。”

原澈闻言冷笑：“经历了余尚清和云潇，你还相信他？”

微浓不想与他争辩，继续抬头打量着山洞：“一定是咱们忽略了什么。”

“还能忽略什么！”原澈听到她为云辰辩解就来气，“这山洞总共就这么大，一眼就能望到头！除了那黑漆漆的一潭水，还有一堆石头，一堆动物尸体，什么狗屁都没有！”

他话到此处，却茅塞顿开，灵光一闪：“书会不会在岩壁里藏着？”

而与此同时，微浓亦是发问：“书会不会在水里？”

原澈咧开嘴笑了，火光映在他漆黑明亮的双眸之中，如同天上坠落的星星，熠熠发光：“要不把岩壁撬开试试？”

“先下水看看。”微浓坚持己见。

“谁会把书藏在水里，早就泡烂了！”原澈顿了顿，又不怀好意地笑，“再说，你现在这情况……能下水吗？”

微浓闻言又羞又恼：“这件事你不许再提。”

原澈最喜欢看她这副模样，笑吟吟道：“行，这个月不提了，下个月再说。”

微浓狠狠地瞪了他一眼。

这种表情原澈很熟悉，姬妾们朝他父侯撒娇时也曾如此，在他看来这无疑是一种无言的娇嗔。原澈因此心情大好，又笑：“既然你这几天下不了水，那咱们也不能闲着不是？不如先撬岩壁，再敲石头。若是都没有，最后再下水如何？”

事到如今也没有更好的法子了，微浓只得妥协：“好吧。”

“为了保存体力‘开山劈石’，你把那半锅鹿血喝了吧！”原澈笑嘻嘻再劝。

“你说什么？”微浓霎时红了一张娇颜。

原澈不怕死地重复一遍：“你把鹿血先喝了。”

微浓“唰”地从腰间抽出惊鸿剑，指着他道：“你再说一次？”

原澈立刻摆摆手：“哎哎，你别动武啊，多大点事儿，我这不是怕浪费嘛！”

“要喝你自己喝！”

眼见微浓真动怒了，原澈只好转移话题，掂了掂手中的龙吟剑：“你别说，我总算知道前人为何要铸这么好的剑了，又是开路又是砍石头，寻常兵刃如何能受得住。”

不知为何，这番话令微浓莫名想起了青鸾与火凤。几本书都找得如此艰难，偌大的宝藏的找寻又该如何坎坷曲折？云辰想用那宝藏作为复国的军饷，就要不动声色地化为己用，谈何容易？他能成功吗？

“喂！你在想什么？”原澈唤回了她的思绪。

微浓这才将惊鸿剑收起来，看着满地的动物尸体，随口说道：“我在想，咱们还不知要在这里找上几天，不如先打扫一下再找？”

原澈虽不情愿，但也没说什么。两人就地取材，把外头烧焦的藤蔓扯进来打扫了一遍，才继续寻找藏书。这一次，两人没再分头行动，而是一起敲击了每一寸的岩壁，想看看哪里是中空之处。奈何他们敲了一整天，一无所获。

这期间，原澈曾两次借用休息的空当，建议微浓喝鹿血，都被她沉着脸拒绝了，原澈也只得彻底放弃。

当夜幕再次降临时，洞内已经很暗了，为了节省火折子，微浓提议先回营地。

可就在两人准备离开之际，外头突然下起了蒙蒙细雨，看样子一时半刻停不下来。原澈心中窃喜，巴不得雨再下得大一些，面上却故作苦恼：“唉，怎么又下雨了！”

微浓反倒落落大方：“我们先在这儿避雨吧！”

她话音刚落，雨声更大了。原澈假装叹气：“好吧，我们也只能在这儿凑合一宿了。”言罢，他径直找了个干燥的地方躺下来。

微浓也找了个角落休息。

两人就这般默默过了一夜，翌日就地取水，盥洗一番，又开始劈石。这一次足足折腾了两天，他们把洞内可疑的石块全都劈开了，还是看不到一页书的影子。

而洞外，雨也整整下了两天两夜，待到第三日才终于放晴。当日光再次照进山洞之时，两人已经决定下水找书了。

原澈到底还是有所顾虑，便问微浓：“你……能行吗？”

“我水性还不错。”微浓故意不提癸水之事。

她以为原澈该识趣住嘴了，没想到他又继续追问：“那个，你的月事……”他话没说完，便换来微浓狠狠一记眼刀。

原澈讪讪地笑了两下，心里却是喜滋滋的，他伸手指了指角落里的半锅鹿血：“下水很费体力的，而且你再不喝，那半锅鹿血就该坏掉了。”

为了堵住某人的嘴，微浓没往下接话，径直脱去鞋袜，脱下外袍，扎紧裤脚，一气呵成跳进水中。

“哗啦”一声，原澈被溅了满脸的水，他回过神来，连忙脱了鞋袜追随而去。两人一前一后跳入水中，都发现水位很深，他们并不能站立在水中。

微浓率先浮上水面，大口呼吸起来。原澈也随即露头，抹了一把脸上的水：“如何？你冷不冷？”

“还好。”微浓伸手比了一下洞口的位置，“你看，从洞口方向看过来，恰好能将这水池一分为二，你搜东面，我搜西面。”

“好。”原澈一口应下，不等微浓答话便再次潜入水中。

微浓亦随之下水。泉水很清澈，她的视线几乎没遇到什么阻碍，就是光线暗了些。这中间她浮出水面换了三五次气，还是一无所获。

直至最后一次浮出水面换气时，她发现原澈已经坐在岸边，正似笑非笑地看着她。

这个笑容她异常熟悉，连忙问道：“你找到了？”

原澈大笑起来，再次跳入水中，嘱咐她：“把气憋足，带上你的剑，跟我走！”

看来他是真的找到了！微浓惊喜不已，连忙从岸边取过惊鸿剑，又随原澈潜入水中。两人游到北面的池壁旁，微浓凑近一看，但见池壁上镶嵌着一个巨大的暗格。

两人对看一眼，均默契地举剑往暗格上砍去，怎奈惊鸿剑太软、太轻，遇水而动，微浓根本使不出力气。于是她放弃惊鸿剑，与原澈共用龙吟剑，足足砍了半个时辰，才把那暗格的门砍掉一半。

流水哗哗地涌入暗格之中，两人险些被强大的吸引力卷入其中。原澈立刻将龙吟剑卡在暗格两侧，微浓与其各自抓紧，才勉强定住身形。

就在两人即将支撑不下去的时候，泉水却突然开始反流，从暗格里托出了几个材质罕见的箱子。随后，那几个箱子就缓慢地沉入了水底。眼见有箱子流出来，两人反倒不着急了，遂再次浮出水面，扒着岸边喘气休息。

原澈笃定地笑：“我有种预感，那里面一定是藏书！”

微浓也笑：“但愿如此。”

“水里浮力大，箱子好搬运，咱俩一口气搬上来看看？”原澈提议。

微浓正有此意：“那还等什么？”

两人一齐深深呼吸，再次扎入水底。但见暗格里一共流出来五个箱子，尺寸都不大，两人来回游了两趟，勉强搬上来四个，还差最后一个。

而此时，微浓已经累得筋疲力尽，她大口喘着气，拼力游到岸边，道："不行，我得休息一下。"

这一上岸，她湿透的衣裳便紧紧贴到身躯之上，露出她玲珑起伏的曲线。长长的黑发散乱在她肩上、背上、额头上，一滴滴水珠从她的发梢上滚落下来，将她的面容衬得水润欲滴，晶莹剔透。

原澈在水中看呆了，一时竟忘了上岸，更忘记自己要做什么。他的目光从她的额角滑落，到她微微张开的檀口，到她因喘息而起伏的胸前，再到她盈盈一握的腰肢，然后落定在她修长的双腿之上。

而微浓犹自未觉，径自坐在地上休息。原澈看她是真的累了，遂自告奋勇："还剩一个箱子，我自己下去就行了，你在岸上等着啊！"

微浓撩开额前湿发，关切问道："你自己能行吗？"

原澈一副胸有成竹的模样："放心吧！你先研究研究箱子怎么开。"言罢他将手中的龙吟剑扔给岸边的微浓，又笑，"拿着碍事！"

微浓一把接过龙吟剑，嘱咐道："那你小心。"

原澈便重新扎入水中，直奔最后一个箱子游去。也许是因为胜利在望，他的劲头特别足。然而，正当他要拖着箱子游回水面时，不远处的暗格里，突然传来了某种奇怪的声音。

原澈下意识地看了一眼，只一眼，就让他双目骤然瞪大。那暗格里游动出来的，竟是一只模样奇特的水怪！那水怪身形巨大，张着血盆大口，露着尖锐巨齿，正朝他的方向游过来。

原澈大骇，果断弃箱而逃。可他动作太大，到底是吸引了水怪的注意。那水怪突然加快速度，瞬间就游到了他的身边，一口咬住他的臀部。

原澈手边没有龙吟剑，在水中又施展不开拳脚，只能拼命地向水面上游，期望微浓能察觉到他的异样。正是因为他的奋力挣扎，水怪硬生生从他臀部上咬下一块肉。

出于本能，原澈倒吸了一口气，却立即被水流呛住了。不幸中之万幸，他已经游到了水面附近，他相信微浓一定会看到他。

想到此处，原澈再也撑不下去了，他腰部以下彻骨地疼，疼到几乎麻木。他感到自己就要昏过去了，不知是因为溺水还是因为伤势过重。

血渐渐在水中晕开，如同一朵朵盛开的妖冶红莲。

终于，微浓发现了水中的动静。几乎没有任何犹疑，她提着龙吟剑跳入水中。此时水怪已经距水面很近了，但由于洞内光线不足，晕开的血迹又模糊了视线，微浓根本看不清那怪物是什么，更不知它要害在何处，只得举起龙吟剑胡乱砍下去。

一剑、两剑、三剑……她深知速战速决的道理，索性一鼓作气提剑乱砍，来回重复这一个动作，迅速、有力！最终，她也不知到底砍了多少剑，那水怪终于哀号一声，再也没有了动静。

此时此刻，微浓脑子里是一片空白，所幸她还记得水中有个原澈。她立即深吸一口气，潜入水中寻找原澈，一把拉过他的“尸体”游到岸边，奋力将他拽上了岸。

离开水池之后，原澈的下半身迅速被鲜血染红。微浓也不知他伤在何处，只知道迅速按压他的胸腔，强迫他把积水吐出来。

“原澈！你醒醒！醒醒！”她一边按压他的胸部，一边大声朝他喊话。

“咯咯……”幸好原澈识水性，底子又好，被微浓拍打、按压一番，竟真的吐出来许多积水。

微浓大喜过望，立即扶起他上半身，问道：“你怎么样了？伤在何处？”

原澈脸色惨白，勉强指了指臀部，虚弱地道：“找……医书……”言罢他头一低，已然失血过多昏了过去。

微浓再也顾不得男女之防了，连忙将他翻了个身，扒下他的裤子去看。只见他左边的臀部已被那怪物咬下一块肉，血肉模糊，鲜血淋漓。

微浓惊得捂住嘴巴，想起原澈的叮嘱，又提剑跑向那四个箱子。

方才她已在岸上研究过，这四个箱子全部都用锁链捆得结结实实，需要钥匙才能打开。但这一时半会儿，她也顾不上找钥匙了，提起龙吟剑便朝锁头上砍去。可她砍了半晌，锁头却纹丝不动，锁链也没有砍断的迹象。

微浓几乎要绝望了，一边是无法开启的箱子，一边是陷入昏迷的原澈，她该怎么做？

就在这束手无策的时刻，她脑海里倏然闪过一个声音，那声音告诉她：趁这千载难逢的机会，拿了箱子赶紧离开！

这念头一经闪出，顷刻占据了微浓的心神。她猛然想到原澈的狡猾、奸诈，想到他的喜怒无常，还有他对云辰的算计。

微浓慢慢地松开龙吟剑，心中飞速地分析着：下山的路全是下坡，而且刚下过雨，地面湿滑无比，只要她用巧劲，完全可以将这四个箱子拖到山脚下。水中那个箱子她也不打算要了，确切地说是不敢要了。这四个箱子里的书，远比她那三十卷奇书要多得多。

所有顾虑消除，微浓当即拉过箱子的锁链，将它们一个个拉出了山洞。随即她又返回山洞，将随身的包袱背好，提着龙吟剑和惊鸿剑跑了出来。

这一次走得太急，再加上心中慌张，刚走到山洞门口，微浓就摔了一跤。包袱滚落散开一角，恰好露出里面的鹿茸。

微浓趴在地上，定定地看着那些鹿茸，不知怎的，原澈那张脸突然浮现在了她的脑海中。他的嚣张，他的别扭，他的刀子嘴豆腐心，他于危难之中的援手……相识一年以来的点点滴滴一一闪过她的眼前——

"你仰慕云辰？就仰慕了一脖子的伤回来？"

"暮微浓，你真不知好歹！"

"日后云潇若报复你，我可不会救你。"

"鹿血不是补血吗？你刚好需要吧。"

……

微浓盯着那堆鹿茸，心中狠狠一抽，自言自语道："原澈，算你走运！"

她迅即从地上爬起来，就着洞外充足的光线开始寻找开箱线索。许是冷静下来的缘故，这一次她再看锁头，忽然发现那锁眼很长、很细，就像是一条缝隙。

这样的锁眼，得用多薄的钥匙才能开启？而这样的钥匙……微浓用手比了比锁眼的宽度，又低头比了比惊鸿剑的宽度，眉目间掠过一丝喜色。

再没有任何迟疑，她小心翼翼地把惊鸿剑剑尖塞进锁眼之中，轻轻一转，便听得"咔嗒"一声，锁被打开了。微浓不禁叹服于设计者的匠心独运。她连忙打开第一个箱子，里面很干燥，丝毫没有被水浸泡的痕迹，用油纸包裹着的书籍摞在一起，一共十本，整整齐齐。

这就是龙吟、惊鸿的秘密！是他们跋山涉水寻找的藏书！微浓再难遏制眼中的泪水，喜极而泣，拆开了油纸包，开始翻找所谓的旷世医书。

也许真的是原澈命不该绝，就连苍天都在帮他的忙，微浓打开的第一个箱子里就是医书。这一刻，她也顾不得爱惜这些旷世孤本了，疯狂地翻找治疗之法。泛黄的书页上字迹依然很清晰，还配了许多草药的图案，不知用了什么墨汁能够上百年不褪色。

微浓没费太多工夫便找到了治疗外伤和失血过多的方法，遂决定动身去找草药。临行之前，她拐回去看了看昏迷的原澈。此时地上已经有一小摊血迹了，不幸中之万幸，他的血迹颜色鲜红，没有任何中毒的迹象。

微浓不假思索地打开包袱，把自己干燥的衣袍撕成条状，顺着原澈的大腿根部将他的伤口包扎起来，又将他那身湿衣服扒下，换上晒干的鹿皮盖在他身上。

然后，她又想起那半锅无人问津的鹿血！放了整整三日，鹿血肯定不新鲜了，微浓闻了闻，除了血腥气也闻不出什么怪味，便一股脑儿地灌入原澈口中。

“别怕，我去给你找药！”她在他耳边说道，随即带着那本医书，飞也似的跑了出去。

为了节约时间，她先回营地架了两个火堆，支上锅子慢慢烧水。然后她提着龙吟剑，照着医书开始漫山遍野地寻找草药。如此找了半个时辰，当最后一缕暮色消失在天际时，她终于把几种草药找齐了。直至这时，她才发现自己竟还一直穿着湿透的衣物，不过她没有感觉到冷，反而觉得很燥热。

微浓抱着一大堆药材返回营地，又开始马不停蹄地制药。此时两个锅子里的水都快要烧干了，她按照医书所言把外敷的草药捣碎，把内服的草药煎好，以最快的速度返回了山洞。

不知是不是那半锅鹿血起了作用，原澈的脸色似乎好转了些，至少唇色不再那么惨白了。微浓连忙喂他喝药，又将草药仔细地敷在他的伤口之上。

终于忙完这一切，她胡乱塞了两口馕，才有精力规划往后的日子。看原澈的情形是不宜移动的，他最好能在这山洞里养伤，毕竟有个地方能遮风挡雨。可是，那池子里还泡着一只死去的怪物，谁能保证水里是安全的?

微浓犹豫了半晌，又看了看原澈的状况，决定冒险留在山洞里。既下了决定，她立刻回营地把帐篷收了，把锅碗瓢盆、被褥等东西分批次运上来，又把四只箱子重新拉回山洞里。

当一切都安置妥当后，微浓架起火堆，把她和原澈的湿衣裳烤干。为了方便照顾原澈，她就躺在他身边。临入睡之前，她觉得自己应该写封遗书，万一夜里他们被水中的其他怪物给杀了，至少也留下了只言片语。这般想着想着，她竟然睡着了。

翌日，微浓是被饿醒的，起身后吃了个馕，又去查看原澈的伤势。好在他的伤口已经止了血，脸色也比昨日好一些，这多少令微浓感到欣慰。

她想了想，觉得他一直趴着对身体不好，便帮他活动了四肢，还翻了两次身，然后便去劈柴生火，替他熬药、敷药。可是换过药之后，微浓才意识到有些不对劲儿：她只顾着给他喂药了，一直没给他喂过吃的。于是，她又强忍着浑身的疲劳与酸痛，出去帮他找食物。

不知是她运气好，还是原澈运气好，她又打到了一只雄鹿，还有一只鸽子。她按照上次原澈的做法，割了鹿茸，放了鹿血，剥了鹿皮，烤了鹿肉，还炖了一锅鸽子汤。

微浓自己美美地吃了一顿，又把鹿肉弄碎，喂原澈吃了不少，还喂他喝了鸽子汤。正午小憩过后，原澈依然没醒，微浓便把其余三个箱子全部打开翻看了一遍。

十二卷《国策》、六卷医书、四卷占星之术、十卷奇门遁甲、五卷八卦推演、五卷兵器锻造之术，唯独没有原澈想要的七卷兵书，看来是在水底那个箱子里。

为保险起见，微浓决定把这些书藏起来。她觉得原澈若是活过来，一定不会再和她争《国策》了；若是原澈死了，更没什么可说的。再者那三十卷奇书原本就是归她所有，她拿得心安理得。

想到此处，微浓把《国策》重新用油纸包裹好，抱回了从前的营地，在她躲过雨的树下挖了个坑，把《国策》小心翼翼地埋了进去。埋好之后她还是难以放心，想了想，又将《国策》挖出来八卷，另找了两个地方各埋四卷。

然后，她依样画葫芦，又把其余三个箱子里的书也藏了起来。埋书的时候，她已经默默做了决定，云辰的《国策》她不会动，而那三十卷奇书，她打算赠给聂星痕。

四十二卷书，被她分别藏在了六个地方，有从前驻扎过的营地，有她打猎经过的草丛，也有她沐浴过的泉边……待藏好书之后，她又找了许多石块、树枝、草皮重新搁回箱子里，再把箱子原封不动地锁上。

如此一来，这四个箱子就似从未有人开启过一样。

第三十章

情不知起，一往而深

往后的三天里微浓没再去打猎，一直靠剩下的鹿肉过活。眼看着馕越来越少，她倒是不太担心，她只担心一件事——气候越来越暖，水池里的怪物尸体也开始发臭了。

这些天里，她一直忙于别的事情，也强迫自己忽略那个怪物。直至如今真正闲下来，原澈的伤势也稳定了，她才不得不正视这个问题。

如若不把那怪物的尸体弄走，再过两天，整个山洞就会臭到极致，根本没法住下去。可不能挪动原澈，她自己也没精力再去布置另一个地方。所以，她思前想后，决定把那只怪物的尸体扔出去。

她找了几根藤条，做成一个捆锁的式样，开始了艰难的打捞过程。好在那水怪死去多日，尸体已漂浮在了水面之上，不必她下水打捞。她用藤条套住怪物的头部，将它拖到了岸边，再用另一根藤条套住它的尾巴，一头一尾套牢之后，拖着两根藤条把它弄出了山洞。

由于洞内光亮不足，微浓又刻意不去看它，故而也不知它究竟是个什么东西。等一路拖到洞外，她才鼓起勇气看了一眼，发现那根本不是水怪，竟是一条体形庞大的鳄鱼。

而这条鳄鱼，早已被她用龙吟剑砍得浑身是口子，从洞内拖到洞外，内脏流了一地，恶心无比。好在她已经不害怕了，继续拖着鳄鱼下山，想找个地方处置它的尸体。

走到营地附近，鳄鱼的尸体被一块石头卡住了，微浓使劲拉动藤条，不慎用力过猛拉断了一根。鳄鱼打了个滚，肚皮朝上翻了个身，露出它那被龙吟剑刺穿的腹部。

随后，一个东西从它腹中掉了出来，微浓以为又是内脏，便没太注意，径直拖着鳄鱼的尸体走了。等她将尸体远远地扔掉，原路返回时才发现了异样——方才从鳄鱼肚子里掉出来的东西，是一个厚厚的卷轴。

难道又是什么藏书？微浓用树叶将卷轴上的污渍擦掉，解开包裹在外头的袋子，拿出了其中的羊皮卷。

她将羊皮卷展开，一共两张，很大、很长，其上绘制着奇形怪状的纹路，有的像山，有的像水，有的像树枝，皆是曲曲折折。这些纹路上又标记了好多奇怪的符号，她根本看不懂。

微浓想起了用龙吟剑和惊鸿剑拼凑出地图的事情，便将两张羊皮卷也拼凑到一起，但还是看不出任何端倪。于是她专心致志地研究起来，把每一条线都比画了一遍，甚至忘了洞穴里还有一位昏迷不醒的世子大人。

眼见着夕阳下山，天色将晚，她才猛然想起原澈，遂带着羊皮卷返回山洞。她照例喂原澈吃了食物和药，又帮他活动了四肢，才顾得上自己用饭。

吃着烤鹿肉的时候，微浓还在想着羊皮卷，直觉告诉她，这两卷东西非常重要。鳄鱼的寿命极长，极有可能是前人故意养在池子里，目的就是守护五个箱子和这两张羊皮卷。

不同于白纸黑字的藏书，这两张羊皮卷更像是隐藏了一个巨大的秘密，或者是另一张地图。而这隐秘的未知激发了微浓强烈的好奇心，她思来想去，做了一个大胆的决定——对所有人隐瞒此物，独自把它带下山！

念头升起的那一瞬，微浓找出一块白帛，将羊皮卷仔仔细细地裹起来，放到自己的包袱里。她正打算躺下休息，一个细微的声音忽然传来："渴……"

是原澈醒了！微浓大喜，连忙把水壶递到他唇边，试着与他说话："原澈！你能听见吗？"

"嗯。"细若蚊蝇的回应声响起，原澈长长的睫毛轻轻闪动，他艰难地睁开双眼。

微浓"啊"地大叫一声，激动不已："你终于醒了！"

原澈一直趴着睡，视线受阻，根本看不到微浓的脸，只能微弱地喊道："谁？"

微浓立即趴到他身边，歪着头看他："是我啊！你已经昏睡整整五天了！"

两个人从未挨得这么近过，距离不到三寸，原澈脑子里依旧一片混沌，回忆良久才想起发生过的事，不禁扯了扯嘴角："是你……救了我？"

"山上还有别人吗？"微浓笑着反问。

原澈也竭力想笑，只可惜脸上的肌肉僵硬无力，根本笑不出来。他又张了张口，半晌，才蹦出两个字来：“多谢。”

“客气！”微浓长长舒了一口气，“我真怕你死在这里！”

原澈这才忆起自己的伤势，忙问：“我伤得重吗？”

“别担心，就是……臀部被咬掉一块肉，没什么大碍。”微浓照顾他五日，早已没了羞怯之意，大方地道，“如若恢复得好，应该不妨碍行动。”

伤在臀部……原澈也大致想起了当天的情形，再联想微浓这几日对他的照顾，苍白的脸上瞬间显出一丝红晕。他只觉得头脑昏沉而灼热，比高烧还要难受百倍。

微浓也察觉到了他的尴尬，便挪开一段距离，托着下巴笑道：“放心，不该看的地方我一概没看。”

听闻此言，原澈感觉一阵甘甜霎时涌进口中，似乎还掺杂着一股苦涩的药味。他望着微浓那张明媚笑靥，看着她落落大方、若无其事的样子，看着她因照顾他而略显疲惫的样子，只觉得胸腔被什么东西强势填满。

他一直抗拒承认的事实，一直自欺欺人的念头，这一刻鲜血淋漓地嵌入他的心口——

他动心了。

有时忍耐是为了积蓄力量，有时沉默就是一种告白。当幡然领悟的那一刻，原澈忽然无话可说了，好似说什么都是对这份心意的亵渎，是对微浓的不尊重。

他一时还无法适应眼下的情形，想要合上双眼平复心情，又舍不得把目光从微浓身上移开，就这般定定地看着她，茫然无措。

微浓却以为他神志还不太清醒，遂问道：“我帮你擦把脸如何？”

原澈伸手摸了摸自己的脸颊，胡须竟然这么长了！他一定很丑、很狼狈！他恨不得找面镜子照一照，又恐自己比想象中更加惨不忍睹，内心一时挣扎不已。

微浓见他不对劲儿，忙关切地问：“你怎么了？是伤口发作了？”

“不是……”原澈艰难地张口，“有镜子吗？”

微浓一愣，继而大笑起来，笑了半晌才回道：“放心吧！世子您天生丽质，无论是蓬头垢面还是粗布麻衫，都难掩您的绝世风采！”

这是变相说自己蓬头垢面了，原澈将脸埋在臂弯里，心情无比失落：“我想刮胡子。”

微浓一挑眉，看了看四周：“没有刮胡子的刀具，用龙吟剑行吗？”

原澈闻言更加郁闷：“那我还是擦把脸吧。”

微浓犹自笑个不停，起身打水去了。不多时，她拿着一条湿汗巾返回，正要替原澈擦脸，后者却是别扭地拒绝："我自己来吧。"

"你才刚醒，别逞强。"微浓自然而然地拒绝，亲自替原澈擦了脸，顺便连他的脖子、后颈一并擦拭。

原澈默默地感受着微浓修长手指的清凉抚触，心里蓦然涌起一阵甜涩，甜于她的悉心照料，涩于自己的被动无力。

"好了。"微浓替他擦完脸，待要起身去收拾，原澈已经拉住她的衣角："你怎么救我的？"

微浓早就想好了说辞，便刻意隐瞒自己打开箱子的事实，只道："我喂你喝了鹿血，又去找了些外用、内服的草药。"

"你不是不懂医吗？"原澈又问。

"我幼时在镖局长大，耳濡目染，略懂一些土方法。"微浓故意强调，"幸亏那条鳄鱼没毒，否则我真救不了你。"

"那是条鳄鱼？"原澈目中惊愕。

微浓点点头："是啊，还不小呢！"

原澈一时无语，内心羞愧不已。想他堂堂魏侯世子，竟连一条鳄鱼都对付不了，最后还要让心上人来救，简直丢脸至极。

微浓看到他的表情，也猜到他心里在想什么，不禁嘲笑："世子受了伤还顾及这么多，太虚荣了！"

原澈已经无力辩解，闷闷不乐地"嗯"了一声。

折腾了整整一天，微浓也有些困倦了，没忍住打了个哈欠。

原澈立即察觉到了："你先歇着吧，我也……再睡会儿。"

"行。"微浓没客气，转个身躺在了他旁边。为了方便照顾原澈，她一直是这么睡下的。

但后者显然感到意外："你……"

微浓倒是没在意，翻过身背对着他："小解喊我。"这些日子里，别说喂汤喂药、盥洗、擦身了，原澈吞咽困难，就连食物都是她咀嚼之后喂给他吃，甚至大小解她也得伺候。为了方便半夜照顾他，也为了防止野兽夜袭，她从来都是整夜燃着篝火，此刻亦然。

原澈也没提出灭了篝火，一旦这山洞黑下来，他就看不到微浓的身影了。昏迷五天人事不知，他竟觉得如隔三秋，此刻盯着微浓的背影怎么看都看不够，唯恐自己一眨眼，她就如风一般飘走了。

这一切都是真的吗？还是自己回光返照的臆想？原澈不敢置信，微浓孤身一人，竟敢留在这荒山野岭照顾自己这个非亲非故之人，条件简陋不说，还要随时提防野兽袭击，更要承受无边的寂寞与绝望。

至少他自问做不到。即便是父侯受伤，他都无法毫不懈怠地服侍大小解。都说男儿有泪不轻弹，但这一刻，原澈竟觉得眼眶发热。他是如此幸运，能够得她不离不弃地照顾。

而楚璃又该何其幸运？

"微浓……"他动情地唤出了口。

"嗯？"微浓迷迷糊糊应了一声。

原澈擦了擦湿润的眼角，于篝火声中默默地聆听着她的呼吸声，一夜无眠。

直到翌日，原澈才想起箱子的事。早上两人用了些野果，他便顺势问了出来。

微浓如实说道："第五个箱子仍在水下。"然后，她又面不改色地谎称自己打不开另外四个箱子，原澈没有丝毫怀疑。如今，就算微浓把黑的说成白的，他也会无条件相信。更何况这趟寻宝之旅实在太辛苦，任谁都会觉得这几个箱子必定另有玄机，不会被轻易打开。

原澈主动提道："那几卷《国策》我不要了，全都给你。"

此事已在微浓意料之中，但见原澈如此痛快，她还是想要确认："全都给我？"

原澈笑了："这是报答。难道本世子的命还比不上几卷烂书？"

果然是魏侯世子说话的风格，微浓笑着调侃他："昏迷一场也没能让你改了性子，真是江山易改，本性难移！"

"谁说我没移？"原澈立即还口，"我……变了很多啊。"

微浓懒得与他斗嘴，心里也终于踏实了。原本她将《国策》和奇书偷偷藏起来，心中还有些愧疚，如今得了这番话，倒也藏得理直气壮了。

"这可是你自己要把《国策》给我的，我就不客气了。"她欢欢喜喜地道。

原澈闻言又有些郁闷："你该不会是为了《国策》才留下照顾我的吧？"

"不是。"微浓斩钉截铁地回道。

原澈霎时感到欢喜。

"我是怕宁王和魏侯找我算账。"

原澈霎时又感到失落。

微浓没再搭理他，径自出去干活了，洗衣、采药、打猎、劈柴，她外出一趟做完了所有事。可正因为事情多，耽搁的时间有点久，原澈在山洞里等急了。

但令他苦恼的是，他伤的地方太尴尬，站起来都困难，遑论外出寻人。他再三试着爬起来，然而徒劳，正急得满头大汗，便瞧见微浓抱着柴火和草药回来了，手臂上还吊着一只兔子，肩头搭着两件半干的衣裳。

原澈一颗心终于放了下来，擦了擦额上的汗，继续躺好。

微浓也没在意他的异样，径直去生火、熬药、烤野味。两人吃过野兔肉之后，她喂他喝了药，道："翻身，我替你敷药。"

原澈心里非常挣扎，一方面，他很享受微浓的"服侍"；但另一方面，他又觉得难堪。最终，面子问题还是胜过了一切，他磕磕巴巴地道："我……我自己来吧。"

"你看得见吗？"微浓反问。

原澈转头看向伤处，视线的确会受阻，于是也只得磨磨蹭蹭地撩起衣袍，请微浓代劳。

微浓看到伤口，立即"咦"了一声："怎么裂开了？"

原澈自然不会说是自己等她等得太焦躁，试图起身时用力过猛导致伤口裂开。

微浓也没追问，轻轻地替他擦掉血迹，刮掉旧药，换上新药。刺痛兼微凉的触感从伤处传来，原澈只觉浑身的肌肉都绷紧了，连大气都不敢喘。

微浓自然察觉到了他的紧张，但也能理解，毕竟这是他头一次清醒地面对她换药。她决定假装不知，手上动作加快，不多时便将药换完了。

"需要方便吗？"她问。

原澈摇了摇头，为了不麻烦微浓，他尽量少喝水。

微浓委婉地安慰："你不用在意，这很正常。"

可她不明白原澈的心思。如若伺候他的是魏侯府的下人，他自然不会觉得麻烦。但在心上人面前，这是他最私密的禁忌。

原澈实在不想继续这个话题了，便主动转移了微浓的注意力："看我这伤势，一时半刻是无法下山了，你打算怎么做？"

微浓没太明白："什么怎么做？"

"你……是要先下山，还是等着我？"原澈略显期待。

微浓蛾眉蹙起："我若先走，你怎么办？"

至此，原澈也知瞒不下去了，只得实话实说："我来之前已向父侯留下书信，如若五月末我还没下山……让他派人来接我。"

自从原澈把船让给云潇之后，微浓已隐隐猜到这个事实，故也没太惊讶："难怪云辰死守着秘密不肯说，一旦第二个人知道，这秘密就守不住了。"

原澈心虚地低下头："我没告诉父侯，只说我有要事来此。"

"你把藏书带回去，不就天下皆知了？"

原澈无法反驳。

微浓只得叹道："既然如此，我若撇下你先走，魏侯岂会饶了我？再者我没有船，下山也没什么用。"

虽然事实如此，但听了她这番话，原澈还是感到很开心，他立刻做出保证："你若信我，这几口箱子就让我带回宁国，一旦我能打开，定然原封不动送还给你。"

微浓不置可否："等下山之后再说吧。"

从那天起，两人都默契地没再提及箱子，微浓是怕露出破绽，原澈则是怕她生气。

微浓一如从前那般照顾原澈，无微不至。一则是她真正动了恻隐之心，不能见死不救；二则她也想给自己留条后路，希望魏侯找来时能看在她悉心照顾原澈的份上放她离开；三则也是为了云辰和聂星痕。

在魏侯京邸住了将近一年，她已经看得明明白白了，原澈是一个很微妙的存在。一则他有些才华与傲气，想要争一争王位；二则他性情阴晴不定，又是宁王的孙子，无论做出什么出格之事，宁王都愿意包容他。这样的身份，注定了他是制衡宁国各方势力的一个支点，如果缺了他，云辰在宁国就要任宁王和祁湛拿捏了。

更重要的是，有原澈在，宁国的局势就不会稳定，宁王就会因储君之位而分心。如此一来，至少宁王不会用全副心思来对付燕国，这对聂星痕只好不坏。所以，无论出于哪一方面的考虑，原澈都不能死。

于是，微浓安心留在了孔雀山，更加悉心地照料原澈。用了那本医书所言的疗伤方法，原澈也恢复得极快，半个月后便能翻身睡觉，一个月后已能缓慢行走。

自从勉强能够走路之后，他就再也不让微浓贴身照顾了，饶是微浓一再表示不在意，他也坚决拒绝。微浓只得由他去了，也乐得卸下不少差事，每日只替他洗衣、熬药、换药。

时间飞快地到了五月上旬，距离魏侯府接应原澈的日子越来越近。

原澈的心情因此变得很复杂，他既想尽快离开这个鬼地方，回到锦衣玉食的生活当中，又无比贪恋和微浓单独相处的日子，总希望这日子再长一些。他清楚地知道，一旦离开孔雀山，两人就要分道扬镳了。

而这一天比他想象中来得更快。

五月中旬，月亮最圆、最满的那一晚，孔雀山上来了外人。当无数火把照亮这山间夜晚时，所有的飞禽走兽俱是躁动不安，纷纷发出惊慌的鸣叫。

身在山洞里的微浓和原澈也感觉到了异样。初始，他们以为是遇上了天灾，连忙跑出山洞查探情况，可一眼便看见山下亮起了星星点点的火光，继而，那火光越来越多、越来越亮，逐渐汇成了一条火龙，蜿蜒盘亘在这唯一的一条山路上。

微浓与原澈面面相觑，两人的第一反应是：姜王后派人巡上山了！见此情形，原澈将错误揽在了自己身上："若不是我受伤，早该下山了……"

微浓望着山脚下的火光，叹道："不怪你，是我执意要放走云潇。"

两人都知道，他们的行迹根本藏不住，孔雀山中丛林密布，唯独他们开山劈树走出了一条路，再明显不过。若是原澈没受伤，他们还可以利用地形躲一躲，可如今……

"你说，咱俩的箱子还能保住吗？"原澈哼笑。

"保得住。"微浓也不知自己是什么立场，也许是她和原澈相处日久逐渐信任，也许是她始终不相信姜王后，总之，她不愿意这五个箱子落在后者手中。

"我现在就把箱子全都推下水，谎称没找到。"微浓说着已转身跑回山洞中，速度之快令原澈都来不及反应。

他很想去帮忙，奈何身体使不上力，也只能听着山洞里传来箱子被拖动的声音，暗自感叹着："真是个聪明的女人。"

话音落下没多久，山洞里陆续响起四声"扑通"，看来箱子已经落水了。他望着微浓去而复返的身影，一时竟忘了即将到来的麻烦，傻傻地笑着。

"你笑什么？"微浓望着渐行渐近的火光，问道，"有什么好法子吗？"

"没有，"原澈叹了口气，"我只盼着姜王后不要因为姜鹤之事杀了我泄愤。"

这倒的确是件棘手之事，微浓思索片刻，回道："别急，我有办法。"

可是她的办法没能用得上，因为来的并不是姜王后的人马，这二百侍卫全是宁王的亲卫，唯独领头之人来自魏侯府，正是王拓。

他们昼夜赶路毫不懈怠，只用了一夜工夫，便找到了微浓、原澈所藏身的山洞。熹微晨光之中，仿佛漫山遍野都是整齐的脚步声，而这些声音最终停在了山洞之外。

“世子！”王拓一进山洞便看到了微浓和原澈，急忙朝他二人使眼色，“王上担忧您的安危，特命禁卫军前来接应！”

宁王知道他们的行踪了？也就是说……

“微臣朱向，见过世子殿下。”不等二人反应，一个身穿铠甲的男子已经随着王拓进洞，拜见了原澈。原澈回忆片刻，想起此人官职是禁卫军都指挥使，去年刚提拔的。

“竟然劳动朱将军大驾，我真是受宠若惊。”原澈客气地打招呼。

“世子说笑了，微臣是奉王上之命。”朱向故意停顿片刻，才道，“您大约还不知情，姜王已于三月末驾崩，死前封了姜鹤作王弟，姜王后因此不满，两人闹得风风雨雨。王上念及与姜国的联盟，派兵前来襄助王后平乱，如今姜鹤大势已去，不日将以谋反罪论处。”

果然，姜王后胜了。可宁王的意思是……原澈与微浓互看一眼，皆是惊疑不定。

朱向见状，笑着解释：“王上本无意干涉姜国内政，是姜王后提出愿以前朝藏书共享，扶助王上安邦镇国。为天下计，王上才冒险派兵襄助。”

听到此处，原澈明白了，一定是云辰为了救姜王后，把藏书的事给抖出来了。原澈发现自己低估了云辰的能耐，更低估了他和姜王后的姐弟之情。他在自身难保的情形下还要破釜沉舟地救人，饶是原澈与他互为对手，此刻也忍不住要对他刮目相看。

原澈几乎可以想象宁王是如何震怒。自己设了这么大一个局，又是遇袭又是失踪，还瞒着君王来寻藏书，任是亲祖父也不可能再手下留情。

他这是欺君之罪！

原澈正有些后怕之际，但听朱向又道：“您先一步寻书，却久无音信，王上怕您人手不够，特命微臣前来相助。不知您书找得如何了？”

听朱向言下之意，此事还有商量的余地？原澈本打算隐瞒自己找到藏书的事实，可眼下这个情形，他决定坦诚相告，以换取从轻处罚。

于是，他连忙回道：“不瞒朱将军说，前朝藏书是找到了，足足五个箱子，但还没有找到开箱之法。”

“箱子在哪儿？”朱向很是惊喜。

原澈望了望山洞外的上百侍卫，低声问道：“这些人能信吗？不会走漏风声吧？”

朱向立即拍了拍胸脯：“世子放心，这二百人全部是王上亲信，足以信赖。”

“那你附耳过来，我说与你听。”原澈朝朱向勾了勾手指。

后者迟疑片刻，还是贴耳过去，原澈也没打算扯谎，遂道：“箱子在……”

“慢着！”微浓突然出言阻止。

这一声太过冷厉，原澈、朱向、王拓一同看向她，静待下文。

微浓将双手卡在腰间的惊鸿剑之上，微微一笑：“朱将军想知道箱子的下落，没有问题，但有件事我需要事先声明。”

朱向眼睛一眯，却是笑道：“这位是燕国的王后娘娘？”

原澈立即接话：“也是本世子的救命恩人。”

“我已是废后，当不起朱将军如此称呼。”微浓神色不变。

原澈连忙又道：“朱将军可以称她微浓姑娘。”

朱向也是从谏如流：“好吧，微浓姑娘，不知您要声明什么？”

“来孔雀山之前，我与世子有过约定，这四十九卷藏书之中，有三十卷奇书是要给我的。此次世子遇险，我舍命相救，他又许诺另给我十二卷《国策》。”微浓边说边踱到朱向面前，问道，“不知这四十二卷藏书，宁王可愿遵守承诺让我带走？”

朱向并不知这四十九卷藏书究竟包含哪些方面，只知全部是遗世孤本，乃无价之宝。此刻乍一听微浓的话，他自然心生怒意，冷道：“好大的胃口，四十九卷书，您一个人就要拿走四十二卷？”

微浓挑了挑眉：“这是先前我与世子商量好的。”

朱向遂看向原澈，后者当即接话道：“的确如此。”

朱向一听这话，面色更沉：“寻书是王上的旨意，任何人都无权做主。您若是想要藏书，大可到王上面前索要。不过我劝微浓姑娘要识时务，莫要狮子大开口。”

这番话警告之意十分明显，朱向以为微浓该知难而退了，岂料她态度坚决：“既然如此，恕我不能告知您藏书之地。”

“你！”朱向显然动怒了。

原澈也是着急，生怕微浓吃亏，忙小声劝道：“识时务者为俊杰，你先答应他。”

奈何微浓神情郑重，转对他道：“世子，我并非不相信你，但我实难相信贵国王上。你心里定也清楚，这五个箱子一旦落入你王祖父手中，必定有去无回。”

原澈又何尝不知？可眼下敌众我寡，宁王强迫他交出箱子，他也无可奈何。

朱向见微浓不肯说出箱子的下落，冷冷一笑，反问原澈：“世子，您总不会为了一个燕国废后，得罪王上吧？”

“自然不是。”原澈模棱两可地回道。

“那就请您告知箱子的下落，微臣定当据实禀告王上。”朱向明示他。

原澈看了看朱向，又看了看微浓，深感左右为难。

“世子，你实话实说好了，不必在乎我。”微浓深深看了他一眼，似有什么暗示。

原澈会意，故作犹豫，咬牙回道：“朱将军，不瞒你说，我也不知道箱子在哪儿。”

朱向显然不信：“世子，你可不要……”

“我说的是实话，”原澈扯谎道，“箱子的确是我和微浓一起找到的，但我当时受了伤，昏迷了好几天，待我醒来，箱子已经不见了……”

他边说边撩起衣袍，指了指臂部的位置，假作为难：“若不是微浓照顾我，我早就死了。所以……所以我也没好意思问她，把箱子藏到哪儿了。”

朱向将信将疑，却苦于没有证据戳穿原澈，只得将矛头对准微浓。

“除非朱将军答应我的要求，否则我不会说的。”微浓坚决不肯松口。

朱向见状，也知道自己问不出个结果，索性放弃追问。他环顾山洞一周，径直叫了一小队人马进来。

原澈的脸霎时沉了：“朱将军，我好歹也是魏侯世子，你这是做什么？”

朱向笑回：“世子别误会，微臣既然来一趟，总得做做样子不是？请容微臣先找找，若真是一无所获，微臣也好给王上一个交代。”

原澈蹙眉，欲盖弥彰地道：“那你找吧，没有人指路，无异于大海捞针。”

朱向则一味笑着：“您放心，微臣可没那么笨，漫山遍野地瞎忙活。兄弟们也要保存体力不是？”

此言甫毕，他大手一挥，吩咐他的人马：“你们几个，把所有墙壁都敲一遍；你们，设法爬上这山洞顶部；还有你们，去那水池子里看看。”

“是！”侍卫们立刻展开搜寻。原澈和微浓不敢再看对方，心里却都是紧张不已，这个朱向，倒也有些能耐，不愧能讨宁王欢心。

他们不知道的是，朱向原本就是捕头之子，中了武举之后又被分派去大理寺当差，专司破案。后来他几经辗转，因缘际会下调到了禁卫军。此人脾气不好，容易动怒，察言观色的本事也及不上别人，但寻人、找物却是一等一的好手。

宁王之所以重用他，就是看中他不怕得罪人的性子。须知这禁卫军都指挥使负责守卫王宫，乃宁王亲信，人选自然不能太圆滑，但也得有些真本事，性子又得容易拿捏。

朱向正是一个能被宁王拿捏自如的人。他寻人、找物的本领之高，放眼整个宁国也是数一数二的，所以宁王才派了他来追踪原澈和藏书。

眼看着他派人下水搜查，原澈自知瞒不住了，心里有些忐忑。微浓更加忐忑，唯恐朱向会发现那箱子被她事先打开过。两人默默看着山洞里人来人往，皆是一言不发，而朱向仿佛已经笃定了藏书就在此地，气定神闲地站在洞口。

“朱将军，水下有发现！”不多时，下水搜寻的侍卫已经冒出头来，兴冲冲地禀报。

朱向立刻跑到水池边上，蹲下询问：“什么发现？”

“池底有五口箱子！”

“搬上来！”

“是！”当数名侍卫合力将箱子从水底搬上来时，微浓和原澈都识趣地闭上了嘴。

朱向挑衅地看向微浓：“钥匙呢？”

“没有，”后者面色平静，“这箱子我们打不开。再者，即便要开箱，也该是贵国王上动手，朱将军可别逾越了。”

原澈开始与她一唱一和：“我看钥匙得去找姜王后拿，这不是姜国的宝藏吗？”

微浓故作恍然大悟：“难怪我怎么砍都砍不断链子。”

朱向闻言，逐一查看箱子，果然瞧见其中一个箱子上尽是剑痕，而其他几个则完好无损。可见这些箱子的确没被打开过。

但朱向还是不能全然相信他们两个，遂疑惑地道：“请世子恕罪，微臣得搜查所有包裹，只要搜不出钥匙，就能证明您二位的清白。”

“朱将军，我还没死呢！”原澈面目阴鸷。

朱向沉吟片刻，又将矛头指向微浓：“世子与王上一心，可以不用搜，但这位废后娘娘必须要搜。”

微浓闻言蹙眉。她此刻若是执意不让搜，只会加重朱向的疑心，可若是她松了口，万一对方发现惊鸿剑就是开箱的钥匙该如何是好？还有，那两张羊皮卷……

思前想后，微浓只得赌一把：“朱将军想搜我？可以。若是你没搜出来怎么办？”

“你想怎么办？”朱向反问。

“下山后，立刻让我离开。”

“一言为定！”

朱向的动作很快，当即命令几个侍卫搜查微浓的包裹，又让他随军带来的小妾搜了微浓的身。那小妾搜出了惊鸿剑的剑囊，朱向好奇地看了好几眼，正打算提出些问题来，便听原澈在旁有意说道：“此剑是燕王室之物。”

朱向果然犹豫片刻，把惊鸿剑还给了微浓，还不忘说句场面话：“不愧是燕王室所有，此剑奇特，我平生见所未见。”

微浓一笑，从他手中取回惊鸿剑，重新缠到腰上。

而那边厢，一个侍卫也已经翻遍了微浓的包袱，视线落在一捆白色的布带上。微浓立即羞愤地道：“那东西不许动！”

朱向正愁抓不住她的把柄，立刻走过去询问：“这是什么？”

“哎呀！”他的小妾此时突然惊呼一声，红着脸走到他身边，附耳说了句话。

朱向了然，遂将白帛递给小妾：“我就不看了，你看看吧。”

那捆白帛是女儿家来月事时用的，里面藏着羊皮卷。微浓的心霎时提起来，不由自主地望了原澈一眼。

原澈不知个中玄机，只知那是微浓的私密物品，自然觉得没面子：“朱将军！你不要太过分！”

朱向这次却极其坚定：“世子恕罪，微臣也是为了您着想，您总不想背上‘欺君罔上、勾结燕人’的罪名吧？”

从小到大，原澈何曾受过这种侮辱，气得立刻拔出龙吟剑：“你找死！”

“世子！”微浓一手按住龙吟剑，“你伤势未愈，不宜动怒。”

可话虽如此，她还是不由自主地紧张起来，唯恐那小妾看出什么来。她正绞尽脑汁想着法子，却听那小妾娇滴滴的声音已然响起：“将军，妾身检查过了，全是女儿家常用的物件，并没有异常之处。”

微浓心中大为讶异，不动声色地看了那小妾一眼，却见对方神情如常，还有一股不耐烦的意思，根本没瞧她一眼。微浓心中暗自猜疑起来：是这小妾太疏忽，还是……

正想着，又听那小妾娇滴滴地道：“这山洞里闷死了，将军若没别的吩咐，妾身想回营地去了。”

她想必极为受宠，连说话都是一副撒娇的样子，而朱向竟也柔下声音道：“你去吧。”

小妾噘着嘴，将那捆白帛重新扔回包袱里，头也不回地离开了山洞。

朱向没能从微浓身上搜出什么有用的东西，脸色有些讪讪的。微浓的心则落了下来，不忘提醒他：“将军别忘了答应我的话。”

朱向沉吟片刻：“放你离开可以，但这五个箱子，你一个都不能带走。”

若是她答应得太痛快，岂不显得太假？微浓故作不情愿地道：“箱子目前打不开，说什么都没用，先下山再说吧！”

朱向上山之后，原澈没能震慑住他，反而被他骑到了头上，自然恼怒不已。尤其还是在微浓面前，更令他颜面尽失，于是他一再向微浓保证，该给她的书绝不会少，但要先带回宁国，做好分割再行计较。

凭着这个借口，原澈怂恿微浓先跟他回宁国，奈何微浓心意已决，宁可舍了箱子，也不去宁国。

而朱向找到这五箱藏书，便决定三日后拔营下山。之所以要等三日，一是大队人马昼夜赶路，皆是疲惫不堪，需要休整；二是原澈伤势未愈，暂时不宜挪动。最终还是王拓想出一个法子，指挥人砍下几棵大树，做了一个简易的软榻，打算抬着原澈下山。

自从宁王的人马上山之后，微浓和原澈的生活被彻底改善了。朱向带来的帐篷宽敞舒适，他当即给两人各扎了一顶。微浓也不用再照顾原澈，队伍里有军医、有伙夫、有仆从，她每天坐等一日三餐，就连衣裳都不用洗。

她在一干五大三粗的男人之中，做了那唯二的娇色。另一个女子便是朱向带来的小妾——琉璃，年方十八，媚态娇艳，长得异常勾人。

不仅长得勾人，行为也勾人，她只在山上待了两天，就晃到了王拓身边。王拓心里明白，这一路上琉璃对自己都是爱答不理，上了山却变得这般殷勤，显然是“醉翁之意不在酒”——她看上原澈了。

对于这个女人的出现，原澈极其反感，便向微浓大吐苦水。其实按照他的脾气，早就想把琉璃骂走了，但他这次故意忍着，是想看看微浓的反应，也是想暗示她：老子是很有女人缘的。

恰好微浓也怀疑那小妾的身份，便对原澈道：“你把她约到你营帐里，我和她谈谈。”

“约到我的营帐里？”原澈有些别扭，“若是被朱向知道，岂不是要打翻醋坛子？”

“怕什么，有我在。”微浓笑道。

原澈一寻思，的确没什么见不得人的，便趁着朱向去视察营地的空当，把琉璃约到了自己帐内。

琉璃听是原澈找她，打扮得花枝招展的就来了。可她一走进营帐，第一眼却看见了微浓。

微浓就堵在门口，开门见山地笑道："姑娘，咱们两个谈谈？"

原澈不知微浓对琉璃说了什么，总之那晚之后，琉璃再也没来骚扰过他，更没骚扰过王拓。他有些好奇，逮着机会便询问微浓："你那天对琉璃说了什么，这么管用？"

微浓瞥了他一眼："管用不就成了。怎么，你后悔了？"

"不是不是，"原澈连忙摆手，"我想知道什么话这么管用，我也学学，以后好对付那些不三不四的女人。"

微浓自然不会告诉他实情，遂眨了眨眼："我让她别妄想攀高枝儿，宁王怎么发落你还不知道呢，提醒她别做了陪葬鬼。"

"你！"原澈闻言气得够呛，"你说话真损！"

"咦？这不是跟你学的吗？"微浓不留情面地反击。

原澈气结，偏偏又十分想笑，他觉得自己真是犯贱！这般一想，他一时竟忘了自己身上有伤，下意识地跺了跺脚，导致伤口又开始疼了。

微浓忍不住劝道："你为何非要急着下山？军医都说了，最好再养半个月。"

原澈不吭声了。他之所以急着下山，一则是再等下去，微浓就该来癸水了，到时他们恰好在河上漂着，对微浓来说很不方便；二则是山里二百多个男人，看微浓的眼神就像狼看见了肉，万一那些饥渴之人心痒难耐，轻薄了她可如何是好？

但这些理由他自然不能说出来，只好嘴硬道："孔雀山什么都没有，我早就住腻歪了，再住下去就要发霉了。"

微浓相信了这个说辞："那你尽早做好准备，想想怎么向宁王交代。"

原澈沉吟片刻，有些黯然："你放心好了，属于你的那份东西，我一定还给你。"

听闻此言，微浓内心涌起无尽愧意。她当初私下转移那四个箱子，皆因当时原澈处于上风，又是姜国内乱的始作俑者。然而如今时移世易，他已经落于下风了，还即将被宁王问罪，自己若再乘人之危，让他搬回去四个空箱子，岂不是要害了他？

某一瞬间，微浓险些要如实相告了，可四周都是朱向的人，这并不是说话的好时机。她的冷静最终战胜了情感，随意敷衍道："此事不急，你先把伤养好再说，早点休息。"

第三十一章

人非草木，孰能无情

翌日一早，朱向带着所有人马下了山。人多眼杂，原澈又需要乘坐软榻，从此便彻底没了和微浓说话的机会。直至出了孔雀山，坐船渡河之时，他才执意要求和微浓、王拓分到一条船上。

船小也有好处，至少三个人有了单独说话的机会。

“这么说来，云辰没提别的，只说姜国境内藏着四十九卷前朝孤本，内容包罗万象？”原澈到底是碍于王拓在场，没有把话说得太明白。

但微浓听明白了——云辰没提四大神兵的事，只是告知孔雀山有藏书，以此为条件交换宁王出兵相助姜王后。云辰没提最好，若是提了，不但她这把惊鸿剑要交回去，宁王也一定会联想到青鸾、火凤的玄机，然后抓着她不放。

“宁王真是面子、里子都占了，明明是他觊觎藏书，却对外宣称是姜王后主动献宝求救。”微浓不无讽刺地道，“也不知姜国人会怎么想他。”

宁王此次名为“襄助”，实则觊觎藏书，也不是没有借机吞并姜国的心思。而这次姜王后命是保住了，但她在姜国的名望大约是完了。她本就为异国人，又把姜国的藏书“献给”宁王，可想而知会遭到多少唾骂。

想到此处，微浓又愤愤道：“云辰隐忍多年，姜王后筹谋多年，你我又找了几个月，最终全被你王祖父占了便宜。”

原澈不知该如何往下接话，只得再询问王拓：“姜国的局势如何了？”

“王上派兵帮助姜王后平乱，但大军一直没有撤走。属下瞧这意思，一旦您拿到这些藏书，王上就要向姜国发兵了。”王拓一边划船一边回道。

微浓冷笑：“宁王果然是要出尔反尔。”

“不是出尔反尔，是乘人之危。”原澈早已看透了这些把戏，“宁国大军已经过境，王祖父怎么可能放过这千载难逢的机会？再说就算我们不打，以姜国国内的局势，也撑不了太久。”

“牵一发而动全身，”微浓略有些埋怨之意，“若不是你从中挑拨，姜国焉能落到如此地步？”

原澈知道她向着云辰，连带对姜王后也是爱屋及乌，他心里有些发酸，这些天来头一次朝微浓发了脾气：“我挑拨怎么了？身为宁国子民，难道我做错了？难道我还得捧着姜国，看它越来越强吗？”

道理微浓都明白，可她实在不想看到楚国的悲剧再发生一次，只得叹道：“这次姜国必输无疑。”

“啪啪”两声，原澈冷笑拊掌：“输了才好，我们宁国又壮大了，说起来我也占了一份功劳，不知王祖父会不会奖赏我？”

微浓决定住口不言。

原澈说完这番话，见船上气氛凝滞，也知自己惹了微浓不快。可他一想起微浓和云辰的关系，气就不打一处来，想了想，只得与王拓说话：“王拓，我父侯还好吗？”

“王上并未发落侯爷，魏侯府一切如常。”王拓停顿片刻，手中的船桨也是微微一歪，“还有，云大人……重新出仕了。”

“重新出仕？！”微浓和原澈异口同声，皆是难以置信。

原澈立刻反应过来：“云辰这次献宝有功，老爷子一定开心极了。而且一旦攻下姜国，宁、燕两国就要正面敌对，还有谁比云辰更适合对付燕国？借力使力，这步棋可真是高明。”

的确高明，也听得微浓心惊肉跳！重新出仕，这对云辰是个好消息吧？可对燕国来说却是个坏消息，微浓心头的滋味复杂难言。

接下来，船上的气氛十分压抑，三人各怀心思，都是随口敷衍。到了晚间，近百只小船停靠渡口，朱向的人马早就抵达，并安排了住宿与用饭。于是，三人也没机会再单独说话。

原澈、微浓、王拓、朱向及其小妾琉璃五人一桌共饭，刚吃了没两口，便有侍卫紧急来报：“启禀世子，启禀朱将军，燕国向姜王后修书一封，说是镇国将军明尘远要亲自来接暮氏回国，姜王后已经同意了。”

“啪嗒”一声，原澈的筷子掉了：“姜王后同意了？她怎么能随便同意？她不知道燕军一旦入境，就难以控制了？”

朱向倒是先想明白了："姜王后一定是故意的，她想引起我们和燕国的混战，好让她有喘息的机会。"

当天夜里三更时分，朱向屋内传来一声尖叫，来自他的小妾琉璃。所有人迅速惊醒，齐齐跑向他的屋子里。

床榻之上，朱向浑身赤裸，胸前正中一刀，睁大双眼死不瞑目。而他的小妾琉璃衣衫不整，裹着被子坐在地上，已是吓得肝胆俱裂。

微浓见状，立刻转过身去。

原澈也顾不上她，上前询问："发生了什么事？朱将军他……"

琉璃浑身发抖、牙关打战，半晌才憋出一句话来："有……有人偷袭。"

"你看清是谁了吗？"原澈连忙追问。

琉璃颤抖着摇头："不……不知道……是个黑衣人，看身影有点儿像……"

"像谁？"

"像……朱将军的副将，左大人……"

此言一出，众人皆惊。因为左统领根本不在队伍当中！朱向身为禁卫军都指挥使，领了宁王安排的私差，而左统领作为副指挥使，自然要坐镇宁王宫了。

远在宁国的左统领，怎么可能跑到猫眼河渡口来刺杀自己的上峰？这分明就是有人刻意嫁祸！

"你可看清楚了？"原澈再次质问琉璃。

后者慌乱地点了点头，又摇了摇头："像是他……可我……我不知道！他蒙着脸，我看不清！"

原澈面上划过狐疑之色，即刻直起身子，对朱向的副手下令："先将琉璃关起来，再派人守住那五个箱子，任何人不得靠近！"

此话一出，无人应答，严格说来他是宁王即将发落的对象，并无权力指挥众人。原澈自然也晓得这个情形，遂又添上一句："立刻传话去宁军大营，请派接替人选。在此之前，所有人分成三班守在渡口，若有人私自逃离，格杀勿论！"

原澈毕竟是魏侯世子，气势上先占了上风，如今群龙无首，也只得听他号令。但见他冷冷瞟过房内众人，又命道："现在，清查所有和左统领身形相似的人！"

因为朱向的死，原澈一行人在猫眼河渡口耽搁了七八天，排查了队伍中所有可疑之人，倒也查出了几个嫌犯。

正待进一步审问，宁军大营传来消息，说是朱向乃朝中正三品官员，死因不明不能草率结案，要把琉璃和这些嫌犯押送回宁国大理寺逐一拷问。

这倒省了原澈的精力，他也乐得将差事推掉，得空来瞧瞧微浓。后者为了避嫌，这几日一直闭门不出，只在一日三餐时露面。其实她心里也着急，知道再这般等下去，不仅自己无法脱身，箱子的秘密也极有可能会被发现。

正是焦虑之际，原澈便敲门进来了。微浓见他被王拓搀扶着，不禁问道："你伤势如何了？"

"这不是能走路了嘛！"原澈勉强笑回。

"朱向的事情有何进展？"

原澈便将情况叙述了一遍，才道明来意："王祖父的意思，是让我跟着人犯一齐回去，顺便把箱子也带回去。"

话到此处，原澈停顿片刻，见微浓默不作声，又转头对王拓命道："你在门外等着。"

王拓没敢多问，径自告退。

原澈这才询问她："若是王祖父要拿你做人质，你怎么办？"

"逃！"微浓说得很坦然。

原澈便进一步试探："我有个办法能解决你的困境，你要听吗？"

"世子请说。"

"不如……你和我一起回宁国？"原澈仔细观察微浓的脸色，"你看，与其留在宁军大营，你不如跟我走，至少我能罩着你。"

"跟你走？"微浓笑了，"这岂不是正中宁王下怀？"

"我是我，王祖父是王祖父，"原澈连忙解释，"我毕竟是他的亲孙儿，只要我献上藏书，他一定不会追究咱们，或许还会龙颜大悦。"

"这是对你，不是对我。"微浓进而强调，"况且我答应过云辰，再也不回去了。"

听闻此言，原澈心中颇不是滋味，但还是压抑着酸意："他的话就这么重要？你又不是为他而活！"

"的确不是为他而活，但有些事……"微浓缓缓地坐了下来，合上双眸，"你不会懂的。"

"我懂！"原澈立刻反驳，"即便我不懂，你告诉我，我不就懂了？"

"你想听什么？"

"一切！关于你和楚璃、云辰的一切！"

微浓垂眸：“可我不知该怎么说。”一想起这个问题，她就会想起青鸾、火凤，就会想起那晚云辰掐着她的脖子，告诉她真相的残忍画面。

提早退场，对两人都再好不过。她会如他所愿，把《国策》给他，彼此两不相欠。

“你是决定放弃他了吗？”原澈也说不清心里是什么滋味，既觉得酸楚，又觉得心疼。

“嗯，放弃了，我太累了。”微浓想笑，但笑不出来，“宁国太复杂，云辰、祁湛、你，或多或少都与我有渊源，所以我更不能回去。这样对我好，对你们也好。”

原澈无法反驳，他心里也很清楚，微浓说的都是事实，如今宁国的局势根本不适合她留下。她离开，对所有人都好。

可是，他又如此不甘！他已经来得太晚，错过了她情窦初开的年华，难道还要错过以后？如若王祖父和父侯知道自己真心喜欢她，未尝不会接纳。只要她不再和云辰来往，不再涉及朝堂之争，他可以说服王祖父，帮她换个身份重新来过。

想到此处，原澈不免有些冲动，他知道，有些话若是再不说，以后就没有机会了。

“微浓，”他轻轻唤了她一声，斟酌着措辞，“其实你可以不回黎都……”

微浓不明白他的意思。

“我是说……你跟我回丰州，魏侯府。”原澈结结巴巴地道，“呃，在丰州，我说了算，没人敢为难你。”

他自以为暗示得足够明白了，可微浓还是想偏了：“我还不至于流落街头吧？你若想报恩，不如给我几座金山、银山，也许我会更喜欢。”

“我不是想报恩！”原澈亟亟否认，“我……我是说……我愿意照顾你……”

“不还是报恩的意思吗？”微浓仍旧没明白。

“不是！”原澈一张俊脸憋得通红，伤口又开始疼了，他左手死死地抓住桌案一角，才鼓足勇气开口说道，“我是说，我想娶你！”

微浓震惊地看着他，难以置信地指着自己：“你是说，我……你对我……”

她终于听明白了，原澈心中激动不已。这个时候，她只消一点头，那些心思就尘埃落定了。而等待他的两个结果，好的坏的，他都已做足了心理准备。

可他高估了自己的承受能力，最后一刻，他居然退缩了，不由自主地改了口：“呃，我是说，我讨厌女人，所有女人都讨厌。但我不讨厌你，你是我的救命恩人……恰好你没地方可去，我又一定要娶妻，不如我就娶你。咱们两个……

都得利。”

说到最后一句，他深深地垂下脑袋，想要唾骂自己的胆怯，但又觉得心中一松。

身份、立场、年龄、婚史，其实都不是问题。他心里也明白，以微浓的性子根本不会接受他，不仅不会接受，反而会逃得远远的，从此与他形同陌路。

所以保持现状才是最好的，彼此虽然还有距离，但他能看得见她，还能与她说上话，能以朋友的名义接近她、关心她，而她永远不会拒绝。虽有遗憾，虽然痛苦，但也未尝不是一种美好。

原澈从没想过，自己还能如此卑微！在面对一个女人的时候，他做了自己最鄙夷、最看不起的男人。

可微浓听到他的解释，心中却轻畅起来，还有一丝细微的感动：“谢谢你，原澈，真的！”

“你会考虑吗？”他紧张追问，像个孩子一般目露期待。

微浓不假思索地摇头：“这样对你不公平，对关心你的人更加不公平。既然你不好男风，就该认真考虑自己的终身大事。”

说到此处，她微有保留：“你会娶一个知书达理、温柔贤淑的世家小姐，还会纳几个妾。她们会为你生儿育女，让你子孙满堂。”

闻言，原澈不能自已地笑了：“你说得对，我不一定会娶到最喜欢的姑娘，但一定能娶一个通情达理的世家小姐，若是运气好，也许还能三宫六院，万岁万万岁。”

他无声地笑着，渐至有声，最后甚至笑出了眼泪。

微浓想起他从前花枝招展的打扮，还有他喜怒无常的性情，忽然有些感慨：“也不知什么样的女子才能降得住你，真想看一看。”

原澈忽然不笑了，敛去神色，认真地问：“真到了那一天，你会来吗？”

微浓颔首而笑：“我会悄悄地来，讨一杯喜酒。”

“那以后若是想你了，我就成婚、纳妾，一定要闹得天下皆知！”原澈又开始放肆大笑，像是在说一个笑话，但他自己知道这并不是玩笑话。

他无力阻挡岁月，无力抵抗离别，无力改变各自的立场，也无力改变她的心意。于是，他只能把心事默默收藏，用笑声来掩饰自己的不安与悲伤。

“放心，我总不能看你被抓到宁军大营。”他又望向窗外的月色，低声说道，“明晚子时，我设法送你离开。”

“送我离开？”微浓下意识地压低声音，“你可以吗？”

"禁卫军中有一队人马与魏侯府交好，趁着朱向的接替人选未到，这事应该不难。"原澈言简意赅，"你顺着猫眼河走到上次登船的渡口，叫春风渡，你的马就在那儿。"

"你都安排好了？"微浓只觉得不可思议。

"你可别忘了，我父侯半年前就支持姜鹤了，安插几个人在姜国还不容易？"原澈自信地笑，"你上岸之后，直接去苍榆城找姜王后，我想她一定会帮你。"

微浓咬了咬下唇："这样行吗？我怕宁王会迁怒你。"

"没事，我毕竟是他的孙子。"原澈很随意又很认真的样子，"你记住，以后有困难就来找我！千万别怕连累我。"

他一字一顿，郑重无比地说："无论什么事，就算让我上刀山下火海，我也一定为你办到！"

原澈走后，微浓开始悄悄收拾行装。她一直都有个直觉，那两张羊皮卷很重要，认识琉璃之后，她更加坚定了这个想法。然而，当她收拾包裹时，却发现羊皮卷不见了，就连裹在外头的一捆白帛也找不到了。

是琉璃！只有她见过那样东西，只有她知道那是什么！

自从朱向的队伍上山之后，琉璃一直在找机会接近她，却被外人误以为是接近原澈。微浓想起那天晚上两人简短的约谈——

原澈帐前，琉璃开门见山地道："我是楚国人。"

微浓当时已经猜到了，但还是不能尽信："你如何证明？"

"青鸾火凤，龙吟惊鸿。"琉璃只说出这八个字来。

微浓这才信了："多谢你手下留情。"

琉璃妩媚一笑："二殿下的东西呢？"

"藏在山里，很安全。"

"那就好，我会找机会帮你离开。"

然后两人便散了。

那是她们唯一一次谈话，因为这件事，微浓一直怀疑朱向是琉璃杀的，目的是为了让自己逃走。而那晚之后，她便没再打开过那个包袱，只有琉璃知道里头放着什么。

可如今看起来，此事并不像她想象中那么简单。若要帮自己逃走，方法有千万种，琉璃为何要冒险去杀朱向？这是下下之策！还有那两张丢失的羊皮卷，到底是什么？

从琉璃偷拿羊皮卷这件事上看，云辰早就知道羊皮卷的存在了！而且，这一定是非常重要的东西，可云辰却只字未提！在她想方设法替他保存十二卷《国策》的时候，他再次欺瞒了她！利用了她！

原本微浓只想两不相欠，圆满地抽身退场，可惜她想得太单纯了。这一刻，微浓忽然笑了出来，她竟有种意料之中的解脱，好像她早已做好了准备，早就知道云辰会做出这样的选择。

也罢，原本她还一直犹豫，犹豫在家国之间，犹豫着是否要把事情告诉聂星痕。看来云辰已经替她做了决定。

想到此处，微浓决定先找回羊皮卷。眼下琉璃因为朱向的死而被人关押监视，聪明如她，绝不可能把羊皮卷藏在身上，这正是个好机会。

趁着夜深人静，微浓先跑去朱向生前的屋子里翻找。屋里空荡荡的，被褥、枕头还和事发当晚一样，皱巴巴地堆在床榻上，上面还留有一摊血迹。微浓把被褥、帘帐一一翻开，却一无所获，正待去翻找箱笼，屋门突然被人推开。微浓下意识地藏在屏风后头，按上腰间的惊鸿剑。

推门而入的人是王拓，他似乎也在寻找什么东西。这屋子太小，微浓知道自己迟早要暴露，遂决定先发制人，抽剑从屏风后走出来："你来做什么？"

王拓吓了一跳，一看是微浓，又像是松了口气："姑娘怎么在这儿？"

"是我先问你的。"微浓不敢放松，仍旧拿剑指着他。

王拓沉吟片刻，才道："前几天，我偶然看到琉璃偷偷摸摸地进来，手里还拿着样东西。我怀疑和朱将军遇害有关，想来查探一番。"

这话令微浓心中一惊："什么东西？"

王拓摇了摇头："看不大清楚，像是两幅画。"

两幅画？一定是她的羊皮卷无疑！微浓来了精神。

"你又来这里做什么？"这次换成王拓问她。

微浓犹豫片刻，也不知能不能信他，遂道："我也是好奇朱将军之死，想过来看看有什么线索。"

王拓笑了一下，显然不相信。

微浓原是想走的，可转念一想，万一自己走了，东西被王拓找到，岂不是更无法要回来？想到此处，她只好半真半假地道："好吧，我告诉你实情，琉璃偷了我的东西，我得找回来。"

"什么东西？"

"两张羊皮卷，是我师父的独门内功心法。"微浓随口胡诌，"我被搜身那天，琉璃无意中看见了，起了觊觎之心。”

王拓闻言面色不变：“所以，我看到琉璃拿的东西，可能是你的？”

微浓点了点头。

王拓又是一阵沉默，而且这次沉默了很久，才道：“世子说，明晚送你去苍榆城？”

他是原澈的心腹，知道内情也很正常，微浓没吭声，算是默认。

王拓却突然走近一步，俯身在她身畔说道：“别去苍榆城。你到春风渡口牵上马，直奔十万大山方向。”

“为何？”微浓很诧异。

“因为明将军的人马，已经进山了。”

明将军这个称呼……微浓难以置信地看着他：“你到底是谁？”

王拓也不再隐瞒，一字一句回道：“云海生波，仙山渺茫，鸾吟凤唱，峨眉成双。”

听到这四句诗，微浓心中震惊到了极点。这正是十年前聂星痕赠她峨眉刺时曾说过的话。这四句诗不仅对照了峨眉刺上的图案，也暗含了聂星痕的心意。这世上不可能再有第三个人知道这件事，除非是聂星痕自己告诉王拓的。

“你是……你是……”微浓执剑的手终于开始颤抖，却说不清心中是震惊？欢喜？感动？担忧？好像都是，又好像都不是。

王拓则低声回道：“此处不是说话之地，去您屋子里吧。”

微浓仿佛还没回过神来，半晌才收起惊鸿剑，跟着王拓回到自己房内。再多的言语，都无法形容她内心的复杂，她只得问道：“你一开始就知道我是谁？”

“是，”王拓如实回道，“在您第一次到宁国之时，摄政王殿下便将您的画像交给了我们。殿下有言交代，所有在宁国的探子，务必尽力保护您的安全。”

“那你在魏侯府是……”

“数年前有传言说，宁太子欲将储君之位传给魏侯世子，先王高瞻远瞩，特命属下潜伏于魏侯府中。”

微浓没再继续追问下去，这一定是个很长很长的故事，而她知道得越多，对王拓来说就越危险。

“我还有最后一个问题，”微浓直白问道，“你会杀了原澈吗？”

“殿下没说要动他。”王拓停顿片刻，语气渐渐温和，“世子对属下不薄，若有可能，属下会尽力保他。”

人非草木，孰能无情？微浓并不怀疑王拓对聂星痕的忠心，也能理解他对原澈的回护。事实上听到他这几句话，她才稍感安心。夹在忠和义之间，他一定比她更加煎熬，更加左右为难。

王拓见她脸色转好，才继续了方才的话题：“您一定要按照属下所言，到了春风渡就直奔十万大山。属下会将消息传递给明将军，让他派人接应您。”

事到如今，她也没有其他路可走了，姜王后不能尽信，宁王又不怀好意，她只能回燕国去。

“好，我记下了。”她唯有答应。

“时间紧迫，您那两张武功秘籍，属下会替您去找，一旦找到便想办法送回燕国。”

“不！这太危险了！”微浓立刻回绝，“而且，那东西对我很重要，我想随身带走。”

王拓闻言蹙眉：“既然如此，明天一早，属下想法子去见一见琉璃。”

“她不会告诉你的。”微浓很笃定，“咱们还是自己找吧。你帮我想想，朱向死后，琉璃都去过哪些地方？做过什么？”

王拓回想片刻：“属下只知道，朱向入殓那天她去了，扒着棺材痛哭不已。”

入殓？微浓似乎想到了什么，忙问：“朱向死时衣衫不整，后来是谁为他整理遗容的？”

“好像也是琉璃，但属下不能确定。”

这个线索已经很重要了！微浓心底又燃起一线希望：“朱向的棺木停放在哪儿？我想去看看！”

王拓再一次蹙眉：“您若信得过属下，就让属下去吧。您露面只会引人猜疑。”

微浓斟酌片刻，本能地选择相信他：“好，那劳烦你了。”

王拓“嗯”了一声，却没有离开，而是问道：“现在您能说实话了吗？那真是内功心法？”

“不是。”微浓知道瞒不过他，“其实我也不知道那是什么，但它很重要，我必须带走。”

“琉璃为何要盗它？她是谁的人？”

“这与你无关。”微浓踌躇片刻，到底还是叮嘱了一句，“她的生死自有人来操心，你别插手。”

翌日，微浓一整天都没看到王拓的踪影，连带原澈也不见了。直至子时将近，

原澈才带着一脸倦色返回，对她说道：“一切都安排妥当，你收拾好了吗？”

微浓望着他那张温和的俊颜，想起自己早就把四个箱子的藏书调了包。这本已是天大的罪责，如今他又做主放走自己，两罪并罚，不知宁王该如何震怒？再想想云辰对自己的欺瞒……

微浓满腔的愧疚再也无法忍耐，脱口便道：“原澈，其实……”

“世子。”王拓及时出现在门外，打断了她的话。

“什么事？”原澈转身。

“船已经安排好了，只等子时轮值换岗。”

“知道了，你先下去。”

王拓转身退出的一瞬间，深深地看了微浓一眼。只一眼，便让微浓想起了聂星痕，想起了已进山的燕军，想起她自己终究是个燕国人。

她只好逼着自己狠下心肠，改口道：“原澈，那几个箱子你先搬回去，若是宁王执意降罪，你只管把事情往我身上推。”

原澈没听懂她话中之意：“我堂堂世子，让一个女人替我承担罪行，说出去也太丢人了。”

“你别逞强，”微浓紧张地拉过他的手，无比诚恳地道，“一定要全部推到我身上。”

许是她的表现太过明显，终于使原澈面露狐疑之色，他反手握住她的柔荑：“微浓，如今是六月，可你的手冰凉。”

微浓脸色蓦地刷白。

原澈又疑惑地问：“你在害怕什么？还是……你有事瞒着我？”

微浓心里清楚，一旦自己说出藏书被调包之事，那四十二卷书最终一定会落到宁王手里。云辰、聂星痕、原澈，他们一本也拿不到。

终于，理智还是战胜了感情，她牢牢抓住原澈的手，半是愧疚、半是无奈地道：“原澈，对不起，我是一个燕国人。”

原澈朦朦胧胧猜到了什么，星月般璀璨的眸子牢牢落在微浓身上：“你是想告诉我，宁、燕两国势不两立，你和我也一样？”

“不是，不是的，”微浓鼻尖一酸，“无论宁、燕两国如何，我都把你当成朋友。”

原澈一改往日的飞扬，面容沉敛肃然：“我只问你一句，你救我的时候，是否出于真心？”

“是。”微浓点了点头。也许她曾想过利用他，也许她曾想把他当成筹码。

但此刻，一切的恩怨她都忘记了，唯独记得眼前这人张扬的个性、跋扈的脾气、尖酸刻薄的言语，还有他诚挚的表情。

微浓吸了吸鼻子，眼泪却不由自主地滑落，想要说的话哽咽在喉头，竟一个字都说不出来。

原澈将手掌放在她的下颌处，感受着她滴滴流下的眼泪，无比欣慰地问："这是为我而流的吗？"

微浓只一味摇头："原澈……你现在后悔还来得及。"

原澈无比爱怜地用指腹替她擦干泪水："除非你告诉我，你是自愿留下，否则，就别说'后悔'两个字。"

他明明已经猜到了，可他还是选择了原谅。微浓破涕为笑，笑着笑着，心中又是一片悲伤，自欺欺人地道："也好，我救你一命，你放我一马，我们互不相欠了。"

"怎么会不欠？你可是我的救命恩人啊！"原澈轻笑，"我随时等着你来讨债，你可千万别忘了。"

"你先答应我一件事。"微浓擦掉眼泪。

"行，你说。"

"无论什么时候，性命第一。"微浓认真地、慎重地又叮嘱他一遍，"一旦我逃走，宁王必定迁怒于你，无论往后发生什么，一定要推到我头上！"

"往后会发生什么？"原澈笑问，"难道你给我下了毒？种了蛊？还是在宁国设了埋伏？"

"都不是。"

"那就好，"原澈自信满满地笑，"我答应你，按你说的做。"

两人话到此处，屋外忽然响起了一队士兵的脚步声，是轮值的队伍来了。子时已到。

原澈抬头望了望窗外，深知自己再如何不舍，也不得不放手了。既然如此，他倒不如保持风度，至少还能赢得她的一点尊重与思念。

于是，他朝她摆手催促："快走吧，到了春风渡，父侯的人会接应你。"

可她却注定要辜负他的好意了。微浓胡乱点头，拿起随身包裹，推门而出。

门外，是王拓在等着她。两人一前一后往渡口走去，微浓默默收敛了情绪，边走边低声询问："羊皮卷呢？"

王拓正想提起此事，便从袖中掏出一个纸袋："属下只找到一张，在朱向的尸体里藏着。"

看来琉璃也和她一样，把东西分开藏匿了。微浓接过纸袋看了看，又问：“另一张怎么办？”

“还是那句话，属下一旦找到，立刻想法子送回去。”

事到如今也没有其他法子了，微浓攥紧手中纸袋，放入袖中：“好。”

王拓也没再多说，当着一队侍卫的面将她送上船，一个渔夫打扮的人正手握双桨坐在船头，随时准备启程。

微浓登上船只，与王拓道别：“你一切小心。”

王拓点了点头：“您也保重。”

船桨划过水面，荡起阵阵涟漪，在那清晰悦耳的水声之中，小船渐渐驶离渡口。猫眼河畔侍卫林立，微浓忍不住回首张望，只见黑暗之中，一个模糊的影子就站在不远处，一改往日的慵懒，显得异常挺拔。

她知道，一定是他在目送她。于是，她大力地朝他挥手，无声地笑说：原澈，再见。

然而他们彼此皆知，下一次再见已是遥遥无期，也许家国有别势同水火，也许立场敌对形同陌路，也许岁月沧桑对面不识，也许天各一方再也不见……

小船顺流直下，微浓离宁国也渐渐远了，而身在宁国的那些人，注定离她更远。

第三十二章

人事变迁，渐行渐远

营帐外篝火冲天，烤野味的香气丝丝缕缕飘入帐中，但微浓并无胃口。

明尘远打起帘帐，端着一盘烤羊腿走进来，对微浓劝道："公主，多少吃一点。"

"我吃不下。"微浓垂眸坐在毡毯上，让人看不见她的表情。

此时已是六月末，距离她逃跑已过去二十日。她乘船到了春风渡之后，不等魏侯的人接应，便独自策马前往十万大山。王拓早已给明尘远报过信，故而她只赶了三天的路，便遇到了明尘远的人马。

饶是有姜王后松口放行，可燕军一路穿越十万大山，还是受到毒虫的困扰，折损了近千人马。因此，营内并无欢喜之意，反而压抑得令人难受。

一想起明尘远率军前来的目的，微浓便隐隐觉得不安——她害怕看见战乱。

明尘远还以为她是担心聂星痕，便道："殿下一直很记挂您，也一直在暗中关注您。"他顿了顿，"我已修书禀告殿下，他会亲自来接您，您暂且在此休整几日。"

微浓没往下接话，只问："我师父如何？"

"冀先生已在京州落脚，住在殿下从前的别苑，您放心。"

微浓得知师父冀凤致的行踪，也算放下一桩心头大事，便就此留在燕军之中。她利用自己在那本医书上看到的知识，与军医一起商量药方，改善了外伤用药，把原先止血、生肌的速度提高了一倍。她也因此在燕军之中博得美名，将士们相互之间都在打听，那位"精通医理、温柔美丽"的姑娘是何方神圣。

明尘远见微浓处理外伤有条不紊，说起药方也头头是道，不禁疑惑："这么多年，我竟不知道公主懂医？”

微浓不想骗他，又不想告诉他实情，只得模棱两可地道：“这些年在外游荡，因缘际会下习得治疗外伤的法子。至于别的，我可就一窍不通了。”

明尘远想起微浓在外漂泊的日子，又想起聂星痕的苦苦相思，不禁叹气：“您和殿下都在折磨自己，也互相折磨，这次既然回去，我恳请您留在京州。”

微浓审视他片刻，垂眸不语。

明尘远见状又劝：“况且如今局势混乱，您的身份又特殊，在外游历实在不够安全。”

微浓目露黯然，实话说道：“今时不同往日，我也只能回燕国了。”

明尘远闻言面露喜色：“当真？”

微浓自嘲地笑：“乱世已成，我是燕国人，还能去哪儿？”

明尘远大为激动，替聂星痕感到激动。然而这激动不过维持片刻，便被另一桩烦心事所取代：燕军行进缓慢，死伤不断增加。若真正死在战场上也就认了，可关键就在于，他们根本还没与宁、姜两国开战，就已经被困在这十万大山了。

究其原因，这次他们是打着接人的旗号来的，姜王后允准放行，也没让军队抗击。但姜人警觉性奇高，一见燕军入境，不少人就自发地组织抵抗。本着“不伤及百姓”的原则，明尘远一再忍让，但姜人越战越勇，甚至开始以蛊虫相攻。

燕军若是抵抗，自然能赢，但是军与民抗，定然会背负骂名；但若不抵抗，又要眼睁睁地看着燕军一再折损，明尘远为此烦心不已。

微浓在燕军中已逗留半个月，自然看出了端倪。一方面她佩服明尘远光明磊落、治军有方；另一方面她也在挣扎，是否该支持燕国侵略姜国。

“明将军这次来，真的是要攻打姜国吗？”她忍不住问道。

“确切地说，是不让姜国落到宁国手中。”明尘远解释，“姜国是燕、宁两国之间的缓冲地带，一旦姜国落入敌手，燕、宁两国之间再无屏障，宁国便可长驱直入。”

“这一仗非打不可吗？就没有别的法子？”

“您也说过‘乱世已成’，不出十年，燕、宁两国必有一战。与其到时腹背受敌，不如化被动为主动，先攻下姜国。”

微浓无话可说，她发现自己无力阻止什么。作为燕国人，局势已经逼得她不得不表态，不得不帮着燕国了。

“姜人勇武，如今一再挑衅，你可有法子摆脱困境？”她心中纠结半晌，还是问出了口。

明尘远摇了摇头："还没，我已经修书向殿下请示了。"

微浓沉默半晌，犹豫着道："我不懂兵法，但我从前在一本书上看过一个法子……你要听吗？"

明尘远根本没抱什么希望，敷衍着问："什么法子？"

微浓仔细回想她翻看《国策》时看到的办法，道："既然姜国是燕、宁两国之间的屏障，我们不如打着'援姜'的旗号，帮助姜国抵抗宁国，以此来获得姜人的信任，如何？"

紧接着，微浓又自暴短处："先确保姜国百姓不对燕军产生敌意，但后续要如何做，我就不知道了。"

明尘远听得似懂非懂："您是说，咱们趁机拉拢姜人，让他们帮着抗击宁国？"

微浓否认："不是'拉拢'，而是'援姜'。'抗宁援姜'就是口号，目的是力保姜国不被宁国吞并。"

明尘远蹙眉："可如此一来，咱们也不能再攻打姜国了，否则就是自食其言、自毁名声。"

微浓叹气："所以我才说后面我也没想好。姜国肯定不会永久独立，如今宁、姜联盟名存实亡，宁国又出尔反尔，其中是不是可以大做文章？我们能不能使个离间计？但要如何离间才能让姜人倾向燕国，我就不懂了。"

明尘远听到此处，却是眼睛一亮。微浓的法子虽然不成熟，但给出了一个方向，仔细筹谋一番，未尝不是个摆脱困境的好办法。更甚者，还能一举攻下宁国，再为燕国博得一个美名。

明尘远立即问道："您是从哪本书上看到这法子的？"

为慎重起见，微浓没有回答，先是反问："怎么，王拓没告诉您？"

"您是说……是在那些藏书中看到的？"

看来聂星痕没有瞒着明尘远，微浓松了口气，如实回道："我也只是粗略翻看过一眼，恰好看到这个法子。"

明尘远大为遗憾，更兼心急："据王拓所言，那些藏书已被原澈带回宁国了。我本以为是云辰故意夸大其词，好让宁王去给姜王后解围，如今听您一说，难道那藏书真的无比珍贵？"

微浓点头："的确能大受裨益。"

明尘远当即便道："不行，我得让王拓想法子，把那些书弄回来！"

"别！这太危险！"想起明尘远对聂星痕的忠心，又想起他"脑后有反骨"

的传言，微浓到底还是有所保留，“那些书不着急，我自有主意，当务之急是商讨一下‘抗宁援姜’的法子管不管用。”

明尘远一拍脑袋：“您说得对！我这就去找副将们商议！”

他说完就朝微浓拱手，转身走出营帐之外。那之后，他与几位副将、幕僚彻夜商谈，主帐内三天三夜灯火未熄，直至第四日清晨，几个人才满脸胡楂地从主帐内走出。但他们脸上都是神采奕奕的，似乎想到了极为妥当的法子。

彼时微浓正想去主帐打探消息，双方恰好碰在一起。几位副将、幕僚都晓得微浓是废后暮氏，对她的印象也停留在几则不知真假的传言上，诸如：暮氏并非长公主亲生女儿、暮氏伙同江湖杀手刺杀新君、暮氏与摄政王关系匪浅、暮氏在外游历多年……

武将们大多因军功擢升，自视甚高，对宗亲、外戚向来没什么好脸色，何况微浓还是一个女人。故而这些日子以来，双方都尽量避而不见。只在听说微浓改善了外伤用药时，他们才对她夸赞了几分。

但此刻，他们见了微浓，都是毕恭毕敬地行礼：“娘娘妙手改善药方，又能想出这般精妙的计策，臣等实在佩服不已。”

几人说着就要向微浓弯腰行礼，微浓连忙扶起几人，惭愧地道：“各位将军真是折杀我了，我可什么都没做。”

为首的副将哈哈大笑：“娘娘说笑了，前几日大家都在说，您慈悲为怀、温柔和善，亲自去军营替伤员换药。还说您研制的伤药效果极佳，令他们少受很多苦。”

微浓连连摆手：“我根本不懂医，那个药方……也是无意中听一位高人提起，诸位将军的夸赞，我实在愧不敢当。”

“娘娘太谦虚了。”

“娘娘智谋高超、妙手回春，真是令人佩服。”

几人夸赞微浓，直教她惭愧，正想再解释几句，便见主帐的帘子被人掀开，是明尘远走了出来，笑道：“我写封奏报的工夫，就听见你们在外叽叽喳喳，一群莽夫，可别吓着娘娘。”

几人也晓得，微浓必定是来主帐找明尘远的，便又客套了几句，匆匆告退。

明尘远难掩面上的疲倦之色，双目充红满是血丝，微浓跟着他走入账内，忙问：“您跟他们说了什么，倒是让我惶恐了。”

明尘远如实笑回：“也没什么，只说‘抗宁援姜’的法子是您想出来的，他们都觉得这法子可行。”

微浓大感无奈："我这也是从书上看来的。"

"兵法计策，大都是从书上看来，再去战场上试炼。"明尘远请微浓坐下，又道，"我已将此计呈给殿下，请他决断。"

"既然如此，我就不多问了。但望您旗开得胜。"

明尘远微笑着点头："我未经您的同意，便将您推了出去，还望您不要怪罪。"

微浓只是一笑："谁会嫌自己的名声好呢？多谢将军看得起我。"言罢她不再多说，告辞而去。

明尘远不否认，替微浓宣扬名声，是他有意为之。毕竟微浓担着废后的身份，又被聂星逸下旨贬为庶人，他总得做点什么，为她与聂星痕的将来铺路。幸好微浓自己也争气，已在军中树立了口碑，他善加利用此事，微浓的名声便越来越好，多少减少了她与聂星痕之间的阻碍。

明尘远把这封奏报呈给聂星痕时，后者已经在来的路上，看了这计策也是大为惊喜，当即回信允准，并大赞明尘远"仲泽知我甚深"。

一些消息便在明尘远的安排下悄然传播。先是燕军号称"抗宁援姜，还政姜人"，明尘远亲自出马与姜人谈判，誓要与姜国共同抗宁，驱逐宁军出境。此言一出，姜国上下大为震惊，朝野议论一片。而姜王后竟破天荒地没有发声，不予认可也不予否认，似乎打定主意要坐山观虎斗。

大多数姜人对此抱持怀疑态度，唯恐燕国日后会出尔反尔，成为第二个宁国。但也有部分姜人认为，宁国把当年的结盟视为无物，干涉姜国内政，公然派兵驻扎姜国境内……种种罪状实难原谅，姜国应当趁机与宁国断绝关系，改与燕国结盟。

姜人对此没议论出什么结果，不过自发组织的抗燕行为却明显少了。最开始还有小波偷袭，后来他们见燕军一再退让，的确没有为难平民百姓，便也不再来袭。

而就在此时，一个更加震撼人心的消息传到了姜人耳中——燕国摄政王聂星痕已亲临姜国，带两万兵马增援，宣称：燕军所到之处，不伤一个百姓，不毁一座城池，愿与姜国百世修好，扶持农耕水利。

姜人们沸腾了！燕国执掌大权的摄政王亲自来姜，诚意十足。而且世代以来，农耕一直是姜国的心病，他们有好的草场，有好的马匹牛羊，有好山好水，但就是种不活粮食。若是燕国能将农耕水利的技术带过来，这是实打实地惠及民生，要比宁国曾经的"宁姜平等"更要打动人心。

毕竟宁、姜联盟以来，姜人虽有在宁国出仕者，但一直遭到宁国官员的鄙夷与抵制，唯有云辰一个人平步青云，也是有起有落。"姜人平等"成了一句空话，早就让姜人有所不满。

不过，也有十分冷静的姜人，搬出了当年聂星痕血洗楚国的旧事，说起他当年如何屠城，如何侮辱楚王室，尤其姜王后还是楚国公主。

这种反对之声，早就在聂星痕与明尘远的意料之中，故也早有准备。聂星痕顺势发出声明，愿助姜国脱离险境，但前提是：必须要有一个合适的人选接替姜王之位，与他当面会谈，共商大计。

他言下之意，是不认可姜王后的身份地位了，姜人这才恍然大悟，原来聂星痕是有条件的——姜王后必须下台。这也难怪，此次危机的起源，便是宁国派兵帮助姜王后平定内乱，然后驻扎姜国境内不走了。燕军既要与宁国抗衡，自然不会认可宁国所扶持的人选。

而且，燕、楚两国有灭国之仇，姜王后身为楚国人，若是肯接受燕军援救，便是与亡国灭族的刽子手合作；可她若不接受，就是置数十万姜人的性命于不顾。

无论姜王后怎么选，她的名声都无法保全。而无论聂星痕怎么做，却都是不计旧怨、以大局为重的王者风范。

一时间，“该不该与燕军联手”“姜王后该不该还政”成了姜国国内的主要议题。或许是姜人太排斥异族，又或许是燕军私下煽动所致，不少朝臣开始历数姜王后楚瑶的罪状：牝鸡司晨、异族掌权、引狼入室……就连云辰是“男宠”的事也被重新翻了出来，成为姜王后的一大罪状。

原本已经被宁军监斩的姜王二弟姜鹤，也成了千古第一冤魂。似乎他才是姜国正统的继承人，却被姜王后伙同宁军赶下了台，成了宫变中的冤死鬼。

姜国国内，人心之慌乱达到了前所未有的地步，传言之纷扰更是荒诞无稽，真真假假令人分不清楚。仿佛就是一个月的工夫，宁王和姜王后好不容易联手平定下来的局势又被搅乱了。

而聂星痕，就在燕军大帐里气定神闲地喝着茶，任由姜国局势越来越乱。

“微臣担心，宁王还有后招，譬如……派云辰出来？”明尘远微微蹙眉。

“听王拓的意思，宁王如今是内忧外患，即便是让云辰出来，也未必肯完全信任他。”聂星痕漾起一抹淡定的笑意。

明尘远也笑：“原澈带回去的藏书怎么办？听公主说，那些书真是挺有用的。”

聂星痕嗤笑：“原澈带回去的几个箱子，据说目前为止还没打开。”

明尘远闻言大笑，又转为忧虑：“可这箱子早晚都会打开，万一宁王得了这些书可如何是好？”

“得了就得了，咱们可以派人去抢。咱们抢不过，也可以怂恿别人去抢，譬如云辰。”

“可是……”明尘远欲言又止，“只怕公主会……”

他话还没说完，聂星痕已是目露冷峻：“到了这个地步，微浓不可能再帮着他。”

“倒也是，”明尘远立即道，“公主如今在军中颇得尊敬，除了援姜的法子外，她还改善了外伤用药。以微臣所见，她这次回来倒是转了性子，一心一意在为您考虑。”

聂星痕沉默一瞬：“她不是为我考虑，她是为燕国考虑吧。”

“总会好起来的。”明尘远望了望帐外，“您都过来七天了，还是不见公主吗？”

聂星痕亦是望向帐外，神色复杂：“每次都是我在追，她在跑。这一次我就在原地，等她主动过来。”

三日后，微浓主动约见聂星痕。得知这个消息时，聂星痕正与几个武官饮酒，当时手便抖了一抖，美酒险些洒了一身。之后，他再也无心饮酒，自罚五杯，提前离席。

那一晚恰是八月十五中秋夜，整个燕军大营燃起篝火，将士们席地而坐，喝酒吃肉，齐齐吟唱着燕国的一首山歌，夜空中飘荡着满满的思乡之情。

聂星痕独自打马前往约见之地，那是一处空旷的小山坡，位于军营半里之外。他来赴约的时候，微浓还没到，因为他提前到了半个时辰。

这么多年，他早已习惯做那个等待的人，一直舍不得换她去等。

荒野之风忽而吹过，带着深秋独有的凉意，吹得草叶沙沙，吹得聂星痕衣袂飞扬。远远看去，皓月当空，繁星点点，一个身形挺拔的紫衣男人正负手而立望着天空中的月亮。那束发的深紫色缎带随风起伏，那锦袍的衣摆阵阵飘动，而他一直站在原地，抬首望月，岿然不动。

他似乎无比寂寞与孤独，又似乎无比坚定与执着。

微浓在远处看了他良久，才放轻脚步，缓缓上前：“你来得好早。”

时隔一年半之久，再次听到这个声音，聂星痕竟有一种幻听之感。他望着她，将她从头到尾打量了一遍：“你瘦了。”

说出这句话之后，他默默地舒了一口气，很浅、很缓，唯恐舒得太急，会惊扰了好不容易才平复的心情。

而微浓也是克制着种种情绪在打量着他。摄政数年，聂星痕的王者之气越发显露，雍容之中带着闲适，从容之中更显凌厉，那双幽深俊眸里浮着浅浅的月光，像是在对她迫切诉说着什么。

然而定睛一看，那眸子里又似乎什么情绪都没有。

四目交汇，过去的种种爱恨纠缠，都随着阵阵夜风飘得远了。取而代之的是一种异样的敏感情绪，如同雨后春笋一般疯狂滋长，再难抑制。

微浓张了张口，又张了张口，终于颤抖着双唇，抖出一句："是我对不住你。"

迟来的道歉，为上一次的不告而别。聂星痕僵直了背脊，专注地望着她："就这样？"

三个字，堵住了微浓还没出口的千言万语。

聂星痕眉峰微蹙，棱角分明的脸庞上闪过一丝犹疑："以后……还走吗？"

微浓摇了摇头，说不出半个字来。

"好，"他缓缓地点头，"不走就好。"

两个"好"字，承载了太多的情绪，他轻轻一叹："你托冀先生带回峨眉刺，说是让我'替你保管'，我就知道你一定会回来。"

微浓无力地垂下头去，想哭却又哭不出来。她的眼泪好似已为楚王室流干了，为楚璃，为云辰，为曾经痴痴的苦等，为徒劳的伤心……

可是一转身，她却发现还有另一个人在原地痴痴地苦等她，在为她徒劳地伤心。

她像是不安定的纸鸢，随风飘了很远，他却牢牢地抓着她的线，终于把她拽了回来。不过幸好，她并非全无回报。

"那对青鸾、火凤，你是怎么得来的？"眼下微浓最想知道这件事。

"你是说，我送你的峨眉刺？"他不确定地问。

"难道你不知道，那是四大神兵中的青鸾、火凤？"她感到惊讶。

聂星痕则更是惊讶，他虽晓得那对峨眉刺是举世无双的好兵器，却从不知它们是四大神兵。

"我一直以为四大神兵都是剑器。"他如实说道。

"你是如何得到峨眉刺的？又为何要送给我？"微浓无心解释，再次追问。

"那对峨眉刺是当年宁太子送给我母妃的陪嫁。"聂星痕认真地说，"你我相识之后，我见你惯用峨眉刺，便送给了你。"

聂星痕的母亲澈夫人来自宁国，此事许多人都知道。当年宁太子出使燕国，澈夫人随侍，燕高宗聂旸对其一见钟情，宁太子亦是大方割爱。燕王当初为了能顺利娶到澈夫人，甚至安排她做了赫连家族的女儿，成了赫连璧月的族妹，更名赫连澈月。

若真如聂星痕所言，青鸾、火凤是澈夫人的陪嫁，宁太子为何要将这么贵重的东西给她？澈夫人一介女流，不会武功，一对兵器做她的陪嫁岂不是很奇怪？而且四大神兵原本都在楚王室，是什么原因导致青鸾、火凤、龙吟都外流到了宁国？

不过这一切疑问，在微浓心里都远不如聂星痕的那番话来得震撼。当年聂星痕将峨眉刺送给她时，只说是“无意中得到一对好兵器，看你正合手”，他从未提过这是他母亲的陪嫁。他将母亲的陪嫁遗物送给自己，其分量远胜于这对峨眉刺本身的意义。

“你……将澈夫人的陪嫁送给我？”这一问，她迟了整整十年。

聂星痕感慨万千：“擅使峨眉刺的女子很少，当时我还以为，是母妃在冥冥之中指引你我相遇相知……”

话到此处，两人都是感叹不已。聂星痕感叹岁月无情，让原本情投意合的彼此经历了重重磨难，让他一直没能把峨眉刺的来历说出口；微浓则感叹命运弄人，因为这对峨眉刺，她误入楚国，无知地享受了三年美好的时光，又换来满身伤痕。

也许女人都是感情用事的，当她终于得知这对峨眉刺的意义时，一切的纠结都已变得没有必要。既然青鸾、火凤的图案已被云辰窃走，她也没什么可隐瞒的。无论青鸾、火凤是谁锻造的，最初归属于谁，又曾辗转于谁的手中，至少在属于她的这段岁月里，这是一个男人从少年时给予她的真心，而这份真心，他瞒了整整十年。

“你可知道，四大神兵藏了什么秘密？”此话出口的那一瞬，她知道自己再也没有回头路了，她要和过去、和楚璃真真正正说再见了。

面对聂星痕探究的目光，她深吸一口气，坦诚相告：“青鸾、火凤藏着巨额宝藏，龙吟、惊鸿藏着遗世孤本……”

这一夜，微浓与聂星痕彻夜长谈，将这四大神兵所隐藏的秘密、楚璃当年求亲的真正动机，以及她前往孔雀山寻找藏书等经历和盘托出，包括真正的藏书现在何处，毫无隐瞒。

当聂星痕得知这一切时，原澈已经把那五个箱子送到了宁王宫。宁王集结国内所有能工巧匠，甚至找了江湖上擅长偷鸡摸狗的高手，只为打开这五个箱子，却是徒劳一场。

偏生箱子中都是遗世孤本，任谁也不敢用蛮力开箱。如此胶着数日，还是原澈进言："要不……找云辰试试？"

祁湛则持反对意见："云辰此人太过精明，一旦让他打开箱子，或许会将藏书偷换也未可知。"

原澈白了祁湛一眼："箱子都是他们姐弟献的，你要拦，能拦得住吗？"

"澈弟说得也是，但小心为上。"祁湛坚持已见。

原澈冷笑："这箱子不属于你，也不是你找来的，我都不反对，你凭什么阻拦？"

"好了！"宁王简直要被这两个孙子扰得头痛，蹙眉怒道，"你们都当孤死了吗？如此不知收敛！"

"孙儿不敢。"两人异口同声。

宁王自然恼怒祁湛暗下杀手，但他更气原澈。想起杀害朱向的凶手不明，废后暮氏又在关键时刻趁乱逃跑，而这一切的起因，都是原澈瞒着他私下去找藏书。

宁王越想越是恼怒，指着原澈命道："此次你找到前朝孤本，算你将功折罪。七日之内，你离京返回封邑吧！"

"王祖父！"原澈难以接受，愤愤地道，"孙儿为了这些孤本，险些丧命姜国！如今孙儿躺不能躺、坐不能坐，形同废人！您这么做，未免有失偏颇！"

"你要如何？"宁王双目锐利。

原澈低下头来，摆明心思："孙儿之所以要找藏书，无非是想献策于您。听说这些孤本异常珍贵，孙儿也想开开眼界！"

原澈自然是气不过的，自己辛辛苦苦找来藏书，还没看上一眼就要返回封邑。而祁湛不过占着个王太孙的头衔，什么力都没出，就能看到孤本上的内容。他何其不甘！

显然，宁王也想到了这一点，为免再生事端，遂改口道："你仔细回想回想，这一趟出去，就没找到什么开箱线索？"

原澈这些日子早就把脑袋想烂了，摇头道："孙儿还是那句话，这箱子的开启方法，云辰姐弟一定知晓！"

宁王慎重地想了片刻，才道："也罢，让他进宫一趟吧。"

云辰虽说是重新出仕，但毕竟曾有起落，风光大不如前。兼之他楚王室后裔的身份被戳穿，宁王又对他有所防备，故而他复仕后鲜少公开露面，若有宴请，也大多称病缺席。

自原澈带回箱子之后，他一直在等待宁王宣召，便也没有太多惊讶，从从容容地进了宫。

殿上只有宁王祖孙三人，连侍卫都一并退下，守在门外。宁王直截了当地道明意图，指着那五口箱子道："云卿可知开箱之法？"

云辰垂目看向殿上的箱子，只扫了一眼，便回道："微臣只知猫眼河源头藏着前朝孤本，但并不知晓具体位置，更不知道开箱之法。"

这一点，原澈也是附和："的确如此，孙儿也是费了好大的周章才找到地方，还不幸被水怪咬伤。"

宁王闻言步下丹墀，站定在五口箱子之前，对云辰笑道："云卿之才经天纬地，这箱子又是姜国所有，你必能找到开箱之法，是不是？"

云辰面色不变："此事恐怕还要询问姜王后，可惜她如今受困苍榆城……"

他言下之意很明显，是在表达对宁王的不满。事实上，宁军虽然平定了内乱，但根本没有襄助姜王后重新站稳脚跟，反而是想乘人之危吞并姜国。如今姜国前有宁军，后有燕军，腹背受敌，姜王后的处境还不如从前。

宁王却故作不懂："孤已然履行诺言，襄助姜王后平定内乱，监斩了姜鹤。孤毕竟是个外人，总不能事事都替姜王后做了吧？"

云辰心底冷笑，也打定主意不再过问藏书之事，遂道："微臣已经按照约定将藏书之地相告，至于其他事，请恕微臣也无能为力。"

宁王仍旧笑着："云卿看都没看一眼，便知打不开，也未免太过草率。"

云辰便依言上前，仔细地查看了五个箱子。最终，他的目光落在了锁头之上。他用指腹抚摩着细如发丝的锁眼，深眸漾起微微波澜。

宁王的目光何其敏锐，自然捕捉到了他的异样，就连祁湛和原澈都看出来了。宁王沉默片刻，叹道："听说姜国的局势可不大好，燕军也出动了。"

云辰故意回道："燕军是去迎接废后暮氏，并未有用兵之心。"

"哦？看来云卿的消息不太灵通啊。"宁王笑叹，"据探子回报，燕国摄政王已然启程赶赴姜国，还带了两万兵马来姜国。两万人，难道只是为了去接一个废后？"

云辰蹙眉，他如今最为犹豫的是，该不该向宁王求助出兵。若是求兵，宁王狼子野心，必定会趁机攻占姜国，而自己不过是给了他一个光明正大的进攻理由。可若是不求兵，难道让他眼睁睁看着姜国重蹈楚国的覆辙？让他眼睁睁看着王姐受困？

琉璃递进来的最新消息，说是山川河流布防图共有两块，一块随着朱向的棺木运了回来，另一块她藏在了当地。可他早已派人去看过朱向的棺木，那里面根本没有布防图。难道是原澈捷足先登了？还是路上出了什么意外，被宁王的人拿走了？

"云卿，孤可以答应你，保姜王后不死。"宁王终于开始交涉，"如若你有所求，孤也可以派人将你那个弟弟秘密接到宁国，让你们姐弟三人重新团聚，如何？"

宁王并没有保证不攻打姜国。当然，云辰也明白，宁王根本不可能做下这保证。而无论姜国最终是落于燕军手中，还是被宁国吞并，姜王后都要面对万夫所指的局面，唯一的出路就是来宁国。

是啊！他们楚王室多么可怜，竟然已经无处可去、无家可归，要沦落到仰人鼻息的地步！

可是，已经没有别的选择了，倘若放弃这最后一根浮木，他们将永远沉陷在乱世的泥淖之中，再无立足之地！

云辰久久没有回应，久到连向来沉得住气的宁王也感到不耐了。宁王遂又声色渐重地强调："孤也能承诺你，若是有朝一日胜了燕国，必定让你心想事成，手刃仇敌。"

云辰的面色很平静，然而他内心的挣扎、伤痛根本无处可藏，也根本无处发泄。失去家国、失去亲友、失去爱情、失去尊严……如若这是命运对他的试炼，那么他不得不去接受。

他缓慢地再次抚上那细如发丝的锁眼，像是在留恋着什么，摩挲良久。

宁王见状不禁催问："云卿可想好了？"

"承蒙王上厚爱，微臣不胜感激。"终于，云辰直起身子，毕恭毕敬地道，"至于如何开箱，微臣如今尚无头绪。您若信得过微臣，便让微臣带回去一个箱子加以研究。"

云辰这是答应了，宁王半是失望半是希望地问："你可有把握？多久能把这箱子打开？"

云辰微一沉吟："一月之内，微臣必定给王上一个满意的交代。"

"好。"宁王总算痛快了些，随手一指祁湛，"你差人把箱子送到云卿府上。"

祁湛正要拱手称是，却听云辰说道："王上，微臣有事请教世子，不知可否请他走这一趟？"

云辰与魏侯府走得近，他落难时又是原澈亲自来求情，即便宁王已经猜到原澈当初求情是为了藏书，但还是顾忌着两人的关系，不想让他们再有交集。

原澈也问："云大人找我有何事？"

云辰也不瞒着，如实回道："微臣的妹子云潇，去年与您一道去找藏书，迄今未归。微臣想问问情况。"

原澈大为惊讶："她还没回来吗？可是今年二月，她就下山了啊！"

云辰的目光骤然一紧："她提前离队了？"

原澈欲言又止，最终冷哼一声："是啊，她提前离队的原因你难道猜不到？若不是微浓替她求情，她可没命下山。"

云辰的妹子云潇失踪一事，宁王也略有耳闻，却不甚关心。眼见着两人在此絮叨着恩恩怨怨，他烦不胜烦，遂一摆手："这种事情，你们私下说去吧！"

言罢他又指了指原澈："那箱子的事，就交给你吧！"

"是。"原澈恭谨领命。

自始至终，祁湛未发表过一句言论，冷眼旁观。

原澈随意挑了一口箱子带回云府，路上还将云潇、余尚清的事大致说了一遍，最后不忘评价道："云辰啊云辰，我真替你害臊。你说你都养了些什么手下？智谋不够、武功不高也就罢了，一个个还不听话！"

从原澈说起云潇有意毒害微浓时，云辰的脸色就一直很沉，此刻更是阴云密布："她受伤了？"

原澈怔了怔，才明白这个"她"是谁，不由冷笑道："这一路她好得很，没病、没灾、没受伤。看来老天还是有眼啊，眷顾着心善之人！"

这种话可不像是原澈能说出来的，云辰听出些不对劲："您这次受伤，是她在照顾？"

"当然！无微不至！"原澈有些骄傲，有些炫耀，又有些感动，"我一个月不能动，打猎、采药、洗衣、烧饭，全是她一人承担，她从没喊过累，也没和我谈过条件！你根本想象不到她有多细致，她……"

"我能想象。"原澈本欲喋喋不休，却被云辰一语打断，后者难得流露出欣慰之色，"看来她很坚强，不仅有防人之心，也有救人之念。"

原澈目光怪异地看着他，冷笑："那是自然。她哪儿都不错，就是眼神差了点儿，脾气倔了点儿，所以才遇人不淑！"

听到此处，云辰若是再听不出来原澈的心思，他就太迟钝了。同为男人的敏感，促使他追问："世子对她……"

“我对她什么？”原澈扯起嘴角，似笑非笑地问。他的目光很坦然，坦然之中还带着一丝挑衅，与云辰对视着，比任何言语都更具有说服力。

云辰没有任何震惊之色，不过是淡淡道了句：“恭喜世子，治好了断袖之癖。”

原澈咧开嘴笑了：“你说的若是真心话，我就多谢了。”

然而他这胜利的微笑还没持续太久，便被云辰泼了一盆冷水：“世子可知道她的过去？”

“知道啊，”原澈装作不在意的样子，“她做过楚太子妃，还做过燕王后，挺厉害。”

“不止如此。”云辰神情淡漠，“她也是燕国摄政王的心上人。”

原澈的脸色一下子变了。

云辰假装没看到：“从她十五岁起，聂星痕就一直喜欢她，直到如今。”

原澈绷着脸，仍旧不接话。

“当年聂星痕急着发动宫变，她也是原因之一。”云辰又补上一句。

至此，原澈终于瞥眼看他：“你想暗示我什么？”

“没什么。”云辰笑了笑。

“呵呵，越多男人喜欢她，越证明我眼光好，”原澈揉了揉鼻子，“毕竟她值得。”

“是啊，她值得。”云辰附和，似乎是赞同之意，又似乎是一种讽刺，他结束了关于微浓的话题，突然又道，“看来潇潇凶多吉少。”

原澈哼笑一声：“我可没做手脚，不过她若真死了，也是她活该！”

云辰面露悲戚之色，没再说话。后来两人皆是沉默不语，一直到了云府内，一阵孩童的啼哭声隐隐传来，原澈好似这才找到了一个新的话题，笑言：“哎，我刚想起来，还没恭喜云大人喜得麟儿呢！您摆满月酒时我还在路上，改天得把贺礼补上才是。”

说是恭喜，可原澈面上哪里有半分恭喜的意思，完全是幸灾乐祸与示威嘲讽。云辰也没辩解什么，只道：“能得世子记挂，这孩子有福。”

原澈又对云辰客套几句，两人便一并去了书房，挥退下人，研究起带回来的那个箱子。它被锁链绑成“横五竖五”的样子，很牢固，宁王试过无数方法都打不开这条锁链。

云辰再次摩挲箱子上的锁，突然低声问道：“惊鸿剑呢？”

原澈愣了一愣：“呃，被微浓带走了。”

云辰的手微微收紧，唇畔勾起意味不明的笑，像是赞许，又像是烦恼。最终，他什么都没说，只道："箱子你带回去吧，我知道怎么开，但是很烦琐。"

"很烦琐？"原澈半信半疑。

"开锁不难，难的是如何制出这把钥匙。"云辰瞥了他一眼，"这锁的钥匙是惊鸿剑。"

"什么？惊鸿剑？"原澈惊呼一声，可又觉得这答案是在意料之中，他弯腰查看锁眼，那缝隙的确能把惊鸿剑塞进去。

恍然间，他想起微浓临别前曾说过的话，还有她在山中为他疗伤所采的药，后来就连御医都说，那药方效果奇佳，前所未见。他当时还以为是什么民间偏方，如今想来……

原澈一拍脑袋，恍然大悟："你是说，这箱子被微浓打开过？"

"我不确定，"云辰叹道，"不过她向来是个执着的人，这次能舍了箱子先走，不大寻常。"

云辰这话让原澈有些醋意，似乎云辰和微浓的心意很相通。可他又不得不承认，云辰说得对，像微浓这么执着的人，怎么会轻易舍弃箱子？就算她不顾及云辰，也一定会顾及藏书落入宁国会对燕国不利。

可是原澈又气不起来，毕竟微浓走前已经暗示过他了，他只得有气无力地笑："难怪她说，若是王祖父怪罪，让我全部推到她头上。"

"为保险起见，目前还不能说太多，至少要等她返回燕国之后。"云辰用食指敲了敲桌案，沉吟着道，"或者再找个替死鬼。"

破天荒地，两人在此事上默契十足。原澈忍不住问他："那咱们现在要做什么？"

"我会先研究三天，然后重新绘制惊鸿剑的图案和尺寸，按照我的笔速，我会画半个月。你呈给王上，让他找能工巧匠做出来。"

云辰的话还没说完，原澈已急着续道："前后至少能拖两个月！到时候微浓早就回到燕国了。"

两人商定计策之时，原澈还以为微浓是按照他的计划走了，直至云辰磨磨蹭蹭画出了惊鸿剑的图案，他们才晓得微浓早就跑去了燕军大营，与聂星痕会合了。

不止如此，燕军还提出"抗宁援姜、还政姜人"的口号，引得姜国百姓热血沸腾。而且有传言说，这条计策是燕国废后暮氏提出的，起源是她被废之后一直游历九州，“深深体会到姜人之疾苦、宁人之诡诈，才冒险去往燕军大营，相邀摄政王商议此事”。

最后这几句是探子的原话，宁王在朝会上说起，自是大发雷霆。

晓得内情的人都清楚，这件事只能怨宁王自己。这些日子他的精力耽误在了藏书之上，一直没有委派更具威慑力的武将前往姜国坐镇，这才使得宁军涣散，打探消息迟缓。

局势好似在一夕之间被扭转，宁军成了贪婪自私、诡计多端的笑面虎，而燕军成了光明磊落、扶危济困的仗义君子。

宁王指着一众武将，隐有怒意：“他们会造谣，孤也会旧事重提！可别忘了当年燕军血洗楚国的惨状！”

但已经晚了，姜人的注意力早已不在燕、楚两国的恩怨之上。当下姜国没有君王，一切是由姜王后掌权，但因为燕军那句“还政姜人”的口号，使得废黜姜王后的呼声越来越高。姜国当务之急，不是找出击溃宁军或燕军的办法，而是另立新君。

如今姜王后的性命已经不在宁王掌控之中。云辰庆幸自己没把惊鸿剑的图纸交给宁王，他决定无限期地拖延下去，直至宁王想出新的对策来与燕军对抗。

可是他没想到，微浓竟然主动送还了惊鸿剑，随剑还送来一封信，直接呈给了宁王。只是信的内容宁王没有公开，他无从得知微浓到底写了什么。他只知道，当宁王用惊鸿剑打开五个箱子，发现其中四个都只装有石块、树枝、草皮的时候，所有人都惊讶无比。

宁王本人则是冷笑点头：“好，好，还知道留下一箱。”

第三十三章

无路可走，无法回头

进入十月，聂星痕亲自出马与姜人谈判两次，终于赢得姜国民心。燕军长驱直入渡过猫眼河，与宁军正面对峙。

因有聂星痕亲自坐镇，燕军士气大增，再加上姜国百姓积极襄助，已将宁军逼退二十里。宁王不得不对外宣称：宁军是来协助姜王后平定内乱的，只要王后点头，宁军撤退绝无二话。

偏巧就在此时，姜国王宫传来王后病重的消息，她似乎打定主意不闻不问，坐看宁、燕两国斗狠。

与此同时，聂星痕派去孔雀山寻书的心腹也秘密返回，不负众望地带回了藏书。当四十二卷书整整齐齐地摆放在微浓面前时，她亲自打开了油纸包，发现折叠的痕迹并无变化，可见这些藏书没有被动过手脚，甚至没有被打开过。

这不得不让她感叹聂星痕驭下有方："你那些手下，可真是无条件忠心。"

聂星痕也毫不掩饰骄傲之色："若没有十分把握，我不会派他们进山寻书。"

微浓没说话，心里却想起云辰，想起他的一众手下似乎都喜欢自作主张。

也许这就是处于巅峰和低谷的区别。强者之所以越强，是因为他站在了一定的高度，有人崇敬、有人追随，进而更能得到助力攀越巅峰；而弱者之所以越弱，皆因追随者没有信心，人心不齐，自然无法走出低谷。

若干年前，聂星痕处于低谷，云辰算是处于巅峰；如今，两人似乎颠倒了过来。这些日子，微浓随着燕军行进，眼见聂星痕大获人心，击溃宁军。她知道，他是真的打算履行诺言，还政姜人了。

"大军何时返程？"她问。

"还早。"聂星痕回道。

微浓发现他似乎另有筹谋，问道："宁军已经决定撤退，而你也说过要'还政姜人'，你难道打算……食言而肥？"

"没有，但也不能平白送给姜国这么大的人情。"聂星痕毫不隐瞒自己的野心，"如今姜国国内，废黜姜王后，甚至驱逐她出境的呼声越来越高，我若不趁机扶持个傀儡做姜王，岂不是愧对那些战死在姜国的燕军将士？"

微浓立即反应过来，暗叹聂星痕这一招实在太妙。姜王后是异族，又把姜国搞得如此动荡，已经无路可走，他趁机提出"还政姜人"的口号，一方面抵抗宁军，另一方面也是在煽动姜人反对姜王后。当宁军被击溃之时，就是燕军威望最高之时，更是姜王后最岌岌可危之时。

聂星痕只需做出"还政姜人"的样子，趁机扶植个傀儡做姜王，便能把姜国内政握于手中了。有姜王后做对比，无论是谁上台当了姜王，只要是个地地道道的姜国人，就足以安顿民心。聂星痕再在背后施舍点好处，帮助姜人重建家园，一切就尽在他的掌握之中了。

日后，即便宁国敢来进犯燕国，有姜国这道天然屏障，有宁、姜两国之间这层旧怨，姜人也一定会与燕国齐心协力共同抗宁。

这个算盘，聂星痕打得太绝了！微浓难以自抑地感叹出声，心中有称赞、有震惊，也有后怕。

而三国的局势，的确朝着她所预料的方向发展了。半个月后，宁军宣布撤退，声称与燕军开战乃是一场误会，是以为燕军要攻打姜国才出兵襄助。

对于宁王的这个决定，微浓颇为不解。在她眼中，宁王老谋深算，连自己的亲生儿子都能逼上绝路，可见是个权欲极强之人，绝不会轻易服输。这样一个在位超过六十年的君王，怎么可能没有后招？即便燕军势如破竹，姜国的民心偏向燕军，宁王也不应该撤退得如此之快，除非宁国国内发生了什么大事，或者宁王另有算计。

有时女人的直觉不得不令人叹服，三日后王拓传递来的消息，证实了她的想法。宁国国内发生了三件大事：

第一件是国事，宁国北部天寒地冻，发生了数十年难得一遇的雪灾，牲畜冻死一片。饲养战马的几个草场虽有所准备，但也损失不小。

第二件不知算是国事还是家事，魏侯世子原澈声称，王太孙原湛曾多次暗算于他，两人在朝堂上公然打了起来。最后，宁王勒令原澈返回封邑。

第三件事是宁王与云辰进行了彻夜长谈，但两人究竟谈了什么，没有第三个人知道。所有人只知道他们长谈过后，宁王宣布退兵，并向燕军提出两个要求：其一，遣送姜王后楚瑶到宁国；其二，重金交换楚琮，即楚璃的幼弟，燕国现任永安侯。

经过深思熟虑，聂星痕同意了宁王的要求，回信的同时，还附带了赠品——四十二卷藏书之中的五卷，全部都是八卦推演之术，而且都是誊写的副本。

聂星痕洋洋洒洒写了一封亲笔信，一并送去了宁国黎都。那封信辞藻华丽、文采非凡，大意是指宁王年岁已高，必定对于养生及天命推演很感兴趣，因此他特意送上前朝孤本，祝愿宁王身体安康。

封缄之前，聂星痕特地让微浓读了一遍书信，后者几乎是捧腹不止："你何时学得这么会损人？"

聂星痕对着她一拜："老师近在眼前。"

微浓反手指向自己，睁大双眸："我？我哪有这么坏？"

"你送惊鸿剑回去，难道还不够坏？"聂星痕笑着调侃。

微浓反驳："那不一样，我是为了救原澈脱困。"

"我也是为了让云辰好过。"

微浓立刻不说话了。

聂星痕看她表情，立即话锋一转："收拾行囊准备返程吧，若是动作快，还能赶得及回京州过年。"

"这么快就要返程？"微浓果然被转移了注意力，"你不是要扶植新君吗？"

"人选已经找好，路也铺好了，我总不能等到新君即位再走吧？那就太明显了。"聂星痕顿了顿，"至于姜王后，仲泽自会差人押送，不需我操心。"

"我总担心宁王会有后招，"微浓略显忧虑，"真的这么快就要走？"

聂星痕并未因此烦扰，反而笑言："此间事了，不走还能做什么？总不能留下等着宁王算计我。再说，我也是时候回去了。"

是啊，作为一国摄政王，聂星痕在姜国已经耽搁得太久了。微浓咬了咬下唇，没再说什么。

聂星痕看出她在犹豫，便问："怎么？你不想走？"

"不是，"微浓沉默须臾才道，"我想见姜王后一面。"

聂星痕看着她，毫无反应。

微浓连忙解释："你别误会，我不会让你为难，我只是……想借此机会了断一些事情。"

聂星痕笑了："我没误会，我只是在想，是该让她过来，还是送你过去。"

“听说她病了，还是我过去吧。”微浓神色复杂，“你率军先走，我去苍榆城见她一面，然后快马追上大军。”

“还是我陪你去吧，”聂星痕一瞬间已经有了决定，“你的要求，我从来都无法拒绝。”

时隔近两年，第二次来到姜王宫，微浓的心情已然大不相同。上一次来求证云辰身份时，她是迫切、紧张、充满怀疑的；这一次来做了断，她则是沉敛、镇定、从容不迫的。

姜王已经驾崩八个月了，王宫内仍旧挂着素白挽幔，入眼是一片无力与苍白。聂星痕执意要同微浓一并去见姜王后，被她婉言谢绝，他便给了她一把剑，意思再明显不过。

拜月殿内，姜王后一身素缟、不施粉黛，竟比两年前苍老许多，两鬓已经隐隐霜白。她见了微浓，第一句却是开口感叹：“岁月真是优待你，你一直都是二十岁的模样。”言罢她抚摩上自己的脸颊，面露哀伤。

没有女人不爱惜自己的容颜，美丽的女子更甚，也许对姜王后来说，面对这般憔悴的自己，要比死更难受。微浓深知这个道理，更知岁月之残忍，遂道：“王后娘娘谬赞了。”

姜王后左手轻摆，带起飘舞的白色衣袖：“我一个将死之人，你还来做什么？”

“您是心病，见到云辰自然就会痊愈。”

“哦？所以你是来看我的笑话？”姜王后面露讽刺，“还是你有话要我带给他？”

“都不是，”微浓面容沉静，“我来告诉您一声，那四十九卷藏书，有四十二卷被我带走了。”

“你给了聂星痕？”

“嗯。”

姜王后早已猜到了答案，眉目渐厉：“那你还敢只身来见我？不怕我杀了你？”言毕她右腕稍作翻转，袖中已露出一支纯金袖箭，在她五指之间流金溢彩。

微浓右手持剑静静而立，没有回话。

姜王后也坐在凤座上没动，人却仰面大笑起来：“你是笃定我不敢杀你？”

“我不确定。”微浓坦诚地道，“但若死在姜王宫，我也算死得其所。”

“哦？”姜王后似有好奇。

“倘若我死在这里，便能让燕军再无顾忌地攻进来。”微浓淡定续道，“说来惭愧，我身为燕国人，却执着于楚王室这么多年，最终徒劳一场。今日我若能以死谢罪，亦算于心所安了。”

姜王后闻言，竟然沉默了一瞬。

微浓也不顾她在想些什么，径直说道：“比起现在，其实我更喜欢四国各自为政，相安无事的时候。以前我一直想不明白，四国为何要战，天下为何要统一？”

“如今你想明白了？”姜王后口中问着，也慢慢收回了手中袖箭。

“没有，我还是不明白，”微浓直起脖颈，背脊挺得笔直，“但我想通了一件事——既然无力阻止乱世，那就尽力促成统一！”

“你想做女皇帝？”姜王后觉得好笑，又觉得惊讶。

“不，”微浓断然否认，“我只想保护我在意的人，他们分属四国，所以我必须走下去。”

姜王后点了点头：“是啊！当你站在足够高的位置上，你就可以随心所欲了，这就是权力！天下分分合合，皆是权力驱使！”

“看来你还不曾真正尝过权力的滋味。”微浓看得通透。

姜王后并不否认，神色黯然：“我一直受制于人，受制于感情。”

“是你要得太多。”微浓望向姜王后不再平静的面容，犀利地戳破，“你早就不是楚王室的人了，若不是你存有私心，意图为楚王室复国，姜国也不会走到今天这一步。”

姜王后闻言一愣，算是默认，她抬起那双保养精致的手，望着指甲上鲜红的蔻丹，笑问：“你特意过来，就是为了教训我的？”

“不是，”微浓也不再隐瞒，直白问道，“我想知道一件事，我在藏书之地找到两张羊皮卷，后来被琉璃偷走了，那是什么？”

“我不会告诉你的，”姜王后切切地笑，“绝不！”

“所以云辰的目的，自始至终就是那两张羊皮卷？那些藏书都是为了掩人耳目？”

“是啊，”姜王后点头，“我知道琉璃已经得手了。”

饶是微浓已经猜到内情，但此刻听到姜王后亲口承认，还是气愤难当。一种被隐瞒、被利用、被欺骗的愤怒涌上心头，她大声质问：“值得吗？为了两张羊皮卷，琉璃委身于人，甚至杀了朱向！你知道的，她必死无疑！”

“我从没想过要侵占你们的东西，云辰想找什么，大可直接告诉我。”微浓合上双眸，握紧手中藏剑，极力平复着情绪，“这么多年，他始终不肯信我！”

“你不会明白这种感受。”姜王后没再多言。

“我的确不明白，还有什么能比活着更重要？如果复国是让更多人流血，是背弃至亲至爱，那复国还有什么意义？！”微浓掷地有声，“余尚清、琉璃……你们利用臣民的愚忠来满足你们的私欲！这根本不是复国，是你们想恢复王室身份，想挽回失去的尊严和手中的权力。”

“你懂什么？”面对微浓的斥责，姜王后倏然起身，指着微浓痛斥，“你是燕人！是刽子手！你没有资格置评！”

“我是燕人又怎样？难道就不能过问楚国的事了？你一个楚人，不照样做了姜国的王后？”微浓冷声反驳，“如果今天，你是因为姜国而落难，是为了姜人的地位、自由而战，我会由衷敬佩你！但你身为姜国王后，滥用手中的权力光复楚国，你愧对姜国，你让我唾弃！”

丹墀上的姜王后脸色铁青，竟无力反驳。

“云辰是背负了多大的压力。”微浓的声音渐渐哽咽，“你们为了复国，把他变成了另一个人，一个被仇恨扭曲的怪物……他已经不相信任何人了，他这辈子已经毁了！”

“你没资格说这番话！若不是你，楚国怎么会亡？”姜王后终于失控起来，对着微浓开始大叫，“这世上谁都有资格说这句话，唯独你没有！没有！”

“你们明知道，我也是燕、楚之战的受害者，但还是把罪责强加到我的头上。因为你们弱小胆怯，没有实力和燕国抗衡，就想让我来背这个千古骂名？”微浓冷静地道，“从前我的确很愧疚，但现在我不会了，我问心无愧。”

姜王后冷笑着看她：“你到底想说什么？”

“既然你们如此看得起我，我也不能再让你们失望了。”微浓深吸一口气，“十二卷《国策》我不会要，聂星痕也不会，我们还给楚国。”

“我们？”姜王后重重咬下这两个字，目露讽刺之色。

“是的！我们！”微浓目光澄澈，铿锵有力地说道，“燕、楚有别，云辰非要与我撇清干系，那就请你转告他，下次再见，只有家国之别，再无私人恩怨！”

听闻此言，姜王后哈哈大笑，径直走到微浓面前，愤愤质问：“他自然要与你撇清干系，不然你想怎样？让他爱上你，接受你，与你出双入对，共商复国大计，然后等着聂星痕醋意大发，再把他杀了？还是让你夹在燕、楚中间，成为双方的筹码？”

姜王后说着，脸色越发地难看：“你是造成楚国灭亡的罪魁祸首，我们的五千死士、我们渴望复国的数万臣民，都恨不得杀了你泄愤，又怎能容你站在他身边，日日夜夜看着你这张脸，叫你一声‘夫人’，看你诞育流淌着楚氏血脉的孩子？你简直是在做梦！”

是啊！微浓曾经真的做过这样一个梦，奢望着能与云辰重新开始。然而惨痛的事实摆在她的眼前，他拒绝了，他的下属、心腹、追随他的部下，都不会允许。否则，一切就成了笑话。

在家国和她之间，他选择了前者，这无可非议。

也许是因为想明白了，微浓竟没有感到一丝心痛，她只是垂下双目，话语平静：“如今我只想知道，那羊皮卷究竟是什么？”

话音落下，她便听到姜王后在她耳畔嘲笑：“我是不会告诉你的，死也不会！”

姜王后刚说完这句话，口中突然溢出两行鲜血，她捂着心口踉跄后退，唇畔仍旧挂着笑：“这是你的报应，报应！”

微浓抬眸见她如此，震惊非常：“你服毒了？”

随着这句问话，姜王后的面容慢慢呈现出诡异的青色，而后渐渐变紫，最终她瘫坐在地，勉力笑道：“我在姜国这么多年，只给自己种过这一只蛊……”

“你疯了！”微浓惊惶不已，连忙上前扶起她，大声喊道，“来人！快来人！”

殿门随即被踹开，聂星痕与连阔齐齐冲了进来，便看到微浓扶着满口是血的姜王后，后者已经脸色青紫，全身抽搐不已。

连阔立刻上前为她把脉，片刻，脸色沉凝地道：“是蚀心蛊，已经来不及了……”

微浓霎时变得哽咽，不禁伸手替姜王后擦拭血迹：“你这是何必！你马上就要见到他了……云辰和楚琮……和你的两个弟弟团聚！”

“不用了，”姜王后缓缓抬手，制止微浓替她擦拭鲜血，“我不能拖累他……”她抽搐着，努力朝微浓笑了笑，“你说得对，我愧对姜国百姓。你告诉他们……楚瑶……以死谢罪。”

以死谢罪！此时此刻，微浓脑子里是一片空白，她不断擦拭姜王后的唇角，不停地重复：“你不会死的，姜国这么多高人，我还有藏书……藏书要交给你！”

“藏书呢？藏书在哪儿？”微浓边说边睁大双眼，四处寻找聂星痕。

“微浓！你冷静一下！”聂星痕立刻上前按住她的双臂，蹙眉劝道，“你先让开，让连阔看看。”

微浓几乎是被聂星痕拖走的，连阔把姜王后平放在地砖之上，不断按压她的脉搏、穴位。然而于事无补，她口中的鲜血涌出得越来越多，渐渐将她襟前染红，像是胸口处绽放了一朵冶艳的花蕊，瑰丽无比。

姜王后似乎还想说什么，艰难地朝微浓伸出了手。微浓立刻挣脱聂星痕的钳制，跑到她面前，将头贴近她的唇畔：“你想说什么？”

姜王后抽搐得越发厉害，已经无法完整地说出话来：“三个心愿……连庸师徒……交给他。”

饶是姜王后语不成句，微浓还是听懂了，遂点头：“好，我答应。”

“还有……我想……葬回楚国……”话音落下，两行清泪从姜王后眸中流出。在她逐渐涣散的眼神之中，微浓看到了她无比浓重的思念之情。是的，她到底还是把自己当成了楚国的公主，即便被遗弃，即便有愤恨。

微浓唯有重重应诺：“我答应你，把你葬在楚王身边。”

这一次，姜王后无力地摆了摆手，气若游丝地道：“不，我想埋在……御花园……”

“好，我一定做到。”微浓克制着话音中的颤抖，一口答应。

姜王后笑了，再次呕出一口鲜血，用仅剩的力气嘱咐：“我的遗物……披风……是我亲手做的，你给……给他。”

她拉着微浓的手，似有一丝遗憾与歉意，断断续续地笑：“其实……你很好，但你们……不可能……”

最后三个字，她说得很微弱，弱到再也没有了气息。连阔伸手探过她的脉搏，良久，面带悲痛地道：“王后娘娘去了。”

微浓缓缓直起身子，抬手覆上姜王后的眼眸，泪水终于簌簌而落：“是我害了她！是我害了她！如果我不见她……她不会死！”

“不是你的错，”聂星痕上前将微浓揽在怀中，急切地安慰，“她死志已明，即便你不来，她也不会去宁国。”

可微浓根本听不进去，仍旧自责痛哭：“是我说话太重，是我刺激了她……”

“不是，”聂星痕任由她血迹斑斑的手拽着他的衣袖，“她不想成为云辰的负担，这才是她的死因。”

微浓想要擦干眼泪，她不知自己在哭什么，严格说起来，姜王后待她并不好，甚至暗算过她，害她落得一身伤疤。但真正到了这一刻，她竟是如此无力。

姜王后是对的，她和云辰之间横亘了太多条人命，因而注定成仇。他们的感情在重如山的责任面前，注定不堪一击。

微浓倚着聂星痕，慢慢站了起来，环顾拜月殿里的挽幔，再看姜王后的一身素缟，她终于发现自己错得离谱。这并不是为了祭奠姜王，这是楚瑶给自己安排的结局。

作为姜王后，她或许并不合格，但作为楚国的公主，她已经做出了超乎能力的贡献。从“双生子诞”的预言开始，直至现在，她一直在履行身为楚国公主的责任。

“我收回方才的话，”微浓对着楚瑶含笑的遗体说道，“你是值得尊敬的。”

聂星痕原本打算回燕国过年，但因为姜王后猝然自尽，他也只得滞留姜国，为这突如其来的变故善后。他其实对姜王后没有半分同情，不仅没有，还觉得服毒自尽这个把戏非常拙劣。姜王后就死在他面前，让他无法洗清迫害她的嫌疑，还要让燕国背负上“出尔反尔”的罪名，无法给宁国一个交代。再者，他总觉得姜王后是在以死相逼，想彻底断绝云辰和微浓的关系。

基于最后一点他乐见其成，便决定不再追究什么了，再看微浓如此难受，有些话他也不想多说，免得被冠以冷血之名。

姜王后的丧葬很简单，新君登基，谁都不会在意一个落魄的、卖国的异族王后是什么下场。微浓遵照她的遗愿，收拾了她的遗物，想让连庸师徒送去宁国。

可是连庸却以年迈为由，不愿再往宁国奔波，希望能在姜国终老；连阔也没打算走，他更倾向于跟着聂星痕去燕国。

微浓无法强迫他们，只得尽心完成姜王后的另两个遗愿。为此，她求了聂星痕。

聂星痕答应了，亲自修书一封，把姜王后自尽谢罪之事告知宁王，并以一国公主之礼迁走她的棺木，命心腹送她回楚国安葬。与此同时，他派人通知了身在燕国的楚琮，特意征询他是否要在燕国等候扶灵。

姜王后为了保持容颜、身段，一生没有生育子女，故而最合适的扶灵人选便是属楚琮。他很快就回了话，要在半路与送棺之人会合，先行返回楚国安葬姜王后。

等到一切安排妥当已是年关，聂星痕再要返回燕国过年已经太迟。按照惯例，每年除夕之夜，君王都要登上王都城楼与民同庆，自从聂星痕做了摄政王以来年年不曾缺席。但今年，他不得不让久未露面的聂星逸代他登楼。

就在除夕之夜，当九州百姓都沉浸在辞旧迎新的氛围中时，身在宁国的云辰却拿到了姜王后的遗物，还有微浓的一封亲笔信。

微浓在信上没提别的，只说了姜王后的身后事如何安排，着重说了她的三个遗愿。云辰读信之后沉默良久，竟是隐隐已料到了这个结局。

其实早在燕军提出“抗宁援姜、还政姜人”的口号时，他就已经猜到了王姐的选择，所以才急忙和宁王谈条件，希望能把王姐带回宁国，可他还是没能阻止王姐自尽的决心。

而讽刺的是，燕军提出的这个策略，是微浓的主意。

回过神来，云辰开始一件件地翻看那三箱遗物。信中特别提到一件披风是王姐亲手所做，他便翻找出来，拿在手里抚摩。

褐色的披风针脚细密，触感柔软厚实，像是王姐特别考虑到宁国的气候，在叮嘱他防寒保暖。他将披风摊开在床榻上，发现它是双面刺绣，正面是云雾缭绕的深山，内衬是川流不息的江河。

深山、江河，分别指代山川和河流。他摩挲披风良久，似乎想到了什么，立即拆开严丝合缝的针脚。

“刺啦”一声，披风被拆开，双面刺绣的夹层之内，赫然是一张羊皮卷。

九州山川河流布防图！王姐竟用这种方式交给他了！悲怆之感后知后觉地向他袭来，似乎有水滴落在那张羊皮卷上，形成一颗豆大的晶莹颗粒，仿若凝结了所有楚国人的血泪。

“王姐……”云辰不由自主地喊了出来，手中紧紧攥着那张羊皮卷，他已经无力再去分辨什么，却又分明听到了王姐的声音在耳畔回绕。

那声音像是在说：我们的血不能白流，我们不能白白牺牲！你一定要复国！一定！

他原本已经迟疑的脚步，再一次被激励。云辰眼眶通红地把羊皮卷重新叠好，妥帖收藏起来。而那件披风，他知道最好的处理方式是烧掉，但他终究舍不得。

这一夜的最后，在喧天的爆竹声中，在无数人的欢声笑语中，在象征着新年到来的钟鼓声中，他选择烧掉微浓的书信，就如同当年他烧掉她的画像一样。

有些时候言不由衷，有些时候事与愿违，既然无法回头，他唯有默默前行，直到万劫不复。

幽微的火光影影绰绰，次第映出了他许多至亲的脸庞。当最后一个字消失在烛火中时，云辰仿佛看到微浓的身影也如这封信一般柔弱，瞬间被火舌烧为灰烬。

第三十四章

运筹帷幄，反败为胜

新年的正月，燕军拔营返程，胜利之师浩浩荡荡，在九州的土地上划过第一道辙痕。来时只有燕军，返回时，多了微浓和连阔。

自从姜王后死后，微浓就像变了一个人，一力钻研医术，成日不是混在伤员之中，就是缠着连阔、军医请教。聂星痕也想让她找些事情来做，见她学得刻苦，便也随她去了。

大军进入燕国境内之后，聂星痕记挂朝中大事，决定弃车从马先走一步，去孔雀山找书的数十人是他的心腹，自然要随护在侧。临行前，他特意询问过微浓的意见，看她是否要跟着他先回宫，然而微浓的医理、药理才刚刚入门，正是勤学好问之时，实在不愿和军医、连阔分开，她便出言拒绝了。

聂星痕是有些失望，但也明白她留在军中好处更多——如今她每日都要去给伤员问诊、换药，早已博得美名，若能留下随军，只会让她声名更盛。此事正合聂星痕之意，所以他尊重她的选择，又让当地刺史临时调拨了两名侍女照顾她的饮食起居，这才放心走了。

自聂星痕离开之后，微浓钻研得更加勤奋，营帐内时常彻夜亮着烛火，或是去军医的帐内彻夜研讨。明尘远见过几次，初始忍着没说，后来实在看不下去了，便对军医和连阔下了命令：每晚亥时必须熄灯，非紧急事务不得外出或见客。

这道命令一下达，无人敢违抗，几个军医一到亥时便“送客”，让微浓大感无奈，只得回营帐歇息。

因她有事可做，故也不觉得大军行进缓慢，这般随军足足走了两个多月才回到京州。而此时聂星痕早已回宫主政一月有余，将积攒的政务全都处理完了。

这次明尘远率军前往姜国，打的旗号是“迎接废后归国”，后来聂星痕又陆续派兵增援，大军便一路增至四万人马。但回来的只有不到三万人，其中还有一半是伤员。

这样的胜利在聂星痕看来，并不能算是凯旋，而且发兵的借口还与微浓有关。他唯恐这个借口会给微浓招致祸水之名，便否决了朝臣们“检阅大军”的提议，只是论功行赏了一番。

除了犒赏军队之外，他又特意下旨赐封微浓。四年前宫变之后，微浓名义上已经被聂星逸废黜。而这一次，聂星痕下了一道旨意，褒扬微浓献计抗宁、改良军中伤药有功，以她嫁予聂星逸前的封号“烟岚郡主”为名，将她的故乡房州青城更名为“烟岚城”，赐给她做了汤沐邑，并在京城为她新建了府邸。

如此一来，从前那道贬黜她的旨意自然而然就作废了，微浓摇身一变，从废后又变回了烟岚郡主。

真正的长公主之女暮烟岚原本就是外戚，是聂星痕名正言顺的表妹，摄政王疼惜表妹，不忍她在外漂泊，将她接回京州封赏本也无可厚非，尤其这次她还立下一大军功，深受将士们爱戴。因此，朝中虽议论纷纷，倒也没引起什么大的波动，只是让在位的燕王聂星逸感到难堪罢了。

微浓一回到京州城，这道旨意便送到了她的手中，聂星痕根本没与她商量，便私自做了决定。微浓知道他打的什么主意，燕人本就开化，弟娶兄嫂之事常有，况且她名义上是长公主之女，是他名正言顺的表妹。而今她在军中有些美名，再有这道恢复郡主身份的旨意，日后他若想娶她，阻碍会少很多。

这种基于情爱的谋算和伎俩，令微浓抗拒又动容。她的师父冀凤致目光如炬，已经看穿聂星痕的心思：“京州这么多空置的宅子，你可知聂星痕为何要下旨新建郡主府，而不是择一座现成的？”

“徒儿不知。”微浓一回京便来探望冀凤致，也是想听听他的意思。

“新建一座府邸，至少需要两三年光景，这期间你住哪儿？他是想让你住到宫里才这么做的。”冀凤致一语道破。

微浓恍然大悟，更加抗拒：“我是您唯一的徒弟，自然要留在您身边侍奉，再不然碍着名分，我也该回长公主府。”

冀凤致失笑：“别耍脾气，这种时候你更应该进宫去。如果你真不愿意进宫去住，也要当着他的面说清楚。你越是躲着，他越不会放手。”

微浓内心挣扎：“可我还没想好，我和他……”

“傻孩子，”冀凤致轻笑，“逃避是最没用的法子。”

“但我真的想留在您身边！”微浓又找了个借口。

冀凤致目露几分慈爱之色：“我老了，跑不动了，已经决定长住燕国，你随时可以来看我。”

闻言，微浓自责之意更甚：“这些年都是您在为我操心，我从没为您做过什么。如今我已开始学医，恰好能照顾您，实在不想再进宫了！”

只是冀凤致态度坚决：“我在这儿有仆从、有侍卫，过得清净又自在。你若住进来，聂星痕三天两头往这儿跑，我的日子可就没法过了。你还是进宫吧，隔三岔五来看看我便好，什么时候想清楚了，真要和他一刀两断，你再回来也不迟。”

“那我就回长公主府。”微浓仍旧抗拒。

“你这是赌气。”冀凤致无奈地评价。

微浓也知道自己根本做不到，若是回长公主府，她只是一个客人，还会让长公主左右为难。她若是单独置办宅院，就是打了聂星痕的脸，而且这京州城里也不可能有人卖宅子给她。

“你不是想学医吗？哪里的大夫能及得上御医？你只当进宫求学去了。”冀凤致劝说她，“再者燕、宁两国局势紧张，你就算是帮帮他，别让他为了私事再烦心。”

这话的偏向再明显不过，微浓疑惑地看着冀凤致：“难道师父是燕国人？为何帮着他说话？”

冀凤致摇了摇头：“我自幼父母双亡，不知自己是哪国人。从前效力墨门时，我只把自己当成宁国人，但如今……四海为家吧！”

微浓略有羡慕之意：“这样多好，不必为了家国之事而烦恼。”

“有利有弊，漂泊的感觉也并不好受。”冀凤致叹了口气，“眼下的局势，无非燕、宁之争，相比之下，我更希望聂星痕胜出。”

“为何？”

“宁王老迈；湛儿不是为君之才；云辰大势已去，且戾气太重。”冀凤致断言，“聂星痕身具这三人长处，是统一九州的最佳人选。”

微浓终究还是进了燕王宫，仍旧住在老地方，聂星痕母妃生前所住的未央宫。这无疑是一种昭然的暗示，聂星痕根本不怕别人揣测，他怕的是别人不揣测。

微浓对一切流言蜚语充耳不闻，进宫的第一件事就是去找聂星痕，商量要如何把《国策》还给云辰，还要瞒过宁王。上次把姜王后的遗物送去时，宁王就专程派人一一查看，十分警惕，这让送还《国策》之事变得更加困难。

微浓来圣书房没有遇到任何阻拦，径直被请了进去，彼时明尘远正在向聂星痕禀报姜国的近况，两人已经说到尾声。

明尘远一见微浓过来，忙要告退，被她出言挽留："恰好明将军也在，正巧一起想想法子，这几卷《国策》该如何还给云辰。"

明尘远不知她与聂星痕的约定，便显得十分诧异："《国策》要给云辰？"

微浓点点头："这本来就是他的东西，应该还给他。"

聂星痕也道："此事我与微浓商量过，你不需担忧。"言罢他话锋一转，又道，"虽然我没留副本，不过我全都看了一遍。"

他说这话的同时，眼睛一直瞟着微浓，明尘远也看向她，两人都害怕她太过刚直，因此恼火。

哪知微浓很平静地道："我自己也看了，可惜很多地方都看不懂。"

聂星痕遂笑道："我以为你是要生气的。"

"从前我一定会生气，如今不会了。"微浓垂眸道，"你是摄政王，应该看看。"

明尘远也在一旁帮腔："咱们能把《国策》给他已经仁至义尽，若不给他，他也无话可说。"

微浓并不想在此事上纠结，直言道："我在想，这《国策》要怎么给他才能瞒过宁王，还要保证不被外人偷看。"

聂星痕也不想让宁王看到这几本《国策》，越多人看过，《国策》就越是无用。而云辰现今势单力薄，即便拿到《国策》也兴不起什么风浪。

"你有什么好法子？"聂星痕先问。

微浓摇头："其实我师父想去，但他身子骨不好，我不想让他再奔波了。"

聂星痕也同意："冀先生去年大病一场，不宜再操劳，还是交给王拓去办吧。"

"可是，王拓已随原澈回丰州了，而云辰在黎都，两人见不到面。"明尘远提醒他。

"无妨，宁王七岁登基，今年是正顺六十三年，亦是他七十大寿，最迟五月底，魏侯父子就会启程赶往黎都。"聂星痕默算了一下时间，对明尘远命道，"你尽快给王拓递个消息，若再晚两天他就该上路了。"

王拓收到消息的第五日，魏侯父子便从丰州出发，前往黎都为宁王贺寿。俗语有云“人生七十古来稀”，宁王七十已算高寿，此次自然是举国同庆。早在年初，魏侯便开始着手准备寿礼，备了一批生辰纲上路。

对此，原澈是很不乐意的，他倒不是心疼钱财，只是觉得宁王这次有失偏颇，得了他几卷绝世兵书，还要把他赶回丰州。结果他回来没几个月，又要重新去黎都贺寿，路上来来回回地折腾。

“老爷子是高寿，但底下的子子孙孙，我看没一个能活长！”原澈不免抱怨，“全得被他折腾个半死。”

魏侯是一个四十出头的中年人，虽然身材已经发福，但能看得出来，他传承了宁国王室的良好相貌，年轻时应是个俊美男子。这些年来，他与宁王的感情一直不睦，一则是宁王意图削藩，二则是祁湛的横空出世搅了他的太子美梦。

为了这两件事，他近年来一直默默抗议，称病不上朝。细算时日，他也有四五年没回过黎都了。这次若不是宁王七十大寿太过隆重，原澈前些日子又惹出大事，他仍旧不想露面。

一路上，父子两人都在商议要如何扳回一局，给祁湛一个下马威，故也忽略了王拓的心神不定。他一直在思考，该怎样不动声色地完成任务，把十二卷《国策》交给云辰。

此事说简单也不简单，书不多，一个包袱就能送过去，但他是原澈的心腹侍卫，黎都又眼线众多，如何才能避过所有人？尤其，还不能让云辰发现送书的人是谁。

想了千万种复杂的方法，明示、暗示……他最终想起原澈的一句话来：简单粗暴，直接有效。

王拓忽然觉得，原澈说得很对！

云辰如今几乎没有什么应酬，姜王后的死讯传来之后，他索性戒了酒，除上朝、办差之外，闭门不出。

眼见着即将七月初七，宁王七十大寿在即，楚琮也把姜王后的遗骸安置妥当，来了宁国。云辰借此机会带着楚琮外出看看，顺便搜罗寿礼。

他根本不会在此事上多费心思，逛了一整天，采买了几样贵重物件，兄弟二人便准备打道回府。

坐在车辇上，楚琮细数着几样玉器，一一品评。不多时，马匹的嘶鸣声突然响起，车辇随即急停。兄弟两人险些栽出去，云辰连忙扶稳，掀开车帘蹙眉问道："什么事？"

"回大人，有个小子挡了咱们的路。"车夫慌忙回道，作势要往那挡路之人身上抽鞭子。

云辰眼疾手快阻止了他："先问问是什么事，不要随意出手伤人。"

他话音落下，便听到那拦路人对着车内大喊："您是云大人吗？您要的东西，我师父已经准备好了。因久等您不至，我们便去了您的府上，但两次都被赶了出来。不得已我只好拦路于您，还望您恕罪。"

暮色渐沉，云辰只隐约看到一个少年的身影，大约十五六岁，瘦小单薄，身后背着一个大箱子，气喘吁吁地站在马车前。

云辰心生疑惑："你师父是谁？有什么东西要给我？"

少年摇了摇头："师父没告诉我。"

云辰朝他招手，和蔼地道："你过来。"

少年又摇头，只朝车夫伸手道："我师父说了，让您付清尾款，您还欠我们一锭金子。"

云辰心中疑惑更浓："我不知道箱子里是什么，为何要给你一锭金子？"

"我师父说，这里头是天下任何一个男人都想得到的东西。"

天下任何一个男人都想得到的东西？云辰望着他背上的箱子，若有所思。

而少年也不催促他，站在原地，固执地伸着手。

思索片刻，云辰从腰间扯下自己的钱袋，看都没看直接扔出车辇，正好砸在少年手中。

少年打开钱袋看了一眼，便放下箱子，一溜烟地离开。

车夫见状很是警醒，忙道："大人千万别下车，待奴才看看是什么。"言罢他便跳下车辇，蹲在那个箱子前，试图打开它，"咦？上了锁？"

上锁？这让云辰越发笃定自己的猜测，忙道："快把箱子拿过来。"

车夫便将箱子抱上车辇。云辰看了看锁头，这是一把很普通的锁，但上头被人划了一道长长的缝隙，一看就是在模仿藏书箱子上的锁，只可惜模仿得不够精细，划得很粗糙。

云辰目中掠过一丝异色，想了想，从袖中掏出防身匕首，往锁眼里捅了几下。"咔嗒"一声，锁头被捅开，他连忙打开箱子，但见最上面一层覆着一张白色绢帕，帕子下面是整整齐齐的十二卷书。

云辰眯着眼睛观察片刻，又怕书上有毒，便隔着衣袖拿起最上面的一本。

书里夹了一张字条，他粗略一扫，立即把字条放入袖中，又去翻看手中的书。只看了几眼，他眸色已沉，想了想，附耳对楚琮说了句话。

后者的脸色瞬间变幻，青一阵白一阵："果然是天下任何一个男人都想得到的东西。"

云辰慎重地点了点头，这才掀开车帘，对车夫命道："先不回府，去晚香楼。"

晚香楼？自从流苏姑娘嫁进府里之后，大人好久没去过晚香楼了。但车夫也不敢多问，只得掉转马头往如意坊的方向驶去。

不远处的角落里，装成叫花子的王拓静静地看着，直至云辰的车辇越行越远，他才目露几分得意之色，转身离开。

如意坊，晚香楼。

车辇刚刚停下，老鸨已经迎了上来，当着众人的面打趣道："自打云大人赎走我们晚香楼的花魁，可就没再来过了！这前后算起来，总有一年半不止了。"

云辰微微笑着，坦然说道："中间大起大落，恐牵连了妈妈，没敢再来。"

老鸨掩面咯咯地笑："云大人就爱说笑，咱们晚香楼开门做生意，谁能拒绝财神爷？"她边说边做了个手势，将云辰和楚琮请进了大堂。

云辰指了指楚琮，道："这是我远房表弟，刚来宁国投奔我。今日我特意带他出来见识见识。"

老鸨一副暧昧的样子打量着楚琮，连连点头："云大人放心。哦对了，您以前常用的包厢恰好空着呢！"

云辰"嗯"了一声，笑着拍了拍楚琮的肩膀："你在下头挑几个姑娘，好好挑，我先上楼等你。"

老鸨也打趣楚琮："表少爷慢慢选，我们新近来了许多姑娘呢！"

楚琮被他二人接连打趣，一张脸早已涨得通红，说不出一个字来。

云辰见状笑了两声，转身便往二楼的包厢走，走了两步又对龟奴吩咐道："去把我车上的箱子抬进来。"

云辰说出这话时，他的车夫正在悄悄地翻看那个箱子，然而打开第一本书，车夫的眼珠子就险些掉了下来，不禁骂骂咧咧。

他骂完仍旧不死心，又继续翻看其他书，每翻开一本都要骂上一句。恰好龟奴过来索要箱子，车夫便立刻将箱子交给了他。

龟奴不疑有他，抱着箱子上楼，径直送到云辰的包厢里。此时楚琮还在楼下挑选姑娘，老鸨却已经上楼来了，云辰指着箱子对老鸨道："这东西送你了。"

老鸨笑回："殿下说笑了，我们这里没人看书。"

云辰无奈："这些书你肯定需要。"

老鸨闻言，好奇地拿起一本翻看，只看了一眼，脸上便挂不住了："这是春宫图啊！"

云辰笑而不语。

这春宫画得太过逼真，就连老鸨这种见惯风月的高手都看不下去了："这是谁做的？"

"不知道，"云辰云淡风轻地笑回，"看来是有人在提醒我，从前的风流名声不能断啊。"

老鸨也笑："您从前隔三岔五就往如意坊跑，自从那位姑娘来过两次之后，您就再也不过来了。这在外人看来，确实不符合您一贯的风流做派。"

云辰显然不想提起微浓，只敛去笑意道："我想去从前流苏住的屋子看看。"

"这……"老鸨略有踌躇，"那屋子已经安置别的姑娘了，叫作沉鱼。"

云辰沉吟片刻："你想法子让她出来，我在里头藏了些东西。"

老鸨也没再多问，领命称是，哄着沉鱼出去办事。云辰趁机进屋，熟门熟路地来到内室，掀开了流苏帘子，他抬头看了看屋顶，纵身一跃跳上房梁。

果不其然，梁上也搁着一个箱子，与那放置春宫图的箱子一般无二，就连锁头也一模一样。云辰抱着箱子跳落地面，返回包厢之内。

老鸨见他又抱回一个一模一样的箱子，惊讶至极，忙问："这箱子哪儿来的？"

云辰没答，再次用匕首捅开锁头，打开箱子。这一次他看到的是真真正正的十二卷《国策》，从纸张和字迹来看，均是原本无疑，但书页上已有折痕，显然被人翻看过。

云辰说不清自己心中作何感想，盯着箱子看了一会儿，才从袖中掏出那张字条，再次看了一遍——

晚香楼中晚香生，流苏屋内流苏垂。十二书卷已送回，梁上君子在闺帷。

云辰将字条递给老鸨，命道："看完烧了。"

老鸨这才恍然大悟："难怪您今晚会突然过来！"她边说边将字条放到烛火上烧掉。

云辰看着面前两个一模一样的箱子，从第一个箱子里拿出几本春宫图，放在第二个箱子的最上层，又把白绢重新覆上，再次落锁。

从外表上看，两个箱子一模一样，云辰指着春宫图的箱子，对老鸨命道："这箱子你想办法毁了。"

老鸨点头："您放心，属下一定不让人发觉。"

云辰又指着那箱子上的锁和白绢："你去查查这锁的来历，还有白绢的出处，若能查到这些春宫图的卖家，再好不过。"

"属下遵命。"

"还有，沉鱼近十天接过哪些客人，一并查清楚。"

楚琮叫着几个姑娘上楼时，云辰和老鸨已经说到了尾声，兄弟两个便逍遥起来，听完了琵琶听古琴，听完了古琴看歌舞，在外人看来风流又快活。

再后来，两人在晚香楼留宿了一晚。翌日早晨，云辰连衣裳都没换，就直接进宫上朝了。而楚琮则睡到日上三竿才慢悠悠地起身，又慢悠悠地拖着那口箱子返回云府。

当天云辰下朝回府之后，便有不少下人听到了女人的哭喊声。据说是流苏痛斥云辰花天酒地，自从孩子出生之后便一直冷落她，如今又去晚香楼嫖妓，羞辱她的出身，还拿着春宫图回来。

两个人从晚饭一直吵到半夜，摔了无数碗碟花瓶，最终以一把火和一张纸宣告结束——流苏一把火烧了春宫图，云辰一张纸放了妾，将她贬为了云府奴婢。不过所幸他还算理智，到底是把孩子留下了。

妾的地位本就低下，被主子遗弃也是常有之事，下人们责难流苏恃宠而骄的同时，也在感叹她的境遇。须知流苏有孕之时，恰逢云辰被贬。在云辰最落魄的时候，她毫无怨言地脱籍进门，也算是与云辰共过患难的女人。

然而如今云辰重新出仕，她却被嫌弃了，不少人都觉得云辰此举太过薄情。云辰却对此充耳不闻，又开始往晚香楼里跑，原因无他，是老鸨根据他的吩咐，查到了一些蛛丝马迹。

老鸨分别查了锁头、白绢、春宫图的来源，又排查了近半个月以来沉鱼所见过的全部客人，最后将一份详细的记录呈给了云辰。

乍一看，这些记录中毫无线索可寻。锁匠每天都卖出十来把锁，那条细缝是后来被人为刻上去的；白绢是今年的新绢，手感顺滑，产地就在宁国；沉鱼近半个月也见了不少客人，没有任何异常。

还有那些春宫图，是十来年前从宫里流传出来的，据说是已故太子原真身边的大太监当年犯了事，才擅自把太子私藏的春宫图偷出来送作人情。可惜这位公公去年已经病逝，查无可查。

于是，云辰把注意力放到了白绢之上，对老鸨说道："既然是新绢，应当开卖不久，宁王七十寿宴在即，黎都的布庄为避忌讳，三个月前就不再买卖白绢了。你去查一查城内所有布庄，最近有谁买过白绢，这种时候私下采买，若非熟客，布庄不会做这门生意。"

主子有令，下属自然不敢不从，但老鸨还是很好奇："这些藏书不是被带去燕国了吗？既然微浓姑娘愿意还给您，自然是她派人做的，属下不明白，您为何还要查这白绢的来历？"

自从姜王后死后，云辰再没公开提过微浓的名字，这还是头一次："把《国策》还给我，一定是微浓的主意，但她绝不会用春宫图来混淆视听，这种手段只有男人才想得出来。"

"那就是聂星痕？"老鸨顺势猜度，"一定是他出的主意。"

"不论是不是他的主意，这事总得有人替他去做，而且一定是他在宁国的心腹。"云辰目露一丝冷意，"我要查出这个人是谁。"

近几日云辰时常出入晚香楼，自然逃不过宁王的耳目，幸好他早有准备，做了一个局，用以混淆探子的视线。

"禀王上，属下已经调查清楚，云辰之所以频繁进出晚香楼，是因为一个叫作沉鱼的姑娘。那姑娘曾在楚王宫当差，好像是楚琮身边的侍女，后来楚国被灭，她沦落到宁国卖艺，误入青楼。楚琮来到宁国之后，一直在找她的下落，前些日子无意中发现她在晚香楼，云辰怕有辱楚琮的名声，才每次跟他一起去。"探子将自己查探的消息如实回报。

"这倒是符合云辰的作风，"宁王沉吟片刻，又问，"那春宫图又是怎么一回事？"

探子垂下头去，似乎有些难以启齿："那春宫图是从宫里流传出去的，已经有十几年了，据说是与刘德威公公有关。他这些年一直提心吊胆，唯恐此事被人发现，便托付云辰帮忙寻找。"

探子只挑拣了重要之事禀报，但宁王还是猜到了事情的原委：十多年前，东宫大太监刘德威为了某件事将春宫图外泄，为此一直提心吊胆。因为云辰是个异族人，与朝内的势力没有牵扯，刘德威才托了他去寻找这些春宫图。

想通前因后果，宁王似乎还不放心，便对身边的人命道："去太子宫里问问那些老人，查查春宫图丢失，且这件事是否和刘德威有关。”

宁王的这种反应，都在云辰的意料之中，事实上他正是想利用宁王的多疑来调查春宫图的事。毕竟这些图来自宫中，又是陈年往事，他能力有限查不出什么，只能借助宁王。

高明的局有四层境界：第一层是“推”，挖好陷阱，推着对方跳进去；第二层是“诱”，做好诱饵，引诱对方主动上钩；第三层是“等”，守株待兔，让对方顺藤摸瓜跳进陷阱而不自知；最后一层叫作“用”，要让对方在不知不觉中为自己办事，为己所用。

这也是云辰新近从《国策》上学到的，他立刻用在了宁王身上。

没过多久，宁王的人便把太子宫中上了年纪的老人全都问了一遍，着重拷问了刘公公的几个徒弟徒孙，终于挖掘出了一些线索：

十四年前，原澈进宫消暑，太子将他交给大太监刘德威照顾，后来就发生了原澈被后妃猥亵的事，致使原澈对女人产生了阴影。魏侯曾因此向刘德威询问过内情，刘德威不敢泄露宁王的丑事，又恐得罪魏侯，知晓他身患花柳之疾后一直房事不力，便将太子私藏的一箱春宫图送给了他，算是为照顾原澈不周而谢罪。

宁王听到这桩旧事之后，倒也没再怀疑什么。毕竟两三年前，云辰和魏侯府走得极近，也许是刘德威想托他找回这批春宫图，他才差人去办这件事。谁知后来刘德威病逝，云辰又遭到贬斥，受托之人不想惹祸上身，找到春宫图之后便一直没有现身。直至如今云辰重新出仕，对方才把书送过来向他索要余款，云辰见刘德威已死，便将春宫图送给了相熟的青楼。

“既然春宫图的事不假，此事就不必再查下去了。不过你们还是要盯紧云辰，以防他又有什么异动。”宁王如是命道。

那边厢宁王查出了春宫图的旧事，这边厢云辰也已经有了白绢的消息。宁王做寿的缘故，整个王都避卖白色绢帛，唯有两家布庄还在偷偷做这个生意，而近几个月以来最大的买家来自魏侯京邸。

据说是魏侯世子原澈去年在姜国受了伤，伤在臀部，从此以后亵裤必须用异常柔软的材质，而且要舒适干净。为此，魏侯府找了无数种布料为原澈做亵裤，唯独这种绢帛穿起来异常舒适。再加上原澈患有洁癖，不愿穿其他颜色，故而从去年开始，他的亵裤全部都用这种白色绢帛制成。

早在去年秋天，原澈带回藏书之后，魏侯京邸就预订了一大批今年的新绢。因为早已付过订金，又是魏侯世子要的，所以布庄老板便大着胆子将这种白绢买了回来，已于今年四月送到了魏侯京邸，结清了款项。

单看白绢的买卖，其实还不足以让云辰怀疑到魏侯府身上，毕竟今年买过白色新绢的不止这一家。可春宫图的流向也是魏侯府，这就不得不引起云辰的注意了。

“最近这段时间，晚香楼是否接待过魏侯京邸的人？”云辰询问老鸨。

老鸨回忆片刻，眼睛一亮：“有的！六月下旬，魏侯父子来给宁王贺寿，押送生辰纲的一队侍卫曾经来喝过花酒！”

六月下旬？他得到那箱春宫图恰好就在六月下旬，确切地说是六月二十五。想到此处，云辰笃定地道：“燕国的细作，必定就在原澈身边，而且是他的亲信。”

老鸨闻言有所不解：“虽然这三条线索都指向魏侯府没错，可也不一定就是原澈的人啊，也有可能是魏侯身边的人？”

“白绢是给原澈做亵裤用的，魏侯的人不会接触到，此人必定贴身侍奉原澈。”云辰根据自己的了解，在心中细细排查人选，“这般说起来，王拓最为可疑。”

从晚香楼回来，云辰没有感到一丝欢喜，反而很是压抑。他必须利用这个细作去痛击聂星痕，战胜他心中越来越浓重的厌倦感和无力感，他详细回顾了王拓这个人，把手头所有的线索都整理了一遍，越发肯定那个细作就是王拓。

云辰又想起那幅山川河流布防图。自从布防图到手之后，他的生活便被各种各样的事情充斥着。宁王盯他盯得越来越紧，许多微不足道的小事都交给他去办，用以警告与防备他的小动作。再加上他近几日在调查细作的事，还要暗中提防各路眼线，琐事太多，他根本不能静下心来研究山川河流布防图。

他点亮烛火，摊开那张羊皮卷，只见其上密密麻麻布满了令人费解的线条与符号。这些符号都是兵家密文，唯有修习过正统《鬼谷子兵法》之人才能看懂。这种兵法历来诡谲，云辰不确定有多少人修习过，但他知道，宁王、聂星痕一定看得懂。

想到此处，他越发有一种紧迫感，遂迎着烛火迅速查看起来。图中笔触详尽，蜿蜒曲折的山川河流被画得惟妙惟肖，高峰与低谷，湍流与缓冲，再辅以描述的密文，都成了兵家眼中最好的攻防之图。云辰赞叹之余，细数了图中的几大块分布，毫不意外地发现：这图上只有宁国和楚国，没有燕国和姜国。

楚国境内的山川河流，云辰闭着眼睛都能画出来，要来根本无用。而宁国的布防图虽有用，但他却更想得到燕国的布防图。

另一半布防图，到底在谁手中？是宁王，还是聂星痕？那人可知那张羊皮卷的重要性？

再反观自己得到的这一半，楚国他太熟悉，宁国不是他想要的，为防止引发后患，他决定烧掉这张羊皮卷。于是，他摊开羊皮卷认真研究了起来，想要将几处关键之地记在心中，再行焚烧。

然而，当他仔细去看宁国的山川河流分布时，他突然觉得有一个地方略显眼熟，那些线条、符号，他像是在哪里见过。他端详半晌，脑海中突然闪过一个疯狂的念头，于是立刻打开房门，故作厉色："去把竹风和流苏叫过来！"

不多时，两人匆匆忙忙进了门，都看到云辰罕见地面露急切之色。

"快！把上衣脱了！"云辰语气激动。

此话一出，流苏和竹风都明白了过来，连忙将衣裳脱掉，把后背对着云辰。云辰心无旁骛地拿起那张羊皮卷，比照着两人背上的青鸾、火凤图案仔细观察。

竹风转头看到云辰时而蹙眉、时而激动、时而恍然大悟的表情，忍不住问道："主子，可是发现了藏宝之地？"

问出口良久，他才听到了云辰的回应，其中有着极力压制的激动之意："是！找到了！"

"在哪儿？"流苏和竹风异口同声。

"就在宁国！"

半个时辰后，流苏的哭喊声震天而起，惊扰了云府所有的人。翌日，一个消息不胫而走——流苏不满被云辰遗弃，难耐寂寞，与侍卫竹风通奸被捉！云辰念在主仆一场情分上，没有将两人送官或处死，径直赶出了云府，只把孩子留下了。

当整个黎都城都在流传离侯绿云罩顶时，那个"自甘下贱、不守妇道"的流苏和"色欲熏心、背弃主子"的竹风，其实早已出了黎都城，直奔藏宝之地而去。

流苏背后是青鸾的图案，竹风背后是火凤的图案，这次寻宝，二者缺一不可。一男一女结伴外出，最不易引人注意，何况两人本就是夫妻。云辰不指望他们能立刻找到宝藏，只是让他们先去探探路，毕竟宝藏就在宁国境内，一切都需要徐徐图之。

一夜之间，云辰改变了主意，他决定暂时不对付燕国，而是集中精力搅乱宁国。只有搅乱了宁国，他才能避开各路眼线，趁乱去找宝藏；只有找到宝藏，他才有足够的财资去复国。而搅乱宁国，最简单有效的方法便是挑拨原澈和祁湛。

一个极好的机会就在眼前——宁王寿宴。

七月初七，国君寿诞，又逢乞巧节，两节同庆，这日子就变得盛大无比，今年尤甚。宁王原清正在宫中大摆筵席，文武百官纷纷朝贺，王都处处张灯结彩。

原澈随同魏侯进宫贺寿，原本计划着利用此次机会翻身，重新博得老爷子青睐。可他没想到，宁王竟在寿宴上一力抬举祁湛，还将手中权力下放，突然宣布："孤年岁愈大，政务力愈不从心，除军机大事和兵部、吏部、户部的事之外，其余事务都交由王太孙代为处理，非要务不必呈报的事。"

此言一出，满朝官员震惊不已。须知宁王在位六十三年，政事上一直亲力亲为，事无巨细，从没有服老之意。可在这七十大寿的宫宴上，他竟然……

难道是龙体欠安？

就在众人议论纷纷之时，宁王又下旨，命云辰辅佐王太孙处理政务诸事，还笑言"太孙若有懈怠，唯云卿是问"。

云辰事先毫不知情，听到这旨意稍感意外，他深知宁王老谋深算，这"捧杀"的招数用得甚妙。辅佐王太孙，这差事看似风光，实则不然——若是干得好，自然是王太孙"高瞻远瞩"，他云辰顶多算是"辅佐有功"；可若是王太孙政务上出了什么差池，他云辰就会沦为替罪羊。

众人并不了解宁王的心思，都道是云辰苦尽甘来，重获重用。可想而知，席间嫉妒者、不忿者大有人在。一时之间，云辰成了众矢之的，无形中得罪了一帮同僚，也被迫与魏侯府断了干系。

"恭喜云大人，"在一片祝贺声中，但见原澈端着酒杯走到云辰面前，笑眯眯地说道，"魏侯府恭祝云大人成为首辅，从此平步青云，更进一步。"

"世子见笑，微臣自当鞠躬尽瘁。"云辰气定神闲地与之碰杯，一饮而尽。

参加完宁王寿宴，原澈的不痛快可想而知。这一晚，祁湛作为王太孙出尽风头，宁王不仅让他监国理政，还催促他繁衍子嗣，更特意叮嘱几位老臣照看……个中深意不言而喻。

他们魏侯父子来黎都贺寿，京邸却是门庭冷落。原澈气得咬牙切齿，一宿都没睡着。翌日清晨他仍觉不痛快，索性出门散心，可临出门前，却发现王拓又不见了。

自从这次重回黎都，王拓就不怎么安分。前几日他出门办事，不知怎的就迷上了逛青楼，时常流连于如意坊一带，更曾夜不归宿。初始原澈还大骂他几句，后来见他一副神魂颠倒的模样，反倒不好说什么了。原澈自己也尝过情爱之事，知道这滋味如何难挨，眼见近期并无大事，便也任王拓沉浸温柔乡去了。

既然王拓不在身边伺候，原澈也不想走远，便决定去燕子楼吃早点。哪知燕子楼酿了新酒，一大早便酒香四溢，恰逢原澈心情烦闷，便点了两壶借酒浇愁。

若是放在平时，他根本不会因为几杯酒而喝醉，但今日他郁结在心，一口气喝得猛了些。不多时，他便觉得头脑昏昏沉沉，一头栽在了桌案上。

好在他是魏侯世子，燕子楼上下都认得他，见他没带随从、侍卫，便送他去酒楼的小雅间休息。原澈刚一躺下，就发现浑身不对劲，自己的双手双腿似已麻木，动弹不得，想要张口说句什么，舌头却也打了结。

他是真的喝醉了，还是被人下了药？他心中正疑惑着，便昏睡了过去。

也不知过了多久，也不知身在何处，原澈突然被一阵说话声吵醒。他猛地坐起身，发现窗外已是日落时分，隔壁也传来了两个熟悉的声音。

"多谢离侯照看，不知我家世子现在何处？"王拓的语气还算恭敬。

"世子喝醉了，正在此地休息，没有大碍。"云辰的声音从容不迫，透着一丝丝算计。

王拓没再说话。

原澈听到云辰笑了："王侍卫从不轻易接受宴请，若非云某找了这理由，焉能请得动你？"

是云辰约了王拓出来？原澈立刻来了精神，竖起耳朵细听。

但听王拓沉声询问："离侯太看得起我了，您大费周章，不知所为何事？"

王拓身为一个侍卫，在云辰面前，气势完全不落下风。原澈忍不住要赞赏王拓一句，真是没给他们魏侯府丢脸！

"我今日约王侍卫出来，是想聊表谢意。"但听云辰不紧不慢地说道。

"哦？"王拓仿佛很好奇，"我没听懂离侯的意思。"

云辰重重地叹了口气："事到如今，王侍卫还不承认吗？"

王拓仍旧绷着声音："离侯越说越让人糊涂了，我该承认什么？"

"承认你的主子另有其人。"

原澈心头猛地一抽，唯恐是自己听岔了。

可王拓的声音依旧平稳清晰："我不知道离侯是什么意思，我对世子忠心耿耿，你若想挑拨，恐怕没那么容易。"

云辰似乎是笑了，没有接话。

王拓亦是冷笑一声："离侯若无他事，我先告辞了。"

"王侍卫且慢，"云辰出言挽留，"我有件东西想让你看看。"

话到此处，屋子里忽然安静下来，两个人都没有再说话。须臾，椅子的拉扯声响起，像是王拓突然起身，冷冷地说了一句："离侯真是好手段。"

然后推门声传来，王拓急匆匆地离开了。

王拓这是什么意思？是不再反驳？是予以默认？还是觉得云辰太过荒唐，愤而离席？此时此刻，原澈只恨自己没有长一双透视眼，看不到隔壁究竟是什么情况。他贴紧墙壁静候下文，却再也没有任何动静，连脚步声也没了。

原澈有些拿捏不准，不知云辰到底走了没有，正疑惑之时，忽听隔壁再次传来云辰的声音："世子殿下听够了吗？"

早在原澈听到两人交谈的第一句时，他就知道这是云辰设的一个局，可他眼下脑子太乱，顾虑太多，根本摸不清王拓是中了圈套还是真有二心。他实在不知要如何质问云辰，一动不如一静，他决定躺回床上继续装睡。

想是他久久没有回应，云辰等得不耐烦了，便自行走了过来。原澈听到他的脚步声渐行渐近，连忙翻身朝里，放缓呼吸装睡。他清楚地听到云辰推开房门，然后轻笑一声，又关上房门离开。

原澈慢慢地从床上坐起来，整理衣裳，又在屋子里走了一圈。他发现，为他斟酒布菜的几个小二都被药晕了，横七竖八地躺在小隔间里。见此情形，他亦是冷笑，径直离开。

回府之后，原澈观察了王拓两天，见对方神色平静，举止平常，和从前并没有什么不同之处，依旧夜夜往青楼里跑。云辰也一直没再有什么动作，再不曾找过王拓，也不曾来找过他。

如此过了半个月，原澈听到几个侍卫私下调侃王拓，说他已被青楼女子勾了魂，如胶似漆难舍难分。趁着王拓不在府里，原澈亲自去翻找了他的房间，从他床板的夹层里找到了一些东西：有和祁湛来往的书信，还有一份朝中要员的名单，而这些人都曾与魏侯府关系匪浅。

在祁湛与王拓的来往书信中，前者称呼后者为"刘师弟"。若非笔迹、口吻与王拓本人相符，原澈根本无法相信，他最信赖的侍卫竟会如此出卖他！

可饶是证据确凿，原澈也没有立刻发作，他还是抱了最后一线希望，派人去查了祁湛口中的"刘师弟"是谁。直至半个月后，一份关于"刘斯扬"的资料摆在他面前，他终于彻底失望了。

刘斯扬，祁湛在墨门的同门师弟，无论年纪、样貌、武功、行事做派，都与王拓本人异常吻合。这个人数年前就死在一次任务中了，而王拓来魏侯府当差的时间恰好是在刘斯扬死的当月。

时间很快就到了八月初，魏侯见黎都局势稳定，他已无翻身的机会了，便决定返回封邑。临行前的最后一晚，王拓从青楼回来收拾行囊，原澈特意将他叫到了书房，把一摞证据扔到他面前。

王拓看后脸色骤变，却没否认："看来云辰还是告诉您了。"

"刘斯扬，这名字不错啊！"原澈咬牙切齿地笑，"你跟了我这么多年，我竟不知你出身墨门，还是祁湛的师弟！"

面对原澈的质问，王拓撩起衣袍缓缓下跪："请世子恕罪。"

原澈勃然大怒，一脚踹在他的肩头上："恕罪？你忘恩负义，还想让我恕罪？"

他边说边将一摞书信扔到地上，恨恨地斥责："那野种早早把你派到我身边，安的是什么心？真是好手段啊！难怪我这几年一落千丈，事事不顺，原来都是你在作怪！"

王拓被踹得肩头剧痛，没有半句辩解，只道："无论您信或不信，我从没想过要害您的性命。"

"我信，"原澈怒极反笑，"但你做的事，比杀了我还让我难受！"

他长长地吸了一口气，转过身去，似鼓起极大的勇气才开口说道："念在主仆一场……你可有什么心愿未了？"

王拓闻言身子一震，沉默半晌，在他背后重重地磕了一个头："烦请您做主，为如意坊晚香楼的沉鱼姑娘脱籍赎身，告诉她不必再等我了。"

"倒是个痴情人，"原澈合上双目掩去一切神色，"好，本世子答应你。还有吗？"

"没有了。"王拓将额头贴在冰冷的地砖上，如释重负地道，"属下杀害了云辰的妹子，如今被他揭穿也算因果报应……属下并不怨恨。"

当王拓的死讯传回燕国时，聂星痕在未央宫喝醉了，无论微浓如何劝说，他都握着酒杯不肯放手。

"当初宁太子无嗣，谣传原澈会成为王太孙，父王想选几个人过去，"聂星痕撑着额头，难掩满脸的悲伤，"是王拓自告奋勇去的宁国……这么多年，也只有他一人得到了原澈的器重。"

"我早该把他换回来的，可一想到他父母双亡，没有兄弟姐妹，没有妻子儿女，我就打消了念头。”聂星痕仰首饮尽杯中之酒，自责而无力，“如今，我竟连个补偿之人都找不到！”

“他是如何被发现的？”微浓趁机夺下他的酒杯，开口问道。

“给云辰送《国策》时露了马脚，”聂星痕单手覆上眼帘，愧疚之意更甚，“云辰让他选择，是出卖我还是陷害祁湛，他选择了后者。”

“又是云辰。”微浓轻声说了一句，面无表情。

然而聂星痕根本没听见，他仍旧沉浸在悲痛之中，几颗泪珠从他的手指缝中流出，那是他从不轻易流淌的男儿热泪。

微浓心里也难受，想起自己在魏侯京邸时受王拓诸多照顾，眼眶亦热：“他走得好吗？”

“原澈赐他饮鸩，对外宣称是他贪了库银，畏罪自尽。”聂星痕略有哽咽，“我甚至无法找回他的尸骨……是我对不住他！”

微浓没再说什么，斟了一杯酒递给聂星痕：“敬王拓。”

聂星痕沉默地接过酒杯，双手举杯将酒水倒在地上，聊表哀思。酒气弥散了满室，酒水渐渐渗进地底，似没入黄泉，慰藉那独孤寡言而忠诚的灵魂。

这一晚，聂星痕喝得酩酊大醉。他有一双好看的眸子，因醉酒显得蒙眬与惺忪，便似黑暗的夜里藏在云后的繁星，令人看不清楚。他固执地拉着微浓的手，口中念念有词：“你不能再走了……微浓，我太累了。”

微浓望着他，不知该如何回应，只好挣脱他的手，回道：“你喝醉了，快歇着吧！”

聂星痕却牢牢抓着她不放：“我总告诉自己，再等等，或许你就会有回应。”

他的眸子里蕴藏着巨大的悲伤，像是绝望，又像充满希望：“我再等两年就三十岁了，你若还这样……我就登基立后……我不能再等了。微浓，我有自己的事要做，我有责任和抱负，我必须要走了，你明白吗？”

微浓抿紧双唇没有作声。两年，七百多个日夜，很快就会过去。他们这样来来回回的纠缠，真的快要结束了。

“你会回应我的，是吗？”他近乎祈求地看着她，像是一头受伤的狮子在森林深处舔舐着伤口，孤独而无助。

这是聂星痕头一次在她面前流露出如此脆弱的一面。从前她一直以为他强大到无所不能，坚韧到刀枪不入，她以为他的人生中没有失败、没有脆弱、没有伤口。她以为对于她的告别他迟早会习以为常，会坦然接受……

但是今晚，她发现他不能，原来他也有无法愈合的伤口，也有进退两难的时候。当她在燕、楚两国之间摇摆不定的时候，他也要面对登基与立后的选择。

在感情一事上，他也和她一样执着，一样进退维谷，然后换来满身伤痕，默默承担。

突然之间，微浓迟疑了，她想起十年前曾与聂星痕度过的美好岁月。可是，心才刚刚软下来，耳畔便响起那一段可怕的预言——男命贵，紫微之相；女命贵，母仪之相。然则命定相克，姻缘不能长久，轻则相离，重则丧命，恐无嗣。

脑后生起一丝凉意，微浓猛地恢复理智，逼自己硬起心肠说道："我还需要点时间，对不起。"

她说完，便看到他眼中的神采渐渐熄灭。

第三十五章

爱恨情仇，一念之间

王拓死后，明尘远想另找两名心腹潜入宁国，然他一连推举三人，皆被聂星痕否决。

不知从什么时候开始，他再也不像从前那般肆无忌惮地和聂星痕争论了。近两年来，他们君臣意见相左的时候越来越多，直至如今，连军务上也时常无法达成共识。

这一日早朝，明尘远上了两道整肃军队的折子，毫无意外又被驳了回来，聂星痕说他“操之过急”。明尘远没有辩解或争取，下了早朝便直接返回了镇国将军府。

金城见他心情不好，忙上前询问。如今她已是三个孩子的母亲，与明尘远相处和睦、举案齐眉，夫妻二人什么事都有商有量。

明尘远也没瞒她，便将今日发生之事如实相告，最后叹道：“也不知是我多心还是怎的，我近两年上的折子，殿下几乎没有采纳；私下给的提议，也多数遭他反驳。虽然每次他都驳得有理有据，但我总是不舒坦。”

金城有些怀疑：“难道是因为那个传言？反骨？”

明尘远欲言又止：“我不知道……但愿是我多心了吧！”

金城却面露惊恐之色，低声惊呼：“不是你多心！你想想看，你们那么好的兄弟，怎么说疏远就疏远了？你这两年上过多少折子，怎么可能没一项入他的眼？他一定是防备你了！”

“可也不像，”明尘远蹙眉，“很多私事殿下还是与我商量，而且还擢升我为镇国将军，开了驸马掌军权的先例。”

"你这算是哪门子驸马！"金城的惊恐之色越来越重，"我又不是真正的公主，你自然也不是什么驸马。若有朝一日他想弃了你，只需将我的身世揭露，你难道不会跟着获罪？"

明尘远与金城自小认识，几经波折才走到一起，如今又有了几个孩子，他自问她们夫妻之间一直彼此信任、彼此依赖。可他从未见过她这般神色，更从未听过她用这种语气说话，那是一种极度的恐惧，还有怨恨。

仔细回想，她这种心态似乎是从今年开始有的，至少他率军出征姜国之前，她还平和地为他送行，言语举止并无异样。

明尘远忽然开始怀疑，不禁问出了口："金城，你最近怎么了？"

金城素来是个直肠子，也不懂掩藏心事，神色便有些闪躲："什么怎么了，我挺好的。"

明尘远不便直接询问，沉吟片刻，委婉地道："殿下一直将你当亲妹妹对待，即便从前……他也没有为难过你，还一直叮嘱我好好对你，你怎么突然……"

"我没有，"金城立刻打断他，"我只是有些担心罢了。你也知道，我是个名不正言不顺的公主，如今他待我好，我受之有愧。"

明尘远若有所思地点了点头，没再多说。

是夜，趁着金城去哄孩子睡觉的空当，明尘远召来了府中管家，询问道："去年我带兵去姜国，一走大半年，公主可有异样？"

管家想了想，回道："并无异样。公主惦记几位少爷、小姐，日日在家，不常出门。"

这样一提，倒是让明尘远想到了什么："她进过宫吗？"

"进过，一次是先王忌日，一次是先王后忌日，"管家顿了顿，"今年除夕也去过一次。"

除夕？不就是聂星逸登城楼与民同庆的日子？明尘远心底一沉，对管家命道："你去问问府里的丫鬟，是谁陪着公主进宫的，叫她来见我。"

须臾，几个丫鬟匆匆赶来，明尘远态度和蔼地问了几句，丫鬟们不敢隐瞒，遂将金城入宫几次、见过谁都一一回禀。

明尘远听后，有些明白过来——金城三次进宫，都去看了聂星逸。这本是人之常情，毕竟两人是同胞兄妹、同病相怜。可是，她每次都在聂星逸那儿闲坐数个时辰，到底能聊些什么？

而且，此事根本瞒不过聂星痕的眼线，可自他率军回京州之后，聂星痕一句也没对他提起过。这是什么意思，是不在意还是不满意？聂星痕对自己的疏远，是否与此事有关？

明尘远陷入了重重心事中。他与金城历来推心置腹，但金城心里藏不住话，万一她将朝堂之事说与聂星逸听，岂不是后患无穷？这般一想，明尘远忽觉此事非同小可，便决定直接去向金城问个清楚。

内室之中，金城正哄着最小的孩子入睡，这幅画面太过宁谧美好，明尘远看在眼中，心霎时软了下来，有些话就不好出口再问了。

反而是金城见他站在门口，便蹑手蹑脚地朝他走来，问道："你今日怎么了？"

明尘远只好将她带出内室，径直询问："我带兵期间你去见过聂星逸的事情，怎么没听你提起？"

金城一下子慌张起来："没……没有，我就是与王兄……叙叙家常。"

明尘远盯着她："金城，你不大会说谎。"

她历来是个骄横的公主，从小就是喜怒形于色，而他喜欢她这种性子，也愿意宠着她。自从赫连王后去世之后，她有所收敛，与聂星逸也不怎么来往了，故而他实在想不通，她和他能有什么家常可叙，而且一叙就是数个时辰，除非是关于聂星痕。

果然，金城的神色越发闪躲，看来是心虚了。

明尘远见状立即强调："我们的一切都是殿下给的，你不能忘恩负义。"

正是这句话，突然激怒了金城，使她崩溃喝问："忘恩负义？他给了我什么恩、什么义？他害了我母后，废了我王兄，我还要对他感恩戴德？如今我们夫妻提心吊胆，全都是他给的恩德！"

明尘远难以置信地看着她："你怎么能说出这种话？王室血统岂容玷污？明明是你母后有错在前！此事若揭穿，别说你们兄妹，只怕整个赫连氏都要灭门！殿下不仅没追究，还一直把你当成亲妹妹，一直养着你！"

明尘远越说越激动："这么多年以来，公主该有的月俸、赏赐、田庄、物产，他可有短过你？金城也一直是你的汤沐邑！你扪心自问，哪一国公主有你这待遇？他难道亏待你了？"

"是，他是没亏待我！可我不稀罕！"金城愤愤不平地道，"几个钱就能收买我吗？那是我母后的一条命！"

她说着已然流下泪来："从前我是多骄傲的人，如今只能看他的脸色！他让我活，我才能活！他让我死，我立刻就得死！这种仰人鼻息的日子，我过够了！"

"住口！"明尘远怒而呵斥，旋即想到了其中关键，"你从前不是这样子的，是不是聂星逸和你说了什么？”

金城没反驳，只冷冷地道：“王兄不过实话实说罢了。”

听闻此言，明尘远忍不住冷笑：“聂星逸早不挑拨、晚不挑拨，非等到我脑后有反骨的谣言传出来的时候挑拨，他究竟是何居心？金城，你可不要上当！”

“你不能这么说王兄，”金城帮着聂星逸说话，“他本是一国太子，如今一落千丈，心里有怨气也很正常！”

“那他是什么意思？他以为去年登一次城楼，他就能翻身了？”明尘远讽刺道，“他未免把自己看得太高了！”

“王兄他不是这个意思！他也知道斗不过聂星痕。”话到此处，金城也不想再掩饰什么了，索性一把将明尘远推进内室的小隔间，低声问道，“我问你，那个谣言传得越来越猛，如今朝中许多人都知道你脑后有反骨，你打算怎么办？”

“殿下不会相信的。”明尘远脸色肃然。

金城嗤笑：“他若不信，你还对我抱怨什么？你不是说他越来越疏远你了，你上的折子他没一个同意的吗？”

明尘远薄唇紧抿，半晌才道：“至少军权还在我手里，这就是他对我最大的信任。”

“军权？”金城又笑，“你带兵有聂星痕时间长吗？你在军中的威望及得上他吗？军权还不是说削就削，古往今来哪有人能一辈子手握军权的？你就算有命握着，也迟早要死在战场上！”

“金城！”明尘远听到此处，终于恼火起来。

“你别生气，先听我说。”金城顿了顿，似乎是在极力平复着心情，她的神色很复杂，自责与惶恐同在，激动与兴奋并存，“我在想，既然都说你脑后有反骨，不如我们就把这罪名坐实了！”

“你说什么？！”明尘远的呼吸快要停止了，他的一颗心震惊到无以复加。

“你听我说完，”金城拉过明尘远的手，低声道，“不瞒你说，此事我想了快一年了。我看了好多史书，古往今来只要被扣上谋反的帽子，没有一人能善终！即便聂星痕眼下信任你，那以后呢？谁能保证他一辈子拿你当兄弟？”

“那你也不能谋反！”明尘远几乎是怒喝出声。

金城立刻捂上他的嘴：“王侯将相宁有种乎！说句不好听的，聂星痕不也是谋反得来的权力？三人成虎你懂不懂？届时人人都说你有反骨，他不信也得信！”

金城说完这番话，见明尘远的情绪已经平缓下来，才松开手，继续劝道：“与其坐以待毙，不如主动出击！你说呢？”

明尘远没应，目不转睛地盯着她，反问："这些话，都是你那个亲哥哥教的？"

金城犹疑片刻，坦诚回道："也不全是。王兄他说了，他这辈子与王位无缘，但你一定是乱世英雄！只要你点头，他愿辅佐你登上王位！包括一直追随他的部下，都可以为你所用！"

"为我所用？"明尘远根本不相信，"我与他也算仇家，他会这么大度？你别信他，他必定有不可告人的目的！"

"他当然是有所图的，"金城忙道，"王兄如今过得生不如死，不甘心也是正常的，他只是想摆脱束缚，堂堂正正地做些事。"

"做些事？他做的事就是造反？"明尘远目光犀利，隐现杀意。

与他相反，金城的双眸中闪现着熠熠光彩，半是安抚半是劝说："尘郎你仔细想想，只要你能成功，我们就能开创一个新的燕国！你是王，我是王后！王兄就是国舅！这难道不比我们现在强？王兄他也是为了咱们着想，他……"

"啪"的一声，金城话没说完，左颊便狠狠挨了一巴掌。明尘远力气太大，扇得她一个趔趄，后腰撞到了案几上。明尘远厉声斥责她："你醒醒，这全是聂星逸的一己之私！他这是要害死你！"

金城只觉得脑中嗡嗡作响，可心头那一团火焰却再难熄灭，脱口而出："他怎么会害我！我们是兄妹，流着一样的血，过着一样的日子，我们最知道彼此的痛苦！他句句都说到我心坎儿里！"

幽幽烛火中，明尘远静静地看着她，她是他的妻子，他的枕边人，他整个年少时期的梦想，他拼了命才得到的心上人。为了这个女人，他陷害了嫡兄，背弃了家族。可是，他发现自己从未认识过她！

金城，于他而言竟是如此的陌生！是他从没看懂过她，还是她真的变了？是他被感情蒙蔽了双眼，还是她被虚荣掩盖了良心？

"说来说去，是你自己想当王后！"明尘远冷笑一声，"看来是我能力有限，无法满足你这个公主的虚荣了。"

他的双手紧紧握拳，难以自制地讽刺道："既然你这么想做王后，当年燕、楚和亲你怎么不去？你若去了，两国交谊和和美美，楚国也不会被灭，你还能当上太子妃，现在早就是王后了！"

此时此刻，金城只觉得左脸火辣辣地疼，她无法置信地看着明尘远："你怎么能说出这种话！这么多年，我对你可曾变过？你还有什么可怀疑的？"

"那你怎么会怀上明重远的孩子？"明尘远冲动之下脱口而出，"当年若不是我先下手杀了明重远，你眼见亲哥哥大势已去，你会跟我吗？说白了，我不过是你找的一条后路！这样无论他们兄弟谁胜谁负，都会有人保住你！”

这么多年以来，这番话一直积郁在明尘远心中，他时时刻刻都在告诫自己，这话说了会伤害他们夫妻的感情。但是今天，金城用言语再次触及了这个心结，让他再也忍无可忍：“金城，你这么做和明丹姝有何区别？说白了，你们只想依附着男人往上走，坐到更高的位置上去。在这点上，魏连翩比你们强太多！”

他不提这名字还好，一提起来，金城当即脱口反讽：“我就知道，你心里还有魏连翩！你可真是欣赏她、信任她，就算她改了姓名你对她还是念念不忘！你当我不知道吗？她在宫里只要受点儿委屈，你立刻就去替她出头！”

金城话到此处，狠狠地推了一把明尘远，哭喊着道：“你如今后悔了是吧？要去找她是吧？你走啊！你现在就滚进宫去，把她娶回来！”

“你发什么疯！”明尘远忍无可忍，“连翩因我搭进了终身，要一辈子陪着那个废人，我欠她太多，难道不该帮她？”

“那你就造反啊，你当了王，我当王后，她就是我的嫂子！你可以封她个一品夫人！”金城停顿片刻，又是一笑，“哦，到时你也可以效仿聂星痕，将她改名换姓接到宫里，夜夜侍奉你！”

“聂星彩！”明尘远怒到极点，连名带姓地呵斥她。

“你别这么理直气壮！难道你就处处对得起我？”金城此刻已是双目通红，索性将心中藏着的话全都说了出来，“别以为我不知道，当年我和你大哥的孩子，就是因为她才落掉的！是你指使她的！”

“是！是我做的！”明尘远痛快承认，“要我替明重远养孩子，绝不可能！”

“咣当”一声，他没再多说一句，摔门而出。

这一晚，明尘远彻夜未归，他漫无目的地在京州城内纵马驰骋，直至宵禁也无法平复心头滋味。也不知过了多久，他终于发现自己已经无处可去了。

夜风飒飒，他不知不觉地策马来到明府。随着他父亲的离开，这里已经渐渐落魄，无人问津，除了管家和几个旧仆守宅之外，主人们都已弃之而去。

想起他这个明氏子弟当了驸马，做了镇国将军，而他名义上的两个妹妹一个是王后、一个是淑妃，再看看这破落的匾额和冷清的门庭，真是讽刺至极。

事实上，他早已不把自己当成明氏子孙了，从他的生母死后，他就已看清了人情冷暖、权势富贵。他毕生所求，不过是有娇妻稚儿，有生死知己，有一屋遮身，有一马驰疆。可他好不容易得到了这一切，却注定要因为脑后的一块反骨失去所有他在乎的人和事。

虽然金城说了许多忘恩负义的话，但至少有一句是对的：古往今来只要是被扣上谋反的帽子，没有一个人能逃脱得了。他仿佛已经看到了自己的结局，他会因为一个莫须有的罪名而失去一切，锒铛入狱，冤死在断头台上。

不！他不能认命！他不想失去！几乎就是这一瞬间，他突然做出了一个大胆的决定……

翌日早朝散去，明尘远直奔圣书房求见聂星痕。可到了圣书房，他又听说聂星痕刚刚去了御花园。他在圣书房偏殿久等聂星痕不至，只得跑去御花园寻人。

原以为聂星痕出入御花园，必定有一众宫人随侍，谁料远远地，他便瞧见聂星痕站在花丛之中，正在聆听一个女子说话。而那女子一袭华服，背对明尘远，乍一看像是微浓，直到走近了，他才发现那是明丹姝。

但见两人站在花丛里说话，身边竟没有一个宫女、太监，而明丹姝一副娇弱无力的模样，好似西施捧心，不知在对聂星痕说着什么。再看聂星痕，眉目紧蹙、面沉如水，似乎有些不耐。

明尘远在远处看了片刻，才走了过去，自行禀报："微臣明尘远，见过殿下……见过淑妃娘娘。"

聂星痕这才看到他，表情立即转为笑意："原来是仲泽来了，可有要事？"

明尘远起身，目不斜视地道："是有些事向您禀报。"言罢，他才瞥了明丹姝一眼。

聂星痕也看了她一眼，命道："我与仲泽谈事，你先下去吧。"

明丹姝好不容易抓住机会与聂星痕单独相处，如今却被明尘远打断，她心中不忿，却又不敢说什么，正要屈膝告退，却被明尘远阻止："不必，此事与淑妃娘娘也有关系，让她听听无妨。"

此言一出，聂星痕也没拒绝，明丹姝亦是面露喜色留了下来。明尘远唯恐再等下去自己就后悔了，遂立刻下跪，肃然说道："近几年来，有居心叵测者传播流言，说微臣脑后有反骨，会危及您的江山社稷。微臣受此流言困扰，更恐您因此与微臣疏远，每每念及此事，心中皆是惶恐不安，夜不能寐……"

他刚一说到此处，聂星痕已经摆手笑道："仲泽多虑了，我从未当真。"

然而明尘远却万分认真，坚持道："就算您未当真，可三人成虎，倘若有心人借机上表发难，您定会左右为难，处置微臣也不是，不处置也不是。"

"怎么？你还不信我？"聂星痕依旧笑着。

明尘远拱手摇头：“不是微臣不信您，是微臣不想给您增添烦扰。此事微臣若再不发声，只怕谣言越传越广，会破坏民心，引起朝野内外的恐慌。”

聂星痕终于听明白了：“看来你是有了什么好主意？说来听听。”

此言甫毕，他便瞧见明尘远面色沉敛，郑重其事地朝他叩首说道：“身体发肤受之父母，脑后反骨乃父母天赐，剔除则死，不除则流言频传。微臣思前想后，实不愿因一块反骨而累及殿下，故已决定……去明姓，改臣姓，以示生生世世臣属殿下之忠心！”

听到“去明姓”三个字时，聂星痕已然大吃一惊，再听到明尘远要改姓臣，他竟觉得是幻听，不假思索脱口问道：“改姓臣……哪个臣？”

“臣服之臣，臣属之臣，臣民之臣！”明尘远再次重重叩首，语气坚决毫无迟疑，“从此之后，臣氏一脉愿做殿下家臣，生生世世追随左右！若有异心……令我子子孙孙无家无国、无成无就、无……”

“够了！”聂星痕厉色打断他，“这是谁给你出的主意？”

“是微臣自己！”明尘远神色越发郑重，“微臣想过了，唯有如此才能堵住悠悠众口。反骨是明氏的反骨，微臣改姓脱族以表忠心，日后若有任何异动，便受尽天下之唾骂，绝不玷污您的威名！”

“明尘远！”聂星痕似乎真的生气了，直呼其名道，“你知道你在做什么吗？脱离明氏，你会被族人唾弃，甚至被天下人唾弃！还有‘臣’这个姓氏……你……你让朝野上下怎么看你？”

明尘远先是看了看惊怒交织的明丹姝，才笑道：“微臣早已被族人唾弃，至于天下人怎么看，微臣并不在乎。”

“你……”听到此处，聂星痕很是动容，但依旧不肯松口，“此事金城知道吗？”

“不知道。”明尘远面色不改，“自古忠孝不能两全，微臣已经是不孝之人，但求殿下体恤，能让微臣做个忠义之人！只要您相信微臣，愿让微臣替您打天下，微臣定当追随左右生死不弃！”

“仲泽！”聂星痕似乎是强忍着某种情绪，竟再也说不出话来。

明尘远亦是强忍热泪，抬头望他：“天下事分久必合，九州割据数百年，已是生灵涂炭。殿下英明神武，必将统一天下，微臣愿为殿下肝脑涂地，更何况区区一个姓氏。”

他分明是跪着的，但身形却挺得笔直；他分明是在恳求，但声音却坚定无比；他分明是笑着的，但眼眶却饱含热泪；他分明有一个高贵的姓氏，但他宁愿去做一个家臣……

面对此情此景，聂星痕再难克制，弓身将他从地上扶起，再次询问："你可想好了？你能忍受天下人的指指点点？甚至你的子孙后代，都将冠上一个耻辱的姓氏，永远为人臣奴？"

"这不是耻辱，这是荣耀！微臣的子孙，也必将以此姓氏为傲！"明尘远铿锵有力、掷地有声，俊目之中满是坚定的神采，还有即将夺眶而出的热泪。

两个年近而立的男人默默相对，最终，聂星痕重重地拍了拍他的肩膀，率先笑了出来："好，既然你心意已决，我这就命钦天监测算黄道吉日，及早下旨。"

"殿下……"此时，一直未出声的明丹姝忽然低唤一句，令聂星痕意识到了她的存在。

"怎么？丹姝有异议？"聂星痕目色平静地望着她，没有不悦，也没有喜色、柔色。

明丹姝张了张口，没有说出话来，转而死死地盯着明尘远，眼中似能喷出火来。

明尘远见状，便主动对聂星痕道："看来淑妃娘娘有事要与微臣说，不知殿下可允准我俩单独谈谈？"

聂星痕自然晓得这兄妹两人会说什么，顺势道："我还有折子没批，你们慢慢聊。"言罢，他转身便走。

明尘远颔首恭送，明丹姝则完全忘记行礼，僵直着身子盯着明尘远，喝问他："你这么做，要如何向父亲交代？他膝下可就剩你这一支香火了！"

明尘远抹干湿润的眼角，瞬间恢复冷厉之色："看来淑妃娘娘还不如我了解近况，他老人家辞官回乡之后，续娶了一房继室，去年已然老树开花，又添了一个嫡子。"

此话一出，明丹姝似是站立不稳，晃了晃身子，略有些尴尬："那才多大的孩子，你怎知他能活长久？若是万一……"

"万一？"明尘远冷冷一笑，"他都没指望我尽孝送终，你替他操心这些做什么？他如今远离庙堂回到山野乡村，我看那孩子必定能平安长大。"

明尘远话到此处，冷淡地反问："怎么？你着急了？担心了？怕他续娶个继室就把赫连夫人忘记了？"

"你！"明丹姝气得脸色涨红，"无论父亲怎样，也容不得你这个背叛家族的庶子插嘴！"

"你有何权力指斥我？你以为你还是明家大小姐？那他续娶之事为何不告诉

你？”明尘远漠然反问。

明丹姝越听越觉大受羞辱，正待反驳，却听明尘远又道：“也不知赫连夫人地下有知，可会怨憎他的薄情？呵呵。”

“你休要挑拨我父女之间的感情！无论如何，我还记得自己姓什么！”明丹姝已是怒不可遏，“你要脱离明氏也就罢了，没人稀罕！可你竟然要改姓臣！这是什么鬼姓氏？简直是把祖宗的脸都丢尽了！”

明尘远再次冷笑：“我改姓臣如何？我光明正大。反倒是淑妃娘娘你，为了得到殿下的青睐，巴不得改了姓呢。只是就算你改了姓，殿下也不会要你的！”

眼见对方还要还口，明尘远索性一拂袖，哼道：“淑妃娘娘好像忘了，殿下是明氏的仇敌，你如今卑躬屈膝地向他邀宠，也是对明氏的背叛！”

言罢，他轻蔑地看了她一眼，径自离去。

七日后，聂星痕在早朝上宣旨，为镇国将军明尘远赐臣姓，为其更名为臣远；此外，册封其为镇国侯，可号令三军，同时坐镇京畿；侯位可世袭，其嫡子满三岁可请封世子。

伴随着这一旨意的颁布，是大批的赏赐与权势的下放，满朝文武皆惊叹非常。驸马封侯的前例，本朝只有一位定义侯暮皓可循，同样是拥立有功，同样是娶了长公主，可暮皓手中的权势远远不及此。而且，暮皓如今与长公主和离，深居简出实权被剥，早就成了空架子。

而明尘远，真真是数百年来头一位手握军权的外戚驸马，放眼九州，史无前例。

御史们感到此事大为不妥，纷纷上疏进言：有劝聂星痕收回成命的；有劝他提防臣远的；更有甚者直接搬出反骨一事，劝谏他对臣远斩立决。

对于这些劝谏，聂星痕给予了同样的朱批——镇国侯乃王上妹婿，此乃王上旨意。

王上自然是聂星逸，如今聂星痕尚未登基，一直沿用着聂星逸的年号和玉玺。众人明知这是借口，却也无法反驳，更不可能去宫里找聂星逸对质。

唯有一名御史冒死求见，在宫门前跪了一天。聂星痕直接将他扔到军营一个月，扬言他若能接替镇国侯的军务，或是找到合适的接替人选，便将镇国侯的军权剥去。

一个月后已近年关，诸位大臣借着拜年之机登门拜访，都发现这位上了年纪的御史已经瘦成了皮包骨头。众人听说他在主帐里住了足足一个月，与镇国侯同吃同住同操练才成了这个样子，全都默不作声。

元宵节后，聂星痕恢复早朝，此事便再也没了议论声，而明尘远也用他的新身份站稳了脚跟。后来他才听说，把御史扔到军营的主意是微浓出的，便打听了她出宫看望冀风致的日子，特意登门想与她道个谢。

两人在冀风致的住处相见，明尘远道明谢意，微浓却并不居功，反而笑道："您为人如何，我最清楚明白，自然不能看您受流言牵连，让燕国失去股肱之臣。"

"原来您是为了燕国着想，而不是为了殿下着想。"明尘远笑回。

微浓朝他摆手："您若是来做说客的，可以回去了。"

明尘远无奈地摇头："您多心了，我一则来道谢，二则来探望冀先生，三则来求您为我解惑。"

冀风致闻言率先礼回："劳镇国侯记挂，老朽不胜感激。"

"好了，您谢也谢过，看也看过，解惑之事又从何说起呢？"微浓主动问道。

明尘远也不忌讳冀风致在场："是关于金城。"

微浓似乎能猜到一些："金城公主生来骄傲，大约还需要时日来接受这件事。"

明尘远犹豫片刻，还是将聂星逸和金城有异心之事说了出来，苦恼道："我如今正是左右为难，不知该不该告诉殿下，说与不说，都会害了金城。"

"这就是您需要我为您解惑之事？"

"嗯。"

微浓思索片刻，笑了："其实说与不说也没什么区别，我猜他早就察觉到了，不过是瞒着你罢了。"

经微浓如此一提，明尘远豁然开朗。是啊！聂星痕离开燕国半年，岂会不找人盯紧聂星逸？只怕他们兄妹的小心思早就在他的掌握之中了。即便聂星痕不知情，以那对兄妹的能耐，还能闹得出什么风浪？

也许，最近聂星痕对他冷淡，就是因为此事。聂星痕不想将他牵扯进去。

微浓见他若有所思的样子，便知他想明白了，不禁再笑："当务之急是你该想想如何为金城求情。还有，你要怎样再次堵住御史们的嘴。"

明尘远恍然大悟："还是公主看得透彻。"

"是侯爷您当局者迷了。"

心事已了，明尘远便适时告辞，微浓代师相送，两人一并往大门外走。走着走着，明尘远又突然说起一事："其实王拓生前曾提过您手中有张羊皮卷，殿下他一直在等您相告。"

微浓脚步一顿，倒是没解释那张羊皮卷的事，只叹："说来说去，您还是做了他的说客。”

明尘远哈哈大笑：“都说当局者迷，公主也是如此，您既然不信我脑后的反骨，又为何要在意那钦天监的预言呢？”

劝毕，他拱手告辞离去。

明尘远改姓的风波过去之后，聂星痕接到宁国探子呈来的密信，道是王太孙原湛和魏侯世子原澈已闹得不可开交，最终遍及了整个朝堂。

此事说来还与王拓之死有关。数月前，云辰使出反间计，借原澈之手铲除王拓，并嫁祸祁湛。原澈对王拓的出身信以为真，便进宫告状，直指祁湛狼子野心。

祁湛自然不会承认，然而此事有云辰精心准备，再有原澈大加渲染，一切证据皆表示，王拓是祁湛的师弟，早在十年前就已经潜伏在魏侯府，为祁湛坐上王太孙的宝座而铺路。

宁王多疑，最忌讳别人觊觎自己的王座。尤其祁湛认祖归宗之后表现得极为淡泊，直至近两年才有一些王太孙的觉悟和做派。宁王正是欣赏他的不争之心，兼具对已故太子的愧疚，才愿意栽培这个孙子。

如今突然被原澈揭穿，说祁湛早就知道了自己的身世，并且一直在掩饰他的功利之心，甚至还在宫里安插了墨门的眼线。这桩桩件件，全部犯了宁王的大忌，饶是他不能尽信原澈的话，心中也对祁湛起了怀疑。

祁湛和原澈为了此事，当着宁王的面争执起来，甚至动了手。自始至终，祁湛只承认有过一个名叫刘斯扬的师弟，但认定他早在十年前就已经去世，根本不是王拓。

而宁王冷眼旁观，任由两个孙子互相指责，如此闹了一场，举朝皆知。宁王盛怒之下，剥夺了祁湛的监国之权，宁国军政又重归宁王一人手中。原澈本也是这个目的，见宁王已经对祁湛起了疑，便也没再多要求什么，愤愤地回了魏侯京邸。祁湛则自请禁足，整日待在东宫之中。

人越是老迈，心越是脆弱，何况久居王位之人最为多疑。两个孙子这般一闹，宁王终究不能放心，立刻下令排查身边的亲信，唯恐其中真有墨门的眼线。而这一查就是大动干戈，最终墨门的眼线没查出来，却查出不少结党营私之事，更有身边亲信将他的日常起居透露给外臣。

宁王震怒不已，血洗大批近身服侍之人，还治了几个外臣的罪。此事前后历经几个月，问斩了上百人，闹得宁王宫风风雨雨，连带朝堂上也是人心惶惶。

再然后，世家们也开始相互避忌，风波蔓延了大半个宁国。到了年底，已然民心动摇。

聂星痕得知这消息之后，当即召明尘远进宫商议对策。两人在圣书房内彻夜长谈，皆认为这是难得的机会，决定主动出击。

消息传到微浓耳中，她大为震惊。

“你要亲自去姜国？”微浓的第一反应是反对。

“这一趟我非去不可，”聂星痕解释道，“宁国已经大乱，我要借此机会去姜国和谈，力争兵不血刃。”

“可是这太危险了！”微浓忧心忡忡。

“又不是没去过，”聂星痕泰然自若，“以前局势多乱，我还不是一走半年？如今姜王是我的人，更没什么可怕的。”

微浓此时已经看过密信，对宁国的局势略有所知，不禁心生疑惑：“宁王在位六十几年，可从没这样糊涂过，其中会不会有诈？”

“我看是云辰的杰作，”聂星痕笃定道，“他大约是想走个捷径，先颠覆了宁国王权再与我斗。”

“这可能吗？宁国根深蒂固几百年了。”微浓感到很费解。

“云辰的心思深不可测，谁都不知他到底是在想什么。”聂星痕转而轻叹，“不过，我绝不能坐以待毙，否则必死无疑。”

是啊，云辰无论做什么，最终目的都是复仇。微浓的双手在袖中微微收紧，她几乎已能想象到云辰与聂星痕决一死战的情景。

“密信上说，云辰与原澈已经再次联手，我猜他是想扶持原澈当傀儡宁王，再借他的手与我一战。”

“傀儡宁王……”微浓喃喃自语，更是不敢相信。须知魏侯父子是陷害姜王后的罪魁祸首，若非原澈使计挑拨，姜王后也绝不会落入万劫不复之地。而今，云辰却愿意摒弃旧怨，与原澈再度联手。

“他真的变了，若是从前，他绝不可能原谅原澈。”微浓感慨万千。

“权势之争，没有永远的朋友，也没有永远的敌人。”聂星痕如是评价。

微浓无言以对，终于站起身，对聂星痕道：“你随我来。”

聂星痕也没多问，默不作声地跟在她身后，两人走入未央宫的内室，来到妆台之前。微浓抬手掀开妆台上的奁盒，从盒中掏出一个布包，又从布包中取出一张羊皮卷。

聂星痕见到羊皮卷后眸光微漾：“这是……”

“这是我在孔雀山上找到的，”微浓不知该如何解释，“很抱歉瞒了你一年多，因我实在不知该不该说，说了又会引起什么风波。”

“那你如今为何说了？”聂星痕柔声问道。

“因为王拓死了。”微浓面露黯然，“我知道这东西对云辰很重要，以前我不说，是怕激化你们的矛盾。直至王拓死后我才发现，其实我根本阻止不了。”

“你与他，终有一战。”她攥紧手中的羊皮卷，抬头望向聂星痕，“云辰把寻找藏书当成障眼法，私下却在找这东西，可见它比藏书更重要。我可以把它给你，但你要答应我一件事。”

“什么事？”

“不要让楚国的悲剧再发生一次。”微浓面色凝重，“直到今日，楚地百姓都视你为洪水猛兽，可见你当时并不得民心。以后你建功立业、要统一天下，可以！但请你善待所有人，不要再行屠城之举。”

“过去的事情，我不想解释太多。”聂星痕专注地看着微浓，“以后的事情，我答应你。”

“但求你记得今天的话。”微浓缓慢地伸出手，将羊皮卷交给对方。

聂星痕伸手接过，就着妆台铺开整张羊皮卷。他只看了一眼，便脸色骤变，先是大惊，又是大喜，最终化为一句疑问：“另一半在哪里？”

“应该是在云辰手中。”微浓将找到羊皮卷的经过、丢失另一半的内情如实相告。

听完这羊皮卷的来龙去脉，聂星痕显得很激动，指着其上弯弯曲曲的线条，笑道：“这是布防图，唯有修习过《鬼谷子兵法》之人才能看懂。所有山川河流、地形关隘都标注其上，有了此物，用兵如虎添翼！”

微浓听懂了，立即追问：“这半张图是哪里的地形？”

“是燕国和姜国的。”聂星痕有些遗憾，“看来楚国和宁国的都在云辰手中。”

微浓却是松了口气：“还好，至少燕国的地形图没被泄露。”

“没错，而且眼下看来，姜国的地形图更有用。”聂星痕指着姜国蟾州的地形，对微浓说道，“你看，姜国山水众多，是燕、宁两国之间的军事屏障，有了这图，我们可以更好地防御宁国来袭。而且，我也有了和姜王谈判的筹码。”

“能帮到你就好。”微浓于心稍安。

聂星痕仔细地将羊皮卷收好，转念又叹：“倘若宁国的图真在云辰手中，那最后燕、宁两国一战，就要看云辰的态度了。”

“可他不会帮你的。”

聂星痕又岂会不知？其实祁湛和原澈的能力有限，两人内斗也会消耗彼此的实力，聂星痕并不把他们放在眼中。他只担心云辰，以及云辰背后想要复国的势力。

“如今回过头看，我当年那一步还是走错了。”关于七年前的燕、楚之战，聂星痕头一次表露出悔意，“若是我当年能用更温和的法子挽回你，或许我们不会蹉跎这么多年。”

“只是战争是最快、最有效的办法，若是再等下去，我只怕你就爱上楚璃了。”聂星痕摩挲着手中的羊皮卷，不胜唏嘘。

微浓霎时哽咽：“当年的事……我知道不能全怪你，有你父王主政，很多事你也无法做决定。”

这一句迟来的理解，终于令聂星痕失控，他一把将微浓搂在怀中，低头亲吻着她的秀发，良久良久不再作声。

微浓没有反抗，只是用手轻轻地抵在他宽阔的胸膛之上，轻声说道：“所以是你搅乱了九州，你要负责结束这乱世，有始有终。”

“好！”聂星痕紧紧地搂着微浓，强力克制着身躯的颤抖，“微浓，你要帮我。”

“怎么帮？”

“留在宫里，执掌凤印，牵制聂星逸。”

春夜里月明星稀，风过无痕，过去的爱恨情仇仿佛都被吹散了，从此只余希望。忽然之间，微浓顿悟了，比起这九州风云，比起这家国兴衰，她个人的爱恨情仇，渺小得不值一提。

第三十六章

恩威并施，刚柔并济

翌日，聂星痕下令，命明丹姝将凤印移交给微浓，并宣布在他离宫期间，后宫诸事全权交由烟岚郡主处置，若有违者，烟岚郡主可先斩后奏。

此言一出，关于他和微浓有私情的流言更加难以遏制了。可事到如今，微浓也管不了太多，她只能临危受命，替聂星痕揽下这看似平稳，实则暗藏波涛的后宫。

不过令微浓意外的是，聂星痕此次前去姜国和谈，竟只带了五千兵马，还将明尘远留下坐镇朝堂。微浓虽有担忧，但她知道聂星痕自有筹谋，便没再置喙。

聂星痕此去姜国，若能不战而收服姜国民心，必将成为史书上浓墨重彩的一笔。无论日后他能否成就帝业，此举都是燕、姜两国百姓之福，值得为后世称颂。单单是为了这一点，她也得帮他。

聂星痕临走前，与她约定每隔半个月通一次信。两人商量了一个暗号：初次写信把信首第一个字和信末最后一字写成相同的字，第二次写信便改成信首第二个字和最后一字相同，以此类推。这样不仅能提防信件被偷梁换柱，更能提防中间有人增删信件内容。

聂星痕就这般走了，把前朝、后宫的担子，压在了明尘远和她的肩上。对于移交凤印，明丹姝自然是万般不愿，但她很聪明，立刻就把凤印给了微浓。只是她一直拖着不交宫中账目，也不带领六局二十四司的人来拜见微浓。

如此一来，微浓执掌凤印便成了空谈。为了不落口实，明丹姝还亲自去未央宫解释缘由：“本宫与王后联合执掌凤印，诸事烦琐，账目太多，需要一个月时间仔细梳理。”

这话看似在理，毕竟聂星痕当政五年来一直是明丹姝管着后宫，日子久了，自然积压了不少琐事和坏账。她需要时日善后，微浓也不好多说，这事便一直拖到聂星痕离开，也没有解决。之后，微浓便开始处处受她掣肘，在后宫被完全架空。

所幸，微浓身边还有一个晓馨。如今的晓馨，早已成为尚宫局的主事者，是正五品的官职，在后宫六局所有正六品以上的女官之中年纪最轻、前途最广。在她的梳理下，微浓迅速掌握了后宫的动向，也深知若要震慑后宫，必须先震慑六局。

所谓“六局”，全称为“六局二十四司”，乃后宫全部女官规制，掌管宫中的方方面面。六局分为尚宫局、尚仪局、尚服局、尚食局、尚寝局、尚功局，各局主事两人，皆是正五品。每局下辖四司，各司分管一项事务，人员从正六品到正九品官职不等。

譬如：尚宫局司记，掌宫内文簿出入记录；尚仪局司乐，掌宫内乐理陈布之仪；尚服局司衣，掌宫内御服、首饰整比……

除此之外，还有不在司内任职、直接听命于各局主事的人员若干。总而言之，六局二十四司管辖的事务无比精细，人员繁多，职责繁杂，权势和油水也不少，内斗与攀比更是厉害。能否将六局二十四司的事务管好，历来是执掌凤印者最大的考验。

平心而论，这几年明丹姝手段凌厉，制定了不少宫规，把从前模棱两可、容易推诿扯皮的事务都进行了明确的划分。偶尔与王后魏连翩意见相左，她也没闹出大乱子，其管理六局二十四司的能力已得到了宫人们的认可，风评甚至在当年的赫连璧月之上。

明丹姝也因此自认为地位稳固，并不惧怕将凤印交给微浓。她一直等到聂星痕离京一个月之后，才在晓馨的数次催请下，带着六局二十四司的主事来未央宫拜见微浓，不过所有人都是空手而来，并未带着账簿。

当日，微浓早早出来相迎。时值四月末，天气渐热，她身穿一件流彩暗花云锦纱裙，腰间紧束，显出她纤细的腰肢和高挑的身材，再配上清淡的妆容和额间花钿，显得她整个人既与世无争，又冷艳庄重。

明丹姝带着一群人浩浩荡荡地进了未央宫，远远便瞧见微浓站在外院的石阶上，她缓慢走近，率先笑道：“郡主，本宫带着六局二十四司的主事来见见你。”

微浓微微一笑：“有劳淑妃娘娘了。”

明丹姝回头看了看身后众人，轻咳一声：“哎，这可有些尴尬了，按道理说，摄政王殿下命郡主代掌凤印，您自然是后宫之中最尊贵的女人。然而本宫是淑妃，地位、品阶应在郡主之上，更被殿下特许见王后而不拜。这下子，也不知是本宫拜你还是你拜本宫了。”

下马威来了！微浓看向明丹姝示威的笑脸，亦是笑道：“既然如此，那些虚礼就都免了吧。”微浓边说边看向她身后的一众女官，再道，“这么多人，恐内堂里站不下，也好，直接在外院说吧。”

言毕，她命人搬出来一张青玉雕花小案和两把楠木梅花椅，又命人端来一壶好茶。她自己的座椅放在了外院的北侧，面朝殿门，又命宫婢将另一把椅子放在西侧下首，施施然请明丹姝落座。

今日来客之中，以明丹姝的身份最是尊贵。按理说，明丹姝应坐到微浓的东侧下首才是，而微浓却命人将椅子放在西侧，这显然是无礼之举。在场六局二十四司的女官们都熟知宫中礼仪，心里自然敞亮得很，便有明丹姝的心腹大着胆子上前提道：“启禀烟岚郡主，淑妃娘娘的椅子摆错了，应是摆在您的左手边才是。”

微浓瞥了一眼说话之人，淡然无波地道：“东侧为尊，是我留给王后娘娘的位置。怎么？难道要让淑妃先在东侧落座，一会儿再给王后娘娘挪位置不成？这岂非无礼之举？”

言罢，她特意看向明丹姝，笑言：“即便是同族姐妹也得分尊卑，淑妃掌管凤印多年，言行皆是宫中典范。您方才既然说，摄政王殿下‘特许’您见到王后而不拜，可见您的地位依然处于王后之下。既如此，您落座西侧可有不妥？”

明丹姝明知魏连翩不会到场，却也反驳不了，唯有讪笑一声，在微浓的“请坐”声中落了座。

微浓这才满意地颔首，自己也慢悠悠地坐下。

两人面前，六十名女官全都齐刷刷地站着，手中空空如也。

微浓又扫了一眼众人，叹道：“唉，你们都空着手来的？可见没打算在我这未央宫长坐。也好，这样恰恰免去了我的烦恼，我这宫内桌椅有限，就暂且委屈各位站着吧！”

六十名女官面面相觑，都一言不发。今日她们是听了明丹姝的吩咐特意不带账簿来的，即便其中有几人不愿为虎作伥，但也不敢公开得罪明丹姝。

微浓倒显得不在意，端起一杯君山银针，轻啜一口，看向明丹姝：“月余前，淑妃娘娘曾说，要梳理账簿移交于我，不知进展如何？”

明丹姝也低头轻啜一口热茶，借机朝心腹使了个眼色。便有一名五品女官走上前来，在微浓面前盈盈一拜：“启禀郡主，下官乃尚服局主事，关于账簿之事，有内情向您禀奏。”

“讲。”微浓仍旧含笑。

尚服局主事遂道：“尚服局事务繁多，掌服章宝藏、簪珥花严、巾栉膏沐，下官任内账目过多，日前尚未清算完毕。”

微浓闻言眉目轻蹙，倒也没说什么，转而看向其他女官：“你们呢？也是如此？”

话音落下，六十名女官齐齐下跪，异口同声：“下官无能，请郡主恕罪。”

微浓见状脸色渐沉，转而看向明丹姝。

后者一脸挑衅的笑容，故作三分愧色：“郡主息怒，是本宫管教无方，致使账目清算未果。”

“淑妃娘娘礼仪传家，聪慧机敏，这些账目又岂会清算不完？”微浓不禁疑惑。

明丹姝虚扶鬓边一支步摇，轻叹一声：“郡主有所不知，自摄政王殿下主政以来，前后五年一直是本宫执掌凤印，管理后宫。摄政王对本宫宠信非常，从不过问后宫诸事，也因此本宫有所懈怠，不曾月月清账，这才导致下头的人偷懒成性。这些女官并不长于术数，如今账目积压过多，若要清算，委实费力。”

“五年都不曾清算账目？”微浓着重提问。

明丹姝点了点头：“正是如此，是本宫管教无能。”

微浓感到很为难，低头想了片刻，又问：“事到如今，淑妃娘娘可有什么好法子？”

上钩了！明丹姝眼睛一亮，立刻回道：“本宫倒真有一个法子！不若你就别看旧账了，支出繁杂，你也看不懂，你只需管好往后的账就成了。本宫向你保证，这六局二十四司的女官，日后定当听你吩咐，做好新账。”

明丹姝不交账簿，绝不只是为难自己，这背后必有内情。微浓霎时想到两种可能：其一，这是个陷阱，日后明丹姝要借机发难，趁聂星痕不在宫中，给自己制造诸如贪腐之类的罪名；其二，明丹姝掌管后宫期间，私下支走巨额款项，如今抹不平账目，所以故意拖延时间。

微浓心中飞快思量，半晌未语，明丹姝看在眼中，得意地笑问：“郡主，此计如何？”

微浓感到很头痛，揉了揉额头：“这件事，我也无计可施了。”

明丹姝便大为开怀，径直站起身来：“那就这么说定了，我也不多做逗留，就此……”

"告辞"二字她还未说出口，却听微浓话锋一转："不过，我虽无计可施，倒也请了几位智囊。这件事，应该还有别的法子。"

明丹姝像是没听清："什么？"

微浓眉目渐渐舒展，全然不复方才的为难情绪，轻声唤道："晓馨。"

晓馨应声称是，走到微浓身后，步上台阶，打开外院中殿大门。

沉重的开门声响起，渐渐显露出殿内情形，但见其中摆着六十把椅子，横十竖六，布局整齐，每把椅子上还放着一个算盘。

明丹姝与众女官不解其意，前者问道："郡主什么意思？"

微浓没有答她，目视前方，肃然喊道："来人！"

话音甫落，但见六十名中年男子从偏殿内陆续走出，个个低眉恭谨，站到了女官队伍的旁边。为首一人当先跪拜，高声礼道："长公主府总管，正七品曹方，见过郡主。"

曹方身后，其余人等也纷纷跪地："草民见过郡主。"

明丹姝脸色骤变，看向微浓："你这是何意？"

微浓缓慢地从座上起身，走到明丹姝面前，从容地笑道："没有别的意思，淑妃娘娘移交凤印月余，却迟迟不交账簿，我已猜到是宫中女官不擅术数，清账不力。于是，我便请我母亲把长公主府的管家借我一用，让他来协助六局二十四司清算账簿。"

微浓话到此处，突然冷起声音："曹方，还不见过淑妃娘娘。"

"是，"曹方从善如流，立即对着明丹姝跪拜，"曹方见过淑妃娘娘。"

"放肆！"明丹姝长袖一甩，撕下脸面，"后宫重地，岂是这些外臣小民能轻易入内的？郡主，你置宫规于何处？"

"淑妃息怒，此事我已事先请示过王后娘娘，宫中也有先例。"微浓笑吟吟道，"再者言，我这不是为您分忧吗？您统管后宫多年，账目却混杂不清，不是更加违反宫规？我请他们来协助您，也是为了您着想啊。"

微浓伸手指向跪在地上的一众管事，再道："这些人都是我长公主府的算术高手，由曹方亲自选拔，多年来为我母亲管理田产、农庄、食邑、生意，从无差错。有他们帮忙，我想六局二十四司的账目，很快就能算清了。"

明丹姝心中"咯噔"一声，未曾料到微浓早有后招，她看着对方笑吟吟的样子，只觉得面目可憎，一腔怒火喷薄而出："不可！宫中账目何等重要，岂能泄露给外人？"

"我是长公主之女，这些都是我公主府的人，又怎会是外人？"微浓有理有据，“说起外人，也是我这个郡主算外人才对。不过，摄政王殿下连凤印都交给我这个外人管理，可见他也并没有把淑妃娘娘当成内人。是不是？”

微浓说到最后三个字时，特意上前两步，与明丹姝相对而视，目露冷意。她本就比明丹姝身材高挑，如今两人站在一起，微浓硬是比对方高出小半个头，颇有俯视之意。两个女人互不退让，谁都没再说话。终于，还是明丹姝受不住这压力，率先冷哼一声，拂袖而去。

微浓望着她渐行渐远的身影，心中长舒一口气，这才对曹方等人命道：“你们先起来。”

一众管事纷纷起身，径直退到一旁，不再作声。

微浓的眼神再次扫过她面前的六十名女官，脸色冷然，目光更冷。

晓馨见状，便代微浓发话：“你们都看到了，账目不清，即便有明淑妃在，也保不住你们。如今烟岚郡主受摄政王殿下托付执掌凤印，为的就是整肃后宫，将数年积累的陋习陈规一一剔除。你们当中若有人自认能力有限，算不清账目，今日便当着郡主的面交出官印，自请辞官离宫，郡主必当既往不咎，赐黄金五两。”

话到此处，晓馨顿了顿，续道：“若是不愿辞官，便在三日之内交出所有账本，由曹总管及一众管事协助清算。当然，其中若查出欺瞒之处，郡主自当秉承摄政王旨意，先斩后奏，以儆效尤！”

半个月后，六局二十四司近五年的账本全部清算完毕，由晓馨和曹方率领一众宫女，抬着数十口箱子送到了未央宫。

曹方将账本的梳理情况罗列了明细，方便微浓一一查看：“禀郡主，老奴等人不负所托，终于将账目算完了。”

微浓扫了一眼明细，笑道：“有劳曹总管，这次实在辛苦你了。”

“郡主折杀老奴了，”曹方不愿居功，“其实那些女官早已将每年的账目算好，老奴只是对账查验，并不麻烦。”

微浓早就料到是明丹姝在扯谎，她那么精明的一个人，怎么可能五年不清算账目？最大的可能便是她故意不交出账簿。

“无论如何，曹总管这次帮了我大忙，这个人情我记在心中了。”微浓说罢朝晓馨示意，后者便将一沓银票拿了出来，交到曹方手中。

“这是辛苦费，还望曹总管及各位管事出宫之后，严守宫规，不要对外透露账目的情况。”微浓特意强调。

“郡主放心，老奴等人晓得轻重。”曹方接过银票，谢过微浓，当日便领着一众管事出宫去了。

曹方走后，微浓亲自翻看过明细，发现这几年来，明丹姝以各种名目支走宫中大量黄金、现银，且去向不明，数额之大令人咋舌。

就连晓馨看到明细也是惊讶：“奴婢虽知道明淑妃有小金库，可没想到会有这么多！”

“你也知道此事？”微浓有些意外，“那魏连翩，不，我是说王后娘娘，她知道吗？”

“知道，王后娘娘是个闷葫芦，这些年只管照顾王上和几位王子、公主，根本不理后宫诸事，说是与明淑妃同掌凤印，其实这宫里头，都是明淑妃一人说了算。王后娘娘偶与她有争执，也大多退让。”

晓馨说着已露出不忿之色：“明淑妃私下的小动作，奴婢就算没看见，也能猜得着。她这些年一直与朝中大臣有所接触，屡屡怂恿大臣上书立后，那些疏通关系的钱财，不都是从后宫里榨出来的吗？”

“这些事情他都不管不问？”微浓蹙眉。

晓馨自然知道“他”指的是谁，不禁叹了口气：“殿下日理万机，军政大事都忙不完，身边又没个体己人，他哪还有精力过问后宫之事。”

晓馨边说边悄悄观察微浓的神色，又道：“还有，男人一向不爱管女人的闲事，殿下更是绝迹后宫。这宫里想要邀宠的女人也多，有明淑妃在，那些女人才一直没能得手，殿下也落得清净。正因如此，殿下对明淑妃特别担待，虽知道她中饱私囊，也只当作是补偿，睁一只眼闭一只眼吧。”

“原来如此。”微浓终于明白了。

“您打算如何处置明淑妃？”晓馨不禁追问。

微浓沉吟片刻，道：“我查账为的不是找她麻烦，她毕竟是正一品淑妃，又帮了摄政王几年，我总不能落井下石。”

“可是这些亏空要怎么办？您难道就此算了？”

微浓也没有想好该怎么办，她想，既然此事聂星痕知情，或许应该把处置明丹姝的权力交还给他。只是，那巨额的银钱流去了哪里、会不会引起什么风波，她到底是感到不安，便决定召明尘远进宫来商议对策。

明尘远听了来龙去脉之后，说道：“明丹姝也算我半个妹妹，她的脾气我很了解，心气虽高，见识却有限，根本闹不出什么事。但经过此事，我建议您继续彻查内侍省。”

若说六局二十四司乃女官掌控之地，内侍省则是太监掌管之处，负责传达诏旨、守御宫门、洒扫内廷、管理内库出纳和照料君王饮食起居等事务，下辖掖庭局、宫闱局、奚官局、内仆局、内府局、内坊局六局。

掖庭局负责管教宫女，宫闱局负责出入管钥，奚官局掌管奚隶工役的生养死葬，内仆局掌管君王及王后的车辇出行，内府局负责宫内及宫外五品以上官员的赏赐给纳，内坊局则专为东宫太子所设。

简言之，六局二十四司管后宫诸事，内侍省管后宫之人；六局二十四司全是女官负责，内侍省则由太监掌控。长久以来，这两个机构互相牵制又互相倚仗，互相较劲又互相辅助，迄今为止一直和平共存。

然则内侍省并不完全属于后宫管辖，多听命于君王，即便微浓执掌凤印，也无法完全过问内侍省的事务。所以，对于明尘远提议彻查内侍省的主意，她没有往下接话。

可晓馨却跟着附和："这么多年，殿下一直无暇顾及后宫，银钱上也是大手大脚，必定会被人钻了空子！宫里那些太监，恐怕胃口不小。"

微浓依旧不接话。

"您是怕阻力太大引起非议？"明尘远看出她的迟疑。

"阻力只是一方面，"微浓顾虑重重，"我是怕这样查下去……宫里会永无宁日。"

"既然要查就查到底，若是手段得宜，这也是您收服人心的好机会。"明尘远顺势劝道，"再者您想想，六局二十四司都查了，别的地方却不查，女官们如何能服气？"

晓馨亦是连连点头："您先查着，若是不痛不痒的账目，也可以睁一只眼闭一只眼啊，未必会引起多大风波。就算大，还能大得过六局二十四司？"

然而事实证明，内侍省的亏空程度，远远超过六局二十四司。

从五月底到八月，微浓一直在查内侍省的账，还是走马观花地查。饶是如此，微浓也查出不少问题来，这些太监的胃口可比女官们大多了！

到后来，就连对聂星痕忠心耿耿的晓馨都在质疑："殿下的心到底是有多大！这么多亏空他居然一直没发现！看来真是人无完人，殿下也有无能之处！"

"或许殿下早就发现了，可他根本顾不上查。"明尘远还是回护聂星痕，替他解释道，"你想想看，殿下当政这五年，前两年朝局动荡，他忙于稳定人心；后三年九州动荡，他又忙于制衡三国。再者那些都是宫里的老人了，根深蒂固，他一时半刻根本无法连根拔起。"

微浓虽然理解，却还是忍不住头痛："难怪他要收回明丹姝的凤印，他到底留了多少烂摊子给我！"

聂星痕才当政五年，后宫只有少数姬妾，都是从前在房州就跟着他的，这些年根本不会有太多花销。而东宫没人，就更不应该有太多花销了，内坊局算是形同虚设。在这等情形下，粗粗一查内侍省的账就已经深不见底，这潭浑水到底有多黑、多深，无人能知。

微浓只知道，查下去必然要大动干戈，后果不堪设想。

事到如今，明尘远也不得不说，微浓当初的顾虑是对的，聂星痕是让她稳住后宫，而不是让她搅乱后宫。六局二十四司毕竟是一群女流之辈，查就查了，折腾的风浪有限；可内侍省的那群太监，根本不是等闲之辈，大太监下头还有小太监，师父徒弟干爹干儿子，他们会沆瀣一气不说，许多人还和朝堂关系紧密。

有太多的前车之鉴摆在微浓的眼前，史上宦官篡权的事情不在少数，真是惹恼了他们，聂星痕又不在宫里，他们若要群起篡权可怎么办？这威胁可不比打仗来得小！

"如今抱怨无益，我这就写信向殿下禀报，看是继续查处，还是就此停手。"明尘远也感到后怕。

"停手是可以，但龙乾宫所支取的巨额银钱，我必须问清楚。"微浓反而比明尘远坚定了。

这两个多月粗翻内侍省账簿，微浓发现聂星逸支取了巨额银两，几乎占到内侍省亏空的五成，用途也很可疑——每每都是以用药为借口，而且支取得极其频繁。

虽然晓馨心里也有怀疑，但还是为聂星逸说了句话："据奴婢所知……龙乾宫那位，这几年身子一直不大好，都是在用药物维系。"

"用药物维系？"微浓疑惑，"是因为当年遇刺的事情？可这都过去五六年了，他又用了血蛊，难道还没痊愈？"

晓馨和明尘远都摇了摇头，表示不知。

微浓只好将连阔召来问话。自从去年他跟随聂星痕来到燕国之后，便一直行踪不定，神龙见首不见尾。聂星痕多次想要重用他，都被他婉言谢绝，理由是"待到天下一统，才是我出仕之时"。

偏巧聂星痕也由着他语出狂妄，真的没再勉强他，只将他派到了御医署，也没给他指派什么任务。可他其实从不在御医署当差，这一年多里一直住在宫外，只每月进宫为聂星痕诊脉一次，而且是想来就来、想走就走，经常一连消失好几天，要么去采药，要么去游山玩水。

这次聂星痕再赴姜国，考虑到他的思乡之情，原本是想带他一起去的。可他又拒绝了，说是聂星痕此行不知结果如何，若是燕、姜两国和谈不成，他夹在其中左右为难，不如不去。

其实连阔这一年里并没有见过聂星逸，微浓之所以要召他问话，是因为当年他曾为聂星逸施行过血蛊之术，她需要弄清楚这法子到底会对身体带来多大伤害。

幸而微浓运气不错，连阔这几天就在聂星痕赐给他的宅邸里捣鼓药材，她很快便找到了人，得到了自己想要的答案——当年聂星逸的伤势的确很重，但他年纪轻、底子好，施行血蛊之术后养了这些年，应当无甚大碍，至多身子虚一点，寿命短几年。

这就很可疑了，若只是身子虚，他何至于用这么多银钱买药材？

倒是明尘远想起一事来——聂星逸既然能怂恿金城来劝他谋反自立，是不是已然开始谋划此事，起了复辟之心？

想到此处，明尘远大为心惊，脱口而出："他会不会用这笔钱来贿赂朝臣，想趁机颠覆殿下？"

微浓闻言也是一惊，越想越觉得蹊跷，当即命令晓馨："你去龙乾宫替我传个话，就说我明日要去问候王上的病情，请他定个时辰见我。"

晓馨领命而去后，微浓又开始后悔了，忧心忡忡地来回踱步："你说我这么做可会打草惊蛇？是否该将晓馨先叫回来？"

明尘远失笑："您前些日子雷厉风行，怎么眼下反倒紧张了？"

"因为银钱事小，造反事大！"

"放心，他曾通过金城劝我谋反，此事我早已告知过殿下，想必殿下早有防范。"明尘远安抚道，"如今就算聂星逸有通天的本事，只要他人在燕王宫里就插翅难逃。"

"倒也是这个理。"微浓心下稍安，便听对方又劝："对了，无论您查到什么，暂时都不要对付他。"

微浓当然明白。聂星逸毕竟担着君王之名，而自己只是个小小的郡主，若要对付他，就是以下犯上，一定会落人口实。再者，如今聂星痕不在宫里，一旦聂星逸出事，轻则引起朝局动荡，重则国将不国。

于是，微浓点了点头："我知道轻重。"

当天晚上，微浓挑灯给聂星痕写信，将近期发生的事叙述了一番，也提及要查聂星逸宫里的账。这几个月里，她严格按照两人约定，每隔半月报一次近况，迄今已寄出去了八封信。然而聂星痕只在初抵姜国时给她回过一次信，后来便再也没有写过信给她，每每都是随着军务政事的批函一起，在末尾问候她一句。

微浓当然知道，他人在姜国有诸多不便，这般忽略她，也是保护她的一种方式。故而，她更关心他在姜国和谈的情况，听说他和姜国在谈判条款上陷入了胶着状态，也不免为他担心。

是夜，微浓早早便睡下了，力求第二天能铆足精神去见聂星逸。只可惜，她还是彻夜失眠，也不知到底是在焦虑什么。

翌日一早，她只好用脂粉遮掩一番，看起来也算盛妆"面圣"了。为了不让聂星逸起疑，微浓假装不知他的不轨之心，也没再询问给聂星逸治病的御医，而是直接带着连阔、晓馨来到龙乾宫，想看看这位有名无实的君王到底身子如何，是否真如众人所说的那般虚弱。

不想她来到龙乾宫时，聂星逸早早就在外殿等候了，彼此长久未见，这一碰面都是讶然。

聂星逸先蹙眉："浓妆艳抹，可不像你。"

微浓则是惊讶于对方的瘦骨嶙峋，面色苍白，中气不足。昨日晓馨特地打听过，聂星逸近几年甚少行房事，也没再有过孩子，全是因他的身体。微浓原本还以为是晓馨夸大其词，可今日一见，她才发现当年风度翩翩的东宫太子，已然老了十岁不止。

微浓这一年多里研习医书，多少有些心得，依她看来，聂星逸的确不像装病。

难道他真的快要病死了？可是一个将死之人，又怎么可能还做梦要当国舅？就算明尘远能造反成功，他这个样子还有命享受荣华富贵吗？如今这病况，他难道不该安心养病？

微浓忍不住看了连阔一眼，见他亦是眉峰紧蹙、神色凝重，似也觉得聂星逸时日不多。

连阔的长相一看便知是姜国人，聂星逸瞥了他一眼，竟也没有询问，径直对微浓言道："听说你这几个月彻查宫中亏空，卓有成效，怎么？你还怀疑我中饱私囊？"

"不，我是听说王上身子不好，特来慰问。"微浓假意道，"不知王上可曾听说，我这一年多一直在研读医书，也算有些心得。"

“我是听说你得了几本旷世孤本，就连御医署都在巴结你。”聂星逸虚弱地笑道，“你我也不用说什么场面话，我知道你是来查账的。”

“咳咳……”他适时地咳嗽了两声，指着面前桌案上厚厚的两摞账簿，“都在这里，你自己查吧！”

既然他主动提出查账簿，微浓便顺势以此为借口，上前随意翻看了几页，面色不改地问：“我的确发现龙乾宫支取的银钱过多，难道你是在用金子煎药？”

“你说对了，”聂星逸竟肯承认，“自从我那次受过伤之后，身子便一直不好，一年比一年弱。近五年来吃过的补药不计其数，每一剂恐怕都比金子还贵。”

“咳咳……”聂星逸说着又是咳嗽两声，捂着胸口道，“真要说起来，这伤也算拜你所赐。”

他刚说到此处，王后魏连翩便从内室里走了出来，端着托盘向微浓行礼问候，打断了两人的谈话。微浓见她是要服侍聂星逸吃药，便继续低头翻看账簿。这一次她看得仔细，才发现聂星逸所用的药材的确十分罕见，说是用金子当药吃，的确不为过。

可是，这些药材虽然都是补气养血的好东西，功效却大不相同，御医怎会开出这种药方来？这能算是对症下药吗？只怕聂星逸吃了这些药会虚不受补。

微浓早就听说御医署用药保守，不求有功，但求无过，可她没想到他们竟真的如此保守。若是换个冒险的方子，也许聂星逸的身子要比如今好很多。

抛开恩怨，本着医者良心，微浓对给聂星逸诊治的御医是不认可的。可这不满之意才刚起，她忽然想到另一种可能——这是聂星痕的意思，他想通过这种方式来慢慢损耗聂星逸的身体，以解除后顾之忧。

是这样吗，还是她多心了？正想着，却见聂星逸已经喝完了药，魏连翩则故作卑微地解释：“郡主明鉴，王上说的都是真话。近年来龙乾宫的支出，真的是用在了采买药材上，并不是我们瞒报私吞。”

“翩翩，你怎么能对她低三下四！”聂星逸立刻斥责她，“你是王后！”

魏连翩却是面露自责：“都是臣妾没照顾好您，让您的身子越来越弱……”

她这般温婉的模样，瞬间消解了聂星逸的怒气，他根本不避讳微浓在场，轻轻朝她招手，道：“这与你无关，你已经够细致了。”

“王上……”魏连翩便将手伸过去，两人双手相握，看似万分恩爱。

微浓冷眼旁观，实在分不清魏连翩是做戏还是动了真情，正寻思着是否要私下询问她一句，便听聂星逸冷冷地道：“烟岚郡主也太小瞧人了，我即便失了势，也不会可怜到私吞药材钱！我手里有的是钱！”

微浓见他的确很虚弱，便也没再多说什么，轻轻放下手中的账簿，回道：“例行公事而已，王上不必多心。”

“但愿如此。”聂星逸冷哼一声。

微浓心里藏着事，也不欲在此多作逗留，便道：“请王上安心养病，我改日再来。”

“你不是要替我看病吗？怎么，这么快就走了？”聂星逸面露讽刺。

微浓沉吟片刻，到底还是拒绝了：“我学医时日尚浅，比不得御医署的御医，恐怕爱莫能助。”

聂星逸“呵呵”笑了两声，自嘲道：“看来我真的时日无多了，聂星痕啊聂星痕，你真是好手段啊！”

这话的意思……微浓神色一滞，不敢多想，告辞离开。

几人迅速回到未央宫，微浓立刻询问连阔：“你看出什么了吗？聂星逸的病情如何？”

连阔神色凝重：“从面相上看，他至多只有三年寿命，听他话中的意思，他自己也清楚此事。”

微浓蛾眉轻蹙：“能查出他为何虚弱至此吗？”

“微臣得看看他平日的吃食、用药才能断定。”

“这个不难，”微浓道，“我让镇国侯去办。”

说是找明尘远，实则这事还是落到了魏连翩的头上。她一连三日将聂星逸的饭菜、茶水、药渣、粪便都弄出来一些，让明尘远转交到了连阔手中。后者立马闭关研究，说是至少需要五日。

而这五日里，微浓也没闲着，她思前想后，还是决定写信询问聂星痕此事，至少她要弄明白，聂星逸的病情是否与他有关。

信写了，也寄出去了，但不会那么快就能得到聂星痕的回应。微浓又借故去看了看明丹姝，想要多了解一些事情。

自查出亏空以来，微浓一直没对明丹姝发难，只是将她禁足。如今两人彻底撕破了脸面，明丹姝也不再做样子，懒懒地靠在床榻上，连句客套话都不愿对微浓说。

微浓见她神色憔悴，又瘦了不少，也没计较。她径自坐到明丹姝对面，开门见山地问：“你执掌凤印这五年，龙乾宫支出数额巨大，此事你知道多少？”

明丹姝打了个哈欠，娇弱无力地道：“他用钱都是从内侍省走账，我过问不多。”

"内侍省的账，你都不看？"微浓质问。

明丹姝想了片刻，回道："反正都是摄政王批的银钱，我就报个数而已。"

"为何给聂星逸报得如此之高？"

"他不是病了吗？"

"你就没查过他的账？"

"没有，我避他都避不及。"

……

无论微浓问什么，明丹姝都答得不痛不痒。终于，微浓的耐心耗完了，站起身道："看来禁足的惩罚还是太轻了。"

明丹姝双目无神地看着她："怎么？难道你还想杀了我？"

微浓见她这个半死不活的样子，感到分外棘手："他如今坐拥燕国也有你的一份功劳，难道你真要看他离宫期间出事不成？"

岂料，明丹姝有气无力地答："有我一份功劳又如何？他对我用完即弃，我为何还要帮他？"

"五年来你在后宫翻云覆雨，这还不够吗？"

明丹姝微微一笑："谁稀罕这些？我只想当王后。"

明丹姝以前不是这个样子的，她素来骄傲，绝对经不起如此打击，如今何以变得这般沉稳？就连对聂星痕的心思，仿佛她也是放弃了。微浓感到哪里不对劲，但又说不上来，深知问不出什么结果，只得先行离开。

回到未央宫之后，微浓立即派人去打听明丹姝近期都见过谁，才知在她刚禁足时，金城曾进过宫一次，但两人没见到面。侍卫不放行，金城将礼物留下便走了，那些东西侍卫检查过，见没什么异常便转交给了明丹姝，只是一些吃食而已。

明丹姝的母亲和金城的母亲是亲姐妹，她俩则是表姐妹，又曾是姑嫂，走得近些也正常。可一听说金城见过明丹姝，微浓觉得更加不对劲了，到底还是把此事告诉给了明尘远，包括她怀疑聂星痕在聂星逸的药材里动手脚的事也说了，想请他帮忙拿个主意。

明尘远听后第一反应就是否认聂星痕动手脚，直言道："殿下若想杀他根本不必如此大费周章，直接把他血统不纯的事情公布出来便成了，何须背上这弑君的罪名？"

"或许是为了维护王室名誉，不想高宗在身后被人议论？"微浓说出不同见解。

“应该不会，”明尘远笃定地道，“总之，殿下想杀他易如反掌，就连我去揭发他造反，殿下也没动他。而且殿下离宫期间他若死了，后果就太严重了，这等不利人、不利己、不利朝政的事，殿下不会做的。”

“你说得对。”微浓选择相信明尘远的判断。

“至于金城……”明尘远颇有些失望，“还请您这几天下旨让她禁足吧！她和明丹姝来往，我猜不会那么简单。”

“可她毕竟是公主，又嫁给了您，我总得有个动她的由头，否则难以服众。”

闻言，明尘远沉默良久：“此事我有办法。”

第三十七章

后宫纷争，硝烟再起

三日后，宫中传出消息，已被禁足数月之久的淑妃娘娘中饱私囊一事，牵连到了镇国侯夫人——金城公主。据明丹姝身边的宫婢受刑承认，明丹姝手中许多银钱都是通过金城公主外流出宫，或存到钱庄，或在外放印子，或购置田产宅院……

众人皆知金城与明丹姝是表姐妹，故对此事深信不疑。再加上镇国侯臣远这几年风头正劲，其妻出事，宫里、宫外也都有看他笑话的意思。

在此情形下，微浓尚未下令严惩金城，她就已经主动认罪，自请去千霞山璇玑宫禁足学道。微浓知晓这是明尘远的意思，便也准了，顺势停发了金城作为公主的月俸。

通过这几个月的查账，微浓深深地觉得，金城之所以如此嚣张，还是因为背后有钱、有人，倘若她手头没那么宽裕，也许她会知道收敛一些。于是，微浓决定修书给聂星痕，请求削掉金城的汤沐邑。

这边厢微浓正在写信，那边厢明尘远也将金城送去了千霞山。后者一路上垂泪不止，直至车辇到了山门处，还在苦苦哀求："尘郎，我不想离开几个孩子。"

奈何明尘远神色坚定："你在这里反省几日，何时想通了，我何时来接你回去。"

金城拉着他的衣袖，痛哭流涕："尘郎，你怎能如此狠心！那是我和你的孩子啊！他们看不到我，该有多可怜！"

"可怜？你若教坏他们，才更加可怜！"明尘远不留情面，"来之前我已经说过了，你若不肯交代聂星逸的事，咱们就和离。你回宫去找你的哥哥，孩子你也别想再见。”

“不！不！你不能这样！尘郎！”金城哭得愈加梨花带雨，“你明知孩子是我的心头肉……”

“那也比不上一个王后之位。”明尘远语气凛冽，他撩开车帘望了望外头的天色，“我就送你到这里，你自己上山去吧！”

言罢他欲躬身跳下车辇，却被金城一把拉住：“我说！我全都说还不行吗！我把知道的都告诉你……求你，别让我离开……”

明尘远闻言，又重新坐回车辇之中，面无表情地道：“你说吧。”

金城低头擦了擦眼泪，却有些茫然：“可我不知道要说什么。”

明尘远想了片刻，径直问她：“聂星逸这些年从内侍省支走巨额款项，你可知情？”

金城犹豫片刻，承认：“我知道。”

“他一共支走多少？”

金城摇了摇头：“这我不知情，此事也不是王兄告诉我的……是丹姝说的。”

“明丹姝？”明尘远双眼眯起。

金城点头，如实回道：“前年，你还在姜国时，我曾进宫看过王兄几次，有一次碰见丹姝从龙乾宫出来，看样子她很生气。我心里好奇，便去找她询问缘由，才晓得是王兄向她支取银两，丹姝不肯，王兄便……便威胁她……”

说到最后一句，金城明显神色闪躲。

明尘远追问：“威胁她什么？”

金城咬了咬下唇：“其实丹姝曾怀过王兄的孩子，但聂星痕并不知情。王兄以此要挟丹姝，说若是丹姝不让他支取银钱，他就把此事告诉聂星痕。”

“你怎能直呼殿下名讳！他是你‘二哥’！”明尘远纠正她，又立刻追问，“明丹姝是什么时候有的孩子？”

金城低着头抽噎不已：“具体日子我不知道……我只知道魏连翩入籍明氏的时候，她正在坐小月子，故而没有露面。”

明尘远毕竟是几个孩子的父亲，对于女子的孕事也算有些经验，他在心中细算明丹姝怀孕的日子，算出她是在聂星痕当政之前有的身孕，这才脸色稍霁。

明丹姝想隐瞒此事也算情有可原，不过聂星逸以此要挟，还真够下作。想到此处，明尘远不由出言讽刺：“你那个王兄和定义侯真像，父子俩都是缩头乌龟，只会依靠女人。”

金城不敢还嘴，仍旧低着头抽泣。

明尘远又问道："你王兄支取银两要做什么？"

金城再次摇头："丹姝说，是王兄身子不好，又追求什么长生不老，要用银钱买丹药。"

"什么丹药能如此值钱？"明尘远半信半疑，"你还知道什么？你王兄在宫外都认识些什么人？和谁走得比较近？"

"我真的不知道了，"金城抽抽搭搭地回，"王兄忌惮你，自然不会都告诉我……我知道的事也全都告诉你了！"

明尘远相信金城不会说谎，沉吟片刻，又道："你自己有汤沐邑，还有月俸，成亲这几年我从不过问你的积蓄。现下你如实回答我，聂星逸是否找你借过钱？"

"借……借过。"金城嗫嚅回道。

果然如此！明尘远心思一沉："他向你借过几次，一共多少？你可知道他用这些钱做什么？"

"借过三次，用途他没说，只说十年后连本带利还给我……"说到最后，金城磕磕巴巴地报出一个数额。

明尘远面上没流露出什么，心中却对这个数额颇感不安，想了想，还是安抚了妻子几句："这几天宫里乱，你在这儿住下也算好事，只要你不再和聂星逸、明丹姝来往，我可以让乳娘每隔三天带着孩子来见你一次。"

离开千霞山，明尘远直奔宫中而去，想将金城所言之事尽数告知微浓。他到了未央宫，便见连阔也在，而微浓则是脸色沉凝，一派忧虑之色。

"侯爷来得正好，我正要差人去找你。"微浓言简意赅，"连阔检查了聂星逸的吃食、用药……查出他不仅在服用丹药，还被人下了蛊。"

"下蛊只是我的怀疑而已，"连阔纠正道，"不过他服用丹药应该是真的。"

这与金城的说辞不谋而合，明尘远便将方才听到的事如实相告。

微浓听后脸色更沉："他究竟要做什么？难不成真想羽化升仙？"

"不管他想做什么，至少他的确是在用钱，而且绝不仅仅是买药。"明尘远感到很棘手，"如今您打算怎么办？"

微浓思索良久，反问道："聂星逸这些小动作，魏连翩会不知情吗？"

明尘远连忙替魏连翩说话："如今她的心思都在孩子那儿，有所疏忽也是自然，我猜问题是出在御医身上。不过，他被下蛊又是怎么回事？"

"在聂星逸每日服用的药物之中，有一味是用来压制蛊虫的，防止蛊虫在他体内生长过快。”连阔解释道，“无论什么蛊虫都有寿命，不可能永远活在人体内，只不过有些蛊虫死后仍有效用，有些死后就没用了，聂星逸体内的蛊虫应当是后一种。”

微浓虽不懂蛊物，但却懂医，立刻问道：“压制蛊虫生长，蛊虫是不是就会死得慢一点？难道是有人怕蛊虫在他体内死得太快，才调配出这种药物让他服用？”

“没错。”连阔点了点头，“上次见他那么瘦，我就想到他体内会有蛊虫，不过如今光看药渣也不能确定，最好能让我当面为他诊断一次。”

“那就对了，他一定是怕体内的蛊虫死得太快，无法再伪装出病重的假象才服用药物的。”微浓笃定地道。

“您是说，这蛊虫是他自己给自己下的？”明尘远颇为震惊。

微浓正是这个意思，烦躁地来回踱步，半晌才回道：“你曾说他意图复辟，还曾怂恿你和金城造反，这样的人像是将死之人吗？他若真如表面那般虚弱，还造什么反？”

“看来他在利用蛊虫伪装虚弱，以此来放松殿下的警惕！再以用药为借口支取大量银钱，顺势博取金城的怜悯，暗中向她借钱图谋复辟！”明尘远完全明白了过来。

“只怕他怂恿你造反也是托辞罢了，他的真正目的，应该是金城的汤沐邑。他怕金城不肯借钱给他，才借你脑后有反骨一事假装与金城推心置腹，想要拉近他们兄妹间的感情，好从金城手中借钱。”微浓进一步推断。

“可他既然中了蛊，又为何还要服用丹药？”连阔适时地提醒他们，“这岂不是多此一举？”

明尘远想了想，猜测道：“他应当是做给明丹姝看的，否则他频繁用钱，明丹姝肯定会怀疑。但他若是服用丹药，多少钱砸进去也能让人信服。”

“我与你想的不一样，”至此微浓已经完全冷静了下来，一手抱臂，一手托住下颌，“我猜他有个心腹在宫外替他办事，那人表面上应当是个丹药师。”

“有道理！”明尘远恍然大悟，不禁称赞微浓神思敏捷。

不过，他也提出一个疑问：“可是聂星逸根本出不了王宫，而殿下又禁止炼丹师入宫，他是怎么和那个心腹联络的？”

微浓却没再答话，只看着他，笑而不语。

自翌日起，明尘远开始暗中盘查在京州城的丹药师。燕国崇尚道家，人人都慕仙学道，尤其是重臣、世家，都以结交所谓的“世外高人”为荣，还时常会请丹药师去府邸讲课、炼药。

基于此，微浓和明尘远猜测，聂星逸是借着求仙问药为借口，给心腹指派任务，心腹再以丹药师的身份掩人耳目，去某些朝臣家中替他传递消息。

顺着这个线索，明尘远重点暗查了几名时常出入朝臣官邸、公卿世家宅院的丹药师。半个月后，他列出了五个可疑人物，又去彻查他们的家世身份。当这五个丹药师的底细被查得一清二楚时，已是这一年的九月底，距聂星痕离开燕王宫已近半年。

就在查找丹药师期间，聂星痕又来过两封信。一封是否认自己给聂星逸下毒、下蛊，只吩咐微浓暗中查下去，暂时不要打草惊蛇，也不要削去金城的汤沐邑；另一封则是报来喜讯，言及燕、姜两国经过数月艰难谈判，姜国终于愿意归附燕国，但提出了一大堆条件。

而其中最重要的一条就是：一旦燕、宁两国开战，姜国允许燕军大营驻扎本土，但不允许在本土作战。

须知姜国乃燕、宁两国之间的屏障，地形复杂、山水又多，原本就是作战的最佳之地。尤其，聂星痕手中又有姜国的地形布防图，真要利用姜国的地形作战，简直是如虎添翼！可姜国提出这一条件，就是把聂星痕最想走的一条路堵死了，而让微浓惊讶的是，聂星痕居然同意了！

“要打宁国，姜国是必经之地，不在姜国开战，难道要直接在宁国作战不成？”明尘远得知后烦躁不安，“殿下怎么能同意这个条件？那咱们与姜国和谈还有什么意义？”

其实这个条件从姜国的立场看，合情合理，任谁都不希望战火烧至自己家中。同理，聂星痕再傻也不可能将战火引向本土，让百姓遭难。可若是不能在姜国开战，又不能诱敌来燕，就必须直奔宁国。

直接在宁国的地盘上开打，聂星痕可有把握？会不会燕军刚一到宁国境内，就被宁国的埋伏突袭了？

“如今多说无益，我看他的意思，是打算接受这个条件了。”微浓只好自我开解，“往好处想，至少日后燕、宁两国开战，燕国没有后顾之忧，姜国也会全力支持吧。”

“还有什么‘日后’，殿下也不知是听了谁的怂恿，已经派出探子去宁国打探地形了！”明尘远重重地跺脚，“我看殿下是准备明年就打了！”

“这么快？”微浓大吃一惊，“他太冲动了！我得写信阻止他。”

“我已向殿下回过信了，该劝的也都劝了，看殿下如何回复吧！”明尘远又叹了口气，“此事您别担心，您只要稳住宫里就成了，军国大事，还是我与殿下商议吧。”

于公，微浓的确无权置喙军国大事；但于私，云辰、祁湛、原澈都与她有渊源，她怎么可能不担心？

气氛稍显沉抑，明尘远大约也觉得这话题太过沉重，忙又转移话题：“既然殿下让您继续暗查聂星逸，又不能打草惊蛇，下一步您打算怎么办？”

“金城都被禁足了，怎么可能不打草惊蛇？”微浓一时也不知该如何是好。

“可咱们是用了查账之事为借口，只要往后小心谨慎，他未必会发现咱们怀疑他。”明尘远回道。

“但愿如此吧！”

微浓与明尘远商量至此，忽见一名宫婢气喘吁吁地跑了进来，满脸急色地禀道：“启禀郡主，镇国侯府管家被挡在宫门外，说是有要事向镇国侯禀报。”

“什么事？”明尘远忙问。

“说是金城公主出事了！”

“什么？”微浓与明尘远大惊失色。

当明尘远赶到千霞山璇玑宫时，所有的女道士都站在大殿之内，等待接受审问。

璇玑宫宫主清景散人一脸悲戚之色，向明尘远禀道：“昨日金城公主一夜未归，今日一早，被下山采药的弟子发现陈尸在山涧之中……另有一名男施主也已往生，是我们璇玑宫的香客，工部尚书刘大人。”

在清景散人说话的同时，后殿不时传来哭泣声，仔细辨听，依稀能听见“老爷”二字，应是刘大人的家眷。

在来时的路上，明尘远已听管家说了前因后果，大意是金城上山之后脾气骄纵，除了贴身侍女之外从不让人近身服侍，也不让人过问去处。昨夜熄灯之时她还在璇玑宫内，可今日一早，小道姑去送早饭时发现她已不在屋内，是贴身侍婢躺在床上假扮作她。

经那侍婢供认，是金城自行出宫，命侍婢假扮她，侍婢不敢不从。可谁料金城一宿都没回来，侍婢原本是提心吊胆的，最后竟不知不觉地睡着了，一觉到天亮。清景散人得知此事后，立刻派人在璇玑宫内外搜寻，却没有金城的影子，直至下山采药已有两日的道姑匆匆回来，说是在山涧里发现金城和另一男子的尸体……

清景散人不敢隐瞒，立刻派人去镇国侯府通知明尘远，又亲自带人去辨认尸体，才发现除金城之外，另一男子竟是工部尚书刘大人。此人膝下一直无子，每年都来璇玑宫祈愿求子，直至去年得偿所愿，特意在麟儿周岁之际，偕夫人来璇玑宫还愿。后来不知为何，他和夫人分开回府，不想当日便出了事。

听了这经过，任谁第一反应都是金城与那位刘大人有私情，两人相约夜会，却不知为何双双死于山涧之中。的确，璇玑宫一众道姑都是这么想的。

只不过明尘远十分了解金城，以金城的性子和眼光，即便心有外人，也绝不会看中刘尚书这个年届半百、体格肥大的老头子。若真是两人相约见面，也必定事出有因，而最可能的便是因为聂星逸。

毕竟死的是自己爱护多年的妻子，明尘远心中悲痛，却因一众道姑在场，他唯有强忍情绪，听着后院里越来越大的哀号声，不言不语。

清景散人便上前解释道："是刘夫人……请璇玑宫为刘大人做法事。"

明尘远瞬间怒意上涌："这时候做什么法事？金城来散人这里清修，是看中璇玑宫的清净自在，当初本侯也是全力支持。如今她在你这里丢了性命，你是否该给本侯一个交代？"

事到如今，清景散人也只能一味地赔罪，并不辩解。

终于，一个小道姑看不过去了，低声说了句话："金城公主可不是来清修的，她是来偷人的吧？"

"你说什么？"明尘远勃然大怒，一把将那小道姑从众人之中拽了出来，喝问，"你敢再诋毁公主一句？"

"侯爷息怒，是贫道管教无方。"清景散人连忙挡在明尘远面前，连连向他请罪。

小道姑却是吓哭了，不管不顾脱口而出："我不是诋毁！我师姐找到公主的尸体时，她衣衫不整，刘大人也是全身赤裸！两人分明是在河水里交欢冻死的！"

明尘远心头一痛，明知是凶手故意败坏金城的清誉，却还是无法冷静，怒而掌掴那小道姑："妄议公主是死罪！"

小道姑挨了重重一巴掌，脚下趔趄跌倒在地，她疼得龇牙咧嘴，却不愿低头，坐在地上强忍眼泪还击道："妄议公主怎么了？我们清景散人是真玉公主的师父，青城公主的师尊，先王在世时都要尊称散人一句'高人'，你一个侯爷，竟敢对散人不敬？"

两方已闹得不可开交，大理寺终于赶了来，将此地彻底封锁，并将明尘远和璇玑宫的几个道姑都请到大理寺询问笔录，了解详细经过。

大理寺寺卿与明尘远关系还算不错，说是询问笔录，实则是安抚他为主。明尘远仍对金城死时衣衫不整的传言耿耿于怀，便也无所顾忌地发了火，强硬地要求给金城验尸，以还其清白。

然而，大理寺寺卿却道："侯爷，不是下官不帮您，实在是公主身份尊贵，验尸有辱王室体面，须有摄政王殿下的旨意才行。"

"殿下远在姜国，若要等他的旨意，金城的尸身早就保不住了！"明尘远气恼万分。

"侯爷您消消气，消消气，"大理寺寺卿忙道，"摄政王殿下不在，宫里不是还有一位？那可是公主的同胞兄长，您的大舅子！只要您说清利弊，下官以为，他不会不同意。"

如今聂星痕不在，金城和工部尚书死因蹊跷，一个是公主，一个是朝廷重臣，若要查验尸体必须有宫里的旨意才行，否则谁也担不起这个责任。微浓肯定是无权过问的，难道他真要去请聂星逸下旨？

突然间，明尘远有一种不祥之感划过心头，他倒不是怀疑聂星逸杀害金城灭口，事实上在他眼里，聂星逸还不至于如此丧心病狂。他担心的是，聂星逸会借此机会重新干政，以加强京畿防卫为借口跟他过不去，或者是将金城出事的脏水泼到他身上。

于公，聂星痕不在，聂星逸身为燕王有权干政；于私，聂星逸又是金城的同胞兄长，兄长过问胞妹的死，合情合理。别说他和微浓无权阻止，就是满朝文武也没有理由阻止他出面过问。也许这个机会，真的会让聂星逸一举翻身！

想到此处，明尘远再也坐不住了，连忙收拾起悲痛的心情，急匆匆地赶回燕王宫，与微浓商议对策。

微浓听了整件事的经过之后，当机立断："聂星逸这边你暂时不用管，我会劝说他下旨给金城验尸。如今最要紧的是你要收拾好心情，照看好几个孩子，督促大理寺早日找到真凶。无论此事是否与聂星逸有关，你若因此倒下，受益者都是他！"

明尘远满目悲戚，听了这一番话后再也无法控制情绪，当即崩溃自责起来："是我太严苛了，非要送她去璇玑宫禁足……若不是我对她疏于关心，她怎会……都是我的错！"

微浓亦是眼眶通红，安慰他道："谁也不想发生此事，与其伤心难过，不如早点找到凶手，好还金城一个清白。"

明尘远点了点头，失魂落魄地坐在椅子上，没再说话。

如今这个情形，当真是屋漏偏逢连夜雨。聂星逸装病勾结丹药师的事情还没有水落石出，偏又遇上金城和工部尚书出事。明日一早消息传开，朝内必然一片哗然，原本聂星痕临行之前已将朝政大事交给明尘远全权负责，可此事一出，明尘远身为金城的夫君，势必要回避。聂星逸还可能会以此为由，要求明尘远为金城服丧，暂时致仕。

这还不算是最坏的一面，怕只怕有人会拿金城的死来大做文章，泼明尘远一身脏水。须知金城出事之前正与明尘远置气，此事只需向镇国侯府的下人稍加打听便能知情，根本藏不住。再联想金城死时的情状，外人很容易便能引发猜测：是不是镇国侯发现金城公主与别人私通，才让她去璇玑宫清修？结果金城公主不安于室，又与奸夫私通而被镇国侯撞破，镇国侯因妒成恨，便将两人都杀了？

只要一想到会有这种流言传开，微浓便觉得头大。

许是明尘远也想到了这一点，只见他突然站起身来，正色道："不行！我不能坐以待毙！我要替金城做点事！"

"做什么事？"微浓忙问。

明尘远在殿内踱了几步，问道："您认识可靠的人吗？我想把孩子送出去一段时日，免得他们再出意外。"

这可真是难倒微浓了，她这些年居无定所，从前在镖局认识的师哥、师弟们早已各奔东西，哪还认识什么可靠之人。

"你真舍得把孩子送走？"她想要确认。

"不舍得也不行，如今这个局势，一面要查找杀害金城的凶手，一面要防止聂星逸私下动作，我根本没工夫照看他们。"明尘远话语中流露出不舍之意，"只有把他们都送走，我才没有后顾之忧。"

微浓从没见过明尘远这个样子，憔悴、无力、悲痛……可这件事上，她真的爱莫能助，遂诚实地道："我没有合适的人选。"

明尘远却想起一个人："冀先生如何？"

"师父？"微浓犹豫片刻，还是拒绝道，"他老人家一生未婚，根本没有照顾孩子的经验，而且他年纪大了，我不想让他掺和进来。"

明尘远也没再勉强，唯有苦笑："这是我头一次觉得，三亲四戚也并非全无用处，好比此刻，至少能有人帮我照看孩子。"

可多说无益，他已经改了姓，脱了籍，是绝不可能再去找明氏的人帮忙了。

微浓也是颇为感慨："你我都一样，没有家族可依靠。"然而此话一出口，她脑海中忽地闪现出一个人选，"长公主如何？"

"你说谁？"明尘远有些分神，没有听清。

"屏城长公主，我名义上的母亲。"微浓忙道，"自从她与定义侯和离后，一直深居简出，若有几个孩子能陪伴在她身侧，对她也是一种慰藉。"

"不行，"明尘远当即否定了这个提议，"金城可是定义侯与赫连璧月的女儿，长公主恨她都来不及，怎么可能善待她的孩子？"

"但我觉得长公主深明大义，只要对她晓以利弊，她会答应的。"微浓分析道，"长公主地位崇高，说话极有分量，又有聂星逸的身世把柄握在手中，谁也不敢轻易招惹她。而且，公主府有五千护卫家臣，定能保证孩子们的安全。"

可是明尘远依然坚持己见："不行，与其找她，不如去找定义侯。毕竟他是孩子们的外祖父！"

微浓一听这话急了："千万不可！金城已经不在了，定义侯自然全听聂星逸的。万一聂星逸让他交出孩子威胁你，他岂会不听？"

明尘远不得不承认，微浓考虑得很有道理。两人又讨论了好一阵子，最终他还是被微浓说服了，决定将孩子暂时交给长公主照顾。为着此事，微浓当日下午便亲自去了一趟长公主府。

当微浓说清形势及来意之后，长公主斟酌良久，还是答应了，且做出保证，一定会将明尘远及金城的三个孩子照顾周全。她说出这番话时，双目闪闪发光，似乎又恢复了当年的神采。微浓知道，长公主和离之后失意多年，原本她已经对生活失去了兴趣，如今有机会"重出江湖"，大抵是唤醒了她的斗志，这也算是一桩好事。

回宫的路上，微浓顺道去了镇国侯府，将此事告知明尘远。因着金城的死，镇国侯府一片白色，人人悲戚，幸而几个孩子年纪尚小，不懂生死的含义，原本都哭着要找母亲，却在几个乳娘的哄逗之下渐渐睡去。

微浓见明尘远神色正常，似乎已从最哀痛的时刻走了出来，便说道："你若安排好了孩子们，我有一事想交给你去办。"

"什么事？"

"查查工部尚书刘大人，生前是否接触过丹药师。"

第三十八章

水落石出，真相大白

当晚微浓回宫之后，径直去找了聂星逸，恳请他下旨准许大理寺检验金城的尸身。但无论微浓如何劝说，聂星逸都以“王室尊严不容玷污”为由加以拒绝。

劝说良久，微浓终于恼了，索性撂出话来：“你不让大理寺验尸，是为了王室尊严？可你们是燕王室血脉吗？我若真想绕过你验尸，也不是没有办法，我只需将金城的真正身世抖出来，自会有无数忠臣上表请求为她验明正身，以证王室血统之清白。聂星逸，你可想清楚了？”

聂星逸闻言很是意外，像是从不认识微浓一般，用看陌生人的眼光打量她：“你不怕闹出风波？”

“人都死了，还能再闹出什么风波？”微浓冷冷地道，“我也是为了还金城一个清白，你身为他的亲兄长，何须守着不属于你们的虚名，让金城死不瞑目？”

聂星逸没有接话，只从怀中摸出一颗药丸含入口中，轻咳几声。

不知为何，微浓总觉得他是专门做给自己看的，可眼下不是探究的好时机，她遂正色道：“还有，你别把脏水往镇国侯身上泼，金城死了，他比谁心里都难受。你若还当金城是你妹妹，就别让她死不瞑目！”

聂星逸自嘲地笑：“我如今这个身子，还能往谁身上泼脏水？”

“如此再好不过。”

在微浓半威胁半劝说之下，聂星逸到底还是下了旨，同意为金城验尸。有了这道旨意，验尸之事进展得很顺利，三天后便出了结果。

大理寺寺卿见明尘远爱妻心切，便将验尸结果私下透露给他：“工部尚书刘大人比公主早死三个时辰，其脑后有一块致命的伤口，是被硬物撞击过度失血而死；公主则是淹死的，肺部全是积水，生前曾被人侵犯，不过是在临死之前。”

这一结果，否定了金城和刘尚书生前有染的传言。可到底是谁将二人赤身裸体地扔在山涧之中，造成他们通奸的假象？这到底是一起蓄意谋杀，还是飞来横祸？金城与年近半百的工部尚书之间到底有什么关联？

这几日，明尘远私下查过工部，也查过刘尚书的府邸，可事实证明金城与其并无联系，也没有共同认识的人。不过微浓要查的事倒是有了结果，刘尚书的确认识几位丹药师，并长期服用丹药以追求延年益寿，其夫人也证实刘尚书每日都会服药，仵作在其体内也查出了残留的丹药成分。

“难道这件事真与聂星逸有关？”明尘远重重握拳，满目杀意，“金城可是他亲妹妹啊！”

“此时下结论还为时过早，”微浓怕他太冲动，忙转移话题问道，“孩子们如何？送去长公主府了吗？”

“我亲自送去的，长公主对我说了几句重话，但也保证会照顾好他们。”

“你放心，她会的。”微浓安抚他，又说，“我们的当务之急，还是要查清杀害金城的幕后真凶，以及那几名可疑的丹药师。”

可明尘远只要一想到金城死前曾被人侵犯，心里便悲愤交织，根本无法冷静下来。

微浓见他额上青筋暴露，知他已经忍到了极限，便出了个主意：“不如这样，金城的事情我来查，你安心查那几个丹药师。”

明尘远知道她是顾及自己的感受，想来也没有比这更好的法子了，便道：“多谢郡主，我就把金城托付给您了。”

此后一连三日，微浓和明尘远都没再碰面。微浓是扮作男装，带着聂星痕御赐的腰牌先后去了大理寺、工部尚书府、璇玑宫，逐一盘问了仵作、刘尚书的夫人、他府中管家以及璇玑宫的几名道姑。

明尘远则把和刘尚书有往来的丹药师查了个遍，并找人画了他们的画像。

三日后，恰是金城的头七，宫里为其举行了隆重的招魂仪式。过后，微浓和明尘远在未央宫会合，后者将几幅画像递给前者，又说了这几人的身份来历，包括他们都与朝中哪些大臣交好。

微浓听后若有所思，明尘远便问：“您有什么头绪？”

微浓摇了摇头：“我是在想，聂星逸要和宫外的丹药师联系，必须经过宫里的人。我想把这几幅画像拿给一个人看看。”

"谁？"

"明丹姝。"

为了试探明丹姝，微浓想将这五人的画像誊抄一遍，将名字掩去。明尘远听后主动揽下此事，微浓才知原来他还会画画，且临摹得惟妙惟肖，与原画无异。

誊抄完几幅画像后，明尘远带着原画出了宫，说是要去璇玑宫再打探一番，微浓则带着复抄稿去找明丹姝。

距离金城遇害已过去七日，此事早已闹得满城风雨，明丹姝虽在禁足，也略有耳闻。今日金城的头七招魂，她因禁足而未能参加，此刻听说微浓过来，她一改常态主动相迎，开口便询问金城死去的前因后果。

微浓毫无隐瞒，把能查到的事实都说了，最后扬了扬手中的几张画像："其实我们已经锁定了几个嫌犯，方才招魂仪式上我与聂星逸提了几句，他让我把嫌犯画像拿去龙乾宫。"

明丹姝立即上了心："嫌犯都是些什么人？"

微浓转了转眼珠子，扯谎道："有璇玑宫附近的猎户、有丹药师，还有工部尚书府的管家。"

"丹药师？"明丹姝不自觉地脱口而出。

"怎么？有问题？"微浓故作不解。

明丹姝面上闪过一丝惶惑，忙道："没……没问题。我只是觉得奇怪，金城怎会与丹药师扯在一起。"

"我也觉得奇怪，"微浓随口附和，神色也颇为凝重，"不过这些画像都是大理寺交上来的，画上的人应该都有嫌疑。"

明丹姝似乎想到了什么，低眉沉默片刻，问道："能让我看看这几张画像吗？"

微浓故作犹疑，没有答应。

明丹姝面露不悦："金城毕竟与我是表姐妹，你是在怀疑我？"

"不是怀疑你，"微浓故意解释道，"毕竟这些都是嫌犯，若将画像透露出去，恐怕对他们名声不好。"

明丹姝只觉得好笑："丹药师、猎户、管家，这些人能有什么名声？又不是王侯、公卿。"

微浓这才假意小声地道："你有所不知，其中两个丹药师与诸多大臣都有交往；还有工部尚书府的管家，也是长公主府曹总管的远亲。"

这些当然都是微浓随口胡诌的，明丹姝却是相信了，一时竟愣了愣。

微浓又故意摇了摇头："也罢，画像让你看看也没什么，但我有个要求，你先答应我。"

"什么要求？"明丹姝面露防备之色。

微浓看了她片刻，才低声道："金城生前曾借出大笔银钱给聂星逸，你可知情？"

明丹姝犹豫着，终究是点头："我知道。"

"我要你在关键时刻出面做个证人，免得金城这笔钱财有去无回。"微浓找了个不轻不重的借口。

"我为何要这么做？"

"等金城七七过后，明尘远必定会收拾她的遗物，若发现这大笔的钱财去向不明，你说他可会善罢甘休？"

明丹姝冷笑："那我更不可能帮他了。"

"关键此事必会牵扯出聂星逸支取大量银钱的事，你我先后执掌凤印，届时都逃脱不了干系。"微浓故作紧张。

这个担忧不无道理，明丹姝沉默一瞬，唇畔勾起一丝讽笑："原来你也怕坏了名声。"

微浓见她不再起疑，便由着她误会："你算答应了？"

明丹姝没作声，算是同意了。

微浓遂将几张画像摊开，先将第一张递给她，口中不忘说道："这人是丹药师。"

明丹姝看了一眼，无甚表示。

微浓递过去第二张："这张也是丹药师。"

明丹姝仔细看了看，仍旧没有反应。

微浓再递过去第三张画像："这是工部尚书府的管家。"

明丹姝自然不会认得，也没多说什么。

微浓手里还有最后两张，她低头看了一眼，一并递给明丹姝，道："这两人都是千霞山里的猎户，就住在璇玑宫后山的山腰处，金城出事之处方圆十里，只有这两家人。"

微浓边说边观察明丹姝的表情，终于见她拿起最后一张画像，似在定睛细看。而后她露出惊讶之色，口中不自觉地问道："猎户？"

"怎么？有何不妥？"微浓只当什么都没发现。

明丹姝立即垂下眸子，面无表情地道："没什么，我只是觉得此人面相斯文，像个书生，没想到竟是个猎户。"

"人不可貌相。"微浓没再多说，将五幅画像依次卷起。

明丹姝倒也不傻，忽然疑惑地问道："这几幅画为何都没写名字？"

"哦，因其中有几人身份特殊，大理寺怕辱及长公主和几位重臣的名声，才故意不写名字。"微浓继续胡诌。

明丹姝蛾眉微蹙，显然不大相信这个理由。

微浓恐她继续追问，忙道："此事究竟如何，在凶手尚未水落石出之前，谁也说不准。"

然而明丹姝已然警醒："你为何突然来找我说此事？你是什么居心？"

"没什么居心，"微浓卷好五幅画，平静地道，"我知道你与金城关系不错，才将她的事告诉你，顺带问问你的意见。"

"什么意见？"

"金城毕竟是公主身份，过几日宫里要为她举行丧仪，我想问你参不参加。你若参加，我会免你当日的禁足。"微浓这句话倒不是骗她。

"我当然要去！"明丹姝当即表态，竟有些哽咽。

"那好，我会差人知会你的。"微浓没再多说，径直起身道，"我还要去龙乾宫，先走一步。"

"等等，"明丹姝突然叫住她，踌躇着问道，"金城……会葬入王陵吗？"

"按道理应该会的，但毕竟她血统有异，真要葬入王陵，只怕先王地下有知不会答应。"微浓如实说道，"我想单独为她建座墓室，不过此事我也做不了主，还需向龙乾宫那位打个商量。"

明丹姝点了点头："你这考虑是对的。"

从明丹姝那里出来，微浓径直返回了未央宫，她将金城的事从头到尾梳理了一遍，心里有了主意。

一个半时辰后，明尘远匆匆返回，竟然也是面带喜色。不等微浓开口说话，他已火急火燎地道："我带着几幅画像去璇玑宫，找了清景散人和几个弟子询问，都说没见过画像上的人。但金城的婢女却说，金城生前提起过其中一人的名字。"

"是翁九同？"微浓立即问道。

"您怎么知道？"

"明丹姝看了他的画像，也有些异样。"微浓将方才发生的事大致说了一遍，最后道，“我有个主意，咱们这样……”

这几日翁九同一直在闭关炼丹，对外头那些纷纷扰扰一概不管，也拒绝了好几个世家、富户的法事邀约。十月初八，他闭关满五日，刚将两壶金丹炼好，便听徒弟来报，说是宫里来人找他。

“宫里来人？”翁九同不敢怠慢，连忙跑出来，还将身边服侍的小徒弟都屏退了。当他走进外厅，便见一个打扮素净的女子披着披风、蒙着面纱，只一双清亮的眼眸露在外头直直地打量着他，目光既犀利又平静。

翁九同是个三十多岁、身形消瘦的男子，面相白净，很有书生气。因为刚从炼丹房出来，他身上的袍子还有些污浊，额上也是大汗淋漓，整个人颇显狼狈。见是陌生人打着宫里的旗号找他，他心里也很防备，面上却微笑询问：“不知您是……？”

女子从袖中取出一块印有“龙乾宫”字样的腰牌，道：“奴是来取药的。”

翁九同顿生警惕：“您可是找错人了？贫道不知您在说些什么。”

女子没答，又从袖中取出另一块腰牌，正是明丹姝宫里所有，她将腰牌递给翁九同，又道：“想必您也听说了，淑妃娘娘数月前已被烟岚郡主禁足，如今没法子出来取药。”

翁九同认真地看了看手中的腰牌，笑着还给她：“贫道真不认得宫里的人。”

女子倒也没灰心，面纱后的眸子微微低垂：“金城公主遇害之事，不知您可曾听说？这几日王上为此食不下咽、夜不能寐，以致悲伤过度心力交瘁，急需您的丹药提神。”

翁九同依然不为所动，笑得沉稳：“您真的认错人了，贫道不曾有幸为王上效劳。”

“翁道长，”女子无奈地叹了口气，“您要如何才肯相信奴？”

翁九同只一味地笑着，坚持不肯承认自己认识宫里的人。

女子只好扯下面纱，目露几分赞许之色：“很好，不愧是王上看重的人，翁先生口风够紧。”

这一句话让翁九同摸不着头脑了，迷惑地问道：“您是……”

“奴是谁不重要，”女子含笑而回，“近日王上服用丹药之事被人识破，兼之金城公主出事，他担心您这里被人找了麻烦，特命奴来提醒您一番。”

“你方才是在试探我？”翁九同有些恼了，旋即意识到自己说漏了嘴。

“翁先生别恼，王上也是不得已而为之。”女子面色肃然，“方才奴多有得罪之处，还望先生海涵。”

其实对方手中有聂星逸和明丹姝的腰牌，翁九同已然信了她三分，此刻听她这般一说，不禁又卸下两分警惕。他冷哼一声，斜眼看向那女子：“你还没说出暗语。”

女子四处看了看，朝翁九同招手：“为防隔墙有耳，还请先生走近两步，奴要悄声对您说。”

若是往常，翁九同绝不会走过去，但这些日子宫里发生了太多事，他也怕有人盯上自己，便朝那女子走近两步，主动附上左耳。正要开口追问暗语，眼前却突然红光一闪，他左半边脸已是剧痛无比，蹲在地上啊啊痛呼起来。

而他身前的女子，正垂眸微笑看着她。她手握一根闪着红光的峨眉刺，刺尖上穿着他鲜血淋漓的半只左耳。

“你……你！”翁九同双腿一软瘫坐在地上，朝着内堂大声呼救，“来人！来人！来人！”

他这里虽没有铜墙铁壁的防卫，但也买了不少护院，以前是防止有人盗取丹药，后来是为了自保。可谁料他几声呼救出口，护院一个没见，倒是所有徒弟从屋子里被推了出来，每个人脖子上都架着一把刀。

翁九同大惊失色，一手捂着受伤的左耳，一手指着那些持刀之人，忍着疼痛艰难地开口：“你们是什么人？”

这些人都是便装打扮，唯有手中的兵器银光闪烁，锋利无比，正是禁卫军所有。他们足有七八十人，为首的正是明尘远，此刻他双手负后，从容地走到翁九同面前，甩手扔下一瓶伤药：“翁先生，止血要紧。”

翁九同吓得浑身发抖，不敢捡起地上的药瓶。

明尘远又笑：“这可是御医署最好的伤药，能迅速生肌止血。不瞒你说，龙乾宫那位受了伤，都只认这一种药。”

翁九同闻言，不敢不去捡。可他的左耳实在太疼了，脸上、肩上全是鲜血，手抖了几次，都捡不起药瓶。

明尘远便朝他一个小徒弟招手，笑道：“方才你做得很好，过来给你师父上药吧！”

那小徒弟正是去炼丹房招呼翁九同见客之人，他听了明尘远的话，也不敢违抗，忙战战兢兢地走到翁九同面前，捡起药瓶替师父上药。

他一边上药一边哭道：“师父，徒儿对不住您……今日一大早他们就闯了进来，把师兄弟都给绑了……徒儿不敢不听他们的吩咐，只好……只好去炼丹房请您出来……”

翁九同的伤口被药水蜇得疼痛难当，闻言更是来气，一脚将那小徒弟踹开，怒骂一句：“叛徒，滚！”

小徒弟倒是又老实又忠心，竟规规矩矩地朝他磕了三个头，才乖乖退回被禁卫军挟持的队伍当中。

此时微浓也走到了明尘远身边，将手中那穿着人耳的峨眉刺递给他：“这东西您处理了吧。”

翁九同看着那峨眉刺上血淋淋的左耳，忽然醒悟过来，指着微浓大叫：“你是……你是！你是！”

微浓瞥了他一眼，开口堵住他未说出的话：“看来聂星逸待你不薄，对你讲了不少事情。”

言罢她又望了望天色，对明尘远道：“我不宜出宫太久，这里就交给你了。”

“恭送郡主。”明尘远做足了礼节。

微浓朝他颔首致意，将披风上的帽子戴好，面纱重新蒙上，快步离开此地。

微浓走后，明尘远再也无所顾忌，动用了无数手段，终于逼出了翁九同的实话。

“你与聂星逸是如何认识的？”他先问道。

翁九同躺在炼丹房的地板上，浑身是伤，奄奄一息：“家师曾与先王后走得极近，从前先王后无子，有三四年的工夫都在服用家师炼制的丹药，后来……后来先王后诞育了王上和公主，又追求容颜永驻，一直与家师保持来往……王上也是……也是家师介绍来的。”

“如此说来，你替他办事有许多年了？”明尘远又问。

“不，不……”翁九同喘了口气，“从前王上为求男嗣，也曾服用过贫道的丹药……后来一度断了联系，直至三年前，他主动来找贫道，说是让贫道为他办事……他许以厚禄，贫道就……就动心了。”

“他让你办什么事？许你什么厚禄？”明尘远一脚踩上他受伤的左耳，沉声再问。

翁九同痛得高声呻吟，连“贫道”二字都不再自称：“他……他让我以炼丹之名替他传递消息，说是……他一旦重掌政权，就……就许我国师之位。”

“国师之位？”明尘远哂笑一声，“你这些年是如何替他传递消息的？”

“是……是淑妃娘娘会差人来找我买丹药，我再把消息藏在药丸里，送进宫去……”

明尘远立即提起精神：“明淑妃也参与了？”

“没……没有，她不知内情，只是替王上买药而已。”

“你这些年替他联络过哪些大臣，说过什么话？”明尘远索性搬了把椅子坐在他身边。

翁九同惧怕再受刑，全都招了：“开始……我是借着炼丹、做法事的机会，宣扬王上才是天命所归，摄政王只是……只是一时得意，逆天而行必遭天谴……”

“呵，然后呢？”

“然后……我按照王上的吩咐，替他拉拢了几个大臣。”

“都有谁？”这才是明尘远最关心的问题。

翁九同却不肯说了，只道：“你杀了我吧，我……我不能说。”

明尘远冷笑：“你不说，我至多再费些工夫就是，连你都查出来了，还怕查不出他们？”言罢他神色一凛，眯起眼睛又道，“你若不说，我也不会杀你，方才你受过的刑罚，我会让你每天享受一次，看你能坚持多久。”

听闻此言，翁九同面露惊恐之色，趴在地上全力挣扎：“不……不要……”

侍卫立刻上前将他按住，可他就如疯了一般挣扎不休：“不要……我说，我说！”

此时早有侍卫在一旁备好纸笔，将他所说的几个人名，以及翁九同与他们的来往过程记录下来，一字不差。

明尘远将这些记录收入袖中，又对炼丹房内众人的吩咐：“你们先下去。”

几个侍卫都晓得明尘远的意思，没多问一句便退下了。明尘远再次走到翁九同面前，踩住他被拔掉指甲的右手，用鞋底狠狠地碾压。

翁九同再次发出阵阵惨叫，明尘远的面色却更加狠戾：“金城是不是你杀的？”

“是……是……”翁九同只得承认。

明尘远双目阴鸷，满是杀意：“说！把你做过的事都说出来！”

翁九同缓了好一阵子，才回道：“公主曾借给王上大笔银钱，都是经过我的手……前几天公主去璇玑宫清修，王上怀疑是您发现了什么，便让我去问情况。我……冒充香客去找公主说话，正说到关头上，刘尚书来了……”

“他怎么会来？”

“说是……说是知道公主在璇玑宫清修，特来拜见。”

“是你杀了他？”

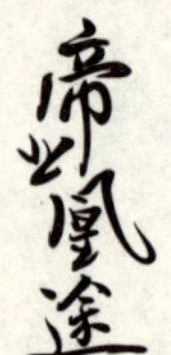

翁九同此时已经无力呻吟，声音越发微弱：“不是……我虽替王上办事，但从不害人性命……杀他是……是公主的主意。”

“你胡说！”明尘远心头火气噌地冒上来，“金城她性情慈柔，怎可能动了杀心？”

“是真的，”翁九同说着说着，又咳出两口血来，“公主怕刘尚书把此事传出去，害了她和王上，便……便让我把刘尚书骗到山洞里假装密谈，再将他……将他杀了……”

说到此处，翁九同气息微弱，呼吸出多进少，显然已是油尽灯枯。他的眼神渐渐涣散，明尘远一把抓住他的衣襟，连忙追问：“那金城呢？你为何要杀她？为何要糟蹋她？”

可是翁九同已经说不出话来了，他浑身是血半躺在地上，狠狠地抽搐了几下，睁大双眼瞪着明尘远，就此断了气。

明尘远依旧摇着他的身体，大声喝问：“说！你为何要杀了金城？为何杀她？”

空寂的丹药房内，只有一个愤怒的声音在回响，终至无声。此地热气冲天，他早已被蒸得满头大汗，汗水顺着他的额头滴落至眼角，蜇得他阵阵的刺痛、阵阵的酸胀。这是金城死后他头一次有这样的感觉，背着微浓、背着他的手下，在这个快要闷到窒息的陌生之地，他想要狂肆地释放自己的情绪。

是哭了吗？明尘远摸了摸自己湿润的眼角，看着指腹上的一抹水渍，整个手掌竟都颤抖起来。

有时忠义和感情真的无法两全！若是金城还活着，若她还活着……也许，他也不得不放弃她。

明尘远缓缓站直身子，擦拭掉男儿之泪，忽然发现硕大的炼丹炉就在与他一墙之隔的地方，他脑海里产生了一个疯狂的念头。冲动之下，他一把抓起翁九同，将他的尸体扔到了炼丹炉中。

炉火昼夜不息，早已将整个炉壁烧得通红，明尘远将翁九同的尸体一扔进去，便听到“滋滋”的响声，有一种残虐的悦耳之感。明尘远终于痛快了些，整理衣袍，平复情绪，慢慢走出丹药房。

他向手下打了个手势，沉默地跨出这座院落。他身后，锋刃刺破血肉的声音响起，伴随着阵阵惨叫。刹那间，这座院落已变成一片修罗地狱。

第三十九章

枕戈待旦，蓄势待发

翁九同之案审结不过半月，一封八百里急件便从姜国送至明尘远手中。须知聂星痕离开燕国已有五个月的光景，这还是他头一次用八百里加急，可见信上内容之重要——特命镇国侯臣远统率十万兵马，于两月之内抵达十万大山脚下。

此命一出，举朝哗然，这是要对宁国开战了！一时间，朝内分成两派，有摩拳擦掌大为振奋者，也有忧虑重重坚决反对者，每日都在朝内争论不休。

幸而聂星痕在军中威望颇高，几个手握重兵的大臣都全力支持，这才让明尘远在短短十日之内集结了十万大军，并将第一批粮草准备完毕。

微浓听到出兵的消息，亦是强烈反对："如今就发兵，岂不是太草率了？"

"殿下之意是，趁着冬季万物蛰伏，十万大山没有毒虫，先让大军过境。"明尘远回道，"我与几位将军分析过，殿下此举看似大胆，实则精妙。只要大军能驻扎在姜国，咱们就可以先熟悉环境，再计划与宁军开战，有利无弊。"

"可是如此一来，便让宁国心生警惕了！"微浓依旧反对。

"从殿下去姜国和谈的那一刻起，宁国已经心生警惕了。"明尘远安抚她道，"您该相信殿下的判断能力，他绝不会拿十万将士的性命当儿戏。"

"可真的太快了！"微浓越发焦虑，"若照他这个行事作风，难道过了年就要与宁军开战？"

"那多好。快，才能出其不意。"明尘远反倒激动不已，"太好了，我正有火无处发泄，此战正合我意！"

既是聂星痕决定的事，旁人就根本无法改变，尤其是军队、粮草已集结完毕，这根本不是微浓一个人、一句话便能左右的。可是……

“连你也走了，燕王宫我怎么顶得住！”微浓烦躁不已，“不知他怎么想的，竟放心把这烂摊子留给我！”

明尘远也对此感到颇为意外。从前微浓在宁国、姜国时，聂星痕总是默默为她安排好一切，务求时时掌握她的消息；可她回到他身边了，他反而一走半年，放手让她大展拳脚；如今就连自己也要带兵离开，聂星痕真不怕微浓一个人在宫里出了什么意外？

是他对燕王宫的防守太有信心，还是对微浓的能力太过放心，还是有别的隐情？明尘远越想越担忧，走也不是，留也不是，左右为难。

微浓心里更生聂星痕的气，他要将她留在宫里单打独斗！没有明尘远在她背后撑腰，她怎能掌控得了宫中局面？况且，她还要分神担心燕、宁两国的战事！

“您别担心，燕、姜两国和谈事毕，我这一去，殿下不日就能回来。”明尘远沉吟片刻，“如今我只担心聂星逸，怕他会趁这段空子生事。”

“兵来将挡，水来土掩，走一步说一步吧！”事到如今，微浓也只得接受这个事实，“粮草怎么办？万一你走了，他还没回来，大军又需要粮草，我可是一窍不通啊！”

“您放心，我都安排好了，至少能撑到殿下回京。”

微浓这才算是安了心，有气无力地再问：“大军何时启程？”

“五日后。”明尘远犹豫片刻，又道，“我听乳娘说，长公主对几个孩子颇为照顾，我明日想亲自去一趟，托她再帮我照看一段时日。”

微浓点了点头：“长公主深明大义，一定会答应你的。”

“我走后，您有事千万要和长公主商量，万不得已时，要让她出面保护您。”明尘远又叮嘱微浓。

“嗯，左右他也快回来了，我最多就是撑到年底。”虽然口中如此说，可是微浓心里其实一点底都没有。思来想去，她还是决定去找师父冀凤致商量一番。

师徒二人一见面，微浓就道明了这些日子发生的一切，又倾吐了自己面临的难处，冀凤致仔细听完之后，只问她：“你可知道墨门的门规是什么？”

“以杀止杀。”微浓似有所悟，“我明白了。”

大燕天德六年，冬月初五，燕国十万大军出发。这一日清早，龙乾宫便忙碌起来，聂星逸虽然身体虚弱，精神倒还不错，辰时由明丹姝陪着前往北城楼，亲自为将士们送行。

微浓不曾到场，但也能猜到聂星逸必然是意气风发，她手中把玩着一个手掌大小的盒子，唤来一名太监："你去龙乾宫递个话，就说我五日后要去问候王上。"

冬月初十，微浓特意上了妆。临行前，她还下了道旨意，免去明丹姝继续禁足的命令，并命她即刻去往龙乾宫候旨。

聂星逸和明丹姝足足等了微浓半个时辰，正是不耐烦之际，一个太监匆匆跑了进来："不好了，不好了！启禀王上，烟岚郡主带着一队禁卫军来了！"

"什么？！"聂星逸倏然起身，已知大事不妙，正待说句什么，但见微浓已经走进门内，身后果然跟着禁卫军，足有三四十人。

"见过王上。"微浓率先行礼。

聂星逸见状，先发制人："你当了郡主后，派头可真是不一样，久等不至，龙乾宫蓬荜生辉。"

微浓却只淡淡一笑："宫中事务繁忙，还请王上见谅。"

明丹姝看不惯她这副样子，遂冷笑道："你才执掌凤印多久，摆什么架子。"

"我可不是摆架子，"微浓看向他们二人，"是有人惹了祸事，我不得不善后。"

聂星逸闻言心思一沉，面色苍白不语。

微浓遂笑："摄政王前脚一走，某些丹药师便嚣张起来，敢在外头结党营私，散播流言。最后被金城公主发现，他们便杀人灭口，此等大奸大恶之徒，王上和淑妃娘娘以为，该当如何处置？"

"丹药师？"明丹姝还没反应过来，"你查出杀害金城的凶手了？是那五张画像里的人？"

"画像？"聂星逸意识到了什么，脱口而问。

明丹姝莫名其妙地看着他："怎么，你没看过画像？"话到此处，她猛然醒悟过来，抬手指向微浓，"你利用我？"

"你我之间，难道不一直是互相利用？"微浓讽笑。

"你！无耻！"明丹姝气得脸色涨红。

微浓神色不变："我得感谢你，否则我也找不到翁九同。"

此言一出，明丹姝的脸色由红转白。

微浓款款落座，脸色渐渐冷厉："翁九同涉嫌谋反，死前已供出幕后主使。聂星逸、明丹姝，这可是死罪。"

"谋反？什么谋反？"明丹姝惊恐地睁大双眸，转而看向聂星逸。

后者却是在笑，原本无声，渐渐变大，最后放声而笑："哈哈哈哈，谋反？

我就是燕王，我还需要谋反？哈哈哈哈哈！我只是拿回本来就属于我的东西！”

“属于你的东西，就是滚出燕王宫，去定义侯府找你的亲爹！”微浓将手中的小盒子打开，取出一枚药丸，用手捏得粉碎，只见其中藏着一张字条，字条上写的正是翁九同向聂星逸禀报的朝中要事。

微浓用手指弹了弹那张字条：“镇国侯临行之前，给了我许多药丸，每一粒都出自翁九同之手，并且里面都藏着你为拉拢他写的字条。你借此方式蛊惑人心，让他吹捧你是天命所归。聂星逸，你竟不觉得脸红？”

她边说边将手中药盒扔了出去，不偏不倚，正好扔到明丹姝脚下。这药盒明丹姝再熟悉不过，在微浓没回来之前，聂星逸每每都用她有孕之事作为要挟，要求她去宫外替他拿药，而那些药正是装在这药盒之中。

她当时是多么傻！她以为只要微浓不再回来，只要她怀过聂星逸孩子的事情不被揭穿，她就能一直陪在聂星痕身边。

就因为这个把柄，她几乎对聂星逸言听计从，他从内侍省支走巨额款项，她不闻不问予以通融；他与丹药师私下往来，她也睁一只眼闭一只眼；就连他每月取用的丹药，都是她亲自去拿的！

曾经的孕事，成了她最难以挥去的噩梦。在每一个电闪雷鸣的雨夜，她都会梦见那孩子哭着来找她索命，梦见聂星痕要收回她的凤印，梦见自己身败名裂被赶出燕王宫。

一步错，步步错，她终于泥足深陷，无可挽回！

明丹姝死死地盯着地上的药盒，突然转身扑向聂星逸，狠狠地掐住他的脖子：“你为什么要害我？为什么害我？你这个恶魔！畜生！卑鄙小人！”

禁卫军见明丹姝疯狂失态，连忙上前制止她，她却依旧破口大骂，先骂聂星逸恶毒，又骂微浓水性杨花，最后改骂聂星痕铁石心肠。骂声太大，就连魏连翩都忍不住从内室里伸出头来，惹来微浓一记眼刀。

微浓转而再看聂星逸，继续怒斥：“若不是为了先王脸面，家国平稳，你这混淆王室血脉的畜生还能耀武扬威多久？就凭几个丹药师、几粒药丸，你就想逆天改命扭转乾坤？聂星逸，你不自量力！”

聂星逸并没有像明丹姝那般被激怒，他剧烈地咳嗽了半晌，才缓缓笑道：“那又怎样？你根本不知我的手段，我隐忍六年，早就不是从前的我了！所有小看我的人，全都得死！”

“呵，你的手段就是葬送金城的性命，来成全你龌龊的心思？”微浓讽刺道。

聂星逸眯着眼睛："金城之死是个意外，她听到了不该听的事！何况她已经选择了明尘远，就不再是我妹妹。"

"畜生！"微浓只要一想到金城的死状，对聂星逸的鄙夷便又增加一分，她目中杀意毕现，脑海中全是师父的那句提点——以杀止杀。

面对微浓毫不掩饰的杀意，聂星逸心中一惊，出言警告："你可要想清楚，我还是燕王，你若敢杀我，朝野动荡，只怕聂星痕也保不住你！"

微浓闻言无甚反应，依旧看着他，眸光深冷如冬日的冰湖。

聂星逸更觉惊慌，又大笑起来："贱人，只要你敢动手，我的人立刻就会揭竿而起，杀进宫里为我报仇。届时燕国大乱，谁也当不了这个燕王！"

"谁说我要杀你？"微浓冷然反驳，朝身后打了个手势。

晓馨立即将两只药瓶奉上，微浓将药瓶拿在手中晃了晃，嘴角扯出一丝笑意："这里面是连阔独家研制的蛊虫，叫作'饿蛊'，顾名思义，它胃口很大，每吃一顿能抵七七四十九天。不过，期满之后它若吃不到东西，便会吞噬人的血肉以充饥。"

此话一出，就连一直在疯狂挣扎的明丹姝都震住了，遑论聂星逸。两人惊恐地望着微浓手中的药瓶，皆不敢相信她竟会使出如此手段。

微浓又晃了晃手中的瓶子："哦对了，这蛊虫其实很好解，十万大山遍地都是解药。不过你们还是别去了，咱们十万燕军可不认识什么燕王，只听命于摄政王。"

话到此处，微浓的脸色再次沉凝，将两只瓶子交给禁卫军统领，命道："王上与淑妃娘娘喜吃丹药，本宫特命人将这蛊虫也放在丹药之中，你们可要小心一些，别让王上和淑妃娘娘吃到了虫子。"

"蛇蝎心肠！你太恶毒了……"聂星逸原想破口大骂，但瞧见禁卫军拿着药瓶过来，他立刻咬紧牙关，只一双俊目露出凶光，狰狞地看着微浓。

微浓视若无睹，再去看明丹姝，后者立刻站起来，踉跄着跪倒在她面前："不要，不要，我错了……我真的错了……我再也不敢了。"

明丹姝边说边连连磕头，每一下都发出"咚咚"的响声，微浓闭上双眸，不忍去看，只问她："你觉得自己很冤吗？"

"是！我是冤枉的！我从不知丹药里面有字条！"明丹姝流露出祈求之色，拉住微浓的裙摆告饶，"我不敢了，我知错了，我再也不和你争凤印了……我……我也不和你争殿下了，我去禁足，一辈子禁足！"

微浓对她目露怜悯："其实你一点儿也不冤，吃了这蛊虫你才会明白，做人不能太贪心，更不能见风使舵、得寸进尺。”

“不！不！我再也不敢了，再也不敢了！”明丹姝瞬间吓得痛哭流涕，整个身子都在剧烈颤抖，“郡主，以后我为你做牛做马！或者你将我赶出宫去……我出宫还不行吗？我再也不回京州了行吗？”

“你挪用了那么多银钱，我岂能让你一走了之？”微浓丝毫不为所动，抬手将裙摆从她手中抽了出来。

“你们还在等什么？还不服侍王上和淑妃娘娘用药？”微浓厉声喝命。

“是！”几名禁卫军立刻动手，一些人按住聂星逸和明丹姝的手脚，一些人掐住他们的下颌。统领亲自将药丸塞入两人口中，强迫他们吞下，为防止过后呕吐，又将两人的嘴堵上，四肢也绑在座椅之上。

龙乾宫的宫女、太监们见此情形，都吓得噤了声。自始至终，微浓冷眼旁观，毫无反应。

无人敢想象，一国君王和一品的淑妃，竟会像俘虏一般被绑缚、被强迫。而更加讽刺的是，他们就在燕王宫，就在君王的住所之内。

腥臊味隐隐传来，是一个小太监吓得失禁了，禁卫军统领见此情形，忙对微浓道：“郡主，此地污秽，您还是先走一步为好。”

微浓点了点头，又走到聂星逸面前，提醒他道：“不要去找连阔，五日前他已随军去姜国了；也不要想着逃跑，七七四十九日，足以让你们死在十万大山。”

聂星逸手足被缚，嘴巴被堵，根本无法说话，只能恶狠狠地盯着她，像是要用目光将她千刀万剐。

微浓眯起眼眸回视：“别这么看我，你忘了当年赫连璧月对我做过什么？”她边说边撩起左臂的衣袖，只见那光裸的玉臂之上，有一道狰狞的刀疤，正是当年赫连璧月给她下蛊毒后，连庸师徒为救她性命而割肉放血留下的疤痕。

“这么多年了，我可连利息都没算。”撂下这句话，微浓转身便往外走。直至走到内殿门口，她似乎又想起什么，回头警告他俩，“每隔四十天，连阔会送来两粒压制蛊虫的药丸，你们自己算好日子，定时来找我取药吧！”

经此一役，微浓一劳永逸，燕王宫中再无风波。最大的动静就是明丹姝每日都来向她问安，怯懦乖顺，语带讨好。这让微浓有种错觉，好像自己回到了七八年前，附身在了赫连璧月身上，当时明丹姝就是这般讨好身为王后的姨母的。

明丹姝晨昏定省足足坚持了一个月，若是微浓不见她，她就等在未央宫外不走。微浓实在没法子了，只得又装了一次恶人，狠狠地警告了她一番，这才免去了日日对着她那张脸的烦恼。

此后，微浓逐一约谈了六局二十四司和内侍省六局的主事们，言明查账之事到此为止，只要以后不再犯，她可以既往不咎。她此举的本意是安抚，谁料约谈过后，竟有不少主事变卖了宫外田产，还清了亏空的银钱。

微浓知道是自己在龙乾宫一战成名，震慑了后宫众人，她不禁想起长公主扶持高宗聂旸登上王位的手段，也终于明白为何会有那么多的老臣忌惮长公主。以杀止杀，果然奏效！

于是，直至第一次的“饿蛊”解药送到燕王宫时，微浓还在忙于清点银钱填补亏空。由于收回来的银钱太多，她还特意给龙乾宫上下发了赏赐，叮嘱他们“好生侍奉王上”。

连阔送解药回来的事情，自然瞒不过同路的明尘远，他得知微浓的主意后又惊又赞，这才彻底放了心。去姜国的一路上，燕军行进得很顺利，在规定时限内抵达十万大山脚下。

时值隆冬，姜国境内万物蛰伏，明尘远便一鼓作气带领军队穿越了十万大山，之后进行了短暂的休整。当他率领三万人的先遣部队与聂星痕会合之时，已到了腊月底。

聂星痕如今住在苍榆城城北，上一代姜王所修建的一座行宫内，除了姜王宫之外，这里应是整个姜国最舒适的地方。姜王将他安置在此处，既符合一国摄政王的身份，又安静自在，丝毫没有失了礼节。

明尘远与聂星痕一见面，自然是有满腹话语要说。他这半年多里经历了太多，实在没憋住，便一股脑儿地说了出来。聂星痕少不得安慰一番，又询问了微浓的情形，这八个月里他们彼此虽时有来信，可毕竟纸短情长，微浓又是报喜不报忧，故而他对所有事情的细节一无所知。

此刻听明尘远详细道来，聂星痕也是有喜有忧。当听到微浓彻查宫中账簿时，他目露赞许；当听到她刺穿翁九同左耳时，他斥她鲁莽；当听说她制蛊严惩聂星逸时，他终于流露出欣慰之色，连连点头：“《国策》上说，乱世宜用重典，她总算想明白了。”

明尘远也觉得不可思议：“像公主……不，是郡主这么一根筋的人，从前多恨您，如今竟也肯为您改变，真是不容易。”

“她不是为我改变，而是为时局改变。”聂星痕笑道，“不过我并不在意过程，她愿意帮我就行了。”

明尘远点头附和：“从前都说郡主是皇后命格，如今一看果真如此。”

聂星痕也面带笑意，似在遥想微浓这半年来的行事风采，情不自禁地道："还真想快点见到她。"

明尘远忍不住想笑："那您何时启程回国？若再耽搁下去，只怕您是难挨这相思之苦了。"

岂料聂星痕竟回道："恐怕我一时半刻还回不去，我打算亲征宁国。"

"亲征？"明尘远大惊失色，"这可不是儿戏！燕、宁两国一旦开战，少则一年，多则三五年，难道您要一直坐镇燕军大营？那宫里怎么办？"

"不会这么久，我只打前锋战。"聂星痕也是叹气，"这是我深思熟虑做出的决定，燕、宁两国开战，由我亲自统率才是制胜法宝。"

的确，燕军若由聂星痕亲自统率，必定士气大增。而宁国若想鼓舞士气，必要派出同等地位的统帅，但如今宁王老迈，祁湛、原澈均没有对敌经验，如此一来，燕军的胜算便多了几分。

"可是，您难道不怕聂星逸他……"明尘远万分担忧。

"怕什么，他不是被微浓治得服服帖帖吗？我看这法子就不错。"说起微浓，聂星痕又笑了。

明尘远却不这么认为："万一他对您心怀愤恨，想要玉石俱焚可如何是好？"

"他不会的，"聂星痕笃定地道，"聂星逸当了二十年的太子，也知道分析局势利弊。若他敢在这节骨眼上要手段，一旦燕国战败，后果将不堪设想，他不会想当个亡国之君的。"

"若是郡主早些嫁给您就好了，"明尘远不无遗憾地道，"若是嫁得早，您早就登基了，如今恐怕太子都立下了。郡主便能以王后的身份扶持太子监国，甚至可以光明正大地参政。"

"如今我反倒庆幸她不曾嫁我。"聂星痕只感慨了这一句，并未作过多解释。

明尘远似乎从中察觉出了什么，不禁面有忧色。

聂星痕笑着拍了拍他的肩膀，算是安慰："你放心好了，此行我若能打败宁国，必会风风光光地回去娶她。届时大势所趋天下一统，若聂星逸再挣扎，就是困兽之斗，那时他不想退位也得退。"

"可若是……若是咱们没赢呢？"

聂星痕竟然沉默片刻："若是没赢，自会有更合适的男人照顾微浓，去成就她的皇后命格。"

这话根本不像聂星痕所言，他向来自负，一定会把心爱的女人拴在身边。怎么出去了大半年，他的想法全都变了？明尘远很想知道，他这大半年里到底经历了什么事，竟然能说出这样一番话来？

腊月就在这般忐忑与疑惑之中悄然流逝。除夕那夜，燕王宫传来消息，说是聂星逸以身子太差为由拒绝登楼与民同贺，微浓因此整治了他一番，最后他如期出现在北城楼上。

消息传来苍榆城时，聂星痕照样赞许了微浓，然后便与明尘远喝酒守岁。明尘远顺势问他："您不回燕国的事，对郡主说了吗？"

"还没，"聂星痕似薄有醉意，"让她安稳地过完正月，我再告诉她。"

明尘远替他担心："恐怕郡主会生您的气。"

聂星痕仍旧笑着，没答话，目中划过几丝无奈。

明尘远本想多问几句，奈何姜王突然过来拜访，说是要与聂星痕痛饮几杯。他连忙张罗迎客摆酒，几人畅谈畅饮，气氛好不热闹。最后，平日酒量极好的聂星痕竟然喝了个酩酊大醉，趴在桌案上睡着了。而姜王仍旧步履稳健。

按习俗来说，除夕之夜要守岁，绝不能在子时之前睡过去。但明尘远和聂星痕向来都不拘泥于此，前者见后者喝醉了，便派人服侍他就寝，自己则代为送姜王一程。

两人徒步向行宫正门走去，一路上攀谈起来，从家国大事说到风土人情，相谈甚欢。临到宫门处，明尘远自然而然地开口询问："敝上这半年多一直住在苍榆城吗？"

"也不是，"姜王随口答道，"今年十月他曾离开过一段时间，说是有宁国的老朋友来探望他。"

宁国的老朋友是谁？明尘远有些疑惑，本想多问几句，奈何姜王所知有限，实在问不出什么，也只好散了。这一夜，明尘远一直在思考这个问题，他自问与聂星痕从小一起长大，对聂星痕的人际网算是极其了解，除了几个安插在宁国的细作以外，聂星痕根本没有什么宁国的老朋友。

他会是去见细作吗？还是别的什么人？聂星痕如今一改飞扬强势的个性，日趋寡言，是否与那位"老朋友"有关？

不知为何，明尘远隐隐感到不安，可他还没来得及深想，剩下的七万燕军便也陆续抵达苍榆城外。聂星痕命他整军前往驻扎之地——姜、宁两国的交界处，十万大山的支脉"苍山"。

这个地方，是聂星痕与姜王共同选择的，把燕军大营设在苍山上有两个好处：一则穿过苍山便能抵达宁国幽州，真要开战燕军可以迅速抢占幽州重镇；二则苍山上树林茂密，可以作为遮蔽之物，燕军驻扎在此，短期内宁国不会发现。

“你先率军过去驻扎，不要轻举妄动，我在苍榆城处置好一些事，尽快过去与你会合。”聂星痕如是命道。

“真要这么快就开战？”明尘远仍旧感到不安。

“粮草有限，将士们的精力也有限，耗得太久会打击士气。”聂星痕心意已决。

“话虽如此，可会不会太草率了？我们根本没有摸清宁国的底细！”

聂星痕闻言思虑片刻：“你稍等。”

言罢他径直转去内室，取了一幅卷轴出来。他当着明尘远的面将卷轴展开，但见其上绘着无数曲折的线条，虚虚实实，还标注了无数奇形怪状的图案，正是《鬼谷子兵法》中的兵家符号。

明尘远大感意外，指着那卷轴问道：“这是……？”

“这是另一半山川河流布防图。”聂星痕按捺下激动之意，“这就是我急着对宁国开战的缘由。”

明尘远显然震惊过了头，表情又惊又疑又喜，连忙追问：“哪儿来的？”

聂星痕遂将得到这半张布防图的缘由讲了一遍：“微浓当初给我的半张布防图，只有燕、姜两国，我便将那图带来姜国，试图增加和谈的筹码。谁料姜王看到之后，便拿出这半张图与我比对。”

明尘远听得摸不着头脑：“可是郡主不是说，那半张图已经被云辰拿走了吗？”

“我也不明白，只听姜王说，他是在楚瑶的遗物之中找到这幅卷轴的，虽看不懂，但觉得此物至关重要，便妥善保存至今。”聂星痕如实言道，“我仔细对比过，至少楚地的地形防布全都是真的。”

聂星痕顿了顿，又道：“正因姜王手里有这另外半张布防图，他才临时增加了谈判条件，否则和谈不会进展得如此缓慢，我更不会答应他不在姜国境内开战。”

“这会不会是个陷阱？”明尘远觉得其中必有陷阱，“难道是楚瑶生前故意留下半张假图，想引咱们上钩？”

“可她怎能料到姜王会把图收藏起来？她又如何得知，这半张图最终会落到我手中？”聂星痕提出疑问。

“她临死前赌了一把？”明尘远猜测道。

“是有这个可能，”聂星痕顺势分析，“也有可能是云辰得到布防图之后，为了以防万一，留了一份副本给她。”

“那楚瑶自尽之前，就应该把这副本毁了才对啊！”明尘远提出异议。

聂星痕没再答话，将两张布防图放在一起比对：“很明显，姜王手中这张图很新，墨迹只有轻微褪色，至多不会超过三年，与楚瑶自尽的时间吻合。”

“话虽如此，可我仍觉得不放心，”明尘远顾虑重重，“这图来得太蹊跷了。”

“我知道，所以前段日子我派人去宁国查探了地形，”聂星痕指了指幽州和闵州两个地方，道，“至少这两处和图上画得一致，完全没有问题。”

“另外两个州呢？”

“还没有机会去查。”聂星痕蹙眉，“宁国加强了防守，尤其是几个重镇，探子根本进不去。”

“也就是说，这张图上楚地、幽州、闵州全是对的，但富州、丰州还不能确定？”

“对，”聂星痕盯着那半张布防图，修长的手指依次点过几处，“你看，宁国有一半的地形已被咱们掌握，我觉得可以赌一局。”

“难怪您急着开战。”明尘远终于明白过来，“那微臣明日就率军启程了。”

聂星痕“嗯”了一声，又慎重叮嘱：“听说宁王已再次重用云辰，你切不可轻举妄动。”

其实关于云辰被再次重用，其中还有一段内情。一年多前，原澈进宫告状，一口咬定王拓是祁湛派来的奸细，宁王因而大怒，彻查宫中内侍。这件事最终成为了一场祸及朝廷、世家的大清洗。

这场大清洗足足持续了半年多，波及了后宫、朝堂、民间，几乎要动摇宁国的根基。一些迂腐的、位高权重的老臣也未能幸免，不是被抄家就是被罢官，最轻的也是令其致仕。一时间，人人都道宁王老糊涂了，御史们甚至哭天抢地喊着“国要亡矣”。

这件事中，最冤屈的当数祁湛，他刚刚掌权没两个月，便又被宁王踹了下来；最惊讶的要数原澈，他原本只想对付祁湛，却未料到最后祸延朝堂，引起了宁王无休止的怀疑和杀戮；最乐见其成的是云辰，他笑看宁国乱成一潭浑水，人心惶惶。他借此机会，派人寻到了青鸾、火凤所隐藏的宝藏。

然而与此同时，燕国却有消息传来，说是摄政王聂星痕已秘密前往姜国，旨在与姜王和谈，促成燕、姜两国百世修好。这消息就像是晴天霹雳，劈醒了宁王混沌的头脑，使他终于清醒过来。

云辰就在此时趁乱出手，派了一小队人马去找宝藏，悄悄运回不少金银财宝，然后主动出面替受冤的朝臣们说话，安抚世家，又进宫与宁王密谈。

宁王正愁要如何结束这场清洗，以最快的时间稳定人心，云辰此举正合了宁王的心意。最终，云辰被委以重任，以强有力的姿态重新杀入朝堂，强势终结了这一场浩浩荡荡的劫难，稳住了宁国的根基。

一时之间，朝堂上下无人不感激离侯，史官们对此举评价尤为之高，时称“离侯还朝”。

对于云辰被重新重用一事，大多数人持一个庆幸的态度，而祁湛与原澈这般知道其真实身份的人，更加明白宁王的用意——云辰是楚王室之人，此刻起用他，摆明是要对付聂星痕。

对于云辰重新得势的事，原澈暂时持支持态度，毕竟因着王拓之事，他与云辰已达成联盟，要共同对付祁湛。

而祁湛则因王拓之死被牵连，不仅落下戕害手足的罪名，还被宁王大加怀疑。幸而宁、燕两国即将开战，让他看出了一点希望，他趁机向宁王请缨作战，以求扳回一局。

不想有人比他更早一步，原澈也来请战。

两个孙子的想法不谋而合，都是想以战绩来赢得威望，丹墀上的宁王思索良久，却将两人一并拒绝了：“这一战，孤打算派云辰督军，你们两个都不要轻举妄动。”

原澈一听这话，忙道：“您派云辰督军是对的，他必不会对燕军手下留情，可孙儿是要请缨作战，与云辰督军并不冲突啊！”

宁王沉声回道：“聂星痕素有‘燕国战神’之称，当年云辰的兄长楚璃都败在了他手上，你们可有法子赢过他？”

原澈一听“楚璃”二字，心里便泛起阵阵酸意，冷哼一声：“不过就是个亡国太子，楚国弹丸之地，他能有多大能耐？想必也是徒有虚名。”

宁王沉默一瞬，反问道：“你们都见识过云辰的手段，据说云辰的才能在其兄长之下。”

原澈被这话噎了片刻，仍旧不服气：“也许楚璃是有治国之才，但他领兵之能太差！”

“如今你就不服气，一旦上了战场，你领军，云辰督军，你们两个还不得闹翻天？”宁王看得通透。

原澈一时竟无法反驳。

祁湛在旁听了半晌，适时问道：“王祖父，为何非要让云辰督军？就算他与燕国有不共戴天之仇，您焉知他会尽全力帮咱们？”

“所以孤才命他‘督军’，而非‘领兵’。”宁王指着他二人，再次回绝，“此事你们想都不要想，朝中那么多武将，无论如何也轮不到你们两个上战场。”

“可是燕国乃镇国侯领兵，咱们若没有一个强有力的统帅，士气可要大减啊！”祁湛仍旧不安心。

“不，你们错了，燕国不是明尘远领兵，”宁王双目微眯，闪着精光，“若孤猜得没错，这一战应是聂星痕率军亲征。”

“亲征？”原澈与祁湛皆是吃了一惊。

“那咱们更该派个身份相当之人坐镇军中才行啊！否则我们从士气上就输了。”原澈连忙再劝。

祁湛连连点头。

宁王颇为欣慰地看着两个孙子：“好，好，从前你们斗得厉害，如今倒能想到一块去，孤也算安慰了。”

原澈与祁湛互相对看一眼，皆没有说话。

宁王却仍旧不肯松口：“此事孤心意已决，你们两个都不必再说，老老实实留在黎都出谋划策就行了！”

“王祖父，孙儿知道您爱护我们，可是宁、燕之战关乎天下局势，您切不可对聂星痕掉以轻心！”祁湛不死心地劝说，“您和孙儿都见识过他的手段，当年他设局刺杀聂星逸，手段之狠、心机之深，别人万万不及！咱们朝中能与他争锋的人不多！”

岂料宁王听到这话，竟像很兴奋似的：“这样的对手才有意思！先让云辰去打打前战吧，剩下的事情，孤自有主张。”

“王祖父！”原澈和祁湛一并出声反对。

“退下！”宁王不欲多言，脸色已然沉了下来。

原澈和祁湛见他不耐之色正浓，只好一并告退出宫。这一路上，两人本是斗气不肯说话，可一想到聂星痕率军亲征，宁王还这般轻敌，又都有些忧愁。

最终，还是原澈先开口问道：“你方才说，聂星痕设局刺杀聂星逸，是怎么回事儿啊？”

祁湛也没隐瞒，三言两语将当年聂星痕找到宁王、宁王找到墨门、墨门派自己去刺杀聂星逸之事如实相告。

原澈听后“嘿”了一声，话中有赞许，也有鄙夷：“这聂星痕落了下风，还知道借他国之手，真是……真是……”

他“真是”了半晌，也没说出个所以然来，转而又叹：“唉！老爷子当年也是糊涂，这样的人压制还来不及，怎么能帮他？你看，现下他掌控燕国了吧？若是换成聂星逸那个草包，老爷子早就统一天下了！”

“当年谁知道他会有如此野心，”祁湛面无表情地道，“王祖父是想着他身上有一半宁国血统，若能当上燕王，于两国邦交有利。”

原澈也听说过聂星痕的身世，不由叹道：“看来老爷子也有失算的时候。”

两人原本是要各乘肩舆出宫，然这一路上议论着聂星痕，竟不知不觉走了一大半路程，便索性徒步走到底。国难将临，两人边走边交谈宁、燕两国局势，这在宫人及侍卫看来都觉得不可思议。

“王祖父究竟是什么意思？若有计划，为何不告知咱们？”祁湛想不通。

原澈也对此很费解：“一定是这次清洗之事闹得太大，老爷子谁都不敢信了。”

不得知宁王的想法，祁湛始终无法安心，但他自己势单力薄，如今又被宁王提防，根本无法使力。而原澈与他面临相同的处境，同是王孙，同被宁王猜疑。只不过，看方才宁王的表现，若是他们两个齐心协力，也许能让宁王对他们有所改观也未可知。

想到此处，祁湛主动提议道：“大战在即，你我不如先摒弃个人恩怨，携手抗燕，这兴许是个机会。”

原澈本来也有此意，可一想到王拓的事情，他心中就有一种难以释怀的怨愤。于是，他冷冷地瞟了祁湛一眼，回道：“在王祖父面前，我不介意与你‘化敌为友’，但私下里，咱们还是各凭本事为好！”

言罢，原澈拂袖而去，不过他没回魏侯京邸，反而去了云府，将今日宫里发生的一切都告诉了云辰。

云辰听后，寻思良久。

原澈见状忙问：“你倒是出出主意，我可不想输给祁湛。”

云辰俊目微蹙，回道：“我是在想，王上对聂星痕的态度很蹊跷。”

“不过就是高看他一眼，有什么蹊跷的！”原澈朝他摆手，“我可不是来和你讨论他的，我是让你帮我出主意，要如何赢过祁湛！”

“很简单，”云辰喝了一口茶，轻描淡写，“只要你成亲即可。”

原澈愣住了：“成……成亲？”他面露几分抗拒之色。

“一旦成亲，你好男风的传言便会不攻自破。再者，你身为王室子弟，早日成家立业、开枝散叶，也能让王上开心，让百姓放心。”

原澈“噌”的一下站起来：“你……你怂恿我成亲，别有用心！”

云辰像是听到一个笑话：“世子，你已二十有二，即便是在民间，成家立业也是衡量男人的基准，遑论王室。不成亲，没后嗣，就是少年心性的表现，王上如何对你放心？”

可原澈哪里听得进去，直朝着云辰翻白眼：“若是别人这么说也就罢了，你这么说，可真让我怀疑你的居心。你明知道我喜欢微浓，怎么，赶紧怂恿我成了亲，好让我再也没了机会？”

云辰毫不留情地嗤笑：“即便您不成亲，恐怕也没什么机会。”

原澈自然明白，如今微浓的一举一动他都打听得清清楚楚，心中不免郁闷。其实他心如明镜，知道如今赢过祁湛最好的法子便是成亲。他若能找到一个合意的妻子，得力的岳丈，别说是打破断袖的流言了，说不定还能助他扭转局面。

可只要想到要和一个素不相识的女人同床共枕，他就觉得恶心。

“眼下只成亲还不够，若要扳倒祁湛，世子还得尽快诞育后嗣。”云辰再劝。

原澈打了个寒战，忽然想起了年少时的阴影，腹中隐隐有了作呕之意：“我……我考虑考虑。”他勉强回道。

云辰也没再多言，转而又与原澈说起眼下的局势。当原澈说到宁王无论如何也不让自己和祁湛前往战场时，云辰心里那股疑惑又浮了出来，开口评道：“此事很奇怪。”

“不过就是王祖父心疼我俩罢了，有什么好奇怪的？”原澈不明所以。他说完这番话，抬目却见云辰正盯着自己看，且眼神里透着一股说不清的情绪，不禁疑惑，“你盯着我做什么？”

云辰却丝毫没有反应，依旧盯着他看了半晌，忽然问道：“您手里是否有昭仁太子的画像？”

昭仁太子原真？祁湛的父亲？原澈摸不着头脑：“你找太子伯伯的画像做什么？”

“没什么，有些好奇，”云辰解释道，“能让您这般崇敬，又让世人那般非议的人，我想看看他到底是什么样子。”

“我是有幅他的画像，不过在丰州的府邸，这里没有。”原澈随口回道。

“可否形容一下他的样貌？”云辰穷追不舍。

原澈倒是没多想，顺着云辰的话便开始回忆，他的眼神一开始是温和的，后来却渐渐变得凌厉起来。他想了半晌，冷哼一声："算了，我也不好说，你看祁湛那样子，有七八分像就是了。"

"七八分像？"云辰目色一闪。

原澈悻悻地道："哼，要不是他那张脸实在太像太子伯伯，老爷子也不会这么快认下他。"

听闻此言，云辰若有所思，又问："祁湛哪里长得像昭仁太子？"

原澈被问得不耐烦了："你问这么多做什么？难道你怀疑祁湛不是王室血脉？"

"我在想，能否用他的身世做文章。"云辰模棱两可地回道。

"估计你要失望了。"原澈泄气摇头，用手在自己鼻梁处比画了一下，"他鼻子以下，和太子伯伯长得一模一样，老爷子在这方面绝不会弄错。"

云辰似乎是在想象什么，片刻之后又笑问："魏侯殿下与昭仁太子是异母兄弟，两人可有相似之处？"

原澈回想一瞬，"嘿"地一笑："你别说，我父侯年轻时也算俊美男子，太子伯伯当然也不差，两个人都承袭了老爷子的眉眼。"

云辰听了此话，径直起身拿过笔墨纸砚，摊在桌案上，再道："您越说，我越对昭仁太子的样貌感兴趣，不如您说着我画着，现作一幅画像出来，如何？"

原澈知道云辰擅长琴棋书画，不过仍旧对其凭空想象的能力表示怀疑："你都没见过我太子伯伯，光凭我一张嘴说，就能画出来？"

"不试试怎么知道？"云辰故作自信地笑，"再者这不是还有您和王太孙作为参照。"

原澈听他这般一说，也来了几分兴致："行，你画吧。"

云辰便按照方才原澈所言，想象着祁湛鼻子以下的部位，一笔一笔开始勾勒。削薄的唇，唇角天生上翘，给人一种薄情而风流之感；收紧的下颌，分明的腮处与颧骨，瘦而藏有傲然之气。

原澈生在王室，对书画多少有些造诣。他看到此处，也觉得云辰在绘画方面有几分功力，不禁认真欣赏起来，还笑着调侃："别人都是先画眼睛鼻子，唯独你先开始画嘴。"

云辰却是心无旁骛，又仔细打量了原澈半晌，才提笔画下一双俊目，两道浓眉。

不多时，一张成年男子的脸庞已经隐隐成形，唯独缺了鼻子。而这已足以勾起原澈的回忆，他竟然看着画像呆滞片刻，然后主动从云辰手中接过画笔，认认真真地勾出一道挺拔的鼻梁，又为画中人添上额头、发丝、耳廓。

放下画笔，原澈唏嘘不已：“你这画果然传神，这眼睛、嘴巴简直和太子伯伯真人一样，唯独这鼻子我画得太差，只得他八分相像。”

原澈越想越是感伤，又道：“这画像送给我可好？”

云辰此时正盯着画像：“世子不嫌弃就好。”

原澈拿走画像之后，云辰一直心不在焉，思前想后，又召来竹风命道：“你去打听一下昭仁太子生前性情如何、擅长什么，又是从何时开始荒于政务沉迷酒色的。”

竹风虽不知主子何意，倒也不敢违背，当即便给在宁国的各路眼线分派任务。

当消息送回时，正是除夕之夜，竹风来到云辰的书房，如实禀道：“关于昭仁太子，几个探子都回了话，说得也大同小异。说他原本性情温和，对宫人极好，不善言辞，很是稳重。他生前善骑射，精通兵法谋略，一手创办‘风云位’，在宁军当中威望极高。后因一直无法掌权，又多次被宁王斥责‘性情柔奸，妄夺父志’，才有些消沉。不过当时还好，他至少还能过问朝政。直至正顺三十七年他大病一场，之后便彻底转了性情，沉迷于酒色。”

正顺三十七年，也即二十七年前，可细算宁太子当时的年龄，不过才二十八九岁而已。一个正值壮年的太子，又是擅长骑射之人，为何突然就病倒了？他是真的生了病，还是受了什么打击？

“正顺三十七年，宁国曾发生了什么大事吗？”云辰又问。

竹风摇了摇头：“这个您没让查，探子也就没提。”

云辰没再多问，只是有些感慨：“二十几岁便能创办风云骑，可见这宁太子是个人物。”

须知风云骑在二十几年前，可是令九州其余三国都闻风丧胆的一支铁骑，不过五万人的规模，却抵得过十几万的大军。也正是因为这支铁骑，宁国迈进了兵强马壮的时代。只不过后来风云骑换了几代人，因着太多世家子弟混入其中，名声也一代不如一代，到如今早已没落。不过在宁国国内，这依然是个响当当的名号，虽然只是图个虚名，但是将士们都以能成为风云骑的一员而骄傲。

“虎父无犬子，难怪祁湛也是身手不凡，只可惜没能继承昭仁太子在军事上的天赋谋略。”竹风也是慨叹，他自从做了父亲之后，感触越来越多，不禁又叹，“这宁王也太无情了，好端端的一个儿子，竟在他手底下废了。还有他的几个孙子，我看也都难成大器。”

直至竹风说到此处，云辰才开口评价：“宁王此人，心思一辈子都在政事和权势上，对于子孙太缺乏关爱。你看魏侯，还有祁湛、原澈，其实都是可塑之才，若培养得力必会成为宁国的支柱，只可惜他们如今只会钩心斗角。”

云辰不无遗憾地道：“自己成器，子女未必就成器，想必宁王也清楚，他的这几个子孙算是毁了。”

“这对咱们是好事，您叹气做什么？”竹风见状笑言。

云辰也笑，不知在思考些什么。良久，他突然去书架上翻找起来，取出一本书册。

竹风连忙持着烛台为其照明，扫见封皮上写着《正顺纪要》。而此时云辰已经打开书册迅速浏览，自言自语道：“奇怪……”

竹风立刻伸头去看纪要，发现正顺三十七年风调雨顺，宁国国内并无什么大事发生，不过是宁王颁布了几项法令而已。

正在竹风疑惑不解之时，云辰修长的手指微动，又将书册向前翻了两页。最终，他的目光定格在了正顺三十六年那一页上。

烛火之下，竹风看到主子面有异色。他正想伸头去看那页上面写了什么，但见云辰已迅速将《正顺纪要》合上，对他命道：“你去把琮弟叫来，咱们从前定下的计划，我要提前进行。”

竹风颇为讶异：“这么快？您不是说要等宁、燕两国开战之后再说吗？”

“从前是我低估了某人，”云辰没有说太多，只道，“如今我要加紧才行，去叫琮弟吧！”

竹风领命称是，忙将楚琮叫了过来，后者正是困倦之时，若非今夜除夕守岁，他早就睡过去了。他睡眼惺忪地走进书房，打了个哈欠才问：“王兄，您找我有事？”

“是有事，很重要。”云辰面色凝重。

楚琮不禁打了一个哆嗦，立即来了精神，便听兄长说道：“你已二十有二，这年纪本该成家立业，只是我们身份特殊，背负国仇家恨，不得不耽误你了。”

“王兄……”楚琮难过地低下头。

云辰柔和的眸光落在他身上，轻轻叹道：“你已经长大了，可以肩负重任，因而我有一件重要的事想交给你。”

“什……什么事？”楚琮紧张起来。

“回楚地一趟，替我招兵买马。”

楚琮立刻畏缩："招……招兵买马？不行不行，我没做过啊。"

"不需要你做，我会让竹风去做。"云辰解释道，"但你是王室后裔，只有你露面，我们的臣民才会相信，才能重燃复国之志。"

"招兵买马……"楚琮喃喃念着这四个字，"要招多少兵马？招的人要做什么？我们有多少预算呢？"

这三个问题，楚琮也算都问到了点子上，云辰赞许地点了点头："不用招太多，三五千人足矣；招来的人不需武艺高强，但必须忠心；银子不必拘泥，你看着给。"

"我们有这么多钱吗？"楚琮疑惑道。

云辰便将找到宝藏的事情告诉了他："我先给你一笔钱，你去将此事办妥。"

"可是……"楚琮仍有顾虑，"只招三五千人，还不必武艺高强，这些人要做什么用？"

为慎重起见，云辰没有明说："等到时机成熟，我自会告诉你。我给你半年时间，够吗？"

"半年？这么久？"楚琮松了口气，"只招三五千人，这时间足够了吧。"

"好，"云辰拍了拍他的肩膀，"明年七月之前，你务必要招到这么多人。记住，忠心才是首要，一切都要秘密进行。"

"秘密进行？可我这一走，宁王不会发现吗？"楚琮忙问。

"宁、燕两国即将开战，我已同宁王谈好了条件，其中之一便是让你回楚国。"云辰简要说道，"我告诉他，我不想让你参与到宁、燕两国的纷争之中，而眼下九州的局势，楚地无疑是最安全的。宁王已经同意放你回去了。"

看来王兄已为他安排好一切了！楚琮内心开始忐忑："我就怕在楚地招兵买马动作太大，会被聂星痕发现。"

"如今他人在姜国，精力也全在宁、燕之战上，根本无暇顾及楚地。"云辰迟疑片刻，还是对楚琮说了实话，"据说，现在燕国是几位大臣联合主政，微浓……在燕王宫里执掌凤印。"

云辰停顿片刻，又道："万一你事败，她不会见死不救的。"

楚琮蹙眉，想说什么，却没说出口。

云辰又从屉中取出一个盒子，郑重其事地嘱咐楚琮："这里是五本通关文牒，其中两本是宁王所给，剩下三本是我弄来的。你记住，在宁国境内先用宁王给的文牒，一出宁国立刻将那两本文牒丢弃，改用我给你的文牒，千万不要让宁王找到你的踪迹。"

楚琮伸手接过那盒子，只觉得手中接过了千钧重担，既沉重，又令人激动，他不由得眼眶泛红："王兄放心，我一定不会让您失望！"

"好，"云辰微笑颔首，"明日我们吃个团圆饭，后日你和竹风便启程吧。无论发生什么，你都不要再回来了。"

外头的爆竹声适时响起，震耳欲聋，意味着一年又将过去。兄弟二人这才恍然发现，楚国已亡了快九年了。

第四十章

风云变幻，前路茫茫

翌年二月，当楚琮顺利回到楚地开始招兵买马之时，十万燕军也全部抵达宁、姜两国边界，陆续在苍山安营扎寨。

与此同时，微浓再次收到聂星痕的书信。

从正月开始，聂星痕就在考虑要如何对微浓解释自己亲征之事。他花了整整一个月的时间写信，翻来覆去改了无数次，最后迫于时间紧急，才将信送了出去，一并送出去的，还有几封交代政事的亲笔信。

微浓：

睽违一载，弥添挂思，奈何军务缠身，见字如晤。今逢时局动荡，风云在即，为天下计，亦为你我而计，此去必使亲征，归期未定。

四位顾命大臣可稳定朝纲，唯燕宫事宜，累卿诸多，吾心甚愧。若此役得胜，必以天下为聘，许卿后位以待。

纸短情长，言述不尽，殷盼来日，与卿重晤。

痕字

微浓看到这封寥寥百字的书信时，心中惊怒交织。她惊的是聂星痕居然要亲征宁国，怒的是他离开近一年，直到开战在即才写了这样一封模棱两可的信，根本什么都没交代！

亲征之事牵涉家国社稷，绝不是一朝一夕可下定决心的事。而聂星痕竟都没回来一趟，也根本不给大臣们劝诫商议的余地，就这般一意孤行！

这根本不像聂星痕的行事作风。若不是这封信上有他们约定的记号，信首第十八个字和信末最后一字相同，暗示这是他写给她的第十八封信，她实在难以相信这信是出自聂星痕之手！

若放在以前，他这般计划周密的一个人，必定会提前给她几句话，分析了时弊再行决断。微浓气得头痛难当，抚着额头平复半晌，憋了一肚子的话，却又惊觉这些话无人可诉，就连明尘远都走了！

思来想去，她只好出宫去找师父讨主意。

冀凤致看了这封信，也是蹙眉不语，耳畔是微浓不停的抱怨："他何时变得如此武断？而且从这封信来看，他根本就没有胜算的把握！这种情形下，他竟还着急出征？"

冀凤致将书信还给微浓，也道："此事的确很蹊跷，聂星痕一直强势自负，明眼人皆可判辨。但从这封信的内容来看，他已显露出了颓势，至少他写信之时心情并不好。"

"何止不好，他简直是拿十万燕军的性命当儿戏！"微浓气得咬牙切齿，"还有，他就这么放心我？他难道以为几颗药丸，我就能骗得了聂星逸一辈子？"

"微浓你冷静一下，"冀凤致一面安抚爱徒，一面问道，"他是否知道你与宁国那几个王孙关系紧密？"

微浓点点头："他知道。"

"聂星痕爱慕你多年，必然深知你的性情。你是重情之人，若两国真的开战，你定会挂心。"冀凤致分析道。

"还是师父了解我，"微浓坦荡承认，"即便国有兴衰，人有胜负，我也希望输的人能活下去。"

"这就对了，既然他深知你的性情，还将燕王宫交给你，显然是不想让你过问这场战事。"冀凤致指了指她手中的信件，"我猜他这么做，是想将你拴在燕国。"

从冀凤致的住处出来后，微浓的心情久久无法平静。她人还没回到燕王宫，半路又遇见了长公主府的人，道是长公主有急事邀她走一趟。她以为是明尘远的三个孩子出了事，连忙转道去了长公主府。她一进外院迎客厅，便见长公主在厅内来回踱步，神色焦急。

微浓连忙迎上去，一句话还未说出口，长公主已将手中一封信件交给她："你瞧瞧这是什么？"

微浓扫了一眼信封上的字迹，便知是聂星痕的书信，展信粗粗一扫，更是惊讶不已：“他竟要还政给聂星逸？”

长公主“唉”了一声：“你看仔细点儿！”

微浓忙又定神细看，才发现聂星痕信上的意思是：若燕、宁之战他得胜凯旋，天下一统，他就让聂星逸退位；可若是燕、宁之战他不幸罹难，则希望长公主能摒弃恩怨，为家国计，支持聂星逸继续做燕王，向宁国和平投诚。

“这孩子是怎么了？他从前可是绝不言败的，一次不行就养精蓄锐，再来第二次。”长公主抚着胸口，“我看了这封信后，一直心神不宁，怎么觉得他像是在交代后事？”

其实事情也并不像长公主说的那般严重，这封信的前半部分，聂星痕的语气一直很平和，交代了几件政务，还想请长公主重新出山稳定朝纲。只是到了信的后半部分，他才提及亲征期间的诸多事宜，猜测了几种交战结果，并将每一种结果都做了合理的安排。

微浓攥着这封信，手已经不自觉地抖了起来，沉声道：“他也给了我一封信，但从头到尾都没提过这些事。”

此时此刻，微浓也顾不上什么女儿家的羞涩之情了，连忙将聂星痕写给自己的信交给长公主。

长公主看后忧色更浓，一言断定：“这不是痕儿该有的态度，他这么喜欢你，怎会交代得如此草率？”

一听这话，微浓心中更觉不安。

长公主面有疑色：“会不会是有人假冒他之名写信，意图扰乱人心？”

“不会的，这是他的字迹，而且信中也有我们约定的暗号。”微浓笃定道，“信绝对是真的，由驿站快马传递，送信之人也很可靠。”

“那他为何如此鲁莽！”长公主又是担心，又是生气，“他也不打个商量就要亲征，明尘……不，臣远也真是的，竟不知劝着他！”

聂星痕做出的决定，谁又能劝得动呢？微浓强忍着心中的情绪，当即说道：“我要去找那四位顾命大臣，看看他到底都交代了什么。”

长公主也是个急性子：“我随你一起去！”

毕竟是名义上的母女，两人一齐出现倒也合情合理。一个是曾干政多年的长公主，一个是正执掌后宫的烟岚郡主，几位顾命大臣见到二人，态度也都恭敬有加，问什么答什么，但就是不愿出示聂星痕的亲笔书信。

这其实是桩好事，证实几位顾命大臣的确对聂星痕忠心耿耿，并不为权势所折腰。长公主和微浓问了许多问题，才发现聂星痕当真安排得面面俱到，不仅将他离开这一年所遗留的棘手问题全都解决，还将后续可能发生的隐患也一一列明，交代得清清楚楚。

此外，几位顾命大臣收到的其中一封信件，内容也同长公主的一样，聂星痕不仅交代了几项政事，还言明若他此役有去无回，便让几位大臣劝说聂星逸停战投诚，促成九州一统。

至此，长公主和微浓心中的不安逐渐扩大，这不安在其中一位大臣说出一句话后更是达到了极点——听说定义侯也收到殿下的信了。

那大臣说得很谨慎，未再透露更多消息。他本意是告诉长公主，摄政王殿下还在重用定义侯，想为这对已经和离的夫妻缓和关系，熟料微浓和长公主闻言脸色大变，这让他一头雾水。

她们自然是要脸色大变的，因为定义侯暮皓是聂星逸的亲生父亲。她们实在想不出，除了跟聂星逸有关之外，这位完全失势、已是半隐居状态的定义侯，为何能在燕、宁即将交战之时收到聂星痕的亲笔信。

几乎是当机立断，微浓对长公主道："我要去姜国一趟。"

长公主大惊，连忙阻止："你若走了，宫里可怎么办？"

微浓沉默良久："我有办法。"

二月二十七，微浓去了一趟龙乾宫。如今聂星逸每隔四十九天就要服用一次"饿蛊"的解药，迄今他已用过两次。纵然他心里深有不甘，但因着这蛊毒，他也不得不向微浓低头。

不过他比明丹姝有骨气，至少每次见到微浓时，他不会像个狗腿子一样趋炎附势地谄媚，也不会过多流露出对中蛊一事的恐惧和惊慌。大多时候他还记得自己是一国君王，在微浓面前只是默不作声，看着明丹姝像个跳梁小丑一样颜面尽失。

这一次微浓来见他，两人仍旧是客客气气地落座，不痛不痒地相互问候了几句，非常敷衍。当微浓不经意地将一个白色药瓶放到桌案上时，聂星逸的目光便直愣愣地盯着那处，渴望之意不言而喻。

但微浓没说话，只对侍卫命道："去把淑妃娘娘唤来。"

微浓一句多余的话都没有，侍卫也没多问，片刻工夫便将明丹姝请了过来。她面容憔悴，明艳的双眸略显浑浊，眼底还有淡淡的瘀青。

微浓随口问她："淑妃娘娘昨夜没休息好？"

“没有……挺好的。”明丹姝勉强笑回，眼神却已直勾勾地落在微浓手边的白色药瓶上。

此时，她身后的婢女抢言道：“启禀郡主，我们娘娘近些日子总做噩梦，晚上睡不安宁，半夜还时常惊醒……”

“住嘴！”明丹姝立刻打断身后的宫婢，佯作斥责，“谁让你胡说的？”

这把戏实在太拙劣，微浓冷眼看着她们主仆二人演戏，并无任何反应。

“呵，”最终还是聂星逸讽笑一声，转回正题，“距离郡主上次‘赐药’，好像才过去十六日，不知您今日驾临龙乾宫有何贵干？”

饶是受制于人，聂星逸说话仍旧充满讽刺。不过微浓并不在意，她拿起药瓶把玩在手，缓缓说道：“大军已在姜、宁两国边界安营扎寨，不日即将开战。连阔作为军医忙得脚不沾地，为免开战之后无暇制药，他将下一次的解药提前送来了。”

听闻此言，聂星逸倒还好，明丹姝脸上已划过一丝惶恐：“那开战之后呢？他还有工夫制解药吗？”

“以后的事，以后再说，”微浓垂下眸子，嘴角勾起一抹淡淡的笑容，“我们还是先把眼前的困难解决了吧。”

微浓的一句话，成功地让聂星逸和明丹姝紧张了起来。微浓也不再卖关子：“此次侍卫送药之时，遇上国内春雨多发，其中一瓶解药不慎被雨水冲走，没能找到。”

此言一出，聂星逸和明丹姝异口同声发出惊呼：“没找到？！”

微浓“嗯”了一声：“所以，目前我手中只剩下一瓶解药了。”

“那……那就快让连阔再制药啊！”明丹姝亟亟说道，“时日还早呢！”

微浓假作一叹：“我也是这么想的，便命人快马加鞭前去姜国传话。谁料连阔长途跋涉病倒了，听说人正昏迷不醒，如今还需军医照料。”

明丹姝一下子惊呆了，张口想说什么，却又说不出来。

聂星逸则眯着双眼看向微浓，低声质问：“你是故意的？”

“我故意什么？”微浓佯作无辜。

“我不信你手里只有一瓶解药，既然你和连阔要整治我们，必定会料到送解药会有延误的情况，难道你不该提前准备几瓶吗？”聂星逸沉声反问。

“抱歉，我没有提前准备解药。”微浓仍旧微笑，“我当时就跟连阔说了，无须提前置备解药，若当真出了什么闪失……正合我意。”

最后四个字，她说得很慢，也很重。

聂星逸闻言大怒，猛地从座椅上站起："贱人，你不要以为抓住我的把柄便可以对我几番侮辱！你这烟岚郡主是怎么来的，难道我不知情？若让世人知道你根本不是长公主之女，你以为你还能坐享燕王宫的荣华富贵，把我们玩弄于股掌之上？"

微浓面不改色，出言反驳："你好像忘了你自己的身世。相比之下，我想世人更关心燕王的血统，而不是我一个郡主的血统。"

聂星逸冷笑："那你就等着燕国亡国吧！宁王正愁没有把柄在手！"

他说出这番话之后，也知自己太过冲动，然而自从微浓执掌凤印以来，他屡屡受欺，服用蛊虫后更是没有一丁点儿自由可言，比从前聂星痕在宫内坐镇时还受束缚。他日日被软禁在龙乾宫里，身心屡被折磨，实在忍无可忍！

他原本以为微浓一定会恼他，然后将那瓶解药顺理成章地给明丹姝服用，而他也做好了再次受辱的准备。岂料微浓竟对他目露几分赞许，点头道："不错，你还知道忌惮宁王。"

这话更像是一种讽刺，他想再次回击，又庆幸方才微浓没有恼火，只得硬生生忍了下来。

明丹姝隔岸观火，眼见聂星逸敢与微浓顶撞，心中自是庆幸，以为那唯一的解药能到自己手里。她在一旁默不作声，微浓瞟了她一眼，也无甚反应。

明丹姝心里"咯噔"一声，思索一瞬，连忙出言调和："别吵了，眼下的关键问题是解药！一瓶解药，怎么才能两人分？"

聂星逸冷哼一声："自然是只能一个人吃。"

明丹姝惺惺作态地看向微浓："难道不能各吃一半？"

"分量不够，吃了也没用，只会白白断送两人性命。"微浓懒懒地答道。

明丹姝故意做出为难之色，不再往下说什么。

微浓的眼眸在他们二人之间流转，最后竟扬起手中药瓶，轻笑道："这样吧，我也不想得罪人，这瓶解药你们谁抢到就归谁，至于没抢到的那个人……左右还有二十几天才到蛊虫发作之日，我再想别的法子吧。"

此言甫罢，微浓已挥手一抛，只见那透白的药瓶在空中划过一条弧线，径直飞往聂星逸和明丹姝的方向。

人性的欲望在这一刻得到尽情的释放，无论如何掩饰，他们对生的渴求还是表露无遗。聂星逸和明丹姝同时起身飞奔夺药，皆是一副志在必得的模样。

微浓在一旁静静看着，瞧见两人都伸长手臂去夺那药瓶，明丹姝个子矮、力气小、又不会武，自然夺不过聂星逸。但见他纵身一跃，抄手转身，手臂恰好在明丹姝头顶上打了个圈。

明丹姝连摸都没摸到，便觉头上一阵冷风，药瓶已到了聂星逸手中。原本胜负已分，可明丹姝忽然鬼哭狼嚎起来，惹得聂星逸身形一顿，众人也都朝她看去。

就在此时，她抬起一脚踹向聂星逸裆部，后者眼疾手快想要躲避，却还是中了招。他忍不住闷哼一声，疼得弯下了腰，明丹姝趁机夺过药瓶，拔开瓶塞吞下解药，整个动作一气呵成，毫无仪态，快得令人来不及反应。

众人眼睁睁地看着解药被明丹姝咽下腹中，又看着她迅速后退，惊慌地对聂星逸道："别怪我，别怪我……我也是为了自保。"

聂星逸下体痛得直不起腰，额上已然冷汗直流，根本说不出半句话来。微浓见状也是讶异，对一众太监命道："快请御医，快！"

几个太监手忙脚乱地将聂星逸抬入内室，魏连翩此时也已听到动静，连忙跑出来查探情况。殿内众人一阵慌张，唯有明丹姝怔怔地站在原地，面上流露出一丝后怕的神情。

此刻殿内所有宫女、太监皆是震惊地看着她，就连她自己带来的宫婢也毫不掩饰鄙夷之色。明丹姝似乎感受到了周围的恶意，在殿内张望一番，心虚地垂下眸子。

她耳畔隐隐传来阵阵嘲笑声，像是海浪一般要将她吞没。还有那些鄙夷的目光，就像是一道道锋利的剑刃，顷刻已将她穿透！不不，是将她剥皮，将她的肌肤一点点剥掉！

她再也没了任何躲藏，没了任何伪装，就这样鲜血淋漓地被伤害，被残忍地示众！一切肌骨、一切内脏、一切美好的、丑陋的部位，都毫无保留示于人前！

她恐惧，她惊怕，她头痛，浑身上下都痛！她双手抱着头，竟似疯了一般大叫起来："啊！不是我做的！不是我做的！我什么都没做！"

微浓以为她又要耍什么把戏，忙指着她带来的宫婢，冷声道："你家娘娘心神不宁，先扶她回去休息！"

宫婢岂敢不从，立刻拖住明丹姝，后者惊叫几声，瞬间挣脱了钳制，一下子跪倒在微浓面前。她死命地抱住微浓的双腿，说什么都不肯放手。几个侍卫立即上前阻止，只见她眼睛里流着泪，人却吃吃地笑，也不知在胡言乱语说着什么。

这哪里还是淑妃该有的仪态？微浓心生警惕，立刻从袖中甩出峨眉刺，指着她问道："你做什么？"

然而明丹姝并无畏惧之色，仍旧抱着微浓的双腿，又哭又笑不肯撒手，口中还喃喃念叨着。

微浓对她烦不胜烦，改将峨眉刺尖顶在她额头之上，冷然命道："松手！"

明丹姝似乎还没有听懂，只一味念叨着："我什么都没做……不是我做的……我是淑妃……"

微浓渐渐觉得不对劲了，她看向明丹姝的眼睛，那一双曾经美艳动人的眼眸此刻早已失去光泽，变成一片混沌。

微浓心中暗道不妙，忙问："御医呢？怎么还没来？"

话音刚落，两名值守的御医已背着药箱匆匆忙忙跑了进来，向微浓叩拜行礼。

微浓指着其中一名眼熟的御医，命道："你进去看看王上的伤势。"又指着另一名眼生的御医，"你给淑妃娘娘瞧瞧。"

两位御医各自领命，一个脚步不停进了内室，另一个对明丹姝诊断半晌，又在她手上、额上施了几针，她才渐渐平静，精神萎靡不再说话。

御医转向微浓，回道："禀郡主，淑妃娘娘像是得了狂躁之症，微臣已施针将她的病症暂时抑制住了。"

"狂躁之症是什么？"微浓不解。

御医犹豫片刻，小心翼翼地回："淑妃娘娘应是受了什么刺激，或是误食了什么药物……她口中有股子药味……"

微浓心思一沉，旋即恢复平静，对御医回道："方才淑妃吃的是提神醒脑的补药，不信你可以查验。"

药瓶就被明丹姝丢弃在地砖之上，一个太监眼明手快，立刻拾起药瓶递给御医。御医只放在鼻端闻了一闻，便道："这……这里头有罂粟的味道。"

微浓更为疑惑："罂粟是什么？"

"是一种花，服用其花粉之后人会产生幻觉，甚至疯癫狂躁。"

御医此言一出，在场众人皆惊，却无一人敢看微浓。

倒是微浓看了看四周众人，冷笑一声："呵！"

这药是连阔交给她的，自始至终，只有她和晓馨知道存放在何处，怎么会被人动了手脚？

究竟是谁把药调了包？在她如此大动干戈地查过账簿、整治过后宫之后，居然还有人敢挑衅她，嫁祸她。微浓的脸色蓦然沉敛。

那御医也算聪明，立刻辨别出了异样，忙替微浓解围："淑妃娘娘这症状不轻，以微臣看来，绝不是这一次用药所致……大概是，呃，毒素在体内潜伏已久，突然被这瓶药给激了出来。"

微浓自然知道御医的意思，但她的确对此毫不知情，便询问道："淑妃娘娘这病症，可有法子医治？”

“这……微臣自当尽力而为。”

微浓沉吟片刻，指了指明丹姝的侍婢：“你先把淑妃娘娘扶回去休息，好生照顾。”

“是。”那宫女没敢多问，扶着明丹姝匆匆告退。

微浓也没有屏退众人，大大方方地再问御医：“如今淑妃不在，还请您说句实话，她的症状到底是服用这瓶药所致，还是早有根结？”

“微臣不敢欺瞒郡主，单单这瓶药剂量太小，根本无法导致淑妃娘娘失态。她从前必定服用过类似的药物，体内早有毒素淤积。”

御医这番回话，终于使微浓稍安。因为自始至终，这世上就没有什么“饿蛊”。她不过是命连阔制了两瓶安神助眠的药丸，假装是下有蛊虫的丹药罢了。

既然明丹姝体内早有毒素存在，可见那人并不是针对自己，而是针对明丹姝。自己今日则是被利用了一把，替那幕后真凶背了黑锅。

微浓在心中分析着，那人既然敢对付明丹姝，又敢利用自己，可见也不是一般的人物，也许与她们两人都有仇怨。而这样的人，燕王宫里并不多，眼下龙乾宫中就有一位现成的。

可聂星逸会这么傻吗？这岂不是将他自己给暴露了？或者说，他还不死心？微浓越想越觉不对劲，立即招来一个太监命道：“你去看看王上如何了。”

那小太监连忙跑进去查探情况，不多时又跑了出来，回道：“禀郡主，御医大人有事想与您私下说，问您是否能移步内室偏厅？”

微浓心中一紧，思索须臾，道：“本宫无事不可对人言，你让那御医出来说话。”

小太监连忙跑回去替微浓传话。片刻之后，为聂星逸诊治的御医匆匆出来，左右看了看，才如实回道：“禀郡主，王上的伤势并无大碍。但是，微臣方才为王上把脉，发现他脉象异常，像是服用过禁药。”

“什么禁药？”

“呃……前年摄政王殿下曾经下过一道旨意，将十余种对人体损害较大的药物全部销毁，永久禁止在燕国境内种植、买卖。”御医话到此处，停顿一瞬，“不过御医署还留存了些许禁药，是殿下特命我们用来研究……”

“罂粟算不算禁药？”微浓猛然醒悟过来。

“算！”御医忙道，“微臣也是初步断定，王上服用的是罂粟花粉，但剂量不大，故而尚未出现太多症状。微臣方才询问过王后娘娘，她说王上这些日子偶尔会说梦话，脾气也大一些，微臣斗胆猜测，这应是与服用罂粟有关。”

罂粟……微浓的心狠狠一揪，连忙看向那个为明丹姝诊脉的御医，命道：“你去看看王上的症状和淑妃娘娘的是否相同。”

御医称是，当即进去为聂星逸诊脉，不多时便出来回话：“禀郡主，王上的症状与淑妃娘娘的相同，不过要轻得多，还来得及治。”

在场宫人们听了这话，都无甚反应。因为微浓对两人强行喂蛊之事早已在宫中传开，他们都以为是那“饿蛊”之中掺杂了罂粟花粉。

唯独微浓自己明白，她是被人狠狠地算计了！倘若只是明丹姝一人得了狂躁之症，那还好说。但如今就连聂星逸也被诊断出服用过罂粟花粉，只是用量比明丹姝的少，这局势对微浓来说就很不利了。

“两位御医请随我来。”微浓抬步离开龙乾宫，两名御医不敢多问，只得跟着她一并离开。路上气氛沉闷，几人都埋头走路不说话，直至走到未央宫内，微浓又道，“两位在此稍等。”她撂下这一句话后，头也不回地进了内殿。

少顷，微浓拿着几个药瓶走出来，道：“请两位御医看看，这几个空置的药瓶是否有异常。”

两名御医遂闻了闻几个空药瓶，其中一人答道：“这药瓶空置太久，气味已散，微臣不好判断。”

另外一人则答：“这些药瓶里似乎也有罂粟的气味，但是很淡。”

御医们手中的四个药瓶，正是前两次聂星逸和明丹姝服用“解药”时留下的。微浓想了想，又将最后一瓶未拆封的“解药”拿了出来，再请两位御医辨别。

这一次，两人很快达成一致意见——药丸是用罂粟花粉制成的。

微浓听后似乎无甚反应，又平静地询问了聂星逸和明丹姝的病况，最后说道：“有劳二位费心了，王上和淑妃的病症，还请二位尽心医治。”

御医们诚惶诚恐地领命，恭恭敬敬地告退离去。

两人走后，微浓压制的怒意和后怕骤然涌出。

是连阔在害她。前日接到聂星痕的书信之后，她下定决心要去燕军大营问个清楚，可又怕离宫之后聂星逸和明丹姝会联手报复她，于是她想出了这个挑拨离间之计，想让两人因争夺一瓶解药而关系更加恶化。

不出她所料，这瓶“解药”成功地引起了两人的矛盾，表露出了明丹姝最龌龊的一面。

但其实根本就没有什么饿蛊，又哪来的解药？连阔每次给她寄来的，都是特制的醒脑丸罢了。只怪她太相信连阔，根本就没有查探过解药的成分！

这一次，若不是她把连阔给的解药提前用掉一瓶，她根本就不会发现，聂星逸和明丹姝的药真的有问题！七七四十九天，连阔拿捏的时间可真准！若她真等到四十九天之后再给聂星逸和明丹姝用药，那他们就会同时疯掉，她这个烟岚郡主就会顺理成章地背上弑君的罪名，燕国更会是一片乱象！

她会百口莫辩，成为朝臣与百姓们泄愤的出口，做了冤死鬼。而那时，燕、宁两国已经开战了，聂星痕根本来不及回来救她。

所以连阔的最终目的，是要搅乱聂星痕的心思，从而搅乱燕王宫，搅乱燕国，断了燕军的后路！

乍然间，微浓心头剧震——连阔目前就在燕军大营！

丝丝凉意顺着她的脊背攀至后脑。微浓不敢再想下去，连忙给聂星痕写信，交给晓馨："我知道你有办法联络殿下，这封信十万火急，你立刻差人送去给他！千万不得延误！"

晓馨见微浓脸色煞白，二话不说接过信就跑。

微浓此刻的心是乱的，后怕之意越发浓重。原本她还犹豫着是否该去姜国，如今看来，一刻也不能耽搁了！

但燕王宫这偌大的摊子，又该如何是好？她走后凤印该交给谁来管，是长公主，还是……微浓头痛欲裂，可是形势严峻，已容不得她用太多的时间再去考虑了。

是的！既然聂星痕已做出了选择，她该相信他。

微浓决定再去一趟龙乾宫。这一次，她没带宫人、没带侍卫、没有仪仗，只有她自己一个人。

见烟岚郡主去而复返，龙乾宫上下心生忐忑。微浓听说聂星逸已无大碍，便也无所顾忌地走进内室，隔着屏风在外站定。

几名宫女都颇有眼色地退了下去，只剩魏连翩站在榻前，从屏风里隐隐透出一个婀娜的影子。

"抱歉，方才之事，实在出乎我的意料。"微浓率先表示歉意。

聂星逸似是冷笑一声："你满意了？看到我们像狗一样争来争去，你很开心？"

微浓默不作声，无论如何，她的确出了这样一个主意。

幸好，她出了这个主意。

聂星逸见她沉默，又是冷笑："听说明丹姝已经疯了，你给我们吃的到底是解药还是毒药？”

事已至此，微浓也懒怠解释了，况且其中的过程太曲折，真说出来，聂星逸未尝不会趁火打劫。于是，她便由他误会下去，只道：“我本意并不是要杀你们，那药量放得太重，是我的失误。”

聂星逸原本还抱着一丝希望，想着明丹姝突然癫狂是有什么隐情，然此刻听到微浓亲口承认，他只觉既愤怒又失望：“如果你是想看我对你摇尾乞怜、感恩戴德，对不住，我做不到。”

微浓又是一阵沉默，才幽幽反问：“你还记得你遇刺那晚的事吗？五年前，哦不，六年多了。”

“你想说什么？”聂星逸声音渐沉。

“那晚刺客行刺之时，你曾拿我挡刀，可还记得？”微浓淡淡反问。

屏风后的气氛有片刻凝滞，聂星逸的情绪似乎平静了些：“怎么？你是在报复我？”

“不，我是想告诉你，人在危急之时都是自私的，你也并非光明磊落。”微浓一语反击。

聂星逸没有反驳，只道：“我真不明白，你今天这一举动到底是想做什么！我不信你手里只有一瓶解药。”

“可你还是去抢了。”微浓嗤笑。

聂星逸哑口无言，只得承认：“如你所言，这是人的本性。”

微浓没再评判什么，转而又问：“我问你，眼下你怕不怕死？”

“当然怕。”

“那你为何不像明丹姝一样讨好我？兴许你对我态度缓和一些，我就把解药给你了。”微浓故作矜傲。

这一次，聂星逸答得很快，也很坚定：“因为我是四个孩子的父亲，我要维护他们的尊严。”

微浓的胸口像是被什么东西重重击中。对了，聂星逸早已为人父，他的孩子都不小了，已通人事。他们一定会问，父亲明明是一国之君，为何从不上朝？他们一定会猜，龙乾宫明明是君王住所，为何被侍卫把守，出入全无自由？他们一定会感到不解，自已明明是燕王子嗣，为何在这宫里抬不起头，像是寄人篱下？

而身为他们的父亲，聂星逸想必难以回答，所以他才比从前更强硬，宁肯对她冷嘲热讽，也不肯再低头祈求。

“既然你知道在孩子面前保留尊严，那在宁国面前呢？”微浓追问。

聂星逸感到莫名其妙："我哪里还有机会？"

"我给你这个机会。"微浓边说边绕过屏风，走到他榻前，重复道，"我给你这个机会，你能分清是非大义吗？"

聂星逸原本躺在榻上，闻言勉强支起半个身子，抬头看她："你什么意思？"他很疑惑，或者说他根本不信。

"我是说，我要去前线，若你坐镇燕王宫，能保证不出乱子吗？"微浓神色凝重，不似在开玩笑。

聂星逸一时未反应过来，魏连翩也在旁出言确认："您要去前线？"

"对，去保护我看重的人。"微浓坚定地承认，再次追问聂星逸，"那你呢？你能摒弃私人恩怨，死守燕国最后一道关卡，与我们共同抗击宁军吗？"

"我……"聂星逸张了张口，仍旧无法置信，"你到底在耍什么把戏？"

微浓忽略他的怀疑，又是一连几问："你能不克扣粮草，不挪用国库，不公报私仇，不扯我们的后腿，不趁火打劫吗？聂星逸，你能做到吗？"

聂星逸似乎难以接受这个事实，仍旧定定地看着她，没有言语。

微浓的视线又落在魏连翩身上，话却是对着他说："就当是为了你的孩子们，做一回真真正正的燕王，让他们高看你一次。"

真真正正的燕王……这几个字在聂星逸心中徘徊，他说不清是何等滋味，挣扎良久，只道："应又如何，不应又如何？你说的根本不算。"

话音刚落，他手里突然多了一个沉甸甸的东西。他低头一看，正是微浓的凤印。

"这东西我交给你，也是交给连翩。从明天起，你再次成为燕王宫的主人。"微浓顿了顿，"暂时的主人。"

"郡主？"魏连翩不解地看着她。

聂星逸也疑惑地问道："你为何不选长公主？"

"她是外亲，又是我名义上的母亲，我不想让人非议我们'母女乱政'。"微浓刻意停顿，着重强调，"而且，是他选的你。"

"这怎么可能！"聂星逸再次感到震惊。

微浓却没再多说，只道："眼下这是维系燕国稳定的最好法子。"

聂星逸抿唇不语，面色渐渐泛起潮红，也不知是震惊所致，还是羞愧或激动。

"聂星逸你记住，"微浓慎之又慎地警告他，"一旦他出事，燕军必败无疑，届时你就是戕害手足的亡国之君，将载入史书遗臭万年！如若你想尝尝那滋味儿，你大可对他暗下杀手。”

“而我，也一定会活着回来，为他报仇。”微浓话落，袖中骤然划出一道青芒，是青鸾掠过聂星逸的眼前，钉在了床头之上。

从龙乾宫出来，微浓以最快的速度收拾行囊，又叫来晓馨叮嘱二三事宜。此时天色已晚，再过一个时辰城门即将关闭，微浓自知今夜无论如何也走不了了，便索性沉下心来，安排后续之事。

是夜，她分别给长公主和师父冀凤致留书，请求前者盯紧聂星逸和明丹姝，又将自己那三十卷奇书的藏书之地告知后者，以防自己有去无回。写完这两封信之后，微浓感到自己就像在交代后事，好似也能体会到当初聂星痕给她写信时是的心情。

他应比她心志更坚定，心情更复杂。

这夜直到很晚，晓馨才前来禀报，道是马匹、通关文牒、银钱、路线图等都已准备就绪，明日一早即可启程。微浓听后心中稍安，竟躺在床上久久无法入睡。

这般辗转良久，微浓彻夜未眠，一大早便动身秘密出城。马匹早已在城门外候着，依旧是陪伴她多年的坐骑祥瑞。当年那匹通灵机敏的马驹，如今已经长鬃飞扬，陪伴她六个年头了。

微浓抚摩着祥瑞的鬃毛，在它耳畔说道：“又要麻烦你了，咱们去找他可好？”

祥瑞似能听懂人语，长嘶一声，扬起两只前蹄。

“好马儿，还是你懂我！”微浓翻身上马，从晓馨手中接过包袱，嘱咐道，“宫中之事，你多照看。”

“奴婢晓得。”晓馨面露关切之色，“您沿途一定要给驿站传话，好让奴婢知道您的消息。”

“我会的。”微浓将包袱绑在马鞍上，轻挥马鞭，在空中放出两声鞭响。

祥瑞应声扬蹄，朝着姜国苍山的方向奔驰而去。那一抹纤细的身影渐行渐远，如此单薄而坚强、孤寂而坚定，从容地奔向那即将风云变幻的疆场。

（中册完）

帝凰之途

| 下 |

婀璃·著

托君社稷，还君明珠

中國華僑出版社
北京

目录 | CONTENTS

第四十一章

处心积虑，情非得已

一个月后，微浓抵达位于苍山的燕军大营，但她还是迟了一步——聂星痕已经受了伤。

“郡主的书信，半月前晓馨就飞鸽传书送来了。多亏了您，否则我们还被蒙在鼓里。”明尘远面上流露出庆幸之色。

“他怎么受的伤？伤势如何？燕军可受影响？”微浓目前最关心这三个问题。

“殿下接到您的书信后，就私下审问了连阔。也不知两人在屋里说了什么、做了什么，殿下出来时便受了伤。”明尘远说到此处，见微浓又要开口，忙安抚她，“您放心，只是轻伤，并无大碍。”

“那连阔呢？”微浓又问。

“他没受伤，不过已经认罪，眼下被关起来了。”

听了明尘远这番话，微浓却没有安心。一年未见，她有太多的话语想要对聂星痕说，有太多的问题急着找他解答，似乎一刻都不能耽搁了。是的，她必须亲自确认他的安全。

“我现在就想见他，行吗？”她毫不掩饰心里的急切之意。

“殿下已经睡了，”明尘远如实道，“他前些日子太辛苦，夜夜研究行军之事，都没怎么休息。闹出连阔这档子事之后，他受了伤，倒愿意休息了，这几日都睡得很早。”

微浓望了望窗外天色，见已近亥时，却终究抵挡不住心里的慌张与焦虑，遂道：“我就去看看他，不会吵醒他的。”

明尘远眼睛一亮：“我这就带您过去，想必殿下会很开心的。”

说罢，两人便一起往主帐走去。苍山的夜晚四周宁谧，到处可见驻扎值守的将士们。夜色之中，他们纹丝不动，就像是一棵棵挺立的树木，与这苍山融为一体。微浓见军纪如此严明，也不禁为聂星痕感到开心。

而让她更加开心的是，许多士兵竟还认得出她，都热情地朝她行礼问候。眼见燕军大营这般安然，没有她想象中的危险四伏，她心头的焦虑总算平复几许。

路上明尘远又对她说了如今燕宁大军的状况，以及聂星痕的初步作战计划。当他说到十五万援兵已经在路上，不日即可抵达姜国时，微浓一颗悬着的心才终于落了地。

也不知两人走了多久，才走到主帐之外。明尘远朝值守的侍卫打了个手势，几个人便都转过身去，任由微浓掀开主帐的门帘，蹑手蹑脚地走进去。

帐外营火彻夜不熄，丝丝缕缕透进帐篷，也照见了某人宁谧的睡容。微浓轻轻地走到聂星痕床边，就着火光打量着他。不知为何，她突然感到眼眶酸涩。

他瘦了，瘦了很多，睡梦中仍旧皱着眉头，似是有什么难解的烦忧。然而那俊逸的眉眼、英挺的鼻梁都没有变化，唯独下颌上隐隐冒出的胡楂，证实他的确累极了。

微浓伸出一只手，想打他骂他，狠狠给他两巴掌，可手伸到一半，还是颤抖着收了回来。这一年里她所经历的艰难，她在燕王宫中的举步维艰，那原本积郁已久想要发泄的委屈和抱怨，此刻竟都显得无关紧要了。

罢了，人既安好，还有什么可说的？微浓自嘲地笑了笑，默默地从主帐里退出来，而从始至终，聂星痕一直没有醒，似乎睡得很沉。

明尘远见她很快就出来了，也是憋不住笑意，又关切地道："您这一路舟车劳顿，我先安排您休息，明日等殿下醒了您再与他好好说话？"

微浓点点头："也好，有劳侯爷了。"

这一晚，微浓简单地在帐内沐浴一番，因为太过劳累，连头发都没干便睡着了。睡梦中，她似乎察觉到有人在触碰她的脸颊，在抚弄她的青丝，她大约猜到那人是谁。可她实在太疲倦了，头脑昏沉，根本睁不开眼睛，只想着时辰还早，便迷迷糊糊地继续睡了。

翌日醒来，已是日上三竿，微浓有些赧然，想起夜里那来探视她的人，便一股脑儿地起了身。她刚盥洗完毕却听到一个消息——昨夜宁军已在幽州集结完毕，聂星痕和明尘远半夜得知此事，已于凌晨带兵前去布置埋伏了。

就和昨夜她去瞧聂星痕一样，今早临行前，聂星痕也来看过她，亦是不忍扰她睡梦。他还将简风留下护卫她，此刻简风就在她帐外守着。

简风便是当年护送微浓来姜国解毒的侍卫，后来微浓到了宁国之后，听祁湛说聂星痕将有危险，便让他回去通风报信了。一转眼五年过去了，简风先是在军中历练了三年，后又被调回燕王宫，做了聂星痕的贴身护卫，去年四月随之来到姜国和谈，一直没有回燕国。

微浓和他多年未见，自然要小叙一番。叙后，微浓还是担心聂星痕，问道："他几时走的？带了多少兵力？有没有说何时回来？"

"殿下卯时就走了，为免打草惊蛇，只带了五千步兵，说是最迟半个月便回来。"简风如实回话。

还要再等半个月……微浓一时不知该如何接话，只得有气无力地摆了摆手："知道了，多谢。"

简风忍不住笑着调侃："郡主，您这有气无力的样子，简直和殿下走时一模一样。"

微浓轻轻一笑，也不想再解释什么了。左右她已执掌凤印一年，任谁都会想歪，再解释反而显得矫情。

既然聂星痕无事，连阔又被关押，她此趟来的目的也算达成了，心里紧绷的那根弦骤然一松。于是之后这半个月里，在等待聂星痕的同时，微浓每日吃饱了就睡，睡饱了再吃，闲暇时在苍山上走走看看，日子过得倒也算滋润。此外，她还就地取材，利用苍山上的植被研制了防止蚊虫叮咬的药水，效果奇佳，将士们对其赞不绝口。

如此一连等了十天，聂星痕和明尘远还没有回来，微浓实在等不及了，便决定先去看看连阔，将心里的疑惑问个明白。对于见连阔，她是有恃无恐的，左右她已百毒不侵，连阔的手段对她根本就不管用。她猜测正是这个缘故，连阔才会选择陷害她，而不是毒害她。

山中简陋，连阔被关在一个临时搭建的简易牢房之中，四周都是守卫。微浓与简风一道走进去，便看到连阔盘腿坐在地上，正在冥想打坐。他似乎知道是微浓来了，连眼睛都没睁开，径直说道："你比我想象中来得要晚。"

就算过了这么久，微浓见到他还是气愤难当，勉强压抑着情绪质问他："连阔，当年若不是你和你师父，我早就被毒死了。因此，我一直将你当作救命恩人，更视你为友。我不明白，你为何要这么做？"

"当年救你，是我此生最后悔的一件事。"连阔睁开眼睛目露恨意，"你不知道，自我到了燕王宫，我有多少次想杀你。可你已经百毒不侵，燕王宫护卫又严，否则你以为，你还能活到今天？"

“你到底是想扰乱燕军军心，还是只想对付我？”微浓再行质问。

“都想！”连阔冷笑，那目中的恨意又浓烈了几分，“你们害死了王后娘娘，此仇不共戴天！”

王后？姜王后楚瑶？微浓猛然想起连阔的来历，想起他与聂星痕的相识，正是八年前受姜王后之命来给聂星痕治伤！很久以前，她也曾怀疑过连阔的用心，可聂星痕很信任他，他又给自己解了毒，久而久之，她便也放松了警惕。

“你一直是姜王后的人？”微浓醒悟过来。

事已至此，连阔也没再隐瞒：“当初王后娘娘派我去燕国为聂星痕治伤时，我师父就说过，姜国根本没有能力统一天下，最后必定是燕宁之争。他让我早做打算，投奔燕国，为师门找一条后路。”

而事实上，他也的确这么做了，他尽心为聂星痕治伤，与之几番深谈，最终得到了对方的信任。然而，心中对故土、对师门、对姜王后的牵挂，使他无法留在燕国，他迫切地想要回去。

到后来，微浓中了蛊毒，聂星痕也掌握了实权，他便以此为借口返回姜国，请师父连庸替微浓解毒。当时师父斥责过他不该回来，还说已经为聂星痕算过命格——紫微之主，天生帝相。

可他当时很单纯，总想着自己有恩于聂星痕，又救了聂星痕的心上人，日后燕国若真是一统天下，他必定能说动聂星痕保下师门，给师兄弟们留一条后路。

但师父却不放心，又派了师兄连鸿前往燕国，做了钦天监监正。从那时开始他就知道，师父是将统一天下的希望寄予在聂星痕身上，也曾多次言道原湛、原澈能力有限，一旦宁王身死，聂星痕便再无敌手——除了楚王室后裔云辰，即王后娘娘的亲弟弟。

当时他心里很矛盾，一方面，他希望聂星痕能赢，只因他已将他视作半个主子，决心日后追随；而另一方面，他又不希望王后娘娘的期待落空，隐隐盼着云辰能复国成功，甚至统一天下。

这般挣扎于两难境地，但他一直牢记着师父的告诫，从不出手干涉燕姜邦交，以免有违天道。他唯有眼看着燕国兵强马壮，看着王后娘娘遭到宁国迫害，看着燕国趁火打劫，提出“还政姜人”的口号，逼迫王后娘娘退位……

甚至在燕国想出“抗宁援姜”的法子之后，他还天真地以为只要王后娘娘肯退位还政，燕国便会放她一条生路。他已经想好了，他会一直追随楚瑶，哪怕她再也不是王后，不是姜国的主人，他也会永久陪伴在她身边。

或许，远离纷争隐居于世，她会过得更祥和安宁。而他所求不多，只愿能留在她身边，日日看着、她照顾她，于愿足矣。

只是苍天何其不公！一夜之间令他幻想破灭！就在燕军击溃宁军之后，微浓来到了苍榆城。两个女人在拜月殿内深谈过后，王后娘娘竟以蛊毒自尽！

她就死在自己眼前。而下蛊的方法，竟还是他亲自教给她的！无人能够想象，他究竟花了多大的力气才克制住自己，没有立刻出手杀了聂星痕和暮微浓这两个刽子手！

他怎能不恨，怎能不怨！什么天道，什么紫微，什么师门，他再也顾不得了，他心中唯有一个信念——完成王后娘娘未竟之志，替她报仇雪恨！

他失去了心爱之人，便也要聂星痕尝尝痛失爱人的滋味！他失去了后半生所有希冀，便也要聂星痕身败名裂！

所以暮微浓必须得死！

只要她死了，聂星痕的心就乱了，云辰便能不战而胜。到了那时，宁王老迈，几个子孙又不成器，这天下便再也没有云辰的敌手。王后娘娘的心愿，他一定会为她实现！

想着想着，连阔更是悲愤，怒视微浓厉声指责："都是你的错！若不是你，燕姜根本不会闹到这个地步！王后娘娘也不会死！都是你想出什么'抗宁援姜、还政姜人'的法子！是你害死了王后娘娘！都是你的错！我要为她报仇！"

微浓从连阔的愤怒之中觉察出了那异样的情愫，沉默一瞬，才回道："其实你心里明白，她的死与我无关！"

"但你是罪魁祸首！是你将娘娘逼上绝路的！"连阔倏然起身，激动地朝微浓扑了过来。

简风眼疾手快，在微浓身前一挡，一把长刀已经横在了连阔的脖子上。

而微浓分毫未动，只看着连阔，不卑不亢："她死了，我也难过……但我不可能眼睁睁看着宁国吞了姜国，威胁燕国。这件事从始至终，是她在其位而不谋其政，动用姜国的人力、物力去为楚国复国，才会惹得民怨沸腾！她的死，最大的责任在她自己！"

"我不许你说王后娘娘的坏话！"连阔再次暴怒，就连横在颈上的刀刃也不顾了。简风无奈，只好反手将他钳制住，按在地上。

连阔的脸紧紧地贴着地面，浑身再也动弹不得，却突然放声大哭起来："娘娘独自来到姜国，千辛万苦才登上后位！若不是你们这些人利欲熏心，觊觎姜国，她会长命百岁，平安终老！是你们……都是你们害了她！"

他撕心裂肺地哭喊着，毫不掩饰心中恨意，即便脸上沾了灰尘，被泪水冲刷得有些滑稽，微浓也能感受到他真实的心痛。若按年龄而言，连阔要比姜王后小了十几岁，可那样一个女子谁能不爱呢？

微浓想起楚瑶的风姿，想起她的坚忍、她的美艳、她的执念……爱情真的没有年龄之分，没有地位之差，爱上了，便只能沦陷。

这一刻，她突然想要原谅连阔。说到底，他也不过是个痛失所爱的可怜人。连阔有多恨她，她当年就有多恨聂星痕。这一切，她感同身受。

想到此处，微浓缓缓舒了一口气："你若真有怨气，就冲着我来，但望你不要迁怒别人，替姜王后再造杀孽。"

微浓言罢，欲离开牢房，简风见状问道："郡主，该如何处置这逆贼？"

"等殿下回来再说吧，"微浓顿了顿，看到简风刀刃上的隐隐血痕，补充道，"替他敷点药，好生对待。"

"是。"

临出牢房前，微浓转身看了连阔一眼，恰好发现对方也在看她。可他的眼神很奇怪，不再是悲伤，也不再是愤怒，像是要向她传递什么信息。

微浓感到有些不妙，但眼见这牢房四周有重兵把守，她便未想太多，只叮嘱士兵："看紧他，不要让他有机会自尽。"

此后又过了五天，聂星痕终于如期而归，得到消息的那一刻，微浓再也坐不住了，几乎是飞奔下山去见他。整整分别一年，当初两人谁都不曾想过，这一次的离别竟会如此之久。

春末的苍山遍是繁花绿荫，非常茂密。马蹄声远远传来，微浓的一颗心也揪了起来，她的双眸一眨不眨地望向远方，生怕错过什么。

目光尽头，渐渐出现一人一马，踏破春色朝她奔驰而来。暗紫色的锦袍，挺拔的身影，玄色的坐骑如风驰电掣，在逐渐高升的红日下划出凌厉的痕迹，逆天而来。

看着那熟悉的身影渐行渐近，微浓站在原地，良久不语。脑海中闪现着两人相识以来的种种，从相爱到相离，从遗憾到遗恨……

此时此刻，她满腹的话语都无法形容这来之不易的重逢，满腔的感情都无法表达他们这十三年的爱恨离愁。他们都变了，他不再酷厉冷血，她也不再怨恨伤痛。

时光果然是最好的良药，他们都已学会了释然。

微浓还沉浸在刻骨的回忆之中，忽觉面前一阵风过，马匹嘶鸣声乍然响起。下一刻，她已被人狠狠扑倒在草丛中。然而那人却很细心，双手托住了她的后脑与腰肢，帮她卸去了预料之中的疼痛。

微浓下意识地想要惊呼，一个温热的唇立刻覆了上来，猝不及防，不及反抗。身下是厚软的草丛，四周是扑鼻的草香，就连那个吻仿佛都带着难以抗拒的青草香气，令人沉醉。日光刺目，微浓不得不闭上双眸，这久违的吻，仿佛唤回了她年少时的所有悸动。

当聂星痕终于离开她的唇时，微浓大口喘息着，抬手挡着阳光看他。他的目光比日光还炽热，他的笑容比春色还灿然，但这些却都抵不上他的消瘦与憔悴，还有眼中深深的愧疚与思念。

微浓推开他坐起身，一句斥责还未出口，便发现四周已经站满了人。明尘远牵马笑眯眯地看着他们，他身后的将士则大多低着头，或窃笑，或佯作没看见，或交头接耳。微浓的脸颊热得发烫，聂星痕脸皮倒是厚得很，只重重咳嗽了一声，面色坦然。

明尘远忍不住笑道："殿下，微臣带着兄弟们先回营了。"言罢他一句废话也不多说，立即翻身上马，又特意绕到微浓和聂星痕面前，策马大笑而去。其余的将士可没这个胆子，皆是绕得远远的，牵马离开。

微浓站在草丛之中，任由大批人马从她身边行过。大家都在看她，可她实在没有勇气抬起头来，心里更是着恼非常。直至四周终于安静下来，她才听聂星痕轻笑："好了，人都走光了。"

微浓大为气恼，想也不想便一拳打上去，重重打在聂星痕胸前。聂星痕顺势握住她的手，将她带入怀中，重重叹道："傻子，你来做什么？"

这话不说还好，一说便让微浓忍不住了，她一把推开聂星痕，重重斥责他的一意孤行，还有那封像是遗言的留别信。

聂星痕却是笑言："都是我的错，当初我听到了一些传言，颇受了些打击，人也变得很消极。如今都好了，一切都已真相大白。"

微浓听得不解："什么传言竟能让你深受打击？"

"关于我的身世，"聂星痕一语带过，"你也知道，我母妃是宁国人，自我到了姜国之后，有些不实的谣言便传到了我耳朵里。"

他虽说得模棱两可，微浓却也隐隐能猜到那传言的内容，毕竟有聂星逸的事情摆在眼前。她想了想，告诫他："应该是宁国的把戏，想要扰乱军心，你千万不能上当。"

聂星痕点头："好在雨过天晴了。"

两人虽未说破，但微浓已然通透。她原本来时的满腔怒气，皆因他这寥寥的解释淡去，只因能理解他听到谣言时的消极与痛苦。

微浓平复心情，问他：“你这次去设伏，成果如何？”

“很好，一举歼敌六千，将他们派遣的探路先锋全部埋在了山谷之中。”聂星痕面上神采飞扬。

微浓听后却是沉默，半晌才问：“你真的要开战？而且要亲征？”

“怎么？你不赞成？”聂星痕反问。

微浓仰头看他：“你可想好了？这一战至关重要，若是败了，也许燕国将不复存在。我始终觉得你太过武断，欠缺考虑。”

聂星痕解释：“机不可失，失不再来。趁着宁国内乱刚刚平息，王储之争还没有落定，燕姜也顺利结盟……我实在想不出还有比这更好的机会了。”

“你从前不会这么沉不住气。”微浓仍旧坚持己见。

“但我等不及了，你不肯嫁我，我能怎么办？”聂星痕微微蹙眉，“还有，姜王后一死，云辰必定更加不甘，你觉得他会放过我吗？综观局势，容不得我坐以待毙。”

姜王后、云辰……想起连阔的所作所为，微浓只得沉默。

聂星痕瞥见她头上沾了几根草屑，自知方才太过孟浪，便轻轻抬手替她拂去，又道：“弱肉强食，自古定律，我若不先发制人，必定为人所制。这天下之争从楚国灭亡就开始了，如你所言，既是由我亲手挑起，我便负责将它终结。”

事到如今，箭在弦上，微浓自知多说无益：“但望你记住‘以战止战’，而不是无休止地杀戮下去，扩张野心。”

聂星痕重重点头，笑道：“看来我非娶你不可，否则我这般嗜杀之人，若没你时时在我耳畔提醒，我岂不是要做了暴君？”

微浓闻言耳根一热，伸手推开他：“恬不知耻。”

谁料微浓手劲太大，草地又松软，聂星痕竟一个趔趄站立不稳，被她推倒在了地上。

“咝……”聂星痕轻呼一声。

微浓连忙蹲下：“你没事吧？”

“没事，不小心被草叶割伤了手指。”聂星痕没太在意。

微浓也没在意，轻哼一声：“活该！”她边说边站起来，伸手想要拉聂星痕一把，却见他坐在草丛中盯着划破的食指，神色凝重。

“怎么了？”微浓顺势看过去。

聂星痕却一把捂住食指上的伤口，迅速起身笑道：“走吧，该回营了。”

微浓心里一跳，连忙拂开他的手低头细看，但见他的食指上不停地流着血，而那血竟然是紫黑色的！

“你中毒了！”微浓惊呼。

聂星痕面上闪过迷茫之色：“可我并无任何感觉。”

微浓上前捏住他的食指，使劲挤着伤口，便见那紫黑色的血源源不断地流淌出来，毫无变红的迹象。她如今懂医，一看便知聂星痕中毒已深，绝不是方才在草叶上沾到的毒。

她连忙掏出绢帕将他的伤口绑好，指着他的坐骑，道：“快上马！先回军营再说。”

此时此刻，两人也顾不得什么闲言碎语了，当即共乘一骑返回燕军大营。聂星痕立刻招来所有军医会诊，微浓也留了下来，仔细询问他近期的异常症状。

聂星痕还算沉着，如实说道：“我根本没察觉到自己中了毒，平日也没什么迹象，只是最近总觉得乏累。”

经他这样一提，微浓才想起自己初到燕军大营那晚，曾去主帐内看过他，当时他睡得极沉，连她进帐都不知晓。她本以为他是累坏了，可如今想想，似聂星痕这般警醒之人，曾在军营多年，又曾躲过无数次暗杀，怎会连有人近身都不知情？

这根本就是毒发的征兆！还有今日他苍白的面色，眼底的瘀青，恐怕也不是累极所致，是中了毒！

微浓越想越觉后怕，忙又追问：“你是从何时开始觉得乏累？”

聂星痕沉吟良久，回道：“是见过连阔之后。”

连阔！微浓猛然想起那日连阔的眼神，就在她离开牢房的那一刻，他分明在向她传递着什么……

是示威！对！他在示威，在幸灾乐祸！

一个时辰后，军医们宣布对此毒束手无策，纷纷垂头丧气地走出主帐。微浓、明尘远陪在聂星痕身旁，神色凝重。

“我去找连阔，让他把解药拿出来。”微浓率先开口。

聂星痕苦笑着摇头：“他一心想为姜王后报仇，已陷入执念，不会轻易交出解药。”

微浓合上双眸，极力回想自己在那几卷奇书上看过的药方，试图寻找出一个解毒之法。

倒是聂星痕提出来：“连阔师承连庸，若是能将连庸找来，我这毒或许能解。”

听闻此言，微浓和明尘远大喜，后者忙道：“微臣这就去苍榆城走一趟！”

“慢着，”微浓连忙提醒，“事关重大，一定要秘密进行。万一中毒之事流传出去，别说燕军军心大乱，恐怕姜国也会生出异心，挟制连庸坐地起价。”

“明白。”明尘远点了点头，转身便想往外走。

“等等，”聂星痕喊住了他，“这次灭了六千宁军，我猜不日宁军便将反攻。我既中了毒，你还是留下坐镇为好。”

“那该派谁去找连庸？”明尘远颇为担忧。

聂星痕想了想：“让简风走一趟，他曾陪微浓解毒，见过连庸，人也信得过。”

是了！还有简风！明尘远连忙领命：“微臣这就去安排。”

聂星痕这才又叹了口气：“我要去见连阔。”

“我随你去。”微浓立即接话。

聂星痕没再拒绝，他心里也知道，此事一定要他和微浓同时出面，才有可能彻底解决。他和连阔，必须死一个。

仍旧是那间简陋的牢房，甚至连守卫都没变，可微浓再次到来，心情却大不相同。明尘远将两人送到牢门口，本打算派几个士兵跟进去以防万一，却被聂星痕阻止了：“我与微浓单独进去。”

微浓心中也做此想，便对明尘远道：“你放心，我不会让连阔再得手的。”她话音甫落，左右袖中已闪现出两道红绿光泽——那是青鸾和火凤的光芒。

她与聂星痕并步走入牢房，只见连阔半靠在草垛上，穿的仍旧是半月前那件袍子，只不过已污浊不堪。他的头发如枯草一般垂散着，遮盖住了半边脸颊，却掩盖不住那散发出的强烈恨意。

眼见微浓手持峨眉刺走进来，他笑了，嗓音嘶哑不堪：“你们终于发现了。”

微浓大为恼火，用峨眉刺指着他的颈项，怒而质问：“解药呢？”

连阔毫无惧色：“当初我敢这么做，就不会怕死。”

微浓恨得咬牙切齿：“连阔，你太卑鄙了！”

“卑鄙？这世上还有比侵略者更卑鄙的吗？”连阔低低冷笑，“相比之下，燕国先灭楚，再并姜，你们才是真正的卑鄙无耻！”

任何事微浓都可以辩驳，唯独灭楚这一件，她没有立场，亦无可辩驳。

聂星痕反倒显得很平静，对连阔叹道：“你我相交一场，我原以为我们不会闹到如此地步。”

连阔神色一怔，缓慢地扶着墙站起来，寂寥一笑：“要怪就怪你的心上人，是她发现得太快，逼我不得不改变计划。若是她死在了燕王宫，你根本就不会有事。”

聂星痕“呵”地一笑：“看来我得感谢你手下留情。”

“不管你信不信，我原本没想让你死。”连阔默然一瞬，“我只想让你尝尝痛失爱人的滋味儿，让你军心大乱。是她运气太好，那就只能你去死……否则王后娘娘不能瞑目。”

微浓听罢，心中是说不出的难受。

“连阔，何必呢？”聂星痕摇了摇头，“我有无数种方法让你生不如死，你心里清楚，是我不想对你下手罢了。”

“抱歉。”连阔缓缓一笑，却没再多做解释。

“无论如何，你救过我，也救过微浓，我还是感谢你。”聂星痕依旧语气平静。

“所以我们两清了，”连阔耸了耸肩，“你的命是我救的，现下我再拿走，也不算过分。”

“是啊，不过分。”聂星痕合上双目，似有不忍，“但我现在还不能死，否则燕军必败无疑。”

“正合我意，”连阔无耻得坦荡，“一旦你死了，云辰再无敌手，漫说复国，就算统一天下也是早晚之事！王后娘娘地下有知，一定很欣慰。”

他此言一出，聂星痕未再接话，微浓持着峨眉刺的双手也开始微微颤抖。她是真的害怕了，怕此毒无解，怕聂星痕……

“即便是死，我也只会死在战场上。”聂星痕的面色突然变得冷厉，“连阔，看在从前的情分上，我再问你最后一次，解药在哪儿？”

“没有解药，”连阔哈哈大笑起来，“只要想到你死了，暮微浓该有多难受，我便觉得痛快！痛快极了！哈哈哈哈！”

微浓听到这一句，再也按捺不住情绪，愤而甩出手中火凤。刺尖擦着连阔的脸颊，重重钉在他身后的墙上，削掉了他一缕头发。

“我就不信这毒只有你会解！你的师父，你的师兄师弟……这世上奇人异士那么多，不止你一个会用毒！”微浓厉声喝道。

连阔笑得更为嚣张：“用蛊制毒这门手艺，乃是我师父独创，这一脉也只传给我一人而已。我知道你们会去找我师父，所以我此次回姜国前，已劝动他老人家去宁国了。”

连阔边说边肆无忌惮地笑：“细算时日，他眼下应该到黎都了！”

连庸去宁国了！微浓心头一震，聂星痕亦是眉头一皱。他们都太疏忽了，来到姜国之后只顾着军中大事，根本没注意连庸的去向。若他真是到了黎都，事情可就不好办了。

“你为了姜王后，竟把你师门置于死地！”微浓冷冷指责，“连庸先生真是看错了人！”

饶是连阔心狠，对师门也是万分尊重，此刻见微浓如是指责，他脸色大变：“我师门的事，容不得你一个外人插嘴！”

“你心虚了，”微浓眼睛太毒，看穿他的心事，“你也知道对不住连庸先生，你也知道给师门丢人了！你死了，这门绝学失传，你将成为千古罪人！而且，你为了一个女人逆天而行，还是你不该觊觎的女人，你让姜王后背上祸水之名，你违背了她的遗愿，她在天之灵又怎会安息？”

也不知是微浓的话起了作用，还是连阔反省到了什么，他突然抱住脑袋大叫起来：“不！不！不是的！王后娘娘她会理解我的，她是高兴的！”

聂星痕见状，也顺势威胁道：“这倒是提醒我了，姜王后不是葬回楚国了？我明日便派人去挖了她的坟，鞭了她的尸，再让道士下几道符咒，让她永世不得超生！”

“不！不可以！”连阔闻言终于崩溃，睁大眼睛愤怒地看向聂星痕，作势就要上前掐住他的脖颈。奈何他的双手双脚都被镣铐所缚，活动范围只在五步以内，根本碰不到聂星痕的衣角。

“你不能这样对她，你会遭报应的！”连阔疯狂地挣扎，朝着两人怒吼咆哮。

聂星痕上前两步，笑道：“报应？我如今不就遭了报应？既然已经中了毒，我还怕什么？大不了一死。”

他边说边笑，一双俊目微微眯起，眼里潜藏着杀意：“姜王后生前如此美艳动人，死后若是被人鞭尸，尸身曝于楚王宫宫门之前，该是何等屈辱？你说，她会死不瞑目吗？”

“你！你……”连阔似乎已经想象到了那个场景，心痛得几乎窒息，他缓缓捂住胸口瘫倒在地，一瞬间已是痛哭流涕，口中吼叫着不知在说什么。

微浓立时追问：“你还不快说解药在哪儿？”

岂料连阔已是号啕大哭：“没有解药！我根本没想过要给他解毒，便没有研制解药。”

“你用的什么毒？药引是什么？”微浓还抱有一丝希望。

连阔却不肯再说了，趴在地上抬头怒视聂星痕：“你太狠了！难怪楚国会亡于你手！你太狠了！”

聂星痕面色不改，纹丝不动：“若你是夸奖，我收下了。”

事到如今，他竟还能如此冷静！微浓心急如焚，也顾不得许多了，跪在地上一把抓住连阔的衣襟："快说，怎么制解药？"

"无药可解，"连阔满眼是泪，却又露出了那种眼神，示威以及幸灾乐祸，"只有月落花才能解！唯一的一朵，我早已送给了王后娘娘……你当成她的遗物送走了！哈哈哈哈！你拿不到了！"

连阔也不知是在哭还是在笑，又重重地捶地："月落花只有我师父会用，就算你拿到也没用！你死心吧！"

月落花！微浓曾在那几本绝世医书上见过，传说此花生长在北部极寒之地，珍贵无比。那医书中曾记载过月落花的入药之法，可她当时粗略一翻，根本没有仔细去看。

最糟糕的是，月落花二十年才开花一次，一次只开一朵，一朵只能保存十年。倘若连阔所言是真，那么这世上唯一存世的一朵，他已经送给了姜王后，随着遗物一并送去宁国了。

也就是说，花在云辰手里！

云辰会用这朵花救聂星痕吗？不！绝不可能！

刹那间，微浓的心凉透了，二十年才开一次花，聂星痕岂能撑得下去？她忍不住看过去，见他亦是薄唇紧抿，眉目凝重。

而此时，连阔见聂星痕表情沉肃，又抹了一把眼泪，痛斥他道："聂星痕，你要是个男人就别再打扰王后娘娘安息！你已经欠楚国太多了！若要泄愤，你就鞭我的尸！你就鞭我的尸！"

听到此处，微浓恍然反应过来连阔话中之意，立刻伸手扼住他的下颌。然而已经晚了，他不知何时在口中藏了颗毒药，就在微浓伸手的一瞬间，他已咽了下去。

微浓大惊，忙扳过他的肩膀追问："你别死！快告诉我这毒能撑多久？多久？"

连阔只觉得喉头有一股腥甜之气，腹中开始疼痛难当，他抽搐了几下，才笑道："半年后毒发……见血必死……"

只有半年了！微浓心头重重一抽，拍着连阔的脸，试图再问出一些有用的信息："你用什么制的毒？什么……"

这一问还没说完，连阔的七窍都已开始汩汩流血。可他却痴痴地笑了，视野里模糊的红，令他回想起初遇姜王后时的情形。

那一年，他十三岁。他跟随师父前往拜月殿参加封后大典，亲眼见证了二十六岁的楚瑶身穿凤冠霞帔，登上后位。她的长相与他们不同，没有奇白的肤色、高挺的鼻梁，也没有浅褐色的瞳眸。可她那黑珍珠般的双眸璀璨动人，黑丝缎般的长发浓密如瀑，丹唇轻启齿如含贝，一颦一笑都成了拜月殿里最美的风景。

从此，那一袭红色嫁衣便弥漫了他整个心头，变成了他人生中最明艳的一个梦。这一梦，便是二十二年，他始终不愿醒来。

还好，他终于服下了与她相同的蛊毒，选择了与她相同的死法。从此往后，他又可以追随她了。这一次，再也没有人能将他们分开。

想到此处，连阔缓缓闭上了眼睛，无比满足地死去……

微浓无力阻止这一切，猛然瘫坐在地。反倒是聂星痕走了过来，伸手扶起她：“别多想，总会有办法的，我还没放弃。”

微浓坐在地上，垂泪不止：“你没听到他说吗？月落花在云辰手里……二十年开花一次，一次只开一朵……”微浓将身子倚在聂星痕臂弯之中，紧紧回抱着他，“怎么办？你该怎么办？”

“这还不简单，”聂星痕轻笑，“云辰已经奉宁王旨意督军，如今人在宁军大营，难道他会把月落花随身带着？我找人去盗出来就好。”

话虽如此，微浓却知聂星痕是在安慰她。连阔一心要为姜王后报仇，必定早就知会过云辰了。云辰又岂会让人轻易找到月落花的下落？

“为何偏偏是云辰，为何偏偏是他……”微浓的眼泪已将聂星痕的肩头浸湿，可她克制不住，根本克制不住。她已分不清自己到底是在为谁哭泣，她是如此绝望，如此无助。

聂星痕轻轻拍着她的后背，叹息道：“或许……这就是我的报应。”

是啊，是报应，真的是报应！如若云辰不肯交出那朵花，如若聂星痕真的因此而死，她竟连个怨恨之人都没！她只能怪自己，怪苍天，怪这弄人的命运！

“走吧。”聂星痕扶起痛哭不止的微浓，走出牢房。他最后看了连阔一眼，对士兵命道：“就地安葬吧。”

是夜，微浓给冀凤致修书一封。她离开前，将那些前朝医书交给了冀凤致保管，如今她要拿回来研究解毒之法。明尘远派人将信送出，八百里加急，不敢有一丝耽搁。

此后，微浓每日都来给聂星痕把脉，闲暇时在苍山上寻找草药，希望能暂时遏制他的毒性。

而聂星痕本人倒显得很冷静，日日埋首于行军图中，与几位将领商量着如何排兵布阵。

没过几日，苍山上的将士们渐渐多起来，是后续的十五万大军上了山。聂星痕和明尘远忙于安置他们，白日里都无法再与微浓碰面。但微浓也没闲着，经过连阔一事，她唯恐再出什么乱子，便亲自去将军中用水、粮草都检查了一遍，确保没被人动过手脚。

如此过了一个月，燕军与宁军又发生过两次小规模冲突，死伤都在万人以下。聂星痕也靠这两次冲突摸清了宁军的底细，决定率领十万大军下山，一举攻入幽州。

微浓和明尘远千劝万劝，才劝动他留在苍山坐镇，改由明尘远率军下山迎敌。与此同时，冀凤致也接到了微浓的书信，亲自将几本医书送了过来。这让微浓大为感动，聂星痕也执晚辈之礼向冀凤致道谢。

冀凤致自一场大病之后，身子已大不如前，此次亲自送书过来，其实也不全是为了微浓和聂星痕——他担心师门。

幽州乃姜宁边界，又与楚地接壤，是宁国的重镇要塞，墨门的总舵就在此处。一旦两军开战，就算墨门的人肯坐以待毙，宁王也不会愿意。

冀凤致心里有个猜测，他怕宁王会怂恿墨门出动人马，前往苍山暗杀聂星痕。若当真如此，无论墨门是成是败，他总是一个能调停的中间人，至少能保输的一方不死。因着此事，他才决定亲自护送医书前来。但抵达苍山之后，他发现墨门迄今没有任何动静，这让他暂时放了心。

自从医书到手之后，微浓再也无暇他顾，每日都在帐中翻书，或是到山间寻找草药，以期能找到连阔制毒的药引。这无异于大海捞针，冀凤致也劝过她数次，可她实在不知除此之外，自己还能帮到聂星痕什么。

苍山上看似平静，实则酝酿着巨大的翻覆；苍山下战火蔓延，燕军又攻克了幽州几座城池。

从始至终，聂星痕都对幽州志在必得，幽州是燕军踏入宁国的第一步，也是最重要的一步，只要拿下幽州，几乎就断了宁军的后路，可以形成围困之势。托那张布防图的福，他觉得自己颇有胜算，而在知晓自己中毒之后，幽州他就更不能错失了。

六月底，随着燕军渐渐逼近幽州首府，人马也被一分为二：殿后部队十万人，仍旧驻守苍山，再听安排；而先遣部队十万余人，则全部都迁出苍山，进入幽州地界安营扎寨。

聂星痕自然是要随军下山，这也让微浓极其担忧。眼看半年期限已过了两个多月，解毒之事还无头绪。而聂星痕竟像事不关己，根本没有半点担忧，每日依旧与明尘远等人深谈，有时甚至会通宵直至天明。

但是他的身体已经不似从前了，这两个月里他迅速衰弱，脸色苍白，身形消瘦，食欲也大大减退。每当遇上他通宵熬夜，微浓都忍不住进去打断，明尘远怕其他人知道内情，也不好明着劝说。

但久而久之，还是让几个将领看出了异常。原本他们都以为聂星痕只是太过劳累，如今却都在揣测他是否生了什么重病，或是受了伤。

眼见如此，聂星痕更是坚定了下山的决心，无论如何都要随军前往幽州驻扎。而且，幽州府攻坚一战，他执意上阵。微浓为此与他发生了剧烈争执，吵得主帐内翻了天，守卫们不敢进去劝，只得找了明尘远，明尘远又找了冀凤致，两人一起进去劝架。

“郡主有话好好说，殿下如今身子虚弱，不宜动气。”明尘远先出言安抚。

其实帐内只有微浓自己在生气，聂星痕则一直在劝她改变主意，但她不为所动罢了。见明尘远和冀凤致一并进来，微浓就像找到了帮手，又对聂星痕劝道：“你看，就连镇国侯都说你如今身子虚弱，你还逞强做什么？”

聂星痕无奈地摇头：“我没有逞强。”

“还有四个月你就要毒发了！这时候你不想想如何解毒，如何去找解药，还有心思亲征？你将连阔的话当作耳旁风了吗？”微浓简直气结，“他当时怎么说的？半年之期，见血即亡！你若在战场上受了伤怎么办？你难道都没发现，如今你的伤口愈合的速度已经变慢了，甚至连蚊虫都不敢叮咬你了！”

面对微浓的质问，聂星痕也自知理亏。若是放在从前，微浓如此紧张自己，他定然喜不自胜。但这一次，他有些头痛了，只得挑拣不疼不痒的理由来说：“战场上我会穿盔甲，不会那么容易受伤的。”

“盔甲？”微浓毫不留情地讽刺，“如今你这身子骨，还能撑得起盔甲吗？”

“郡主！”

“微浓！”明尘远与冀凤致异口同声地开口阻拦，都觉得她这话太重了。

帐内的三个人齐齐地看着她，微浓却仍旧坚持己见，她的双眸似乎盈满了泪水，然几人定睛一看，又好似错觉。

“聂星痕，你若毫无病痛，我当然相信你有自保之力，你愿意亲上战场鼓舞士气，我万分支持。但你现在这个样子，亲征又能如何？镇国侯跟在你身边，他到底是该指挥大军，还是该保护你？”

“微浓……”聂星痕口中喊着她，眼睛却瞟向明尘远。

明尘远立刻接话：“也……也没这么夸张吧！”

微浓听了这话，又立刻将矛头指向明尘远：“侯爷，此时难道您不该和我一起劝他吗？”

明尘远不知该如何往下接话了。

帐内气氛正胶着之时，忽听将士在外禀道：“殿下，‘飞鸽’有急报传来！”

这是军中暗号，“飞鸽”指代的是燕军安插在宁军中的探子。聂星痕一听是急报，立刻命道：“快进来！”

将士领命，匆匆将一个食指大小的竹筒交给聂星痕。他用独特的手法拆开竹筒，只看了一眼，神色更加凝重：“据探子的可靠消息，幽州府一战，将由魏侯世子原澈领兵，如今他已到了幽州府宁军大营。”

听到这消息，明尘远等人都很惊讶，因为一开始得到的消息，是宁王极力反对几个孙子出战。须知如今宁王年纪老迈，摆明了是不能上战场，故而能亲征的宗室成员，王太孙祁湛，不，是原湛首屈一指。在他之下，也就数得上两位身强体健的侯爷世子了。而这当中，又以魏侯世子地位更高，真要算起来，能在宁王室之中排位第二。

“若是原澈亲征，那事情可就不好办了。”明尘远不禁叹道。

微浓亦是无话可说了。她虽不懂兵法，却也知士气之重。当初聂星痕选择亲征，一则是想鼓舞士气，二则是他擅长领兵作战，在燕国无人能及。但因他中毒之事，微浓等人如今都力劝他不要亲征，让明尘远代替。

如今宁国也派了宗室成员前来迎战，宁军士气必定大受鼓舞，燕军若想压过一头，领兵之人必须要比原澈的身份地位更高才行。可明尘远并非燕王室成员，地位上确实低了原澈一等。

“看来我非出马不可了。”聂星痕下了决定，他打私心里感谢这个消息，否则也不知微浓要到何时才肯同意他亲上战场。

然而微浓一想到是原澈领兵，云辰督军，心里便更加担忧，也更不愿意让聂星痕出征，但形势已不容许他退缩。

眼见微浓默不作声，聂星痕又连忙安慰她道：“你放心，原澈那毛头小子，我从没放在眼里过。若真能生擒了原澈，向云辰交换月落花，他未尝不会给我。”

微浓疑惑地看着他，显然不相信。

聂星痕便分析道：“你想，若是魏侯世子被咱们擒走，便是云辰督军不力，宁王必定会治罪于他。届时他性命都不保了，我以原澈交换解药，合情合理。”

这手段也算光明正大。可微浓仍旧不接话，不说应，也不说不应。

“你就让我去吧，这等情形下，我若还不出面迎战，你让将士们怎么看我？”聂星痕迟疑片刻，终是说道，“再者，就算这法子不灵，我还有一个保留之法，一定能换来解药。”

“什么法子？”帐内几人异口同声。

“万不得已时，我会以楚地作为交换。”

聂星痕终究还是去了幽州，只因他最后那一句话说服了微浓。他和明尘远商议良久，最终决定分头行动，一个去前线，一个坐镇苍山。毕竟苍山还有十万大军殿后，若无一个强有力的指挥，恐怕会出乱子。

微浓自然是跟着聂星痕走了，冀凤致则选择留在苍山，这也是微浓的意思，她不忍心让师父再奔波操劳。

大军浩浩荡荡下了山，长驱直入进驻幽州。临到幽州府外八十里，聂星痕命大军就地驻扎，并向宁军送去战书，约定七月初七一战。

若是别的战役，他定会出其不意发动突袭，杀对方一个措手不及。但幽州府不比别处，乃是首府重地，亦是刺史及宁军所在之处。若是突袭，根本无法尽数剿灭宁军，即便最后胜了也会引起人心不服，后患无穷。与其如此，倒不如光明正大地打上一架，赢也要赢得对方心服口服。

初六当晚，聂星痕与几名将领仍旧在彻夜长谈，商讨作战计划。姜王后留下的布防图虽让他尝到了甜头，可他仍旧不敢掉以轻心，尤其即将面对的是云辰，他不想让微浓看扁自己。

寅时，微浓到主帐外看了一眼，隐隐还能听到里头传来的说话声，他们似乎极为兴奋。她便走到主帐外头，对守卫们道："我有急事欲见殿下。"

守卫们见是烟岚郡主，自然不敢怠慢，立即进去禀报。聂星痕一听便知微浓是在变相催促自己歇息，只得又与将领们说了几句，匆匆将众人散去。

将领们出来之时，微浓就站在主帐门口，几人纷纷向她行礼，微浓亦是还礼，而后掀开帘帐径自步入。

聂星痕不等她开口，已经主动认错："是我忘记时间了，你别生气。"

不知内情的人看到这场景，都以为烟岚郡主将摄政王吃得死死的，她一嗔一怒都能使摄政王万分紧张。唯有看透门道的人才晓得，实则是烟岚郡主被摄政王吃得死死的。如今他已能准确拿捏郡主的心思，猜到她何时开心，何时生气，更懂得如何用言语去缓和她的怒气。

果不其然，微浓见聂星痕主动认了错，怒意已然消解一半。她从袖中掏出一颗药丸，递给聂星痕："吃了它。"

聂星痕二话不说将药丸放入口中。这三个月以来，微浓炼制了许多药丸，有强身健体的，有提神醒脑的，有促进伤口愈合的……种种功效的药丸他已经吃了无数，有些有用，有些没用，不过都是为了让她安心罢了。

"连庸有消息了吗？"微浓最关心这件事。

"有了，"聂星痕语气平静，"他目前住在云辰府中。"

果然如此，微浓心中一沉，面上却没表露出来，反而笑问：“明日一战，你有胜算吗？”

“至少七成。”如今时机总算成熟了，聂星痕便也毫不隐瞒，将另外半张布防图到手的事情如实相告。

微浓听后自然起了疑心：“这会不会是个陷阱？”

“至少幽州的地形我派人查探过，没有任何问题。”聂星痕笑道，“此次出征，我能在两个月之内拿下大半个幽州，也多亏了这张图。”

“你有图，云辰也有图，就怕他会反将一军。”微浓颇为担心。

“你放心，我自有办法对付他。”聂星痕见她蛾眉轻蹙，又道，“输了也无妨，我不是说过吗？大不了我将楚地还给他，他一定会将月落花给我的。”

若说聂星痕中毒之后有什么好的转变，这大约是唯一的一点——他的得失心没那么重了，也不像从前那般强硬好胜。但作为一国君王，这转变是好是坏，微浓就拿捏不准了。

眼见她的面色依旧沉重，聂星痕又笑：“不必担心，这次是原澈领军，若我猜得没错，他和云辰绝不会交心，这对咱们是好事。”

微浓沉吟一瞬，提醒他道：“你别小看原澈，他鬼点子很多。”

“听王拓说过，我心里有数。”聂星痕食指轻叩桌面，反问，“你知道宁王为何改变主意，要派原澈领兵吗？”

微浓摇了摇头：“为何？”

“前些日子他纳了侧妃，是新任京畿防卫司都指挥使的小女儿，大约是那指挥使帮忙进言了。”

原澈纳妾了？微浓心头稍感惊讶，但转念想起他的年纪已二十有三，此举也在情理之中。不知怎的，她忽然想起三年前在猫眼河畔那一别，当时她还曾戏言，原澈若娶妻纳妾，她一定去讨一杯喜酒。

可这一转眼，彼此已不得不走上敌对之路。

微浓心头稍感压抑，饶是知道聂星痕会生擒原澈，用以交换月落花，她还是忍不住叮嘱：“原澈对我有恩，虽然他杀了王拓，但是……”

“我明白。”聂星痕拍了拍她的肩膀，“不只是他，还有云辰，都是我交换月落花的筹码，我不会轻易伤害他们的。”

微浓的长睫轻闪，垂下头去，抿唇不语。

聂星痕又自嘲地笑了笑：“不知我若是败了，他们会不会也放过我。”

“你不会败。”微浓神色坚定地看着他，缓慢地、从容地说，“你绝不会败，因为有我在。”

此刻，聂星痕的心简直软成了一泓水，满目深情地看她。

微浓却避过他的眼神，转而走到桌案旁，拎起茶壶倒了两杯清水，顺手递给聂星痕一杯：“明日一早你还要点兵，我就不多扰你了，一切小心。”

她淡淡地笑着，很淡，却似乎有什么浓烈的色彩即将从中流溢出来。她朝聂星痕举杯：“以水代酒，祝你旗开得胜。”

“啪”的一声脆响，两只白釉茶杯轻轻碰撞在了一起，就如同曾经渐渐疏远的两颗心，终是被命运之手牵引了回来，渐行渐近。

微浓和聂星痕一饮而尽，后者笑道：“希望下一次，能与你喝交杯酒。”

微浓笑着点了点头：“好。”

话音落下，“咣当”一声，聂星痕手中的杯子坠地。紧接着，他在微浓眼前晃了几晃，脚下渐渐不稳。

微浓收敛笑意，伸手扶他：“你太累了，好好休息吧。”

聂星痕不可置信，睁大双目努力想要看清微浓的表情，可惜那越发模糊的视线、越发昏沉的头脑，令他连站都站不稳了。他不得已趔趄两步，以手撑住桌案，吃力地开口追问：“你要做什么？”

微浓没有回答，轻轻扶住他，如同絮语一般在他耳畔说道：“我说过的，有我在，你不会败。”

初秋的凌晨天色微茫，军营里的灯火仿佛都隔着一层薄纱，如雾般光影朦胧。卯时起，将士们陆续整装起身，准备接受点兵，奔赴沙场。

主帐之内，守卫们却死活叫不醒聂星痕，一时都慌了神。几名将领带着军医赶到，纷纷围在聂星痕榻前，看着他安详平静的睡颜，内心焦急万分。

摄政王殿下脉搏平稳，呼吸均匀，分明只是沉睡而已，却为何叫不醒？军医们也对此束手无策。

“今日原澈率军出征，殿下竟是这般状况，如何是好？”左路先锋将军急得直跺脚，“这消息若传了出去，岂不是要军心大乱？”

“要不将郡主叫来商议一番？”有人小声提议。

“她一个女人，能有什么主意？她……”

“将军此言差矣。”乍然，一个冷厉的女声从帐外传了进来，门帘随即被人轻轻挑开，微浓身穿铠甲、头戴盔帽步入帐内。

几名将领吓得目瞪口呆：“您这是……”

微浓面色肃然，不苟言笑："劳烦诸位传令三军，今日本宫亲自出征。"

"郡主！"

"这可不是儿戏！"

"哪有女人领兵出征的？"

"沙场凶险，郡主万万使不得啊！"几人七嘴八舌，议论纷纷。

微浓摆手阻止他们说下去："事到如今我也不瞒诸位，摄政王近日精神不济，根本不是乏累所致，而是受了内伤。今日他昏迷不醒，亦是内伤太重，这等情形下，殿下根本不可能再出去迎敌了。"

"可是……"几名将领面面相觑，"可是殿下去不了，您也不能去啊！"

"为何不能？"微浓毫不示弱，"将军是信不过我的能力，还是看不起女人？"

"这……恕我直言，本朝开国以来，还从未有女将领兵，而您……"左路先锋将军不敢正面贬低微浓，只得拿她的身份做文章，"而您还是郡主……万一有个闪失……"

"正因我是郡主，才更要上战场。"微浓神色坚决，"宁军派出魏侯世子领兵，我燕军不能输人一等。我虽是郡主，却也是长公主之女，更曾做过王后，执掌过凤印，难道这身份还比不上原澈？安抚不了军心？提振不了士气？"

她一连三问，一句比一句声色清冷。

就在此时，简风也跟着进了营帐，帮微浓说话："几位大人有所不知，郡主与原澈、云辰都是旧相识，她领兵也是为了解救殿下。诸位将军就允了吧，殿下醒后若有怪罪，属下愿一力承担。"

"可是……可是郡主上了战场，会引起将士们的猜疑……"

"大战在即，若有议论者，直接军法处置。"微浓不为所动，"再者宁军听说是女人领兵，未尝不会掉以轻心。"

而她打的就是心理战。她要让原澈和云辰知道，是她出战迎敌。

"两军作战岂容儿戏？郡主这个决定太草率了！"几位将领不知其中内情，无论如何都不肯同意。

"本宫已考虑多日，绝非草率决定。"微浓实在不愿意与他们多费唇舌了，直接"啪"地撂下一块令牌。这块令牌乃是龙乾宫里世代御用，威力堪比尚方宝剑，"殿下昏迷不醒，就该以王上的旨意为尊，见此令牌如见王上，几位大人可还有话说？"

帐内瞬间鸦雀无声，人人都不再说话。微浓环顾众人，这才满意地笑道："时间紧迫，现在立刻把行军计划告诉我。"

第四十二章

以战止战，以杀止杀

秋风凛凛，甲光向日，战鼓雷鸣，军旗翻卷。辰时末，铁蹄声响，燕军左右两路先锋同时发起进攻，朝着幽州府城门冲杀而去，气势汹涌杀气腾腾，似能撼动九州。

一名年轻女子坐镇中军，笔直地跨于马上。一袭银色铠甲恰恰合身，包裹住她纤弱修长的身段，头上缨盔掩藏了浓密的长发，更显她英气逼人。她的墨色瞳仁紧紧盯着城楼方向，也不知是在看着什么。渐趋浓烈的日光照耀在她面容之上，为其镀了一层耀眼金芒。就连那瞳眸都隐隐流溢着光色，飒爽英姿之中，又添几分红颜柔波。

她是微浓，是燕军之中人人皆知的烟岚郡主，此刻气势逼人，令人不敢直视。

“去，派人告诉宁军，就说燕军统帅乃烟岚郡主。”微浓仍旧望着远处高耸的城楼。

“是！”那士兵立即拍马而去。

微浓又掂了掂手中弓箭，看了看马鞍上挂着的箭囊，再次命道：“再加两个箭囊给我。”

此次出征，她并没有随身携带峨眉刺，一是青鸾火凤太过贵重，她唯恐在战场上丢失；二是峨眉刺乃近身搏斗使用，并不利于作战。

她选择用弓箭。而她的箭术，还是当年在楚王宫为太子妃时，楚璃亲自教授的。也是时候加以检验了，她要看看自己当年学得如何，能否出师。

不多时，士兵将装满箭矢的两个箭囊送了过来。微浓将其中一个拴在马鞍之上，另一个背于后背之上。她动作利落毫无矫揉造作之色，颇有训练有素的将士风采。

若说一个时辰前点兵之时，众人还对她的能力与决心有猜疑，那么此刻见了她这番身姿气度，猜疑之心也都渐渐散去，更多了几分信任与佩服。

微浓抬首望了望天色："前线战况如何？"

"禀郡主，两路先锋军已顺利将宁军绊住，但据查探，宁军主力尚未露面。"

听闻此言，微浓勾唇轻笑："咱们的主力不也没露面吗？"言罢，她忽然掉转马头，对着身后严阵以待的将士们喝命："传令下去，半个时辰后，三万人马随我攻城，其余两万严守防线，再听指挥！"

"是！"将士们齐齐领命，声响震天动地，振聋发聩。

风声转悄，盘旋在战场上久久不散，似在悲悯人间杀戮。刀鸣剑啸，马匹的嘶鸣声此起彼伏，像呜咽又像哀啼。战场上的厮杀远比想象中更加激烈，两军对垒，血流成河，残肢断臂横飞，城外死伤无数。不过两个时辰，护城河内已被血水染遍。

城楼之上，原澈远远眺望，一袭铠甲遮住了他俊俏的面容，亦为他增添了几分英武之气。他负手看着两军对阵的场面，心中又激动又震撼又紧张，他似乎闻到了鲜血的腥气，闻到了风沙的味道，但眼前这一切并没有让他退缩。

这一次，为了能来战场上领兵，他付出了极大的代价——娶侧妃。

京畿防卫司新任都指挥使有个小女儿，虽是庶出，却是才貌双全，颇得家中疼爱。他今年春季曾在黎都的簪花会上见过一次，那女子不是柔柔弱弱的类型，反而颇有英气，爱读兵法。

他见过一次之后，虽谈不上喜欢她，但也不讨厌。她最重要的是对方家世合适，又不是嫡出，做他的侧妃刚刚好。于是他主动遣人上门提亲，原本那指挥使摆着架子，不肯将幺女嫁给他做妾。是他做出承诺，除非老爷子硬给他塞一个联姻之选，否则他绝不再纳侧妃，也不立正妃。魏侯府诸事皆由这唯一的侧妃打理，一旦她生下麟儿，立即请封。

这才换来一个强有力的盟友在老爷子面前为他说话。

不得不说云辰是对的，一个男人是否成熟、是否被人看重，成家立业的作用不容小觑。从前在诸多朝臣眼中，他是玩世不恭、喜怒无常、衣装奇特、言行轻浮的毛头小子，因纳了这房侧妃，他以此为契机改头换面，摒弃了从前浮夸的穿着和张扬的个性，竟真的收获不少赞誉。

许多从前不与他亲近的朝臣，也因此与他走得近了，还纷纷夸赞他越发成熟稳重。他不知道这当中有多少人是真心与他结交，又有多少人是看在京畿防卫司都指挥使的面子上，但至少他尝到了得势的滋味，也成功让老爷子对他改观，答应了他的请缨之举。

一个月前，老爷子单独将他唤至身前，语重心长地教导了一番。除了家国大义、王室荣耀等之外，老爷子也明显地流露出对他纳妾之举的欣慰，还特意叮嘱他不要过分看重嫡庶，早日诞下后嗣。

祖孙两个拉了半天家常，老爷子竟主动提出让他去幽州历练，还告诫他要以最少的伤亡换取最大的胜利，最好能活捉聂星痕，劝其献国投诚。

原澈觉得，老爷子大概是异想天开了，聂星痕怎么可能献国投诚呢？可自己好不容易能够领兵，又不敢反驳，便故作兴奋地领了旨，和云辰一起到了幽州府。

他一定要打赢这场仗，让老爷子刮目相看，让祁湛自叹弗如！

原澈正分神想着，忽听一声长有力的“报”字传来。人未到声先至，一名士兵气喘吁吁地跑上城楼，单膝跪至他脚边。

“讲。”他言简意赅，不想废话。

“禀世子，燕军方面传来消息，今日领军之人不是摄政王聂星痕，而是烟岚郡主暮微浓。”

“什么？你说什么？”原澈大吃一惊，一把拽住那将士的领子，将他从地上拽起来，“你说谁领兵？”

“是燕国屏城长公主之女暮微浓，就是燕王的废后！”那士兵也感到难以置信，瞠目结舌地道，“竟然是个……是个女人领兵。”

原澈只觉耳边“嗡”的一声，脑子里霎时一片空白。他连忙看向城楼下的战场，两军正杀得酣畅淋漓，哪里看得见微浓的身影？

“聂星痕真不是个东西！”他暗自咒骂一声，一拳重重地砸在城墙上。

周围几个将领也纷纷议论起来：“怎么能派个女人领兵呢？燕军是怎么想的？这不是找死吗？”

原澈原本怔愣着，一听到“找死”二字，立刻回神，亟亟喊道：“快！快！快让他们停战！”

“世子？”幽州府刺史此时也陪在他身边，听了这话只觉得可笑，“您说什么？”

原澈跺了跺脚：“老子说停战，停止进攻！”

“为何停战？”一个副将立刻追问，“此时一旦停战，无异于认输，燕军会杀进城内，幽州府必失无疑！”

另一个副将却问：“莫非您有什么妙计？可否先与末将们说来听听？”

原澈当时是急了，现在也急，听到身边几人的话，才稍稍冷静下来。是了，眼下不可能停战，一旦停战他根本无法交代！他好不容易才得到老爷子的信任，今日又是他首战，哪能胜负未分就自行停战？

原澈只得“呃”了一声：“本世子……方才想出了一个妙计，被你们这一打断，又给忘了。”

刺史与两名副将面面相觑，有人信，有人不信，但都没往下接话。

原澈的眼神仍在城楼下扫视，又问：“燕军出动了多少人马？烟岚郡主可在其中？”

一名副将立即接话：“看这情形，燕军至多出动了三万人，应该只是先锋军。对方领兵之人若真是个女人，根本不可能出现在此，或许是在军营里坐着？”

原澈听出他话中的轻蔑之意，心生不满：“你不了解烟岚郡主，她可厉害着呢！你不能小看女人，否则你连怎么死的都不知道，明白吗？”

“是，是。”那副将感到莫名其妙，不知魏侯世子为何要替燕军说话，灭自己的威风。

“如今场面胶着，胜负暂时看不出来，您打算怎么办？是否需要出动中军人马，一鼓作气？”军师在旁询问。

原澈对兵法其实不通，原本还略懂一点皮毛，可方才一听说燕军是微浓领兵，他的心思立刻乱了，哪里还看得出应该怎么办。

他不停地张望着远处，看了半晌茫然无措，心里祈祷微浓不在战场上，却又抑制不住地想要见她。自从猫眼河畔一别，转眼三年，他还是不得已而纳了妾。可是每每面对那个侧妃，他总是难以克制地想念微浓，想念她的一颦一笑，想念与她在孔雀山上共度的那段美好时光。

为此，他根本不愿意离开魏侯京邸，甚至她从前住过的院落、用过的器具，他都命人原封不动妥善保存。也许他明白，她永远也不会属于他，而这越发令他陷入其中，思念成瘾。

“世子？世子？”许是见他半晌不作声，一名副将斗胆唤他。

原澈愣了一愣，瞳孔紧缩，想起自己身在何处，身兼何职。他立即问道：“云大人呢？他不是督军吗？他去哪儿了？”

原澈问这话时两眼放光，似乎找到了救星一般，其中一位副将回道：“按理而言，督军大人不上前线。”

“啪”的一声，原澈一个巴掌扇在了对方脸上，破口大骂：“什么按理不按理的，这都什么时候了，你还跟老子讲道理？你讲道理，燕军会听吗？还不快去把云大人给老子叫过来！”

那名副将踌躇着，磕磕巴巴回道："今日一早，云大人说他另有计划，就……就带着一千亲信，不知道去哪儿了。"

"啪"的一声，那副将又挨了一巴掌。原澈这次扇得手都疼了，气得浑身发抖："到底谁是统帅？你把老子放眼里了吗？他走了也不跟老子说一声？你找死是不是？"

原澈语无伦次，两名副将也不知道他到底是在骂谁，只得单膝跪地请罪："是云大人说……说您知道此事，还出具了令牌……末将们拦不住啊！"

原澈闻言脸色铁青。云辰离开军营之事，他根本毫不知情，但此时并不是追究之时，他转手一指刺史，当即命道："打仗还用不上你，你找几个家丁去追云辰，务必把他给老子追回来！就说……就说燕军是烟岚郡主率军出征！烟岚郡主！听到了吗？"

"是，是……"刺史不敢多问，急忙领命奔下城楼，心里叫苦不迭。

原澈又左右看了看，再问："行军图呢？快给老子拿过来！"

他话音刚落，一阵厮杀声骤然传来，燕军的战鼓再次擂响，震耳欲聋。但见前方逐渐涌起一片银色浪潮，在烈日的照耀下异常夺目、快速逼近，带着震天的气势。

仅仅是看着眼前的景象，原澈便觉得双目生疼，不，连肌肤都是疼的，像是被那一片片的锋刃割了肉削了骨。

他猛然回过神，高声喝道："中军！中军呢？快出城迎敌！快！"

一名副将立刻传命，号角声随即响起。城内的两万轻甲大军听到号令，冲开城门出城迎敌。护城河上瞬间搭起数块木板，宁军踏板而过。眨眼间，两军已经再次厮杀在了一起。这比方才多出一倍不止的人马，霎时将原澈的眼底填满血色。

"世子，城楼上太过危险，您还是先回城吧！"副将在旁颤巍巍地劝道。原澈不走，他也不能走，可是城楼底下已经变成了修罗场，不断有人试图攻进城门，若不是这城楼修得高，恐怕他们早就被射成刺猬了！

此时原澈心中更是纷乱如麻。他一方面要担心战况，一面还要寻找微浓的行踪，根本没听清那副将说了什么。他极目在城楼下搜寻良久，始终看不到微浓的影子，也看不出两军到底谁的死伤更加严重。

"咚……咚……"忽然间，原澈感到脚下的地砖开始颤动，是部分燕军顺利跨过护城河，正在用柱状巨木撞击城门。这一下他再也按捺不住了，立刻吼道："开城门！老子要出城迎敌！杀他个片甲不留！"

他边说边往城楼下走，几人跟在他身后亟亟劝阻："世子不可！如今将士们都在死守城门，您千万不能出去啊！"

原澈一听这话，脚步一顿："那就走侧门！"

"侧门也不成啊，都被燕军给堵住啦！"副将不敢隐瞒。

原澈乍惊，立刻从他手中掠过行军图，摊在烽火台上开始查探：幽州府一共东西南北四个城门，他们所在的正门朝南，直面燕军；北门则是撤退之路，燕军鞭长莫及；东门和西门也都由重兵把守。但东西若有一侧失守，燕军瞬间就能攻入城中。

像是为了印证他的猜想，一名士兵突然慌慌张张地登上城楼禀道："报！东侧城门外集结了至少一万燕军，徐将军请求派兵支援！"

"支援个屁！没用的东西！"话虽如此，原澈还是没法坐视不理，他时而骂着燕军，时而骂着云辰，时而骂着镇守东城门的徐将军，最终还是拨了五千兵马过去。

城楼上视野虽开阔，可城下情势危急，城门即将失守，原澈思前想后，决定亲自下去看看。他刚从三层走到二层，就听燕军阵中的欢呼声突然高昂起来，那银色浪潮自觉主动地分成两半，于中间让出一条路来。一人一骑随即冲出，如同马匹上屹立着一只银色的凤凰，于漫天黄沙之中展翅高飞。

是微浓！一定是她！原澈不禁停下脚步，走到城墙之处举目望去。只见那只银凤凰不知何时已经奔到了燕军前方，驻足在护城河的对岸，在一众盾牌的护卫下张弓搭箭，朝着城门方向射来。

"嗖"的一声激越鸣响，银色箭矢在空中划出凌厉的轨迹。这一刻，所有的厮杀声、叫喊声、擂鼓声、马鸣声尽数退散，只余那风驰电掣的一箭呼啸而来。

"啊……"原澈身畔的士兵应声倒地，喉头正中一箭。

原澈瞪大眼睛看着中箭的士兵，又难以置信地看向城下，那个银白色的影子就坐在马上岿然不动，仍旧保持着拉弓的姿势。

原澈根本看不见微浓的脸，更看不清她的表情。但是他知道，她也在注视着他，她一定是认出了他。方才那一箭，是她的警告与示威。

心跳声猝然被无限放大，一瞬间攫紧了原澈的四肢百骸，他仿佛预料到有什么可怕之事即将发生，那种恐慌、抗拒令他无比难受。

又是"嗖"的一声，另一支箭矢破空而来。不过这一次，几个人都学精明了，纷纷矮下身子躲藏，微浓这一箭射空了。

"一个女人还敢如此嚣张！"其中一名副将忍无可忍，立即将双臂置于烽火台上，拈弓搭箭，瞄准了那只银色的凤凰。

原澈却似呆立一般，只能怔怔地望着微浓。他实在无法接受，分别三年之后的第一次相见竟会是这般场景。

不！他不想与她为敌！

可惜太晚了，那副将的箭矢已经从城楼上破空而去，不偏不倚恰好瞄准微浓。而与此同时，微浓也再次射出一支箭矢，朝着那开弓之人直直射来。

两只箭矢在半空中呼啸着，并无碰撞，各自奔向自己的终点。有那么一刻，原澈的心快要沉到底了，他觉得微浓在劫难逃。

然而千钧一发之际，城楼东侧猝然冒出一柄冷剑，横穿而出。原澈只觉得眼前银光刺目，下意识地闭了闭眼，耳畔听到"咔咔"两声接连传来——那两支背道而驰的箭矢竟都被打了下来，折成四段掉落在护城河之中。

如此精准！原澈由衷地发出赞叹之声。须知这两支箭矢的轨迹不同，一支从城楼上往下，一支从城楼下往上，并无任何交集。而那出剑之人却能一次打落两支箭矢，这不仅需要准头和技巧，还须把握好稍纵即逝的角度，更要有沉稳的心态和极强的臂力，更甚者，还须测算出风向风速的影响，不能有分毫偏差！

这一切，都要在一瞬之间完成，根本没有思考的时间！原澈忍不住转头去看那出剑之人——云辰就站在东侧的楼梯旁边，脸色阴沉，手边只剩下一个空空的剑鞘。

居然是云辰！原澈倍感讶异。此时的云辰，周身散发着冷厉之气，与他从前温润的气度格格不入，他的一双俊目微微眯着，似难以抵挡烈日的灼晒，又似在盯着城下某人细看。

时间仿佛过了很久，又仿佛只过了一瞬，原澈才看到他疾步朝自己走来。

原澈猛然惊醒，忙斥他："你怎么现在才来！你去哪儿了？"

原澈话音还没落，脚下再次传来剧烈的震动，燕军又开始攻城门了！而微浓也再次拉弓射箭，这一次，不知是要瞄准谁。

云辰紧紧盯着城下的微浓，神色如同山雨欲来。两个人的目光在半空中交汇，皆有一瞬的凝滞。纵然隔得很远，纵然日光刺目，纵然视线模糊，但他们都知道，彼此的目光是什么含义，彼此到底是什么心情。

微浓拉弓的手忽然开始轻轻颤抖，像是要失去准头。那一袭白衣就站在二层城楼旁，临风飒飒，衣袂翻飞，霎时将她带回到许多年之前。

云辰似也感知到了她的心情，突然合上双目，高声命道："动手！"

随着他话音落下，原澈闻到了一股子香味，士兵们抬着数十个大木桶奔上二楼，顺着城墙开始往下泼洒。原澈用指头蘸了下木桶里的东西，赫然发现是油。有灯油，有香油……各种各样的油料。原来云辰方才是去找这些了。原澈猜到他想做什么，心中暗赞不已。

须臾，这些油料都被泼洒到了城下，可云辰还觉得不够，再次命道："连桶一起扔下去！”

“是！”士兵们来了劲头，索性把油桶一块扔下城墙，然后迅速退下让出位置。另一队弓箭手早已准备就绪，立即冲上前去，取而代之。他们每个人身后，都站了一个高擎火把的士兵，用意不言而喻。

云辰迅速挥手：“放火箭！”

一声令下，燃着火团的箭矢纷纷从城楼上射出，像是漫天坠落的星辰，在这艳阳高照的正午形成一道奇异的景象，既美又诡异，更是残忍。

毫无疑问，城楼下的燕军全部中招，无一遗漏。他们身上被浇满了油料，火箭从城楼上射下来，霎时将他们全身点燃。用来撞击城门的巨木更无法幸免，但听“咣”的一声，巨木落地，哀号与惨叫随即传来，痛苦的呻吟声冲破天际。

城楼之上，云辰视若无睹，再次命道：“继续！”

士兵们有序替换，运送油料的士兵再次顶上，将油桶推翻。这一次他们泼得更远，把油料都泼入了护城河内，火箭随即跟上，将整条河流都点起熊熊火焰。

很显然，云辰的目标已不再是城门处的燕军士兵，而是以微浓为首的中军。他们被逼得后退，眼睁睁看着那些火箭落入护城河内，落在阵亡的将士身上，形成了一道天然的火焰屏障，将燕军和宁军再次分开。

城楼上坠落的火箭越来越多，火势越发凶猛。微浓见此情形，知晓再无可能正面迎敌，忙对身边两个副将命道：“趁着火势可控，你们各带一万人，从东西两侧绕开火势进攻侧门！”

“我们带走两万人，那您呢？”副将们忙问。

“我没事。”微浓无暇解释。

副将仍旧不放心：“还有两万兵马殿后，是否需要调派过来？”

“那些人马是留给摄政王的，谁都不能动！”微浓顾不得再解释了，抽了抽马鞭，“军令如山，还不快去！”

她的表情肃然而沉冷，她的命令果断而从容，有一种不容置疑的强势与威慑。两名副将再也无暇多想，立即传令下去。不多时，中军人马已分为三路，左右两路迅速绕过护城河上的火焰屏障，朝东西两个侧门冲去。

此时微浓身边，只剩下不到一万人马死守。

城楼之上，原澈自然发现了燕军的计谋，立刻传令：“快！快调派人马去东门和西门！”

“慢着，”云辰突然出言阻止，“东门和西门尚能支撑一段时间，你派一万兵马守住入城河道。”

“你怕他们投毒？”原澈不解。幽州府只通一条河道，是城内老百姓们的饮水之源。

两人说话间，城楼下火势已烧得更旺，但因风向朝西北，浓烟也顺势飘向城楼之上，呛得众人咳嗽不已。原澈一手捂着鼻子，一手朝云辰挥摆：“先下去再说。”

云辰倒还算从容，这后果也在他意料之内，他闭气快速走下城楼，和原澈等人往城内走，边走边道：“世子听我的，正门危机已解，快派人守住河道，晚了后果不堪设想。”

原澈早已慌了神，又亲眼见识了云辰的妙计，连连点头：“好，我这就传令下去！”

这边厢他吩咐着调兵，那边厢云辰也不知在想些什么，神色沉冷。原澈只见他抬目望着高高的城楼，或者说是望着城楼上方飘荡的浓烟。

眼见浓烟渐渐升高，原澈也有些担忧了：“这火得烧多久啊？”

“不知道。”云辰仍旧镇定自若，但语气有些沉。

原澈一下子恼了：“不知道你还敢倒？这风忽大忽小，万一火势吹到城里怎么办？”他抬手指了指半空中，“还有这些浓烟飘进城里，也够人受了。”

云辰似乎忍受不了他的聒噪，飞速瞟了他一眼：“幽州地势北高南低，油料会慢慢流向燕军方向，城外有护城河抵挡，城楼也由石砖堆砌，火势不会蔓延至城内。”

原澈扁了扁嘴，感到自己有些无知，但又不愿承认，便冷哼一声，再挑云辰的刺：“你这个法子虽好，却也治标不治本，咱们还是祈祷老天不会下雨吧！”

“呵呵！”云辰嗤笑一声，没再说话，带着自己的亲信人马往城内走了。

原澈只觉得莫名其妙，看向身边副将：“他什么意思啊？”

副将颇有些尴尬，踌躇片刻，才小心翼翼地回道：“呃，云大人的意思是……呃，您有所不知，油料起火，下雨是扑不灭的，反而会越烧越旺。”

“还有这一说？”原澈也觉得自己丢面子了，正打算找个话题糊弄过去，那副将已然极有眼色地打圆场：“世子您养尊处优，这等小事自然不会在意，正常，正常。”

原澈“嗯”了一声，跟在云辰身后走了，一边走还一边嘀咕：“他怎么什么都知道？老天真不公平！”

“糟了！微浓！”才刚走了两步，原澈忽然想起她来，又连忙命道：“快！快去打听打听，烟岚郡主是否还在城外？她去哪儿了？可有受伤？”

言罢他也顾不得去看旁人的反应，立即提步跑了起来：“子离，你等等我啊！等等我！”

跑了好一会儿，原澈才追上云辰的队伍，气喘吁吁地跑到他跟前：“老子……老子穿了几十斤的盔甲，没有你脚步快，你你你……倒是慢点儿啊。”

“军机不等人，还请世子恕罪。”云辰面无表情，脚步不停。

“你做什么去啊？”原澈亟亟追问。

“找人。”

“找谁啊？”

“微浓。”

找微浓！原澈立刻来了劲：“你要去哪儿找啊？你能找到吗？我跟你一起去。”

云辰脚步倏尔停顿，肃然看他：“世子，您如今是统帅，必须坐镇指挥。”

“那你还是督军呢！你就可以乱跑了？”

“我哪是乱跑？”云辰面露讽刺。

原澈想起他方才用的妙计，以一千兵马解了城门之困，而且士兵们毫发无伤，不禁有些心虚。

云辰又道：“正门火势太大，今日之内燕军不会再攻进来，倒是入城河道与东门比较危险，你我分开，各守一侧。”

“那西门呢？”原澈忙问。

“西门外接壤泰烟山，地势险峻，燕军暂时攻不上来。”云辰对幽州府的地形了若指掌，抬手指了指渡口方向，“事出紧急，世子请吧！”

“唉唉，你不是说要去找微浓吗？”原澈不死心地追问。

“微浓头一次领兵，没有走水路的经验，河道必定是交给老将。”云辰万分笃定，“正门攻不进来，她一定会去东门，我去等她。”

“喂！你……你可悠着点儿啊！”原澈不大放心。

云辰没再理他，转身就走。

原澈见状，也只好带兵往河道渡口方向赶去。

半个时辰后，燕宁两军再次于东城门外厮杀起来，云辰等了两个时辰也不见微浓现身，这才意识到情况不妙。他连忙率军赶去支援原澈，可刚走到半路，便听到消息传来：“燕军从河道泅水进来啦！两军正在渡口激战。”

云辰闻言怒极：“世子怎么守的？”

传话的士兵也说不出个所以然来。

云辰无暇再问，立即策马赶往渡口，入眼便见到一片疮痍之景。水面上两军正打得胶着难分，船只上桅杆断裂、军旗落水，乍一看已分不清哪些船只来自燕军，哪些船来自宁军。

而最令云辰感到惊讶的是，原澈正和微浓在一艘船上激战。他定睛细看，只见微浓已经脱了铠甲，唯独胸前留了一面护心镜。她的头发长而湿，单薄的衣裙紧紧贴着那窈窕的身段，一看就是落过水的。

云辰心头一窒，转而想起她水性极佳，这才稍感放心。再细看那船只，竟是宁军的战船，不过船上只剩她和原澈两人，四周散落着许多尸体，船尾甚至已经着了火。

而原澈和微浓，两个人也都是感慨万分，挣扎不决。此时天色已近夕阳西下，双方都希望能速战速决，若是拖到夜里，战况如何就不好说了。

原澈身上还穿着铠甲，虽然有利于自保，但行动迟缓影响身手。微浓则衣衫单薄动作灵巧，却被傍晚的秋风吹得瑟瑟发抖。

原澈感到她未尽全力，自然也不忍心下狠手，两人纠缠半晌，胜负难分。原澈累得气喘吁吁，再看微浓，冻得嘴唇都发紫了，令他煞是心疼。他忍不住后退两步，与微浓隔开距离："先别打了，你换件衣裳再说。"

微浓紧抿双唇，不发一言。

原澈心里难受得紧，执剑之手也开始不稳："你……我……真要拼个你死我活？"

"不是，"微浓神态坚决，"若世子肯认输，我立刻收手。"

"不可能！"原澈大吼一声，被她逼出了满腔怒火，"聂星痕还是个男人吗？他还是男人吗？这种时候竟让你上战场？他是缩头乌龟吗？"

微浓只是长叹一声："世子，今日我得罪了，战后我定当向您负荆请罪。"

"罪"字刚落，微浓足尖点地腾空而起，朝着原澈攻去。她知道原澈身穿铠甲，也根本没想杀他，她只想缠着他拖延时间，令他无暇分身。

原澈睁大俊目，本想后退躲避，奈何他人已到了船头，脚下避无可避。眼前他只有两条路可走——要么跳入水中，要么朝微浓迎面撞过去。可是他的铠甲棱角锋利，微浓却衣衫单薄，他这重重一撞，微浓岂不是会受伤？

他终究是没忍心伤她，便选择后退一步，跳入河道之中。只可惜他身上的铠甲太重，刚一入水，他的身子立刻下沉了。

微浓根本没想到他会这么做，想也不想便欲跳水救人。可她人刚奔到船头，远处忽然响起尖锐鸣响，城西的上空高高飘起蓝色烟雾，在夕阳之下袅袅飘散，凄艳而迷离。

成了！微浓心头大喜，转身便对燕军的将士们高呼：“摄政王已攻入西门！大家坚持下去！”

欢呼声随即响起，这无疑振奋了燕军的士气。将士们原本已无比乏累，此刻竟都重新蓄满了力气，再次拼杀起来。

微浓大口喘气，平复着心头激荡，正打算跳入水中营救原澈，耳畔却听有人高喊：“郡主小心！”

“呲”！箭矢嵌入骨肉的声音猛然传来，微浓的左肩疼痛非常。她捂住肩头，迅速环视河道四周，想要找出对她放箭的罪魁祸首。

岸边，那白衣之人手握弓箭，扳指在夕阳之下透出隐隐流光，一刹那刺痛微浓的双目。疼痛感再次从肩头传来，还有鏖战了一天的疲倦、落水的冰冷……她只觉得头晕目眩，脚下一个踉跄，失足跌入河水之中。

“扑通”一声，岸边一个白衣身影也迅速入水，朝着微浓游来。那边厢早有士兵合力将原澈救上了岸，他穿着几十斤的铠甲，此刻已是冷得瑟瑟发抖，但仍旧挂念着微浓：“她呢？她去哪儿了？”

士兵们不知世子何意，还以为他问的是云辰，忙道：“督军大人方才跳水了。”

原澈一边解开铠甲，一边瑟瑟地道：“谁问他了，我问那谁，烟岚郡主！”

“督军大人方才一箭射中她，她掉进水里了，督军大人也跟着跳水了……”

“什么？”原澈一听这话，立即就要下水救人，被几个士兵死死拖住。士兵们还以为他是要救云辰，忙道：“世子少安毋躁，督军大人必定通晓水性，小的们这就下水找他。”

“快去！还不快去！”原澈将铠甲重重摔在地上，晕晕乎乎地站起身来，只觉得耳朵里嗡嗡作响，什么都听不清楚。

好在他还记得战况，不忘问一句：“战……战况如何？”

士兵还没来得及回答，那边厢副将已经拖着一艘船下了水，招手喊他：“世子！世子！快上船！幽州府失守啦！”

“什么？”原澈大惊，“怎么回事？”

“聂星痕亲自带兵，从……从西门攻进来啦！”副将拽着原澈，将他拽上了船，“快别说了！趁着聂星痕还没追过来，世子赶紧坐船走吧！”

失守了……失守了！原澈再也没了思考能力，只得任由副将拽着自己登上船只，进入船舱更衣。外头仍旧是不绝于耳的喊杀声，原澈倾耳细听，才发现是燕军的将士们在高喊：“摄政王万岁！摄政王万岁！”

原澈恨得咬牙切齿，连忙追问：“云大人呢？烟岚郡主呢？”

"都救上来了，在另一艘船上。"

原澈立刻从船舱里爬出来，不顾众人劝阻跑向船尾，果然瞧见尾随而来的另一艘船上，有几个人颇为眼熟，都是云辰的亲信士兵。

他脑子一热，立刻又跳下水，死命朝着那艘船游去。

这可吓坏了船上的士兵，忙喊道："世子！世子！危险啊！"

原澈却不管不顾，径自游到后头那艘船边，拍着船身大喊："快拉老子上去！"

船上众人见是魏侯世子，连忙将他拉上来。原澈抹了一把脸上的水，拧着衣袍下摆询问："云辰呢？"

"在船舱里。"

原澈咳嗽两声，欲往船舱走去，却被云辰的亲信们拦住："世子，云大人有过吩咐，任何人不能进去。"

"放手！"原澈挥开几人，刻意抖了抖自己湿透的衣袍，"看到没有？老子湿透了！难道你们要让老子站在船头吹风？"

几个士兵不为所动，只对原澈连连道歉。

原澈吃了败仗，一肚子火气正没处发泄，拎起一人的衣襟，作势就要挥拳。

那士兵不敢还手，只得低着头生生受下，眼看一拳就要打在他脸上，船舱里的云辰忽然说道："让世子进来吧。"

原澈这才气鼓鼓地松了手，转身步入船舱之中。一进来，他就看到云辰浑身湿淋淋地坐着，旁边躺着一个昏迷不醒的女子，那女子浑身上下都用被子包裹着，唯有左侧香肩露在外头，绑着白色绷带。

空气中有浓重的药味，掺杂着一丝血腥气，舱内唯有一盏烛火，昏昏暗暗以致视线模糊。可原澈还是一眼便看出来，那被子里裹着的是微浓。

"你扒光了她的衣服！"原澈怒气横生。

到了这个境地，云辰不明白他为何还要计较这些细枝末节，只得阴沉沉地开口："她落水了，不脱掉衣裳会着凉。"

"阿嚏……"原澈应景地打了个喷嚏，这才想起自己浑身上下也是湿的。云辰抬头看他一眼，将船舱里另一条被子扔给他。

原澈接过被子搭在身上，这才发现船舱里空间逼仄，地板上除了箭头、匕首、伤药和微浓湿漉漉的衣裳之外，再也没有任何东西了，而云辰身上也湿着。

他想了想，转身走出船舱，随口命道："去找几件干净衣裳，还有一床被子进来。"言罢又指着另外一个士兵，"本世子船上好像有干粮，你去拿过来。"

"是。"由于吃了败仗，船上谁都没心思说话，只能听到脚步声来来回回。

这一安静，河道上的激战声又传了过来。饶是隔得很远，原澈也能听到不断有人呻吟、惨叫、落水，不想也知，场面异常惨烈。

他心头难受，转身返回船舱之中，坐在微浓身边。看着她昏迷不醒的样子，他简直又恨又爱又怜，实实在在想咬她一口解恨，却又一万个舍不得。

“你为何要伤她？”原澈脸色铁青。

云辰沉默须臾，才道：“方才事态紧急，你已被她逼下了水，诸多将士都看着，你让我怎么做？”

原澈顿时无话可说。是啊，方才他和微浓在船上对峙，宁燕两边都看见自己被她逼下了水。若是云辰不射她一箭，也许她也活不到现在了——近处的宁军将士们一定会杀了她泄愤。

而云辰这一箭虽导致她落水，但至少保住了她的性命，也堵住了悠悠众口。

“幽州府到底怎么回事儿？怎么说失守就失守了？”原澈转而追问。

云辰蹙眉：“据说是聂星痕率军从西门攻了进来。”

“你不是说，西门外接壤泰烟山，地势陡峭，燕军不会冒险吗？”原澈总算抓住了他的把柄。

而这也正是云辰不解之处。幽州府西门外的确是接壤泰烟山，山路也的确陡峭崎岖。燕军若要翻山而过，不仅须耗费巨大体力，还要冒着失足跌落的危险，更别提马匹根本无法攀登山路。即便燕军真冒险走了这一步，也必须休息个三五日才能恢复体力。若有大批燕军在西门外扎营休息，他不可能不知情。

尤其聂星痕还中了连阔的毒，据推测他应该极其虚弱才对，怎么可能走这么长的山路？

唯有一种可能，燕军查探到了那条捷径——山川河流布防图中的捷径。

泰烟山陡峭的地势，历来是幽州府攻防的倚仗，其中有一条小路，位于一处幽邃的峡谷之中。这峡谷夹在两座山峰之间，道路极其狭窄，每次仅够一人一马通过，但是地势平坦而隐秘，能够神不知鬼不觉地横穿泰烟山，且缩短一半以上路程。

可泰烟山山脉连绵，那条捷径隐藏在山脉之间，就连宁国人都没发现，聂星痕是如何得知的？还是……还是布防图泄露了？

云辰揣度至此，心头一紧，又碍于原澈在场，不好多言。

原澈自然不会放过这千载难逢的机会，忍不住讥讽他：“子离啊子离，你也有失算的时候！”

云辰扫了他一眼：“我只是督军，而非三军统帅。”

原澈被噎了一下，再次无言以对。昏黄烛火中，他看向微浓憔悴的睡颜，见她眉头紧锁，似乎有什么难解的忧愁，不过呼吸倒还均匀有力，想来应无大碍。

“你今天做了两件事，让我刮目相看。”原澈的嘴巴根本闲不住。

“哪两件？”云辰盯着微浓，随意搭话。

“其一，用火抵御燕军，解了正门之困。”原澈停顿片刻，“其二，带走微浓。”

“带走她，是好也是坏。”云辰沉吟着，替微浓掖了掖被角，“擒走敌军主帅，也算给将士们一些安慰，但会激怒聂星痕。”

“哼，”原澈冷哼一声，“他这么不要脸，置微浓于险境，就该想到会有这一天！”

云辰又是一阵沉默：“我救微浓上岸时，许多人都看到了，此事根本瞒不住。你还是想想如何对王上交代吧。”

原澈心里一沉，也意识到了后果的严重性。整个幽州失守，这于宁国来说是极大的耻辱，按照老爷子争强好胜的性格而言，必定会杀了微浓泄愤，或是以她来要挟聂星痕。万一微浓有个什么三长两短……

他打了个激灵，忽然觉得身上很冷。

“世子、云大人，东西送到了。”舱外传来士兵的声音。

原澈回过神，亲自走了出去，接过被子、几件衣裳，又命道：“把干粮发给大家，明日上岸之后再做休整吧！”

万幸这条河道通向丰州，是魏侯的封邑，也是他的地盘。河上一日千里，明日即可到达，只要今夜能摆脱燕军的追击，一旦到了丰州地界，他就不怕了。

原澈如此想着，将被子和衣裳扔到了云辰身上，叹了口气：“到丰州再做打算吧！”

他见云辰默不作声，便也没再进舱，披着厚重的被子走到船头张望。他们这艘船还算有些规模，船体也完好无损。至于其他护送在侧的小船，都是极其简陋，有的船尾已经断了半截，勉强可以划动而已。

放眼望去，天际暮霭沉沉，渡口上却是战火烈烈，映得河面亮如白昼。两军仍旧混战不止，殿后的宁军将士们正死命拦截追击的燕军，为他们提供一条生路。可他实在想不明白，自己怎就落到了如此狼狈的地步，原本信心满满的一场战役，最后竟会落荒而逃。

也许老爷子是对的，他真的只有小聪明，而无大智慧，根本不适合上战场。尤其今日见识到了云辰的手段，他其实已经心服口服，只是出于敌意，还不愿承认罢了。

聂星痕、云辰……论身份，他们一个是燕国摄政王，一个是正统楚王室后裔，都比他这个魏侯世子身份尊贵。论能力，一个乃燕国战神，掌控燕国军政大权；一个文武双全，在宁国多番化险为夷。

而他原澈，除了精于眼前蝇头小利的算计之外，又拿什么和他们比？他能比得过吗？也许，他真的配不上微浓。他们才配。

原澈生来骄傲，放眼宁王的几个孙子，包括祁湛在内，他一直自诩资质最高、最有手腕。可是这一遭，他受了前所未有的打击，一时也有些心灰意冷。

人外有人，山外有山。今日，他总算见识到了。

耳畔的厮杀声终于渐渐弱了，看来燕军已经放弃追击。原澈叹了口气，裹紧被子返回船舱，却见云辰已经躺下了，而他旁边，是受伤的微浓。

狭小的船舱里，两个人并肩躺着，都是微微蹙着眉，竟出乎意料地般配。原澈看得心里发酸，想要上前哄闹，可想起今日的惨败，到底是没了心情。他默默看了半晌，终究还是关上舱门，回到自己船上去了。

待他一走，云辰立刻睁开双目，转头看向一旁的微浓。他替她拨开湿发，以指腹轻轻擦过她的脸颊，然后是左肩、左臂……最后转向她的后腰，摩挲到了凹凸不平的肌肤。

一刹那，战火似蔓延到了云辰心中，灼烧着他的心，烧得他煎熬、疼痛、难以承受，一颗心终于化成了灰烬。

这一夜，注定无人入眠。

第四十三章

身在咫尺，心在天涯

微浓感到很口渴，头昏脑胀，四肢无力。朦胧之中，她好像听到了云辰和原澈的说话声，还有人在抚摸她的额头和脸颊。可他们怎么会在这里？她不是应该在燕王宫吗？

微浓一时想不起自己身在何处，又发生过什么，她只觉得很累、很困，想无休止地睡下去。

“她在发烧，额头很烫。”原澈看着微浓，忧心忡忡。

云辰上前解开她肩头的绷带，声音一沉：“是伤口化脓了。”

原澈连忙看过去，只见微浓伤口周围隐隐发白，整个肩头都是肿的：“一定是河水太脏，你没有把伤口清理干净！”

云辰蹙眉，无从辩驳。

原澈很是心疼：“这可怎么办？还有半日水程才到胭城呢！”

胭城，丰州首府，魏侯府所在之地。

今日凌晨，船队进入丰州地界，算是彻底摆脱了燕军的追击。原澈惦记微浓的伤势，便大大方方地命令船只靠岸，找了不少伤药，又让将士们都饱餐了一顿，换了几艘舒适的大船。

可刚一重新起航，微浓便发起高烧，怎么叫也叫不醒。若是就此靠岸寻医，免不得要给将士们话柄；若是不靠岸，谁也不知微浓能否撑到胭城。

原澈正是焦虑之时，忽听云辰问道：“我们还剩多少人马？”

“一万不到。”其实原本逃出来的不止这些人，但昨夜燕军在水上一路追击，殿后的人马又折损了两千。原澈想到此处便心中难受，神色黯然，“听说燕军俘虏了一万余人，徐将军那边逃出来六千多，已从陆路北上了。”

幽州府一战，宁军出动七万人马，如今只有不到三万人活了下来，其中一万还是俘虏，这一场，他们败得太惨。

“燕军那边的死伤人数，世子知道吗？”云辰再问。

原澈摇了摇头：“不清楚，总归比咱们好一些。”

“我有个主意，不知世子准不准。”

“都这个时候了，你还卖什么关子？”

云辰便径直说道：“我想留下照顾微浓，你率军继续北上，去向王上请罪。”

“这怎么行！”原澈立即否决，“要留一起留，要走一起走，你是督军，难道你不回去？”

“我怕微浓撑不住。”云辰看向微浓，目露担忧，“再者以王上如今的心情，她随你回去必死无疑。”

“那……那怎么办？”原澈闻言心神大乱。

“你是三军统帅，必须回去复命。”云辰分析道，“胜败乃兵家常事，你是头次出征，面对的又是聂星痕，输了也就输了，王上未必会大加责难。但你要尽快回去复命，路上不能再耽搁。”

“那微浓呢？她若不随我回去，老爷子可要发怒啊！”原澈忽然变得六神无主。

“你率军回去复命，放低姿态，言明生擒了烟岚郡主，但因其重伤在身，无法赶路，由我留下照看，随后押送回京。”云辰教他如是禀明。

“若是老爷子怪罪你呢？”

“他不会的，我本就不是宁国人，何谈忠心。”云辰的唇角勾起一抹讽笑，“更何况，他还要留着我对付聂星痕。”

“行，就按你说的做吧。”原澈心里也明白，此刻他若强行带走微浓，即便她挺过身上的重伤，到了黎都也要再吃苦头；至少丰州是他的地盘，她留下，身边又有云辰照看，不会有性命之忧。

“我就怕老爷子听说微浓在丰州，会派人来捉她。”原澈仍有顾虑。

“王上会派人捉拿，微浓难道不会跑吗？到时世子暗中帮她一把，想必不会有什么问题。”云辰倒显得很自信。

“你说得也是。”原澈讪笑一声。他虽心中不舍，亦不想创造机会让云辰和微浓单独相处，可事到如今，也没有更好的法子了。一面是家国重任，一面是儿女私情，他只能选其一。

原澈抿紧嘴唇，想要再去抚摸微浓的脸颊，却被云辰抬手挡住。他心情沉重，此刻也无心计较，只道："我这就命人靠岸找医馆。"

一个时辰后，云辰和微浓已经秘密抵达当地最好的医馆。他挑了几名亲信留下随护，其余人马则跟着原澈继续走水路，赶往黎都复命。

云辰选的这家医馆，东家姓郑，五十多岁，医术在这小城里也算首屈一指。为免泄露风声，他将整间医馆包了下来，几个药童也都暂时迁去别处，只留郑大夫和其孙女在此。

云辰是想打个时间差，趁着原澈等人还在返程的路上，尽快替微浓治伤。等到原澈一行走到黎都附近，宁王就会得知微浓不在队伍里的消息。届时她的伤必已好转，他可以再将她转移到别处，保她不会被宁王捉到。

既有郑大夫为微浓诊治换药，云辰也稍感放心。他在众人的劝说下休息了两个时辰，但也睡不大安稳。起身之后，天色已晚，眼见微浓仍旧高烧不退，他心中焦急，忙将郑大夫招来询问情况。

"禀大人，这位姑娘伤口化脓严重，高烧不退，今夜最是凶险……请大人有个准备。"郑大夫实话实说。

云辰心头一抽："她不过就是落了水，肩上中箭，为何如此严重？"

"据小人诊断，在中箭之前，这位姑娘的身体已经非常虚弱，大概……大概……"郑大夫吞吞吐吐。

"大概什么？"云辰凝声质问。

"她大概先前服用过某种药物，勉强支撑精神罢了。"郑大夫亦是心生怜惜，"有些药物能在短时间内将人的精力发挥至最大，但过后对身子的损害不可估量……这位姑娘，显见是用了这种药，且用药过度。"

用药过度！云辰倒吸一口气，没再说话，挥手屏退郑大夫："还请大夫费心医治，多谢。"

"呃……小人就在外头守着，姑娘若有什么不妥，您尽管吩咐。"郑大夫说完这一句，便恭恭敬敬地告退。

是夜，云辰陪着微浓枯坐一宿，直至天色渐明之时，他才从屋内走了出来，看不出任何表情。

那十名亲信全是他的心腹，自然知道微浓是谁，见他满面憔悴之色，忍不住劝道："主子，留不住就别留了，她原本就是……早该死了的人。"

云辰没有接话，只目视前方，沉声吩咐："看好这屋子，除了郑大夫之外谁都不许进去。若有违者……"他眸色闪过一丝阴鸷，没往下说。

这警告之意不言而喻，言罢，他快速迈步离开医馆。

半个时辰后，云辰拿着一包东西返回，命郑大夫煮了药。微浓服用之后高烧渐退，待到翌日清晨已悠悠转醒。

睁开双眸的一刹那，她看到了云辰的脸。他撑着额头在她枕边休息，想必是累极了，眉目紧蹙、面色憔悴。微浓动了动四肢，想要起身，双臂刚使出点力气，云辰便惊醒过来。

四目交汇，彼此都没移开目光，云辰长舒一口气："你终于醒了。"他伸手便往微浓额头上探去。

微浓偏头躲过，勉强坐直上半身，低头看了看肩头伤口。绷带已经拆掉，伤口裸露在外，被一片绿色的药汁全部敷盖，药味刺鼻难闻。

不只这药味难闻，微浓浑身上下都很难闻，河水的腥气扑鼻而来，她忍不住蛾眉微蹙："多谢你救我……我想沐浴。"

"你高烧刚退，再等等。"云辰耐心回答。

微浓没再坚持，抬眸望向窗外，迟疑着问："这里是……丰州？"

"是。"云辰没多说。

前日受伤之时，微浓隐约知道自己被人所救，还曾听到过云辰和原澈的声音。眼下自己能在这般敞阔的屋子里休息，没有遭到拘禁与虐待，也没有随军赶路，不想也知，她一定是在原澈的地盘上。

那么幽州府一战的胜负，她几乎可以断定了。

但奇怪的是，她并没有想象中的欣喜，反而觉得煞是讽刺。她代替聂星痕出征，扰乱了原澈和云辰的心思，为燕军突袭争取了更多机会。可宁军事败，她却被敌人所救。

这个时候，她宁愿自己身在牢房，而不是如此难堪地面对云辰。

"世子呢？"她没话找话。

"回黎都复命了。"

"宁王可会怪罪他？"

"怪罪会有，总不致死。"

"为何救我？"

云辰有问必答，却败在这一问上，答不出来。

正顺六十一年十月，微浓和原澈上孔雀山寻书，自此一别，彼此已近四年未见。这四年里，他们都经历了很多，有些伤口渐渐愈合，有些事情渐渐想通，但有些心情依旧翻覆。

越是想要倾吐什么，越是无法开口。两人静默半晌，是微浓先开口表态，神色坚定："待我伤好之后，就随你去黎都复命。"

云辰蹙眉："难道你不怕死？"

"怕，"微浓直白言明，"等到了黎都，我会想法子自救，你不须插手。"

她想激怒他，可惜没能成功，他依旧冷静自若："你见宁王，无非是想说动他找到连庸，或者逼我交出月落花。我不会给你这个机会的。"

心思被识破，微浓垂下眸子，只笑："你放心好了，我不会求你的，你不救他是人之常情，但我会努力到最后一刻。"

云辰听闻此言，心中酸涩难忍："你以前如此恨他，终究还是原谅了。"

微浓默然一瞬："这不是如你所愿吗？我回了燕国。"

云辰似乎是在强忍情绪，额上青筋逐渐显露，怒意难掩："我让你回燕国，是希望你平稳度日，不要插手四国纷争！"

"你觉得我能做到吗？"微浓直视窗外，眼中有晶莹的泪光一闪而过，"你该想到会有这一天。"

微浓言罢躺下翻了个身子，背对云辰："我身为囚犯就该有囚犯的自觉，从明日起，你不要再来看我了。至于你救我的恩情……那一箱《国策》和王拓的性命，我想应该够还了。"

从那天起，云辰真的不再来了，连个人影都不见。微浓的饮食起居、煎药用药，全由郑大夫的孙女小猫儿照料。微浓清醒过来的第三天，执意要沐浴涤发，郑大夫拗不过她，只得让小猫儿去服侍。

小猫儿是个十五六岁的女孩子，其父继承祖父的衣钵，在朐城开医馆，娶妻纳妾生下她和两个儿子。朐城生活不易，父亲嫌她是个女孩，便将她扔回家乡交给祖父照料。她每年只在过年时才能见上父母一面，但她从不抱怨，乖巧地帮祖父经营医馆打下手，这几年也学会了些皮毛。

微浓肩上有伤，一不能沾水，二无法抬手，故由小猫儿为她涤发。微浓坐在浴桶之中，小猫儿开始为她清洗，两人有一搭没一搭地聊着天，很快便洗完了。

微浓穿好衣裳，坐到简陋的梳妆台前，小猫儿替她擦着头发，随口问道："您和那位大人，是黎都来的吗？"

"算是吧。"微浓不想说太多。

"真好，你们一看就是贵人。"小猫儿压低声音，悄悄地道，"其实……其实大人他很关心您的，我每天早上煎药的时候，他都在旁看着；您一日三餐吃了什么，他也是要过问的。”

微浓望着铜镜之中那张天真的、稚嫩的脸庞，笑问：“小猫儿想说什么？”

小猫儿扁了扁嘴，有些踌躇：“我是想说，您别再和大人闹别扭了，他……他待您很好的。”

微浓望向窗外，指着门口隐隐约约的几个人影，问：“你知道他们是在做什么吗？”

小猫儿也望向窗外：“他们是侍卫，在保护您。”

“不，”微浓从妆台前站起身，“是监视。”

“监视？！”小猫儿大吃一惊，“我以为您和大人是……是一对……”小猫儿到底年纪小，说出最后两个字时略显羞涩。

微浓神色复杂，没有再继续说下去，转而问道：“今天是什么日子？”

“正好七月十五，今晚有圆月亮！”小猫儿又高兴起来。

七月十五？聂星痕只有三个月的寿命了！微浓推窗望向天际高悬的烈日，良久无语。

用过午饭，微浓到庭中散步，饶是有数名侍卫监视着，她也能做到旁若无人。小猫儿见她穿得少，忙将一件披风送出来，笑道：“您怎么出来了啊！”

“活动活动筋骨。”微浓环顾庭院一周，自然而然地问，“小猫儿这会儿有空吗？带我四处转转行吗？”

“当然好啊！”小猫儿痛快应下，带着微浓把这医馆里里外外逛了一遍，每到一处便介绍道，“这是前堂，这是药房，这是厨房，这是专门熬药的地方……”

微浓饶有兴致地看，丝毫不在意身后跟着侍卫，看过之后仍不肯回房，又在庭中走了好久，直至身上出了汗才回去休息。云辰白日不在医馆，几个侍卫自然不会顾忌微浓的身体，也不管她是否吹风，是否劳累，只是目不转睛地监视着她。

是夜傍晚，秋风清凉，圆月高悬，果然不负这七月十五的好时节。小猫儿下厨做了几个小菜，和祖父在庭中设下小宴，特意邀请她和云辰一同小酌。微浓不忍扫了祖孙二人的兴致，只得勉强自己出席。

席间，她与云辰各自都不开口，纵有小猫儿说说笑笑，也难以抵挡这尴尬之景。从始至终，云辰只对她说过一句话，就是在她想要小酌之时开口劝阻。

但微浓执意喝了两杯小酒，像是刻意挑衅。郑大夫忙在一旁打圆场，道是“小酌怡情，于伤势无碍”。云辰这才没再说什么。

说来也怪，本是好端端的晴夜，不知何时忽然变了天，乌云渐渐浓密，时而遮住月色，时而风吹云散，像是人心一般难以捉摸。

郑大夫见此情形，终于找到理由结束这场尴尬的小宴，忙道：“唉，要变天了，姑娘伤势未愈不宜吹风，要不……要不咱们就散了吧？”

微浓求之不得，立即笑道：“也好，今晚多谢您了。”言罢她起身朝郑大夫祖孙行礼道谢。

祖孙二人皆起身相送，唯独云辰坐在原处不动，抬目看着微浓，面无表情。

微浓视若无睹，拾级而上返回自己屋内。待推开屋门时，她又突然顿住脚步，转身对小猫儿道：“小猫儿，劳烦你打盆热水进来，可以吗？”

小猫儿点头应允。

微浓轻轻关上房门。

云辰又在庭中坐了片刻，才对郑大夫祖孙道：“今日有劳您了，这种事情，以后不必再做。”

小猫儿立刻哭丧着脸：“大人，我是不是帮了倒忙。”

云辰只笑：“没有，与你无关，快去烧水吧。”

小猫儿情绪低落，什么都没再说，去了厨房烧水。郑大夫也草草将碗筷收拾完毕，进屋歇下了。

小猫儿在厨房忙活一番，提着一壶滚烫的开水出来。路过庭中时，发现云辰仍旧坐在原处吹冷风，她不禁停下脚步关切道：“大人，天色已晚，您怎么还不去歇息啊？”

云辰清淡一笑：“睡不着，坐在这里想些事情。”他看向她手中的水壶，叮嘱道，“你去吧，不必管我。”

小猫儿是有些怕云辰的，也不敢多问，忙提着水壶进了微浓的屋子，不多时又打了小半桶凉水进去。两个女子在屋内说说笑笑，剪影透过窗户映射出来，像是两朵并蒂而生的睡莲，亲密无间。

不知怎的，云辰想起了自己的两个妹妹，楚琳和楚环。曾经，她们也是这般欢声笑语无忧无虑，直至燕国的铁蹄冲杀进来，毁了楚王宫的一切。

心痛之感再次袭来，痛到窒息，云辰右手紧握成拳，一股杀意喷薄欲出。正当他克制不住时，“吱呀”的开门声响起，小猫儿从微浓房里走了出来。

这开门声惊醒了云辰，使他瞬间冷静。小猫儿见他脸色不好，本想关切几句，终究也没敢说出口，只朝他行了个礼便回房去了。

几个守在房门前的侍卫见状，也都纷纷劝他：“主子，您去睡吧，时辰不早了。”

“好。”云辰口中虽如此答应，但依旧没起身，也不知是在等什么。

“咣当”一声突然响起，屋内随即传出微浓一声呻吟，云辰倏尔起身，想也不想便冲进屋内。一只脚才刚迈进去，便听到微浓的警告声亟亟传来：“别进来！”

然而为时已晚，云辰已瞧见了屋内景象——微浓只着中衣，左肩雪肤外露，伤口正在汩汩流血。在她脚边，面盆打翻，水洒了一地。

“主子？”侍卫们在外问道，“可须属下进去？”

“不必。”云辰跨进屋内，反手将门关上，开口问她：“伤口裂开了？”

微浓“嗯”了一声，赧然转过身子，背对着他。

“我去叫小猫儿。”云辰拾起地上的面盆，作势欲走。

“不必打扰她，我这儿有药。”微浓疾步走到桌前，伸手一指桌上几个药瓶，“你走吧，我没事。”

云辰站着没动，不说走，也不说不走。

微浓有些紧张，猜不准他到底是什么意思，迟疑片刻，倒也不再忸怩，坐下开始为自己处理伤口。

“你单手不便，还是我来吧。”云辰走到她身边，拿起案上的白绢替她擦拭肩头血迹。白色的中衣薄而透，根本掩藏不住内里的肚兜，玫红的花纹隐隐约约透出艳色，描摹出一个欲拒还迎的形状，令人难耐。

云辰目不斜视地替微浓处理完伤口，小心翼翼地为她拉上衣襟，不忘叮嘱：“今夜睡觉一定小心，不要再碰到伤口了。”

“嗯。”微浓垂眸，面容藏在烛火的阴影之中，看不到表情。

云辰也自觉无话可说，遂站起身来：“那你休息吧。”

“好。”

微浓这一个“好”字刚落下，云辰突然闻到一阵若有似无的香气，紧接着他便头晕目眩、脚步趔趄。在他即将摔倒的那一刻，微浓伸手扶过他，将他拖到了床边。毫无疑问，微浓的肩伤又裂开了。微浓看着他昏迷不醒的样子，淡淡地叹：“云辰，抱歉了。”

她从枕下摸出一瓶药粉，倒在门梁之上，又再次返回床边，迅速剥下云辰的外衣穿在自己身上，还将他的头发打散。她搜了他的身，找到一把防身匕首、数张银票和一包碎银子，并将统统塞入自己怀中。

准备完毕之后，微浓放下床帐，将半个身子轻轻倚在云辰身上，故作惊慌地大叫：“救命啊！不要！”

门外四名侍卫听到动静破门而入，这一进来，却都傻了眼——只见垂下的床帐之内，“云辰”正压在“微浓”身上，似乎要行不轨之举。床头的位置，“微浓”一头青丝垂在帐外，似乎是在拼命挣扎。

烛火本就昏暗，几个侍卫看得模糊，全都想歪了，站在原地尴尬万分。香气在此时扑鼻而入，几人还没来得及看明白，已纷纷晕倒在地。

微浓听到门口传来几声“扑通”，知道事情已成，立刻从云辰身上爬起来。饶是如此，她肩头的鲜血还是滴在了他的中衣之上，染出一片刺眼的红色。微浓没有时间再作流连，走到桌案前草草处理了伤口，又将几个药瓶胡乱塞入怀中，迅速往门外奔去。

此时郑大夫祖孙已经听到了动静，连忙披衣出来查看，恰好瞧见微浓穿着云辰的衣袍跑到庭中，步履匆匆。小猫儿举着烛火，诧异地问道：“您……您这是要走？”

郑大夫则转头看向门里，瞧见几个侍卫横七竖八躺在地上，生死未卜。他惊恐地指着他们：“这……他们……”

“他们是被迷药迷晕了。”微浓解释。

郑大夫这才放下心来，又亟亟劝道：“姑娘伤势未愈，可不能走啊。再说您若走了，大人他……他可是要生气的。”

微浓没有作声，从袖中掏出一张银票，放在庭中石案上：“抱歉，今晚我非走不可。您放心，他不会为难你们的。”

“姑娘……”见郑大夫还要再劝，微浓摆手阻止他：“您二位的救命之恩，我没齿难忘，他日若有机会必将报答。但此刻，我必须离开。”

“姑娘，您误会了！不是老朽救了您。”郑大夫不愿无故居功，忙解释道，“大人送您过来时，您高烧一天一夜都不退，万分凶险，老朽是一点法子都没有。后来是大人从外头找来了灵丹妙药，才救了您一命啊。”

是云辰救了自己？微浓鼻尖一酸，正待说句什么，便听郑大夫又道：“姑娘，有什么事不能好好说吗？大人对您如何，老朽和猫儿都看在眼中，您昏迷的时候，大人衣不解带地照顾您，一看就是……就是很关心您啊！”

小猫儿也在旁连连附和：“是啊，您要是走了，大人一定会很伤心的。”

然而微浓不为所动，依旧坚持：“抱歉，我真的要走了，二位多保重。”

“你要去哪儿？”就在此时，一个声音从她身后传了过来，带着十二万分的冷意，直逼微浓的背脊。

微浓一惊，亟亟转身看去，只见云辰穿着单薄的中衣，就站在屋门口看着她。廊下灯火幽暗，衬得他脸色异常阴冷，寒如冰霜。

微浓顿时反应过来："你骗我？"

云辰嗤笑："谁骗谁？"

微浓默然一瞬，疑惑地问："我配的迷药……你为何会没事？"

云辰没搭话，转而看向郑大夫祖孙，礼道："让二位见笑了，我这几个侍卫，还请二位想法子弄醒。"

他直接走到庭中，将微浓拽到他房间里，又对郑大夫道："没有我的命令，谁都不许进来！"

此言甫罢，他面沉如水地关上房门，"啪嗒"一声上了锁，朝微浓讽道："四年不见，你竟会用美人计了。幽州府一次，今日又一次，是谁教你的？是聂星痕，还是《国策》？"

此时的云辰双目阴鸷，像是蓄势待发的猛兽。微浓见他这样子，心里感到前所未有的惧意，不禁后退两步，追问道："你为何没中迷药？"

"你下午逛遍整座医馆，专程在药房停留半晌，还能做什么？"云辰再次露出嘲讽的笑意，朝她逼近，"怎么？等不及了？想去救他？"

微浓面露防备之色，一再后退，抿紧双唇不再说话。

云辰步步进逼，话语越发尖刻："你方才在我身上搜什么？月落花吗？让你失望了。"

微浓闻言停止后退，正色道："我没有找月落花，我只是找些银两。月落花……我也没脸问你要。"

"那你跑什么？没有月落花，你还妄想救他？"云辰走到她面前，与她贴得极近，近到一低头就能吻上她的额角。他也的确低头了，却不是吻她，而是放轻声音在她耳畔说道，"你死心吧，那朵月落花，已经被你吃了。"

"什么？"微浓惊讶万分，根本无法相信。

云辰缓缓站直身子，敛去讽笑："我说，那朵月落花用在了你身上。"

微浓只觉浑身一软："不！这不可能！"

"怎么不可能？你中箭之后高烧不退，若是没有月落花，你还能活到现在？"云辰顿了顿，语气渐趋平静，"还是你以为，我会留着那朵花，让你有机会去救聂星痕？"

微浓霎时流下眼泪，拼命摇头："不！这不可能！我不相信！"

"呵呵，"云辰冷笑，"你知道我为何要带你走吗？我打算耗死他，三个月之后再放你回去。有情无情又如何，你们生死再也不复相见。"

"云辰！你不能这样！"泪眼蒙眬中，微浓抬眸看向他，见他面色冷肃，没有丝毫玩笑之意。

可云辰似乎还觉得不够，继续狠狠刺激着她：“再告诉你一个好消息，幽州府一战，聂星痕受了伤，此刻正昏迷不醒。否则你以为，这些天他为何不来找你？”

眼前的云辰突然变得狰狞起来，他的每一个表情、每一句话都像是最可怕的魔咒，令微浓不敢再看，不敢再听。她失魂落魄地跌坐在地上，捂着耳朵疯狂挣扎：“滚！你滚！滚出去！”

云辰唯恐她伤势恶化，连忙钳制住她的手脚，口中却忍不住恶言相向：“你难受了？心疼了？要不要为他殉情？我现在就可以成全你！”

“云辰！”微浓疯了一般叫喊着，“你为何会变成这个样子？你原来不是这样的！不是这样的！”

“我变成这个样子，是谁的功劳？”云辰死死扣住微浓的四肢，悲愤质问，“我也曾有父母妻子，有兄弟姐妹，有家有国！现在呢？我一无所有！是谁把我变成这样的？是谁？！”

微浓心痛万分，声音喑哑颤抖：“你看看你变成了什么样子！为了报仇，你变得像个怪物！”

“怪物……”云辰双手一紧，心头猝然疼痛，似有万箭齐发，穿心而过。

“难道死的人还不够多吗？你非要把你自己的命也赔上吗？国复了，人都死完了，复国还有什么意义？”微浓拼命扭动手腕，“你醒醒吧！燕宁无论谁胜谁败，都不可能让楚国东山再起！你难道要把一辈子都耗在复国之上，斗了燕国再斗宁国？无休止地争斗下去？”

微浓想起前尘往事，更是痛哭不已：“楚国亡了，我和你一样心痛！你若是要报仇，现在就杀了我吧！但求你看清楚，不要再执着了！”

微浓哭得几乎岔气，泪珠颗颗滚落在云辰手背之上，灼烫了他的肌肤。他想过收手，可冥冥之中却有一股未知的力量在推着他前进。他背负着千万人的希望，背负着千万人的血海深仇。纵然前方是万丈深渊，他已没有回头之路了。

他看着微浓，双目骤然变得猩红：“你没有资格阻止我……谁都不能阻止我。”

“那你就杀了我！”微浓紧紧合上双眸，将他一双手扼住自己的咽喉，“我才是罪魁祸首，我是红颜祸水，如若你非要报仇，就杀了我吧！”

她脖颈上的肌肤细腻光滑，有一种久违的温暖触感，可云辰像是被烫到了手心，猛地放手：“你想替他去死？”

“不，不是。”微浓难忍抽噎，颤声摇头，再也说不出一个字来。她的左肩已被鲜血染红，可她却感受不到一丁点疼痛，唯有那一颗心疼到无以复加，疼到割肉蚀骨，疼到千疮百孔。

“我不会杀你的，”云辰想要抬手替她擦拭泪水，手伸到一半，还是收了回来，“我不会杀你的，你知道，我不可能杀你。”

“但你已经杀死我了！”微浓一味摇头痛哭，撕心裂肺。

“是啊，我已经杀死你了。”云辰喃喃自语，悲凉自嘲。

没有人知道这话是什么意思，唯有他们自己知道，彼此都是死过一次的人，被对方亲手扼杀。

极怒过后是极度的平静，失态过后是失常的镇定。云辰目中猩红之色渐渐退去，缓慢地起身后退两步，垂目看她：“没有人能阻止我杀聂星痕，就算我放过他，我的臣民、我的追随者、我父王母后的在天之灵，也绝不允许他活着。”

微浓再也无话可说了，唯有捂住胸口抽噎不止。肩头血色渐渐扩大，越染越红，可她手脚酸麻，已无力阻止云辰的动作，只能任由他撕开她的衣襟，扒开她的衣裳，替她重新上药包扎伤口。

“我答应你，不再对付他，”云辰颤抖着双手替微浓上药，“左右他已经这个样子，一切都快结束了。”

两人默默相对，一个坐着痛哭，一个站着不语，屋里尽是悲伤的气氛，压抑窒息。

也不知究竟过了多久，云辰的心情才彻底平复，转身从屋里走了出来。此时几个侍卫都已转醒，就守在屋子外头，皆是不约而同地表态：“主子，她太过分了！”

云辰沉声道：“今日是我疏忽，日后不会了。”

侍卫们面露愤恨之色：“主子，您忘了她是什么身份？她是害我们家破人亡的罪魁祸首！您千万不能……不能对她……”

“对她什么？”云辰语气渐冷。

打头的侍卫犹豫片刻，终究没有戳破，只道：“不能对她手下留情了。”

“我自有分寸。”云辰一副不欲多谈的样子，“今夜她就睡在我屋里，你们看好。”

他像是刻意要让微浓听见一样，扬声再道：“反正聂星痕活不久了，不需要再迁怒旁人。”

七月十六，云辰开始让小猫儿寸步不离地跟着微浓，并扬言若是微浓再敢逃跑，就拿小猫儿治罪。这一招很管用，微浓变老实了，只是每日茶饭不思，吃得越来越少。

但云辰已经无暇顾及她，他白日里从不在医馆，总是带着一个侍卫外出，一走就是一整天，每每到傍晚才回来。

如此过了五日，云辰突然决定离开医馆，便去找郑大夫辞行，谁知恰好赶上郑大夫外出买药，他只得先去知会微浓。刚走到她屋外，云辰便听到小猫儿的笑语声，无忧无虑，清清脆脆。

小猫儿好似在逗微浓笑，一直不停地讲着笑话和她从前做过的顽劣之事。微浓大多时候不出声，偶尔会开口插两句话，能听出来她兴致不高，但不致抑郁。

云辰原本打算敲门的手又收了回去，转身走到医馆前堂等待郑大夫。他足足等了半个时辰，郑大夫才拖着一车药材回来，五十余岁的年纪，自然累得气喘吁吁汗流不止。

云辰有些愧疚，上前致歉："您辛苦了，若非我强行赶走您的药童，也不至于让您亲自出去采办药材。"

郑大夫倒是笑着摆了摆手，边擦汗边道："大人这是哪里的话，您给的银子足够我们祖孙十年的营生，是老朽感谢您才对。"

云辰闻言犹豫片刻，才道："我有件事想请您答应。"

郑大夫诚惶诚恐："大人言重了，您说。"

"明日一早我就告辞了……我想把小猫儿带走。"云辰直白请道。

郑大夫吃了一惊："这……这……"

云辰再行解释："一则是我带了女眷，想请小猫儿帮忙照顾；二则是她心性善良，也值得更好的前程。"

郑大夫想了想，小心翼翼地询问："更好的前程……是什么？"

"目前我不方便说，请您谅解。"

云辰这番话说得模棱两可，什么信息都没透露，郑大夫自然不会应允："大人恕罪，其实您一进门，老朽便知您一定非富即贵。可是老朽祖孙都是平头老百姓，只求平安度日，恐怕小猫儿没那个福分。"

云辰知他想歪了，忙道："您误会了，我并非要纳小猫儿为妾，而是……"

"爷爷，"不知何时，小猫儿竟已站在了门口，泪意盈盈地道，"爷爷，猫儿愿意跟大人走。"

郑大夫很诧异："你……你可知你在说什么？"

小猫儿点了点头："猫儿虽与大人认识不久，但猫儿知道，大人是个好人，不会欺负猫儿的。爹爹和娘都不喜欢猫儿，猫儿也想出人头地，让他们另眼相看！"

郑大夫眼中一刹那闪出泪光："猫儿，爷爷竟不知你有这个想法。"

小猫儿摇头抹泪：“在大人没来之前，猫儿并不觉得日子难过。可是……可是看到大人和那位姐姐，猫儿才发现这日子还有另一种活法。猫儿想去试试……”

郑大夫已是听得老泪纵横：“可你都不知道你要去做什么，你就敢去？猫儿，爷爷是怕你后悔啊！”

小猫儿于泪意之中笑了：“猫儿不后悔，能出去见识见识，猫儿高兴！”

云辰听了这番话，不知怎的也被感染了，便对郑大夫承诺：“您放心，我不敢保证能让小猫儿一步登天，不过她会有好日子的。关于她的终身大事，我也不会勉强她，到时定会回来征询您的意见。”

眼见小猫儿心意已决，郑大夫虽有不舍，却也不好再强留，毕竟她也到了说亲的时候，留也留不了几年。郑大夫用衣袖擦了擦眼泪，拉着小猫儿的手道：“女大不中留，你想走就走吧！爷爷不拦你。”

小猫儿立刻下跪，恭恭敬敬地向郑大夫磕了三个头，抽噎着道：“爷爷，猫儿走后，您也去胭城找爹爹吧！”

郑大夫将孙女扶起来：“以前我就想过此事，你若嫁了人，我就关了医馆去找你爹。这次你执意要走，我也收拾收拾，将几个药童给放了。”

云辰知道，自己一个决定影响了数人的营生，或许还有这小小边城不计其数的生老病死。他心中终究是感到愧疚，便从袖中掏出一包碎银子，交给郑大夫：“这是我的一点心意，就当是您去胭城的盘缠。”言罢他又取出早已准备好的银票，“这原本是想给您修缮医馆的银钱，如今就算是猫儿的卖身钱吧。”

第四十四章

危机四伏，一触即发

翌日凌晨，云辰等人悄然离开了丰州的这座边境小城。他选择弃水路走陆路，但一直不说要将微浓带向何处，更绝口不提回黎都之事。一路上，云辰不放心几个侍卫看守微浓，便与她和小猫儿三人共乘一辇，其余几个侍卫则另乘一辇，由他们轮番驾车赶路。

如此过了两日，微浓实在忍不住了，出口相询："你要把我带去哪儿？"

"一个安全的地方。"云辰不欲多言。

微浓心生疑惑："你作为宁军督军，难道不用回黎都复命？"

"你觉得宁王会在乎吗？"云辰浑不在意。

微浓这一问，算是说穿了他的真实身份，小猫儿在旁听得目瞪口呆，指着云辰："您是……您是督军大人？云大人？"

云辰不置可否，对她命道："你先去另外一辆车上。"

小猫儿不敢再问，连忙跳下车辇。她这一走，车内只剩微浓和云辰两个人，后者才道："宁燕开战，正是我复国的好时机，我要做些事情再回去。"

微浓立时紧张起来："你要做什么？"

"你很快就会知道。"

五日之后，云辰一行快马加鞭到了演州地界。经过小猫儿的细心照料，微浓的肩伤渐趋好转，左臂已能够小范围活动。因着幽州失守之事，演州也是人心惶惶，唯恐燕军会跨过闵州打过来。

正午时分，云辰带着众人来到酒楼用饭，刚点了几个菜，便听到旁边一桌有四五个书生正凑在一起讨论战况。

"燕军占领幽州之后，这都半个月了，是一直在休养生息吗？"

"听说闵州人都在逃难啊，我姑妈一家前些日子都来投奔我爹了。"

"也不知王上到底能不能收复幽州，总之别再把闵州搭进去……"

几个书生正七嘴八舌地议论着，忽听一年轻人嗤笑出声："你们不必杞人忧天，燕军一时半会儿还打不过来。"

"为何？"众人纷纷询问，这下子不止同桌，就连邻桌人也被吸引了注意。

那年轻人兀自喝了口茶，不紧不慢地解释："其一，听说幽州府一战，燕国的摄政王受了伤；其二，楚地前些日子发生了起义。"

起义！微浓噌地站起来，一颗心陡然提到了嗓子眼儿里。如今正值燕宁交战，楚地这几年都好端端的，早不起义、晚不起义，为何偏偏选在这时起义？是楚地人的自发行为，还是有人唆使？聂星逸坐镇燕王宫，可有能力将此事解决？若是处置不妥，起义越闹越大，燕国岂不是"后院起火"？

还有，无论是镇压起义还是和平谈判，聂星逸必定要派一批燕军赶赴楚地，这是否会影响支援前线的燕军数量？是否会影响拱卫京畿的人数？燕国是否会内里空虚，被人乘虚而入？

一瞬间，微浓想到了许多种可能，又想到了许多种后果，每一种都能给燕国带来灾难性的伤害。微浓将视线转向云辰，意思不言而喻。后者却从容自若地喝着茶，似乎没什么反应。

微浓顿时明白过来，没了胃口："你们慢慢吃吧。"她说完这一句，转身便往酒楼外走，几个侍卫立即跟上。

这一次，云辰倒是坐着没动，只是嘱咐小猫儿："一会儿带些点心上车。"

此后一连数日，微浓不再和云辰说话，并两次试图逃跑。云辰对此早有防范，命侍卫寸步不离地监视，微浓毫无办法。

八月初，一行人落脚在演州与富州的交界之处，云辰将微浓安置在一所三进三出的宅院之中，微浓发现，此地是云辰的一处秘密据点。

他竟对她毫不隐瞒。

与此同时，原澈也快马加鞭赶回了黎都。因为这次吃了败仗，半路又送走微浓，他也是胆战心惊，不敢有一丝懈怠，连衣裳都没换便直奔宁王宫面圣。

宁王很快便传见了他。可他一迈进殿门，迎接他的便是"砰"的一声闷响，和随之而来的晕眩、疼痛。宁王直接将笔洗砸在了他脑袋上，怒声呵斥："你还有脸回来！"

原澈立即下跪，连连磕头谢罪："孙儿知错，是孙儿无能。"

宁王气得浑身发抖，站都站不稳了："当初你求了多少次，还胸有成竹地对孤说，定能杀得燕军片甲不留。如今呢？输了不算，还让燕军俘虏了一万多人！"

宁王"啪"地将一封书简扔在地上："你自己看看！聂星痕要求用这一万俘虏换回烟岚郡主！可人呢？你把人弄到哪儿去了？啊？"

原澈心虚地低着头，不敢接话。

宁王似乎还不解气，又怒气冲冲地走下丹墀，一脚踹到原澈身上："折子里说得倒好听，生擒了燕军主帅，你擒到哪儿去了？她是死是活？孤连她一根头发都没看见！"

原澈挨了窝心脚，猛地向后仰摔在地，只觉得自己呼吸困难："她……她重伤欲死，孙儿怕引起燕军愤怒，便让云辰带她治伤去了。"

"死就死了，你还救她？"宁王年纪虽大，但身手依旧矫健，一把拽住原澈的衣襟，"你到底怎么想的？你不知道云辰是谁吗？你让云辰救她，岂不是把鱼儿送到猫嘴里？"

原澈当时一心顾及微浓的生死，哪里想得到这么多，惶恐地解释："孙儿……孙儿是……"

"行了！"宁王怒而打断，"战场上无分男女，更没有恩义可言，难道因为她救过你一次，你就对她手下留情了？"

"没……孙儿并没有……"原澈也不知是该承认还是该否认，"是她太能打，实力不容小觑，不信您可以问徐将军……"

"问什么问？孤是在问你的话！"宁王面色涨红，"当初孤派你领军，是想让你看看聂星痕的排兵布阵，学学云辰的对策计谋，挫挫你的狂妄之气。但是没想到，你竟连聂星痕的面都没碰上，就被一个女人给打得落花流水！"

原澈除了磕头请罪，什么也不敢再说。他只觉得心窝疼，腿也疼，浑身便如同散架一般难受。但最疼的还是他的额头！方才被宁王砸中的地方又痒又疼，他抬手一摸，竟然流血了！

可宁王根本没注意，他气得在殿内来回踱步，继续斥道："哪怕全军覆没，都比如今这个结果强！让燕军俘虏是何等耻辱？主帅还是一个女人！孤在位六十余年，从没受过如此奇耻大辱！"

宁王狠狠地发泄了一通，心里也略微好受了一些，毕竟战败的消息半月之前就传回来了，他最生气的时候已经过去。当初他之所以同意原澈领兵出征，便是想让这个最自傲、最不知好歹的孙儿吃点苦头，哪怕小败几场。他相信有云辰和几位老将辅助，总不至于一败涂地。他甚至还曾抱有希冀，万一原澈深藏不露，真的能打败燕军呢？

可眼前这结果，他无法接受！聂星痕的本事，难道他不了解？就算多一个烟岚郡主，又能多加几分实力？燕军怎可能一日之间就破了幽州府？燕军到底是从哪儿杀进城门的？他到如今还一无所知！

就在宁王心头滋味万千之时，一个太监突然在外禀报道：“启禀王上，王太孙殿下求见。”

宁王从气闷中回神，缓了缓情绪：“宣吧！”

祁湛进来时，便看到原澈跪在地上，形容狼狈。但他并无嘲笑之意，如今宁燕局势紧张至此，他也无心再与原澈逞凶斗狠了。

宁王见他没有表现出幸灾乐祸，不禁目露一丝欣慰，问道：“何事让你匆忙赶来？”

祁湛跪在原澈旁边，回禀：“孙儿请求王祖父允准，让孙儿接替澈弟领兵出征。”

祁湛此言一出，原澈就像被人狠狠打了一个巴掌，立刻朝他怒目而视。

祁湛则目不斜视、神情肃然，恳切地看向宁王：“幽州失守，孙儿作为王太孙责无旁贷。先前一战，聂星痕被传得神乎其神，孙儿也想去会会他。”

闻言，宁王缓步走回丹墀之上，似在斟酌此事。殿上祁湛和原澈都看不见他的表情，也不知他在想些什么。良久，祁湛才听他问了一句：“你可想过，你若再败了怎么办？”

祁湛一愣，忙道：“孙儿自当竭尽全力……毕竟孙儿曾是杀手，万不得已时，可以潜入燕军帐中将他……”

“不行！”宁王突然打断他，似乎是有些生气，“这些都是旁门左道，即便你胜了也胜之不武，落人话柄。你若有心，不如想想如何排兵布阵，光明正大地击退燕军，收复失地！”

祁湛立刻垂下头去：“孙儿正在努力，这些日子也一直在关注战况，望能为我国社稷略尽绵力。”

“哦？既然你关注战况，你倒说说看，咱们为何会输，燕军为何会赢？”宁王沉声问道。

祁湛来之前，已考虑过宁军惨败的根本缘由，还曾与门下谋士讨论过，自然有些心得：“禀王祖父，孙儿以为，一则是咱们太掉以轻心，小看了燕军；二则是燕军对幽州的地形太过熟悉，甚至比咱们某些将领更熟悉，燕军在地形地势上做了文章，才使得咱们措手不及；三则……”

“三则是什么？”宁王见祁湛有些迟疑，不禁追问。

“三则是澈弟并无领兵经验，几个将领忌惮他的身份，不敢违逆他的意思。而且澈弟与云辰战前沟通不畅，两人各有主意，未能达成一致，从而延误了军机。”祁湛一口气说道。

“谁告诉你我和云辰沟通不畅的？你是哪只眼睛看见了？”原澈突然破口斥问。

“原澈！”宁王大怒，“你太放肆了！”

老爷子只会在极度愤怒之时才会对他直呼其名，原澈又岂会不知？但他还是忍不住道：“王祖父，您还没听出来吗？他说了这么多，就是在怂恿您降罪于我啊！他有私心！”

“难道他说的不是事实？”宁王脸色沉凝。

原澈愤愤不平：“事实如何，孙儿自会当面向您禀报，可他……”

“出去！”宁王没给他说下去的机会，指着殿门暴怒呵斥，“你滚出去！”

“王祖父！”原澈还欲辩解。

“都什么时候了，你还想着口舌之争！孤说过多少次，要你们兄弟友爱、手足相亲，你把这些话都当成了耳旁风？！”宁王比方才更加生气，抄手将案上一摞奏折统统扔到他身上，厉声斥责，“朽木不可雕！滚！滚出去！”

原澈心头大有不甘，本欲再说两句，却见宁王身边的全公公一直在对他使眼色。原澈见状，到底是压制住了胸中怒火，将地上散落的折子草草拾起，回道：“孙儿知错，孙儿告退。”言罢又瞪了祁湛一眼，才故作恭谨地退了下去。

而从始至终，祁湛没再说过一句话，也没再看过原澈一眼。

想必是太过愤怒引发了心疾，宁王在原澈走后忽然跌坐到了椅子上，捂住心口蹙起眉峰，显出十分痛苦的样子。事实上，自从幽州府失守的消息传出来，他已经前后犯过两次心疾，故而这段日子御医一直都守在偏殿，以防万一。

眼见宁王再次犯病，祁湛忙传御医前来诊脉，几个太监也拿出药丸让宁王含服。殿上众人一时手忙脚乱，忙活好半晌，宁王才缓了过来，但脸色奇差无比，大不如从前精神矍铄。

祁湛面露愧色：“都是孙儿们不好，惹您生气了。”

宁王摆了摆手，瘫坐在龙椅上大口喘气，说不出话来。

祁湛见此情状，又道：“王祖父好好休息，孙儿今日就不打扰您了，随时等候您的召见。”他作势告退。

“你……慢着……”宁王勉强抬手指向他，无力地道，“留下，孤有话对你说。”

祁湛反倒有些担心了：“王祖父，龙体要紧，有话改日再说不迟。”

几个太监也在旁连连劝阻。

然而宁王心意已决，对太监们命道：“你们都……都退下。”

宁王性子如何，众人都知道，便也不敢违逆他的命令，纷纷退下守在殿外。祁湛意识到宁王一定是有万分重要之事要说，不禁打起精神。

“孤先问你几句话，你要如实回答。”宁王喘着大气，目光又渐渐犀利起来，“两年前，澈儿指认你在他身边安插眼线，此事到底是真是假？”

这件事算是祁湛作为王太孙生涯的转折点，也是从那时起，他的储君道路遇上了阻碍，一蹶不振。想到此处，祁湛立即下跪陈请：“王祖父明鉴，孙儿从不认识那个王拓！”

“你的意思是，澈儿有意陷害你，甚至不惜舍了他最看重的侍卫？”宁王眯着眼睛看他。

祁湛没有接话，算是默认。宁王亦不再问，非要等他亲口表态。

“孙儿的确怀疑澈弟，但也极有可能是……是有人利用澈弟挑拨离间。”祁湛如实说出想法。

“好，你也算是理智，”宁王并未评判他是对是错，又问，“你对孤说句实话，这王宫里，真的没有你的眼线？”

“没有。”祁湛痛快作答。

“真的没有？”宁王声色骤然转厉，“墨门的也没有？”

祁湛唯有再次沉默。

“你已过而立，怎能没有一点担当？你是孤的孙子，难道孤还能杀你不成？”宁王再次质问，“到底有没有？”

“有……”这一次，祁湛挣扎良久才回道，“但在去年初，已被您揪出来了。”

“几个人？”

“四个。”祁湛低声说出四人的名字，又怕宁王因此迁怒墨门，前思后想，辩解道，“舅舅他并无反意，他只是怕……”

“只是怕你王太孙的位置保不住，”宁王替他作答，“是不是？”

祁湛闻言将头垂得更低：“舅舅他一心为孙儿考虑。这次燕军进犯幽州，您要求墨门不插手，舅舅也确实没有任何动作。”

“你可知道孤为何不让你舅舅插手？”宁王反问。

“因为暗下杀手是旁门左道，两军交战要正面取胜。”祁湛方才听过宁王对原澈的斥责，活学活用。

“这只是其一。”宁王坦诚道，“其二，孤不想让墨门参政，你懂吗？”

祁湛抿唇不言。

宁王叹了口气：“你这个王太孙和别人不一样，既没有父亲，也没有母亲，更没有家族可以倚靠，这是你的弱点，日后极有可能会任人宰割。”

祁湛点了点头：“孙儿明白，您的关爱才是孙儿最大的倚仗。”

“可是孤会死，这位置迟早会交到你手里。”宁王一语戳穿他的心思，“到时你没有任何倚仗，自然而然就想要依赖墨门，这会滋长你舅舅的野心。”

“人心隔肚皮，若你做了宁王，墨门又有拥立之功，难道你舅舅不会趁机扩张？你就能保证他永不入仕？不把那些下流的暗杀手段带到朝堂里？你能保证他能一心一意辅佐你，而不是掌控你，甚至自己当宁王？”

宁王一连四问，皆是问到了点子上，祁湛的确一条也不能保证。毕竟，他的舅舅曾逼迫过亲妹妹产下他这个私生子，而且一瞒就是二十几年。他在得知自己的身世后，甚至曾经怀疑过，宁太子膝下子嗣均在成年之前夭折，这是否与墨门有关。

祁湛根本不敢细想下去。

“你舅舅是把你教得不错，但墨门毕竟是个江湖组织，孤能容他留在江湖，却不能容他干涉朝堂。”宁王意有所指，“毕竟，你舅舅姓祁，而你姓原。”

“孙儿明白了。”祁湛当即立下保证，“您放心，只要有孙儿在的一天，孙儿会……会看住舅舅的。”

“嗯，”宁王似是满意地点了点头，“江湖组织，就是君王的一把利刃，必须臣服于王权之下。如果这把刀钝了，或是不能为你所用，你要毫不犹豫地扔掉。”

“扔掉……”祁湛喃喃地重复这两个字，半晌无话。

饶是祁湛百般不愿面对这个事实，也不得不承认，宁王的顾虑不无道理。若真有一天，墨门因为他的关系而干政乱政，舅舅会不会把那股暗杀之风带到朝堂上来？届时，后果将不堪设想。

祁湛内心挣扎半晌，才勉强点头：“孙儿记住了。”

当时祖孙二人都没有想到，关于墨门的这一番话，后来会成为原氏世代相传的一句叮嘱，每一任君王都顾念与墨门的情分，亦都忌惮墨门的扩张。世事流转，这一份顾虑也在三百年后终于成真，墨门真如宁王原清政所言扩张干政，风头之大甚至盖过帝王，逐渐成为大熙皇室的眼中钉肉中刺。终于，在数次清洗与追杀之后，墨门门人逐步转入地下，从此一代只传一人，守护着王朝最深处的秘密。

当然，这些都是后话，在宁王说出这番叮嘱之时，它还只是一个顾虑而已。

方才宁王说得急了，心口又疼痛起来，许是因为身体每况愈下，或是因为幽州的惨败，一些原本可以从缓的事情他忽然变得急切起来。他开始担心自己会突然撒手人寰，而有些秘密若来不及说，就会被他带入王陵之中，长埋地下。

于是，宁王强忍着身体的不适，从怀中掏出一颗药丸含入口中，缓和半晌，虚弱地朝他招了招手："你过来……扶孤起来……"

祁湛担心宁王的身体，连忙走上丹墀扶他，不忘关切："您心疾发作，还是不要操劳了，孙儿改日再来恭听您的教诲。"

"孤心里有数。"宁王执意起身，两手撑在御案上，口中指挥祁湛，"你去将左侧扶手向东转动三次，再将右侧扶手向东转动两次。"

原来这张龙椅是有玄机的！祁湛连忙照做，果然听到龙椅后的书架"咔嗒"一声，从中间一分为二，露出一条幽暗的密道。

"这密道，世代只传君王一人知晓，你要谨记。"宁王语重心长地道。

这算是承认自己身为储君的地位和权威了！祁湛更加振奋，连忙恭谨称是。

"扶孤进去吧。"宁王仍旧喘着气，但脸色已逐渐转好，由祁湛扶着慢慢走进密道之内。

墙壁四周点着无数长明灯，照亮原本幽暗的密道。祁湛放眼一望，发现密道中并无奇特之处，不过是一条长长的甬道，通向尽头一处石室。祖孙二人缓慢走着，待走到石室门口，宁王在石门上敲击了八下，强调："要记住这开启石门的方法。"

祁湛连忙点头，心里默默记下方位。片刻之后，石门应声开启，他这才发现，原来是石门里有人在操作机关。

两个守门人皆着青色衣袍，见宁王前来，均是下跪行礼，但都不发一言。大约是长久不见天日的缘故，他们的肤色苍白到近乎诡异，皮肤下隐隐可见青色的经脉，形如鬼魅。祁湛见这两人的动作轻巧飘忽，连呼吸声都几不可闻，便知他们是屏息凝气的绝世高手。

宁王摆手屏退两个守门人，带领祁湛步入石室内。

"历代君王的秘密都藏于此处，你今日看过，万不能对外人泄露。"宁王再次慎重叮嘱。

"孙儿明白了。"祁湛又瞟了一眼门外两个守门人。

宁王知他所想，便道："你不用顾忌，他们耳聋口哑，还不识字，不过就是太监罢了。"

祁湛颇为惊讶："耳聋口哑？那方才您敲门，他们如何得知？"

"只要敲准方位，他们自然会有感知，但若方位不对，他们便感知不到。"

宁王解释一番，隐隐感到体力不支，便自行坐到一处石凳上。

祁湛望着门外那两个青衣守门人，忽然说不出心里是什么滋味儿。原来这世上还有比杀手更加寂寞艰难的职业，耳不能听、口不能言、身体残缺、无处可去。

“你不须怜悯他们，身为君王绝不能有怜悯之心。”宁王看懂了他的心思。

祁湛立即回神，想了片刻，主动问道：“王祖父将如此隐秘之事告诉孙儿，可是有要事吩咐孙儿去做？”

宁王没说话，只缓缓走到石室尽头，用脚尖踢了踢一口箱子：“这里，是澈儿从姜国找回的藏书，全部是兵法奇谋，你拿去参详吧。”

“王祖父！”祁湛惊喜不已，此事他早就听说了，可谁也没见过这箱兵书，他本以为宁王会一直藏而不宣，没想到……

“您真要将这箱兵书都给孙儿？”祁湛忙问。

宁王叹了口气：“我已经想明白了，书写出来就是让人看的，我也不能带去地下。如今咱们节节败退，没有一人能与聂星痕相抗衡，这些书也是时候拿出来了。”

祁湛连忙蹲下身子将箱子打开，便瞧见七本用油布包裹着的书，整整齐齐地摞在一起，正是前朝的绝世兵法。

“听说聂星痕受伤昏迷不醒，也不知是真是假。不过燕军刚刚拿下幽州，必定会休养生息一段日子。趁此机会，你好好准备吧，闵州可就交给你了。”宁王重重拍了拍他的肩膀，目露希冀之光。

祁湛大为动容，旋即表下决心：“王祖父请放心，孙儿定当竭尽全力戍卫闵州，绝不给您丢脸。”

“嗯，”宁王颇感欣慰地颔首，“说句实话，你资质一般，心眼不及澈儿灵活，但我看重你秉性不坏，识大局，这点澈儿是比不上的。”

“孙儿自知愚钝，政事上不敢懈怠。”祁湛回完这一句才突然发现，自从进了这密室之后，宁王已不在他面前自称“孤”，而是称“我”，这无疑是对他们祖孙感情的一个肯定。祁湛自己也感到，经过这一番前所未有的长谈，他头一次有了归属感。

他想在这石室内逛一逛看一看，但终究没敢提出这非分的要求，便将一箱兵书抱在怀中，道：“孙儿这就回去仔细研读，尽快请兵出征。”

“不可急于求成，”宁王望着那箱兵书，颇为感叹，“孤对你的要求，是要有‘祁湛’的狠绝与身手、云辰的谋略与沉着、澈儿的精明与飞扬。能做到这三点，你才是孤认可的储君人选。”

自己的狠绝与身手、云辰的谋略与沉着、原澈的精明与飞扬？祁湛听闻这话，心中却生出一种奇异的感觉，不由脱口道："这三点聂星痕全都符合。"

"你说什么？"宁王的脸色霎时变得很难看。

祁湛心头一惊，也悔于自己口快，忙解释道："孙儿是说……聂星痕是强劲的对手，孙儿定会以打败他为己任。"

宁王仍旧不能释怀，冷哼一声："论武功，聂星痕不及你；论才华，他不及云辰；论心思活络，他不及澈儿。你看他好像处处擅长，实则没有一处拔尖儿！"

聂星痕不久前刚刚大挫宁军，王祖父对他不满再也正常不过，祁湛忙附和道："您说得没错。"

宁王倒也没再说什么，撑着石凳起身道："行了，孤真的累了，走吧！"

"是。"祁湛一手提着箱子，一手搀着宁王，慢慢往外走。他感到宁王大半个身子都倚在自己身上，不禁暗自揣度宁王的病况，遂问："等出了密道之后，可须再请御医为您诊诊脉？"

宁王像是不服老似的，脸色再次沉下来："不必了，孤自己心里有数。"

祁湛听他说话的中气比方才足一点，便也没再劝。祖孙二人返回到石室门口，两名守门人再次下跪行礼，仍旧如方才那般轻飘静默，无端令祁湛觉得悲凉，似能感同身受。

就在此时，宁王不知怎的脚步一停，面露几分犹疑之色。

祁湛好奇地问："王祖父？"

宁王被这一声惊醒，转头盯着他细看，倏尔长叹一声："罢了，你扶孤回去。"

祁湛一头雾水，但还是照做，祖孙两个又一并返回石室之内。宁王让祁湛将他带回原处，指了指另外一个箱子，道："这箱子里有一幅画，你拿出来。"

"是。"祁湛掀开箱子，见里头放着许多物品，有配饰、有衣料、有刺绣，皆是女子所用，精美非常。其中只有一幅画，他便伸手拿了出来。

"你将画打开。"

祁湛依言照做，将画轴摊在石凳上，小心翼翼地铺开，便看到一个年轻美貌的宫装女子跃然纸上。这女子眉眼精致，看起来至多十七八岁，装束像是宫里的妃子，又或是哪位公主郡主。

"这是……"祁湛疑惑不解。

"你仔细看看她。"宁王伸出一只手，缓缓抚摸上那幅画卷，神情忽而变得复杂难言。

祁湛顺着宁王的手指定睛细看，觉得这女子的面相有些眼熟，但又说不上在哪里见过，总之是个美人。他顺着画卷看向落款，恍然发现这幅画是三十几年前所作，不过落款上没有写作画之人，亦无任何印鉴。

祁湛不懂书画，无法过多评判。但画中的女子栩栩如生，竟像真人一般鲜活，任谁都能看出画工精湛。而且，这画不知用了什么工艺竟保存得如此完好，颜色如新，毫无折痕。

"你方才打开的那个箱子，是你父亲的遗物。"宁王重重叹了一口气，面色惨淡，"孤即将告诉你的事，是孤此生最大的秘密，亦是你父亲此生最大的遗恨。五年前，孤之所以力排众议册立你为王太孙，甚至不惜让澈儿恨孤，也是因为孤此生亏欠你父亲太多，唯有在你身上补偿了。"

"这画上的女子，她是……"宁王缓缓合上双目，陷入一段沉痛的回忆。

半个时辰后，祖孙两人重新走出密道。宁王今日先是震怒一场，后又伤感一场，人已疲惫至极。但他却卸下了心头重担，释然地道："记住孤今日对你说的话，上了战场你该怎么做，一定要心里有数。"

祁湛方才听到一个惊天秘密，心里滋味正是难言，一时竟缓不过来，神色恍恍惚惚。

宁王见状，又给他吃了一颗定心丸："湛儿你记住，无论如何，王祖父只属意你继承大统，别人都不行。"

祁湛怀抱着那箱沉甸甸的兵书，仿佛是将宁王的一切希望都抱在手中。直到此刻他才蓦然发现，他从前与舅舅的那些小心思、与原澈的明争暗斗，可笑至极。

告别宁王，祁湛亲自抱着箱子返回东宫，一路上心思沉重。可他没想到刚一进门，便有太监禀报道："王孙殿下，魏侯世子等您多时了。"

祁湛有些厌烦，他几乎能猜到原澈会来做什么、说什么，便对太监道："知道了，你下去吧。"

太监想要接过他手中的箱子，可他不放心，便亲自抱着箱子往前厅走去。还没进门，他一眼便看到原澈坐在梨花木椅子上，正悠闲自若地喝着茶，额头上的伤已经处理过了，包着一块白纱布，衬得那一张俊脸有些可笑。

祁湛站在门外，盯着原澈的脸庞看了半晌，才无奈地跨进门槛："让澈弟久等了，找我何事？"

听到祁湛的声音，原澈"啪嗒"一声放下茶盏，站起身冷笑："王太孙殿下，我的好哥哥，你今天可真是抖威风了啊，你……"

说到此处，原澈的目光突然被祁湛怀中的箱子所吸引。这箱子他曾见过无数次，更曾险些为此丧命，原澈不禁脸色大变："这箱子你哪儿来的？"

“王祖父给的。”

原澈二话不说上前查看：“里头装的什么？”

祁湛忙后退一步，躲了过去：“王祖父吩咐过，这箱子除我之外，任何人不许查看。”

原澈将信将疑：“你该不会整了个空箱子骗我吧？”

祁湛并未回答，反问：“你过来到底所为何事？”

不提还好，一提这事原澈便气恼，毫不留情地骂道：“你别装蒜，你今天是什么意思啊？你就住在宫里，什么时候不能见老爷子？非得挑我回来复命的日子见是吧？你还请缨，还分析老子输掉的原因，落井下石是吧？”

原澈每骂一句，手就在箱子上敲一下，用以放松祁湛的警惕。骂到最后，他以迅雷不及掩耳之势掀开箱子，往里头看了一眼。

只一眼，他的心便凉透了——他辛辛苦苦找回来的兵书，屁股上掉块肉才找回来的兵书，居然都在这里！他所做的一切都为他人作了嫁衣裳！

原澈的火气噌地燃烧起来，破口大骂：“祁湛！你是个贼！你就是个贼！你偷了我的东西！你还给我！”

祁湛今日刚知道了一个惊天秘密，根本无心与原澈胡搅蛮缠，不禁冷着脸道：“澈弟，你自重！”

“我自重？你捡现成的便宜怎么不说？你怎么不自重？”原澈恨得牙根痒痒，“也不知我领兵期间，你给老爷子喝了什么迷魂汤！就你这种心怀不轨的贼孙子，老爷子疑心多重，还能再次相信你？打死我也不信！”

祁湛忍住一腔怒火，不耐烦地重申：“我再说一遍，我没有心怀不轨，你那个王拓，也不是我的人！我根本不认识！”

“呵！敢做不敢认！”原澈根本不相信，只一心想要对付祁湛，战败的耻辱、祁湛落井下石的言辞，还有兵书被夺之恨……此刻全都聚集在了他心头。他盯着祁湛看了片刻，忽然一拳打了上去，幸好东宫的侍卫们听到风声及时阻拦，原澈才没有得逞。

祁湛见他仍旧不知悔改，索性放下箱子，一把扼住他的脖子，冷冷道：“论功夫，你没我强；论杀人，你更比不过我；论身份，我也在你之上。原澈，你若再惹我，别怪我对你不客气！”

祁湛此刻是下了狠手，一刹那便将原澈掐得脸色涨红。可后者依旧咬牙不肯认输，一双俊目死死地瞪着祁湛，眼中恨意不加掩饰。

祁湛见他憋得快要断气，才猛然松开手，怒道：“我没有心情与你瞎胡闹，东宫也不欢迎你，滚！”

“咯咯，咯咯……”原澈捂着脖子咳嗽半晌，“我就知道，你根本不敢杀我……咯咯，你还要当个好孙子……”

祁湛是真的恼了，再也忍无可忍，一双鹰隼般的眸子瞪着原澈，杀意骤起：“碍于身份，我自然不会亲自动手，但你别忘了我出身何处！墨门若想让你死，你活不过明天！”

原澈闻言一怔，正想着该如何赢回气势，便见一个太监急急忙忙跑进来，气喘吁吁地禀道：“王孙殿下，世子殿下，王上宣您二位觐见！”

“不是才宣过吗？”祁湛疑惑。

原澈也是一头雾水。

“听说是……是楚地发生起义了，王上说机会难得，要……要……”

太监话还没说完，两人已经头也不回地迈出前厅，祁湛还不忘吩咐道：“看好箱子，任何人都不许动！”

宁王今日本已疲倦至极，可一听到楚地起义的消息，他立即意识到是云辰在幕后操控。既然云辰将这千载难逢的机会捧到他面前，他自然不会任其溜走。于是，他拖着劳累的身子再次宣召了两个孙儿。

当看到原澈和祁湛一起进来时，他已经猜到方才发生过什么，脸色一冷，讽道：“澈儿来得倒快。”

原澈有些尴尬，没接话。

宁王此刻也没心思教训他，将手边一封军报展开，招他与祁湛上前研阅。只见折子上说，楚地于今年七月初发生起义，宣称要“反燕自治”，大约有一万人揭竿而起。燕王聂星逸从前做太子时，一心想要“以暴制暴”，如今做了几年空心燕王，倒不知怎的转了性子，声言“要以安抚为主，不以武力镇压”。如今，燕国已派遣官员前去楚地谈判，双方正在胶着之中，尚未动武。

祁湛与原澈看完这道奏报，心思各异。宁王则破天荒地露出笑容，看向原澈：“澈儿，你怎么看？”

原澈立刻回道：“楚地起义，燕国必受影响，这千载难逢的机会，王祖父您一定要趁机开打！”

宁王不置可否，转而又问祁湛：“你说呢？”

祁湛迷惑地摇了摇头：“孙儿不知。”

原澈旋即露出鄙夷之色，心中扬扬得意。

可宁王却并未生气，反而问祁湛："哦？你为何不知？"

祁湛沉吟片刻，才道："孙儿只是觉得奇怪，起义人数不多，只有一万余人，真要镇压根本花不了多少工夫。聂星痕不在燕国，聂星逸主政，他为何不愿意'以暴制暴'？这显然要比和谈更有效也更快。他是什么意思？难道是怕引起楚地民愤？还是这当中有什么阴谋？孙儿想不明白。"

宁王目露赞许之色，转而指向原澈："你听到没有？越是看得深刻，越不会轻易发表意见。你之所以表态快，证明你看得太肤浅！"

原澈悻悻地表示受教，不敢再顶嘴。

宁王再看祁湛，又问他："你来分析分析，聂星逸为何要和谈？"

祁湛面上流露出为难之色："难道是因为他与聂星痕不和，想趁机掌权？"

宁王叹了口气，摇头否认："聂星逸也不是傻子，此刻燕军正在前线，他若扯聂星痕的后腿就等同于扯燕军后腿，一旦燕军战败，他会有好果子吃吗？恐怕连燕王的位置都保不住。"

祁湛若有所思："是孙儿想得太肤浅了。"

宁王顺势再言："孤以为，聂星逸不派兵镇压，还是兵力的原因。目前军权都在聂星痕手中，他根本调动不了在京人马，也不敢调动。一旦把军队派出去了，京州戍守空虚，容易被人乘虚而入。他不敢冒险。"

"可若是起义迟迟得不到遏制，岂不是也会扯燕军后腿？万一楚人真的借机复国了呢？"原澈出言追问。

"复国？"宁王"呵呵"一笑，"别说聂星痕不肯，孤也不肯。平白多个对手，谁会愿意？此事恐怕是云辰的乱兵之计，想借此扰乱燕国人心，顺便试探燕国余下的兵力。"

"云辰会这么傻吗？他走这一步，岂不是让咱们白捡了便宜？"祁湛不大相信。

"他还有别的路可走吗？他自己不也到我宁国来了？"宁王心情变得大好，"他定是想借孤的手先灭燕国，等孤百年之后，他再想法子反了宁国，顺势复国。"

"这计划可真够长。"原澈笑了，话中不知是贬是赞。

宁王也笑："孤虽然不比他命长，却比他见得多，自然不会让他得逞。不过眼前有利可图，也要多谢他牵制燕国。"

话到此处，宁王顿了顿："当然，作为回报，孤会助他一臂之力。"

"您是想……"祁湛大概猜到一些，"您是想派兵绕到楚地，帮云辰加一把火？"

"不错，你总算开窍了。"宁王"哈哈"大笑两声，"咱们可是与楚地接壤的，若要派兵自然神不知鬼不觉，不仅能逼得燕国出兵镇压，还能搅乱云辰的计划，让他无法复国。”

原澈在心中一寻思，觉得此计甚妙，立即拊掌大赞：“王祖父真是英明，这主意甚好！”

“湛儿也想到了，你怎么不夸他？”

“呃……”原澈被宁王甩了脸子，只得转向祁湛，扯出一个勉强的笑容，“湛哥也真是……呵呵，王祖父没白疼你。”

这话说得酸溜溜的，不过祁湛也不在意，甚至连看他一眼都没，只对着宁王请缨：“王祖父，孙儿愿意率军去楚地。”

然而宁王竟摆了摆手，不假思索地否决道：“你不行，这差事看似简单，其实不然。楚地形势复杂，此去不仅要煽风点火，还要同时面对燕楚两方人马，一个不慎就会事败身死。你心思直，只适合正面敌对，不适合在幕后搅局。”

原澈一听此言，心里振奋不已，还以为宁王是要选他。他上前走了半步，正要开口请命，岂料宁王话音一转，续道：“孤准备派一个经验充足的老将过去，这种事情，毛头小子不是云辰的对手。”

原澈的心瞬间冷了下来，忍不住抱怨：“就算是经验充足的老将，也未必就是云辰的对手。”

宁王闻言气不打一处来，狠狠拍了一下他的脑袋：“长他人志气灭自己威风！混账东西！”

祁湛见宁王又要生气，忙转移话题：“说来说去，关键还是在云辰，只要他不在楚地坐镇，任他有千般计谋万般心思，威力都要减半。”

宁王点了点头，兀自接道：“澈儿半月前才与他在丰州分手，这么短的时间，他跑不回楚地，况且还带着一个重伤的女人。”

原澈听到此处，心里已有一种不祥之感。果不其然，宁王看着他说道：“目前关键所在，是要找到云辰，防止他逃回楚地。澈儿，此事就交给你去办。”

“我？”原澈睁大眼睛指着自己。

“怎么？”宁王再次沉下脸色，“人是你放的，还在丰州，你不去谁去？”

“可是云辰诡计多端，孙儿怕他……”原澈面有难色。

“你怕什么？他如今还是我宁国的臣子！臣子逃窜，孤师出有名！”宁王突然拍案而起，“孤这就下旨，他若不肯随你回来，格杀勿论！”

“孙儿领命。”原澈不敢再言。

“还有，”宁王看向祁湛，“你去查查聂星痕究竟有没有受伤，伤势如何。”

“是。”

第四十五章

狭路相逢，兵不厌诈

翌日，祁湛秘密起程前往幽州，奉宁王之命去打探聂星痕的情况。由于幽州已经被燕军占据，饶是他身手绝佳，混进来也费了不少功夫。

而聂星痕人在燕军大营，身边又有重兵把守，祁湛深知，单凭自己一人之力根本不能打探到什么消息。于是，他决定借助墨门的力量。

墨门总舵位于幽州境内，建在泰烟山下的海岛之中，位置偏僻隐蔽，易守难攻，尚未受到燕军波及。因此，祁湛并不担心墨门的安危，且他自信于门人的身手，也相信聂星痕短期内不会来找墨门的麻烦，因小失大。

时隔经年，再次回到墨门，祁湛感慨万千。入岛的方法没有改变，总舵依旧伫立于海下。只是门中又多了不少生面孔，而与他同批出师的杀手，如今活着的已不到百人。

听说祁湛回来，门人们大多态度冷淡，并无趋炎附势之心。而门主祁连城因患有痨症，身体每况愈下，眼下正在闭关，门中大小事务，都交由他的亲传弟子和璎珞共同主理。

祁湛去见了璎珞。

五年前，她追随祁湛前往黎都，得知了他的真实身份，落得一身情伤回来。此后，她便不再做杀手，改为协助门主打理门中琐事，如今野性与戾气尽散，气质也越发冷清。

时隔五年再见，两人心头皆是万般滋味。彼此相对半晌，终究是祁湛先开了口：“你……这几年过得好吗？”

“多谢王孙殿下关心，民女很好，”璎珞态度冷淡，“门主正在闭关修养，不知您突然前来，有何要事？”

如此公事公办的语气，令祁湛颇不是滋味：“璎珞……我们大可不必如此说话。”

璎珞面色如常：“如今您身份不同，民女不敢逾越。”

祁湛蹙眉：“你还在怪我。”

“怪你什么？”

“怪我当初隐瞒了真实身份。”

璎珞沉默了，又突然轻笑一声：“是该怪你，你若早点告诉我你的身份，我必不会追着你去黎都。如今想想，当初我真是自不量力。”

“璎珞，”祁湛欲言又止，“抱歉，是我耽误了你。”

“并没有，”璎珞转过身去背对着他，“门主没告诉你吗？我已经成亲了。”

“成亲？！”祁湛无比震惊。

“怎么？只许你成亲，不许我成亲？”璎珞故作轻松。

祁湛连忙跑到她面前，难以置信地追问：“你和谁成亲了？什么时候？”

“三年前，和门中一位师弟。”

祁湛突然觉得心中一抽：“是谁？叫什么？”

璎珞却没再回答，低下头去，面露黯然。

祁湛见她如此，心中又是一轻：“你在骗我！”

“没有，”璎珞整理好情绪，抬头看他，“我真的成过亲了。”

祁湛打量她半晌，见她神色肃然不似说谎，心中竟觉得怅然若失。然后，这怅然渐渐扩大，变成了伤感，变成了心痛。

这些年来，他早已习惯了璎珞的陪伴，即便她后来不在自己身边，他也始终知道，有个女人在天涯海角惦记着自己。可如今他才知，那些青梅竹马的情分早已随风远去，他们都有了各自的婚事，各自的前程。

忽然间，祁湛有些羡慕那个男人，也许还有嫉妒。

他试图平复情绪，用和缓的心情笑道：“那真是太好了，难怪我此次见你，觉得你丰腴了些。”

璎珞回以一笑，意味不明。

祁湛心中难受，只得勉强再笑：“你成婚怎么不告诉我？即便……即便我人回不来，礼还是要送的。”

“心领了。”璎珞话语寥寥。

祁湛强忍心痛：“对了，妹夫在哪儿？我也该见见他。”

“你想见他？”璎珞面露抗拒之色。

祁湛没看懂她的意思，强颜欢笑：“那是自然，我一直将你当作妹妹，如今妹妹出嫁，我怎能不叮嘱妹夫一番？”

他说着将手伸入怀中，取出一枚羊脂玉佩，递给璎珞：“我此次出来得急，没有准备贺礼，这玉佩……是我常年戴在身上的，勉强充作贺礼吧。”

璎珞没有拒绝，伸手接过，只觉那玉佩通体流白，触手生温，其上刻着“天命”二字，一看便不是凡品。她素手抚摸着，唏嘘道：“果然，一切都是天命。”

祁湛默默看着，越发觉得心痛。他不会告诉她，那玉佩是他父亲昭仁太子的遗物，是历代储君获封时，由宁王赐下的信物之一。这些年他一直佩戴在身上，沐浴涤发也从不离身，无他，做个念想罢了。

而今，他将这念想给了她，不算是冲动，更不是计划已久。只是那一瞬间他突然想这么做，毕竟她值得。

璎珞也没多做矫情，将玉佩握在手中：“这贺礼我收了，多谢。”

祁湛略感一丝欣慰：“应该的。你还没告诉我，妹夫是谁？可配得上你？”

“他很好，”璎珞握紧玉佩，“不过他不在这里。”

祁湛以为璎珞的夫婿外出执行任务了，便道：“既已成婚，何必叫他再出去冒险，不如对舅舅说说，将他调回门中吧。”

“此事不急。”璎珞说得含糊，转身拿起烛台，又道，“天色不早了，说正事吧，你回来做什么？”

祁湛不想让璎珞牵扯进来，便道：“舅舅呢？我想和他说。”

“门主正在闭关，我已经禀报过了，可他不想见人。”璎珞答道。

祁湛知道舅舅是在生气，气自己做了五年的王太孙，对墨门不提拔反压制，还让宁王把宫中的眼线也找了出来。不过，舅舅虽不肯见他，却让璎珞出面，可见还是愿意帮他的。想到此处，祁湛便问道：“其他主事的师兄弟呢？”

“你和我说就成了，”璎珞神色冷淡，“怎么？嫌我是个女人？”

“不，不是，”祁湛别无他法，只得说出来意，“我想要一百人，随我走一趟燕军大营。”

“你要杀聂星痕？”璎珞猜测。

“不，只是暗中查探，绝不动手。”祁湛解释，“最近有传言说聂星痕受了重伤，王祖父不信，便派我去燕军大营一探虚实。你也知道，这种事我信不过别人，论武功、论计谋、论经验，我只信得过同门师兄弟。”

璎珞听完这番话，没有立即答应，只道：“事关重大，我还须与另两位师兄商议。你先在此歇息一晚，我尽快给你答复。”

当晚，祁湛留宿在了墨门，还住在从前的屋子里。他如今身份尊贵，璎珞便特意拨了一名老仆去侍奉他。那老仆年轻时也是墨门的杀手，后来年纪越大、伤势越多，便从一线的行当退了下来，留在门中养老。

祁湛与那老仆本就认识，便仔细询问了璎珞成亲的前因后果。

那老仆也没隐瞒，如实说了：“五年前，璎珞姑娘随您离开墨门，没过几个月又回来了，还说了您的真实身份。门中上下都很震惊，门主却说她擅自泄露门中机密，将她判了重罚。但后来……”

此事祁湛也略微知情，当时璎珞得知他的身份，满是伤情地返回墨门，他出于关心，还曾让师兄弟们盯着璎珞，每隔三月汇报一次她的情况。据说她回来之后，舅舅怒她擅自离开，又泄露了他身为王太孙的身份，要对她加以重罚。

但就在那时，他的母亲，即门主的妹妹突然重病弥留，璎珞尚未领罚，便被拨去侍奉母亲。再后来母亲去世，师叔冀风致回来奔丧，也替璎珞求了情。于是，她的重罚便不了了之，门主索性让她去照顾受伤的师兄弟。再然后，他便不知情了。

“再然后，璎珞姑娘便留在了内堂，专门照顾伤员。门中许多人都知道她对您……对您的心思，自然也都让着她。直至有一次，万丰外出执行任务，回来时受了重伤，璎珞姑娘照顾了他一整年。他伤好之后，便向门主求娶了璎珞姑娘。”老仆边回想边道。

万丰此人，祁湛倒也熟悉，算是同辈之中的翘楚。他记得万丰比他还小几岁，应和璎珞年纪相仿，两人在一起倒也般配。

祁湛想到此处，心思难免抑郁：“璎珞呢？她愿意嫁吗？”

“自然愿意，两人是商量好了才告诉门主的。”

祁湛心中一抽，又问：“那万师弟现在人在何处？两人……可还美满？”

这个问题，老仆没有回答。

祁湛猛然意识到了什么，不敢确信：“万师弟他……他不会是……”

老仆点了点头，叹气道：“他已经死了。”

死了！竟然死了！祁湛一时语塞。

只是，万丰怎么会死？璎珞当时该有多悲痛？祁湛有许多问题要问，然而出口却是：“万师弟……可留下骨血？”

老仆摇了摇头：“他们根本就没圆房，哪里来的骨血。”

没圆房？祁湛倏然起身："究竟怎么回事？"

事到如今，老仆见瞒不住了，索性全都说了："其实这桩婚事，门主初始并不同意，但拗不过璎珞姑娘的意思，还是答应了。按门主的意思，他们的婚宴一切从简，两人便摆了几桌筵席，请门中上下喝了杯喜酒。"

"但就在成亲当晚，门中出了叛徒，想趁着婚宴之际刺杀门主。"老仆说到此处，渐渐面露悲色，"当时万丰和璎珞姑娘正在向门主敬酒，几个叛徒突然杀过来……误将万丰刺死了。"

误将万丰刺死了……老仆寥寥几句话，让祁湛觉得惊心又痛心。他几乎能想象到当晚的情景，想象到璎珞经历的大喜与大悲，想象到婚宴上的刀光剑影。

难怪舅舅会让璎珞掌管墨门大权，难怪她性情大变……原来如此。祁湛缓缓合上双目，任由悲伤浸透心房。

是他辜负了她，害她到了这个地步。倘若当年他勇敢一点，坚持一点，将她留在黎都……也许，他们今天会有不同的结局。

"你下去吧，我想自己静一静。"祁湛最后说道。

"是。"老仆没有多问，转身离开，然而刚推开房门，险些与璎珞撞了个满怀。

幸好老仆有功夫在身，稳稳站定，不禁叹道："姑娘这身子骨越发结实了。"

璎珞揉了揉被撞疼的手臂："温伯说笑了，你比我结实。"

老仆不禁笑出声来，转头又看了一眼祁湛，道："我正要告退，你们慢聊。"

璎珞点了点头，目送老仆离去才走进祁湛的房间，说道："我方才和几位师兄商量过，你……"

她话还没说完，忽被热吻堵住了嘴唇。那吻很轻很柔，渐渐加重，终至忘我。璎珞怔愣片刻才反应过来，立即挣扎，却被祁湛紧紧圈在怀中，动弹不得。

他吻了她很久才放开手，璎珞立即一掌打在他脸上："祁湛，你做什么？"她抚上自己微肿的嘴唇，厉声喝问。

祁湛牢牢地捉住她的两只手，再次将她拉入怀中，暗哑着道："璎珞，对不起……"

璎珞明白过来他话中之意，也不再挣扎，自嘲地笑了："你在可怜我？"

"不是。"祁湛紧紧拥着她，"其实自你离开后，我一直在后悔。"

璎珞僵直了身子，无言以对。

祁湛闻着她发丝的香气，深深嗅着那久违的味道，似是无比满足："这些年来，王祖父不断催我生子……可是我一看到我那位妻子，便会想起你……我总是想着，若你在我身边，也许……”

“太晚了。”璎珞似乎无动于衷。

三个字，令祁湛心痛难当。他死死地搂着璎珞，唯恐一不留神，她便会从他怀中消失：“方才你说你已经嫁人的时候，你不知道我有多难受，多嫉妒……可听到他的死讯……”

祁湛停顿片刻：“虽然这么说很无耻，但我很庆幸。”

“庆幸什么？”璎珞眼眶渐渐的泛红。

“庆幸一切还来得及。”祁湛看着她，无比诚恳地道，“以前是我太自私了，我不想把你牵扯进来，便一再拒绝你。现在我才知道，我错得多离谱。”

“璎珞，再给我一次机会，”祁湛替她拭去即将掉落的眼泪，认真地说，“我不想在王宫里孤独终老，我想你陪着我，行吗？”

“你再说一次。”璎珞泪眼蒙眬地看着他。

“我想你永远陪着我。”祁湛重复道。

“你真的不是可怜我？”

“不是可怜，是真心。”

是真心……璎珞终于还是流下了眼泪，为这迟来的一颗真心。

从前是她爱得太早，他懵懂拒绝；如今她想要抽身，他却执着挽留。他们之间谁都没有错，只是错过了时光。

也许如今，才是最好的时光。

同一晚，燕军大营。

幽州府一战，聂星痕被微浓下药迷昏，醒来后便听说她已领军从正面进攻，但也给他留下了两万人马。他立即明白，微浓是想从正面吸引云辰和原澈的注意力，好让这两万人马从西门突袭。于是，他清醒之后拖着乏力的身躯，亲自率军穿越了泰烟山捷径，攻入幽州府。

只可惜他纵万分小心，还是中了一箭，伤在腰部。其实他有铠甲在身，伤势并不严重，但因为中了连阔的蛊毒，伤口流血不止，再加上微浓的药效刚过，攻城又耗费了体力，这才导致昏迷过去，一睡就是五天。

岂料刚一醒来，便听说微浓被宁军带走，下落不明。幸而将士们当时看得清明，知道微浓是被云辰和原澈掳走，算是不幸中之大幸。他当即便修书一封送给宁王，愿以一万宁军俘虏交换微浓平安回归，可宁王尚没有任何回应。

为了巩固胜利成果，聂星痕又做出决定，将燕军大营移师幽州府城外，并修书告知明尘远。在捷报传来的当晚，明尘远已按捺不住拔营赶路，十天后便与聂星痕的人马顺利会师，直叹当初的二十万大军，如今只剩十五万。

此后，明尘远忙着收敛将士们的尸骸，还要监视宁军俘虏，忙得脚不沾地。直至今日，他才有空关心一下聂星痕的身子，以及商议下一步作战计划。

此时此刻，两人就在帐中，看着聂星逸亲笔写来的书信。

"楚地起义真会挑日子，一定是云辰的诡计！"明尘远笃定地道，神色恨恨。

聂星痕腰部的伤势虽已遏制，但生肌很慢，故而虚弱无比。他捏着奏报看了半晌，冷静地分析："云辰是有备而来，起义绝不是一蹴而就，此事他至少准备半年了。"

"呵呵！看来他早就等着咱们与宁国打起来。"明尘远嗤笑一声，又道，"不过微臣觉得很奇怪，遇上这等事，聂星逸为何不派兵镇压，好端端的搞什么和谈？"

"不，这是聂星逸做得最聪明的一件事。"聂星痕如是评价。

"怎么讲？"

"云辰在楚地谋划起义，未必就是真的起义，或许是扰乱人心的障眼法。倘若聂星逸贸然派兵镇压，即便此次起义平息，云辰还会不断煽动新的祸事。而且，我们会落下楚人的埋怨。"聂星痕再看了一眼手中书信，缓缓勾起一抹笑意，"如今停战和谈，不管结果如何，至少在和谈期间双方是不会动武了，也能为我们争取时间考虑对策。"

聂星痕说到此处，很是感慨："也不知是谁想出的主意，不动武力。"话虽如此，他心中已经有了一个人选。明尘远心中亦有。

能这般委婉地以柔克刚，又能想出不落人话柄的法子，除了长公主不做第二人想。

"可是这法子治标不治本，若是咱们一直不出兵镇压，云辰极有可能顺势复国，宣布脱离燕国控制。"明尘远仍旧有所顾虑。

"还没有这么快，如今他毕竟担着云辰的身份，不是楚王室的人。"

"但您别忘了，他还有个弟弟，楚琮。"

经明尘远这般一提醒，聂星痕才想起这个人来，心中不免沉了一沉。

明尘远又提醒道："也许云辰会推楚琮在前复国，他自己在幕后操控。"

聂星痕捏信的手指渐渐收紧："你说得有道理，如此一来，咱们不得不防着了。"

"宁王呢？他会是什么态度？幸灾乐祸？乘虚而入？"明尘远越想越觉形势

严峻。

“宁王……”聂星痕闭上双目，回想着九州地势，“宁国与楚地接壤，宁王想帮云辰很容易，想害他也很容易。”

“那眼下怎么办？我们总不能看着自己‘后院起火’啊！”明尘远看着聂星痕越发苍白的脸庞，担忧之色愈来愈浓，“还有您的身体……”

聂星痕没往下接话。他如今面对的情形，的确是从没有过的严峻，比他当年夺权之时更严峻百倍。在云辰和宁王面前，当年的赫连璧月简直不值一提。

而且，幽州府的胜利并没有根本改变他的处境，看似一时的胜利，也极有可能被宁军反噬。即便他坐稳了幽州的地盘，宁国还有三个州和京城黎都在等着他去征伐。

可是他的身体已经等不及了，当初的雄心壮志、野心勃勃，都被这愈见虚弱的身体消磨着，他面临着有生以来最大的挑战——生存。

最令他困扰的是，他迄今都没有找到方法解毒，还要忍受微浓不在身边的痛苦。然而这痛苦却还不能对外人说，一旦被天下人知道燕国摄政王身中剧毒时日无多，后果将不堪设想。

骑虎难下。

“云辰和微浓眼下在何处，你可打听到了？”聂星痕忍不住问道。

明尘远摇了摇头：“据说幽州府一战后，原澈是独自回黎都复命，云辰和郡主都没跟着。本来微臣以为，云辰必定还在宁国，也许原澈会知道他的下落。可是探子近日传回消息，说是原澈也在找他二人。”

话到此处，明尘远叹了口气：“云辰会不会带着郡主回楚地了？”

“这么短的时间，他跑不回去。毕竟楚地还是燕国的地方，这岂不是自投罗网？”聂星痕表示怀疑。

“最危险的地方就是最安全的地方，也许云辰根本没将聂星逸放在眼里。”明尘远反驳道。

聂星痕沉默半晌，也觉此事难以追踪。如今他只能笃定云辰不在姜国和燕国，因为姜国是从燕到宁的必经之路，但姜人毕竟是异族，若云辰与微浓突然出现，目标实在太过明显。

幽州府之战已过去整整一个月了，宁王被战事分走精力，若是云辰有心，他极有可能从宁王眼皮子底下逃回楚地。聂星痕越想越觉焦虑，腰上的又开始疼痛难忍。

“殿下！”明尘远察觉到他的异样。

聂星痕捂住腰伤，大口喘着气，半晌情绪才稳定下来——他做出了一个决定。

“仲泽，我想派你去楚地看看。”他打着商量的语气。

明尘远大惊：“殿下，这时候我怎能离开您？”

“无妨，还有冀先生和简风在，我没那么容易倒下。”聂星痕朝他摆了摆手，“我在想，既然分析出云辰会在宁、楚两国，我们不如化被动为主动。我必须要留下坐镇，也会趁机寻找云辰行踪，唯有劳烦你去楚国一趟，与我分头找他。”

“可是……”明尘远没再往下说，因为余下的话太不吉利。聂星痕只剩下两个半月的寿命了，自己此去楚地，也不知何时才能回来，若是做最坏的打算，也许彼此就会……

天人永隔。

明尘远从未像此刻一般抗拒：“殿下，眼前征讨宁军才是头等大事，云辰势单力薄，未必能翻起什么风浪，微臣想与您共进退。”

“若是换了别人，也许闹不起什么风浪，但云辰……”聂星痕没再往下说，转而叹道，“当年我能一举攻下楚国，侥幸胜他，如今想来已是个奇迹。”

明尘远试图说服聂星痕改变主意，但又不敢提他的身体状况，只能劝道：“咱们拿下幽州，宁王必定大怒，再者郡主找到的兵书也在宁王手里……您让属下去楚地，属下担心……”

“正因如此，你才更该去。幽州之外还有三州，燕宁还有无数硬仗要打，对于云辰，我们防不胜防。除了你，我实在想不出任何人能阻挡得了他。微浓若真的在楚地，我也不放心把她交给别人。”聂星痕一口气说了太多话，已经喘不过气，腰伤愈发疼痛。

许是不想再多做劝说，又或许是怕明尘远不愿意去，他缓了缓气息，终于吐出一句：“仲泽，这是军令。”

明尘远望着聂星痕近乎透明的苍白脸色，心里酸楚难当，却无言以对。身为将领，他必须时刻牢记的原则就是——军令如山。

聂星痕见他终于领命，又指了指不远处的书案：“你替我磨墨，我要写几个字。”

明尘远没多想，径直过去研了墨，又将聂星痕扶到案边。后者开始提笔写字，可刚写了两个字，他便觉得笔力不足、气势稍弱，便又换了张纸重新写。如此足足写了三遍，他才略感满意。只是八个字而已，他已累得满头大汗，精神不济。

聂星痕亲自动手封缄信件，又在信封上工工整整写下“云辰亲启”四个大字，交给明尘远："若你在楚地找到了云辰，就把这封信给他。若是没找到……就替我烧了吧。"

"殿下……"明尘远亲眼看到他写了什么，再也无法控制自己的情绪，竟是潸然泪下，"您这是……这是……"

聂星痕反倒显得很平静，笑言："你哭什么，我这是计谋而已，以退为进，兵家之道。"

闻言，明尘远唯有假装配合，擦掉泪水，笑着附和："原来如此！殿下英明。"

明尘远刻意的言行，反倒使聂星痕无限伤感："仲泽今夜陪我喝一杯吧，明日你点兵四万起程，顺便让聂星逸增派援军。记住，去了楚地之后不要硬碰，先以安抚为主，消磨楚人烈性。"

"微臣领命。"

十八日后，明尘远的四万人马全部抵达楚地，开始与楚人进行谈判。同日，燕宁双方再次开战。这一次换了宁军主动出击，因为幽州失守之故，宁军受了刺激勇猛无比，大有破釜沉舟之势。

转眼开战半月有余，大小战役经历四场，燕宁各有胜负。燕军既没有多占领一寸土地，宁军也没有多收复一寸失土，双方在闵州与幽州的交界处对峙，皆是严阵以待、寸步不让、杀敌心切、枕戈待旦。

祁湛身在墨门，自然打听了战况，得知这四次战役中，聂星痕都没有露过面。这也更加笃定了他的猜测——聂星痕受了伤。

但兵不厌诈，他还是决定去探一探虚实。好在墨门鼎力相助，拨给了他一百名杀手，随他前往幽州府的燕军大营。

九月十九，祁湛带着人马来到幽州府城外，此时早有人扮成百姓模样，带着十个箱子在指定地点等候。祁湛指着箱子里的东西，对墨门的杀手们说道："这是从燕军身上扒下的铠甲，每人挑一件，等进了燕军大营后，伺机换上。"

他话说得模棱两可，但墨门的杀手们皆知，燕宁已经交战数场，这些铠甲必然是从死人身上扒下来的。但杀手们见惯了腥风血雨，故也没人在意，纷纷上前挑拣合身的铠甲。

甚至还有人说起玩笑："嘿，这铠甲材质不错。"

这一句话瞬间将祁湛带到了数年之前，那时他外出执行任务，时常与同伴们说几句荤话、笑话，自我排解紧张情绪。霎时间，祁湛感到无比亲切，提足了劲头对同门承诺：“今夜，请诸位师兄弟暂时忘掉我的身份，还将我当成祁湛。我也向兄弟们承诺，此次我们是秘密行动，绝不与燕军动手。万一事发，你们可自行逃离，不必顾及我。”

“那怎么行，璎珞要找我们拼命的！”为首一人回道。

众人随即爆发出笑声，不知是谁又说：“王太孙可别忘了请我们喝喜酒。”

“这是自然。”祁湛一口应下。他已经想好了，此次不论是成是败，他都要带璎珞回宫见王祖父，请旨将她纳为侧妃。从此之后，彼此常伴于宫中，再也不分离。

想到此处，祁湛不禁笑了。众人又对他一番调侃，直至暮色已沉才收敛起来，匆匆用了饭食，向燕军大营进发。

是夜，月黑风高，一队黑衣人陆续从四面八方跳入燕军大营，落地无声，然后迅速换衣，在东营马厩会合。不多时，便见这一队人马整整齐齐地从马厩里走了出来，每人浑身都散发着臭气，手中还各自拎着一个水桶。

毫无疑问，这是燕军军营中最下等的一队士兵，专职喂养战马。他们所到之处，值守的士兵们都忍不住捂住鼻子，以表嫌弃。

“咦？你们何时进的马厩？我怎么没看到？”有人见他们从马厩里出来，立刻拦下询问。

问话之人是个队长，虽然穿着一身铠甲，却把头盔抱在手中，露出寸草不生的脑袋，看样子至少有四十岁了。

值守时摘下头盔，本是军中大忌，祁湛下意识地就想飞出横刀取其项上人头。但形势所迫，他还是忍住戾气，回道：“天没黑就过来了，是摄政王殿下派人吩咐的，说是明日一早要用一万匹战马。”

从傍晚到现在，营地已经换了三拨值守人马，或许是下值的士兵忘了交代。那秃头队长也未多想，仍旧用手捂着鼻子，做了个放行的手势。

祁湛等人立即拎着桶，头也不回地往西营马厩所在地走去。

东西营的两个马厩，各有战马一万匹，专供中军使用，故而也把守得格外严苛。祁湛先前专程探过路，无论是去找聂星痕还是去找粮草，西营这里都是条捷径，故而他才打扮成了洗马兵，想要浑水摸鱼。

往西营走的这一路上，皆无任何异样，祁湛带人顺顺当当地通过了各种盘问。可刚走到西营马厩附近，却再次被值守的士兵队长拦下，这个队长看似十分严苛，祁湛预感到他不好对付。

果不其然，那冷面队长质问他们："马厩不是刚进去一批人吗？你们是打哪儿来的？"

刚进去一批人？祁湛生出疑惑。他明明已经提前打探清楚，每日戌时过后马厩房都会落锁，今晚怎么例外了？

祁湛脑中飞速转着弯，衡量着该如何回答。此刻若要进入马厩，必然会碰上真正的洗马兵；但若是就此退缩，又会引起燕军怀疑，外头值守的士兵如此之多，他们还没接近聂星痕的营帐就会打草惊蛇了。

退，今晚的一切前功尽弃；进，里头只是百余洗马兵，凭他们墨门的身手，大可无声无息地将这些洗马兵做掉。

如此一分析，祁湛立即提起精神回道："殿下让丑时之前备好一万匹战马，这不时辰快到了，西营这边还没搞定，我们打东营马厩干完活儿，特意过来搭把手。"

冷面队长面露疑惑之色，打量着祁湛，再问："你说你们是从东营马厩过来的？"

祁湛点了点头："正是。"

"这个时辰应该是安秃子值守东营，"冷面队长伸手指着一个士兵，吩咐道，"你去找他打听打听。"

那士兵立刻称是，一溜烟儿地跑了。祁湛等人便拎着水桶和沾满马粪的刷子，站在原地等候消息。

不多时，远处传来马蹄声，是那士兵骑了匹马跑回来。刚一下马，他脑门上便挨了一巴掌，但听那冷面队长斥责道："军营重地，夜深人静，你还敢骑马？不要小命了你？"

那士兵颇有些委屈："是……是东营的安队长说，战马是大事，不能误了摄政王殿下的大计，才让小的骑马回来报告。"

队长冷哼一声："他就会装好人！怎么说的？"

"安队长说，半炷香之前，东营的确放行了一队洗马兵。"

听到这回答，祁湛默默松了口气，再次赔笑："您看，咱们可以进去了吧？耽误了摄政王殿下的大计可就不好了。"

岂料那冷面队长仍旧不松口，反而举着火把上下打量祁湛一番："我看你眼生啊，以前可没见过。"

祁湛只得干笑一声："小的这队人马，是跟随镇国侯从苍山过来的。"

明尘远的确是在聂星痕拿下幽州府之后才率军过来的，此事燕军之中人人皆知。只不过明尘远来了没几天，又被聂星痕派去楚地平乱了。至此，冷面队长才相信了祁湛的话，朝他摆了摆手："你们进去吧，可别误了殿下的大事。"

祁湛立即出声告谢，朝身后的杀手们招了三下手："都听到没有，加紧干活，千万别误了殿下的大事！"

他这看似简单的三个手势，其实意思不尽相同，乃是墨门的三个暗号，意思是：前方有敌、速战速决、悄无声息。

不过这三个手势在外人看来无甚区别，也无任何异样。祁湛边说边领着人往马厩里走，刚走了几步，又听那队长在他们身后喝道："慢着！"

这一声听起来格外狐疑，祁湛也谨慎起来，暗中握紧袖中兵器。他慢慢转过身，笑得已经十分勉强："队长还有什么吩咐？"

那队长再次打量他一番，却连上前一步都没，大手又指向另一个士兵："去，你去马厩里问问老王，看是不是他找来的人。"

祁湛心中"咯噔"一声。今夜从始至终，他都是冒认镇国侯手下的洗马兵，理由也是随口胡诌，若真要进入马厩对峙，他岂不是要当场露馅？

本以为能神不知鬼不觉，可他万万没想到，在燕军大营里，就连无人在意的洗马兵都要接受如此严格的盘问。也不知是聂星痕治军有方，还是这冷面的队长看他不顺眼。若是后者，他唯有自认倒霉；若是前者，他则不得不承认，聂星痕在军务的管理上要比宁军强一点。

祁湛正想着该如何应对眼下情形，但见那士兵已经应声进了西营马厩。这次照例没让他等太久，士兵便从马厩里跑了出来，气喘吁吁地道："报……属下问过王队长了，他们的确是侯爷带来的洗马兵，约好了今晚来帮忙。"

至此，那冷面队长才彻彻底底敛去狐疑之色，朝祁湛道："行了，你们进去吧！"言罢他还不忘低声嘀咕，"镇国侯手下真是人才济济，这么好的气质去做个洗马兵，可惜了。"

祁湛自然不知那队长心中所想，此刻他已经疑惑到了极点——方才他不过是随口编造了一个理由，缘何西营马厩里的人会承认？难道他们真的约了明尘远麾下的洗马兵过来帮忙？

想到此处，祁湛的脚步稍加停顿，再次朝身后的杀手们做了个手势，提醒他们务必小心。百余人纷纷握紧袖中兵刃，放轻脚步悄悄往马厩里走，力求速战速决。

然而，这边厢马厩的门还没打开，那边厢门里的人已经在喊："怎么这么慢啊？人还没到啊？"

"反正活也干完了，他们来了也是做个样子。"

“嘿！上次老杨说来帮忙，这么晚才来，岂不是偷懒！”

此言甫罢，马厩里便响起一阵窸窸窣窣的声响，看样子是西营的洗马兵打算出来了。祁湛想了想，能不起冲突自然最好。于是，他又打了个手势命众人收起兵刃，装成低眉顺眼的样子，站在门口等着与对方碰头。

“吱呀”一声，马厩的门从里头开启，熏天的臭气扑鼻而来。幽暗火光中，只见一队人马懒懒散散地走了出来，当先一人两手空空，大腹便便，应是那值守队长口中的“老王”无疑。

饶是祁湛忍耐力极强，闻见他身上的味道也忍不住闭气片刻，才笑着招呼：“王队长，我们来帮忙了。”

那姓王的队长抬头看他一眼，疑惑道：“咦？你不是杨队长，他人呢？”

根据祁湛打听的消息，明尘远麾下的洗马兵队长并不姓杨，他恐其中有诈，便谨慎笑回：“您说笑了，我们队长怎会姓杨？”

那王队长闻言立即来气，啐了他一口：“我呸！你们队长不姓羊难道姓马？既然来了，就别在这儿给老子装蒜！”

难道是队长换了人选？祁湛眼珠子一转，也顾不上想太多，根据直觉笑回：“方才是开个玩笑而已！我们杨队长今晚上不舒服，才派小的带人过来帮忙。”

“呸！他就知道偷懒！”王姓队长哼笑一声，翻了翻白眼，“罢了，反正里头我已经收拾好了，你回去告诉老杨，这次的人情可不算完，下次得让他加倍偿还！”

王队长说着就要伸手去拍祁湛的肩头，祁湛极其敏感地后退一步，“嘿嘿”一笑：“我们刚从东营出来，身上脏，别脏了您的手。”

王队长听后“哈哈”大笑，指着祁湛：“都是在马厩干活的，谁比谁干净？你小子不错，老子看得上，走走走，一起喝杯酒去！”

祁湛正打算出言拒绝，哪知王队长竟不合时宜地放了个响屁，捂着肚子“哎哟”一声：“不行了，我怎么忽然肚子疼呢？我得去趟茅厕啊！”

他边说边在原地打转，一副忍耐不住的样子：“不成了兄弟，哥哥我得先走一步了啊，这怎么回事儿啊，怎么突然肚子疼啦？”

祁湛巴不得他赶快走，连连点头，可话还没说出口，便见他身后的士兵们也都各个捂着肚子哀号起来，似乎都吃坏了东西。

“一定是今晚安秃子拿的叫花鸡有毛病！”王队长骂骂咧咧着，也没再多说，领着一队闹肚子的兄弟们撤了。

祁湛回头看去，只见七八十个臭气熏天的士兵统统捂着肚子，动作一致地往外跑，边跑边喊：“快快！茅厕数量有限，先到先占坑！”

祁湛觉得这群洗马兵有些奇怪，却又说不出是哪里奇怪，遂偏头询问同伴：“你们觉得有何不妥吗？”

他旁边一名杀手回道：“是有不妥，马厩里一点声音都没有。”

祁湛心头一紧，忙道：“走！快进去看看！”

说来也怪，偌大的马厩的确静悄悄的，但马匹都无甚异样，只是偶有几声嘶鸣。

“嘿，燕军的战马可不行啊！没杀气。”有人出言调侃。

祁湛大致看了几匹马，庆幸地道：“幸好这些马不认生，否则还得了？趁着西营守卫没发现，我们快走吧！”

当祁湛一行迅速穿越西营马厩之时，方才那群真正的洗马兵也一窝蜂地涌到最近处的茅厕，只不过坑位有限，他们一次只挤进去了四十余人，另外三十人只得守在外头着急跺脚。

不远处值守的士兵看到他们这狼狈模样，都忍不住嘲笑起来。

洗马兵们也跟着笑，只不过他们笑得有些怪异，纷纷朝内催促：“好了没？快点！兄弟们憋不住了！”

“催什么催！快好啦！”茅厕里传来一声回答，随即便安静下来。方才还捂着肚子的四十几人，此刻竟纷纷直起了腰，熏天的臭气之中银光一闪，正在如厕的两名士兵就被无声无息地解决掉了。

见此情形，方才还颐指气使的王队长吓得双手抱头，两腿直打战，哆哆嗦嗦地道：“大大大……大侠……小的已经按照您的吩咐做了……您……您放了小的行吧？”

“恐怕不行，你还得回答几个问题。”洗马兵中走出一人，眉目冷冽，一看便是首领，朝他问道，“我问你，方才那群人到底是不是燕军的洗马兵？”

其实聂星痕和明尘远所率部下之中，根本没有姓杨的队长，两队洗马兵中更无此姓。方才是王队长自己要了个小聪明，想给同伙们暗中报个信，岂料来者顺着他的话编了下去，可见他们根本就不是真正的洗马兵。

是该说实话，还是留一手？王队长咬了咬牙，终究还是做了回英雄：“回大侠……他们的确是……是镇国侯带来的洗马兵。”

“哦？那他们今夜为何不请自来？”一把利刃横在了他脖颈之上。

王队长立刻感觉到了，索性双眼一闭，随口胡诌：“小的和杨队长处得不错，我们时常……时常小赌一把，然后再一起喝酒。前天他……他赌输了，答应来帮小的刷洗战马。”

听闻此言，首领一挑眉：“这样啊，那别的就不用问了，你和你的兄弟们下去团聚吧！”

“团聚”二字一出，首领已挥刀割开了王队长的喉管，后者连一句呼救都没来得及发出，便倒地抽搐着断了气。

首领面上划过冷冽之色，将袖刀收起，转而看向一众手下：“世子方才交代的话，你们都听见了吗？”

“都听见了。”众人低声回应。

“很好，今夜再跑一个马厩，将巴豆分量放足。明日，教燕军的战马统统死光！”

说完这句话，首领头也不回地从茅厕里走了出来，外头把风的三十余人知道事情已成，也装模作样地跑进去“解决”一番，将几具尸体处理干净。

天色太晚，茅厕周围尤其昏暗，当这一队“洗马兵”在茅厕门外再次聚齐时，四周值守的士兵谁都没有发现，他们之中已经悄然少了几人。

同一时间，祁湛等人也迅速穿越马厩，一路上再也没有遇见难缠的士兵。他发现今夜洗马营的人走动格外频繁，大约是聂星痕真的下过命令要洗刷战马，反倒教他们混在其中占了便宜。

祁湛领着杀手们又到了两处马厩，都十分顺利地进去查探了地形，连马匹的嘶鸣声都未惊起。一连查探了四处马厩，祁湛眼见四下无人注意，忙吩咐道：“方才走过的路线，都记住了吗？咱们兵分两路，一路按原计划在外接应；一路随我去找聂星痕。大家动作要快，咱们迟迟不从马厩里出来，估摸西营的人快要发现了。”

今夜既然前来，这些杀手必然是听从祁湛调遣，故也无甚异议，迅速分成两队，分头行事。

临行前，祁湛又叮嘱众人：“若我被抓，你们就分头逃走吧，千万别想着救我。”

“这怎么行？”其中一人言道，“你身份尊贵，不能出事。”

“放心，我是宁国王太孙，他们不会轻易杀我。”

祁湛此言一出，众人也不再耽搁，分成两路各自行动。

祁湛所领人马，立刻将手中水桶、毛刷悄悄扔掉，伪装成巡逻的燕军，边走边寻找聂星痕所在的主帐。在祁湛的印象之中，主帐很好找，军营之中最高、最大、守卫最严的地方就是了，通常设置在军营正中的方位，周围会有重重护卫。

凭借经验，他没多久便找到了地方，远远望去，是一处篝火熠熠之地，地方敞亮、帐篷宽大，一看便是主帐无疑。祁湛本以为主帐前必然布满守卫，但出乎意料的是，他发现越靠近主帐，守卫竟然越少。

其余的杀手也发现了这处蹊跷，忍不住发问："这么少的守卫，会不会有诈？"

祁湛也拿不准，只道："也许是空城计。总之大家小心，可别中了陷阱。"

"若真是陷阱，应该做得更像才是，为何还要撤走守卫？"

众人对此议论纷纷，有人主张进去看看，有人主张继续观望，都等着祁湛来拿主意。

而就在祁湛也犹豫不定之时，他突然看到一人从那帐篷里退了出来，躬着腰，恭恭敬敬的样子，背后还背着一个箱子。那人看起来像是个……军医？

其余的杀手也看见了："看来聂星痕是真的受了伤！"

难道是他不想让人知道自己受了伤，才故意撤走守卫？祁湛心中如此猜想。眼见离天亮的时辰越来越近，他心知无法再耽搁下去，便当机立断："过去看看，小心一点！"

众人皆应，纷纷挺直腰板装成巡逻兵，慢慢朝主帐逼近。但众人越走，越觉得不对劲，四周寥寥的守卫就像看不见他们似的，别说盘问一句了，就连眼睛也不曾眨一下。难道是因为天色太暗，还是他们伪装得太好？

可燕军连洗马兵都盘问得如此严格，难道主帐附近凭空多出一支巡逻兵来，就无一人觉得怀疑？

"沉下心思继续走，不要四处乱看。"祁湛恐众人不能安心，忍不住低声提醒。

但不知为何，这般走了一阵子，主帐的灯火却渐渐看不清了，甚至连个士兵的影子也看不到了，四周只有数不尽的小帐篷，在黑夜里泛着诡异的白色。

"咱们走错路了！"一个杀手低声喊道。

"可方才明明只看到了一条路啊！"祁湛辩解。

"还是原路返回吧！一定是有岔路，方才没看到。"

话虽如此，可在场五十余人都是墨门顶尖的高手，江湖经验充足，难道会连一条岔路都看不到？

深知不是争论的时候，众人也只好按捺下心中疑惑，朝原路返回。可这一次，他们根本没有走回原处，眼前的场景如此陌生，不曾来过。

"难道是鬼打墙？"几个杀手自言自语起来。

“军营里怎么会有鬼打墙？应该是有高手布阵。”

祁湛也觉得这路有问题，忙问：“你们谁有追踪粉？撒一点，咱们再走一次。”

比起方才，众人都更加小心谨慎，唯恐错过任何一点线索。可这一次，他们仍旧没能找到主帐，撒过追踪粉的路也不知是在何处。事实证明，他们确实遇到了迷阵，而且是高手布下的乾坤阵。

众人不禁面面相觑。

“难怪聂星痕这么大胆，主帐外根本不放守卫，原来是有高手相助！”众人暗自愤慨。

祁湛更是脸色铁青。他知道，聂星痕根本没有什么“高手襄助”，这迷阵一定是出自那些藏书。原澈和微浓三年前在姜国找到的藏书。据说，那七七四十九卷藏书之中无奇不有，而微浓独吞了一多半。她拿走的那些书里，就有奇门遁甲之术。

一定是微浓！是她把藏书给了聂星痕！

可祁湛万万没想到，聂星痕竟然能在短短几年之内就参透了那些书籍，还利用营帐的方位，在燕军人营布下了一个乾坤阵。

“难怪他敢向王祖父宣战，原来是有备而来。”祁湛忍不住感慨。

其余人立刻追问：“咱们还有机会出去吗？”

祁湛强迫自己冷静下来，分析道：“他未必是在捉咱们，但一定是守株待兔！等着外头的人自投罗网！”

在场众人都是训练有素的杀手，此时也知怨怪无益，皆是沉下心思。有人劝道：“快别说了，天要亮了，先找路出去吧！”

幸而有个杀手略通奇门遁甲之术，就地推演了三次，但每次推演出的方位都不一样，如此艰难地算来算去，也不敢确定哪一条才是真正的出路。

祁湛自知今夜的行动必败无疑，心中不禁有些愧疚，看了看地上画下的三个方位，对众人道：“今夜之事怪我太冲动，没有打听清楚便贸然将你们卷进来。既然这三条路都有可能，你们自行选择吧，此后各凭本事，谁都不必再顾及我。”

这是真心话，众人眼看离日出的时辰越来越近，便各自选了一条路接连离开。祁湛选择的是中间一条路，小跑几步之后，才发现还有十余人跟在他身后，也不知是同他选了一样的路，还是选择相信他。

此时此刻，祁湛已经没有动容的时间了，他立刻施展轻功飞奔起来，这十余人也随他一起飞奔，在最后的夜色里寻找走出迷阵的出口。

然而事与愿违，当他们竭力想寻找主帐之时，毫无头绪；这时想寻找出口了，却误打误撞走出了迷阵，来到主帐之外。

帐外燕军虽少，却也不是瞎子，眼见这十几人闯出迷阵，不禁质问：“轮值的时辰还没到，你们是哪一营的？”

祁湛心头懊恼，二话不说给了问话之人一记飞刀，正中咽喉。

守卫们见状大惊，纷纷拔刀大喊：“有刺客！有刺客！保护摄政王！”

这般一喊，四周值守的士兵立即向主帐涌来，不消片刻便将祁湛等人团团包围。

“慢着！”就在双方即将动手之时，一个身穿朴素灰袍的老者从帐内走了出来，正是冀凤致。

自从给微浓送来医书之后，他便留在了苍山，直至幽州府一战燕军大获全胜，又随明尘远移师过来。这些日子，他放心不下微浓的安危，一直在利用江湖上的人脉打探爱徒的消息。

但他不得不承认，云辰藏得很隐蔽，即便他有墨门的追踪能力，又在江湖上交游广阔，也未能打探出云辰的藏身之地，追踪到了演州便彻底失去他们的消息。

如今微浓失踪，明尘远又奉命前往楚地平乱，而聂星痕的身体每况愈下，于公于私，他都没法子离开，便留在了燕军大营。

今夜，洗马兵们的走动异常频繁，甚至还在茅厕里杀了人……这些事情早在半个时辰前，便已传到聂星痕的耳朵中，只是他们都没想到，竟然是祁湛亲自前来。

“冀师叔。”祁湛见是冀凤致现身，也很讶异，因他一直不知冀师叔人在何处。但转念一想，冀师叔就微浓这一个徒弟，人在燕军大营也不奇怪。

在场的这些杀手，资历深的几人都认识冀凤致，有些资历浅的，也都听过冀凤致大名。墨门最看重师门传承，何况能活着退出的人屈指可数，故而此刻见祁湛开口喊人，杀手们也都肃然唤道：“冀师叔。”

冀凤致颔首致意，缓缓走近祁湛，叹道：“你们太鲁莽了。”

祁湛根本不知今夜另有一队人马也混了进来，只得自嘲一笑：“本以为神不知鬼不觉，没想到还是让您发现了。”

他还以为是自己在迷阵里耽搁了太久，被发现了行踪，便将错误尽数揽在自己身上：“是我低估了聂星痕，没想到他竟会布下迷阵，如今多说无益，随他处置吧。”

冀凤致无奈摇头：“既有我在，怎么可能坐视不理？今夜你们也杀了不少人，到此为止吧！”

杀人？杀什么人？难道是接应他的那队人马杀的？祁湛没想太多，只是冷笑：“听师叔这话的意思，是决定帮燕军了？”

冀风致无意与他争下去，只想让他安然离开，也保下聂星痕的秘密不被发现，遂道：“湛儿，你若还当我是师叔，就听我一次劝，赶紧走吧。你若想赢，就去战场上与他分个胜负。”

祁湛沉默片刻，想起了宁王说过的那些秘事，遂道：“来都来了，我也不能无功而返，还请师叔通传，我想见见燕国摄政王。”

“这……”冀风致蹙眉，下意识地拒绝，“两军正是交战之时，不便相见。”

他话音刚落，主帐内忽然有光影闪动，依稀可见一个挺拔的身影正朝外走来，似乎就是聂星痕。

帘帐被掀开的一瞬间，男子已经含笑开口：“既是王太孙殿下亲自驾临，刀剑相向岂非无礼怠慢？”

话毕，男子也走到了主帐之外，抬手一挥，四周士兵们便将兵器都收了起来。

“是你？”祁湛立即认出他来，“今夜还真是故人相聚，一个接一个。”

来者正是简风。六年前，他暗中保护微浓去姜国解毒，曾在十万大山里被祁湛利用过一把，后来便与祁湛、微浓结伴前往宁国，彼此朝夕相处了几个月。

见祁湛还记得自己，简风上前打了个招呼：“六年不见，王孙殿下别来无恙？”

“甚好，”祁湛看着他，“我知道你是聂星痕的亲信，怎么，他不肯见我？”

“敝上的确不便相见。”简风慢条斯理地回。

“我人都到此了，他还怕什么？”祁湛有意激将。

“不是怕，”简风依旧从容地笑，“是敝上有言交代，数年前您曾有恩于他，故今夜特命燕军不伤您分毫，还请您带着人马速速离去。”

聂星痕所指的“恩”，自然是七年前，祁湛在燕王宫行刺聂星逸之事。也是因为那件事，聂星痕才能够扳倒兄长，坐上摄政王的位置。

曾经祁湛想不明白，当年王祖父为何要帮聂星痕夺权？如若有朝一日宁燕终将敌对，聂星痕可比聂星逸难对付多了。以前他一直以为，王祖父是看中聂星痕身上有一半宁国血统，后来才知，事实远非如此。

想到此处，祁湛更是迫不及待要见聂星痕一面，有些话他必须当面问他，旁人无法转达。

“他为何不肯见我？”祁湛执着追问。

简风挑了挑眉：“一则敝上忙于政务；二则两军正值敌对，此时见面难免落人话柄。”

“落人话柄？”祁湛像是听到了一个笑话，“落什么话柄？是说我通敌叛国，还是说他卖国求荣？”

“若是敝上见了您，再放您走，可就不好向将士们交代了。”简风边说边做了一个送客的手势。

祁湛此时已打定主意要见聂星痕，遂握紧手中兵刃，神色坚定：“我不与你多说废话，去告诉你家主子，我有要紧事对他说。”

许是聂星痕提前有过什么交代，简风听了这话之后，与冀凤致相视一眼，转身返回了营帐内。所有人都在外静静等着，四面的燕军越来越多，祁湛看了看情形，突围困难。

不过好在聂星痕已经承诺过，会放墨门的人平安离去，这也让他再没了后顾之忧，决定继续等下去。

这一次等了很久，简风才重新走出营帐，神色已变得凝重：“王孙殿下，敝上有请。”他刻意停顿片刻，强调道，“只您一人。”

“不能去！”其余的杀手集体反对，“那帐子里不知有什么埋伏，不能去！”

祁湛此时反倒平静了，安抚他们：“放心，他不会杀我。”

言罢，他又恳求冀凤致：“冀师叔，这些同门也算您的小辈，另有二十余人恐是在阵中迷了路，还请您做主放行。”

冀凤致点头应诺：“但凡墨门中人，我自会照应。”

祁湛这才彻底放心，任由简风搜了身，交出身上所有兵器暗器。他长吸一口气，掀开帘帐，缓慢踱步走入主帐之内。

旭日未升，帐内仍旧昏暗，目力所及之处，唯有一盏烛火明明灭灭，就放在营帐尽头的书案上，勉强够祁湛视物。

他眯着眼睛继续朝前看去，只见烛火之后，依稀可辨有个人影独坐案前，周身都裹着厚重的狐裘，看不见长相，也看不出身形，唯有一片暗影，比这营帐还暗，令人感到无比压抑，也无比警惕。

祁湛下意识地去摸袖口，才想起暗器已被简风搜走。他只好慢下脚步，万分谨慎地朝前走，一直走到那张桌案前，帐内什么也没有发生，而他也终于看清了那裹着狐裘的人，不禁大吃一惊：“你是谁？”

这骨瘦如柴、脸色苍白、唇色泛青、虚弱无比的人，是谁？简直像是被吸干了血肉的鬼魅！

“连你都认不得我了。”暗哑的声音缓缓响起，带着一丝调侃与自嘲。

“是你？”祁湛难以置信。眼前这人奄奄一息的模样，哪里会是聂星痕？从前那个玉树临风、器宇轩昂、卓绝挺拔、沉稳狠辣的燕国王子哪儿去了？这与他七年前见过的燕国敬侯，简直判若两人！

祁湛看着聂星痕良久，直至确定他的五官、面容与自己的回忆能够重叠起来，才问出一句："这是怎么回事？"

聂星痕无力地笑了笑，拢紧身上狐裘，像是怕冷至极："现在你知道，我为何不能见你了？"

原来他真的受了重伤！比想象中还要严重！祁湛终于回过神来："你是中了毒？谁做的？云辰？"

"算是他，也不是他。"聂星痕不欲详说。

"难怪最近燕宁交战数次，你都不曾露面。也难怪这周围都是阵法，却不见几个守卫。"祁湛重重叹气。

聂星痕唯有沉默以对。

"这毒有解吗？"祁湛又问。

聂星痕摇了摇头："太难。"

祁湛心思一沉："你还剩多少时间？"

"一个月。"聂星痕显得很平静。

祁湛拍案而起："我去找云辰，他这算什么？胜之不武！"

聂星痕又笑了："我以为你更想让我死。"

祁湛径直否认："我只想让你输，没想让你死。王祖父也不想。"

"但战事已开，我没有回头路了，除非一死。"聂星痕轻轻咳嗽两声。

"宁死也不认输？"

"难道我认输就不用死了？解药又不在宁国手里。"聂星痕态度坚定。

"但宁燕可以联手狙击云辰，一定能逼迫他交出解药！"

不可否认，祁湛这个提议聂星痕也想过，也动心过。但一想起楚王室因他而经历的种种，想起钦天监那句"命定相克，姻缘不能长久"，他便觉得，这一切都是当年的报应。

真用这法子逼迫云辰交出解药，不是不可能。但解了毒又能怎样？他欠了宁国的情，也违背了对微浓的许诺，燕国势必要归附宁国，他也会让所有臣民失望，包括微浓。

再做一次这样的卑鄙小人，再失去一次权势与爱情，与死无异。

"还是算了，"聂星痕淡淡一笑，"从前钦天监说过，我与微浓命中相克，既然我们总得死一个，不如我死好了。"

"聂星痕！"祁湛不知自己为何会眼眶泛热，"你在说什么？微浓活得好好的，我们只要杀了云辰，这天下就太平了！"

“杀了云辰，天下也太平不了。”聂星痕冷静分析，“你是王太孙，但原澈未必服气，我也不服气。燕宁还是要争，无论谁争过了谁，都是王室悲剧。”

是啊，都是王室悲剧，祁湛只觉得心神大乱，今夜来的目的已忘得一干二净。他也曾多次在生死线上徘徊，却无法想象聂星痕拖着如此虚弱的身体指点疆场该是怎样的痛苦。他张了数次口，想要说些什么，但此刻心情之复杂，令他什么都说不出来。

他默默感受着心头滋味，良久，又问：“微浓她……知道吗？”

“知道。”聂星痕方才的从容与平静在听到这个名字后瞬间消失，竟破天荒地流露出一丝恳求，“你若真想帮我，就帮我找到她……也许我们还来得及见一面。”

祁湛不由自主地点头应下，当机立断道：“先停战！我主张停战！这不是小事，我要立刻修书告诉王祖父！”

“不行！”聂星痕立即否决，脸上有一丝不正常的红，像是在强忍咳意，“别告诉他……下次再见，我若没死，咱们就在战场上分个胜负。”

说完这一句，聂星痕的精力似乎已经耗尽了，开始捂着嘴低声咳嗽。

祁湛见他脸色不对劲，连忙上前扶过他，问道：“你有药吗？在哪儿？”

聂星痕却一把将他推开，艰难地吐出：“不用你管，走吧！”

祁湛此时哪里肯走，连忙朝帐外喊道：“来人！快来人！”

话音刚落，他便瞧见一群人挤进了营帐，大家都穿着一样的铠甲，也不知哪些是墨门的兄弟，哪些是真正的燕军。慌乱中，他只看到一名身穿铠甲的士兵腿脚飞快，亟亟朝聂星痕奔来，张开双手似乎想要搀扶对方。

祁湛正要退让，却见金芒一闪，那人已亮出兵刃欲朝聂星痕下手。祁湛以为那人是墨门的杀手，不禁大惊失色，一把抓住对方，大喊一声：“不能动手！”

话音刚落，天际红日破晓而出，帐内骤然变得明亮起来。祁湛抬眼看向那行刺聂星痕的人，正欲再度劝说，却诧异道：“是你？你给我住手……”

“噝”的一声，利剑刺入肌肤之中，打断了祁湛未说完的话语。他愕然低头，看了看自己的手，又看了看倒地的聂星痕，最终，目光盯死在那行刺之人的脸上，用最后一丝力气怒吼出声：“原澈！”

第四十六章

自此一别，与君决绝

五日后。燕宁同时宣布停战。

当日夜里，消息便传到了云辰手中。他看后心中滋味陈杂，彻夜未眠，几经迟疑，还是来到微浓屋外，想着该如何将这消息告诉她。

他正欲敲门，便见小猫儿从里头推门而出，手中还端着药碗，轻声对他说："大人有事吗？小姐她睡了。"

微浓自从受伤以来便总是失眠。云辰闻到屋内丝丝缕缕的香气，放轻声音问道："你点了安神香？"

"小姐点的，她说这两日有些头痛。"小猫儿如实回话。

头痛？云辰上了心："严重吗？可曾诊过脉？"

"诊过，应是思虑过多，郁结于心。"

这个症状，云辰也无能为力了。若是什么实实在在的病症，他自当竭尽全力为她医治，但郁结之症在心，唯有靠微浓自己纾解。

这些日子，他与微浓虽同处一个屋檐之下，但见面的次数寥寥可数。除了微浓两次试图逃跑时碰过面，其余时候，微浓都拒绝见他。有时他会刻意经过她的窗前，试图引起她的注意，只可惜她无甚反应。尤其明尘远到了楚地之后，他的精力也转移到了楚地的起义、燕宁的战事之上，便对她有所忽略。

微浓好不容易睡个安稳觉，燕宁停战的内情，还要告诉她吗？云辰沉吟须臾，叮嘱小猫儿："我来过的事情，不要对她提起。"

小猫儿乖巧点头，没有多问一句。

云辰正要离开，却听一阵脚步声匆匆响起，竹青的叫喊声传进了小院之内：

"主子！主子！大事不好了！"话音落下，他人才出现，果然是满脸的焦急之色。

云辰料到是有大事发生，遂快步迎上去，压低声音："去书房再说！"

可竹青没等到两人走进书房，便亟亟说道："楚地传来消息，三爷他……他……"

"三爷"指的是楚国三王子楚琮，为了掩藏身份，一众死士都如此称呼他。

"琮弟怎么了？"云辰脚步骤停，清冷的面容旋即变色。

"三爷他……他受了重伤……"

云辰一颗心骤然沉到谷底，忙问："不是说燕军没有动武吗？"

明尘远抵达楚地之后，延续了聂星逸"和谈"的原则，对楚地起义没有用武力镇压。双方只发生过一次小规模的摩擦，楚人虽有百余人受伤，但都得到了燕军的及时救治，并无大碍。此后，明尘远亲自去看望受伤的楚人，施医赠药，还与起义的"首领"谈判过两次。

自然，那"首领"是被楚琮和竹风控制的人。

当初云辰听到这消息时，便判断出燕军是在用"怀柔"之策，企图收拢人心。为此，他也曾多次向楚琮去信，叮嘱他们不要与燕军硬碰，尽量拉长时间战线，拖住明尘远的人马。

既然如此，琮弟为何还会身受重伤？

"燕军的确没有动武……三爷是被……被义军打伤的。"话到此处，竹青已然哽咽不止，"燕军无耻，用和谈与金银拉拢人心……起义两个月以来，咱们的人马不断被策反、煽动，不少人想要投靠燕军……"

"大伙儿都受了影响，日渐消极，三爷因此大发雷霆，和大伙儿起了冲突，说他们忘恩负义。他们就说……说……"

"说什么？！"云辰沉声喝问。

"说……说咱们是苟延残喘，还说复国是痴人说梦……"话到此处，竹青终于痛哭失声，"三爷生气，便与他们起了冲突，结果被……被打成重伤，已经昏迷三天了！"

昏迷三天！云辰一个趔趄，险些站立不稳："三天！你为何不早说？"

"属下也是刚刚得知……三爷和竹风的信里，从来没提过此事。"竹青亦是委屈。

云辰气闷，却也心知肚明，这的确是楚琮的行事风格。他这个幺弟脾气太倔，人又好强冲动，他本想借楚地起义之事磨砺他的意志，可没想到……

云辰顿时感到心头慌乱，原本因燕宁停战所带来的一时喜悦，皆被这个消息所取代。他立即追问："琮弟人呢？现在何处？伤势如何？"

"三爷……在明尘远手里。"竹青抹着泪，压低声音，"大伙儿和三爷起了冲突之后，有些人投靠了燕军。明尘远听说三爷受伤，便派军医过去替他诊治，后来便将三爷……接到了燕军军营内'养伤'。"

云辰自然清楚明尘远的用意，径直伸出手来："明尘远可有书信给我？"

"有。"竹青伸手入怀，摸出一张叠放整齐的纸，交到云辰手中。

信纸已经皱皱巴巴，显然是被竹风拆开看过，他定也是经过深思熟虑才将这信送了过来。就着廊下灯火，云辰迅速展信细读：

离侯敬启：

楚地起义两月，其间利益之争，内斗不止，以致楚人怨声载道。吾大燕摄政王不计前嫌，挽狂澜于既倒，扶大厦之将倾，派遣远赶赴楚地与义军和谈，交代务必善待楚人、慎动兵戈。

远不敢有违，幸也不负所托，未在楚地起一兵一事，已将义军半数归拢，太平在望。奈何百密一疏，未察义军之苦闷，以致令弟被义军所伤，远援手不及，心头深感愧尔。

万幸令弟经医调治，暂无性命之忧。听闻离侯存有月落花一朵，可起死人而肉白骨，恰逢吾摄政王身体抱恙，其利在社稷、功在千秋，远为人臣属，为家国九州之计，今擅作主张，愿以令弟交换月落花。

盼即赐复，静候佳音。

臣远

正顺六十五年，九月十九日书

阅后，云辰冷笑一声，将信纸狠狠攒成一团。明尘远根本没有掩饰他的目的，琮弟在他手中名为养伤，实为人质！更过分的是，他竟还用了宁国的年号落款，讽刺自己如今已是宁臣！

云辰面沉如水，心知义军内斗绝不是巧合，必定是受了明尘远挑拨！自己早该想到的，琮弟在燕国受降多年，与明尘远同朝为官，后者必是将他的脾气摸得一清二楚才设下这离间之计！

自己当真是百密一疏！

竹青原本痛哭不止，瞧见云辰这般脸色，反而惊慌得止住了哭声："主子，月落花不是被微浓姑娘用掉了吗？那竹风还把信送来，他的意思是……”

云辰没有接话。是的，他一直对外宣称月落花被微浓用掉了，对竹风、竹青也是这般说的，可竹风还是将信送了过来，大约是想暗示他以假代真。

“其实月落花还在我手里。”云辰说出实话，“微浓用掉的，是王姐留给我的百年灵芝。”

这一答，令竹青惊讶非常：“那您是……骗……骗……”

“是我骗了她，”云辰没有多做解释，只是命道，“你在这里等我。”

竹青没敢多问，连忙称是，目送云辰朝书房方向走去。

这间书房的南面，摆着一张供人休憩的金丝楠木软榻，云辰快步走入其内，掀开软榻上的被褥，又在床头按下两处机关。但听“咔嗒”一声响，床板正中陷落一块，露出一个方方正正的暗格。

云辰从暗格中取出一只锦盒，掀开看了一眼，又将机关恢复原样，匆匆返回。

竹青仍在原地站着没动，云辰便将锦盒交给对方，命道：“里面是月落花，还有连庸亲笔写下的用法，你立刻去楚地走一趟，将月落花交给竹风，让他想办法给琮弟服用。”

竹青闻言先是惊喜，接过锦盒之后又是疑惑：“既然这是月落花，那明尘远会不会暗中……”

“不会，”云辰笃定地道，“他写信之时怕是还没得到停战的消息，此刻必定赶回幽州去了，琮弟的事，他顾不上。”

“那万一他将三爷也带走了呢？”竹青又问。

“不可能，”云辰冷静分析，“如今燕军没有主心骨，明尘远一定会快马加鞭往回赶，不会带着个重伤之人耽误行程。”

主子既然如此断言，就一定没错！竹青大为振奋：“好！属下这就出发！”

事到如今，竹青也顾不得什么礼数了，抱着锦盒便往门外走。可刚走了两步，只听“嗖”的一声，他左臂肩头忽然被什么东西打中，继而手臂一麻，手劲一松，锦盒“啪”地掉落在地。

主仆两人齐齐回头看去，只见垂花拱门的阴影下，款步走来一个窈窕女子，仅着白色中衣，长发披垂，显然是睡醒之后便跑了出来。此女子正是微浓。

此刻她神色冷冽如冰，目光在灯火下显得无比淡漠，她的眼神遥遥扫过云辰和竹青，最终落在地上的锦盒上：“那是什么？”

竹青二话不说弯腰去捡锦盒，眼见快要拿到了，又听“嗖”的一声响，另一枚暗器正中他右手穴位。这次他看清楚了，暗器是一枚小小的石子。

"到底是什么？"微浓寒如冰霜的声音再次传来。

云辰蹙眉不语。竹青此刻也是双手发麻，没有一丝力气。

微浓冷冷地盯着地上的锦盒，一步一步逼近，口中对着云辰发问："盒子里是什么？你要救谁？"

云辰没答，上前拾起锦盒交给竹青："你先去办事。"

"不说清楚，谁都不许走！"微浓倏尔拔高声音，左手重重按在那锦盒之上。

"我弟弟危在旦夕，先让竹青去救人，剩下的事我对你说。"云辰意态坚决。

"我还能信你吗？"微浓依旧是那般淡漠的眼神，抬眸看他。

云辰心中一痛，但此刻已来不及解释，作势欲将她打昏。

微浓早有提防，闪身躲了过去。竹青觑着这空当矮下身子，抱着锦盒撒腿就跑，瞬间便逃脱了微浓的钳制，他边跑边喊："来人啊！来人！快拦住她！"

微浓看到他拼命往外跑，心头一恼，提气欲追，却被一片白色衣袖挡了下来。与此同时，门外的侍卫们听到动静，纷纷闯了进来，将微浓团团围住。

"不必再追，来不及了。"云辰低声阻止。

微浓并无惧意，冷眸微眯，一把挥开他的手臂。

云辰恐她真会追出去，无奈之下只好故技重施，再次朝她砍下手刀。微浓这次没能逃脱，只觉后颈一痛，神志立即混沌。她晕倒的一瞬间，云辰顺势将她搂在怀中，也看到了她的眼神，愤怒、痛恨……

演州地处北方，不比楚地或燕国四季如春，如今虽是九月底，已经风如刀刮，寒气凛凛。云辰抱着微浓仅着中衣的身躯，已能感受到她的肌肤冰冷而僵硬。

"退下吧！"他紧紧地抱着她，径直将她抱回房中。

小猫儿烧了热水替微浓擦身驱寒，而云辰则走到门外，任由夜风扑面，吹着他空荡荡的心。唯有竹青那句话不停在他耳边盘旋回响，像是一句魔咒——义军就说……说咱们是苟延残喘，还说复国是痴人说梦……"

痴人说梦。

云辰缓缓合上双目，想着明尘远那纸书信——

楚地起义两月，其间利益之争，内斗不止，以致楚人怨声载道……

只这一句，便深深灼痛了他的心。他知道楚人是中了怀柔之策，被明尘远的刻意示好所打动，但这恋故之情也实在太过廉价！

"咣当"一声乍响，小猫儿的惊呼声从屋内传来："小姐！"

云辰从悲愤之中惊醒，连忙返回屋内，便瞧见水盆打翻，热水洒了一地，小猫儿手足无措地拦着微浓：“小姐，您别糟蹋自己的身子！”

“猫儿你退下！”云辰命道，小猫儿略有担忧地看了看两人，才慢吞吞地告退。

云辰挡在内室门口，看着微浓：“看来是我下手太轻了。”

微浓立即抚摸自己隐隐发痛的后颈，神色防备：“这种手段都使得出来，你不如直接杀了我！”

云辰唯恐再刺激她，只道：“你伤势未愈，不能着凉，穿好衣裳我们再说。”

“现在就说清楚！”微浓倔强言道，根本不在乎自己披头散发、衣衫单薄。

云辰见她执意如此，只得走近几步，解下外衫披在她身上。

一股独有的桂香徐徐袭来，带着某人的体温，这曾经是她最熟悉也最喜欢的味道。但此刻，她分外抗拒！微浓垂下眸子，捏紧身上的白色衣袍，狠狠扯下。

一声轻响传来，是袍角带倒了案上的烛台。刹那间，烈火沿着衣袍燃烧起来，熠熠火光照亮了整间屋子，也照亮了微浓含着恨意的双眼。

这一幕终于刺痛了云辰，他眼睁睁看着那件衣袍被烧成灰烬，才上前踩灭最后一丝火星，强硬表态：“穿好衣裳，我在外头等你。”说完这一句，他头也不回地走出内室，走到外厅。

须臾，微浓披着衣裳走了出来：“你说吧。”

云辰循声看去，门帘处，微浓披了一件白底绿萼梅的披风，头发松松绾着，没有任何装饰，整个人显得清冷无比。

也令他感到他们之间遥不可及的距离。

可是能怪谁呢？这一切都是他的“杰作”！是他亲手推开了她，把她从一个热情的、执着的、对他无比信赖的微浓，变得如此冷漠。

他唯有克制着情绪，实话实说：“锦盒里的确是月落花，我要用它救琮弟。”

微浓其实早已猜到，然此刻听到他亲口说出来，还是觉得无比愤怒：“那你当初为何骗我？是怕我偷，还是怕我抢？”

云辰不语，算是默认，他看到微浓缓慢地朝他走来，流着泪，声声控诉：“云辰，我在你心里就如此卑鄙？如此下作？我竟要用偷的抢的？”

微浓难掩眸中失望之色，双手死死攥着披风，她似乎在笑，可眼眶已然泛红：“我早就对你说过，我没有脸问你要月落花。就算我想救他，也会让你心甘情愿地拿出来，而不是用无耻的手段去偷去抢！可你就是不信我，你从没相信过我！”

微浓话到此处，情绪已经万分激动，眸中泪光晶莹剔透，簌簌而落。一颗一颗的泪，都是她曾经对他的感情，现在，消耗殆尽。

云辰自知没有资格解释，更没有资格替她擦拭泪水，唯有保持沉默。可是她那句控诉，那掺杂着强烈厌憎的几个字，却像是一把煞气非常的锋刀，一刀一刀将他凌迟处死，残忍至极。

“我扪心自问，从追到黎都开始，我对你毫无隐瞒，但你却一直在骗我！布防图、月落花，你从没相信过我！难道就因为我是燕国人，我就该承受楚国人的憎恨？就该一而再，再而三被你欺骗、被你利用？”

微浓只觉得备受侮辱，声泪俱下地质问：“云辰！你就这么狭隘，这么不肯相信我？！”

“不，不是。”云辰艰难地道，“我不是不信你……我是不相信我自己。”

微浓摇了摇头，眼泪如滚滚的洪水决堤而出：“如今说什么都太晚了。”

是啊，一切都太晚了。此刻微浓的泪水早已模糊了视线，抬眸只能看到一片白色的人影，那曾经熟悉的轮廓不知何时变得如此陌生，她渐渐地再也看不清他，再也看不清过去。

“如今你心里只有复国。那你就去吧，和燕国打、和宁国打、和姜国打。使出你浑身的解数，用无数的手段，把九州搅得天翻地覆……”

“如果这就是你想要的……”微浓缓缓抬头，于泪眼蒙眬之中笑了，“云辰，你赢了，我再也不欠你什么了。从今往后，你继续复你的国，从前种种我们一笔勾销，下次……下次再见……”

她顿了一顿，深深地吸了口气，道：“我们就是陌生人。”

“陌生人……”云辰喃喃自语，听到微浓这话他竟感到难以呼吸。他们终究还是走到了这一步！像他无数次渴盼的那样，彼此再也没有关系！

陌生人，为了让她说出这三个字，他努力了整整十年。原本只是一场伪装，可时间太久，入戏太深，到如今，他已分不清哪个才是真实的自己，唯有继续活在伪装里，走着那永远看不到尽头的道路，负着那永不可推卸的责任。

“噼啪”一声，是烛火响了个爆栗。云辰望着微浓，只见她在慢慢后退，一点一点退至门口。她一只脚踩在门槛上，抬手擦掉眼泪，最后对他说：“而我也将如你所愿，去做个卑鄙小人，以后见到我，你也不必手下留情。”

“情”字出口，微浓已纵身跳出门槛，绿萼梅的披风一闪而过。云辰猛然惊醒，飞奔出去，朝她亟亟喊道：“聂星痕死了！”

听到这五个字，微浓猝然止住脚步。

“你说什么？”她转身看他，睁大双眸。

云辰深深吸了口气："我说，聂星痕已经死了……五日前，和祁湛一同死在燕军大营。"

"不可能！"微浓嘶喊出声，难以置信。

"是真的，"云辰自知挑了最坏的时候告诉她，亦料到她会有如此反应，"九月十九，祁湛和原澈同时夜袭燕军大营，聂星痕发现了祁湛，却没发现原澈。最终，他与祁湛谈判时毒性发作，被原澈趁机暗算。"

云辰从袖中捏出一封密函，走至她面前："你若不信，自己看。"

微浓的目光落在那封密函之上，下意识地后退两步："你骗我！我不看！"

云辰将信塞入她手中，正色道："我骗过你很多次，唯独这件事，你知道我不会骗你。"

闻言，微浓的心像是被什么狠狠击中，既惶恐又无助。她呼吸紧促，握着信的手再次颤抖起来，拆了两次，才将信拆开。

"原澈用的是龙吟剑，一剑刺穿两人，祁湛在前，当场毙命；聂星痕伤势过重引致毒发，正午去世。"云辰唯恐微浓支撑不住，一边复述信中内容，一边伸手相扶。

微浓只觉得浑身发软，心头一口气突然外泄，猛地瘫倒在地。她的眼眸逐渐变得茫然，目无焦点地看向云辰："这不可能……不可能，他怎么会死？你在骗我对不对？他怎么会死？"

一连三声追问，云辰皆以沉默应对。他知道，她已不需要任何回答。

然而微浓的双眸却慢慢恢复了神采，自言自语起来："他是燕国战神，他怎么会死？原澈杀不死他的，这一定是他的计策，一定是！"

"微浓……"云辰看着她这副模样，心痛难当，一把将她从地上拽起，"你不要自欺欺人了，他死了，真的死了！就算原澈不杀他，他也只剩一个月的寿命！"

可微浓像是什么都没听见，反手拽住云辰的衣襟，颤抖着张开双唇："对！还有月落花！起死人、肉白骨！花呢？在哪儿？我要去找月落花！"

微浓说着便转身往外跑，被云辰一把抱住："你冷静一点！月落花不是仙丹妙药，只有活人才能用！他已经死了六天了！月落花对他没用了！"

"我不相信！我不相信！"微浓拼命想要挣脱云辰的怀抱，奈何云辰将她抱得很紧。挣扎之间，她的披风被扯开一个口子，就像她被撕裂的一颗心，此刻已然鲜血淋漓。

云辰的声音一直在她耳畔回响，夹裹着他温热的呼吸，残忍地撕扯她的听觉："你冷静一点！你看过医书，最清楚月落花怎么用！已经太晚了！"

“滚！你滚开！”微浓似是疯了一般，朝着云辰大声喝道，“你没资格管我！你滚开！”

“啪”的一声，云辰重重扇了她一个耳光，扇得她头脑发蒙，耳畔嗡嗡直响，长发散落。

云辰知道自己下手重了，他又何尝不心疼，但此刻只想打醒她：“微浓你看清楚！聂星痕已经死了！就算他没死，月落花我也不会给他！绝不可能！”

他说出这番话时，本以为微浓会恶言相向。但没有，微浓像是突然失去了魂魄，踉踉跄跄地向后退，边退边笑：“不可能，我不相信……我要回去！”

“好，我让你回去！”云辰痛快应下，却还是不放心，又将小猫儿唤来陪伴微浓。

“如今天色已晚，城门已关，明日一早，你再出城吧。”云辰言罢，与微浓擦肩而过，前去安排出城事宜。

翌日刚刚天亮，微浓便换了身利索的装束，站在前厅院中等待云辰。一夜过去，她已彻底冷静下来，眼中是一片清明。

云辰见状稍感放心，两人默默无语，一路走到大门外，那里早有侍卫牵马等候。

云辰牵过缰绳递给微浓：“我让连庸随你回去，他就在南城门外等你。”

“呵呵！没了月落花，连庸去了能做什么？”微浓讽笑。

“姜族有秘传之术，可保尸身百日不腐，至少能让他安然回到燕国下葬。”

微浓浑身一震，神色依旧抗拒：“他没死！他不可能死！”

云辰恐再刺激了她，唯有顺着她的意思说下去：“好，就算他没死，别人不能治的伤连庸能治，他随你回去有益无害。”

这一句终于说服了微浓，她不再反驳。上马前，她突然又问道：“楚琮怎么了？”

云辰瞬间黯然：“楚地起义，他与义军发生冲突，被打成了重伤。”

“起义不是你做的吗？”微浓反问。

“并不是一切都在我掌控之中。”云辰默然一瞬，“好比他的死。”

微浓没再多言，翻身上马，看到马鞍上挂着两个包裹：小的那个放着干粮，大的里面是衣裳、银票、通关文牒，还有她的伤药。

微浓心头一阵酸楚，想起昨夜种种言行，终是忍不住道：“做到这一步，我们对彼此都是仁至义尽了……谁也不必对不起谁。”

云辰只是微微一笑，又从侍卫手中拿过一个布包，递给她：“时间匆忙，我没找到峨眉刺，这里有二十把飞刀，供你防身。”

微浓道了声谢，接过飞刀放入怀中，这才意味深长地对他说道：“这些年你忙着复国，我不知道你回过楚地几次，若有机会，你回去看看吧。”

微浓话到此处，已经略有哽咽，却没再给云辰说话的机会，握紧缰绳，扬鞭策马。骏马长嘶一声，疾驰而去，熹微晨光之中，只留下一个义无反顾的背影。

自此一别，与君决绝。

第四十七章

天意难违，天命所归

十日后，微浓快马加鞭抵达幽州府。连庸因年纪老迈，受不起颠簸，慢了她几日脚程。

这一路上，微浓刻意打听过，如云辰所说，燕宁已经停战，但停战的原因究竟是什么，聂星痕与祁湛是生是死，并无任何风声传出。

幽州府仍旧由燕军接管，出入盘查格外森严，城外排起长长的队伍，皆是开战前逃难离开幽州的百姓，如今听到停战的消息又匆忙返回。

微浓放眼望去，这队伍少说也有两三千人，如此等下去不知何时才能盘查完毕。她实在等不及了，只好跃出队伍，打马走到城门口，向守城士兵自报身份："本宫乃烟岚郡主，即刻放行。"

几个守城的燕军都听说过烟岚郡主的威名，可谁也没见到过其真容，上下扫了一眼微浓风尘仆仆的面容，疑惑道："烟岚郡主在幽州府一战中下落不明，燕军人人皆知，怎么突然出现了？"

"不会是假冒的吧？"另有一人也是疑惑。

"你们带本宫去燕军大营，自有将士能识别真伪。"微浓神色不变。

几个士兵面面相觑，其中一人道："把你的通关文牒拿出来给我们瞧瞧。"

这通关文牒之中并不是她的真名，若是真名，恐怕她这一路早就被截去宁王宫了。为了自己的清誉和燕军的威望，她又不能说自己是被宁军掳走了，想了想，只能胡乱编造一个理由："幽州府一战中，本宫受伤坠河，被河水冲到演州下游，为当地百姓所救。本宫怕走漏身份，便起了个假名字，这通关文牒上并不是本宫真实姓名，看也无用。"

守城的士兵们一听此言，疑虑更重。

微浓立即重申："你们只需将我送去燕军大营，届时本宫重重有赏。"

话虽如此，可值守期间谁敢擅自离岗？尤其是燕宁开战以来，坑蒙拐骗之事层出不穷，三天两头就有富户走失女儿被人冒认之类的消息传出，将士们都见得太多、听得太多。

再者如今是关键时期，燕军中人人都晓得，摄政王聂星痕已久不露面，镇国侯尘远又不在幽州，军中谣言纷传，谁能做主认下这个烟岚郡主？万一是个细作又如何是好？

守城的士兵们谁都不愿冒这个风险，便对微浓冷言冷语地拒道："国有国法、军有军令，你这姑娘自称烟岚郡主，却无证据，我们都不能信。看你年纪轻轻我们就不追究了，快走快走！"

微浓急了，正欲辩解一句，却见两个士兵匆匆忙忙骑马而来，对守城士兵们出示令牌，命道："我乃镇国侯麾下先锋军，奉镇国侯之命前来传令，即刻起停止出入城盘查！分散人群！镇国侯亲率先锋大军回城，再有半个时辰就要到了！"

"镇国侯回来啦！"所有将士都振奋起来，连忙停下盘查，开始疏散通道。

微浓这一路上早就听说明尘远率军去楚地平乱，此刻听到他能赶回来，亦是心中大喜，只可惜前来传话的两个士兵见了她都无甚反应，显然也不认得她。微浓灵机一动，对那守城士兵道："让本宫留在这儿！镇国侯定能认出本宫！"

士兵们本欲再行拒绝，却见微浓已经敛去喜色，那股子威严劲儿又透了出来："你们怕什么，本宫若敢冒认，这么多人还能抓不住我？想清楚了，我若身份是真，你们都是立功之人。"

最后那句话的诱惑力实在太大，几个士兵商量了一阵子，见微浓英气逼人、口气又大，方才听说镇国侯回城时的喜色也不像作假，这才终于下了决心："好吧，你就留在这儿等镇国侯回城吧！咱们可把丑话说在前头，你若有半句虚言……"

"任凭处置！"微浓利落接话。

几个士兵都无暇再说话，纷纷出动疏散出入城的百姓。接班的一队兵马也不知从哪里得到消息，提前过来帮忙，将百姓们有序分散。

半个时辰过得很快，方才还喧闹哄乱的人群，好像是在一瞬间安静了下来。远处传来重重的马蹄之声，整个城门似乎都跟着震动，微浓一听这声音便知，至少有一万人马要进城了。

不多时，一千人的开路先锋出现在视线之中，所到之处人群都不自觉地朝后退去。开路先锋迅速排开形成两道人墙，把等着进城的百姓拦在人墙之外。

马匹的嘶鸣先于一切传到微浓耳朵里，紧接着是迅速有力的马蹄声，最后才是明尘远一袭铠甲，率领大军驭马飞奔而来。他似乎很着急，临近城门坐骑还没有减速之意，这让微浓的心狠狠揪起。

她告诉自己不要多想，也许是明尘远有什么紧急军务。可她也明白，若不是燕军大营真出了事，远在楚地平乱的镇国侯绝不会如此匆忙地赶路回来，甚至连点风声都没有。

果然，有人同她想法一致，几个士兵在她旁边低声嘀咕："镇国侯怎么突然率军回来了？该不会是殿下真出什么事了吧？"

"谁知道呢！突然就说停战，也不说让咱们班师回朝，大家都蒙着呢！"

"我听说九月十九那晚，好像宁军来突袭了，也不知与此事有没有关系。"

微浓听到此处，终于恼了，忍不住怒斥："谁让你们妄传流言的？！"

几个士兵吓了一跳，纷纷转头看向微浓，只见她目露厉色，气势逼人，真的像是燕军之中人人传颂的火凤凰，在幽州城门外铁血一战。

然而微浓已无暇再斥责他们，因为明尘远坐骑的马蹄声离她很近了，仿佛就在耳边。微浓全神贯注地盯着那个人影，直至他减速进城，她突然纵身一跃跳出人群，拦在了城门中央。

明尘远大吃一惊，连忙勒紧缰绳，饶是如此，还是险些撞上微浓。他心头怒火大起，一鞭子狠狠甩了下去，幸而微浓翻了个跟头轻巧躲过。

"侯爷！是我！"就在明尘远喝命捉人之时，微浓抢先说道。

明尘远定睛一看，拦马之人竟是微浓，他立刻跳下马背，面露喜色："郡主，你怎么在此？"

"说来话长，"微浓亟亟说道，"快带我回燕军大营！"

这才是正事！明尘远当即指着一个副将，命道："把你的马给郡主！"

那副将立刻下马，把缰绳递给微浓。微浓随即上马，指着方才那几名士兵，说道："他们护驾有功，请侯爷重赏。"

言罢她一甩马鞭，与明尘远并肩驰入幽州城。两人飞快地往燕军大营赶去，微浓一边策马一边问道："这到底是怎么回事？云辰说他死了？"

明尘远没答，只道："我也是收到简风和冀先生的信才赶回来的，具体情况尚未确定。"

"信上怎么说？"微浓忙问。

"殿下怕是……凶多吉少。"

初冬的一阵冷风吹来，将马匹上颠簸的话语声吹散。微浓像是听清楚了，又像是没听清，她什么都没再问，只狠狠扬鞭策马，唯恐自己回来得太迟。

燕军大营。

冀凤致与简风此时均已得到消息，纷纷等在营外。见到明尘远与微浓一并策马回来，两人脸色都不大好，却碍于将士们在场，没说什么。

微浓下马，一句话还没问出口，冀凤致已先一步说道："去了主帐再说。"

聂星痕在帐外布置了迷阵，只有他最亲信的侍卫才知道阵法的出入口，也是因为这个迷阵，暂时挡住了心怀不轨的打探，也防止了消息外泄。四人一并穿越迷阵，来到主帐之外，简风再也憋不住了，霎时间号啕大哭起来："郡主……郡主……你回来得太晚了啊！"

一句话，像是万箭齐发，攻心而来。微浓什么都听不见了，耳中嗡嗡作响，眼前仿如山河崩塌！

"不，我不相信！"她一个箭步跑入主帐之内，然而入眼所见，却是一片铺天盖地的白色，还有停放在帐内的一副巨大棺椁。

冀凤致和明尘远尾随进来，前者痛声说道："微浓，他真的尽力了。"

"我不相信，让我看看！"微浓疯狂奔至棺椁前，双手死死握紧棺盖，拼尽全力想要推开，"当年楚璃的死，我都没有看到尸体，这一次没看到他的人，我绝不相信！"

明尘远亦是大声说道："郡主说得没错！没看到殿下的尸身，我也不信！"

他言罢上前几步，想与微浓合力推开棺盖。"嗡嗡"的低沉声缓慢响起，棺盖被徐徐推开，一股异香扑鼻而来，令微浓一阵恍惚。

她纵身跃上棺盖，埋头朝棺材里看，只见一个身穿银光铠甲、头戴缨盔的年轻男子躺在其中，永远地合上了双眼。他很瘦，脸色很苍白，颧骨凸显，英挺的鼻梁上方眉目蹙起，似是有什么未了的心愿。

微浓不自觉地伸手进去，抚上他的脸颊，可那还能称之为脸颊的地方，早已被他体内的蛊毒损毁，肌肤不再饱满，不再光滑，硬得硌手。唯有胡楂一如从前，刺着她的掌心，也刺痛了她的心。

微浓没有哭，一滴眼泪都没有落下，反而绽开一个最灿烂的笑容，放轻声音对他问道："聂星痕，我回来了，你是睡着了吗？"

四周死一样地沉寂，这一问，注定无人回答。

而她丝毫不觉灰心，又轻轻拍着聂星痕的头盔，将头埋得更低："我知道你在戏弄我，我知道……你起来！"

这一幕，就连明尘远都不忍再看，不由别过头去浑身耸动，无声低泣。

简风看到她这个样子，更是泪流不止："郡主！"

唯有冀凤致依旧冷静，作势上前劝阻她："微浓，够了，他已经走了。"

"不！他没有！"微浓忽然崩溃大喊，"你看他的身体都没有腐烂！他怎么可能死了！他没有！他只是睡着了而已！他在等我！"

"他已经死了！"冀凤致根本拉不住她，还是简风上前按住她的手脚，两人硬生生将她从棺盖上拖了下来。

微浓死死抓着棺椁边缘，疯了似的挣扎："他没死！你们放开我！他没死！"

"他死了！"冀凤致怒喝一声，扳着微浓的肩膀朝她大喊，"他已经死了！尸身不腐，是军医从你那些医书上找到了秘法，在他的伤口里放了奇药！"

微浓怔然一瞬，又开始挣扎起来，她的头发散了，她的衣裳被扯破，可她什么也顾不得，手脚并用再次爬到棺椁旁，死死扒着棺沿："不可能！他哪里有伤口？他身上哪里有伤口？让我看看，让我看看！"

她说着就要伸手去解聂星痕的盔甲，被简风痛哭拦下："殿下生前已经撑不起衣裳了……他一生戎马，以盔甲入棺，您就留下他的威仪吧！"

冀凤致也紧紧拦住微浓的双手，哀声劝道："穿盔甲是他的遗愿……你尊重他吧！"

"遗愿……"这两个字深深地刺痛了微浓，她闭上双眸，两行清泪顺势滴落，落在棺椁之中，落在聂星痕的盔甲之上，划出两道细微的水痕，凄美而晶莹。

也许，她不是无法接受他的死，她只是无法接受他死得如此草率，如此不负责任。他没有死在战场上，没有死在庙堂里，而是死于一次小小的暗杀，一次狼狈的袭击。

也许，她只是无法接受他默然地远去，没有握着她的手，没有告诉她一声，而是背着她悄悄离开。

于是，他也永远看不到她为他流的泪，为他疯狂地呐喊挽留，他看不到她的后悔与悲伤，看不到她的留恋、她的痛不欲生。

蹉跎了这么多年，消耗了这么多感情，他终究没能等到她亲口的承诺，没等到为她披上嫁衣，没等到与她执手偕老。

微浓伸出手指探入棺中，轻轻擦掉铠甲上的两行水痕，强忍着不让眼中的泪水流下来："他……有什么话留给我？"

"有。"冀凤致已经不忍出口，"摄政王让你从此远离是非……他临终前一直握着我的手……我们都明白他的意思。"

“你们都明白，可我不明白。”微浓摩挲着棺中人的铠甲，哽咽垂泪：“聂星痕，你食言了。”

你食言了！答应我的事，你一件都没有做到！你的雄图壮志、你的感情归属、你该赎的罪过，全都没有完成！你是个骗子！

但我知道你已经尽力了。微浓再次抚摩棺中人的下颌，最后一次感受那密密麻麻的胡楂，就像她心上密密麻麻的伤口，再也难以愈合。她将额头抵着棺椁的边沿，轻声如情人间的呢喃细语：“余下的事，交给我来做……你安息吧！”

你的未竟之志，我来替你完成！你的血海深仇，我会彻查到底！你没走完的人生路，我替你走完！

用不了太久，等我了却这一切，我会用余生的时间去流泪、去思念、去追忆、去诉说我们之间未完成的故事。

微浓缓缓直起腰身，擦干泪水，对明尘远道：“请侯爷来帮我一把，一起为他盖棺。”

明尘远阔步上前，无比悲痛地看了一眼棺中人，与微浓各执棺盖一侧，使力合上。

沉重的声音再次响起，像是从遥远的时光尽头传来的叹息，一声一声低回鸣响。所有的帝王将相、市井布衣，都逃不开人生的这一刻。

生老病死，天道轮回，亘古不变。

棺盖终于严丝合缝地合上，掩盖了微浓最熟悉的那张面容，她像是突然换了一个人，冷冷问道：“当日夜里究竟是什么情形？详细说给我听。”

简风便将当天晚上祁湛带人突袭之事如实相告，包括他们伪装成洗马兵，后来又如何闯进主帐外的迷阵，以及祁湛要求与聂星痕单独密谈之事，都一五一十说了出来。

“我们都极力反对密谈，是殿下说祁湛不会伤他，执意让祁湛进帐。我们在外等着，原本都相安无事，可没过多久，殿下便开始支撑不住……我们听到祁湛在帐内喊人，便都冲了进去。但是场面太乱，根本分不清哪些是祁湛的人，哪些是我们的人……”

简风说到此处，再次面露悲愤之意：“当时原澈假扮成士兵，一下子跑到最前面，想要行刺殿下，被祁湛阻止。其实……其实凭祁湛的功夫是能将他杀死的，可祁湛迟疑了一下，原澈就再次行刺。祁湛来不及阻止，替殿下挡了一剑，可是……可是那把剑太利，刺穿祁湛之后还是刺到了殿下，正中他腰间旧伤……殿下当时就昏死过去，祁湛也当场断了气。”

简风说得语无伦次，但这无碍于微浓的想象，她眼前已浮现出当晚的画面，混乱之中，原澈手持龙吟剑冲进这间主帐，一剑刺穿燕宁两名主帅！

纵是燕国第一战神、墨门第一杀手，纵是有铠甲护身、钢铁之躯，也抵不过一把龙吟剑。

微浓心头恨意翻涌，头脑发热，可她还是竭力克制，冷静地问："原澈浑水摸鱼，怎会没人发现？"

"他和祁湛都伪装成洗马兵，还易了容，我们都以为是同一拨人。"简风低声解释。

微浓的脸色更加冰冷："后来呢？你们如何处置原澈？"

简风立即回道："后来我与冀先生商量决定，把原澈和墨门的人都放了。当时殿下性命垂危，我们要顾及消息不能外泄，又要替殿下治伤，根本没工夫处置他们。您要知道，宁国两个王孙在燕军大营出事，一个遇刺一个被抓，消息只要传出去，宁王极有可能立即宣战。当时殿下已受重伤，军中没有主帅，开战燕军必败！为了封锁殿下重伤的消息，我们只能先把人都放了，毕竟宁王死了孙子，不会立刻开战。"

微浓闻言蹙眉，对这个草率的决定表示不满，若按照她的性子，定会当场查个水落石出！

简风像是看懂了微浓的意思，又迟疑着解释："郡主，我当时……当时想着冀先生是墨门出身，便对墨门没有深究。而且……祁湛也是受害者。"

"我不是指墨门。"微浓正待表明自己的意思，却见冀凤致朝她微微摇头，仿佛在暗示她什么。

微浓不解其意，思索一瞬，便听到明尘远表态："这个决定从大局来看是对的。殿下中毒之事一直是个秘密，当时帐内又只有祁湛和殿下，祁湛一死，殿下伤情如何外人根本无法得知。若是将那群杀手和原澈都留下，又不能立刻杀了他们，反而容易走漏消息，不如放走。反正原澈杀人之事有墨门作证，宁王也饶不了他。"

事到如今，就算微浓有异议也没什么用了，只不过在她心里，原澈并不是这样心狠手辣之人，也没这个能耐。难道这当中有什么隐情？她转而又问："原澈当时是什么反应？他是蓄谋杀人，还是？"

"当然是蓄谋！否则他怎能骗过咱们和墨门两方人马！"简风怒而插嘴。

微浓觉得哪里不对劲，可一时说不上来，不禁面有疑色。

反倒是冀凤致回忆片刻，公正地说了一句："原澈行刺之后表现得很慌乱，应该是一时冲动之举，也不排除是他误杀了湛儿才会如此。"

“不管是误杀还是蓄意，不管是宁王指使还是原澈自作主张，我都要报仇。”微浓的口气倏然变得凌厉。

“郡主不可！”“切莫冲动！”帐内其余三人齐齐阻止。

微浓却显得异常冷静：“战事我不懂，但此次事发燕军大营，宁王就算痛失王太孙，也是理亏的一方。他年纪老迈，寿命有限，膝下已无成器子孙，即便我们一时半刻打不赢，也可以一直耗下去，耗到他死！”

“您是说，打持久战？”明尘远明白过来。

“是！但眼下情况危急，”微浓回眸看了一眼棺椁，“他死了，消息总不可能瞒一辈子。一旦他的死讯传出去，朝堂必然动荡，将士们人心惶惶，姜国更有可能趁机毁约……还有楚地，云辰也会伺机而动。”

“我们会腹背受敌。”明尘远早有担忧。

“但也有一条出路，就看侯爷愿不愿意。”微浓默然一瞬，才道，“扶持聂星逸，他毕竟是名正言顺的燕王。”

“不行，他并非燕王室正统！”明尘远立即反对。

“我们没有别的办法了。”微浓神色黯然。

明尘远亦是黯然，语中也有抱怨之意：“若是您能早些答应殿下，能给殿下留后……您就可以名正言顺地扶持小王子登基，即便垂帘摄政也没什么。总好过如今这个情形。”

眼看好转的气氛又要被伤感所取代，冀风致立刻出言：“眼下不是伤心的时候，微浓说得对，不管内情如何，扶持聂星逸是最简单有效的方法。”

“可是，一旦我们扶持了他，让他安定民心、攻打宁国……他势必要掌权！”明尘远仍旧反对，“到时候，我们还能压得住他吗？他会不会忘恩负义，杀我们灭口？”

微浓沉吟片刻，声色冷然：“那就再给他下一次蛊，真正的蛊。”言罢，她转而看向冀风致，“师父，您说呢？”

冀风致很是冷静，看着明尘远和简风，叹了口气：“你们是燕国臣民，大约想得更多。用不用聂星逸，就看你们是更在乎王室血统，还是更想稳定局势，为摄政王报仇了。”

“当然是报仇！”两人异口同声。

冀风致点头：“既然如此就不必再说了，先用聂星逸稳住军心，往后的事，走一步说一步吧！”

微浓似也下了极大的决心，脱口道：“王侯将相宁有种乎，若是以后你们不服聂星逸，我也支持你们拥兵自立。只要……只要你们能尊重他。”

“郡主！”明尘远大惊失色，“这话可不能乱说。”

“侯爷可记得钦天监的预言？也许，你的反骨快要派上用场了。”

“怪力乱神的话怎么能信？”明尘远连忙否定，“殿下和我从来没信过。”

“但是我信了。”微浓低声回道。

“男命贵，紫微之相；女命贵，母仪之相。然则命定相克，姻缘不能长久，轻则相离，重则丧命，恐无嗣。”

“从命盘上看，初限是殿下克您，中限之后您克殿下……”

是的，她信了！她终究如钦天监的预言一样，克死了他。天命难违！

“真要说起来，郡主还是皇后命格的。”明尘远忽然提起此事。

“皇后命格”，这四个字已经太久没有被人提起过，微浓自己都快忘记了。她再次看向身旁的棺椁，手指抚上雕纹，自嘲一笑：“他没做成皇帝，我怎么可能还是皇后？我不会再嫁人了。”

“有您这句话，殿下可以瞑目了。”简风感叹一声。

明尘远却是话锋一转，突然言道：“郡主别忘了，还有个云辰。”

几人瞬间明白他此话何意。

“如今殿下驾崩，祁湛也死了，宁王老迈，姜王不足为惧。王室正统之中，只剩下一个原澈，就算加上聂星逸，两人也不是云辰的敌手。”明尘远犹豫片刻，终究还是将话说了出来，“倘若您注定成为皇后……那统一九州的也许是……是云辰。”

“这绝不可能！”微浓断然否决。

然而明尘远越想越觉得可能：“还有我的反骨之说，如今事实摆在眼前，倘若我反的不是殿下，那会是谁？聂星逸和原澈？他们根本不用反，自会有云辰来收拾。所以我反的，极有可能是新朝，云辰建立的新朝。”

他这一番话，将屋内几人都带进了一种对未知的忧虑。倘若钦天监预言成真，倘若一切人的命运早已注定……谁能说动微浓心甘情愿地嫁？除了云辰，明尘远实在想不出第二个人选。

仿佛就在顷刻之间，众人已窥探到了未来的命运，齐齐看向微浓。她似乎是有些恼了，面色冷然：“你们当着他的棺椁说这种话，合适吗？”

众人这才不敢再作声。

微浓依旧手抚棺椁雕纹，强忍心痛说道：“如今迫在眉睫的是如何处理他的死讯，云辰已经知道了，宁王也知道了，此事还能瞒多久？与其等着他们曝出来，不如我们掌握先机，主动告诉将士们。”

“那必会引起人心大乱。”简风亟亟提醒。

“这一天避无可避，迟早会来。”微浓抬眸看向冀凤致与明尘远，“师父和侯爷觉得如何？”

冀凤致点了点头：“为师也这么想。”

明尘远考虑得则更多，并未答复。

微浓兀自又道：“若要公布他的死讯，就必须要有人扶灵回京州。两国战事未停，这里离不开侯爷，不如我回去吧！顺便找聂星逸谈谈。”

明尘远这才点头松口：“如若您能扶灵回去，于公于私都是再合适不过的人选。朝中有殿下的一帮心腹老臣，诸如辅国大将军杜仲，他既有威望又有实权，若是再有长公主出面，应该不难控制聂星逸。”

“那就说定了，我负责回去稳定朝纲，军中就交给您了。”微浓当机立断，“连庸过几日会到幽州，他有秘术可保尸身百日不腐，足够撑到我扶灵回国为他下葬了。”

“连庸？”明尘远脸色一变，“他怎么会来？他不是投靠了云辰吗？”

微浓垂眸，心头滋味复杂难言：“这正是云辰的意思，他让连庸过来帮忙。”

自幽州府一战后，微浓消失了将近三个月，众人都心知肚明她是被云辰掳走了，但无人敢问她在这段时间里和云辰发生过什么，也没有精力去追问，但此刻听说云辰派了连庸过来，都觉得不对劲。

明尘远心存疑惑：“我看连庸不是来帮忙的，一定是云辰派来打探消息的，郡主可要当心。”

就连冀凤致也说：“以防万一，还是不要让连庸接触到摄政王的尸身为好。”

微浓面有难色：“如若不找连庸，我怕他撑不回燕国。”

“这个问题，摄政王生前曾有遗言，”冀凤致叹了口气，“他说他天生属于战场，又有一半宁国血统，希望能葬在起兵之处，与将士们长伴地下。”

冀凤致口中所说的起兵之处，是指苍山脚下。此次聂星痕一路率军攻下幽州，所有死去的燕国战士都是敛尸于此，相伴长眠。

这确实像是聂星痕的做派，但微浓还是感到不妥，不由多问了一句：“他当真不愿意葬回燕国王陵？”

“摄政王临终前亲口所言，希望能葬在苍山脚下。”冀凤致面色肃然，“他没有说原因。”

明尘远也看向简风，想向他求证。

简风摇了摇头：“殿下临终之前，与冀先生耳语良久，属下听不清楚。不过，冀先生说的应该是真。”

明尘远也晓得，冀凤致没有欺骗他们的理由。他看向微浓，似乎又想到了什么，叹道：“或许殿下是为了等您回来，才选择葬在苍山脚下。”

这个理由，众人都相信。

微浓垂下双眸，半晌不语。直至她终于将眼泪逼回去，才看向那具棺椁，低声道：“既然这是他的遗愿，就遵从吧！”

几人说到此时，天色已黑，微浓一路风尘仆仆，已是满身疲惫。明尘远怕她累坏了身体，便趁这空当，劝道：“诸事烦琐，郡主才刚回来，今日还是好生休息，关于殿下的后事，明日再议不迟。”

明尘远自己也有数万人马需要安顿，聂星痕这一走，他压力极大，亦是千头万绪。幸而他在半月前便已得到聂星痕的死讯，最悲痛的日子早已过去，此时心情尚能克制。

众人都担心微浓，她自己心里也清楚，便勉强绽露一个笑容：“那就先散了吧。”

简风长舒一口气，忙道：“属下这就去为您安排营帐和侍女。”

“不必了，”微浓环顾主帐，无比留恋地问，“我想住在这里，可以吗？”

“住在这里？”简风惊讶，欲言又止。

微浓走到聂星痕的棺椁旁，眼眸柔和，语调平静：“让我陪着他吧，我们没有多少日子了。”

“也好。”明尘远率先表态，怕微浓看到自己的表情徒增悲伤，赶忙找了个借口匆匆离开。

简风有些担心，唯恐微浓会做傻事：“您……可需要人陪？”

“不用，你帮我烧一桶热水即可，我包袱里备有换洗衣裳。”微浓神色坚定，“在他下葬之前，我就住在这里。”

简风看了冀凤致一眼，见他并无担忧之色，这才应声退下。

帐内终于只剩下他们师徒两人，冀凤致缓慢地走到门口，掀开帘帐向外看了一眼，直至确认简风已经走远，才转身对微浓道：“为师有事要对你说。”

微浓点了点头：“我也有些疑惑之处，正想与您商量。”

“你先说。”

微浓便捋了捋思路，分析道：“方才简风把事发经过讲得很清楚，但我有三个疑问。第一，放走原澈和墨门的杀手，到底是谁做的决定？”

冀凤致无奈叹道："此事简风的确与我商量过，但我毕竟是个外人，根本无权置喙。不过他放走墨门的人，倒是事先征询过我的意见，他说看我的面子也不算客套话。"

"简风在军中能有这么大的权力？"微浓感到不解。

"摄政王在幽州府一战中腰部受伤，主帐里的事都由简风负责。"冀凤致解释道，"毕竟他是摄政王的侍卫统领，能进入乾坤阵的侍卫本就极少，自然以他马首是瞻。"

"可是以我对原澈的了解，他根本无法攻破帐外的阵法，何况还要瞒着您和祁湛。您不觉得奇怪吗？他是怎么找到迷阵入口的？"微浓问出最后一个，也是最重要的疑问。

"你也怀疑军中有奸细？"冀凤致想的正是此事。

"嗯，"微浓面色凝重，思绪却有些乱，"我与原澈也算旧相识，他很聪明，也有谋略，但欠缺大局观，脾气暴躁，极其容易被人激怒。而且，他不通军务，府上的侍卫比起墨门精锐也差得很远。怎么可能连墨门的人都被您发现了，他的人却能藏得神不知鬼不觉？连乾坤阵都破得了？"

原本冀凤致是怀疑军中藏有原澈的耳目，但他听到此处才发现，微浓比他想得更深："你的意思是，原澈刺杀摄政王是中了圈套？而且设套之人就在这军营里？"

"对！就是那个细作！是他在挑事！"微浓用手指蘸了凉透的茶水，在桌案上画下一个草图，以主帐为中心，四周是聂星痕布下的阵法。她用手比画着主帐周围，对冀凤致道，"这奸细不仅熟知阵法，还能将原澈来袭的消息隐瞒下来，可见他职位不低。这样的人不多，排除一下便能找到。"

话虽如此，但师徒两人对看一眼，心中不约而同有了一个人选。

翌日一早，微浓刚起身，简风便已经打好了热水在帐外候着。微浓盥洗完毕，吃过早点，又将聂星痕的棺椁仔细擦拭了一遍，才提着水桶走出帐外。

此时简风已经冻得鼻头都红了，见微浓也是双手发红，连忙劝道："郡主，您还是换个地方住吧，这天气越来越冷，帐子里是要生炉子的。"

但聂星痕的主帐里没有暖炉，因为要保护他的尸身，帐内不宜太热。故而昨夜微浓裹着冰凉的棉被睡了一宿，其实也一宿没睡。

"无妨，他快要下葬了，这几天我还扛得住。"微浓径直拒绝，抿唇想了片刻，又对简风道，"对了，昨晚我与师父商量过了，待他下葬之后我就回燕国。我想让你随我回去。"

简风颇感诧异："我也回去？可是……可是还没停战啊。"

微浓垂下眸子："你本也不是出征的将士，而是他的贴身护卫。他去了，你在这里的任务已经完成，我想让你回去帮我。"

简风面有难色，倒也并未直接拒绝："您让我想想。"

微浓"嗯"了一声，搓了搓手："我在燕王宫根基浅，不过就是管了几个月的凤印，还不如你对宫里熟悉。你若能回去帮我，我对付聂星逸也会更有把握。"

简风点了点头："只要是对殿下好，您让我去哪儿都成。只是……只是镇国侯才刚回来，这之前积累了好些事务我得向他禀报。"

"可以，你尽快交接吧。"微浓面上流露出伤感之色，"简风，现在我只能依靠侯爷和你了。"

简风这才发现微浓双眸红肿、布满血丝，显然是昨夜没有睡好。他亦是面露伤感之色，没再多言，提着水桶告退。

此后一连两日，明尘远都拉着冀风致和简风商讨军务，他毕竟去了楚地两个月，对燕军近期的战况不甚了解，又得知简风即将随微浓返回燕国，便抓紧一切时机商讨军务，昼夜不分。

万幸的是，宁王的想法和他们一样，也选择了暂时隐瞒祁湛的死讯。这也给了明尘远缓冲的时间。

如此废寝忘食地接连商讨了两日，明尘远索性把简风留在自己的营帐休息，吃住都在一起。直至第三日晚上，听闻连庸到了燕军大营，明尘远不放心微浓独自去见人，这才暂停商讨。

冀风致见简风满脸倦色，便拍了拍他的肩膀，道："简侍卫，这几日辛苦你了，连庸那边我与侯爷过去看看，你先回去休息吧。"

简风不由松了口气，他也实在太过疲倦，便道："也好，若是连庸那里有什么异动，或是非要验尸，劳烦您派人叫我一声，我誓死也要守住殿下的尸身。"

明尘远也拍了拍他的肩膀："你放心，连庸独自来燕军大营，难道我们还对付不了他一个老头儿？"

"也是。"简风自嘲一笑，朝两人行礼告退。

此时天色刚近傍晚，夕阳西下，斜晖脉脉，落日熔金，明尘远和冀风致先后走出营帐，望着简风离去的背影。前者忽然没头没尾地问道："还要等多久？"

"天黑。"冀风致抬头看了看天色，"追踪粉在天黑之后看得更清楚。"

与此同时，微浓也见到了连庸。

“时间仓促，与先生分头赶路实属不得已而为之，还望先生宽宥微浓无礼之罪。”微浓率先道歉。

连庸诚惶诚恐地回礼：“您折杀老朽了。”

微浓这次见到连庸，便觉得他的态度很奇怪，对自己尤为客气，这让她感到很费解。

连庸也没过多解释，又道：“贵国摄政王之事，还请您节哀，不知老朽有什么能帮上忙的？”

微浓不答反问：“您来之前，云辰是怎么交代的？”

“云大人让老朽一切听从您的吩咐。”

“那好，我有几个问题想请教您。”微浓顺势问道。

连庸伸手相请：“您请说。”

“迄今为止，我都十分感激您的救命之情，若没有您师徒出手相救，我早在六年前就毒发身亡了。”微浓先礼后兵，“但我有件事想不明白，当年您分明更看重燕国，还让弟子连阔、连鸿来燕国协助……协助敝国摄政王，可您后来又为何要投靠云辰？”

“老朽乃自由之身，何来‘投靠’一说？”连庸面无表情，“贵国摄政王杀了老朽爱徒，难道老朽还要来襄助他不成？”

微浓挑眉，反唇相讥：“您好像说反了，是连阔先送您去宁国见云辰，后给敝国摄政王下了蛊毒。在此之前，我们什么都没做，在此之后，也是他自己服毒身亡。”

闻言，连庸痛惜地合上双目：“不能怪他，一切都是天命使然。”

“天命？”微浓不留情面地讽笑。

连庸却是神色肃然：“郡主别不信，人的一切命运都能从星相之中窥见出来，老朽如今做出这个选择，也是顺从天意。”

“哦？容我洗耳恭听。”微浓依旧讽笑。

连庸便问：“您对老朽所知多少？”

微浓不解其意，但还是如实回道：“您懂蛊懂医，知星相，更通奇门遁甲之术，三者皆有所成。”

“还有呢？”连庸似对这个回答不甚满意。

微浓想了想，再道：“您是姜国第一蛊医，还曾任职于姜国钦天监，备受各国推崇。但您身为姜人，一直都为姜国效劳，因此颇得姜人尊敬。倒是您门下弟子散于各国，皆坐高位。”

"郡主说得也对，也不对。"连庸正色，"老朽的确是姜人，也的确一辈子在姜国为官为医，但老朽拒绝各国国君相邀，并非因为留恋家国，而是另有原因。"

微浓正襟危坐："愿闻其详。"

"其实老朽学习占星之术，是立志要追随帝王，只因帝星迟迟不出世，老朽才一直没有离开家国。"

帝星？微浓虽对星相一窍不通，但也知道最浅显的一点：北斗之主是紫微，南斗之主是天府，只有这两颗才是帝星。

"紫微、天府百年难得一遇，尤其四国鼎立以来，两颗帝星从未同时出现过。为此，老朽师门已经等了两百年不止。但老朽自习得星相开始，一直预感帝星会在有生之年出世，故而这数十年来一直留在姜国等待。只因姜国与燕、宁、楚三国都有接壤，邦交上不偏不倚又相对独立，方便老朽成事罢了。"

听连庸这般一说，微浓忽然想起他曾对聂星痕示好，如今又转投云辰，不禁冷道："看来您是等到了。"

"老朽的确等到了！"连庸坦然承认，"八年前，紫微星横空出世，星芒渐渐闪耀，天府星则一直晦暗不明。老朽见紫微星落在燕国方位，便根据生辰推算出帝星乃是敬侯。但当时他有一劫将至，没过多久老朽听说他受伤了，恰逢王后娘娘要派人去为他解毒疗伤，老朽便让阔儿毛遂自荐，还特意叮嘱他好生辅佐敬侯。"

连庸说着又叹了口气："说来也不怕您笑话，阔儿对王后娘娘有仰慕之情，老朽也是想趁机了断他的心思，没想到他根本不死心，反而又借着给您解毒的机会回了姜国。不过老朽看到您的第一眼，便知您天生主贵，也曾为您再观天象，却无意中发现了一件事。"

"什么事？"微浓全神贯注。

"北斗紫微星忽明忽暗，南斗天府星趁机出世，星轨正从姜国趋于宁国方位。"

"是云辰？"微浓替他说了出来。

连庸予以确认："其实他刚到姜国投靠王后娘娘时，老朽便猜出来了。但当时有个异象，天府星的星轨一直不动，星芒也不强，老朽推算了两位楚国王子的生辰，都与天府星对不上……"

"您推算过楚璃和楚珩的生辰？那您推算的日子是？"微浓突然打断连庸，因为她想起了姜王后生前所说过的"双生子"事件，而她隐隐预感到，此事与天府星有关。

连庸见她问起此事，便低声报出两个生辰八字。

这的确是楚璃和楚珩对外公布的生辰不假，微浓听后不禁追问："您推算这两个生辰，都是什么结果？"

连庸也不隐瞒："很奇怪，一者死，一者根本不存在。"

"楚璃死？楚珩不存在？"微浓忙问，这才能与姜王后说的"双生子"内情对上，因为楚珩对外公布的生辰是假的。

岂料连庸摇头否认："不，恰恰相反。楚太子的生辰不存在，二王子是死。"

微浓吃惊不已。姜王后以前明明说过，楚璃和楚珩是双生子，因为楚国那则不祥预言，楚王才将楚珩秘密藏了一年多，假装是翌年出生的次子。

既然如此，连庸推算两人的生辰，应该是楚珩不存在才对，怎么会是楚璃？

"老朽知道您在想什么，"连庸隐晦地指出，"两位楚王子都不是天府星，直至其中一位换了身份，以姜国国士之名进入仕途，天府星才突然星芒大闪，这人正是云大人。"

微浓恍然明白过来，楚璃的生辰不存在，是因为双生子一个死，一个改头换面做了云辰。而楚珩对外公布的假生辰，大约死的是别人吧。

"双生子诞，必有国难"所以国难就是楚国会亡国，即便其中一人注定是帝星，也是以另一种身份出现。即便云辰完成统一，也是新朝，而不是复国。

"这就是您所说的异象，天府星是用别人的身份才能出世？"微浓刹那间感慨万千。

"这只是其一，异象不止于此。"连庸表情肃穆，"如您所言，老朽一生所习颇杂，有医术、有毒术，亦有占星推演之术，虽无一事大成，但自认皆有小成。可老朽观星足有五十年了，翻阅过无数典籍、记载，从来只听说紫微星芒盖过天府，可从没听说过天府星会突然变强，压过紫微的星芒，因而老朽认为这是更大的异象。"

是啊，紫微星芒盖过天府，聂星痕也导致了云辰家破人亡，这应该和连庸的认知是一样的，可是……

"您的意思是，云辰是天府，聂星痕是紫微，但云辰比聂星痕更强？"微浓忍不住细问。

"星相也有其时其运，从前紫微星正值时运，星芒自然大放；可一旦时运过了，或是天府的星轨更得力，二者总要分个胜负高低，毕竟帝位只有一个。"连庸仔细解释道，"简而言之，不是谁比谁更强，是看谁时运更济，更占天时地利。"

微浓却是越听越疑惑："您既然知道楚瑶王后的家事，就必定知道云辰是谁。若论天时地利，云辰背负国仇家恨，应该样样不占，怎么可能比紫微星的时运更好？”

“您所言正是这异象的根本，天府不应盖过紫微。老朽原本也是百思不得其解，后来查了无数的典籍，费了无数心血，才发现有一种可能会造成这异象。”连庸说到此处，语中已不自觉地带上骄傲之感，面上也突发神采，“因为南斗第六星——七杀星与其入庙相会，促使天府得利。”

“七杀星？这又是什么？”微浓听得茫然。

连庸没有正面回答，只道：“七杀星煞气重，其人个性急躁，性情偏激，喜好逞凶斗狠，犯上心极强。只有紫微、天府才能压得住他，他也只能为帝星所用。”

话到此处，微浓再不明白就是傻子了：“七杀是原澈。”

“正是宁国魏侯世子——原澈。”连庸感叹不已，“老朽相信云大人并无占星之才能，可他却能找到七杀星，并能化为己用，可见是天意如此，天命所归！”

微浓听到此处，已经感知到了冥冥之中命数的神奇，星相上七杀能襄助天府，而事实上，魏侯父子也一直是云辰的助力——先是将他一举推到了宁王面前，让他成为宁国朝中新贵；在云辰的真实身份暴露时，也是原澈去宁王面前替他求情，帮他逃过一劫；不止如此，原澈还有龙吟剑，算是变相替云辰集齐了四大神兵，还替他找到了藏书；就连这次聂星痕和祁湛遇刺身亡，也是原澈做的，但真正的得益者却是云辰。

微浓越想越觉得既神奇又恐惧，忍不住感到背脊发凉。

虽然已经太晚了，但微浓还是想问一句：“既然天府遇七杀是如虎添翼，那紫微星呢？谁才能助他？”

“天相星。”连庸无奈道出事实，“但遗憾的是，摄政王数次与天相星失之交臂。”

“明尘远难道不是？”微浓脱口而问，却又自知失言，忙解释，“我是说，敝国镇国侯，明尘远。”

“他不是。”连庸摇头否认。

“那是谁？”

“燕王聂星逸。”

“聂星逸？怎么可能？”微浓惊呼出声。在她眼里，聂星逸与其他三人无论是实力还是身份都差得太远，根本不足以相提并论！

“老朽所言句句是真，”连庸笑了，“一切皆有可能。”

微浓仍旧难以置信：“您想必也该清楚，他们两个虽是兄弟，但一直在争夺王位，算是敌对！”

"难道云大人和魏侯世子就不敌对？"连庸反问。

微浓顿时语塞，无可反驳。

"云大人能将敌方优势化为己用，但摄政王却没有。天府遇上了七杀，紫微却错过了天相。"连庸摇头叹息。

微浓按照连庸方才所言，仔细回忆，紫微星星芒最强之时，应当恰好是在聂星痕夺权之时，紫微星错过了与天相星相遇的机会，也就是聂星痕没有笼络到聂星逸。其实仔细想想，聂星逸一直是名正言顺的燕王，倘若聂星痕做了摄政王之后能让他为己所用，也许很多事情就不会发生了！

譬如聂星痕决定攻打宁国时，若是聂星逸与他一心，他就可以放心让聂星逸主政，不必多此一举让她执掌凤印。而她也不会想出给聂星逸下蛊的计策……

那么，连阔就没有机会下蛊毒了！聂星痕现在就能好好活着！一切的悲伤和困境都将不复存在，燕军将无往而不利，也许这时候早已成就大势，拿下半个宁国了！

一步错，步步错！

不得不承认，在协调人际方面，聂星痕太自负、太倨傲、太爱憎分明！在他的世界里，敌人就是敌人，朋友就是朋友。而相比之下，云辰在敌友之间更加游刃有余，他能化敌为友，取得共同利益。

盟友的选择实在太重要了！从前他们都忽略了！微浓恍然发现，这八年以来，聂星痕看似处处占上风，云辰看似处处受制于人，然而不到最后一刻，根本无法断定谁胜谁负。

连庸见微浓面上不再有讽刺之意，这才最终叹道："所以也请您不要再怨恨阔儿，老朽师徒只是顺应天意罢了。"

他边说边指向头顶："天意已定，如今天府星耀芒最盛，乃是帝星的不二之选。"

"不会再有变数了？"微浓仍旧不能全信。

"帝星两百年才出世一次，又岂是能随意撼动的？紫微被撼动，是因天府星出世，但如今紫微星已陨，天府星便再无敌手。下一次紫微出世要等百年之后，这段时间，我想足够云大人完成帝业了。"连庸笃定作答，"除非有更异常的天象出现，拨乱如今的星轨，不过这可能微乎其微……"

连庸说到此处，像是想起了什么大事，话语停顿下来。他抬头看了微浓片刻，才迟疑着续道："不，不，您说得对，还有一种变数存在，就是您！"

"我？"微浓一头雾水。

“对！也许您就是那异象！您是百年难得一见的尊贵命格，最难得的是，您命主中天，与紫微、天府、七杀、天相都有关联，您可以拨乱这四颗星的星轨，重新画出一张星相图！”连庸霎时变得激动起来，“只不过……只不过新的星轨如何运行，就是未知之数了！这是逆天而行，您要三思！”

重新画一张星相图！可是画了又有何用？能让死人复生吗？

并不能！所以只是个空谈罢了。微浓又觉得心痛了，忍不住深深吸了一口气：“倘若世事真如先生看得这般准，您还真是可以扭转乾坤、翻覆天地了。”

此话一出，连庸立即站起来，惶恐回道：“郡主折杀老朽了，老朽只能推算而已，并不能干预，更不能泄露天机。”

“那您今天不是泄露给我了？”

“其一，紫微星星芒已灭，大势已定，老朽不算泄露天机；其二，您命主中天，老朽对您透露几句，助您早日归位，也算是功德一件。”连庸捋了捋胡须。

“呵呵！请问我该如何归位？”

“襄助天府星成就帝业，云大人为帝，您做帝后。”连庸再次指了指头顶，“这才是天命所归。”

微浓旋即变了脸色：“这话是谁教你的？”

“天地可鉴，这都是老朽自己的意思。”面对微浓，连庸既恭敬又坦诚，“不瞒您说，云大人让老朽前来，是想让老朽运用秘术保摄政王尸身不腐，好让他顺利回燕下葬。今日这一番星相之语，老朽连云大人都没说过，他只知道老朽一生追随帝者，其他的他一概不知，也没问过。”

两人把话说得这般透彻，再说下去也没有什么意义了，无非就是连庸劝她放下成见，襄助云辰，而她不愿意罢了。既然知道结果，不如不说。

微浓觉得没有必要再谈下去，便主动起身道：“先生奔波不易，就在幽州府歇息两日，何时想走了可以差人告诉我一声，我派人送您回去。”

连庸亦是起身，恭恭敬敬地道：“您不必费神了，您若用不上老朽，明日一早就让老朽返程吧。”

“我这就去吩咐。”微浓也无心留他，毕竟如今立场不同。她起身走到帐外，安排了连庸今晚的住处以及明日的车马，这才返回帐中，又道，“我送先生出营。”

冬季的夜晚晴空揽月，依稀可见疏星点点。微浓仰首望去，悲伤就像这无法阻挡的严寒，铺天盖地向她袭来。夜空中哪一颗才是紫微星？她看不懂，自知再也看不见了。

微浓默默地将连庸送出军营，送上马车，才对他说了最后一句话：“人活着应该随心，若是事事都看天命，也是一种悲哀。”

刚送走连庸，明尘远也传来消息，简风露出马脚了！

微浓立即赶到明尘远的营帐，一进去便看到简风双手双脚被缚，脸上青一块紫一块，左眼已经被打肿，伤痕异常醒目。

而冀风致正拉住濒临暴怒的明尘远，阻止他继续对简风拳打脚踢。

“侯爷！”微浓也出言劝阻，“等事情查明白再说不迟。”

“还有什么可查的！”明尘远额上青筋暴露，“今晚上抓着他的时候，他正要送信！这个忘恩负义的卑鄙小人！”

明尘远说着已从袖中摸出一张纸团，递给微浓。后者打开一看，上面果然详述了这些天他们在军营里说过的话、做过的事，包括她打算回燕国扶持聂星逸，都写得清清楚楚。这信虽然通篇没有写明给谁，但从信中着重交代她回营后的情况来看，必是写给云辰无疑。

“你果然是他的人。”微浓说不清自己的心情，是愤怒？是失望？是悲伤？但一切又在她的意料之中。

“傻子都看得出这信是写给云辰的！”明尘远气愤难当，往简风脸上啐了一口，“殿下待你不薄啊！把你从一个小小的侍卫提拔成御前侍卫统领，你竟如此忘恩负义！”

简风蜷缩在角落里，整个脸都是肿的，话也说得囫囵不清，但微浓还是听懂了，他在说：“我本就是楚人，何谈忘恩负义。”

他吃力地转过脸来，看向微浓，又请求道：“我想和您单独说几句，行吗？”

微浓没应，走近几步，拽着他的衣领质问：“那晚原澈行刺，是否与你有关？”

“郡主不用问，他方才都招了！”明尘远越说越是愤怒，“那晚原澈和祁湛各自率部前来，士兵早就发现了异常，报到了主帐，是他刻意隐瞒，造成只有祁湛夜袭的假象！也是他暗中给原澈指路走出乾坤阵，怂恿原澈去行刺殿下！”

果然如此！微浓霎时恨得咬牙切齿，甩出袖中峨眉刺，直抵简风额头。

一道红光从他额上散发出来，端得是诡异与邪恶，他却笑得更加诡异：“原澈那个傻子！我只不过告诉他，聂星痕和祁湛一样，他就急了，迫不及待地去行刺！哈哈哈哈哈！他是个蠢货！”

“你胡说什么！”微浓和明尘远同时变了脸色。

简风大笑的口中已经少了两颗牙齿，说话也漏风不止，可他依旧在笑，笑得更加畅快："我说，聂星痕和祁湛一样，也是宁王私生的孙子！"

"这不可能！"明尘远不等微浓反驳，已经挣脱冀凤致，奔上来重重给了简风一脚，"殿下尸骨未寒，你竟还败坏他的威名！"

微浓也感到不可思议，聂星痕的生母是宁国人没错，也的确是宁太子赠予高宗聂旸的，可是……可是聂星痕怎么可能是另一个祁湛？那燕宁之战岂不是成了笑话？宁王怎么可能不阻止？

不！绝不可能！

"这是污蔑！"微浓厉声反驳。

简风笑着吐出一口血沫子："这话可不是我说的！"

"是云辰说的？"微浓脸色冷如寒冰。

"是！"简风大大方方地承认，"但我觉得可信，便透露给了原澈，他信了。"

微浓根本无法忍受这种侮辱，侮辱聂星痕，侮辱他的母亲，让他死后也不能安息！一时间，她心头悲愤交织："这就是你们所谓的'复国'！没有本事在战场上打赢，就想法子污蔑、下毒、暗杀！这样复来的国，你们能心安吗？王位能坐稳吗？"

简风听见这话，沉默一瞬，竟没有辩解："我们都是逼不得已。"

"他已经中毒了！时日无多！云辰明明答应过我不再……"微浓说不下去了，她持着峨眉刺的手已开始颤抖，"他竟变得如此下作！出尔反尔！"

"要怪就怪你自己。"简风再次笑了，"我从前只不过是个小小的侍卫队队长，因为送你去姜国解毒，又护送你到了宁国，我才能得到聂星痕的信任，擢升得如此之快。是你亲手把我送到了他身边，是你害死他的！"

微浓浑身一震，几乎要坠入魔障。她又想起了钦天监的那番言论——她与他命中相克！初限过后，是她克他！

"要怪就怪你自己。"

"是你亲手把我送到了他身边，是你害死他的！"

简风的话在微浓耳边不停回响，一句一句，令她心痛，就连手也忽然不稳，峨眉刺掉落在地，"咣当"一声刺耳非常。

冀凤致见她不对劲，连忙呵斥简风："你自己手段下流，还敢狡辩！"

简风放声大笑："只要能复国，只要殿下能赢，什么手段都用得！就算没有原澈行刺，我照样会在汤药里做手脚，哪怕你们找到月落花我也能悄悄换掉！谁也救不了他！哈哈哈哈！谁也救不了他！"

他的笑声是如此畅快，如此开怀，微浓无法再听下去，她捂着耳朵后退几步，浑身已开始冒冷汗。

冀风致眼疾手快扶她一把：“微浓，不要被他的鬼话刺激了！这与你无关！都是云辰的诡计！”

微浓却紧紧拽着冀风致的衣裳：“不，我想不明白，既然简风是云辰的人，当年他……他为何不阻止我去宁国？我还让他回去给聂星痕报过信！”

简风显然听到了，也毫无隐瞒地回道：“我与竹风他们不同，他们反对殿下见你，我不反对，我恨不得让你和殿下相认，拉拢你打探燕国的消息。你可还记得我们到黎都的第一天，在酒楼遇上云潇？”

微浓怎会忘记！那日在酒楼里与云潇偶遇，从此揭开了她与云辰的爱恨情仇。

“那日遇上云潇本是偶然，但我特意表现得很激动，就是为了激化你们的矛盾，从而让你注意到云潇。后来也是殿下猜到你来了，我才放心返回燕国。”简风叹道，“只可惜，殿下无论如何都不肯认你，也算对你情深义重了。”

“好一个情深义重！”微浓想笑，却更想哭，“我可真是承受不起！”

“是你自己犯贱，非要打破砂锅问到底！你若知情识趣，当初就该找个地方躲起来，等殿下复国之后再去接你做皇后，岂不美哉？”简风“啧啧”两声，话锋旋即一转，“不过我要多谢你，若没有你推波助澜，我不可能这么快就取得聂星痕的信任。”

微浓看到他这副嘴脸，只觉得双目刺痛，怒而呵斥：“无耻！

“人不厌学，兵不厌诈。”简风依旧在笑。

“你在摄政王身边那么久都没有杀他，为何选在此时动手？”这一句，是冀风致所问。

“以前杀他没用，就算杀了他，燕国还有聂星逸和明尘远，宁国还有老贼原清政，我们照样复不了国。”简风很满意自己选择的时机，面露几分骄傲之色，“现在不同了，燕宁已经开战，王子王孙互相残杀，两国都会一蹶不振，殿下就再也没有敌手了！”

“我大楚复国有望！”简风忽然高声喝道，表情也变得肃穆起来，“至此，我的使命已经完成，要杀要剐，我死而无憾！”

他说着便欲咬舌自尽，微浓一眼看穿他的想法，立即捏住他的下巴：“你这就想死，未免太轻巧！”

“咔嗒”一声，她将他的下巴捏脱臼，冷冷问道：“我再问你最后一句，他的棺椁、他的尸身，你可曾动过？”

简风不点头也不摇头，只用挑衅的眼神看向微浓。

但微浓已经明白了："很好。你是楚人，你想复国无可非议，但这种手段实在太下作，就算我不为他报仇，也不可能饶过你。"

此言甫罢，她忽然直起腰身，朝明尘远道："我想劳烦侯爷一件事，将他的手筋脚筋全部挑断。"

简风睁大眼睛，不敢相信微浓会说出这番话来。明尘远倒是没多问一句，当即就要上前动手。

微浓又伸手拦下他："我的话还没说完，挑断他的手筋脚筋之后，就把他放了吧。"

"郡主！他可是杀害殿下的罪魁祸首！"明尘远反对。

简风也是大感意外，但下巴脱臼，他说不出话来。

微浓再次走到简风面前，蹲下身子看他："冤有头，债有主，我找你的主子。你回去替我转达三件事，若转达不到，后果自负。"

微浓慢慢伸出一根手指，脸色冷如寒冰："第一，你们杀聂星痕是为国报仇，我无话可说。但我会把事实真相公之于世，届时世人怎么看，宁王是否要替祁湛报仇，你让云辰自己掂量。

"第二，云辰既想复国，我可以助他一臂之力。我会把青鸾火凤的秘密公开，让楚人自己去找宝藏，燕国绝不觊觎分毫。到时楚地人人富可敌国，人人可揭竿而起自立为王，楚国复国有望，我想他一定乐见其成。

"第三，听说当年楚王曾派人行刺高宗聂旸，但未能得手，只杀了一个名叫良夜的侍卫，良夜正是我亲生父亲。"微浓语调冷到极点，"为人子女，我要找云辰报仇，还请他光明正大地应战，不要再用下作的手段取胜！"

三件事，没有一件是替聂星痕报仇，但又替他报了仇。

微浓兀自交代完毕，便在简风的下巴上重重一拍，他的颌骨立刻恢复原位。微浓这才直起身子，转对明尘远道："我就不操心了，您动手吧！"

明尘远只觉得这三桩事说得大快人心，重重点头："郡主放心！"

冀凤致却显得忧心忡忡："微浓，你父亲的死因，我从没听你提起过！"

"提了能如何，再造杀孽罢了。"微浓低头看了看自己的手，无比厌倦地道，"不过如今我想通了，以暴制暴才最有效，就这样吧，一劳永逸。"

"不！不！"简风在她身后大叫起来，根本不顾下巴的疼痛，勉强喊道，"你不能这么做！你会害死殿下的！"

"我是在帮他。"微浓冷笑，"宝藏一旦公之于众，我想楚国人人都会乐于复国。"

“这不公平，聂星痕的死是我做的，殿下毫不知情！一人做事一人当！你冲我来！冲我来！”简风嘶哑辩解。

“谁说我要替聂星痕报仇？我是在替我父亲报仇。”微浓面色不改，冷然看他。

简风知她心意已决，也无话可说，沉默半晌，艰难问道：“殿下若有回应，去哪儿找你？”

微浓嗤笑：“我不需要他的回应，这三件事是‘告知’，而不是‘询问’。”

言罢，微浓拉着冀风致走出营帐。身后，彻骨的痛叫声响于耳畔，冬夜的寒风呼啸而过，瞬间将这声音吹散。

帐内，明尘远挑断简风的手筋脚筋，又从怀中摸出一封早已泛皱的书信，扔到他面前：“这是殿下生前给云辰的书信，你滚回去交给他。”

第四十八章

逝者已矣，生者不息

冬月初一。

曙色微明，旭日东升，天际朝霞遍染红色，如同年轻的女子对镜梳妆，为莹白的肌肤点染了胭脂。

荒野之上，一支千人有余的队伍徐徐走来，人皆身穿缟素，面色沉痛。队伍正中，巨大的棺椁由八人肩抬，微浓一袭白衣在侧扶灵。漫天遍野撒满了纸钱，但无人哭泣，亦无哀乐，就这般默默行进。

苍山脚下，新任姜王率部肃穆而立，迎接大燕摄政王的棺椁前来安葬。这一任姜王年约三十，是前任姜王的庶弟，他曾受聂星痕扶持，政事上能力有限，但心肠仁厚、知恩图报，一直与燕国处得不错。

当姜王得知聂星痕的遗愿是在苍山脚下安葬之后，便立即派人前来选址，力求找到最合适的地方修建陵墓。这一个月来，选址之事已然落实，只差微浓最后敲定细节。

双方相遇，微浓主动走出队伍，走向姜王：“王上在苍山为我大燕将士修坟立碑，烟岚感激您的厚意。”

“郡主客气了，”姜王满脸哀色，“敝国受摄政王诸多恩惠，若是没有摄政王相助，早就被宁国霸占了。如今摄政王愿在苍山脚下入土为安，敝国百姓也万分欢迎。”

姜王的动作很快，从接到聂星痕死讯到现在，不过一个月的工夫，他已凿了两块巨型柱碑，一块汉白玉，一块大理石，一前一后矗立于苍山脚下，像是两个忠诚的士兵拱卫在此，开辟一条神道，守护着安息的灵魂。

“时间仓促，尚不及为摄政王修建陵墓，唯有先请棺入土，待陵墓建成之后，再请您来移棺了。”姜王礼数周全。

微浓略微点头：“王上考虑周到，您多费心了。”

其实微浓对此不甚在意，她相信聂星痕也不会在意。当初他的遗愿既然是与将士们一同葬在苍山脚下，可见他更留恋的是戎马生涯，而不是身后荣耀。

她转身再看一眼聂星痕的棺椁，对长公主道：“时辰不早了，请您主持入葬仪式吧。”

长公主聂持盈是燕王室如今最德高望重的长辈，此次专程赶来主持丧葬仪式；因顾及前线战事，燕军又是人心大乱，明尘远抱憾没来送聂星痕最后一程；燕国朝内，经与微浓商议，以辅国大将军为首的几位重臣都决定留在京州盯着朝堂局势，均是派了长子长孙前来祭奠。

晓馨执意过来了，聂星逸也派了十三岁的长子前来，这倒是让微浓颇感意外。不过转念想想，有魏连翩在旁劝说，聂星逸有所转变也不奇怪，而且越是这时候，面子上的功夫越要做到位，以防招人话柄。

想来的人很多，不想来的也有很多，微浓特意给聂星逸去过信，叮嘱他让聂星痕生前的亲信、挚友务必到场，礼数上该来的人也要来，其余无关紧要之人一概不许放行。

她的意思是一切从简，因聂星痕生前并不是个讲求排场的人，这一点从他不愿入葬王陵便可看出。可饶是“从简”，不该省的步骤也不能省，只是减去了许多陪葬品罢了。

开葬、血祭、点灯、诵吟、擦棺、动土……繁冗的仪式持续了整整一天，待到夕阳快要落山，棺椁也必须入土为安了。

为聂星痕抬棺入葬的，是其亲信大臣的八名嫡系子孙，皆是各自族中拔尖的青年，或擅骑射，或擅诗文，或擅书画，人品才学个个一流。如聂星痕从前一般，均是青年才俊。

他们八人稳稳抬着棺椁走到墓穴旁，长公主上前点起四盏长明灯，交由冀凤致置入墓穴四周的土龛之内。昏暗的墓穴骤然变亮，橘色灯火迎着夕阳，似能温暖在此安息的苍凉灵魂。

微浓一直在旁默然不语，眼看着棺椁即将放入墓穴之中，她却突然失态喊道：“慢着！”

所有人都停了下来，转头看她。她却仿若未知，缓缓上前跪倒在地，抚摩着棺盖，哽咽着说道：“让我再看他最后一眼。”

长公主微微一惊，旋即硬起心肠拒道："葬仪开始，怎能停止？你让摄政王安息吧。"

微浓摇了摇头，死命地抱着棺盖恳求："求您了，就一眼，让我再看他最后一眼……"

四周俱是无声，无人觉得这是冒犯逝者，也无人觉得这有违礼数。

长公主看着微浓盈满泪水的眸子，那眸光之中是凄楚、是乞求、是真真切切的不舍与悲痛。她看得心头酸楚，忍不住低头拭泪，但还是拒绝："你要让他走得不安心吗？不行。"

"微浓，"冀凤致也上前劝道，"太阳即将落山，不能再耽搁了，还是让摄政王尽快入土为安吧。"

微浓垂下眼眸，双手摩挲着棺椁上的狻猊雕文，哽咽回道："师父，我总觉得他没死，只要我打开棺盖，他就会突然醒来，然后告诉我……这只是个噩梦。"

冀凤致听罢沉默半晌，叹息道："这不是梦，这就是事实。"

"我就看他最后一眼。"微浓凄楚地请求。

冀凤致唯有再劝："你忍心破坏他的遗容吗？你若是真心为他，就保留他最后的尊严吧！"

是啊！她该为他保留最后的尊严，安安稳稳地送他走完最后一程。以后的路，她承诺过要替他走，此时就不该再强留。

生别常恻恻，死别已吞声。千秋万岁名，寂寞身后事。

再大的悲伤不过生离死别，再尊崇的人也不过占据方寸之地，一具棺椁，一抔黄土，一座墓碑，终此一生。

夕阳下寒风猎猎，吹得墓穴内长明灯来回摇曳，忽明忽暗。所有人都看到，烟岚郡主慢慢从棺椁前站了起来，白衣翻飞立于风中。

风声掠过众人耳畔，吹来她轻轻的三个字："落土吧。"

这三个字似叹息，又似低泣。

抬棺的八人对看一眼，无比郑重地将棺椁置于墓穴之中，稳稳当当。长公主望着依旧发怔的微浓，轻声道："你来替他添第一抔土吧！"

微浓没有拒绝，再次俯身，从地上抓起一抔黄土，一点一点仔细撒在棺椁上。众人这才纷纷上前，为聂星痕添土。

不多时，棺椁上便已覆盖了一层薄土，遮去了原本的狻猊雕纹。随后，长公主亲自走入墓穴之中，将一只黄金打造的碗置于棺头，以防来日移棺时惊动地下亡灵；冀凤致也将聂星痕生前的佩剑放在棺身正中央，用以镇棺；最后，由负责下葬的士兵添土掩埋。

从始至终，微浓就站在一旁看着，看着那棺椁一点点被黄土埋葬，一点点消失在她视线之中，直至入葬完毕，她仍旧站在原地不语不动。

冀凤致递给她一只装满烈酒的碗，在场众人皆听从召唤，各执一碗，将烈酒一半洒入脚下的土地，一半饮入腹中。

酒入愁肠，似能逼走心底的寒气，微浓骤然觉得浑身都暖和起来，体内的热血又重新开始奔涌、沸腾。

恰好，暮色在此时隐于暗夜之中，这不知名的荒野又结束了孤独的一天，长眠在此的将士们又到了沉睡之时。

而明天，又是新的一天，旭日会再次升起，朝霞会再次密布，待到了春季，这里会长出绿色的树，开出鲜艳的花，会有白云悠悠、鸟鸣风吟。这里将不再荒芜孤寂，会有无数的新生与希望陪伴着他，再也没有阴谋与憎恶，鲜血与杀戮。

微浓忽然想笑，这原本是她向往已久的日子，以后由他来替她享受。

而他本该面对的风云与倾轧，她来承担。

从此，他们都将活在对方的世界里，互换一片天地。这也是另一种相濡以沫的方式，彼此默默融合，默默分担。

刹那间，微浓释然了，举目四望，她仿佛已能看到明年春天这里的样子。还有很久以后，历史的风吹过荒野，沧海桑田，人声喧嚣，这里会有红尘烟火与他相伴。

想到此处，微浓深吸一口气，询问姜王："此地有名字吗？"

"还没有。"

"我想以他的名字命名，可以吗？"微浓轻声祈求。

姜王痛快点头："当然可以！我只怕这荒野地方辱没了摄政王。"

"没有，这里很好。"微浓按住被风吹乱的头发，想了片刻，道，"他的表字叫作竞存，所以我想把这里叫作竞城。"

"可是这里没有城。"

"以后会有的，千百年后，在我们看不见的时候。"

"就依郡主的意思。"

丧葬仪式结束，聂星痕已入土为安，众人也打算在苍山上安顿一晚再起程返回燕国。长公主开口询问微浓："你是否要随我们一起回去？"

"是，"微浓毫不犹豫地点头，"我要回去。"

长公主并未多问，也知她心里想的是什么，遂点头道：“也好，路上咱们娘儿俩再仔细商谈。”

姜王便适时相邀：“天色已黑，长公主和郡主快请上山用饭吧。时间仓促，条件有限，山上布置得极为简陋，只好请诸位贵客暂且委屈一晚了。”

不管姜王心中作何感想，至少他在面子上让人挑不出任何错处。众人心里也都明白，聂星痕这一死，燕宁的战况便会有所转变，燕国的实力也会大打折扣。这等情形下，姜国没有立即见风使舵，反而对燕国还能如此礼待，也算难得了。

于是众人极尽客套，一边上山一边攀谈，因聂星痕之死所带来的忧愁仿佛也稍微淡了些。长公主、冀凤致、姜王与微浓四人走在最前头，均是徒步登山，也聊起了如今的局势和燕姜以后的关系。

姜王明确表态称，会与燕国共同抗宁。长公主心里虽不敢尽信，倒也觉得安慰许多。众人一起用过晚宴，皆是姜国当地风味，长公主因累了一天，年纪又大，宴席中途便已觉得疲劳不堪，勉强扛到结束便回去歇下。

她这一歇息，众人都恐打扰她，也不敢四处走动，唯有早早入帐。冬日的寒气幽幽袭来，只闻夜风飒飒，万籁俱寂。

蓦地，一阵马蹄声打破了这寂静的夜色。微浓猝然惊醒，披衣出外察看，便见几个姜国侍卫押送着一个身穿燕军铠甲的士兵，正向姜王的住处走去。

“慢着，”微浓立即问道，“这是怎么回事？”

“有人假扮燕军夜闯苍山，说是要见烟岚郡主。”姜国侍卫回道。

“我就是，”微浓看向那被押送的燕军，“你是哪个营的？找我有何事？”

“小的是镇国侯座下斥候，有令牌为证，受侯爷之命来给您送信。”

“什么信？”

“宁王要见您。”

“见我？”

“宁王说有重要的事与您面谈，为表诚意，面晤期间继续停战。”

一月之后，微浓由冀凤致作陪，抵达宁王宫。因这一突发事件，宁王又明确表态继续停战，微浓只好临时调整计划，让明尘远秘密返回燕国和长公主一同稳定朝政，但是对外仍旧宣称他是在幽州坐镇。

微浓本不想让冀凤致陪她来宁国，但后者坚称是为祁湛而来，希望能够收敛其遗物送回墨门，她便没再反对。

师徒两人一并走向宁王的圣书房，却在偏殿门外看到一个人，一袭白衣，负手而立。腊月初的黎都已经分外严寒，可他依旧衣衫单薄，犹如一座没有生命的石像伫立在那里，也不知是在等着谁。

微浓远远瞧见云辰，脚步不曾有片刻停留，面上更无丝毫反应。待走至圣书房门前的回廊，早有太监在此相迎，她视若无睹地从云辰身旁走过，就好像对方真的只是个陌生人，彼此素不相识。

冀凤致看了一眼微浓的反应，又默默转头去看云辰。后者的脸色很苍白，在微浓与他擦肩而过时，他的嘴唇微微翕动，似乎想开口说什么。但他终究什么都没说。

反倒是冀凤致主动开口唤他一声："云大人。"

云辰朝冀凤致颔首致意，仍是不语。

这边厢，太监正与微浓说话："郡主远道而来，一路辛苦，还请更衣喝杯热茶，王上已在圣书房等您。"

"不必了，直接进去吧。"微浓语气冷淡，自行解下狐裘交给那太监，又回头召唤冀凤致，"师父，走吧。"

尚未等冀凤致开口应答，那太监已抢先说道："烟岚郡主恕罪，王上说要单独见您。"

微浓霎时警惕起来："冀先生誉满江湖，不仅是本宫的老师，亦是我大燕的军师。既要商谈国事，为何要撇下他？"

那太监立即解释："您误会了，王上不是不见冀先生，是要单独见。"他用手比画了一下，"您二位都是单独觐见。"

微浓冷冷瞟了他一眼："公公好像说错话了，燕宁两国地位平等，何来'觐见'一说？本宫是体恤贵国王上年纪老迈，恐他身体欠安才主动前来，这是本宫的礼，可不是贵国耍威风的话柄！"

那太监没想到小小一个郡主说话如此强硬，一时有些下不来台，赔罪又失了宁国的面子，便没有作声。

微浓见状，再度强硬表态："既然公公不认为自己错了，本宫也只好拒绝商谈，否则就成了你口中的'觐见'。这来一趟宁王宫，平白矮了一截，传回燕国教本宫如何见人？"

微浓说话声音很大，故意想让正殿里的宁王听见。果不其然，她这次话音刚落，便有个她看着眼熟的老太监跑了出来，询问情况。

微浓故作倨傲之色，将方才的事大致复述一遍，那老太监倒是很痛快，立即对微浓致歉，还将错误都揽在自己身上，只字不提宁王："都是老奴御下不严，手底下人说错了话，这就向郡主赔罪。"

“哦？本宫怎知这不是贵国王上的意思？”微浓得理不饶人。

那老太监沉默一瞬，并不替宁王表态，只委婉地道：“以王上如今的心情，郡主觉得王上还会如此吗？”

姜还是老的辣，这句话堵得微浓无法反驳，那老太监便伸手相请：“郡主请吧，王上与世子殿下都在书房等着您呢。”

世子？原澈？微浓顾不上再多问了，转身对冀凤致道了一句“师父小心”，便欲提起裙裾走入主殿。

岂料那老太监在她身前挡了一下，微笑着道：“郡主恕罪，请您交出兵器。”

微浓利索地从袖中取出两支峨眉刺，却没交给那太监，转而交给了冀凤致。老太监看到这对兵器，眼神晃了一晃，倒也没再多说。

微浓遂挑衅着问：“怎么？公公还要搜身？”

“职责所在，请您多包涵。”那老太监使了个眼色，偏殿里的两名侍女便一同上前，在微浓身上仔仔细细搜了一遍，待到搜罢，老太监再次做了个“请”的手势，微浓这才走进正殿。

随后，老太监又对冀凤致笑道：“冀先生稍等片刻，待郡主出来，王上会单独传您进殿。”

冀凤致年纪大了，已无心做言语之争，点头回道：“有劳。”

圣书房正殿内。

微浓径直迈入，一眼便看到了原澈。他跪在地上，身形消瘦，穿着一件极其朴素而单薄的衣袍，仅一个背影便是狼狈至极。

微浓又上前两步，抬头看向丹墀之上，但见宁王正有气无力地坐着。晌午的日光直直铺洒进来，照见他苍老的面容和疲惫的神色，白发、皱纹、病态无处可藏，分毫毕现。

距离聂星痕去世已经过去了整整六十天，在查清罪魁祸首之后，微浓对原澈的恨意也渐渐冷却。此刻，她也不知自己到底是什么心情，有恨、有怒，但更多的是对原澈感到失望，失望于他的狭隘与冲动。

宁王见微浓克制着怒意，站在原澈身边不发一言，便率先开口：“烟岚郡主，这孽障今日就交给你处置了！”

“何为‘处置’？”

“要杀要剐随便你。”宁王撂出话来，声音沉痛。

微浓看向原澈，他死气沉沉地跪着，低垂着脑袋，脸庞埋在散乱的头发里，看不见任何表情。他没有抬头去看微浓，或者说他没脸去看。

被燕军押回宁王宫的一路上，原澈日日都与祁湛的棺椁相伴，想着那晚冲动的行刺，后悔便如决堤的潮水奔涌而来。他与祁湛虽有争斗，也曾数次暗下杀手，可是他从来没有想过，他会亲手杀死祁湛，还是在燕军大营里！

祁湛明明可以制止他的，却因为认出他的身份而迟疑，反被他失手错杀。那一刻他根本不知道自己在干什么，脑中只有一个念头——趁着老爷子还没有认下聂星痕，他一定要永绝后患，他要立功，要击败燕军，要剪除一个对手！

他知道自己完了，走出这一步，他将永远被烙上卑鄙无耻的阴险小人的印记，也将永远地失去亲情和爱情，失去王祖父和微浓。他不敢抬头，即便微浓就站在他身边，他也没有资格再去看一眼了。

微浓倒是没有想着处置原澈，她反而想起方才遇见云辰的情形，思索片刻，开口问道："您方才见过云辰了？"

"见过了。"宁王语气平平。

"他对您说过什么？"微浓再问。

"怎么？你有话说？"宁王面色如常，不答反问。

微浓想起那日她曾对简风说过，她要将祁湛和聂星痕遇刺的内幕告诉宁王，可当真正面对宁王时，她又迟疑了，说出来会有什么后果？

而云辰眼下就在宁王宫，一旦她说出来，云辰插翅难逃。

微浓唯有委婉地问："当日夜里的情形，魏侯世子没向您提起吗？"

若放在以前，宁王必定配合微浓绕圈子，但如今他心情悲痛，根本没有耐性听微浓一再试探，忍不住喝问一声："你到底想说什么？"

微浓心头大感诧异。以她对原澈的了解，出了这么大的事，又有这么多内情，原澈为了脱罪，必定会将简风从中作祟的事供出来。可是看宁王的反应，原澈根本一个字没说。

微浓再次看向原澈，而后者依然跪在原地，没有任何反应。

"你到底想说什么？"宁王见微浓半晌无话，忍不住再次喝问。

微浓心存疑惑，决定暂时不提一干内情，顺着宁王的话道："不是我想说什么，是您叫我来宁王宫做什么？我若真对魏侯世子'要杀要剐'，您会同意吗？这种话不提也罢！"

"你不知道，你根本就不知道！"宁王突然情绪大乱，"孤比你更想杀了这个阴险、自私、狠毒的孽障！"

在微浓的印象里，宁王无论何时都保持着冷静、威严的仪态。他坐了六十几年的王位，经过无数风浪，子孙互相倾轧之事时有发生，丧子丧孙他更不是头一次见到，早该练就金刚不坏之身了。

但宁王此刻却大发雷霆，面上尽是悲痛欲绝之色，可见祁湛之死对他的打击有多大。

微浓不想再说什么讽刺的话了，在这件事上，燕宁都是受害者，他们承受着一样的痛苦，一样痛失至亲至爱之人。她只是回道："如何处置魏侯世子，容后再议，如今我更想知道您对燕宁之间的关系作何看法。"

听闻此言，宁王的情绪似也渐渐冷静下来，他抚着额头沉声回道："孤今日让你前来，就是要告诉你一件事，攸关宁燕两国之国运……"

不等微浓开口追问，宁王已是老泪纵横："聂星痕……他是孤的亲外孙！"

"你说什么？"微浓心中惊悸，怀疑自己是幻听。

而一旁的原澈更是惊讶无比，睁大眼睛抬头问道："聂星痕他……他难道不是太子伯伯的私生子？"

此话一出，宁王勃然大怒，抄手将案边笔洗扔在了原澈脸上："狗东西！这种谣言你也说得出来？！"

宁王话到此处，却恍然大悟，指着原澈痛斥："难怪你会去袭击聂星痕！孤还以为你是为了两国战事！原来你是怕多一个竞争对手和你抢王位！"

宁王气得脸色涨红，走下丹墀，一脚狠狠踹在原澈胸口："孽障！你有没有脑子？他若是孤的亲孙子，孤还用费尽心机扶持湛儿？两国还打什么？亏得孤还以为你长进了，知道去暗算敌军主帅！原来是孤高看你了！"

宁王声音沉痛，眼见他又要对原澈一番拳打脚踢，殿内两名太监连忙上前劝止。原澈也连连磕头请罪："王祖父息怒，是孙儿不孝，是孙儿听信谣言，上了人家的当！"

"你是听了谁的谣言？"宁王厉声质问。

原澈却没再继续说下去，只将额头抵着冰凉的地砖："都是孙儿的错，都是孙儿的错……"

"事到如今你还要包庇谁？谁传的谣言？说！"宁王不死心地追问。

"不怪任何人，是孙儿听了聂星痕的身世……自己猜的。"原澈咬牙揽下所有错误。

微浓一直在侧冷眼旁观，此时也面无表情地道："王上，我没有时间看您教训孙子，先说正事吧。"

宁王转头看了看微浓，又看了看原澈，无力地踉跄几步。两名太监连忙搀扶过他，将他重新扶回龙椅之上，他这才算是冷静下来，朝两名太监挥了挥手：“你们都出去，没有孤的允许，谁都不许进来。”

太监们显然有所顾虑，但还是躬身退出了正殿。

微浓知道，宁王是要说聂星痕的身世了，便也没再说话，静待下文。

宁王双手无力地撑在扶手之上，语带愧色：“当年是我一场轻狂，毁了几个孩子……”他缓缓陷入一段深沉的回忆之中，说出了积郁在心头五十年的秘密。

世人都知宁王七岁登基，乃九州有史以来在位时间最长的一位君王。但事实上，他登基之时年纪尚幼，朝政全靠其母——宁国圣慈王太后一力支撑。直至宁王二十岁，圣慈王太后去世，他才将大权全部收归，开始了真正的掌权之路。

而在圣慈王太后去世当年，他才刚到弱冠之龄，又是初掌权，为表孝心，他决定罢朝百日去王陵守墓。当时他已经大婚，后宫中妃嫔有数十人，但为了能博得朝臣、百姓的好口碑，他拒绝后妃相随，只带了数百侍卫和寥寥几个侍女前去，并声称：守孝期间不穿绫罗，不食荤肉，清心节欲。

当时，这段话也的确为他赢得了极高的评价，一时广为朝野称颂。

可说起来容易做起来难，王陵之中的生活异常单调，每日除了看书、习武之外，他根本无事可做。说是扫墓，其实不用他亲自动手；说要逛园子，偌大的王陵之中尽是列祖列宗的陵寝，即便风水再好、风景再美，他也无心游逛。

其实粗布麻衣、粗茶淡饭的日子尚可忍受，但让他一个血气方刚的青年做到清心寡欲实在不太容易。偏生身边几个侍女都是当年圣慈王太后挑选的老实人，近身服侍虽无微不至，但是木讷乏味，根本引不起他任何兴趣。

直至圣慈王太后去世的第四十九天，王陵之中为其进行了隆重的招魂祭奠，他才发现有一个女子在为他的母亲守陵，是真真正正的守陵，就住在陵寝门口的石室之中，每日都要点灯、洒扫、诵经。

这名女子他认识，是圣慈王太后生前非常宠爱的一名侍女，比他大四岁，名叫看雪。他每次去觐见王太后时，都能见到她服侍在侧，偶尔也会与她攀谈几句，询问王太后的衣食起居，对她的印象还算不错。

见看雪在此守陵，他才想起来，圣慈王太后生前根本离不开看雪服侍，故而临终前特意留下遗言，命其殉葬。后来是他觉得活人殉葬太过残忍，便下令改由石人代葬，而原本殉葬之人改为守陵。看雪因此免于一死，却要终生留在这座王陵之中，与圣慈王太后的陵寝相伴。

守陵人的生活清苦、单调，并非一般人可以忍受。而住在石室中的守陵人更苦，与死者仅一墙之隔，每日除了点灯、洒扫、诵经、祭奠之外，根本无事可做。尤其石室建在地下，毫无人烟，一年四季皆阴冷潮湿，不见天日，这样的日子连男人都无法忍受，更何况一个如花似玉的姑娘。

最令他痛心的是，看雪已在宫中做了十年侍女，还有一年就满二十五岁，该到出宫的年纪了！而在这之前，圣慈王太后还口口声声说要为她寻一门好亲事，可是一转眼，却又留下遗言要她殉葬，即便由他开恩免于生殉，她却也注定要凋零在这王陵之中。

他知道，圣慈王太后为人挑剔、强势，能得到她的信赖并不容易，看雪必定是个好姑娘。而就在这座王陵之中，他对她的好印象变成了愧意和怜惜，加之他实在太过寂寞，便每日都来石室里找她说话解闷。

最终，两个孤寂的人互相得到了慰藉，他对她由怜生爱，在这最该清心节欲的地方发生了罪恶的事情，玷污了列祖列宗的安息之地。

可他并不后悔，他疯狂地迷恋上了看雪。短短不到两个月的相处，他终于明白为何挑剔如圣慈王太后也会偏爱她——她温柔体贴、善解人意，就像春日里的绵绵细雨，清凉清新，润物细无声地滋润了他。

他十五岁大婚，迄今已有五年，后宫里那么多大家闺秀，与看雪相比竟都乏味至极，无一人能如她这般知他心意。原本清苦的守陵生活，因为有了她而迅速飞逝。不知不觉三个月守陵期满，他必须回朝，而她依旧要留下。

因为他当时刚刚掌权，面对朝堂、朝臣都是步履维艰，根本没有勇气把她带回宫去。他害怕朝臣们的指责与辱骂，骂他道貌岸然，骂他不孝不义，骂他在王陵之中与守陵的侍女苟且。他必须要维护一个明君的声誉，维护他将来的君王之路。

于是，他向看雪承诺，至多两年，等他真正坐稳了王位，他就来接她回去。而他也真的这样做了！甚至没等到两年，他就迫不及待地开始筹划要如何把她接进宫里。他想了无数种方法，有假死、有换人、有更改身份……

可当他亲自去王陵接看雪时，赫然发现看雪已经生下了一个孩子！那是一个女婴！

王陵之中人烟稀少，墓室里的守陵人更是与世隔绝，看雪自他走后便有了身孕，却因常年待在石室之中，根本无人发觉！她竟然独自生下了这个孩子！

因为条件艰苦，那孩子虽然已经十个月大了，却还是小小的一团，面黄肌瘦，毛发稀少，手指上长满冻疮。他当时已是两个孩子的父亲，看到这孩子更是愧疚不已，当即决定把她们母女都接进宫里。

可他没想到，看雪拒绝了，她自觉辱没了王陵的神圣，对不起圣慈王太后的信任，选择留下赎罪。但石室苦寒，她终究是心疼孩子，便请求他把孩子带回宫里。他劝不动她；也自知罪孽深重，只得将孩子带了回去，而让看雪继续留下。

回宫之后，他不敢说出这孩子的来历，只得编造了一个理由，说是去王陵祭拜之时，路上偶闻婴孩啼哭，想是列祖列宗显灵降福，便将这孩子带了回来。

他亲自为孩子取名澈儿，养在王后宫中，因他当时膝下只有两个幼子并无女儿，便也对澈儿格外疼爱。但因顾及名声，虽然他待澈儿比任何孩子都亲，他始终没敢承认这是他的亲生女儿。就连王后也从未怀疑过澈儿的身份，待她极好。

没过几年，看雪在愧疚与自责之中病逝，他又把对看雪的全部思念转移到了澈儿身上，待她更好。因为惦记澈儿，他每月纵使再忙也要去王后宫里四五日，宫人们都说他对王后情深义重，成婚十数年来恩爱不变。其实少有人知，他全是为了澈儿。当然，发妻对澈儿视如己出，他也确实感激敬重。

只是万万没想到，他还是有所忽略。澈儿与太子原真都养在王后膝下，从小一起长大，他看到原真对澈儿疼宠有加，本以为这是兄妹之情，可两人却发展成了男女之爱。

当他发现两人的关系不一般时，已是王后带着原真来向他当面求娶。王后的本意是澈儿身份特殊，又深得君恩，两人若真心相爱，就该名正言顺地请求赐婚。他得知此事后惊怒交织，将王后痛斥了一顿，又下令将澈儿软禁，不允许她和太子原真再有来往。

谁知这两个孩子都是执拗脾气，一个扬言非卿不娶，一个声称非君不嫁。为了保持他身为君王和父亲的威仪，他又不能说破真相，唯有硬逼着原真娶了正妃，还将澈儿送去别宫继续软禁。

如此过了整整一年，直至太子妃怀有身孕，他才觉得事态慢慢平息，将澈儿重新接回宫中。原本他是打算安排澈儿出嫁，岂知两个孩子又迅速旧情复燃，甚至走了极端的方式，想以“生米煮成熟饭”的方式来要挟他！幸好他及时发现，才没让两个孩子铸成大错。

无奈之下，他只好将当年的内情原原本本说了出来，这也彻底打击了两个孩子。太子原真本是他最中意的接班人，文韬武略，对政事也颇有见地。可自从真相揭穿之后，原真开始一蹶不振，甚至沉迷女色，政事上也不如从前勤勉。

澈儿更不必说，每日以泪洗面，还因此生了一场大病。

真正让他下定决心送澈儿离开，是在他即位第三十三年，有人前来暗杀太子原真。主使者始终没有被查出来，不外乎是他的另外两个儿子。但杀手不多，只有四五人，其中一个还是女人。

原真虽然颓废，但还保持着警醒，身手也不错，所以对方没能得手，反而被原真生擒了一名女杀手。可他没想到的是，仅仅因为那女杀手与澈儿长得有几分相像，原真便受了刺激，醉酒之后将那女杀手强暴了。

这一旦传出去就是宫闱丑闻，对身为太子的原真名誉损害极大。也是这件事让他真正意识到，如若他再不采取措施彻底斩断两个孩子的情愫，他辛苦培养的太子就要毁了！

一个是当朝太子，一个是私生女，舍弃谁，毫无疑问。他选择送走澈儿，不仅是把她嫁出去，还要嫁得远远的，再也不会回来！唯有如此，两个孩子才能彻彻底底遗忘过去，重新开始。

起初，他想收澈儿为义女，册封她为公主，以联姻的方式将她嫁到楚国或燕国。可前思后想，他又有几个顾虑：

其一，他一直有抱负想要统一九州，澈儿若是以公主的身份出嫁，万一日后他真的发动战争，澈儿就会成为对方要挟宁国的把柄，不仅会让他左右为难，更会危及澈儿的安危。

其二，当年他和看雪的事情虽然隐蔽，但也有少数近身服侍的太监知道内情，因他当年心存愧疚，这几个人他并没有灭口，有的已经告老还乡，有的已经找不到踪迹。而一旦他给了澈儿光明正大的身份，是否会引起有心人的注意，从而追查到他当年在王陵中发生过的事？这是否会影响他苦心经营了三十几年的好名声？

其三，若是澈儿以宁国公主的身份联姻，万一生下男孩，哪个君王也不会傻到立一个与宁国亲近的王子为太子，以防将来大权被宁国控制。但若是澈儿以普通身份嫁出去，生下的孩子反倒可能受到青睐。届时，只要他暗中帮一把，他的亲外孙也许就是下一任楚王或燕王！

经过深思熟虑，他决定悄悄送走澈儿，并亲自找她谈过此事，希望能得到她的谅解。值得欣慰的是，澈儿要比原真冷静，她愿意离开这个伤心地，也愿意肩负起公主的责任，助他完成大业。虽然，她并没有得到公主该有的名分。

此后，他便开始物色澈儿的夫婿人选，楚国太子楚胤和燕国三王子聂旸同时进入他的视线。原本他属意楚胤，但多番打听才得知，楚胤十分惧内；反而是燕国三王子聂旸，没过一年便在长姐的帮助下坐上了太子之位，而且他与正妻感情不睦，膝下并无子嗣。

于是，他便欲张罗将澈儿送去燕国，却没想到此时传出原真喜获嫡子的消息。澈儿因此受了刺激，生了一场大病，这一病就是整整一年。

等她彻彻底底好起来，已是正顺三十五年初。痊愈之后，她就像是换了一个人，从前的抑郁脆弱全都消失无踪，变得格外坚强，也格外冷漠。说来也巧，她病愈不满两个月，恰逢宁燕交谊三十年，燕国太子聂旸亲自下帖，邀请宁国太子前往燕国，半为国事半为私交。

这是两国间的大事，宁国上到朝臣、下到百姓都喜闻乐见。澈儿听说之后，便主动提出趁此机会前去燕国。原本他还担心原真会不同意，也是澈儿相约原真密谈一番，才说服后者接受这一决定。

澈儿果然没有让他失望，随原真出使燕国，令聂旸对她一见钟情。她顺理成章地留在了燕国，所有人都以为她是宁太子的姬妾，因为当宁太子开口说出那句“女人而已，怎及两国交情”时，那种痛苦与不舍，在场所有人都看在了眼里。

澈儿留在燕国之后，聂旸也算对她用心至极。为了能给她一个名分，不惜为她换了身份、改了名字，托在当朝第一世家赫连氏族中，让她做了太子妃赫连璧月的族妹。

赫连澈月，从此宠冠东宫。可叹澈儿在宁王宫住了十几年，都没有一个正式的身份，反倒是去了燕国才有了身份。

他本以为澈儿这一走，两个孩子离得远了，彼此就会慢慢淡忘对方。最初的一年，原真似乎也真的收心敛性，慢慢好转。如此风平浪静直至正顺三十六年，澈儿为聂旸生下一个儿子，满月即被老燕王赐名星痕，疼爱非常。聂旸特意将这个喜讯送来宁国，以示两国交好。

当时已近年关，原真顺顺利利地过完年，之后便大病一场，又开始了放浪形骸的生活。而这一次，无论他如何苦口婆心地劝说、阻止，原真都没有任何收敛。

真正摧毁原真的一件事，发生在正顺三十九年——澈儿的死讯传回，当时她已是聂旸的良娣，死因是“产后抑郁”。原真得知澈儿的死讯之后，变本加厉地放浪荒淫，也彻底荒废了朝政。

与此同时，朝中开始流言频传，说是他身为宁王专权于身，压制太子天性，使得太子屡受打击，终致颓废。

他知道，这流言是原真自己传出去的，是在报复他这个父亲，是在痛斥他的无能。他没有去辩解，一心希望原真发泄过后还能重新振作起来，苍天可鉴，他是多么看重这个儿子！

然而让他失望了，澈儿的死对原真的打击实在太大，他用了无数种方法，不仅没能让原真重新活过来，反而眼睁睁看着几个孙子接连死亡，没有一个能活到成年。原真像是铁了心要报复他，任由东宫里互相倾轧陷害，后妃、子嗣一个个莫名其妙地死去都不管不问。

直至他的三子原殊生下嫡子，那孩子粉雕玉琢、冰雪可爱，活脱脱像个女娃娃，更像极了澈儿小时候。也许是冥冥之中的天意，也许真是澈儿投胎转世，那孩子甚至连胎记的位置都和澈儿一模一样，就长在耳后，状如蝴蝶！

原真看到这个侄儿之后激动非常，想要为其取名原澈，所有知晓内情的人，包括三子原殊在内，听到这个名字俱是沉默。是他不忍拂了爱子的心意，勉强点头应允这个名字，却也特意交代原殊，不要时常带着孩子到东宫走动。

可饶是如此，原真还是将象征王权的龙吟剑送给了原澈，更多次暗示想将原澈过继到膝下。他觉得此事不妙，为了不让原澈时常出现在原真面前，他甚至将一无所成的原殊册封为魏侯，赐他们父子封邑丰州，从此将这对伯侄隔绝。

这就是原真为何特别偏爱原澈的理由，更是他纵容原澈胡闹十几年的根本缘由。可他分得很清楚，王位必须要留给原真的血脉骨肉！哪怕是一个私生子，是一个女杀手生下的孩子，他都乐意给予那孩子王太孙之位！他在竭力弥补了！

而原澈根本不适合做王太孙。这个孙子所得到的一切疼爱，只是因为一个胎记，一个名字，一张肖似故人的脸。他可以无条件地纵容原澈，却不想看到他时常出现在自己面前，勾起自己这辈子最不愿回想、最不堪的一段往事！

宁王回忆至此，似乎已是无力至极，他瘫软在了龙椅上，拍着桌案对微浓痛声说道："太子与澈儿，是孤最看重的两个儿女；湛儿与星痕，是孤最看重的孙子与外孙！如今……如今一切都没了！你说孤恨不恨！孤比你更恨！"

"不，不可能！这不是真的……不是真的！"原澈听完这一切，已经恍惚至极，"我不相信！这是假的！"

"假的？你扪心自问，你太子伯伯对你如何？你到底有哪一点出众之处，值得他如此厚待你？他又为何要把龙吟剑送给你？"宁王怒极反笑，"你当真以为是你机灵聪敏，讨他欢喜？你父侯想方设法要把他拉下太子之位，他为何还对你这么好？他是傻子吗？！"

"在他心里，你就是你澈姑姑的替身！"宁王终于说了出来，沉痛而愤怒，"现在你高兴了！你满意了！孤最看重的孙子和外孙都被你杀死了！你太子伯伯和你澈姑姑要死不瞑目了！死不瞑目！"

原澈睁大眼睛，眼中头一次积蓄了泪水。曾经，他一直觉得太子伯伯对他青眼有加，若非祁湛突然出现，他早就该是王太孙了！是祁湛，抢走了本该属于他的一切！所以他嫉妒、他愤怒、他怨恨，看到老爷子一再栽培祁湛，他更加不忿！

他以为只要搞垮祁湛，只要杀了他，一切就可以回到正轨！于是，他处处与祁湛作对，想方设法陷害祁湛，想要置他于死地！

可原来，这一切都不是他的。他的名字、长相、获得的宠爱，甚至他父侯的爵位，他拥有的一切，都是因为另外一个人！祁湛的再三忍让，只是怜悯他这个一无所知的可怜鬼！

可笑他原澈自负了二十几年，飞扬跋扈、眼高于顶……原来都是别人的施舍！是一场天大的笑话！

原澈瘫坐在地上，想放声大哭，又想放声大笑，他心中一直以来坚定的信念和目标，这一刻轰然崩塌！

“你知道孤为何不考虑你做王储？因为你太自私，太多疑，太独断！你若做了王储，你的叔伯、兄弟都不会有好下场！孤的子孙，都要死在你手里！”宁王颤抖着伸出右手，指着原澈痛声大骂，“你永远不能体会孤的心血！你只顾着你自己！”

因为愤怒，宁王一张脸已经憋得通红，可他还觉得不够，继续骂道：“若不是因为你这张脸，这个名字，孤真是恨不得杀了你！杀了你！”

面对宁王的愤怒痛斥，原澈震惊无力。微浓听完整个故事，心头更是冲击不断。她似也能感受到宁太子、澈夫人的无力与悲伤，感受到他们相爱而不能爱的悲哀，感受到宁太子送走爱人的痛苦。

命运何其相似！聂星痕母子两代，竟都经历过同样的感情悲剧！爱上自己的手足，送走自己的爱人。

然而命运又对聂星痕何其优待！她和他只是一场错认！兜兜转转，苍天又给了他们一次机会！只可惜，她并没有把握住。

微浓恍然想起聂星痕此次出征宁国时，曾有一段极其消极的日子，这种消极就连她在燕王宫都感觉到了。可当她赶去苍山时，聂星痕又已经恢复如常。

这会与他的身世有关吗？微浓不禁问道：“这件事，他知道吗？”

微浓没说“他”是谁，宁王却已点了点头，声音颤抖：“知道。他亲征宁国的消息刚一传来，我就派了心腹送信给他，将当年内情如实相告，只可惜他并不理解我。”

“呵呵！若是我，也必不能理解！”微浓冷笑出声，感到愤怒非常，“你可知道他在燕国过的是什么日子？自幼丧母，委曲求全，赫连璧月稍有不满，就对他体罚！这么多年，他的一切都是靠他自己努力！若不是没有活路，他怎么会处心积虑要抢王位！他是要替他母亲报仇！”

“而这一切，你就是罪魁祸首！”微浓抬手指向宁王，怒而再斥，“当年你若肯认下澈夫人，让她以宁国公主的身份出嫁，她怎会受赫连璧月欺辱致死？！但凡你在背后给他们母子撑腰，他这条路又岂会走得如此艰难？！他童年受苦时，远走房州时，你可曾过问一句？！眼下他得势了，要攻打宁国了，你又急匆匆跑来认外孙！你怎么做得出来？！”

“谁说我对他不闻不问！我是在磨砺他的意志，是想让他成器！”宁王拍着桌案，大声辩驳，“我若不关心他，就不会知道你和他所有的事！也不会派湛儿去刺杀聂星逸！更不会帮他牵制云辰！我一直在帮他！”

“这有用吗？”微浓的眼底此刻已积满泪水，“他最需要的不是这些！是有人关心他，对他全然地信任！而你，就为了你的宏图大业，为了你的一己之私，造成他三十年孤苦无依！”

微浓越发难以克制情绪，回头看了原澈一眼，心头悲愤：“还有原澈！他为何对祁湛耿耿于怀？都是因为你！你没有做好一个父亲、一个祖父！你让你的子孙互相残杀！”

“从头至尾，你心里只有你的名誉、王位！宁太子和澈夫人，祁湛和他，都是被你害死的！原澈也是毁在你的手上！”微浓说到此处，终于流下眼泪，这眼泪是替聂星痕而流，“我若是他，也绝不会原谅你，绝不！”

“妇人之仁！”宁王依旧固执己见，“这件事上，我唯一的错处就是没有好好对待看雪母女！除此之外，我做的一切都是为了家国大业，绝没有半分私心！天下人都会懂我！”

“是啊，天下人都懂你，我们却不懂！”微浓擦掉眼泪，放声大笑，“我们不懂你在王陵之中苟且，在为母守孝期间留下私生女，不懂你为了名誉出卖女儿、逼疯儿子，更不懂你让亲生孙子去做杀手，让外孙孤苦无依！”

微浓一步一步走上丹墀，逼近宁王，狠狠拍上他的桌案。愤怒之下，她目中充斥着血红，声音也变得沙哑撕裂：“多少人因你流血流泪，改变一生！你的一句话、一个念头，造成多少无法挽回的错误！他在燕国摄政七年，你为何不早点说出真相！如今，你不觉得太晚了吗？！”

微浓的话语毫不留情，如同一根根尖锐的针刺，从四面八方向宁王袭来，将他刺得千疮百孔，刺得遍体鳞伤。多少年了，他不曾面对过这样的侮辱和质疑，他无法忍受，拍案怒道：“放肆！你是什么身份，你有什么资格置喙孤的做法！”

“任何一个燕国人，都有资格置喙！”微浓早已看穿一切，露出轻蔑的表情，“相安无事之时，你与他撇得干干净净，待到两国开战，你却急急忙忙来认外孙。你打的什么主意？安的是什么心？不就是想用亲情作幌子，不废一兵一卒，让燕国对你俯首称臣！成就你的帝王大业！”

“岂有此理！”宁王气得直打哆嗦，话已说不完整。

"怎么？无话可说了？"微浓继续讽刺，"在我眼里，你甚至比不上燕高宗聂旸！至少聂旸错认我时，他敢光明正大将我接回宫，册封我为青城公主！你对澈夫人敢吗？与聂旸相比，你甚至都不是个男人！"

"自身不正，何以正家！家族不正，何以正国！端看你这个宁王如何虚伪自私，也活该你膝下虚空，活该你香火不旺，活该你国祚无继，全是你自作自受！"

微浓歇斯底里地叫喊着，以致疯狂失态。可她还觉得不够，还不够！就算用尽世上最恶毒的语言，都无法形容她此刻心中的痛与恨，厌与憎！

面对微浓的句句痛斥，宁王气得心口泛疼，一口气险些提不上来。

而原澈就跪在殿中央，目瞪口呆地看着微浓。他几乎要忘了方才那些令他备受打击的真相，只愣愣地听着微浓对宁王一番痛斥，震惊非常。

宁王见原澈如此没眼色，忍不住拍了拍桌案，指着他道："药……药……不长眼的东西！来人！"

原澈这才反应过来，连忙起身跑上丹墀，正打算询问药在何处，便见殿外两个太监已经破门而入，匆匆跑到宁王身边，将桌案正中的抽屉打开，拿出一瓶药丸。

宁王将整整一瓶药丸全都倒进自己嘴里，这才渐渐平复下来。他浑身一放松，手便打了个战，药瓶忽地摔落在地，"啪嗒"一声摔个粉碎，声音异常刺耳。

老太监见状，便询问宁王是否要传御医诊脉，另一个太监则对着微浓呵斥："你大胆冒犯王上！是死罪！"

"他是你宁国的王，可不是我燕国的王！我犯的是哪门子死罪？"微浓毫无惧色地反击，"今日是宁王请我来的，真相是他告诉我的，那他就得做好自取其辱的准备！"

宁王大口喘着气，与微浓对视半晌，才摆手挥退两个太监，冷冷撂出一句："孤不与她一般见识，没有教养！"

这一句更加激怒了微浓："我没教养？你有吗？你的教养可真好！真是世人口中的明君！天下君王的典范！"

微浓与宁王就隔着一张桌案，双手死死撑在案上，她从不知道自己还能如此愤怒、如此疯狂，浑身的血液就像是凝固了，胸口像被什么东西狠狠绞着，牙关紧咬，好似再多说一句话，她就会理智尽失！

两个太监都看出了微浓眼中的杀气，吓得站在原地不敢走，心里默默寻思是否该唤禁卫军上前。

而宁王服用药物过后，脸色已然惨白至极，显然已经没有力气再发怒了。他将目光从微浓面上移开，看向原澈，对他斥道："你退下！"

原澈不敢多问一句，他知道宁王必不会杀了微浓，便出言告退。两名太监听闻此言，也随之告退。

微浓看了看原澈离去的背影，又转回头再看宁王，冷冷地道："您方才痛说家史，想必也不是为了自取其辱，今日叫我来究竟是什么意思，总该说了吧。"

"你觉得孤会是什么意思？"宁王卖起了关子。

微浓没有一丁点猜测的心思和兴致，冷笑一声，径直转身走了，边走边道："战场上见吧！"

"你连这点耐心也没有？！"宁王在她身后冷冷地道。

微浓这才停住脚步，却没转身："不是没耐心，是不想奉陪。"

"你先听听孤说什么，或许你会有点儿兴趣。"宁王捂着嘴巴咳嗽一声，"孤的意思是正式停战，两国合一。"

听到这一句，微浓迅速转身："什么叫'两国合一'？"

"和平统一，谁也不吞并谁。"宁王简单解释。

微浓沉默了，她没想到宁王今日一下子给了她两次冲击，一次于私，一次于公。

"燕宁和平统一，那姜国呢？楚地呢？"微浓问出第一个问题。

"只要燕国愿意，姜国还用考虑吗？至于楚地，"宁王终于笑了，"不早就是燕国的地盘了吗？"

微浓轻笑："谁能做云辰的主？"

"这上头有写。"宁王从桌案上拿起一本小册子，示意微浓上前，"这是初步计划，你过来看看。"

微浓看着他手中的小册子，将信将疑："这又是唱的哪一出？"

宁王无奈解释："星痕死后，孤一直在考虑这件事，毕竟本是一家人，走到这个地步，孤也不想再看到两国互相残杀了。这个决定对两国百姓都好，你自己看看。"

微浓说不出心中是什么滋味，她返回丹墀之上，接过宁王手中的小册子，翻开粗略一扫，已是吃了一惊。

这小册子上是详细的统一计划，主要以燕宁两国为主，不仅写了朝堂、军队合并之事，就连工、农、渔、牧等各个方面的条例都已经初步拟定。这样一个计划，绝不是一朝一夕所能完成的。

聂星痕才死了多久？两个多月而已！短短时间内，宁王怎么可能就想出这么详细的计划来？

微浓忍不住确认：“这真是最近才做出来的？”

宁王没有正面回答，只道：“如今你再纠结这些无谓的问题有意义吗？女人的注意力永远那么狭隘！不放在大局上！”

“你心虚了？”微浓捏着那本小册子，寸步不让，“这东西总得几年工夫才能制订，你怕是从星痕掌权就开始计划了。”

微浓重重将那本小册子摔在地上：“这计划你是不是也让他看过了？然后被他拒绝了？现在你又想来说服我？”

她话音刚落，裙摆带起一阵风，脚边的册子恰好翻开在第一页，但见上头赫然写着：“四国和平统一，无分你我，以原氏为帝，恢复楚王室，与燕、姜各自封王……”

微浓只觉得想笑：“既然和平统一，又为何要尊原氏为帝？难道不能尊聂氏？还有如你所说，既然楚地归属燕国，恢复不恢复楚王室，难道是你说了算？”

“聂氏还有人吗？燕国还有谁能说了算？聂星逸？”宁王三句反问，隐隐透露着威胁的意思，似乎涉及某个即将被揭露的王室秘密。

微浓心中警铃大作，她很想追问，又恐不打自招，唯有忽略这个问题，继续指出：“你这种统一，与四国割据有何分别？不过就是尊你为帝，每年向你进贡罢了！换汤不换药，图个虚名而已。”

“你难道有更好的法子摆脱现状？还是你想继续打下去？”宁王指了指门外，“别说宁国，就是屋外还有个云辰，你能斗得过？”

“是你斗不过吧？还是你怕百年之后，你的子子孙孙斗不过？你不想把江山拱手让给云辰，便想出恢复楚王室的伎俩来拉拢他，让他甘心替你们原氏卖命？”微浓无声地嘲笑，“真是个天大的笑话，你这是在求他放过你的子孙，却又低不下头，便想用这本册子给自己搭块遮羞布而已。”

微浓一针见血，将宁王气得无话可说。宁王心里纵是一百个不愿承认，可又明白她说的全是事实。

“若是星痕和湛儿还在，孤岂会忍你如此侮辱！”宁王又开始捂着心口喘气，“孤比你更想杀了云辰！”

微浓一脚踩上那本小册子：“你以为云辰是傻子吗？他会不知道你打的是什么主意？一旦他归附于你，等原氏坐稳了新朝大位，他岂不是任你宰割？”

此时此刻，宁王真是后悔把微浓叫来，他今日已经疲累至极，实在没有心思与她做口舌之争，遂十分不耐地道：“孤都说了，云辰不必你过问，你只需说，你是否同意此事！”

"我能代表谁？"微浓再次笑了，"我只是个身份造假的外亲，您太高看我了。"

"你能代表聂持盈和明尘远就够了，"宁王突然也开始笑，"只要你表明立场，聂星逸可以交给孤来谈。"

从方才宁王提起燕王室无人做主开始，微浓就有一种不祥之感，而这种感觉在这一刻变得前所未有的强烈。她立即警醒："你都做了什么？"

"没什么，"宁王缓缓撑着桌案站起来，"贵国定义侯眼下就在宁王宫做客，烟岚郡主，你迟了一步。"

微浓心里狠狠一揪："聂星逸派他来的？"

"是啊，孤发函想要密谈统一。这时候，他不派亲生父亲来，还能派谁？"宁王露出一丝诡异的笑。

听到这一句，微浓自觉不用再装傻回避了，饶是心里纷乱如麻，她也强迫自己保持冷静，问道："你是如何知道的？定义侯告诉你的？"

宁王的笑容更深了："有件事你不知道，整个燕王室大约都不知道——聂旸根本不育。"

燕高宗聂旸不育？这怎么可能！那聂星痕是哪儿来的？微浓正欲开口追问内情，宁王已自行解答："若非我们宁王室有求子秘方，澈儿用在了聂旸身上，他连聂星痕都生不出来。"

宁王室有求子秘方？聂旸不育？微浓回想高宗聂旸的几个子嗣，好像的确如此，自己是误认，聂星逸、金城也是鱼目混珠，唯有聂星痕是高宗之子。

反观宁王室，宁王成人的子嗣虽只有三人，可孙子辈却有十人之多，只是许多早夭罢了。纵观燕、宁、姜、楚，唯独宁王室香火最旺。

这已不是微浓的认知范围，她只觉得今日几个事情接连冲击着自己，实在难以消化。

宁王面上又浮现出愧色，叹了口气："当年澈儿之所以被赫连璧月迫害，正是因为这件事。澈儿怀疑聂星逸不是聂旸亲生，还曾秘密写信回来，是我让她不要轻举妄动，收集证据慢慢揭发，结果反被赫连璧月发现……"

"饶是如此，你也没为澈夫人报仇。"微浓戳穿事实。

宁王竟破天荒地没有反驳："因为我知道，我的亲外孙迟早会替他的母亲报仇！若是我过早干预，他的复仇之火会被熄灭，谋权的意志也会减轻，或许他就没有今天的成就了。"

然而说完这一句，宁王又陷入沉默，微浓也是沉默。有所成就又如何，人都已经不在了，一切都是过眼云烟。

也许在有些人眼中，权势比人命更值钱，哪怕是至亲的性命，也比不过他在史书上的光辉一笔，在世人口中的一句美名。而这种存活的价值，微浓无法理解，更无法认同。

“所以聂星逸被架空的内情，你早就知道了。”她胸口气闷。

“痕儿上位之后，燕国长公主就宣称要同定义侯和离。这次孤发函密谈，聂星逸又派定义侯前来，这一切难道还不明了？”宁王实话实说。

微浓唯有抿唇不语。

宁王看她终于落了下风，心情大好，遂又添了把火：“如若孤许诺让聂星逸做藩王，他一个野杂种，你说他会不会动心？换作你是他，你是愿意做一个被架空了实权、整日提心吊胆、会被人拆穿身份的燕王，还是愿意在新帝的支持下改头换面重新掌权呢？”

“退一万步讲，就算孤拉拢不了聂星逸，想想燕国以后的局面——摄政王已死，无嗣；燕王又非王室血脉。燕国后果又会怎样？只要孤足够有耐心，就可以看着燕人自相残杀，坐收渔翁之利。”

听闻宁王这番话，微浓的瞳孔急剧收缩。的确，这些年聂星痕就是燕国的顶梁柱，他一死，国内的情形可想而知。聂星逸羽翼未丰，各路别有居心的人都会趁此时机大打出手。自立的自立，造反的造反，割据的割据，搜刮民脂民膏的也不会手软。

而民间人心惶惶，军队士气不振，打家劫舍、鸡鸣狗盗、逃兵投敌之事更会层出不穷，聂星痕这些年辛苦创下的基业将面临全面崩塌！等待燕国的，只会是一个下场——四分五裂，民不聊生。

这正是她急于返回燕国的缘由，她要和长公主等人联手，扶持聂星逸稳定朝纲。可她没想到宁王已先下手为强，不仅把定义侯给弄了过来，还要利用聂星逸的身世做文章！如此一来，燕国便岌岌可危！

看着微浓慌乱的表情，宁王今日这一晤终于有了胜利者的感觉，他不禁以过来人的姿态开口教导：“你到底是太沉不住气了！言语上讨个便宜又能怎样？孤是老了，口齿不及你伶俐，但今日之事就是告诉你，不要逞一时口舌之快！”

言罢，他又指了指那本小册子：“你先不要急着回绝，再好好看看，好好想想！”

“至于那些王室隐秘，”宁王顿了顿，着重强调，“说出来就是天下大乱、两败俱伤，不到万不得已，孤不会这么做的。”

第四十九章

托君社稷，还君明珠

微浓刚走出圣书房，便见原澈等在门外，看着她欲言又止。

微浓心头烦躁，此刻没心思见他，遂冷着脸道："我今日不想与你说话。"

原澈自知有愧，也没有勉强："等你气消了，我再来找你……无论多久，我都等着。"

微浓一脸冷漠，没有回应。

就在此时，一个老太监迎了上来，对她说道："郡主，王上吩咐过了，您这几日与冀先生暂时住在宫里的蓬莱阁。"

嗬！这是要软禁自己了。不过微浓也知道，自己一天不对那小册子上的事做出评判，宁王便一天不会放自己离开。如今着急也不是办法，她只能寄希望于明尘远和长公主，盼着两人已平安回到燕国京州，稳住了朝纲。

"敝国定义侯呢？他住在何处？"微浓问道。

那老太监也没隐瞒："住在清心殿。"

"两处隔得远吗？"

"蓬莱阁在东北，清心殿在西南。"

就是隔着一整座宁王宫了，看来宁王是一点面子上的功夫都不肯做了。微浓又开始发挥她"义正词严"的本领，刻意找茬儿："真是可笑，我大燕臣子来访，为何分开住？"

那老太监方才已经领教过微浓伶俐的口齿，根本不上当："郡主误会了，是定义侯年纪大了，喜欢清静，特意挑了清心殿。您听这名字就知道，清心殿是个适合静养的好地方。"

微浓一听这话，立即察觉出了异样，似乎定义侯已经站在了宁王一侧，而宁王怕她害了定义侯，特意将他们隔得远远的。

微浓决定试探下去：“哦？是吗？那蓬莱阁有什么好？”

老太监面不改色：“蓬莱阁比清心殿敞阔得多，与揽月楼相邻，一阁一楼风景优美，四周颇有仙气。您看了便知。”

“本宫是个俗人，住不惯仙气缥缈的地方。劳烦公公去禀报一声，本宫想住在清心殿附近，方便随时找定义侯议事。”微浓索性敞开说话。

老太监站着没动，笑眯眯地回道：“王上说了，您和冀先生、云大人都是清冷之人，最适合住在这等地方。云大人选了揽月楼，所以蓬莱阁就给您和冀先生了。”

原来云辰也被软禁了，这倒是有点意思，微浓终于不再反对，颔首道：“那便请公公带路吧。”

老太监躬身回礼：“老奴这就送您过去，不过冀先生要慢点，王上等着见他呢。”

宁王还真是一刻也等不及，非要一口气把人都见完。微浓只好询问一直沉默的冀凤致：“师父，您行吗？”

从微浓出来开始，冀凤致便一直心不在焉，此刻才恍然回神，点了点头：“正好，我也有要紧事想找宁王。”

微浓流露出担心的眼神，本想叮嘱他几句，又顾忌外人在场，只好说：“那我在这儿等师父好了。”她唯恐冀凤致与宁王一言不合，宁王会对他不利。毕竟冀凤致只是个江湖人士，没有什么令人忌惮的身份，与祁湛的关系也是不近不远，宁王未必会顾念他什么。

冀凤致看出了她的担心，摆了摆手道：“不必，你先回去吧。你在这儿，我反而会分心。”

微浓迟疑着不肯走，反倒是原澈此时主动说道：“你若在这儿等着，只会对冀先生更不利，不如先去蓬莱阁，我替你等他。”

微浓不想承原澈的情，正待出言拒绝，却听冀凤致又道：“对了，云大人说想见你一面，你先去赴约。”

微浓旋即冷起脸：“我们没什么可说的。”

冀凤致隐晦地劝道：“但为师觉得，你该和他谈谈。”

冀凤致言罢，用手指了指偏殿门外。微浓顺着他手指的方向看去，但见一座高耸的塔楼矗立在远处，一层层接天而上，似能登临九天揽月。而那塔楼的正中间一层，依稀可见一个白色的影子，正与她遥遥对望。

揽月楼高十层，呈八角形。这让微浓想起燕王宫内也有一座类似的楼阁，层高相同，就连名字都异常相似，名唤摘星楼。一揽月一摘星，连楼阁都要一争高低，这种巧合似乎注定了燕宁两国的对立。

微浓是在第六层看到云辰的，他仍旧站在观景台上，遥遥望着圣书房的方向，与她方才所看到的位置、动作一模一样。

她与云辰，曾相互关心，曾对面不识，曾互言悲伤，曾互诉衷肠，然而直至最后，却什么也不是，只是仇人。这世上最悲哀的关系无外乎此，叫人一想起来便感到绝望。

微浓慢慢走到观景台上，站在离云辰很远的地方，拢紧狐裘。云辰转过头去看她，风声凄凄，她的侧颜也如同这腊月的天气，寒如冰霜。

终于，他无法忍受这死一般的压抑，呢喃喊道："微浓……"

微浓淡漠地转头看向他："找我做什么？"

短短一句话，语调冷冽如冰。云辰恍惚了一瞬，才回道："你让简风带给我的话，我都知道了。"他停顿一瞬，"多谢你放他一条生路。"

"不必谢我，自会有人收拾他。"微浓面无表情。

原澈要找简风算账，这在云辰意料之中，他已经派人把简风秘密送往楚地了。一时半刻，他自信原澈找不到简风。

"不管你信或不信，我从没想过让这种事发生。"云辰明知解释无用，但还是说了一句。

微浓冷笑反问："那谣言是谁告诉简风的？是他自己编造的？"

"是我说的，有祁湛的身世在前，我想歪了。"云辰垂目，低声道，"是我让他留在聂星痕身边，收集关于此事的证据。"

"原来简风是'青出于蓝而胜于蓝'，"微浓再度冷笑，"把一个不实的谣言当成利器杀人于无形，你该骄傲才对，还解释什么？我又没说要替他报仇。"

话虽如此，但微浓手腕翻转冷袖一甩，将青鸾火凤握在手上。这段时间发生了太多事，楚地起义，聂星痕、祁湛遇刺身亡，燕宁停战……她原本以为云辰会趁机做些什么，可没想到他再度回到了宁王宫。

这正是天赐良机！微浓握着峨眉刺不再说话，揽月楼上只闻风声飒飒。

青鸾火凤的两道光芒在正午的艳阳下显得格外刺目，刺得云辰双眼生疼。他知道她话中的潜藏之意，忍不住确认："你父亲的死，我从没听你提起过。"

“我为何要告诉你？”微浓将峨眉刺在手中打着转，冷冷道，“你只需告诉我，燕高宗的侍卫良夜，是不是你们杀的？”

“是！”云辰干脆承认，“当时有人告诉了我们一个假消息，说聂旸身中剧毒时日无多，我父王的本意只是想去查探真伪，并不是要行刺。那一次，父王也损失惨重……”

“够了，多说无益。”微浓没有兴趣再听下去，握紧峨眉刺指向他，“既然你承认了，我现在要替父报仇。”

云辰也没再解释，径直朝她走去，峨眉刺离他越来越近，终于抵上了他的胸口。这个情形下，只要微浓手腕稍一使劲，火凤就会穿胸而过，刺死云辰，一切就会彻底结束。

在此之前，两人从未想过，有朝一日他们竟会敌对至此。

寒风呼啸，日光也似刀锋割来，时间凝滞，带着不为人知的隐痛。

云辰的眼神沉痛而无奈：“我们走到这一步，是我的错……我让你失望了。”

微浓依旧神情冷漠，毫无反应，只专注地看着手中火凤，似没有听到他说的话。

偏在这时，竹风不知从什么角落里跑了出来，大喊一声：“不要！”然后便飞奔过来，欲上前阻止。

微浓看准时机左手一摆，青鸾已经“嗖”的一声飞了出去，竹风躲避不及，生生中了招，但并未伤及要害，只是被刺中了右肋。

微浓看向竹风，话语杀意凛然：“五年前你在十万大山偷袭我，这是利息。”

竹风一心都在云辰胸口的峨眉刺上，根本不顾及自己的伤势，捂着肋下艰难喘气：“你有没有良心！主子不曾有半分对不起你！”

“我也没有半分对不起你！”微浓厉色反驳，“如今我后背全是伤疤，一到下雨天就疼痛无比，拜谁所赐？”

竹风急了，忙解释道：“当年全是我自作主张！不关主子的事！而且……而且主子也断了我一条手臂，我……”

“竹风！”云辰终于面有愠色，开口命道，“退下！”

竹风哪里肯走，捂着伤口：“主子……”

“你自作主张的事还嫌不够多？”云辰怒斥他，“退下！”

竹风知道云辰是彻底发怒了，他想要说什么，又碍于微浓在场，终是没有说出口。他面上浮现出一丝内疚，正要告退，微浓却出口阻拦：“慢着，你肋上还插着我的青鸾，这就想走？”

眼见微浓还要为难竹风，云辰连忙表态："这件事已经过去了五年，你一直都没计较，可见你并不是想找他报仇。微浓，我知道你怨恨我，冤有头债有主，我会一力承担，但到此为止，不要再牵扯第三个人了。"

"你这话可笑，我找你是报父仇，找他是报背伤之仇，你凭什么替我做主？"微浓神情坚决，寸步不让。

云辰知道，她这次是铁了心要新仇旧恨一起算，不禁再劝："你想过没有，我们闹了这么久，竟没有一个侍卫上来查看，可见是宁王想让我们自相残杀。你不要上了他的当！"

"我就是上当又如何？"微浓毫不领情。

"主子，不要和她废话了！就算你不忍心伤她，也不能让她伤了你！"竹风在旁焦急怒吼，因太过使力，肋下鲜血已汩汩流出，流到了地砖之上。

眼见竹风伤势如此，微浓也自觉要够了，才对他冷冷道："你滚吧，记得把青鸾擦干净。"

"这可不是你的！"竹风愤而反驳。

"不是我的，难道是你的？还是楚王室的？"微浓转头再看云辰，凝声质问，"四大神兵究竟是谁的？还有宝藏，看来你已经找到了？"

云辰没有回答，先是看了看四周，对竹风命道："你先去处理伤口，让竹青守住楼梯口，不要让任何人偷听。"

"主子……"竹风面露担忧之色。

云辰面色一沉："不要让我再说第二次！"

竹风了解云辰，猜到他是下定决心要对微浓说什么，也知道自己劝不动，只得心有不甘地领命退下。

云辰遂对微浓道："你要杀我随时可以，你知道我跑不了。现在，我们先谈谈。"

微浓来揽月楼时就已经发现，楼下有重兵把守，可见宁王是有多忌惮云辰。她的确知道他跑不了，他们有时间慢慢清算，于是便将火凤收回："你既然知道结果，又何必回来？你难道不怕死在这里？"她对他的行为感到万分不解。

云辰只道："我们先说四大神兵。"

"我更想知道宝藏在哪儿。"微浓顺势追问。

"在宁国。"云辰毫不隐瞒。

微浓挑了挑眉："青鸾火凤是澈夫人的陪嫁，龙吟剑也是宁太子送给原澈的，四大神兵有三种都在宁国，宝藏也在宁国地界，这到底是谁的东西？"

微浓说着，唇畔慢慢浮起一抹讽笑：“你们楚王室的祖先可真有意思，把富可敌国的宝藏放在宁国，还把四大神兵送给宁王室收藏？云辰，你拿我当傻子吗？”

“我从没说过，这是我们楚王室的东西。”云辰坦然解释，“这是前朝宝藏，戾帝末年四国已经割据，皇权式微。戾帝垂危之际，唯有我们楚氏先祖赶去奔丧，戾帝深受感动，便在临终前将这个秘密告诉了先祖。当时形势危急，原氏已经攻进序央宫，先祖只来得及找到惊鸿剑便离开了。”

若是云辰不提，微浓险些忘了史书上还有戾帝这个人。数百年前，燕、宁、楚、姜还是前朝土地，四国王侯也都是前朝子民，只不过分封诸侯的时间太久，大家都起了反意。直至末代皇帝戾帝在位之时，王权已经形同于无，四国先后反抗，独立而治。

原来四大神兵真是前朝留下的，却被楚王室知悉了这个秘密，微浓冷言冷语道：“你痛说家史也没用，无论如何，都不能掩盖当年楚国娶我的目的，还有你们争雄天下的野心。”

“我不否认我父王有野心，我也承认我们输不起。”云辰坦然面对着微浓，“你让简风告诉我的三件事，我确实无力阻止。”

“怎么？你想说服我放弃？”微浓抬眸看他。

“不，”云辰否认，“只要你想好了后果，我绝不阻止。”

“你以为我不敢？”微浓将峨眉刺朝他胸口顶了一下，挑衅地问。

“我知道你敢，但我赌你不会这么做。”云辰知微浓甚深，“你已经见过宁王，而我眼下还安然无恙，足以证明第一件事你没有做，你没告诉宁王真相。”

“还有，你方才用峨眉刺指着我很久，却没有下手，可见你仍旧顾念我。对此，我心存感激。”云辰语气微痛，“我确实……辜负你太多了。”

然而微浓无动于衷：“不要以为你说几句话，我就会放弃复仇！”

闻言，云辰沉默须臾：“你真是要替你父亲报仇？还是替聂星痕报仇？”

“有区别吗？”微浓一手握住栏杆，“以前我觉得，人生逢乱世，处于什么位置，就要承担什么后果。我父亲做了高宗的侍卫，得到荣华富贵，就注定要面对死亡。他自己想必也知道御前侍卫的下场是什么，所以我觉得不必为他报仇，死在他手上的人肯定更多。”

微浓话到此处，想要落泪，便转过身子背对云辰：“不过我现在发现，这种想法是妇人之仁，若是不计较，吃亏的还是自己。所以我们就有怨报怨，有仇报仇吧！”

云辰听后很黯然：“我们上次见面时，你还劝我放弃复国。现在你改变主意了，可见他的死对你打击很大。”

“也许吧，”微浓忽然觉得很冷，再次裹紧狐裘，呵出一口长长的白雾，“我得感谢你，是你改变了我的想法。”

“可我并不想看你变成这样。”云辰心痛难忍。

这句话，不久前微浓才对云辰说过，耳熟无比。她转头看他，似觉得讶异：“这话由你说出来，还真是讽刺。”

“正因为我知道这种痛苦，所以不想你变得和我一样。”云辰似承受着什么残忍的酷刑，表情越发痛苦，“一心只想着复仇……这种人生太悲哀了。”

不可否认，有那么一刹那，微浓被云辰说动了。可是想起聂星痕的死，想起她身上背负的重担，她又不得不硬起心肠。如今她最大的对手就是眼前这人，燕国最大的威胁也是他，在她心里，他比宁王危险百倍！

“你不必替我悲哀，我和你不一样，”微浓逼着自己说出狠话，“我会光明正大地赢你，让你明知被我算计，却逃不开躲不掉！就算我落魄了，我也不会用暗杀、造谣这种手段！”

微浓说出这番话来，云辰也终于明白了她的决心：“所以我们之间，不是你死就是我亡？”

“不，”微浓的语气渐趋平静，“也有可能是同归于尽。”

同归于尽……云辰不再问下去，只望着远处，突然说道：“琮弟走了。”

微浓愣了一瞬，才明白这个“走”的意思。她心头一痛：“你想说什么？”

“我不想再失去了，”云辰缓缓合上双目，“为了复国，我已经失去太多了。”

谁没有失去？四国纷争，他们都在不停失去。微浓略有哽咽，竭力保持平静，问道：“楚琮怎么死的？”

“明尘远离开楚地时带走了军医，琮弟伤情恶化，没有等到月落花。”云辰说出事实。

微浓面色一沉：“你想把这笔账算到燕国头上？”

“不是。”云辰否认。

可世事真是讽刺，聂星痕因他而死，明尘远因此着急赶回幽州，结果导致他的弟弟楚琮延误治疗，重伤而死。而更加讽刺的是，楚琮是死在楚人手中。

“燕军队伍里也有伤者，明尘远带走军医无可非议。我倒是奇怪，除了军医之外，难道楚地找不出第二个大夫为他治伤？”微浓问出疑点。

云辰面色黯然，艰难开口：“琮弟一直住在燕军军营中，明尘远一走，周围的大夫受义军影响，都不愿替他治伤了。”

微浓闻言很惊讶："难道他没亮明身份？"

"正是因为他亮明了身份，才没有大夫敢救他。"

听到这个事实，微浓唯有愕然。她想起了楚王宫中课业时常出错的楚琮，想起了为楚王守丧的楚琮，想起了口口声声要为楚王室报仇雪恨的楚琮……从一个天真无邪的少年，变成被仇恨盈满的王子，燕王室负有不可推卸的责任，她和聂星痕、聂星逸更有。

"你不该回来。"微浓撩起被风吹散的发丝，不知是讽刺还是替他悲哀，"楚琮死了，楚王室就剩你一个，你回宁国就是送死。"

"走上这条路，我早已将生死置之度外。"云辰自嘲地笑道，"当初若不是你说动原澈救我，也许我早就死了。我的命，也算你救的。"

"那只是利益交换。"微浓随即强调。

"你在乎的并不是藏书，我知道。"

微浓嗤笑："你太高看自己了。"

云辰却很笃定她的心思："当初我将藏书一分为三，你让我和原澈先选，我便知道你不在乎，你不过是找个借口来救我。"

云辰认真地看着她，似要将她的心事看穿："微浓，我很了解你，你也很了解我。所以，我们都无法真正伤害彼此。"

无法伤害吗？然而已经伤害了，还伤害了别人。微浓眼前不断划过熟悉的脸庞：楚王、楚琳、楚环、楚琮、楚瑶，还有云潇、琉璃、余尚清，最后是王拓、祁湛、聂星痕……

燕楚的恩怨已经致使太多人死去，微浓突然想哭，但心头是一片荒漠，眼眸也是干涩："我真想不明白，这么多年，燕楚为何会闹到两败俱伤的地步！"

"两败俱伤……"云辰喃喃地重复着这四个字，是啊，真的是两败俱伤。其实，他比任何人都清楚，纵观历史，能成功复国者几乎没有。所有标榜复国的后裔，或彻底失败，或偏安一隅自欺欺人，等着被下一个政权再次取代。

然而除了报仇、除了复国，他不知道自己还能做些什么。或许楚人已经接受了现实，已经没有了亡国的愤怒，他们选择不起义，选择平安地生活。但身为楚王室后裔的他，除了复国，没有第二个选择。

微浓说得没错，人生逢乱世，处于什么位置，就要承担什么后果。这也是一种悲哀，他得到过最尊贵的身份地位，享受过万千子民的贡奉朝拜，就必须背负亡国的责任，承受复国的重担。他原本以为，聂星痕的死可以结束这一切，但事实证明，一切才刚刚开始。

忠心的人不断死去，百姓更安于没有战乱的生活。再过几十年，不，甚至要不了几十年，新出生的孩子将不知“楚国”二字，他们会将自己完完全全当成燕国人。

曾经的臣民会越来越少，这条路将走得越来越孤独。

“你曾说过，让我回楚地看看，”云辰深吸一口气，“我想我理解你的意思了。”

“你理解什么？”微浓轻声地问。

“楚人多安逸，燕楚之战过后，他们已经习惯了新的王权。”云辰抬目望向西南方向，长叹一声，“我太高估自己了，琮弟的死，我负有不可推卸的责任。”

这不是他头一次产生厌倦的情绪，不可否认，在聂星痕死后，他复国的意志力逐渐在减弱。可是楚琮的死，让他彻彻底底怀疑自己努力的价值。

快十年了，为了复国，他舍弃身份改头换面；为了复国，他故作冷漠放弃感情；为了复国，他违背本心搅乱九州；为了复国，他牺牲了太多至亲……

“现在说这句话会不会太晚了……”云辰凭栏远眺，语气沉沉，“我们都放弃吧。”

放弃？曾经，微浓做梦都在等着他说出这句话，可如今……

“太晚了，”微浓眼眶一热，“你报了仇，可以放弃，但我不能了。”

她若放弃一切，她若不去奋斗，燕国会成什么样子，她难以想象。

“你这样做，只会把自己置于危险之中。”云辰试图劝她。

“借用你方才说过的话，既然选择这条路，生死早已置之度外。”微浓神色坚定。

相识多年，她是什么性格，云辰一清二楚。她是认定了就一往无前的人，曾经对他也是如此，但他错失了她。

世事多么可笑，他想复仇时，她竭力劝阻，如今却反了过来。

“既然你非要走下去，”云辰握紧冰凉的栏杆，如同他此刻冰凉的心，“在燕国，你要当心两个人。”

“谁？”微浓下意识地问。

“定义侯暮皓，镇国侯明尘远。”

定义侯自不必说，今日上午她一听宁王的意思，便知暮皓已经被拉拢了。但是要她提防明尘远，她绝不相信：“你不要挑拨我和镇国侯的关系。”

“不是挑拨，”云辰沉着地道，“定义侯被拉拢，就意味着聂星逸已经偏向宁国。宁王提出的条件，对于四国正统君王而言是个耻辱，但对于聂星逸这种人，是个名正言顺的翻身机会，他必定会很动心。一旦他表明偏袒宁国，明尘远会放过他吗？”

这一点，微浓早就想到了。

“听说明尘远之所以改姓臣，是因其脑后天生有块反骨，因此常被参奏。”云辰语气清淡平静，却隐隐透露着几分深意，“他对聂星痕的忠心毋庸置疑，但若是有人想把聂星痕创下的基业拱手送给别人，你说他会甘心吗？”

不会。微浓在心中如此告诉自己。一瞬间，她和明尘远曾经的对话闪现在了脑海之中——

“王侯将相宁有种乎，如若以后你们不服聂星逸，我也支持你们拥兵自立。只要……只要你们能尊重他。”

“还有我的反骨之说，如今事实摆在眼前，倘若我反的不是殿下，那会是谁？”

原本她就曾试探过明尘远，而当时对方并没有否认自立之意。云辰说得对，如若聂星逸真的打算投宁，明尘远为了阻止他，也许真的会反。尤其，燕军的大半军权就握在明尘远手中，拥兵自立，他完全做得到！

“即便镇国侯会反，我也无须提防他。”微浓不愿在云辰面前示弱。

云辰无奈摇头：“争夺是男人的天性，你根本拦不住他。”

微浓的心开始动摇了，数月前她心里的那点怀疑，随着云辰这番话而逐渐滋长，渐渐变成一片巨大的阴影。可是面对云辰，目前她更愿意相信明尘远。

“你说了这么多，总不可能是帮燕国，我为何要听你的？”微浓疑心他的动机。

云辰望着微浓，话语认真而无力：“我说过，我不能再失去了，我身边已经没有亲人了。”他只剩下她，如果她再出危险，他这辈子都不会原谅自己。

“放弃吧，微浓，我不想再失去你了。”十年里头一次，他光明正大地诉说自己的感情。

微浓内心是无比地触动，可理智告诉她，不能听从云辰的话，不能心软！于是，她狠狠推了他一把：“别再和我说话，我是要杀你的。”

从见到他的一腔愤慨，到如今的悲从中来，她已经不知该如何面对他。这种杀与不杀、进退两难的状态让她无比失措，她浑身都在颤抖，忍不住后退两步，转身往楼下跑去。

云辰伸手想要抓她，但终究慢了一步，只能听到她的脚步声在木质的楼梯上响起。

他没有去追，站在栏杆处没动，不多时就看到微浓的身影飞奔出了揽月楼。

银灰色的狐裘在风中摇摆，是她想要远离他的迫切，而他再也抓不住她了。

云辰收回目光，默默从怀中取出一张字条，其上清晰可见层层褶皱，不知已被他翻阅过多少遍。这是来自仇敌的临终遗言，却是重逾千斤。直到今日，他都无法想象聂星痕写下这封信时的心情，但他必须要承认，他被这八个字打败了。

他攥紧字条，望着楼下那个几乎消失无踪的背影，自言自语："聂星痕，你太狠了。"

风声呜咽，扫过耳畔，似是那人的灵魂在回应着他，一字一句沉重无比：

托君社稷，还君明珠。

第五十章

瞒天过海，劫后余生

转眼间，微浓和冀凤致已经被软禁在宁王宫十天有余了。不过，他们比隔壁揽月楼的云辰要强一些，至少能在宫内自由走动。

初始的三天，微浓每日都去清心殿，想见定义侯暮皓一面，奈何宁王看守太严，她根本进不去。后来她便放弃了，将自己关在蓬莱阁内研读那本小册子——宁王所谓的“统一大计”。

可越是研读她越发现，这当中的条款大多是在维护宁国的权益，而燕、姜、楚并无保障，可见其目光狭隘。

不过站在宁国的立场来看，这也无可厚非。既然宁王同意继续设立三国王室，必能想到几个诸侯王还会有异动之时，若不在条款上加以压制，也许过不了几年，九州又该四分五裂了。

微浓对政事懂得不多，但这计划她也不能苟同，她一直想与师父冀凤致商量一番，可最近师父却不知怎么了，每日都是心事重重的样子，并且早出晚归。

眼见已经腊月十五，宁王还没有放人的意思，微浓有些急了，在冀凤致又要外出时将他拦下：“师父您最近一直很反常，是宁王对您说了什么吗？”

冀凤致很快作答：“没有，我是有些私事未了，你不要多想。”

微浓只得委婉地道：“自从那天您见过宁王之后，一直是心事重重，徒儿也是关心您。”

冀凤致沉吟片刻，才说出缘由：“我最近一直在东宫，替湛儿收拾遗物。”

微浓想起冀凤致对祁湛的关心，知道他心里也不好受，只得安慰：“您节哀。”

冀凤致点了点头：“我对宁王说过了，会收拾一部分东西送去墨门，他没有反对。”

微浓闻言忙道：“若是您有机会离开，就不要顾忌我。”

冀凤致蹙眉。

微浓本想解释，可话到此处，她灵机一动：“不如您就趁此机会离开，先回燕国如何？我们来了这么久都没见到定义侯，可见他是和宁王站在同一阵线了，您先回去，我随后逃走。”

“微浓……”冀凤致正要开口阻止，微浓却又改口道：“不不，您不能回燕国，燕国还不知乱成什么样呢。您先找个安静的地方藏起来。”

冀凤致没有立即答应，只道：“我反而觉得，燕国太危险，宁王宫如今倒是最安全的地方，至少宁王不会杀你。”

“那是您没听见我们两个的对话，”微浓回想当日，“我当时真把他激怒了，他好几次都摸着桌案某处，我猜，他一定是想用暗器杀了我。”

“你是说，他书房的桌案上，有发射暗器的机关？”冀凤致被这句话吸引了注意。

微浓点头：“是啊，就在桌案正中间。”

冀凤致倒也没多问，只拍了拍她的肩膀：“我还要去东宫一趟，见见祁湛的妻子。至于走不走，咱们晚上回来再商量吧。”

“好，我等您。”微浓深信不疑，目送冀凤致离开。

冀凤致和往常一样去了东宫，待走到东宫大门外，一辆带着帘子的肩舆已经在此等候着他。领头之人正是在圣书房当差的小太监，还曾被微浓找过麻烦，他见冀凤致来得迟了，忙跑上前说道：“先生今日可太晚了，王上该等急了。”

“和徒弟多说了几句话。”冀凤致没再解释，径直坐上肩舆，把身形藏在了帘子中，“走吧。”

一路上很平静，宫人侍卫们看到这肩舆带着帘子，也不会多打听一句。待到了圣书房，冀凤致径直进入主殿，宁王见他张口就说：“你今日来迟了。”

“与微浓说了几句话。”冀凤致一语带过。

宁王倒是疑心很重：“你那个徒弟可不轻易说废话，她找你说什么？”

“这是我们师徒间的事，与您无关。”冀凤致底气也很硬。

宁王自从被微浓痛斥一次后，便对他们师徒有了意见，见冀凤致也是一副清高的样子，忍不住怒道：“你不要以为帮了孤，孤就能容忍你这种态度！没有你，孤照样可以通过墨门办成此事！”

“草民可不是为了帮您才这么做的。”冀凤致理直气壮地道，“还有，墨门总舵在幽州，已被燕军占领，只要您不怕泄露风声，也不怕耽误时间，您大可去找。”

宁王被噎了回去，冷冷道：“你们师徒真是一样的臭脾气！”

冀凤致笑了：“但您还是忍下了，可见您沉得住气。”

宁王冷哼一声，竟破天荒地没有接话。

冀凤致也没再替微浓说话，只道：“今日写完这最后一段，药方就全部写完了，容草民提醒您一句，百日之期很快就到了，您若不尽早用药，怕是神医在世也难救。”

这才是正经事，宁王立即平复心情，问道：“你到底有几成把握？”

冀凤致摇了摇头：“两三成而已，尽人事，听天命吧。”

听闻这番话，宁王并无想象中的失望与哀痛，只抬手指了指下手的一张桌案，对冀凤致叹道：“不必多说，你快写吧。”

墨已经研好了，冀凤致走到案前坐下，开始奋笔疾书。宁王也没再说话，他将冀凤致这几日写的东西全部摊开在龙案上，一张一张查看。如此过了约半个时辰，冀凤致也将最后一段药方写完，呈给了宁王。

宁王把所有药方排开，又扫了一遍，再次确认：“这方子真的管用？”

“墨门传承近百年，有人试过有用，有人试过没用。”冀凤致也扫了一眼药方，“端看王上您敢不敢冒险了。”

“怎么不敢？最坏的结果不就是一死？孤也没什么好顾虑的。”宁王见最后那张药方已干，转而朝外命道：“来人！”

两名心腹太监立即进殿候命。

“查查御医署有多少御医，从未时起，每隔半个时辰宣两人觐见。”宁王停顿片刻，慎重地交代，“记住，分头通知，不许他们互相通气。”

“是。”两名太监领命告退。

冀凤致立刻明白过来，自己写了八天的药方，足足有三十几张，宁王这是要把药方分派到多个御医头上，每人只制作其中几样药品，以防整个药方外泄，更防止被人发现制药的秘密，暗中做什么手脚。

姜果然还是老的辣。冀凤致暗自感慨。

宁王见他神色有异，亦是感慨：“若不是你那徒弟跟来，孤也不须如此偷偷摸摸地做文章。”

冀凤致沉默不语。

宁王还是不放心，又问：“你这些日子总往外跑，她没怀疑？”

“草民说是去东宫收拾湛儿的遗物，她信了。”

宁王“嗯”了一声，再行叮嘱：“兹事体大，你千万保密。”

“试过药方再说吧。”冀凤致态度含糊。

他这话让宁王很有顾虑，不禁眯起眼睛。

冀凤致意识到了什么，遂道：“如若您没有别的吩咐，草民想带着湛儿的遗物回墨门去。”

“哦？你舍得你徒弟？”宁王根本不相信。

“她自有她的主张，做师父的管不了，她也不让我管。”冀凤致这一句算是实话。

“她这是为你好，算是个聪明的做法。”宁王一边评价，一边将双手撑在桌案上，右手恰好撑在正中间。

冀凤致瞬间看到了，立即先发制人：“王上，草民还有一件事没告诉您。”

宁王的右手顿时僵住：“什么事？”

“是这药方的最后一步，”冀凤致神色平静，“只要草民平安回到墨门，立刻飞鸽传书告诉您。”

“你在要孤？”宁王再次眯起眼睛，言语间大为不满。

“不是要您，这是自保。”冀凤致如实说道。

听闻此言，宁王的怒意再次上涌，双手不自觉地想要往桌案上拍去，然而就在此时，忽听殿外响起一声通禀：“启奏王上，魏侯世子求见。”

原澈？宁王的双手只好又停下来，这一次他索性站直身子，冷着脸对冀凤致道：“明日一早你就回墨门，你徒弟那里，你知道该怎么说。”

此言说罢，他没再等冀凤致表态，已朝外命道：“宣！”

冀凤致长舒一口气，立即告退，走到偏殿门口时，恰好与原澈擦肩而过。他没有乘坐肩舆，一口气走回蓬莱阁，此时微浓正靠在二楼的窗户旁，望着揽月楼怔怔出神。自从那天接连见过宁王和云辰后，她就会时常流露出敏感的神色，或是像此刻这般出神。

冀凤致能感觉到，她心里有什么坎迈不过去，但是前几天他正在全力默写药方，本想过后再细问，如今看来是没有机会了。

“微浓，”他唤她回神，开门见山地道，“我打算明天就回墨门，你自己能行吗？”

冀凤致愿意离开，正合微浓的心意。她虽对墨门不大放心，但师父若能因此避开乱世锋芒，也算遂了她的心愿，她很支持，遂道：“师父，您这一走，便不要再出世了。如今四国都不安全，您就留在墨门吧，待徒儿了结燕宁的恩怨，再去接您。”

冀凤致却有些忧愁：“我只怕你一人应付不来。”

微浓便出言安慰他：“您放心吧，我毕竟是名正言顺的燕国郡主，宁王就算不顾及我的身份，也会顾及……顾及他，不会轻易动我的。”

“但愿如此，”冀凤致提点她道，“你性子直，快人快语，我走了之后一定要保护好自己，该服软就服软，不要再激怒宁王了。”

微浓笑着点头：“我懂得。”她忽然有些伤感，也很愧疚。这么多年来，她处处都要师父为她操心，如今终于说动师父放手不管，却要面对分离。

“原本徒儿想一直侍奉您左右，让您过上颐养天年的好日子，如今……如今怕是做不到了，请您原谅徒儿不孝。”微浓跪地重重向冀凤致磕了个头。

冀凤致连忙将她扶起：“傻孩子，只要你能平安无事，为师就安心了。答应我，无论是在宁国还是回了燕国，切忌冲动，为师在墨门等你。”

“徒儿明白。”

话虽如此，但两人都知道，如今九州闹成这个样子，绝非一朝一夕就能平定，彼此这一别，还不知何时才能再见。这般一想，师徒二人都沉浸在即将离别的伤感之中。

“郡主，魏侯世子差人送来四箱物件。”忽然有个太监进来禀报，打断了两人的伤感情绪。

原澈送东西给她？微浓疑惑：“是什么？”

“说是怕您在宁王宫住不习惯，给您添置了御寒的衣物、妆奁、摆件。”

微浓一听，径直回绝：“送回去吧，我不要。”

这里毕竟是宁王宫，宫人们自然不会以微浓的意志为主，那太监只当没听见这话，对后面摆了摆手，便见八个人抬着四个箱子走了进来。那几人微浓还有些眼熟，应是魏侯京邸的侍卫。

对方客气几句便迅速退下，根本没给微浓开口的机会。微浓面对着几个箱子，心头略恼：“原澈这是什么意思？真想让我长住宁王宫？”

冀凤致却想起方才从圣书房出来时，恰好看到原澈进去见宁王，可他却又不能说破此事，只得扯谎：“我方才去东宫时，好像看见他了，应是去见宁王。”

“去见宁王，与这箱子有什么干系？”微浓不解。

“或许是……宁王对他说了什么，他想暗示你？”冀凤致提议道，“先把箱子打开看看，可能有线索。”

微浓依言将四个箱子依次打开，狐裘、鹤氅、宫装衣裙、胭脂水粉、玉器首饰、暖手炉……满满的四大箱，没有任何异常之处，也没见什么纸条、信件塞在其中。

微浓和冀凤致都是疑惑不解，后者想了想，猜测："难道他是在赎罪？"

"这不像他的作风，他可从来不关心女儿家的吃穿。"但是东西都翻过一遍了，再退回去也不大合适，微浓也没心思去管原澈，只好将四个箱子重新锁好，"先搁着吧，静观其变。"

翌日一早，冀凤致带着祁湛的几箱遗物上路，宁王破例让微浓出宫相送。令她意外的是，原澈也在相送之列，据说这是宁王的意思，道是王太孙的衣冠，按礼制不能敷衍。

讽刺的是，原澈正是杀害王太孙的人。

出城的一路上，师徒两人同乘一辇，冀凤致低声问道："以前湛儿是不是领你去过一家客栈，名叫盈门客栈？"

微浓回忆片刻，确实有这么一回事，那都是五六年前了，当时她初来黎都，曾在盈门客栈住过一段日子。

"盈门客栈是湛儿私下出资所建，他从前与墨门联络都是通过那里。客栈名义上归属墨门，实为湛儿私有，这件事宁王应该不知道。"冀凤致叮嘱她，"你若能从宁宫里逃出来，可以去盈门客栈避避风头，报湛儿或我的名字都可。"

这真是天大的好消息！微浓心里骤然有了底气："太好了！"

但冀凤致神情严肃："记住，那里只能暂时藏身，你还是要尽早逃出黎都。为防万一，这一路上我会留下记号，你可以顺着我的记号找到墨门总舵。"

冀凤致说着，已在微浓掌心里画下一个符号，又道："我习惯留记号的地方你都清楚，如若你一路都没瞧见这个记号，就证明我已经……"

"师父！"微浓不想听他说丧气话，立刻转移话题，"您送祁湛的衣冠回去，是打算为他建一座衣冠冢吗？"

"不，我想把他的衣冠和他母亲葬在一起。"冀凤致轻叹。

"我听师父言谈之间，对墨门甚是留恋，既然如此，您当初为何要离开？"微浓终于把这话问了出来。

冀凤致面露几分黯然："很多原因，以后我再慢慢说与你听吧。"

微浓便不再多问，但她觉得这一定与祁湛的母亲有关。想起这"情"之一字害苦了多少人，她心头也是酸楚难当："不知璎珞听到这消息该有多伤心，还请师父多安慰她。”

冀凤致点了点头：“我只担心璎珞那脾气，得知祁湛的死讯后会来找原澈报仇。”

一说起原澈，微浓不禁颦眉，掀开车帘朝外看去。这腊月的时节，黎都天寒地冻，原澈不坐车辇，反而骑马护在他们车辇旁边。他身穿一件银灰色狐裘，挺拔地跨于坐骑之上，单是小半个侧脸已能看出俊美至极，和微浓印象中一般无二。但是他的着装不再花枝招展，性子也不似从前那般懒懒散散，显得沉稳许多。

微浓不愿理他，放下车帘继续与冀凤致说话。如此走着说着，车辇很快便到了城门外，微浓只得下车与冀凤致告别。好在师徒两个早有心理准备，此刻倒也不觉难舍难分，互相叮嘱了几句便各道珍重。

微浓望着冀凤致越走越远的车辇，心头却有一种别样的轻松，往后她虽是孤军奋战，但至少，她把生命中仅剩的、唯一的亲人推出了死亡圈，这就是她最大的安慰。

“微浓，回去吧，天气太冷了。”原澈见她站在城门外久久不语，忍不住关切道。

微浓转身看他：“你还敢见我？你不怕我杀了你？”

原澈却是痴痴地望着她：“我心甘情愿死在你刀下。”

微浓立即转移目光，望着冀凤致渐行渐远的车辇，再问他：“你行刺的内情，告诉宁王了吗？”

原澈摇了摇头：“我原本是要说的，但那天……那天听了聂星痕的身世，我不想说了。”

“为何？”

“的确是我错了，”原澈竟破天荒地自责，“若我沉得住气，也不会被他们利用。这件事……我越说越错，不如不说。”

这竟会是原澈说出来的话？他竟然选择将这件事扛下来？微浓忽然觉得不认识他了。

原澈见微浓用异样的眼神看着自己，不禁苦笑：“我若知道聂星痕是我的表兄，我定不会……当时我看到祁湛为他挡刀，心里还觉得奇怪，如今才发现自己才是最愚蠢的那个，一直沾着别人的光还不自知，像个傻子一样被人利用！”

“祁湛他……他的确比我做得好。”原澈的眼眶渐渐红了，惭愧致哽咽，“他比我大度，也比我大气。”

微浓听了这话，真是感慨万千。她认识的那个原澈终于成熟了，可这代价实在太过惨重，没有任何一人能负担得起。

她不知道该说什么才好，她与原澈之间，曾经嬉笑怒骂，曾经相互扶持，可那些珍贵的回忆都被这件事的阴影所覆盖，她没有办法再把他当成朋友了。

“以后你好自为之吧。”她对他已无话可说。

“你不恨我了？”原澈的双目立即焕发出光彩。

微浓最恨他的时候已经过去，到如今，她已能冷静看待整件事：“错不能全怪你，他若不是中了毒，你绝对杀不了他。我的确不恨你了，但我也没办法原谅你。”

霎时，原澈眼中的光彩熄灭：“微浓……”

“这个代价太惨痛了，也许很久以后我会释怀，但不是现在。”微浓别过头去不再看他，“还是那句话，你好自为之吧！”

“你……会去找云辰报仇吗？”原澈又忍不住问道。

“与你无关。”微浓不想说起云辰，她问出了她更关心的事，“宁王还要困我多久？”

“只要你能同意王祖父的统一大计，他一定会放了你。”原澈实话实说。

“这不可能！”微浓神色坚决，“如此苛刻的条件，我若同意，便是燕国的罪人。”

原澈蹙眉：“我暂时也没别的法子了，你……你让我想想。”

微浓也没话可说了：“回去吧。还有，把你那几个箱子抬走。”

可是原澈不仅没把箱子抬回去，反而从翌日开始，一连三天都到蓬莱阁邀微浓外出，每次的借口都不相同。

第一天传话人说：“燕子楼来了新厨子，世子想请您去尝尝新厨子的手艺。”

微浓拒绝。

第二天传话人改口：“城西的跑马场新到许多良驹，世子请您去挑一匹坐骑。”

微浓再拒。

第三天传话人再邀：“世子新建了一座私邸，想请您去逛园子。”

微浓发现原澈真是锲而不舍。难道他有什么事不方便在宫里说？微浓思前想后，勉强答应道：“就明天吧，只要宁王允许我出宫。”

翌日，腊月二十，原澈早早就到了宁王宫，不过他人没到蓬莱阁，而是派遣了侍卫来接微浓。

“世子呢？”微浓问道。

“世子怕宫人看见，对您名誉有损，故在宫门外等您。”侍卫恭敬回道。

这话若是放在从前，就算打死微浓，她也不会相信是原澈说的。

“走吧。”她裹紧狐裘，抱起手炉往门外走。

岂料微浓刚走到蓬莱阁外，就迎面碰上了云辰。半个多月没见，他瘦了许多，腊月的天气寒风扑面，他却连件披风都没穿，像个超凡脱俗的仙者，清瘦而飘逸。

云辰和她不同，他是被软禁在揽月楼中，不能外出半步，今日既能出来，大约是去见宁王的。微浓的视线落在他垂落的双手之上，果然瞧见他左手拿着一本小册子，还有一摞堪比书籍厚度的纸张，墨迹深晕，密密麻麻写满了字。

难道他是去商谈统一之事的？微浓还未及多想，便听那侍卫催促道：“郡主？世子还等着您呢。”

微浓回过神来，目不斜视从云辰面前走过，随侍卫离开。

宫门外的车辇上，原澈远远看到她走来，立即下车相迎。微浓径自上车，坐稳之后开口问他：“你到底在干什么？”

原澈笑回：“就是想邀你看看新园子，没什么。”

微浓目露怀疑之色：“我以为你有话要说。”

原澈很沉得住气：“等到了地方再说。”

微浓见他卖关子，心里虽焦急，却也怕被人偷听，遂不再多问。

如此一路各自沉默，他们终于到了原澈的私邸门外。微浓下车抬头一看，是座新园子，门楣颇为气派。她随口问道：“你自己买的？”

“王祖父赐的。”原澈顿了顿，“我纳妾的时候赐的。”

娶个妾都能让宁王如此大手笔，可见原澈的婚事多招人苦恼。微浓没再多问，径直迈入大门，放眼望去，亭台池榭、穿廊楼阁，虽称不上雕梁画栋，也是精致无匹了。唯一美中不足的是时值冬季，花草凋零，池水也上了冻。

冬天逛园子，本就是再拙劣不过的借口，微浓根本不相信，遂问：“你到底有什么话要说？”

原澈仿若未闻，引着微浓往门厅里走，没头没尾地说着：“这宅子虽是我纳妾时候王祖父给的，但他老人家的意思是催我娶妻，说是往后我有儿有女了，应该有个宅子给自家人住，再来黎都就不必挤在魏侯京邸了。”

原澈纳妾不过就是半年前的事，从这番话来看，当时宁王对他还是很亲近的。不过依她所见，大约也是原澈的这位侧妃出身不低，才换得宁王如此高兴。

“你纳了哪家的女儿？”

“京畿防卫司都指挥使的幺女，叫作时令叶。”原澈的脸上略微露出一抹笑意，“她也是个野性子，爱读兵法，不爱琴棋书画。”

微浓似乎听懂了原澈的暗示，脚步一顿，继而问道：“她今日在吗？”

“不在，”原澈垂下头，“自从那件事发生之后，我怕王祖父怪罪下来会牵连她，便让她暂回娘家住了。”

微浓遂不再问。

原澈深吸一口气，提起精神：“既然来了，我领你随便看看？”

微浓正想出言拒绝，便听到他又说：“我领你看一遍，否则我怕你走不出来。”

“什么意思？”微浓追问。

原澈笑了：“你太敏感了，我的意思就是，我这宅子大！”言罢他不再给微浓拒绝的机会，兀自穿过门厅朝内走，边走边对微浓招手。

微浓觉得原澈很奇怪，说的话也都似有所指，让她捉摸不透。她脚步不自觉地跟上，想看看他到底在打什么主意。

两个人屏退侍卫和婢女，在私邸里闲逛。每到一处，原澈都要解释：“这是前堂，这是东厢，这里到荷花池只有一条回廊路可走。”

微浓心不在焉地听着，一直没什么精神，直至原澈领她来到马厩，面露几分自豪地说：“这是我搜集的几匹宝马良驹，送你一匹如何？”

“送我？”微浓心中一动，看着他的眼神有些探究。

原澈似未察觉，顺手拉过一匹不起眼的棕色马匹，道：“别看它不起眼，可是日行千里的好马，你试试？”

微浓意识到了什么，立即翻身上马，围着马厩试跑两圈，评价道：“这马确实不错。”

“我有眼光吧？”原澈拍了拍马背，隐晦地道，“这马送你了，暂时寄存我这儿，你若需要，可随时来取。”

微浓会意点头：“好，多谢。”

原澈又笑：“走吧，再去别处看看。”

这一整天，原澈领着微浓把整座宅邸走了一遍，就连下人的住处和后门都没放过。逛完之后，原澈还让微浓品评了一遍景色布置，两人又在私邸里用了午饭、晚饭。

微浓发现这宅子里的下人很少，相对懒散，桌椅板凳都是新的，根本没有人住过的痕迹。也就是说，原澈娶侧妃之后，一直没在此住过。那他今天带自己来的意思是……

返回宁王宫的路上，微浓隐隐约约地明白一点，又不是特别明白。

临到宫门前，原澈将微浓送下车辇，递给她一盏宫灯："我就不送你进去了，省得别人在王祖父面前嚼舌头。我们明日再约？"

微浓没有立即答应，看了原澈半晌，幽幽灯火下，他一直保持着微笑，看似很诚挚的样子。

"好，明天见。"微浓停顿片刻，特意说道，"原澈，你不要对我耍把戏。"

往后一连两天，原澈日日都来邀约微浓，微浓也想看他到底卖的什么关子，便痛快应约。巧的是，她每天早上出门时，都会遇上云辰从她门口路过，像是故意要让她撞见，可又没什么表示。

如此又过了两天，腊月二十三一早，微浓照旧去见原澈。待到了宅邸，两人坐在门厅里喝茶，紧接着去燕子楼用午饭，然后又去跑马。从始至终，原澈都是一副不咸不淡的样子，说的话都似是而非，令微浓似懂非懂。

到了晚饭时候，微浓的耐性终于耗完了，忍不住再问："最近你日日邀我过来，究竟想要做什么？"

原澈不答，抬目望着窗外凋零的树木，问她："我那日说，这宅子是王祖父赐给我娶妻用的，你还记得吗？"

微浓点了点头。

"那我带你来这里，你就没什么感觉？"原澈转头看她，认真地问。

微浓有些尴尬："如若你是这个意思，我不会再来了。"

"你真的不考虑？摒除政治因素，我也会对你很好，竭尽所能对你好。"原澈依旧在争取。

微浓目光犀利地看着他："这些日子你约我出来，都是宁王指使的吧，否则他不可能允许我出宫。"

原澈垂目，算是默认。

微浓冷笑一声："他什么意思？"

原澈如实回答："王祖父让我……追求你。"

微浓已经明白了："他是让你用男色迷惑我，让我同意他的统一大计，再借我拉拢明尘远和长公主？"

原澈再次默认。

霎时间，微浓怒意乍起，拍案呵斥："原澈，你竟也同意这个法子？你不觉得羞耻？"

“不！这也是我的意思，你知道的，我对你……”原澈急切剖白，却见微浓一脸冷漠，也只得将一腔心意按捺下来，转而解释，“王祖父说，只要……只要这件事能办成，他便原谅我杀死两位哥哥的罪过。”

微浓简直难以置信，这话竟出自一国明君之口。

“宁王还真是高看我。”她忍不住讥讽，“是不是你若办成这件事，他还要扶持你做储君？”

原澈犹豫片刻，终究点了点头。

微浓只觉得荒唐，不禁怒斥：“你王祖父莫不是老糊涂了？他就是这么教育子孙的？想要得到王位，就把前头的继承人都杀掉！这种行径不仅不会获罪，还能如愿以偿？！”

“哈！”微浓太过惊讶以致笑出声来，“这太可笑了，就算宁王室后继无人，他也不该如此纵容姑息！否则，以后子子孙孙都会效仿你，宁王室永远都会杀戮不止！”

这个道理，原澈又何尝不知？可是能博得王祖父的原谅多么难得！明知不该答应，他却不得不应。可如此一来，他对微浓的一片赤忱便染上了阴谋诡计的色彩，从此往后，他将再也没有脸面说出那个“爱”字！

心头有些疼痛，但还可以承受，原澈不禁望向微浓：“你随我来，我有样东西要给你。”

微浓只得跟他去了内院，走进一处类似书房的地方。这房间说是书房，又实在太大，足足套了三间屋子，格局比宁王的圣书房还要复杂。

原澈解释道：“这本是起居室，连着内寝，被我改成了书房。”

“为何要改？”微浓不解。

“因为这里离后门很近。”

微浓心头一惊：“原澈……”

原澈突然握住她的手，郑重其事地问：“微浓，我再问你最后一次，你真的不愿意做这宅子的女主人？”

满室烛火，都不如原澈的眼眸明亮，微浓看着他，狠下心回绝道：“抱歉，我……”

“好，不必再说了。”原澈打断她，转身从桌案上取过一只细细的盒子，递了过去。

微浓接过盒子打开，绿色幽光瞬间映入眼底，里面竟然是她的另一支峨眉刺：青鸾！

她有些不明白了，那日在揽月楼上，这峨眉刺明明被她插在了竹风肋下，被竹风带走了。后来她在云辰的攻势下落荒而逃，便将青鸾落在了揽月楼。这么多日子以来，她一直没想好该如何面对云辰，便也一直没去讨要这支峨眉刺。

"这东西怎么在你这儿？"微浓一头雾水。

原澈没有回答，只道："这几日云辰都在圣书房商讨统一之事，已经成功拖住了王祖父。而且王祖父身体不好，朝政也不怎么过问了。趁着机会难得，你赶紧逃走吧！"

微浓低头看了一眼峨眉刺，还以为自己是幻听："你要帮我逃跑？"

原澈点点头："这也是云辰的意思。"

"你们早就计划好的？"微浓觉得不可思议，云辰算计了原澈，他们不是该闹翻了才对？怎么还会联手？

原澈像是知道她的心思，低声笑言："男人嘛，只有女人和利益才能让我们翻脸，或者合作。"

微浓说不清心头是什么滋味："你们什么时候商量的？"

"冀先生走的那日，"原澈也不瞒她，"我听到小道消息，明尘远已经拥兵自立，软禁了聂星逸。我打听过了，正式的军报明日就会送到黎都，你若再不走，王祖父必会挟你做人质。"

"可是……"微浓一时心乱如麻，"可是我若逃走，你们怎么办？宁王会不会……"

"不会，"原澈斩钉截铁地道，"云辰已经打算向王祖父献上十二卷《国策》，在没拿到《国策》之前，王祖父不会动他，这段时间够他自救了。"

"那你呢？我若从你这里逃跑，你怎么向宁王交代？"微浓还是不放心。

"这就看你的表现了，"原澈露出一抹狡黠的笑，"你若做戏做得像，王祖父对我的怀疑就会少一点。"

"你要我怎么做？"微浓忙问。

原澈转身进了内室，拿出一套侍卫的衣裳，道："这是我府里的侍卫装，你换上。我会安排一个侍卫受伤昏迷，假装是被你偷袭，这宅子里下人少，没几人见过我身边的侍卫，趁着天黑，今晚你就混出去。"

原澈掀开那套侍卫装，露出一块银色的令牌："这是令叶从她父亲那里弄到的腰牌，可以保你出城。"

微浓反应片刻，才想起来原澈口中的"令叶"正是他新娶的侧妃时令叶。时令叶的父亲是京畿防卫司都指挥使，自然会有出城的令牌。

“她为何要帮我？”微浓感到不解。

“因为王祖父让我追求你，只要你跑了，她的位置就保住了。”原澈笑道，“我向她保证过，她会是魏侯府唯一的女主人。”

“不行，”微浓立即否定这个提议，“我若这么走了，不仅要连累你，还要连累你那位侧妃。”

“你放心吧，出城令牌都是京畿防卫司造的，各部都有，宫里也有。她父亲是个聪明人，会把责任推掉的。”原澈解释。

看着他故作轻松的笑容，微浓只觉得很苦涩，这种苦涩从心头流到喉头，在唇齿间千回百转。她张了数次口，却一句话也说不出来，只能听他继续说着：“一会儿我就把这屋子点了，你打扮成侍卫，出去喊人救火，趁机逃跑。你骑过的那匹马在马厩拴着，西南角的草垛里还埋着一个包裹，里头是干粮、银票和换洗衣物。”原澈情不自禁去握她的手，郑重叮嘱，“听着，你今晚一定要出城，否则后半夜王祖父派兵搜查，你就逃不掉了。”

头一次，微浓感到原澈的双手如此炽热滚烫，原来他真的是在帮她！他带她逛园子，是为了让她认路；带她去跑马场，是为了让她熟悉马匹！

“原澈，你何必……”

“别这么看我，我会以为你爱上我了。”原澈没让她把话说出来，嬉皮笑脸地打断。

“这几日你频繁约我，都是为了帮我逃跑。”微浓这一句，不是疑问，而是确认。

原澈“嗯”了一声，再笑：“这得感谢王祖父，他给了我这光明正大的机会，否则，我就是想帮你也帮不成。”

“你为何一直不告诉我？”微浓极力压制着心头的百般滋味。

“告诉你，你对我的态度就会不一样，王祖父的眼线都是人精，不能让他们看出来。”原澈看到她动容的神色，摆了摆手，道，“你不必如此，其实这不是我的主意，是云辰策划的。”

“可你这几日做得太明显了，一旦我逃跑，宁王一定会发现的。”微浓还是觉得不放心，“我们再找机会吧，今日就算了。”

原澈见她不肯走，有些急了：“你还没听明白吗？明尘远反了！你再不走，王祖父会拿着你做人质！”

“可是你……”

“我好歹是他的孙子，他还能杀了我不成？”原澈急得跺了跺脚，“这样吧，你把我打昏，王祖父就不会怪罪我了。”

“不行！”微浓否决，“我若把你打昏，万一这屋子烧起来，你会被烧死的！”

“那么多人来救火，我怎么可能被烧死。”

“那也不行。浓烟太大，就算不被烧死，也会被呛死。”微浓坚决不同意。

原澈大感无奈，想了想，从袖中掏出一把防身匕首：“不如你捅我一刀吧，把我捅得半死不活，再把这里点着。然后我大喊救命，定会有人把我救出去的。”

他边说边将匕首递给微浓，把尖刃对准自己，低头比画着位置：“捅哪里才好？胸口，小腹，还是后腰？”

“不行，我不能这么做。”微浓紧紧攥着匕首，生怕自己手一滑，利刃就刺进了他身体之中。

原澈再次握住她的双手，认真地道：“你就当是为聂星痕报仇了，闭上眼睛刺我一刀。放心，我死不了。”

原澈边说边往她手上送劲，强迫她把匕首朝自己身体里刺进去。

微浓使劲阻止他：“原澈，你疯了！快停下来！”

闻言，原澈的手停止了用力。烛火在他俊俏的面容上映出一道橘色光芒，为他有棱有角的侧脸平添了几分柔和，他像是在笑，一双眸子熠熠闪着光芒：“不要为难，是我自愿帮你的，后果我也承担得起。”

微浓一把扔掉匕首：“你若想帮我，可以用别的法子。”

“你就当我是赎罪，”原澈靠在桌案上，低声苦笑，“我这辈子就是个笑话，所有的一切都不属于我，长辈疼爱我都是因为另一个人。如今想想，我有什么可自负的，活了二十三年，一事无成，真是悲哀。”

他看向微浓，笑得越发艰涩：“但是认识你，我这辈子总算有件值得回忆的事。在你眼里，我就是我，不是任何人的影子，对吗？”

微浓点了点头，有些说不出话来。

“那你觉得，我有没有什么优点？”原澈望着她。

微浓再次点头：“有的，有。”可是到了这一刻，她却什么都想不起来。

而原澈已经很满意了，又问：“那你在孔雀山上救我，也不是因为我的身份，是因为我这个人，对吧？”

“对。我救的是你，只是你。”微浓诚心回道。

原澈终于绽开一个开心的笑容，轻轻叹息一声，那叹息之中似有说不尽的欣慰与满足，也有说不尽的遗憾与追悔。他缓慢弯腰拾起匕首，再次将利刃对准自己，笑道：“我能力有限，只能帮你到这儿了。”

话虽如此，他的手却颤抖起来，根本对不准腰部位置。他原本是下了极大的决心，可方才对着微浓剖白一番，那种决然的心境又忽地消失了。

微浓再次夺过他的匕首："这留给我防身吧。"

原澈只觉得手上一轻，不禁问她："那你原谅我了吗？"

微浓握着匕首，抿唇没有答话。

原澈仍不死心地问："你是原谅我了吗？"

他的目光如此卑微，他的语气更加恳切，虽然没有一个"悔"字和一句道歉，但是他的心情，微浓完全体会得到。她僵直的脖颈终于垂了下来，眼眶一热，缓慢点头："嗯，我原谅你了。"

原澈如释重负地笑了。她拒绝看他自残，他打心眼里高兴，可再看窗外天色，夜幕低垂，灯火初上，他们已经没有多少时间了。

"不早了，你该走了！"原澈指了指那套衣裳，"你先去换装，只要这屋子一起火，你就跑出去喊人，随机应变。"

微浓也知时间紧迫，只得抱着衣裳进了内室，匆匆换好。她本就个子高挑，又会武艺，这身侍卫服穿在她身上，帽子一戴，乍看起来真像是个训练有素的侍卫。她换好衣裳从内室出来，随手拨开珠帘，帘幕轻轻晃动，映出一室晶莹的光泽，也晃了原澈的眼。

他忍不住闭了闭眼睛，脑中却灵光一闪，想到一个绝妙的主意。他连忙朝那珠帘走去，狠狠一拽，但听"哗啦啦"一阵响动，珠帘已被他扯下两条，水晶珠子滚落一地。

"我想到了，你把我绑起来，绑紧一点儿。这样我还有知觉，火势大了，我还可以躲。"原澈边说边将珠线递给微浓，"快！抓紧时间。"

这大约是最不危险的一个法子了，微浓只得接过珠线，将原澈的双手捆绑起来。她自觉已经捆得很紧了，但原澈口中还是喊着："再紧点儿，太假了。"

微浓只好一再用劲，直至原澈衣袍的袖口处被捆出两道深深的凹痕，他却还在笑言："冬天穿得厚，我一点儿都没觉得疼。"

微浓配合他笑了笑。

原澈又低头看向自己双脚，道："脚也绑住才更逼真。"

微浓有所迟疑："手脚都绑住，一会儿这里着了火，你行动不方便。"

"活人还能被死物拦着吗？"原澈脚脖子转了转，"我这么聪明的人，若是光被绑着手就让你跑了，王祖父铁定怀疑。"

微浓想了想，手脚都绑上的确更逼真，至少在宁王面前，原澈的嫌疑更小。

于是她又扯下两条珠线，将他的双脚也绑了起来。绑好之后，原澈还专程跳了几下："你看。根本不影响我敏捷的身姿，好着呢！"

微浓见他腿脚确实挺灵活，这才放心："那就好，你坐远一点，我要开始烧屋子了。"

原澈点点头："烧吧。"

微浓抄起桌案上的油灯，看了看这装潢华丽的屋子，还有那一排排的典藏书籍，终是有些不忍下手："你真舍得都烧掉？"

原澈轻笑："烧吧烧吧，反正是王祖父送的，我也没掏钱。"

微浓便狠下心来，作势欲把灯油泼在桌椅上。

"等等，你把我腰带扯下来，堵上我的嘴，然后扶我去内室。"原澈突然又开了口。

"好。"微浓照做。起居室东西各有一间套间，东边那间被他们扯散了珠帘，满地都是珠子，微浓便将原澈带去西边那间屋子。

原澈大马金刀地坐到角落里，对她强调："往后的路就靠你自己了。记住，千万别去找你师父，否则会害了他，也害了你自己。"

"我明白。"微浓点头。

原澈又冲她努了努下巴："快动手吧，太晚不回宫，王祖父也会怀疑的。"

这话提醒了微浓，她加快了动作，迅速将原澈的腰带解开，团成一团塞入他口中，然后把所有灯台里的灯油都泼了出来。直至整间屋子里洒满灯油，微浓才执起烛台，最后看了一眼原澈。

原澈正朝着她笑，眉眼弯成两道月牙，像是在催促她快点行动。

微浓知道，这次只许成功不能失败。于是她一口气将满屋子里的烛台都打翻，看着火苗迅速顺着灯油燃烧，烧着桌案、烧着帘布、烧着书柜、烧着一切！

然后，她故作惊慌地打开屋门，边跑边喊："来人！快来人！走水了！走水了！世子还在里头！快救人！"

演得可真像！原澈发自肺腑地感叹一句，只可惜他口中塞着东西，什么都说不出来，甚至一个笑容都做得很艰难。他唯有看着她越发模糊的背影，忍受着越发熏呛的浓烟，为她争取更多的时间。

眼睛已经被熏得睁不开了，眼泪也被呛了出来，原澈缓缓站起来，环顾这间屋子。这是王祖父为他娶妻准备的，既然没有妻子，要它又有何用？徒增伤感罢了！能救心上人一命，就是这屋子最大的价值——被浓烟呛到窒息时，这是原澈最后的想法。

火势越来越大，所有的下人都慌乱起来，忙着去救火。而微浓依旧压低声音大喊："快救火，快救火！世子还在里面！"

大家纷纷拎着水桶朝火源跑去，唯有微浓一人逆向而行，边跑边呼救，悄悄跑到了马厩。她骑过的那匹马就拴在离门口最近的位置，微浓轻轻拍了拍它，又跑去西南角的草垛里寻找包袱。包袱藏得很深，微浓迅速拿出来背在身上，牵着马从空无一人的后门溜走。

一切都很顺利，没有任何人发现异常。她不敢立即策马，反而牵马走了一段路程，直到看不见那座宅子的大门，她才翻身上马扬鞭狂奔。

从失火到救人，需要一段时间，原澈若能假装昏迷，大约还能再拖延一会儿。等到她逃跑的消息传回宁王宫，宁王再下令搜捕的时候，她早就出城了！

这般想着，微浓心里燃起一丝希冀，仿佛自己已经逃了出去！可她转念又想，宁王麾下多是精锐之师，各州又有驻军，若是自己贸然逃走，即便能逃出黎都，也难保不会在别的地方被抓住。若是……

微浓突然想到一个冒险的念头，连忙勒停坐骑朝东跑去，凭借记忆找到了盈门客栈，前去投宿。

客栈里依旧是那名掌柜，他和五年多前没什么变化，微浓报上祁湛的名字和来此的原因，那掌柜很痛快地将她领进客栈的暗室之中。

微浓已经忘记这个掌柜姓什么了，多次想开口询问，却一直没找到合适的机会，直至换了衣裳安置下来，正要询问，那掌柜却主动问道："姑娘打算何时离开？"

微浓摇了摇头："还请您帮忙观望城里的风声，我再找机会吧。"

掌柜便不再多问。

"对了，我还有个请求。"既然住进来了，微浓也不再客气，"我想请您帮我买一匹马，我要一口气跑回幽州。"

"好。"掌柜答应得也很痛快，"姑娘必定累了，早些休息吧。"

"您等等，"微浓见他要出去，迟疑片刻，还是开了口，"我还有一个不情之请，想请您打听一下魏侯世子的消息。"

那掌柜面无表情地点了点头，看起来什么反应都没有，至少没有愤恨。难道他还不知道祁湛的死因？不对，偷袭燕军大营那晚，很多墨门杀手都在场，墨门一定知道内情。

想到此处，微浓踌躇着问："您……知不知道祁湛他……"

"知道。"掌柜点头。

“那您知道凶手是谁吗？”微浓又问。

掌柜摇了摇头，随后说出一句让微浓震惊万分的话：“祁公子一定不会死的，墨门有假死秘方。”

“你说什么？”微浓睁大眼睛，不敢相信。

掌柜叹了口气：“墨门屹立江湖百年不倒，若是没有假死的秘方，不知要错杀多少好人。这药帮不少人躲过了追杀，好些杀手也因此隐姓埋名，算是逃脱报复的一种方式吧！”

“天哪！”微浓双手掩口，勉强抑制住自己的惊呼。刹那间，一个疯狂的念头冒了出来，她迫不及待地问，“我师父冀风致知道这个秘方吗？”

这一次，掌柜倒是否认了：“冀先生早就退出墨门，他若知道秘方，门主不会让他活着离开。”

“那您怎知祁湛是假死？”微浓忙问，她明明记得师父说过，祁湛当场身亡，师父没有理由瞒她才对。

“我不知道，我猜的，”掌柜回道，“若祁公子真死了，以门主的性格，不会忍到现在。”

有道理！微浓闻言大喜，她相信掌柜不会骗她，或者说，她宁愿相信这个美好的猜想！如果祁湛还活着，会不会聂星痕也活着？会不会是师父知道了假死的秘方，用在了他们身上？

微浓开始回想聂星痕死后的一切，回想师父的言行，发现当时很多细节都有些奇怪，但她拿不准是自己多想，还是师父当时真的反常。

倘若假死之事是真，这么大一桩事，牵涉两军主帅、两个王子的生死，绝不是师父一人就能隐瞒下来的！墨门一定也参与了！这或许是个更大的秘密！一个更大的阴谋！

不管是阴谋还是另有隐情，只要有一线希望，她就不会放弃！微浓越想越激动，几乎要喜极而泣，脱口而出：“掌柜，我想明天就走，您能帮我安排吗？”

“你要去墨门？”掌柜立即猜到了。

微浓点头：“是！”

掌柜没答应也没反对：“我明日打探一下城内的风声再说。”言罢他便持着烛台走出暗室，“今晚委屈姑娘了，你先休息吧。”

随着掌柜的离开，室内只剩一盏烛火，这里阴暗潮湿又不通风，可微浓的心却是热的，热血沸腾。这一夜，她久久无法入睡。

翌日一早，掌柜便派人去打探风声，回来之后告诉她："昨日后半夜，宫中禁卫军和京畿防卫司两方人马同时出动，一路出城搜查，一路在城内搜查，今日就会搜到这里。"

微浓闻言紧张起来："那怎么办？"

"我这暗室非常隐蔽，暂时不会被发现，委屈姑娘在这儿躲几天了。"掌柜也很实在，"盈门客栈在黎都经营十年，虽和官老爷们说不上话，但和底下的士兵有些交情，两日后我会借着出城采买的机会送你出去，如何？"

"太好了！"微浓大为欣喜，"多谢您出手相救！"

"您是祁公子的朋友，又是冀先生的徒弟，应该的。"

微浓也没再客气，又问："您知道魏侯世子的消息吗？我昨夜是烧了他的宅子才溜了出来，不知他怎样了？"

"听说受了点伤，平安救出来了，并无大碍。"

微浓这才心下稍安，又问："宁王可有降罪于他？"

"只听说宁王大发雷霆，倒未曾听说处置原澈。"

"多谢您了。"微浓问到此处便不再多问。或许原澈受了点伤，反倒会摘除宁王对他的怀疑呢。

掌柜也没有与她闲聊，送了饭菜进来，便出去做生意了。微浓一直在暗室里躲着，不得不说，这里的隔音效果实在太好，致使她对外界一无所知，什么动静都听不到。

等待是煎熬的，尤其还是满怀期待的等待，她也不知自己在这里待了多久，只知道醒了又睡，睡了又醒，干粮也快吃完了，仍不见掌柜出现。

微浓所有的担忧与焦虑，在暗室大门重新开启的那一刻一扫而光，掌柜终于再次出现，对她说道："两次搜捕已经结束，城内暂时安全，风声已经转移到城外了。您先梳洗一番，争取下午就出城。"

微浓这才知道自己在暗室内躲了整整三天！她在掌柜的安排下盥洗更衣，迅速换了客栈小厮的衣裳，当日下午，便跟随采办粮食的车马一道出城。

守城的士兵竟对这掌柜很熟稔，略一搜查便将他们放行，一切都出乎意料地顺利。

掌柜很尽心，一路将她送到相邻的白城："姑娘快走吧，虽然白城已不属于京畿，但宁王的人马很快就会追查过来。"

掌柜边说边将她的包袱递过去，又从马车上卸下一匹马，牵给她道："路上若有不便，可到富州的盈门客栈分号求助。"

“大恩不言谢，请您受微浓一拜。”微浓说着就要跪地叩首，被掌柜一把拦住。她心中万分感激，也知道这种救命大恩根本无法用金钱衡量，也许她这一辈子都没有机会报答了！

这些年里，她不知不觉地卷入朝堂权术之中，习惯了尔虞我诈，她几乎要忘记自己也曾是一个江湖儿女，也曾感受过江湖儿女的义气。

无论世事如何改变，朝堂如何翻覆，总有一些人能够不为权势名利而改变初心，超脱于世俗之外。从这方面而言，她还差得太远，自愧不如。

微浓心里如此想着，与掌柜作了别，怀揣着微茫的希望，在夕阳下策马而去，一往无前。

第五十一章

求而不得，矢志不渝

辞别盈门客栈的掌柜，微浓一路南下还算顺利。她逃跑时恰好赶上腊月底正月初，不仅官兵惦记着过年，搜寻乏力，百姓也张灯结彩，大街上热热闹闹，为她提供了不少掩护。曾有几次官兵盘查得十分严格，都被她巧妙躲过，有一次她甚至装成叫花子，总之有惊无险。

如此一路走到魏侯的封邑丰州境内，此时已是宁国正顺六十六年的正月十五。入城时太阳已经落山，城门落锁，微浓眼见着无法出城，只好在城内投宿。

当晚有丰州一年一度的灯会、诗会，而且据说比往年都要盛大，这让微浓很费解。王太孙祁湛死后还不到半年，魏侯原殊就在封邑上公然举行这般隆重的集会，难道不怕遭人非议？还是他觉得，他和原澈终于有机会了？

单从这件事来看，魏侯的确是个庸人，且没心没肺。可想而知，原澈从前那飞扬跋扈的性格是效仿于谁。

对于微浓而言，她连日紧绷的情绪在元宵佳节的到来之中得以稍稍放松，但她不敢露面，只好要了间临街的客房凭窗远眺。这些日子她实在太难受了，迫切地需要一些热闹来温暖她越发冷寂的心。

终于等到夜幕降临，城内陆续被各色灯笼点亮，亮如白昼。客栈楼下是最热闹的一条街，也是入城的必经之路，在这种地方摆灯市，能让所有入城之人都感受到丰州的热情。据说，这还是原澈年少时想出来的主意，至今已延续了十年之久。

微浓坐在窗前，将窗户打开一半，初春的寒风扑面而来，夹带着街上的欢声笑语。她探头望去，灯会已经开始了，不远处成群的人聚集起来，其中不乏身姿窈窕的少女，而且她们都不约而同地戴上了面具。

有了面具在脸上，就不会被人发现真实身份，不用顾忌女儿家的名节，更不用顾忌长相美丑，可以尽情游逛，甚至与男人们比拼才学。微浓灵机一动，连忙换了身女装，效仿丰州的女子们买了一个面具。

然而她刚刚走出客栈，街上的喧闹声突然变小，似乎是出了什么事故。微浓朝街角望去，发现是许多官兵在沿街拦人、疏散通道，看样子不像是抓她的。

难道是魏侯过来了？还是什么别的大人物来了？微浓担心出事，便悄悄后退了几步，站在人群之外方便她随时逃跑。

所有的人都在瑟瑟寒风中站着，等候官兵的下一步指示。也不知这般站了多久，街上仍旧没什么动静，有些人不耐烦了，开始交头接耳、议论纷纷。微浓也感到自己快被冻僵了，此时终于听到有人高喊："所有人脱帽，摘下面具！"

窸窸窣窣的声音响起，微浓只得随着众人摘下面具。刚抬起头来，便听到一阵马蹄声越来越近。一群骑着高头大马的官兵在前开路，拉着一个庞然大物从此经过。

微浓看了一眼打头之人，是个武官，看缨盔至少三品，后头跟着的也不是普通的士兵，更像是宁王宫的禁卫军。只可惜隔得太远，微浓无法确定，只看到他们护送着一辆巨型的四驾马车，那庞然大物就放在马车之上，盖着精致的绸布，看不出是什么东西。

唯独能看出来那东西是长长方方的形状，大小状如棺椁。

"棺椁"这个字眼突然出现在微浓的脑海之中。对！就是棺椁！套在棺材外头的大木椁！

如果那马车上拉的真是棺椁，又是谁死了？能让正三品的武官护棺，死的必定是王室中人，至少是侯爵之尊。

耳畔传来接连不断的马蹄声，微浓飞速在脑中回忆着，宁王室有哪些人封了侯爵，会出现在丰州以南。可想了一圈，微浓没想到任何一人。

宁王三子之中，大儿子是庶出，生母地位不高，故一直没有封侯，就住在黎都，其子孙更不必说；二儿子宁太子原真，一门子嗣都已死得干干净净；而三儿子魏侯的嫡子原澈远在黎都……

难道是魏侯府的人死了？不对，魏侯府就坐落在这城中，若是魏侯府有人死了，岂会经过此地？这棺椁分明是从城外运进来的！可丰州之南就剩下闵州和幽州，幽州已被燕军占领，闵州也不是谁的封邑，会有谁的棺椁运过来？而且看这样子，他们只是借过丰州。

猝然间，一个奇异的念头在微浓心头划过。直觉告诉她，这东西涉及一个天

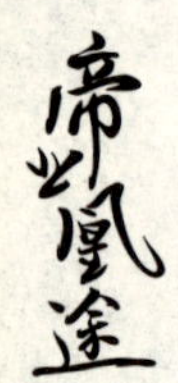

大的秘密，可是她又不确定，她甚至连马车上运送的是不是棺椁都不知道。

也许是什么宝藏？什么器物？什么绝世兵器？微浓越想越觉得头痛，忍不住想去一探究竟，然想起自己眼下的处境，她又万分犹豫。

思前想后，微浓掂量了自己的能力，还是决定放弃。

经此事一闹，灯会、诗会自然是办不成了，大家都觉得万分扫兴，纷纷揣测士兵运送的是什么东西。微浓大致听了听，并没有什么可用的信息，于是便随着散去的人群返回客栈，准备翌日一早继续南下。

当她马不停蹄地赶到幽州时，已经是正月二十三，燕军大营仍旧驻扎在此。微浓开始犯难了——这里都是聂星痕和明尘远的亲信人马，若是明尘远拥兵自立，毫无疑问，这些人一定会追随他。既然如此，自己逃出来的消息是否要告诉燕军大营？被明尘远知道了她的行踪，是好事还是坏事？

微浓有些拿不准，正打算寻个方法查探一番，却被一则小道消息打乱了计划——燕宁要再次开战了！

据微浓所知，明尘远如今还在燕国对付聂星逸！宁王这是看准了她逃跑、明尘远又不在燕军大营的空当，要发起突袭了！

不管这消息是真是假，微浓都无法坐视不理，她只好临时改变计划，先去燕军大营探探情况。微浓本以为回营又将遭到一连串盘问，岂料燕军早已接到她出逃的消息，已交代过守营的士兵留意她的行踪。

“你们如何得知我从宁王宫逃出来了？”微浓一入燕军大营，便向聂星痕从前的左姓副将询问。

左副将如实回道：“腊月底，宁王已经派人搜到了丰州，我们的探子发现异常，打听到是宁军在大肆搜捕一个女子，当时末将便怀疑是在找您。没过两天，有人送了匿名信过来，指明交给末将，信上说您正月十五前后会回来，末将便派人在营外守株待兔。”

说完最后四个字，他又自觉说得不恰当，忍不住“呸”了一声：“末将是个粗人，不会用成语，让您见笑了。”

微浓哪里还顾得上纠正他，注意力都放在了那封匿名信上，忙问：“那信你可还留着？”

“留着，末将拿给您看。”左副将立即差人将匿名信拿来交给微浓。

微浓扫了一眼，信上的字迹很陌生。但是能对燕军大营如此熟悉，知道明尘远不在，点名把信交给左副将，又能猜到她是正月十五前后抵达，此人必定对她、对燕军大营都很熟悉。

根本不做第二人想，写信之人定是云辰。

微浓心中颇不是滋味，却没有心思伤春悲秋，再问："据说宁王主动宣战了，你可曾听说？"

左副将点了点头："听说了小道消息，但探子没有传回准话。"

"镇国侯知道了吗？他怎么说？"微浓直白追问。

左副将明显不愿再多说了，只道："镇国侯腊月底便听到了消息，他已经带着援军赶来幽州，如今正在路上。"

微浓沉默片刻："燕国国内情势如何？"

左副将为难地蹙起双眉，摇了摇头："末将一直守在幽州，对国内的情形并不了解。不过您放心，末将誓死追随摄政王和镇国侯，定能护您周全！"

誓死追随摄政王和镇国侯？如今摄政王死了，他还能追随谁？微浓心思一沉，却没有表现出来，故作微笑："那就好，既然镇国侯能返回前线，可见国内局面已经稳定。他没说什么时候到吗？"

"二月初，"左副将如实回话，"若是侥幸，兴许还能赶在开战前回来。"

微浓闻言没再说什么，只叹道："这段日子就劳烦您和将士们多担待了，我一个女人也出不来什么主意。"

左副将显然受宠若惊："郡主说笑了，保家卫国乃是我们的职责，再者您巾帼不让须眉，镇国侯回来之前，我们还得靠您指点呢！"

微浓笑着摆手："先不说这些了，我累了，麻烦您给我安排营帐歇息。"她顿了顿，"殿下的主帐还没拆吧？乾坤阵也还在吧？我就住那儿好了。"

左副将迟疑一瞬，终究还是点了点头，把微浓带了过去。

一路上，微浓看到了许多面熟的士兵，大家见烟岚郡主平安回来，都是庆幸无比，却绝口不提燕国的情形。微浓只做不知，随着左副将一同前去主帐，路上又状若无意地问："我这次从黎都出来，路遇好多宁军在运送一个东西，看似很大一个箱子，用绸布盖着，你可知道此事？"

"知道，"左副将随口回道，"那东西是从姜国运来的，路过幽州时，末将还曾亲自去看过。"

从姜国运来的？微浓脚步骤停，心思提了起来："是什么东西？既然是从姜国运来的，你怎么放行了？"

左副将叹了口气："是宁王买的药材，听说这几年他身体不行，每年都从姜国采买新鲜的药材，今年买得尤其多。末将当然也想拦下，可毕竟是宁姜两国的事，咱们拦下算什么啊？两国停战期间，拦下宁王的药材，这就是挑衅，反倒落人话柄。”

“你看过了？的确都是药材？”微浓还是不相信。

“看过了，通关时末将亲自检查的，本想顺手留下两株灵芝，嘿嘿，没能成功。”左副将不好意思地笑了笑。

微浓面上也笑了，心里却更觉得不对劲。宁王如此谨慎，就算身体再如何不适，在外人面前也是能忍则忍，又岂会大张旗鼓地采买药材？而且还是向姜国买药材？这岂不是把自己的病情白白透露给姜国？他难道不怕姜国在药材里做手脚，让他死得更快？

但是这话她并没有对左副将说，说了也没用。她与他闲扯了两句，岔开这个话题，装作乏累的样子进入主帐。因久无人住，帐内冷得死寂，不过摆设还算整洁。

看见这主帐分毫未动、干净如新，证明燕军还是尊敬聂星痕的，至少一直派人打扫这里。微浓心里总算满意了些，对左副将颔首回礼：“有劳您了，一直惦记着打扫殿下的营帐。”

军中有头有脸的将领，都知道微浓和聂星痕的关系不一般，此刻见她一副女主人的口吻说话，倒也不觉反感：“郡主哪里的话，我等忠于殿下，可不是嘴上说说的。您就在此休息，有事可差人传唤末将。”

此言甫罢，他便喊了一句“来人”，立即有士兵搬着两个暖炉进来，让微浓夜中取暖。微浓再行感谢，目送左副将出了主帐。

翌日一早，微浓找了个借口，说是军营里多有不便，想进城去采买些女子用的物品。左副将对此深信不疑，派了几个士兵乔装成平民百姓，随她一起进城。

微浓在集市上逛了一个晌午，采买了胭脂水粉等，中午用过午饭，又继续采买布匹。最后她买的东西太多，几个士兵抱着太累，她又提议买了一匹马驮运。

临近酉时，眼见太阳就快落山，微浓还是没有回营的意思，几个士兵不禁着急起来。微浓见状面有愧色，解释道：“就快了，还有最后一家布庄，咱们没进驻幽州府时，我订了几匹布料，可中间遇上征战、摄政王驾崩，我又去了黎都，几个事情一耽搁，到如今还没去取货，今日是非取不可了。”

士兵们都感到无奈，但也无人敢说什么，只好随着她去了那家布庄，将马匹拴在门外等候。微浓径直走了进去，刚跨入门槛，又略有迟疑，回过头笑道：“今日你们都辛苦了，对面有家茶楼，你们先去喝口茶吧。我得试穿衣裳，估摸还要小半个时辰，一会儿我去对面找你们。”

不等士兵们回话，她已拿出一锭银子，递给几人：“别客气，此事我会向左将军保密的。”

士兵们原本有所犹豫，但陪着逛了一整天，确实累得够呛，他们见微浓没架子，出手又大方，便也没再反对，接过银子道：“郡主小心，我们会在对面茶楼盯着布庄，若有什么异常，立刻赶过来。”

微浓掩面而笑：“幽州已是咱们的地盘，能有什么异常？快去吧。”

言罢她不等几人答话，便兀自走进布庄，还不忘对里头的人交代：“马上驮着很多东西，我懒得搬，你们派个人替我看着。”

士兵们见微浓已经进了布庄，这才一起走进对面的茶楼，找了个靠窗的位置坐下喝茶，方便盯着那布庄。

“郡主真能逛，这可比行军打仗累多了。”其中一人忍不住抱怨。

另一个人则跺了跺脚：“其实我一直急着上茅厕，你们盯着哈！”言罢他一溜烟地窜了出去。

另外几人便坐着闲聊，内容无非是如今燕宁的战况、明尘远何时归来、燕国国内情形等。后来他们甚至说起明尘远拥兵自立之后，会不会娶微浓这种话题。他们正说得不亦乐乎，方才那个上茅厕的士兵回来了，问道：“说什么呢？这么起劲。”

“我们在说，镇国侯若起事成功，为了拉拢长公主，会不会娶了烟岚郡主？”

“可郡主不是王上的……而且她和摄政王也……”

“那都是以前的事了，郡主如今不是王后，摄政王也已驾崩，难道她一辈子不嫁？”

“嘿！你别说还真有可能！侯爷自从金城公主死后，也一直没有续弦呢！”

“其实他们俩人也挺般配……”

几个人越说越起劲，直至小二来添茶水，他们才恍然意识到一壶茶和几盘子点心都已用完了，可微浓还没有出来！

几个士兵对看一眼，都感觉不妙，连忙付了账，跑进对街的布庄。可进去一看，哪里还有微浓半个人影。

“你们快来看！”一个士兵在门外喊道，几人又匆匆跑出来，才发现布庄后门的位置，今日采买的所有布匹、胭脂水粉都被扔在角落里无人问津，但运货的那匹马却不见了！

“难道有人劫持了郡主？”几人连忙跑回布庄，逮住老板质问道：“方才进来买布的女子去哪儿了？”

那老板一头雾水：“小人这里光顾的都是女子，您说的是哪一位？”

“就是穿件青色斗篷，小半个时辰前进来的那个！”

“哦，是她啊！”老板恍然大悟，“那位姑娘只是借过啊！她进来之后，问了后门的位置，就……就从后门出去了啊！”

闻言，几个士兵面面相觑。

在燕军大营打听到确切消息后，微浓便心知不妙，又恐左副将拦着不让她离开，便想出这金蝉脱壳之计逃出幽州府。其实她有信心去和明尘远谈判，但她没有信心去面对这群将士，也许他们都已滋生了新的野心，随时可能挟持她。

国不可一日无君、将不可一日无帅，聂星痕走后的燕国，究竟会走到什么境地？她根本想不出来，也不敢去想。

她更加迫不及待地想去墨门求证聂星痕的生死，于是便按照冀凤致留下的记号，驱马前往墨门。走到幽州最南边的渡口时，她却迟疑了，她发现自己面临一个难题：究竟是先去墨门查探聂星痕的生死，还是先回燕国看看局势？

若要去墨门，就必须一直走陆路，而她可能要面临宁王和左副将的双重追捕；若要回燕国，南下的河流已经解冻，她可以选择走水路，如此就能避免与明尘远正面遇上。

情感告诉她，应该去墨门，因为她太想知道聂星痕的生死了。而理智告诉她，应该回燕国，如今燕国的局势才是头等大事。

“记住，千万别去找你师父，否则会害了他，也害了你自己。”蓦然间，原澈的这句话突然浮现在微浓的脑海之中，及时提醒了她。

对！她不能去墨门，万一聂星痕还活着，她这一去，就会把宁王的目光引过去。她应该南下回国。这般一想，微浓当即决定取道水路前往姜国。

事实证明这个决定没错，她一路上不仅没再遇上宁王的人马，就连左副将也没有派人追来，她安安稳稳地进入姜国地界，改走陆路。

正月的最后一天，微浓抵达苍山脚下，虽然她一直告诉自己，聂星痕极有可能没死，可她也做好了心理准备，要去面对这个残忍的事实。毕竟，当初她亲眼看到了他的尸身，也亲自将他埋葬在了苍山脚下。墨门她一定会去，聂星痕的生死她也一定要去求证，但不是现在。如此想着，微浓决定在回燕国之前，去苍山脚下看看聂星痕的陵墓。

姜王很守约，派了许多士兵守陵，因这只是临时置棺的陵墓，故而姜王并未下令严禁入内，反而对燕姜两国百姓开放，以供他们前来祭拜。因此，士兵们对微浓并无为难，查看过通关文牒之后便将她放行。

但让微浓意想不到的是，坟陵前摆放了许多鲜花与祭品，各式各样，一看便知是百姓们准备的。那些鲜花是随手采摘的，有些甚至还没有凋谢，可见正月里一直有人前来祭拜。

微浓原本酝酿了很多情绪，但瞧见这一幕时，她心里是满满的欣慰。她素手轻抚聂星痕的墓碑，指尖纤尘不染，想起彼此过往种种，感慨万分。也不知在墓碑旁坐了多久，当一腔情绪终于平复，准备起身离开时，她突然发现鞋底很潮湿。确切地说，是四周的土壤很潮湿！

这是一个极怪的现象，苍山处于姜国最北端，与宁国幽州接壤，冬季应该干燥才对。微浓忍不住询问守墓的士兵："苍山最近下过雨吗？"

士兵们否认："苍山正月从不下雨。"

正月从不下雨？那土壤为何这么潮湿？难道是……

刹那间，微浓想起元宵节当晚遇见的事，所有的线索仿佛都明晰起来，她心头有什么期待就要破土而出，这迫使她脱口喊道："快！快把陵墓挖开，我要验尸！"

微浓自然没能验尸，士兵们不知她的身份，把她当作疯子赶了出去。微浓却因此更加坚定了自己的猜测，决定赶往苍榆城见姜王一面。

从苍山到苍榆城路程并不算太远，毕竟姜国只占了一个蟾州。微浓快马加鞭赶到苍榆城，辗转找到了燕国驻扎在此的驿馆，才最终见到姜王。她也知道，自己在驿馆露面之后，明尘远必定会找来，但她顾不得这么多了！

谨慎起见，她没有将聂星痕极有可能生还的事说出来，只是故作生气地询问姜王："敝国摄政王入葬已经三个月了，但我正月底从宁国返燕，途经苍山前去祭拜，却发现陵墓有被人挖开的痕迹，不知姜王作何解释？"

姜王见微浓怒气冲冲，只好解释道："您别生气，摄政王的陵墓不是被人挖开了，而是苍山上的陵寝已初步建好，经由贵国长公主及镇国侯做主，已将摄政王的棺椁移入陵寝中了。"

移棺？微浓觉得很疑惑："既然已经移棺，为何不昭告天下？许多百姓不知情，还在原址上祭拜，就连守陵的士兵也没提过只言片语！"

"此事须择吉日而行，是镇国侯说暂时按下，待国内局势稳定再昭告天下。"姜王无奈地解释，"而且，如今陵寝主体虽已建好，但时值冬日，万物凋敝，园中甚是荒凉。敝国正在想法子移植花草树木，所以总体而言，陵园尚未竣工。"

这理由听起来倒说得过去，微浓半信半疑，忽又想起另一件事，再问："我在幽州时听说，宁王向您采买药材了？"

姜王并未隐瞒：“今年已经是宁王向姜国采买药材的第六年了。”

“是什么药材，非要找姜国买？而且……”微浓欲言又止，没有往下说。

姜王已明白她的意思，叹道：“不瞒您说，这是从前姜宁联盟时定下的合作，一直延续至今。我也想过放弃这笔生意，但我们姜国地方小，没有耕地，全靠山上这些稀有的草药虫蚁换取粮食。宁王给的条件实在太诱人，即便两国不再联盟，这合作之事我们也得继续下去。”

“宁王买的是什么药材？难道宁国境内没有吗？”微浓好奇。

“有些有，有些应该没有，他年年买的都不一样，今年的品种尤为奇怪，数量也多。”姜王话到此处，却不肯再往下说了，只向微浓请罪道，“还请您见谅，当初两国谈这笔生意时，宁王就要求我们保密，我不能再细说了。”

听闻此言，微浓还是觉得此事大有蹊跷，和聂星痕、祁湛的死脱不了干系。

会不会是宁王也知道了假死秘药的药方，所以今年才向姜国采买了许多稀奇古怪的药材？这也不是没有可能，毕竟祁湛出身墨门，又做了那么多年王太孙，也许他从前对宁王提过此事也未可知。

姜王见微浓蹙着蛾眉，久久不作声，还以为她不满姜国向宁国出卖药材的事，忙讨好道：“郡主既然来了苍榆城，不妨在宫中小住几日，恰好镇国侯大军近日已抵达境内，也省得您来回跑了。”

明尘远要来了？这么快？微浓立即追问：“他几时能到？”

“昨日孤已经收到消息，预计后日镇国侯就能抵达苍榆城外，但十万大军不会进城。”

经历了移棺之事，微浓也改变了主意，她决定见明尘远一面，至少要确定他是否与自己一心。想到此处，她定了定神，朝姜王回道：“那就劳烦您给镇国侯再送一封信，请他抵达当日务必进城一趟，就说我有要事相商。”

两日后，明尘远率十万大军抵达苍榆城外，就地驻扎。当晚，姜王在宫中设宴为明尘远洗尘，微浓也在席上。因着各怀心事，这顿宴席吃得很潦草，宾主各尽礼节之后便匆匆散去，留下时间让微浓和明尘远说话。

明尘远不等她开口，先问道：“左副将来信说，您逃出宁王宫之后，在燕军大营住了一晚上又失踪了，这是怎么回事？”

失踪？这个词倒是用得极好，能把责任推得一干二净。微浓并未解释，也不拐弯抹角，直接问了出来：“你先告诉我，你是不是已经反了？”

明尘远沉默须臾：“是。”

“为何这么快？我们明明说好的，你先回燕国稳定局势！”微浓心头大恼。

“聂星逸已经决定归附宁国，我总不能看着他毁了殿下的基业！”明尘远比微浓更加气愤。

“他决定归附宁国，你可以钳制他，威胁他！怎么能说反就反？”微浓顿了顿，本想说几句重话，但终究没说出口，只道，“你这是要做什么？要背弃燕国吗？要落下骂名吗？”

“不是我要背弃燕国，是聂星逸要背弃燕国！”明尘远面色肃然，“我就想争口气，和宁国一争到底！聂星逸要做懦夫，我可不做！不管外人怎么议论，此事我都认了。”

微浓仔细打量着他，见他一副理直气壮的模样，话语不似作伪，只得斥道：“你太冲动了，至少也要与我商量才行！”

“我等不及了，我和长公主回燕国时，定义侯已经跑去宁国了！聂星逸连旨意都拟好了，根本没和朝臣们商量，打算赶在我们回去之前就昭告天下呢！”明尘远越说越是气愤，重重一拍桌案，“我恼怒之下，直接带人闯进龙乾宫质问他，这才被他扣上了‘造反’的罪名，索性我就反了。”

“这不就是个圈套吗？你怎能上当？”微浓听后无比着急。

“上当就上当，”明尘远冷哼一声，“若不是宁王突然宣布开战，我不得已率兵前来，此时我早就杀了聂星逸了！”

“你们已经正面起过冲突了？他手里有多少兵力？”微浓问出最紧要之事。

“不到五万，与殿下的亲信部队人数相差悬殊，他根本不可能打赢我们。”明尘远自信满满。

“聂星逸被架空多年，却还能有五万人马为他效命，也算不简单了。”微浓心下稍安，再问，“他的身世，你说出来了吗？”

一说起此事，明尘远又是一肚子的气：“没有，我本欲曝光他的身世，长公主不让，说这是燕王室的耻辱，有损高宗的英明。我就不明白了，到底是如今的局势重要，还是高宗的身后之名更重要？”

微浓也不赞成曝光，不过她和长公主想的不一样：“不曝光是对的，若是聂星逸的身世被揭穿，所有人都会知道燕王室后继无人，到时候造反的可就不是一两个人了，手握重权的大臣都会心生反意。如今不曝光他，局势尚可控。”

明尘远没有想到这一步，此刻听微浓这般说，也是惊出一身汗：“听您这么说，当务之急应是将兵符都收回来？”

“大部分兵权都在你手中，其余调拨各州州将的兵符，收回来也没什么用，他们该拉拢的早就拉拢了，没有兵符，照样能调兵遣将、收买人心。”微浓叹道，“如今大家之所以按兵不动，大约还是顾忌着聂星逸，以及想看看你能走多远。”

明尘远只觉得今晚宴上喝得太多，此刻很是头痛：“从前殿下总想着，把兵权收在自己手里头才放心，造成如今连个能用的武将都没有！若非无人领兵，我也不至于被殿下调去楚地平乱，也许殿下就不会死！如今我更不会进退维谷，留在燕国也不是，去幽州也不是！”

明尘远说着，胸中一腔悲愤更难抒发，一拳重重砸在桌案上。

这就是聂星痕自负所造成的后果，微浓心里也难受，却自知不是发脾气的时候，再问他：“眼下你还有回头路吗？须知‘造反’的帽子一旦扣下来，很多事情都不好办了。”

好在明尘远还算理智，点了点头：“有，连翩当初劝过我，不要把事情做得太绝，故而我一直没有公然宣称‘造反’一事，只说是‘保家卫国，拒绝投宁’。”

“朝中大臣呢？他们都知道多少？”

“我在殿下的亲信面前，一直坚称要保住燕国的基业，虽形同造反，但我只拿着聂星逸要‘降宁’的把柄说话，也没有公然承认过造反一事。”

“那就好。”微浓一颗悬着的心终于重重落下。朝堂之上，很多事情都讲究一个“名”，即便明尘远已经做了什么，只要名分上还是燕王室的臣子，一切就来得及补救。

“若是没把事情做绝，就不能算‘造反’。你安心去前线吧，宫里的事情交给我，我来治治聂星逸。”微浓如是表态。

“你没有兵权，治不住他。”明尘远打击她，“长公主那么恨他，都没与他撕破脸，也是顾忌他手里还有五万兵马。”

“所以你这一仗必须要赢，只有打赢，我们的底气才够硬。”微浓一想起如今的情势便觉得头大，拿下幽州又能如何？还有闵州、丰州、演州，除非打到底，攻下黎都，否则燕军就不可能再灰头土脸地回来了。然而说是攻下宁国，没有聂星痕坐镇又谈何容易！

“说了这么久，您还没说，您到底是要告诉我什么事？”明尘远倒还记得此事。

微浓这才想起，还有一桩大事要说。虽然云辰曾告诫过她，让她提防明尘远，但今晚与他倾谈一番，微浓觉得该信任他，至少现阶段，他心里还是忠于聂星痕的。

于是，微浓决定把聂星痕或许没死的猜测告诉他，可思前想后，又不知该从何说起，她便压低声音："我得先告诉你一件事，关于他和宁王的关系……"

这一整个夜晚，微浓将聂星痕的身世一五一十地说了出来，包括后来她与宁王之间的谈话内容，她如何逃出黎都，在丰州遇上一队奇怪的人马……直至说到移棺。

从始至终，明尘远一直沉默地听着，只在微浓说到"移棺"时，皱了皱眉："此事您难道不知情？"

微浓听得一头雾水："我人在宁王宫，怎会知情？"

明尘远面色一沉："我记得很清楚，腊月初，我写信飞鸽传书送去幽州，命人八百里加急送到宁王宫给您。腊月二十，宁王宫便有回信，还是您的亲笔信，说您已经同意移棺。"

"我的亲笔信？"微浓面色更沉。

"正是因为您同意了，长公主才特意去了一趟姜国，为殿下主持移棺。"明尘远神色凝重。

腊月二十，那时她还没逃跑呢。若是她没记错，应该是她第一天去原澈私邸的日子。微浓一时大为光火："此事宁王根本就没提过，我更没写过什么亲笔信！"

明尘远也意识到自己上了当，对宁王的恼怒更多了几分："我和长公主都不认得您的笔迹，只觉得宁王没理由阻止，故而见信也就相信了。他为何拦着不让您知道？我实在想不明白。"

微浓在心中默默列出那些有用的线索：聂星痕与祁湛死时是师父在场，师父出身墨门，墨门有假死秘方，宁王是聂星痕的外祖父、祁湛的祖父，宁王对她隐瞒移棺之事，大批买进药材，还有元宵节那夜禁卫军护送的东西……

微浓隐隐感到自己离真相很近了，她心中有个大胆的猜测，随即问道："你在信上写了什么？"

"无非是陵寝的位置、风水、姜土花费多少人力财力，还有移棺的日子……"明尘远话到此处，发现微浓睁大眼睛看着自己，心里"咯噔"一声，"糟了！"

微浓也失声喊了出来："快！去陵寝看看！"

五日后，微浓与明尘远快马加鞭赶到苍山，后者担心延误战机，只得让十万大军趁着春雨时节到来之前，先行赶往幽州燕军大营。

直至两人来到苍山脚下，微浓还在担心明尘远这一决定："十万援军没有主帅，你真的放心？"

明尘远也别无他法："宁王虽放出风声要开战，但毕竟还在整军当中，咱们有二十万大军，尚能抵御一阵子，只要我尽快赶过去，应该问题不大。"

在燕宁即将开战的重要关头，明尘远身为主帅，这个决定太不顾大局了。但站在个人立场上，微浓又欣慰于他这个决定，至少证明在他心中聂星痕比军权更加重要，这也让她彻底对明尘远放心了。

为了以防万一，两人这次来苍山是带着姜王的手谕，还有一千人马相随。守陵的士兵见有姜王手谕和信物，便让他们进入园内。此时已是二月中旬，万物复苏，草木生长，各种具有姜国特色的花草树木遍植园中，为这本该忧伤、沉肃的陵园增添了几分盎然的生机。

但微浓和明尘远皆无心观赏这景色，两人直奔聂星痕的地下墓室，命令士兵将墓门挖开。这一挖，足足挖了三天。聂星痕的棺椁移入陵园之后，姜王为了防止有人盗墓，命人在墓门内外安置了诸多机关，虽有图纸在手，但士兵们害怕毁坏墓室，故而进展缓慢。

微浓和明尘远就在陵园里等了三天才等到墓门开启，微浓见机关复杂，分析道："如若宁王真的曾来盗棺，必定是在棺椁葬入墓室之前行动，否则以这层层机关，相信他很难得手。"

明尘远也做此想，心里感到一阵紧张："真相近在眼前，进去看看便知。"

他亲自选定十名亲信随微浓进入陵墓，其余人马则都围在墓室外头等候调遣。十二个人手持烛台往地下走去，微浓边走边看，不禁感叹："他去年九月逝世，迄今不过五个月，姜王竟能建成如此规模的陵园，实在令人叹为观止。"

"您有所不知，这陵园去年初就动工了，本是姜王给自己百年之后修建的，后来听说殿下想安葬于此，他在苍山上看了一遍，没有一处比这里风水更好，遂将这修到一半的园子让了出来，略加删改，就变成了如今这个样子。"明尘远深深一叹，"单从这点上来看，姜王还是知恩图报的。"

此事微浓毫不知情，如今听到，也为姜王此举感到动容。明尘远见她默不作声，怕她徒增伤感，忙说："郡主，事不宜迟，咱们赶紧查看棺椁吧。"

这才是正事，微浓忙掩去种种思绪，随明尘远往地下深处走去。虽他们越走越觉寒凉，但也越走越是激动。一方面，他们希望看到聂星痕的棺椁安然无恙；另一方面，他们又希望聂星痕的棺椁真被宁王盗走了，去年那场死别只是大梦一场。

终于来到存放棺椁的墓室，明尘远将石龛里的烛台全部点燃，打量着棺椁，道："从外观来看，这的确是殿下的棺椁没错。"

微浓也抚摸着棺椁上的狻猊雕纹，竭力回想当时所见，这棺椁确实一模一样。

“还不能最终确定，绿檀椁里还有棺，也要看一看。”微浓如是说道。

明尘远便也没再说什么，对着棺椁磕了三个头，才对士兵们命道：“你们当心一些，把里头的棺木抬出来。”

“是。”十名士兵什么都没问，依言照做。

微浓和明尘远再次上前查看，棺木也确实是原来那具无疑，钉子没有被撬动的痕迹，一切完好如初。

明尘远眉峰紧蹙：“难道真如姜王所言，宁国只是来姜国采买药材的？”

微浓没有回答，双目死死地盯着那具棺木，轻声道：“开棺，验尸。”

明尘远大惊：“郡主！这会惊扰亡魂的！”

微浓仿若未闻，只低声重复：“我要验尸。”她边说边用手扒着棺木边沿，想要凭一己之力将它打开。此时此刻，没有人觉得她是在亵渎亡魂，反而都为她这一举动容。

明尘远心中既震惊又为难，伸手挡住她：“不可，如今棺木封死，一旦空气进入，殿下的尸身就保不住了！”

“他一定会理解我的，一定会！”微浓仍旧扒着棺材边沿，“不看到尸身，我绝不死心。”

“郡主！”明尘远拽开她的手，悲戚地劝道，“您也看到了，这墓室机关重重。您也确认了，这就是殿下的棺椁。那您还奢望什么？就算宁王想盗走殿下的尸身，他怎么盗？钉子没拆，棺体完好，即便菩萨在世，也不可能将殿下移走啊！”

明尘远将微浓的手指一根一根掰开，痛声再道：“若是宁王想做什么，定瞒不过姜王。但您也看到了，姜王他重情重义，宁可将自己的陵园让给殿下，又怎会把殿下的尸身交给宁王？退一万步讲，宁王是殿下的外祖父，若他真能让殿下复活，又岂会瞒着你？”

明尘远说完这番话，只觉得自己那微茫的希冀也跟着破灭了，强忍着情绪道：“您节哀吧。”

从始至终，微浓只是默默地听着，一句话也没说。她抬眸望着石龛里的烛火，没有任何反应，这让明尘远怀疑，她是否把他方才说的话听进去了。

“郡主？”他小心翼翼地唤了一声。

微浓依旧没有反应，良久才道：“你说得对，盖棺吧。”

她的语气很平静，平静得趋于死寂。明尘远知道，她这是真的死心了，愿意面对现实了。可他宁愿她痛哭一场，癫狂一场，但是她没有，她只是轻声重复着那句话：“盖棺吧。”

第五十二章

内忧外患，进退两难

从墓室里出来，微浓盯着众人将墓门再次封上，重置机关。

“我们碰了殿下的棺木，得去燎炉殿焚香告罪，或者您先去沐浴？”明尘远询问微浓的意见，按照祭礼，也是尊重逝者，他如是提议。

微浓双眸空空，面无表情地点了点头：“好。”

明尘远有些担心她：“郡主……”

然而话还没出口，只见一名士兵急匆匆地跑到他跟前，大声禀道：“报——幽州大营有飞鸽传书！”

明尘远顾不上多问，连忙接过那小小的竹筒，拆开一看，脸色大变：“宁国突袭幽州大营，已经正式宣战了！”

宁国突袭幽州大营？这比她想象中还要迅速！微浓感到一阵紧张：“死伤如何？”

“目前还没清点出人数。”明尘远攥紧双手，“看来伤亡不少。”

微浓一听此言，忙要过书信细看，信上说：二月初八宁军突袭位于幽州的燕军大营，双方已经开战。宁军的目标很明显是要收复幽州，因燕军未及提防，一连数日节节败退，已经失了两座城池。

这信是催促明尘远加速赶路的，不想也知，必定是送信之人在路上与援军错过了，又听说明尘远人在苍榆城，才将信送了过去。可他却又来了苍山，姜王只好派人把信再送过来，如此一来一往，耽误了好几日。

“今日已是二月十三，距离开战已过去五日，”微浓的心霎时被揪了起来，“宁王真会挑时候。”

明尘远表情阴鸷："恐怕不是他会挑时候，是咱们中了他的圈套！"

"此话怎讲？"微浓不解。

"他一定是知道您逃去幽州，才故意向姜国买药材，搞出运送棺椁的假象，目的就是引您来查看殿下的陵墓，然后拦住我！"明尘远咬牙切齿地道，"他趁我不在军中，故意突袭，那老贼在与我们玩心机！"

"不可能，姜王说了，宁王每年都找他买药材，就算是设圈套，他也不可能算准我出逃的时机。须知从姜国到丰州，路上最快也要十天！一来一回就是二十天。"微浓比明尘远冷静一些，"二十天前，我还没逃跑呢！"

"唯一的可能就是宁王在援军之中有眼线，或是在姜王身边有眼线，他知道了你的行踪，特意赶在你没到之前发动攻势。"微浓安抚他道，"你千万别钻牛角尖，如今最重要的就是赶去幽州，扭转战局！"

经微浓一提醒，明尘远猛然醒悟："郡主说得对！我得赶紧过去！"

"我随你一起！"微浓表态。

这次换明尘远变冷静了："您才刚逃出来，不能再自投罗网了。再说殿下走了，我也不能保证可以镇住所有人。军营里都是男人，您若出了什么意外……我怎么对得起殿下！"

微浓又岂会不知明尘远的意思，可她如今实在不能放心，对战况不放心，对燕军大营更不能放心！

"这样，您回国找长公主，有你们两个出手，应该能暂时镇住聂星逸。"明尘远郑重其事地道，"您若回去，我便能安心对付宁军。"

这是最好的打算了，也是他们最初商量的计划，明尘远守着幽州燕军大营，微浓回燕国牵制聂星逸。若不是中间闹出宁王密谈之事，他们何至于如此被动！

"好，事不宜迟，这就分头行动吧！"微浓抿唇想了片刻，叮嘱道，"无论如何，侯爷当以性命为重，若是幽州守不住就弃了，守住苍山以南即可！"

"您放心，若是宁军打到苍山，姜国也不会坐视不管。"

两人既已决定分头行事，便没有再啰唆，明尘远本欲调拨五百亲信保护微浓回燕国，但微浓考虑到他人手紧张，只要了五十人随行。临分别前，他们又商定了各自去信的暗号，以防重蹈覆辙，被人冒充笔迹回信。

微浓一路昼夜不停、快马加鞭，仅用了二十天就赶到了燕国京州，她没有回燕王宫，而是先去长公主府了解情况。可她没想到，长公主府围得像铁桶一样牢固，层层重兵把守。她更没想到，聂星逸的子女竟然都在这里！

"聂星逸不顾燕王室荣辱，更不顾燕国百姓，执意要投宁。我为了先王名誉，不拆穿他下贱的身份，但我不能容忍他胡作非为！”长公主眼眸眯起，缓缓笑了，“我思前想后，还是将他几个孩子弄过来最牢靠，至少让他暂时不要轻举妄动。”

微浓望着长公主脸上那一抹似正似邪的笑意，心头感慨万分。屏城长公主聂持盈，三十年前就是燕王室中最强势、最铁血、手段最高超的女人，后来是因为诞下儿女才收敛锋芒，渐渐淡出。再后来，她遭遇和离而一蹶不振。如今，她终于重新出山了！

见长公主如此从容自若，微浓的心也安定下来，仿佛孤旅之人终于有了同伴和依靠。她喝了口茶，缓了缓心情，才问：“聂星逸现下如何了？”

“他曾多次派人来救他的孩子，后来我恼了，给他的儿女都下了慢性毒药，他才安分一些。”长公主面上露出几分冷厉之色。

微浓大吃一惊：“您给他的孩子下了毒？”

“怎么？你心软了？”长公主瞟着她，“成大事者怎么能心软？聂星逸对你心软过吗？再说他们按时服用解药，死不了。”

微浓并不赞成下毒的手段，尤其是对孩子，不禁问道：“聂星逸还在宫里吗？”

“还在，”长公主露出嫌弃的表情，“他如今像个疯子一样，见东西就摔，见人就打，除了魏连翩，没人能近他的身。”

聂星逸作为一个父亲，子女全部被人挟持，且还中了毒，他自然会暴躁不堪。

“我觉得这样挺好的，在军情不明朗之前，暂时维持着吧！”长公主冷哼一声，“他若再敢轻举妄动，我就把他一家子杀光！野杂种享了这么多年的福，锦衣玉食还不满足！不愧是赫连璧月那贱人的儿子！”

长公主对聂星逸到底是有多恨！微浓猜测，她之所以下此毒手，怕也是对定义侯、赫连璧月的怨恨未消，从而转移到了聂星逸及其子女身上。微浓踌躇着，还是将实情相告：“我此去宁王宫，没有见到定义侯，宁王将他保护得很好，怕是……”

“你不用再说了！”长公主听得明白，“他如今心里只有他那个杂种儿子，只想着如何东山再起！如此也好，我的儿女们全都改姓聂了，和他没有半分干系！他这个卖国贼，不配当我的丈夫，更不配当我孩子的父亲！”

定义侯与长公主感情的事，微浓不好置喙，她只是隐隐觉得担忧：“长公主，我担心……”

“担心什么？”

微浓不希望波及聂星逸的孩子，何况其中还有魏连翩之子。长公主这一举，明尘远根本没提过，可见她是自作主张。再者，明尘远的子女也一直寄居在长公主府，孩子们都大了，心里知事，万一聂星逸的孩子心存怨愤，对明尘远的孩子下手……

微浓越想越觉得后患无穷，下毒实在有损阴德，她本想替聂星逸的孩子说说好话，又恐适得其反，会更加激怒长公主。

于是，她只好换了种说法，委婉地道："我是担心，您此举会惹恼聂星逸，万一他做出什么疯狂之举，岂非对您不利？"

"他人被软禁在燕王宫，还能对我不利什么？我日日在府里不出门，看着他几个孩子，他也不敢杀进来。"长公主胸有成竹。

微浓听明白了，长公主是想当然地以为，只要她挟持了聂星逸的孩子，公主府便能和燕王宫形成对峙。她这个想法的确能暂时缓解危机，但长此以往，矛盾越积越深，总会有一方先打破平衡。

而且很显然，聂星逸的子女被人挟持，一定是他先想方设法反击！届时长公主就危险了！

想到此处，微浓诚恳再劝："您不能小看聂星逸，他和以前不一样了，他示弱极有可能是障眼法，是为了放松您的警惕！而且镇国侯也说了，他手中尚有五万兵马，万一他悄悄派人去宁王宫通风报信，宁王再派人来对您下手，防不胜防。"

微浓说罢，见长公主面露几分迟疑，知道自己已经说动了她，忙乘胜追击："如今他是贪恋这王位才能受制于您，万一您把他逼急了，他直接投宁，也是得不偿失啊！届时您就算杀了他的孩子也没用，反而增添彼此怨愤，您说呢？"

微浓小心翼翼地观察长公主的神色，见后者露出若有所思的表情，似乎已经开始斟酌。微浓抿唇等了许久，都没见长公主给个话，只得再道："还有，镇国侯的子女也在您府上，这么多孩子，万一有个闪失……您就从占理的一方，变成不占理的一方了。"

她此言一出，长公主神情一变，当即从座椅上站起来："你说得没错！我从来都是占理的一方！"

长公主终于松口了！微浓庆幸自己没有白费功夫："既然如此，还请您尽快给孩子们解毒，再派人到燕王宫送信。"

微浓话一出口，又瞬间改变了主意："不，还是我亲自去送信吧，我也想见见他。"

"不行，太危险了！"长公主坚决反对，"我当初找他的几个孩子，都费了九牛二虎之力，折损不少人马。你就别去了，如今这状况也挺好的，逼迫着他支持镇国侯一战到底。”

微浓听这口气，好像长公主已经站在了明尘远这一方，遂问：“镇国侯的事，您都知情吗？”

“知道啊，他反的是聂星逸，又不是燕王室。”长公主毫无担忧。

“但除了您，燕王室已经没人了啊。”微浓则很忧虑。

长公主挑了挑眉，笑道：“谁说没人了？我的儿子都改姓聂了，难道不是王室中人？”

原来长公主存的是这个心思！要扶持自己的儿子做燕王！微浓刹那间觉得心悸，正思忖着是否该问下去，便见长公主已经主动拉过她的手，笑言：“这时候你可别糊涂，你名义上是我的女儿，咱们可是一条船上的人。你若想让燕国好，就得站在我这边，如今除了我的孩子，没有人更名正言顺了。”

怎么没有？其实微浓知道，高宗聂旸的三弟一直在边陲流放，但她不敢提，这时候已经不是比谁的血统更纯了，而是比谁更得势！如若她当着长公主的面提起，反而害了那个早已远离权力核心的人，还不如不提。

她的担心真的成真了！聂星痕没有子嗣，聂星逸又非正统，如今得势的、沾亲带故的，都在觊觎燕王之位！长此下去，后果不堪设想！恐怕宁王也没有办法掌控！

而她，到底该帮谁？没有了聂星痕，她什么都不是，只是一个假身份的郡主，无权无势，她谁都左右不了！

长公主温热的手掌就覆盖在她的手背之上，还在等她的一句回应。可这时候，她能义正词严地拒绝吗？她能痛斥长公主的野心吗？不，她没有资格！她甚至想不出更合适的人选！谁来做燕王？

许是见她长久不回应，长公主也有些不满了，神色渐冷：“你可要想清楚了，如今我的儿子是血统最纯的，他若登基，燕国还是燕国，所有的一切保持不变，星痕作为摄政王，将一辈子得到供奉朝拜。但你若支持明尘远或是那些不三不四的人，这燕国可就要改朝换代了！数年之后，谁还记得星痕？谁还记得你我？”

长公主渐渐抓紧微浓的手，十分用力：“醒醒吧，人不为己，天诛地灭，这个时候，谁能稳住燕国，谁就是胜利者！你虽不是星痕的遗孀，但宫中、军中皆知你二人的关系，只要你站在我这边，我还能亏待你吗？我是你的母亲，我的儿子就是你哥哥！别人当燕王都会对你不利，唯独我们才是一家人！”

此刻微浓是真的慌了！她本以为至多明尘远会反，长公主应当会顾全大局，可眼下瞧着，长公主和明尘远也只是暂时一心，日后若合力铲除了聂星逸，指不定还要再斗起来！

而这还只是她所知道的人，暗处那些她不了解的、不熟悉的公侯、朝臣……也许人人都有野心！她却只能眼睁睁看着，谁都阻止不了！

微浓竭力压制心头的不平静，将手从长公主掌心之中抽了出来："您是已经有计划了吗？"

"当然，"长公主笑得胜券在握，"我想过了，最好的法子还是靠聂星逸，我会把你的大哥过继到高宗膝下，成为他名正言顺的王兄，再让他册立你大哥做储君。"

长公主忍不住拍了拍手："如此一来，光明正大，兵不血刃。如何？"

微浓听后沉默片刻，毫不客气地道："您想得太简单了，即便聂星逸遂了您的心愿，您就能保证别人没有想法？江山只能靠打，您若没有足够的兵马，迟早会被赶下来。"

"明天的事，明天再说。"长公主似乎毫不担心，"我又不是傻子，我也会争取兵权和朝臣支持呢！"

长公主抛出合作意向，见微浓迟迟不表态，也不想再敷衍下去了，遂冷下面容，道："都说你聪明，我怎么看你是个傻子？到如今你还看不清形势吗？聂星逸的孩子在我这儿，明尘远的孩子也在，你说他们听谁的？我如果想要这个王位，他们就得双手奉上！"

微浓闻言脸色大变！她险些忘了这件事！

"此事说来我还得感谢你，是你劝我收留他们的。"长公主抱臂冷笑，"微浓，我把你当女儿看，你可别敬酒不吃吃罚酒！"

天下果然没有永远的朋友，亦无永远的敌人，眼前的情况实在太棘手了！微浓蛾眉微蹙，心中飞速转着主意，正待开口说些什么，此时但听一阵急匆匆的脚步响起，一个脸生的侍卫跑了进来："启禀长公主，燕王宫方才传来消息，燕军败了！"

"败了？"长公主和微浓异口同声。微浓更觉得惊讶，她与明尘远分开才二十天，按道理明尘远已经赶到幽州了，就算没有扭转战局，也不会这么快就败下阵来！

"宁军打到哪儿了？"

"怎么败的？"两人又是同时问道。

那侍卫摇头，忙道："王上请您入宫，说是要商议此事。"

长公主面露狐疑之色，不肯接话。她疑心这是聂星逸的陷阱，弄出个请君入瓮的把戏，遂道："你回去告诉他，本宫一个妇道人家，军机大事一概不通，让他赶紧召集朝臣商议。"

那侍卫有些为难，若将这话送去燕王宫，他就别想活着回来了！

"宁可信其有，不可信其无，长公主，您最好还是去一趟。"微浓在旁劝道。

然而长公主心意已决，突然抬手捂着胸口："不行了，本宫听到战败的消息，心疾发作，快传大夫！"

微浓见状气得直咬牙，又自知不是口舌争执之时，遂道："那我去吧，请您容许我离开。"

长公主杏目圆睁，不可思议："你要去？"

微浓点了点头："事关燕宁战况，即便是陷阱我也非去不可。"

长公主见她神色坚定，也说不上心头是什么滋味，只道："你可想清楚，你若陷在宫里，我可不会去救你。"

"不必，只要您能信守诺言，善待孩子，稳住局面即可。"微浓也不多说废话，转身对那侍卫道："走吧，我随你去。"

"等等！"长公主打量她一番，表情很不自然，"你这风尘仆仆的样子，进宫有损我府中形象。来人，给郡主拿件披风！"

"是。"长公主的婢女立刻领命，一溜烟儿地跑去挑了件披风，又亲自为微浓披上。微浓也没拒绝，向长公主道了声谢，便随那侍卫离开。

翡翠色的织锦披风随着她的步履轻轻摇曳，似春日里一道明媚的晴光，长公主望着微浓毅然决然的背影，眉宇间浮起浓重的忧愁："难道燕国真要保不住了？"

半个时辰后，燕王宫，龙乾宫。

一转眼，微浓离开燕王宫已经一年了，这一年里实在发生了太多事，每一件都是她生命中不可承受之痛。一年前聂星痕雄心勃勃地从这里离开，却再也没有回来，每每想起，都黯然神伤。

见到聂星逸的第一眼，微浓便确定燕军战败的消息是真，只因他的慌乱之色根本藏不住，整个人显得异常消极。

聂星逸见是微浓前来，先是讶异，后是讽刺："怎么？你一回来，长公主就把你推到前台来了？"

微浓没心思与他斗嘴，只问："燕军如何败的？消息可确切？镇国侯人在何处？"

聂星逸什么也没说，直接将军报撂给她：“你自己看吧。”

微浓立即拿起细读，越读越是心惊。军报上说，明尘远赶到幽州时，燕军已失四城，他带人突袭成功，顺利夺回幽州府，却不想宁军另有奇招，将幽州府团团围住，还将所有的出城通道全部截断。明尘远连同五万兵马一起被困在了幽州府内，燕军想要营救，奈何军中无帅，副将们意见不一，多次营救均配合不力，以失败告终。

如今，明尘远的人马已经在幽州府困了五天，城内粮草断绝，水源被截断，情势岌岌可危。宁军提出要求，让燕军退出幽州境内，退回苍山以南，遣使求和。宁燕若能坐下谈判，宁国愿将镇国侯明尘远遣返以表诚意，但五万大军须得扣押。若谈判顺利，燕国愿降，五万大军则直接编入宁军之中。

言下之意，若是燕国不同意和谈，镇国侯与这五万人马，将全部耗死在幽州府！

微浓读完整个军报，脑子里一片空白。五万人被困，若是出不来，还能支撑多久？水源被截断，粮草又吃完，等待他们的就是渴死饿死！

若是想得更恐怖一些，或许还会引起内斗，人吃人的事情都极有可能发生！而这样的消息一旦传到世人耳中，燕军无论胜败都是名望尽毁，届时，燕国就真的失去民心了！

想到这些后果，微浓惊出一身冷汗，忙问聂星逸：“你打算怎么办？”

“我自己能做主吗？”聂星逸冷笑，“定义侯早就去宁国和谈了，宁王这个要求，可不是给我看的，是给你们看的。”

微浓听后，立即回道：“我已经劝过长公主了，她会给你的子女解毒。”

聂星逸闻言脸色稍霁，双手负在背后，在殿上来回踱步，似乎六神无主。

微浓一心只想着那五万人的生死，再问：“除了明尘远，难道军中就没有能够领兵打仗之人？当务之急，还是要把这五万人救出来才行！”

“你当我不想救吗？”聂星逸突然暴怒，“朝中是有领兵打仗之人，可去攻打宁国的这些人，全部都是聂星痕生前嫡系！他们有多目中无人？除了聂星痕和明尘远之外，根本不听别人的指挥。就算我派人去组织营救，谁能听我号令？”

微浓似被聂星逸震住了，惊愕一瞬，才道：“不会的，我也出征过，幽州府一战我也调得动他们。”

“你和聂星痕是什么关系？我又和他是什么关系？而且那时他还活着！”聂星逸一张脸气得通红，“他若活着，我们根本就不会落到如此地步！可他现在死了！军中人心异动，你以为他们还能听我的？”

聂星逸露出一抹讽刺的笑意："抱歉，我使唤不动！"

从前聂星痕专权于一身，军权几乎都掌握在他自己手里，如此才稳固了摄政王之位，也树立了他在军中的绝对威信。可如今他死了，这专权的弊端就显现出来了，将领们谁都不服谁，他亲自带出来的嫡系更是眼高于顶，根本不会再听命于聂星逸。

而这一点，微浓从前竟然一直没认识到。她只看到将领们对她都很恭敬，只看到燕军大营团结一致，却没发现，这些都是聂星痕生前的景象，他走了，他们所有的矛盾都激发出来了！

平心而论，此事谁也怪不得，即便是寻常人家，缺了主心骨也要六神无主，何况是数十万人的军队……

微浓竭力想让自己平静下来，想了片刻，忽然想起一件事，不禁脱口问道："你不是还有五万人马？"

聂星逸立即警惕地看着她："你当我是傻子吗？拿我的人马去救人，明尘远会感激我？燕军会高看我一眼？还有长公主一看我手下没人，立刻就会夺权！这五万人是我的保命符，谁都动不得！"

微浓见他态度坚决，试图劝说："你当一天燕王，就要为大局考虑一天，你……"

"就因为我是燕王，这些人才不能动！你见过手上没兵的燕王吗？"聂星逸指了指脚下，大笑道，"若把这些人都调走，谁来守卫京畿？宁王立即就能通过楚地挥兵南下！堂堂燕国国都，难道要不攻自破？"

"宁王没那么快打来，只要成功解救镇国侯，我们就可以缓过来！"微浓着急再劝。

"我凭什么听你的？"聂星逸终于被彻底激怒，挥手摔了案边的茶盏，"我这个燕王当得还不够憋屈吗？这是我的江山，我的燕国吗？太平盛世都让聂星痕给占了，如今兵败如山倒，你倒想起我是燕王了！我为何要去救明尘远？！你别忘了他是我的仇家！我巴不得他去死！"

聂星逸喊得很大声，指着微浓的鼻子破口大喊："你不是能调动燕军吗？你去救人啊！你倒是去啊！"

微浓真是恨不得插上翅膀飞去。可如今根本来不及了！从燕国到宁国，不眠不休赶路也要将近一个月，到时候五万燕军早就饿死了！

就算她写封信过去，可谁会认？也许有人巴不得明尘远赶快死掉，如此便能将那些兵马据为己有！纵观历史，能成功篡权的都是武将！

微浓只觉得脑子不够用了，浑身都是疼的，连日来的奔波赶路，连日来的殚精竭虑，终于在这一刻将她彻底压垮。她只觉得眼前发黑，双腿发软，一口气提不上来，摔倒在地上，不过还好，她竭力支撑着自己没有晕倒。

聂星逸见她突然跪倒在地，警醒地后退两步："你在做什么？"

微浓只觉得呼吸困难，气难成声："快……叫御医……"

当微浓醒来时，天色已黑，她猛地从床榻上坐起来，才发现身边站着魏连翩，再低头看看自己，已经更衣梳洗过，仅着中衣裹在蚕丝被之中。

"我睡了多久？"这是她的第一个念头，生怕自己错过了军机。

"您别担心，就睡了几个时辰而已。"魏连翩端起案上一碗汤药送至她手边，"御医说您连日奔波，忧思郁结，只是过度疲劳而已，并无大碍。"

微浓点点头，从魏连翩手中接过药碗："多谢。"

魏连翩叹了口气："家国大事，本就不该女人操心，您何必折磨自己。"

微浓只埋头喝药，并不作声，直至一碗汤药见了底，才问道："聂星逸呢？"

"您晕倒之后，王上便去书房召见群臣，也是在商议大军被困之事。方才宫人们将御膳送进去，听说到现在还没动一口。"魏连翩垂眸，竭力压制担忧之色，"也不知他……他眼下如何了。"

微浓心知肚明，魏连翩口中的"他"自然不是指聂星逸，而是明尘远。她也不瞒她："五万大军被困五日，城内粮草断绝，想必能果腹的都吃了，若不早点想法子营救，后果将不堪设想。"

魏连翩是个聪明女人，一听这话便知道轻重，旋即红了眼眶："他不是骁勇善战吗？难道不能自己逃出来？他自救的能力总该有的。"

微浓沉默一瞬："就算能逃，他也不会这么做——弃兵而逃，军法处置难逃一死，一世英名更将毁于一旦。"

魏连翩听罢，眼泪顿时流了出来："郡主，不如……不如我们就认输吧！"

微浓眸色霎时沉凝。

魏连翩没给她反驳的机会，"扑通"一声跪倒在她床边，流泪恳求："郡主，就算我求您了，认输吧！镇国侯是摄政王生前最器重的人，您总不能眼看着他去死！还有五万大军，若是困死在幽州府……您叫天下人怎么看燕国！"

"我比你更想救他，可是认输的代价太大，除了突袭营救，我想不出更好的法子。"微浓目露哀戚。

"可是侯爷他等不到了啊！已经五天了，五万人都要吃喝！"魏连翩向来冷静，此刻竟是涕泪交织，“等您和王上商讨出营救之法，再传令给燕军，燕军再去营救，少说也要几日工夫！就算营救成功，他还能活吗？燕军还能活吗？”

微浓又何尝不知这个道理，她从榻上坐起来，想将魏连翩扶起，奈何后者执意跪着，令她手足无措。她只好缓缓坐在脚踏上，与她平视：“你真是这么想的？”

魏连翩点了点头，抹掉眼泪：“我没什么大见识，也不知道认输的后果有多严重，但是眼下……眼下长公主要反，侯爷想维系摄政王的基业，王上也……蠢蠢欲动。您难道要看着他们自相残杀？还没等宁国打进来，也许燕国就已经亡了！我们谁也阻止不了，根本阻止不了！”

魏连翩每多说一句，微浓的无力感便加深一分。是啊！她根本阻止不了任何一个人，原先她还异想天开地以为，长公主、明尘远会与她一条心，他们能共同牵制聂星逸。可如今看来，是她太过天真！

没有聂星痕，她什么都不是，只是一个随时可能被拆穿身份的假公主。她没有军权，没有人脉，没有谋士，没有筹码……她什么都没有。微浓从没像眼前这般感到无力，疲惫感弥漫整个心头，心中一片荒漠。

“吱呀”一声房门开启，聂星逸没打声招呼便走了进来，他一眼瞧见燕王宫中最重要的两个女子都坐在地上，一个涕泪涟涟，一个哀默不语。

见他进来，微浓也顾不得自己只着中衣了，抬头看他：“商议得如何？”

聂星逸摇了摇头：“争执不休，没有两全其美的法子。”

微浓没有细问，她能猜到朝臣们的顾虑——

救人，无人能调动兵马，幽州府五万大军恐怕也等不及；不救，只能眼睁睁看着他们饿死，燕军军心大乱，民心丧失，沦为天下笑柄；继续作战，聂星痕死后士气低落，明尘远又不在军中坐镇，将领们心思各异；认输，燕国国祚到此为止，数任君王、包括聂星痕在内的所有心血都将毁于一旦……

微浓不言不语，像是受了惊的小兽缩成一团，披头散发地坐在脚踏上。

聂星逸将魏连翩扶起来，亦是深深喟叹：“从前盼着聂星痕死，总以为他死了，我就能重新掌权……到底是我太天真！他才死了半年，燕军就落得一败涂地！”

微浓闻言，只将头深深埋在臂弯之中。她想不出自己还能说些什么。

聂星逸见状，狠狠攥着魏连翩的手，似是下了极大的决心才开口道：“微浓，接受宁王的条件吧，就算你不肯投宁，至少也给个和谈的机会，否则僵持下去，我们谁也把控不住整个局面。”

他见微浓低着头，像是石雕一般毫无反应，便自顾自地说下去：“我也不想投宁，我也想坐稳燕王之位……但如今这个情形，我已经没有能力了。趁着明尘远还没出来，能投就投了吧，他若出来，燕国还会再闹。

“我知道你在想什么，你若想保住聂星痕的威名和基业，再也没有比和谈更好的法子了，你有什么条件也可以提出来，我们想法子让宁王答应就是。再拖下去，你是能救出五万大军，还是能压制长公主？你能保证燕国不乱下去吗？”

聂星逸最后几句质问，深深刺中了微浓的心。是啊，没有一件事她能做成，再这样下去，她也只会沦为一个筹码，她甚至连自己的命都保不住！

聂星逸见她似乎有所动摇，再次劝道：“趁我如今还是燕王，我还能做得了主，先把消息发布出去。一旦两国开始和谈，就能把一些想谋朝篡位的逆臣压制住，先震慑他们再说。”

终于，微浓抬起头来看他：“这话是谁教你说的？宁王吗？”

聂星逸略有闪躲：“别管谁教的，你要知道，但凡有一丝可能，我都不想背负亡国之君的名声，我也想做个光明正大的君王。”

微浓仍旧迟疑着，不肯表态，心里不知在想些什么。

“我承认，初开始我是被宁王的条件所打动，心想与其做个有名无实的君王，不如全部推翻，日后做个一方诸侯……但真正让我放弃的原因是长公主。”

“因为她劫走了你的孩子？”微浓已经无力询问。

“我知道长公主恨我，也恨我母后，可孩子是无辜的！”聂星逸面上渐渐浮起悲愤之色，“你知道我为何会中计吗？她让她的两个儿子——暮枫和暮桤约我出宫！我念着是我同父异母的兄弟才去赴约，可谁知等我回宫，长公主已经把连翩关了起来，把我的孩子都掳走了！就算长公主恨我，暮枫和暮桤呢？就连下毒也是他们两个亲自动手的！那是他们的侄儿，他们怎么下得去手？！”

聂星逸越说越激愤，一拳打在床榻的柱子上，但听“咚”的一声响，帷帐已被震落。

“如今你知道念着亲情了，当初他不也是你同父异母的兄弟，你不是也要置他于死地？”微浓凝声质问，似乎还能忆起十年前燕王宫中的惊心动魄。

聂星逸深吸一口气，面有悔色：“人都有犯错的时候，难道聂星痕没有吗？我已经为此付出了巨大的代价，母后死了，赫连一族散了，连金城也死了！你还要我怎样？”

聂星逸双目猩红，泛着恨意：“我的身体已经坏了，被行刺，吃丹药，后来又中了罂粟的毒。御医也说过，我以后不可能再生育了，这几个孩子就是我的命！他们若有个闪失，我一定会让聂持盈血债血偿！她的儿女，我一个也不会放过！”

“王上……”魏连翩见他越发激动，忙扶着他，“御医说您不能动怒。”

聂星逸反手握住魏连翩，话语中满是哀色：“翩翩，我对不住你，我从没让你过上一天好日子！我知道你心里有人……你若想走，我成全你。”

“不！”魏连翩的眼泪簌簌落下，死命摇头，“王上，我只要我们的孩子，我只要望安……”

聂望安，魏连翩的孩子，这名字还是自己起的。微浓合上双眸，回想从前种种，恍如隔世。

“投宁是最好的出路，明尘远和五万燕军能保住，诸如长公主之流也会收敛，只要宁王够手腕，燕国就不会四分五裂。”聂星逸握着魏连翩的手，话却是对着微浓说道，“你考虑清楚，你是要守着一个动荡的燕国，失去民心？还是救那五万人的性命，护着燕国百姓免受战火？”

微浓的目光不知落在何处，似乎并未听见这一番话，但聂星逸知道她听见了，于是再道：“我们没有多少时间了，多等一刻，燕军就会多死几个人。”

听到这一句，微浓终于哽咽开口：“我和你能做得了主吗？”

“我代表朝廷，你代表长公主府，名正言顺。”聂星逸苦笑，“虽然我们都没有实权，但至少还有个名声。”

微浓心里清楚，聂星逸的这个提议有私心，宁王必定许诺了他高官厚禄。她更清楚，他急着让她点头同意，是想赶在明尘远被放出来之前，定下大势。

如果还有更好的办法可以稳住局势，可以救出燕军，她一定不会让他得逞！可她什么法子也没有了……她只能听着聂星逸假仁假义的劝说，连骂他一句道貌岸然都找不出理由！

“我只想替他把路走下去，原来竟这么难。”微浓不知是在对谁说话，又或许，她只是自言自语。

时间一点一滴流逝，窗外夜色已深，春夜的燕王宫格外宁静，似是枕戈待旦，等着一场腥风血雨。微浓抬手握紧榻沿，唇畔溢出一丝悲戚的笑：“我们两个假王室，却在这儿决定整个燕国的命运，真是可笑至极。”

“长公主是真王室，可惜她不敢来。”聂星逸勾起冷嘲。

前所未有地，微浓感到弥天盖地的后悔：“当初我若是答应他，为他留下血脉……燕国也不会沦落到如此地步。”

聂星痕，你会怪我吗？你是否也后悔等了我这么久，等到膝下悬空，无儿无女，断送了整个燕王室的前程。

只怪当初我们都太骄傲也太倔强，你自信于战无不胜，我执着于旧怨难平，现在，我们都遭到了报应。

微浓擦掉即将夺眶而出的眼泪，竟不敢面对自己即将说出的话语："你去信告诉宁王，只要能保证幽州府水粮供给，放回镇国侯，我们就宣告天下，两国和谈。"

至此，聂星逸终于长舒一口气，转而担忧起来："长公主那边呢？我的孩子怎么办？"

"不止你的孩子在，镇国侯的孩子也在。"微浓提醒。

"王上，"就在此时，沉默半晌的魏连翩突然开口，"不如让定义侯回来吧，也只有他能劝动长公主了。"

第五十三章

翻手为云，覆手为雨

三十天前，宁王宫圣书房。

宁王看着摆在眼前的数本典籍，按捺住翻阅的欲望，沉沉地看向云辰："这些就是所谓的《国策》？"

云辰肃立于书房正中央，神情从容："不只是《国策》，还有几条关于统一的谏言。"

宁王脸色霎时冷冽："云辰，不要以为你献上《国策》，孤就不追究你包庇暮氏逃跑之罪了！"

"真要追究，王上也该追究世子才对，与我何干？"云辰毫无惧色，甚至连"微臣"都不再自称，改称"我"了。

自从幽州府失守之后，云辰莫名消失数月，再回来时便对宁王没了恭敬之色，似乎是准备撕破脸面。故此，宁王也就不再顾忌什么，径直将他软禁在揽月楼中。谁料他竟以商谈统一为借口，故意引开自己的注意，令暮氏趁机逃跑，还让原澈因此受了伤。虽然他愿献上《国策》，但还是难消宁王心头之恨。

"云辰，孤警告你，原澈是我宁国的世子，你若将他玩弄于股掌之中，孤绝不轻饶！"宁王愤而拍案。

云辰抿唇轻笑，并未回应。

宁王见状更加气愤："你以为你还是从前的楚太子吗？你还真把自己当成了离侯？如今你在楚地民心已失，你以为孤不敢杀你？"

"王上要杀我，只消一句话。但该不该杀我，也该听我一句话。"云辰依旧没有惧色。

宁王冷笑，指了指桌案上的《国策》：“书已到了孤的手中，你还有什么用处？孤要杀你，易如反掌。”

“书是死的，人是活的，《国策》乃前朝之物，如若无人解读，您拿到也是一知半解，发挥不了作用。”云辰指了指自己，“您必定知道，我脑子里不仅有《国策》，还有比《国策》更贵重的东西。”

“就凭你这几条统一谏言？”宁王再次冷笑，表情不屑。

云辰也笑了：“谏言乃是其次，我可以助您扭转战局，收复幽州。”

闻言，宁王冷目一闪，眼眸眯起：“聂星痕已死，燕军一盘散沙，孤已经不战而胜。”

“那您太小看明尘远了，也小看了燕国长公主聂持盈。”云辰点到即止。

果然，宁王眉目蹙起：“孤朝中多的是擅长领兵的武将，你不必危言耸听！难道他们打不过明尘远，你就能打得过？”

“论领兵打仗，我经验欠缺，确实打不过。但我能够以智取胜，让您不费一兵一卒便收复幽州，甚至扭转乾坤。”云辰身形挺拔，更显从容自信，胸有成竹。

“嗬！口气好大！”纵然宁王不想承认，但也不能否定云辰的确足智多谋。见对方说话如此有把握，他不禁问道，“说吧，你有什么计谋？”

云辰反而卖起关子：“请王上先看看我献上的统一之策，再行商议。”

宁王早已看到夹在几本《国策》之间的纸张，暗诽云辰如今连奏折都不用了，随意拿几张纸来敷衍自己，他很是不满：“之前你来找孤，都是厚厚一摞意见，却多为无用之言。难道你还不承认你当初是在转移孤的注意力，以此帮助暮氏逃跑？”

“王上如今再追究还有何意义？我若是您，就往前看。”云辰对此不置可否，态度不卑不亢。

宁王心头大恼，杀意骤起，却因云辰这番话而产生些许迟疑，不禁拿起《国策》中夹着的几张纸垂目看去。只扫了几眼，他便发现云辰说到了点子上。

如今九州疲乏，莫说燕国，就连他自己也为此次征战劳心不已。前次与微浓商谈未果，也是卡在最重要的一点上——几国王室何去何从。而云辰这几张纸，恰恰提到了这个难题。

“既然要统一，就该一统到底，前朝灭亡乃前车之鉴，绝不能再设几国诸侯而埋下隐患。”云辰终于表态，“我的建议是，燕、姜王室享受汤沐邑，不享受封邑，保留王室头衔，给他们荣华富贵，不给实权，在新朝国都建邸长住。”

宁王一边细看那几张纸，一边听着云辰的解释，摇头否决：“你太天真了，哪个

君王不愿意掌握实权？你以为给些金银财宝，留个王室虚名，他们就能答应统一？”

“也可以给予一定权力，但要分散。”云辰意有所指。

“如何分散？”宁王终于来了兴趣。

“譬如姜国盛产草药，人人擅蛊，姜王室可以掌管新朝医药；燕国近年科举完善，燕王室可以掌管选贤、设塾。总之要让燕、姜百姓觉得王室有权，百姓也有用武之地。”云辰刻意停顿在此，话锋一转，“当然，这只是个初步构想，管医药，是否会在太医署中做手脚？管科举，是否会把控朝臣？都是值得商榷之处。”

听闻这一席话，宁王总算意识到了云辰所言的妙处：管医药、管科举，听起来好似实权在握，实则比起军权、赋税还是差得太远，自己完全可以拿出几项不疼不痒又看似重要的权力下放，哪怕让这些王室捞点油水也没关系。说白了，一朝若想稳定，只要军权在握就可以，分些甜头出去也没什么。

但是……宁王暗叹了口气，这些设想虽好，如今却是空无一用，和谈之事若定不下来，如何统一？

“眼下这个局势，宁国根本做不了燕、姜的主。”宁王出言反驳云辰，“你这只是纸上谈兵。”

“如今自然是纸上谈兵，”云辰唇畔勾笑，“但不久的将来，可就说不准了。”

“你的意思是？”

“还是我方才所提，我可以助您收复幽州，甚至扭转乾坤。”

“孤为何要相信你？你自己也在谋求复国。”

云辰闻言沉默一瞬，才道：“大势如此，楚王室复国无望，我已牺牲了太多亲友及下属，不想再徒增杀戮了。”

“真的？”宁王还是不相信，“即便如此，你又为何要平白无故帮孤？”

“不帮您，难道要帮燕国？”云辰嗤笑，“我毕竟是个俗人，即便放弃复国，也没道理去襄助仇敌。况且，我也不是平白帮您，事成之后，我会索要我应得的东西。”

宁王思索片刻，垂目再看云辰的谏言，发现他的确只安排了燕、姜王室的出路，而只字未提楚王室。宁王不禁心生警惕：“你想要什么？如若你借机狮子大开口，孤也绝不会答应你。”

“您放心，楚王室不会人新朝为官。”云辰神情不变。

“那你想要什么？”宁王疑惑，他根本不相信云辰会放弃权势。

然而云辰又卖了个关子：“您不妨先听听我收复幽州的计划，再行决断。”

不可否认，看到云辰言谈之间的超凡自信与淡然气质，宁王甚为挣扎。他爱才，也知云辰之才天下难寻；可他更加害怕云辰还有后招，而自己的子孙根本斗不过他。

想到此处，宁王合上眼眸，遮掩住其中的杀意，他决定先听听云辰的计划：“你说吧。”

“四个字，请君入瓮。”云辰伸开手掌比画了一下，才道，“据说明尘远已经率领十万援军从燕国起程，您也打算再次对燕国开战，趁着燕军如今没有主心骨，我建议您尽快出兵。”

“嘀，你说得倒轻巧。”宁王本以为云辰有什么新点子，却不想他所言和自己想的一样，不禁颇为失望。

云辰将宁王的神色看在眼中，不紧不慢地再道：“驻扎幽州的燕军都是聂星痕的亲信，现今聂星痕已死，明尘远也不在军中坐镇，其他将领互相之间都不服气，正是群龙无首之时。您可以通过幽州府的探子放出流言，挑拨几个将领相互夺权，扰乱燕军步调，这是一场人心战。”

云辰话到此处，反而不笑了，肃然道：“不过，这只是其一，还有其二。”

这些话还算值得一听，宁王点了点头：“你继续说。”

云辰笑言：“在明尘远没抵达幽州之前，您必须要集齐兵力速战速决，收复幽州府，然后将百姓全部迁出，因为明尘远必会心有不甘，率领援军二次进攻幽州府。”

他边说边摊开手掌，然后再缓缓收紧：“此时，您就可以‘瓮中捉鳖’了。”

“怎么捉？”宁王追问。

云辰垂下眸子，声音毫无感情：“我知道幽州府有一条隐蔽的通道，可以通向城外四个方向。等到明尘远率军进驻幽州府时，您就可以形成包围之势，并且截断水源，让城内粮草断绝。”

幽州府有密道？宁王突然想起幽州府失守的情形，据说当时原澈正与燕军在城外鏖战，聂星痕不知从何处窜了出来，毫无先兆一举攻入城内。当看到这个军报时，他着实气闷了一阵子，因为这条隐蔽的山路他从不知晓，宁军也无人知晓！这根本就是废弃数十年甚至上百年的古道了！

“你这条密道，与燕军当日进攻幽州府所走的路，可是同一条？”宁王忙问。

“不是，是另一条。”云辰敷衍道，“我曾有探子在燕军大营，据他所言，聂星痕有一张幽州地形图，其上标注了许多隐蔽的古道可供设伏、抄路。但我所说的这条路，地形图上并没有。”

云辰说的也不算全是假话。燕军刚刚杀入幽州府时，简风还未暴露，他好奇燕军如何得知那条密道，便让简风去暗中查探，查到聂星痕有一张地形图，标记稀奇古怪，听起来很像自己手中那一半山川河流布防图。当时他还觉得蹊跷，可当简风设法将布防图抄回来之后，他就明白了。

那张图的路线根本不完整，很多本该有密道的地方，都被人为抹去了痕迹。而两张真假布防图之中，幽州境内的地形标记最为接近，只少了一条路，就是他如今向宁王提议的那条。所以即便聂星痕当时去调查，也根本查不出什么不妥，地形图上没有的古道，仅凭几个探子又如何能查得出来?

世上见过这一半布防图的人寥寥可数，而有机会描摹造假之人，根本不做第二人想，只有他的王姐楚瑶。可想而知，是王姐故意做出一张假图，但为了引聂星痕上钩，她将幽州的地形描摹得最接近，而越往北走，抹去的标记就越多。

他不知道这张假图是如何落到聂星痕手中的，但只要一想到王姐死后还在帮他，他便觉得心头震荡痛楚。

如今聂星痕已死，能看懂那张布防图的人只有明尘远，以他对明尘远的了解，燕军若失去幽州几个城池，明尘远必定会依靠那张布防图重新夺回失去的城池。不妨就趁此机会布下一个局，把幽州百姓全部撤走，然后让宁军埋伏在那条尚没有暴露的密道之中，趁着燕军夺城之际，一举包围。

这个计划云辰已经酝酿很久了，在他决定放弃复国的那一刻，他就在等这样一个机会，用这条计策去和宁王谈筹码。当然，他不会傻到将布防图也和盘托出，故此才半真半假地说出那条密道。他觉得，宁王会信。

“试想，大批燕军被困，燕国救也不是，不救也不是，不仅军队人心惶惶，国内更会因此动荡。您大可以此为条件，光明正大地提议和谈。”云辰定下调子。

真是妙计！宁王在心中为这个计策感到激动，然一转念，他又觉得愤怒：“既然幽州府有密道能包抄燕军，你为何现在才说?害孤白白丢失整个幽州！”

“我当初并不知道聂星痕发现了另一条密道，更不能未卜先知您会失去幽州。而且，燕军进驻幽州府后，整个城内全是百姓，若是我将这密道透露给您，您也根本无法设伏。与其如此，我不如等到时机成熟再说，也算我的一个筹码。”云辰早已准备好了说辞，态度也很坦然。

宁王除了憋闷无话可说。是啊，他怎么能指望云辰全心全意帮他?堂堂宁国的疆域，自己都摸不清楚，还要靠一个楚国人，这才真的是奇耻大辱!

“你是如何得知这条密道的?”宁王沉声问道。

云辰默然片刻，笑道：“这您不必知道，您只要派人去查一查，看我所言是真是假。”

然而宁王想得更远，脑后不禁升起一丝凉意："除了幽州，宁国其他地方你也摸清楚了？"

"您当我是神仙吗？"云辰眉目上挑，"我之所以能摸清幽州，是因为我在燕军之中有探子，借着燕军进驻幽州府的机会悄悄去查的。后来聂星痕遇刺身亡，我的探子任务完成，如今已经离开燕军大营了。"

很好，这一番话说得滴水不漏，不留一丝话柄。不过这也让宁王彻底看透了云辰的心思，他是要以此来换取楚王室的出路！

"你献上如此良策，说吧，到底想要什么？"宁王不想再迂回下去了。

云辰也终于不再卖关子，直白言道："若您能建立新朝，一统天下，请您以云氏之名封赏我族拥立之功。"

"以云氏之名封赏？"宁王以为自己听错了，"那你楚王室呢？"

"楚王室甘愿退出庙堂，从此楚姓不复存在。"云辰回得很干脆，没有半分不舍之意。

宁王明白了，云辰这是以退为进。若是他以楚王室身份寻求封赏，日后若他功高盖主，或是自己想要铲除他们，便可以给他扣上一顶"楚王室造反"的帽子，世人都会相信。

但如今云辰自愿褪去王室光环，改姓云，还以"拥立之功"请求封赏，便等同于向世人宣告：楚王室没有弄权的野心，并且愿意拥戴新朝。在世人眼中，楚王室如此委曲求全，必能博得天下人怜悯。而如此一来，自己若再想铲除他们就会显得名不正言不顺，天下人都会为楚王室叫屈。

这一步棋，楚王室看似没了身份，吃了大亏，但实则占了便宜，是踏踏实实的自保之法。

这个要求虽然出乎宁王的意料，但也算给他吃了一颗定心丸，至少眼下看来，楚王室是真的放弃复国了。

"看来你弟弟的死，对你打击不小啊。"宁王故作哀叹，心里却是欢喜，长舒一口气道，"说吧，你以拥立之功讨要封赏，又甘愿退出庙堂，到底是想要什么？"

云辰昂首直视宁王，毫不客气地道："我要新朝粮油、漕运、盐、铁四项生意的绝对经营权。"

"放肆！"宁王一听此言，拍案怒斥，"这四项生意向来归朝廷管制！云辰，不要以为你能出谋划策，便可以狮子大开口！"

"王上误会了，我要这四项的经营权，会向新朝缴纳赋税，绝非私吞。虽然这些一直归朝廷所管制，但历来贪腐严重，朝廷收粮，名义上征收五千斤，实则征了八千，另外三千哪儿去了？难道不是被各地官员层层盘剥了？再有漕运，两江的水匪就连官兵都没办法，最后沦落到官匪勾结剥削过往船商；还有盐的提炼、铁矿的挖掘，不都需要人力？军队挖掘是挖，百姓挖掘也是挖，最终养的都是新朝百姓，何分你我？”

听见云辰这番“义正词严”的讨要，宁王几乎要咒骂一句“厚颜无耻”！粮食乃民生之根本，盐乃征税之根本，铁乃军工、农耕之根本，这些都是朝廷的根基命脉，怎么可能交给私人经营？

尤其，粮食的储备、盐税的征缴，单这两项就占据了国库的七成。只要云辰掌控了粮油、盐、铁这三项生意，就等同于掌控了天下百姓，掌控了军工。届时就连皇帝都要看他脸色行事，傻子才会答应这样的条件。

宁王感到这是对自己的羞辱，脸色又开始气得涨红，坚决回拒：“你不必多说，孤绝对不会答应你，否则孤就会沦为天下人的笑柄！”

云辰似乎已经料到了宁王的态度，便退让一步：“我可以把盐的经营权拿掉。”

事实上，盐的确是其中最重要的一项。粮食人人可种，百姓可以自存粮油；但是盐的提炼乃独门工艺，并非人人都会。而且盐不仅供百姓食用，更是兴商润民、征收赋税的重要手段，若是丢了盐这一项，国之根本便将动摇。

可是，即便云辰去掉经营盐的要求，宁王还是觉得他胃口太大，仍旧不愿妥协。

云辰只好再退一步，讨价还价：“既然王上还觉得为难，粮油的生意我也不要了。”

他言下之意，是志在铁和漕运的经营权。铁是农耕的工具，若是铁器私营，被人哄抬价格，农耕的成本就会增加，粮食的价钱就会变高。就算云辰不哄抬铁价，只要他稍稍缩紧手心，造成市面上铁器供不应求，百姓就需要用其他器具来代替铁器。如此一来，农耕的效力大大降低，直接后果就是：粮食减产。

何况铁器攸关军工，兵器、盔甲样样用得到铁，若将铁的经营权交给云辰，就是把军队、农田全都交给他了！

宁王不禁冷笑：“云辰，孤一直以为你是个聪明人，没想到你自己将项上人头送到孤的手里来。这几项经营权，你也敢开口索要？孤一项也不会给你！”

面对宁王的拒绝，云辰面色依旧平静，只是眉峰稍蹙，似乎在斟酌什么。须臾，他勉强下定决心再退一步：“漕运给我，不能再退了。”

宁王眯着眼睛站起身来，双手缓慢支撑在桌案中央，心生杀意。然就在他的双臂正要使力的空当，云辰忽然加了一句话，令他停止了动作。

“一万万两，云氏买断漕运的经营权。”云辰声音低沉，强调出最后两个字，“黄金。”

一万万两黄金！宁王还以为自己听错了，宁国如今一年的税收大约才一千万两白银，即一百万两黄金。那么一万万两黄金，就是宁国一百年的税收！而且是举国不吃不喝才能攒下的数额！

即便日后统一了四国，按照燕、姜、旧楚的税赋情况，四国合起来大约也只有每年三百万两黄金。那么云辰给出的数字，就是九州四国三十余年的税收总和！而且是不花一分钱的情况下才会充盈如此。

这个条件让宁王心动了。他心中想着，若是宁国真能统一四国，届时新朝初建、百废待兴，到处都需要用钱，若能有这一万万两黄金周转，他何愁建不来一个盛世？何愁收拢不了民心？

“你哪儿来这么多钱？”宁王实在忍不住询问。

云辰并不打算说出宝藏之事，便模棱两可地道：“我楚国虽小，却一直安逸富庶。怎么，难道您觉得我出不起一万万两黄金？”

宁王的确觉得他出不起，若是楚国真有这么多钱，当初亡国时，怎么没被燕国发现？

云辰知道宁王多疑，遂进一步解释：“我楚国二百年来积累了无数财富，历代君王生有忧患意识，皆拨出一半国库用以绵延国祚，以备不时之需。自然，这些就是我的复国之资，这一万万两黄金，是我身家的七成，我愿用来买断漕运的经营权。”

“买断多久？”宁王立即问道。这么多钱去买断漕运的经营权，若是时间短，根本无法赚回本金，以云辰的精明，绝不会做这种亏本生意。

云辰也回得很利落：“新朝国祚多久，我就买断多久。这本就是个长期生意，足以说明我相信原氏的能力，也相信新朝会国祚绵长。”

至此，宁王终于听到一句中听的话，心里也舒坦了些，最后问道：“若是新朝不成气候，国运太短呢？”

“那我自认眼光不济，绝无怨言。”云辰坦然答道。

宁王心里清楚，这一万万两黄金买断漕运，短期来看是自己沾光，但长久来算，也是个亏本生意。可他太需要钱了，这两年与燕国交战，耗费不少军资，虽不至于动摇国之根本，但也盈余甚少。

而且他根本无法保证新朝到底能坚持多久。纵观历史，朝代更迭时而有之，更何况四国没有归心，也许要不了几十年，就会有新的政权取而代之。因此单看眼下，至少二十年之内，这笔生意还是自己占便宜。

想到此处，宁王终于一咬牙，点头应道：“好，只要你信守诺言，向世人宣告云氏不干政、不出仕、不造反，永久远离庙堂，孤就做了你这门生意，与你互惠互利，共建新朝！”

“王上英明！”近日里头一次，云辰躬身朝宁王行了一礼。

宁王很是受用，又笑道：“不过孤也把丑话说在前头，孤若发现你有不轨之心，你可知道后果如何？”

云辰亦是笑道：“微臣也将丑话说在前头，若是王上有意过河拆桥，诛杀微臣，那微臣手中也有筹码，必定令您后悔万分。”

云辰这番话虽然充满威胁之意，但却巧妙地自称“微臣”，可见他已经选择服从于宁王。宁王听着虽觉不痛快，但也颇为忌惮，尤其在这局势敏感的时刻，他知道云辰的倒戈会带来什么结果。而因为这一万万两黄金，他已经舍不得杀云辰了，只好交代子孙后世，对云氏徐徐图之。

于是，宁王选择继续忍耐，勉强笑回：“云卿真是客气了，如今宁王室与你相互依存，你若有什么差池，新朝的基业岂不是要坍塌？”

云辰但笑不语。

两人周旋了这么久，宁王也是累极，见一切暂时尘埃落定，不禁朝云辰摆了摆手：“今日到此为止吧，细节之事，待孤拿下燕、姜两国，再议不迟。”

“微臣告退。”云辰什么都没再说，径直退下。

走出圣书房正殿时，云辰知道，宁王的目光正直勾勾地盯着自己的背后。他微微垂目迈开步子，唇畔不由自主地上翘。

其实今日从始至终，他的目的只有漕运的经营权。粮油、盐、铁，不过是他讨价还价的幌子罢了。这些东西固然吸引人，可是天下哪一个君王都不可能将这些交予私人经营。即便给他，他也不敢光明正大地收，收下也没有能力消化，反而会树大招风。

但是控制漕运之后，很多东西都可以慢慢来，因为天下所有物资的流转，全都靠运输。而陆运与漕运之中，走水路更快捷、更顺畅、更四通八达，物资流转十之八九，都是靠漕运。

只要掌握了漕运的经营权，漫说粮油、盐、铁，天下任何东西都能够逐渐侵入、掌控。所以他不急，有生之年先吃透了漕运，而剩下的，他可以交由子孙后代慢慢筹谋。

谁说复国必须要通过朝堂？只要掌握了一朝命脉，便形同无冕之皇，而且这位置坐得会更加长久。

想着想着，云辰反而不笑了，他只觉得如释重负。

第五十四章

天下之势，分久必合

与云辰详谈之后，宁王便迅速行动起来，赶在明尘远抵达幽州之前做了好些事，不仅放出流言挑拨燕军将领间的关系，还派出大批宁军杀入幽州。

当时多数宁军是抱着“必死也要收复幽州”的信念去的，再有宁国百姓做后盾，战场上均是以命相搏，不畏死伤勇猛无比。反观燕军，在聂星痕已死、明尘远不在军中的情况下，显然没有那股士气了，面对宁军近乎疯狂的进攻，还有宁国百姓们的暗中相助，燕军反倒畏首畏尾了。

不少燕军甚至私底下抱怨：“以前跟着摄政王殿下，一是崇敬殿下甘愿追随，二是想为国效力，三是图自己升官发财。如今殿下死了、镇国侯反了、几个将军互咬得厉害，咱们也不知是在给哪路反贼效力，更没法子光宗耀祖，还打什么打？”

这种话一旦传开，造成的后果可想而知，许多将士受此影响，消极备战。几个缘由加在一起，燕军失了天时、地利、人和，在战场上一退再退，连失几座城池，包括作为燕军大营的幽州府。

后来，明尘远倒是回来了，也一鼓作气重夺幽州，但却损失惨重。十万援军折损五万，另有五万随他杀入幽州府之后就再也没有出来。

因为宁军在快速收复幽州府时，已迅速将城内百姓迁走，又找到了云辰提及的隐秘古道。因废弃太久，古道上长满了草木，遮天蔽日，故而一直没被人发现。宁王果断下令砍树辟路，不惜出动大量人力，终于赶在明尘远回来之前将古道重新开辟，设下埋伏。而燕军当时耽于内斗和前线战事，根本没有发现宁军在后方大举开山劈树，重设古道。

然后，便有了云辰所说的“瓮中捉鳖”，宁军故意输给明尘远，却又不敢输得太明显。双方僵持数日，各死伤五万人马，终于将明尘远的剩余人马全部引入了幽州府城，再借由那条古道将城池团团包围，切断水源。

原本驻扎在幽州的那批燕军，经历几场夺城之战，已经死伤近半，余下五六万人曾多次营救明尘远，均以失败告终，最终只得飞鸽传书将事情原原本本地告诉聂星逸，并附带了宁王的条件。

若是燕王室对这五万人见死不救，将士们都会感到心寒，谁还会继续为燕国效力？燕军更加有理由懈怠造反了。可若是救了，燕王室就要答应宁王的和谈条件，相当于将王权拱手相送，在世人眼中更是矮了半截。

于是所有将士都在看着，看燕国要如何处置这棘手的事件。救与不救，好像都是一条死路——这就是云辰计策的高明之处。

当明尘远发现幽州府已经成为一座空城之后，他立即明白是中了算计。而且宁军做得很绝，不仅把百姓尽数迁走，甚至连一头牲口、一颗粮食都没有留下！还是燕军大营在此驻扎时，防患于未然，曾在地下挖了几个洞穴，埋藏了一部分军粮。

但这些粮食对于五万大军而言就是杯水车薪。

五万大军日日要张口吃饭，纵然再节省，那些军粮也只够支撑两日。明尘远在这两日内数次带兵硬闯，不仅没闯出去，反而伤亡惨重。他心里也清楚，日子拖得越久，越是消耗将士们的信心，没有粮食果腹，体力又跟不上，突围的可能就会越来越小，最后大家都会饿死在这里。

不幸中之万幸，虽然水源被截断，但是城内尚有几口老井，勉强够将士们饮水，因此大军还能再支撑几日。

转眼间，五万燕军已经在幽州府城被困五日了。这期间，明尘远想过无数突围的办法，奈何幽州府被宁军围得如同铁桶一般，根本没有突破口。后三天将士们纯粹是靠水煮树皮、草根充饥，只有明尘远的桌案上还能见到一丁点儿粮食，但也只是稀粥而已。

燕军面临着前所未有的困境，饥饿、绝望、士气低落、毫无斗志。

将士们饿着肚子，明尘远这个主帅又如何吃得下粮食，他一连两天将稀粥分给身边的侍卫，自己则坐在主帐内苦思冥想。他想不明白，整整五万人为何会突然被困在此处，他到底是哪里部署错了？

他知道将士们都在压抑着暴躁与不满，他也开始怀疑自己打下去的动机了。他根本不指望聂星逸来救他，也不指望微浓和长公主，两个女人手无缚鸡之力，根本不可能左右局势。

也许人在真正面对无法解脱的困境时，会产生各种各样激进的想法，明尘远也已经开始计划，要用自己的项上人头去换这五万燕军的一条出路。他在心中暗下决心，若是到了后日情况还没有变化，他就让部属割下自己的头颅，去向宁军换取粮食。

正当他想趁着自己还有力气写封遗书时，宁军主动送来了粮食，并带来消息：宁燕准备进行和谈，宁王派遣离侯云辰、紫金光禄大夫沈觉为和谈使者，燕国派出镇国侯明尘远、辅国大将军杜仲、定义侯暮皓出面。为表公平，和谈之地定于姜国境内的苍山之上。

这场和谈时称苍山和谈。

燕国定下的和谈人选颇具深意：明尘远代表军方意见，辅国大将军杜仲代表忠于聂星痕的朝中势力，而定义侯暮皓则代表燕王聂星逸的利益。三方各有思量，各自携带谋臣若干，浩浩荡荡地赶往苍山。而微浓因身份缘故，不方便出现在和谈使臣的名单之中，但也随行去了。

相比燕国，宁国派出的使臣则很微妙。知道内情的人都晓得，沈觉和云辰的真实身份是什么，燕宁和谈，宁国却找了两个楚人出面，倒也有些意思。

当明尘远踏出幽州府城之时，迎接他的是云辰，还有定义侯暮皓。没等他开口说话，云辰已经对定义侯伸手相请，客气笑言：“两位长久不见，定有话要说，我在一旁静候。”言罢他便命车夫将自己的车辇牵到远处，坐进车里等候。

定义侯暮皓去年被聂星逸派去与宁王秘密交易，却不曾想在宁王宫困了半年之久。直至这次燕军大败，明尘远被困幽州府，宁王知道大势已定，才将他放了出来。

他本想先回国去见见聂星逸，商量下燕宁的局势，岂料刚走到半路，和谈的消息传来，宁王特意让云辰在半路截住他，还建议他顺便去幽州府接出明尘远，一同前往苍山和谈。

定义侯见到明尘远之后，第一句话便是：“这些日子委屈镇国侯了，王上派你我二人同去苍山参与和谈，老夫想先与侯爷商量商量，你我二人心里也好有个准备。”

“和谈？谁答应的和谈？”明尘远一看到定义侯，想当然地以为这是聂星逸一意孤行，瞬间恼怒非常，便欲质问。

定义侯叹了口气：“据说是几方权衡之下做出的决定。”

明尘远双目眯起，也不顾及面子了，冷着脸讽刺定义侯：“几方权衡？恐怕是你们父子的权衡吧！聂星逸想做卖国贼？”

定义侯神色一沉："镇国侯说话可要注意，你的命就是'卖国贼'救的，没有我们这些'卖国贼'，你早就饿死在幽州府了！"

"我宁可饿死，也不会投降！"明尘远怒火中烧，"什么和谈，我不去！"

定义侯脸色一沉："烟岚郡主也同意和谈，已经起程去了苍山。"他也不想再强撑什么，索性撕破脸面，"老夫福薄，没有福气和镇国侯同行，我们还是各走各的吧。"

言罢，定义侯径直走到云辰的车辇旁，拱手辞行："云大人恕罪，老夫先走一步。"

云辰已将两人的对话听了个大概，便什么都没问，下车朝他回礼："侯爷慢走，咱们苍山再见。"

眼见着定义侯的车辇渐渐远去，云辰又走到明尘远身边，淡淡地道："王上已经为镇国侯备下马车，您即刻便能起程赶往苍山，一路食宿都已安排妥当。"

"我不会去的。"明尘远根本不领情，他看向云辰，目中杀意骤起，"和谈之事，可是你从中挑唆？"

"镇国侯措辞不当，"云辰神色如常，"统一乃百姓所望，我是说和，不是挑唆。"

明尘远冷笑一声，抬起佩剑直指云辰的脖颈："别以为我不知道你打的什么主意，殿下的死，我还没和你算账呢！"

云辰面无表情地转头看了一眼城门，那被宁军团团围住的城内，隐隐还能听到因为有了粮食而满足的欢呼声。云辰毫无惧色地道："你麾下五万将士才刚刚吃了一顿饱饭，你若不顾及他们的生死，可以当场杀了我泄愤。"

他这一句话，等同于承认围困燕军的计策是自己出的，像是故意要激怒明尘远，根本不掩饰什么。

可想而知，明尘远听后是什么心情，简直是气愤难当，忍不住狠狠啐了他一口："你真是无耻！这种法子都想得出来！"

云辰闪身躲过明尘远的唾沫，却故意掸了掸衣袖，回道："相较于十年前你们屠杀楚国百姓十万，我不过是以彼之道还施彼身，收取一些利息罢了。"

"当年之事你不要装作无辜，是楚人拒不投诚，又在水源里下毒，先王才会一怒之下命令屠城！这是给我们被毒死的将士一个交代，给全军一个交代！换作是你，难道你不屠城？谁知道楚人还有什么诡计！"

明尘远握住佩剑，怒斥云辰："战场上胜者为王，败者为寇，你暗中给殿下下毒，又用计刺杀，还要饿死我们的将士！有其主必有其民，难怪楚人就爱用这种见不得人的伎俩！简直无耻至极！”

此时此刻，明尘远浑身杀意凛然，像是渴望嗜血的野兽，恨不得杀云辰而后快！却偏偏还有一丝理智克制着他，告诉他城内还有五万将士的性命捏在云辰手中！

而无论明尘远说什么，云辰都没有反驳，听他发泄完一通，才冷冷地道：“你与其在此骂街泄愤，不如仔细想想和谈的条件，千万别在我手上吃亏。”

言罢，云辰两根手指轻轻拨开横在脖子上的剑，学着方才定义侯的口气道：“在下福薄，看来也没福气和镇国侯同去苍山，先走一步了。”

“苍山我是不会去的！我绝不同意和谈！你的阴谋休想得逞！”明尘远愤恨不已，“我早晚会杀了你为殿下报仇！”

“杀我？”云辰唇畔微勾，毫不掩饰对他的嘲讽，“你手下还有多少人马可用？”此言说罢，云辰头也不回地上了车辇，驾车离开。

明尘远一人站在原地，只觉得浑身发冷，恨意与沮丧盈满心头，令他更加无力。他不敢去回想，这几日将士们到底过的是什么日子。树皮吃完了吃草皮，草皮吃完了吃草根……

就在昨天，因为抢夺一只老鼠，几十个将士不顾尊严地打了起来！两个人被活生生踩死，其余的人都受了伤，抢到老鼠的那人还是队长，他担心老鼠再被抢走，竟然当众把老鼠生吞入腹！

今日一早，宁军把粮食送进了城，立刻又掀起新一轮的疯抢。若不是他竭力压制，昨日的悲剧又将重演。而当所有将士都吃上一顿饱饭后，那满足的欢呼简直令人无法形容。

这一招实在太阴毒了！消磨了燕军的意志，打击了他们的士气，也毁了他们的自尊心……这五万将士，算是废了！云辰说得没错，他没有多少人马可用了！

明尘远还是忍着一腔怒气去了苍山，他必须要弄清楚微浓同意和谈的原因，以及他离开燕国期间到底又出了什么事故。他和定义侯一前一后抵达苍山，姜王早已在此安排，但燕、宁两国的和谈使者都还没到，云辰连个影子也没。

姜王一直显得很平静，似乎对即将到来的风雨毫无察觉。明尘远知道，他其实也没什么选择的余地，若是燕宁能够谈拢，姜国只能服从和谈的条件，否则夹在两国中间就会腹背受敌。

在此等了足足半月，燕宁两国的使者团才陆续抵达，先到的是燕国的使者，如定义侯所言，微浓也在其列。苍山下已然封山戒严，不仅姜王派了军队守住上山通道，燕国此行也带了不少人马，全都驻扎在苍山脚下。只有参与和谈的人才能上山，姜王为此特意制作了专用令牌，凡是上山之人人手一个。

微浓上山，刚领到令牌，明尘远便迫不及待地拉着她问起情况，开口便是一句质问："你也同意和谈了？"

"是。"微浓承认。

明尘远的火气立即上蹿："你为何要同意和谈？你难道不明白这是宁国的陷阱？"

"我若不同意，难道要看你和五万将士饿死在幽州？"微浓无力地垂下眸子，"这才是最大的陷阱，救人，折损严重；不救，失去军心。"

"我就算饿死，也不接受这种懦弱的妥协！"明尘远是真的被激怒了，朝微浓大喝，"这是殿下创的基业！你怎能说断就断？"

"你根本不知国内是什么情形！"微浓跌坐在椅子上，无力地扶着额头，将国内局势一一告知，包括长公主的野心，聂星逸的小算盘，还有孩子们的安危。

"你和聂星逸的孩子都在长公主手里，我根本控制不住！"微浓只觉得心累，"若不同意和谈，五万将士折损不说，国内也将乱成一团！"

后果如何，微浓已经无法想象，也说不下去了，她面上浮起深深的愧色，对明尘远道："当初是我让你把孩子送去公主府的……都是我的错，抱歉。"

"这不能怪你，"明尘远只觉得一片心凉，像是被一盆凉水兜头浇下，"谁也没想到会变成这样……"

而这还只是长公主的野心，那别人的呢？

"相比一个虚名，我更希望五万将士平安无事，燕国平稳安定。"微浓像是被抽空了力气，话语低沉，"若是我不同意和谈，才是断送了他的基业。"

至此，明尘远仿佛也丧失了坚持下去的力气，瘫坐在椅子中："长公主那儿，你是怎么交代的？我的孩子怎么办？"

"目前几个孩子都算安全，你先宽心。"微浓安慰他，"聂星逸以牙还牙，把长公主的两个儿子也绑走了，如今双方还在对峙之中，只等着定义侯回去调解。"

"那他还在这儿做什么？还不回去？"明尘远说着就要起身去找定义侯。

微浓眼疾手快地拦下他："你冷静一点，定义侯是聂星逸的亲生父亲，他若不参与和谈，谁能保证聂星逸的利益？你若逼着他回去，只怕聂星逸立即就会恼羞成怒，长公主也不会善罢甘休，到时候吃亏的还是孩子！"

明尘远听后没有反驳，因为微浓说的是事实，她是唯一的局外人，也只有她才能保持冷静。可他一想到孩子在长公主手中，便深感无力。

忠义和亲情，难道真的不能两全？明尘远忍不住双手抱头，崩溃大喊：“为何会变成这样！”

“所以和谈不能拖了！你们必须以最快的速度达成一致！越快越好！”微浓提醒他道，“拖得越久，燕国就越乱，变数就会越多，几个孩子就越危险！”

明尘远像是接受了和谈的事实，缓缓跌坐在地上。这些日子他遭受的打击实在太多，聂星痕的死、五万兵马的围困、燕国混乱的局势、亲生骨肉的安危……每一件事都像一把利刃，正正戳在他的心口。

终于，他重重点头：“我听你的。”明尘远似乎恢复了冷静，从地上站起来，“宁国使臣什么时候到？”

“后日。”微浓想到宁国派来的人选，心头滋味繁杂。

“燕宁和谈，宁国却派两个楚人来坐镇……”明尘远笑叹，“宁王是多不想让我们占便宜。”

是啊，这真是一个精明的决定。微浓心里猜测，宁王之所以放心派云辰前来，恐怕是两人私下已经达成了某种协议，而至于云辰究竟想要什么，她就猜不到了。

“看来他是彻底放弃复国了。”微浓不禁喟叹。

“放弃复国，难道他杀害殿下的仇就能一笔勾销？”明尘远的目光突然变得冷厉，“等到和谈结束，我绝不会让他活着走出苍山！”

微浓闻言蹙眉，她并不是担心云辰的安危，他既然敢上苍山，必然已做好了万全的准备。她担心的是明尘远会因一时冲动坏了大事，遂劝道：“你不能在苍山动手，云辰是和谈使者，代表的是宁国，你若杀他，就成了燕国背信弃义，还会连累姜王的声誉。”

然而明尘远眼中的恨意根本挡不住，双目猩红地道：“你知不知道，我们这次被困幽州府就是他设下的埋伏！五万人马挣扎在生死线上，甚至为了只老鼠争抢不休，消磨尊严……”

明尘远不忍再说下去，终是恨恨地道：“先是殿下的死，后是被困之辱，此仇不共戴天！我恨不得生啖其肉，饮其血！”

听闻此言，微浓只觉得既失望又悲哀，却不知自己到底是为那五万将士悲哀，还是为云辰悲哀。她沉默良久，才道：“那你更加不能动手了，这五万人还在幽州府。”

两日后，宁国使臣一行抵达苍山，由于时间紧迫，云辰要求姜王省略接风宴，当晚便与燕国进入和谈议程。微浓身份特殊，没有资格参与和谈，每日只能默默等着各种消息。

第一日，双方就军队的处置争论不休，燕国辅国大将军杜仲的声音激昂无比，微浓隔了数间屋子都能听到他愤慨的喝骂与质问，而宁国方面则相对安静。

第二日，军事上仍旧胶着，双方暂时抛开这一点，转而谈论起是否建立新朝、新朝谁来称帝、诸侯如何分封等问题，依旧争论不休。

第三日、第四日……微浓每天都听到无数的消息，但没有一个条件能让燕宁两国达成一致，如此折腾了半个月，还是没有尘埃落定，双方遂决定暂停和谈，并就核心问题写信告诉各自的主子。

明尘远和定义侯、杜仲日日聚在一起商谈，微浓根本插不上话，也没有人听她说话。她很无奈，又不能离开，如此在苍山上耗了整整一个月，所有人都被磨得没了耐性。微浓为了躲避这种吵嚷的、争执不休的环境，便去聂星痕的陵园待了几天，直至明尘远亲自来接她，说是燕宁于一件大事上达成了一致，她才重新回到苍山。

从始至终，她未曾见过云辰一面。

随明尘远回到和谈之地，微浓却意外发现定义侯暮皓、辅国大将军杜仲都在她的屋子里，她望着这两个人，疑惑地问："您二位是有事找我？"

杜仲和定义侯齐齐看向明尘远，后者却是一脸挣扎之色，最终跺了跺脚，没头没尾地说出一句："还是你们告诉她吧，我实在说不出口！"言罢他不等微浓反应，径直推门而出。

微浓见他情绪不对劲，似乎有什么话难以启齿，还以为和谈出了岔子，忙问："是和谈进展得不顺利吗？"

杜仲摇了摇头："还好，前些天争执的几个问题，近日都陆续解决了，老夫已呈上书信送回国了。"

微浓不解："那镇国侯为何不大高兴？"

杜仲沉默一瞬，没有回答。

微浓明白过来，问道："是原氏称帝吗？"

"是，"杜仲予以确认，"初步定下来，宁王室称帝，燕王室世代为后，新朝设立三王之位，可世袭。"

原氏称帝，聂氏为后，两国也算休戚相关了。至少在燕国百姓心中，大约能接受这个结果，微浓想了想，提醒道："聂氏世代为后还不够，您得明确提出来，日后新朝的太子必须从嫡出的皇子中挑选。唯有如此，才能保证每一任皇帝身上都流淌着燕国血脉，两国这才是真正地合二为一！"

这一点，杜仲早就想到了："老夫已经提了，宁王也同意了。"

这是最大的难题，将帝后之选定下来，剩下的问题也都能迎刃而解了。微浓又问："设立三王，指的又是哪三王？会不会太少了？"

"不少，"这一次是定义侯答道，"这三王分别是燕、姜两国国君，还有镇国侯。"

明尘远也封王？这倒是让微浓大为惊讶。姜王毕竟是一国国君，入了新朝受封王位理所应当，这也算是给姜国上下一个交代。而聂星逸虽是冒牌的燕王室，但从名义上看他还是燕王，若是他不封王，燕国国内怕是还要动荡一阵，所以这个便宜勉强可以给他。但是明尘远封王，宁王会同意吗？

像是知道微浓的疑惑，杜仲开口解释道："世人皆知，摄政王生前与王上不和，而镇国侯是摄政王的亲信。这个封赏，一则是给殿下身后一个交代，能体现出新朝对殿下生前功绩的认可；二则有镇国侯封王在前，殿下的追随者们才会明白新君不计前嫌，才会甘愿入新朝为官；再者，镇国侯在军中威望太高，给他一个好位置，有利于稳住军心。"

这个解释合情合理，无可挑剔，在微浓心中，明尘远也值得这样一个位置，她不禁赞同："您考虑得真周全。"

杜仲似乎对这个决定也很满意："还有，为表对三王的重视，新朝百年之内将不再进行同等封赏，包括新朝的皇子皇孙们，都只会分封侯爵，绝不会与三王平起平坐。不得不说，在这一点上，宁王让我们这些燕、姜的臣子们都无话可说。"

微浓惊讶于宁王竟有如此胸襟，但转念一想，恐怕又是云辰的主意。子孙百年内不能封王，看似原氏吃亏，其实是以退为进。须知皇帝的位置都给了原氏，子孙们就算不封王也是新朝的皇室，地位又会差到哪儿去？

微浓脸上总算浮起一丝笑意："这个决定很好，九州统一可不是宁国一家的功劳，三王的设立是对燕、姜功绩的充分认可，也叫世人知道，统一来之不易，各国都做出了牺牲。"

"话虽如此，但是三王都不享受封邑，只享受汤沐邑，新朝建立之后三王都要前往国都居住。"杜仲颇有些遗憾，"在这一点上，云辰和沈觉都很坚持，我们争不过。"

这也就是说，三王有名有钱，但没有权。既然没有封邑，更不可能养兵了，他们只能乖乖地住在新帝眼皮子底下，每年拿着汤沐邑缴上来的银子，做个富贵散人。

平心而论，这样也好，历史上许多战乱都是藩王、诸侯先挑起的，原因就是这些人手中有地有兵，滋生了造反之心。宁王这个手段倒是防患于未然，至少能防止聂星逸、明尘远日后反悔，从大局上看，也未尝不是一件好事。

但是，作为燕国人，该争取的还是要争取，微浓发表意见："没有封邑就罢了，迁去新都也是应该，但三王可不能做闲人，新朝必须给予他们一定的实权，否则燕、姜百姓心里会怎么想？"

定义侯与杜仲同时点头，前者道："这一点，我们已经提出来了，云辰也答应了，细节我们会再商榷。"

这就是慢工夫了，需要三国坐下来慢慢磨，也要征求三王自己的意思。但只要大方向定下，应该不会再有什么变动了。总体来说，微浓也没什么意见，唯有一点——聂氏为后，这个人选从何而来？

屋内三人之中，杜仲是聂星痕的心腹，早已了解聂星逸的身世，微浓行得正坐得端，也不怕定义侯多想，便当着他的面提了出来："原氏为帝，聂氏为后，看似没有什么问题，但聂氏已经没有可以做皇后的女子了。聂星逸的女儿也不是正统血脉。"

见微浓主动提出来，杜仲也不隐瞒："高宗还有一名手足尚在人世，被流放到南方边陲已有数十年，听说他留下了一个曾孙女名叫聂雨晴，但今年只有五岁。"

五岁？等她长到适婚之龄，岂不是还要等上十年？而统一却是不等人的。乍然间，微浓又想到另外一个问题："宁王已经年过古稀，他是不可能再娶了，为今之计，是要看他选定谁当继承人再做打算。"

杜仲与定义侯对看一眼，前者先道："就算聂雨晴适龄，也不敢让她做皇后。先不论她生来遭受流放之罪，对燕王室必定怀有怨愤，就算她是个好端端的公主郡主，在边陲之地长大，教化有限，她何以堪当皇后重任？根本不能指望她为燕国百姓争取什么利益。"

定义侯也在旁附和："新朝的开国皇后，何等重要的位置，千万不能所托非人。"

两人态度如此坚决，微浓有些看不明白了。这是什么意思？难道要让聂星逸的女儿冒充真正的公主，去做这个新朝皇后？那聂星逸不就成了新朝国丈？定义侯的位置也就暗中提高了！这也太便宜他们父子了！

微浓越想越觉不能同意，她相信明尘远也不会同意，正待开口否决，却忽听门外响起一声禀报："禀郡主，宁国云大人想要见您。"

云辰来了？这一个多月都没说要见她，怎么今天来了？微浓实在不知该如何面对他，正要开口回绝，脑中却突然闪过一个疑问：燕、姜都在三王之列，那楚王室呢？难道什么都没有？

微浓不相信。也就是在这一瞬之间，她改变了主意，决定去探探云辰的口风：“请云大人在偏厅稍事休息，我马上过去。”

此话一出，微浓立即看到定义侯长舒一口气。不等她说些什么，定义侯与杜仲又再次对看一眼，对她道：“既然郡主有客，我们就先行告退了。”

微浓意识到他们有些古怪，又恐有什么棘手的问题会发生，忙挽留道：“两位还是在偏厅稍事休息吧，我与云大人不会说太久的。”

定义侯和杜仲便也没再拒绝，径直走了出去，两人走到偏厅时与云辰打了个照面，互相行礼问候。微浓站在门口看着，发现三人的眼神都颇有深意，似乎藏着什么说不得的事情。

她见状更加感到古怪，却也无暇多想，整了整思绪，径直将云辰迎进主厅内。云辰仍旧是一袭白衣，但与以往不同，袖口、袍角多了些绣文，衣料也是上好的云锦，显得他整个人终于不那么清冷了。

见微浓盯着自己的衣裳，云辰便开口解释道：“我曾立下誓言，楚国不复，一生服白。但和谈是大事，我总不能在穿着上失礼。”

楚国不复，一生服白，他终于放弃复国了！然而燕楚两国，却都是输家。微浓不胜唏嘘，问道：“你找我什么事？”

云辰面色清淡地望着她，先问：“你还要杀我吗？”

他问完，便发现微浓的眸子渐渐变得犀利，那其中浮现的似乎是恨意，然后恨意变成了伤心，伤心变成了失望，失望过后，她渐渐垂下眸子，转过身背对着他：“你杀他，是为国报仇，我没有立场计较。至于我的杀父之仇……”

微浓说到此处，停顿许久，像是下了极大的决心才说出口：“你帮我逃出宁王宫，算是救了我一命。从前的恩怨一笔勾销，以后你走你的阳关道，我走我的独木桥，彼此……互不相干。”

最后四个字，她说得很慢、很沉、很冷、很伤。

云辰听后亦是沉默无言，两人俱都无话。良久，云辰忽然又说：“此次和谈，宁王原本想让原澈也来，但他不肯见你。”

微浓不明白云辰的意思，转过身看他。

“他受伤了，伤在脸部。”云辰平静地叙说事实。

“他怎么受伤的？”微浓还没意识到。

“烧伤。”

微浓心头猛然一抽：“他是……是……”

“上次为了助你逃跑，他将屋子烧了，侍卫找到他时，他已窒息昏迷。当时烟雾太大，看不清路，侍卫救他出去时踩到了地上的水晶珠子，摔了一跤，原澈的脸正好摔在着火的断木上。”云辰仍旧面色沉静，“好在没有性命之忧，但他的一张脸……日后只能戴着面具度日了。”

戴着面具度日！微浓心头一震，继而是满怀的愧疚。原澈的容貌异常俊美，他虽口口声声说厌憎自己那张脸，可是微浓知道，他其实很注重仪表。而如今，他的脸却毁了！他再也不能穿得花枝招展，再也不能招摇过市，再也……

“他伤得严重吗？”微浓唯有如此问道。

“只是脸颊和额头有伤疤，视觉、听觉都不受影响，但他的嗓子被熏哑了。”云辰紧紧地盯着微浓，不放过她脸上一丝一毫的表情变化，“这就是他不肯来的原因，他还说……”

“他说什么？”

“说他是罪有应得，让你无须愧疚。”

微浓瞬间说不出话来，只觉得一阵心酸。

云辰也没再继续往下说，不知从何时起，他们之间已经无话可说了，好像说什么都是在彼此伤害。

两人就这般相对而立，默默地站着，又过了许久，微浓才开口：“我有几个问题想问你。”

“你问吧。”

“三王之中没有你，和谈的条件也没有一条关于楚王室，宁王另许诺了你什么好处？”微浓直视云辰。

“和谈条款上没有我，是因为我无心再走仕途。新朝建立，无论谁当皇帝，我都不可能与之交心，只能引其猜疑。我太累了，争权夺利的事情，以前是不得已而为之，以后不想再做了。”

云辰的脸上流露出几分倦色，也没隐瞒：“至于宁王许诺的好处，是我用真金白银买下了新朝的漕运权。”

买下漕运权？微浓下意识地问：“你买了多久？”

“永久。”

云辰虽口口声声说是自己用真金白银买的漕运权，可微浓太了解他了，若是别人，买下的也许只是漕运权；但若是云辰出钱，买的就不仅仅是漕运权了。他一定看准了其他隐藏的利益，只不过这利益尚没让宁王发现罢了。

微浓没有细问，也对这桩生意不感兴趣，只是好奇：“你花了多少钱买的？”

“一万万两黄金。”

一万万两黄金？微浓旋即明白过来，这钱是从宝藏中找来的！相当于云辰一分一毫都没出！她对这个数字其实没什么概念，只知道是很大一笔钱，便道：“一万万两黄金，是宝藏的全部吗？”

“大约四五成吧。”云辰坦然道，“不过剩下那些钱，我不会挪用太多，一是目标太大，不方便；二是想要留下一些，以备新朝不时之需。我只会取个做生意的本金。”

“你和盘托出，就不怕我去告诉别人？”微浓有意诈他。

“你若想说，早就说了。”云辰很是笃定，“再者燕宁停战，局面刚刚稳定，此时你若说出来，只会掀起新一轮的争夺，这种事你不会做的。”

微浓一时语塞，因为他说得很对。

两人一旦不说话，屋内便显得气氛压抑。云辰今日心头揣着事，原本是下了极大的决心才来找她，可见到她本人，那些难以启齿的话就说不出来了，他唯有委婉地问：“关于统一之事，杜将军和定义侯都告诉你了吗？”

“告诉了，我没有意见。”

云辰自问很了解微浓，盯着她的表情看了许久，见她始终没什么反应，才叹道：“看来你还不知道。”

微浓抬眸：“什么意思？”

“原氏为帝，聂氏为后，此事你知道吗？”

微浓点点头：“我知道。”

“但聂氏没有合适的女儿可嫁。”云辰欲言又止。

“的确没有，”微浓也想过这个问题，“不过宁王原清政年事已高，怕是不可能再立后了，否则只有和离过的长公主才符合条件。”

话虽如此，但微浓也知道，宁王登基之后一定是独身，不可能找长公主做皇后，否则两个六七十岁的人就会沦为世人茶余饭后的笑谈，什么威信都没了。

“宁王也想到了这点，所以他甘愿退位，不做这个开国皇帝，只做太上皇。”云辰解惑。

微浓的注意力立刻被吸引：“他为何不做？除了他，还有谁能压得住这乱象？”

“他身体不好，自知时日无多，担心自己刚坐上龙椅就会死，到时候还要再乱一次，不利于新朝稳定。”云辰说出宁王的意思，“所以，他想让位于子孙，如此一来，原氏为帝、聂氏为后的诺言便可尽快兑现。”

“他选好继承人了？是谁？”微浓更关心此事，不过方才云辰说了那么多，她心里已经隐隐有了答案。

“是原澈。”云辰印证了她的猜测。

微浓突然不知该说什么才好，她早就表态过，原澈不应该当宁王的继承人，否则宁王室子子孙孙都会效仿他弑杀兄弟、手足相残，以此来达到争夺储位的目的。立原澈为储君，就是对这个行为变相的默许和纵容，可想而知其子孙心里会怎么想，这并不是一个明君的行为。

就算撇开此事不谈，原澈真有能力做一国之君吗？尤其是新朝的开国皇帝。据她了解，原澈性情易怒、心胸也不开阔、治国治军的能力更是欠缺。这样一个开国皇帝，除非有一帮可靠的大臣忠于他、扶持他，否则他根本无法服众。

很显然，以目前的情形看，即将受封的三王——聂星逸、明尘远、姜王都不可能服他。

往好的方面想，就算经过行刺之事，原澈成熟了、悔改了、能压制自己的脾气了，但是为君之道可不是一朝一夕就能学会的。他才二十四岁，连一个诸侯国的国君都没做过，怎么能做开国皇帝？新朝初立这样一个大局势，方方面面、千头万绪，一切都要从头开始，他能掌控得住吗？

于公于私，微浓都不看好原澈，更不认可宁王的做法。

见她半晌不说话，还一直蛾眉紧蹙，云辰也知道她的意思：“你不赞同是吗？”

“我赞不赞同有用吗？我没有立场表态，更不可能有人听我说话。”微浓看得很透彻。

“其实宁王也有自己的难处，”云辰浅浅叹息，“一个新的朝代，需要很多人的牺牲，流血流汗是一种，妥协退让也是一种。从某种程度而言，后一种更为难得。”

“所以宁王这个决定，你也是同意的？”微浓忍不住询问。

“嗯，”云辰并未回避，“我考虑了很多方面，这个决定最好。新帝年轻且资历浅，燕国和姜国就会更有话语权，在很多事情上能争取的空间也更大。若是宁王做皇帝，恐怕没人能从他手下讨得了便宜。

“再者，宁王老迈，与其等他死后再立储，不如一步到位，让原澈尽快上手。”云辰理智分析，“不得不说，除他之外，宁王找不到更合适的人选了。”

“若是宁王当真大公无私，这个位置就该‘能者居之’，说句不客气的话，你和明尘远的能力，都在原澈之上。”微浓无奈摇头，“说到底，人人都有私心，再如何标榜‘妥协退让’，也不过是在维护自家利益的前提下。”

“确实如此。”云辰点头附和，“你比以前成熟多了。”

成熟吗？但成熟的代价是惨痛的。如若能够选择，她宁愿回到那个不谙世事的年龄。

直到这一刻，微浓都不太明白云辰的来意，如果他只是来告诉她宁王有意退位，大可不必，反正她也无权置喙。她突然不想再和云辰说下去了："你还有事吗？我累了。"

云辰站着没动，踌躇片刻，才道："我是有一件事要对你说。"

"什么事？"

"宁王属意你嫁给原澈，做开国皇后。"

微浓的脸色霎时变了，先是惊讶，再是冷笑，最后是讽刺："我一不姓聂，二不属于燕王室，三我还曾嫁过聂星逸，他会属意我？"

"你不要忘了，燕国长公主和定义侯和离之后，所有子女都随母姓了。"云辰提醒她道。

"那又如何？不过是个虚名，我根本不是什么郡主！"微浓神色抗拒。

"但以眼下燕国的局势来看，你做皇后最好。"云辰客观评判。

"什么意思？"微浓眸色渐渐变得凌厉。

"一则，燕王室没有合适的女子，而你是长公主之女，血统上最为亲近，身份也最高；二则，你若做了新朝皇后，长公主就是名义上的皇后之母，得到了名誉和地位，她就会收敛野心；三则，定义侯成了国丈，就能说服聂星逸罢手；四则，你与明尘远关系走得近，你做皇后对他有利；五则，你在燕军之中素有威望，比别的女子都能收拢军心。"

云辰有条不紊地说出这五个理由，从燕国的利益，到军中的利益，再到长公主、聂星逸、明尘远三方势力的利益，全都顾及了。

微浓心里也知道，新朝初立，后位之选自是以家国利益为重。是新妇，还是旧人，皆不是三国最为关注之事，帝后的血统以及所代表的势力，才是至关重要的。

然而，选择她的这些理由，若是从杜仲或定义侯口中说出来，她会感到气愤，但绝对不会心惊。可是由云辰说出来，她不禁感到背脊发凉——云辰已经把燕国的局势摸透了！

微浓恍然想起方才的情形，难怪明尘远会欲言又止地出去，难怪定义侯和杜仲会破天荒地在她面前讲起局势，原来他们是存的这个心思！就连明尘远也同意了！

微浓感到一阵羞愤，心头的无名火起，冷然笑道："他们可真是厚颜无耻！为了平衡各方势力，竟要牺牲我？"

"不是牺牲你，而是……"

"怎么不是？他们甚至都没敢告诉我！"微浓气愤地打断云辰，抬手指着门外，“真是可笑，他们让我嫁，我就得嫁？凭什么！当我是棋子吗？”

云辰沉默须臾，没有反驳，只道：“最关键的是，原澈不惜毁容也要帮你逃跑，已经暴露了对你的心意。宁王发现你能左右他，就不可能让你再嫁给别人。”

“那他杀掉我好了！”微浓眉目渐厉，愤怒地看着云辰，却见他神色淡定自若，情绪也没有丝毫起伏。原来他铺垫了那么多，就是为了告诉她这件事！

“难道你也同意这个无耻的想法？”微浓直直地看着云辰。

后者垂下双目，掩饰眸中黯然之色，低声说道：“我只希望你能过得好。”

微浓简直惊怒到了极点，双手也跟着发抖起来：“你再说一遍？”

云辰只觉得话语苦涩，却不得不说：“你总不能孤独一生……至少原澈是真心爱护你，他会……”

“会什么？难道没有他，我就活不下去了？”微浓气得双唇发抖，半晌才道，“这话从你嘴里说出来尤其可笑！”

云辰强忍心痛，唯有默不作声。没有人知道，他是用尽所有的勇气才能说出这一番话来，同意这个决定，他比任何人都要煎熬挣扎。

托君社稷，还君明珠。其实，他两样都没有资格得到。

“出去！”微浓此刻根本不想再看见他，指向门口，“你给我出去！”

“微浓……”云辰还想再劝，“这个决定，是为了你好。”

“当皇后就是为我好？”微浓没再给他回答的机会，冷冷问，“你到底走不走？”

云辰神色复杂地看着她，立在原地，没有丝毫离开的意思。

“好，你不走，我走！”微浓气得一脚踹开房门，转身便往门外走，这才赫然发现，明尘远、杜仲、定义侯都站在偏厅里齐齐地看着她。

微浓了然冷笑：“怎么？你们还有话要对我说？”

明尘远半吞半吐，杜仲面有难言之色，唯独定义侯开口劝道：“郡主，为了九州统一，还请您顾全大局。”

“什么叫顾全大局？用我的婚事来满足你们的利益？！”微浓话语犀利，一针见血。

此言说罢，她转身看了云辰一眼，后者就与她隔着一个门槛的距离，正定定地看着她。她满心期望他会改变主意，可是他却什么话都没说。

微浓转回头来，又去看明尘远：“你也是这么想的？”

明尘远当然不是这么想的，他情愿微浓一辈子不嫁，一辈子守着聂星痕。可事到如今，他什么都说不出来，只能勉强点头：“您做了皇后，燕国百姓才不会吃亏……”

“哈！”微浓简直想仰天大笑。她忽然觉得，面前这些人都是如此道貌岸然，如此面目可憎！说什么为了天下，为了燕国，其实就是为了保住自己的名利，就要牺牲她的一生！

微浓下颌耸动，牙关打战，极力忍耐着怒意与泪水。她只觉得悲哀，万分悲哀，就连聂星痕都没有强迫过她点头，这些人又有什么资格擅自决定她的婚事？！他们有什么资格？！

“你们听着，让我为统一而死，可以！让我为统一而嫁，绝不可能！”

撂下这句话，微浓径直绕过面前几人往外走，明尘远亟亟在她身后问道：“郡主，您要去哪儿？”

“下山！”微浓摘下腰上令牌，狠狠地摔在地上。这令牌是为此次和谈而特别制作的，微浓此刻将它摘下来，意思不言而喻。

微浓兀自往外走，毫无意外，被戍卫在此的侍卫们拦住。她转过头来，望向屋内的云辰：“怎么？难道离侯打算故技重施，将我困在山上渴死饿死？”

云辰没有说话，也依旧没什么表情，唯有一双深邃而清淡的眸子看着她，却再也没有从前或隐忍、或深沉、或热烈的目光了。

微浓忽然觉得不认识他，或者说，不认识这里的每一个人。她不知道老天是怎么了，一直在戏弄着她，让十几年前的故事在她身上又一次上演。

十六岁时，聂星痕自作主张决定了她的婚事；二十九岁时，云辰重复了这个决定。

为什么她生命中最重要的两个男人，都要打着爱的名义，不约而同地做出她最不能忍受的事情？

“放她走。”终于，在她的泪水夺眶而出之前，云辰如是命道。

微浓立即甩开侍卫，飞奔着往苍山下跑去。

几个人定定地看着微浓的背影，心中皆是感慨颇多。定义侯忍不住抱怨：“新朝的开国皇后，天下女子梦寐以求的位置，这是抬举她，她居然不稀罕！”

云辰嗤笑出声，没有接话。

杜仲也对他表达了不满：“离侯私自做主将我燕国的人放下山，这又是何道理？郡主若不回来可怎么办？”

云辰眼眸悠远、目光绵长，注视着远方那个越发模糊的身影，低声说道：“她会回来的……”

第五十五章

生来骄傲，为情折腰

一个月后，燕宁两方人马仍在苍山和谈，正谈到朝臣设立的紧要关头，聂星逸却突然来信召回定义侯暮皓。

信上说，在一个半月前，聂星逸使诈将长公主的两个儿子困在了燕王宫，长公主见状，只得给聂星逸的两子两女解了毒。这当中，聂星逸的庶出长子聂望成已经快满十五岁了，最小的儿子聂望安也快八岁，四个孩子多年在龙乾宫里备受冷眼，小小年纪都很成熟。

长公主给他们解了毒，孩子们看似没有什么反应，都老老实实地待在公主府，也因此放松了长公主的警惕。如此一晃半月，恰好赶上四月二十五长公主的寿宴，长公主借着寿宴之际邀请聂星逸出席，想借机救出被困宫中的两子暮枫和暮桤。聂星逸接到帖子之后，先前答应出席，然而临到开席之际却临时变卦，只派人送去了贺礼。

不想也知，长公主营救爱子的事情自然失败了。长公主气得头风发作，寿宴也是草草结束。可是谁都没想到，就在当晚，一个前来贺寿的大臣竟悄悄联系上了聂星逸的四个子女，里应外合帮着他们逃跑了！

当长公主得知这个消息时，四个孩子已经在假侍卫的掩护下跑出了公主府后门，两个男孩子动作快，已经跳上了马车；两个女孩子跑得慢，被公主府的侍卫抓到。长公主顾不得头风发作，亲自出面以两个女孩子做要挟，要求聂望成和聂望安留下。岂料聂望成竟然不假思索地挥开马鞭，驾车跑了！

当侍卫们再去追赶时，四面八方竟然涌出十几辆相同的马车，成功混淆了他们的视线。再加上当时夜色太深，追捕困难，聂望成与聂望安便彻底没了踪影。

长公主一气之下杀了聂星逸的长女，还斩断其手臂送进燕王宫，扬言若是不将暮枫和暮柼放出来，便将其幺女千刀万剐。

聂星逸见长女被杀，一怒之下也斩断了暮枫、暮柼两人的左腕，还率军强攻长公主府。如今双方各有死伤，正在艰难对峙之中。

这就是聂星逸来信的目的，希望定义侯能尽快赶回去调解此事。

定义侯看过信后，当即决定返回燕国。明尘远想到自己的孩子也在长公主府，唯恐受了牵连，也恨不得赶回京州。可是燕国只派了三名和谈使臣，若是明尘远和定义侯都走了，剩下杜仲一人难免应付不了，明尘远思前想后，还是决定相信定义侯，自己则留下继续商议和谈。

“侯爷，犬子、小女的安危可就交到您手中了！如今不比从前，咱们一荣俱荣、一损俱损，您明白吗？”明尘远对定义侯直言不讳。

自从册立三王的提议定下来，定义侯与明尘远的关系也缓和不少，前者点了点头：“镇国侯放心，老夫省得轻重。”

定义侯是不眠不休地赶回燕国的，抵达京州时才用了半个月。一进城门，他二话不说直奔燕王宫，先是见了聂星逸一面，又去探望了两个受伤的儿子。

手心手背都是肉，看到几个儿子自相残杀，还是因为发妻的野心和妒恨，他心中痛苦难以遏制。

聂星逸想起长女枉死、幺女被困，更是悲愤不已，忙与定义侯商量营救大计。然而定义侯根本没听进去，只道：“你不必担心，我有法了。”

聂星逸表示怀疑：“您有什么法子？”

定义侯没有正面回答，黯然叹息：“我与长公主结发夫妻几十年，对她的性情再了解不过……你放心交给我吧。”

听闻此言，聂星逸的心头大石轰然落地，这才艰难地开口：“多谢……谢您。”其实事到如今，他也没能真正将定义侯看成自己的父亲，但这些年在聂星痕的压制下，他孤立无援，除了定义侯之外，他不知道还能相信谁。也许这就是血缘的力量，无论多排斥自己的身世，人都本能地愿意去相信血脉至亲。

“事不宜迟，您快去长公主府吧！”聂星逸忍不住催促道。因为两子两女被困之事，他这些日子殚精竭虑，身子熬得更加不如从前了。

但定义侯并没有立刻动身，反而提出了一个要求：“我想见见望成和望安。”

聂星逸蹙眉犹豫很久，有些不情愿：“他们才刚逃出来，精神都不大好……”

“无妨，”定义侯打断他的话，像是没看出他的为难，“走吧。”

于是父子二人便一同去探视聂望成和聂望安，彼时魏连翩正在殿内照料两个孩子吃药。聂星逸和定义侯齐齐走到殿门口，瞧见是这副情形，前者便解释道："他们逃出来后受了惊吓，再加上长公主之前下了毒，我不放心，便让御医给他们开了几服祛除残毒的药。"

定义侯点了点头，远远看着两个正在喝药的孩子，目中流露出不舍之意。

聂星逸踌躇片刻，还是问道："您可要进去看看？"

"好。"定义侯不假思索地走入殿内，走到两个孩子跟前。聂望成与聂望安立刻站起来对聂星逸行礼，定义侯这才发现，聂星逸的长子已经比自己还要高半头了。

这是他的孙子。慈爱之意油然而生，定义侯忍不住伸手去拍聂望成的肩膀。岂料后者却挥开他的手臂，拉着聂望安警惕地后退三步。

魏连翩见状蹙起蛾眉："成儿，怎么了？"

聂星逸也尴尬地斥责："不得无礼，这是……是定义侯。"他始终没有勇气说出真相。

"儿臣知道他是谁！"聂望成一手护着聂望安，一手指着定义侯道，"长公主府有他的画像，他和长公主是夫妻！他不是什么好人！"

长子的这一句话，使得殿内一阵沉默，聂星逸和魏连翩都不知该如何接话，又该如何解释。

就连定义侯自己也是无话可说。聂望成防备的目光，生生刺痛了他的心。终究，他什么都没再说，也没再上前一步，只是无比留恋地看了两个孩子一眼，轻轻叹了口气："我们走吧！"

父子两人只好一同离开。

宫门外，早已备好了前去长公主府的马车，聂星逸询问定义侯："需要我陪您一起过去吗？"

定义侯摆了摆手："不必了，你出面只会让局面更糟糕，你派几个可靠的侍卫和我一起去，把孩子接回来即可。"

聂星逸不及多想，连忙派了一百名侍卫，但定义侯只带了其中五个人与他同行。临上马车前，他不忘郑重嘱咐聂星逸："只要孩子平安回来，我希望你能放了枫儿和栐儿。"

聂星逸点了点头："这是自然。"

定义侯又提醒他道："他们毕竟是你同父异母的兄弟，日后也是你的依靠，否则你在新朝将寸步难行。"

聂星逸再次点头："这话您该对长公主说。"

定义侯立即流露出几分疲惫之色："我知道了。"言罢他上了马车，朝长公主府疾驰而去。

虽然与长公主和离多年，但两人毕竟曾是恩爱鸳侣，外人又不晓得当年和离的内幕，故而一见是定义侯登门，门房便以最快的速度通报给了长公主。

但长公主拒绝见面。

当侍卫将这个消息委婉告知定义侯时，他半晌无话，又道："告诉长公主，本侯有和谈的内情相告。"

侍卫们只好再次进去禀报。这一次，长公主答应见他了。

定义侯已经有七年没有踏入过这座公主府，七年了，他发现这里的格局并没有任何改变，就连一草一木都保持着原样。长公主五十大寿时夫妻两人共同栽下的枇杷树已经亭亭如盖，无声见证着这段爱情的消逝，以及岁月的流逝。

长公主变憔悴了，这是定义侯见到她的第一印象，虽然依旧华服盛装，但难掩其鬓发斑白，眉目沧桑。是啊，她已是六十岁的妇人，曾孙都有了一个，又岂会不老？

而长公主似乎没什么耐心接受定义侯的打量，冷然看着他道："你最好是有正事要说！若是为了聂星逸的女儿求情，大可不必！他断了枫儿和枟儿的手腕，我定不会轻饶他！"

定义侯听后，也没有说孰对孰错，只是叹道："这么多年，你还是如此争强好胜。"

长公主闻言立即变了脸色，继而冷笑："我也有不争强不好胜的时候，只可惜我相夫教子的那几年，你与赫连璧月生下了两个野杂种！"

一提起此事，定义侯也无话可说，只得再一次认错："当年的事全是我的错，与孩子们无关，公主，放了他们吧。"

他这般一说，却导致长公主心中的怨愤更深："说到底，你还是要帮着那贱人的孩子说话！枫儿和枟儿左腕已断，怎么不见你心疼？"

定义侯摇了摇头："若非你指使枫儿和枟儿掳走几个孩子，一切怎会发生？公主，一切错都在我，那几个孩子年纪还小，不像枫儿和枟儿已经是有孩子的人了！"

"你是在怪我了？"长公主原本就是脾气火暴，此刻听见定义侯一味帮聂星逸说话，更是愤怒不堪，指着他大笑起来，"哈哈，你还是忘不了那贱人，连带贱人的儿子也要高看一眼！好！暮皓，你等着，我偏要把燕王之位从聂星逸手上抢过来，我要让我的儿子做燕王，我要置他于死地，我要你后悔终生！"

后悔终生……定义侯目露悲戚之色，连日里赶路的倦意在此刻陡然爆发。他心头一痛跪倒在地，扶着手边座椅大口喘气：“都是我的错，是我的错！老天要报应就报应在我身上，为何要如此对待我的孩子！”

长公主在他刚刚跌倒之时，流露出一瞬的关切，旋即又冷起脸色：“早知如此何必当初！你不要以为苦肉计能打动我！你要说和谈就赶快说，不说就滚出我的地方！”

曾经的举案齐眉，曾经的你侬我侬，好似都成了梦幻泡影，如今只余痛恨和唾骂。定义侯怅然一叹，撑着座椅缓缓起身，整了整心思才道：“公主，放手吧，大势已定，新朝必建无疑，再如此挣扎下去，对你、对枫儿柘儿都不好。”

可是长公主太过傲然，根本不肯低头：“谁说我是挣扎？大不了我就公开聂星逸那个杂种的身世！我看看是谁最丢脸！”

“你若真这样做，才会害了自己，更是害了枫儿和柘儿！”

“你到底要说什么？”长公主难以忍受定义侯的不痛快，沉声质问。

“苍山和谈已经形成决议，新朝以原氏为帝，聂氏女子世代为后，逸儿将以燕王身份在新朝称王。”定义侯如实说道。

长公主听到前半句时，脸色已变得有些古怪：“聂氏为后？宁王那个老家伙还想娶谁？”

“不是宁王，他已经决定退位，将新朝交由子孙手中。”定义侯解释道，“至于聂氏女子为后……”

“聂氏哪还有适龄女子可嫁？”长公主不耐烦地打断他。

“有一个，”定义侯目光闪烁，“是咱们名义上的女儿，烟岚，她已经随你改姓聂了。”

长公主大吃一惊，随即否定：“不行！她与燕王室半分血缘关系都没有！而且她是星痕的心上人，宫中、军中无人不知！她怎么能做新朝皇后？你把正统王室摆在何处？”

定义侯叹了口气：“你还看不明白吗？如今已经不是讨论血统的问题了，而是谁做皇后能对燕国最好，对燕王室最好。聂氏确实还有个女儿，是你三弟聂时的曾孙女，今年才五岁，就算新帝愿意等到她及笄，你能同意吗？”

“不可能！”长公主断然否决。

当年是她以长公主之尊支持高宗聂旸登上王位的，也是她一手操作了三弟聂时的流放。这几十年来，聂时一脉在南方边陲受尽苦楚，对她更是恨之入骨，若是让聂时的曾孙女做了皇后，聂时一脉就会翻身，她的下场必定连死都不如！就算她年纪大了，时日无多，但她还有儿女，还有孙子孙女……聂时不会放过他们的。

这般一想，长公主面上惊恐交织，立即抗拒道："我绝对不可能让聂时的曾孙女做皇后，绝不可能！"

"不是你想不想，而是新朝想不想。逸儿如今还是燕王，他若想一力推举聂时的孙女，你说话的分量能敌得过他吗？你甚至连统一都不赞同，以后只会是新朝的眼中钉，没有人会愿意听你说话。"

经定义侯这般分析一番，长公主也想到了种种后果，她面上难掩担忧之色，但依旧嘴硬道："聂星逸那个杂种，我会怕他？我一定会将他的身世公之于世！"

"你以为还有机会吗？逸儿已经得到了宁王的支持，宁王又将主导新朝，这个时候，他怎会允许变数发生？退一万步讲，就算你真的将逸儿斗下台，鹬蚌相争渔翁得利，最终也只会落得两败俱伤，让聂时一族占了便宜。"定义侯再行分析。

听到这里，长公主倒吸一口凉气，终于不再逞强了："难道我只能看着大燕国被一群外人做了主？看着燕王室的香火断送？"

"那就让聂时一族回朝。"定义侯有意刺激她。

长公主"啪"地一声拍案而起，连茶盏都震到了地上："暮皓，你到底是在帮谁？就算你不帮我，枫儿、柡儿也是你的亲生儿子！我若落魄了，他们也只会跟着我受罪！"

定义侯点点头："我知道，所以最好的办法，就是让烟岚做皇后。你毕竟是她名义上的母亲，她若做了新朝皇后，你就是新帝的岳母，这是何等尊荣？相比之下，枫儿就算做了燕王又能如何？宁国虎视眈眈，国内也人心各异，枫儿接下这样一个烂摊子，你难道要让他做个亡国之君？"

亡国之君？长公主被噎得恼羞成怒："谁说枫儿会是亡国之君？难道燕国就要任人宰割？"

"眼下燕国内忧外患，你能摆平吗？尤其我这次一走半年，领教了宁王的老奸巨猾，又见识了云辰的谋略算计……"定义侯显得忧心忡忡，"我很了解枫儿和柡儿，他们根本不是这两人的对手。"

"暮皓！你不要危言耸听！"长公主此时口气虽硬，心中却明白，定义侯说的是事实。

"公主可知道，此次五万燕军被困幽州府，就是云辰的计策。这个男人，就连明尘远都要甘拜下风，何况枫儿这种不会舞刀弄枪的人！柡儿的心思也不在朝政之上！乱世之中不会带兵的君王，就只能任人宰割！"

定义侯苦口婆心地劝说，恨不得掏心掏肺让长公主看看："我也是枫儿柡儿的父亲，我一定想让他们过得更好。你想清楚，究竟是一个朝不保夕的燕王风光，还是新朝的国舅更风光？那可是皇后的哥哥！”

新朝的国舅，皇后的哥哥……长公主不禁陷入了沉思。的确，以燕国如今的状态，即便她将自己的儿子推上燕王之位，也是千难万险阻碍重重，一着不慎还会落个千秋骂名。可若是微浓当上皇后，自己的儿子就是堂堂国舅！燕国才多大地方？新朝可是整个九州天下！

不可否认，长公主是真的动心了，然而只要想起聂星逸也会封王，还取得了宁王的支持，她便气不打一处来，不愿松口妥协。

定义侯知道她难以咽下这口气，唯有再劝：“此次封王，不单单是逸儿，还有明尘远在内，他们二人有仇怨，绝不会和平相处。而且，烟岚做了皇后，逸儿身为她的前夫，新帝心中会痛快吗？就算你对逸儿有怨，也根本不必亲自动手，他在新朝必是步履维艰……”

此时此刻，长公主已经顾不上追问明尘远为何也会封王，她满心都沉浸在了日后聂星逸将面临的形势当中，终于面色稍霁，冷哼一声：“可微浓那性子会愿意当皇后吗？你可别蒙骗我！”

这的确是个棘手之事，定义侯也有些拿不准，遂摇头道：“她如今的确很抗拒，但看云辰的意思，似是笃定她会同意。前些日子她已下了苍山，若是回到燕国，你不妨趁机劝劝她。”

长公主听到此处，火气总算彻底消解，勉强点了点头：“她心思善良，又有忧民情怀，是个顾全大局的姑娘。若是有人加以开导劝慰，想必她是会同意的。”

定义侯闻言长舒一口气：“这么说来，你是愿意看到统一了？”

长公主像是没听到这个问题，答非所问：“照你这么说，她的确是最合适的人选，她当皇后，于我们最有利，于燕国也有利。”

长公主是放不下面子，但她此言已经等同于默认，定义侯不禁欣慰地点头：“好，好，你能放弃燕王之位，我也就放心了。”

“放心？不，暮皓，你放心得太早了！”长公主瞟了他一眼，继续冷笑，“我答应统一又如何？我照样要对付聂星逸！你且等着，我一定会早点送他去见赫连璧月那个贱货！”

想是听了太多类似的发泄，定义侯也没什么反应了，他似乎已经无力劝说，只疲惫地问道：“公主，你要如何才能原谅我？”

“有生之年，绝不！”只要想起定义侯的背弃，长公主便觉得受尽侮辱，她做了六十年的公主，这份骄傲岂能随意丢弃！

“不管你信不信，我暮皓这辈子只爱慕过你，最大的幸运便是娶了你。”定义侯的眼眶似乎泛红了，抬手抹了一把湿润的眼角，缓缓笑道，“和离之后，我无时无刻不在思念着你，一直想祈求你的原谅。”

“哼，做梦！”长公主咬牙切齿地道。

“是啊，我也知道我是在做梦，”定义侯忍不住叹息，“若是做梦能得到原谅，那该多好……”

长公主莫名其妙地看着他：“暮皓，你又想说什么？”

定义侯却是目露几分不舍之色，缓慢地上前，突然跪倒在她的脚边：“公主，当我求你最后一次，放了所有的孩子，就此收手吧！一切罪责，我来承担！”

曾经的枕边人，如今却跪在自己面前忏悔，长公主突然感到手足无措。可她骄傲的自尊心根本不会让她弯腰，她高傲的头颅也不会轻易低垂，她只是缓缓合上双目，口中问着：“你要如何承担？”

“以死……谢罪……”这四个字，定义侯说得很艰难，出口之后便再也没了任何反应。

长公主只觉他说得很勉强，不禁蹙了蹙眉，静待下文。等了半晌，却不见任何回应，唯有耳畔突然响起“咚”的一声，似有什么东西重重倒在了她脚旁。

长公主骤然睁大双目，只见定义侯已倒地不起，脸颊就枕在她的脚背上，口中鲜血流满了她的鞋面。她心中大痛，连忙弯腰扶起定义侯，亟亟质问：“你在做什么？暮皓，你做了什么？！”

终于看到爱妻的关切神色，定义侯脸上浮起一丝满足的笑意。他微微翕动的嘴唇之中，牙齿已被鲜血染红，却执着而艰难地请求道：“公主……原谅我……是我错了。”

长公主终于六神无主，声嘶力竭地大喊着：“来人！来人！快叫大夫！传御医！”

“来不及了……”定义侯颤抖着抬起手来，扯住长公主的衣袖，仍旧恳求着，“收手好吗？”

长公主的眼泪夺眶而出，崩溃大哭：“你何必去死！谁准你去死！你给我活过来！活过来！”

“最后喊你一次……婵娟……”定义侯断断续续喊出爱妻的小字，却让长公主眼泪落得更凶。他费力地抬手想要替她擦干泪水，口中还在执着地问着：“婵娟，收手好吗？”

长公主心头怆然，搂着定义侯连连点头：“我答应你……你不能死！你死了，我怎么办？我要怎么办？”

定义侯听到这个答案，终于叹出一口微弱的气，浑身抽搐着说：“别哭，我是……罪有应得……”

“不是的！你不是的！”长公主紧紧搂着他，像个孩子般泣不成声，“我知道，是我太强势了，不许你纳妾，还杀了你青梅竹马的表妹。我有错，我一直都知道，只是我不肯承认罢了……”

只可惜，她的这番剖白，定义侯再也听不到了。他的嘴角还微微勾着笑意，就这般满足地躺在她怀中，永远地闭上了眼睛。

屋内，鲜血与泪水残忍交织；屋外，烈日与蝉鸣遥相呼应。又一个夏天就此逝去。

第五十六章

眼前生死，胸中乾坤

就在定义侯返回燕国的同时，微浓也找到了墨门总舵。作为江湖第一杀手组织的老巢，墨门总舵藏得很隐蔽，她是根据师父冀风致留下的各种线索，才最终发现了所在地——幽州境内的泰烟山脚下，靠海的一处小岛上。

穿过泰烟山抵达海边，微浓举目四望，方圆十里之内只能看到一座海岛，而且四周布满礁石。这简直是个天然的防御之地，更不要说隐藏在水中的各种暗礁，任何人若想上岛，除了要熟知路线之外，还须掌握涨潮退潮的时间，否则一个不慎就会触礁而亡。

饶是微浓水性极佳，也没有把握能一口气游到海岛上，她站在海边前看后看，不禁踌躇起来。就在这时，一只小船不知从何处冒了出来，船夫站在船头，迎着风浪高声问她："姑娘要往何处去？可须乘船？"

微浓上下打量这船夫，他个子不高，精干瘦小，身披蓑衣，头戴斗笠，挡住了其面容样貌，也让人看不出他的真实年纪。不过凭借直觉，微浓认为他是个练家子，而且是这海岛的"守门人"。

微浓决定假作不知，兀自指着远处海岛，笑问："船家，我想去那儿，不知您是否方便载我一程？"

这话一口出，微浓便感到一道逼人的目光直直射了过来，她抬手捋了捋额角碎发，借此掩饰表情，再次笑问："怎么？船家不方便吗？"

船夫的声音随即一沉："姑娘可知那是什么地方？"

微浓点了点头："是墨门总舵。"

"姑娘要去做什么？"

“寻人，”微浓坦然答道，“我的师父名唤冀凤致，我的朋友叫作璎珞，我要去找他们。”

船夫再一次打量她，突然没头没尾地说道：“抛不开胸中乾坤，何必登仙岛把酒？”

“什么？”微浓愣了一愣，旋即明白过来这是墨门的接头暗号。可是……可是师父和璎珞，从没对她提起过啊！

微浓面有难色，一下子不知该如何回答了。

那船夫便重复了一遍：“抛不开胸中乾坤，何必登仙岛把酒？”

微浓只好讪讪地笑：“贵门门主还真是个风雅之人……我师父没提过这暗号。”

她想了想，后退两步，甩出袖中两支峨眉刺，双手并用在沙滩上画下一个符号，伸手一指：“船家，我是循着这个符号找过来的，您可认得？”

那船夫瞄了一眼微浓画的符号，语气变得柔和一些：“姑娘是个实在人，上船吧，老朽送你一程。”

然而微浓却迟疑了，对方这么爽快地让她上船，会不会是什么陷阱？

船夫见她犹豫，笑着摇头叹道：“你这手峨眉刺乃是墨门的绝学，看你方才翻转手腕的动作，老朽便知你是冀先生的徒弟。上船吧！他先前交代过你要来。”

师父诚不欺我！微浓大喜，立即向船夫道了谢，纵身跳上船只。

这船非常小，除了船夫之外，至多能再容下两个人，而且不是坐着，是站着。如微浓先前所观察，海里到处都是暗礁，故而这船只的行进路线也是七拐八拐，甚为曲折。再加上海面风大，吹得船只摇摇晃晃，微浓只觉得自己也随着那船只不停摇摆，胃里一阵翻江倒海，是前所未有的难受。

她不禁佩服为墨门选址的那位高人——这里礁石遍地都是，只能容小船经过，也就注定了不会有大批人马同时上岛。而这路线也是曲曲折折，就算上得岛去，也会被折磨掉半条命，什么别有居心的歹人都会杀伤力减半。这简直是一个无敌的防御办法！

微浓如此想着，只觉得五脏六腑都错了位，整个人难受至极。而那船夫却显得轻松自在，一边划着船，一边还唱着歌，那歌应该也是什么暗号，总之微浓一个字也听不懂。

终于，海岛近在眼前了，船夫也唱得更加响亮。不多时，岛上似乎传来隐隐的回应，看来是接上头了。靠岸时，微浓几乎是头晕眼花地走下船。她只觉得自己若在那船上多待一刻，恐怕就要吐出来了。

船夫把船拴好之后，见她脸色煞白胃部不适，便随意地从她脚边拔下两株小草，递了过去：“含在口中，立刻就会减轻晕船的症状。”

微浓半信半疑地接过草药，发现这东西自己从没见过，医书里也没讲过。她将那小草放在鼻端闻了闻，一股清新的气味立即窜入肺腑之中，只一刹那，方才的作呕之意已经消失大半。微浓这才将草药含在口中，说来也奇怪，当真是压制住了头晕，胃里也舒服多了。

“含一刻钟，”船夫没再多说，转而从怀中取出一条宽大的黑布，“姑娘，得罪了。”

微浓明白规矩，二话不说闭上眼睛，任由船夫将自己的双眼蒙住，领着自己朝前走。这一路上，两个人都不再说话，只能听到彼此轻轻的脚步声在耳畔响起，但微浓有种感觉，这条路上应该不止他们两个人，四周一定还有很多人都在注视着她，防备着她。

也不知走了多久，微浓只觉周身越来越冷，眼前的黑布冷不防被人解开。光亮豁然刺入眼中，她稍感不适，半晌才勉强睁开双眼。

面前的景象，令她叹为观止。这是一座极其宽敞的大厅，屋顶极高，呈圆拱形，墙壁四周镶嵌的窗户全部是用水晶制成，而窗外是深邃的蓝色。她走到窗户边向外看去，蓝色的海水赫然弥漫了她的整个眼底，各式各样的鱼儿在海水中来回游动……

这座厅堂居然是建在水下的！微浓定睛细看，竟还能隐隐看到海面上的起伏波浪，一束阳光射入水中，折射在水晶做成的窗户上，绚丽的光彩瞬间照亮整座大厅。

人生中头一次，她见识到了建在水下的屋子！不不，是宫殿，一座别样的宫殿！

“微浓。”一个声音将她唤回神来。

微浓循声看去，正是她的师父冀凤致站在门厅处。而那船夫已经不见了，厅内就只有他们师徒两人。半年未见，微浓有太多话想要对师父说，甫一见了面，眼眶便是隐隐泛热。

冀凤致察觉到她情绪激动，连忙上前：“四五个月前，我接到盈门客栈掌柜的消息，说你已经从宁王宫顺利逃出，返回燕国去了。这是怎么了，出了什么事？”

微浓没有心思答话，只拽着他的衣袖亟亟问道：“师父您先告诉我，他……他是真的死了吗？”

冀凤致显然知道她说的是谁，遂向四周看了看，道：“你随我来。”

微浓立即随师父离开大厅，来到一间宽阔的两进屋子里，看样子这便是冀凤致的住处。微浓大致环视了这屋子一周，发现窗户外就是海岛风光，他们已经从海下回到了海面之上。

冀凤致倒了一杯茶水递给微浓，落座问道："你是听说了假死药的事？"

微浓点头："我只想知道，您是不是给他用过这药？他是不是真的……真的死了？"

冀凤致叹了口气："当初我的确骗了你，给摄政王用了假死药……"

微浓听到此处，心中霎时涌起一阵喜悦，却听冀凤致又遗憾地道："只可惜他的确死了。"

微浓心头一痛，只觉得呼吸困难，一句质问尚未出口，便听冀凤致续道："那天原澈闯进主帐行刺，湛儿当场死亡，摄政王却还存有一口气。当时他已意识到有奸细，便交代我注意防备，还嘱托我照顾你。"

"我见他临死前一直念着你，一时冲动，便问他愿不愿意保住最后一口气，或许还能等到你回来。他说愿意，我便找了借口将所有人都打发出去，悄悄给他喂了假死药。后来，我又怕他身体不腐会被奸细发现，便谎称是军医翻看了你的医书，找到了尸身不腐之法，这才蒙骗住所有人。"冀凤致终于说出了当日内情。

"所以棺材里的那股异香，根本不是防止尸身腐烂的秘药，而是墨门的假死药？您阻止连庸来查看他的尸体，也是怕连庸发现这个秘密？"微浓连忙询问。

"对，"冀凤致承认，"墨门中人都学过龟息术，服用假死药过后便可在百日内呈现假死之象，外表看起来没有任何生命迹象，但其实是像正常人一样有睡有醒，醒着的时候也会有意识。而且药效只有百日，百日过后若是不服用解药，人便会真正死去，即便醒过来，也需要长期调养。正因这药对身体损伤太大，不到万不得已，墨门不会采用这个方法。"

"那如果不会龟息术，服用假死药后会怎样？"微浓忍不住追问。

"就是摄政王那个样子，脑中有意识，身体却无知觉，会一直保持着清醒状态，根本无法像常人一样入眠休息。"冀凤致似不忍再说下去，"意志力强的，大约还能强撑个把月；意志力弱的，会因熬不下去而彻底死亡。"

听了这番话，微浓整颗心都颤抖了起来："也就是说，当时我见到他的'遗体'时，其实他是有知觉的，我说过的话他都能听见，他有感知对不对？"

冀凤致点了点头。

"那您为何不早告诉我？！"微浓情绪猛然激动起来，痛声质问。

"因为军中有奸细。"冀凤致无奈地道，"而且我答应过摄政王，在你面前保密。"

"不可能的，他不可能瞒着我的，"不知何时，微浓眼底已盈满泪水，"他也想见我一面，他为何要瞒着我？”

“因为他当时虽然没死，却也没活。”冀凤致耐心解释，“摄政王已经身中奇毒，即便吃过假死药，还是难逃一死。他之所以同意吃药，只是为了延续最后一口气，等着见你一面。他的愿望实现了，毒发之日一旦到来，他还是必死无疑。既然如此，告诉你又能有什么用？你还要再一次面对他的死亡，不过徒增痛苦而已。”

微浓颤抖着嘴唇，竭力掩饰着悲伤与失望，她似乎还是难以面对事实，泪水涟涟以致语无伦次：“我原本以为，那会是他的棺椁……宁王会救他一命……”

“棺椁？宁王？”冀凤致不解地问，“什么意思？”

微浓抽噎着，将自己逃出宁王宫后，在元宵节当晚所见之事复述了一遍，包括她后来与明尘远去验尸的事，也如实相告。

冀凤致听后眉峰紧蹙，喃喃自语：“难道是真的？”

“什么是真的？”微浓听不懂他在说些什么。

冀凤致回过神来，觉得此事大有蹊跷：“宁王的确知道假死药的事。你可还记得，去年咱们去宁王宫时，宁王曾留我单独谈话？”

微浓点头：“我自然记得。”

“就是那天，宁王告诉我他和摄政王的关系，还问我是否给摄政王用过假死药，我承认了，但也将摄政王身中奇毒之事告诉了他。”冀凤致边回忆边道，“我问宁王如何得知假死药，他说是湛儿生前告诉他的，不止假死药，他还知道很多墨门的秘药，逼着我把药方写出来给他。”

“您答应了？”

“我不答应不行。湛儿生前，宁王曾要求墨门与他断绝联系，但那天遇刺的情形你也知道，那么多杀手在场，此事根本瞒不住。宁王得知墨门私下与湛儿联络，觉得墨门忤逆，扬言要灭门，除非我们献上秘方。”

冀凤致面上难掩担忧之色，声音也越发沉重：“即便墨门再强大，也只有数千门众，绝不可能和一国君王对抗。无奈之下，我向门主去信请示，门主答应了，我只好将几个秘方全都告诉宁王……包括治他心疾的药方。”

当冀凤致说到此处时，师徒两人都感到万分不对劲。宁王到底在打什么算盘？此事与聂星痕是否有关？若说无关，时间上也太巧合了些。

“无论如何，既然你们已经验过棺，摄政王已死之事想必是假不了了。”冀凤致唯有安慰微浓，“逝者已矣，你就放下吧！摄政王在天之灵，若看到你如此执着，恐怕也难以心安。”

其实早在验尸那日，微浓便已经死心了，诚如冀凤致所言，聂星痕身中奇毒，即便原澈不行刺，他也只有半个多月的寿命。今日这番询问，不过是她抱着对假死药的最后一丝希冀，但她心里也明白，这希冀甚是渺茫，大约只是痴心妄想。

冀凤致见微浓神色伤痛，唯有再行安慰："宁王心机深，老奸巨猾，这么大张旗鼓地买药材，一定是有什么不可告人的目的，也许是与和谈有关？你不要多想了。"

说起和谈，微浓又想到燕国众人逼迫她嫁人之事，便一五一十全都告诉了冀凤致，话语之中难掩愤怒与委屈。

从始至终，冀凤致一直静静地听着，直至微浓讲完所有，他才问了一句："你是真的不想嫁，还是不想被云辰左右你嫁？"

微浓愣了一愣，意识到冀凤致话中之意，不假思索地回道："不想嫁。"

冀凤致也无话可说。

微浓气愤地再道："燕国偌大的基业，他们不想着如何争取更多的福祉，而是想着投机取巧，用我的终身去平衡各方利益！这简直自私到了极点！"时隔多日，她仍然能想起当时那些人的嘴脸，"他们都不敢对我说，也没有脸对我说，才推了云辰出来做这个恶人！"

"他们的确是没脸对你说，尤其是镇国侯与杜将军。他们从前都为摄政王效力，深知你二人的关系。"冀凤致饮了一口早已凉透的茶，这才强调，"但是微浓你要知道，摄政王已经死了，说句难听的话，你不能要求他们和你一样，去守着一个死人。君臣君臣，君若死，臣子尽忠的义务便已完成，他们可以自由选择，而不是从此断送仕途。

"当然，若是臣子忠于君王，愿在其死后守住基业，的确是件美谈。可事实摆在眼前，燕国内乱至此，没有人能守得住，你难道要让他们以死相拼吗？"冀凤致沉声反问。

微浓闻言握紧茶杯，摇了摇头："我并不是要他们一直忠于谁，他们有各自利益的考量，这很正常。但我无法忍受他们用我的婚事做筹码，即便'人走茶凉'，也没有凉得这么快的！"

"那你到底是想指责什么？是指责他们自私？他们忘恩负义？"冀凤致纠正她的想法，"你说他们没有为燕国百姓谋福祉，这也错了。你做皇后，就是燕国百姓最大的福祉。百姓要的是什么？不过就是没有战乱、安居乐业，一旦你入新朝为后，各方势力都能达成目的，战乱休止，这岂不是百姓最大的福祉？"

微浓听得糊涂了，诧异地问道："师父，您到底是在帮谁说话？"

冀凤致并未正面回答，只捋了捋胡子，委婉地道："你也做过和亲公主，难道你还不明白？联姻就是一种高明的政治手段。通过一个女子的婚事，便能不费一兵一卒而结下两国之谊，天底下没有比这更小的牺牲了。”

冀凤致兀自说着，眼见她情绪不对，又补充道：“当然，从你的立场看，这的确是个自私的决定；可站在大局上看，能以最小的牺牲博取最大的利益，再划算不过，所以他们虽有私心，却也算是为国考虑。”

微浓听后黯然。

“其实，你心里也理解他们。你生气，不是因为他们自私，而是因为他们不再念及摄政王，还要摆布你的婚事。”冀凤致一针见血。

师父如此了解自己，微浓唯有沉默。

“作为你的师父，我不希望看到你孤独终老。”冀凤致语重心长地表态，“作为一直浪迹江湖的老头子，我更加不愿意看到九州继续分裂。”

微浓像是没有听见这句话，她的背脊挺得很直，笔直而僵硬，半点不回应。唯独下唇微微颤抖，能看出她竭力压抑的情绪。

冀凤致摇头再叹：“我也知道，原澈不是最好的人选，若有一丝可能，我更希望云辰来照顾你。”

话虽如此，但他心里也明白，经过这么多事之后，他们两人是绝无可能了。

“也许是云辰自知无法照顾你，才会为你安排这样一个归宿，你该相信他才是。”冀凤致唯有再劝。

微浓垂下眸子，仍旧不接话，表情也越发冷漠。

冀凤致也不愿勉强爱徒，便停下这个话题，正想着该如何安抚她的情绪，此时却听一个清脆的声音突然响起，打断了师徒二人的思绪：“微浓！”

是璎珞，她身穿一袭白裙站在门外。

时光飞逝，一晃四年未见，璎珞与微浓印象之中大有不同。她不再是一袭黑衣，不再是锋芒毕露，取而代之的是柔和的面容，沉静的气质，略显丰腴的身段。若将从前的璎珞比作悬崖边怒放的野蔷薇，如今的璎珞则是花圃中盛放的白茉莉，变化之大令人惊讶。

甫一见到故人，微浓自然喜不自胜，可看到璎珞这身打扮，又是心头酸楚，不知该说些什么。

然而冀凤致见到璎珞，却似惊讶非常：“你怎么下床了？”

璎珞微微一笑，走进屋内：“无妨，活动筋骨罢了。”

微浓连忙关切：“璎珞，你生病了？”

璎珞摇了摇头，转而对冀凤致道：“冀师伯，我与微浓多年未见，想说些私房话，行吗？”

冀凤致似有些为难，看了看她，又看了看微浓，终是点头：“也好，不过你要当心身子。”

“多谢师伯。”璎珞径直走到微浓身边，一把将她从座椅上拉起：“我们走吧。”

微浓强忍心中酸楚之意，随她离开。

两人相携走出冀凤致的房间后，璎珞的笑容立即收敛：“你们方才的对话，我都听见了。微浓，要嫁就嫁你喜欢的人，除此之外，谁都别嫁！”

听闻此言，微浓心中是说不出的感动。这么久以来，她一直承受着巨大的心理压力，聂星痕的死、燕国的动荡、五万将士的被困，还有改嫁之事……每一桩都是一块巨石，沉重地压在她的心口。所有人都告诉她，要顾全大局，要牺牲自我，要顺应形势……好似她若不同意嫁给原澈，就是燕国的罪人。

这是她头一次听到支持自己的声音，不禁拉过璎珞的手由衷说道：“谢谢你，璎珞，只有你知道我的感受。”

璎珞安抚似的拍着她的手背：“同为女人，我怎么可能不理解你？男人们自私，就想通过女人来成事。说不准这主意就是宁王出的，你若真的嫁过去，还不是要受他的摆布。”

听璎珞这般一说，微浓脑中闪过一瞬的疑惑。是啊，璎珞说得没错，杜仲他们就算想让她做皇后，也得经过宁王首肯才行。而云辰既然也劝说她嫁，可见他和宁王已经达成了共识。

这就奇了，宁王明知她与聂星痕的关系，而聂星痕又是他的外孙，从伦理上讲，他又岂会同意自己嫁给原澈？尤其，宁王对她并无好感。

难道是宁王知道了那个传言？所谓的皇后命格？

微浓正胡思乱想着，忽觉璎珞停下脚步。她回过神来，才发现两人已经驻足在一间屋子前，还未进门，一阵淡淡的香火味便已送入她的鼻中。只见璎珞抬手推开屋门，率先走了进去，对她招了招手：“进来吧。”

微浓跨进门内放眼看去，一片素缟。她看到了祁湛的灵堂，如她所料，香火气就是从此而来。微浓看了璎珞一眼，低声道：“我想为他上炷香。”

璎珞也没拒绝，点了香递给微浓。微浓虔诚地鞠躬三次，把香插在香炉上。两人站在祁湛的牌位前，不约而同地想起在十万大山的初遇，皆是感慨不已。

严格说起来，祁湛数次利用微浓，两人并不能算是朋友，后来立场相悖，反而敌对。但祁湛是为了聂星痕而死，只此一点，微浓便觉亏欠他。可惜逝者已矣，所有恩怨都随着燕宁的和谈而结束了。从此以后，人们会渐渐忘却宁国曾有一任短命的王太孙，“墨门第一杀手”的传说也将消失于江湖之中。

“往后你有什么打算？”微浓自然而然地开口询问。

“我还能去哪儿？”璎珞轻笑。

当初璎珞爱惨了祁湛，自己则是一味抗拒聂星痕。谁料到两个男人死后，反而是自己一直走不出来，璎珞已经能笑着与她说话聊天了。

同是天涯沦落人，璎珞独自泊岸，她却仍在漂泊。

气氛正有些伤感之际，隔壁隐隐约约传来一声啼哭，璎珞神色一变，连忙跑了过去。

微浓还以为发生了什么大事，急忙跟在她身后，却见她匆匆迈进门内，从床榻上抱起一个小小的婴儿，轻声低哄着。

微浓目瞪口呆：“这是……这是你的孩子？！”

璎珞点了点头：“我和祁湛的孩子。”她低头哄着那小小的婴儿，补充道，“还没足月。”

也就是说，璎珞是刚生下孩子，还没出月子！难怪方才师父让她注意身子！微浓惊讶得说不出话来：“这……你和祁湛……何时……”

“去年，就在他去燕军大营之前，我们在一起了。”璎珞面色平静，仿佛说的是别人的事。

去年……是了，去年祁湛是率领墨门去夜探燕军大营的，在那之前，他肯定见过璎珞了。

终于，他们还是在一起了！微浓看着璎珞柔和的面容，看着她抱着婴儿的模样，忽然很想哭。祁湛死了，至少他还有一个骨血留在世上，可聂星痕呢？他什么都没留下。是她耽误了他，害了他！

“我竟不知，是该为你欢喜还是难过。”微浓如此说着，眼泪却已流了下来。

“自然是该为我欢喜的。”见婴儿不再啼哭，璎珞将他放回到床榻上，轻轻笑道，“我从没想过要跟祁湛回宫，即便他活着，在我心里也像死了一样。如今他留下一个孩子给我，我还有什么可遗憾的？”

是啊，真心相爱过，有过感情的结晶，还有什么可遗憾的？

微浓擦掉眼泪，由衷地替璎珞感到欢喜：“这孩子有名字了吗？”

“还没有，我是个粗人，不会取名。”璎珞索性坐到床边，朝微浓招手，“你来取个名字如何？”

“我取？”

“对啊，你是他的姨母呢。”

微浓有些心动了，忍不住去看那婴儿。由于还未足月，他一张小脸皱巴巴的，但也是粉雕玉琢、可爱至极。微浓不禁问道：“是个男孩吗？”

“对，男孩。”璎珞边说边伸出一根食指，去逗弄婴儿的脸颊。

婴儿无声地笑了起来，裹在被子里的一双小手不停地晃着，高兴至极。

微浓越看越是欢喜，思索片刻，道：“不如，就叫他祁念如何？想念的念。”

“祁念，念儿。”璎珞喃喃重复，面上划过一丝黯然，旋即又笑，“好名字，就叫祁念吧！”

两人话到此处，璎珞又像是想到了什么，神色忽地严肃起来：“微浓，念儿的事没有外人知道，你要替我保密。”

璎珞这般一说，微浓恍然意识到这个孩子的重要性。祁湛之死一直使宁王耿耿于怀，因为昭仁太子再也无后，若是这个孩子被宁王发现，他一定会把孩子抱走的！

微浓忙问璎珞：“你打算将孩子怎么办？”

“不怎么办，他会一辈子跟着我，但我不会让他做杀手，更不会让他和宁王相认。”璎珞紧紧握住念儿一只小手，“微浓，他是我全部的寄托，如果不是他，我根本活不下去。”

“我明白，”微浓感同身受，却又为这对母子的未来万分担忧，“你领着念儿在墨门生活，难道就没有想过，这消息迟早会走漏？”

“不会的，门主已经下令让所有人对这件事守口如瓶。”璎珞神色坚定地道，“如若传出去，我拼死也不会让宁王带走他。”

“关键是要门主愿意帮你。”这才是最不可思议的事。墨门门主祁连城，为何要答应璎珞把孩子留下？难道他想故技重施，再上演一次当年祁湛的戏码？

这般想着，微浓心头一阵紧张，忙出言提醒：“璎珞，祁湛的身世乃是前车之鉴，你要注意提防门主……”

“璎珞。”微浓的话还没说完，一个脸上有刀疤的中年男子突然出现在门外，打断了两人的谈话。

“师兄有事吗？”璎珞抱着念儿问道。

“门主听说岛上来了贵客，想请贵客前去一叙。”

晦暗的室内弥漫着些许药味，微弱的咳嗽声传到微浓耳中。这是一间建在水中深处的屋子，水晶做成的窗户折射进深邃的蓝色，屋内并无太多光亮。

借着微弱的烛光，微浓一眼便看到正对屋门的那面墙上，挂着一副对联：

抛不开胸中乾坤，何必登仙岛把酒？

放得下眼前生死，方可借刀剑笑谈。[①]

横批——以杀止杀。

这不就是自己来时，那船夫问过的接头暗号吗？原来暗号就光明正大地挂在门主屋内。微浓默默记下这几句话，视线顺势往下，看到横批匾额的阴影之下，坐着一个瘦骨嶙峋的男人。

他似乎被病痛折磨得不轻，给她一种“时日无多”之感。她不知这是假象还是真的，因为在她印象里，墨门门主祁连城是个心机深沉的人，即便他真的病了，也不该将这副样子示于人前。

“怎么，看到我现在的样子，你很惊讶？”祁连城咳嗽一声，打断微浓的思绪。

她不知该如何答话，祁连城也不需要她回答，已是自顾自笑道：“人生在世，生老病死乃是天道规律，无人能够逃脱。”

微浓仍旧没有接话。

祁连城又笑了：“你和你父亲真是一个模子刻出来的，都瞧不上我。”

这话从何说起？微浓心生警惕，开了口：“门主言重了，是微浓口拙，不知该说些什么。”她顿了顿，决定把握主动权，“您召我前来，有何吩咐？”

“怎么？到了我墨门的地盘，按礼你不该来见见我？”祁连城一句话堵回去。

按照礼节，微浓的确是该来这一趟，毕竟她是客，岂能不拜见主人？但她是真的没顾上，而且在她心目中，祁连城应该不会计较这些世俗之礼。

见微浓不说话，祁连城又是虚弱地笑：“按照辈分，你该喊我一声师伯。你父亲夜凉晨、你师父冀凤致，都是我的师弟。”

然而微浓根本叫不出口。或许他说得没错，她的确瞧不上他，瞧不上他当年对祁湛母子的所作所为。

于是，她冷淡回应：“门主说笑了，我父亲、师父均已脱离墨门，这一声‘师伯’我实在没有资格唤出口。”

微浓如此无礼，祁连城倒也不见生气，唯独双目闪过犀利的精光，直直射向她。饶是屋内光线暗淡，微浓也能感到他的目光似两道锋刃，仿佛要在她身上割

---

①“抛不开胸中乾坤，何必登仙岛把酒？放得下眼前生死，方可借刀剑笑谈。”改编自清代王褒为岳阳楼撰写的对联，原句是“放不开眼底乾坤，何必登斯楼把酒。吞得尽胸中云梦，方可对仙人吟诗。”

肉削骨。至此，她终于明白，祁湛那双鹰隼般凛厉的眸子是继承了谁。

屋内气氛正有些沉抑，祁连城的目光却倏然收回，他执起手边茶盏啜饮一口，垂下眸子问道："既然说起你的父亲和师父，那你可知，当年他们为何要离开墨门？"

就算微浓说"不想知道"，祁连城也还是会说，于是她便洗耳恭听。

果然，祁连城又是一声咳嗽，缓缓开口："家师乃上任墨门门主，门下弟子无数，得他亲自教导的却只有四人。我排行第一，你父亲行二，你师父行三，璎珞的师父最小。这四人中，你父亲功夫最高，我最奸诈。"

说到最后两个字，祁连城自己先笑了。

微浓倒是听师父提起过此事，说是上任墨门门主武功高绝，擅长多种兵刃，峨眉刺是他的绝活，四个徒弟都学。除此之外，他的其他几样功夫则分别传授给几个徒弟：祁连城学的是子午钺和梅花镖；她父亲夜凉晨学的是刀剑与锦套索；她师父冀凤致学的是软、硬两剑；璎珞的师父则擅长吹箭、袖箭和双枪。

四个徒弟，功夫各异，平分秋色。

微浓虽不喜欢祁连城，但前任门主却是她实打实的师祖，她这手峨眉刺也是受益于他，故而也生出些敬意，出言赞叹："师祖乃武学集大成者，寻常人哪怕学到他一样绝活，便能纵横江湖了。"

"倒也不是，"祁连城客观评价，"家师虽擅长多种兵器，但所学繁杂，难免博而不精，唯有峨眉刺出彩。他自己也知道这个问题，才会让徒弟们分学几样，方便钻研。如今除了峨眉刺无人能超越家师之外，其他几样绝学，我们师兄弟四人都已发扬光大，功夫早在他之上。这当中，尤以你父亲资质最佳，功夫最高。"

微浓见祁连城多次提及自己的父亲，不知他是什么意思，不过她确实对父亲知之太少，也愿意听一听，便没再打断。

但听祁连城续道："你父亲在墨门二十余年，任务从无失手过，乃是墨门第一人。只可惜他空有超群武艺和狠绝手段，为人却太偏执孤傲，习惯独来独往。执行任务时，他从不肯与人合作，故而与门中弟子关系紧张。

"相反，我功夫虽不如他，但有个好人缘。"祁连城喘了口气，又笑。

"所以师祖多番考虑之下，将门主的位置传给了你，我父亲心有不忿，就离开了墨门？"微浓替他说了出来。

"他心有不忿是真，但没有离开。"祁连城没再往下说，反而问道，"你觉得，你师祖的决定对吗？"

微浓沉吟片刻，回道："主导一个帮派，尤其是杀手组织，除了要有超凡的武功，更要有绝对的权威，否则就难以服众。我父亲人缘没您好，做了门主也不会有人听他的，师祖选您是对的。”

祁连城听后“哈哈”笑了两声，又引得自己咳嗽不止，他捂着口鼻平复良久，才点了点头：“不错，在这一点上，你比你父亲看得透彻。”

这种夸奖微浓听听也就罢了，她更关心父亲离开墨门的原因，遂直白问道：“既然我父亲没有立刻离开，后来他又为何要走？是您对他做了什么？”

“你真是个急性子。”祁连城无奈地摇头，“这件事还得从湛儿的身世说起。”

“我知道他的身世，您拣重要的说吧。”微浓直言不讳，“您肺疾太严重，要少说话。”

祁连城再次眯起眼睛看她：“你如何知道我肺疾严重？”

“我也略通医术，听您说话的中气，还有闻这药味……大约能猜到您是肺疾，而且是沉疴旧疾。”微浓顿了顿，又道，“您若信得过我，我可以给您把把脉。”

她这话说得真心实意，先不论上一辈的恩怨，也不论祁连城人品如何，单看他肯收留璎珞母子，并保守那孩子的秘密，她也愿意尽心一试。

奈何祁连城警惕心太强，上下打量微浓几眼，到底还是笑着拒绝：“不必了，我这病已经耗了十余年，我自己心里有数。”

“怎么？您怕我害您？”微浓有意激他。

“你还杀不了我。”祁连城朝她摆了摆手，“你的好意我心领了，但我年纪大了，耳根子不稳妥，已经杀了好几个大夫。万一你说我‘时日无多’，我怕我会控制不住杀了你。”

微浓倒不觉得害怕，但也没再坚持。她多少能理解祁连城的心情，做了一辈子的门主，掌握过无数人的生死，尊严大约比性命更加重要。所以他不愿别人去评价他的身体，更不愿让别人把握他何时生，何时死。

“还是接着说湛儿吧，”祁连城执意说道，“你只知他的身世，但不知当年的内情，这也关乎你父亲和你师父离开墨门的原因。”

微浓知道这故事很长，便自行找了把椅子坐下来。

祁连城发出长长一声叹息，这一声叹，也将他瞬间带入回忆之中：“三十五年前，我们接到一桩生意，要去刺杀时任宁国太子原真。当时我刚坐上门主之位，见此事非同小可，本打算推掉。但后来，买家给出了一个极其丰厚的允诺，不光是我，连你师父也动心了，唯独你父亲极力阻止，但我与他向来不和，便没听他的。”

“是谁要刺杀宁太子原真？”微浓较为关心这个问题。

“我随后再告诉你。”祁连城回得模棱两可。

微浓想了想，又问："那对方到底出了什么条件，让您动心了？"

"你在套我的话？"祁连城笑着反问。

微浓没有否认："我只想知道，此事与燕国、楚国是否有关。"

"无关。"祁连城回得很干脆。

微浓这才放下心来："那您继续。"

"刺杀宁国太子这个任务，我本打算交给你父亲，但他坚决反对，说原真在政务上颇有建树，不该杀。"祁连城捂着胸口，"咳咳……你父亲不肯去，我只好带着墨门一干杀手亲自出马，我的妹妹暖心也参与了此次任务。

"结果你也知道了，宁太子早有防备，且武功高强，我们行刺失败，暖心被困宫中。我多次派人前去营救，前后耗费两月才将她救回来，但她已被宁太子奸污，而且有了身孕。"祁连城说到此处时，话语中明显含有愧疚。

而这也是微浓最不能认同的一点，这个孩子，本不该来到这世上，就算把他生下来，也只是一个工具而已。何况据微浓所知，因为生下祁湛，其母祁暖心精神失常了。

察觉到微浓的不认同，祁连城也没否认自己做过的事："当时暖心和你师父有婚约在身，出了这样的事，她和你师父都深受刺激，要求将孩子打掉，但我不同意。你父亲夜凉晨得知内情，怒斥我冷血无情，愤而离开墨门，无论我如何挽留都不行。"

"我父亲一定与祁湛的母亲感情不错，因此恼恨于你。"微浓笃定地道。

祁连城点了点头："但这并不是他离开的真正原因。"

"那他一定是看到您对亲妹妹如此狠绝，担心自己也会遭您毒手，所以早走为妙。"微浓半开玩笑半认真地道。

祁连城闻言又笑："你说得没错，不过还有一点，我也是在他离开之后才想明白的。当年我行刺失败，他觉得我能力太差，不愿屈居在我手下办事。"

父亲会是这样争强好胜的人吗？微浓私心里并不认可父亲的这种形象。但回想祁连城所说的话，父亲在墨门时与其争夺门主之位失败，离开墨门之后又选择去做燕王的贴身侍卫。也许他真的不甘心做个寂寂无名的杀手。

"我虽与你父亲不和，但也必须承认，他的武功、谋略、忍耐力、意志力均在我之上，他不服气我，也是情理之中。"祁连城话中难掩赞许之色，"墨门成立百年以来，从无一人能活着除名，你的父亲还是头一个。"

这话听着虽轻巧，微浓却不敢深究。父亲是经历了怎样的酷刑才能活着离开？她不是墨门的人，永远猜不到那些刑罚的可怖，也不想去猜。

"想必他走得很艰难。"微浓唯有如此感叹。

"的确，墨门十种酷刑，他全都试过一遍。不过最后两种酷刑是暖心悄悄放了水，否则他绝无可能活下来。”

微浓只觉得脑后升起一丝凉意，她不敢去想当时父亲受刑的情形。

“你父亲走后没多久，湛儿出生了。又过了几年，你师父也选择离开，但他受的刑罚，要比你父亲受的刑罚轻得多。”祁连城缓缓再道。

“那是因为你对我师父有亏欠，你破坏了他的姻缘。”微浓毫不客气地指出。

祁连城没否认：“墨门是他的伤心地，他想离开，我不会阻拦。”

想起师父终身未娶，想起祁湛的母亲孤苦一生，微浓突然觉得很愤怒。而这一切，都是眼前这个门主做的好事！可几十年过去了，她也不想再做无谓的争执，转而问道：“后来呢？我父亲为何做了燕高宗的侍卫？”

“听说是他奄奄一息之时，意外被当时的燕太子聂旸所救。”

再后来的事，微浓也都能猜到了。父亲夜凉晨为了报恩，也为了彻底摆脱墨门，才会改名良夜，做了高宗聂旸的侍卫。之后又在随同聂旸微服期间，与她的母亲产生感情，并生下了她。或许是怕聂旸知道真相以后恼羞成怒，又或许是担心自己仇家太多，总之父亲没有认她，而是拜托同样脱离墨门的师弟冀凤致将她抱走，暗中照料。

于是，她有了姨母姨丈，有了镖局大小姐的身份，也有了一个名震江湖的师父。她过了十五年无忧无虑的时光，然后阴差阳错被当成聂旸的私生女，进宫、和亲……

直至父亲出于对聂旸的愧疚，或者是出于侍卫的义务，在楚国行刺时替聂旸挡了剑，才在临终前说出了她身世的真相。

从前微浓对于亲生父母的种种不理解，到了今日终于能够彻底释然。她应该感谢墨门，虽然在聂星痕的生死之谜上她失望了，但这也是另一种收获，可以稍稍抚慰她贫瘠的内心。

微浓由衷地对祁连城道：“多谢您相告实情，让我发现自己有一个了不起的父亲。从前我还以为他是贪图富贵才去做了燕高宗的侍卫，今日才知，他是为了报恩。”

祁连城似有笑意：“可惜他报恩也报得不彻底。”

他言下之意，是指她的身世来历了。微浓一听这话，不禁冷道：“门主，您今日见我，若是为了羞辱我们父女，也未免失了身份！”

“你和你父亲真是一样的脾气，”祁连城摇头失笑，“我难道说的不是事实？”

微浓瞬间回击：“那您卖妹求荣也是事实！”

祁连城果然有些不悦：“三十五年以来，所有人都以为我留下湛儿是有野心，你的父亲、师父，甚至暖心，都唾骂我贪图权势富贵，不齿我的作为！卖妹求荣，这个骂名我已经背负三十多年了！”

“难道你不是？”微浓反问，她亦是不齿祁连城的所作所为。

岂料祁连城真的理直气壮地否认："我不是。"他此刻已经累极倦极，但还是强撑着道，"你可知当年要我刺杀宁太子的人是谁？"

他方才说了，此事与燕国、楚国无关。那还有谁想让宁太子去死？微浓脑海中闪过一个人选："是宁太子的手足兄弟吗？"

"是宁王第三子，原殊。"祁连城径直说了出来。

果然是原澈的父亲，微浓心底一沉。

"你应该知道，墨门是个敏感的门派，在江湖上令人闻风丧胆，在王室也为君王所忌惮。"祁连城剧烈地咳嗽几声，摸出一粒药丸填入口中，续道，"所以我当了门主之后，一直在忧虑墨门的前程。"

"魏侯是不是许诺，一旦墨门替他杀了原真，他就能够坐上宁太子之位，届时他会提高墨门的地位，让你们在宁国境内立足无忧？"微浓几乎可以想到魏侯提出的条件。

"不错，你猜得八九不离十了。"祁连城点头承认，"所以酬劳事小，这个许诺才真正令我下定决心。"

"但是后来你行刺失败了，怕魏侯恼羞成怒对墨门不利，又怕宁太子会查到你头上，恰逢祁湛的母亲怀有身孕，你便想留下这个血脉，万不得已时，作为保住墨门的筹码？"微浓一针见血。

她话音落下，屋内无人接话，过了很久，祁连城才唏嘘道："想不到我隐忍三十几年的苦衷，你竟是第一个看透的。"

微浓也是唏嘘不已，突然之间感到心潮汹涌："祁湛的存在，你是何时告诉宁王的？"

"原真最后一名子嗣病故之后。"祁连城感慨不已，"比我想象中要快。"

"那你供出魏侯了吗？宁王是什么反应？"微浓很想知道。

"都是他的儿子，他能有什么反应？唯有装作不知道吧。"

果然，宁王十年前对魏侯护短，十年后对原澈也护了短。宁王室手足相残这种戏码一再上演，全因为他的变相纵容！微浓大致能猜到宁王给出墨门的条件："你用祁湛的存在，换来墨门往后几十年的稳定繁荣？"

"是，"祁连城再次咳嗽，"所以根本不是我有野心，我从没想过要掌握多大的权力，我只想把墨门保住。暖心怀孕是个意外，我顺势而为，这有错吗？"

"无论对错，你牺牲自己的妹妹总是实情。"她由心而道，"我只能说，我不赞同这样的手段。"

听闻此言，祁连城突然变得激愤起来："墨门从建立到现在，就是用无数人的牺牲换来的！你以为只有暖心被牺牲了？我也有！为了求她留下这个孩子，我答应她永不娶妻、永不生子，把湛儿当成自己的孩子来养！我也确实这么做了！我花费了所有的心血培养湛儿！让他成为顶尖的杀手，让他能够适应杀人不见血的宫廷！”

祁连城说完，浑身似脱力一般瘫软在了座椅上，剧烈地咳嗽起来。安静的室内不停回荡着他的咳嗽声，好似也带着一腔悲愤，无处抒发。

“直到暖心去世，她也没有原谅我，因为恨我，她连湛儿也不多看一眼。”祁连城摊开双手，自嘲地笑着，“但如今说什么都没用了，湛儿死了，我一切的心血都白费了！你也看到我如今这个样子，病入膏肓，连个送终之人都没有。”

微浓做不出评判。

“那你现在后悔吗？”她唯有轻声询问。

祁连城摇头：“没有，从我坐上门主之位开始，这就是我的使命。”

“使命……”微浓喃喃重复这两个字，至此，她终于明白祁连城见她的用意了。

“人一旦坐在这个位置上，就不能只考虑自己。我肯为了墨门而绝子绝孙，云辰也肯为了天下太平而放弃复国，我们的理想，殊途同归。”祁连城重重落下最后这句话。

他知道，微浓已经完全听懂了。

理想、使命、牺牲……这几个字在微浓的脑海中不停盘旋，致使她眼眶一热，想哭却又想笑：“您强撑身体说了这么多，原来是在劝我做新朝皇后。”

“你若不嫁，湛儿和聂星痕的死，才会变成一场笑话。”祁连城的面容隐在晦暗之中，最后劝道，“生逢乱世，个人的荣辱根本不值一提，比起云辰，比起墨门，你牺牲一段婚姻又算什么？”

是啊，比起他们，她又做过什么？她的牺牲实在太渺小了。微浓越想越是心潮翻覆，无比煎熬，唯有强忍着泪水再问：“您劝我做皇后，是想让我保下墨门吗？”

“是。”祁连城回得坦然，却不无遗憾，“以我如今的身体状况，已经没有精力再去培养第二个湛儿，我死后，打算将墨门交给璎珞的孩子。为了墨门的前程，也是为了他们……算我求你。”

骄傲如祁连城，原来也会说出一个“求”字。

“您太看得起我了。”微浓不知是在嘲讽他，还是嘲讽自己。

祁连城并未气馁：“其实你的父亲对墨门很有感情，他若想毁了墨门，只需将湛儿的身世告诉聂旸，我的一切筹谋都将毁于一旦。可他没有这么做，只此一点，我一辈子感激。

“当然，我与你父亲敌对多年，如果你想替他报仇，我的命你可以随时拿去。”祁连城艰难地喘着气，面上带着一丝恳切，“但求你想想璎珞母子，想想你父亲、你师父……求你答应这唯一的请求，去做新朝的皇后。”

祁连城一生骄傲，却肯为了墨门放弃一切。面对这样一番劝说，微浓发现自己竟说不出一个“不”字。她的喉头似是哽住了，应与不应就在她唇舌之间，势均力敌，难分高下。

“我需要时间考虑一下。”最终，她吐出这几个字。

没有听到想象中的回应，祁连城有些失望，但他也没有精力再劝下去了，唯有朝她摆了摆手：“好吧，但愿我还能等到你的答案。”

可是祁连城终究也没能等到微浓的回应。就在和微浓密谈后的第四日夜里，他旧疾发作，吐血而亡。临死前，他执意要再见微浓一面。然而等微浓赶到时，他已经去了，唇边、衣襟上全是他吐出的血迹。他双目大睁看着门外的方向，似有什么心愿未了。

微浓走到他身前，盯着他看了片刻，道：“门主虽有痨病，但这不是死因。”

璎珞在旁抹了抹眼角，说出实话：“暖心姑姑的癫症时好时坏，十几年前有天夜里，她突然闯进门主屋内，一剑刺穿门主的肺部。从那以后，门主都是靠着秘药在勉强维持生命。”

痨病外加肺部刺穿，祁连城还能稳住墨门十几年，个中辛苦可想而知。微浓没有再说话，缓慢地抬手为他合上双目。

一代枭雄，在外名声狠绝的墨门第二十一任门主祁连城，就此离于人世。

根据他生前的遗愿，他的死暂不对江湖公开，只在墨门范围内举行丧葬，告知墨门众人。为他主持丧葬的，是微浓的师父冀凤致，而璎珞也将在他头七过后，代替念儿暂时坐上门主之位。

祁连城下葬当日，微浓也在，待到棺木入土之后，她和璎珞、冀凤致三人同去收拾祁连城的遗物，趁势关切璎珞：“如今念儿还小，你又是女流之辈，真的要留在墨门吗？”

“祁湛死了，我总得担负起他未完成的责任。”璎珞倒是显得很平静，“当初他答应与宁王相认，也是为了墨门，虽然后来一切都变了，我总是还记得。”

世事一直在变，人都会变，难能可贵的是初心不变。

微浓对璎珞的勇气感到由衷地敬佩，但也为她的未来感到无比地担忧：“墨门全是杀手，念儿也还小，我怕你会有危险。”

“目前还好，几个师兄弟都愿意帮我。”璎珞淡淡一笑，“我想过了，以后无论谁想离开，我都会放他们自由……我要改组墨门。”

改组墨门？微浓很是疑惑：“如何改组？”

“把一个纯粹的杀人组织，改组成一个能为朝廷、君王效力的情报机构，或是人才机构。”璎珞目前也没有什么思路，“这只是我一个初步的构想，如何实现，能不能实现，我还不确定。”

“总之，墨门要传承，但我的念儿，不能再重蹈祁湛的覆辙。”璎珞重重强调，“他可以用另一种方式完成原氏子孙的使命，这也是我想改组墨门的根本原因。”

把一个奉行“以杀止杀”的杀手门派，改组成为帝王暗中所用的人才机构、情报组织，没错，这也是原氏血脉该做的事，是原氏子孙为新朝效力的另一种方式。

“原来你已经想得如此长远了，”微浓忍不住感叹，“再想想你从前的样子，我都快不认识你了。”

璎珞笑了：“等你当了母亲，你就会明白。”

就在这时，冀凤致突然提出：“微浓，我想留下来帮璎珞。”

如今墨门这个情形，璎珞母子的确需要有人帮忙，微浓也晓得冀凤致心意已决，自己是不可能再劝动他。于是她点了点头：“璎珞想要改组墨门，我出不上什么力，您知道我那三十卷奇书藏在何处，如果能用得上，您就拿去吧。”

这话冀凤致听得颇为欣喜：“若有那三十卷奇书，何愁培养不出人才？再加上墨门原有的情报网，基本上有个雏形了！”

“改组并非一朝一夕就能成事，千万别急，我对您和璎珞有信心。”微浓笑着叮嘱，“以后我不在您身边拖累，您肯定会舒心很多。”

冀凤致听见这话，点了点头：“如无意外，我打算在墨门终老，有璎珞在，你也可以放心。师父希望你明白，我们劝你去做皇后，不仅是为了墨门的荣辱，也是希望看到你后半生有依有靠。我想即便是你父亲在世，他也会赞同这个决定。”

“师父不必再说了，”微浓终于垂下泪来，“我嫁……我嫁。”

人生在世，哪有那么多称心如意的事呢？也不能事事都为自己而活。云辰放弃复仇复国，祁连城放弃娶妻生子，就连宁王也放弃了做开国皇帝这个名垂青史的大好机会。

如果她的婚事，能换取聂星逸放弃野心，长公主放弃王位；如果她做了皇后，能保住燕王室的声誉，能让燕国百姓过得更好；如果她的妥协，能让璎珞母子平静度日，能让师父安享晚年；如果她的存在，注定是一种平衡……

她应该觉得骄傲才对，并不是每个女人都被上苍赋予如此重大的使命。

也许，这才是皇后命格的真正意义。

第五十七章

不诉衷肠，不言离殇

正顺六十六年，七月初一，微浓再一次来到宁王宫，要求面见宁王。

仍旧是那间圣书房正殿，时隔七月，再次踏入，她的心情已经大不相同，上一次是大动肝火，这一次则是平和沉静。

诚如云辰所言，宁王的身子的确不大好了，比半年前虚弱苍老了何止五岁。想想也是，他毕竟是年过古稀的老人，又痛失爱孙，为朝政殚精竭虑。

甫一见面，微浓还没有开口表态，宁王已经笑着问她："怎么？想通了？"

微浓没作声，算是默认。

宁王见状再笑："既然你主动回来见孤，就不要再装什么清高了，日后就是一家人，何必拿架子。"

"我想知道，这主意是谁出的？"微浓先抛出第一个问题。

宁王有些不满："如今追究此事可还有意义？做女人还是糊涂点好，你这可是犯了大忌。"

微浓没反驳，无声地看向宁王，眼神执着。

宁王只得无奈地摇头："你这性子，日后做了皇后也要吃大亏！"

"您眼下后悔还来得及，正合我意。"微浓不卑不亢。

宁王也无意与她做口舌之争，便坦然地道："让你做皇后，是孤的主意。"

"不是云辰或燕国先提出来的？"

"不是。"

"为什么？"微浓蛾眉微蹙，"您明知道我和原澈的性子，他为帝，我若为后，您难道不怕我将他握于手掌之中？"

“此事显而易见。”宁王早已料到。

“难道您不担心？”微浓根本不信，毕竟宁王是如此护短的一个人。

“因为孤了解你的性情，只要你愿意嫁给澈儿，断无害他的道理。”宁王靠在龙椅上，握住两侧扶手，“再者，你虽压着澈儿，但你也能钳制三王和云辰。若是换了别人为后，谁来帮澈儿降住他们？”

是啊，云辰、聂星逸、明尘远、姜王，这四个人，原澈一个都压制不住。

微浓忍不住嗤笑：“说来说去，您不是为原澈选妻，而是为他找个帮手。”

“你有皇后命格，又与各方势力有千丝万缕的关系，澈儿还很心仪你。既然如此，孤为何不成全？”宁王笑着反问。

最重要的是，一旦微浓做了皇后，云辰有生之年绝对不会出尔反尔，卷土重来。等到微浓和原澈百年之后，新朝的局面也稳定下来了，云氏的子孙后代若想再造反，可就困难多了。

想到此处，宁王不禁又笑：“开国皇后不需要贤良淑德，反而应该彪悍强势。虽然孤不大喜欢你，不过你有得天独厚的优势，孤很中意。”

这是夸还是贬？果然姜还是老的辣。既然决定要嫁，微浓也不再对宁王客气，直白道：“我可以嫁给原澈，但我也有三个条件。”

后者闻言似有些不悦之色，不置可否道：“你先说来听听。”

“第一，宁国宣布彻底停战，燕宁重修旧好，释放被困的五万燕军。”微浓不紧不慢地道。

宁王眯起眼睛，像是在考虑：“你这主意打得好，原本我宁军已经赢了，你却提什么‘重修旧好’。怎么？不肯承认燕军败了？”

话虽如此问，但宁王也明白微浓的意思，那五万燕军被困幽州府，迄今为止已经四个月了，拼杀的意志早已消耗殆尽，一个个犹如丧家之犬，燕国百姓也对此议论纷纷。微浓提出这个条件，不过是想稳定人心，帮助燕人重塑信心。

释放五万燕军，此事虽有风险，但于宁国也并非全无好处。一则可以让世人看看，他原清政是如何大度；二则，自己日日供着那五万燕军的吃喝，还要防止他们突围，军力财力上消耗太大，长此以往也不是办法。

“好，这个条件孤答应你了。”宁王在心中分析利弊后，痛快点头答应。

微浓立刻说出第二个条件：“第二，嫁给原澈之后，我与他不会有夫妻之实，我也不会为他传宗接代。”

宁王刹那间沉了脸色：“你说什么？”

微浓毫无怯意地重复：“我和原澈不会有夫妻之实。”

"混账，你简直得寸进尺！"宁王瞬间被她所激怒，大声斥道，"你真以为你是天仙下凡？以为孤离了你就成不了大业？你不要太过分！"

"我不是这个意思，"微浓破天荒地开口解释，声音也低沉了三分，"星痕死后，我已经立下誓言终身不嫁……如今既然非嫁不可，我只想尽我所能信守承诺，为他守贞。"

此言一出，宁王尚未及表示什么，微浓已经听到一个轻微的响动，来自宁王身侧的屏风之后。那声音很小，但很粗哑，像是有人在低声叹息，又像是野兽临终之前发出的低沉哀鸣。总之，那声音很奇怪。

几乎就在一瞬之间，微浓判断出这里还有第三个人，而且就藏在那扇屏风之后窥视着她。她下意识地看过去，但因为光线问题，她根本看不到任何人影，甚至连个轮廓都没有。

会是谁？原澈吗？微浓不由自主地猜疑。

"咯咯，"宁王两声咳嗽将她的注意力引了回来，"你是说，你要为星痕守贞？"

微浓回神，面露黯然："您亏欠他的已经太多了，难道连这个要求都不能答应？我相信您对他们母子的愧疚之情不是作假。所以，请您答应我这个请求。"

她重重强调："是请求。"

这一番话，将宁王的反对意见全部堵死了，此时他也沉默下来，似在斟酌。微浓没有急着催促，只站在原地静静等着。她等了很久，久到屏风后面的那个人都等不及了，发出微微急促的喘息声，她才终于等到宁王的表态："你不愿生孩子也好，省得将你那臭脾气传给孤的曾孙，败坏原氏血统。"宁王顿了顿，"相比之下，时令叶才更得孤的欢心。"

"多谢您成全。"微浓突然跪倒在地，朝宁王重重地磕了一个头。

空寂的圣书房内，这轻声道出的一句话，却是如此掷地有声，振聋发聩，让宁王心头久久不能平静。

半晌，他突然似有所指地道："你这一拜，孤也受得心安理得。"他轻轻抬手示意她，"起来吧，你第三个条件是什么？"

"把墨门给我。"微浓不等宁王再开口，已经解释道，"您放心，墨门以后不会再做杀手的营生，而会改组成辅佐新朝的一支江湖势力。"

宁王疑心很重，听了这话更觉不可思议："墨门传承百年，怎么会突然要改组？"

微浓早已想好说辞，遂半真半假地道："因为祁湛死了，门主祁连城无后，前些日子他也病逝了。如今墨门是璎珞和我师父在做主，这两个人您都了解，他们不是喜好杀戮之人，也无心做杀戮之事。”

宁王垂目思虑片刻，似在分析她话中真伪：“璎珞是个女子，你师父也早已脱离墨门，他们两个想要改组墨门，门人会听命？”

“所以我才想要介入。”微浓理直气壮地道，“我若做了新朝皇后，便是我师父和璎珞的后盾，他们改组墨门会更有底气。于我而言，眼下我手中无权无人，也总要培养自己的势力，否则焉能压制得住三王？”

但宁王还是不愿松口：“只要你与澈儿夫妻同心，孤的势力都可以为你所用，你不需要再培养自己的人。”

微浓却坚持己见：“我总要为自己做打算，防止以后没有利用价值的时候，被人一脚踢开。”

“澈儿不是这样的人，”宁王又开始护短，“至少对你不会。”

“世事无绝对，何况我与师父感情深厚，与璎珞也交好，这两个人我都想照顾。”微浓神色不变，使出最后一招杀手锏，“而且，祁湛是您的孙子，即便他死了，血脉亲情还在，就算看在他的面子上，您也该答应。”

方才微浓是拿聂星痕做理由，如今又拿祁湛故技重施，只因她知道，宁王对这一双外孙、孙子心存愧疚，更是对澈公主和宁太子原真心存愧疚。

宁王又岂会不知微浓的动机？可人一旦上了年纪，便开始不自觉地回想曾经，心肠也慢慢变软。他每回忆一次，遗憾便加重一分，所以明知是被微浓算计了，他也只能心甘情愿地跳入这算计之中，问出最后一个问题：“你想如何改组墨门？”

“您可还记得我与原澈一道找回的藏书？我独得三十卷，囊括医术、药理、天文、数术、兵器锻造等各个方面。我想以这三十卷奇书铺路，将墨门改组成一个培养人才、为朝廷打探消息的地方。”微浓坦诚道，“这是三赢——新朝少了一个威胁，我师父和璎珞有了栖身之处，我也能得到一支属于自己的势力。”

确实如此。宁王斟酌良久，道：“兵器锻造之术不能给墨门，必须要用于军中，只要你把这几本藏书交出来，保证不留抄本，孤就答应你这个条件。”

“好。”微浓一口应下。这三个条件的达成，比她想象中容易很多，她不由松了一口气，再道，“既然如此，我想亲自迎接五万燕军出城，率领他们先行返燕。”

宁王不免觉得她小家子气：“你还计较什么，这五万人马日后都要编入我新朝之中。”

微浓只淡淡一笑：“统一未定，一切都是名不正言不顺。”

宁王争不过她，也无心与她争下去，再者微浓亲迎燕军出城，只会让她在燕国的威望更高，传出去也更受世人赞誉。这个美名就让她占了又如何？总比让聂星逸、明尘远占去要强得多，总归她已经是自己人了。

这般一分析，宁王勉强答应："也罢！你将他们送出宁国地界就算了，不必再送回燕国了。"

"为何？"微浓以为宁王又有什么诡计。

"因为和谈已经接近尾声，云辰、沈觉即将回国，你难道不想得知最新进展？你这一回去，消息可要延迟不少。"

这倒也说得在理，而且微浓如今还不想见到燕国那群人，于是颔首答应："也好，我送燕军抵达苍山就回来。"

宁王"嗯"了一声："事情办妥之后，你可以在黎都多住几日。"他顿了顿，明示道，"去看看澈儿，就算你打定主意与他做挂名夫妻，也得培养感情。等到燕国局势稳定下来你再回去，澈儿登基之后会按照礼制迎娶你。"

微浓正打算开口回应，却突然被一道光亮晃了眼睛。她定睛一看，是离她不远处的地砖之上，不知何时多出了一片小小的光圈，像是镜子、兵器一类折射出的反光。

微浓环顾圣书房的格局，正殿门朝北，偏殿门朝西，南北两侧的窗户都是大开着，晌午的日光就透过这些窗户照射进来，越发刺眼。而那扇屏风的侧面，恰好对着一面窗户，可见是藏于其后的人佩戴了什么反光的物件，正午阳光移动，才会在地砖上折射出来一个小小的光圈。

很显然，宁王是知道那扇屏风后面藏着人的，会是谁呢？那反光的东西又是什么？

也不可能是镜子，带面镜子在身上又有什么用呢？

微浓绞尽脑汁地想着，却没什么头绪，一时间陷入沉思之中。

宁王也发现了地砖上突然出现的光圈，便不动声色，朝微浓摆了摆手："今日到此为止，你暂且还住蓬莱阁吧。"

微浓对此并无异议，径直告退。

从圣书房出来，太监带着微浓去了蓬莱阁安顿。今时不同往日，上一次微浓来时，什么权力都没有，是来聆听宁王叙说往事，住在蓬莱阁也形同软禁。但这次故地重来，她已是宁王未过门的孙媳，是未来的新朝皇后，即将大权在握。

前后七个月，身份天壤之别，得到的待遇自然也大不相同。在蓬莱阁稍事休息，用过午饭之后，她提出想在宁王宫走走，首领太监想着她将来的身份，也不敢出言拒绝，便拨了几个宫女随侍左右。

微浓以前来过宁王宫数次，每次都是行色匆匆，从没有机会好好观赏这宫中景致。如今一切尘埃落定，可她心中的郁结却无处宣泄，只好通过这种法子来排遣消解。

在御花园里走了很久，微浓也想了很多，关于聂星痕、关于云辰、关于原澈、关于以后。直至临近傍晚，她还不说回去休息，几个宫女腿都走累了，忍不住提醒她："禀郡主，该回去用晚饭了。"

微浓望了望天色，的确如此，遂道："好，回去吧。"虽然她并无饥饿之感。

一行人原路返回蓬莱阁，刚走到阁楼门前，微浓眼前恍惚划过一道银光，好像有个影子一闪而过。难道是有人行刺？

然而蓬莱阁前的禁卫军就像一尊尊雕塑一般岿然不动，连眼睛都没眨一下。这么明显的银光，难道他们都没瞧见？显然只有另一种可能——方才那道银光根本不是什么兵器，而是别的东西，譬如面具？

微浓试着喊了一声："原澈？"

无人回应。

微浓沉默片刻，又道："你难道要躲我一辈子吗？"

话音落下，又过了许久，一个身影才从阁楼的柱子后面慢慢走出来。那人面上戴着一个银色面具，将整张脸全部覆盖，只露出鼻梁下的部位。

来人正是原澈。

他缓缓地朝微浓走近，却又不敢靠得太近，在十步之遥的位置停了下来，低着头道："我……我就是来看看你。"

原澈的声音很暗哑，像是一个老态龙钟的男人在声嘶力竭地说话。微浓闻之心头黯然，又见外头天色已晚，这么多侍卫宫人都看着，便对他道："进来说话吧。"

原澈踌躇片刻，终究没有拒绝，和微浓一起走进蓬莱阁。不过他一直低着头，一副遮遮掩掩的样子，再也没有从前那种嚣张跋扈、招摇过市的做派了。

两人先后进了蓬莱阁，微浓命宫人将屋内所有烛火点亮，对原澈道："你把面具摘下来，让我看看你脸上的伤。"

岂料原澈十分抗拒，慌忙摇头道："不，不行……"

"那让我看看你的嗓子，"微浓随手拿起一盏烛火，走近原澈，"你张开口。"

后者看到她手持烛台渐渐逼近，立刻吓得从座椅上跳起来，连连后退，也不知是怕看见她，还是害怕看见火光。

微浓这才意识到问题很严重。从前原澈留给她的印象一直是天不怕地不怕，她从没见过他露出这等怯然的神情，像是猎物看到猎人般惊吓。

微浓只好耐心劝说他：“原澈，你也知道我在孔雀山上找到了医书，这几年我大致翻看过一些，你让我看看你的伤，也许我能找到治愈的办法。”

但是原澈根本听不进去，只一个劲地后退，表示拒绝。

微浓见状大感无奈：“你在担心什么？怕我看见你的脸？”

原澈先是点了点头，后又摇了摇头。

微浓唯有再劝：“你受伤是为了救我，难道我会嫌弃你不成？你也不必担心会吓着我。”

只可惜无论微浓怎么劝说，原澈都不肯摘下面具，也不肯张口让她看一看嗓子，他只是一味地拒绝：“宫中御医这么多，你不必为我担心，如果治不好，也是我的报应。”

微浓听后更觉黯然：“你是为了救我才弄成这样……抱歉。”

原澈朝她摆了摆手，阻止她继续说下去：“今日你提出的三个条件，王祖父都告诉我了……我没有意见。”

王祖父“告诉”他？微浓立刻听出了蹊跷。今日晌午在圣书房，她明明发现屏风后有个人，那个人必然也知道暴露了，毕竟地砖上那么大的光圈，想不看见实在很难。

原本她以为，那个人是原澈，地上的光圈是他的面具反光导致，可听原澈言下之意……微浓越想越觉得疑惑，忍不住问了出来：“今日我和王上在圣书房说话，藏在屏风后面的人是不是你？”

原澈似乎迷惑一瞬，不自觉地张了张口。他一张脸都藏在面具之中，表情便也没那么明显，微浓只看到他一双瞳仁微微睁大，像是呆愣，又像惊讶，最后像是恍然大悟。再然后，他欲言又止地“呃”了一声，轻轻点头：“是我。”

微浓很是无语，遂也直言不讳：“你明明听见了我那三个条件，又何须假托是王上告知？”

“我……我不知道你发现我了啊！”原澈的表情有些慌张。

“你不知道？”微浓疑惑，“难道你没看到那个光圈？”

“光圈？”原澈眼珠子转了转，话锋却突然一转，“哦，光圈啊！看到了啊！那么大，那么圆，真是晃了我的眼啊！”

微浓没有往下接话，心里却想着以她今日所见，原澈还是太过浮躁，难成气候。她越是往下想，越觉得原澈无法胜任开国皇帝，但也不得不承认，撇开他弑杀兄弟的行为不谈，也许他是宁王乃至如今整个局势中，最好的一个选择了。

就像所有人都希望她做皇后一样，也并非因为她有多么优秀、多么高贵，只不过是没有比她更合适的人选罢了。

从这点上来看，她和原澈，其实都是众人的无奈之选，而非众望所归。

原澈见她半晌不说话，还以为她多心了，忙将话题拉扯回来，小心翼翼地问道："微浓，你今天提出那三个条件，是不信任我吗？"

微浓回过神来，如实言道："不是不信任你，是不信任整个局势。你想过没有，即便九州统一，但是短期内上到朝臣，下到军队、百姓，都会存在派系之分。不仅仅是燕、宁、姜、楚四个派系，就拿燕国来说，也会再分为燕王系、镇国侯系、长公主系。毕竟九州分裂二百余年，势力庞杂，很多东西根深蒂固，没有办法快速达成统一。"

原澈对此深以为然："是啊，想要完全统一至少还需要几十年。"

微浓点点头："所以我是以防万一。无论是释放燕军还是改组墨门，我承认我有私心，我不能把他们全都交到宁王手中，或是交到你手中……派系这个东西，我必须提防。"

"你想得很远，也很周全。"原澈静静地看着微浓，由衷感叹。

微浓适时垂下眸子，避开他的目光："我很抱歉，原澈。虽然我们即将成为夫妻，但我更希望你把我看成盟友……我在圣书房说的话你也听见了，我不可能尽到妻子的责任。"

"嫁给我，真的让你这么难受？"原澈这一问，声音显得格外沙哑低沉，不知是灼伤嗓子所致，还是情绪所致。

微浓似也受了他感染，情绪变得低落起来："每次看见你，我就会不由自主地想起……想起他的死。即便不恨你了，我也不可能再去接受一段新的感情。"

想起原澈为她所受的伤，微浓心头也是难受至极，但她不想欺瞒他。如若将来他们不可避免要成为夫妻，她情愿一次说个清楚明白，不给他留下一丝幻想。

她不由转头望向手边的烛台，幽幽叹息："原澈，你为我所做的一切，我很感激。若是有一天你需要我的帮助，我可以为你赴汤蹈火，但这只是报恩，不能和感情混为一谈。"

窗外夜色渐深，窗内烛火明亮，微浓朱唇轻启，言语如同温柔的一把刀，狠狠地掷在原澈心头。

恰在此时，两人桌案上的烛火摇曳数下，似有灯枯之兆，微浓拔下发间簪子轻轻拨弄灯芯，欲让这烛火再残喘片刻。

室内静得一片死寂，只能听闻烛火熠熠燃烧的声音，偶尔发出“噼啪”的声响。两人都没有再说话，微浓专注地拨着灯芯，原澈专注地看着她。也不知如此过了多久，一缕发丝突然从微浓额角垂下来，挡住了她拨挑灯芯的视线。她下意识地想要抬手拨开那缕发丝，却有另一只手快了她一步。

原澈修长的手臂已经伸到她的颊边，袖子带起一阵风，烛火忽地一暗，他只做未见，专心致志地帮她撩起那一缕垂发，随即低声回出四个字：“我明白了。”

他喑哑的嗓音像是一种别样的哽咽，但微浓已经分不清了，她回过头看他，只见那片银光假面上映着幽幽烛火，照亮了他一双点漆般的眸子。他仿佛在笑，唇角微微上勾，但眼睛里的伤痛与情愫分外明显。

微浓唯有低下头来，轻声再道：“抱歉。”

“说抱歉的应该是我，是我毁了你的终身。”原澈渐渐不笑了，却舍不得移开注视着她的目光，重重地说道，“我原本想着，可以用我的下半辈子补偿你……

“也许，我只能用另一种方法补偿了。”最后这一句，他说得极度伤感，极度遗憾。

微浓勉强一笑：“建好新朝，善待我燕国的百姓，这就算是你补偿我了。”

原澈的嘴角再度勾起一抹笑意，却什么都没再应诺，只是缓缓地站起身来，依依不舍地与她作别：“时辰不早了，耽误你用晚饭了吧？”

微浓看了一眼窗外的天色，顺势挽留他道：“你用过晚饭再走吧。”

“不了，我还有事在身。”原澈稍做停顿，又解释道，“我得回魏侯京邸，再晚宫门该落锁了。”

微浓便也没再挽留，站起身道：“那我送你出去吧。”

“好。”原澈倒是没再拒绝。

微浓又执着地问了一遍：“你真的不让我看看你的伤吗？或者我找找治烧伤的法子，写给你如何？”

原澈依旧固执地摇头：“如果有一天我想开了，可以坦然面对你了，我一定让你为我治伤。”

“可是你该知道，新伤要比旧伤好治。”微浓提醒他。

原澈微微颔首：“好，我记下了。”

微浓也没有再勉强，只是劝道：“人都会做错事，不是所有的错误，都需要用发肤之痛来偿还。你明白吗？”

听闻此言，原澈既动容又愧疚，他脚步微微一停，接话道：“你说得没错，但还有一种错事，需要双重惩罚才能赎罪。”言罢，他继续抬步，没有再给微浓劝说的机会。

两人如同进门时那样，一前一后地走出去，踏出蓬莱阁的门槛时，有些回忆毫无征兆地涌上微浓心头。魏侯京邸里的心思各异，孔雀山上的相互扶持，还有猫眼河畔、黎都私宅两次助她逃跑……想着与原澈相识以来的点点滴滴、恩恩怨怨，微浓心中嘘唏不已。

当初谁又会想到，他们以后会成为夫妻呢？虽然，上苍早已注定了这段婚姻有名无实。

“别送了，回去吧！”原澈朝她摆了摆手。

微浓点头说好，接过一盏宫灯递了过去，目送他走下台阶，不忘叮嘱：“你路上当心。”

原澈接过宫灯，慢慢地埋头朝前走，灯火映照之下，唯有渐渐拉长的影子在一直伴随着他，缥缥缈缈、时隐时现，好似注定了他这一生的虚幻与孤独。

往事如浮云流水般划过心头，他和微浓曾经拥有那么多回忆，可真正到了这一刻，他才意外地发现令自己印象最深的，是初到孔雀山时两人曾说过的话：

“日后若能隐居于此，避开俗世，也是美事一桩啊！”

“以后可以在这儿建个宫殿，每年来避暑避寒。”

“还是不要破坏这里的天然景致了。”

然后，他们共同上山寻找藏书，同甘共苦。再然后，他送她下山，助她逃跑。

回忆结束于她诚挚的眼泪和微笑中，离开猫眼河的那天晚上，他目送她走远，看到她大力地朝他挥着手，口中无声地说着：原澈，再见。

真是绝佳地讽刺。

想着想着，原澈像是梦游之人惊醒过来一般，猛地停下脚步。他转身看去，但见蓬莱阁门廊之下，灯火阑珊，伊人仍旧站在原处目送着他，身影独立于夜风之中，不曾离开。

原澈霎时心潮涌动，转头看了一眼旁边高耸入星云的揽月楼，铆足劲头大喊：“微浓！”

可惜他已经走得太远，声音又太粗哑，饶是他竭尽全力地喊出声，微浓仍旧没有听见。她还以为他是再次向她道别，遂笑着挥了挥手，一如猫眼河畔的那一晚，只是道别，仅此而已。

原澈突然觉得嗓子很痛，心里很难受，浑身都像脱了力气一般。他不无失望地叹了口气，改用很小的声音喃喃自语，唯有他自己才能听到他说了些什么：“微浓，再见了。”

第五十八章

得而复失，失而复得

送走原澈，微浓也没什么胃口用晚饭，最终在宫婢们的劝说下才勉强吃了几口。她今日甫一进宫便与宁王博弈一场，晚上又和原澈说了半晌的话，身心渐觉疲劳，便早早歇息了。

她还是睡在上次住的那间屋子，位于蓬莱阁二楼，窗外正对着那座揽月楼，即从前软禁云辰的地方。微浓睡前推窗看去，十层高的楼上黯淡一片，唯有每一层的八个角檐挂着宫灯，越发衬得楼内阴冷孤寂。

想起上次与云辰的不欢而散，微浓叹了口气，关窗躺下。然而才刚睡着，她突然听到窗外传来一阵奇怪的动静，很轻很小，但很有节奏，“骨碌碌”，像是车轮碾轧地面的声音。

都这个时辰了，谁还敢在宁王宫里公然驾车？微浓心里这般想着，却懒得探究，翻了个身继续入眠。

可睡到后半夜，她再次被惊醒，又听见了那阵“骨碌碌”的声音。她忍不住起身推开窗户，发现外头什么也没有，唯有一队禁卫军在来回巡逻，但脚步轻得无声无息。

微浓只好关掉窗户，再次躺下。可是这一次，她再也睡不着了，脑海里全是那阵“骨碌碌”的声响，像是一个魔咒，让她分不清自己是否出现了幻听。

她被扰得睡不着，遂披衣起身，持着烛台走下二楼，唤醒值夜的宫婢和太监：“你们听到什么声音了吗？”

宫人们均是睡眼惺忪，不明所以：“声音？郡主指的是什么？”

“车轮声，”微浓试着模仿，“就是‘骨碌碌，骨碌碌’这种声音，很轻。”

宫婢和太监对看一眼，纷纷摇头：“奴才（奴婢）们没有听到。”

一个宫婢好奇地问：“那声音是一直在响吗？”

“不是，时响时不响，没有什么规律。”微浓如实说道。

“骨碌碌？是不是郡主饿了呀？”另一个宫婢关切地问道。

微浓被她逗笑：“肯定不是，是真的有声音在响，吵得我睡不着。”

几个宫人都是一头雾水，茫然得很，唯独一个太监睁大了眼睛，似乎想到了什么。他这细微的表情自然逃不过微浓的双眼，她立刻问道：“你知道是什么声音？”

那太监尴尬地挠了挠头：“没……没有，奴才不知道。”

这分明是心虚的表情，微浓故作威严之色：“怎么？你有事瞒着本宫？”

她从不在宫人面前自称“本宫”，这还是住进蓬莱阁里头一回。那太监吓得立刻跪在地上，哆哆嗦嗦地道：“郡主恕罪！奴才只是突然想到，那声音会不会是……”

“是什么？”

“是老鼠……”

微浓半信半疑：“若只是老鼠，你为何如此心虚？”

“郡主，他不是心虚，是害怕。”一个宫婢出言替他解释，“他是咱们蓬莱阁的洒扫太监，阁楼里若是有老鼠，便是他差事做得不牢靠。尤其还吵醒了您，若是总管公公追究起来，他可要吃不了兜着走。”

经这宫婢一说，那太监哆嗦得更厉害了，连连朝微浓磕头：“郡主饶命，郡主恕罪！”

原来如此，微浓笑自己太多疑，不禁揉了揉额头，道：“听你这么一说，的确有可能是老鼠，今夜太晚了，明日一早你们想想法子吧。”

“是。”几个宫人异口同声。

微浓遂打了个哈欠，径直返回二楼屋内，第三次躺下。只可惜此时天色已然蒙蒙亮，她虽疲倦至极，却再也没有睡着。

翌日一早，她的精神明显不济，宫人们也侍奉得战战兢兢。早在她上次住进蓬莱阁时，宁王宫里便有人传说，这位从燕国来的烟岚郡主脾气暴躁、凶悍非常、毫无教养，敢在圣书房与王上拍桌子对骂。

所以当宫中隐隐传开风声，说烟岚郡主要嫁给魏侯世子，且这两人即将成为新朝开国帝后时，大家都觉得他们是绝配，必将闹得家宅不宁，宫里鸡飞狗跳。

因着这个坏名声已经传开，蓬莱阁的宫人都是胆战心惊，见她昨夜睡得不好，连忙展开抓鼠行动。这一整天，蓬莱阁上上下下想了无数办法，折腾得人仰马翻，却连一只老鼠的影子也没看到，更没听到任何奇怪的声音。

微浓对此感到头痛，却也无计可施。为了证明自己不是幻听，她决定当晚让两个宫婢睡到她屋子的小隔间里，帮她作证。

这天夜里，微浓早早便睡下了，正是半睡半醒之间，她再次听到了那个声音。她一下子坐起身，连忙唤醒两名宫婢，问道：“你们听见了吗？那个声音又响了！”

两名宫婢一个跑到窗前，一个趴在地上，都是拼命地辨听，可是什么都没有听见。唯独微浓，一晚上又两次听到那个声音，“骨碌碌，骨碌碌……”像是难以挥却的噩梦。

又是一日清早，微浓明显比昨日更加憔悴，经过两个宫婢的仔细辨听，众人都认定是她幻听。蓬莱阁的首领太监甚至旁敲侧击地问她，是否需要请御医来为她把个平安脉，微浓出言拒绝，坚信自己不是出现了幻觉。

当天下午，宁王再次召见她，告之幽州被困的五万人马可以随时出城。微浓听后决定次日动身，宁王也没有反对。说完正事之后，宁王似乎才发觉她面色憔悴，便敷衍地问了一句，给她传召了一名御医。

微浓将这两天的情形描述给御医，御医把脉之后得出结论：她是忧思过重导致失眠幻听。微浓自己也看过医书，并不认同这个看法。为此，她与御医激烈地争论了起来，双方各持己见，自然也争不出什么结果。最后御医给她开了一大堆安神助眠的药物，亲自送到了蓬莱阁。

晚饭过后，宫婢们便尽职尽责地把药熬好端上来，足足有三四样，微浓一样也没吃，全都倒掉了。因着下午与御医争执一番，兼且一连数日没有睡好，她脾气便有些烦躁。她决定出去走走，顺便观察一下蓬莱阁附近有什么蹊跷，至少她要摸清楚，那声音到底是偶然，还是人为作祟。

既然做了决定，微浓一刻也不耽误，立即带着宫人出了门。她围着蓬莱阁仔细查看一圈，并无任何发现，又站在正门前举目四望，最终视线落在了相邻的揽月楼上。

冥冥之中，像是有什么东西在牵引着微浓，促使她不由自主地往揽月楼走去。她知道云辰还在苍山没有回来，也知道揽月楼一直熄着灯。但不知为何，她就是想过去看看。

来到楼前，她朝内看了一眼，发现有一拨侍卫守在楼梯两侧。可是这揽月楼看起来死气沉沉的，黄昏已过却连盏灯火都没点，抬头看去，只有太监举着竿子正往每层的八角檐上挂宫灯。

这根本不像有人住的模样，为何还要重兵把守？微浓感到很奇怪，忍不住询问其中一名守卫：“这里有人住？”

守卫根本没有开口回话的意思。

微浓也不生气，只想进去看看。可就在此时，蓬莱阁的首领太监匆匆忙忙地跑了过来，气喘吁吁地阻止她："郡主恕罪，郡主恕罪，这揽月楼如今住着王上的贵客，没有王上手谕，谁都不能进去。"

原来这里真的住了人，也不知是哪门子的"贵客"，需要这么多禁卫军把守，根本不像保护，倒像是软禁。微浓如此想着，也没兴趣多问，遂道："既然有贵客，我就不叨扰了。"

她说着便欲原路返回，可就在转身的一瞬间，她眼光不经意地扫过地面，看到了一个奇怪的地方——原本进楼的三层台阶被砌平了，取而代之的是一个平滑的斜坡。

这倒是奇了，一般的亭台楼阁入门处都是台阶，她依稀记得上一次来揽月楼找云辰时，这里也是台阶，怎么突然变成斜坡了？

唯一的解释就是，方便轮椅进出。如此想着，微浓随口问道："这位贵客可是腿脚不便，需要坐轮椅？"

等等，轮椅？微浓乍然想到困扰自己数日的声响，如果那"骨碌碌"的声音不是车轮声，会不会是轮椅声？而且声音就是从这座揽月楼里发出来的？难道是因为方位，再加上她对这种声音太过敏感，所以只有她能听见，别人听不见？

微浓正兀自分析着，但听那首领太监已是尴尬回话："郡主，奴才不知那贵客是谁，奴才根本没见过他，只听说过。"

"是吗？"微浓也没再问什么，径直返回蓬莱阁。她隐隐觉得这是一个重大发现，本想差人去打听一下揽月楼里住的是谁，奈何这里是宁王宫，她一没有心腹，二没有权力，更不想惊动宁王落人话柄。

她决定自力更生。

经过这两三天的观察，她发现了一个规律——那声音只在晚上出现，白天没有，而且只有她睡的那间屋子才能够听到。于是这一晚，她偷偷喝了几杯浓茶提神，表面上却装作困倦的样子，声称明日一早要动身去幽州，以此为借口早早上了二楼歇息。一进入屋内，她便吹熄灯火，搬了把椅子坐在窗边，耐心等待。

丑时刚过，那个奇怪的声音果然再次出现了！微浓悄悄地把窗户打开一条缝隙，睁大眼睛朝外看去，发现揽月楼里依旧漆黑一片，没见半个人影。

里面住的到底是什么贵客，晚上从来不点灯？

微浓心里正胡乱猜测着，眼前忽地一亮，是一队巡夜的禁卫军提着宫灯，恰好从她窗户下经过。她朝下面看了一眼，这一眼，竟有重大发现——

那队不下一百人的禁卫军，是在护送两个人，一人坐在轮椅上，另一人在后面推着他，朝着揽月楼的方向移动。而那个“骨碌碌”的轻微声响，正是从他二人身上发出来的。果然是轮椅！

微浓立即探头望去，只可惜夜色太深、光影太暗，她的视角也不占优势，根本看不清那两人的容貌。她唯一能看清的就是，坐在轮椅上的那个人裹得很严实，戴着帽子，穿着宽大而厚重的衣袍，整个人如同粽子一般。

如今的时节才刚到七月，夏末秋初，黎都暑气犹盛，然而轮椅上的那位贵客，怎么像是很怕冷？不过微浓转念又想，既然那人坐着轮椅，大约是身体抱恙，怕冷也很正常。

眼见着那两人进入揽月楼，微浓又等了片刻，还是没有任何一层楼亮起烛火。不过既然找到了扰她清梦的“罪魁祸首”，她也终于安下心来，虽然好奇那人是何方神圣，可惜她耐性已然耗尽，遂关上窗户睡觉。毕竟明日一早还要起程去幽州，她需要养足精神。

说来也奇怪，这一夜，“骨碌碌”的声音消失了，可她却无论如何也睡不着了，心里总想着那个坐轮椅的人，还有揽月楼前的斜坡。

她感到很费解，那位贵客既然腿脚不便，又为何要住在揽月楼？宁王宫里这么多座宫殿，多的是宽敞的院落，揽月楼却是宫里最高的地方，层层都是楼梯，简直是瘸子的噩梦。

想到此处，微浓忍不住嘲笑自己太爱操心，既然是贵客，总有人会抬着他上楼梯，根本无须他自己花费力气。也许那位贵客就喜欢住在高处呢？深藏不露之人，往往都会有些怪癖。

如此想着，微浓终于躺在床榻上睡着了。这一觉虽然时间不长，她却睡得很踏实，一扫连日里的困乏，翌日早上神清气爽。

宫婢们见她脸色红润，均是长舒一口气，趁着早饭时间她：“郡主昨夜睡得可好？”

“很好。”微浓笑回。

“那奇怪的声音找到了？”宫婢又问。

微浓沉吟一瞬，笑回：“没有啊，大概真是我幻听了。”

眼看起程的时辰快要到了，车辇也已经在宫门外准备就绪，微浓不再耽搁，匆忙用过早饭，带着几个宫人出了蓬莱阁。她正要坐上肩舆，耳畔忽又响起一阵“骨碌碌”的声音。这一次，那声音比从前都要清晰。

微浓下意识地停住脚步，抬头望向揽月楼，只见二楼廊下，有人推着一个轮椅走了出来，而轮椅上那人包裹严实，只露出一双眼睛在外头。他仿佛感受到了微浓的凝视，也回望过来，遥遥看向蓬莱阁的方向。

两人的目光在半空中相遇，微浓心头浮起一阵莫名的熟悉感。她盯着轮椅上的人看了片刻，但又说不上是在哪里见过，毕竟他裹得太严实了。

直觉告诉微浓，那个人很重要，她不禁上前两步，想要去揽月楼里一探究竟。

“郡主，起程的时辰快到了。”太监在旁催促道。

微浓摆手示意他噤声，朝揽月楼快步走去，可还未走到楼下，便瞧见楼中一人走了出来，迎面与她打招呼：“郡主，好久不见。”

微浓停下脚步：“连先生，原来是你。”

此人正是连庸。但微浓觉得很奇怪，他不是投靠云辰了吗？此刻云辰远在苍山，那他为何会在宁王宫？还出现在揽月楼中？

“您怎会在此？”她直白问道。

“是云大人派老朽前来，给王上送样东西。”连庸回道。

“什么东西？”

“月落花。”

每每听到这个名字，微浓皆是心头一痛，此刻亦然。她默默平复着情绪，勉强笑问：“怎么？他舍得把月落花交给宁王？”

连庸点了点头：“王上有急用。”

微浓知道宁王最近身体不好，却没想到云辰如此大方，不过她也赞成这个做法，遂道：“匹夫无罪，怀璧其罪。云辰一直留着月落花容易招惹祸事，如今送给宁王，做个顺水人情，也算好事。”

“郡主高见。”连庸笑得很微妙，“云大人是彻底放下了。”

看来确实如此。微浓不想再继续这个话题，转而问起揽月楼里的贵客：“我看先生方才从楼里出来，您可知这里面住的是谁？”

连庸神色一凝，旋即回道：“是王上的一位故人。”

“故人？”微浓觉得这个称谓很模糊。

“是啊，这位故人去年生了一场大病，从此见风起疹，见光蜕皮，浑身奇痒无比。王上不忍看他饱受病痛折磨，便将他接到宫里来，让老朽为他诊治一番。”连庸解释道。

“原来如此。”微浓口中如是说，心里却半信半疑。看方才连庸的神情，这当中分明是有隐情的，那位贵客生病是真，连庸为他治疗应该也是真，但内情绝不是如此简单。

若只是位普普通通的“故人”，这座揽月楼为何要派重兵把守？端看这层层楼梯上的守卫，便知那“故人”的身份非同一般。

微浓正思索着，便听到一旁的太监再次出言提醒：“郡主，真的该起程了，再迟可就耽误出发的时辰了。”

微浓猛然想起自己还有重任在身，连忙抬头望了望天色，果然是不早了。她再看连庸，问道：“连先生，我要去幽州一趟，您是否要回去找云辰？我可以捎您一程。”

岂料连庸摆了摆手：“老朽暂时会留在宁王宫中，多谢郡主好意。”

微浓听后也没再多说，告辞道：“既然如此，我先走了，连先生多保重。”

连庸颔首恭送：“郡主好走。”

微浓朝他回礼，径直走向蓬莱阁前的肩舆，走了两步，又转回身再次看向揽月楼。那位坐轮椅的贵客已经不在原地了，只留廊下的宫灯随着微风摇摇晃晃，隐隐送来一阵药香。

微浓自己也学医，想起那人全身包裹严实、腿脚不便，便遥遥朝连庸说道：“楼高风大，上下也不方便，您不如对王上提个建议，让那位贵客换个地方养病。”

连庸愣了一瞬，才摇头道：“呃……楼高有楼高的好处，安静，也不容易见到外人。”

这倒也是。微浓不再多说，坐上肩舆出宫。路上，她询问蓬莱阁的首领太监：“连先生来宫里多久了？”

那太监回忆片刻，道：“足有半年多了吧。”

这么久？微浓又问：“他一直住在揽月楼吗？”

太监挠了挠头：“奴才不知，只看到连先生经常出入揽月楼。”

连庸来宁王宫半年多，如今还不愿离开，这到底是什么意思？他一直声称追随帝星，可云辰已经决定退出朝堂，他是改投宁王了，还是改投原澈了？

不过这一切都是连庸自己的选择，微浓自知无权置喙，更无权评价。眼看宫门已经隐隐在望，她只得摒除思绪，下了肩舆改乘车辇，赶往幽州。

七月下旬，微浓抵达幽州府，迎接五万将士出城返燕，一直相送到苍山脚下。因着这一件事，微浓声名大噪，在燕军中的威望达到了空前的高度，传遍九州。人人都说，五万燕军之所以能顺利返燕，是烟岚郡主单枪匹马闯入宁王宫谈判的功劳。

这传言虽有些夸张，但如今燕军声望日趋下降，九州翘首企盼停战统一，此事无疑是一剂振奋人心的良药，让渴望看到局势变化的百姓们有了一个可供茶余饭后谈论的话题。

一时之间，“烟岚郡主”四个字成了百姓口中最常提起的名字，不过还有另一个名字、另一则传言，流传的程度比微浓的传言更甚更广——关于云辰。

就连微浓自己都听到了这个传言，说是云辰乃楚王室后裔，真实身份是假死逃生的楚太子璃。而当年在燕楚之战中，真正死去的是他的同胞兄弟，誉侯楚珩。传言还说，这些年楚璃先是顶着楚珩的身份意图复国，后自觉复国无望，便在姜王后楚瑶的帮助下改头换面，以云辰的身份重新出现，欲颠覆宁国的王权变相复国。

这则传言的杀伤力实在太大，可想而知世人的反应会是怎样。而且越往南走，这流言传得越是玄乎。待到了苍山脚下，姜国的说法更是五花八门：有人说云辰“天赋异禀”，早已练就金刚不坏之身；有人说云辰得到了姜国千年难得一见的神蛊，有三次死而复生的机会；甚至有人说云辰是天府星降世，是上天派来指引九州统一的上神！

微浓听到这些传言，第一反应就是：云辰有性命之忧。在这燕宁和谈、攸关九州统一的紧要时刻，放出流言的人定是别有居心，欲置云辰于死地！

可她却猜不出，这个背地里搞鬼的人究竟是谁。是宁王？是明尘远？还是聂星逸？好像每个人都有嫌疑、有动机。

微浓担心流言控制不住，会造成无法估量的后果，她计划到苍山时找云辰商量此事。岂料两人竟在路上错过了，微浓才刚刚抵达苍山脚下，第一次和谈便已结束，云辰已然离开。

微浓只好按照原定计划，将五万燕军交给明尘远接管，返回黎都再做打算。可谁知回程之路才刚刚走到一半，又一则传言来势更猛，而且和她有关——

有人说，烟岚郡主聂微浓，根本不是燕国长公主聂持盈之女，也不是聂星逸的废后暮氏，而是当年和亲楚国的青城公主！真正的废后暮氏早已死了，而青城公主与夫君楚璃均是假死，此番顶着烟岚郡主之名重新出现，其实是“夫唱妇随”，打算联手光复楚国！

一个是真正的楚太子，改头换面想要颠覆宁国王权；一个是假死的楚太子妃，冒名顶替意图占据燕王室……两人的野心不可小觑！

微浓听到这则流言，惊怒之情可想而知。她细察之下，发觉流言是从宁国的茶馆开始流传开来，又因说书人的添油加醋而传播愈远。可见幕后主使之人心思缜密，步步为营，不仅算准了时机，还找了一个传播流言的好地方！

如今统一之事尚未公开，燕宁仍旧是独立的两国，微浓一个燕国的郡主，自然无法干涉宁国的茶馆说书，便只能任由流言频传。但她听了一路，实在忍无可忍，终于在进入丰州地界后大动肝火，索性连车辇都不坐了，快马加鞭赶回黎都，希望能尽快见到云辰。

回到宁王宫当天，微浓便打听了云辰的行踪，听说自从返回黎都之后，宁王对云辰的监视已经撤销，也不再强迫他住在宫里，他已经回到了云府。

微浓当即差人送了帖子过去，想约个时间登门商议，云辰只让人带给她一张字条，上书八个字：

八月十五，蓬莱阁见。

第五十九章

生当来归，死当相思

中秋佳节，皓月千里，宁王在宫中设宴款待群臣。微浓亦在蓬莱阁二楼设下小宴，等候云辰。

他比她想象中来得要早，神色从容，带着些微醉意。彼时，她刚从蓬莱阁后面的小院子里折花回来，抱着几株香桂，在厅内插花。

云辰还没踏入阁楼，满室的桂香便扑鼻而来，而微浓就亭亭立于主座的小案几前，素手摆弄着瓶中桂枝。长身玉立，长发如缎，长眉清眸，长睫微垂，发间一支素淡的珠钗微微摇曳，衬托出她沉静而认真的容颜，一身鹅黄色宫装在橘色灯火下显露出几分暖意，将她盈润的肌肤氤氲出一种炫目的白。

恍惚之间，云辰像是回到了多年以前，也是这般迷离的夜晚，也是这般朦胧的灯火，她轻轻打开殿门，抬起一双清透的眸子看向他，仿如一枝晨间初露的芙蕖，不经意间绽放于他的眼底。

有些事情从不敢回首，一旦回首，就意味着别离。

有些事情从不敢回忆，一旦回忆，就意味着失去。

“你来了。”微浓简短的三个字，轻易将他从往事之中唤回，她的脸上带着淡淡的微笑，眼眸却一如宁谧幽深的湖泊，不起一丝波澜。

还是同样的一个人，同样的面容丝毫未改，只是当年她眸中的跳跃再也不见，变得深邃内敛。

他与她就隔着一扇敞开的门，不近不远的距离，四目交会，过去的十几年就在眼前静静流淌。踏入门槛，一切将回到现实，从此沧海桑田。

短暂的沉默中，某种情绪如浮光掠影般划过心头，云辰缓慢地朝微浓走去，随即他的脸上浮起一抹清淡的笑，口中说出三个字来："久等了。"

微浓的脸上也漾起一抹笑意："没有，你比我想象中来得要早，我以为宁王要到亥时才肯放你过来。"

"我多喝了几杯告罪，先从席上退出来了，"云辰笑着解释，"他必定知道你我有约。"

"在这宁王宫里，没有什么能瞒得过他。"微浓边说边放下手中桂枝，对云辰相请，"我也设了一台小宴，就在二楼，我们上去吧。"

云辰颔首，两人均不再多言，默默地登上二楼。

小宴就设在露天的回廊之上，一张案几，两把椅子，陈设简洁，唯有回廊四周插满刚折下的桂枝，香气弥漫。

这是云辰最喜欢的味道，多年来从不曾改变，就像他也一直喜欢着某个人，慎重地将她珍藏于心，遗憾的是，从此那人只能用来怀念。

如此想着，云辰心头泛起一阵苦涩，抬头望了一眼不远处的揽月楼。

微浓也随着他的视线望去，隐约看到第五层有个人影，裹得严严实实，正朝蓬莱阁的方向望过来。旋即，那人突然转了个身，迅速地消失在她视野之内。

微浓耳畔又响起轻微的"骨碌碌"声，看来是他自己推着轮椅走了。微浓突然想起连庸，便道："连先生好像一直住在揽月楼里，听说是在照顾宁王的贵客。"

耳中听着这番话，鼻端闻着熟悉的桂香，云辰薄唇紧抿，什么反应都没有，好半晌，才道："连先生会留下辅佐新帝。"

果然如此，连庸只追随帝王，微浓不好评判太多，径直邀请云辰落了座。随即，四名宫婢脚步轻盈鱼贯而入，将八道凉菜和一壶好酒摆到桌案上，微浓屏退她们，亲自为云辰斟上满满一杯纯酿。

"中秋佳节，先喝了这杯再说正事。"微浓开门见山。

云辰颔首，面上仍旧维持着淡笑，举杯与之轻轻对碰，率先开口说道："今晚中秋夜宴之上，宁王已经正式宣布退位，要将王位传给原澈。"

这么突然？微浓有些意外："今日中午，他专程召见我，也没见他提起此事。"

"他大约是想让原澈尽快上手，届时新朝称帝，才会更加名正言顺。"云辰如是猜测。

微浓亦做此想，点头附和。两人对饮而尽，微浓便提起心头揣着的正事："流言想必你也听说了，可有什么想法？"

"譬如？"云辰把玩着手中酒杯，神情自若。

"譬如是谁散播的流言？目的是什么？我们该如何应对？"微浓一连抛出三

个问题。

“啪嗒”一声轻响，云辰将酒杯置于案上，先回答了第一个问题：“流言散播者是宁王。”

“宁王？你为何笃定是他？”

“他是想逼迫我公开否认楚王室的身份，让天下人都做个见证，好断绝我复国的后路，防止我日后卷土重来。”云辰平静回道。

乍一听，这的确符合宁王的立场，可是微浓总有一种感觉，这流言不是宁王所为。

微浓遂提出疑惑：“我觉得不是他。你想，这流言不止关于你，也毁了我的声誉。而我即将成为他的孙媳，他这么做，岂不是丢了原澈的面子？丢了宁王室的面子？”

“这正是他的高明之处。”云辰提醒她道，“流言传开，你我必定都要出面澄清，而一旦公开否认，我们就得避嫌，他是要彻底斩断你我的联系。”

话虽如此，也有理有据，但微浓还是觉得始作俑者不是宁王。这位老爷子，可是将王室声誉看得至高无上，又怎会允许他未来的孙媳传出这种不堪的流言？退一万步讲，就算为了聂星痕，他也不会这么做的。

微浓前思后想，再次提出异议：“倘若真是宁王在幕后主使，今晚他就不会默许你来见我了。”

云辰听到此言，仿佛骤然惊醒，抬目看向天际那一轮满月，然后面上浮起一抹若有所思的、了悟的笑。

微浓不明所以：“怎么？你想到了什么？”

云辰的视线转而看向揽月楼，别有深意地回道：“我在想你说的话……也许，这的确不是宁王所为。”

“那会是谁？原澈？”微浓说出她的猜测，又自行否认，“不会的，原澈已经变了，如今的他不会这么做。”

“无论是谁，都不重要了。”云辰早已看得透彻，“重要的是，我只有一条路可走，就是否认到底。”

是啊，微浓也知道这则流言处处都是陷阱，云辰即便有心复国，也绝对不可能承认。一则，流言牵扯她的声誉，他若不否认，她的处境只会比他更艰难；二则，一旦他默认流言属实，世人只会说楚王室无能，要假借他人身份复国，这于一国王室的尊严损伤极大；尤其，他不能承认他是楚璃，若被人知道死去十年的楚太子还活在世上，而当年是亲弟弟代他受死，世人会怎么看他？楚璃的声誉和威信也就完全毁了。

横看竖看，云辰都只能否认到底。

“不过这样也好，我本就打算以云氏的身份长久经营，既然他要个公开承诺，我就给他好了。”云辰说得轻松，主动给微浓夹了一筷子菜，“至于你，什么都不必做，只要我公开否认传言，你的嫌疑自然会洗清。过不了多久，新朝建立，帝后的婚事一旦公开，一切都将不攻自破。”

即便知道云辰已经放弃复国，但此刻听到他这般明确地说出来，微浓还是感到不真实。她望着盘中云辰夹给她的桂花糖藕，忍不住问道：“你真的决定放弃了？”

“嗯，放弃了。”

“不会后悔？”

“我不习惯后悔。”云辰也给自己夹了一块桂花糖藕，径直放入口中，感受着桂花的芬芳和糖藕的香甜，他心中出奇地平静，无滋无味。

事到如今，他已经彻底接受现实：“楚国已亡了整整十年，世人健忘，我何苦再去悖逆历史洪流，揭开已经愈合的伤口。”

原来楚国已经亡了整整十年了！微浓心里是满满的辛酸与感慨，她抬起头来，目光恰好撞进云辰一双幽深的星眸之中，听到他低声再说：“如我所言，我已经不能再失去了。”

是啊，他们都不能再失去了。不过还好，他还有忠心耿耿的部下，他还可以远离庙堂。而自己呢？唯一在世的亲人，唯一深交的朋友，却都离自己很远很远，栖身在那座海岛之上，一个叫作墨门的地方。

相比之下，她似乎比他更加贫瘠与孤独，但她也只能接受现实。

想着想着，微浓眼眶灼热，喉头略有哽咽，遂再次将两人的酒杯斟满，朝他举杯：“我为我在苍山上说过的话道歉，现在我理解你了，也祝福你。”

“不必道歉，”云辰执起酒杯，“是我该请求你的原谅。微浓，我这一生对得起任何人，只有对你，我亏欠太多。”

听闻此言，释然的泪水终于夺眶而出，微浓别过头去，将表情隐匿在灯火的阴影之下。可她的双眸是如此晶莹剔透，在月色的照映下分外明亮，那是一种别样的夺目。

云辰专注地望着她，想要再说些什么，最终却唯有缄默。一阵秋风拂过，慢慢吹醒他微醺的醉意，也吹干了微浓颊上的泪水。

她执杯的手在微微颤抖，无言地泄露出她的心事，她立刻回过头来，朝他绽开一个笑容：“不说这些了，我们都往前看。”

"叮"的一声，两盏白玉杯再次相碰，两人的指尖也在无意中互相触碰，又迅速分开。

这一杯美酒入喉，彼此都觉一阵苦涩。微浓连忙岔开话题，若无其事地问："你往后有什么打算？"

云辰也配合着她说道："在苍山时我曾告诉过你，我打算经商。"

微浓假装记起："哦对，你买断了新朝的漕运权。"

"嗯，"云辰再笑，"既然复国无望，那就让自己富可敌国，一旦掌握天下经济命脉，不仕而仕，也算是无冕之皇了。"

掌握天下经济命脉，做无冕之皇……微浓替他感到担忧："这条路并不好走，一着不慎就会满盘皆输，将子孙后代都搭进去。"

"再不好走，也总比复国之路好走，我有信心。"云辰微微敛笑，"至于子孙后代……朝代有兴有亡，若是做了皇帝，子孙岂不是更加危险？"

确实如此。微浓心里知道，云辰有杀伐决断之谋勇，有蛰伏屈伸之沉静，亦有俯览天下之胸襟。这样的他，注定不会寂寂无名，以后无论走到哪里、做什么事情，他都会做到极致，做到光芒万丈。

富可敌国，对他而言应该不是难事。

"看来你真的想通了，"微浓也颇感欣慰，"我原本还以为你多少会有些不甘，毕竟放弃尊贵的姓氏和王室身份，不是人人都能下得了决心的。"

"你也曾是宗亲公主，也曾做过一国王后的，当年你放下这些身份，去出家、去游历，你可有半分不甘？"云辰以问作答。

微浓顿时语塞，继而笑言："原来我也这么了不起。"

"你以后还会更了不起。"云辰由衷赞道。

"经你这么一说，我可要做好这个新朝皇后，总不能辜负你的期望。"微浓说起玩笑话。

然而云辰却不笑了，反而面色肃然，沉默良久："其实，劝你做皇后，我有私心。"

"什么私心？"

云辰握紧手中空杯，似下了极大的决心才说出口："因为你对楚国有感情，只有你做了新朝皇后，才会善待楚国百姓。因为是你，我才能心甘情愿放弃复国。"

因为是你，我才能心甘情愿放弃复国。

微浓心头猛然一紧，今夜第二次哽咽，却什么都说不出来。

月色之下，云辰一双星眸似也敛去所有光华，取而代之的是满满的信任。他主动执起酒壶，将彼此的酒杯斟满，郑重其事地举杯言道："微浓，我把楚国百姓托付给你了。"

亡国之恨，断情之殇，拱手之痛，孑然之憾……因为是你，一切才都值得。

此时此刻，微浓只觉得无比动容，想要开口承诺什么，却是词穷。唯有手边这一杯酒，仿佛承载了千言万语。她素手执起酒杯，在云辰的注目下无言饮尽杯中之酒。

而后，彼此相视一笑。

时光无情，将两人的缘分碾落成泥，吹散在尘埃里，再也寻不回来。

不过还好，他们之间的信任仍在。时间到底是优待了他们，留下了这最珍贵的一样东西。从今往后，无论海角天涯，无论何时何地，念及那一段过往岁月，他们终归没有辜负彼此，能给对方一个满意的交代。

这是一段关系的升华，是另一种圆满，为他们之间画下一个完美的句点。

这一晚，把酒问月，宾主尽欢。

因着今夜中秋宫宴，宁王特许宫门推迟两个时辰落锁，及至亥时末，蓬莱阁的小宴结束，微浓亲自送云辰出宫。

秋风轻拂，惬意而凉爽，两人徒步而行，醒醒酒意。微浓边走边问："你打算何时向宁王辞官？"

"不急，"云辰负手回道，"等一切尘埃落定。"

"那你以后打算在何处安家？回楚地吗？"微浓又问。

"还没想好，不过我要开发漕运，会定居在水路发达之处。"云辰说着，心中忽地冒出一个地名，不禁问道，"房州青城，是你的汤沐邑吗？"

"对，不过现在不叫青城，改叫烟岚城了。"微浓出语纠正。

云辰笑了："房州河流交错、水路发达，烟岚城又是首府，不如我就定居在那儿，至少确保你的汤沐邑比别处都富有，你收的赋税比别人都多。"

房州是聂星痕从前的封邑。这句话，微浓险些就要脱口而出，不过她还没醉，终究忍了下来。这些年里发生过的一切，谁是谁非，谁还能分得清呢？她已经没有力气再去恨了，恨也没有任何意义了。

于是她微微朝云辰点头："我一定把烟岚城要过来做嫁妆。"

"本就是你的汤沐邑，做你的嫁妆理所应当。只一个烟岚城，恐怕宁王还看不上。"云辰笑回。

微浓也跟着笑，心里却被伤感所弥漫："你会来参加我的婚仪吗？"

"不会。"云辰不假思索地回绝，没有一句多余的解释，话音戛然而止。

微浓不知自己是庆幸还是如释重负，只觉得还有满腹的话语要问他，然而这条路却快要走到尽头。也许是离别在即感怀所致，她也有些不管不顾了，借着酒意再问："你以后还会再成亲吗？"

"会，"他说得极其坦诚，"楚王室就剩我一个，即便改姓，也不能断了香火。"

很直白的理由，也很诚实，微浓点头："你若娶妻，记得给我下个帖子，我会备下厚礼。"

"好。"云辰口中答应，面上却没有什么笑意。

随之而来的是一阵沉默，两人均是黯然不语。人生如戏，曾经的爱恨情仇虽已抹去，但角色转换，他们还无法立刻跳出以往，去适应彼此新的关系。

眼见宫门在望，两人都不由自主地慢下脚步，想让这离别的时刻晚一些到来，再晚一些。这也许就是最后一面了，以后她将永居深宫，他将避居天涯，从此隔着庙堂之高、江湖之远，再无相见之期！

夜风夹杂着远处的桂香飘来，令人沉醉，微浓感到自己的酒意非但没醒，反而慢慢翻涌，越发上头。她真的醉了，醉得恍惚，只觉眼前此情此景在哪里经历过，好像很久以前，也是身边这个人，也是一袭白衣，也是在一个微风徐徐的夜晚，和她一同经历过这个画面。

夜色斑驳，月影缭绕，他们一起漫步于静谧的宫道上，他负手于身后，她双手拢袖中，就连动作都与那时一模一样。

只不过，十三年前和十三年后，他们脚下的路已经通向了两个截然不同的方向。

云辰一直没再说话，似也陷入了某段回忆当中。微浓看着他，鼓足勇气问道："这个情景，你觉得眼熟吗？"

云辰没有回答，月色下他的表情有淡淡的怅然和寂寥，是他鲜少流露出的神色，他只是轻声说道："宫门就在前面，你回去吧。"

"好。"微浓颔首，"我看着你出去。"

云辰"嗯"了一声，深深地看着她，像是无比留恋、无比哀伤，像是要将她的模样永远镌刻在脑海之中，像是要一眼万年。

最后，他轻轻地笑了，一如她印象中那般风光霁月、气质卓绝，朝她吐露出四个字，简单而饱含万千深意："保重，微浓。"

微浓点头，报以微笑。

月光流泻，云辰转身离去，颀长的白色身影在夜色中格外分明，渐渐地远了，渐渐地变小，渐渐地变模糊……

微浓站在原地，突然脑中一热，冲口而出："云辰！我还有最后一问！"

云辰停步回身，隔着夜色遥遥看她。

微浓用尽全身的力气，大声问道："我想听你亲口告诉我，你到底是谁！"

时光在这一刻凝结，风停云滞。而云辰只是看了她片刻，一个字都没说，转身继续向宫门行去。

时光忽又重新流逝，风吹云动，朝着微浓的方向扑面而来，好似也传送来一个熟悉的声音，几句熟悉的话语："结发为夫妻，恩爱两不疑，生当复来归，死当长相思。"

一刹那，微浓泪如雨下。岁月仿佛倒回从前，就在楚国的毓秀宫中，那一袭白衣披星戴月款步而来，自此揭开她与他历经十三年的爱恨情仇。

楚璃，如若这是你最终的选择，我愿从你手中稳稳接过楚地百姓。这是我重如山的承诺，只愿你从此能轻盈解脱。

第六十章

江山多娇，帝业缭绕

这一年九月，在黎都的冬季到来之前，微浓起程返回燕国。与此同时，新任宁王原澈、燕王聂星逸正式宣布停战，宁、燕、姜三国展开第二次和谈。如今三国已达成统一共识，和谈地点便从苍山移到了宁国，就定在幽州。云辰、沈觉再次代表宁王室出面，就统一后新朝的军、政、农、工、渔、牧、林、商等各个方面商谈细节。

当年底，燕国发生了一件大事——曾被困于幽州府的五万燕军将士联名上书，为烟岚郡主请立军功。燕王聂星逸允准，下旨命微浓入庙改姓聂氏，册封其为“德劭公主”，取“功高德劭”之意。世人习惯沿用旧称，又称其为“烟岚公主”。

自此，微浓正式成为燕王室名正言顺的公主。

聂星逸在燕国王都京州为她赐下公主府邸，并将城郊璇玑宫所在之地千霞山赐予她作为封山，汤沐邑也从以前的烟岚城扩大到周边四座城池，并允准她拥卫戍一万人。这是燕国近百年来，除了长公主聂持盈以外，头一个被君王允准拥有卫戍的公主，相当于给了她一万兵马，并由军费开支赡养。

微浓知道，聂星逸之所以这么大方，是因为她即将成为新朝皇后，而这些封赏，则是燕国给她的陪嫁。

转眼到了来年三月，统一之事终于尘埃落定。三月十八，是三国钦天监一致测算出的黄道吉日。这一天，三国同时昭告天下：罢黩武，求同和，归四海，立新朝。以原氏为首，建立大熙王朝，取“祥盛和睦”之意，自此九州一统，四海一归，天下一家。

翌日，开国皇帝原澈登基，发布旨意：新朝定都黎都，建元“承天”，大赦

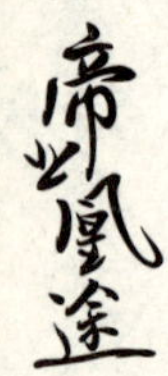

天下；尊其祖父原清政为太上皇，同享九州帝仪；册封三王，可世袭，原燕王聂星逸为“怀义王”，原姜王楼非为“广德王”，原燕国镇国侯臣远为“镇国王”……

此外，追封燕国已故摄政王聂星痕为新朝“圣王”，谥号“成烈”，其牌位供奉于太庙，永受新朝香火。这也是史上头一次提出“圣王”的称号，所谓“帝王之间乃圣王”，言下之意，圣王的地位高于王而低于帝。

斯人已去，微浓对称谓倒是不大在意，她更在意的是“成烈”这个谥号。安民立政曰“成”，戎业有功曰“烈”，这“成烈”二字尚算中肯，是新朝对聂星痕在燕国摄政期间的评价，日后将会载入史册。

新朝建立之后，一些上了年纪的官员不约而同地选择致仕，挪出位置留待后生，新帝皆以极高待遇恩准。唯有云辰一人，正值壮年之际请求辞官，新帝多番挽留无果，与其秉烛长谈一夜之后，恩准其辞官。

这当中还有一桩美谈，说是新帝感念云辰对新朝有功，故在他辞官之际特赐侯爵之位，欲让他荣耀归去。因云辰表字“子离”，新帝便将从前人人惯于称呼的“离侯”作为其封号，正式赐予云辰，并声称“朝廷保卿侯爵之位，随时待卿归来”。

太上皇原清政听闻之后，却道：“自古侯爵封号多为两字，以一字赐之，未免轻视。”

新帝顿觉有失，便想着再赐一字给云辰，却苦思而不得。

太上皇便道：“云卿有长离之才、诺已之信，不若再赐一个‘信’字，以表其德。”

新帝闻言拊掌大赞，遂钦赐“离信”二字为云辰封号，表彰其才其德。云辰愧而不受，新帝坚持授之，云辰只得谢恩，受封之后辞官而去，不知所终。

此后，新朝百废待兴，新帝又勤政爱民广开言路，不拘一格广纳人才，将一切都处理得井井有条。

同年七月初一，新帝公开承诺聂氏永为大熙王朝后族，原、聂从此休戚与共，并下旨册立原燕国烟岚公主聂微浓为后，以不菲聘礼下聘京州，一时传为佳话。

然而就在新帝下聘三日之后，太上皇原清政突然病入膏肓，驾鹤西去。新帝欲为太上皇守孝三年，推迟婚期，但群臣纷纷上书，表示新朝初立，急需与聂氏联姻来稳定朝纲，请求新帝延续宁王室的丧葬传统，以三月孝期代替三年。

新帝纳谏，服孝三月。十月初一正式出孝，并将婚仪定在当月初十，取“十全十美”之意。这婚事看似时间紧迫，实则从今年年初就开始筹备了，一切不过是个形式。

在京州过完中秋，微浓便起程前往黎都参加封后大典。这些年她四处漂泊，独来独往，身边一直没有侍女相随。如今即将嫁去黎都，必须要有一个既八面玲珑又忠心可靠的女官在她身边为她分忧，晓馨毛遂自荐，微浓大喜。

到了宁王宫，微浓每日的行程都排得很满，试婚服、做妆面、学宫规礼仪……一切都超乎寻常地顺利，也超乎寻常地枯燥。

微浓虽比原澈大五岁，但她担的是暮烟岚的身份，比实际年龄要小五岁，故在外人看来，她与原澈乃是同龄之人。说来也奇怪，她二十岁嫁给聂星逸时，别人一眼便能看出她并非刚及笄的小姑娘；而如今她已经三十岁了，嬷嬷、喜娘们日日进出，却无一人怀疑她的真实年龄，连道她与新帝“同年同月出生，乃是缘分天定，般配至极”。

微浓每每听到这种恭维之言，都是一笑置之。

如此熙熙攘攘，终于熬到了婚仪当天。承天元年，十月初十，大熙王朝册立开国皇后，普天同庆。

一大早，微浓开始上妆、绾发、着钗钿礼衣。这虽然是她第三次披上嫁衣，却是头一次不必遮盖头，因为新帝要为她加冕凤冠。

正午吉时，微浓正式行册封仪式，在百官注目之下，她独自登上长长的朝阳殿，接受新帝为她加冕。朝阳殿共有台阶三百，每一阶都雕有龙凤呈祥的图案，龙凤形态各异，乃是为了封后大典特意赶工而成。台阶中央，铺了一条华丽的金丝红毯，各色牡丹绣于其上，异常耀眼华丽。

红毯尽头，丹墀之上，新帝一身龙袍挺拔而立。因着面上的灼伤没有痊愈，故而自他登基以来，每逢朝会必以一条金色纱帘垂于身前，百官早已习以为常。

而今日封后大典，他依旧站在金色纱帘之后，阳光透射过去，依稀可见他脸上戴着一张金箔面具，却并不显得突兀，反而显得他更加英挺威严，不同寻常。

微浓就在这百转千回的心情之下，登上那三百台阶。她经过了一张张熟悉的面孔，感受到一道道熟悉的注视，明尘远、聂星逸、姜王……这些人，都是她过往岁月的见证，她见证了那段或好或坏的时光，永不可磨灭。

终于走完三百台阶，微浓站定在丹墀之上，恍然发觉原澈竟如此高大，自己的视线平扫过去，只能看到他的胸口。他似乎比以前更瘦了，一袭红色绣金绲边龙袍着于身上，竟显得空空荡荡。

可时机不容微浓多想，礼节也不容她多看，在这万众瞩目之下，她唯有敛去心神，徐徐朝着新帝跪拜。礼官开始诵读长达万字的册封语，随即，新帝徐徐拨开纱帘，将凤冠郑重地戴于她的发髻之上。

微浓感到头上一沉，那凤冠压得她几乎直不起脖颈，无数金色流苏缓缓垂下，遮住了她原本明朗的视线。然后，新帝伸手将她扶起，两人相携而立，接受百官集体跪拜。

霎时间，“吾皇万岁万岁万万岁，皇后千岁千岁千千岁”的声音响彻天际，朝阳大殿钟鼓擂动，礼乐齐鸣。

微浓只觉得身旁那人将她的手握得很紧，紧得她感到有一丝疼痛。可在这关键时刻，她唯有目不斜视地看向前方，默默承受着来自颈上、腕上的巨大压力，耳畔已被那振聋发聩的鼓乐声充斥盈满。

待到百官朝拜结束，帝后两人又前往太庙祭拜先祖。过后，微浓独自前往栖梧宫聆听女官礼训。训言涉及身为皇后品德言行的各个方面，分外冗长，待聆训完毕，微浓接过凤印，封后大典才算真正结束。

而此时，已然接近黄昏，大熙王朝的皇宫——序央宫一片欢腾，朝阳殿内新帝还在宴请百官。

微浓却管不了那么多了，一整天的婚仪持续下来，头上那顶凤冠将她压得苦不堪言。趁着新帝宴请百官之际，她终于可以喘一口气，遂除下钗钿礼衣，准备卸簪换妆。

她刚将凤冠摘下，原本在外忙着迎送的晓馨突然走进来，怀中抱着一个长长的锦盒，向微浓禀道：“启禀娘娘，圣上差人送来一样东西。”

原澈送来的？微浓视线落在那锦盒之上，见它被红色绸布包裹得严严实实，形状细而瘦长，看样子，里面像是剑器或者一幅卷轴。

微浓感到很奇怪，因为这锦盒包裹的样子，更像是送礼。可她与原澈已经成亲了，虽只是名义上的夫妻，也不用如此见外吧？显然，晓馨也对此一头雾水。

微浓接过锦盒，忍不住询问：“是原……是圣上亲自送来的？”

晓馨摇了摇头：“是礼官送来的，说是圣上交代给您的。”

“圣上人在何处？”

“应该还在朝阳殿饮宴。”

微浓便没再多问，摸着那锦盒上的绸布，沉吟片刻，将它打开。只一眼，便让她万分惊讶——那锦盒里竟躺着一柄金光闪闪的长剑，剑上龙身蜿蜒、龙头狰狞，赫然是龙吟剑！

晓馨是头一次见到这把绝世名剑，忍不住发出一声惊叹。

微浓心中则更觉得奇怪，原澈为何突然将这把剑送给她？还不当面给她，而是像送礼一样差人送来。难道原澈是在暗示她什么？这剑上有什么玄机？

微浓忙将龙吟剑拿在手上反复细看，可看了半晌，什么异样都没有。唯有拔剑出鞘之时，她发现剑柄上刻着四个小篆。

微浓从前见过龙吟剑，也曾偷偷为云辰描摹过剑身上的图案，她很肯定，从前剑柄上没有刻字，这四个小篆必定是新刻的。

上面刻的是：情深不寿。

怎么如此伤感？而且，这四个字更像是赠别之言。原澈到底是什么意思？

然微浓尚来不及细想，便看见喜娘慌慌张张地走了进来，附在晓馨耳畔说了句话。晓馨面上划过一丝惊讶，立即找了个借口出去，不多时，她又匆匆忙忙跑回来，再禀：“娘娘，栖梧宫正殿里突然多了三样贺礼。”

“什么叫‘突然多了’？”微浓不解。

晓馨面有异色：“就是凭空冒出来三样贺礼，被人放在正殿的龙凤烛台下面。”

今晚真是奇了，怪事一桩接一桩。微浓按下心中疑惑，轻轻挑眉：“也就是说，送礼之人能在今晚这个日子，神不知鬼不觉地进出我栖梧宫？”

晓馨点点头，心头涌起一阵后怕：“奴婢觉得此事太蹊跷了，栖梧宫乃皇后寝宫，守卫森严，外人是怎么进来的？”

微浓倒是面无惧色，放下手中龙吟剑，吟吟再笑：“既然是送礼的，就由他去吧，以后加强防卫便是了。你先将那三样东西拿进来。”

晓馨领命，倒也谨慎，亲自抱着三个锦盒进了微浓房中，搁在她的梳妆台上。

只见这三个紫檀锦盒大小相同，只不过其上雕刻的图案不一。第一个锦盒雕的是龙凤呈祥，第二个雕的是金玉满堂，第三个雕的则是花好月圆，心思倒也精巧。

微浓先打开第一个锦盒，入眼是一把扇面，绣着一只青色的鸾鸟腾于云雾之上，似要引吭高歌、振翅欲飞。这图案她太熟悉了，正是来自她的两支峨眉刺，而扇面的奇特之处在于，鸟的图案是青鸾，但云雾的图案来自火凤。

这扇面是将两支峨眉刺的图案合二为一了！送礼之人是谁，根本不做第二人想。微浓知道，他送的礼物定然别有深意，便执起扇面细看，才发现扇柄上刻着两句词：

今宵剩把银釭照，犹恐相逢是梦中。[①]

①出自北宋晏几道的《鹧鸪天》，意即今宵更把手中的银烛细照，唯恐这相逢是在梦境之中。

微浓思量片刻，按照提示将扇面置于烛火之下。果然，但见那青色丝线绣制的鸾鸟之中，隐约有一条金线，从鸾鸟的眼眸处蜿蜒向下，一直延伸至其脚下的云海，形成一条曲折盘桓的路线。

这才是真正的藏宝图。微浓看着扇面勾唇浅笑，对晓馨言道："你看这扇面，是不是栩栩如生？"

晓馨早就难掩好奇之心，伸长脖子去看："咦？这不是您那对兵器上的图案吗？绣得可真好，倒也是个有心人。"

"的确有心。"微浓别有深意地附和，她将扇面小心翼翼地放回去，又打开第二个锦盒，不出她所料，里头装的是惊鸿软剑。

四四方方的锦盒之中，惊鸿剑被卷成了一个圆环的形状，薄如蝉翼的剑身在烛火下光泽剔透，煞是夺目。

她有多久没见到这把剑了？微浓大感亲切。她将惊鸿剑执于手中，轻轻甩了两个剑把式，晓馨在旁拊掌惊呼："娘娘舞剑舞得真好！"

微浓只是淡淡地笑着，将惊鸿剑仔仔细细收好，重新置于锦盒之内。

晓馨见了这两样精致的物件，好奇之心大起，连忙追问："娘娘，您知道送礼之人是谁吗？"

微浓笑而不答，只用玉手抚摸着第三个锦盒，心中有些莫名的期待。除了藏宝图、惊鸿剑，她实在想不出他还会送些什么，又有什么寓意。

于是，她满怀期待地打开第三个锦盒，发现里头是一颗硕大的夜明珠，色泽圆润，光彩照人。夜明珠上，盖着一条白色的绢帕，丝光缕缕，触感柔软。

微浓曾几度出入宫廷，也算见过无数珍宝，可如此大而圆润的夜明珠，实在毕生未见。她忍不住将夜明珠捧在手中，左看右看，却不明白他为何要送来这颗珠子。

云辰绝不会无缘无故送她一颗夜明珠，这当中必有什么重要的含义，否则比着前两份贺礼，这夜明珠未免太过失色。然而这珠子上没有刻字，也没有什么装饰，根本看不出任何暗示。

怎么今晚大家都给她出谜题呢？难道线索在这盒子上？微浓又放下夜明珠，转而打量起这只紫檀木雕花锦盒，除了花好月圆的雕纹之外，这与前两只盒子并无明显区别。

微浓想了想，对晓馨命道："你将屋内的烛火都吹了。"

晓馨竟比微浓还要迫不及待，一口气将几十盏烛火全都吹熄。那夜明珠便在微浓掌心之中光华流转，熠熠生彩，洒下一室珠光。

“娘娘，你看那帕子！”晓馨的惊叹声再度响起。

微浓忙将锦盒中的绢帕摊开，只见在夜明珠的照耀下，那绢帕上竟隐隐呈现出八个大字：

托君社稷，还君明珠。

什么意思？微浓再次看向那颗夜明珠，更加感到不解。

就在此时，殿外忽然响起太监的高喊：“圣上驾到！”话音落下，随即而来的是一阵阵请安声、见礼声、恭喜声，不绝于耳。

晓馨恍觉失礼，不禁“啊”了一声，手忙脚乱地去点燃烛火。

可惜已经晚了，她才刚刚点亮一对龙凤烛台，新帝已经推开殿门，负手踱步进来。烛火与珠光交织之下，那金箔面具率先映入眼帘，微浓似被那金光晃了眼，一时竟生出一种错觉。

“微浓。”新帝嗓音沙哑，唤出她的名字，脚步停在不远之处，修长的手指缓缓摘下脸上的金箔面具。

烛光摇曳，珠光氤氲，一切都显得越发虚幻，微浓睁大双眸，手捧明珠呆立在原地：“是你？”

一阵微风吹入殿内，吹得龙凤烛火影影绰绰，那忽明忽灭的光影所见证的，是一段大熙王朝开国帝后的不世传说……

托君社稷，还君明珠。

功业弹指，唯情亘古。

（全文终）

番外

承天逸事

大熙王朝建立第五十年，开国帝后——承天大帝原澈与德劭皇后聂微浓相继去世，百姓恸哭不已。有人根据市井、茶馆的一些言论，整理了开国帝后的故事若干，想要编纂成书，可惜那人中途因病去世，书稿未能完成，其子孙便将这份手稿奉为家中至宝，世代相传。

又过了五十年，承天大帝之孙明德皇帝当政，时任镇国王臣铭偶然听说手稿之事，便出高价买下，于明德皇帝六十大寿献上。明德皇帝看到手稿之后，于寿宴上当场落泪，在场大臣却无一人知晓，那泛黄的手稿上到底记录着什么。

直至大熙王朝建立第三百八十年，黎都序央宫中发生政变，皇室正统嫡系失势，旁支夺权，这份手稿因乱从宫中遗失，从此下落不明。

原氏旁支夺权之后，处处受后族聂氏掣肘，原、聂两族关系渐趋紧张。原氏意图废止当年承天大帝许下的诺言，不再册立聂氏女子为皇后。聂氏因此爆发不满，联合朝中几大世家对原氏步步紧逼。经过长达二十年的争斗，此事逐渐演变成外戚篡权，聂氏隐有推翻大熙王朝之势。

原氏旁支见情形不妙，无奈与聂氏谈判，最终双方决定以苍山冥水为界，分疆而治，冥水以北归原氏，称“北熙”；冥水以南归聂氏，称“南熙”。自此，大熙王朝进入长达近百年的分裂时期，南北各自称帝。

然而，就在南熙首任帝王聂思源登基之后，太监从他龙潜时的府邸找到了一摞书稿，纸张破损，墨迹褪色，字迹已不可辨认。经过高人还原，才发现是一些关于大熙王朝开国帝后的逸事，可惜因为年代久远，只能还原出其中几则故事，其余均已无从考证，不知其所述。

后来，这份残缺不全的书稿不知怎的流传了出去，经后人查证，它正是当年明德皇帝六十大寿时，镇国王臣铭献上的那份书稿，世称《承天逸事》。

《承天逸事》第一则：

承天二年，帝命大夫沈觉绘九州堪舆图，及至五年，绘罢献上，大夫曰："臣观猫眼河上有一风水宝地，可养龙气。"帝奇，携后亲往探之，见山门卧一巨石，已损，依稀可辨"雀"之一字。

是夜，梦后抱雀登山，曰："雀乃凤凰手足，吉兆。"遂赐名孔雀山。临去，后亦入一梦，怀中雀化国士，隐于山间，曰："非广厦不见也。"帝后以为真，故建行宫诚待国士。

世人闻曰："帝后惜才，国之幸也。"乃传美名。

译文：大熙王朝承天二年，承天大帝命令大夫沈觉绘制九州堪舆图，沈觉为此遍游天下，直至承天五年献上图纸说："微臣发现猫眼河上游有一块风水宝地，对龙气有益。"承天大帝很好奇，携德劭皇后亲去宝地查探，上山时发现山门处卧有一块巨大的石头，表面磨损，只能依稀看见其上刻有一个"雀"字。

当晚，承天大帝梦见德劭皇后抱着一只孔雀登山，他醒来之后说："孔雀是凤凰的手足，皇后抱着孔雀登山，是吉兆，可见这里的确是个好地方。"于是便给这座山赐名"孔雀山"。到了该下山的时候，德劭皇后也做了一个梦，梦见自己怀中抱着的孔雀变成了一名国士，藏在了这座山中，还对她说："除非有华美的宫殿让我居住，否则我不会现身。"德劭皇后将这个梦告诉了承天大帝，两人都认为这是真事，便在孔雀山上建了一座行宫，希望国士看到他们的诚意，能够现身。

世人听了这件事之后都说："承天大帝与德劭皇后爱才，这是国家的福气。"这件事后来传为帝后爱才的美谈。

《承天逸事》第二则：

承天六年，幽州乱，后亲临平之，及至功成，转道泰烟，谓曰访友。泰烟脚下烟涛微茫，隐见一岛，后眺而不语，似待来人。

须臾，一船夫破浪而来，于船头相问："抛不开胸中乾坤，何必登仙岛把酒？"后笑曰："下阕不吉，吾不言。"船夫默然，许后登船，众欲相随，后曰："汝等留此待命。"只身赴约。

是夜，后犹未归，众忧极寻之，迷于海上，险为巨浪所吞，为一黑衫少年所救，问曰："寻姨母否？"众不知所云，答曰："吾后入岛，寻之。"少年笑曰："姨母无恙，明日即返。"复送岸上，旋即不知所终。

翌日晨，后乘船而归，命曰："此乃墨门总舵，唯吾所用，州将不得相扰。"众惊，谏曰："墨门险地，不可轻信。"后曰："险地多奇人，吾心已决。"

乃归，墨门呈书投附，后引数人入朝，中有一子名念，面合帝缘，与帝螟蛉。帝授之义侯，念辞而不受，复返墨门以致人才辈出。后以为傲，承天十五年招之赐匾，上曰：装得下胸中乾坤，亦可登仙岛把酒。下曰：勘得破眼前得失，从此借江湖笑谈。帝钦批：可进可退。

按语：几经查探，得闻墨门原宗，上曰：抛不开胸中乾坤，何必登仙岛把酒？下曰：放得下眼前生死，方可借刀剑笑谈。批谓：以杀止杀。此戮气过重，帝后功德无量。

译文：承天六年，幽州发生暴乱，德劭皇后亲自前去平乱，成功之后绕道去了泰烟山，说是要探望朋友。泰烟山脚下是烟雾缭绕、一望无际的大海，隐隐能看到海上有一座小岛，皇后沉默地眺望着那座小岛，像是在等待着谁。

不多时，一个船夫乘风破浪而来，站在船头询问暗号："抛不开胸中乾坤，何必登仙岛把酒？"皇后笑说："后半句不吉利，我不想说。"船夫默然片刻，让皇后登上他的船只。随侍的众人想要跟去，皇后命道："你们留在这里待命。"然后便独自跟随船夫去赴约。

当天夜里，皇后一直没有回来，众人担心之余便出海寻找，却在海上迷了路，险些淹死在巨浪之中。一个黑衣少年救了他们，问道："你们是来找姨母的吗？"众人不知道他口中的"姨母"指的是谁，便回答说："我们大熙的皇后娘娘上了那座岛，一直没回来，我们是来找她的。"黑衣少年听后笑说："你们不必担心，姨母安然无恙，明天就回去了。"他将众人送到岸边，一瞬间就消失无踪。

第二天清晨，德劭皇后乘船回到岸上，对众人命道："这里是墨门总舵，以后只听命于我一个人，告诉州将不要打扰他们。"众人听后大吃一惊，忙劝阻道："墨门是危险之地，您不可轻信他们。"皇后回答："危险之地多有奇人异士，我心意已决，不必再劝。"

皇后回宫后，墨门呈上归附书，皇后引荐若干门人入朝，其中有一个少年名叫念，很合承天大帝的眼缘，被承天大帝收为义子。承天大帝册封他为义侯，被他拒绝，他选择返回墨门。在他的领导下，墨门人才辈出。皇后以此为傲，承天十五年将他招入宫中，赐下匾额，上半阕写的是：装得下胸中乾坤，亦可登仙岛把酒。下半阕写的是：勘得破眼前得失，从此借江湖笑谈。承天大帝亲自写了横批：可进可退。

作者评论：我多番查探，终于打听到了墨门原来的宗旨，上半阕是：抛不开胸中乾坤，何必登仙岛把酒？下半阕是：放得下眼前生死，方可借刀剑笑谈。横批是：以杀止杀。这个宗旨杀气太重，帝后二人真是功德无量（改组墨门，赐匾的行为）。

《承天逸事》第三则：

承天十八年，门主念婚，帝后闻之大悦。未几，门主念携妻觐见，帝赐一团扇于其妻，上绣鸾鸟振翅，与之家常："后探吾脉精准，尝以此物敲打，效用堪比尚方。今赠尔御夫。"众窃笑，帝不以为意。

墨门因言谓之龙脉，奉为圣物，后世有传图为地宫，中有宝藏，嗟乎，不可考矣！

译文：承天十八年，墨门门主念成婚，承天大帝及德劭皇后都很开心。没过多久，门主念带着新婚妻子前来觐见，承天大帝赐给其妻子一把团扇，扇面上绣着鸾鸟振翅，并与她闲话家常："皇后最了解我的心思，曾经（在我有所失误的时候）用这把扇子敲打我的脉搏以示警醒，功效和尚方宝剑一样厉害。今日我将这把团扇送给你驾驭夫婿。"在场众人听了这番话都窃笑不已，承天大帝却不在乎。

墨门因为承天大帝的这番话，称这扇子为"龙脉"，奉为门中圣物。后世有传言说，这扇面上的图案是通往地宫的地图，地宫中藏有宝藏。哎，可惜已经不得而知了。

《承天逸事》第四则：

承天十三年，帝微服，沿途多见园囿，乃知百姓富庶。有云："园囿常见而离信侯府不常见，闻其耗十载斥资建府，不逊序央。"帝遂起游园之兴，转道烟岚探之。及至觐见，帝甚喜，相谈甚欢，与之游园。途见一处名"知微"，帝驻足而望，屏退一二，曰："……"（按：年久不可考矣）

离信侯笑而答曰："语出《周易》，'君子知微知彰，知柔知刚，万夫之望'。知彰易，譬如日升月落，而难于知微。臣以书斋寄情，有何不妥？"

帝亦笑曰："何情可寄？或言志或自勉，卿无所需。"遂返，嘱与众人：

"此行不可与后言及。"

译文：承天十三年，承天大帝微服出巡，沿途看到很多私邸园林，便知道百姓过得很富足。有人说："私邸园林很常见，但离信侯府却不常见，听说他耗费十年花巨资修建府邸，雕梁画栋不逊于序央宫。"承天大帝听后起了游览的兴致，便绕道去烟岚城探访离信侯。

与离信侯相见之后，承天大帝很高兴，两人畅聊一番，一同游园。途中见到一处园子名叫"知微"，承天大帝停下脚步举目打量，屏退身边侍从，说："……"（后世注：年代太久，此处字迹无法辨认）

离信侯笑着回答："这是出自《周易》中的一句话，'君子知微知彰，知柔知刚，万夫之望'。（即君子应当了解事理发展的细节微妙，也应该知道事理发展的显著特征，既要懂得何时该柔软，也要懂得何时该刚强，若能如此通达而应变自如，才能受到大家的尊重。）臣认为，知道事理的显著特征很容易，比如日升月落，但若想知道事理发展的细节就很难了。臣把书斋起作这个名字是为了寄托情怀，有什么不妥之处吗？"

承天大帝听后也笑着说："你有什么情怀需要寄托？（书斋名）是用来言明志向或自我勉励的，你都不需要。"随后承天大帝返程，特意吩咐众人："来烟岚城的事不要告诉皇后。"

《承天逸事》第五则：

承天十五年，离信侯偶得美玉，遣仆呈送。帝所好，传令制玺，乃去七成，余角料不知何所用，问询于后。后答曰："玺为社稷，君不可承其重，必有臣民托之。离信侯虽去庙堂，然则劳苦功高，不若赠一扳指，以示社稷重托。"

帝默然良久，亲雕一扳指，下坠明珠，赐予烟岚离信侯府，随书曰："卿之恩德，无有忘怀。闻卿独爱扳指，吾独爱明珠，此即吾之所诺，慎藏。"

离信侯见之而笑，取明珠作冠，扳指藏而不露，及至临终，传令身后与葬，仆方见内刻小字，上曰："子孙若有失德，卿可取而代之。"仆大惊，秘而不宣，遵遗命随葬。

按语：后世盗者见字骇然，无功而返，乃有此一言，不可尽信，然扳指为起居注所载，当以为真。美玉作玺，余为扳指，共享江山不外如是，个中深意不可说也。

译文：承天十五年，离信侯云辰偶然得到一块美玉，差遣仆从送到宫中。承天大帝非常喜爱，命人用这块美玉打造玉玺，用了七成玉料，还剩三成角料不知该做些什么，便询问德劭皇后的意见。皇后回答说："玉玺代表的是江山社稷，君王一个人承受不住它的重量，必须要有臣民帮您托着。离信侯虽然已经远离仕途，但他劳苦功高，不如雕刻一枚扳指送给他，以表达他是托起社稷的股肱之臣。"

承天大帝听后沉默很久，亲自雕刻了一枚扳指，在扳指下坠了一颗明珠，差人送到烟岚城的离信侯府，附带书信说："你对我的恩德，我从没有忘记。听闻你独爱扳指，而我独爱明珠，（这枚扳指）是我的承诺，请仔细珍藏。"

离信侯看见书信笑了，将明珠镶嵌在发冠上，扳指则收藏起来不让人瞧见。直到他临终之际，下令将这枚扳指陪葬，仆从才发现扳指里刻有小字："我的子孙如果失德，（皇位）你可以取而代之。"仆从见字大惊，没有告诉任何人这个秘密，遵从离信侯的遗命将扳指陪葬。

作者评论：后来有盗墓者去偷盗离信侯的坟墓，说是见到扳指里的字非常害怕，什么东西也没偷——扳指内有字的传言由此而来，我认为不能相信，但送扳指的事情是起居注（古代记录帝王言行的书册）里记载的，应该是真事。美玉制成玉玺，角料做了扳指送给离信侯，这大概就是共享江山的意思了，个中深意不能再明说。